⊙
陈平 主编

中国客家姓氏祠堂楹联

（上）

商务印书馆
The Commercial Press
创于1897

2017年·北京

本书承 梅 州 市 人 民 政 府
广东省文化广电新闻出版局 资助出版

序

广东梅州是客家人的聚居地。这里是客家人衍播四海的起点之一，也是世界客家人心灵的故园。中国东南沿海的黄金水道——韩江，是古丝绸之路的重要枢纽。历史上的客家人，"富家以财，贫家以躯"，给世界带去中华五千年的文化，也给祖国带回西方工业文明和一江两岸经济文化的繁荣。

楹联和客家文化有着千丝万缕的关系。客家人传承了古老的汉文化，以儒家仁义礼智信、修身齐家治国平天下的思想指引，历经千年，薪火相传。客家人筚路蓝缕，披荆斩棘，吃苦耐劳，开基创业。他们无论身在何方，无论战乱迁徙和岁月炎凉，都始终执着地追求一个民族和国家最深厚的潜力——文化。客家民系向来崇文重教，这不仅是客家人最大的特点，也是整个中华民族的精神之所在。

客家人有着自身鲜明的文化特点，一方面是很好地保存了中原汉民族的文化传统，有些在中原地区早已模糊甚至消失的文化基因，在客家人身上却依然还有着鲜明的体现，如古道热肠、敦睦族谊、思乡爱国等优良传统；另一方面，因为客居异乡的特殊环境，使得某些固有的或潜在的品质得到发展和强化，如吃苦耐劳、创新冒险、敬业乐群等。特别是举族迁徙的情况和宗族观念、家国情怀，为"乡愁文化"提供了契机，并由此衍生出特色鲜明的客家姓氏祠堂文化。而形式精美、内涵深邃的客家祠堂楹联，又常在其中扮演着重要的角色。可以说，祠堂文化是客家文化的精粹所在，而楹联文化又可以算得上是客家祠堂文化中的点睛之笔。

　　著名的楹联学者、北京大学谷向阳教授，2012 年在为梅州市楹联学会整理出版的第一部客家楹联文献《中国楹联集成·梅州卷》所作的《序言》中明确指出，客家楹联文化的特色，在姓氏祠堂楹联中得到了充分的体现。"客家祠堂楹联文化"不但是"客家文化"，还是整个中华民族优秀传统的特种教科书。两年多后，当他见到陈平主编的收录三万余副客家楹联的《中国客家对联大典》时，更加确信自己观点的正确。总之，在中国传统的楹联文化中，姓氏祠堂楹联是思想性最强、文化内涵最重、艺术性最高的一个重要门类，而客家姓氏祠堂楹联则是中华姓氏祠堂楹联中最为动人的篇章。

　　正是在收集了海量的客家传统楹联并真正认识到客家姓氏祠堂楹联所独具的艺术魅力之后，梅州市楹联学会组织力量编纂了《中国客家姓氏祠堂楹联》一书。这部书的出版，把楹联文化史料整理工作，由大而全的粗放型向高端化、精品化进行了提升，这不仅是客家文化研究的最新成果，也是当代楹联文化研究的一项重要成果。在全社会正大力弘扬中华优秀传统文化的今天，其深远的现实意义和历史意义不容低估。祠堂，自古以来不仅是客家人、而且是整个中华民族的灵魂安放之所，这里寄托着全球华人特别是客家人的"乡愁"。祠堂楹联是承载中华民族优良家风家训的最佳载体，是中华民族共有精神家园的一张精致名片，它所传递的是包括客家人在内的、我们中华民族生生不息的民族精神。

　　陈平及其率领下的梅州市楹联学会，在弘扬传统楹联文化和搜集整理客家楹联文化史料等方面付出了艰苦的努力，取得了卓越的成果。陈先生作为客家子弟，自幼受到浓厚的客家文化的熏陶，本应颐养天年的他，在梅州市委市政府的大力支持，特别是在梅州市委宣传部和市文化部门的直接领导下，在楹联文化方面干出了一番大事业。他们在尽力搞好群众性楹联文化活动的同时，自觉服务于梅州文化强市的总体战略，深入挖掘客家楹联文化资源，广泛联络客家和全国联友。他们经过五年多的努力，完成了《中国对联集成·梅州卷》、《中国客家对联大典》（上、下）、

《梅州历代名联辑注》、《中国客家姓氏祠堂楹联》（上、下）这四部楹联巨著的组稿和编辑工作。业绩辉煌，享誉全国楹联界。

本书主编已在《前言》中对本书的内容做了全面概述，这些文字，且作为向弘扬祖国优秀传统文化的陈平先生和广东梅州市楹联学会的一个致敬。

是为序。

刘太品

2016 年中秋于北京

前　言

　　楹联是中华民族传统文化中一颗璀璨的明珠。自五代以来，它根植于民族的沃土中，寓寄于深厚坚实的社会基础上，虽历经沧桑，却以自身顽强的生命力长盛不衰，至今仍是我国文苑艺圃中使用频率最高的雅俗共赏的文体。

　　客家楹联是中国楹联的重要组成部分，客家姓氏祠堂楹联又是客家楹联中的精髓，是中国楹联文化中最为珍贵的一部分，是传统文化宝库中的一块瑰宝。

　　2010年10月，我们根据学会挖掘、整理优秀民族楹联文化的宗旨，决定编辑出版两部客家楹联文献——《中国楹联集成·梅州卷》和《中国客家对联大典》。在组稿过程中，我们发现了祠堂楹联这块瑰宝，深感客家人在忠孝仁义礼智信和修身齐家治国平天下的儒家思想浸润下，不但具有极其深厚的文化底蕴和思想内涵，还有很高的文学艺术修养。这些优秀的楹联作品，内容上以探本溯源、追怀祖德、敦睦族谊、激励后昆为主。这些联作，不但是客家人崇文重教的宣言，还是一部"客家家训"，更是中华民族先贤垂裕后昆的特种教科书。

　　令人遗憾的是，这些文化瑰宝濒临流失，如能将其整理出来，留给后人，那将是一项利国利民、功德无量的事业。为此，我当时便萌生了编纂一部《中国客家姓氏祠堂楹联》的念头。经过海内外众多诗联同道、文友们数年的努力，在梅州市委、市政府和宣传文化部门的支持下，艰难地完成了这部楹联文献的组稿和编辑工作，今天顺利付梓，深感欣慰。

一、认识"客家"

何谓"客家"？大型权威工具书《辞源》（第三版）【客家】条是这样解释的：

> 【客家】中原汉民一个分支。汉末建安至西晋永嘉间，中原战乱频繁，居民南徙，北宋末又大批南移，定居于粤、湘、赣、闽等省交界区，尤以粤省为多。相对于本地居民，称为客家。《广东通志》九三《舆地》引《长宁县志》："相传建邑时，自福建来此者曰客家。"又引《永安县志》："有自江、闽、潮、惠迁至者，名曰客家。"

客家的形成，是一个十分复杂的过程，从"客家先民"的存在，到客家人自己逐渐认识到"客"这一概念，始于晚清嘉应州（今梅州）的宋湘和黄遵宪。而真正系统研究"客家人"的，当以1933年罗香林教授《客家研究导论》的出版为标志，至今尚不足百年。

自罗氏"客家学"研究以来，学界对"客家"的研究争论颇多，孰是孰非，且无结论。学界如何界定"客家"，是人类学和客家学研究的问题。本书不是这类学术著作，没有必要为此花太多笔墨。有人统计，世界上80多个国家和地区分布着1亿多客家人。客家人是中华汉民族的一个民系、一个很有特色的族群民系，这一点是没有人否认的。

关于客家人的姓氏源流，我查阅了大量的有关客家姓氏的书籍、族谱、宗庙文献，对客家民系有了一些浅薄的认知和了解。关于客家人，除了传统的汉人以外，也有不少是少数民族融入汉族后改姓形成的，还有一些是由王权"赐姓"而形成的。编辑本书，我们抱着对历史和客家文化认真负责的态度，查阅、比较了不少姓氏书籍和正史、野史，对一些姓氏源流进行了较为全面的梳理、补充和订正。但我毕竟不是这方面的专家，不妥之处，请方家与读者指正。

"姓氏"一词，出自汉代。"姓"是血缘之标识；而"氏"却与地缘政治、经济、军事关系密切。中华历代的姓氏书中,最早的是汉代王符的《潜夫论·志氏姓》,所收入的姓氏不到 500 个。汉代应劭撰、王利器校注的《风俗通义·姓氏篇》,收录的姓氏只有 522 个。清代学者张澍的《姓韵》收入姓氏 5129 个。今人徐铁生先生的《中华姓氏源流大辞典》(中华书局,2014 年)收录姓氏达到 31684 个!历代姓氏书之纂辑与所收姓氏数量之递增,这与学者们的努力息息相关。但可惜的是,已经问世的姓氏书都没有明确说明哪些姓氏有客家人!

客家民系始于唐宋,但客家人究竟有多少姓氏,目前谁也说不清。我们只能根据搜集到的各省市的客家史料,来大致判定哪些是客家人。

客家姓氏,虽与本书有些关联,但不是本书研究的主要课题。因为编纂本书的主要目的是:探究客家姓氏祠堂楹联的文化艺术和思想内涵;通过注释,帮助读者和客家后裔读懂这些楹联,进而全面深入地了解客家文化。

二、"郡望"与"堂号"

"郡望"是中国姓氏文化中特有的范畴。"郡"是行政区域,"望"则为名门望族,合起来是指地域内名门望族。一个群体可以有一个或多个望族。敦煌出土的《天下郡望氏族谱》,按州郡记录望族,宋代地理学巨著《太平寰宇记》也记录了各郡的望族大姓。

古代,随着人类从母系氏族公社发展到父系氏族公社,生产力的发展,社会物质有所剩余,为争夺这些剩余,便发生了战争。有了这些剩余,社会产生了贫富悬殊的两极分化。社会地位的变化,产生了贵族和平民。

春秋末期,周王朝分封诸侯,人们的居住地在行政划分上通称为郡。居住在某郡的某个家族因为政治或经济等原因对社会产生了巨大的影响,便形成了望族。随着周王室的衰落,渐渐失去对诸侯的控制,各诸侯国经过发展,渐渐强盛起来。秦、楚等诸侯国先后创立了"县""郡"等行政建制。到了秦王朝，郡县的行政区划制度被确立下来，以后的历朝郡县制度均以此为基础。

望族以郡为重要依托，一个家族凭借较高的政治地位与较强的经济实力成为郡内较大族群后，便形成了郡望。郡望初启于秦，两汉时期发展较快，东汉末年正式形成。

东汉末年，由于中央政权在军事上对地方失去了控制，不得不依靠这些地方豪门望族来保持政局稳定。然而，这些望族却成为东汉灭亡的推力。汉亡以后，姓氏门第在后来的魏晋南北朝时登峰造极。郡望从此成为一个家族地位的象征，名门望族的子孙即便迁徙外地，习惯仍举原籍的郡名作为标识。

郡望为何被人追捧？因为它是一个人身份的标志。两汉至南北朝时期，统治集团十分重视家族门第而不是重视人的才能。南北朝时，名门望族与平民百姓少有往来，也互不通婚。如出身不是名门望族，哪怕是你身居高位，其身份也很低。例如南梁时侯景，官已贵为宰相，由于没有"郡望"身份，向皇帝要求与当时最著名的望族琅玡王氏或陈郡谢氏通婚。又如元代戏剧家王实甫著名的《西厢记》中描写的一样，崔老太称张君瑞出身非为名门又无功名，不肯将其女儿莺莺嫁与张君瑞。那时，望族甚至不与平民同桌而坐。隋朝，科举取士的制度确立后，这种过分重视郡望的情形有了改变。唐末五代以后，连年的战乱和政治制度的变化，名门望族遭到沉重打击，郡望的意识才被淡化。

"堂号"是姓氏的一种标志，与血缘相关。"堂号"也是郡望的衍生物。堂号的产生比郡望晚一些，使用的范围也比较小。堂号还是姓氏及其支派的历史符号，大多源自本姓先祖某位名人典故，其后裔用以称颂、夸耀先人曾经的功业与辉煌，用于激励后人继承发扬祖先的功业。

堂号还反映了姓氏文化的道德观念。古代，传统的名门望族，特别注意以儒家道德观念来规范家族成员的行为道德。

堂号的命名方式多样，大致如下：

如槐树是古代王公贵族的象征，宋代王祐由镇大名徙知襄州离开大名时，在自家庭院里手植三株槐树，以激励后裔曰："吾之后世，必有为三公者。"果然，其子懿、旦、旭均不失其望，位列三公。后人以"三槐"命名，成为王姓著名的堂号。

又如张公艺九世同居，唐高宗祭祀泰岳，路经郓州，亲临其家，询其九世能同居之诀，张公艺连书百余个"忍"字，唐高宗深受感动。其后人便以"百忍"为张姓堂号，流传至今。

陈姓的"颍川堂"是以先祖的美德命名的。东汉时七十六世陈寔公，颍川许县人。为太丘长，在乡里平心率物，乡人或有争讼，辄求判正，被追封为颍川侯。卒谥文范先生，赴吊者三万余人，是为颍川第一家。"颍川"成为陈姓著名堂号。

杨姓的"四知堂"是以先祖的高风亮节之典故命名的。东汉末年，有"关西夫子"之称的太尉杨震，为人清廉正直，县令王密带黄金十斤深夜来求见行贿，被杨震严词拒绝，说此事"天知、地知、我知、你知"，怎无人知呢？王密羞愧而退。杨震拒贿之事被传为佳话，杨氏后人便以"四知"为杨姓著名堂号。

有用郡望或以先祖的发祥地命名的，如黄姓著名的"江夏堂"。

还有以先祖的丰功伟绩命名，如伏波将军马援，马姓后人以"伏波"命名堂号。

更多的是以先祖的优良典故兼取吉祥的文字命名堂号，如"继善堂""六桂堂""光裕堂""世德堂"，等等。

堂号是血缘的标识，无论你的家族迁徙到何处，哪怕是千年百世，若知道祖先属于哪个支脉，大多仍然使用同一堂号。

古代，先民或因躲避战乱或避祸而迁徙，或因谋生或发展而迁徙，沿用原有堂号或另立堂号，都是正常的。堂号可以另立，但郡望多为不变。

同一姓氏，由于姓源复杂，堂号数量众多。南宋大儒王应麟《姓氏急就篇》中记载的王氏，仅后人较常用的堂号便有 21 个；而两宋时邓名世的《古今姓氏书辩证》则入录 38 个。一个大族姓氏的堂号往往有几十上百个，有的甚至达几百个。

三、客家祠堂

宗祠习惯上称为祠堂，是供奉祖先神主，并进行祭祀的活动场所，被视为宗族的象征。宗祠为追远报本而建，所以在建筑规制上体现出礼尊而貌严。崇拜祖先并立庙祭祀起源于原始社会后期。后来人们把天子、诸侯的祖祠称作宗庙，士大夫的祖祠称为家庙。

宗祠，或曰家庙，或谓祠堂，源起于夏。魏晋之后有所发展。到了宋代，受程朱理学的影响，民间以宗族建设的宗祠发展放慢。朱熹在《家礼》中提出："君子将营宫室，先立祠堂于正寝之东，为四龛以奉先世神主。"四龛所奉高祖父、曾祖父、祖父、父亲四代。可见，当时祠堂是以家庭而不是以宗族的名义建立的。明代，世宗采纳大学士夏言的建议，正式允许民间联宗立庙，从此宗祠建筑遍立。明清以后，出现宗祠大发展的景况。还有大宗祠，为数县范围的同一远祖所传后裔族人合建，规模很大。如广东光绪《嘉应州志》所云："俗重宗支，凡大小姓莫不有祠。州城则有大宗祠，则并一州数县之族而合建者。"

在宗族社会里，祠堂是宗族中最具凝聚力的象征，被视为高于一切、神圣不可侵犯、关乎家族命运的建筑。祠堂除了祭祀祖先之外，还是族内人举行婚、丧、喜、寿仪式的场所，也是家族内人们议事聚会的地方。

客家人的祠堂，各地的建筑风格不尽相同。粤东地区及由粤东梅州市属的梅县和蕉岭迁台的客家祠堂，平原村落，则大同小异。这种祠堂大多为一正屋两堂或三堂，左右各一横屋或两横屋。有的正堂后面建有围龙屋，这就是典型的粤东"围龙屋"。连接上、中、下三堂的左右厢房一般用作书房或会客厅，上堂设有神龛，供着祖先的牌位。祠堂建筑一般都比较讲究，祠堂门前大都掘有池塘，谓之水可化"刹"。可惜大陆的这种祠堂建筑均在"文革"期间遭到严重破坏，保存完整的几乎凤毛麟角。

下面是粤东地区和闽、台客家祠堂建筑的名称：

1．门楼，也就是前厅或牌坊。

2．正身，即正屋。

3．前堂，即三堂屋的前厅。

4．廊间，又叫抻手（"抻"，客家话读"春"），是连接上、中、下厅的厢房。

5．横屋，即左右横屋。

6．禾埕，前厅门口的禾坪（即小广场）。

7．池塘，禾埕前的水塘大都建得如半月形，除了点缀着整个祠堂外，还有"水可化刹"之意。

8．祠堂建筑后面的土墩，叫作"化台"。化台种植一种贴地的草，后面则是"封围"的树林，郁郁葱葱，蔚为壮观。

客家人（包括迁徙到台湾的）均保留着对宗祠的俗称——厅下，台湾的祠堂还有个名称叫"夥房"。这些建筑，大多因地制宜，并无一定的规则。我在青年时代，因为职业关系，"文革"前后的 20 多年，在粤东地区农村给人雕刻油画床柜屏风，游走于客家地区，看到很多形状各异的祠堂，没有几座有固定的格式。这几年，我到客属各省、市客家地区组稿，发现宗祠家庙建筑确无一定的格式。不过，有一条不变的定律，就是所有祠堂建筑的厅下（即客厅）都是比较堂皇和宏大的。屋内楹柱林立，楹联很多，家族内有财力的，会雕龙画凤，窗花屏风，甚是气派，显示出宗族内的声望与实力。

偏远的村落和姓氏比较复杂的地方，如粤东北及闽西永定、上杭一带，很多建筑是以土楼为主，据称是古代为防土匪或姓氏纷争而设计建造的。这种土楼，以福建永定和上杭为最，粤东梅州的大埔等地也不少。但广西、赣南的祠堂与广东客家的便不尽相同，风格各异。2013 年我到江西、福建、广西为《中国客家对联大典》组稿时，所见到的客家祠堂就与粤东地区的不一样，其大门前面左右各有一根楹柱，木质的、石材的均有，这些楹柱皆有长联。广西贺州的客家人，大部分从梅州或揭西河婆迁徙而来。仅贺州的临贺故城一处，各姓的宗祠就有24座（其中4座已严重毁损），最早的李氏宗祠建于明代永乐元年（1403年）。其中，属国务院2001年6月指定的第五批全国重点文物保护的客家祠堂，就有3座。虽也有些残垣断壁，但基本上保护完整。近年来，由于国家对传统文化的重视，国民经济的繁荣复兴，这些古民居和祠堂文化得到了有力的保护和重塑。

四、客家祠堂的联匾文化

客家楹联是中国楹联的重要组成部分，客家祠堂楹联又是客家楹联中最为精粹的部分。客家祠堂匾额和楹联主要分成如下六个大类：

1. 门联和匾额。分大、小门联（含重门联）。
2. 堂联与匾额。含正堂、三堂的堂联。
3. 栋对。是厅堂内左右墙壁或厅堂楹柱上的联语。
4. 龛联。即祠堂内神龛联语（四川客家称"神榜"联）。
5. 檐联和灯联。
6. 厢（书）房联和窗联。

单独的匾额与横披，不属楹联。

不同类型的楹联由于张贴的地方不同，联语的内容和功能及联语的长短也不相同。楹联的内容，除了褒扬祖宗光辉史绩之外，还把很多道德人伦的警世格言，如修身励志、居官治学、处世治家等嵌入联语之中，同时告诫子孙后代如何立言立德，提醒后裔们要继承祖先勤俭、艰苦创业的美德。所以我说这些楹联，确是中华民族一部垂裕后昆的特种教科书，是一部优秀的"家训"。这些楹联，大都是各姓氏祖祖辈辈留传下来的。它不但是家训，还记录着先人们迁徙的最原始的"密码"。我们编纂本书，查阅了大量的正史、野史、姓氏文献、楹联专著，对联语做了比较详尽的注释，订正了以前很多"据说"或"传说"的错讹。

（一）门联

1. 大门联

祠堂大门联有通用与专用之分，还有正屋和横屋之分，所以祠堂门联有大门联和小门联之分。大门联一般以四言联为主联语，但也有少数是五言的。门联的内容一般都道出家族的郡望或堂号，使人一看便明白这个家族的历史渊源。同一堂号的，无论哪个省市，门联和堂联都是基本一致的。如这一副朱氏宗祠的通用大门联：

紫阳世泽；

沛国家声。

上联是指南宋理学家、教育家朱熹。朱熹，字元晦，别号紫阳，江西婺源人，绍兴进士，宋朝理宗时授赠太师。曾主持白鹿洞书院，教授五十余年，四方仰慕，弟子众多。其学派称为"程朱学派"。在哲学思想上，他从二程学说发展为完整的理学体系，为理学之集大成者。著有《四书章句集注》《伊洛渊源录》《资治通鉴纲目》等。朱氏的"紫阳堂"源出于此。下联沛国则是朱氏的发祥地，祖居沛国相县（今安徽濉溪县西北）。

大门联大都是粤东地区和其他客家地区通用的。由于客家各地祠堂建筑不同，所以各地门联的长短也不尽相同。

2. 小门联

客家祠堂的小门联包含围龙屋的横屋小门、重门和"抻手"门联。这些门联大多以七言联为主，有小部分是五言或九言的。如同一堂号，林氏人家小门均可通用：

存心不外和而忍；

德业无违读与耕。

这副门联的"存心"，在此可以理解为偏正词组，解为"所用之心"。平和忍让，耕读传家，是客家人一贯遵循的古训。这些小门没有设横匾，但逢年过节，均会用红纸书写的励志格言或吉祥词句，作为"横匾"，内容大都以修身、励志为主。

（二）堂联

"堂"者，厅堂是也，客家人又称"厅下"。厅下是宗族内聚会、议事或婚丧喜庆的地方，尤为重要，厅堂高大宽阔。堂联一般镌刻于中堂正中，以堂号作为横披，也是对联的匾额。堂联一般以十三言以下的为多。堂联联语多为褒扬祖宗先人干过的大事，做过的官职或在文学、艺术等方面取得的成就，这些使后裔感到荣光，激励后人学习先人的事迹。所以，门联和匾额一看便知该户人家的姓氏和家族名望，这就是客家人的门联和堂联的特点。下面是福建连城县培田村吴氏继志堂的堂联：

> 继前钦徽承三让；
> 志于道慎守九思。

这副堂联，明确地告诉吴氏的后人，要继承祖宗美德，牢记为人处世必须"三让""九思"的教诲。"三让"语出《礼记·礼器》："三辞三让而至。""九思"语出《论语·季氏》，君子有九思："视思明，听思聪，色思温，貌思恭，言思忠，事思敬，疑思问，忿思难，见得思义。"这些都是吴氏后裔的家训和行为准则。

（三）栋对

客家祠堂，大多是三堂的，前厅和中堂最大，也最重要。中堂的栋梁下面一条叫"子孙梁"，子孙梁下有一根木楹柱或石楹柱，这条楹柱，就是镌刻或张贴祠堂楹联中最重要的一副或多副长联——栋对。这些对联，有的除了记录本族先祖迁徙过程，提醒子孙勿忘祖先开基创业的艰辛，体现强烈的根源意识之外，还承载着祖先让后世子孙引以为傲的先人们的光荣史迹，也昭示了敬重文明圣贤的素质，教化后代应敬宗睦祖，承继先人耕读传家、敦睦族谊、兰桂腾芳、光宗耀祖的儒家文化思想。

如江西修水江州义门陈氏宗祠的栋对，是晚清名臣陈宝箴长子，清华四大国学大师陈寅恪之父，近代同光诗派代表人、进士陈三立所撰：

> 颍水溯真源，二千年积善累基，文范至今光史籍；
>
> 江州缅遗迹，百八庄同宗别派，义门终古衍家传。

对联告诉后裔，祖先的光辉业绩来之不易，要继承和发扬先人行善积德、勤劳俭朴的精神。又如广东梅州李氏家训祠联：

> 物色也，造化是资。粗茶淡饭，减分毫添分毫福泽，夏葛冬裘，省些须增些须受有。积一善，救一命，立一功，育一生，赒患难之急，济贫困之厄。水宜寻源，木则须知本。记之！记之！
>
> 气度者，立身之本。人智我愚，进几分长几分见识。人强我弱，退一步益一步涵养。读好书，行好事，说好话，交好友，待尊长以礼，御卑贱以恩，善宜奋往，过则不惮改。慎哉！慎哉！

这副家训长联，为出身贫寒的明代崇祯元年的进士、梅县松口人李二何所撰。李氏的后裔们把这副对联作为李氏家训，刻在或悬挂在宗族的祠堂里，作为栋对。楹联写得清清楚楚、明明白白，时时提醒后裔勤俭持家、行善积德、励志修身、做人处世的行为准则。还有一副长联栋对，是四川著名的客籍联家钟云舫所撰：

> 蜀江闽海，隔八千里焉，天胜人，人更胜天，始得俾炽昌如此，念昔日巴山西上，僰水东来，露宿风餐，予先世亦良苦耳；
>
> 祖德宗功，历二百年矣，子生孙，孙又生子，居然聚国族于斯，喜今朝燕寝凝祥，鹤峰敛秀，云蒸霞蔚，我后裔其必兴乎。

这副栋对描写了钟氏祖先从福建迁徙到四川途中的艰辛和在四川落户定居以后的真情实景，如泣如诉如歌。钟云舫不但是一位著名楹联家，还是一个杰出的教育家、一位"布衣文人"。他对家族的子嗣文化十分关注，专门题撰了两副对联，刻在宗祠内，勉励族人、家人团结和睦。其中一副为：

> 创业维艰，愿子孙毋启争端，鼠牙雀角相推让；
>
> 光荣有道，为祖父多培善脉，麒趾螽斯化吉祥。

台湾地区的客家祠堂栋对还记录着各姓后世子孙寻根探源的重要线

索，如六堆内埔乡黄氏一户人家的栋对：

> 启户溯蕉坑，由蕉岭，渡台湾，登第玉成世泽，绵延营福；
>
> 开基来海岛，自老东，分上树，与居松盛人文，起凤育郎。

又如六堆陈氏"颍川堂"的栋对：

> 祖德高深，由梅县而渡台，克俭克勤，著迹颍川绵世泽；
>
> 孙谋远大，自履丰以开基，宜耕宜读，遗徽星聚永馨香。

主栋对联一般雕刻在中堂两边贴墙的楹柱上。两边还有亲朋挚友赠贺的楹联，或装裱悬挂，或雕刻在厅堂楹柱上。如江西赣县谢氏宗祠敦五堂有一副教育家蔡元培先生所题赠的楹联：

> 先人有燕翼贻谋，无论为文德，为武功，承绍允推贤子弟；
>
> 地势得象山灵秀，从此产英雄，产豪杰，勋名彪炳泰东西。

据说，赣县当年夏府举人谢雄文在参加江（苏）浙（江）教育考察团时，认识了蔡元培先生。宣统元年，谢屋建造祠堂，谢雄文写信给蔡元培先生，请他题撰一副对联。同年冬天，蔡元培先生寄来了这副对联。谢雄文请了最好的石匠，把这副对联刻在祠堂的大石柱上，至今尚在。

祠堂的堂联，如果族内没有名人题撰书写，会请他姓的名人代为题撰书写；尤其是名门望族，更会请名家为其题撰书写。古代很多著名的文人，既是著名的联家，又是著名的书法家，如清代广东梅州的宋湘、福建宁化的伊秉绶，当代四川的郭沫若，都是客家人。另外，凡逢家族有大型的喜庆活动，馈赠对联也是文化名流的雅事，受赠人家会感到无上荣光。名人赠贺的对联，则显得尤为珍贵。

（四）龛联

客家人的祠堂，大都设有神龛，神龛一般设在祠堂的上堂后面。所谓"神"，则是供奉本姓先祖的神牌和远祖的神牌。凡逢节日或宗族重大活动，尤其是过年过节，都要上香祭拜。神龛上边横批是堂号，两边有阳刻的楹联，一般都用黑漆贴金。客家人的龛联基本上是各个姓氏专用的。因为这里供奉的是真正嫡传这个祠堂后裔的先人。如四川成都新都周氏祠堂神龛联：

> 岐山西发家声远；
>
> 汝水南来世泽长。

上联指出周氏鼻祖出自岐山，即今陕西省渭河之滨的岐山一带；下联意指周氏宗族迁徙汝河流域后又向南迁徙。

（五）檐联

客家人的祠堂，至少有上、下两堂，而且大部分有三堂。每堂的天井前的檐唇有两条石（砖）柱，这两边的联语一般不会镌刻，留作逢年过节时或族内人办理婚丧喜庆时张贴前人留下或临时题撰的联语。如福建永定高陂林氏绍卓堂的一副檐联：

> 乾八卦，坤八卦，卦卦乾坤已定；
>
> 鸾九声，凤九声，声声鸾凤和鸣。

此联应是举办婚礼时张贴或悬挂在楹柱或厅堂檐边之联，运用反复修辞法，对仗工整，是一副婚庆楹联佳作。

（六）灯对

灯对是在前厅挂灯笼的两边楹柱上镌刻或张贴的。灯笼名为"子孙灯"，灯对的联语与堂联、栋对大同小异。受房屋高度的限制，灯对一般在七言至十三言之间。灯对（联）的内容，主要是描写族内门庭显耀，财丁两旺。从有祠堂开始，族内凡是增加男丁，在元宵节那天，就要到祠堂"上丁"（赏灯）。现在台湾地区的客家祠堂还保留着这一习俗。下面这一灯对，出自台湾屏东长治德成村陈姓宗祠：

> 灯火辉煌，此日门楣期显耀；
>
> 梁材俊秀，他时兰桂望腾芳。

（七）厢（书）房联

厢（书）房，即祠堂左右两边的"抻手"间，是宗族内族长或族内文化人会客的地方。朦胧中我回想起儿童时代，曾多次到村内的祠堂去玩，记得墙上挂着一幅中堂（字或画），两边挂有一副堂联，有装裱的，也有木刻的，都是五至七言的。到了青年时代，这厢房（押手）依旧，但字画对联可就没有见过了。最近几年，在古董文物市场看到过很多这种东西，多是出自名家的撰联和书法。梅州的宋湘和福建宁化伊秉绶、黄慎，就留下不少这种墨宝。

五、永不泯没的客家精神

客家人是中华民族在世界上分布最广的一个民系。几百年前，尤其是在雍正十一年（1733 年），嘉应设州，成为粤东北地区经济、政治、文化中心。粤东、闽西、赣南的客家人从祖国东南沿海的韩江和闽江这两条黄金水道出发，开辟"海上丝绸之路"，过番下南洋，走向全世界。他们在向世界传播五千年中华文化的同时，也给家乡和祖国带回西方工业革命先进的技术和西方的文化，带来了一江两岸经济的繁荣。

客家人经过世代努力，前赴后继，披荆斩棘，才开辟出一片新天地。特别值得一提的是，客家人无论走到海角天涯，都有一个永不泯灭的"乡愁"。遍布世界各地的客家人，除了常回"家"看看以外，还喜欢在他们聚居的异国他乡设立宗祠或会馆，宗祠或会馆里都镌刻或悬挂着一副副对联。这两行文字，承载着客家人的传统：缅怀祖德、念故溯源、思乡爱国、褒扬公益，表达了客家人的诚挚的思乡爱国的情感。如印尼雅加达客属总义祠联：

　　义关桑梓，家隔海天，万里梅花问消息；
　　祠祝千秋，堂联百氏，一龛香火结因缘。
又如泰国勿洞市八桂堂联：
　　八府传来，馆建天南，开幕应观新典礼；
　　桂香飘到，人思地北，登堂如见旧家乡。

从前几部楹联文献的组稿，到这部《中国客家姓氏祠堂楹联》的编纂，我一直参与其中。在编纂过程中，我常被客家先贤诚挚的情感所感动。

可惜的是，很多优秀的楹联作品已在历史的沧桑中湮没了！这些祖国的文化瑰宝，如再不及时抢救，吾辈将愧对祖宗。所幸我们这批同道不懈努力，终于将这些濒临流失的部分文化瑰宝结集出版。幸甚！

陈　平

丙申阳春于梅江南岸寓中

凡 例

一、本书收录客家 227 个姓氏的祠堂、家庙或宗祠以及海内外部分客家名人纪念祠、会馆等的优秀楹联作品。所收楹联一般止于 1949 年。

二、姓氏按笔画顺序排列。姓氏字头附繁体字和小篆，标注汉语拼音。

三、每一姓氏下列有姓源、分布、郡望、堂号和祠联。祠联部分先列通用祠联，后列各地祠联。祠联按门联（含大门、小门、重门）、堂联（含上堂、下堂、楹柱）、栋对、龛联、灯对编排。因各地祠堂楹联的名称、分类不同，故对没有标明类别的楹联，统称祠联。

四、各地祠联分通用和专用两类，按广东、广西、江西、福建、四川、台湾、湖南、海南顺序排列，其他各省、市、区因楹联较少，排列不分先后。省以下的市、县排列不分先后。海外楹联一般排在国内楹联之后。同一类型、同一地区的楹联，一般有注释的排在前，无注释的排在后。

五、祠联注释指出与该楹联有关的名人典故，解释难懂的词语。同一姓氏、同一类型的祠堂楹联，内容差别不大的，排在一起，统一注释。

六、楹联按惯例分两行排列。为方便阅读，长联内加标点，上联末用分号，下联末用句号。

七、楹联有作者的，将作者姓名排在下联下一行右端。作者可考的，后附作者简介；无具体作者的，不标佚名。

八、为方便读者理解楹联，书后附有"客家姓氏祠堂楹联常用词语注释"。

目　　录

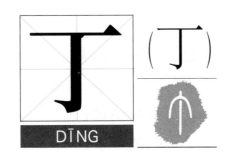

【姓源】《世本》。

① 商代有丁国，侯爵（《姓氏急就篇》引《太公金匮》），公族以国为氏（《姓觽》引《姓考》）。

② 汉代东越人姓。见《汉书》。

③ 三国时孙匡之后。孙匡因烧损茅芒，以乏军用，孙权别其族为丁氏（《三国志·吴书·孙匡传》注）。

④ 少数民族汉姓，如鲜卑族、回族、蒙古族等融入汉族后改汉姓。

【分布】秦汉时期，丁姓人口主要集中在山东、安徽、江苏、河南境内，同时有少量人口迁往今河北、陕西、广西、湖北、广东等地。

三国两晋南北朝期间，沛国谯县的丁氏成为当时丁姓人中最为突出的一支族群。同时期，江西、安徽等地已有丁姓族人迁入。

到了唐代，福建一带已有丁姓人口迁入。宋元时期，江苏人丁谓的后人分居崖州（今广东崖县西北）和广州一带。到了清朝，台湾、福建、广东一带有了丁姓的迁入者，并融入当地客家。另有丁姓族人徙居新加坡、泰国、美国等地。

丁姓为中国第48常见姓。人口约470万，约占全国人口的0.38%。约37%分布在江苏、湖北、安徽、河南四省（其中江苏最多，约占全国丁姓人口的13%）；30%分布在贵州、辽宁、湖南、浙江、山东、江西六省（《中国姓氏·三百大姓》）。丁姓客家人江西、广东较多，湖北、湖南次之，福建和广西也有一些。

【郡望】济阳郡。

【堂号】驯鹿堂、魁龙堂、梦松堂等。

通用门联

飞凫驯伏；

化鹤归来。

【注】① 飞凫驯伏：典指丁密。丁密，东汉岑溪人，性清介，非家织布不衣，非己耕种不食，毫发之馈，不受于人。遭父母丧，守庐墓三年，化双凫游庐旁小池，见人驯服，人以其为孝感之。② 化鹤归来：典出陶渊明《搜神后记》中的人物丁令威。丁令威，汉辽东人。传说其学道于灵虚山，后化鹤归辽，集于城门华表柱。有少年欲射之，鹤乃徘徊空中而言曰："有鸟有鸟丁令威，去家千岁今来归。城郭如故人民非，何不学仙冢累累。"遂高上冲天而去。

凫游家池水；

鹤化归还乡。

【注】上联典指东汉时丁密。下联乃指《搜神后记》丁令威，学道于灵虚山，后化鹤归其故乡。

济阳世德；

虎观家声。

【注】① 济阳世德：丁氏后裔为纪念其祖先的功德和丁氏的发迹地，故称"济阳世德"。② 虎观家声：江汉大臣丁鸿（？—94），字孝公，颍川定陵（今河南郾城西）人。汉明帝永平十年（67年）征入朝廷，待以博士礼，旋拜侍中，迁射声校尉。汉章帝建初九年（79年）奉章帝命于白虎观定《五经》同异，他持论最明，受诸儒称道。章帝称赞道"殿中无双丁孝公"，后迁少府。汉和帝即位，迁大常。永元四年（92年）代袁安为司徒，曾参与谋诛外戚窦宪。又议定郡国满二十八万人举孝廉一名，以信递增。

麟分帝里；

凫浴家池。

【注】上联典出西汉丁复，从汉高祖南征北战，为大司马，系西汉十大元勋之一。下联典指丁密。

入名宦祠；

留仙女塔。

【注】① 入名宦祠：典指丁允元。丁允元，宋常州人，淳熙中官少卿，以忠谏谪守潮州。筑桥兴学，民咸怀之，今祀于名宦祠。② 留仙女塔：晋丁真君女秀英，尝在瑞州崇玄观炼丹，丹成仙去，衣冠留葬，呼仙女塔。

广东丰顺汤坑丁氏宗祠门联

茅封赐姓；

松梦光宗。

【注】① 茅封：吕尚（姜子牙）之子吕伋，为齐国之主，有功于周，授茅土，赐姓丁公，裔孙以丁为氏。② 松梦：三国时东吴丁固初为尚书，梦松树生于腹上，谓人曰："松字，十八公也，后十八岁吾其为公乎？"卒如梦焉，十八年后位列三公。

广东丰顺汤坑石印二郎公厅门联

济阳华胄；

石印虬根。

【注】广东丰顺丁氏郡望为济阳郡，汤坑根基在石印村。明正德年间，丁仑公由五华腊石下迁居丰顺汤坑石印村开创汤坑丁氏，三世元兴丁公为纪念其父二世国文公建此厅，堂号曰二郎公厅。

广东丰顺汤坑金屋围都转第门联

尚书门第；

光禄家声。

【注】此祠第为丁日昌建，联是其后人所撰。上联典指丁日昌钦赐礼部尚书衔；下联丁日昌之父丁贤拔诰封光禄大夫。

广东丰顺汤坑丁氏家庙门联

魁光列斗；

龙翼排云。

【注】此堂为丁日昌纪念其父丁贤拔而建。全联赞其嗣下名人辈出，贤达罗列。一代名臣丁日昌之后有丁惠馨、丁惠尧、丁韵初、丁志德等皆为当时名流。

堂联

> 刻木孝亲绵世泽；
>
> 梦松应兆振家声。

【注】上联典指东汉河内人丁兰，少年丧母，用木头刻母亲像，每日服侍如活人。邻人张叔，酒醉骂木像，还用手杖击木像头。丁兰怒而打张叔，因此被捕，辞别木像时，木像为之落泪。下联典指三国时吴人丁固。

栋对

> 思前辈振威碣石，显赫功勋光闾里；
>
> 念先贤巡抚江苏，恩德施泽化黎民。

【注】全联典出清朝江苏巡抚丁日昌。丁日昌，字持静，号雨生，广东丰顺人。贡生出身。初在原籍办团练，镇压潮州农民反清起义。咸丰九年（1859 年）任万安知县，后因万安为太平天国起义军攻克被革职，遂投湘军，入曾国藩幕。同治二年（1863 年）被李鸿章调往上海专办洋务事业，推荐容闳赴美国购买机器，参与筹设江南机器制造总局。同治四年（1865 年）年授苏松太道兼任江南制造总局总办，推荐买办唐廷枢开办轮船招商局、开平矿务局，成为李鸿章、曾国藩办理洋务的得力助手，升两淮盐运使。同治六年（1867 年）任江苏布政使，次年擢江苏巡抚。光绪元年（1875 年）调任福建巡抚，继沈葆桢主持福建船政局。光绪六年（1880 年）会办南洋通商和海防事务，节度水师。曾开发台湾煤矿。后被劾贪污，托病辞职。卒于光绪六年（1882 年），有《抚吴公牍》。是中国近代政治活动家、洋务运动重要人物。

> 门对青山，试看翠柏苍松，茂发千枝，总是津津一本；
>
> 屏环绿水，欣观锦波银浪，分流万派，无非混混同源。

【注】全联描写宗祠环境优美，意指家族亦如此景，枝荣叶茂。

福建武平丁氏宗祠

通用门联

> 梦松应兆；
>
> 刻木事亲。

【注】① 梦松应兆：典指丁固。② 刻木事亲：典出丁兰。

通用堂联

> 刻木奉亲追往代；
>
> 梦松生腹忆前人。

【注】上联"刻木"典出丁兰；下联"梦松"典出丁固。

广东梅州丁氏宗祠济阳堂联

> 型方恍就镕金范；
>
> 仁种荣滋寿木华。

> 讲席以泯门户见；
>
> 让阶光博枣利欢。

> 口中言，发之速，悔之迟，且忍且耐；
>
> 世间财，得之难，去之易，宜俭宜勤。

福建上杭丁氏宗祠栋对

> 济阳继世代，繁衍杭川新福地；
>
> 谈经留训古，传家诗礼绍赵庭。

> 六百年肇造丕基，振铎与鸣琴，克壮鸿图衣望族；
>
> 甘一代相承后泽，参军而作牧，更期燕翼绍封公。

福建宁化方田丁氏大罗家庙联

> 开基齐国，群王帝业，伋公始祖垂万古；
>
> 望出济阳，皇天后土，沙罗一脉衍千秋。

> 赫赫坤祖，佑吾族兴旺，八方人文蔚起；
>
> 巍巍家祠，尽天地灵气，一湾翠水南来。

> 先祖麟分帝里，肇基沙罗，继承济阳望族；
>
> 后昆凫沐家池，缅怀世泽，光大东海名门。

安徽怀宁丁氏宗祠通用栋对

太丘星聚，一德以传，此日堂阶随顾问；

义地风高，寸心如接，他时杖履应寻求。

四川南充仪陇丁氏宗祠联
门联

两条正路为耕读；

一脉祖传曰俭勤。

四面清风除俗垢；

一庭紫气育雅芳。

家传刻木垂千古；

瑞气生松统六卿。

睹山水容光，得心寓海；

见古人面目，读礼学诗。

礼乐诗书，是传家至宝；

精神道德，为宴尔金丹。

邑得琳琅清飚，屋身并润；

笑看松柏瑞霭，仁知俱生。

堂联

美德积三分，皇天赐我七分福；

良善作一世，丹籍注尔五世亨。

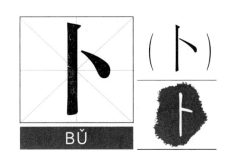

BǓ

【姓源】《风俗通义》。

① 《周礼》卜人，主卜筮，其后以官为氏。《风俗通义》曰："氏于事者，巫、卜、陶、匠是也。"

② 少数民族汉姓或少数民族融入汉族后改汉姓，如匈奴族、鲜卑族、回族等（见《中华姓氏源流大辞典》）。

【分布】魏晋南北朝时期，卜氏族人在今山西离石、湖南溆浦和河南洛阳形成望族。两宋之际，今四川、江西和安徽等地已有卜姓族人定居。

卜姓为中国第 170 常见姓。人口 72 万多，约占全国人口的 0.058%。约 44% 分布在广西，33% 分布在江苏、内蒙古、广东、湖南、河南、河北、山东七省、自治区（《中国姓氏·三百大姓》）。卜姓客家人广西最多，广东、湖南、江西、湖南、河南亦有少数卜姓客家人。

【郡望】西河郡。

【堂号】河南堂、武陵堂等。

通用门联

说诗彰教；

输财助边。

诗礼世德；

助民家声。

赋梅报国；

宰相家声。

文宗世泽；

学绍家声。

【注】① 说诗彰教：指卜商。卜商（前509年，周敬王十三年），春秋时卫国人，孔子弟子，字子夏。与子游并列文学科，孔子殁，卜商居西河教授，有《诗序》《易传》等著作。② 输财助边：指卜式。秦代前相国、相邦，或称丞相。秦和西汉后，以相国或丞相为宰相。联中相国、宰相，指西汉时的卜式。卜式，又名工，河南洛阳人，少时以田畜为业，历十余年，养羊至千余头，广置田宅，由是致富。汉武帝时匈奴屡犯边境，卜式上书愿以家财之半捐公助边。帝欲授以官职，他辞而不受，又以二十万银钱救济家乡贫民。朝廷闻其慷慨爱施，赏以重金，召拜为中郎，布告天下。但他将赏金悉数助府库。身为中郎，仍布衣为皇家牧羊于山中。封为御史大夫。③ 诗礼世德：亦指指春秋卜商。④ 助民家声：指西汉大臣卜式。

这几幅门联说的都是卜氏家族事业。卜氏之裔卜弼，世居山东巨野，南宋嘉定七年甲戌岁（1214年）南迁入闽，官授福建上杭知县，创业泽基于上杭胜运里，为入闽始祖；传裔四世，入粤肇基广东梅县松源，继迁饶塘，又徙松口。四世纯明为入粤始祖，裔孙迁往梅县、大埔、蕉岭等地。

广东梅州卜氏宗祠通用堂联

掌卜大夫，预知毕万后代；

好易子玉，迥高廓璞前修。

【注】上联典指春秋晋国掌卜大夫卜偃。下联典指赵太常卜羽。卜羽，字子玉，少年好读《易》，能前知，隐居龙门山。

钜野振家声，续署乌罗，文学渊源东鲁重；

杭川为牧守，疆开太古，风规道理西河传。

【注】① 上联典指卜商。乌罗，今贵州松桃县，卜姓祖是否在乌罗当过县令，无考。② 杭川：指今福建上杭，卜商后裔卜阡富之第八子名弼，宋嘉定七年（1214年），曾任汀州府上杭县令，因携家眷从山东迁上杭太古村开基，故有"疆开太古"之说。

湖南炎陵卜姓通用门联

> 说诗彰教；
>
> 读易知微。

【注】上联典说卜商；下联典指卜羽。

堂联

> 文学夙优，仰商贤博洽；
>
> 仓箱广积，羡式祖丰盈。

【注】上联典说卜商；下联典指卜式。

广东梅州卜氏宗祠堂联

> 世长势短，宜忘势而处世；
>
> 人多仁少，须择仁以交人。

> 尊祖敬宗，登斯堂可无愧否；
>
> 光前裕后，展此地能勿思乎。

> 行忠恕，正身心，祖德千秋堪仰慕；
>
> 探源流，明昭穆，宗亲四海庆团圆。

栋对

> 派衍西河，探木本溯水源，当思祖德宗功，千秋不朽；
>
> 基开咸和，扩鸿图诒燕翼，望尔孙贤子肖，百世其昌。

福建武平卜氏宗祠堂联

> 姓自岐山封建，祖德宗功，克笃箕裘兴百代；
>
> 郡来河内渊源，贻谋燕翼，功勋昭穆仰千秋。

刁（刁）

DIĀO

【姓源】《风俗通义》。

① 本作刀，汉以后始作刁氏。

② 少数民族汉姓，如蒙古族（《敖汉旗志》，1991）、回族、满族、土家族等汉姓。

③ 改姓。战国时齐国貂勃，亦作刁勃，曾以貂为氏，后改为"刁"氏。《复古编》及《日知录·杂论》均有记载。据考，刁姓是春秋时代齐国大夫竖刁的后裔。竖刁是齐桓公的近臣，管仲在世时，曾经帮齐桓公在诸侯国中建立霸业。管仲死后，竖刁、易牙、开方在朝内专权。桓公死后，竖刁与易牙杀害了原先的旧臣，立无亏为齐王，迫使太子逃到宋国。由于竖刁的阴谋，使齐国发生内乱。后裔貂勃以竖刁之名"刁"为姓。另据杨慎《希姓录》称："王骥平麓川，赐夷人怕、刀、刹三姓，后染华风，改为刁氏。"

【分布】唐末、五代时期，河南上蔡人刁彦能因仕宦南唐而落籍升州，其子徙居润州丹徒。此外，刁姓一族中有人因避乱迁居到了今湖南和江西等地。宋元两朝，刁姓族人的足迹遍布今福建、广东、广西等地。

刁姓为中国第 245 常见姓。人口约 30 万，约占全国人口的 0.024%。约 53% 分布在湖南、贵州、广东、江苏、湖北五省（其中湖南最多，约占全国刁姓人口的 16%）；山东、黑龙江、安徽、河南、四川亦多此姓（《中国姓氏·三百大姓》）。刁姓客家人主要分布在广东、湖南、湖北，四川、河南次之。

【郡望】弘农郡。

【堂号】渤海堂、藏春堂、西河堂、渤海堂等。

通用门联

弘农世德；

晋相家声。

【注】① 弘农世德：指刁氏祖先出于弘农，后出了不少显贵人物。战国时有名人刁勃、东汉时有郡相刁韪，魏晋以后功烈尤著。刁氏后裔为纪念其祖先功德，故称"弘农世德"。② 晋相家声：指东晋大臣刁协（？—322），字玄亮，渤海饶安（今河北孟村南）人，曾任尚书左仆射、尚书令，参与制定朝廷典章制度。

典章历练；

杖履藏春。

【注】① 典章历练：典指刁协。刁协，晋饶安人，字玄亮。少好经籍，博闻强记。累官尚书左仆射。元帝南渡初，典章制度皆由刁协所定。② 杖履藏春：典出刁约。刁约，宋时人，字景纯，少卓越，刻苦学问，能文章。天圣进士，宝元中为馆阁校理，后直史馆。辞官归，筑室润州，号"藏春坞"。苏轼题诗云："年抛造化陶甄外，春在先生杖履中。"

广东梅州刁氏宗祠门联

自整法度；

谙练典章。

丞相文峰朝吉第；

河塘秀水映华门。

堂联与栋对

耕也好，读也好，学好得好；

创亦难，守亦难，知难不难。

族聚一堂，愿大家莫分强弱；

基开百世，对先辈尽是儿孙。

源弘农，望渤海，会江左先哲，功勋碑千古；
脉闽粤，支楚赣，分东西后贤，风流耀南天。

鸿基开汉晋，毽任尚书，协登宰相，丰功昭史册；
骏业继明清，腾膺光禄，经职将军，伟绩载华章。

溯渊源出周宗冑，弘农开鸿基，根尔深，蒂尔固，宗枝奕世千秋盛；
承祖德入粤裔孙，寰宇创伟业，葛之覃，荇之毛，瓜绵椒衍万代昌。

莫云遗泽不灵长，但大家饥有食，寒有衣，从容朝夕，便当思旧德；
岂必烦言多责备，亦只要孝于亲，悌于长，敦叙伦纪，即可谓亢宗。

一脉四支，文甫居洋岭，信甫居河塘，明甫居长乐，悦甫居潮汕，房房富贵；
千丁万口，枢公任将军，遥釜任试官，理坌任府知，谦公任大使，代代荣华。

茂美盼乔松，枝舞鹤以拿云，千蟠虬以傲日，蒂尔固，根尔深，缅先德兮如斯，顾义思名，早辉映夏社唐阶，看一样无穷茂美。

欣荣垂密叶，花耀霞而灿锦，果渑露而累珠，葛之覃，荇之毛，景徽音其勿替，怀人触物，好歌咏瓜绵椒衍，祝千秋长此欣荣。

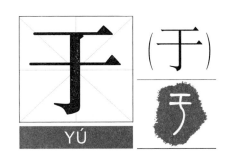

于（于）

YÚ

【姓源】《广韵》引《姓苑》。

① 于氏，姬姓。本邘氏，后去邑为于氏。

② 匈奴族姓。汉时有之。

③ 鲜卑族万忸于氏，北魏太和十九年改于姓，西魏大统十五年复姓万忸于氏。唐时融入汉族，复改于姓。

④ 北魏文成帝夫人于仙姬，于阗国公主，以国为氏（《汉魏南北朝墓志集释·高宗夫人于仙姬墓志并盖》）。

⑤ 唐避宪宗李纯嫌名，淳于氏以"淳""纯"字音同改于氏。

⑥ 改姓。浙江嵊州于氏一支，本姓刘氏。刘姓先祖刘德坚，五代时避钱镠名讳改金氏。宋室南迁，忌金名，又改"于"氏。

⑦ 其他少数民族汉姓或改汉姓（略）。

【分布】宋朝末期，于姓开始由浙江迁居到福建西部和广东东南沿海。

于姓为中国第 38 常见姓。人口约 600 万，约占全国人口的 0.49%。约 55% 分布在山东、黑龙江、辽宁、吉林四省（其中山东最多，约占全国于姓人口的 19%）；19% 分布在河北、河南、内蒙古三省、自治区（《中国姓氏·三百大姓》）。于氏客家人较少，河南较多，江西、广西、广东也有少数于姓客家人。

【郡望】河南郡。

【堂号】河南堂、忠肃堂等。

通用祠联

门联

德卜门第；

征讨家声。

威隆节钺；

德卜高门。

【注】上联典说三国魏国于禁。于禁，字文则，巨平人。武帝时召拜军司马，征战有功，封益寿亭侯，累迁左将军，假节钺。下联说汉代东海郯人于公，曾任县狱吏、郡决曹，断案审慎公允，百姓为他建生祠。一次，于公家的门坏了，百姓共同要为他修理。于公说："门可做高大些，使能容驷马高盖车进入，我治理狱讼多阴德，未曾冤枉于人，将来子孙必有昌盛显贵者。"后来他的儿子于定国果然官至丞相，其孙子于永也官至御史大夫。

勤劳土木；

妙选瀛洲。

【注】上联典说明代钱塘人于谦，字廷益，官历监察御史、兵部尚书等。正统十四年（1449年），蒙古族瓦剌部首领也先来犯，英宗亲征在土木堡被俘。于谦率军击退也先，迎回英宗。下联典出唐代京兆高陵人于志宁，字仲谧，文学馆学士，瀛洲十八学士之一。封燕国公，任尚书左仆射。

当代清官；

救时宰相。

【注】① 当代清官：典出于成龙。于成龙，清山西永宁人，字北溪。知罗成县，招流亡，修学校。在任七年，民声甚德。后迁黄州，善治盗，用兵如神，以清廉称著，时称天下清官第一。官至两江总督。② 救时宰相：典指于谦。于谦，明钱塘人。七岁时，有异僧目为救时宰相。后官至御史，迁兵部尚书。

瀛洲望重；

廷尉门高。

【注】① 瀛洲望重：唐于志宁为文学馆学士，为瀛洲十八学士之一。官廉谏恶，

修礼修史，多膺伟功，后封燕国公。② 廷尉门高：典出于公。于公，汉东海郯人，为县狱吏郡决曹。

堂联

红叶作良媒合；

青史标广德贞。

【注】① 红叶作良媒合：唐僖宗时学士于祐于御沟得一红叶，题诗于上，宫女韩夫人得之。后帝放宫女，祐娶韩，取红叶相示，乃曰："可谢媒矣。"韩氏诗有"方知红叶是良媒"句。② 青史标广德贞：典出于志宁五世孙于琮，字体用。以门资为吏，宣宗擢进士，授左拾遗，娶广德甸公主，后被害，公主亦自缢室中。

栋对

千古痛钱塘，并楚国孤臣，白马江边，怒卷千层雪浪；

两朝冤少保，同岳家父子，夕阳亭里，心伤两地风波。

【注】西湖于谦祠联。于谦，字廷益，浙江钱塘（今杭州）人，明朝大臣，成祖年间进士，曾历任监察御史、巡抚、兵部右侍郎。英宗时明正统十四年（1449 年），蒙古瓦剌贵族也先率军来犯，明军出兵阻击，全军覆没，英宗被俘，举国上下为之震动。一些朝臣主张南逃避敌，于谦力排众议，誓死保卫京师，并拥成王为帝（景帝）。后瓦剌军破紫荆关直逼京师，他亲自督战，击毙也先，大败瓦剌军。后官加少保，总督军务。英宗被释放后，于景泰八年发动"夺门之变"，夺回帝位。于谦被捕下狱，以"意欲谋逆"罪被判处死刑。下联指宋朝岳飞父子被冤杀事典。

广东梅州于氏宗祠通用门联

精修好道；

强学博闻。

瀛洲望重；

廷尉门高。

栋对

富贵显然，必忠孝节廉自任数端，方可无惭宗祖；

诗书美矣，但农工商贾各专一业，便非不肖子孙。

万（萬）
WÀN

【姓源】《姓觿》引《姓谱》。

① 本万俟氏，后省为万氏。

② 商代氏族。商代晚期青铜器萬父己爵，盖即萬氏器。其铭见《三代吉金文存》。

③ 萬氏，姬姓，周卿士芮伯萬之后；一说出自周文王第十五子毕公高裔孙毕萬之后（《古今姓氏书辩证》《通志·氏族略》）。

④ 萬氏，芈姓。楚大夫以邑为氏（《姓谱》）。萬邑，在今山东莒县境（《中华姓氏大辞典》）；一说楚之萬氏本蔓氏（《路史·后记》）。蔓、萬古音同。

⑤ 少数民族汉姓或融入汉族后改姓（略）。

【分布】宋元时期，由于战乱，万姓一族大举南迁，足迹遍布今江西、湖北和湖南等地。

万姓为中国第88常见姓。人口近240万，约占全国人口的0.19%。约35%分布在湖北、江西、江苏三省（其中湖北最多，约占12%）；27%分布在四川、贵州、湖南、河南四省（《中国姓氏·三百大姓》）。万姓客家人江西最多，湖南、湖北、四川、广西、广东、福建也有分布。

【郡望】扶风郡、河南郡等。

【堂号】扶风堂、成孝堂、永思堂、河南堂等。

通用祠联

门联

功高槐里；

孝著成乡。

【注】上联典指万修。万修，字君游，东汉茂陵人。平河北立大功，拜大将军。更始年间任信都令，迎光武帝，拜偏将军。因功封槐里侯，为云台二十八将之一。下联指万敬儒，唐代庐州人，三世同堂，力尽孝道，高宗诏表，居所改名"成孝里"。

功高槐里；

节镇巴丘。

【注】上联典指东汉茂陵人万修。下联典指三国万彧，以丞相出镇巴丘。

扶风世泽；

孝悌家声。

孝悌家声远；

扶风世泽长。

孟门高弟；

成孝名乡。

【注】① 孟门高弟：典指万章。万章，战国时齐国人，孟子弟子。序《诗》《书》，述仲尼之意，作《孟子》七篇。② 成孝名乡：典出万敬儒。万敬儒，唐庐州人。亲丧，庐墓八年，刺血写佛经，断指辄复生，州改所居曰："成孝乡广孝聚"。

忠实二字；

经史一家。

【注】① 忠实二字：典出万文胜。万文胜，宋时人，倜傥有大志，累官福州观察使，总殿前诸军。理宗以飞白书"忠实"二字赐之。② 经史一家：典指清代万斯大，不事科举业，湛思诸经，融会诸家，尤精《春秋》、三礼。其兄斯年、斯选及其弟斯同，皆通经纂史，卓为名家。

栋对

宋朝以后聚族于斯，念祖宗力稼服田，克俭克勤，为万氏开基创业；

南嶂之阴建祠甫就，愿子孙象贤继美，肯堂肯构，卜千秋椒衍瓜绵。

【注】① 肯堂肯构：比喻子承父业。《书·大诰》："若考作室，既底法，厥子乃弗肯堂，矧肯构？"孔传："以作室喻治政也。父已致法，子乃不肯为堂基，况肯构立屋乎？"② 瓜绵椒衍：瓜绵，谓子孙众盛。元朝耶律楚材诗："宗亲成蒂固，国祚等瓜绵。"椒聊为木名。《诗·唐风·椒聊》："椒聊之实，蕃衍盈升。"故后世以"椒衍"比喻子孙众多。

孟门秉训以来，文教振兴，岂仅名传列国；

槐里受封而后，武功赫濯，允宜像绘云台。

【注】全联典指万修。

广东五华河东河口万氏祠联

祠对群山，奇峰竞秀，瑞气氤氲，扶风派衍家声远；

堂临两水，碧浪飞花，祥云缭绕，槐里根深世泽长。

广东五华横陂万氏宗祠联

几千年，扶风世第，瓜蔓全球，代有闻人，槐里封侯昭史册；

数百载，金祖传芳，枝繁异地，馨流盛世，章联立宇慰先灵。

【姓源】《世本》。

① 芈姓，春秋楚大夫靳尚食采上官，因地为氏。上官，在今河南滑县东南约十七公里处之上官镇上官村。汉灭楚，迁上官氏于陇西上邽。

② 满族姓（《中国少数民族姓氏》）。

【分布】上官姓人口约占全国人口的0.0036%。主要分布在江西、山西、山东、浙江等地。上官姓的客家人较少，主要分布在江西赣州市下属几个县，如赣县、兴国、南康等；吉安市及鹰潭市的余江也有分布；福建闽西有一些上官姓客家人。

【郡望】天水郡。

【堂号】天水堂等。

通用祠联

门联

工诗创体；

奉法还金。

【注】① 工诗创体：典指上官仪。上官仪，唐陕州人，贞观进士。召为弘文馆学士，迁秘书郎。工诗，其词绮错婉媚，贵显人多效之，谓为上官体。② 奉法还金：典出上官凝。上官凝，宋邵武人。庆历进士，调铜陵尉，官满归，有老叟十数人馈药数器，行数里，发之皆金，追而返之曰："奉法循理，不敢以公义受私恩。"

奉嫂抚孤，名扬宋史；

量才评士，梦应昭容。

【注】① 奉嫂抚孤：典指上官怡。上官怡，宋邵武人。工文词，年十六，试太学居第一。母殁居丧极哀，二兄继殁，奉嫂抚孤，敬爱兼笃。② 量才评士：指唐时上官婉儿，母郑氏方娠，梦神人畀六大秤曰："持此可秤量天下才。"婉儿辨慧能文，习吏事，十四岁入宫，拜婕好，秉机政。中宗时立为昭容，帝每引名儒赐宴赋诗，辄令婉儿第其甲乙，量才选士，果如母梦。

福建武平大禾上官氏宗祠门联

天水家声远；

上官世泽长。

【注】甘肃天水是上官望族发祥之地。上官原为古邑名，楚王子兰为上官邑大夫，因以为氏。又一说，战国时楚王室靳尚为上官大夫，其后代因以为氏。

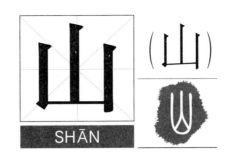

【姓源】《风俗通义》。

① 山氏，偃姓，上古东夷首领皋陶之后。王莽尝封山遵为褒谋侯，以奉皋陶后。

② 周官有山虞，掌山林之正令，后以官为氏。

③ 鲜卑族吐难氏，北魏太和十九年改山姓（《魏书·官氏志》），西魏大统十五年复改旧姓（《北史·西魏文帝纪》）。隋、唐时吐难氏无闻，融入汉族复改山姓。

④ 其他少数民族改姓（略）。

【分布】山姓人口少，但分布很广。北京市、天津中心城区、福建宁德、江西南昌等100多个地方都有。山姓客家人很少，仅江西、福建有一些。

【郡望】河南郡。

【堂号】浑璞堂等。

通用祠联

门联

> 望出河内；
>
> 姓启烈山。

堂联

> 宏宫崇轩，铭留八字；
>
> 浑金璞玉，品重七贤。

【注】① 铭留八字：唐人山玄卿铭新宫曰："新宫宏宏，崇轩巘巘。" ②

品重七贤：典出山涛。山涛，晋怀人，字巨源。少有器量，介然不群，性好老庄。与嵇康、阮籍等为竹林之游，时称"竹林七贤"。山涛累官至右仆射，身居荣贵，贞慎俭约，禄赐俸秩，散之亲故。王戎尝目涛为"璞玉浑金，人莫知其器"。

乔木发千枝，无非一本；
长江流万派，总是同源。

祖德光辉，不外有忍有容期有济；
孙枝发越，唯在克勤克俭冀克成。

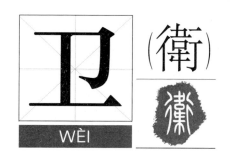

【姓源】《元和姓纂》。

① 卫氏，姚姓，以国为氏。夏时有卫国，后灭于商（《后汉书·郡国志》）。

② 卫氏，姬姓。周文王第九子康叔受封于卫，被秦国所灭，遗族以国为氏。

③ 冒姓。汉大司马卫青，本姓郑。其父郑季与平阳侯家妾卫媪相通，生青，冒姓卫。

④ 少数民族汉姓或改汉姓（略）。

【分布】卫姓为中国第 187 常见姓。人口约 55 万，约占全国人口的 0.044%。约 71% 分布在山西、陕西、四川、河南四省（其中山西最多，约占全国卫姓人口的 24%）；卫姓人口较多的还有上海、江苏、贵州、山东等省、市（《中国姓氏·三百大姓》）。卫姓客家人很少，四川、广西有一些。

【郡望】河东郡。

【堂号】陈留堂等。

通用门联

长平列爵；

沐土分封。

【注】全联典指汉朝大将卫青。卫青，字仲卿，河东平阳（今山西临汾）人。西汉时期名将，汉武帝第二任皇后卫子夫的弟弟，汉武帝在位时官至大司马大将军，封长平侯。卫青的首次出征是奇袭龙城，揭开汉匈战争汉朝反败为胜的序幕，

曾七战七胜，收复河朔、河套地区，击破单于，为北部疆域的开拓做出了重大贡献。卫青善于以战养战，用兵敢于深入，为将号令严明，对将士爱护有恩，对同僚大度有礼，位极人臣而不立私威。

> **望隆易圣；**
> **誉重璧人。**

【注】① 望隆易圣：唐卫大经笃学善《易》，世称"易圣"。② 誉重璧人：典指卫玠。卫玠，晋人，风神秀异，有璧人之目。

堂联

> **诗咏柏舟，义全贞妇；**
> **图成笔阵，传自妇人。**

【注】① 诗咏柏舟：典指卫宏。卫宏，东汉东海人，先随九江谢曼卿学《毛诗》，作《毛诗序》。柏舟，为《诗·鄘风》篇名。旧说以为"共姜自誓"之诗。《诗序》："卫世子共伯早死，其妻守义，父母欲夺而嫁之，誓而弗许，故作是诗而绝之。"② 图成笔阵：指东晋女书法家卫夫人，姓卫名铄，汝阴太守李矩之妻。工书法，师钟繇。王羲之少时从卫学书。卫夫人作《笔阵图》，王羲之作《题笔阵图后》一篇。

> **汉皇爱将，勇猛长平扶武帝；**
> **书圣尊师，精深茂漪育羲之。**

【注】上联典指卫青。下联指卫恒的侄女卫夫人，隶书、楷书冠绝当世。

马 (馬)

MǍ

【姓源】《姓觿》引《姓苑》。

① 商代有马方国，公族以国为氏。马方，见于殷墟卜辞（《殷虚卜辞综述》）。

② 春秋时狄人姓。

③《元和姓纂》记载，嬴姓，以封地名为氏。战国时赵国王子赵奢因领兵作战有功，并封在马服（地名），并被赐号为马服君。其子孙有人以先祖封地名"马服"为姓，后子孙改为单姓，望出扶风。另一说，马姓是回族大姓。金朝的马庆祥，原为西域，后来入居甘肃临洮，因马姓为西北大姓，于是改姓为马。《元史》载，元之月乃和，以祖为金马步指挥使，因改姓马，名祖常。还有汉朝大司徒马宫，本马矢氏，改为马氏。

④ 少数民族改姓（略）。

【分布】战国末期，已有马姓子孙迁居到陕西咸阳。唐朝末年，王审知等人入闽时，有河南马姓人随同前往，并在当地安家落户，后发展成为大族。

宋朝时期，福建和广东等地的马姓人口逐渐增多。清朝时期，已有马姓族人迁居台湾和海外。

马姓为全国第 14 常见姓。人口约 1500 万，约占全国人口的 1.18%。约 44% 分布在甘肃、河南、河北、山东、宁夏五省、自治区（其中甘肃最多，约占全国马姓人口的 11%），28% 分布在陕西、安徽、江苏、辽宁、黑龙江、山西六省（《中国姓氏·三百大姓》）。马姓客家人不多，但分布较广，广东、广西、福建、江西、湖南、河南、海南都有分布。

【郡望】扶风郡、京兆郡等。

【堂号】扶风堂、伏波堂、铜柱堂、绛帐堂、驷德堂等。

通用祠联

门联

伏波世德；

绛帐家声。

绛帐设教；

铜柱立功。

【注】① 伏波世德：典指东汉马援的功德。马援，扶风茂陵人，字文渊。建武十一年（35年）任陇西太守，率军击破西羌，十七年（41年）任伏波将军，封新息侯。② 绛帐家声：《幼学琼林》载："马融设绛帐，前授生徒，后列女乐。"马融，东汉扶风人，字季长。安帝时为校书郎，恒帝时任南郡太守，学博才高，遍注群经，授徒千余人。③ 铜柱：典出东汉名将马援，奉旨击西羌、讨南蛮、平交趾，兴师凯旋，在广西、云南与越南交界处立铜柱，以彰功德，威震天下。

龙虎出谷；

鸾凤冲霄。

【注】上联典出唐代郏城人马燧，字洵美，身材魁梧，少年时即有大志"以功济天下"。他发奋苦读兵书，沉勇多谋，后屡立战功，进同中书门下平章事（宰相），封北平郡王，图形绘于凌烟阁。韩愈在为他写的碑铭中说："北平王像巨谷中的龙虎，变化不可测，真是魁杰啊！"下联典指马周，唐太宗曾亲笔赐书马周："鸾凤冲霄，必假羽翼；股肱之寄，要在忠力。"

汉阳遗烈；

麟阁垂勋。

【注】上联指马援，东汉名将。官历陇西太守、伏波将军。下联指马融。为马氏家族史上第一位很有学问的人，经学家、文学家。

> 白眉继烈；
>
> 青海重光。

【注】上联典指东汉文学家马良。马良，字季常，襄阳宜城（今湖北宜城南）人。颇有才气、学问，写得一手好文章。他还有四个弟弟，都是当时的才子，兄弟五人中马良才最高。他眉毛花白，称"白眉公"。世有"马氏五常，白毛最良"之誉。下联典指东汉马腾。马腾，字寿成，马援后人，三国时马超的父亲。灵帝末年，青海羌族叛乱，马腾应召从军，因征战有功，拜前将军，封槐里侯。

> 云台列像；
>
> 铜柱标功。

【注】① 云台列像：典指马武。马武，东汉湖阳人，字子张。佐光武帝中兴，封扬虚侯。卒，图形于云台，列第十五。② 铜柱标功：典出马援。马援，东汉茂陵人，字文渊。建武时任伏波将军，封新息侯，讨平交趾，立铜柱以表功。

> 夫人卖饼；
>
> 贤后含饴。

【注】① 夫人卖饼：典指马周。马周，唐初大臣，字宾王，少孤贫。幼时，听袁天罡言："京师有卖饼媪，当大贵。"周娶之，后周为相。媪亦为夫人。② 贤后含饴：汉马太后曰："吾但当含饴弄孙，不能复知政事。"（见《后汉书·明德马皇后传》）。饴，糖浆。此指含着饴糖逗弄小孩子玩，形容晚年安乐闲适的生活。

> 白眉继烈；
>
> 绛帐授徒。

【注】① 白眉继烈：典指蜀汉马良。马良，宜城人，字季常。兄弟五人，并有才名。良眉中有白毛。乡里谚曰："马氏五常，白毛最良。"② 绛帐授徒：典出马融。马融，东汉经学家、文学家。曾任校书郎。教授诸生千余。达生任性，不拘儒生之节，授徒时常坐高堂，施绛纱帐，前授生徒，后列女乐，弟子依次相传。

通用堂联

> 少女素雄才辩；
>
> 仙姑雅号清浮。

【注】① 少女素雄才辩：典指马伦。马伦，东汉马融之女，扶风袁隗之妻，少有辩才。隗与论辩，不能屈。② 仙姑雅号清浮：金代马钰之妻孙仙姑，与其夫

共居昆仑山烟霞洞中，修炼二十余年，号清浮山人。

> 设绛帐以授生徒，白眉继烈；
>
> 铸铜标而载功绩，青海重光。

【注】上联典指马融和马良；下联典指马援和马腾。

> 铜柱今犹未倒，愿吾宗后裔继承，再镇边疆传祖迹；
>
> 绛帷长可宏开，喜尔辈生徒环立，重披古典讲儒经。

【注】马季常撰马姓宗祠通用联，此联为安徽肥西县程店马氏宗祠联。全联典出马援、马融事迹。

福建连城县四堡马氏宗祠堂联

> 宗开南宋，年超八百；
>
> 族立闽西，派衍千支。

【注】马氏宁化始祖马旺龙，其第七子马七郎居长汀（今连城）四堡马屋，自宋开基约八百年。

> 数行紫诰留先泽；
>
> 万里青云待后贤。

【注】紫诰：皇帝的诏书。马氏宗祠大门内面门楣墙上书诰赠、诰敕职衔的有马时中、马任敏、马驯等人。上联追述四堡马氏先人的功业，下联勉励后昆青云直上，继承先祖的功德。

> 孝宗重道，庙谒不忘德泽；
>
> 思祖追源，怀宗永沾荣光。

【注】庙谒：对宗祠家庙的拜谒。下联的思祖怀宗是"庙谒"的要义。全联勉励子孙孝亲重道，追念祖宗德业，光前裕后，有所作为。

> 孝道必常怀，春露秋霜，祀列祖于明堂，彝伦悠序；
>
> 思亲宜追远，水源木本，集群裔于寝室，俎豆重光。

【注】① 春露秋霜：指年年春秋祭祀。② 彝伦：指天地人之常道。《书·洪范》："我不知其彝伦攸叙。"这里指宗族长幼、尊卑符合礼数，排列有序。③ 水源木本：意为水有源头，树木有根。教育子孙慎终追远，通过祭祀不忘祖宗恩泽。

伯益源长流万派；

扶风世系固千秋。

祖基出自凤翔，源远流长；

马氏原从伯益，族衍宗蕃。

【注】《元和姓纂》："嬴姓，伯益之后，赵王子赵奢，封马服君，子孙氏焉。"伯益助大禹治水有功，得舜帝赏识，赐姓嬴。嬴姓第十三代，名为造父，周穆王赐以赵城，是为赵氏。赵氏后居于晋，晋亡后赵氏为诸侯国，为战国七雄之一。赵王子赵奢大破秦军有功，被封为马服君，马姓即是从赵奢封马服君后，改马服为单姓"马"。古代马氏名人多出自扶风郡，故马姓望出扶风，以"扶风"为堂号。

福建武平马氏宗祠堂联

绛帐家声远；

铜标世泽长。

绮铜标而载功绩；

设绛帐以授徒生。

【注】① 绛帐：典指马融。马融，东汉经学家，文学家，扶风人。博闻多识，有生徒千余人。他不拘小节，常高堂施绛（红）纱帐，前授生徒，后列女乐。② 铜标：典出东汉大将马援。他为伏波将军，平定交趾。汉建武中，立铜柱以表其功，封新息侯，马氏后裔以此为豪。

栋对

三晋流传，鸿图大展，祖有德宗有功，福荫儿孙皆富贵；

五常及第，仕宦盈门，光于前裕于后，泽被胄裔概荣华。

【注】五常及第：典出马良，东汉文士。

大启扶风之堂，源远流长，序昭穆以百世；

丕振铜柱之绪，祖德宗功，荐馨香于万年。

【注】① 扶风：现为宝鸡市下辖县，地处关中平原西部。汉代三辅之一，是光武帝开发之地，也是马姓发祥之地。扶风孕育了马氏子孙后代杰出人才，涌现

出马援、马融、马皇后、马棱、马日碑、马超等一批英雄人物，从而奠定了马姓
"扶风堂"祭祀祖宗、祈福免灾，以寄理想、托情感的神圣殿堂。② 铜柱之绪：
典指马援。马援是东汉时期著名大将。光武帝刘秀任命马援为伏波将军，率兵到
交趾郡平定征侧、征贰的叛乱。马援率领的军队虽然骁勇善战，但对当地的地形
不熟悉，战争开始时连连失利，打得很艰苦。直到建武十九年（43 年），马援才
变被动为主动，击败了叛军，并且活捉了叛军首领征侧、征贰，把他们送到洛阳
处死。后来，马援又率领大小战船两千多艘，战士两万余人，进击九真郡造反者
征侧的余党。这次征讨比上一次顺利多了，叛军见大势已去，很快树倒猢狲散。
马援率军从无功县到居风县，斩杀和俘获了三万五千多人，岭南一带完全平定了。
叛乱被平定之后，马援在交趾郡的边界上竖立两根铜柱，作为东汉与南方各国的
疆界标志。马援回到洛阳，光武帝因其功劳显著，封他为新息侯。

> 铜柱报国，绛帐家声，当年奋武宏文，律见大宗为翰；
>
> 石壁开居，龙湖安土，此日服先食旧，敢忘世德作求。

广西桂林资源马氏宗祠栋对

> 瓜瓞衍云祁，看簪祖传家，焜耀金泥来北阙；
>
> 椒馨原水木，念祈常报国，辉煌铜柱照南天。

【注】扶风郡在今陕西西安市长安区以西地区。联说马氏名人马援。

广东梅州马氏宗祠
门联

> 瑞阳二笔；
>
> 吉叶三槐。

堂联

> 绛帐文风延后世；
>
> 伏波豪气驻流芳。

> 黄金非宝书为宝；
>
> 万事皆空善不空。

人物风流，白眉列首五兄弟；

文词豪放，元曲跻身四大家。

始姓东阁，奢公封马服君侯；

祖显扶风，援公褒伏波将军。

绛帐家声，祖绩长流，文定社稷；

铜柱世德，宗功彪炳，武卫国缰。

栋对

源始扶风，系蔓神州，忆祖辈，文崇绛帐，武著铜柱，惟愿阀阅芳馨，百世簪缨循旧绪；

支分闽南，基立安邑，相此祠，前朝铁水，后倚元峰，应卜箕裘济美，万家迪发焕新猷。

广东平远马氏宗祠堂联

云台预著将军兆；

绛帐宏开甲第门。

一堂礼器当知礼；

百代书香在读书。

栋对

先祖敦训，艰苦创业，勤劳致富颂传美德；

峰峦挺叠，山环水绕，静住安居毓秀英才。

福建连城四堡马氏宗祠联

敦睦忠厚，裔传万代兴华夏；

本源御周，谱昭千秋裕扶风。

福建宁化石壁马氏南田宗祠联

忠孝清廉之族则；

仁慈和睦本家风。

国有贤人齐拥戴；

家无学子早栽培。

伏波懋德昭彰，世系绵绵，代有英豪光史册；

绛帐勋功浩荡，人才济济，不无贤达耀宗风。

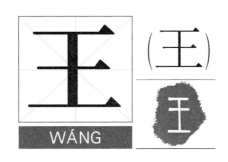

WÁNG

【姓源】《风俗通义》。

① 商代族氏。见于殷墟卜辞（《甲骨文所见氏族及其制度》）。

② 王氏，子姓。商纣王的叔父比干之后。比干因多次劝谏商纣王改邪归正而被商纣王下令剖心致死。比干死后，比干的后裔有人为纪念先祖，便于王族身份改姓"王"氏（《元和姓纂》）。

③ 王氏，姬姓，以出身为氏，为周文王第十五子毕公高的后代。周文王太子姬晋因直谏被废为庶人，其嗣避难时家于平阳，时人号曰王家，因为"王"氏。另外，周室后裔在改朝换代时，或出外逃亡，或夺爵失国，为了纪念出身，于是以"王"为氏。

④ 出自妫姓，为古帝虞舜之后。

⑤ 赐姓。王莽篡汉，汉燕王刘丹玄孙刘嘉、宗室明德侯刘龚等人附莽赐姓"王"氏。

⑥ 改姓。浙江缙云五云镇一支王姓，先祖本姓梅，始祖梅稜。后来，梅稜的后裔分为四姓，其中一姓为"王"氏。

⑦ 历史上的外族王氏，为王氏高丽（今朝鲜）的开国君主王建，西魏可频氏之祖王雄，钳耳氏之祖王季等；王者之子孙多号王氏，常以"王"为姓。

⑧ 冒姓。如隋代王世充本姓支氏；五代时王保义，原名刘去非，皆冒姓王氏。

⑨ 少数民族汉姓或融入汉族后改姓（略）。

王姓根据其主要居住地的不同，而分为太原之王、琅琊之王、北海之王、陈留之王等。

【分布】王姓发源于今河北的卫辉一带，以山西、山东和河南为其主要活动中心。唐王朝时期，王姓得到了进一步的发展，并开始向东南沿海和西南地区播迁。唐朝末期，山西琅琊王氏的后裔王潮和王审知兄弟南迁到福建，建立闽国。其后世子孙多分布于今福建闽西、广东粤东客家地区。明朝初期，有福建、粤东沿海等地的王氏族人迁至台湾和海外各地。

王姓为中国第2常见姓。人口约9000万，约占全国人口总数的7.17%。约28%分布在山东、河南、河北三省（其中山东最多，约占全国王姓人口的10.5%）；42%分布在四川、安徽、江苏、辽宁、黑龙江、山西、湖北、陕西、浙江、甘肃十省（《中国姓氏·三百大姓》）。王姓客家人分布较广，广东、江西、广西、福建较多，四川、湖南、湖北、台湾也不少，海南、安徽及港澳、海外均有分布。

【郡望】太原郡、琅琊郡、北海郡、陈留郡、东海郡、天水郡、京兆郡、中山郡、新野郡等。

【堂号】太原堂、三槐堂、植槐堂、槐荫堂、庆槐堂、追远堂、怀德堂、听槐堂、培槐堂、槐德堂、槐政堂等。

通用门联

> 三槐世第；
> 两晋家声。

> 三槐世泽；
> 两晋家声。

> 三槐世泽；
> 乌巷家声。

太原世德；
两晋家声。

家传乌巷；
世继青箱。

三公槐树；
一甲梅花。

两晋家声远；
三槐世泽长。

【注】以上这几副王氏通用门联，典皆出自王氏家族。① 两晋：指西晋、东晋。两晋时期，王氏名人辈出，西晋时有王祥、王览、王浑、王坦之；东晋有王导、王敦、王羲之、王献之等。② 三槐、三公：典出宋代王祐父子。王祐，字景叔，宋大名莘（今山东西部）人。其父彻，举后唐进士，官至左拾遗。王祐五代时先后仕晋、汉、周，北宋建国后，初任监察御史，官至尚书兵部侍郎。王祐由镇大名徙知襄州。古代，槐树是王公贵族的象征，王祐离开大名莘前，在家庭院种植三株槐树，以激励后裔。并说："吾之后世必有为三公者，此其所以志也。"果然，其三子懿、旦、旭均不失其望，位列三公（见《宋史·王祐传》）。次子王旦在真宗任宰相十八年。故有"三槐""三公"之称。③ 一甲梅花：典出王安石（1021—1086）。王安石，字介甫，号半山，抚州临川人（今江西抚州）。为北宋大臣，政治家、文学家和著名诗人。考中进士位列前茅，故谓"一甲"。其咏梅诗："墙角数枝梅，凌寒独自开。遥知不是雪，为有暗香来。"堪称绝唱。其后人在撰联时把他的《梅花》诗作为典故，嵌入联语之中。④ 乌巷：相传为东晋大臣王导所建，是王氏家族世居之地，西晋时王谢子弟多居于此。唐代诗人刘禹锡有感于世事沧桑，因而作《乌衣巷》诗："朱雀桥边野草花，乌衣巷口夕阳斜。旧时王谢堂前燕，飞入寻常百姓家。"故址在今南京市南秦淮河边。⑤ 青箱：典指王氏世传家学。

阳明学术；

逸少风流。

【注】① 阳明学术：典指王守仁。王守仁，明哲学家、教育家。为姚江学派之宗。曾筑室故乡阳明洞中，世称"阳明先生"。② 逸少风流：典出王羲之。王羲之，东晋书法家，字逸少，琅琊临沂人。出身贵族，官至右军将军，会稽内史，人称"王右军"。工书法，博采众长，推陈出新，成为妍美流变新体。

卧冰跃鲤；

朝阙飞凫。

【注】① 卧冰跃鲤：典指王祥。王祥，晋琅琊临沂人，官至太保。事后母孝。母欲食鱼，天寒冰冻，祥卧于冰上，待冰解遂得双鲤。② 朝阙双凫：典指王乔。王乔为神话中人物，传为东汉河东人。曾任叶县令，有仙术。常自县至京师不见车骑，临至必有双凫飞来，人举网得之，则为乔所穿之鞋。人称乔为"仙吏"。

明妃青冢；

金母瑶池。

【注】① 明妃青冢：典指王嫱。王嫱，字昭君，晋避司马昭讳，改称为明君或明妃。元帝时被选入官，后请嫁匈奴单于。殁后墓草常青，故称"青冢"。② 金母瑶池：典指瑶池王母。古传说中的神名，居于昆仑山上之瑶池。

辋川书画；

沂国方严。

【注】① 辋川书画：典指王维。王维，唐代著名诗人、画家，字摩诘。开元进士，累官至给事中。安禄山军陷长安时曾受伪职，乱平后，降为太子中允。官至尚书右丞，故世称王右丞。晚年居蓝田辋川。北宋苏轼称他诗中有画，画中有诗。有《王右丞集》传世。② 沂国方严：典出王曾。王曾，宋益都人，拜中书侍郎，方严持重，相宋著名，封沂国公。

槐堂世瑞；

珠树家珍。

【注】① 槐堂世瑞：宋代王旦之父王祐手植三槐于庭，预言其子孙必能贵显。后次子旦果为宰相，世称"三槐王氏"。② 珠树家珍：典指唐代王勃与其兄勔、勮的合称。《新唐书·王勃传》："初，勔、勮、勃皆著才名，故杜易简称三珠树。"

广东梅州雁洋鹧鸪村王氏宗祠堂联

溯学海祖德源长，源深流远；

肇梓林宗功本大，本茂枝蕃。

——王晓沧

【注】鹧鸪村王氏堂号为"三槐堂"，堂联为"三槐世泽；两晋家声"。下联说王氏祠建于赤梓树下，言祖宗开基于此，即"肇梓林"，子孙繁衍而发达。该联为其本屋裔孙清季拔贡王晓沧（1850—1905）所撰。

栋对

告大众听闻，今日做人子孙，他年即人宗祖，落叶归根，也为自家留地步；

是吾曹责任，先当举其纪纲，后则详其条目，兴祠广祭，庶几奕祀有馨香。

江西上犹紫阳秀罗上寨王氏宗祠堂联

禴祀蒸尝，俨对越在天之政；

亨献妥侑，纯骏奔走庙之心。

——王乔选

【注】① 禴祀蒸尝：大致意思是祠堂建好后，要祭祀，除了用物祭祀外，还要用文字来祭祀。② 妥侑：谓劝酒。

王乔选：明代人，邑廪生，该祠堂第二十一世裔孙。

文经武纬，千万年永代基业；

正心修身，三百世兴旺槐庭。

——王乔选

登阶趋跄，荐时食而思祖德；

入门雍睦，修孝悌以贻孙谋。

——王乔选

【注】① 趋跄：形容步趋中节。古时朝拜晋谒须依一定的节奏和规则行步。亦指朝拜、进谒。② 雍睦：团结，和谐。

祖武净边尘，豹略龙韬匡宋室；

圣经垂世泽，凤毛麟趾起明时。

——王乔选

【注】①武：指先人的遗迹、事业。② 豹略龙韬：指兵法，意思与《六韬》《三略》相近。《六韬》：文韬、武韬、龙韬、虎韬、豹韬、犬韬。《三略》：分上、中、下，讲的全是治国的计谋、策略，如龙之神秘，变幻莫测，豹之有力，迅速敏捷。

三槐堂上，汉勋唐烈宋文章，幸沐祖宗遗荫；

四祭筵中，夏瑚商琏周簠簋，愿期孙子敬浆。

——王乔选

【注】① 三槐堂：宋王祐尝手植三槐于庭，曰："吾子孙必有为三公者。"后其子旦果入相，见宋邵伯温《闻见前录》卷八。世因以"三槐"为王氏之代称。② 敬浆：敬汤，指拜祭祖先。

江西上犹紫阳秀罗王氏宗祠堂联

宗祠创自宋崇宁，远接先朝祖武；

栋宇新于清嘉庆，光照后世人文。

玉井泉香，万古清流还甲第；

金莲山秀，千年雄镇拱门墙。

【注】① 玉井：宗祠门口有一口水井，名曰玉泉井。② 金莲：宗祠朝向有一山峰，名曰莲花山。

派自丹溪，春露秋霜，敢忘祖功宗德；

族繁秀水，贤孙肖子，奋思夺解抡元。

【注】抡元：科举考试中选第一名。

植槐已成荫，叶盛枝繁，栽培毋忘木本；

梦笔幸如椽，花生实结，添丽好趁春荣。

【注】梦笔幸如椽：即如椽之笔，出自《晋书·王珣传》。晋朝武帝时，有个文人名叫王珣，他曾在梦中遇到一个神人，给了他一支很大的笔，那支笔的笔杆就有屋椽那么粗。醒后，很觉惊异。他对人说："此当为大手笔事！"（"大手笔"，即大作家。他这句话的意思是："从这件事看来，我一定要成为大作家。"）不久，武帝逝世，哀册之类的文件，全部由王珣负责起草，文采很好。后来赞美作者的文字高明，就说"椽笔""大笔如椽"或"如椽之笔"。

奉尊彝而告虔，爵辨贵事辨贤，尽是同根兰桂；

陈俎豆以荐馨，左为昭右为穆，如见一派渊源。

【注】① 尊彝：泛指古代宗庙常用的祭器。② 兰桂：兰和桂。二者皆有异香，常用以比喻美才盛德或君子贤人。

登斯堂，以迪前光，仁为宅义为路，孔孟之门天真不改；

聚此族，而聪祖训，祗厥父恭厥兄，尧舜之道孝悌无惭。

【注】祗：恭敬。

江西上犹紫阳秀罗王氏下寨宗祠堂联

莲峰拱秀，好似图画天削出；

碧水包罗，恰如玉带地生成。

人杰地灵，德里堂开德星聚；

物华天宝，槐庭水润槐枝荣。

鸣凤呈祥，百世簪缨祈不坠；

羽仪兆瑞，一堂昭穆幸维新。

【注】① 祈：祈求赐福。② 羽仪：《易·渐》："鸿渐于陆，其羽可用为仪。"孔颖达疏："处高而能不以位自累，则其羽可用为物之仪表，可贵可法也。"后因以"羽仪"比喻居高位而有才德，被人尊重或堪为楷模。

海晏河清，月廉九重飞凤翥；

天开地阔，人文万代近龙光。

【注】① 凤翥：凤是传说中的神鸟。翥，高飞。意谓凤凰高飞。② 龙光：龙身上的光。喻指不同寻常的光辉。

三槐堂上，已见代代衣冠光史册；

四季筵中，复喜年年俎豆焕文章。

诗礼传家，尽慈孝友恭，凝成太和元气；

文章华国，将道德政教，著为盛代休风。

【注】① 太和元气：天地间冲和之气。② 休风：美好的风格、风气。

　　规模鼎峙，焕日月恩光，将见云仍凤起；

　　堂寝宏开，聚山川秀气，伫看甲第蝉联。

江西于都车溪王氏宗祠堂联

　　秀水绕阁兰作带；

　　慈山当户翠为屏。

【注】江西于都车溪王氏宗祠坐落于于都县车溪乡坝脑村，距县城 35 公里，始建于元朝至正六年（1364 年），后经多次修复，于雍正二年（1724 年）扩建，整个祠堂壮观辉煌，气势磅礴，是当地重要的文化活动场所。慈山，以拟人的手法，把当户的山比作仁爱、和善的山。

　　水绿山青云缥缈；

　　烛残香尽月依稀。

　　遥视青山，巍峦系日月；

　　近看碧水，蜿蜒绕阁殿。

　　晨暮遥望，紫气罩峰阁；

　　朝夕相见，祥云浮宇顶。

　　辛味验功修，宝镜时时勤拂拭；

　　峰峦无障碍，心花朗朗显空明。

【注】辛味：劳苦、艰难的滋味。

　　世泽绍兰亭，槐堂自古声名旧；

　　家风缅曲水，乌巷如今气象新。

【注】① 兰亭：兰亭位于浙江绍兴市西南十四公里处的兰渚山下，是东晋著名书法家王羲之的寄居处。这里也指《兰亭集序》，又名《兰亭序》《禊帖》《临河序》《兰亭宴集序》，书法家王羲之所作，有"天下第一行书"之称，是中国晋代书法成就的代表。② 槐堂：即三槐堂，即三槐王氏的堂号。三槐王氏是当今

王氏中最大的一支，闻名天下，枝繁叶茂，是太原王氏（或琅琊王氏）的一衍派。宋开宝二年（969年），有人密告魏州节度使符彦卿谋叛。魏州即大名，宋太祖乃派王祐知大名府，并许以相位。王祐至大名接任后，明察暗访，却查无实据，数月无闻。宋太祖乃驿召面问，王祐直言禀报，符彦卿无谋叛事实，并以自己全家百口性命担保，甚至直谏太祖吸取晋、汉（五代）皇帝因猜忌而滥杀无辜的教训。太祖听后很不以为然，乃把王祐改派知襄州。如此以来，王祐升迁宰相的许诺当然是落空了。王祐赴襄州任前在其宅院内，手植槐树三棵，曰："吾子孙必有为三公者。"③ 乌巷：即乌衣巷，位于夫子庙南，三国时是吴国戍守石头城的部队营房所在地。当时军士都穿着黑色制服，故以"乌衣"为巷名。东晋初，大臣王导住在这里，后来便成为王、谢等豪门大族的住宅区。到了中唐，诗人刘禹锡有"旧时王谢堂前燕，飞入寻常百姓家"的感叹，足见王谢旧居早已荡然无存。南宋时期，建康城曾一度得到恢复和发展，商品繁盛，民殷物阜。人们又在倾圮的王、谢故居上重建"来燕堂"。

> 辛味从头循规戒，恪守佛门成铁汉；
>
> 峰高冷眼看尘世，不贪洪福是金仙。

【注】金仙：道教仙人的最高境界为大罗金仙（一说天仙）。

> 门临碧水，其中鱼龙变化升登速；
>
> 庭设藩篱，此处兰桂芬芳气味长。

【注】① 鱼龙变化：指鱼变化为龙，比喻世事或人的根本性变化。② 藩篱：本义是指用竹木编成的篱笆或栅栏，引申为边界、屏障，也比喻界域、境界，或用来指某一范畴。

> 敏求至善，上报国下济民，丕振先祖英雄气；
>
> 德操永持，仰事亲俯爱众，弘扬后裔忠孝风。

【注】丕振：大力振兴。

> 入庙皆衣冠，文物可光，于前且裕于后；
>
> 登堂尽孝悌，品行堪近，事父兴远事君。

> 敏勉交修，克承先祖，事亲敬长，孝友敦全于党族；
>
> 德行廉尽，堪启后人，济家治国，声名表著于尘寰。

【注】① 交修：《书·说命下》："尔交修予，罔予弃，予惟克迈乃训。"孔颖达疏："令其交更修治己也。"后用为天子要求臣下匡助之词。② 党族：同党之人或亲族。

　　我本是姬宗欣百世，得百子臻百龄，春祀秋尝，同深忾爱；

　　祖来从风水念六房，读六经明六礼，天长地久，永绍箕裘。

【注】① 姬宗：王姓有出自姬姓的，为周文王第十五子毕公高的后代。② 臻：达到。③ 忾：愤怒，愤恨。④ 六经：孔子整理的《诗》《书》《礼》《易》《乐》《春秋》，后称为"六经"。⑤ 六礼：指从议婚至完婚过程中的六种礼节，即：纳采、问名、纳吉、纳征、请期、亲迎。

　　堂既命名敏德，知先祖入则祗父，出则恭兄，克尽伦常于昔日；

　　第宁终号大夫，望后人文能安邦，武策敌国，用光阀阅于他年。

【注】① 祗：敬，恭敬。② 伦常：封建社会的伦理道德。封建时代称君臣、父子、夫妇、兄弟、朋友五种关系为五伦。认为这种尊卑、长幼的关系是不可改变的常道，称为伦常。

江西兴国澄塘王氏家庙堂联

　　临事无疑知道力；

　　读书有味识真诠。

——王思轼

【注】① 澄塘王氏家庙：家庙位于兴国县潋江镇澄塘村，又名追远堂、怀德堂，是兴国县首批县级文物保护单位。祠堂建于明朝成化八年（1472 年）。家庙系砖木结构，硬山屋顶，大门是斗拱堆积五层门楼，屋顶为红条石砌。② 道力：因修道而得之功。③ 诠：解释。

王思轼（1655—1727）：江西兴国清德乡澄溪（今潋江镇澄塘村）人。字眉长，号坡仙，名宗佰。清康熙十七年（1678 年）领乡荐，二十一年（1682 年）考取壬戌科进士，选翰林院庶吉士，授任检讨。清康熙三十六年（1687 年）、四十一年（1702 年）先后任顺天府、山东主考官。后官居通奉大夫，礼部左侍郎，经筵讲官，翰林院大学士加一级。

　　澄清报国荷天宠；

　　怀德传家沐圣恩。

——谢远涵

【注】天宠：上天的恩宠；皇帝的宠幸。

谢远涵（1875—1950）：字敬虚，江西兴国长冈乡塘石村人。谢远涵幼随父读书。年二十，中光绪甲午（1894年）科进士，次年选为翰林，任翰林院编修。光绪二十一年（1895年），谢在北京参加康有为联合十八省来京会试举人"公车上书"，并在策试中针对时弊，力主"变通"。宣统元年（1909年），任四川道监察御史。

> 坊长重儒宗，池漾文澜学士里；
>
> 槐荫绵世泽，堂标画锦大夫家。

【注】① 儒宗：即清代礼部左侍郎王思轼，人称儒宗。他曾任太子太傅，经筵日讲，先后为皇太子和皇帝讲学，故称"池漾文澜"。池为泮池，过去孔庙门前设泮池，建文阑阁。王氏家庙是雍正皇帝恩准仿孔庙格局而建，故设有泮池和文阑阁。② 槐荫绵世泽：澄塘王氏源出于山西太原的三槐堂。③ 堂标画锦：相传欧阳修的朋友韩琦筑了一个别墅，取名"画锦堂"，派人向欧阳修索文，欧阳修挥毫作《画锦堂记》一文叫来人带回。晚上，欧阳修忽然觉得文中"仕官至将相，锦衣归故乡"不妥，于是在句中加了两个"而"字，连夜派人快马追回稿子修改。联中用这个典故是警示后代著文谨慎。

江西王氏宗祠通用栋对

> 志秉三槐，发迹平远，仰乌巷慕墨池，勿替簪缨光世泽；
>
> 宁承两晋，立祠仁居，卜地灵呈人杰，兰馨桂馥振家声。

【注】① 三槐：典指北宋王祐。王祐手植三槐于庭前，预言其子孙必能显贵。后其次子旦果为宰相，世称"三槐王氏"。② 两晋：指西晋、东晋时期。

福建永定高陂平在王氏铜锣坪永昌楼联

> 永泰永安人创业；
>
> 昌宁昌乐凤栖梧。

【注】联嵌楼名。"永"与"昌"两次重复，强调永安、昌乐。

福建永定高陂平在村王氏三槐第联

> 三公立相成佳话；
>
> 槐院吟诗有远声。

【注】联嵌"三槐"第名。① 三公立相：指宋王祐手植三槐于庭，取号"三

槐堂"。② 槐院吟诗：典出处不明。王姓诗人唐有王维、宋有王安石诸名家。王安石考取进士，位列殿试前茅，又写过著名的咏梅诗，故被王姓誉称为"一甲梅花"。槐院吟诗者是否王安石？联中"佳话"承"立相"，"远声"承"吟诗"，条理连贯，用词甚为恰切。

福建永定高陂平在村王氏余庆堂联

余塘万亩鱼龙跃；

庆宅千秋兰桂香。

【注】冠余庆堂名，取《易经》坤卦"积善之家，必有余庆"一语。余庆，指先祖所遗福泽。全联主题是多行善举，必有后福。鱼龙跃、兰桂香：用鱼跳龙门、兰馨桂馥典，喻指子孙发达，金榜题名，有所作为。

福建永定高陂平在村王氏绍训楼联

绍富在辛勤，行尊三老；

训余由善积，德重五常。

【注】① 绍训：继承先祖遗训。先祖遗训何谓，即楼中二副对联中阐述的"德"：克勤克俭，能让能恭，辛勤、敬老、积善，遵守儒家的三纲五常。② 三老：泛指老年人。《左传·昭公三年》注："上寿、中寿、下寿皆八十以上。"③ 五常：即五伦，指君臣、父子、兄弟、夫妇、朋友之间的五种关系，或指仁、义、礼、智、信五种德性。

福建永定高陂平在村王姓光裕楼联

光前德，孝悌忠诚行正路；

裕后贤，恭谦信善课儿孙。

【注】裕后贤：做成事业,造福后代。此联出句与对句互文见义，即以孝悌忠诚、恭谦信善、光前德、裕后贤来教育儿孙。

福建永定高陂富岭村王氏裕隆楼联

抱水环山，乌巷重开新宅第；

敦诗说礼，青箱原继旧家风。

【注】上联赞楼外环境之优美，下联赞楼内诗礼传家之德业。是一副对仗工整的上乘之作。① 乌巷：乌衣巷简称，在今南京市东南。三国时吴国于此置乌衣

营，以兵士服乌衣而名。东晋时，王谢诸望族居此，后以乌巷称望族所居之地。
② 青箱：原指装文献之书箱，后代指世传家学。典出南宋的王彪之，他任尚书令，对朝廷礼仪等非常熟悉，以后数代相传，加上记录许多掌故旧闻，成为家传学问，有关著述珍藏于青箱里，世人谓之"王氏青箱学"。

福建永定高陂增坑村王姓德善楼联

> 德为天下英雄本；
>
> 善是人间宝贵根。

【注】冠"德善"楼名，把"德"与"善"当作成就富贵和功业的根本。

福建永定高陂悠湾村王姓尾槐春堂联

横批：烦中静坐

> 劳力苦，劳心苦，少年时耐苦不苦；
>
> 为民难，为吏难，有志者知难无难。

【注】此联在形式上套用旧名联，但内容上却赋予新意，充满朝气蓬勃、自强不息的积极向上情思。"耐苦不苦"与"知难无难"采用全仄对全平的格式，不符合对联平仄格律，颇拗口。但此联立意很好，故收录之。

福建永定高陂平在铜锣坪王氏宗祠联

> 宗传宝鉴，风范长存延世德；
>
> 振序兰亭，衣冠济美继青箱。

【注】① 宝鉴：疑指宋王旦家训，其任丞相廉洁奉公，宾客不敢以私事相求，他也不置田产。病重时，朝廷赐金五千两，他作表辞谢，退回宫中。他在家训中告诫子孙："我家盛名清德，当务俭素，保守门风，不得事于泰侈，勿得厚葬，以金玉置枢中。"这一家训，其子孙也许视为宝鉴吧。② 振序兰亭：当指晋书法家王羲之，撰有名文《兰亭序》，堪为文、书双璧，至今仍为文、书典范。

福建永定高陂平在王氏宗祠堂联

> 珠玉琳琅满座；
>
> 凤龙虎豹一门。

【注】珠玉和琳琅都是指美好的珠宝首饰，同义复指，更加突出美的感觉。珠玉琳琅与凤龙虎豹均喻指王氏子弟出类拔萃、人才辈出。

高揽久知传郏水；

真仙早遇在嵩山。

【注】上党地区太行、太岳之间有一条河叫姜郏水，亦叫郏水（《山海经》郭璞注）。下联指武周圣历二年（699年）二月初四，武则天由洛阳赴嵩山封禅，返回时留宿于缑山升仙太子庙，一时触景生情而撰写碑文，并亲为书丹。碑文记述周灵王太子晋升仙故事。

福建永定高陂平在铜锣坪王氏祠联

太禄灵帝王孙，肇基山西开姓氏；

原自晋公裔胄，迁族福建衍瓜绵。

【注】冠首嵌"太原"郡望，上下联前句讲王氏得姓始祖晋子乔是周灵王之太子，后句记述王氏山西开姓，播迁福建。

福建永定高陂平在铜锣坪祠栋对

先辈肇鸿基，祖德远宗，礼乐同兴深世泽；

后人立祀庙，家声丕振，衣冠济美焕人文。

【注】礼乐、衣冠：指各种等级的穿戴服饰及各种礼仪规范，指封建社会中各种典章礼仪、理学的经典思想，这是一个家族兴盛的基础。内嵌"宗振"二字。

福建永定高陂平在祠堂联

竖幡接圣，安龙奠土，惟愿祖德垂福泽；

设坛迎佛，诵经宣纤，还祈神功保平安。

【注】上、下联前二分句均为祠堂入火礼仪。

广西柳州融安粟坡王氏宗祠门联

三槐世族；

四院方家。

【注】此为大门联。联说王氏世族与家声。北宋王祐在自家庭院中种三棵槐树，说："吾之后世必有为三公者。"后来，次子王旦果然位至宰相，人称"三槐王氏"。其后代在开封东门外建三槐堂，苏轼还写了《三槐堂铭》。

广西柳州柳江教坡王氏宗祠堂联

举目思祖崇功德；

存心为孝传子孙。

【注】王氏以"三槐"为堂号，此为配联。

广西贺州贺街王氏宗祠门联

> 晋德源流远；
>
> 槐荫世泽长。

【注】此为王氏宗祠通用门联。

堂联

> 明史通经，祺公文学领三元；
>
> 能词善画，摩诘诗才超四杰。

【注】唐代著名诗人、画家王维，字摩诘。苏东坡誉其"诗中有画""画中有诗"。唐代初期，诗歌的创作仍受南朝诗风的影响，题材较狭窄，追求华丽的辞藻。待到被称为"四杰"的王勃、杨炯、卢照邻、骆宾王出现，才扩大了诗的表现范围，从台阁走向关山和塞漠，显示出雄伟的气势和开阔的襟怀。至王维，诗风过"四杰"而无不及。

> 太原昭始祖，德贯朝纲，任将相列公卿，忠良永继，除佞安邑标史册；
>
> 祠宇扼临江，功垂后裔，习经画循礼仪，孝悌流芳，尊贤守信启人文。

【注】联说王氏历代先人德贯朝纲，功垂后代，家风优良。

广西玉林博白屯谷镇王氏宗祠门联

> 世泽长江远；
>
> 宗祧磐石安。

【注】当地称"金圭塘"王氏宗祠，始建于清康熙年间，乃王氏入博白始祖道衢公（字履坦，号旋吉）所卜筑。定居之后，丁财两旺。著名语言学家王力，即出此祠中。

广西柳州柳江教坡王氏宗祠堂联

> 举目思宗崇功德；
>
> 存心为孝传子孙。

【注】王氏宗祠在进德镇四连村教坡屯，两进一井三开间。王氏以"三槐"为堂名。

匡君德厚源流远；

辅国功高世泽长。

【注】联说王氏名人辅国匡君的功德。北宋王安石，字介甫，号半山，抚州临川人，庆历年间进士，神宗时官至宰相，封荆国公。

祖德宏开，辅国勤民谆后裔；

宇支衍庆，文韬武略继前人。

【注】上联说王氏祖辈、北宋宰相王安石辅国勤民的功德；下联说本支王氏之后人传承先辈的文韬武略。

祖宇扼临江，紫气盈门千秋盛；

宗祠依瑞岭，祥光满室万代昌。

【注】联说本支王氏居此处地灵人杰，繁荣昌盛。

栋对

系出太原，发迹闽湘粤赣，三脉同心连祖宇；

迁居桂东，蕃昌贺盒钟昭，千秋和气颂宗功。

【注】说本支王氏谱系出自太原，历经福建、湖南、广东、江西，后迁至广西东部居住。

广西玉林博白顿谷王氏宗祠联

知纪遵伦地；

循规蹈矩门。

栋对

春秋读书赏春秋，三槐饮誉家声振；

日月光华照日月，两晋流芳世泽绵。

【注】上联说北宋王祐种三棵槐树之事；下联说西晋、东晋的王祥、王戎、王导、王羲之、王献之等名人之事。

广西玉林博白圭塘王氏宗祠堂联

兰亭一集家声远；

槐树三株世泽长。

【注】此为二座门联。上联说晋代王羲之《兰亭序》；下联说北宋王祐种三

棵槐树之事。

> 蕃漓叠出千层绿；
>
> 衍曼缀成万簇红。

【注】此为三座门联。联寓此支王氏枝繁叶茂，兴旺发达。

广西玉林博白东平新村王氏宗祠栋对

> 大始祖厚惠深筹，辞安远，迁盆鳞，奠基博邑，螽斯衍庆；
>
> 积珠公高瞻远瞩，绍箕裘，垂后商，开族新村，瓜瓞绵长。

【注】上联说本支王氏始祖奠基博白；下联说本支王氏居住新村的发展。

广西玉林博白沙河镇王氏宗祠门联

> 三元及第；
>
> 两晋勋名。

【注】上联说王姓宋朝三元及第宰相王曾，因受奸人迫害，罢转桂阳刺史，剿湖侗，平广西、广东匪患。后旋居宜章，繁衍数十万计族人，分布全国各地。下联说西晋东晋的王祥、王戎、王导、王羲之、王献之等名人。

堂联

> 祖德遥深绵世泽；
>
> 孙谋贻厥振家声。

【注】上联说王姓世泽流长源远；下联说本支王氏后人大振家声。

> 祖德功高，贻谋燕翼；
>
> 宗枝槐荫，大展鸿图。

【注】上联说王姓祖上的功德；下联说本支王氏发扬三槐家风。

栋对

> 溯裔脉之渊源，赫赫煌煌，依旧太原风矩；
>
> 萃冠裳于族党，跄跄济济，居然江左家声。

【注】联说本支王氏发扬太原郡望家风。

> 祀事为报本根源，爰集迟迟棣华，用表丹诚，目中荐献；
>
> 族党须安定团结，更愿中青子姓，齐坚奋发，大展前程。

【注】联说本支王氏发扬世泽和家风。

人才随代起，家声丕振，岂徒耀珠树文章，辋川经术；

祖德溯源长，史册昭垂，最好绍乌衣门第，凤阁勋名。

【注】上联指王氏在两晋名人辈出。苏轼曾作《三槐堂铭》，以记其盛。"两晋""三槐"亦恰好与客家晋代衣冠南渡、宋代客家民系形成的时间相吻合。

湖南炎陵王氏宗祠堂联

秋水落霞惊四座；

桐花栖凤报群贤。

【注】上联典说王勃；下联典指王士禛。

对联喜贴右军墨；

春意乐赋摩诘诗。

【注】上联典说王羲之；下联典指王维。

陕西安康蒲溪镇王氏宗祠三槐堂联

祖德源流昌万载；

孙枝世泽植三槐。

【注】湖南善化《王氏三修族谱》载，先世居江西吉安府泰和县大江壁，明洪武二年迁楚。始迁祖王开平，于善化八都白田铺新坝塘。陕西安康蒲溪镇王氏，祖籍湖南善化县，系出"三槐堂"，1742年由善化迁居陕南，始迁祖王金门，定居汉阴蒲溪。衍传至五代，析为三大门。此后善化王氏以蒲溪、双乳两地为发祥地，子孙绵延，世代繁盛。联语中三槐堂典故，是北宋初年兵部侍郎王祐家的祠堂，因王祐手植三棵槐树于庭而得名。古代传说，三槐象征朝廷官吏中职位最高的三公。上联讲祖德传承，下联讲祖上源远名高。

广东兴宁郑江村王氏宗祠联

乐得我所；

善与人同。

乐心沾化日；

善气霭春风。

广东兴宁坭陂王氏进士第祠联

天开黄道乾坤泰；

日启红光宇宙新。

五十载鸠工鼎建，创业维艰，须记祖宗功德；

三百间燕诒萃居，守成勿替，斯为肖子贤孙。

念先人积善余庆，支分六脉，孰为士，孰为农，孰为商贾，正业维勤，方无忝祖宗之遗训；

在后嗣报本反始，祀享千秋，告以忠，告以孝，告以节廉，大端不愧，庶可称子孙之能贤。

广东兴宁福兴黄畿村王氏宗祠堂联

赞戎祖考，惟忠惟孝；

宜尔子孙，俾炽俾昌。

望厅堂瑞气盈门，财丁兴旺；

看居民生活富裕，老少平安。

坤钟秀气，银育英才，承先启后，文武双全；

前艳鸡峰，背倚神山，高瞻远瞩，人才辈出。

广东大埔茶阳王氏魁士第栋对

系出闽疆，分锦峰正势，从兹攸跻攸宁，共识植槐源远；

基开茶岭，倚金顶奇形，异日善继善述，应知玉树流长。

广东梅州松源元岭村王氏宗祠联

筑室何奇，敢谓肯堂肯构；

辟门颇大，须求有守有为。

六世继宗，元岭丕基贻典则；

千年食德，绍庭会绪振箕裘。

珠树家珍，文字流传绵世泽；

槐堂世相，心机发达振家声。

溯渊源，三槐两晋门第千秋在；

思祖德，一池九相声名万古存。

持俭习勤，而行忠信，得居家之要；

读书明理，以励身心，为处世之源。

三槐留世泽，溯前代棠棣竞秀，绳绳祖德流风远；

两晋著家声，数不尽兰桂腾芳，继继孙枝奕冀长。

——王利亨

王利亨（1763—1838）：字襟量，号竹航、寿山老人，梅县松源人。清嘉庆辛酉年进士，授翰林，为诗、书、画"三绝"，传世作品不多。

广东龙川麻布岗大长沙王氏宗祠联

槐植三株茂；

树德百年昌。

——王阁香

景室迎春早；

昌元及第先。

——王兴阳

瑶田世守三槐志；

福地光腾百岁房。

——王兆卿

广东紫金紫城王氏祠堂联

鲤跃著家声，念先代望隆宰辅，爵赏亭候，桂馥兰馨，世泽流芳光两晋；

龙腾光祖德，美此地前拱官山，后环人岭，嵩生岳嶂，人才济美耀三槐。

广东深圳西乡王氏大中丞祠联

巡粤表孤忠，耿耿丹心，奏牍两章留史册；

抚民留善政，元元赤子，讴思万载仰旅常。

江西王氏宗祠通用堂联栋对

珠树家珍，文字流传绵世泽；

槐堂世相，心机发达振家声。

汉晋宋唐，八百科甲九及第；

高曾祖考，十三宰相五封侯。

溯渊源三槐，两晋门第千秋在；

思祖德一池，九相声名万古存。

世继青湘，滕阁序珠树，家珍之颂；

家传乌巷，记载传忠臣，孝子之名。

一源统自天长，想先人树绩，前明袭爵，尊容联七叶；

分谱来于程邑，期后裔光宗，远志蜚声，奋迅绍三槐。

祖德巍峨，福荫儿孙二行，和蔼待人，克勤克俭光旧绪；

宗功浩荡，德庇后裔一脉，恭谦律己，有为有守展鸿图。

槐堂新气象，喜今朝继志述事，刻桷丹楹，庙宇垂光复世泽；

王室旧风规，卜他日毓秀钟灵，攀龙附凤，人文蔚起振家声。

江西吉水施风泉三槐第王氏宗祠堂联

> 忠厚有余留地步；
>
> 和平无限养天机。

福建永定高陂王氏明溪宗祠联

> 出门思祖德，入户念宗恩；
>
> 治平天下最，孝义古今稀。

> 赐姓自姬周，食彩发封，遂太原赐郡；
>
> 瑞祖自宋建，昌迁柳杨，作寝庙盟宗。

福建宁化淮土王氏大王上祠宗祠联

> 创基白土以来，老吾老，幼吾幼，父子兄弟咸宜秩序；
>
> 分处资坊而后，亲其亲，长其长，纲常伦纪谊属攸昭。

福建宁化淮土王氏大王下祠家庙联

> 观子瞻铭槐堂，逾当继志；
>
> 若文中家珠树，亦见迪光。

> 宰相状元，魏沂国公视歇；
>
> 孝子悌弟，祥览家范长存。

广西容县县底镇王氏宗祠联

三画象一贯为王，念祖宗旧德先畴，世泽衍太原，历代箕裘光姓氏；

槐堂铭始传自宋，阅时序秋霜春露，树根蟠容茺，绵延桢干兆音声。

新加坡太原王氏宗祠联

> 凤管瑶星，千古英雄苗裔；
>
> 虎符金节，一家兄弟屏藩。

——王丹凤

【姓源】《风俗通义》。

① 《左传》卫有大夫元咺，其先食采于元，因氏。元邑，在今河北大名东，汉置元城县（《元和姓纂》）。

② 战国魏武侯之子公子元，后别为元氏。其邑今河北元氏西北（《风俗通义·姓氏篇》）。

③ 即爰氏。《汉书·功臣表》汉高祖时厌次侯爰类，《史记·高祖功臣侯者年表》作元顷。

④ 北魏孝文帝改帝室拓跋氏为元氏。

⑤ 其他少数民族改元姓（略）。

【分布】元姓是个稀有姓，分布极广。北京市，天津中心城区，沈阳，太原，哈尔滨，福建宁德、建宁、三明，南昌，广东广州、中山、汕头，广西南宁等地，都有此姓，但人口很少。元姓客家人广东、福建、广西有一些。

【郡望】河南郡。

【堂号】河南堂。

通用祠联

门联

北魏著绩；

唐相家声。

【注】上联指元宏，即北魏孝文帝拓跋宏（后改姓元）。公元 386 年拓跋珪

在北方建立北魏政权。日益强大，尽占长江以北地区，成南北朝对峙之势。传至孝文帝拓跋宏，迁都洛阳，将皇族拓跋姓改成了元姓，自己也改名为元宏，其他庶族仍为拓跋氏。加速了北方少数民族封建化的过程，推动了社会经济的发展。下联指唐朝元稹，任左拾遗。

金钗沽酒；

翠腕成阑。

【注】① 金钗沽酒：典出元稹。元稹，唐河南人，字微之。原配张氏早亡，时稹尚未为官。稹悼亡妻诗有"泥他沽酒拔金钗"句。② 翠腕成阑：典指陶宗仪。陶宗仪《元氏掖庭记》："元静懿皇后诞日，南朝官人献柳金翠腕阑，似手镯类，但扁而用于臂问。"

宫中才子；

樊上酒徒。

【注】① 宫中才子：典出唐元稹拜监察御史，才与白居易齐名，时称"元白"，宫中呼为"元才子"。② 樊上酒徒：典指元结。元结，唐天宝进士，代宗时以亲老归樊上，著书自娱，自号"酒徒"，继称"浪士"，亦号"温郎"。

紫芝眉宇；

露竹霜条。

【注】① 紫芝眉宇：典出元德秀。元德秀，唐河南人，字紫芝。少孤，事母孝，举进士，不忍去左右，自负母入京师。既擢第，母亡，庐墓侧，食不盐酪，藉无茵席。为鲁山令，爱陆浑佳山水，以弹琴自娱。有清节，房琯每见叹曰："见紫芝眉宇，使人名利之心都尽。"② 露竹霜条：元志为北魏公子，少有志操，历览书传，颇有文才。刑峦叹为"露竹霜条，故多劲节"。

堂联

才子诗宫嫔喜咏；

列女传学士增修。

【注】① 才子诗宫嫔喜咏：典指元稹。元稹，工诗，以平易胜，宫中妃嫔多诵之，号"元才子"。② 列女传学士增修：典出元万顷。元万顷，唐时人。敏于文辞，放达不治细检。号"北门学士"，著有《列女传》《百僚新戒》《乐书》等。

栋对

泛镜水千塍，归来餐菰饭莼羹，地真仙境；

听棹歌一曲，随处有荻花枫叶，我亦渔人。

【注】此联写元结。元结，字次山，唐朝时河南（今洛阳市）人，自称"镜湖真人"。他继承陈子昂反对六朝骈俪文风，致力于古文写作。

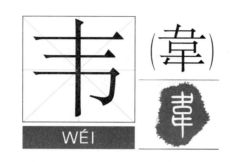

韦（韋） WÉI

【姓源】《元和姓纂》。

① 豕韦氏之后，彭姓。相传高阳氏帝颛顼玄孙陆终生六子，第三子籛（一作籛铿，即彭祖）封豕韦（今河南滑县东南万古乡妹村一带），因为豕韦氏。其后迁至今山东沂蒙地区，加入东夷集团，以风为姓，成为风夷之一支。商时居嵩山一带，武丁灭之，遗族以韦为氏（《大中华根脉》）。

② 春秋时黄国有韦氏。春秋早期青铜器有黄韦舣父盘，其铭见《三代吉金文存》。黄韦舣父，春秋早期黄国人，字舣父，韦氏（《金文人名汇编》）。

③ 汉时疏勒国有韦氏，见《汉书·西域传》。唐时疏勒国人入唐，或以韦为姓。唐开元中名医韦古，即疏勒人。

④ 古代羌族姓（《旧唐书·党项传》）。

⑤ 唐代以后少数民族改姓、赐姓（略）。

【分布】历经几代的繁衍和播迁，到了汉王朝时期，韦姓族人已遍布今河南。

三国两晋南北朝时，韦姓为躲避战乱，南迁到了今江苏、福建和广东等地。隋唐时期，韦姓的繁衍主要以京兆郡一带为盛。同时，江苏、四川和安徽等地已有韦姓人入籍。从五代十国到宋元明清，韦姓人多有南迁者。

韦姓为中国第68常见姓。人口约370万，约占全国人口的0.3%。

约 76% 分布在广西，多为壮族；14% 分布在安徽、广东、贵州、江苏、河南、云南六省（《中国姓氏·三百大姓》）。韦姓客家人最多的是广西，其次是广东、江西和福建。

【郡望】京兆郡。

【堂号】扶阳堂、京兆堂、东明堂等。

通用门联

一经教子；

五世儒名。

【注】上联典出西汉韦贤。韦贤，字长孺，笃志好学，以《诗》授徒教子，与少子韦玄成相继为丞相，都被封侯。所以，邹、鲁间谚语说："遗子黄金满籝，不如教子一经。"下联典指西汉彭城人韦孟，为楚元王师傅，历相三代，后迁家至邹。至韦贤前后五世，称"邹鲁大儒"。

蚌珠有两；

凤阁联双。

【注】① 蚌珠有两：典指韦端。韦端，东汉京兆人，官太仆，与孔融友善。尝遣二子韦康、韦诞看望融，融与端书云："前日元将（康）来，渊才亮茂，雅度宏毅，伟世之器也；昨日仲将（诞）又来，文敏笃诚，保家之主也。不意双珠，近出老蚌，甚珍贵之。"② 凤阁联双：典指韦承庆。韦承庆，唐武阳人，思谦长子，字延休，第进士，累迁凤阁舍人，长安中拜凤阁侍郎。异母弟嗣立，字延构，少友悌。遇母笞承庆，辄解衣求代，母为感悟。第进士，政称最，寻代承庆为凤阁舍人，拜凤阁侍郎。

高陵世德；

唐相家声。

【注】① 高陵世德：《三国志·吴书·韦曜传》：韦曜（204—273），吴郡云阳（今江苏丹阳）人，本名昭，晋人避司马昭讳，改名曜。他在吴国末帝时封高陵亭侯，孙休即位，任中书郎、博士祭酒，奉诏校定群书。② 唐相家声：韦氏在唐代有十四人位居宰相，太后、皇后、妃子三人，为当时的望族。

堂联

好男子岂为降将；

真宰相莫若郇公。

【注】① 好男子岂为降将：典指韦孝宽。韦孝宽，北周人。有才气，沉敏和正，涉猎经史。西魏时，每战有功。任浙阳太守，镇玉壁。齐招之使降，孝宽报曰："孝宽为镇关西男子，必不为降将军。"入周拜大司空，上柱国。② 真宰相莫若郇公：典出韦安石。韦安石，唐万年人。性方重，不畏权律。为中书令，时二张及武三思宠横，安石数折辱。廷臣目之曰："真宰相也。"累迁尚书右仆射。郇公，其子韦陟的封号。

红袖书笺，五云散彩；

缬袍覆体，一枕留芳。

【注】① 红袖书笺：典指韦陟。韦陟，唐韦安石之子，字殷卿。幼时风格方整，善文辞，十岁授朝散大夫。累迁礼吏二部尚书，袭封郇国公。尝以五彩笺为书，使侍妾掌书记，陟惟签名，自谓所书陟字若五彩云。时谓郇国公五云体。② 缬袍覆体：典出韦绶。韦绶，唐德宗时为翰林学士，密政多所参逮。帝尝幸其院，韦妃从，绶正寝。学士郑纲欲驰告之，帝不许。时大寒，帝以妃蜀缬袍覆之而去。

世衍苏州，名高唐代；

宗源鲁国，望重儒家。

广西柳州柳江山头韦氏宗祠堂联

玉润冰清三宿业；

裔荣梓茂一经昭。

【注】此为龛屏阴刻联。韦姓出自风姓。颛顼的孙辈大彭为夏诸侯，到少康为夏帝时，封其别孙元哲于豕韦（其地处滑州韦城）。豕韦、大彭多次且长期为商伯，周赧王时，豕韦国第一次失国，徙居彭城，仍然以豕韦国名中的"韦"为氏。韦孟是韦伯遐第二十四世孙。

广西柳州鹿寨三元韦氏宗祠堂联

玉镇重文明，寿福海山超瑞庆；

庭椿贵远秀，光宗耀祖定安邦。

【注】本支韦氏以"京兆"为堂号。此为配联。联说本支韦氏世泽和家声。

广西柳州鹿寨韦氏宗祠堂联

光前敢诩先人德；

裕后当思报祖恩。

——韦国华

【注】此联告诫韦氏后人要光前裕后，不忘先祖恩德。

相业重三朝，一代宗功光史册；

文章夸两汉，百年祖德绍馨香。

——韦铭之

【注】上联说韦氏的"相业"。韦氏汉唐两代有六人当过宰相。韦孟，楚元王刘交的太傅（相），又傅交子刘夷，再傅交孙刘成，做三代太傅，历相三世。韦孟的四世孙韦贤、贤子韦玄成均当过宰相。当过宰相的还有唐代的韦思谦及其二子韦承庆、韦嗣立三人。下联说韦贤。韦贤是西汉大臣，字长孺，鲁国邹（今邹城东南）人。征为博士、给事中，进宫授昭帝《诗》，迁光禄大夫詹事、大鸿胪。宣帝时，赐爵关内侯，徙为长信少府。生性淳朴，淡泊名利，专心读书，学识渊博，兼通《礼》《书》等经，以授《诗》著名。时称"邹鲁大儒"。

韦铭之（1873—1953）：名秀鼎，又名六合老人，广西中渡（今鹿寨县寨上）人。前清秀才，乡试不第，终老林泉。著有《楹联大全》《楹镜全集》。

栋对

祖德树宏模，训至一经三相，高明昭北阙；

宗功垂大业，田开万顷两陂，利泽遍南滇。

于商领侯封，于汉敦儒行，于唐著诗文，数十传谱牒难稽，敢以代远年湮，入庙遂乖昭穆序；

在东隶青郡，在南世杜陵，在西迁桂管，八千里门闾相望，好趁族繁世衍，趋庭各励子孙贤。

【注】上联第一句指商代韦国，第二句指西汉大儒韦孟，第三句指唐朝诗人韦庄、韦应物。门闾：门户。昭穆：代表本家族每一代子孙的辈序排行，是古代的宗法制度。昭穆以开基始祖居中，子居左称为昭，子之子居右称为穆。以后世

序为二、四、六……偶数居左为昭;世序为一、三、五……奇数居右为穆。昭穆用来分别宗族内部的辈分、亲疏和远近。《周礼·春官·小宗伯》云:"辨庙祧之昭穆。"

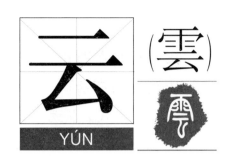

【姓源】《风俗通义》。

① 妘姓，或去"女"为云姓（《古今姓氏书辩证》）。

②《姓解》引《姓苑》，汉族姓。字本作"雲"，今通作"云"。古人作"雲"，以与"云"姓别。

③ 鲜卑族牒云氏，北魏太和十九年改云姓，西魏大统十五年复称牒云氏。隋、唐时无闻，盖复改云姓融入汉族矣。

【分布】云姓人口约占全国人口的 0.007%。约 71% 分布在海南、四川、广东、江苏、河北、湖北、山东、吉林八省（《中国姓氏大辞典》）。云姓的客家人很少，仅广东、海南、四川、湖北有一些。

【郡望】琅琊郡。

【堂号】琅琊堂。

通用祠联

门联

慈州治政；

少府制杖。

【注】上联典指宋代许州人云景龙。云景龙，字良遇。乾道年间任慈州知州，为官清明，爱民如子，兴办学校，劝课农桑，且不畏权贵，当他离任时，老百姓流泪夹道相送。下联典指隋代云定兴。云定兴，擅长制造兵器。历任少府丞、少监、卫尉少卿、左御卫将军，官至左屯卫大将军。

堂联

良遇莅政严明；

从龙抚绥有功。

【注】上联用云景龙事典。下联说元代云从龙。云从龙，字无心，祖籍陇西，景定进士。曾任崖州管辖，海北海南道宣慰使，安抚有方，升广东按察使，累官至中书行省参知政事。

兴学念慈州之政；

制器推少府之良。

【注】① 兴学：典指云景龙。云景龙，宋许州人，知慈州，兴学勤农，谨身节用，民望归之。② 制器：典出云定兴。云定兴，隋人，善制器杖，擢少府丞。

仙窟求浆，裴航遇艳；

钟陵忆别，罗隐成诗。

【注】① 仙窟求浆：唐裴航曾过蓝桥驿，路旁茅屋一老妪绩麻，航渴求浆。妪呼："云英持浆。"航视之，乃一丽女，欲娶云英。妪曰："欲求此女，须得玉杵臼方可。"航求得之，遂成夫妇，成仙而去。② 钟陵忆别：云英，唐钟陵妓。罗隐《赠妓云英》诗云："钟陵醉别十余春，重见云英掌上身。"

尤（尤）

YÓU

【姓源】《姓解》引《姓苑》。

① 本邮氏。上古尤、邮字通，故邮氏或作尤氏。

② 东汉、三国时期山越族姓（《中国古代少数民族姓氏研究》）。三国以后渐融入汉族，是为鄱阳尤姓。

③ 江苏苏州、无锡、常州等地尤姓，其先本姓沈，先祖沈宗，五代闽国建立者王审知婿，避讳去氵为尤，以同音字改尤（清乾隆《尤氏苏常镇宗谱》）。

④ 福建龙岩有游姓者，尝去祖居地谒祖，因祭祀事与族人冲突，愤然改尤姓。另有游姓族人，因不满祖产分配不公，将一子改从母姓沈，一子改姓尤。

⑤ 少数民族汉姓，如蒙古族、回族、苗族等。

【分布】五代时沈氏为避讳而改姓。五代时期，有一个叫王审知的人，进入福建后建立了闽国，被封为闽王，随后下诏避讳审字及与其同音的字。公元907年，王审知被后梁封为闽王。至此，尤氏开始盛行于世。闽国立国近四十年，在公元945年被后唐政权所灭。

明朝初期，尤氏作为山西洪洞大槐树迁民姓氏之一，一部分被分迁到安徽和湖南等地。

尤姓为中国第163常见姓。人口约80万，约占全国总人口的0.064%。约58%分布在河南、北京、江苏三省市（其中河南最多），19%分布在福建、浙江、河北、湖北、台湾（《中国姓氏·三百大姓》）。尤姓客家人大部分在福建、湖北和河南，广西和台湾也有少量分布。

【郡望】 吴兴郡。

【堂号】 吴兴堂。

通用祠联

东吴世泽；

南宋家声。

【注】 上联典指郡望。下联指尤袤。尤袤，字延之，号遂初居士，无锡人，南宋诗人、大臣，绍兴进士。任泰兴令时有政绩。累官至礼部尚书兼侍读。诗与杨万里、范成大、陆游并称"南宋四大家"。

秘书才识；

退翁优游。

【注】 上联说南宋无锡人尤袤。尤袤有才识，所至有绩，任秘书丞时，曾被人称为"真秘书"。南宋高宗也曾夸赞尤袤说："如卿才识，近世罕有。"下联说尤台。尤台，字公辅，自号退翁，安溪人。八岁便能写出一手好文章，参加童子科考试时，文章片刻写成，词藻惊绝。不求升官，优游山水之间。

艮斋名士；

文度清操。

【注】 ① 艮斋名士：典指尤侗。尤侗，清长洲人，字展成，一字同人，号西堂，晚号艮斋。其诗词古文，才既富赡，复多新警之思，每篇出，传诵人口。世祖见之，叹为真才子。后入翰林，圣祖称为老名士。著有《西堂杂俎》《艮斋杂记》《鹤栖堂文集》等。② 文度清操：典出尤安礼。尤安礼，字文度，明长洲人，为人尚义轻利，历兵部郎中，有清节闻。

继志不忘，昭假烈祖；

春秋匪懈，佑启后人。

【注】 联指祷福于列祖。

依然锡麓书堂，南渡文章，上跨萧杨范陆；

允矣龟山道脉，东林弦诵，同源濂洛关闽。

【注】 上联指尤袤。下联指尤侗，明末清初文学家、戏曲家。康熙年间举博

学鸿词科，任翰林院检讨，参与修纂《明史》。龟山：典指龟山学派，又称道南学派，是由北宋末、南宋初的杨时所创立的理学学派。杨时是二程的著名弟子。该派反对王安石新学，以发扬光大洛学为己任，主张为仁由己。

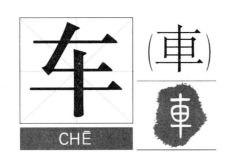

【姓源】《潜夫论》。

① 商代族氏。殷墟卜辞有帚（妇）车，即车氏妇。

② 郓氏，或去邑为车氏。

③ 汉武帝、昭帝时丞相田千秋，以年老特允乘小车出入省中，时人谓之车丞相；其子顺以车为姓，官至云中太守。

④ 北魏道武帝拓跋珪八世祖献帝拓跋隣以疏属为车焜氏，北魏时为帝室十姓之一。孝文帝太和十九年改车姓（《魏书·官氏志》），西魏大统十五年复称焜氏（《北史·西魏文帝纪》）。隋、唐时无闻，或复改车氏融入汉族矣。

⑤ 少数民族汉姓或改姓（略）。

【分布】隋唐两代及五代十国后，车姓族人迁居到了浙江、江西、四川、湖北等地。宋末元初，为躲避战乱的车姓族人迁徙到了今福建、广东等地，融入客家。

车姓为中国第 191 常见姓。人口约 54 万，约占全国人口的 0.043%。约 36% 分布在山东、四川、甘肃三省（其中山东最多，约占全国车姓人口的 14%）；32% 分布在辽宁、陕西、吉林、广东、山西、安徽六省（《中国姓氏·三百大姓》）。车姓客家人不多，主要分布在福建、广东、江西、四川。

【郡望】京兆郡。

【堂号】京兆堂。

通用祠联

门联

鸿胪颂美；

萤火映书。

【注】① 鸿胪颂美：典指车千秋。车千秋，汉时人，本田姓。武帝时拜大鸿胪，数月遂为丞相，封民侯。千秋谨厚有重德，昭帝时以年老召见，得乘小车入宫殿中，因号车丞相。鸿胪，汉官名。② 萤火映书：典出车胤。车胤，晋时人，字武子。少时恭勤博学，家贫不常得油，夏月常囊萤以照书。以寒素博学知名于世。官至吏部尚书。

福建武平中山车氏宗祠堂联

京兆家声远；

萤照世泽长。

【注】武平车氏以京兆为其郡望。萤照，典出晋吏部尚书车胤，少时家贫，常囊萤以照书。车氏以"萤照流芳"为门额，弘扬其祖先自强不息精神。此联"京兆"与"萤照"同平仄，不协律。

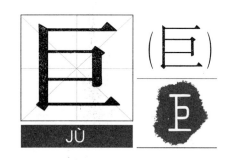

巨（巨）

JÙ

【**姓源**】《姓解》引《姓苑》。

① 汉族姓。

② 藏族汉姓（《刚察县志》，1997）。

③ 回族汉姓（《中国少数民族姓氏》）。

【**分布**】巨姓人口少，但分布很广。北京中心城区、密云、平谷，天津中心城区等全国100多地有巨姓人。巨姓客家人很少，仅江西、广东、四川有零星分布。

【**郡望**】平昌郡、南昌郡。

【**堂号**】平昌堂。

通用祠联

门联

良掾吏名齐李固；

勇统制战胜戚方。

【**注**】上联典指东汉汉阳人巨览。巨览，顺帝时大将军梁商辟为掾属，与李固、周举齐名，称为良辅。下联典指宋代人巨师古。巨师古，曾任统制，征讨戚方，三战三捷。

【姓源】《姓解》引《姓苑》。

① 春秋齐大夫食邑贝丘，以贝为氏。贝丘，今山东博兴县东南。

② 郥氏，去邑为贝氏（《姓觿》）。

③ 江苏海门贝姓，本姓卑（据《中华姓氏源流大辞典》编者调查）。

④ 蒙古族汉姓。原贝姓为达拉特氏，见《蒙古族大辞典》。

⑤ 其他少数民族姓（略）。

【分布】贝姓人口少，但分布很广。北京市，天津市，河北石家庄、邱县、安新，山西太原、大同、运城、晋中、阳泉，内蒙古呼和浩特、阿鲁科尔沁旗、克什克腾旗、乌兰浩特等地均有。贝姓客家人很少，福建长汀，江西南昌，广东中山、揭阳、揭西，广西皆有分布。

【郡望】清河郡。

【堂号】清河堂。

通用祠联

门联

吴越世泽；

太学家声。

【注】全联典指明朝时期的贝泰，金华人。前后在太学四十余年，六馆之士，翕然从化。

民享浚河利；

县多丰谷登。

【注】① 民享浚河利：典出贝钦世。贝钦世，宋上虞人，知江阴县，有惠政。县有运河久湮，钦世欲浚治，百姓争相捐金，不逾月而成。② 县多丰谷登：典出贝恒明。贝恒明，上虞人，永乐进士，知东阿县，仁察明恕，甚得民心，五谷丰登。

堂联

修元代史书，才高班马；

著清江文集，气迈欧苏。

【注】明朝时期的文学家贝琼，字廷琚，浙江崇德人。博览群史，工诗能文。明初召修《元史》，官国子监助教。与张美和、聂铉齐名，时称"成均三助"，有《清江文集》。班马，班固与司马迁；欧苏，欧阳修与苏轼，皆为著名文学家。

业无论士农工商，做到时皆能富贵；

事不拘子弟友朋，和顺处便是祯祥。

【注】全联均指为人做事必须认真、对人和气的道理。

【姓源】《潜夫论》。

① 牛氏，子姓，春秋宋公族，宋武公时公族大夫、司寇牛父之后。

② 以官名为姓。西周时所称"牛人"，是官职名称，负责饲养国家牛畜。牛人的后裔中有人以先祖官职中的"牛"字为氏。

③ 少数民族汉姓，如蒙古族、回族等。

【分布】牛姓为中国第 98 常见姓。人口约 220 万，约占全国人口的0.16%。主要分布在河南、河北、山西三省，约占全国牛姓人口的 51%；其次为安徽、山东、甘肃、湖北四省，约占全国牛姓人口的 27%。河南最多，约占全国牛姓人口的 27%（《中国姓氏·三百大姓》）。牛姓客家人较少，主要分布在河南、湖北，广东、广西、江西有少数牛姓客家人。

【郡望】陇西郡。

【堂号】陇西堂。

通用祠联

门联

庐州却贼；

校尉平羌。

【注】上联指南朝时期的宋名将牛皋，出身射士。曾聚众抗金，后归宋跟从岳飞，攻克随州，驰援庐州，击退金军。随岳飞进军中原，直抵黄河北岸，屡立战功，官至承宣使。因反宋金议和被秦桧派人毒死。下联指东汉朝时期的狄道人牛邯。牛邯，字儒卿，勇力俱全，以才气雄于边陲，光武帝时任护羌校尉，曾与来歙平

定陇右。

堂联

应贞女诵诗曾应梦；
奇章公迷路遇奇缘。

应贞女诗文应梦；
奇章公邂逅奇缘。

【注】① 应贞女诗文应梦：典指牛应贞。牛应贞，唐牛肃之女。少聪颖，善属文。年十三，诵佛经二百余卷，儒书子史数百卷。尝梦中诵《左传》，一字不遗；眠熟与文人谈论，数夜不已。年二十四而卒。② 奇章公邂逅奇缘：典出牛僧孺。牛僧孺，唐时人。累官御史中丞，封奇章郡公。《秦行记》载，牛僧孺归宛洛，暮失道，入薄太后庙，得见戚夫人、昭君、太真、潘妃、绿珠等，相与吟诗，太后令送入昭君院。比明辞出，回顾则古庙荒迷不可入。

千秋同脉集祥瑞；
万世朝宗臻福宁。

毛（毛）

MÁO

【姓源】《元和姓纂》。

① 西周、春秋时有毛国，姬姓，公族以国为氏。毛国，伯爵，周文王第八子叔郑封国。在今陕西岐山、扶风一带。后迁河南宜县境。

② 东汉及三国时期山越族姓（《中国古代少数民族姓氏研究》）。三国以后渐融入汉族，是为丹阳毛氏。

③ 少数民族姓，如西南夷族、古代氏族、金代女真族、西夏党项族等有此姓。

④ 其他一些少数民族改姓（略）。

【分布】早期，毛氏主要活动在长江北部的黄河流域。春秋时期，毛氏家族由于发生内乱，部分族人开始向外迁徙。

西晋末年，由于社会动荡不安，以毛宝为首的毛氏族人随晋王室南迁过江定居。唐朝末年，中原地区陷入动乱，这一带的毛姓族人又迁到了江南和巴蜀等地。

毛姓为中国第86常见姓。人口近250万，约占全国人口的0.2%。约28%分布在浙江、四川、河南三省（其中浙江最多，约占全国毛姓人口的12%）；32%分布在湖南、广西、重庆、江西、江苏五省、市、自治区（《中国姓氏·三百大姓》）。毛姓客家人湖南、广西、江西较多，四川、河南、福建、广东也有一些。

【郡望】西河郡。

【堂号】河南堂。

通用祠联

门联

诗传东鲁；

庆衍西河。

【注】全联指毛姓的郡望和堂号。

官奴骂贼；

侍史工诗。

【注】①官奴骂贼：典出毛惜惜。毛惜惜，为宋时高邮妓，端平间，荣全据高邮而叛，与同党王安会饮。惜惜耻于供奉，誓死骂贼，不屈被害，封英烈夫人。②侍史工诗：典出清毛奇龄。毛奇龄，通经学。康熙中授检讨，纂修《明史》。其侍女曼殊，艳而工诗。

捧檄而往；

脱颖而来。

【注】①捧檄而往：典出毛义。毛义，东汉人，家贫以孝行称。南阳张奉慕其名拜访于门。坐定而府檄至，任毛义为安阳令。毛义捧檄往告母，喜动颜色，奉甚鄙之。义母死，去官行服，后举贤良，公车屡征不起。奉叹其贤，曰："贤者固不可测，往日之喜，乃为亲屈也。"②脱颖而来：典指毛遂。毛遂，战国时赵国人。秦攻赵，毛遂自荐于平原君曰："臣乃今日请处囊中耳！使遂若蚤得处囊中，乃脱颖而出，非特其未见而已。"毛终随平原君同往，说服楚王同意赵楚合纵攻秦。

堂联或栋对

豪气壮南征，功就解袍君乐赐；

鸿恩来北阙，教成捧檄人称奇。

【注】上联典指明朝工部尚书毛伯温，征战有功，皇帝解袍相赠。下联指东汉末庐江人毛义。他自幼丧父，母子相依为命。家境贫寒，年少便为他人放牧为生，奉养其母。母病伺候汤药，曾割股疗疾。逐以孝行称著乡里，府檄召义为守令。毛义捧檄色喜。后其母死，辞职还乡。

福建武平永平毛氏宗祠联

> 风雅诗宗第；
>
> 洁廉世望家。

【注】上联寓指汉朝毛苌，他继承毛亨创立了《诗经》古文学派。毛苌曾任北海太守，清廉正直，为人称道。

广西贺州富川毛氏宗祠联

> 派衍浙江绵世泽；
>
> 祧承富水振家声。

【注】该联讲述了此支毛氏来自浙江，繁荣于富川。毛姓起源：毛姓的发祥地是周文王之子所得的毛国。毛国所在地，在今河南宜阳一带。毛姓以此为源地，一步一步地向外地播迁繁衍，很快就在山西的西河（今山西阳城一带）、河南的荥阳两地发展起来。之后，又以此为中心，向全国播迁。

陕西安康毛氏宗祠堂联

> 文拜尚书左仆射；
>
> 武封都督右军师。

【注】毛氏出之姬姓，以国为氏。周武王灭商后，封弟叔郑于毛国（今岐山、扶风一带），为伯爵，史称毛伯郑或毛叔郑，又被称为"毛公"，毛公的后代就以"毛"为姓。藏台北故宫博物院的国宝毛公鼎，记述了周宣王告诫和褒奖毛公之事。麻城毛氏鼻祖毛玠，原籍陈留平丘（今河南封丘县），为曹操重臣。麻城始祖毛廷元，任山东兵备制，本支毛氏自号"睦族堂"。迁陕毛氏，自称来自湖北麻城孝感乡，约乾隆年间迁徙陕西安康。据传，兄弟三，其一在安康五里镇四合乡毛家湾定居，其二到王彪店毛家村定居，其三在紫阳县毛坝关定居。全联说麻城毛氏鼻祖毛玠的文治武功，以激励毛氏后人。

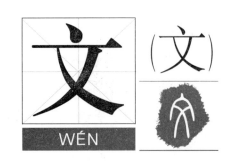

【姓源】《世本》。

① 周文王支孙，以谥为氏（《风俗通义》）。

② 战国时孟尝君田文之后（《世本》）。

③ 东晋时蛮族姓（《中国少数民族姓氏研究》）。

④ 北宋大臣文彦博先本姓敬。曾祖后晋时避石敬瑭名讳改文氏。至后汉，复姓敬。宋初避太宗之祖赵敬（追遵为翼祖）名讳，复改文姓（《宋史·文彦博传》《古今姓氏书辩证》《姓氏急就篇》）。

⑤ 少数民族汉姓或融入汉族后改姓（略）。

【分布】文姓为中国第 109 常见姓。人口约 170 万，约占全国人口的 0.14%，约 51% 分布在湖南、广西、四川、广东四省、自治区，25%分布在湖北、江西、重庆、海南四省、市（《中国姓氏·三百大姓》）。文姓客家人广东、江西最多，福建、四川次之，广西、湖南、河南也有一些。

【郡望】雁门郡。

【堂号】文德堂、正气堂、雁门堂、东海堂等。

通用祠联

门联

兴文化蜀；

定策灭吴。

【注】上联典指西汉文翁，景帝末年任蜀都守，对当地文化发展有贡献。下联典指春秋末年，楚国人文种，在越国任大夫，辅佐越王勾践，君臣刻苦图强，

终于灭亡吴国。

四夷贤相；

尽节勤王。

【注】① 四夷贤相：典指北宋宰相文彦博，宋仁宗年间登进士，历事仁宗、英宗、神宗、哲宗四朝，出将入相五十余年，名闻四夷，世称贤相。② 尽节勤王：典指南宋末年，民族志士文天祥应诏勤王的功绩。文天祥（1236—1283），字履善，号文山，江西庐陵人，宋宝祐四年（1256年）状元及第。元军南侵临安告急，时任赣州知府的文天祥，集客家壮丁五万余人，首举勤王义师，后转战于赣、粤、闽之间，威武不屈，视死如归，留下义薄云天的《正气歌》："人生自古谁无死，留取丹心照汗青。"成千古绝唱。

洛邑耆英，出将入相；

庐陵正气，取义成仁。

【注】① 洛邑耆英：典指文彦博。文彦博，宋介休人，字宽夫。仁宗时进士，出将入相五十余年。平居接物谦下，尊德乐善，居洛阳尝与富弼、司马光等十三人开耆英会，为一时盛事。② 庐陵正气：典出南宋文天祥，累刑部郎官，拜右丞相。为元兵所执，不屈，临刑作《正气歌》，遇害，衣袋中有赞云："孔曰成仁，孟曰取义，惟其义尽，是以仁至。"

福建武平桃溪文姓宗祠联

信国昭日月；

潞公品圭璋。

【注】宋文天祥抗元，忠君报国，追封信国公。北宋大臣文彦博任丞相约五十年，封潞国公。文姓后裔以日月、美玉作喻，赞颂他们的品节和功德。

堂联

民族英雄，河岳日星为正气；

衡山居士，诗文书画乃奇才。

【注】上联典出南宋抗元英雄文天祥。南宋大臣、民族英雄、文学家。他生当南宋末年，始终不渝地坚持抗元斗争，抗元失败后在五坡岭（今广东海丰北）被俘，至元十九年十二月初九(1283年1月9日)被害。他所作的《指南录》可谓诗史，狱中所作《正气歌》，尤为世所传颂。著有《文山先生全集》。下联指宋朝文同。

文同，字与可，人称"石室先生"。北宋梓州梓潼郡永泰县（今属四川绵阳市盐亭县）人。著名画家、诗人。宋仁宗皇祐元年（1049 年）进士，迁太常博士、集贤校理，历官邛州、大邑、陵州、洋州（今陕西洋县）等知州或知县。元丰初年，文同赴湖州（今浙江吴兴）就任，世人称"文湖州"。后文同在陈州（今河南淮阳县）病逝，享年 61 岁。他与苏轼是表兄弟，以学名世，擅诗文书画，深为文彦博、司马光等人赞许，尤受其表弟苏轼敬重。

> 汉守蜀，唐镇江，允文允武，两朝循吏；
> 孔成仁，孟取义，希圣希贤，千古完人。

【注】联指南宋抗元英雄文天祥。

湖南炎陵文氏门联

> 竭忠体国；
> 尽节勤王。

【注】上联典说文彦博；下联典指文天祥。

陕西安康汉阴文氏宗祠堂联

> 济人利物雁门郡；
> 震古铄今正气堂。

【注】本联说的是文天祥的事典。

广东丰顺文氏祠堂联

> 比文风于邹鲁，兼八法丹青之胜；
> 标逸致于吴兴，擅一时丝竹之奇。

江西吉水富田文家文氏宗祠联

> 六籍一时光日月；
> 孤忠万里立纲常。
> ——罗洪先（明代状元）

> 兄状元，弟进士，两届同科奏史册；
> 忠比干，孝微子，一门四烈贯乾坤。

> 光前裕后，北阙恩荣联五世；
> 取义成仁，西江忠烈第一家。

方（方）
FĀNG

【姓源】《风俗通义》。

① 以国为氏。方，商代方国，见于殷墟卜辞。在今山西中、南部（《殷虚卜辞综述》）。

② 方氏，姬姓。《诗·小雅·采芑》有方叔，周宣王时臣，名袁，为宣王叔辈，食邑于方，因称方叔，子孙以方为氏。方，在今河南禹州方山。

③ 东汉及三国时期山越姓（《中国古代少数民族姓氏研究》）。三国后融入汉族。

④ 改姓。南唐时泉州莆田的翁乾度是闽国礼部郎中。南唐灭闽，翁乾度为避战乱，隐居乡野，并将六个儿子改为六姓，其中四子改为"方"氏。

⑤ 唐、宋以后少数民族改姓，如蒙古族、苗族、回族等。

【分布】唐朝初年，有河南方姓随陈政、陈元光父子入福建开漳（州），并落籍当地。唐德宗大中年间，都督长史方王叔自安徽歙县迁居到河南方龙山居住。方王叔有孙名廷滔，其后裔中又有人陆续迁往饶、信及江苏等地。唐朝末年，因为战乱波及，大部分方姓族人纷纷南迁到福建和广东等地。

明朝时期，方姓作为山西洪洞大槐树迁民姓氏之一，被分迁到了河南、安徽等地。清朝初年，已有方姓人口迁居台湾、海外。

方姓为中国第 63 常见姓。人口约 410 万，约占全国人口的 0.33%。约 37% 分布在安徽、浙江、河南三省（其中安徽最多，约占全国方姓人口的 15%）；33% 分布在广东、湖北、辽宁、福建、湖南五省（《中国姓氏·三百大姓》）。方姓客家人广东、江西、福建较多，湖南、广西、湖北也不少，安徽、河南、港澳台及海外也有方姓客家人。

【郡望】河南郡。

【堂号】义德堂、六桂堂、立本堂、启英堂、遵仪堂等。

通用祠联

门联

一山衍派；

六桂联芳。

【注】上联典指黄帝时，一子被封在方山，遂以方为姓。下联典出唐朝方廷范，官长乐，被封金紫光禄大夫，生七子，其中六子皆仕，时称"六桂联芳"。

显允世第；

兴教家声。

【注】① 显允世第：谓始祖方叔为中兴周室建立了功绩。② 兴教家声：明朝济宁知府方克勤（1326—1376），海宁（今浙江海宁）人，洪武四年（1371 年）被征至京师，参加吏部考试，名列第二。任济宁知府期间，鼓励垦荒，三年始征税，又区别田肥瘠九等，按等征发。视事三年耕地面积扩大，户口增倍；又兴教育社学，政绩卓著。洪武八年（1375 年）入朝，明太祖特赐宴以嘉其绩。

慎言育德；

独乐果行。

【注】果行：果断的行动。

巨山名翰；

正学孤忠。

【注】上联典说宋代新安祁门人方岳。方岳，字巨山，号秋崖，绍定进士。曾为文学掌教，后任袁州太守，官至吏部侍郎。因忤权要史嵩之、丁大全、贾似道等人，终生仕途失意。擅长诗词，其诗多描写农村生活、田园风光，质朴自然；其词多抒发爱国忧时之情，风格清健。著有《秋崖集》。下联典说明代浙江宁海

人方孝孺。方孝孺，字希直（一字希古），号逊志，学者称"正学先生"。洪武进士。任为汉中府教授，蜀献王聘他为世子师。惠帝时任翰林侍讲，颇受信任，凡大政多所咨询，当时《太祖实录》及《类要》等书皆由他总裁。朱棣夺得皇位后要他投降并命他起草诏书，他在朱棣面前"且哭且骂"，并写下"燕贼篡位"四字，于是被杀，宗族亲友遭株连者数百人。

富文标榜；

元老壮猷。

【注】① 富文标榜：典指方渐。方渐，宋莆田人，重和进士，知梅州。清白自矢，积书数千卷，皆亲自篆定，置阁藏书，榜曰"富文"。子孙相传为富文方氏。② 元老壮猷：典出方叔。方叔，周宣王卿士，征伐猃狁有功。意思是方叔虽然年事已高，但依然能够深谋远虑。

通用堂联

教子成名，凝香留稿；

览诗择婿，怀蓼知音。

【注】① 凝香留稿：典出清人方用济母柴氏，名静仪，著有《凝香诗抄》。用济秉母教，以诗名，著有《方舟集》。② 怀蓼知音：典出方芷斋。方芷斋，清时人，字怀蓼，为巡抚汪新继室。工诗文，有知人鉴。方父择嫁时，携汪、吴诗二首示芷斋，芷斋断定二人必贵，但吴不长寿，汪大器晚成，遂嫁汪，后果如其言，得封夫人。

江西上犹社溪镇蓝田方氏宗祠堂联

贞珉欲颂宗功远；

栋干常昭祖德深。

【注】① 此联为社溪镇蓝田蒙岗方贞栋（1662—1729）（蒙岗方氏始祖）宗祠"栋源堂"门联和内厅祖堂联。为其八世孙方彦撰。② 贞珉：石刻碑铭的美称。元朝余阙《化城寺碑》："斫辞贞珉，永告无斁。"③ 栋干：栋梁干材。比喻担当国家重任的人。

唐宫针博士；

赵国绣郎君。

【注】此联为1934年方绪镶长子方业深完婚时由内亲赠送的一副红底金字木刻联，悬挂在社溪蓝田蒙岗下新屋祖堂两侧，此联尚存。由其后人方永朴收藏。

栋宇启钟灵，人才辈出；

源流开望族，事业长荣。

江西上犹社溪严湖方姓宗祠堂联

听雨终宵培竹子；

天心一点见梅花。

海屋筹添人寿岂；

仙源境僻物怡然。

【注】筹添：原指长寿，后为祝寿之词。

祠前方塘，展开一浪；

门对圆岭，秀毓三房。

【注】① 方塘：祠前有一水塘，称为"方塘"。② 圆岭：门正对着一山，叫圆岭脑。③ 三房：指宗祠主方启英生员洁、员资、员洪三个儿子，三支皆繁衍并茂。

羽启心灵，孝悌鸿猷遗后世；

仪型足式，文章德业永留芳。

【注】① 鸿猷：鸿业，大业。② 仪型：做楷模，做典范。③ 足式：足，完全可以，值得；式，规格、标准。完全可以作为效法的榜样。

源本难忘，属引艰辛创业；

馨香勿替，且图扬显酬恩。

【注】属引：连续不断。北魏郦道元《水经注·江水二》："每至晴初霜旦，林寒涧肃，常有高猿长啸，属引凄异，空谷传响，哀转久绝。"

脉清真应，喜逢麟趾振振，灵随左右；

千秋贵显，且看龙章炳炳，光耀云天。

【注】① 麟趾：《诗·周南·麟之趾》："麟之趾，振振公子。"郑玄笺："喻今公子亦信厚，与礼相应，有似于麟。"后以"麟趾"比喻有仁德、有才智的贤人。② 龙章：喻不凡的文采、风采。

江西上犹社溪严湖方姓宗祠栋对

遵循孝道，利禄延嗣孙，揽月扶摇荣祖族；

仪礼恭诚，玢灵涌德海，牵星发轫耀梧冈。

【注】① 联中的利禄、玢灵是遵仪堂先祖方利玢的嵌名。② 发轫：拿掉支住车轮的木头，使车前进。比喻新事物或某种局面开始出现。

福建武平帽村方氏宗祠联

正学家声远；

壮猷世泽长。

【注】① 正学：明大臣方孝孺的书室名。方孝孺在明建文帝时为侍讲学士，诏檄多出其手。燕王朱棣起兵篡政入南京，命令方孝孺为明成祖朱棣写登极诏书。孝孺抗命被杀，凡灭十族（株连九族，加上他的学生），死者 870 余人。② 壮猷：或作壮犹。《诗·小雅·采芑》："方叔元老，克壮其犹。"朱熹《诗集传》："犹，谋也，言方叔虽老而谋则壮也。"姬方叔，周宣王时，领兵北伐狎狁，南征荆蛮，立下大功。周宣王表其大功，赐姓方。武平方氏即为方叔之后裔。

气节怀宁海；

文章绍望溪。

【注】① 宁海：指明方克勤家族。克勤洪武年间任山东济宁知府，以德治府，百姓拥戴，任职三年间，户口增数倍。克勤次子孝孺、三子孝友，均因不事二君，为明成祖杀害。克勤父子世居宁海，以气节为人所仰。② 望溪：指清桐城古文派始祖方苞，望溪是其号。其后学刘大櫆、姚鼐均为桐城人，形成文学史上知名的散文流派"桐城派"。

源自方山，显赫六桂流芳远；

仰思承直，光耀万代余荫长。

【注】全联典说方山的典故。

福建宁化城郊上畬方氏宗祠联

开基业，披荆斩棘，共建宁邑；

宣礼义，守律遵规，同筑太平。

湖南炎陵方氏门联

> 循良化鲁；
>
> 显允兴周。

【注】上联典说方克勤；下联典指方叔。

堂联

> 克壮其猷，功勋赫赫；
>
> 不草禅诏，忠烈昭昭。

【注】上联典说方叔；下联典指方孝孺。

YĪN

【姓源】《世本》。

①商代有尹国，白（伯）爵，公族以国为氏。尹国，见于殷墟卜辞。商代晚期青铜器尹白（伯）且（祖）辛甗即尹国器。其铭见《三代吉金文存》。

②尹氏，姞姓。其先西周恭、懿王氏为内史尹（内史之长），因以官为氏。《诗·小雅·都人士》："谓之尹吉。"尹吉，即尹姞。

③尹氏，姜姓。周宣王时有兮甲，字吉父，为宣王师尹，称尹吉甫（即尹吉父），子孙世掌其职，因姓尹氏。师尹，三公官也。三公即太师太傅、太保。

④《国语·晋语》载，滕姓有尹氏。

⑤西汉末僚人大姓（《后汉书·西南夷列传》）。

⑥少数民族汉姓或融入汉族后改汉姓（略）。

【分布】秦汉时期，尹氏的分布地主要在北方。隋唐时期，湖北襄阳一带形成了尹氏的聚居地。

宋朝时期，尹氏继续南迁，足迹几乎遍及江南各地，并生根安家，世代居住。明清时期尹氏族人继续向江南迁徙，湖南、湖北、安徽、江西、福建、四川、广东和广西等地的许多市县，都有大量尹氏不断迁入、定居和繁衍。

尹姓为中国第 95 常见姓。人口约 220 万，约占全国人口的 0.18%。约 42% 分布在山东、湖南、四川、辽宁四省（其中山东最多，约占全国尹姓人口的 12%）；28% 分布在河北、湖北、河南、江苏、云南五省（《中国姓氏·三百大姓》）。尹氏客家人不多，主要分布在江西、四川、湖南、湖北，河南也有分布。

【郡望】天水郡。

【堂号】木本堂。

通用祠联

门联

中兴良辅；

东海名臣。

【注】① 中兴良辅：典出周代尹吉甫。尹吉甫为周宣王贤臣，佐宣王中兴，修文武大业。② 东海名臣：典指尹翁归。尹翁归，汉平阳人，宣帝时为东海太守，收黠吏豪民，案致其罪，东海大治。入守右扶风，京师畏其威严，为人清洁自守。

和靖成集；

关令受经。

【注】① 和靖成集：典出尹淳。尹淳，宋时人，与师程颐，有笃行，终身不就举。靖康初召至京城，恳辞还山。赐号"和靖处士"。著有《和靖集》。② 关令受经：典指尹喜。尹喜，战国时秦国人，为函谷关令。老子西游，喜望见紫气，知有真人当过，老子至，授《道德经》五千言而去。

江西兴国高兴蒙山尹氏宗祠堂联

山腾龙飞藏红日；

川洪虎啸振雄风。

【注】尹氏木本堂位于兴国县城北12公里处的高兴镇蒙山村，是一座粉墙黛瓦、古意盎然的古祠。祠堂建于清朝乾隆年间，坐西北向东南，分二进门楼、三进大厅。左右溪水环绕，古樟参天，数十幢尹氏民居散布其间。尹氏望族居甘肃天水、河北河间。唐末客家南迁时，来到赣南，木本堂尹氏明代从泰和迁高兴镇上密村早禾田，清末尹泰铎从早禾田迁至蒙山村。

木德有常，先人善有余庆；

本支必庇，后嗣贤必荣昌。

【注】木、本：此联与下面二联皆以鹤顶格的形式将堂名嵌于上下联首。木

本谓树之根，有饮水思源不忘本之意。

木主旺千秋，籥祀蒸尝毋忘祖德；

本支光百世，士农工贾各念宗功。

【注】籥：本作"龠"，古龠发源于"吹火管"，至少在近万年前的新石器时代就已经发展成为一种完形的多音孔乐器——骨龠。大禹时期，龠被首倡为宗考乐舞的标志性乐器，是边吹边舞的（据《吕氏春秋》）；殷商时期，"龠"字已经盛行于甲骨文，多用作祭名。至两周时期，古龠更被隶定为"文舞"的代表性乐器，是华夏礼乐文明的重要标识之一。

木德盛千秋，杞梓楩楠，宗衍后嗣，根深叶茂，万载兴隆；

本能立三纲，麟趾凤雏，光耀前烈，功就名成，百世流芳。

【注】① 杞梓楩楠：杞、梓，两种优质的木材，泛指良材，比喻优秀的人才。楩、楠，即黄楩木与楠木。皆大木、大材，栋梁之材。② 麟趾凤雏：麟趾，颂扬王室子弟德行佳好的专用词汇。比喻贵族子孙。③ 光耀前烈：光芒照耀前人的功业。称赞蒙山尹氏开基祖尹泰铎遗孀肖氏率领子孙们继承丈夫遗愿，尽倾家财和心血筑就这座精美绝伦的祠堂。

孔（孔）
KǑNG

【姓源】《世本》。

① 西周宋潜公之子公子何（弗父何）之后。何生公孙周（宋父周），周生世父胜，胜生正考父。考父之子孔父嘉，为宋殇公大司马。公孙督（华父督）路遇孔父妻，见其艳，遂杀孔父而娶其妻。孔父之子木金父奔鲁，以孔为氏。金父生睪夷父，夷父生防叔，防叔生伯夏，伯夏生叔梁纥，叔梁生孟皮、仲尼丘（孔丘）。

② 春秋卫有孔氏，姞姓。孔氏居戚城，故址今河南濮阳市孔悝城遗址。

③ 孔氏，姬姓。春秋郑公族。郑穆公子嘉，字子孔；子孔生公孙洩。洩之子张，以父王字为氏，是为孔张（《左传·昭公十六年》）。

④ 春秋郑有孔叔（《左传·僖公五年》）、孔将鉏（《左传·僖公二十四年》），皆在公子嘉之前，未详所出。

⑤ 孔氏，姜姓。春秋齐有孔虺（《左传·襄公三十一年》）。

⑥ 孔氏，妫姓。春秋陈有公孙宁，以孔为氏，是为孔宁。

⑦ 少数民族汉姓，如蒙古族浑迪氏、回族、苗族姓等。

【分布】明末清初之际，孔姓族人南迁的范围广阔，福建西部、广东东部、贵州和云南一带已出现大量孔姓人口。

孔姓为中国第 83 常见姓。人口 270 多万，约占全国人口的 0.22%。山东最多，约占全国孔姓人口的 45%；其次为河南、江苏、广东、辽宁四省，约占全国孔姓人口的 22%（《中国姓氏·三百大姓》）。孔姓客家人广东较多，江西、广西、河南也有少量分布。

【郡望】东鲁郡、西河郡、鲁国郡等。

【堂号】至圣堂、鲁国堂等。

通用祠联

门联

尼山世泽；

北海宗风。

【注】上联指孔子。下联北海指汉末文学家孔融，东汉曲阜人，有俊才，为建安七子之一，汉献帝时为北海相，世称"孔北海"。才华横溢，文章犀利简洁，多讥嘲之词，后因触怒曹操，被杀。

尼山世泽；

泗水家声。

【注】联说本支孔氏是孔子后人。尼山又叫尼丘，在山东曲阜东南，是孔子出生的地方。泗水在山东中部。源出山东泗水县东蒙山南麓，四源并茂，故名。孔子曾居于曲阜北洙、泗二水间，教授弟子。后以泗水为儒家代称。

东山振铎；

北海倾樽。

【注】① 东山振铎：语出《孟子》"孔子登东山而小鲁"和《论语》"天将以夫子为木铎"。木铎，木舌铃。为古代施行政教传布命令时所用。此指宣扬教化的孔子。② 北海倾樽：典出孔融。孔融，东汉文学家，字文举，鲁国人。曾任北海相，喜宾客。尝曰："座上客常满，樽中酒不空，吾无忧矣。"

两部鼓吹；

五经撰疏。

【注】① 两部鼓吹：典指孔稚珪。孔稚珪，南朝齐人。少涉学有美誉，高帝召为记室参军。累迁太子詹事。稚珪风韵清疏，好文咏，不乐世务。凭几独酌，门庭之内草莱不剪，中有蛙鸣，尝笑谓客曰："我以此当两部鼓吹。"② 五经撰疏：典出孔颖达。孔颖达，唐经学家，字冲远，冀州衡水人。少聪敏，记诵日千余言。隋末举明经，炀帝召天下儒官集东都，诏国子秘书学士与论议，颖达为冠，年最少。入唐，累官国子司业，迁祭酒。受太宗命，撰《五经正义》。

齐名六逸^①；

奕叶万年^②。

【注】① 齐名六逸：唐孔巢父与李白、韩准、裴政、张叔明、陶沔六人共隐于徂徕山，酣歌纵酒，时号"竹溪六逸"。② 奕叶万年：语出《朱子·泗水侯赞》。宋追封孔子之子孔鲤为泗水侯。奕叶，一代接一代。

堂联

孔女甘同殉难^①；

丌氏曾受追封^②。

【注】① 孔女：孔融为曹操忌，被诛。其女只七岁，亦受击。女曰："若死而有知，得见父母，幸也。"乃延颈就刑。② 丌氏：孔子娶丌官氏，至宋追封为郓国夫人。

上绍泗水源流远；

犹继尼山世泽长。

【注】此联嵌江西上犹县名开头，为孔氏祠堂龛联，对仗工整。为上犹孔氏宗祠专用联。

泗水渊源传一脉；

尼山道统炳千秋。

【注】泗水、尼山：均在今山东曲阜，是春秋时孔丘得道之地。孔丘，字仲尼，曾任鲁国的大司寇仅三月，国家便获得大治，后弃官周游列国，回国后，整理《诗》《书》，订《礼》《乐》，撰《周易》，作《春秋》。同时设坛授教，弟子三千，七十二贤，后世尊为"至圣先师"。

世泽木尼山，道德千秋参天地；

家声传泗水，文章万载炳日星。

【注】此联说孔子，相传孔子的父母在尼丘（尼山）祈祷，而生孔子，故名丘，字仲尼。孔子曾在泗水教授弟子。

栋对

幸问一龙，诗礼真传，自东鲁以来，理学名儒照青史；

复敦三物，子孙纯嘏，迁秋浦而后，瓜绵椒衍遍红尘。

【注】① 上联典指孔子向老子问礼事，孔子曾向弟子说："我今日见老子，其犹龙（高深奇妙，如龙那样变化不可测）邪！"② 三物：指六德（知、仁、圣、义、忠、和）、六行（孝、友、睦、姻、任、恤）和六艺（礼、乐、射、御、书、数）。

孔先公祠联

孔圣删诗书，首重孝悌忠信；

先王定礼乐，立正名教纲常。

——朱蔚馨

朱蔚馨： 朱氏始祖后儒公舅孙，朱氏高祖天锡公来孙。

孔圣垂训，戒心一无欺，能忍让人，即是敬宗尊祖；

先贤常懔，守身三自反，肯吃亏者，便为孝子贤孙。

——朱蔚馨

福建上杭孔氏祠堂联

圣洗浙之衢，北穆南昭，百代宗坊绵世泽；

薪传庭有训，言承礼立，千年家法诵清芬。

台湾屏东孔姓宗祠联

堂号小序： 孔姓后裔以孔父嘉的字为氏。孔姓后世的子孙，以身为先师孔子的后代为荣，而名其堂曰"鲁国堂"。

东鲁人文承祖德；

南台事业展宗功。

鲁地人才传道德；

国恩家庆献祯祥。

【注】孔丘：讳字仲尼，周敬王四十二年，鲁哀公诔为尼父，西汉平帝谥为成宣尼公。东汉和帝封为褒尊侯。后魏帝改称文宣尼父。后周静帝进封邹国公。隋文帝赠为先师尼父。唐太宗升为先圣，又尊为宣父。高宗复尊为先圣，赠大师。中宗封为隆道公。玄宗追谥文宣王。宋真宗加谥玄圣文宣王，又改封至圣文宣王。元成宗加封大成圣王。明世宗改称至圣先师孔子。尊至圣先师孔子为圣祖，并以

传承东鲁孔家的事功道德为荣，现居于台湾新埤乡建功村的孔氏后裔，仍然尊行先人之堂号。

栋对

圣衍浙之衢，北穆南昭，百代宗礽绵世泽；

薪传庭有训，言承礼立，千年家法诵清芬。

【注】全联典说孔子文化思想与家训。

邓（鄧）

DÈNG

【姓源】《潜夫论》。

① 邓氏，姒姓，以国为氏。邓，夏王仲康之子封国。故都在今河南漯河市郾城区东南（《姓源韵谱》）。

② 邓氏，子姓，以国为氏。邓国，侯爵，商王武丁之叔封国。故都在今河南孟州西约十五公里处。战国时属魏（《广韵》）。

③ 邓氏，曼（嫚）姓，以国为氏。西周、春秋时有邓国（金文作登国、凳国），侯爵。故都在今湖北襄阳市襄城区邓城。公元前678年灭于楚（《元和姓纂》）。楚武王夫人邓曼、郑庄公夫人邓曼，即邓国女。

④ 邓，春秋鲁邑。《左传·鲁公十年》"鲁、齐、郑盟于邓"是也。在今山东兖州一带。鲁大夫以邑为氏。西周晚期或春秋早期青铜器奠登伯鬲、奠登叔盨，即郑国（奠国）邓氏（登氏）器。其铭见《三代吉金文存》。

⑤ 邓，春秋蔡邑。《左传·桓公二年》"蔡侯、郑伯会于邓"是也。在今河南漯河市郾城区东南。郑大夫以邑为氏。

⑥ 西汉时南海番禺（今广东广州）南越人姓。

⑦ 东晋、十六国时羌人姓（《资治通鉴》）。

⑧ 南唐元宗李璟第八子、后主李煜异母弟李从镒封邓王，出镇宣城。宋太宗诏捕南唐宗室，从镒子李衡脱逃，易姓邓。子孙世居湖南安化、沅陵、溆浦，江西新干，安徽宁国、宣城等地（清光绪《宁都宣城邓氏初修族谱》《安化潺溪坪宣城邓氏族谱》，1931）。

⑨ 少数民族汉姓，如西夏人本汉族，蒙古族、回族等汉姓。

【分布】西晋末年，邓氏族人开始移居福建，并在沙县定居繁衍。

宋宁宗庆元年间，邓氏由福建宁化迁往广东梅县松口，邓志斋被奉为入粤始祖，其后裔子孙散居在广东蕉岭、饶平、陆丰和惠州等地。

明、清两代，大量邓氏族人开始迁居台湾和海外。

邓姓为中国第 29 常见姓。人口 730 多万，约占全国人口的 0.58%。约 51% 分布在广东、四川、湖南三省（其中广东最多，约占全国邓姓人口的 19%）；24% 分布在湖北、重庆、广西、江西四省、市、自治区（《中国姓氏·三百大姓》）。邓姓客家人主要分布在广东，其后依次是广西、江西、湖北、湖南，台湾、海南、港澳也有邓姓客家人。

【郡望】南阳郡、安定郡。

【堂号】南阳堂、高密堂、两秀堂、世勋堂、继述堂、高泰堂、安定堂、种德堂等。

通用祠联

门联

南阳世泽；
东汉家声。

【注】上联典出邓姓宗族源自河南邓州。下联典出邓姓先祖望族东汉名将邓禹。邓姓公认东汉开国功臣邓禹为本族远祖。邓禹追随刘秀屡立战功，汉光武帝平定天下后封邓禹为高密侯，为著名的云台二十八将之首。

云台首列；
谏院知名。

【注】① 云台首列：典指邓禹。邓禹，东汉新野人。幼游学长安，与光武相亲善，后佐光武中兴，拜大司徒，后迁拜右将军，平定天下，论功最高，封高密侯。明帝时拜太傅。卒于永平初，图像云台阁，居诸将之首。② 谏院知名：典出邓润甫。邓润甫，宋建昌人。皇祐进士，熙宁中迁翰林学士，知谏院，有直声。

南阳世泽；
高密家声。

云台首选；
卫国元勋。

公侯门第；
东汉家声。

云台首相；
高密封侯。

三登世第；
两秀家声。

公侯门第；
两秀名乡。

云台首选无双仕；
汉室中兴第一功。

【注】上面几副梅州地区客属邓氏宗祠通用门联，联说其开基祖邓禹等东汉诸公的史迹，东汉是邓氏族史上最辉煌的一页。南阳是邓氏发祥地，邓禹战功显赫，拜大司徒，右将军，封高密侯，任两朝宰相34年。光武帝缅怀其功绩立云台阁，列云台二十八将之首。东汉邓氏一世祖邓禹有子十二：训、谦、让、读、诣、议、诗、论、谋、识、谟、诰。公孙父子，家声显赫。另据梅州《邓氏族谱》载，宋神宗时，邓氏七十五世邓绾，为御史中丞，其裔宗迹泉州，为闽汀世系开基祖。八十九世邓显世居福建宁化，其后裔迁广东丰顺县潘田、福建上杭、江西、四川等地。九十四世志斋由福建宁化石壁移居广东梅州松口开基，为梅州一世祖。二世后裔一支移大埔虎坑，一支移兴宁、梅县石扇。以后又迁五华、蕉岭，再从这些地方

迁至广西、湖南、台湾、海外等地定居立业。

堂联

东汉家声远；

南阳世泽长。

【注】① 上联指东汉初大臣邓禹，邓禹游学长安，为同游学长安的刘秀所敬重，后邓禹从刘秀复兴汉室。累官大司徒、高密侯、太傅。他是邓氏家族最引以自豪的先贤。② 下联"南阳"是邓氏的发祥地（今河南邓州）。商武丁王即帝位后，封其叔父曼于邓（今南阳、新野一带），建邓国，子孙以国为姓。

平叔常能下士；

伯道胡为无儿。

【注】① 平叔：典指邓训。邓训，东汉邓禹六子，字平叔，少有大志，不好文学。明帝初为郎中，谦恕下士，士大夫多归之。② 伯道：典出邓攸。邓攸，晋时人，字伯道。少孤，居丧以孝闻。携家避乱，以其弟早亡，因存侄弃子，竟无嗣，时人义而哀之曰："天道无知，使伯道无儿。"累迁尚书左仆射。

邓曼智能料事；

太后夙本好书。

【注】① 邓曼智能料事：春秋时楚武王夫人邓曼，能知天道。屈瑕伐罗，曼知其必败；武王伐随，入告曼曰："余心荡。"邓曼叹曰："王禄尽矣，盈而荡，天之道也。"王果卒。② 太后夙本好书：晋邓训之女，幼好书传，入宫为贵人，后进为和帝后，帝甚爱重之。

广东大埔桃源邓氏宗祠德庆堂祠联

德业著千秋，系溯南阳，堂构增辉崇庙祀；

庆余垂百世，功高东汉，人文后起继云台。

【注】全联典指邓氏宗族的源头和先人云台二十八将之一邓禹。

江西吉水邓氏宗祠堂联

吉水流芳馨频藻结；

屏山毓秀椒衍瓜绵。

【注】① 吉水：这支邓氏先曾祖居住江西吉水府吉水县白沙村。② 馨：散布很远的香气，比喻长存的英名，也可指人品。③ 藻：隐花植物的一大类，海水

和淡水里都有，极少数可生活在陆地的阴湿地方。也指华丽的文彩。④ 屏山：这支邓氏先祖后迁香港，其后裔邓元祯生子邓从光，南宋时，自岑田迁居屏山，是为屏山房始祖。其后，子孙繁衍，遂分建于香港新界元朗区的坑尾、坑头、塘坊、新村、桥头围、洪屋、灰沙围及上章围等村及屏山。⑤ 椒：落叶灌木或小乔木，果实球形，暗红色，种子黑色，可供药用或调味。与"桂"组成"椒桂"一词，常用来喻贤人。

金紫且相传，赣县派分绵世远；
人文常蔚起，儒宗序选肇源长。

【注】① 金紫：指金印紫绶。借指高官显爵。唐宋后指金鱼袋及紫衣，唐宋的官服和佩饰。因亦用以指代贵官。② 儒宗：儒者的宗师。汉以后亦泛指为读书人所宗仰的学者。

伟业冠云台，汉室将军绵世泽；
芳声流税院，宋朝郡马大名家。

【注】① 云台：即云台二十八将，指的是汉光武帝刘秀麾下助其一统天下、重兴汉室江山的二十八员大将。汉明帝永平年间，明帝追忆当年随其父皇打下东汉江山的功臣宿将，命绘二十八位功臣的画像于洛阳南宫的云台。后世民间传说，云台二十八将对应上天二十八星宿，是天上的二十八星宿下凡转世。② 汉室将军：指邓禹，东汉名将，跟从光武帝刘秀破王匡、刘均等军，名震关西。天下平定，功勋显赫，封高密侯。后绘图云台，居二十八将之首，为邓氏家族的第四十七世祖。③ 税院：宋建炎三年(1129 年)，金兵再犯江南，宋朝皇室中人流散至赣州。太后带着高宗儿女路经江西虔州时，不幸走散。当时，任赣县令的塘尾邓氏七世祖邓元亮在江西奋起勤王，平定战乱。他收留了一批失散的南逃官员子女。高宗之妹，年仅八岁的赵氏就在其中。但幼女不肯将身世相告，只说自己是中州赵姓官员之女。邓元亮归隐岭南家园后，将赵女抚养成人。亲戚朋友见过赵女的，都惊奇她的举止出众，就撮合赵女嫁给元亮的儿子邓自明。她嫁给邓自明后，生了四个儿子：长子邓林、次子邓杞、三子邓槐、四子邓梓，定居锦田。宋乾道五年(1169 年)，邓自明去世，赵氏抚育四子成才。绍熙元年(1190 年)宋光宗即位，赵氏也步入老年，就写了一封信，叫大儿子找皇上认亲。光宗查识认证后，大为感动，立即派人迎接赵氏入宫，并称其为皇姑，封为郡主，追赠邓自明为税院郡马。税院，宋

代掌管关税、贸易的官员，称为"商税院"。郡马，因邓自明娶宋朝宗室女为妻，俗称为"郡马"。宋欧阳修《文忠集·归田录》："皇女为公主，其夫必拜驸马都尉，故谓驸马。宗室女封郡主者，谓其夫为郡马。"

峰起龙山，叠峰层峦，五朵芙蓉开岭南；

流翻吉水，寻源溯本，一条脉络是江西。

江西吉水白水土岭邓氏宗祠堂联

文德武威，祖泽流长扬四海；

龙翔凤翥，宗枝蕃衍及千秋。

【注】土岭，原名土楼下，邓氏清朝康熙年间由抚州石城县迁徙而来，全村尊邓禹为先祖，属南阳堂分支。

江西石城小松石田邓氏宗祠堂联

福德高如山并耸；

宗功深似水同流。

【注】石田位于石城县城北部，在小松镇的东南。种德祠位于小松镇石田村官厅下，距县城三十里，建于明宣德九年甲寅（1434 年），坐北朝南，砖木结构，上、中、下栋联体，占地约 528 平方米。

伯翁功烈迈群宗，溯当年三族发祥，启守开疆垂燕翼；

显祖休光晋奕叶，际此日九天具庆，飞觥结采迓鸿宾。

【注】① 休光：盛美的光华。比喻美德或勋业。② 奕叶：累世，代代。③ 际：其时，适逢的时候。④ 飞觥：指频频传杯。

官太理以明五刑，当年三尺法具治本，于今阴骘，冥冥垂统绪；

振家声而开四世，此日二代人名次魁，上国冠裳，济济荐馨香。

【注】① 阴骘：原指默默地使安定，转指阴德。语出《书·洪范》："惟天阴骘下民，相协厥居。"后引申为默默行善的德行，亦作"阴德""阴功"。道教中有《文昌帝君阴骘文》，简称《阴骘文》，劝人多积阴功阴德，为善不扬名，独处不作恶，这样就会得到暗中庇佑，赐予福禄寿。② 统绪：泛指宗族系统。③ 上国：指京师。

江西南康大坪南良村邓氏堂联

> 继往开来，耀祖光宗形胜地；
>
> 述情展翅，腾龙舞凤好时光。

> 如岳肇基南良，始唐经宋元明清，迄今衍千载；
>
> 嘉实析出下门，其后裔人丁兴旺，迁徙逾万家。

——邓性安

【注】① 如岳：如同太岳一般高深。② 肇基：开始建立基础，打基础。③ 嘉实：佳美的果实。

江西南康大坪南良村邓氏堂联

> 坑泉逶迤如玉带；
>
> 峰峦连绵胜银屏。

广西柳州鹿寨仁里邓氏宗祠堂联

> 东鲁雅言，诗书执礼；
>
> 西京明诏，孝弟力田。

【注】此为临天井处檐联。联说邓氏的世泽和家声。邓姓发源于今河南省境，大举南迁于东晋之时，而播迁入闽、粤则早于汉代。汉代中期，邓况自楚徙居南阳新野。至东汉初，因族人为光武帝刘秀中兴汉室立下大功，一跃而成为东汉最显赫的家族。邓姓早期主要还是以河南省境为其繁衍的中心，其首先迁入的地方是今山东高密一带。与此同时，已有邓姓南迁入今四川、广东等地。

龛联

> 故国垂南阳，顾数百年聚族蓼彼，赫赫宗功延两秀；
>
> 新祠迁西粤，迄今十八世居仁里，绵绵祖德绍三基。

——邓佑文

【注】上联说邓氏郡望，下联说本支邓氏居住地粤西。邓佑文，为邓家名人，少将师长。

> 祠宇傍那山，奇峰并列，古木参高，胜地扩宏图，旧贯新模夸杰构；
>
> 家声传汉代，身亲帝室，功贯云台，英才看奋起，匡时救国建殊勋。

【注】上联引出祠宇形胜。下联指邓禹。邓禹，南阳（今河南新野）人，东汉名将，跟从光武帝刘秀破王匡、刘均等军，名震关西，天下平定，功勋显赫，封高密侯。后绘图云台，居二十八将之首。

台湾邓姓宗祠门联堂联

堂联小序："南阳堂"为邓氏堂号。彦拔公派下源流表，南阳邓氏源流世系表广东支派：九十四代志斋公（广东始祖转为一世）、十六世彦拔公本宗始祖南阳为郡望的邓姓子孙，是辅佐后汉光武帝中兴汉室、名列云台二十八将第一邓禹的后裔。邓姓从粤东梅州迁徙来台。

紫阁公侯第；

云台将相家。

紫阁公侯高世第；

云台将相大家风。

【注】联指邓姓子孙引以为光荣的先祖——邓禹。

湖南炎陵邓氏宗祠堂联

千秋共仰云台像；

四树长留古柏名。

【注】全联说云台二十八将之一邓禹的典故。

海战献身致远舰；

文行图志伯牙琴。

【注】上联说的是北洋水师邓世昌，在甲午海战中壮烈牺牲；下联指的是邓牧。

四川邓氏宗祠南阳堂栋对

派分河北，由汀州而潮州、惠州、袁州，一脉流传愈盛；

祭举冬至，自始祖迄高祖、曾祖、显祖，千秋陟降攸临。

【注】据四川望江门《邓氏族谱》载，罗公，字吾离，春秋时人。居南阳，因其地而赐姓，遂为该族发源始祖。清康熙五十年（1711年），元泰、元隍兄弟携侄传燆入四川立邓氏分支。该堂联上联典说邓氏发迹的地域渊源，下联指邓氏家族繁衍生息，德荫布世。

广东梅州邓氏宗祠通用栋对

> 本义勇节烈，植纪扶纲，当年义胆忠肝，彪炳千秋俎豆；
>
> 历冰雪茶蓼，顶天立地，厥后凤毛麟趾，绵延百世簪缨。

广东大埔油坑邓氏宗祠峻德堂祠联

> 峻岭之间，喜有茂林修竹；
>
> 德沾此后，相期毓秀钟灵。

> 东汉中兴，南阳始兴，纪云台首烈，继继承承，无非将种；
>
> 梅州转徙，莲塘终徙，谱太乙世家，兢兢业业，实此官箴。

广东兴宁邓氏永和祠联

> 史载南阳，曼祖后裔昌，分居中华廿八省，省省人文争特色；
>
> 谱详东汉，禹公孙支盛，派下南北十三房，房房富贵迪前光。

> 谱载南阳，曼祖世袭侯爵，念二代通祖，功宠汉帝锡铜山，富称天下；
>
> 史标东汉，禹公将相云台，历两皇艾公，大战姜维平蜀地，奠定乾坤。

广东平远邓氏文松公祠联

> 千枝万叶从根发；
>
> 四海三江惟本流。

> 文人归里因追远；
>
> 松木经冬为耐寒。

广东紫金县城邓氏显礼祠联

> 吾族肇基梅江，于今棋布星罗，犹是一家谱系；
>
> 新祠鼎建永邑，仰维宗公祖德，欣看百代冠裳。

广东紫金洋头邓氏庭高祠联

> 松口派分支，渊源垂统，奕叶相传，历代著芳名，文武经纬承太乙；
>
> 洋头建祠宇，堂阶焕彩，气象维新，吉地纳泰运，山河毓秀荫多丁。

广东紫金龙窝宝洞邓氏总祠联

山势拥奇形，擎来掌上明珠，久称仙迹，看当前，碧鸡作拱，乐石为屏，甲第堂堂，世泽绵延千百代；

宗枝薰旧德，据有洞中异宝，依庇长安，卜此后，牙纛高悬，甘棠远荫，衣冠济济，龙运重兴六十年。

福建连城邓氏莲峰祠联

由芷而员，头居三徙；

自丰以长，祚胤万年。

斗经天，璇转七星，光烈观扬汉角；

山纬地，蕃护四嶂，崧高焜耀儒林。

仰伟烈而溯前徽，云台功，花石练，廉让守巳，宽惠爱人，史册著辉煌，振古于兹未坠；

扬清风而观世德，三登第，两秀乡，尚友潜修，旌门表行，家声传炳蔚，自今以始长绵。

海南儋州那大镇合罗邓氏宗祠堂联

东汉遗征绵统绪；

南阳发迹衍其裘。

海南儋州南丰松门上加丁邓氏祠堂联

南阳世第千秋远；

东国衣冠万代新。

海南儋州和庆镇禄罗邓氏宗祠堂联

教子育孙，谨守南阳世泽；

尊祖敬宗，永承东汉家风。

香港松岭邓氏宗祠联

南阳承世泽；

东汉启勋名。

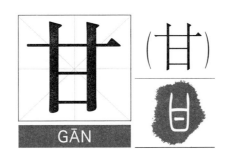

【姓源】《姓解》引《姓苑》。

① 甘氏，姜姓，以国为氏。夏时有甘国，《尚书·甘誓》之"甘"是也。故城在今陕西户县北之甘亭（《中原古国历史与文化》）。

② 甘氏，姬姓。周武王封同姓于畿内之甘，其后为甘氏。甘，在今陕西户县西南。

③ 甘氏，姬姓。周惠王少子王子带（叔带）封于甘，称甘昭公，其后为甘氏。甘，在今河南洛阳西甘水之东。

④ 少数民族汉姓或改汉姓，如蒙古族、回族、壮族等。

【分布】五代十国到两宋时期，甘氏族人开始迁居福建、广东等地。清朝康熙年间，两湖甘氏族人逐渐前往南方的重庆、四川等地。

甘姓为中国第 155 常见姓。人口约 84 万，约占全国人口的 0.067%。约 65% 分布在江西、湖南、湖北、广西、广东、四川六省、自治区（其中江西最多，约占全国甘姓人口的 13%）；23% 分布在河南、贵州、重庆、安徽、福建五省、市（《中国姓氏·三百大姓》）。甘姓客家人分布较广，江西、广西、广东、湖南、湖北、福建均有，但人口都不多。

【郡望】渤海郡。

【堂号】渤海堂、丹阳堂等。

通用祠联

门联

> 秦帝卿相；
>
> 商王师尊。

【注】上联典出战国秦相吕不韦家臣甘罗，楚国下蔡人，十二岁时为秦相家臣。吕不韦企图攻赵，他自请出使赵国，说服赵王割五城及把所攻取的部分燕地给秦。因功任上卿。下联典指商朝时，高宗武丁曾学于甘盘，后武丁为商王，遂用甘盘为相。

> 长水校尉；
>
> 江表虎臣。

【注】① 长水校尉：典指甘延寿。甘延寿，东汉人，字君况。少以良家子善骑射，为羽林期门，迁辽东太守，后迁郎中谏大夫，使西域，拜长水校尉，与副校尉共斩郅支单于，封义成侯。② 江表虎臣：典出甘宁。甘宁，三国时吴临江人。先依刘表，后归吴，陈计于孙权。从周瑜破曹操，攻曹仁，拜西陵太守。曹操出濡须，宁为前部督，破曹，敌惊退，时称"江表虎臣"，官至折冲将军。

> 望出渤海；
>
> 源自殷商。

【注】全联典指甘姓的源流和郡望。

> 显名踪约；
>
> 绥德抚循。

【注】① 显名踪约：战国时秦国大臣甘茂，楚下蔡（今安徽凤台）人，曾从史举先生学百家之术，秦惠文王时，由张仪推荐，将兵略汉中地。武王立，任右丞相。昭襄王时因逃避谗言，出奔到齐，被任为上卿。② 绥德扶循：指甘卓（？—322），字季思，丹阳（治在今江苏南京）人，西晋末，为东海王司马越引为参军，出补离狐令。永嘉元年（307年）任湘、梁等州刺史。

> 童年取卿相列尊；
>
> 丽质与玉人同埒。

【注】① 童年取卿相列尊：典指战国时甘罗。甘罗，年十二，为秦说赵，割五城以事秦。归报，秦封罗为上卿。② 丽质与玉人同埒：典出甘后。甘后，蜀汉沛人。刘备在豫州小沛纳以为妾，随先主刘备至荆州。甘后玉质柔肌，态媚容冶。河南献玉人置甘后侧，甘后与玉人洁白齐润，观者殆相惑乱。埒，相等。

广东梅州甘氏公祠门联

> 耆德殷师；
>
> 妙龄秦相。

【注】上联指商武丁（商代国君）曾受学于甘盘公；下联指甘罗十二为相。

堂联

> 丞相显名践约；
>
> 襄阳绥德抚民。

【注】上联指秦国左丞相甘茂攻打韩国前，秦王与他立下誓约。甘茂攻取韩国的宜阳，使秦领土扩展到了中原地区。下联典指晋代梁州刺史甘卓，镇守襄阳，善于安抚百姓，使境内徭役全免，人们称颂其德政。

> 天文星占光中外；
>
> 诗集长歌耀古今。

【注】上联指战国天文学家甘德。他记录的恒星位置，是世界上最古的恒星表，著有《天文星占》。下联指宋代诗人甘泳。他作的1400字长诗，随事起义，随义链句，古时绝无仅有。

> 学为王师，炳古传今并日月；
>
> 位列左相，调元赞化耀乾坤。

【注】上联指甘盘曾为商武丁之师；下联指武丁继位后立甘盘为左相。

栋对

> 木本植殷商，发越至今，须信本深末茂；
>
> 水源归渤海，停泓自昔，应知源远流长。

【注】甘姓始于殷商，渤海为甘姓堂号。

> 师范示商家，继往开来，宜以经纶恢旧学；
>
> 威名垂汉代，承先启后，好将韬略焕新猷。

【注】上联典指甘氏起源于商代，甘盘曾任高宗武丁的师傅和相。下联指汉代甘延寿、甘英都以武勇而留威名。

广东梅州甘氏宗祠栋对

> 考祥聚而始造，右东河左西流，曲水连环，惟顾本支百世；
>
> 展旧模而更新，坐南离向北极，横山叠案，永朝天子万年。

发迹自前明，由长乐迁永安，六世祖卜宅维良，赫赫功勋昭日月；

丕基垂后裔，展新猷传旧学，亿万辈诒谋有本，绵绵统绪焕文章。

广东五华梅林甘氏一郎公祠联

一贤人先孔子，名芳亘古；

双宰相佐秦政，誉德留今。

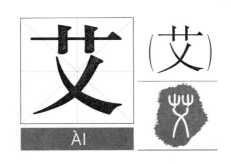

艾（艾）

ÀI

【姓源】《风俗通义》。

① 以国为氏。商时有艾国，侯爵，在今河南汤阴（《明舆指掌图》）。

② 以国为氏。商、周时有艾国，侯爵在今江西铜鼓、修水、武宁、永修一带。春秋时灭于吴。故城在今江西修水渣津镇东两公里处之龙岗坪，为水车村与龙坪村所在地。

③ 吴灭艾，以其都置艾邑。周元王元年，吴王僚之子公子庆忌居之，子孙以邑为氏（邵阳县《艾氏族谱·序》）。

④ 春秋齐景公时大夫艾孔之后。艾孔，本名裔款，字季梁，为孔子之叔父。自鲁迁齐，隐艾陵（今山东沂源县西南），因以为氏。本孔氏，故名孔。《列子》称史孔，盖齐之史官也。

⑤ 少数民族汉姓或改汉姓（略）。

【分布】艾姓为中国第 215 常见姓。人口 40 多万，约占全国人口的 0.032%。约 56% 分布在湖南、江西、陕西、河北、黑龙江、河南六省（其中湖南最多，约占全国艾姓人口的 13%）；湖北、甘肃、辽宁、福建亦多此姓（《中国姓氏·三百大姓》）。艾姓客家人湖南、江西较多，广东、福建、湖北、广西有少量分布。

【郡望】陇西郡。

【堂号】陇西堂等。

通用祠联
堂联

试宏词以登首选；

受左传而擢甲科。

【注】① 试宏词以登首选：艾晟，宋真州人，字子先。崇宁进士，政和中试宏词，又中一等。擢秘书省校书郎，兼编修六典文字，所至有声。② 受左传而擢甲科：宋艾预赴乡举，有一老儒授以《左传》，曰："熟此当可取富贵。"及入试，题为《铸鼎象物赋》，一挥而就，遂擢甲科。

福建省武平中山艾氏宗祠堂联

邑陵新世第；

天水道脉长。

【注】① 邑陵：疑指艾姓后来的发祥地。古陵州，治所一在四川仁寿，一在今山东德州。② 天水：即甘肃天水郡，系艾姓郡望。"脉"与"世"同仄，不符律。

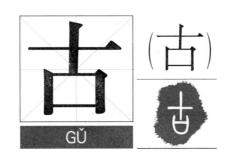

【姓源】《风俗通义》。

① 商、周时有古国，公族以国为氏。殷墟卜辞有帚（妇）古，即古氏妇。商末周初彝器有古伯尊，即古国器（《金文人名汇编》）。

② 本冶氏。冶、蛊字通，其后有蛊氏。蛊，后讹读"古"，复传作古氏（《潜夫论·志氏姓》）。

③ 鲜卑族吐奚氏，北魏太和十九年改古姓，西魏大统十五年复称旧姓。隋、唐时吐奚氏无闻，盖融入汉族复改古姓矣。

④ 少数民族汉姓，如靺鞨族、回族等。

【分布】古姓为中国第 204 常见姓。人口约 46 万，约占全国人口的 0.037%。约 84% 分布在广东、江西、四川三省（其中广东最多，约占全国古姓人口的 37%）；山东、江苏、湖北、山西四省亦多此姓（《中国姓氏·三百大姓》）。古姓客家人主要分布在广东、江西两省，福建、广西、湖南、台湾、河南也有古姓客家人。

【郡望】新安郡。

【堂号】国宝堂、新安堂、官箴堂等。

通用祠联

门联

乡贤世泽；

国宝家声。

岭南首第；
国宝家风。

岭南世泽；
国宝家声。

【注】① 岭南：唐贞观时置岭南道，以在五岭之南得名，治所在广州（今番禺），后又分为岭南东、岭南西两道。今粤中之地，尚有岭南之称。② 首：第一。③ 第：封建社会官僚贵族的大宅称为第。古姓的岭南首第是说古氏从山西大同移居岭南的祖屋。④ 国宝家声：典出北魏尚书古弼。古弼，代州（今山西代县）人，魏主曾赞誉古弼曰："有臣如此，国之宝也。"封灵寿侯。任山西新安府大同府、北魏的吏部尚书。子孙繁衍成为当地大族，其后裔郡望有"新安"，堂号有"国宝"。⑤ 乡贤：古氏八世祖古成之，惠州河源人。生于北宋开宝五年壬申岁（972年），深研诗词，力学不息，岭南第一个进士，后任益州青都县令、四川绵竹县令，有惠政。卒于北宋景德四年丁未岁（1007年）。其裔古革迁梅州开基，繁衍子孙，时人称为"乡贤"。

名扬东汉；
勇冠鲁齐。

【注】上联指东汉古初，父丧未葬，邻家失火，自匍匐枢上，以身扞火，火为之灭。下联典指春秋古冶子，从齐景公渡河。有鼋衔左骖没于水，古冶子右手持鼋头，左手持左骖而出，水为之倒流三百步，人视之为河伯。

堂联

押衙真侠义士；
笔公为社稷臣。

【注】① 押衙真侠义士：指古押衙，唐建中时侠客，刘尚书震有女名无双，才色双绝，曾许其甥王仙客，后震因以受伪命处极刑，无双没入禁掖，后复供园林洒扫。一日仙客于褥下得书云："富平县古押衙，人间有心人，今能求之否？"仙客遂造访古押衙，赖其力，返无双。② 笔公为社稷臣：典出古弼。古弼，北魏人。少忠谨，善骑射，历官吏部尚书。虽事务殷凑，而读书不辍，口不言禁中事。弼头尖，人呼为"笔公"。数进直谏，帝曰："笔公可谓社稷之臣。"

福建武平中山古氏宗祠堂联

亶公源流远；

岐山道脉长。

【注】商末古公亶父即周太王，系周文王祖父。周部落自公刘起，迁居至豳（今陕西旬邑西），开垦耕地，从事农牧生产。《诗·豳风·七月》即是追述公刘家族从事农牧生产的诗篇。至商末，古公亶父率领族人沿渭水而下，卜居岐山南周原，开始营建城池民居，设置官吏，奠定了东进灭商的基础。周部落灭商建西周后，留在周原的子孙即以古为姓。

广西贺州昭平黄姚古氏宗祠堂联

尚志立功垂百世；

友仁积善继千秋。

侯秩恩荣，功业忠良传国鼎；

明贤望重，文章道德贯南天。

【注】两联均为古氏宗祠大门联。联说古氏祖上的功业和文章。古姓出自姬姓，周族先祖古公亶父的后代子孙，以祖字"古"为氏。古氏郡望为新安郡（今浙江西北部、安徽东南部新安江流域一带）。南北朝时北魏代郡人古弼，善于骑射，官至吏部尚书，因功封灵寿侯，虽事务繁杂，而读书不辍。

栋对

祖入乡贤，考入乡贤，儿孙又入乡贤，享历朝庙食，共叙家风，知子姓素敦诗礼；

伯登进士，仲登进士，季弟又登进士，本一母所生，同登甲第，愿后人永绍书香。

【注】古氏南迁始祖古应公，其六世祖古全尝，于宋朝迁梅县松口圳头开基。另一支是七世祖古缤缓，于宋淳熙年间迁于梅县梅城马石下开基。乡贤：古氏八世祖古成之，文章为岭南之冠。知益州青都县令、四川绵竹县令，有惠政，人称"乡贤"。

台湾屏东古氏宗祠门联和堂联

国宝家声远；

乡贤世泽长。

国宝家声传万世；

乡贤源远永流长。

【注】① 国宝：典出《北史·古弼传》："古弼，代人也。少忠谨，善骑射。初为猎郎，门下奏事，以敏正称。……明元嘉其直而有用，赐名曰笔。后改名弼，言其有辅佐才也。……后迁尚书令。……帝闻而叹曰：'有臣如此，国之宝也。'"② 乡贤：地方上的贤士。此联指的是历代的古姓先贤，如：汉朝有孝子古初、名士古霸、古牧；北朝有魏司徒古弼、太中大夫古起；北齐有以文学享誉的古道子；唐朝有循吏古之奇；宋朝有古耕道。

台湾高雄美浓古氏宗祠堂联和栋对

祖有德，宗有功，惟光惟烈，永保衣冠联后裔；

左为昭，右为穆，以享以祀，长存俎豆荐馨香。

亶父绍家风，历唐宋元明，派别分枝同一体；

新安绵世系，有公孙兄弟，家声丕振仰先贤。

【注】此联上联的新安点出古姓堂号，源于北朝北周置中州。周文王的祖父"古公亶父"为避狄侵扰，迁于岐山下且立国，后裔因以为氏。

西岐溯亶父，周朝鼎盛、魏北元勋，国宝家声芳百世；

百粤追云应，宋代同科、岭南首第，乡贤世泽耀千秋。

【注】此联中的古公亶父避狄迁于岐山下，国号周。国宝，指古弼，刚正不阿，魏王称"国之宝也"。云应，是古云应，传为中原古氏南迁始祖。同科，指宋代古革、古董、古巩三兄弟同登进士。首第，指古成之是唯一考取进士及第的南方人，被誉为"岭南第一人物"。

湖南炎陵古氏宗祠堂联

学富精撰长生诀；

志坚拒交禅受图。

【注】上联说古铣；下联典出古其品。

广东梅州古氏宗祠堂联和栋对

> 一榜同登三进士；
> 四传崇祀两乡贤。

> 一母生三子，同攀丹桂，惟愿儿孙绳祖武；
> 百代继千秋，共展鸿图，还期体面慰先贤。

> 龙卧在梅城，廿九世祖德宗功，永偿蒸荫遗后裔；
> 莺迁来桂岭，亿万载孙贤子肖，长存俎豆仰前徽。

稽魏北先宗，功安社稷，德在君民，国宝笔公，早炳前徽于史册；
迄河东入粤，代绍箕裘，世承簪笏，乡贤先令，一开家学之渊源。

广东兴宁水口下堡古氏祠栋对

山水壮奇观，前朝丹竹，后枕韩江，祖庙筑于斯，遥夺一方秀气；
地天交泰运，左献月形，右垂日角，风云欣际会，蔚为万代人文。

【姓源】《姓解》引《姓苑》。

① 商代族氏。殷墟卜辞中氏。

② 左氏，姜姓。

③ 春秋齐公族有左、右公子，其后有左氏。左氏，子姓。

④ 春秋宋公族。左氏，姬姓。

⑤ 春秋卫公族。左史氏、左公氏、左行氏、左人氏、左师氏、左右氏、左伯氏，其后或为左氏。

⑥ 邟氏，或去邑为左氏。

⑦ 宋代来华犹太人定居开封（即今河南开封市）者，其后取汉姓者有左姓（《开封一赐乐业教考》）。

⑧ 少数民族汉姓，如蒙古族、回族、朝鲜族等。

【分布】左姓为中国第 141 常见姓。人口约 97 万，约占全国人口的 0.078%。约 47% 分布在河北、山东、江苏、重庆、湖南五省、市（其中河北最多，约占全国左姓人口的 15%）；27% 分布在河南、云南、湖北、陕西、四川五省（《中国姓氏·三百大姓》）。左姓客家人不多，主要分布在湖北、湖南和四川三省，广东、广西和江西有少量左姓客家人。

【郡望】济阳郡。

【堂号】济阳堂。

通用祠联

门联

作春秋传；

成謇谔名。

【注】① 作春秋传：典指左丘明。左丘明，春秋时史学家。双目失明，曾任鲁太史，与孔子同时，相传著《春秋传》。又传《国语》亦出其手。② 成謇谔名：典出左雄。左雄，东汉人。安帝时举孝廉，迁冀州刺史。顺帝新立，大臣懈弛，朝多阙政，雄屡上书言事，其辞深切。迁尚书令。虞诩称为"謇謇王臣"，后掌纳言，多所匡正。

明推忠毅；

清著文襄。

【注】① 明推忠毅：典指左光斗。左光斗，明桐城人。万历进士，授御史。光宗崩，与杨涟协心建议，排阉奴，扶冲主，后为魏忠贤所害，与杨涟同毙于狱，追赠太子少保，谥忠毅。② 清著文襄：典指左宗棠。左宗棠，清末湘阴人，字季高。道光举人，累官总督，拜东阁大学士，封恪靖侯，卒谥文襄。

匡襄国政；

羽翼圣经。

三都赋手；

一传家声。

【注】 第一联上联典指宋代进士左庆延。第二联下联及第二联均典指西晋文学家左思。左思，字太冲，齐国临淄人。构思十年，写成《三都赋》，洛阳为之纸贵。

堂联

庆延登科，妻辞非偶；

太冲作赋，妹亦能文。

【注】① 庆延登科：典指左庆延。左庆延，宋永新人。年十七登第。秦桧欲妻以女，庆延固辞之。坐是十年不调。终太学博士。② 太冲作赋：典出左思。左思，西晋文学家，博学，兼善阴阳之术，作《齐都赋》，一年乃成，复著《三都赋》，十年构思。"豪贵之家，竞相传写，洛阳为之纸贵。"仕官秘书郎。其妹左芬，

少亦好学，工文词，名亚于思。武帝纳之为贵嫔，姿陋无宠。以才德见称。

> 年少登科，澹奄集传后世；
>
> 才高作赋，洛阳纸贵当时。

【注】洛阳纸贵：典出左思。

栋对

> 数典敢忘祖？隆万之间，累功积德历五世；
>
> 达人必有后？明清两代，科名节烈著千秋。

【注】上联典指东汉左雄。左雄，安帝时举孝廉，永建初年拜议郎，时顺帝新立，大臣懈弛，雄数言事，其辞深切，迁尚书令。左雄又上言郡国孝廉年不满四十，不得察举，帝从之。自是牧守畏栗，莫敢轻举，迄于永熹，察选清平，多得其人。下联典指春秋鲁国太史左丘明述孔子之志而作《春秋传》。先儒谓孔子作《春秋》而为素王，左丘明传《春秋》而为素臣。

> 系自襄阳历战乱，始祖潜渊，辗转频迁，承先启后源流远；
>
> 基开大地方安定，四世通公，贻谋勤创，继往开来世泽长。

广东蕉岭左氏济阳堂联

> 莱邑长留先祖祠；
>
> 章邱才是旧家风。

石 (石)

SHÍ

【姓源】《潜夫论》。

① 以国为氏。石，商代方国。见于殷墟卜辞（《新编甲骨文字典》）。

② 石氏，姬姓，春秋卫公族。卫靖伯之孙石碏之后（《元和姓纂》）。

③ 石氏，子姓。春秋宋公族。春秋宋公子段（诸师段），字子石，其子石弦以王父字为氏（《古今姓氏书辩证》）。

④ 石氏，姬姓。春秋郑公族，郑公子丰之子公孙段，字子石，其孙以王父字为氏（《姓觿》）。

⑤ 石氏，姬姓。春秋晋大夫杨食我，子伯石，其后有石氏（《通志·氏族略》）。

⑥ 南北朝时有东陵人石兰靖，其先周成王之子石文侯之孙（《氏族典》引《陕西通志》）。

⑦ 石氏，芈姓。楚昭王相石奢之后（《氏族典》）。

⑧ 石治氏、石牛氏、石除氏，其后为石姓。

⑨ 晋、南北朝、隋、唐时西域有石国，为昭武九姓国之一，在今乌兹别克斯坦塔什干一带。其国人入中国以石为姓。今西北地区石姓，多出石国胡人之后。

⑩ 少数民族改姓，如鲜卑族、蒙古族等。

【分布】石姓为中国第 71 常见姓。人口 360 多万，约占全国人口的 0.29%。约 41% 分布在四川、湖南、山东、河南、河北五省（其中四川最多，约占全国石姓人口的 9%）；28% 分布在贵州、辽宁、陕西、湖北、山西、江苏六省（《中国姓氏·三百大姓》）。石姓客家人主要分布在四川、湖南、广东、河南四省，广西、福建及江西、甘肃也有一些。

【郡望】 武威郡。

【堂号】 武威堂、万石堂、雍睦堂、平原堂等。

通用祠联

门联

八公世第；

万石家风。

风为世表；

道重人师。

【注】① 堂号"武威"，据《兴宁文史》14期载，石氏为春秋卫大夫石碏之后，是卫国贤臣，其孙石骀仲以祖父字为氏，后世奉石碏为始祖。石氏发源于今河南、河北一带。郑国大夫石癸，宋国公子段，字子石，其后裔称石氏。望族居武威郡（今甘肃武威），故其后世以"武威"作郡望。闽南开基祖石蠹扈原居金陵（今南京市），于唐僖宗乾符五年（878年）入闽，在泉州同安县萱溪仁德里立业。南宋末，三十七郎自福建宁化出仕广东惠州，后在此落居。明洪武末年（1390年前后），其玄孙石崇溯东江而上经老隆入兴宁，卜居于北厢龙归洞陶古村。另有一支石氏从江西迁入平远大柘。② 八公：石涛，清人，名道济，石涛其字也。号清湘老人，又号大涤子、苦瓜和尚、瞎尊者。明楚藩后，与八大山人同时，精工隶书，善画山水兰竹，笔意纵恣，大江以南排第一，有《苦瓜和尚画语录》。③ 万石：石奋，汉温人，高祖过河内，奋年十五，为小吏，侍高祖。高祖爱其恭敬，召其姊为美人，以奋为中涓。文帝时积功至太中大夫，景帝朝为九卿。奋生四子，皆以驯行孝谨官至二千石，景帝号赐号石奋为"万石君"。④ 道重人师：指石介。石介，宋朝人，字守道，笃学有志，乐善疾恶，遇事敢作敢为，居住在徂徕山下，边种地边教书，人称"徂徕先生"。

诗歌圣德；

传载纯臣。

【注】① 诗歌圣德：典指石介。石介，北宋初学者、文学家。天圣进士，尝躬耕徂徕山。庆历中擢太子中允，作《庆历圣德诗》以颂仁宗，人多指目，介不自安，求出濮州，未赴卒。② 传载纯臣：卫石碏大义灭亲，称为纯臣。石碏为春秋时卫国大夫，公元前719年，公子州吁袭杀桓公，自立为卫君，其子石厚参与其谋，石碏便把州吁与石厚诱到陈国，请陈人捉住杀死。时称其大义灭亲。

蓉城仙主；

梓泽名园。

【注】① 蓉城仙主：典指石延年。石延年，北宋文学家，字曼卿。气节自豪，不务世事，为文劲健，尤工诗。历任大理寺丞，迁太子中允。喜剧饮，曾与刘潜造王氏酒楼，对饮至夕，无酒色，世称芙蓉城酒仙。② 梓泽名园：典出石崇。石崇，晋人。少敏慧，为散骑郎，元康初迁荆州刺史，尝劫远使商客，致富不赀，穷奢极丽，于河阳筑金谷园别墅，又名梓泽园。

万石名门，美人鼓瑟；

二郡钦赐，阃室受旌。

【注】① 万石名门：指石奋，年十五为汉高祖侍吏，其姊召为美人，善鼓瑟。文帝时积功至太中大夫，景帝朝为九卿，数子皆以驯行孝谨官至二千石，景帝号称奋为"万石君"。② 二郡钦赐：宋石景略为奉议郎，赠特进。母刘氏封清濂郡太夫人，妻虞氏封毕原郡夫人。

通用栋对

祖创孙仍，不愧贻谋始志，行见鹤浦家声大振；

父继子述，奚待燕翼初怀，仁看凤山派系重新。

【注】典指石奋。

福建武平中堡石氏宗盛公祠联

万石家声远；

双莲世泽长。

万石家声诗与礼；

双莲门第孝和忠。

【注】汉景帝时，有石奋者，生四子，父子五人皆官至三品，俸禄各二千石，故景帝赐石奋为"万石君"。石奋长子石潜（石建）为郎中令，次子石沛（石庆）为内史，为汉武帝重用，时誉"双莲"。

> 宗德绍双莲，绳祖武斩棘披荆，造就鸿图堪裕后；
>
> 盛公继万石，愿嗣裔犁云锄雨，贻谋燕翼可光前。

【注】石盛系石氏入闽始祖石蠡扈第十四世孙，为武平中堡、武东石氏的开基祖。

广西柳州融安新和石氏宗祠堂联

> 源远流长来江右；
>
> 安居乐业在融南。

【注】石氏以"威武"为堂号，此为配联。上联说石氏源远流长，下联说本支石氏在融安乐业安居。石姓的渊源主要有两大支：第一支出自姬姓，周文王后代。第二支源出子姓，帝舜之后裔。本支石姓族人来自江西。石氏郡望为武威郡（今甘肃黄河以西、武威以东地区）。

湖南炎陵石氏宗祠堂联

> 洗厕衣，孝从天性；
>
> 作锦帐，富赛王侯。

【注】上联说石建；下联指石崇。

陕西汉阴粤籍客家石氏宗祠堂联

> 肇基河南，迁基江南，建基闽南，扩基岭南，年近三千历史；
>
> 始祖厝公，远祖奋公，中祖崈公，近祖崇公，威武万石流衍。

【注】自石碏大义灭亲得姓之后，他的家族世代在卫国做高官，卫国后来由于战乱等各种原因迁了几次都，石姓人随着卫国都城的迁移而播迁。起初建都于朝歌（今河南淇县），后来又迁往楚丘（今河南滑县）。到西汉时，西北地区已有了许多石姓人，西汉的万石君石奋，本来家在河南温县，后来跟随刘邦到了长安，石奋一家有多人居高官之位，家族声势显赫。上联讲石氏迁延之脉络，下联讲祖上之发展及威德之流衍。

甘肃石姓宗祠门联

双莲世第；

万石家声。

【注】上联指石奋长子石潜（即石建）为郎中令，次子石沛（即石庆）为内史。由于他们均以忠孝拘谨闻于当朝，汉武帝常把御批奏本交他们兄弟复阅，时誉为"双莲"。一说"双莲"指石奋十五岁为高祖使臣，其姐亦召为高祖的美人，时人称其"双莲同放"。下联指石奋生四子：潜、沛、洽、涉，父子五人皆官至三品，享禄各二千石。汉景帝赐号石奋为"万石君"。

风为世表流百世；

道重人师播千秋。

福建武平中堡石氏宗盛公祠堂联

政绩溯前人，宋武赵王，百代犹钦开国相；

公田垂后裔，秋尝春祀，千年勿替振家声。

【姓源】《姓解》引《姓苑》。

① 龙，商代方国。公族以国为氏。龙方（今山西境内），见于殷墟卜辞。

② 西周有龙国，嬴姓，以国为氏。西周青铜器有龙戟（邹安《周金文存》）。龙伯，龙国国君。春秋青铜器有樊夫人龙嬴鬲，是龙为嬴姓国。

③ 以官名为姓。伏羲氏曾经以龙来命官职，龙官的后裔有人以先祖官名"龙"为氏。

④ 以邑名为姓。龙，春秋时鲁地，后为楚邑，楚大夫以邑名"龙"为氏；龙，战国时赵邑，赵大夫以邑名"龙"为氏。

⑤ 一些少数民族改姓（略）。

【分布】龙姓为中国第 80 常见姓。人口近 280 万，约占全国人口的 0.22%。约 58% 分布在贵州、湖南、四川三省（其中贵州最多，约占全国龙姓人口的 26%）；30% 分布在湖北、广东、广西、云南、重庆五省、市、自治区（《中国姓氏·三百大姓》）。龙姓客家人主要分布在广东、福建、湖南、四川，广西和江西也有少数龙姓客家人。

【郡望】武陵郡。

【堂号】敦厚堂、八德堂、天水堂等。

通用祠联

门联

氏缘上古；

望出武陵。

武陵世第；

宰辅家声。

伯高世第；

太初遗风。

馨香奕世；

俎豆千秋。

【注】以上四联为龙氏通用祠堂门联，说龙氏的世泽和家风。① 伯高世第：指汉代龙伯高的功德，以敦厚诚实著名。② 太初遗风：指宋代诗人龙太初的业绩。

武陵世泽；

敦厚家风。

【注】全联典指龙述。龙述，字伯高，扶风京兆人，东汉时，初任山都长，建武为零陵太守，家武陵，龙氏因以武陵郡名。

伯高敦厚；

经德文章。

【注】上联典指东汉龙述。大将马援在《诫兄子书》中说："龙伯高敦厚而周密谨慎，廉洁公正而有威信，我很喜欢他，看重他，希望你们都向他学习。"光武帝看了马援的信提拔龙述为零陵太守。下联指清代龙启瑞，官至江西布政使，著有《经德堂文集》。

图传来鹤；

梦应成龙。

【注】① 图传来鹤：典出龙镯。龙镯，宋时人，乾德中由乡举授邠州守。州人感之如父母，一日群鹤来下，自旦及夕不去，州人绘《来鹤图》以颂其德。致仕归，卒年八十。② 梦应成龙：典出唐龙起，曾梦乘龙而起，回顾有骆驼在后，嗣登第，其下者乃驼起。

堂联

龙女得柳生偕老；

贤人因孟氏始传。

【注】① 龙女得柳生偕老：即柳毅传书的故事。洞庭龙女遭夫家虐待，书生柳毅帮她脱离苦难，多经波折，终成夫妻。② 贤人因孟氏始传：龙子，为传说中的古贤人。龙子尝见孟子，举其语以告滕文公。

福建武平中山镇龙姓堂联

镇海世第；

武陵名家。

豢龙源流远；

武陵世泽长。

【注】古传说有豢龙者，即御龙者，后赐姓豢龙氏，龙指高头大马。龙氏望出武陵郡（今湖南境）、天水郡（甘肃）。此联叙龙姓源流及其郡望。武平龙姓开基祖镇海，云南曲靖人。清顺治年间以参将奉调驻武平中山千户所，后遂在武所落籍开基。

堂联

思源祖泽武阳郡；

永念宗功八德堂。

【注】全联典指龙姓名郡和名堂。堂号源自东汉龙述，马援劝他侄子学习龙述："敦厚周慎，口无择言；谨约节俭，廉公有威。"马援称这是龙述的"八德"。皇帝知道了，提拔龙述为太守，说他"堪为世人师"。

董胡冠裳垂奕骥；

武陵俎豆耀千秋。

【注】此为祠堂门前石刻联，联说对祖宗的崇奉。龙姓出自舜时纳言龙之后，以官名为氏。据《通志·氏族略》所载，龙氏，舜臣也，龙也纳言（所谓纳言，是当时一种专司出纳帝命的官职）。子孙以官职名龙为氏。因舜的活动地域在晋南地区，故此支龙氏出自今山西省境，是为山西龙氏。至汉代，龙勉因仕从河北钜鹿诏迁扶风京兆，传四代有龙述，字伯高，龙伯高初任山都县令，汉光武帝时升零陵太守，官于楚，家武陵，为武陵始祖。

栋对

日射凤平，映诗人之警句；

星交龙字，征异兆于科名。

受氏溯豢龙，蒲坂奋庸翌景远；

分支别剥骨，柳江启族永贻谋。

【注】此为原殿中楹柱联，记述了龙家源流及宗支别派。豢龙，传说虞舜时有董父，能畜龙，有功，舜赐之氏曰"豢龙"。旧许州临颍县豢龙城相传即董父封邑。

祠宇维新，桂树永荣龙氏族；

山川挹秀，卿云常护状元门。

【注】本联典出龙启瑞。龙启瑞（1814—1858），字辑五，号翰臣，清广西临桂（今桂林市）人。道光状元，授翰林院修撰。太平天国起义爆发后，在籍开办团练。后历任江西学政、江西布政使。著有《经德堂诗文集》《小学高注补正》等。

龛联

绳其祖武家声远；

贻厥孙谋世泽长。

【注】堂号"武陵"，此为祖龛配联。龙氏先祖龙伯高曾在湖南零陵任太守。后一支迁江西吉安高沙村，明末再分迁来柳州。"绳其祖武"，语出《诗·大雅·下武》："昭兹来许，绳其祖武。"武，足迹。谓先人的遗迹、事业。绳，继续。"贻厥孙谋"，语出《诗·大雅·文王有声》："贻厥孙谋，以燕翼子。"孙谋，谓顺天下之谋，即顺应人心。也作谋及其孙之意。

广西贺州贺街龙氏宗祠门联

武陵春远；

瑞岭风和。

【注】武陵，为龙氏望出地之一。古武陵郡，治所在义陵（今湖南溆浦南）。瑞岭，喻指南岭。

广东蕉岭龙氏武陵堂联和栋对

枝繁叶茂千年翠；
椿荫萱荣百世昌。

报本追源无彼此；
敦宗睦族有同心。

黎阁声华思积德；
琴堂事业赖传经。

乐善宜思光泽厚；
遗安惟念后昆贤。

各守尔典，率乃祖考；
相观而善，达乎朝廷。

源远流长，万派汪洋归碧海；
根深叶茂，百年桥梓耸青霄。

南阳地灵，四海五洲名永著；
望慈祖德，千门万户福恒熙。

祖德耀千秋，孝友仁慈，光睦前绪；
孙谋诒百代，诗书礼乐，启迪后人。

爱吾庐，溪带山环，春林花，夏涧澡，秋月藤萝，龙孙挺秀冬天雪；
相尔室，男倡妇随，东壁书，南亩耕，西窗纺织，鹤背荣缠北斗金。

江西奉新龙氏温沙淑翁祠联

　　　　崇德万年，赣水渊源同一脉；
　　　　本支百世，温沙享祀几千年。

　　　　两涧东联，源远流长绵世泽；
　　　　三峰西峙，钟灵毓秀焕人文。

LÚ

【姓源】《潜夫论》。

①卢氏，姜姓。古卢戎之后。卢戎，古族名，商时居卢水（今岷江）上游。商时有卢方国，即卢戎之国。商末，周伐蜀降卢。武王伐纣，卢随征。周封吕尚于齐。卢人随迁，建卢子国，其地在今山东长清孝里镇广里村。齐灭卢，卢人转牧于今河南卢氏县境（崤山、熊耳山一带）。秦晋兴起，迁今湖北竹山县境，后东迁今湖北南漳县东北，建卢戎国。楚武王灭卢，遣其民于今湖南平江。其或有遁避荆山者，联庸、麋攻楚，楚得秦巴之助而败之，遗民分散各地。其入巴者融合賨人，故板楯蛮有卢氏。今西南各省卢氏，多出卢戎之后。

②卢氏，羌姓，春秋齐公族。齐文公曾孙高溪以功封卢，后以邑为氏。卢邑，其地故卢子国地。田氏代齐，卢氏分散各地。

③卢蒲氏，亦姓羌，齐桓公之后，后省作卢氏。

④少数民族姓，如匈奴族、白族等。

【分布】唐朝时期，卢姓在北方已称盛于黄河流域，其中以在河南的繁衍发展最为著名。后又多迁移于江西、江苏、四川、福建和广东一带。

卢姓为中国第55常见姓。人口近440万，约占全国人口的0.35%。约35.6%分布在广西、广东，29%分布在河南、浙江、湖南、安徽、河北、甘肃六省（《中国姓氏·三百大姓》）。卢姓客家人大部分在广西、广东，江西、福建、四川、湖南也有卢姓客家人。

【郡望】范阳郡。

【堂号】范阳堂、专经堂、考礼堂、君德堂、抱经堂、善庆堂等。

通用祠联

门联

汉儒世德；

唐相家声。

【注】① 汉儒世德：卢植（？—192），东汉官吏，涿郡（今河北涿州）人，少时与郑玄俱事马融，通古今学，灵帝时历任博士，嘉平四年(175年)以其才兼文武，任九江、庐江太守，后任尚书，被尊称为东汉名儒，著有《尚书章句》《三礼解诂》等。② 唐相家声：唐代有卢氏宰相卢光启、卢钧、卢迈等八人，节度使十八人。

范阳名族；

涿郡高楣。

【注】全联典指卢氏郡望和堂号。

德为师表；

学乃儒宗。

【注】① 上联典出隋朝卢昌衡。卢昌衡，隋代人，字子均。博涉经史，工行草书。开皇初拜尚书礼部侍郎，文帝时出为徐州总管，沉静有才学。吏部尚书苏威考之曰：“德为世表，行为士则。”② 学乃儒宗：下联典出卢植。卢植，东汉人。受学于马融，通古今学，性刚毅有大节，累迁尚书。曹操称其常怀济世之志，通古今学，名著海内，人称“儒宗”。

盛唐四杰；

大历十才。

【注】① 盛唐四杰：典指卢照邻。卢照邻，唐诗人。曾任新都尉，后为风痹病所困，投颍水而死。其文章与王勃、杨炯、骆宾王齐名，时称“初唐四杰”。② 大历十才：典出卢纶。卢纶，唐诗人，累迁检校户部郎中，有作为。工诗，与钱起、司空曙、吉中孚等齐名，号“大历十才子”。

廉母垂教箴；

眉娘擅神姑。

【注】① 廉母垂教箴：典出唐崔元晖母卢氏，曾诫元晖曰："汝为吏，不务洁清，无以戴天复地。"故元晖以清白闻。② 眉娘擅神姑：《杜阳杂编》载，唐永贞时，南海贡奇女，生而眉如线且长，人以眉娘呼之。年十四，能于尺绢绣《法华经》七卷，字如粟粒，而点画分明。顺宗叹其工，谓之"神姑"。元和中眉娘不愿在禁中，遂度为道士，放归南海，后人常见其乘紫云游于海上。

> 薄命词追伤晚嫁；
>
> 催妆诗幸偶仙人。

【注】① 薄命词追伤晚嫁：乐府有《卢女曲》。卢女为魏宫人，中年出嫁为尹更生妻，梁简文帝有《妾薄命词》，感伤于卢女迟嫁。② 催妆诗幸偶仙人：典指唐代卢储。卢储，举进士第一，曾投卷谒尚书李翱。翱置文卷于案间，长女阅其卷，叹为状元才。翱乃招储为婿。越年果首唱，成婚之夕。储作《催妆诗》曰："昔年曾向玉京游，第一仙人许状头；今日已成秦晋约，早教鸾凤下妆楼。"

广东梅州卢姓宗祠通用堂联

> 锦标状元，吟咏独别；
>
> 白衣卿相，风度自闲。

【注】上联典指唐代状元卢肇，字子发，宜春人。下联典指唐代开元魏州刺史卢晖的事典。

> 词章风雅家声远；
>
> 相国云礽世泽长。

【注】上联指唐代卢照邻。卢照邻，字升之，著名诗人、文学家，为"初唐四杰"之一。下联指唐代宰相卢怀慎，为官清节。

> 世仰永清三代高节；
>
> 词坛风雅四儒齐民。

栋对

> 溯先世芳徽，作相为儒，永仰高曾惟矩范；
>
> 启后人善策，力耕勤读，长期子弟守规模。

> 渭水迪源头，世浪洪波，一派川流绵祖泽；
>
> 范阳传气脉，金花玉叶，万年丛秀发宗支。

【注】此两联为广东丰顺县卢氏宗祠栋对。

> 秦博士，唐状元，学术文章，衣钵传薪绵世泽；
>
> 汉尚书，宋刺史，名臣循吏，簪缨累叶振家声。

【注】卢姓历史名人很多，如东汉卢植，唐朝卢纶、卢照邻，宋朝卢祖皋、明朝卢象升等。

江西吉安卢姓承启堂祠联

> 承家学渊源，涿郡经生，绛帐曾称高弟子；
>
> 启后贤继美，李唐杰士，艺林咸仰大文章。

【注】北坑卢德悠翁承启堂。清拨贡张文澜（溥泉）作。

江西萍乡芦溪麻田卢氏泰公祠联

> 卢王威灵日朝日头；
>
> 庙前溪水长涨长流。

【注】江西萍乡芦溪区麻田村卢氏开基始祖宗泰公，自唐代晚期迁居江西虔州虔化县。宗泰公为唐兵部尚书，授赠同平章总诸军事。五代时公之玄孙光稠公者，经梁太祖褒封为五岭开通使，进封为开国侯，追封忠惠广利王。

福建永定卢氏宗祠堂联

> 门风飘锦帜；
>
> 甲第绍金瓯。

【注】此联强调门风与门第。

> 范阳名望族；
>
> 涿郡高楣家。

【注】范阳、涿郡：俱为卢氏郡望，乃卢氏衍为名门贵族之地。如卢群，字载初，范阳人，历任判官、侍御史、兵部郎中、节度使，以劲正闻名于世。

福建永定坎市浮山献公祠堂联

> 献于培植百年仁义；
>
> 公以佑起万代兴隆。

【注】此联冠首嵌"献公"，强调仁义的培植是兴隆之本。

福建永定龙潭铜联长兴祠堂联

莲花石上流芳远；

泾竹园中派衍长。

【注】此联"莲花石""泾竹园"乃是该宗祠所在位置。

广西柳州融水油榨卢氏宗祠堂联

祠宏光世德；

宇盛绍人文。

【注】此为祠内对联。上联说卢氏世德。隋代涿县人卢昌衡，开皇初年任尚书礼部侍郎，后出任徐州总管。吏部尚书苏威对他考察后说："德为世表，行为士则。"后官至太子左庶子。唐代范阳人卢群，历官侍御史、兵部郎中、郑滑观察使，以刚强正直、识大体闻名。下联说卢氏人文。唐初诗人卢照邻，诗文与王勃、杨炯、骆宾王齐名，称"初唐四杰"。唐代诗人卢纶，工诗文，为"大历十才子"之一。

台湾屏东卢氏宗祠堂联

银做家声远；

金钱世泽长。

金瓯招世第；

银灶振家声。

【注】这两联均是鹤顶格的嵌字联。联语句首字"银"和"金"，是为纪念银邑卢氏的开祖大族邹公。第二联中的"金瓯"，指唐玄宗封卢从愿为宰相的典故。

新接范阳，美仑绵达，子孙百盛，

籍寓凤邑，爰居惟期，宗祖流芳。

四川成都龙泉驿卢氏宗祠堂联

名著儒宗，长绵世泽；

代传清节，丕振家声。

【注】卢氏郡望出自范阳郡，相当于今河北涿州及北京市昌平、房山一带。卢氏原籍广东长乐（今五华县），清前期西迁上川。上联意为汉末涿郡人卢植是海

内大儒，官至尚书，他好学专研而不墨守成规，惠及卢氏绵长；下联，称赞崔元晖母卢氏教子为官廉洁的传世好家风。

广东梅州卢氏范阳堂通用祠联

范郡遗风传万代；
阳春名曲著千秋。

八相佐唐垂千史；
甲科续世启后人。

山东开姓源流远；
丰邑分枝世泽长。

堂构森严，顿起乾坤气象；
诗书诵读，永承贤圣风规。

祖德高深，积厚流芳昌后裔；
孙枝荣茂，瓜绵瓞衍绍前徽。

四杰雄才，并举骆承之风韵；
三世清节，卓称唐相之云礽。

要好儿男，须从尊祖敬宗起；
欲光门第，还自读书积善来。

齐鲁开渊源，流转范阳称望族；
闽粤继世系，派分丰邑著丰功。

往昔范阳鸿儒，达官先兴望族；
如今卢氏学子，公仆重振名门。

家牒衍百氏之祥，郡邑源流耀宗派；
世系际三朝之盛，子孙文武列官阶。

卜相金瓯，琉璃夹箸，唐室宫廷相业；
投竿渭水，金瓯覆名，汉代绛帐儒宗。

根植青阳，枝发范阳，暨二阳之叶畅花繁，阳开布泽；
源开齐国，派分楚国，合两国而波腾浪涌，国祚流芳。

溯范阳分派以来，汉儒继美，唐相流徽，数典无忘祖德；
传宁化移居于此，代历坦白，开基廿世，承家大衍孙苗。

从姜傒公姓卢氏，由周秦历汉晋，相沿唐宋元明，代有名人，赫赫簪缨承祖脉；
自涿州名郡迁居，越泰岱逾匡庐，散居闽粤梅潮，各占胜地，绵绵瓜瓞衍宗支。

江西南康唐江卢屋村卢氏宗祠联

世兴开基衍千载，忠贤垂训，祐启后人，仁义礼智倍流远；
受海继世传万代，耕读相承，书礼流芳，忠孝节善行永恒。

——卢青元

【**姓源**】《风俗通义》。

① 《三代吉金文存》有青铜器葉歎鼎铭。葉歎,西周中晚期人(见《金文人名汇编》)。

② 叶氏,芈姓。春秋楚昭王左司马沈尹戍之后。又《风俗通》云:"楚沈尹戍生诸梁,字子高,食采于叶,因氏焉。"春秋后期,楚国左司马沈尹戍在与吴军战死,楚昭王封其子沈诸梁在叶县(今河南叶县旧城),称叶公。叶公曾平定白公胜的叛乱,他的后代以叶为姓。《名贤氏族言行类稿》和《姓氏考略》,对叶氏的来源,持同样说法。可见,叶姓的祖先是二三千年前曾称霸诸侯的楚国人。

③ 据《中华姓氏源流大辞典》引《中华古今姓氏大辞典》云:叶氏,出自湖北郧县,繁体为葉。

④ 改姓。五代时的闽国灭亡后,闽王王审知子孙一支为避祸,改"叶"氏。

⑤ 一些少数民族改姓(略)。

【**分布**】叶姓为中国第 42 常见姓。人口约 580 万,约占全国人口的0.46%。约 48% 分布在广东、浙江、福建三省(其中广东最多,占全国叶姓人口的 0.20%);36% 分布在安徽、江西、湖北、广西、台湾、江苏、四川、重庆八省、市、自治区(《中国姓氏·三百大姓》)。叶姓客家人大部分分布在广东、江西、广西,福建、台湾、湖北、四川叶姓客家人也不少,海南、湖南、港澳亦有叶姓客家人。

【郡望】南阳郡。

【堂号】南阳堂、四本堂、下邳堂、崇信堂、玉树堂等。

通用祠联

门联

南阳世泽；

楚令家声。

南阳世泽；

置使家声。

梅江世德；

东粤家声。

南阳世泽；

东粤家声。

【注】① 南阳：春秋后期，楚左司马沈尹戍死于吴楚之战，楚昭王封其子沈诸梁于南阳叶邑，其子孙以邑为氏。后裔以"南阳"为堂号。东汉末年，叶望因避乱迁居丹阳（在今江苏西南部），其后徙浙江之永嘉及湖州、江苏之苏州以至汴梁（今河南开封市）。南宋德祐二年（1276 年），叶大经因元兵南下，由汴梁迁广东梅州曾井，为叶氏梅州始祖。② 楚令：公元前479 年，楚惠王封任沈诸梁叶、子高为令尹、司马，封于叶县。其裔孙以邑为姓，广东兴宁、梅县叶氏，用此联为多。③ 置使：叶大经，字伯常，号封川，汴梁人。宋宝庆丙戌进士，历官二十余年，咸淳间升闽制置使，德祐二年，元兵大举下江南，大经流离梅州曾井，宋亡不仕，自称宋室遗民，为叶氏梅州始祖。④ 梅江：名朝举，宋进士，任潮州教授，落基古梅水南（今江南进士楼）一带，后裔孙徙居今梅江区三角、白渡及长沙等地。有的迁往河源、博罗、五华、兴宁等粤东地域。上联指叶氏发祥地。下联指叶氏梅州始祖大经公，南宋理宗宝庆丙戌（1226 年）进士，历官二十余载，宋度宗咸淳年间升闽制置使。⑤ 东粤：叶姓自叶大经于宋代开基至梅州后，其子孙繁衍河源、博罗、五华、兴宁、蕉岭、平远等地，皆属粤东区域。

乡贤世德；

置使家声。

乡贤世泽；

刺史家声。

【注】① 乡贤：典出叶应。叶应，字子唯，归善人。性纯悫，不苟取，安贫力学，登成化戊戌进士。著有《易卦方位次序图》《行太极图》《说大学纲领图》行于世，祀郡邑乡侯。② 置使：典出叶大经。叶大经，汴梁人，南宋宝庆二年（1226年）进士，咸淳年间升闽制置使。

二孤得偶；

双溺全忠。

【注】① 二孤得偶：典出叶呆卿。叶呆卿，宋钱塘人。生而颖悟，授郑州长史，司法桂州。在桂时，有武化令夫妇俱死，只遗二女，呆卿怜其无归，娶为二子妇。② 双溺全忠：明叶汝璜，兵部主事，崇祯十七年，李闯王入京，与妻王氏同赴水而死。

书成海录；

赋就云官。

【注】① 书成海录：典出唐叶庭珪，幼嗜学，尝借书抄成数十册，名曰“海录”。② 赋就云官：典说叶清臣，宋长洲人。好学善属文，入试，作《云瑞纪官赋》，榜发，宋郊第一，清臣第二。举天圣进士，后擢翰林学士。

石榴应兆；

累叶传芳。

【注】① 石榴应兆：典出叶祖洽。叶祖洽，宋邵武人。熙宁初策试进士，祖洽所对，专投合用事者，吕惠卿擢为第一，同郡上官均第二。应“郡庠石榴，先结双实”之言。② 累叶传芳：宋叶致远为直学士，王荆公赠以诗，有“冠盖传累叶”之句。

水心司业；

法善追魂。

【注】① 水心司业：典出叶适。叶适，宋永嘉人。志意慷慨，雅以经济自负。

累官宝云阁待制，官司业。因被劾夺职，杜门撰述，自成一家，学者称"水心先生"，有《水心文集》。② 法善追魂：叶法善，唐括苍人，世为道士，传阴阳占繇符架之术，能厌劾怪鬼。尝为其祖求刺史李邕作碑文，文成，并求书，邕不许。一夕，法善摄其魂，使书，谓之"追魂碑"。

通用堂联

乾山挺笔，乾水朝歌，家声不坠唯端品；

斗蝠吞云，斗牛乘雾，壮志欲酬必读书。

广东汕尾陆河叶氏大经公宗祠联

源肇大宋，任八闽制使，经国济民，万载甘棠留福海；

派蕃盛明，为百花处士，筑城立屯，千秋俎豆耀程山。

【注】大经公祠建于明代程乡县城郊，是为纪念广东叶氏开基始祖叶大经而建。因年代久远，现只剩遗迹。而大经公祠对联现作为陆河叶氏上、中、下三祠共同对联。叶大经，曾任福建制置使，后升任八闽制使。他为官勤政廉明，建树颇丰，声名极佳。后因宋朝被元追杀至灭，大经公举家迁徙，定居程乡山区（今梅县地区）。公每言念国事，感慨流涕。自称宋室遗民，宋亡不仕，甘当一个清白文人。上联说的是大经公出生在宋朝的开封，最高担任过八闽制使，为国家百姓操劳，功名流芳在福建沿海地区。甘棠，即棠树，也称棠梨树。周朝时，有一个叫召伯布的大官巡行乡邑，就地处理公务。有一次在一棵棠树下公开办理民与民、官与民的事务，当事人及听众百姓都很佩服他公平、公正、勤劳爱民的高尚情怀。召公死后，人民思念的他政绩与功德，深怀那棵棠树，并作歌咏之，称为"甘棠"。此处喻大经公清正廉洁。下联说的是到了明朝盛世，大经公已经子孙众多，形成多个支系到各地开基创业，而他认为自己是宋室遗民，不再出去做官，把精力用于创建公益场所（五马坊、凡觉寺为其遗址），最后的归宿在程乡山区。百花处士，百花即百合花的简称，洁白、美丽、纯净；处士即指从事文职的工作者。旧时称文人为"士子"，相当于现在称文人为"知识分子"。程山，据说嘉应州是程姓人最先迁入，故得姓而为地方名程乡。现在梅县地区当时为程乡县。这副对联勾勒出从宋末、元朝至明代那段战火纷飞、马蹄声疾的中国历史，道尽叶大经公颠沛流离而非凡的人生。

江西大余新城王屋岭叶屋宗祠门联

> 青峰镶锦轴；
>
> 碧河流芳心。

【注】锦轴：锦、绫装裱的卷轴。清朝钱澄之《孤萤篇》："能临锦轴窥银字，还拂瑶琴见玉徽。"

堂联

> 云龙文笔天垂；
>
> 日耀高门地布。

【注】《易·乾》："云从龙，风从虎，圣人作而万物睹。"孔颖达疏："龙是水畜，云是水气，故龙吟则景云出，是云从龙也。"后因以"云龙"比喻君臣风云际会。

> 颂叶氏先祖馨誉；
>
> 启宗亲后世荣光。

> 著述成一家，共仰泰山北斗；
>
> 生死无二志，足征赤胆忠心。

【注】上联典指南宋的哲学家、文学家叶适；下联典指宋朝咸淳中期参知政事叶梦鼎。

福建武平西畲叶氏宗祠堂联

> 冠裳累叶第；
>
> 科甲榴花香。

【注】上联典指称叶适，宋淳熙进士，宁宗时累官宝文阁待制。晚年北门著述，世称"水心先生"，时人谓"冠裳累叶"。下联指宋福建邵武人宋祖洽。祖洽策试，他首科第一，同郡上官均第二，时誉为"郡庠万榴，先结双子"。

福建上杭中都都康村叶氏宗祠联

> 俭德家声远；
>
> 南阳世泽长。

举目思宗功祖德；

成心为孝子慈孙。

两字家声传俭德；

千秋世系溯南阳。

【注】叶氏先祖沈诸梁，袭父爵，居河南荆州南阳郡。公元前524年封为叶邑令尹，食采于叶，赐爵为公，称叶公，为叶姓受姓始祖。叶公第九十五世叶映玉，号五郎，徙闽西上杭来苏里中都岗头开基，为上杭中都都康村叶氏开基祖。叶五郎映玉九世孙叶日通由上杭中都迁梅州，南阳为叶氏郡望。叶氏以勤俭尚德为家训。

福建闽西叶氏宗祠通用堂联

序：叶姓得姓于春秋时期，楚庄王曾孙沈尹戍，楚昭王时任左司马，屡建功勋，为国捐躯，楚昭王封其子沈诸梁于叶邑（今河南叶县南），史称叶公，以邑为姓，尊叶公为得姓始祖。叶公好龙故事出自汉刘向《新序》，好龙之叶公是汉时人，与得姓始祖叶公非一人。

榴花新世第；

好龙旧家声。

【注】① 榴花：指宋代邵武人叶祖洽。叶祖洽，熙宁初策试进士。传说他首科第一，同郡上官均为第二名，时誉为"郡庠万榴，先结双子"。② 好龙：相传叶公子高特别爱好龙，家具和装饰多采用龙的形象，门窗柱梁也雕刻各式各样的龙。上界天龙闻说叶公好龙，便下降人间来访问他。叶公见窗口探进一个龙头来，厅堂横着一条龙尾巴，吓得魂不附体，大呼救命而逃。原来叶公并不真的爱好龙，他所爱的不过是龙的艺术化身而已。

台湾叶氏宗祠门联和堂联

祠联小序：据《叶氏家谱·南阳姓氏始封序》，台湾的叶姓人家有两大支派：闽南派以叶清、叶洙为始，迁祖佛岭、莲溪等处属之；客家之谱始于叶大经，迁祖陆丰、长乐等处属之。客家之谱记曰：八十一世祖勤公，由吴郡徙居汴梁。八十五世祖大经公，字伯常。咸淳间，升福建制置使，元兵大举入寇，南北道梗，公以病免官，流寓梅州，遂家焉。至九十七世，廷试公由梅徙居归善县之蓝田，嗣有德戚公者，实为九十九世之祖，发迹陆丰之螺溪。综上所述，叶姓子孙是以春秋时代的诸梁公为始祖。虽然两派，然而，无论是闽南或是粤东客家，均共奉诸梁公为始封祖。"南阳"则是后代子孙纪念其祖先古老的发源地，而以之为堂号之名。客家籍的叶姓人家，其广东梅县的开基祖是叶大经，他是宋朝宝庆年间的进士，任闽制置史。因此，叶姓客家人其厅对常为："置使家声远；南阳世泽长。"其中"南阳"指的是叶姓人家的郡望；而"置使"指的则是广东叶氏开基祖叶大经。

南阳新世第；
置史旧家声。

南象文明盛；
阳春物色新。

南阳继传新世第；
置史永为旧家声。

宰相传家惟俭德；
大名振俗在文章。

派衍司马源流远；
望著南阳世泽长。

【注】叶氏宗祠的对联内容，多半是以堂号"南阳"为主题，突出"置使"（或为"制使"）。此外，第四副对联典指宋朝的宰相叶石林。他虽贵为宰相，但仍然坚持以俭传家。他在《石林治家训要略》中谈到要勤、要俭、要耐久、要和气、要自奉宜俭。又，《四库全书提要》载，叶石林，即叶梦得，无论其为人、文章与风度，足堪为叶氏子孙的表率。派衍司马源流远：指的是叶氏的始祖——春秋时代的诸梁公。他曾担任楚国的令尹司马，因此有"派衍司马"之说。

湖南炎陵叶氏宗祠堂联

建阳状元府第；
水心博士人家。

【注】上联典说叶齐；下联典指叶适。

> 家藏万卷云樵录；
>
> 锦绮四时畅春园。

【注】上联典说叶云樵；下联典指叶洮。

印尼雅加达叶氏宗祠门联

> 南阳望族；
>
> 东粤名家。

堂联与栋对

> 祠宇新成，永奉春祀秋尝，遵万古圣贤礼乐；
>
> 典模旧样，长存左昭右穆，序一堂世代源流。

> 奕荫溯春秋，秦楚风云，万古联芳，燕翼诒谋追远祀；
>
> 英贤垂竹帛，庙堂梁栋，中流接秀，馨香俎豆诵先芬。

附记： 印尼叶氏宗亲会1864年注册"叶氏嘉应州互助会"。1970年更名为"印尼叶氏宗亲会"。1978年叶振骉宗长等76人兴建祠堂，中国全国政协原副主席叶选平题书"叶氏宗祠"。

广东梅州雁洋虎形村叶氏宗祠堂联

> 族望溯南阳，天假鸿缘论虎踞；
>
> 名山数东岭，地占雁里看龙飞。
>
> ——卢耕父（甫）

广东梅州水南堡叶氏祠堂栋对

> 姓氏锡南阳，支分程水，派衍梅江，源远流长绵世泽；
>
> 功名昭宋史，科登甲第，教授潮郡，枝繁叶茂振家声。

广东梅州叶氏进士楼堂联

> 处世何妨饶一步；
>
> 登堂每喜听三声。

广东梅州江南教谕宫前叶氏祠堂联

宗派本江西，源远流长，共衍韩潮教泽；

开基由教义，文经武纬，丕著雁塔题名。

广东梅州南口叶氏德荫堂栋对

燕寝倚培南溯水南，源流远长，遥接南阳绵世泽；

龙光环拱北看寓北，兰香桂馥，仰依北斗蔚人文。

海南儋州那大镇茶山叶氏南阳堂联

南海子孙传万代；

阳山缘竹发千枝。

海南儋州丰镇茶村叶氏南阳堂联

南极文光横笔阵；

阳明理学绍书香。

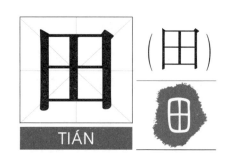

【姓源】《广韵》。

① 殷商族氏。商代晚期青铜器田父甲斝、田父甲罍、田父乙爵、田父乙彝、田父辛鼎即田氏器。其铭见《三代吉金文存》。

② 春秋晋有田氏。

③ 战国时宋田氏,一作佃氏。《汉书·古今人表》宋田不礼,《墨子·所染》作佃不礼。

④ 田氏,妫姓。本陈氏。春秋陈厉公(陈厉公)之子陈完(陈完),以国乱奔齐,为齐之工正,改敬氏。完十世孙敬和(史称田和),夺姜姓齐国,自立为齐太公。齐,传八君,历时一百八十四年,公元前 221 年灭于秦。古敬、田音义相近,秦、汉时改敬氏为田氏。汉初,战国齐王室遗族田横拥兵东海之岛,拒不降汉,部分遗族惧受牵连,易姓王。至汉景帝时,王娡为景妃帝,生武帝刘彻而成皇后。武帝即位,特许舅王蚡复姓田氏,是为汉武帝相田蚡。

⑤ 本锺姓。三国时魏大将锺会与蜀降将姜维密谋叛乱,为部将乱兵所杀,族人惧祸改田姓。锺会,颍川长社(今河南长葛东)人。

⑥ 少数民族汉姓或融入汉族后改汉姓,如蒙古族、匈奴族、回族等。

【分布】唐宋期间,田姓族人主要在中国的北部和中部播迁繁衍。此际,田姓一族中已有人迁居到今福建和广东等地。

明清之际,田姓族人已遍布大江南北。清朝中期开始,福建和广东田姓族人陆续迁至台湾,进而移居海外。

田姓为中国第 46 常见姓。人口近 520 万，约占全国人口的 0.41%。约 35% 分布在河北、河南、山东、贵州四省（其中河北最多，约占全国田姓人口的 11%）；29% 分布在湖南、陕西、山西、湖北四省（《中国姓氏·三百大姓》）。田姓客家人不多，主要分布在广东、江西、湖南、湖北，福建和广西也有一些。

【郡望】 北平郡、雁门郡。

【堂号】 雁门堂、北平堂、荆树堂、贫骄堂等。

通用祠联

门联

孟尝好士；

安平善谋。

【注】 上联典指战国时期的齐国贵族孟尝君田文，曾任相国。下联说战国时期的齐国大将田单，临淄人。

雁门世德；

荆树家声。

荆树世泽；

雁门家声。

【注】 ① 雁门世德：唐代田承嗣，初为安禄山部将，代宗时降唐，由郑州刺史升至魏博节度使，封雁门郡王。雁王郡亦为田氏郡望。② 荆树家声：典出《幼学琼林·兄弟》："田氏分财，忽瘁庭前之荆树。"指隋代有田真、田广、田庆三兄弟，欲分财。堂前一株紫荆树，议分三片，晓即憔悴，由是不复分，荆树复茂。于是三兄弟重义轻财，从此不再分割财产。后世遂以"荆树"为堂号。

家推易学；

世颂兵符。

【注】 上联典指西汉今文易学开创者田何。田何，字子庄，今山东淄博市人。徙杜陵，号杜田生，专治《周易》。西周立为博士的今文易学，都出于他的传授。下联典指田穰苴。晏婴荐于齐景公云："穰苴文能附众，武能威敌。"因以为将军，

将兵捍来犯之燕、晋之师。功成，尊为大司马。后田和自立为齐威王，使大夫追论古者《司马兵法》附穰苴于其中，因号曰《司马穰苴兵法》。

孟尝好士；
穰苴知兵。

【注】① 孟尝好士：典指田文。田文，战国时齐国人，号孟尝君，招天下贤士，食客数千。上客皆蹑珠履，名闻诸侯。② 穰苴知兵：典出田穰苴，春秋时人，为齐国大司马，善兵法。

号车丞相；
封安平君。

【注】① 号车丞相：汉车千秋，本田姓，武帝拜大鸿胪，数月遂为丞相。昭帝时，千秋已年老，乘小车入宫朝见，因号车丞相。子孙以车为氏。② 安平君：典出田单。田单，战国时齐人，燕昭王伐齐，田单夜以火牛攻燕国骑兵，燕师大败，尽复齐七十余城，迎襄王于莒而立之，封田单为安平君。

挽歌蒿里；
荫茂荆庭。

【注】① 挽歌蒿里：典指田横。田横，秦末狄县人。本齐国贵族，汉朝建立，率党徒五百人逃亡海岛，横耻为汉臣，自刎而死，从者作《薤露》《蒿里》二挽歌以哀之。② 荫茂荆庭：典出汉时田真，与弟庆、广三人分财，堂前一株紫荆甚茂，共议破之为三，未几枯死。真叹曰："木本同株，因分析而摧悴，况人兄弟孔怀，而可离乎？" 兄弟相感复和，荆亦旋茂。

辛妾尝工尺牍；
田母曾梦伏波。

【注】① 辛妾尝工尺牍：宋词人辛弃疾有二妾，一名田田，一名钱钱，因姓联名，皆工尺牍。② 田母曾梦伏波：宋田佐恭母曾梦见伏波将军马援，乃生佐恭。

堂联

梅岭之分支，祠建世昌，孝敬宗风应思复；
雁门之衍派，安居文山，贤嗣基业全在兹。

一代箕裘，且漫说爵授安平、车称丞相；

百年俎豆，只勿忘孟尝好士、荆树荫庭。

【注】上联典指战国时期齐国的田单、西汉时期的田千秋；下联典指战国时期齐国的田文、汉朝时期的田真。这两联均为田氏宗祠通用堂联。

江西上犹油石乡田氏宗祠堂联

系衍梅州，友谊素敦昭世德；

派分章水，上人蔚起振家声。

【注】① 梅州：梅州于1988年设市，位于广东东北部，东部与福建龙岩市和漳州市交界，北部与江西赣州市相连。② 友谊素敦：情谊一直很深厚。③ 章水：即章江，章江一称被看作是赣江的支流，与赣江的另一支流贡江在赣州城下汇合成赣江。

爱笃友子，荆树流芳兄及第；

官同节度，书楼衍庆粹联桥。

【注】田真兄弟三人，共议分财。生资皆平均，唯堂前一株紫荆树，共议欲破三片。明日，就截之，其树即枯死，状如火燃。真往见之，大惊，谓诸弟曰："树本同株，闻将分斫，所以憔悴。是人不如木也。"因悲不自胜，不复解树。树应声荣茂，兄弟相感，合财宝，遂为孝门。

昭穆不失其伦，有典有纲；

子孙亦秩有序，卜世卜年。

【注】卜年：占卜预测统治国家的年数，亦指国运之年数。《左传·宣公三年》："王孙满曰：'卜世三十，卜年七百，天所命也。'"

印尼雅加达田氏雁门堂宗祠

门联

雁门祖德；

荆树家声。

龛联

源自银滩，尊祖敬宗，荆树花繁培一脉；

卜居岛国，敬亲睦族，红溪水秀乐千家。

堂联

> 雁门望族，人文蔚起，祖德绵长传世泽；
> 海域裔孙，兰桂腾芳，宗功浩荡振家声。

> 喜新祠璇火，云蒸霞蔚，开百世宏图光祖德；
> 庆秀宇增辉，凤起蛟腾，启千秋伟业颂宗功。

> 祠宇添辉，源远流长，继百年典范，德昭八表；
> 祖宗庇佑，根培本固，扬千岛雄风，泽荫群黎。

附记：雅加达田氏宗亲会成立于1962年3月，为慎终追远、睦族敦亲，印尼田氏众裔孙同心合力，于2007年集资在椰城西区购置一块555平方米地皮，新建"田氏宗祠"。旋于2012年动工，2016年3月20日雅加达"田氏宗祠"落成揭幕。

广东大埔古野田氏宗祠堂联

> 耕食蚕衣，山林隐逸烟霞丽；
> 同根共本，兄弟失和荆树枯。

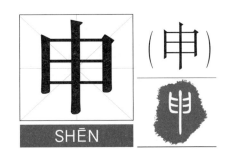

SHĒN

【姓源】《世本》。

① 以国为氏,姜姓。虞舜时的四岳,辅佐舜帝平水土有功,被封于申国,后来,楚国灭了申国。申国子民因怀念故国,便以旧国名"申"为氏。

② 申氏,芈姓。本申叔氏。楚灵王时芊尹申叔无宇始改申氏。

③ 楚王孙包胥,王孙氏,食邑于申,又为申氏,称申包胥。

④ 少数民族汉姓或改汉姓(略)。

【分布】申姓为中国第 125 常见姓。人口近 140 万,约占全国人口的 0.11%。约 59% 分布在河南、河北、山西、山东四省(其中河南最多,约占全国申姓人口的 28%)。申姓人口较多的还有贵州、四川、云南、甘肃等省(《中国姓氏·三百大姓》)。申姓客家人较少,广西、湖南、福建、江西、四川、广东都有一些申姓客家人。

【郡望】魏国郡、琅琊郡等。

【堂号】琅琊堂、魏忠堂、魏郡堂、丹阳堂、南国堂等。

通用祠联

门联

安邦伟业;

戡乱宏才。

姓启申国;

望出琅玡。

魏郡世泽；

南国家声。

忠诚世德；

名相家声。

安邦伟业；

状元宰相。

戡乱弘才；

耆颐神仙。

【注】① 申姓的这几副门联典指春秋时期楚国贵族申包胥。申包胥与伍子胥为知交，伍子胥将要逃奔吴国时对他说："我一定要颠覆楚国！"申包胥："君能颠覆楚国，我一定能让它复兴！"后来，吴国用伍子胥计攻楚国，申包胥到秦国求救，在宫廷痛哭七昼夜，水米不入口，终于使秦国发兵救楚。楚昭王返国赏功时，他逃避而不领受。② 忠诚世德：典指申包胥。③ 名相家声：申不害，战国时韩国相国，著《申子》；申时行，明万历六年任吏部尚书；申用懋，明崇祯二年任兵部尚书。

文武是宪；

黄老为宗。

【注】① 文武是宪：典出申伯。申伯，周宣王母舅，为周贤卿士，筑城于谢。尹吉甫作《崧高诗》赠之。《诗·大雅·崧高》："王之元舅，文武是宪。"宪，效法。② 黄老为宗：典指申不害。申不害，战国时郑国人。曾任韩侯之相十五年。学黄老刑名，著《申子》。

堂联

茅束悲歌于申后；

蒲轮见迎于培公。

【注】① 茅束悲歌于申后：指周幽王废申后，后因作告哀诗。诗云："白华菅兮，白茅束兮。之子之远，俾我独兮。"② 蒲轮见迎于培公：指西汉申公，名培，

也叫申培公。文帝时立为博士，始为《诗传》，为"鲁诗学"开创者。武帝尝以蒲轮迎申公，征入都，拜太中大夫。

> 通学得传，泃圣门贤哲；
>
> 文武是宪，实周家翰蕃。

【注】上联典指春秋时孔子的弟子申枨。孔子尝言："吾未见刚者，或以申枨对。"下联典指周代贤卿士申伯。申伯为周宣王的母舅。

栋对

> 系出南京，过苏水，历昆山，承继箕裘，百代文章燕翼；
>
> 官居东粤，望鳌峰，越秀岭，永传世德，千秋礼让书香。

【注】这副栋对主要说申姓这一支脉的祖先发迹之地。这支申姓后裔是炎帝后人吕，封于申地（今上海市和昆山一带）。后被楚所灭，后裔以国为氏，也是申氏。申不害，战国时韩昭侯时任宰相十五年，他协助昭侯治国，使国家强盛，以致没有哪个邻国敢侵略韩国。后迁东粤为官。这说明，申姓祖先发源于南方。

湖南炎陵申氏宗祠门联

> 状元宰相；
>
> 耆颐神仙。

【注】上联典说申时行；下联典指申泰芝。

广东梅州申氏宗祠堂联和栋对

> 出宰程乡开粤族；
>
> 移封谢邑衍苏宗。

> 犹是琅琊宗派，钟世仪之清风，忠孝传家，刺史渊源宛在；
>
> 原来大岳裔孙，接文锭之芳躅，诗书著绩，状元谱系维新。

广东梅州申氏开基祖碧岩公祠联

> 游宦驻梅城，吉卜畲坑开胜境；
>
> 分支流苏水，祥名岭下创鸿基。

【姓源】《姓觿》引《姓谱》。

① 商代晚期青铜器有史氏器（《甲骨文所见氏族及其制度》）。其铭见《三代吉金文存》。

② 周代各国太史，皆称史某，如周之史扁、史佚、史兴、史籀、史伯……以官名为姓。

③ 江苏如皋、如东、海安等地方言将"史"姓读如"死"音，故将史姓改读为"吏"，亦书史姓。

④ 少数民族改姓（略）。

【分布】魏晋南北朝时，史姓仅在中国北方就形成了五个郡望。族人也已开始大举南迁。唐宋之际，史姓族人已播迁到了南方诸省。明朝初期，史姓作为山西洪洞大槐树迁民姓氏之一，一部分被分迁到了今湖北、安徽、福建、广东等地。

史姓人口不多，但分布很广。北京中心城区、怀柔，河北定州、涉县，山西太原、大同、阳泉、盂县、长治、陵川、临汾、运城，福建云霄，江西宁都，广东信宜、吴川，广西天峨，贵州仁怀，陕西西安、渭南、韩城、富平等100多个地方以及台湾地区均有此姓。史姓客家人较少，主要分布在江西、福建和广西，广东和台湾也有少数史姓客家人。

【郡望】京兆郡。

【堂号】忠烈堂、忠定堂、武昌堂等。

广东梅州史氏宗祠通用门联

右相门第；

隋将家声。

【注】① 右相门第：典出南宋大臣史浩（1106—1194），字直翁，绍兴三十二年（1162年）以中书舍人迁翰林学士，知制诰。隆兴元年（1163年）以参知政事拜右相兼枢密使，指出赵鼎、李光无罪，岳飞受冤。② 隋将家声：典指史万岁（549—600），隋朝大将，善骑射，英勇善战，以镇压邺城尉迟迥叛变有功，拜上大将军。

直躬知矢；

忠谏伏蒲。

【注】① 直躬如矢：语出《论语》："直哉史鱼，邦有道，如矢。"史鱼，春秋时卫人。② 忠谏伏蒲：典出史丹。史丹，汉时人，字君仲，为侍中，诏护太子。元帝寝疾卧病，丹直入卧内，知帝欲易太子。丹伏青蒲上涕泣，固谏曰："太子得不易。"及太子即位，封丹关内侯。

茅庐炼丹；

梅岭招魂。

【注】① 茅庐炼丹：汉史通平自会稽至蜀，置茅庐炼丹，成龙虎形，功成，白日升天。② 梅岭招魂：典出史可法。史可法，明末人，字宪之，崇祯进士。李自成灭明，史在南京拥立福王，加大学士，称史阁部。清军南下，坚守孤城，后被执不屈而死。家人举史袍笏招魂，葬于郡城梅花岭。

堂联

气吐风云，勤千秋之略；

光依日月，荣二字之褒。

史良娣得产皇孙，故储有后；

史翰林乞假归娶，嘉耦相攸。

【注】① 史良娣：汉鲁国人，为武帝戾太子妃。生子进，从外祖家姓，号史皇孙。即位后为宣帝，追良娣为戾夫人。② 史翰林：即史贻直，清溧阳人，字儆弦，号铁崖。康熙时十九年进士，入翰林，乞假归娶，朝野荣之。后官文渊阁大学士，

兼吏部尚书，居相位二十年。

栋对

祖孙父子，兄弟叔侄，四世翰苑蝉联，犹有舅甥翁婿；

子午卯酉，辰戌丑未，八榜科名鼎盛，又逢己亥寅申。

江西大余史氏宗祠堂联

数点梅花亡国恨；

二分明月故臣心。

——江峰青

【注】宗祠在大庾岭南面山下。史可法（1602—1645），明河南祥符（今开封）人，字宪之，号道邻，崇祯进士。授西安府推官，稍迁户部主事，历员外郎、郎中。崇祯八年（1635年），迁右参议。崇祯十七年（1644年），闻北京失陷。初欲立潞王，马士英、阮大铖合谋欲立福王，送之至仪真，遂立福王于南京。加史可法为东阁大学士，入阁参政。史可法因受马士英排挤，以兵部尚书大学士督师扬州。清兵至，史可法传檄各镇，无一至者，亲守西门险要。城破，自刎不死，被执，不屈死，以袍笏葬于城外梅花岭。人称"史阁部"，谥忠靖。清乾隆追谥忠正。有《史忠正公集》。

江峰青（1860—1931）：字湘岚，号襄楠，安徽婺源（今属江西）人。能诗善画，画作笔墨超逸，画品较高。清末官吏，近代社会活动家。著有《江峰青四种》《莲廊雅集》《里居楹语录》《魏塘楹帖录存》等传世。

丘(邱)

QIŪ

【姓源】《风俗通义》。

① 丘氏，姜姓。相传齐太公封于营丘，子孙以丘为氏（《元和姓纂》）。

② 改姓。丘氏，曹姓所改。为春秋时大夫丘弱之后。丘弱，见《左传·昭公二十三年》。

③ 西汉末，左丘明十五代孙左丘起，王莽征召不就，恐及于祸，去"左"改为丘氏。

④ 鲜卑族丘敦氏，北魏太和中改丘姓，西魏大统中复称丘敦氏，隋初又改丘氏，后融入汉族。

⑤ 鲜卑族若干氏，后改苟氏，一作丘氏。北魏司空苟颓，《南齐书·王融传》作丘颓。

⑥ 史载，满族入关以前，中华各地都称丘氏，迨至清朝雍正皇帝时，为避孔丘讳，乃下令全国丘氏加邑旁为"邱"氏。此后，"邱"通行于世。民国建立，广东镇平丘逢甲等倡导复"邱"为"丘"，但有些地方并未恢复。

⑦ 至宋元间，丘氏由闽入粤。成实公迁于饶平金山，择处安宅枕金峰两面笔架，左凤凰、右天马，悠然得志。丘氏卅世碧连公时，东晋乱起迁徙至福建汀州府上杭县。至六十郎梦龙公再迁广东镇平县，即今天的广东蕉岭县，是为蕉岭的开基祖，至其子文兴公（二世）之时，又移居至蕉岭县文福乡一带，迨至德建公（孔恩，十世）时，人丁益盛，于白泥湖创建含英公祠，祀八世含英公（惟爵，八世）以下的昭穆。至十五世祖永镐公，于康熙三十五年东渡台湾，初至台湾府府治（即今之

台南），任职于台南卢林李三姓公司经营商行，由于学识丰富，为人忠诚，公司为扩展业务，由永镐公前来主持屏东分行。

【分布】唐初时期，有中原丘氏随陈政、陈元光父子入闽。宋代时期，丘氏称盛于福建，分布相当广泛，同时已有人迁入今江西、安徽、湖南、广东、广西等省、自治区。

明代时期，贵州、云南等省也都有丘氏的聚居点。清初开始，福建和广东丘氏陆续有人迁到台湾，或移居海外。

丘（邱）姓未入全国 300 常见姓之列，分布很广，如北京、天津、张家口等地均有。丘姓客家人不少，主要分布在广东、福建、广西、江西、湖北、湖南、台湾、港澳地区。

【郡望】河南郡、扶风郡等。

【堂号】河南堂、忠实堂、扶风堂、清风堂、公祖堂、儒林第、吴兴堂、敦睦堂等。

通用祠联

门联

> 源宗渭北；
> 派系河南。

> 源宗渭北；
> 学绍琼山。

> 鸿胪世德，
> 枢密家声。

【注】这些门联均为丘（邱）氏宗祠"河南堂"门联。望出河南光州固始，故以河南为堂号。河南为汉代郡名，在今河南新郑、洛阳、临汝之间。福建莆田丘姓后代丘成实，任宋徽宗枢密使，其子丘君与，后致仕，遂居三饶，为广东饶

平丘姓的始祖，后繁衍到广东潮汕各县市以及海外。① 鸿胪世德：丘姓大始祖鸿胪寺卿杰秀，二十九岁登进士，历任歙州、温州、吉州刺史，诰赠光禄大夫。鸿胪是官名，即国官大行人之职，掌朝贺庆吊之赞导相礼，传声赞导，故曰鸿胪。北宋曰鸿胪寺卿。丘氏后裔为纪念祖先美德，故曰鸿胪世德。② 枢密家声：典出丘氏的世祖丘成宝。丘成宝，字邓秀，排行二十一郎，任枢密院史。

文雅希范；

像立昭陵。

【注】① 文雅希范：典出南朝梁乌程人丘迟。丘迟，字希范，八岁能写文章。武帝时任中郎将，待诏文德殿，后历官司空从事中郎、永嘉太守。文学批评家钟嵘曾评论他的诗："点缀映媚，似落花依草。"② 像立昭陵：典出唐代洛阳人丘行恭。丘行恭，有勇力，善骑射。贞观年间征讨高昌有功，官右武侯将军，诏书命斫石为人马，在昭陵阙前立像以旌表。高宗时，历官大将军，冀、陕二州刺史。

吴兴才望；

大学仪型。

【注】上联典指南齐长沙王车骑长史丘灵鞠。丘灵鞠，吴兴人。宋世文名甚盛，有文集及《江左文章序》。下联指明代文渊阁大学士丘浚，著有《大学衍义补》等书。

通用堂联

诸女工诗，联吟郎署；

寡母善教，笃学琼山。

【注】① 诸女工诗：宋邱舜中为朝奉郎，诸女皆工诗，兄弟内集，必吟咏为乐。② 寡母善教：典出邱濬。邱濬，明琼山人，幼孤，母李氏教之读书，过目成诵，后由进士登相位。

渭水家声远；

河南世泽长。

【注】上联指其远祖姜太公。姜太公曾在昆仑山学道，八十岁时，在渭水垂钓，为周文王访得，拜为丞相。后助周武王讨伐纣王，太公率众多道术之士，与纣军激烈斗法，击败纣王，完成兴周大业。河南是丘姓郡望，得姓始祖丘穆，为姜太公第三子，居河南封丘县。西周时的河南，故址在今河南洛阳市一带。

福建永定高陂平在邱氏宗祠联

源远益流长，溯祖德宗功，积善家风传渭水；

枝荣由本固，瞰文韬武略，平章事业步琼山。

【注】上联渭水述邱姓家族渊源。下联琼山，指明朝丘浚，字道源。他是海南琼山县人，官至文渊阁大学士，性忠厚廉正，博闻强识，著有《大学衍义补》。丘姓以浚为荣，认为他文韬武略，堪为楷模。

福建永定高陂平在邱宣公祠联

八姓衣冠传渭水；

登堂俎豆衍河南。

【注】上联指衣冠南渡、八姓入闽，俱来自姜太公渭水垂钓，建功立业，分封诸侯，后以封地为姓。河南，指邱氏郡望河南郡。

福建永定高陂平在邱宣公堂联

源远流长出渭水；

枝荣本固在琼山。

广西桂林荔浦丘氏宗祠堂联

渭水家声远；

琼山事业长。

【注】河南郡在今河南洛阳一带。联说丘氏的家声和世泽。丘氏出自姜姓，以地名为氏，是姜太公的后裔。西周初年，太师吕尚（姜姓，吕氏，名望）因辅佐武王灭商有功，被封于齐，建齐国，都营丘（今山东省淄博市东北），号称齐太公，俗称姜太公。其子孙中后有以地为氏的，称为丘氏，史称丘姓正宗。福建永定县城丘屋巷丘家祠、高陂平在中兴邱宣公祠均用此堂联。

广西丘氏宗祠通用栋对

鲁豫南迁，姜脉重孙繁粤桂；

荔江立祀，穆公后裔耀乾坤。

【注】上联说丘氏世祖从山东、河南迁至广东、广西；下联说本支丘氏在荔浦安居乐业。

广西贺州临贺故城丘氏宗祠堂联

> 根植营丘，脉连渭水，枝繁叶茂；
>
> 系承穆祖，胄接姜公，源远流长。

【注】联说丘氏世祖姜太公。

> 营丘肇姓，瑶美开疆，丕显丕承，溯从前祖德流芳，序昭序穆；
>
> 望重儒林，威扬虎帐，允文允武，愿此后人才辈出，亦孝亦忠。

【注】① 丕显丕承：丕，大也。即大显大承。② 允文允武：文事和武功兼备。《诗·鲁颂·泮水》："允文允武，昭假烈祖。"

台湾屏东六堆邱氏宗祠门联和堂联

堂号祠联小序：东晋之乱南迁至福建汀州府上杭县，至六十郎梦龙公再迁广东镇平县，即今蕉岭县，是为蕉岭开基始祖。至其子文兴公（二世），又移居蕉岭文福乡。迨至十世建德公孔恩时，人丁益盛。至十五世祖永镐公，于康熙三十五年东渡至台南，经商扩业，繁衍子孙。建祠宇纪念先祖，乃沿袭先祖"河南""忠实"等堂号，以示永怀祖德，垂裕后昆。

> 河南世第；
>
> 渭水家风。

> 光其先祖；
>
> 裕厥后昆。

> 渭水源流；
>
> 琼山事业。

> 忠臣新世第；
>
> 贤相旧家声。

> 枢密家声远；
>
> 鸿胪世泽长。

河水源通渭水；

南山辉映琼山。

河汉江淮皆得所；

南西东北永朝宗。

忠孝远承枢密院；

文章上绍鸿胪卿。

渭水流传兴百世；

河南奕业肇千年。

怀德君国凭忠实；

德业家风尚读耕。

渭水家风传万古；

琼山事业著千秋。

耕稼只求安家乐；

读书惟望子孙贤。

鸿胪子弟渊流远；

枢密家声福泽长。

河水长流迎渭水；

南山秀气接屏山。

【注】邱姓台湾祠堂对联，用了很多"河南""渭水""枢密""鸿胪"等词。如"渭水功勋"，指的是姜太公垂钓江边而文王访之，从而使姜太公得以成就辅

佐武王伐纣兴周。其中"渭水"，即是吕氏始祖吕尚（姜太公）隐居时期，离水三寸钓鱼的地方。"琼山事业"，指唐朝的丘浚，即丘琼山，他文通今古，学贯天人。"鸿胪寺卿"，指的是丘杰秀，任歙州、温州、吉州刺史，因为体恤百姓，堪称贤德，后来被拔擢为鸿胪寺卿。"枢密院使"，指的是丘成实。又，丘姓人家的"忠实第"，指的是丘岳，字山甫，有文武才，官至两淮制置使，誓死报国，宋理宗因此而御书"忠实"二字以赐，并且封他为东海侯。

台湾高雄美浓、长治邱氏宗祠通用栋对

祖训莫遗忘，口而诵，心而维，亦步亦趋，千载家声能勿坠；

己身宜检点，善则迁，过则改，克勤克俭，一生事业自然成。

【注】此栋对出现在台湾许多姓氏中，如美浓镇吉洋里王姓，禄兴里李姓，龙肚里、龙山里及东门里、和合里朱姓，吉洋里邱姓，吉东里涂姓，中坛里陈姓，吉洋里温姓等。

始祖肇吴兴，题雁塔步云梯，攀仙折桂虎榜琼林，世表龙门光上国；

大宗传岭县，住白湖移台岛，北徙南迁堂构新威，支分东里述前徽。

【注】此栋对的上联指出先祖之功绩成就，例如题雁塔、攀仙折桂都用以比喻科举中试。邱姓郡出吴兴（在今浙江）、河南。下联指出邱姓北房派蕉岭开基始祖是邱梦龙（六十郎公），迁徙来台后原住六龟乡新威村，后来子孙南迁北移至各地。

溯渭水得姓，源远流长，于今堂构经营，只期国族聚居，敢讵蹈躩遵规，绵延鸿胪祖德；

枕武山建屋，竹苞松茂，从兹豆笾和乐，窃冀庭阶毓秀，庶几盱宵蔽日，丕振枢密家风。

【注】此栋对中的"鸿胪"是指邱杰秀（1006—1087），他于宋仁宗景祐元年（1034年）高中进士，因功累升至鸿胪寺卿。"枢密"指邱杰秀之子邱成实，生于北宋仁宗皇祐四年（1052年），以孝廉授泉州学正，其后因随宋徽宗亲征虏寇，被擢升为枢密使，但因建言触犯宫禁，遂被贬至河源任职，再移居至粤省饶平一地，成为邱氏的"开饶之大祖"。

台湾高雄美浓邱姓忠实第栋对

政绩著三州,移江西、入闽汀、迁东越,支分台岛、始创美浓,世世子孙、年年安居乐业;

恩荣衮二世,由唐宋、而明清、至民国,远承枢密、上绍鸿胪,代代书香、丕馨祖德流芳。

【注】此栋对显示邱姓先人为生存与发展,一次一次迁徙,历时千百年。

台湾长治邱姓宗祠河南堂栋对

昔祖先开基创业,始初镇平,历数百载,家乡来自白泥湖;

吾后裔坚守继志,派分来台,疆垂传万,世居住勤耕潭头。

【注】此栋对上联说明邱姓先祖开基于广东镇平县,其家乡在白泥湖。下联点出邱氏一族来台后的居住地是屏东县的长治乡潭头村。

台湾屏东新埤南丰邱氏宗祠灯对

草堂燕贺旧家风;

吉地莺迁新气象。

湖南炎陵丘（邱）氏宗祠堂联

吴兴诗人领袖;

洛阳武侯将军。

【注】上联典出丘吉;下联典指丘行恭。

山甫报国赐二字;

上仪廉政列三清。

【注】上联典说丘岳;下联典指丘上仪。

广东通用堂联

政迈沈刘,复见东南并美;

御颂忠实,克兼文武双全。

穆发千秋,四海前人皆共祖;

公传万代,九洲后裔总同宗。

始东鲁，开中州，俾炽俾昌营丘一脉；

由南闽，拨梅郡，爰居爰处渭水同宗。

广东兴宁福兴丘氏宗祠堂联

源溯渭滨，体国忠勤垂昭伟绩；

支分瑶上，传家孝悌勿辱家声。

广东梅州白宫四平村丘氏祠堂联

派系溯河南，窥竹岭，钟灵毓秀，虎贲麟轩，五岳峰回朝北阙；

渊源追渭水，仰乌山，文廉武让，龙盘凤起，三秋兰桂庆腾芳。

广东梅州马山下丘氏道宗公祠堂联

绩绍河南追大祖，溯前踪，武纬文经，畴昔规模光近绪；

徽流渭北封齐丘，迁南粤，乡居程邑，于今奕世耀华堂。

广东大埔丘氏华祝宗祠堂联

择华祝以开基，派衍虎头承世德；

拱犁峰而立庙，歌声鸟革慰先灵。

广东丰顺丘氏宗祠堂联

隆俎豆以荐馨香，木本水源，毋忘宗功祖德；

敦诗书而光事业，文经武纬，且看子孝孙贤。

广东平远丘氏宗祠堂联和栋对

二字褒贤，文武邀忠实之誉；

三州典政，梁莆留宽厚之名。

溯渭水宗功，源远流长，永衍河南世泽；

绍琼山家学，嵩生岳降，重开岭表文章。

溯先代发祥，德厚功深，邑宠营丘开世系；

启后人吁谟，箕裘绪缵，家传忠实耀天璜。

尊祖敬宗，岂专在黍稷馨香，最贵心斋明以躬节俭；

光前裕后，诚唯是簪缨炳赫，何非家礼乐而户诗书。

闽杭发迹，粤镇开基，历宋元明清迄民国，相传五百载，弟恭兄友；

忠孝传家，和平处世，由思恩恕念及曾玄，分支半天下，子肖孙贤。

广东惠阳新圩元洞邱氏宗祠堂联

自昔端揆曾著绩；

即今忠实尚流徽。

福建上杭丘氏宗祠堂联

继豸绣之遗风，台阁簪缨光海甸；

抱琴冈之秀气，诗书冠冕壮营丘。

福建宁化曹坊丘氏祖祠堂联

建祠妥先灵，高栋拂云开宇宙；

灌垒供杞典，好风吹月送江湖。

福建宁化城郊上畲丘氏家庙堂联

云郎卜居上畲，开祠始祖，单系六世；

宗公专择四叶，士农工贾，瓜瓞其祥。

广西贺州临贺故城丘氏宗祠堂联

橡木森森，叶茂根深，溯到琼山脉远；

洞湖淼淼，支分派列，寻来渭水源长。

广西丘氏宗祠儒林第堂联

河水洋洋，万里源流通渭水；

南山律律，千层苍翠映琼山。

广西丘氏竹琦公宗祠栋对

渭水著功名，念始祖灭纣兴周，遵崇武圣；

营丘立姓氏，愿吾辈开来继往，奋作英豪。

广西丘氏宗祠通用栋对

绍述箕裘，衍从炎帝，历周以佑齐佐宋，绩誉彪彪，垂统四千年，官晋鸿胪昭万代；

恢弘勿替，姓自营丘，由豫而迁闽迁粤，螽斯蛰蛰，绵传百余世，旌褒枢密耀三光。

海南儋州南丰松门那旦邱氏宗祠联

河水源深昭祖德；

南邦派远耀宗功。

孝友传家，承百忍之风规，居同九世；

诗书裕后，诵十章为鉴照，宝重千秋。

宗源渭北，发迹杭蕉，肇基平远，历宋元明清迄共和，松茂竹苞，昭穆馨香垂后秀；

系始河南，传家孝悌，报国忠贞，膺帝王将相与刺史，文韬武略，簪缨绶彩仰前贤。

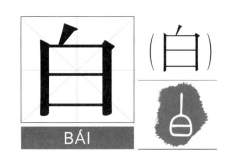

【姓源】《潜夫论》。

① 赐姓。白氏，姜姓，本吕氏。春秋齐太公望（吕尚）的次子吕份是周武王的虎贲将，佐武王伐纣，观兵孟津，渡河中流，有白鱼跃入舟，太公谶以为天下归周之瑞。武王克殷后，赐份姓"白"，封于郭。

② 以祖字为姓。白阜是炎帝时期的功臣，死后，后裔中有人为纪念先祖，便以"白"为氏。

③ 商周时嬴姓国(故地今河南息县东部夏庄镇)，春秋晚期灭于楚(见《中原古国历史与文化》)。白国，是商、周时的嬴姓国，国人以国名"白"为氏。

④ 楚灭白，置白邑，楚公族以邑为氏。

⑤ 战国秦昭王时大将白起，一称公孙起（《战国策·赵策》）。其称公孙者，盖诸侯各国公孙仕秦者也。

⑥ 少数民族改姓，如战国以后有很多少数民族改姓"白"。

【分布】白姓为中国第 79 常见姓。人口约 280 万，约占全国人口的 0.22%。约 50% 分布在河南、河北、陕西、山西四省（其中河南最多，约占全国白姓人口的 16%）；26% 分布在黑龙江、甘肃、青海、内蒙古、云南五省、自治区（《中国姓氏·三百大姓》）。白姓客家人较少，主要分布在四川和河南，广西、广东和江西也有少数白姓客家人。

【郡望】南阳郡。

【堂号】南阳堂、武安堂、香山堂、洽生堂等。

通用祠联
门联

栖真笔洞；

结社香山。

【注】上联典指南宋道士白玉蟾。白玉蟾，字如晦，号海琼子，福建闽清人。十二岁试童子科，谙熟九经，能诗善赋，且长于书法、绘画。因出于侠义而杀人，逃亡至武夷山，隐居笔洞，改装道士，又游于华南各地。嘉定年间曾应召到朝中，受命驻太乙宫，诏封"紫清真人"，是道教南宗教旨的实际创立者。著有《玉隆集》《上清集》等。下联指唐代诗人白居易。白居易，字乐天，贞元年间进士，历官校书郎、左拾遗、江州司马、杭州刺史、苏州刺史、刑部尚书。文学上积极倡导新乐府运动，主张"文章合为时而著，歌诗合为事而作"，其诗语言通俗，有《白氏长庆集》。晚年自号香山居士。

青衫司马；

紫清真人。

【注】① 青衫司马：唐诗人白居易曾任江州司马，作《琵琶行》，有"江州司马青衫湿"句。② 紫清真人：宋白玉蟾居武夷山，诏征赴阙，命馆太乙宫。一日不知所在，敕封为"紫清真人"。

珍珠赠嫁；

紫石刊书。

【注】① 珍珠赠嫁：典指宋白厚。白厚家贫有才学，娶富室刘纯材女，纯材以珍珠一升，紫鸭千只为聘赠，人争羡之。② 紫石刊书：指白居易之女金銮，自幼聪敏，十岁写《北山移文》，白居易买终南山紫石以刻之。

精治生术；

封武安君。

【注】① 精治生术：典指白圭。白圭，战国魏文侯时人。圭乐观时变，善治生。尝曰："人弃我取，人取我与；吾治生犹伊吕之治国，孙吴之用兵。"故天下称"治生祖白圭"。② 封武安君：典出白起。白起，战国时秦国人，善用兵，事昭王，封武安君。

> 素口蛮腰，常为侍史；
>
> 黄金白璧，难聘贞姬。

【注】① 素口蛮腰：白居易有二妾，名樊素、小蛮。樊素善歌，小蛮善舞。白居易诗有"樱桃樊素口，杨柳小蛮腰"句。② 黄金白璧：典指白公胜。白公胜，春秋时楚国太子建之子，因杀子西被讨，奔山而缢。其遗妾纺绩不嫁，吴王闻其美且贤，以黄金白璧礼聘之，辞不受，号楚贞姬。

四川成都新都三合白氏宗祠

横额：南阳裕风

堂联

> 楚国大夫理顺绪；
>
> 秦迁名将振家声。

【注】上联表示该白氏以楚国大夫白公胜为鼻祖，世代相传。下联指战国时期任秦廷名将的白起事秦穆公霸业，屡战屡胜，他的业绩战功为世代白氏大振家声。

四川成都金堂三星白氏宗祠

横额：南阳得庆

堂联

> 俐水源长绵世泽；
>
> 香山峰茂振家声。

神龛横额：万世绍宗

龛联

> 绍兴祖业光千载；
>
> 承绩华堂亿万年。

【注】联指唐代大诗人白居易，官翰林学士、左拾遗，因上表谏事，被贬江州司马，万年居洛阳香山，号香山居士。该支白氏以白居易为远祖，白居易的千古名诗和忠勤国事的精神，世代传承。

堂联

> 衣钵重香山，司马门风未坠；
>
> 烟云飘帝座，玉蟾仙骨犹存。

南阳受姓以还，百代簪缨垂燕翼；

皖水发祥而后，九天雨露满龙山。

【注】上联指白氏郡望；下联指本支白氏居于皖水、龙山（白家湾在大龙山东麓）。

【姓源】《元和姓纂》。

① 郇氏，或去邑为包氏（《正字通》）。

② 上党、南阳包氏，相传出春秋楚昭王时大夫申包胥之后（《元和姓纂》）。申包胥，即王孙勃苏，或称棼冒勃苏。吴楚交战，乞秦师以救楚，以功封于申，后以邑为氏，称申包胥。后来，其子别为包氏。

③ 丹阳包氏，本汉泰山鲍氏。西汉末避王莽之乱改包姓（《古今姓氏书辩证》）。

④ 少数民族汉姓，如藏族、蒙古族等。

【分布】包姓为中国第 181 常见姓。人口约 65 万，约占全国人口的 0.052%。约 39% 分布在浙江、江苏、广西三省、自治区（其中浙江和江苏各占全国包姓人口的 15%）；约 27% 分布在甘肃、辽宁、湖北、四川、重庆、上海六省、市（《中国姓氏·三百大姓》）。包姓客家人较少，主要分布在广西、福建、湖南、四川，广东、湖北也有少量分布。

【郡望】上党郡。

【堂号】河清堂等。

通用祠联

门联

芝堂映瑞；

栋干垂辉。

【注】① 芝堂映瑞：宋泾县包整兄弟，少嗜学好义，义聚八十余年，有灵芝

产其堂，名曰"芝堂"。 ② 栋干垂辉：典出包拯。包拯，宋合肥人，字希仁。始举进士，仁宗时迁龙图直学士，知开封府，迁右司郎中。拯立朝刚毅，贵戚宦官，为之敛手。或赠诗云："秀干终成栋，精钢不作钩。"

经传储贰；

望重集贤。

【注】① 经传储贰：典指包咸。包咸，东汉会稽人。少为诸生，受业长安。习《鲁诗》《论语》，建武初举孝廉、征郎中，入授太子《论语》，累迁大鸿胪。储贰，即指太子。② 望重集贤：指包融，唐吴兴人。有才名，官至集贤学士，与贺知章、张旭、张若虚齐名。

堂联

豪猾畏威，阎罗比峻；

节妇守义，媵子归宗。

【注】① 阎罗比峻：包拯为开封府尹，豪宦畏之。京师语曰："关节不到，阎罗包老。"② 媵子归宗：包拯子繶，娶崔氏为妻，通判潭州卒，崔死守不更嫁。拯有妾被出居母家，生子綖。崔密抚其母子。拯死，始携子归宗。媵（yìng），古时姬妾婢女之称。此指包拯妾。

一水绕荒池，此地真无关节到；

停车肃遗像，几人得并姓名尊。

福建武平中山上杭九州庐丰包氏宗祠

通用堂联

秉政清廉第；

执法严峻家。

【注】宋明两朝，包氏清官代代相承。正直无私，执法严明。名最著者包拯，字希仁，今安徽合肥人。此联彰扬了包氏引以为豪的家风。

栋对

祠宇环绿水，澄波澈底，过城道上中徘徊，千载心清可鉴；

铁面写丹青，遗像传家，怀庆历年间梗概，一时直节同推。

【注】全联典指宋朝包拯。包拯（999—1062），或称包文正，以清廉公正闻

名于世。曾任天章阁待制，人称"包待制"；后进为龙图阁直学士，故后人亦称"包龙图"。卒谥孝肃，赠礼部尚书。其廉洁公正、不攀附权贵，故有"包青天"及"包公"之名。后世将他奉为神明崇拜，认为他是文曲星转世，供奉为地狱第五殿阎罗王。

福建上杭包氏宗祠堂联

> 双凤桥头标故地；
> 南蛇渡口卓初基。

> 狮岭钟灵千古仰；
> 龙图著绩万年新。

邝（鄺）

KUÀNG

【姓源】《广韵》引《姓苑》。

① 古有旷国，其后有旷氏、邝氏（《路史·国名记》）。旷国，故地在今安徽庐江一带。

② 唐中宗时边关守将黄贤之后。黄贤失守边关，其子黄旦、黄丞惧祸逃外，分别改邝姓和旷姓。其后邝氏自南阳迁江西吉州，子孙分散江西各地及两湖和西南各省。

③ 南宋朝廷内侍，宣城方询之后。建炎三年苗（傅）刘（正彦）之乱后，询思朝政动乱不安，乃举家迁居南海。询幼子方谆，字愈平，绍兴十五年进士，其女淑丽为孝宗妃，因受封宣城侯，赐姓邝氏。嘉定十年，元兵攻宋，谆上疏请援金伐元；次年被贬辞朝居河源（即今广东河源），嘉定十二年病卒。临终留言，嘱三子分散各地。后长子一元留守河源守墓；次子一声迁新会（今广东江门市新会区）；三子一俊，迁南海（今广东佛山市南海区）。其后子孙分散广东各地及广西、福建、港澳台地区。

④ 少数民族汉姓，如壮族、瑶族、侗族等（《中国少数民族姓氏》）。

【分布】邝姓为中国第 264 常见姓。人口约 24 万，约占全国人口的 0.019%。广东最多，约占全国邝姓人口的一半。邝姓人口较多的还有湖南、广西、河南、海南、江西五省、自治区（《中国姓氏·三百大姓》）。邝姓客家人主要分布在广东，江西、广西、湖南也不少，海南、福建及港澳台也有一些。

【郡望】宣城郡。

【堂号】宣城堂、庐江堂、三忠堂等。

通用祠联

门联

宣城巨族；

厚禄名家。

【注】宣城巨族：方姓来源，一说是南宋孝宗乾道四年（1168年）有方氏第一百四十八世祖方谆，字愈平，因长女方淑丽被册为皇妃，方愈平受封宣城侯，食采宣城（今安徽宣城），御赐姓邝。愈平因而由姓方改为姓邝，本应为邝氏之始祖，但愈平念其本，尊其父三七公为邝氏始祖，愈平公自己则为邝氏二世祖。

源同一脉；

衍以三宗。

【注】三宗：方姓的受姓始祖雷公开揖让之风，促进了华夏的统一，其品德为后人树立了楷模，故不少方氏谱牒的页眉上印有"河南郡""崇让堂"。其后又派生为同氏两姓，一支单姓方，一支单姓雷。至宋代在主姓中（广东一支）又分出邝姓，所以哪里有雷、方、邝，哪里就有"溯源堂"，可见三姓同宗，分支出脉。溯源堂遍及海内外各地，故三姓均有此联相传。

临安世泽；

善政家声。

【注】邝姓出自上古时邝国的后代，以国为氏，这是最早的邝姓。另外有出自方氏，御赐改姓为邝氏。南宋方谆，因长女方淑丽被册封为皇妃，御赐姓邝。邝谆居临安（南宋京都，今浙江杭州）六十年之久，元兵南下，谆举族南迁广东河源等地。邝氏望出庐江（今安徽庐江一带、长江以北地区）。

清操世泽；

谨格家风。

【注】上联典出明末诗人邝露。邝露，字湛若，广东南海人。唐王在福州称帝时，任中书舍人。永历中，奉使还广州，清兵破城后不愿投降而自杀。有杂记《赤雅》、诗集《峤雅》传世。下联典出湖南宜章人邝埜。邝埜，明永乐九年进士，历官监察御史、陕西按察副使、兵部侍郎、兵部尚书。正统十四年（1449年）随从明英宗出征南侵大同的蒙古族瓦剌军，死难于"土木堡之变"。其为人端谨，居官勤

慎，性至孝。父为句容学官，教埜甚严。埜在陕久，思见父，乃谋聘父为乡试考官。父驰书责之。埜奉书跪诵，泣受教。

堂联

> 海雪堂遗臣死节；
> 土木堡兵部殉忠。

【注】上联典指明末南海人邝露。邝露，工诗善书，慷慨而自负，曾游历粤西及吴越。李自成灭明后，郑芝龙等人拥立唐王朱聿键在福州称帝，召邝露为中书舍人。永历帝时，他奉使回广州，清兵破城，他在所住海雪堂自杀。下联典指明代宜章人邝埜。邝埜，字孟质，官至兵部右侍郎。英宗正统年间，蒙古族瓦剌部也先南犯，太监王振极力怂恿英宗率兵亲征，邝埜力谏阻止，但未被采纳。至土木堡，英宗被俘，邝埜战死。

广东梅州邝氏总祠堂联

> 粤桂赣湘分流大镇；
> 岭南邝族源出庐江。

> 经武修文，善政传绵流世泽；
> 贻赝训子，义方蓓迪振家声。

栋对

> 栋柱顶中流，大启宏图，全凭先辈勤劳创业；
> 梁宇支盘石，长发其祥，有赖后裔继往开来。

祠宇建扶南，看岭峤云腾，海潮月涌，思我公祖武能绳，曾历遍千山万水；
川流环舍北，想金溪宦绩，铜柱游踪，愿后代人文再起，幸毋忘三世四科。

【姓源】《世本》。

① 冯氏，归姓。春秋郑大夫冯简子之后。

② 冯氏，姬姓，本魏氏。魏华侯之孙长卿，食采于冯（今陕西兴平东南）（《中原古国历史与文化》），后以邑为氏。或去邑为冯氏。秦灭魏，迁于湖阳（现陕西大荔境）。

③ 改姓。汉太史司马迁系狱，长子司马临避祸改姓冯。

④《姓氏考略》载，出于颍川者为东汉征西大将军夏阳侯冯异之后；出于上党者，为左将军关内侯冯奉世之后；出于长乐者，为宜都侯冯参之后；出于京兆者，为燕王冯宏之后；出于弘农者，为西魏刺史冯宁之后；出于河间者，为唐监察御史冯师古之后。

⑤ 又据《梅县隆文冯氏族谱》载，冯姓第九世敬公生一子：武公。凡四世俱为始平郡大夫，故冯氏有始平郡。粤东客家冯姓，出自周文王第十五子姬高之后。"高"乃周武王姬发之庶弟，封于"毕"（今陕西咸阳西北），称"毕公高"。毕公高之后的冯氏，秦汉时世居秦中骊山南麓一带，西晋时居地置始平郡（西晋秦始三年，即267年置，治所在槐里，即今陕西兴平县东南佑村）。故冯氏以"始平"为郡望。唐朝末年黄巢于875年率众起义后，冯氏有一支避战乱南迁福建宁化石壁村。至宋代有一支南迁至上杭大屋场。另一支再迁去漳州辖境，一支在武平象洞。粤东各县之冯氏是七百多年前由福建上杭大屋场南迁至今平远后，有的直迁丰顺、梅县，有的则先迁至潮州之潮阳、揭阳，而后又分迁丰顺、

大埔、兴宁、五华各县。

⑥ 少数民族改姓（略）。

⑦ 台湾地区的冯姓，据冯锦松著《新屋家大伙房》载，乃出自周文王第十五子姬高之后。从福建和粤东迁台。

【分布】魏晋南北朝时期，冯姓一族早先主要繁衍于今河南、陕西、河北和山西等地。晋末，由于"永嘉之乱"，冯姓一族开始大举南迁，陆续迁居到今安徽、江西和浙江等地。隋唐之际，已有冯姓人口入籍福建。唐宋时期，由于北方战乱，冯姓族人先后进行了两次大规模南迁，足迹遍布今四川等地。元明清时，冯姓族人分布更广，开始进入广东、福建和台湾等地。

冯姓为中国第 31 常见姓。人口约 700 万，约占全国人口的 0.56%。约 31.5% 分布在广东、河南、河北三省（其中广东最多，约占全国冯姓人口的 12%）；约 21% 分布在江苏、山东、四川、山西四省（《中国姓氏·三百大姓》）。冯姓的客家人广东最多，其次是台湾、福建，广西、江西、河南、四川也有分布。

【郡望】始平郡、颍川郡、上党郡、京兆郡、弘农郡等。

【堂号】始平堂、杜陵堂、上党堂、京兆堂、弘农堂、河间堂、大树堂、四德堂、瑞锦堂、天宝堂、三元堂、继立堂、四山堂、市义堂、树德堂、玉树堂、瑞锦堂、守仁堂、三同堂、仁让堂、法祖堂、达祖堂、荥阳堂、凌云堂、官宝堂等。

通用祠联

> 勋高大树；
> 誉著凌云。

> 文武世第；
> 道德家声。

三元世德；

万石家声。

【注】① 大树：典出东汉光武帝征西大将军冯异，曾经为光武帝平赤眉、击匈奴，军功彪炳，时称"大树将军"。后来被封为阳夏侯。冯氏后人为纪念冯异，便以"大树"为堂号。② 凌云：冯氏远祖毕公高的二十九世孙衍公作《凌云赋》。③ 文武：上党冯氏，系汉代左将军冯奉世的后代。冯奉世也是威震诸夷的大将，汉宣帝时，曾出使西域各国，接连击败了莎车等国，后又以破羌之功，被封为关内侯。冯世奉在未当官前，用功治学，"学春秋、涉大义、读兵法"，是个文武双全的人物。④ 道德：冯豹，后汉人，字仲文，十二岁时，后母歧视虐待并要害死他，因他逃走才幸免于难。但他不记恨后母，反而更加尊重孝敬后母，世人都称颂他重孝道的品德。⑤ 三元：元朝至元二十二年（1285 年）有冯氏五一郎、五二郎、五三郎兄弟三人，从福建上杭大屋场出发南迁至粤东潮州、梅州一带。兄弟三人为梅州冯氏始祖，故曰"三元"。

西京旧第；

郑国名臣。

【注】上联指汉代左将军冯奉世。宣帝时，曾出使西域各国，连续击败莎车等国，后又以破羌之功，封为关内侯。下联指春秋郑国大夫冯简子，春秋后期郑简公时人，冯氏的始祖之一。据说他博学多才，能断大事，时子产为政，凡通问诸侯大事，必告简子使断之。

凌云世泽；

大树家声。

凌云世德；

大树家声。

【注】① 凌云世德：指清代抗法名将冯子材的功德。冯子材（1818—1903），广西钦州人，字翠亭，清同治元年（1862 年）任广西提督。光绪十年（1884 年）法国殖民者屡次进犯云南、广西边境，时冯子材年已古稀，仍率部抗击，大败法军于镇南关，乘胜进克谅山，威震边关。冯子材 84 岁仍出任贵州提督，授太子少保，可谓壮志凌云。② 大树家声：指东汉名将冯异的功德。冯异，河南颍川交城

人，字公孙，新莽时任郡掾，后归刘秀，封为孟津将军。他为刘秀开国东汉立下了汗马功劳。每战止舍，诸将并坐论功，唯冯异退避独屏于大树下，谦逊不夸己绩，因之军中号为"大树将军"。故史曰："公名高大树之风。"又曰："论功不伐，将军标大树之名。"

父号万石；

子通四经。

【注】① 父号万石：典指冯扬。冯扬，汉繁阳人。宣帝时为弘农太守。子八人皆二千石，时号"万石君"。② 子通四经：典出冯奉世。冯奉世，西汉潞县人，字子明。昭帝时补武安长。其四子皆有学长：冯野王通《易》，冯适通《诗》，冯立通《春秋》，冯参通《尚书》。

焚券市义；

倚树让功。

【注】① 焚券市义：典指冯驩。冯驩，战国时孟尝君门下食客。曾替孟收债息，得钱十万，把不能还息的债券烧掉，替孟尝君沽名钓誉。归报曰"为君市义"。② 倚树让功：典出东汉冯异。冯异，字公孙。新莽时任郡掾。后归刘秀。诸将并立论功，他常退避树下，军中因号为"大树将军"。

抚蛮单骑平寇；

当熊弱质表忠。

【注】① 抚蛮单骑平寇：典指宋冯伸己。冯伸己，字齐贤。以荫累官知桂州。安化蛮犯边，单骑出阵，语酋豪曰："朝廷抚汝甚厚，乃自取灭亡耶！"虏遂降。官至右卫大将军。② 当熊弱质表忠：《汉书·外戚传》载，冯奉世女入宫为婕妤，元帝幸虎圈斗兽，有熊佚出，婕妤急前当熊，帝因进为昭仪。

广东梅州冯氏宗祠通用门联

让功美德；

弹铗高风。

【注】上联典出冯异。冯异，东汉中兴名将，云台二十八将之一。他素好读书，精通《左氏春秋》《孙子兵法》。冯异是东汉佐命虎臣，东汉创业，其功至巨。他为人谦恭，从不居功自傲，为一代良将。下联典出战国时的冯驩。冯驩是孟尝君的食客。起初孟尝君对他只当一般门客对待。冯驩曾弹铗而歌曰："出无车，食

无鱼。"后来孟尝君派他到薛地，他把所有账户叫来，宣布将债券烧掉，给所有账户解决了困难。冯谖回去后，对孟尝君说："讨来的钱我全部买了'义'带回来。"孟尝君当时不懂这句话的意思，后来，孟尝君罢了官到薛地去，薛人夹道欢迎，这时孟尝君才省悟地感谢冯谖说："今天我尝到了你替我买的珍贵物品的意义，这可是万金难买呀！"

堂联

大树家声远；

凌云世泽长。

【注】上联典出人称"大树将军"的东汉大将军冯异。下联典出北宋大臣冯子京，鄂州江夏（今湖北武汉）人，宋仁宗年间进士，历官翰林学士，知开封府。哲宗时以太子少师致仕。故冯氏又以"凌云"为堂号。

广西冯氏宗祠通用联

大张国政；

树立家声。

【注】上联典自汉朝时期的冯奉世，汉武帝时期出使大宛，当时莎车国王杀害来使，冯奉世率军攻击莎车国，斩杀了莎车王，在新疆地区大张国政。下联典自东汉时期的开国大将冯异，于诸将论功时，避立树下，人称"大树将军"。

焚券市义；

倚树让功。

【注】上联典指战国时期的冯谖为孟尝君收债，焚烧债券，归报曰："为君市义。"下联典指东汉时期的冯异。

威震边关，名传中外；

义起金田，功耀古今。

【注】上联典指清末将领冯子材，曾大败法军。下联典指太平天国领导人冯云山，著名的金田起义的首领之一。

广西柳州柳城永安冯氏宗祠门联

凌云世泽；

大树家声。

【注】冯氏宗祠在柳州市柳城东泉镇永安村冯家屯，建于抗战期间，祠前左边曾建旧祠，后拆除另建，现祠两进一井三开间布局。此为大门木刻联。

台湾屏东冯氏宗祠门联和堂联

堂号祠联小序：台湾冯姓人，同样从粤东迁徙渡台，开基创业，建设宗祠。堂号仍使用大陆先祖三个堂号：始平堂、凌云堂、官宝堂，以示永怀祖德，垂裕后人。

> 凌云励志传千古，
> 大树功勋庆万年。

> 添生风光生瑞气，
> 喜多书味润心田。

【注】冯氏宗祠仍以"凌云家声远，大树世泽长"为门联与堂联。其中"大树"，典指"大树将军"冯异。

台湾高雄美浓冯姓宗祠栋对

> 姓肇毕公高，历秦汉唐宋，以至大清千百载，留传成周一脉；
> 世居始平郡，由吴越燕楚，而入福建十五国，谁先冯氏三元？

【注】此栋对指出姓源毕公高，说明家族祖籍地为始平，叙述相关事迹如"成周一脉""冯氏三元"等。

台湾屏东麟洛冯姓宗祠栋对

> 系出始平，念先人克俭克勤，郑国乡名耀百世；
> 基开台地，思后裔宜耕宜读，汉朝将略著千秋。

【注】此栋对点出始平堂号。此姓源于公元前11世纪周武王灭商，文王第十五子毕公高，初封于毕，后封于冯城，其后代遂有冯氏。堂号有始平（今陕西兴平县）、官宝等。

台湾屏东麟洛田道冯氏宗祠灯对

> 灯火辉煌人文蔚起；
> 梁材俊秀科甲蝉联。

陕西汉阴高梁铺、蔡家河冯氏祠联

> 将军世泽；
> 天官家声。

【注】据《始平堂冯氏族谱》载，湘乡冯氏源出上党郡，堂号"始平堂"，其族系东汉将军冯异之后。其迁湘始祖冯永遐，原籍江宁上元县，约于南宋末年迁居于湖南湘乡金陵塅，繁衍二十余代，是为大族。乾隆中期以后，湘乡冯氏各支族人相继迁徙入陕西之兴安府，始于十九代。冯氏迁陕后定居于汉阴高粱铺、蔡家河碥子沟、上七里鳌头山，汉阳坪大涨河、石泉县中池乡、紫阳县马家营等地。堂联上联直指冯姓始祖是将军，下联是说冯族人的好名声。联中"天官"指天官星，若星临于身命宫，有自然之福泽临身，在外受人尊敬，德高望重，富贵声扬。

广东通用堂联

龙潭九曲源泉远；
吉水三回德泽长。

右把乌芝旋作案；
左迎红日正当头。

麟山枕后祥光满；
凤岭屏前翠色多。

通用栋对

父作商人，把财心利心色心，尽行洗去；
子为贵客，将解元会元状元，全副检来。

燕贻本前谋，业创统垂，宏建平阳基绪；
翼惟期后裔，文经武纬，共承王国羽仪。

奇伟著当年，度地经营，栋宇翚飞开甲地；
达材看后裔，人文蔚起，箕裘济美毓士林。

系溯始平，客绩臣功，万古垂芳，英贤齐日月；
支流玉树，宁旦用启，千年竞秀，智杰满乾坤。

念先人功德巍巍，荣万石启三元，一派风声雄在昔；

喜今日裔孙济济，颂宗功歌祖德，万年礼让启于今。

广东梅州冯氏宗祠堂联

祖庙建神江，秀毓龙潭，百代衣冠长齐美；

宗功追砂约，灵钟蟹像，万年俎豆永馨香。

骏业蓄前人，源远流长，上托余波辉甲第；

龙潭培后裔，椒藩瓜瓞，永垂畅茂赋士林。

樵国种根深，想前朝培养成材，叶茂枝蕃，世世荣华叨护荫；

潭乡基址厚，念先代经营得地，山环水绕，堂堂庙貌著馨灵。

姓绍毕公高，孝治一门，民歌二守，元运三中，威显四夷五代，略振六韬万载谟猷昭炳蔚；

祖开始平郡，名扬七国，后踵八贤，科选九登，十抚文著百篇，德推千众亿年绳继总绵长。

世德仰前贤，事决一人，名题二塔，元登三捷，户擅四经，相显五朝业精六艺，万载渊源垂不朽；

家风微后起，芳流七国，书上八条，职逊九旬，声威十振，惠洽百黎才优千乘，亿年继述总无疆。

赐姓自成周，忠孝一家，贵显二君，创夺三元，经通四子，平定五州，精明六吏，书香七传，忆昔时立功立言早著新猷为世德；

扬名昭列祖，疏陈八字，科选九登，学积十年，文集百卷，命活千余，号褒万石，金辞亿贯，愿今日是行是训上承旧业振家声。

广东兴宁新陂冯氏宗祠堂联

得氏自周朝，历来鹊起人文，大汉间继封侯爵；

丕基开唐代，启后鸠安寝庙，皇清降永奠馨香。

广东丰顺冯氏宗祠堂联

系自始平来周室，分封开国，承家垂百代；

源从西汉发骊山，衍派文章，德业著千秋。

广东平远冯氏仁让堂祠联

仁率亲义率祖，想当年祖德宏深，庐舍田园光梓里；

让兴国孝兴家，期后裔家声大振，文章事业耀门阁。

广东平远冯氏不应堂祠联

丕基既造，丕绩既成，仰前人扑琢墉垣，绍述箕裘绵世泽；

应兆而兴，应时而就，期后裔蝉联鹊喜，书香肯构耀阁门。

【姓源】《世本》。

① 姬姓，以国为氏。邢姓源自周公第四子邢侯之后。邢氏子是 3000 多年前制礼作乐的周公后代。公元前 11 世纪，周公旦把自己的第四个儿子封于邢国（今河北邢台），公元前 635 年，邢国被卫国所灭，邢国国君的儿子靖渊就以国名为姓。

② 邢丘，春秋时晋邑，晋大夫邢带食采于邢丘，以邑名"邢"为氏。《姓氏考略》："晋大夫韩宣子之族，食采于邢，后以为氏。望出河间。"据考，当源自周公的邢氏后裔逐渐出现在春秋诸国时，在现在的山西省附近，即当时的晋国，又有一支邢氏出现，这就是源自晋国大夫的韩宣子的子孙们。

③ 南北朝时氏族姓 (《资治通鉴》)。河南获嘉一支邢姓，本姓柴。先祖柴百里，温县柴家庄人。明代避祸改邢姓，移居获嘉。

④ 少数民族改姓（略）。

【分布】邢姓为中国第 118 常见姓。人口约 140 万，约占全国人口的 0.11%。约 30% 人口分布在河南、河北二省，43% 人口分布在山东、江苏、辽宁、山西、吉林、黑龙江、海南七省（《中国姓氏·三百大姓》）。邢姓客家人较少，主要分布在海南，广西、广东也有分布。

【郡望】河间郡。

【堂号】河间堂。

通用祠联
门联

瀛州世德；

两浙家声。

源承邢国；

望出河间。

【注】① 两联均说邢姓郡望和堂号。河间堂是以邢姓郡望为堂号，河间于汉时置郡，治所在东城。河间堂出自西周时期邢台的邢氏家族，始祖为韩宣子，其后裔在河间郡发展成为望族。② 瀛州世德：典出邢峦。邢峦（464—514），北魏大臣，字洪宾，河间莫（今河北任丘北）人。初以文才武略被荐，得到孝文帝赏识，出使萧齐。历官中书侍郎、正黄门兼御史中尉、瀛州大中正等。宣武帝时，梁朝梁、秦二州归附，他前往接应，拜安西将军、梁秦二州刺史。继而攻取巴西地区，萧衍遣兵进攻徐、兖，受命东击，屡获大胜。邢峦才兼文武，为朝野所重。③ 两浙家声：典出邢昺。邢昺（932—1010），北宋学者，曹州济阳（今山东定陶县西南）人。太平兴国初，以九经及第授大理评事。历国子监丞、尚书博士、诸王府侍讲。宋真宗即位，出为淮南、两浙巡抚使，迁工部侍郎。景德中期，历任侍郎、礼部尚书。

殿上讲易；

帷幄参机。

【注】上联典指北宋曹州济阳人邢昺。邢昺，字叔明。太宗初年延试，因讲"师""比"二卦受太宗嘉奖，擢九经及第，后历任国子监丞、国子博士、诸王府侍讲、国子祭酒。真宗时，开始设置翰林侍讲，邢昺为北宋首任翰林侍讲，以后又官工部尚书、礼部尚书等职。所撰《论语正义》《尔雅义疏》《孝经正义》，均收入《十三经注疏》。下联典出北魏河间郊人邢峦。邢峦，字洪宾，博览书史，有文才干略，累官散骑常侍，兼尚书。与梁国作战有功，官至殿中尚书。多次奉诏持节讨叛敌，参与机密。

文章典赡；

德行堂皇。

【注】① 文章典赡：典出邢劭。邢劭，南朝时人，文章典丽，既赡且博，年未二十，名动衣冠。② 德行堂皇：典指三国时邢颙。邢颙，字子昂，举孝廉，时人语曰："德行堂堂邢子昂。"

惜敦夫早世；

愧美貌不如。

【注】① 惜敦夫早世：宋邢居实。邢居实，字敦夫，少工文，早世，苏东坡、黄庭坚皆痛惜。② 愧美貌不如：汉武帝同时宠幸尹、邢二夫人，诏二人不得相见。后尹请见邢，相见毕，尹俯泣，自愧不如。

堂联与栋对

戬秉宪纲，当日谟猷炳耀；

德崇乡宦，奕世家国仪型。

自汴迁琼，承先祖德业流芳，与丘海而昭著；

由文入会，缅世代簪缨弗替，颂国家之太平。

【姓源】《潜夫论》。

① 以国为氏。戎，商代方国。殷墟卜辞或作戜国（见《新编甲骨文字典》）。

② 戎氏，出姜戎族。姜戎，四岳之后。本姜姓，后别为允姓。本居瓜州。春秋时秦逐诸戎，戎子附于晋，晋惠公封以南鄙之田（今山西平陆东北），谓之姜戎。晋车右大夫戎津，始以戎为氏。

③ 戎夷，春秋时小国。鲁隐公二年春，隐公会戎于潜是也。故城在今山东菏泽西南，其后有戎氏。子姓，春秋时宋公族。

④ 一些少数民族改姓（略）。

【分布】戎姓分布较广。主要分布在河北、江苏、山西、浙江、广东五省，约占全国戎姓人口的 87%（《中国姓氏大辞典》）。壮族戎姓，云南麻栗坡等地也有分布。戎姓客家人较少，主要分布在广东和江西，其他省少有此姓。

【郡望】江陵郡。

【堂号】江陵堂。

通用祠联

功高汉室；

才重河源。

【注】上联典指西汉人戎赐。戎赐，参与平定三秦，击败项籍军，官至都尉，封柳丘侯。下联典指明代江都人戎廉。戎廉，洪武初年进士，官河源训导，有才名。

堂联

志在赈饥，募平江义粟；

诗成出塞，拒京兆名媛。

【注】① 上联指南宋信德人戎益。戎益，绍兴年间任平江知府，正值岁荒，劝富绅输余粟赈饥民，得一万七千余石，百姓得以保全。② 下联指唐代荆南人戎昱。戎昱，至德年间进士，任荆南节度使卫伯玉的从事，曾作《元戎出塞》诗。京兆尹李鸾爱其才，欲招为婿，命其改姓，遭昱坚拒。后官辰州刺史、楚州刺史。

先代贻谋为德泽，

后人继述在书香。

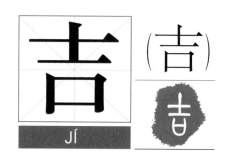

【姓源】《元和姓纂》。

① 即姞姓。《诗·小雅·都人士》："彼君子女，谓之尹、吉。"郑笺："吉，读为'姞'。"

② 商代有吉国，公族以国为氏（吉国在今山西境内）。

③ 黄帝将裔孙伯鯈封于南燕国，并赐姓姞。"姞"读为"吉"，于是，姞姓人为书写方便，将姞姓简化为"吉"氏。

④ 以祖字命姓。西周时期，周宣王姬静属下有个贤臣叫兮甲，号尹吉甫。其后裔有人以祖字命姓，称吉甫氏，后简化为"吉"氏。

⑤ 少数民族改姓（略）。

【分布】吉姓为中国第 195 常见姓。人口约 49 万，约占全国人口的 0.04%。主要分布在江苏、山东、山西、海南四省（江苏最多，约占全国吉姓人口的 15%）；河南、黑龙江、云南亦多此姓（《中国姓氏·三百大姓》）。吉姓客家人较少，主要分布在江西，广东、湖南、广西也有一些。

【郡望】冯翊郡。

【堂号】冯翊堂。

通用祠联

门联

才高大历；

会列香山。

【注】上联指唐朝时期的鄱阳人吉中孚，唐大历年间与卢纶等人皆以能诗联

名，号称"大历十才子"。官至户部侍郎。下联指唐朝时期的吉旼，官御尉卿，与香山居士白居易等年老退居洛阳，为九老会之一，并各赋诗记其事。

会侪九老；

班列十才。

【注】① 会侪九老：典指吉旼。② 班列十才：典出吉中孚。

孝童挝鼓；

肃政登台。

【注】① 孝童挝鼓：典指吉翂。吉翂，梁时莲勺人。世居襄阳，天监初父为原乡令，为吏诬而陷罪。翂击鼓惊堂，愿代父命。武帝嘉其孝，命释之。② 肃政登台：典出吉顼。吉顼，唐河南人。敢言事，以进士及第。武后朝擢右肃政中丞，进天官侍郎，至拜相，能抑武唐兴。

栋对

祖德宗功，具见贻谋远大；

孙贤子肖，乃为继述渊源。

香山昭骏望，木有本水有源，燕翼念先人，溯自永安绵祖绪；

冯翊肇鸿基，父肯堂子肯构，蝉联至今日，乐从兴业课孙谋。

江西上犹梅水吉氏宗祠联

不求金玉贵；

但愿子孙贤。

尚志立功垂百世；

友仁积善继千秋。

【注】联镶该祠开基祖吉尚友之名，其生平失考。

江西上犹梅水园村吉氏堂联

处世无奇，但存心不愧天地；

居家有道，惟忠厚以遗子孙。

【注】此联为纪念吉世萼(1815—1884)从东坑迁到园村安居立业建新房所作。

尚朴素，尚忠良，定卜千秋源远；

友典则，友纲常，自然万古流芳。

【注】该祠后裔吉庆祥1926年题撰。吉庆祥，字子祯，号善扬，赣州虔南师范毕业，私塾教师，乡贤。

江西上犹吉氏荣达公宗祠联

荣赖前人培深根，生茂叶，密布花枝，因藉乔木结好果；

达至后辈引水路，思源头，跟寻支派，流到福田润嘉禾。

【注】此联旨在歌颂该祠开基祖吉必荣与其弟吉必达，故联首鹤顶"荣""达"二字。吉必荣（1647—1712），字关龙，覃恩登仕郎，12岁丧父，18岁扶母携妻从广东长乐澄江湖（现广东五华县华城镇）迁江西上犹县龙脑大坝头狮子坪落户。清康熙五十一年（1712年）八月返广东长乐修祖坟时病亡。吉必达（1657—1728），10岁时随其从兄广东迁上犹，为清国学生。祠为纪念吉氏兄弟而兴建，联为缅怀吉氏兄弟而撰。联中的福田，佛教语。佛教以为供养布施、行善修德，能受福报，犹如播种田亩，有秋收之利，故称。

广东紫金凤安下石吉氏祠联

齿德俱尊，望重香山九老；

吟哦独善，名传大历十才。

广东紫金龙窝彭坊吉福祠联

念先人立身教家，不外纲常大节；

嘱后裔继志述事，母忘忠孝初心。

鸟革翚辉，十才竣拔英豪，大历名高垂万世；

鹿皮系梦，六士殷勤孝悌，琴台音好播千秋。

广东紫金凤安吉氏枫林宗祠联

系溯西州，历唐宋至应州，长光祠成，派衍八昆传世泽；

基开永邑，从黄塘来下石，枫林宇建，房分七子振家声。

成（成）
CHÉNG

【姓源】《潜夫论》。

① 成，周畿内国（今河南洛阳或宜阳、偃师地）公族以成为氏。周景王大夫成慇是也。

② 成氏，姬姓，以国为氏。成国，伯爵。周文王第七子叔武始封。于今梁山、郓城、鄄城间。《春秋》《左传》作郕国。春秋中后期为卫、齐、鲁三国吞并。

③ 鲁灭郕，置郕邑，鲁大夫以邑为氏。或去邑为成氏。

④ 成氏，春秋楚公族。楚王若敖之孙成得臣之后。

⑤ 成氏，子姓，春秋宋公族。宋景公时大夫成曈是也。

⑥ 春秋秦有成氏，秦成公支庶。秦桓公将成差是也。

⑦ 在其几个分支中，最主要的一支源于周武王姬发的一个弟弟姬叔武。叔武于西周初年分封于今山东宁阳县北的郕邑立国，后国灭。其后人以国名为姓，并将"郕"省去"邑"旁，世代姓成。

⑧ 源于芈姓。西周末年楚国君芈熊仪，其庶出子孙称为若敖氏。据《千家姓查源》载，春秋时期，若敖氏有名叫成虎者，是楚国大夫。其后人以祖先名字为姓，称成氏，世代相传至今。

⑨ 此外还有源于少数民族汉化改姓的。《宋书·夷蛮传》中记载，南方一些小族也有成姓。

【分布】隋唐至五代十国时期，成姓一族为了避免战乱，大举南迁，足迹遍布今江西、四川和湖南等地。

　　成姓为中国第 171 常见姓。人口 72 万多，约占全国人口的 0.058%。约 34% 分布在湖南、山西、江苏三省（其中湖南最多，约占全国成姓人口的 13%）；23% 分布在湖北、广东、河北、陕西四省（《中国姓氏·三百大姓》）。成姓客家人较少，主要分布在湖南、广东、湖北，广西、江西也有分布。

　　【郡望】上谷郡。

　　【堂号】上谷堂。

通用门联

上谷门第；
君子家声。

　　【注】全联典出成姓的源流和家声。

南阳惠政；
东郡才郎。

　　【注】上联典说东汉弘农人成缙，字幼平，举孝廉，桓帝时任南阳太守，遏制豪强，褒善纠违，整肃朝府，多有惠政。下联说西晋白马人成公绥，字子安，性情寡欲，不营资产，虽家贫年荒，仍从容潇洒。年轻时就有俊才，善写词赋，被张华荐为太常，后历官博士、中书郎。常与张华同时受诏作诗、写赋，又与贾充等人参与修订法律。著有诗赋杂笔十余卷。

堂联

身范克端，绳其祖武；
家规垂训，贻厥孙谋。

栋对

燮理阴阳，佐黄帝相才独美；
修筑城堡，法孔明御敌两颁。

　　【注】上联指古代传说名人成博的典故。下联典指宋朝时期的永州太守成无玷。成无玷，武康人，举进士。授江山令，任永州守，官至安抚史，修筑城垒，为抗金英雄。

广东兴宁成氏宗祠堂联

谟烈远贻山石厚；

蘋蘩时荐水泉香。

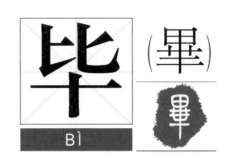

【姓源】《世本》。

① 商代有毕国，任姓，子爵。在今陕西咸阳东北之毕原。公族以毕为氏。殷墟卜辞有毕度（董作宾《五等爵在殷商》）。

② 毕氏，姬姓，以国为氏。毕，周文王第十五子毕公高之封国。在今陕西咸阳北之毕原。

③ 汉代南越有毕姓。

④ 十六国时屠各胡（匈奴族）有毕姓，后燕有屠各胡人毕聪。

⑤ 少数民族汉姓或改汉族姓，如北魏大和十九年时鲜卑族等姓氏。

【分布】西汉时期，南方的广西也有了毕姓人。唐朝末年，因避回鹘掳掠和黄巢之乱，有毕姓人南迁到了湖南和湖北等地。

北宋时，代州云中人毕士安因仕宦落籍河南郑州，其孙毕良史先迁蔡州上蔡，靖康之耻后，又避居江东。与此同时，有毕姓因仕宦或避难之故迁居江西、安徽等地。

毕姓是中国第 138 常见姓。人口约 99 万，约占全国人口的 0.079%。约 46% 分布在河南、山东、黑龙江三省（其中河南最多，约占全国毕姓人口的 21%）；约 29% 分布在辽宁、云南、安徽、河北、江苏五省（《中国姓氏·三百大姓》）。毕姓客家人极少，主要分布在广东、河南、安徽。

【郡望】河南郡。

【堂号】廉介堂、廉慎堂。

通用祠联

门联

源承姬姓；

望出河南。

吏部清狂；

翰林廉介。

【注】① "廉介堂"典出宋代大臣毕士安。毕士安，字仁叟，代州人，到郑国求师，因此为郑人。淳化中为翰林学士，景德初任吏部侍郎，继任参知政事，他向皇帝提出选良将，敞政事，纳精兵、理财政、开市场，繁荣经济，提倡储蓄，建立外交等良策，深受皇帝赏识，晋升为平章事（宰相），辅佐朝政。毕士安为官正派，以清廉谨慎著称，有诸葛亮遗风。其后人为怀念这位先祖，遂命名家族堂号为"廉介堂"或"廉慎堂"。② 也有毕姓人家用河内（今河南涉县西南）、河南（今洛阳东北）、东平（今属山东）、大原等郡望作为堂号者，还有"经训堂"。

绩嘉弼亮；

卦协公侯。

【注】① 绩嘉弼亮：典出《书·毕命》："弼亮四世，正色率下……嘉绩多于先王，予小子垂拱仰成。"弼亮，辅佐。② 卦协公侯：典指毕万。毕万，春秋时晋国人。事献公。辛廖占之曰："吉！毕万之后必大，公侯之卦也"。

堂联

毕吏部持螯醉酒；

弢文女杀贼报仇。

【注】① 毕吏部：即晋毕卓，文茂世，太兴末为吏部郎。少放达，性嗜酒。尝曰："得酒满数百斛船，右手持酒杯，左手持蟹螯，足了一生。"比舍郎酿熟，卓因醉，夜至瓮下盗饮，为掌酒者所缚，次日视之，乃毕吏部。② 弢文女：典出明代毕著。毕著，字弢文。父与流贼战死，女率遗兵攻贼，杀敌甚众，夺尸以归。

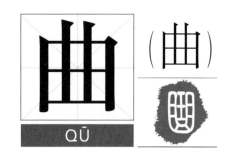

【姓源】《风俗通义》。

① 曲沃氏之省。

② 山东牟平曲姓，本姓鞠（《牟平姓氏与徙民》）。

③ 蒙古族、回族、藏族、壮族姓（《中国少数民族姓氏》）。

④ 彝族汉姓（《昭通市志》，2000）。

⑤ 朝鲜族姓（《中国少数民族姓氏》）。近代自朝鲜半岛迁至中国，先祖唐时中国人。

⑥ 其他少数民族姓（略）。

【分布】曲姓为中国第148常见姓。人口88万多，约占全国人口的0.071%。主要分布在辽宁、黑龙江、山东、吉林四省，人口约占全国曲姓人口的73%（其中辽宁最多，约占全国曲姓人口的26%）；河南、河北二省亦多曲姓（《中国姓氏·三百大姓》）。曲姓客家人极少，广东、广西有少量分布。

【郡望】金城郡。

【堂号】金城堂。

通用祠联

门联

金城望族，

泉郡名宗。

【注】① 金城望族：典出曲允。曲允，晋金城人，与游氏为豪族。西州为之

语曰："曲与游，牛羊不数头。南开朱门，北望青楼。"永嘉中允累官至左仆射。
② 泉郡名宗：典出曲珍。曲珍，北齐酒泉人，字舍洛。善骑射，封为安康郡王。

堂联

工书娴将略；

宽赋养民生。

【注】① 工书娴将略：典指曲端。曲端，宋人。工书善文，有将略。② 宽
赋养民生：指唐曲环为陈许节度使，宽赋敛简条教，不三年五谷丰登。

广东平远曲氏宗祠堂联

尚文章，娴韬钤，敌人曳兵而走；

宽赋敛，减条例，流民襁子以归。

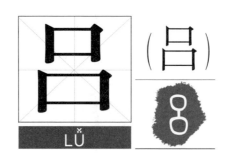

【姓源】《潜夫论》。

① 吕氏，姜姓，炎帝之后。相传共工氏从孙伯夷父佐尧掌四岳，号太岳，后佐禹治水有功，为心膂之臣，封为吕侯，因以吕为氏。

吕者，膂也。商时建吕方于今山西北部及河套一带，后东迁至山西霍州西南。商末，吕人助周灭商，周武王封其首领为吕侯。周穆王以吕侯为相，命作《吕刑》。

周宣王时吕南迁今河南南阳王村乡董营村，公元前 688 年为楚所灭；一支迁今河南新蔡县吕镇，改称甫，东周前期被蔡所并。吕氏一支，夏、商之时居东吕，其地在今山东日照。商末有吕，东昌人也，佐周文王、武王有功。封齐，尊为太公。

② 吕氏，以国为氏。任姓（《世本》）。

③ 春秋晋有吕邑（邵邑）。在今山西霍州市西南，大夫郤豹之子甥以邑为氏，是为吕甥。

④ 吕甥亡，邑为魏氏所有，大夫魏锜以邑为氏。是为吕锜。其子魏宣子相，又称吕相。

⑤ 少数民族汉姓或改汉姓（略）。

【分布】宋朝初期，吕氏有一支徙居福建，并分布于泉、漳二州，后有部分人移居广东东部，即今梅州一带。

清康熙二十三年，清政府设台湾府、县、总兵等官，有吕阿四、吕阿南兄弟自大陆迁居台北。此后，闽、粤地区有吕姓族人陆续前往台湾开垦荒地，现在吕姓是台湾的第 29 大姓。另外，闽、粤、台吕姓族人中又有一些人远徙海外，现主要分布在新加坡、菲律宾、马来西亚、印度尼西亚、泰国、文莱、越南、美国和加拿大等国。

吕姓为中国第 43 常见姓。人口约 570 万，约占全国人口的 0.46%。山东、河南两省居多，约占全国吕姓人口的 26%；其次为河北、辽宁、江苏、四川、黑龙江、浙江六省，约占全国吕姓人口的 29%（《中国姓氏·三百大姓》）。吕姓客家人不多，分布较广，主要分布在广东、广西、福建、江西，湖南、四川、台湾、港澳也有。

【郡望】河东郡。

【堂号】三相堂、河东堂等。

通用祠联

门联

河东世德；

太岳家声。

【注】① 河东世德：典出吕青。汉初，吕青佐汉高祖开国有功，封为阳信侯，世代居住在河东郡，为吕氏发祥地。② 太岳家声：典出伯夷。《新唐书·宰相世系》载：“炎帝裔孙为诸侯，号共工氏，有地在弘龙之间，从孙伯夷佐尧掌礼，使遍掌四岳，为诸侯伯，号太岳。”

岳阳仙客；

渭水耆英。

【注】上联典指唐代京兆人吕洞宾。吕洞宾，名岩，号纯阳子，相传为京兆人。会昌年间两举进士不第，浪游江湖，遇钟离汉得到丹诀，曾修道于终南山，有剑术，后游历各地，自称回道人。传说他曾在岳阳弄鹤，江淮斩蛟，客店醉酒，百余岁而童颜。元代时封为“纯阳演正警化孚佑帝君”，通称“吕祖”。道教全真道尊他为北五祖之一，又传为道教八仙之一。下联典指西周初年大臣吕尚。吕尚，姜姓，吕氏，名望，字子牙，官太师，辅佐武王灭商有功，受封于齐，为齐国始祖。因东方夷族曾跟从武庚和三监叛乱，成王授予他征讨周围地区之权。相传文王将要出猎时，占卜的人说：您将得到非龙非熊非黑的猎物，可作霸王的辅佐。文王

果然在渭水之滨遇到了正在垂钓的姜尚。此时，姜尚已经八十多岁，被文王立为师。

立朝正色；

夹袋储才。

【注】① 立朝正色：典指吕公著。吕公著，北宋大臣，字晦叔，举进士，在仁宗、英宗两朝历任天章阁待制等职，立朝正色，反对王安石变法，称吕惠卿奸臣不可用。死后封申国公。② 夹袋储才：典出吕蒙正。吕蒙正，北宋河南洛阳人。太平兴国进士。三次入相，以敢言著称。他袋中有名册，分列人才，次第荐用。

申国夫人，性严有法；

晚村遗女，拳勇留名。

【注】① 申国夫人：即北宋吕公著之妻，性严有法，教子成名。② 晚村遗女：典出吕留良。吕留良，清时人，字晚村，以遗书致祸，累及全家，独遗女四娘得脱，练习拳勇，号为女侠。

栋对

永言先绪，建河东创东林，庐山建创绵远；

思吾祖风，作冢宰述宰邑，司机作述昭宜。

江西大余浮江吕氏宗祠堂联

派衍渭滨，宏开世泽；

源从章水，丕振家声。

【注】《韩非子·喻老》："文王举太公于渭滨者，贵之也。"后因以"渭滨"指太公望吕尚。此联于清乾隆十九年（1754年）所书。

堂联

夹袋储贤，推圣功之雅量；

立朝正色，懔晦叔之遗风。

福建上杭武平吕氏堂联

中书喜闻药石；

继世人羡吕衡。

【注】上联指称北宋丞相吕夷简。时陕西转运使孙沔力诋吕之所为，吕夷简虚怀纳谏，不以为仇，反誉为"药石之言"。下联"衡"为"宰衡"之简，商大

臣伊尹佐汤，人称阿衡，故宰衡为宰相执政的代词。 吕衡，应指吕姓的宰相。北宋一代，自吕蒙正始居相位，叔侄父子相继执政的，还有吕夷简和他的儿子吕公绰、吕公弼、吕公著，故有"继世"之说。

广西玉林陆川吕氏厚庵公祠联

> 大岳之后；
>
> 五世其昌。

【注】上联典出吕氏源自姜姓，出自帝舜晚年赐伯夷吕氏。《左传·隐公十一年》："夫许，大岳之胤也。"杜预注："大岳，神农之后，尧四岳也。" 陆德明释文："大岳，音泰。"孔颖达疏："以其主岳之祀，尊之，故称大岳。"《左传·庄公二十二年》："姜，大岳之后也。"杜预注："姜姓之先，为尧四岳。"相传上古部族首领神农氏炎帝，因居姜水流域，因以之为姓，称姜姓。帝舜时，姜姓后裔伯夷为掌管礼仪的秩宗，帮助舜治理部落联盟，颇有政绩。禹代行天子时，伯夷尽心辅弼，为禹倚重，组成一个疆域七十余里的侯爵国，伯夷是吕国第一代吕侯，为吕氏始祖。

堂联

> 登此堂毋忘祖训；
>
> 历斯地务懔家规。

【注】此联训勉子孙敬业守职，不忘祖训家规。

龛联

> 辛苦贻燕谋，文武衣冠开后翼；
>
> 虔诚追祖德，春秋俎豆安元灵。

【注】此联训勉子孙不忘祖训家规，敬业守职。

栋对

> 吕氏厥攸居，前五指石九龙，下有潺流，明知气钟灵在此；
>
> 宗祠爰得所，左文峰右笔架，中横玉屿，深思祖笃爱夫斯。

台湾屏东六堆吕姓宗祠堂联和门联

> 河绕聚成三多祝；
>
> 东来紫气九如歌。

> 理学名儒推望族；
>
> 春魁世业振家声。

【注】① 此联以藏头格嵌堂号"河东"作为起句。"三多祝"的"三多"，是使圣人富、使圣人寿、使圣人多的好话。② 九如歌：指的是《诗·小雅·天保》出现九个"如"字，臣下用以称美、祝颂其君上。③ 理学名儒：指的是吕祖谦等人的典故。吕祖谦是著名的南宋理学家，学宗张载、程颐等人，博通史传。谦曾祖为尚书右丞吕好问。与著名的南宋理学家张栻、朱熹等人交际，晚年讲学于金华城的丽泽书院。

湖南炎陵吕姓宗祠堂联

> 春秋既成，难增减一字；
>
> 阴阳刻定，悉参订五经。

【注】上联说吕不韦，战国末秦国大臣，尝著《吕氏春秋》，置于咸阳之城门，曰："有能增损一字者予千金。"下联指吕才，唐博州清平人。因魏征等人举荐入弘文馆，官居太常博士、太常丞等职，奉诏删定《阴阳书》。

朱（朱）

ZHŪ

【姓源】《元和姓纂》。

① 朱氏，子姓。微子启被封于宋，裔孙公子以朱为氏，自迁于南阳之宛（今河南南阳。汉蔡邕《朱公叔鼎铭》）；一说宋亡，遗民奔砀（现安徽砀山），易姓朱，后徙于宛（见《东观汉记·朱晖传》）。

② 舜的儿子朱丹，子孙以朱为姓；舜的大臣朱彪的后裔，亦以朱为姓。

③《姓氏考略》："本高阳氏之后，周封于邾，子孙去邑为氏。望出沛国、义阳、吴郡、河南。"朱氏是颛顼帝高阳氏的后代。颛顼的玄孙陆终第五子曰安，为曹姓。周武王克商后，封安的后裔曹侠于邾国（今山东曲阜），附庸于鲁，称为邾子侠。战国时，邾国被楚所灭，曹侠的子孙有人去邑旁，以朱为姓。

④ 改姓。南北朝时少数民族渴浊浑氏和可朱浑氏，亦改为朱氏。

⑤ 赐姓。朱元璋创立明政权后，明王朝赐给许多功臣姓朱。

⑥ 少数民族汉姓，如蒙古族、回族、苗族等。

【分布】战国时期，朱姓人口主要分布在北方的山东、江苏、河南、安徽和湖北一带。其中，安徽、江苏交界的沛国朱氏和吴郡朱氏都是在这一时期形成的。两汉时期，朱姓基本上没有大规模的迁徙，只有因做官、经商、求学、避难和婚姻等原因而产生的小规模移民。

三国时期，中原地区的朱姓有一部分开始向东南吴国地区迁徙，另一部分则向西南巴蜀一带迁徙。两晋南北朝是中华民族大动乱和大迁徙的时期，朱姓开始了又一次的大规模迁徙，中原地区的汉族朱姓在"永嘉之乱"后，大规模向东南地区移民。明朝时期，由于政府实行"江西填湖广，湖广填四川"的移民运动，大批朱姓人也参与其中，因而形成了朱姓历史上的一次自东向西的横向移民。在这一背景下，大批江浙和江西的朱姓人迁到了湖南、湖北和广东等地，而许多原居湖南、湖北、广东地区的朱姓又向四川地区迁移。这一移民运动一直持续到清代。

朱姓为中国第 13 常见姓。人口 1500 多万，约占全国人口的 1.2%。约 44% 分布在江苏、河南、安徽、浙江、广东五省（其中江苏最多，约占全国朱姓人口的 15%）；约 34% 分布在湖南、山东、湖北、四川、江西、云南、河北、上海八省、市（《中国姓氏·三百大姓》）。朱姓客家人广东最多，其次是江西、广西、湖南、福建、湖北和四川，陕西、台湾和港澳也有分布。

【郡望】沛国郡、凤阳郡、河南郡、丹阳郡等。

【堂号】沛国堂、凤阳堂、继善堂、统泗堂、福星堂、考亭堂、竹园堂、惠众堂、白鹿堂、紫阳堂、明忍堂、体善堂、余庆堂、敦本堂等。

通用门联

紫阳世德；
沛国家风。

先贤世德；
沛国家声。

紫阳世泽；
鹿洞家声。

紫阳门第；
沛国家声。

【注】这些都是朱氏宗祠的门联。朱氏先祖居沛国相县（治在今安徽濉溪县

西北），其后裔多以"沛国"为堂号。朱氏历史上出过一位理学家朱熹，名满天下。朱熹（1130—1200），南宋徽州婺源人，字晦庵，又字元晦，别号考亭、紫阳。南宋绍兴十八年（1148年）中进士，历仕高宗、孝宗、光宗、宁宗四朝。中国历史上著名的理学家、哲学家、教育家、诗人。朱熹完善了二程的理学理论，是理学集大成者。程朱理学的儒家文化思想对后世的影响巨大。他一生以书院为依托，勤奋著述，著有《四书章句集注》《朱文公文集》《伊洛渊源录》《资治通鉴纲目》等。他先后创办了寒泉精舍、云谷晦庵草堂、武夷精舍、考亭书院，重建并主持了白鹿洞书院，修复了岳麓书院等。朱熹在长达半个世纪的授徒讲学中，培养了大批理学人才，形成了中国理学史上著名的"考亭学派"。嘉定二年（1209年），诏赐遗表恩泽，谥曰文，赠中大夫、宝谟阁直学士。理宗宝庆三年（1227年），追赠太师、信国公，改徽国公。朱氏后裔均以朱熹为荣，宗祠门联、堂联和栋对均嵌入"考亭""鹿洞""紫阳"等。

通用门联

考亭世泽；

沛国家声。

【注】① 考亭：朱熹为朱氏五十二世。生于宋建炎四年，自婺源迁居建阳考亭，授徒传学，故有"考亭学派"之称。② 沛国：据兴宁《朱氏族谱》载，朱侠，东周齐大夫。周天子封其祖先为邾姓，后遭田和之乱，忌祸，徙居鲁萧县西南之沛国（今江苏西北部沛县），并去邑改姓朱。朱氏后裔为纪念祖先，所居之屋均名曰"沛国堂"。

负荆勤读；

折槛旌忠。

【注】① 负荆勤读：典指朱买臣。朱买臣，西汉吴县人，字翁子。家贫，砍樵出卖以食，肩挑薪而目诵书。后拜会稽太守，又为丞相长史。② 折槛旌忠：典出朱云。朱云，汉平陵人，字游。成帝时为槐里令，上书愿借尚方宝剑斩佞臣张禹。帝怒，欲斩之。朱云攀折殿槛呼曰："臣得下从龙逢，比干游于地下，足矣！"帝赦之，命勿易槛，以旌直臣。旌，表彰。

治推北海；

歌遍南阳。

【注】① 治推北海：典指朱邑。朱邑，汉舒人，少为桐乡啬夫。廉平不苟，

吏民爱敬，举贤良，迁北海太守，治行第一，入为大司农。② 歌遍南阳：典出朱晖。朱晖，东汉南阳宛人，字文季。为临淮太守，有气节，吏民畏爱，为之歌曰："强直自遂，南阳朱季。吏畏其威，民怀其惠。"

鸾台表直；

鹿洞垂规。

【注】① 鸾台表直：典指朱敬则。朱敬则，唐亳州永城人，字少连，博学重气节。武则天时任右补阙，后迁正谏大夫，旋同凤阁鸾台平章事。时魏之忠、张说为人诬陷，朱力谏，方免死。② 鹿洞垂教：即朱熹的故事。朱熹，南宋哲学家、教育家，字元晦。知南康，访白鹿洞书院遗址，奏复其旧，为学规之守。

夫人城原堪御寇；

才女词几致贻讥。

【注】① 夫人城：东晋时，符坚占梁州。刺史朱序母率侍婢及女丁，筑斜城以拒之。时人称为"夫人城"。② 才女词：典指宋朱淑真。朱淑真幼聪慧，博学工词。时称其词为"才女词"。其词多忧怨之思，抑郁不得志。朱淑真词有"月上柳梢头，人约黄昏后"句，后人疑朱为不贞，实则无考。

通用堂联

汉宦忠臣旌折槛；

理学心源忆考亭。

玉海千寻，探遍五经之秘；

书楼万卷，博搜二酉之奇。

祖有福，宗有功，以光以烈，永葆衣冠联后裔；

左为昭，右为穆，有享有祀，长成俎豆振前徽。

【注】① 昭穆：用来分别宗族内部的辈分、亲疏和远近，是古代的宗法制度。昭穆以开基始祖居中，子居左称为昭，子之子居右称为穆，以后世序为二、四、六……偶数居左为昭；世序为一、三、五……奇数居右为穆。《周礼·春官·小宗伯》："辨庙祧之昭穆。"② 俎豆：俎，置肉的几；豆，盛干肉一类食物的器皿。都是古代宴客、

朝聘、祭祀用的礼器。本联中的"俎豆"泛指祭祀活动。

朱氏凤阳郡门联

> 鸾台夸气节；
>
> 鹿洞暖春风。

【注】上联典出唐代永城人朱敬则，字少连，博学而重气节。下联典指南宋朱熹。

堂联

> 一统江山明社稷；
>
> 四书经典宋圣贤。

【注】上联典指明代开国皇帝朱元璋。下联典指南宋朱熹。朱熹曾注《大学》《中庸》《论语》《孟子》，合称《四书章句集注》。

广东平远东石大水坑朱氏祠联

> 犹龙世第；
>
> 折槛家声。

> 鹅湖世德；
>
> 鹿洞家声。

> 云台著绩；
>
> 秘阁流徽。

> 考亭世德；
>
> 徽国家声。

> 明承祖训，鹿洞遗书，当铭勤俭持家传万代；
>
> 忍守家风，考亭折槛，可模忠烈振国颂千秋。

【注】① 东石大水坑田心有一李、朱两姓同居一堂的祖屋，其门联各取一姓

联语，别具一格。② 云台著绩：东汉光武帝中兴汉室，其功臣卓著者有二十八人，至永平三年（60年），皆图其像于云台，世称云台二十八将。③ 秘阁流徽：指朱熹的业绩。朱熹，南宋徽州婺源（今属江西）人，绍兴进士，历任枢密院编修官、秘阁修撰等职。宋理宗时赠太师，追封信国公，改徽国公，从祀孔庙。朱熹的学术著作甚丰，他的《四书章句集注》为明、清时期科举考试必读教材。④ 鹅湖世德；鹿洞家声：朱熹曾访白鹿洞遗址，奏准重建，并在此讲学六年。后在寓居紫阳建鹅湖书院（今属福建），讲学并集注《四书》。⑤ 考亭世德；徽国家声：朱熹讲学之所曰考亭，宗之者称"考亭学派"。其后裔出过众多显贵人物，本族名声大振，泽被后世。

广东梅州城北玉水朱氏竹园堂祠联

仰祖德之流芳，春禴夏禘，秋尝冬蒸，肃肃雍雍，千载礼仪绵事业；

序天伦之乐事，父慈子孝，兄友弟恭，亲亲睦睦，一堂长幼立纲常。

【注】① 仰祖德之流芳：纪念、颂扬祖先的功德以流芳百世。② 春禴夏禘，秋尝冬蒸（烝）：春祭为禴，夏祭为禘，秋祭为尝，冬祭为蒸。③ 肃肃雍雍：严肃平和。古时多指端正大气雍容平和的古乐，也寓意做人要诚正雍和。④ 千载礼仪绵事业：按照礼节与仪式进行祭祀，事业才能连续不断，代代相传。⑤ 序天伦之乐事：出自唐代伟大诗人李白的《春夜宴从弟桃花园序》。意谓只有家庭亲人之间团聚和睦，才能享有天伦之乐。⑥ 父慈子孝：作为父亲要善待子女，以身作则；为人之子必须孝敬父母。⑦ 兄友弟恭：作为兄长要爱护关照年幼的弟弟，作为弟弟要尊重自己的兄长。⑧ 一堂长幼立纲常：就是告诉子子辈辈为人处事都应以三纲五常为准则，才能永世昌荣。

广东陆河东坑朱氏宗祠门联

紫阳世泽；

沛国家声。

【注】此祠建于明朝宣德年间，是朱熹文公第十一代孙、海邑朱氏始祖仕全公的开基祠，至今已580多年历史。坐落于陆河县东坑镇飞燕村，形如"燕子伏梁"，人称"燕子窝祠"。

"沛国"是朱姓的一个堂号名，至今约有2450多年。源于黄帝，黄帝之孙高阳氏颛顼，传至晏安得赐姓曹，晏安传曹侠。周武王克商纣，封曹侠于邾国，以国为姓——邾，邾侠为朱氏系姓始祖，后来楚国灭掉邾国，邾侠之十五世孙革之子茅夷鸿逃难于沛，去邑留朱，即把邾姓改为朱姓。茅夷鸿生子，为朱姓，其子孙后代定居于沛国相县，是为朱姓传代之始，堂号遂称"沛国堂"。"紫阳"是朱姓另一堂号。相传南宋绍兴十三年，14岁的朱氏后裔朱熹，遵照亡父朱松托孤的遗言，奉母由建安（今福建省建瓯）北迁，定居崇安五夫里（今福建武夷山市五夫里镇），投靠义父刘子羽。刘子羽时为抗金名将，后被秦桧陷害，家居乡里。但他不负好友重托，为朱熹母子构筑楼宅于潭溪之畔，屏山之麓，朱熹遂侍奉慈母安居此地。朱熹的祖籍是徽州婺源（今江西婺源），有一山名叫紫阳山，他为表示不忘先祖，故名新宅为紫阳楼，其厅堂匾为"紫阳书堂"，紫阳楼是朱熹定居近五十年的旧居，朱氏的"紫阳堂"便源于此。

江西赣州蛤湖永安村朱氏祠堂联

三代簪缨，礼乐衣冠开邃学；

一庭瑞霭，子臣弟友翼徽伦。

【注】① 永安村，在赣州城西的蛤湖乡，朱氏祠堂始建于民国初年。② 簪缨：指世代做官的人家。③ 邃学：指精深的学识。④ 子臣弟友：人的秉性在于父子、君臣、兄弟、朋友之间，这里的"子"指的是父子关系。⑤ 徽伦：徽，美好；伦，伦理。指人与人之间的美好关系。

江西白鹭江鸥村朱氏宗祠联

诗厅迎盛世，再度春秋光祖德；

礼馆兆祥和，重辉日月耀颍川。

【注】江鸥村为旧地名，曾有田村区白鹭、江鸥、龙头乡。

自元代开基，近邻鹭水迂回，聚族三朝绵世泽；

本金陵分派，此地鸥溪环绕，同源一脉衍宗支。

——朱名魁

【注】① 鹭水：即流经白鹭村的鹭溪河。鹭溪直通赣江，白鹭村的祖先利用这一便利条件，经营竹木，富甲一方。② 鸥溪：流经江鸥村的小河。

江西上犹东山朱氏统泗堂宗祠

门联

统国英俊；

泗水贤儒。

——朱蔚馨

朱蔚馨：朱氏始祖后儒公胄孙。

堂联

统垂俊杰千秋绪；
泗水儒林百代宗。

——朱蔚馨

【注】统垂：即垂统，多指皇位的承袭。君子创业垂统，为可继也。

统绪垂后昆，孝友相传，惟望俊贤光阀阅；
泗水承先圣，书香勿替，还期儒士绍箕裘。

——朱蔚馨

【注】① 统绪：泛指宗族系统。② 先圣：先圣先师，旧时尊称孔子。

后儒公门联

孔子作春秋，定分正名伸大义；
先王教家国，敦伦饬纪序尊亲。

——朱蔚馨

【注】① 敦伦：敦，勉励；伦，伦常。谓敦睦人伦。② 饬纪：整饬纪纲。

江西上犹东山镇朱氏福星堂宗祠联

福备衍箕裘，孝悌仁慈，天眷紫阳绵世泽；
星辉联奎璧，忠信礼义，锡命考亭蔚人文。

——朱蔚馨

【注】① 锡命：锡，通"赐"。天子赐予的诏命。② 考亭：在今福建建阳西南。相传五代南唐时黄子稜筑以望其父（考）墓，因名"望考亭"，简称"考亭"。南宋朱熹晚年居此，建沧州精舍。宋理宗为崇祀朱熹，于淳祐四年（1244 年）赐名"考亭书院"。此后因以考亭称朱熹。③ 紫阳：朱熹的祖籍是徽州婺源（今江西婺源），有一山名叫紫阳山，他为表示不忘先祖，故名新宅为紫阳楼，匾其厅堂为"紫阳书堂"，紫阳楼是朱熹定居近五十年的旧居，"紫阳"源于此也。

福公堂门联

福臻槐里；
星聚云门。

——朱蔚馨

【注】臻：达到。

尧资赞化；

德履纯仁。

——朱葆馨

【注】① 赞化：赞助教化。语本《礼记·中庸》："能尽物之性，则可以赞天地之化育，则可以与天地参矣。"② 纯仁：至仁。《汉书·扬雄传下》："今朝廷纯仁，遵道显义。"

堂联

福满乾坤，门迎百福；

星明日月，户纳三星。

——朱蔚馨

【注】三星：指福、禄、寿三福神。

天生士师，诗书垂训明伦纪；

锡以福祉，孝友敦崇重尊亲。

——朱蔚馨

【注】伦纪：伦常纲纪。

尧咨尔舜，允恭克让传千古；

德必有邻，和气致祥忆万年。

——朱葆馨

【注】① 尧咨尔舜：尧要传位给舜，在交接的那一天，举行庄严的大典。尧曰："咨！尔舜！天之历数在尔躬，允执其中。"意思是说，上天要我把担子让给你挑了。② 允恭克让：允，诚信；克，能够；让，谦让。③ 德必有邻：即"德不孤，必有邻"。意思是有道德的人不会孤单，一定有志同道合的人来和他相伴。出自《论语》，弟子问孔子："人皆有兄弟，我独无。"孔子回答道："德不孤，必有邻。"

尧典言睦族，首记虞书，愿俎豆千秋尊祖敬宗，尤当睦族；

德行重修身，久垂大学，望子孙百世光前裕后，先在修身。

——朱葆馨

【注】① 虞书：即《虞书》，《尚书》组成部分之一。② 大学：即《大学》，

原是《小戴礼记》里的一篇，旧说为曾子所作，实为秦汉时的儒家作品，是讨论古代教育理论的重要著作。

栋对

若稽读于首册，明德仰祖宗，贻谋阀阅，辉煌易世犹得封子；

尧舜法乎心传，立身从孝悌，做起家人，奋勉作善自然降祥。

——朱葆馨

【注】若稽：考察而遵从。

耀显荣封，光昭祖德；

汉文晋字，垂裕后昆。

——朱葆馨

耀日灿云霄，鸟革翚飞，仰望门间高大；

汉文昌景运，凤毛麟趾，行看世泽绵长。

——朱葆馨

【注】① 鸟革翚飞：革，鸟张翅；翚，羽毛五彩的野鸡。如同鸟儿张开双翼，野鸡展翅飞翔一般。旧时形容宫室华丽。② 凤毛麟趾：凤毛，凤凰的毛，比喻珍贵。麟趾，称颂人有贤子。《诗·周南·麟之趾》："麟之趾，振振公子。"赞美人子孙繁衍，后以麟趾喻子孙贤能。夸奖别人有佳儿，称为麟趾呈祥；赞扬官宦有贤郎，称为凤毛济美。

鸿图大启尔宇；

龙蟠长发其祥。

——朱葆馨

【注】① 大启尔宇：自从上天或是上帝开天辟地形成了宇宙，创造了天地。② 长发其祥：长久发展成福庆吉祥的样子。

子继孙传诗书易；

祥临福聚日月星。

——朱葆馨

子承乾元，万象春光寒复暖；

祥开泰运，四时淑景往还来。

——朱葆馨

【注】① 乾元：乾有四德：元、亨、利、贞。元是四德之首。乾元，即乾之元，是天道伊始之意。② 泰运：泰，平安，安定。泛指好运。

子训有义方，勤读勤耕，奚逊王槐窦桂；

祥发无他道，能孝能友，媲美孟竹田荆。

——朱葆馨

【注】① 奚：文言疑问词。哪里，什么，为什么。② 逊：不如，比不上。③ 王槐：王祐宦居于汴梁城东时，筑室于仁和门外，尝手植三槐于庭院中，言称其子孙必有为三公者。④ 窦桂：典指五代窦禹钧，有义方，教五子，俱登科，时称燕山窦氏五桂。⑤ 孟竹：典指三国时吴人孟宗，字恭武，江夏人，孟嘉的曾祖父，以孝著名。少从南阳李肃学，性至孝。母亲喜欢吃笋，冬时笋尚未生，他进入竹林哀叹悲泣，笋忽然迸出。⑥ 田荆：京兆田真兄弟三人析产，拟破堂前一紫荆树而三分之，明日，树即枯死。田真大惊，谓诸弟曰："树本同株，闻将分斫，所以憔悴，是人不如木也。"兄弟感悟，遂合产和好，树亦复茂。后因以"田荆"为兄弟和好之典实。

子能仰前徽，道学源流，须接续曾三颜四；

祥发勉后裔，光阴瞬息，休虚过禹寸陶分。

——朱葆馨

【注】① 前徽：前人美好的德行。② 曾三颜四："曾"即孔子弟子曾参。他说过："吾日三省吾身，为人谋而不忠乎？与朋友交而不信乎？传而不习乎？"意思是每日反省自己的忠心、守信、复习三个方面，此为"曾三"。"颜"为孔子弟子颜回，他有四勿，即"非礼勿视，非礼勿听，非礼勿言，非礼勿动"，故称"颜四"。③ 禹寸陶分：禹寸，是说大禹珍惜每一寸光阴。《游南子》谓："大圣大责尺璧，而重寸之阴。"陶分，指学者陶侃珍惜每一分时光。他说过："大禹圣者，乃惜寸阴，至于众人，当惜分阴"。

子能光前烈，愿读书，志在圣贤，咸遵至训；

祥发起后裔，勉为官，心存君国，共报深恩。

——朱葆馨

子孙真率性，不欺天并不欺人，正心诚意，宗族乡党，皆称善根直培百世；

祥发贵力行，能治内更能治外，修身齐家，父儿兄弟，足法和气自萃一堂。

——朱葆馨

子瞻公众祠联

子肖孙贤，克绳祖武；

瞻前顾后，劝勉文人。

训诚二公私祠联

训懔格言，齐家至美；

诚遵折槛，治国无加。

【注】① 懔：畏惧。② 折槛：指直言谏诤。

训子孙不外耕读二字；

诚心意惟存孝悌两端。

江西大坪中垒旸团朱氏祠联

东种西成，经营田亩须勤体；

升丰履泰，出入朝端必读书。

【注】① 履泰：亨通、泰平。《易·序卦传》云："履而泰，然后安，故受之以泰，泰者通也。"泰为消息卦的正月卦，相当于天地交泰万物亨通的安泰时期。"天地交泰之卦，小往大来之象。"② 朝端：朝廷。

敏于事则事成，勤劳中百获实效；

我安仁期仁至，性情里各具天真。

【注】安仁：安心于实行仁道。《论语·里仁》："仁者安仁，知者利仁。"

江西南康大坪旸团朱氏祠联

旸雨维时歌帝德；

团月当户畅人怀。

【注】① 旸（yì）：太阳在云层里忽隐忽现，太阳无光。② 维时：斯时，当时。③ 团月：圆月。

> 余世泽于西溪，千年不朽；
>
> 庆令居乎南埜，万古常存。

【注】① 令居：美好的居屋。② 南埜：也作"南野"。南埜，秦时属南埜县地，三国吴嘉禾五年（236 年）析南埜置南安县，晋太康元年（280 年）改名南康县，太康三年（282 年）属南康郡。今为赣州市南康区。

> 余韵流风，及时有怀思旧德；
>
> 庆云瑞日，太平无事过新年。

【注】庆云：五色云，古人以为喜庆、吉祥之气。

> 小宗祠近大宗祠，栋宇相连，尽是紫阳家庙；
>
> 后代事如前代事，箕裘克绍，不失赤子本心。

【注】紫阳：即理学家朱熹号。

> 创业难，守成难，涉世尤难，且从难中立志节；
>
> 耕田乐，读书乐，为善最乐，须向乐里作精神。

江西南康大坪旸团朱氏联

> 禄亨福沾，世代赫奕；
>
> 崇高富厚，气象峥嵘。

【注】赫奕：显赫，美盛。

> 敦孝悌而尊崇礼乐；
>
> 本诗书以造就人才。

> 敦厚以崇礼，礼仪既构；
>
> 本立而道生，生民在勤。

【注】本立而道生：语出《论语·学而》："有子曰：'其为人也孝弟，而好犯上者，鲜矣；不好犯上，而好作乱者，未之有也。君子务本，本立而道生。孝悌也者，其为仁之本与！'"意思是，做人首先要从根本上做起，根本树立了，道就出现了。孝敬父母、尊敬师长，就是做人的根本。

禄驭富爵贵言，富贵永代；

崇效天卑法地，天地长春。

——朱廷辉

【注】① 禄驭富爵贵言：《周礼》中提到的"八柄驭群臣"，其中有"以爵驭贵、以禄驭富"之句。疏云："以功诏禄。禄，所以富臣下，故云。"驭，即统率，控制。② 崇效天卑法地：《易·系辞上传》："知崇礼卑，崇效天，卑法地。""知崇"之境，即效仿自天高远之象、自强不息之品；"礼卑"之心，即取法于地厚广之象、厚德载物之性。若能如此修行，乾坤合德，德业欣荣！圣人就此阐明人类修行的理想、标准和依据。

江西南康赤土扶茂达朱氏祠联

竹之苞，松之茂，栋宇维新，万年常永钖；

子有发，孙有达，堂构非旧，五世卜其昌。

【注】① 竹之苞，松之茂：松竹繁茂。比喻家门兴盛。也用于祝人新屋落成。② 钖：马额上的金属饰物。马走动时发出声响。《左传·桓公二年》："钖、鸾、和、铃，昭其声也。"杜预注："钖，在马额；鸾，在镳；和，在衡；铃，在旂。动皆有鸣声。"③ 五世卜其昌：占卜结果是五代昌盛。五世，五代（形容多）；昌，昌盛。

江西吉安朱氏宗祠堂联

文章本鹿洞传来，须恪守渊源家学；

秀气由羊林肇启，当无忘远近亲功。

【注】鹿洞：指朱熹讲学的白鹿洞书院。朱姓由福建羊林村迁江西。

福建武平县武东、万安朱氏宗祠

汉代名臣第；

宋朝理学家。

【注】上联"汉代名臣"应指汉武帝时会稽太守朱买臣。下联仍指南宋理学家、一代儒学大宗师朱熹。

福建连城培田村朱子祠联

平生所学唯四字；

道统攸归在一人。

【注】此祠为培田吴氏族人祭宋理学家朱熹而建。四字,指朱熹提倡的忠、孝、廉、节。道统,指儒家传道的系统。攸,所也。本联赞颂朱熹的品节和他在宣扬、传承儒道上的功绩和地位。

广西朱氏宗祠通用联

紫阳世泽;

白鹿家声。

【注】指南宋著名的哲学家、教育家朱熹的世泽。朱熹在明清两代被提到儒学正宗地位,为我国后期儒学的集大成者,他的父亲朱松曾读书于紫阳山(在安徽歙县城南),后来朱熹居福建崇安,乃榜其所居之听事堂曰"紫阳书堂",以示不忘。后世逐以"紫阳"名朱子之学。朱熹曾在白鹿洞书院讲学,所以称为"白鹿堂"。今江苏沭阳县扎下镇朱家庄村的朱姓人士大部分为"白鹿堂"人。

高天厚地献奇,星斗图书山水画;

耀祖光宗垂训,衣冠礼乐圣贤言。

源溯沛国,天地启宏慈,天子功勋昭日月;

德馨紫阳,古今垂旷典,圣人儿孙念恩荣。

广西玉林市博白县朱氏宗祠堂联

追思祖德,承前启后,敦宗睦族,沛国家声远;

怀念宗功,继往开来,笃庆锡光,紫阳世泽长。

【注】博白朱氏堂号为"敦睦堂",其始祖朱洪琛,号荣国,明太学生,姚严氏,生四子:仲仁、仲义、仲礼、仲智。琛于明弘治二年(1489年),由江西赣州府安远县东乡古田坡,迁于白州金村创业。笃庆锡光:恭敬地庆祝祖先,祖先赐予我们吉祥光明。笃:恭敬,诚实。锡:通"赐"。

广西北海合浦朱氏宗祠联

宗室本江西,亿万斯年,谨记衙前香山同血脉;

支源迁博邑,千百余载,莫忘大旗陀角共渊源。

【注】上联说博白朱氏与合浦朱氏同出于江西朱氏。衙前:博白村名。香山:合浦村名。下联说明合浦香山朱姓支源是博白迁徙而去。大旗、陀角:清代博白

县辖的堡（相当于现今的乡镇）名。大旗堡，辖地相当于现今的沙河镇；陀角堡，相当于现今的合江镇和东平镇两镇的辖区。这些地方的朱姓渊源相同。

广西玉林博白松旺松茂朱氏祠堂门联

永绵世泽；

茂振家声。

永扬敦笃德；

茂育济世才。

【注】朱氏永茂祠建于清朝中叶，至今保存完好。建筑面积420余平方米，共有四座十二间，整座建筑雄伟美观，尤其是祠面顶端的四个锅耳，别具一格。

广西柳州柳江塘头朱氏宗祠门联

源溯高阳，支分柳水；

教承云谷，训遵柏庐。

【注】朱氏宗祠在塘头村，悬山顶，泥砖木瓦结构，两进一井九开间。朱氏以"沛国"为堂号。

广西柳州柳江建都朱氏宗祠堂联

尊祖敬宗，慎终追远，庆繁衍以椒柳；

父慈子孝，兄友弟恭，此根本依葛藟。

【注】此朱氏宗祠在建都村，为重建，设前座，配一天井，后厅分作三间。堂号为"沛国"。联说本支朱氏的世泽和家声。葛藟：葛和藟，皆为蔓生植物。藟，即藤。《诗·周南·樛木》："南有樛木，葛藟累之。"

广西玉林博白龙潭朱为鉁故居门联

昌明世运；

穆远家声。

丕显丕承，绍紫阳世泽；

允文允武，振沛国家声。

【注】爱国将领朱为鉁，广西博白县人，生于1892年。1914年2月考入陆

军大学第四期深造。陆大毕业后一直在军中任职。1936 年获陆军少将衔，抗战结束后，获颁胜利勋章，1946 年末晋升陆军中将。朱为鋆故居名曰"昌穆庄"，第名"将军第"。大门联首字典出庄名。

广西柳州柳江塘头朱氏宗祠堂联

源溯高阳，支分柳水；

教承云谷，训遵柏庐。

【注】以"沛国"为堂号，此为配联。说此支朱氏的起源和分支。曹姓朱氏是朱姓中最重要成分。在先秦时期，曹姓朱氏一直活动在豫鲁苏鄂地区。汉时沛国（今江苏徐州）成为朱姓最重要的繁衍中心和发祥地。

广西柳州鹿寨朱氏宗祠

门联

鹅湖世泽；

洞庭绍家。

【注】此为大门联。联说本支朱氏的世泽和家声。鹅湖：即鹅湖书院，书院位于江西铅山县鹅湖山麓，因鹅湖而名。此处代指南宋理学大家朱熹。长田朱氏以朱熹为族祖之一。

系胄溯明廷，金陵定鼎，幽燕承基，十七世帝子王孙，宜念当年支脉远；
家声由沛国，桂海同源，榴江聚族，百千载宗功祖德，须知前代植根深。

【注】此为祠内木刻联。联说本支朱氏的世泽和家声。

龛联

岁月星辉昭祖德；

季烟虔敬子孙诚。

【注】此朱氏宗祠在柳州市鹿寨县寨沙镇长田村祠堂屯，悬山顶，全夯土木瓦结构，两进一井三开间布局。门楣上灰塑"朱氏宗祠"四字。大门联"鹅湖"，即江西铅山的鹅湖书院。

广西玉林博白城朱氏宗祠堂联

光分赣水一轮月；

祥发博阳满苑花。

【注】联说此支朱氏起源和分支。

> 守沛国家声，睦族敦宗，门第溯来安远；
>
> 绍紫阳世泽，悬规植矩，衣冠蔚起白州。

——罗源汉

【注】说此支朱氏家声和世泽，在这里发展壮大。

> 自江西簪笏以来，敦复固苞桑，启后人宦迹鸿飞，历滇黔陇蜀闽浙皖吴，直指中州通晋楚；
>
> 占岭南山川之秀，麻光绵俎豆，迄今日科名鹊起，合祖孙父子弟兄叔侄，同邀上命赠高曾。

——张凯嵩

【注】上联说朱氏祖上世泽；下联说本支朱氏家声。

广西博白东平富新朱氏大宗祠门联

> 两朝天子；
>
> 一代圣人。

【注】① 两朝天子：一指南北朝时（天祐四年）朱温代唐称帝，国号"梁"，史称"后梁"；一指推翻元朝，建立明朝的明太祖朱元璋。② 一代圣人：指的是南宋著名的理学家、教育家朱熹。后世把他与孔、孟并列为圣人。

台湾屏东朱氏宗祠门联和堂联

> 徽国流芳传海岛；
>
> 婺源著述衍台疆。

> 折槛家声传万载；
>
> 考亭世泽著千秋。

【注】① 折槛：折断殿槛。后来比喻朝臣敢于直谏。② 折槛家声：指的是敢于忠言直谏汉成帝的朱云的史实。③ 考亭：典出朱熹。朱熹，字元晦，一字仲晦，徽州婺源人。晚号晦庵、晦翁，又号云谷老人、沧州道叟。原籍婺源，侨居建州。绍兴进士，官至宝文阁待制。论学以居敬穷理为主，主张格物致知，反躬践实。

宋代理学，到朱熹而集大成。朱熹讲学的地方叫考亭，所以后人称他的学派为考亭学派。所注《四书》，明清两代科举奉为准则。

台湾高雄美浓镇朱氏宗祠栋对

祖德继云公，敦孝悌，整重常，折槛英声，威烈朝廷荣百世；

宗猷垂仲晦，究诗书，研哲学，考亭设教，文昭宇宙著千秋。

【注】上联的继云公是指朱继泉，下联的仲晦是指朱熹，皆为名重一时的杰出人物。

福地重心田，克勤克俭，堂构重新光世泽，

台谋遗燕翼，亦耕亦读，人文蔚起振家声。

台湾新竹新埔朱氏家庙联

清肃官方，邑祖余徽光世第；

昌明圣学，文公遗烈壮家声。

督群将而敬诸卿，谦昭晋代；

吏畏威而民悦惠，善着唐朝。

湖南炎陵朱氏宗祠堂联

爱士礼贤，名戴太守；

淑人君子，帝表司农。

【注】上联典出朱大志；下联典指朱邑。

四川成都朱氏宗祠堂联

横额：理学传家

门联

德佩先贤，典隆十哲；

恩承博士，名重五经。

沛国苗裔，百世积昌；

考亭远绍，理学流芳。

堂联

> 凡今之人，不如我同姓；
>
> 聿修厥德，无忝尔所生。

> 继祖宗一脉真传，克勤克俭；
>
> 教子孙两行正路，惟读惟耕。

栋对

> 由孔孟而来，二千年卫道传统，独振斯文统绪；
>
> 当光宁之世，五十日格非陈善，允宜此地蒸尝。

> 迁移自闽赣粤而来，氏族清康，斯地奠安称梓里；
>
> 裔嗣逾宋元明以后，诗礼启佑，几人腾蠹咏梧冈。

堂联

> 怀古壮士志，忧时君子心；
>
> 寄言尘中客，莽苍谁能寻。

帘联

> 家藏万卷古人书；
>
> 门对君子千竿竹。

> 佩韦尊考训；
>
> 晦木谨师传。

匾额： 道学渊源　光赠仕朝辉　星娶宝　大德必寿

书院联

> 大哉夫子之功，百世权衡，六经羽翼；
>
> 远矣斯文之统，周程私淑，孔孟闻知。

> 世上几百年旧家，无非积德；
>
> 天下第一件好事，还是读书。

院额：紫阳遗范

书院门额：朱子书院

【注】"朱熹宗祠"是唯一以朱熹命名的宗祠。该祠位于四川成都市龙泉驿区十陵镇千弓村四组，为清初从广东上川的朱熹后裔朱必达始建。道光二十四年（1844年）春，成都科甲巷朱祖文（即朱熹）总祠选定西河场半节河（现龙泉驿区十陵街道千弓村四组）朱氏宗祠为总祠之陪祠，次年由朱荣元扩建修缮陪祠新建朱子书院一座，祠由书院、祠宇和始祖居（墓）三部分组成，建筑面积2559平方米，现存1860平方米。现为成都市的文物保护单位，并将进一步提升为宗祠半岛，保护范围10860平方米。

四川仪陇马鞍场大湾朱氏宗祠堂联

一粥一饭，当思来之不易；

半丝半缕，恒念物力维艰。

【注】此为仪陇县马鞍场大湾三合院朱氏老屋，内有神龛，供有朱家祖先神位。

四川仪陇朱氏宗祠堂联

鹅湖世第；

鹿洞家声。

沛国门庭源流远，

紫阳世泽兰桂芳。

紫阳发脉家声远；

鹿洞流徽世泽长。

汉室忠臣旌析槛；

理学心源忆考亭。

【注】① 据四川仪陇县马鞍镇《仪陇马鞍朱氏族谱》和《沛国堂朱氏续修家谱》记载的朱氏家族世系，上川长房一世祖朱仕耀是朱熹长子的后裔：即朱熹长子朱塾的第六、七世裔孙朱聪一郎、朱万一郎是广东韶州乳源县枫树坪梯下的一、

二世祖。其后裔朱仕耀于清康熙四十五年（1706年）从乳源携眷上川徙居川北道顺庆府广安龙台寺，其长子文先随母林氏徙居仪陇县乐深溪惠山下大屋湾，清乾隆三十一年（1766年）文先公又携四子朱自成徙仪陇县马鞍场琳琅山，置许姓产业，立业相传。② 朱氏家族以朱熹为远祖。朱氏家族的谱牒中集有宗族祠堂及族人常用对联二十八副，皆以朱熹书院理学业绩为荣，朱熹的别号及办学的书院名，如"考亭""紫阳""鹿洞"等撰入对联。

广东梅州南门朱文公宗祠堂联

锦露南临，想家学渊源有身；

凌风西拱，看宗楼门路腾龙。

广东梅州桥溪朱氏继善楼堂联

一门鼎盛，两姓同居，三代展鸿图，四海名扬，五指峰峦钟沛国；

六朵金花，七堂楼式，八方来庆贺，九如诗颂，十分春色壮桥溪。

——陈树棠

广东梅州朱氏宗祠堂联

礼乐诒孙谋，沛国衣冠瞻鹊起；

诗书绵祖德，紫阳科第看蝉联。

广东大埔桃源朱氏绍紫堂联

绍承先绪，重整宗祠，庆今朝祖座荣升，世泽绵延光百代；

紫气钟灵，山川毓秀，数历代人文蔚起，勋名卓著耀千秋。

广东五华河东珍公祖屋朱氏瑛华楼联

轮奂创自前人，鸟斯革，翚斯飞，遗业守成，直接鹅湖世德；

规模传流后裔，父言慈，子言孝，继志述事，远承沛国家声。

广东蕉岭朱氏紫阳堂、沛国堂联

勋业着明朝，当年地辟苏田，看庙貌重新，礼乐冠裳犹昨日；

建功成沛国，际此座升菊月，卜祖灵远荫，注书编鉴有来人。

广东兴宁朱氏上岭堂祠堂联

石畴绕前，开万顷规模，贮满山川锦绣；

南岭挺上，任一肩经史，高悬星斗文章。

广东兴宁大坪朱氏朱坑祠联

春归鹿洞同皆绿；

日映鹅湖水亦红。

系出紫阳，文经鹿洞，武略云台，忠烈折鉴，炳炳燐燐垂史册；

功封沛国，族衍庐陵，派分东粤，恢弘克绪，绵绵世世振家声。

广东梅州西阳朱氏祠堂联

存心地，植善根，愿儿曹须秉考亭家训；

种福田，培世泽，课孙枝必遵沛国遗风。

广东紫金城西朱氏朱熹总祠联

溯沛国以流徽，思先世槛留凤阙，书主鹅湖，玉海金山，百代鸿图丕振；

迁神江而发迹，愿后人学绍鸾台，道传鹿洞，蛟腾鹊起，千秋骏业宏开。

广东紫金柏埔朱氏德龙居联

宗潢缘沛国，基环柏埔，祖德昭昭，源远流长，蔚起人文昌百世；

世系显考亭，脉衍紫邑，竹林赫赫，枝繁叶茂，辉煌骏业耀千秋。

江西吉安朱氏宝和堂祠联

宝在仁亲，春祀秋尝隆典礼；

和徽瑞气，父慈子孝兆麻祥。

宝训本前贤，守理学家声，斯为至宝；

和光留后裔，读格言教洽，使合太和。

宝器重琳琅，香璧合珠联，光生俎豆；

和风洽兰桂，感秋霜春露，世荐馨香。

江西南康大坪旸团朱氏敦本堂联

明演共仰瞻，维风开后裔，永承沛国振；

仕学兼优礼，善政启名贤，远昭云台绵。

江西上犹东山镇朱氏统泗堂联

孔圣礼乐，诗书教家，自成教国；

先儒文章，道德润屋，更能润身。

江西上犹双溪大石门朱氏宗祠堂联

士农工商，缵光绪百年功德；

禄爵名寿，启后人世代乐昌。

江西上犹东山镇朱氏福星堂联

天后惟贤士，教孝教忠，必须敬亲尊长；

锡尔以景福，兴仁兴让，还要友弟恭兄。

天监在兹，愿生士为贤士，乐叙天伦敦孝友；

锡命有德，应俾福介景福，恩荣锡典耀冠裳。

天道无私，俭以养廉，更能勤以补拙，用格天心，毋论士农工贾，应须念念毋忘力培元气；

锡类不匮，入为孝子，自然出为忠臣，上膺锡典，所有福寿康强，当必人人足意大振家声。

若伋贤孙绳祖武；

尧仁舜智蔚人文。

训懔格言齐家至美；

诚遵折槛治国无加。

　　子孙众多，文通武达；
　　祥发悠久，贤读愚耕。

　　子振家声，礼乐诗书敦孝悌；
　　祥临春色，椿萱棠棣毓芝兰。

　　子克振家声，孝悌力田，久仰先人开燕翼；
　　祥发绵世泽，纲常大义，还期后裔启鸿图。

　　鸿图开燕翼，美奂美轮，形胜肇翚飞鸟革；
　　龙蟠欣虎踞，肯堂肯构，人文占凤起蛟腾。

　　尧言敦睦族，入孝出悌，文学武功绵百世；
　　德行重修身，资忠履信，礼耕义种足千秋。

广西博白松旺镇朱氏永茂祠联

　　永扬敦督德；
　　茂育济世才。

四川南充仪陇朱氏祠堂联

　　一粥一饭，当思来之不易；
　　半丝半缕，由念物力维艰。

　　凡事当留余地；
　　得意不能再往。

【姓源】《广韵》。

① 桥姓之假。汉太尉桥玄，《太尉陈球碑》作乔玄。

② 汉太尉桥玄七世孙桥勤仕西魏，西魏相宇文泰命改乔氏，义取高远。

③ 匈奴贵姓有乔氏，即《后汉书·南匈奴传》之丘林氏，晋时始改乔姓。

④ 少数民族融入汉姓，如蒙古族、鲜卑族等。

【分布】乔姓为中国第 108 常见姓。人口约 170 万，约占全国人口的 0.14%。约 55% 分布在河南、山东、江苏、山西四省（其中河南占乔姓人口的 24%）（《中国姓氏·三百大姓》）。乔姓客家人较少，河南、江西有分布。

【郡望】梁国郡。

【堂号】在中堂。

通用祠联

门联

学先经术；

望重威严。

【注】上联典指北宋朝时期的高邮人乔执中。乔执中，字希圣，进士出身，通经术。初官须城主簿，王安石执政时，推荐他编修《熙宁条例》，绍圣初年以宝文阁待制知郓州。为官宽厚，有仁爱之心。下联典指明朝乐平人乔宇。乔宇，字希大，成化年间进士，明武宗时官南京兵部尚书。宁王朱宸濠反叛时，他严为警备，朱宸濠不敢向东发展。世宗时官吏部尚书。

相推文惠；

邑号神君。

【注】① 相推文惠：典指乔行简。宋乔行简累官左右丞相，与郑清之同心革弊，召用善类，封益国公，殁谥文惠。② 邑号神君：典出乔智明。乔智明，前赵时鲜卑前部人，字元达。少丧二亲，长以德行著称。晋成都王颖辟为辅国将军，历任隆虑及共二县县令，民深爱之，号为"神君"。

乔公女生成国色；

碧玉奴死报主恩。

【注】① 乔公女生成国色：三国时乔（桥）公有二女，皆有国色，大乔嫁孙策，二乔嫁周瑜。② 碧玉奴死报主恩：典出乔知之。乔知之，唐冯翊人。有俊才，迁左司郎中。有侍婢碧玉（又名窈娘），美而艳，善歌舞，为武承嗣所夺，知之怨惜，作《绿珠篇》以寄情，密送于婢，婢感愤，投井自尽。

栋对

任职卅年，清正廉明传天下；

居官二县，德操仁爱献人间。

祖祠告竣祖升祠，雍雍肃肃，在上在旁，鹭序雁班安汝祉；

宗庙营成宗入庙，文文武武，得名得位，凤毛麟趾发其祥。

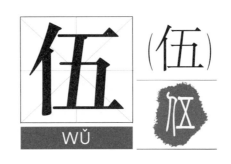

【姓源】《姓解》引《姓苑》。

①伍氏，一作五氏，春秋楚庄王壁人伍参之后（《通志·氏族略》《古今姓氏书辩证》）。

②《姓氏考略》："芈姓。黄帝臣有伍胥，见《玄女兵法》，当为伍氏之始。"伍氏源流可以追溯到古老的黄帝时代，其得姓始祖就是作《玄女兵法》的伍胥。

③《通志·氏族略》云，楚大夫伍参之后也，伍子胥奔吴，其子又为王孙氏适齐。汉有伍被，楚人。但有不少学者认为，伍姓是传至春秋末期的楚国伍家，其得姓始祖是在楚庄王十七年伐郑战役中表现优异的伍参。

④少数民族改姓（略）。

【分布】伍姓为中国第128常见姓。人口130多万，约占全国人口的0.11%。约57%分布在湖南、广东、四川三省（其中湖南最多，约占全国伍姓人口的24%）；24%分布在湖北、广西、安徽、江西四省、自治区（《中国姓氏·三百大姓》）。伍姓客家人广东最多，其次是湖南、广西、江西和湖北，福建和四川、台湾也有伍姓客家人。

【郡望】安定郡。

【堂号】安定堂、武陵堂、庐陵堂等。

广东伍氏宗祠通用门联

> 望出安定；
>
> 系承伍胥。

武陵著绩；
安定流徽。

诗书启绩；
忠孝家声。

东吴著绩；
南宋流徽。

【注】全联典指伍姓的姓氏源流和郡望。伍胥：即伍子胥。武陵、诗书启绩、忠孝：伍奢仕楚灵王熊虔，为大夫，继仕楚平王熊居，生三子：长曰尚，次曰员，三曰通。及伍奢谏楚平王，王信谗执奢，后奢及其子尚被戮；伍员后仕吴伐楚，卒报父、兄之仇。及范蠡辅越，吴王拒伍员之谏，信太宰嚭之谗，伍员竟被吴王赐死。幼子伍封，抚养于齐，改姓王孙，及其子常，始复伍姓。员弟通，子度与辛伾钟，隐居武陵，故伍氏门姓，上曰大夫第，或武陵第，两侧称"诗书启绩，忠孝传家"。东吴著绩：指春秋吴国名臣伍子胥创造的功绩。南宋流徽：出自南朝宋文学家伍缉的事迹。

才真国士；
将有雅儒。

才真国士；
惠是棠君。

【注】上联说春秋时楚国人伍尚，为棠邑大夫，为政清廉、仁慈，惠爱百姓，时称棠君。下联说伍尚胞弟伍员，字子胥，父亲伍奢、兄伍尚被平王所杀后，他经宋、郑等国逃到吴国，发誓一定要倾覆楚国，以报杀亲之仇。他助阖闾刺杀吴王僚，夺取王位，被召为行人，参与国事。他辅佐阖闾，使吴成为东南地区强国。他率军击败楚、越、齐，使吴国成为一方霸主。伍子胥以功封于申，又称申胥。阖闾死后，继事吴王夫差。

武陵归隐；

文定忠忱。

【注】上联指伍朝。伍朝，字世明，晋代武陵汉寿人。少有雅操，闲居乐道，不修世事。性好学，以博士征，不就。刺史刘弘荐朝为零陵太守，主者以非选例，不听。尚书郎胡济奏请皇帝"饰进"江南奇才、丘园逸老伍朝，皇帝准奏，伍不就，终于家。下联指伍文定。伍文定，字时泰，明代松滋人，官至兵部尚书。弘治十二年进士，有膂力，便弓马，议论慷慨，官贵州参议，继授常州推官，精敏善决狱，称强吏。魏国公徐俌与民争田，文定勘，归之民。刘瑾入俌重贿，兴大狱，巡抚艾朴以下十四人悉被逮。文定已迁成都同知，亦下诏狱，斥为民。瑾败，起补嘉兴。后知吉安府。兼资文武，尚节义，喜谈兵法，有儒将风。卒谥忠襄。

通用栋对

念先祖开基元康，龙岗建祠，承传万代；

启后裔莫忘旧址，亥山立位，享祀千秋。

堂联

史载汀州，第一进士，官晋御史中丞；

唐末辞官，回乡从教，名成科举世家。

【注】全联指汀州府第一位进士伍正己。伍正己，初名愿，字公谨，宁化县城关人，生于唐贞元十年（794 年）。唐宣宗大中十年（856 年）中进士，为汀州府第一位进士。后担任临州（今甘肃临洮）尉时改名正己。官至御史中丞。正己出仕前，唐宪宗大和九年（835 年）发生了"甘露之变"，宰相李训等谋诛宦官不成，反被族诛一千多人。其后，以南司（宰相府）为代表的公卿与北司（宫禁）的宦官彼此互相攻讦，陷害之事层出不穷，许多正义之人亦受株连。在这样复杂、恶劣的环境下，身任御史中丞的伍正己，以国家大局为重，坚持原则，不拘小节，不遗余力地设法营救受害者。后来，朋党的气焰更加嚣张，致使更多无辜之士身受其害。伍正己为此叹息不止，说："庸回方正，势不两立，吾岂能以杯水救车薪之火哉！"至此，他以体弱多病为由，辞官回乡。回乡后，致力于文化教育事业。

栋对

必孝友乃可传家，兄弟式好无他，即外侮何由而入；

惟诗书方能格后，子孙见闻只此，虽中才不致为非。

【注】上联告诫子孙以孝友处世，兄弟和睦。下联要求后代以诗书传家，即使不成栋梁，也不至于为非作歹。

宗祠对名山，左三宿右七星，光气上腾万丈焰；

门前环古水，襟东海袖西河，文澜直涌百代雄。

广东梅州松口伍氏宗祠堂联

楚国称孝，吴国褒忠，有父子然后又君臣，实本周易垂训；

相储经纶，将储策略，习文事犹能习武备，何惭鲁史留名。

福建上杭伍氏宗祠堂联

接龙岗迎笔寨，历上世以建祠，瓜瓞绵长昌百世；

追淮水仰胥山，分三房而发迹，子孙繁衍遍神州。

福建宁化安远后溪伍氏宗祠堂联

嬉旌于光天化日之下，八千岁春，八千岁秋；

生活在景庆云中之中，十年杖国，十年杖朝。

福建宁化淮土伍氏吴陂家庙堂联

存诚以祀先，涧溪可荐；

率义而从礼，稷德惟馨。

湖南炎陵伍氏宗祠堂联

安常处顺千秋裕；

定国兴邦万代昌。

陕西柞水伍氏宗祠树德堂联

溧水声灵千古庆，学近沼池帖出水变；

楚江德泽一门馨，才兼文武儒雅风高。

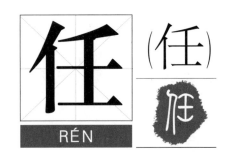

【姓源】《元和姓纂》。

① 任氏，风姓，以国为氏。任国，周伯爵国，战国时国亡。故城乃今山东济宁境。

② 项羽将丁公，为刘邦所斩，其子为避祸改"任"氏。

③ 两汉时越巂夷（叟族）姓（《中国古代少数民族姓氏研究》）。

④ 南北朝时賨人姓（《魏书》）。賨人，土家族先民。

⑤ 少数民族汉姓，如靺鞨人、回族、满族等。

【分布】魏晋南北朝之际，军阀混战，夷族入侵，任氏族人为躲避战乱，便迁居到今江苏、安徽、浙江、湖北和福建等地。自清朝开始，福建西部、广东东部沿海任姓族人开始迁居台湾、海外。

任姓为中国第 59 常见姓。人口约 420 万，约占全国人口的 0.34%。约 39% 分布在河南、河北、山西、山东四省（其中河南最多，约占全国任姓人口的 11%）；27% 分布在陕西、辽宁、四川、安徽、江苏五省（《中国姓氏·三百大姓》）。任姓客家人较少，主要分布在四川、河南，南方几个客属省很少，广西也有分布。

【郡望】乐安郡。

【堂号】卢江堂、五知堂、吏部堂等。

通用祠联

门联

源于有熊；

望居乐安。

西川智士；

南海名臣。

【注】上联典指西汉末阆中人任文公。任文公，少年时从父亲那里学得天文历算之术，曾任司空掾，平帝时称病归乡。王莽时，他推知天下要大乱，携全家隐居于子公山，免受战乱之苦。他见武担山有石折断，叹道："西川智士死了，我来担当吧！"下联指秦朝人任嚣。任嚣，秦始皇时官南海尉，曾平定了扬粤之乱。秦末农民起义中，他率众修筑关隘，使当地得以太平。

诗传父母；

梦应生才。

【注】① 诗传父母：《诗·大雅·思齐》："思齐太妊，文王之母也。"诗中歌颂了周文王及其母太妊、妻太姒的功德。② 梦应生才：南朝任昉母梦五色彩旗，四角悬铃，一铃坠人怀中，因有娠。占者曰："必生才子。"昉果八岁能属文，初仕为太学博士，所著文章数十万言。

堂联

父子俱标劲节；

兄弟同历黄门。

【注】① 父子俱标劲节：典指任孜。任孜，宋眉山人，以文学气节推重乡里，累官至光禄大夫；其子伯雨，文力雄健，中进士，仕为右正言，劾蔡京、章惇，有直声。② 兄弟同历黄门：指南朝任昉兄弟先后皆为黄门侍郎。

四库全书大椿力；

一盅清水任棠情。

玉质金声，四库全书贤者力；

冰操雪洁，一盅清水哲人情。

栋对

数典重先封，问周宗继灭以还，谁为庶姓；

降灵符列宿，自汉室中兴而后，代有传人。

孔门弟子衍家传，知道问王，两义犹存论语逸；

梁代文章胹帝简，博闻强识，六朝独见异书多。

【注】① 上联典指任不齐。任不齐，字子选，孔子七十二贤弟子之一，春秋战国时楚国人。宋朝天子又加封其为当阳侯，明朝改称先贤任子。任不齐通六艺，工诗、礼，尤精通于乐。孔子死后，他守灵三年后方返回故乡桃乡（今山东济宁任城）。楚王听说他的贤明，想聘为上卿，他拒绝了，然后在家作《诗传》《礼纬》，注《乐经》，述孔子言作《逸语》三篇。② 下联典指任昉。任昉，南朝梁著名文学家，仕宋、齐、梁三代。以表、奏、书、启诸体散文擅名，而沈约以诗著称，时人号曰"任笔沈诗"。藏书多至万余卷，与沈约、王僧儒并称为三大藏书家。

广东客家任氏宗祠通用楹联

任城世泽；

禹阳家声。

河洛渊源，载笔人称书苑；

簪据辐辏，龙门共仰经生。

华 (華)

HUÀ

【姓源】《潜夫论》。

① 春秋宋之华氏，出自宋戴公之孙公孙督之后。督，字华父，生而立氏，是为华督。华，音读如字，后世讹读去声。

② 本崋姓，后世假作华姓。

③ 蒙古族汉姓。本姓阿拉各楚德（阿勒嘎楚惕）氏、华努惕（华努特）氏、华泊黑德古惕氏（《蒙古大辞典》；《试论蒙古族汉字百家姓》；《赤峰市志》，1996；《镶黄旗志》，1999；《阜新蒙古族自治县志》，1998；《杜尔伯特蒙古族自治志》，1996；《通海县志》，1992）。

④ 回族姓。一支出元代诗人、书法家泰不华之后（《元代泰不华族源初探》《镇江回回》）；一支出明初西域人亦速之后。亦速，明洪武二十三年归附，授云南左卫副千户。其孙速来蛮始以速为氏。速来蛮六世孙速华之后别为华氏（《云南左卫选簿》）。

⑤ 少数民族汉姓，如藏族、回族等。

【分布】永嘉之乱时，华氏族人为避乱而南迁到今江苏、浙江、湖北和安徽等地。明朝初期，华姓作为山西洪洞大槐树迁民姓氏之一，一部分被分迁到河南和安徽等地。

明清两朝之后，华氏族人的足迹遍布华南和台湾等地。

华姓为中国第 180 常见姓。人口约 67 万，约占全国人口的 0.053%。约 54% 分布在江苏、吉林、陕西、河南、浙江五省，24% 分布在江西、广东、安徽、福建、上海五省、市（《中国姓氏·三百大姓》）。华姓客家人主要分布在江西、广东，福建、安徽也有分布。

【**郡望**】武陵郡。

【**堂号**】武陵堂、齐相堂、存裕堂等。

通用祠联

门联

武陵世德；

良史家声。

【注】① 武陵：华氏的发祥地。② 良史：指西晋史学家华峤。华峤，字叔骏，平原高塘人（今山东高塘县），才学渊博，历任散骑常侍，典中书著作，领国子祭酒。至惠帝时，迁尚书，有良史之志，转秘书监，曾撰《后汉书》97卷，记东汉一代史实，文质事核，有司马迁、班固之风。

神医世泽；

帝母家风。

【注】① 神医：指华佗。世人认为华佗的贡献和功劳能与宰相相媲美，所以称他为"齐相"。其后人为缅怀这位名医祖先，为他建祠，并命名家族堂号为"齐相堂"。② 帝母：典指华胥。

江表纳士；

中州恤仁。

【注】上联典指晋朝的华轶。华轶，泛爱博纳，流亡之士，赴之如归，深得江表人士欢心。下联典指晋朝的华谭。华谭，永宁初为郏令，时逢饥荒，谭倾心抚恤，甚有政绩。

术精方药；

政尚廉平。

【注】① 术精方药：典指华佗。华佗，汉末医学家。字元化，沛国谯人。晓养性之术，年百岁犹有壮容。精方药针灸。② 政尚廉平：典出华康。华康，五代人，为官直廉而公平。

堂联

江表得欢心之颂；

中州勤抚恤之仁。

【注】① 江表得欢心之颂：典指华轶。② 中州勤抚恤之仁：典出华谭。

烈妇哭夫而变俗；

帝母履迹乃钟灵。

【注】① 烈妇哭夫：典出《孟子·告子下》："华周、杞梁之妻，善哭其夫，而变其国俗。"华周、杞梁俱为春秋时齐国大夫。战死于莒。② 帝母履迹：语出《史记·三皇本纪》："太薛庖牺氏……母曰华胥，履大人迹于雷泽，而生庖牺于成纪。"庖牺，即伏羲。华胥，人名，传说为伏羲氏之母。雷泽，泽名。成纪，地名。

栋对

在上赫英灵，大戒小惩，夙夜无惭屋漏；

惟寅隆孝享，山肴野簌，春秋勿懈祠尝。

福建武平华氏宗祠堂联

清平夙称康直；

攻守令仰云龙。

【注】本联颂华氏先人。上联疑指晋高唐人华恒，拜驸马都尉，曾率兵征讨王敦，后又佐帝讨平苏峻之乱，战功赫赫。平生清恪俭约，死时家无余财，唯有书百卷。下联疑指明淮安侯华云龙。

秘籍搜奇，擅博学能文之誉；

髫龄别父，受终身行孝之旌。

开其源，节其流，东作西成，黍稷馨香隆祀事；

文可经，武可纬，秋闱春榜，簪缨继美振家声。

【注】簪缨：古代官吏的服饰。因以喻本族祖先的显贵。唐张说诗："若使巢由同此意，不将萝薜易簪缨。"

福建上杭华氏宗祠寅山祠堂联

前期出新罗，诗字画三绝，祠壁留珍品，艺术史家常乐道；

今日盼后生，文武艺全能，华氏添光辉，地方青志永留名。

福建上杭华家村华氏家庙堂联

处世寡营谋，一生清福茶烟酒；

居官毋矫饰，十载凭心理法情。

【姓源】《风俗通义》。

① 伊氏，嬴姓。本黄氏。商汤相伊挚，本名黄示，尝为伊之尹，因为伊氏。伊，现河南伊川境。

② 西周时伊国，伯爵、公族均以国名为氏。商汤相伊挚，尝为伊国之君，因以伊国名"伊"为氏。

③ 以祖字为氏。据《三辅旧事》考，伊为帝尧的后裔。尧的母亲是帝喾的次妃，叫庆都，她在生尧时，正寄居在一位伊长孺的家中，尧帝的后代中就有人以伊为氏，称伊氏。伊尹生陟，自后均从伊姓。伊尹被奉为伊姓始祖。望出太原郡。又因伊氏多居河南汴州陈留县，故又有陈留郡。而《姓氏考略》则载，尧帝出生于伊水河边，所以姓伊祁氏。后子孙以伊为姓。

④《元和姓纂》考证，伊氏源自尧帝的裔孙伊尹。据载，伊尹出身奴隶，原为有莘氏女的陪嫁之臣，后来被商汤委以重任，辅商有功，伊尹被尊为贤相。尹死后，其子孙就以伊为姓，世代相传。

⑤ 后魏时少数民族伊娄氏改为伊姓。

【分布】伊姓人口少，但分布很广。北京市，天津中心城区、武清，河北石家庄、保定、阜城、安新、平乡、永清，上海中心城区、松江等地均有分布。伊姓客家人很少，主要分布在广东广州、深圳、中山、梅县、韶关、紫金，广西、福建、江西也有少量分布。

【郡望】太原郡、陈留郡等。

【堂号】陈留堂、善庆堂、山阳堂等。

通用祠联

门联

<blockquote>

使才清节；

任圣名臣。

</blockquote>

【注】上联典指三国时期蜀国的伊籍。伊籍，从先主入益州，为从事中郎，擢昭文将军，奉使适吴。孙权闻其才辩，欲逆折以辞，方八拜，权曰："劳事无道之君乎？"答曰："一拜一起，未足为劳。"下联典指商朝时期的伊尹。伊尹，相汤伐桀救民，以天下为己任，汤尊之为阿衡，年百岁卒，帝沃丁葬以天子之礼，孟子称为圣之任者。

<blockquote>

任圣名臣；

蜀将家声。

</blockquote>

【注】上联典指伊尹。伊尹耕于有莘氏之野，商汤三以币聘之，始往就。后伊尹佐商汤灭夏，商初辅佐四代五王，是上古有名贤相。伊尹之功居多，孟子称为圣之任者。下联典指三国蜀将领伊籍。伊籍，字机伯，河南焦作人。随刘备南渡，任佐将军从事中郎。曾出使东吴。后迁任昭文将军，与诸葛亮、法正、刘巴、李严共同制定《蜀科》等。

堂联

<blockquote>

作莘野农，三聘乃起；

修朝云墓，一砚为酬。

</blockquote>

【注】① 作莘野农：典指伊尹。② 朝云：苏轼妾，苏轼被谪惠州，朝云相随，病卒。清伊秉授守惠州，就苏文忠（苏轼的谥号）祠旁修朝云墓，池沼中得一古砚，人谓东坡以酬贤守。

福建宁化河龙上伊伊氏宗祠

门联

<blockquote>

饮水要思源，祀祖效先哲；

为人需立本，读书争后贤。

</blockquote>

【注】宁化是原生客家文化滋生地、客家精神的发祥地。宁化客家祠堂体现了客家的崇祖文化、移民文化、耕读文化和风水文化，是了解宁化客家历史和客

家文化的窗口。上联用伊尹之典体现客家敬宗穆祖的精神。下联用伊秉绶之典体现客家崇文重教的精神。伊秉绶，福建宁化人，清乾隆年间进士，历官惠州太守、扬州知府。工书法，尤其擅长隶书，劲健沉着。著有《留春草堂集》。他在惠州时，于苏文忠（轼）祠旁修朝云（苏轼爱妾）墓，从池沼中得一方砚，人说是苏轼用来酬谢贤太守的。如今，此砚收藏于宁化县博物馆。

> **振桃源新风，担当宇轴；**
> **兴百姓民生，垂裕后昆。**

【注】① 全联典指明嘉靖进士第四名得者伊天佑（福建宁化人）。② 桃源：即湖南常德桃源县。上联的意思是，天佑上任桃源知县后，着手破除迷信、改革陋习，改变了桃源县群众"迷信鬼神，普建庙宇"的现象。③ 下联的意思是，天佑在桃源县任知县时改革税制，造福苍生。当时，桃源县是常德府赋税最重的一县，历任知县为了不影响自己的"考绩"，都把下年的新税挪补上年的欠数，积欠数量已上万两。长此下去，百姓不堪重负。天佑不顾"考绩"，施行"四六带征"的办法，减轻群众负担，造福当地百姓。

栋对

> **虔诚理学，躬行实践，馨香世家；**
> **信奉忠孝，慎独务实，千秋金鉴。**

【注】① 全联典指福建朱程学派的名人伊朝栋。伊朝栋，字用侯，号云林，宁化县城关人。生于清雍正七年（1729年），卒于清嘉庆十二年（1807年）。清代学者翁方纲撰文、书法家阮元丹书，为其立了墓志铭。上伊伊氏宗祠被列入宁化县人民政府文物保护单位。② 上联的意思是，朝栋毕生从事朱程理学研究，处处实践，其子秉绶秉承家学，于乾隆五十四年（1789年）中进士，且其书法造诣名扬中外。

> **训以扬祖德，浩以胜梓桑，在当年不愧良臣良将；**
> **出不负君民，处无失道义，于吾族方称孝子贤孙。**

> **汉魏以降，代有闻人，迄今宗祀不祧，俎豆冠裳，流泽去柳州未远；**
> **汴梁之间，古称望族，溯自播迁此地，诗书门第，渊源从莘野而来。**

【注】① 俎豆：泛指祭祀活动。② 冠裳：古代官吏的服饰。借指官吏。

【姓源】《元和姓纂》。

① 向氏，姜姓，以国为氏。夏、商、周时向国，在今山东莒县东北。春秋时为莒所并。

② 春秋宋向氏，本读响，后世变读去声。

③ 少数民族汉姓，如蒙古族、回族、藏族、布依族等均有汉姓。

【分布】向姓为中国第124常见姓。人口约140万，约占全国人口的0.11%。约65%分布在湖南、四川、重庆三省、市，21%分布在湖北、云南、贵州三省（《中国姓氏·三百大姓》）。向姓客家人较少，多分布在湖南、四川，广西有少量分布。

【郡望】河内郡。

【堂号】中和堂。

通用祠联

门联

玉殿登高；

银台望重。

【注】全联典指宋向敏中。向敏中，字常之，开封人。及冠，继丁内外忧，能刻厉自立，有大志，不屑贫窭。太平兴国五年（980年）进士，任右赞善大夫，后命为枢密直学士。天禧初，进右仆射兼门下侍郎，监修国史。

弭兵息祸；

任将称能。

【注】① 弭兵息祸：典指向戍。向戍，春秋时宋国大夫，有贤名。尝往来晋楚，劝使弭兵。弭，停止，消除。② 任将称能：典出向宠。向宠，蜀汉时为牙将，后封都亭侯，迁中部督，典宿卫兵，时诸葛亮北行，以其性行淑均，畅晓军事，称之曰"能"，迁中领军。

> 子平了愿；
> 伯奋扬威。

【注】① 子平了愿：典指向长。向长，东汉朝歌人，字子平，隐居不仕，其子女嫁娶既毕，云游而去。② 伯奋扬威：典出向伯奋。向伯奋，宋乐平人。孝宗时为户部侍郎，尝知静江，威名素著，寇盗皆出降。

> 椒房配名臣胄；
> 竹林侪逸士班。

【注】① 椒房配名臣胄：典指向敏中。向敏中，宋开封人。太平兴国进士，中性端直，谙晓民政，善于采拔，官至谏议大夫，居大任三十年，人以重德目之。太宗时称为名臣，其孙女为神宗皇后。椒房，汉代后妃所住的宫殿，用椒和泥涂壁，温暖有香气，兼有多子之意。此为后妃的代称。② 竹林侪逸士班：典出向秀。向秀，晋时怀人，字子期。清悟有远识，少为同郡山涛所知，雅好老庄之学，妙行奇致，大畅玄风。与嵇康、山涛、王戎、刘伶、阮籍、阮咸七人友善，号"竹林七贤"。

栋对

> 奉体奉盛奉牲，思其饮食；
> 告濯告充告洁，摄于威仪。

> 天时协佳山佳水，门第光辉，百代诗书贻燕翼；
> 地灵产人杰人瑞，风云际会，千秋勤业振鸿图。

【姓源】《姓解》引《姓苑》。

① 上古氏族。相传蚩尤于冀州建天齐国，以危氏主司"天齐"与最高宗祖祠祀。炎帝榆罔末年，蚩尤领导之三苗——九黎—东夷联军与黄帝—炎帝联军战于涿鹿阪泉之野，危氏族参与此战，曾击杀黄帝部属獶狖军。后黄帝军反攻，两军战于虚梁（今河北涿鹿矾山川东山冈），危氏族首领兵败被俘，为黄帝械杀。一部分氏族成员归降黄帝，后成为金天氏少昊管辖之东夷氏之一（《中华龙种文化》）。殷墟卜辞商代有危方国，盖即危氏之国。中国星辰名称多与地上之国地域相对应，古代称之为"分野"。二十八宿之危宿，分野在青州，在今山东，古东夷地也。

② 战国时楚有危氏。湖北谷城县冷集镇尖角村古墓出土青铜壶铭，有楚大夫危子曾（2001年4月7日《新民晚报》）。

③ 明初文学家、侍讲学士兼弘文馆学士危素，江西金溪人。先祖本姓黄，为唐江西兵马节度使黄表裔孙，冒姓危氏。

④ 少数民族汉姓,如彝族、布依族、瑶族等(《中华姓氏源流大辞典》)。

【分布】危姓人口很少，但分布很广。危姓客家人江西余干、瑞金、新余、南康较多，广东、福建、广西等地也有分布。

【郡望】汝南郡。

【堂号】汝南堂、太史堂、仁义堂、晋昌堂等。

通用祠联

门联

代父题月；

哭主蒙尘。

【注】① 代父题月：宋危拱辰典指。危拱辰，性纯孝，年十四，代父题《初月诗》，令尹异之，后官光禄卿。 ② 哭主蒙尘：典出危翁一。危翁一，宋光泽人，家贫业樵，靖康中闻徽、钦二帝北行，哭三日，骨立而死。

望出二郡；

源自三苗。

【注】全联典出危氏的源流和郡望。

说书世第；

掌翰家声。

【注】① 说书：指危止等人史实。危止，明代江西人，字公定，读书好谋略。明初献策，隶常遇春麾下，征陈友谅，降熊天瑞，定广州，皆用其谋，历中书省右司郎中。危氏代有名人，宋代名臣危建侯，金紫光禄大夫，世传他因德高，百姓生子多有以危为名；危复之，元代诗人；危素，明代著名学者，翰林侍讲学士兼弘文馆大学士。② 掌翰：典出危素。危素，明金溪人，字太朴，号云林，少通五经，游吴澄、范梈门，元至正间以荐授经筵检讨，修宋、辽、金三史，纂后妃等传，事逸无据，危素买饧饼馈宦寺，叩之得实，乃笔诸书。为翰林侍讲学士。与宋濂同修"元史"，兼弘文馆学士，备顾问，论说经史。他日帝御东阁侧室，素行帘外，履声橐橐然。帝曰："谁也？"对曰："老臣危素。"帝哂曰："朕谓文天祥也，乃尔乎！"遂谪和州，守余阙庙，岁余幽恨死，有《危学士集》。

仁敷梓里；

孝鉴枫霞。

汝南世泽；

学士家声。

礼乐绳祖武；

诗书贻孙谋。

元名垂万古；

一德荫千秋。

【注】这几副危氏通用门联典出明代大善人危应宗。在改朝换代之际，战争频繁，国变荒乱，族中弃婴现象目不忍睹，危应宗遂将无依无靠的孤儿收养起来，有人问他为什么这样做，他说："与其独饱，无宁同饥，今幸我存，忍令若属失所乎！"

广东梅州危荣晋公祠堂联

宗开瑞金迁武平；

派衍梅州及花都。

源远流长，入祠须毋忘祖德；

地灵人杰，登堂更思念宗功。

【注】以上这两副堂联都是出自危氏名人典故。① 危应宗：明朝福建光泽人。时逢国变荒乱，亲族中幼孤无依者，应宗辄收养之。② 危防：明浙江临海人，字孟阳，孝行有传。③ 危素：字太朴，号云林。经历元明两代，历史学家，著有《危学士集》《云林集》《危太朴文集》等。④ 危拱辰：江西南城人，字耀卿。代父题《初月诗云》："未审初三夜，嫦娥怨阿谁。"累迁光禄寺少卿。⑤ 危翁一：江西瑞金北关危氏开基老祖。⑥ 危用信：孟鲁第五世孙，平远县危氏开基祖。⑦ 危和：江西临川人，进士，上为元主簿。立祠以祀程颢，真德秀为主记，知道兴县，赈荒有惠政，著有《蟾塘文集》等。⑧ 花都市平山村危元一祖祠建于清道光五年（1821 年）。⑨ 孟鲁第四世孙用智生三个儿子，长子荣晋于明正德八年（1512 年）迁入梅县大墩下（月角总祠）定居。

广东丰顺龙岗马图月角危氏总祠
门联

举目思祖德；

存心在此恩。

堂联

乔木发千枝，岂非一木；

长江分万脉，总是同流。

溯宁化系，源远流长，栋宇宏开绵世泽；

孟武将军，功高望重，簪缨继美振家声。

【注】① 宁化：福建宁化石壁是客家祖源地之一。② 孟武：福建武平县危氏始祖。危孟武，明天顺三年，奉调剿寇，殁于王事，赠世袭将军。

广东梅州梅南瓜塘危氏分祠联

世系朔邵武，想当年贡于宏开，十甲罗田且安吉；

家声传汝南，愿后裔规模丕振，允成世代炽而昌。

【注】① 邵武：福建邵武市祖迁地之一。② 十甲，广东梅州城北边十甲尾（地名）。③ 罗田：梅州梅南镇罗田（地名）。

广东梅州梅南田坑危氏公祠栋对

承先祖创造规模，肯构肯堂，大序鸿图垂燕翼；

启后裔规模丕振，有守有为，岂忘祖德肇箕裘。

广东平远河头危氏祠联

辅弼才优，朝廷实赖匡襄力；

萑苻盗起，乡里咸资捍卫功。

广东梅州、福建武平危氏通用祠联

荣基千载盛；

晋衍万代昌。

三苗始祖远；

汝南衍庆长。

声振江南第；

名登天府家。

代文御题咏月；
降熊定广奇谋。

忠孝传家绳祖武；
廉节奉公启人文。

孟教三千光前裕后；
鲁论廿四源远流长。

仕途辉煌万载兴隆；
玄学腾达百世流芳。

奉旨平寇，功勋卓著昭日月；
开基立业，子孙繁衍湘粤赣。

惟读惟耕，惟愿耕读承世泽；
兴仁兴让，只期仁让振家声。

遵孟祖遗训，代代子孙为孝友；
蒙鲁公荫庇，济济后裔吐天香。

春露秋霜，正蕴藻流芳，蘋蘩焕彩；
左昭右穆，喜宗支蕃衍，灵爽式凭。

垂训一无欺，能安分者即是敬宗尊祖；
守身三自及，会吃亏者便为孝子贤孙。

广东花都平山危元一公祠联

丫岭起峰峦，当兹春日载阳，绿绕霄环呈瑞气；

平山开族派，际此元宵佳景，萼辉棣映贺华年。

舍河源故居，先人马走来斯，择地卜邻，一脉相传，手创门楣绵世泽；

萃平山灵气，后代燕贻勿替，开枝发叶，六房蕃衍，芳腾兰桂贺门庭。

【姓源】《元和姓纂》。

① 商、周有邬国，妘姓。相传为高阳氏颛顼玄孙陆终第四子求言之后。故城在今河南鄢陵县西北。郑灭邬，遗族以国为氏。

② 邬春秋晋邑，在今山西介休东北之邬城店。晋司马弥牟以邑为氏。

③ 少数民族汉姓，如蒙古族、苗族、壮族等。

【分布】邬姓为中国第 194 常见姓。人口约 52 万，约占全国人口的 0.042%。约 56% 分布在四川、浙江、安徽三省；江西、重庆、黑龙江、上海、广东、湖南等省、市亦多邬姓（《中国姓氏·三百大姓》）。邬姓客家人江西较多，四川、广东、湖南不少，广西、福建也有分布。

【郡望】颍川郡。

【堂号】颍川堂、东海堂等。

通用祠联

门联

颍川世德；

宋史家声。

【注】① 颍川世德：邬氏丹公，字子固，发迹于颍川（今安徽亳州，古属颍川府）。② 宋史家声：《邬氏族谱》："六世邬孝臣，大宋宁宗时荣登南宫，著声清海。嘉定元年进士，官任广州清海军佥事，德加军民，著声清海。"

嘉猷荣后；

善道授贤。

【注】上联典指明代邬景和。邬景和，昆山人，尝奉旨直西苑，撰玄文，以不谙玄理辞，帝不悦。时有事清馥殿，在直诸臣俱行祝厘礼，景和不俟礼成而出。已而赏赉诸臣，景和与焉。疏言："无功受赏，惧增罪戾。乞容辞免，俾洗心涤虑，以效他日马革裹尸、衔环结草之报。"帝大怒，谓诅咒失人臣礼，削职归原籍，时主已薨矣。三十五年入贺圣诞毕，因言："臣自五世祖寄籍锦衣卫，世居北地。今被罪南徙，不胜犬马恋主之私。扶服入贺，退而私省公主坟墓，丘封翳然，荆棘不剪。臣切自念，狐死尚正首丘，臣托命贵主，独与逝者魂魄相吊于数千里外，不得春秋祭扫，扪心伤悔，五内崩裂。臣之罪重，不敢祈恩，惟陛下幸哀故主，使得寄籍原卫，长与相依，死无所恨。"帝怜而许之。隆庆二年（1568 年）复官。卒赠少保，谥荣简。嘉猷，谓美好的谋划。下联典指明代浙江宁海人邬若虚。邬若虚，字君受，初官崖州守，御倭寇有功，升邵武同知，兴利除害，训课士民。

学传孔道；

名列晋卿。

【注】① 学传孔道：典出邬单。周时邬单为孔子弟子。② 名列晋卿：典出邬臧。邬臧，春秋时晋大夫，采食于邬，遂以邑为姓。

草书擅技；

水利便民。

【注】① 草书擅技：典指邬彤。邬彤，唐钱塘人，官金吾兵曹。工草书，与怀素为群从中表，常与怀素论草书。其书如寒林栖鸦。② 水利便民：典出邬大昕。邬大昕，宋河源人，字东启。政和进士，知广州。广州滨海，舟楫往来多塞。昕相度地势，凿通水道，民始称便。

堂联

世家衣冠习杜律，谕徒善道；

治狱矜恕无含冤，荣复嘉猷。

福建武平中山邬氏宗祠堂联

世袭将军第；

名贤双冠家。

【注】上联典指明朝的邬仲英。邬仲英于明天顺三年（1459 年）调武所守御有功，封世袭将军，为武平邬氏开基祖。下联典出邬兴伯、文伯兄弟，同仕宦显赫，

称双冠。

济溺时推度鹿；

濡毫人号栖鸦。

【注】上联指宋邬大昕，进士及第，任广州佥判、广西南宁道监察御史。曾主持开筑水港以通舟楫，长十余里，宽以鹿可跳过为度，免于舟楫沉溺，人多称便，享祀河源乡贤祠。下联指唐代名书法家邬彤，善草书，人称寒林栖鸦。

著旌旗于鄢郢；

隆誉望乎豫章。

【注】上联指春秋时的邬臧。邬臧仕晋，鄢、郢地乱，臧出兵平乱有功，封晋大夫，故名著鄢郢。下联指明朝邬景和。邬景和，江西新昌人，充侍卫，娶嘉靖永乐公主。嘉靖三十年（1551年）命入阁，景和不明玄理，辞曰："臣愿洗心涤虑，效马革裹尸之报。"皇上怒曰："景和故出不利之言，当拟怨骂，律当革爵。"隆庆初，复爵入侍经筵。景和娶公主之日，礼曹毛三江课以联曰："御沟水泮拾红叶"，对曰："金屋春深见艳花"。

政布新猷，亲贤乐利惠清海；

民怀旧德，遮道攀辕满肇罗。

【注】上联称宋代邬孝臣。邬孝臣，嘉定元年（1208年）进士，任广东清海军佥事，德惠军民，享誉清海。下联称清代邬象鼎。邬象鼎，顺治乙丑（1649年）进士，官肇罗道，施德行仁。解组日，民怀其德，攀（车）辕卧（车）辙，阻挡车道，不让其去。

堂联或栋对

祖遗世泽，长新礼乐诗书，先哲燕翼，须发扬光大；

宗留家声，勿替衣冠文物，后裔蝉联，要继往开来。

【注】邬氏以"颍川"为堂号，此为配联。联说邬氏世泽与家声。春秋时晋国大夫祁盈的家臣邬臧，食采于邬邑，为邬氏之祖。

作室枕龟岗，所愿修之家、献之庭，翊赞皇猷，同符梦卜；

问津从鹿步，遥知往者过、来者续，涵濡祖泽，尚系讴思。

【注】上联指邬氏发迹于颍川。其后裔出了不少显赫人物，如邬单，从学于孔圣之门，名列七十二贤之一。唐玄宗命从祀孔庙，追封铜鞮伯，宋真宗加封�鄢城侯。

下联指宋宁宗时邬孝臣。

台湾屏东六堆邬氏宗祠栋对

礼乐贻谋，惟孝惟忠，治国齐家绵世泽；

箕裘克绍，有耕有读，勤俭两字振家声。

湖南炎陵邬氏宗祠门联

书苑高手；

孔门名徒。

【注】上联说唐代书法家邬彤；下联指邬单。

堂联

乌衣巷里桃李茂；

邑市楼中管乐清。

【注】此为"邬"的析字联。

广东大埔邬氏宗祠堂联

忾乎闻，僾乎见，岂陈俎载牲，遂云来格；

属于毛，离于里，非修身慎行，何以飨亲。

希贤希圣希天，此等地位，岂肯让他人做去；

立言立功立德，这般事业，还须自平日做来。

【姓源】《元和姓纂》。

① 庄氏，芈姓。春秋楚庄王之后。

② 庄氏，子姓。春秋时宋庄公之后。

③ 庄氏，姜姓。春秋时齐庄公之后。

④ 另据《姓氏考略》载，楚有大儒庄生，六国时为蒙漆园吏，庄周，著有《庄子》。

⑤ 少数民族汉姓或改汉姓，如回族、满族等。

【分布】庄姓为中国第 113 常见姓。人口约 160 万，约占全国人口的 0.13%。约 68% 分布在广东、福建、台湾、江苏四省（其中广东最多，约占全国庄姓人口的 25%）；19% 分布在浙江、山东、黑龙江、吉林、上海、辽宁六省、市（《中国姓氏·三百大姓》）。庄姓客家人广东、福建较多，台湾、湖南、江西、广西也有分布。

【郡望】天水郡。

【堂号】会稽堂。

通用祠联

门联

望出天水；

源自春秋。

【注】全联指出庄姓的郡望与堂号。

歌吟东越；

经著南华。

【注】① 歌吟东越：典出庄舄。《史记·陈轸传》载，越人庄舄，仕楚执圭，有顷而病。楚王曰："舄故越之鄙细人也，今仕楚执珪，贵富矣，亦思越不？"中谢（侍御之官）对曰："凡人之思故，在其病也，彼思越则越声，不思越则楚声。"使人往听之，犹尚越声。这一故事遂成典故。白居易诗云："病添庄舄吟声苦。"苏辙也有诗曰："病忆故乡同越舄。"均源出于此。庄氏用于堂联，以赞颂庄舄热爱故国的情怀。② 经著南华：典指庄周。战国哲学家、老庄学派创始人庄周，字子休，著书五十二篇，名曰《庄子》。唐朝天宝元年（742年）二月号庄子为南华真人，称《庄子》为《南华真经》。现存三十三篇。

漆园风古；

天水泽长。

【注】上联典指庄周，曾为漆园吏。下联"天水"是庄姓发祥之地，庄姓之郡望。

滇池坐镇；

定山隐居。

【注】① 滇池坐镇：典指庄蹻。庄蹻，战国时楚国人。威王时为将军，威王使蹻将兵循江上，略巴、蜀、黔中以西，蹻至滇池，以兵威定属楚。② 定山隐居：指明庄昶，嗜古博学，成化三年受检讨，以直谏被谪，归居定山二十余年，世称"定山先生"。

献诗博词林誉；

鼓盆留蒙吏歌。

【注】① 献诗博词林誉：典指庄有恭。庄有恭，清番禺人，乾隆初廷试第一，授修撰。尝在禁林献诗文，数蒙嘉奖。② 鼓盆留蒙吏歌：典出庄周。庄周，蒙人，为漆园吏。其妻死，尝箕踞鼓盆而歌。

堂联

翰苑能臣，直谏内廷张火；

漆园名吏，高隐南华著经。

【注】上联典指明代名臣庄昶；下联典指战国时思想家庄周。

栋对

承恩御墨亲颂，自宋至明，奕世簪缨夸锦绣；

先祖宏图大典，由闽迁粤，本支派黻溯桃源。

湖南炎陵庄氏宗祠堂联

有可读史二千遍；

庄周著经十万言。

【注】上联典说庄有可；下联典指庄周。

福令溥百年之利；

翰林标四直之名。

【注】上联典说庄柔正；下联典指庄昶。

广东大埔茶阳庄氏祠堂联

由闽南而衍派分支，福德辉煌，永灿灯花光百世；

择粤东以开基启土，宗功浩大，叠培兰桂发三阳。

溯四世开基业，承晋江于奎阳，万代衣冠绳祖武；

念一派建祠宇，由龙岩至茶岭，千秋俎豆报宗功。

福建上杭庄氏宗祠堂联

培百世忠厚之基，积德无穷，开于闽，衍于粤；

冠一榜英豪之首，大魁有种，作以祖，述以孙。

【姓源】《潜夫论》。

① 祁姓。帝尧之后。帝尧居于陶（今山东定陶县西北），为陶唐氏（伊祁氏）。后继帝挚而为部族盟首，号唐氏。初都于刘（今河北唐县、望都一带）。后西徙晋阳（即太原），又迁至临汾（古代称平阳）。其后裔自夏至商，受封唐国（殷墟卜辞作易国）。商末徙封（现山西翼城县西唐城村）。周成王八年为周所灭，后迁封于杜（今陕西西安雁塔杜城）。裔孙杜伯为周宣王大夫，无罪被杀，其子隰叔奔晋，为晋之士师，因官为氏；曾孙士会为晋襄公大夫。襄公卒，众欲立其弟雍为君，使士会适秦迎之。执政的赵盾背雍立太子夷皋，发兵拒秦，士会乃亡于秦。秦晋交恶，晋六卿患会之在秦常为晋乱，乃以计执之归。会之子明留秦更姓为刘氏。汉室刘氏，即秦刘氏之后。乃客籍刘氏最重要的一脉。以国为氏。其裔孙刘累，有御龙之术，被夏朝第十三世王孙甲赐为御龙氏。

② 周定王母弟季子（王季子）封刘（今河南偃师市南），因氏，号刘康公。康公生定公夏，夏生献公挚，挚生文公卷，卷生桓公及刘毅、刘佗、刘州鸠。

③ 赐姓。刘邦称帝后，赐娄敬、项伯刘姓；南朝宋室刘氏，即出项伯（刘缠）之后。东汉时赐王常为刘姓。

④ 西汉初年，汉高祖以公主嫁匈奴单于冒顿为妻。贵者从母姓，故其子孙皆从母姓，改姓刘。"五胡十六国"贵族刘渊，即出此支。其他尚有很多少数民族改姓者。

【分布】两晋以后，刘姓为避乱不断南迁。唐朝末期，刘氏一族已有人迁居福建。宋朝刘姓人口约360万，主要分布于江西、河北、山东三省。

明朝刘姓人口发展到400多万，仍分布在江西、山东和河北三省，其中江西刘氏则继续迁入广东，融入客家，继而迁徙台湾、海南、港澳及海外。

刘姓为中国第4常见姓。人口近6700万，约占全国人口的5.34%。山东、河南、河北、四川四省较多，约占全国刘姓人口的31%；其次是湖南、湖北、辽宁、广西、黑龙江、安徽、江西七省、自治区，约占全国刘姓人口的37%。山东最多，约占全国刘姓人口的8.4%（《中国姓氏·三百大姓》）。刘姓客家人最多的是江西、广西、广东、湖南，其次为湖北、四川、福建、河南、陕西、海南，台湾、港澳地区也不少。

【郡望】彭城郡、沛国郡、沛郡、南阳郡、河南郡、河间郡、琅琊郡、东海郡等。

【堂号】彭城堂、沛国堂、弘农堂、河间堂、藜阁堂、燕诒堂、崇庆第、德星第、东莞堂、三台堂、三立堂、轩儒堂、钧德堂、贫乐堂、崇正堂、敦睦堂、五忠堂、明峻堂、仁让堂、平原堂等。

通用祠联

门联

> 彭城世泽；
> 汉室家声。

> 彭城世泽；
> 禄阁家声。

> 彭城世德；
> 禄阁家声。

彭城世泽；
骏马家声。

陶唐世泽；
铁汉家声。

中山世德；
白水家声。

五中门第；
两汉家声。

蒲鞭门第；
藜杖家声。

【注】以上对联都是粤东梅州客家地区刘姓通用大门联。大都郡望为彭城、沛国、南阳和河南郡的后裔。联语中的"彭城"是刘邦的祖居地。刘邦在秦二世时举兵灭秦建立汉朝，为汉高祖。另据梅州《刘氏族谱》载，溯其刘姓，始自陶唐伊耆氏，生源明公，受封于刘。至夏代累公十八世，事夏孔甲为相，善能养龙，封御龙氏。由累公至周康公三十七世，入秦徙于丰，历春秋及战国，至汉邦公二十世，由邦公传及胜公，封中山靖王，出郡彭城，至后汉备公十九世，东迁洛阳，阅两晋、宋、齐，继梁、陈、隋而至唐季刘氏一百二十七世祥公，从洛阳迁居福建宁化石壁立业。到了宋末，一百四十六世刘开七，官授潮州总兵，在潮州立业，为刘氏入粤始祖。刘开七生子广传，广传生子十四。① 铁汉、殿虎：指的是宋哲宗绍圣年间因与当朝者持不同政见而被尚书左仆射章惇贬谪梅州的左谏议大夫宝文阁待制刘元城。刘元城，名安世，字器之，北宋魏（今河北大名东）人。登进士，未就官，从学于司马光，后为司马光推荐任谏官，为人忠厚，刚正不阿，时人目之为"殿上虎"，被苏东坡称为"真铁汉"。刘元城被贬谪梅州后，于元符元年（1098 年）七月在梅州城内创办元城书院，聚士讲学，开发梅州教育。后人为纪念他，明崇祯十一年（1638

年）由程乡县（今梅县）令陈燕翼倡建梅城北门楼时，塑刘元城像祀于城楼，名曰"铁汉楼"。②禄阁：典出汉高祖刘邦之弟刘交（楚元王）的四世孙刘向（刘氏第七十八世）。刘向于公元前77年出生于彭城沛县，是西汉经学家、目录学家、文学家。曾任谏议大夫、宗正等。汉成帝元延元年（前12年），任光禄大夫，终中垒校尉，校书于天禄阁（汉宫中藏书阁名），撰成《别录》，为我国目录学之祖。其子刘歆，为西汉末古文经学派的开创者、目录学家、天文学家，他继承父业，并校书于天禄阁，撰成《七略》。③佐才：指刘基。明代青田人，字伯温，元末进士，为官有廉直声，后弃官归。太祖定括苍，聘至金陵，陈时务十八策，建礼贤馆处之。刘伯温辅佐太祖灭陈友谅，执张士诚，降方国珍，北伐中原，遂成帝业，授太史令，累迁御史中丞。④骏马：刘姓四世裔孙刘广传，生子十四，个个文韬武略，皆若"骏马"腾飞。⑤藜杖：典出刘向。据《三辅黄图》载，汉成帝命刘向校正五经异同于天禄阁，值元宵，人皆出游，唯向不出。有黄衣老人，执青藜杖，扣阁而进。见向独坐诵书，乃吹杖端焰照之。问其姓名，老人答曰："我乃太乙之精也。"⑥两汉：刘邦灭秦，又打败项羽，建立西汉。建武元年，这支皇族重建汉朝，建都洛阳，历史上称为东汉，东西两汉均是刘家天下。刘氏从一百四十八世起分十四房，分迁兴宁、龙川、博罗、梅县、丰顺、五华、平远、蕉岭等县居住。从这里又分迁至其他省市和地区。

彭城世泽；

铁汉家声。

【注】汉中山靖王刘胜，封彭城郡，后刘姓以彭城为郡望。铁汉：典指北宋刘安世，字器之，从学于司马光，后司马光荐其任谏官。为人刚正不阿，时人目之为"殿上虎"，苏东坡称之为"真铁汉"。

术通乾象；

喜入天台。

【注】①术通乾象：典指刘基。博通经史，精天文兵法，尤精象纬之学。②喜入天台：典出刘晨。刘晨，东汉剡溪人。永平中与阮肇同入天台山，采药失道，遇二女，颜色绝丽，邀刘、阮至家，食以胡麻饭，止宿行夫妇礼。后求去，至家，子孙已七世，欲还女家，不复得路。

阮嵇作友；

丰沛发祥。

【注】① 阮嵇作友：典指刘伶。刘伶，晋沛国人，容貌甚陋，放情肆志，性尤嗜酒，与阮籍、嵇康等相善，常作竹林游，世称"竹林七贤"。② 丰沛发祥：典出刘邦。刘邦，沛县丰邑人。在楚汉战争中战胜项羽，建立汉朝。

雕龙名著；

殿虎英风。

【注】① 雕龙名著：典指刘勰。刘勰，南朝梁文学理论批评家。世居京口，笃志好学，家贫不婚娶，精通佛教经论。著《文心雕龙》五十篇，评论古今文体。② 殿虎英风：典指刘安世。

御龙衍庆；

殿虎流徽。

【注】刘姓始自陶唐伊耆氏，受封于刘。以国为姓。至夏代累公十八世，事夏孔甲为相，善养龙（实指高头大马），封御龙氏。

卯金世泽；

铁汉家声。

【注】卯金为"刘"繁体字之左偏旁，实指其陶唐时始祖封于刘。

校书门第；

正字家声。

【注】此联颂西汉刘向。著名的经学家、目录学家，校书于汉室藏书处天禄阁。其子刘歆，继承父业。他们父子所著《别录》《七略》系目录学之开山之作。

佐才世德；

汉族家声。

【注】佐才：典指刘氏明代先祖刘基，字伯温，多谋善断，辅佐明太祖朱元璋定天下，建大明王朝，故誉之"佐才"。下联指刘邦建大汉王朝，统一天下，从此才有"汉族""汉人"等专有名称。

妙侣无双，押衙全义；

清才第一，嘉偶安贞。

【注】① 押衙全义：典出刘无双。唐刘震女名无双，与王仙客为中表亲，震得罪，无双没入掖庭（宫嫔居处），仙客求古押衙（古洪），计救无双，得与仙客成为夫妇。② 嘉偶安贞：典出刘愚。刘愚，宋龙游人。幼敏好学，弱冠入太学有声，释褐居第一，调江陵府教授。其妻徐氏，在家时，母将以嫁姑子之富者，徐泣曰："不愿为富人妻。"遂嫁刘愚，夫妇偕隐以终。

> 寡鹄申哀，三娘命薄；
>
> 飞燕得宠，列女传成。

【注】① 三娘命薄：《南史》载，刘孝绰有三妹，俱有才学，第三妹文尤精拔，号为刘家三娘。嫁于徐悱，悱卒，三娘作文祭之，辞极哀婉。② 列女传成：刘向因赵飞燕姐妹淫乱后宫，著《列女传》。

广东梅州刘氏宗祠通用堂联和栋对

> 入庙冠裳肃；
>
> 登堂俎豆新。

——刘运据

【注】此联为五华棉洋刘氏宗祠门联。

刘运据（1742—1830）：字庆斋，棉洋正上村人，曾任广西玉林归顺两州司马，后任玉林知州，就职三任，78 岁告老返乡，88 岁寿终。

> 山肖象形，自昔建祠尊鼻祖；
>
> 系传龙种，于斯聚族属耳孙。

【注】① 鼻祖：始祖。② 耳孙：孙子的孙子。

> 世系溯彭城，两汉丰功垂史册；
>
> 书香承禄阁，二七孙枝世代昌。

> 轩开静远，院辟东南，三载程江留化雨；
>
> 钓隐蟠溪，书编禄阁，百龄祖屋颂高风。

> 祖系溯尧唐，放勋而延，前有十二，后有十二，盛裔满中华，将相王侯光谱牒；
>
> 胜名推汉代，武帝为最，国称大汉，族称大汉，校书成禄阁，金枝玉叶跃彭城。

广东大埔大麻刘氏宗祠联

> 门第庄严鞠躬而入；
> 宾朋至此倒屣来迎。

亲仁爱众，常遵至圣格言，统百善以讲修身，孝悌居先，方可作齐家样子；
睦族敬宗，厚继前人遗志，合五房而崇报本，馨香勿替，庶堪称有道曾孙。

入庙遵诗礼二训，自始祖来，惟是教以学诗，教以学礼，身体力行，预卜家声由此振；

登堂听戒勉两辞，为子孙者，当思何事宜戒，何事宜勉，劝善规过，庶其衾影莫丕惭。

【注】亲睦堂已有四百余年，此宗祠共十一副联，今选其三。楹联作者是该村秀才刘仲和，已沿用数百年。

广东梅州程江扶贵刘氏宗祠堂联和栋对

> 敷政南阳，太守蒲鞭示辱；
> 校书天禄，老人藜杖炊光。

【注】上联典指东汉逯乡侯刘宽。刘宽，字文饶，华阴人。桓帝时为南阳太守，典历三郡，温仁多恕，吏民有过，但用蒲鞭示辱而已。下联典指西汉经学家、目录学家刘向（前77—前6）。刘向，博学多识，著有中国历史上最早的分类目录《别录》，还有《新序》《说苑》等。

世系著春秋，而显达屡朝，禄阁校书，云台纪绩，武纬文经昭祖德；
磁基承福建，乃分来乐园，扶贵佳乡，古塘仁里，竹苞松茂贻孙谋。

【注】① 显达屡朝：刘氏祖先在历朝历代都是人才辈出，而且他们对各个朝代都起重要作用。② 禄阁校书：典指西汉的刘向，文学家、经学家、目录学家，校书天禄阁（国家级的图书馆）校订书。③ 云台纪绩：皇帝建了一个高台，把大功臣的像和简历刻上去（像今天的纪念馆），其中就有刘姓文官和武官的功臣。下联说，这支刘氏由福建迁到广东，选择了扶贵这块风水宝地开基立业，勤劳耕稼，和邻睦族，子孙众多，希望后裔崇文习武，光宗耀祖。

衍派卯金，三俊三杰，应重前贤求世德；

光腾乙火，八顾八及，还期后裔振家声。

【注】① 卯金：指刘。② 三俊：指《晋书》所称的"刚正、柔和、正道德行"的顾荣、吴平、陆机三个人。③ 三杰：张良、萧何、韩信为三杰。刘邦当了皇帝以后说："运筹帷幄之中，决胜千里之外，我不如张良；镇家国，抚百姓，给饷馈，不绝粮道，我不如萧何；战必胜，攻必取，我不如韩信。"刘邦表示，要向这三个杰出的人学习。④ 乙火：相传汉成帝元延间，刘向于天禄阁总校群书时，值元宵，人皆出游，唯向不出，有黄衣老人，执青藜杖，叩阁而进，见向独坐诵书，乃吹杖端焰照之。向问其姓名，老人答曰："我乃太乙之精也"。⑤ 八顾：《后汉书》说郭林宗等八人能以德行引人。⑥ 八及：《后汉书》说张俭等八人能导人追宗。教育后代要有好的德行，崇宗敬祖。天地间诗书最贵，家庭内孝悌为先。希望后裔奋发上进，光宗耀祖。

藜杖照编书，华国文章千载重；

蒲鞭著循史，仁民声价九州闻。

【注】上联典指刘向；下联典指刘宽。

术通象纬；

药采天台。

【注】上联典出明初大臣刘基；下联典出东汉剡溪人刘晨。

通用堂联

皇恩有秩光先世；

祖德无疆裕后昆。

说礼敦诗，丕振先志；

贻谋燕翼，垂裕后昆。

【注】贻谋燕翼：语出《诗·大雅·文王有声》，原指周武王谋及其孙而安抚其子，后泛指为后嗣做好打算。

广东河源紫金刘氏总祠联

祖宗兴骏业，绘皇图，斩大蟒，起彭城，立汉室，室雅城佳，殿室宫城标史册；

祠宇奠鸿基，跟龙脉，发元峰，朝秋水，倚金山，山清水秀，寅山辛水毓人文。

广东河源紫金九田刘氏宗祠联

解选耀门庭，忆当年威震台城，武烈文谟昭奕世；

清芬传禄阁，幸此日泽绵福地，农畴士德最来贤。

赤帜绘皇图，河清海晏，兰台溢彩，石室生香，祖业辉煌昭日月；

金山立庙宇，人杰地灵，铁水流光，天鹅献瑞，孙枝茂盛映乾坤。

【注】上联指刘永福。刘永福，号渊亭，晚清名将，著名抗法抗日的民族英雄，清道光十七年（1837 年）出生于广东钦州。早年他参加了广西天地会起义。同治四年（1865 年）领导起义军在广西安德北帝庙举行祭旗仪式，因所用旗帜为七星黑旗，故称黑旗军。适逢法国两次派兵占领河内，刘应越南王朝之请，指挥黑旗军进击。1873 年罗城大捷、1883 年纸桥大捷，越南授予三宣提督职，清朝授给记名提督衔。甲午战起，清廷调刘永福任台南总兵，帮办台湾军务，刘重建黑旗军，迅速渡海赴任。1895 年清朝割台湾给日本，台湾人民挽留刘领导抗战。刘血战 5 个月，大小百余战，毙伤日军 3.2 万人。终因弹尽援绝，退回大陆，清廷命开缺回籍，以后虽有起用，但均任原职。辛亥革命爆发后，加入同盟会，出任广东民团总长。袁世凯当政时，隐居钦州，支持越南志士抗法复国，通电抗议中日密约二十一条，请缨抗日。1917 年 1 月 9 日卒于钦州三宣堂。

广东广州大道北刘氏家庙堂联

尚书恩泽，学士词章，他世犹留佳话在；

星岫云环，沙河水绕，此间宜有夏声来。

广东广州刘氏宗祠联

策马从南越归来，构数椽妥先灵，敢说声威留穗石；

整旅入神京捍卫，把两字贻同姓，合存忠孝耀彭城。

——刘永福

【注】此祠位于广州市广州大道北大坦地 2 号。

江西赣县田村刘氏仁让堂联

仁山培本固；

让水引源深。

【注】 仁山：子曰："智者乐水，仁者乐山；智者动，仁者静；智者乐，仁者寿。"（《论语·雍也》）仁者也就是仁厚的人。仁厚的人安于义理，仁慈宽容而不易冲动，性情好静就像山一样稳重不迁，所以用山来进行比拟。

> 仁人孝子以尊亲，沛国宗风远绍；
>
> 让水廉泉而浴德，虔州世泽长流。

——刘敦海

【注】 ① 沛国：沛国郡。始建于汉朝初期，后汉改国，在安徽宿州境。西汉建立后，汉高祖刘邦将家乡泗水郡改为沛郡，治所在相县（今安徽濉溪）。王莽改为吾符郡，东汉改为沛国。② 远绍：远承古人。③ 让水廉泉：典出范柏年。据《南史·胡谐之传》记载，南朝宋时，梁州（今安康地）范柏年因事拜见明帝，明帝说到广州的贪泉，就问柏年："卿乡复有此水否？"柏年曰："梁州惟有文川、武乡、廉泉、让水。"明帝又问："卿宅在何处？"柏年曰："臣所居廉、让之间。"因有这个故事，廉泉让水遂成为乡里风土淳厚的专誉之辞。④ 虔州：赣州古代称为虔。

> 祠宇更新，司蒸尝隆报本，光启开元绵世泽；
>
> 人文胜旧，崇仁让正纲常，弘宣祖德振家声。

——刘逊堈

【注】 ① 蒸尝：本指秋冬二祭。后泛指祭祀。② 开元：泛指开端，开头。③ 仁让：仁爱谦让。④ 纲常：即三纲五常的简称。封建时代以君为臣纲、父为子纲、夫为妻纲为三纲，仁、义、礼、智、信为五常。⑤ 家声：本家族良好的名声。

> 仁义敦伦常，祖德流芳，显赫功名垂史册；
>
> 让谦行礼乐，宗支衍庆，辉煌谱牒耀神州。

——刘生葆

【注】 ① 伦常：指我国封建社会的伦理道德。封建时代称君臣、父子、夫妇、兄弟、朋友五种关系为五伦，认为这种尊卑、长幼的关系是不可改变的常道，称为伦常。② 礼乐：即礼节和音乐。礼乐是中国古代文明的重要组成部分。中华礼乐文化奠定了中国成为礼乐之邦，也叫礼仪之邦。早在夏商周时期，古代先贤就通过制礼作乐，形成了一套颇为完善的礼乐制度，并推广为道德伦理上的礼乐教化，用以维护社会秩序上的人伦和谐。③ 衍庆：绵延吉庆。常用作祝颂之词。

一脉分敦睦，祖泽长流，明肇祀清缉熙，喜堂构永颂苞茂；

五支衍开元，宗风远绍，礼范身义课子，看庭阶森列芝兰。

【注】① 敦睦：指亲善和睦。② 缉熙：光明。③ 堂构：语出《书·大诰》："若考作室，既底法，厥子乃弗肯堂，矧肯构？"孔传："以作室喻治政也。父已致法，子乃不肯为堂基，况肯构立屋乎？"意谓父亲要盖房子，并已确定房子的盖法，而儿子却不肯去筑堂基，盖房子。后以"堂构"比喻继承祖先的遗业。④ 苞茂：茂盛。松苞竹茂，形容松竹繁茂，比喻家门兴盛。也用于祝人新屋落成。⑤ 宗风：原指佛教各宗系特有的风格、传统，多用于禅宗。有时也用以泛指道教或文学艺术各流派独有的风格和思想。这里指宗族的传统风尚。⑥ 课子：督教儿子读书。

仁恕朗襟怀，岂惟亲九族、叙人伦，诚足华阴归牛、弘农徙虎；

让谦崇礼义，毕竟辟中郎、荐公府，不愧汉家令绪、沛国遗风。

【注】① 人伦：人与人之间的道德关系。人有五伦：父子、君臣、夫妇、兄弟、朋友，意谓父子有亲，君臣有义，夫妇有别，长幼有叙，朋友有信。② 华阴归牛：王莽摄政，迫害刘氏家族，汉高祖十二世孙、第十代城阳王刘俚被贬为民，长子刘仕率族人从山东莒县小沂水村移居弘农华阴东乡，建村设堡，称为刘家。后因刘宽担任太尉期间，发生"宰相让牛"的佳话，千里与闻，州里钦佩，为传承刘氏遗风，刘家村改称还牛堡。刘宽在桓、灵二朝，为官三十余载。"宰相让牛"讲的是有人指认刘宽车驾之牛是其失牛，刘宽一句话都没分辩，下了车就走回家去了。后来那人找回了失牛，便送还刘宽之牛，并负荆谢罪。刘宽反倒宽慰那人："物有相类，事容脱误，幸劳见归，何为谢之？"以宰相高位，受冒犯而不计较，真乃君子风度。③ 弘农徙虎：东汉时人刘昆任弘农（在今河南）太守时，因有政绩，深得民众爱戴，以致凶猛的老虎都不忍再在此地为非作歹，驮幼虎渡河而去。④ 辟：君主召见并授予官职。⑤ 中郎：官名。郎官的一种。即省中之郎，为帝王近侍官。⑥ 令绪：伟大的事业或业绩。⑦ 公府：古代三公（太尉、司徒、司空）的官署，属中央一级的机构。

仁为爱之理，仁以事亲则孝、事长则悌、抚幼则慈，修身齐家，曾叮咛圣经贤传；

让乃礼之宝，让善于父则顺、于兄则恭、得众则和，敬宗睦族，方植立人纪天纲。

【注】① 悌：敬爱兄长，亦泛指敬重长上。② 恭：恭敬，谦逊有礼。③ 天纲：朝廷的纲纪。

江西赣县田村刘氏明峻堂联

传家经史接天禄；

奕世衣冠焕豫章。

——孙兴溥

【注】① 天禄：汉族传说中的瑞兽。汉代多用为雕刻的装饰品。天禄和麒麟、辟邪并称为古代祭祀的三大神兽。天禄又称"天鹿"，与"天命"和"禄位"有关。现代多雕刻成形以避邪，谓能被除不祥，永绥百禄，故称为天禄。② 奕世：累世，代代。③ 豫章：古代区划名称。最初为汉高帝初年（约于公元前202年）江西建制后的第一个名称，即豫章郡（治南昌县）。

明峻德以自新，训垂二典；

鸣谦光而受益，吉占六爻。

——吴经林

【注】① 峻德：大德，高尚的品德。② 训垂：垂示教训。③ 谦光：典出《易·谦卦》："谦，尊而光，卑而不可逾。"孔颖达疏："尊者有谦而更光明盛大，卑谦而不可逾越。"④ 二典：《尚书》中《尧典》和《舜典》的合称。⑤ 六爻：爻，构成《易》卦的基本符号。六爻八卦预测，起源于周朝时期。六爻起初用蓍草，到宋代以钱代蓍，预测人将三枚铜钱放于手中，双手紧扣，思其所测之事，让所测信息融贯于铜钱之中，合掌摇晃后放入卦盘中，掷六次而成卦。

立德永年，眉案肃雍偕百岁；

遗经裕后，藜光熊奕耀双枝。

——盛符升

【注】① 眉案：为夫妇相敬的典故，即"举案齐眉"。② 肃雍：庄严雍容，整齐和谐。③ 藜光：典指刘向在禄阁（即天禄阁，汉宫中藏书的楼阁）好学成才的故事，演化成刘姓的"禄阁家声"。据晋王嘉《拾遗记·后汉》载，汉刘向校书天禄阁，夜默诵，有老父杖藜以进，吹杖端，烛燃火明。④ 熊奕：光焰光明、旺盛。

　　绳厥武乎，宜思文雅谦恭之度；

　　登斯堂也，当有光明峻伟之风。

——孙隆向

　　【注】① 绳厥武乎：绳，继续；武，足迹。踏着祖先的足迹继续前进。比喻继承祖业。② 斯：这，此。③ 峻伟：崇高伟大。

　　祖德流芳，世代延绵，同朗朗乾坤共老；

　　人文蔚起，渊源泽远，与昭昭日月齐辉。

　　【注】① 朗朗：非常明亮。② 昭昭：明亮，光明。

　　支分者贰，想燕翼贻谋，共仰青田门第；

　　派别为千，看凤毛济美，齐扬禄阁家风。

——钟绅

　　【注】① 燕翼贻谋：燕，安；翼，敬；贻，遗留。原指周武王谋及其孙而安抚其子。后泛指为后嗣做好打算。② 青田：在明清时期刘氏整个家族中，就社会影响和历史地位而言，最优秀、最尊贵显赫的，要推浙江青田刘氏家族。这个家族因出了继汉初张良、三国诸葛亮之后中国第三位最伟大的谋略家——一代军师刘伯温而名闻天下。③ 凤毛济美：旧时比喻父亲做官，儿子能继承父业。

　　一脉序三房，庭苑芝兰森立、衣冠鼎盛；

　　双星皆百岁，谱书德行齐辉、俎豆馨香。

　　【注】三房：指同宗族分衍出来的三个支派。

　　明伦垂后裔，愿孙曾饬纪敦伦、家声丕振；

　　峻德仰先人，对祖考报功崇德、世泽长存。

——孙继声

　　【注】① 明伦：即明人伦。② 孙曾：孙子和曾孙，泛指后代。③ 饬：大力振兴。④ 祖考：祖先，指已故的祖父。也泛指父祖之辈。

　　明景更新，欣看祖堂大启，重光日月添秀色；

　　峻峰焕彩，喜迎锦额高悬，再度春秋兆贞祥。

　　明翁德厚启后贤，奇英俊杰，熠熠藜光远照；

　　峻宇基宏承先泽，旧貌新颜，泱泱沛水长流。

【注】① 熠熠：闪烁的样子，形容闪光发亮。② 泱泱：形容深远广大的样子。

江西赣县田村刘氏五忠堂联

> 神通天随，终古金精常照阁；
>
> 人杰地灵，至今铁汉尚名楼。

【注】① 金精：即太乙之精。典出刘向。② 铁汉：指的是北宋哲宗绍圣年间（1094—1097）被贬的刘安世。刘氏后世仰慕刘安世的德行，遂用"殿虎""铁汉"作为堂号。

> 宦游十三代，九世五忠，莫比文昌卞氏；
>
> 膝达百余孙，兄贤弟圣，难同西伯苏家。

> 宏开七百载，尔我一家，无分亲疏厚薄；
>
> 广传十四房，春秋二祭，可认伯叔弟兄。

【注】春秋二祭：按照汉族的传统，每年的春天和秋天，后人要到死去亲人的坟前各祭奠一次，以表达怀念之心。春祭的时间一般在清明节，秋祭的时间一般在阴历十月。

> 前汉西都，后汉东都，帝业王基光史册；
>
> 春闱北选，秋闱南选，文经武纬耀彭城。

【注】① 春闱：会试由礼部主持，因而又称礼闱，考试的地点在京城的礼部贡院。由于会试是在乡试的次年，故会试又称"春试""春闱""春榜""杏榜"等。会试的时间为二月初九、十二日和十五日三天。② 秋闱：借指科举制度中的乡试。乡试是由南、北直隶和各布政使司举行的地方考试。地点在南、北京府和布政使司驻地。每三年一次，逢子、卯、午、酉年举行，又叫乡闱。考试的试场称为贡院。考期在秋季八月，故又称秋闱。凡本省科举生员与监生均可应考。主持乡试的有主考二人、同考四人、提调一人，其他官员若干人。考试分三场，分别于八月初九、十二日和十五日进行。乡试考中的称举人，俗称孝廉，第一名称解元。乡试中举叫乙榜，又叫乙科。放榜之时，正值桂花飘香，故又称桂榜。放榜后，由巡抚主持鹿鸣宴。席间唱《鹿鸣》诗，跳魁星舞。③ 彭城：东周末年，周匡王姬班，把他的小儿子封到刘邑，号称刘康公，望族居彭城郡（今江苏徐州铜山）。

江西赣县田村刘氏敦睦堂联

说礼敦诗，愿后辈凛遵是训；

和宗睦族，冀吾侪克绍其风。

【注】① 说礼敦诗：礼，《礼》；敦，敦厚。诗，《诗经》。大力讲《礼》，诚恳地学《诗》。旧时统治阶级表示要按照《诗经》温柔敦厚的精神和古礼的规定办事。② 凛遵：严格遵循。③ 吾侪：我辈；我们这类人。④ 克绍：能够继承。

祖德久流芳，敦庭攸叙，继往开来光禄阁；

宗支正繁衍，睦族彝伦，承先启后壮金陵。

【注】① 攸叙：攸，所；叙，次序。引申为规定、制定。② 宗支：同宗的子孙。③ 彝伦：指的是常理、常道。"彝伦攸叙"，意思是治国的常道因此定了下来。

江西赣县田村刘氏崇正堂联

崇山峻岭，万脉千支原一本；

正气高风，五伦九族振三纲。

【注】① 一本：同一根本。② 三纲："三纲"常与"五常"连在一起。自西汉至清末长达两千年的封建社会里，儒家伦理文化中的重要思想。

崇真务实，顺理成章光祖德；

正本清流，亲情纂牒蔚人文。

【注】① 牒：指谱牒。② 蔚：茂盛，荟聚，盛大。

崇义尚仁，一堂孝友敦雍睦；

正心诚意，千载烝尝报本源。

【注】① 孝友：事父母孝顺，对兄弟友爱。② 雍睦：团结，和谐。

崇堂焕彩，玉柱浮光，庆幸宗祠源锦绣；

正气凌云，群贤慷慨，冀希胄裔创辉煌。

【注】胄裔：子孙后代。

崇高始祖，祠宇辉煌，绵延世泽垂万代；

正大宗风，人文叠起，克绍箕裘辉千秋。

崇仁复礼，入孝出悌，祖训昭明辉万世；

正义致知，修身齐家，宗祠焕彩垂千秋。

【注】① 复礼：恢复礼仪。② 修身齐家：儒家的伦理思想，指加强自身的修养，治理好家政。

崇文尚武，济济英才，谱牒重修光祖德；

正本清源，绵绵世泽，宗支繁衍裕孙贤。

【注】① 济济：形容有才能的人很多。② 绵绵：连续不断的样子。③ 裕：丰富，宽绰。

江西赣县田村上齐刘氏宗祠门联

理学名臣第；

汉朝帝室宗。

【注】① 理学名臣：指宋代福建莆田理学家刘朔。刘朔，字复之，宋绍兴三十年（1160 年）礼部考试第一名，廷试评为甲科，官授温州司户。后升为秘书省正字，福建安抚司参议官。② 汉朝帝室宗：汉代皇帝为刘姓。

富贵无难，只在勤俭中寻出；

纲常经大，当从孝悌内做来。

【注】纲常：即三纲五常。

江西赣县田村汉地刘氏宗祠栋对

贫而励志，远经廿世，躬耕沃野戴月披星，宗风永绍；

乐以引流，长历三朝，孝悌传家居仁由义，瓜瓞绵延。

【注】瓜瓞绵延：出自《诗·大雅·绵》："绵绵瓜瓞，民之初生。" 瓞，小瓜曰瓞。大瓜小瓜连蔓不断。后世成为祝颂子孙、繁衍不息之语。

江西赣县江口旱塘坳子下刘家祠联

钧陶祖业重辉，继往开来光禄阁；

德耀堂基再奠，承先启后显彭城。

【注】钧陶：用钧制造陶器，比喻造就。

江西赣县江口优良三坝刘氏宗祠联

轩辕龙气，纬地经天，史册彪炳廿四帝；

儒雅韬光，撰文奋武，子孙兴旺万千年。

【注】轩辕：即黄帝，古华夏部落联盟首领，中国远古时代华夏民族的共主。

五帝之首。被尊为中华"人文初祖"。据说他是少典与附宝之子，本姓公孙，后改姬姓，故称姬轩辕。居轩辕之丘，号轩辕氏，建都于有熊，亦称有熊氏。也有人称之为帝鸿氏。

江西赣县王母渡浓口刘家祠联

三思三敬三元第；

立德立功立福门。

【注】① 三思：指"思前，思后，思侧"，指做事情前反复思考。② 三元：是解元、会元、状元的合称。

泰运兴邦，千秋家业旺；

和钧耀祖，万代子孙贤。

——刘祥铨

【注】① 泰运：好运。② 和钧：谓使计量标准准确划一。《书·五子之歌》："关石和钧，王府则有。"孔传："金铁曰石，供民器用，通之使和平，则官民足。"

沛郡主仙飞，祖德功勋开百世；

长沙王圣驻，子嗣繁衍庆千秋。

【注】长沙王：中国历代在长沙所分封的国王或者藩王。汉朝第二次册封长沙定王刘发；册封长沙戴王刘庸等不同时期的刘姓王共八人。南朝刘宋册封的四名长沙王全是刘姓。

江西赣县王母渡下龙江刘氏宗祠联

三台荣茂，宗功祖德；

万世绵长，子孝孙贤。

【注】三台：亦称三能。共六星，属太微垣。分上台、中台、下台，上、中、下三台各二星。三台象征正直、通洽，引申为人品性端正，努力向上。

三元仙祖，归位理家福寿地；

台鉴子孙，登科治国禄江山。

【注】台鉴：请对方审察、裁夺的敬辞。

三祖同堂，脉别柏桧梧，千树万枝欣郁茂；

台星并座，位分上中下，奇光异彩庆通明。

江西上犹陡水镇月仔村刘氏宗祠联

高峰叠拱，俨若金堆玉积；

秀水特朝，应和源远流长。

天禄校书，遗万代相贤学业；

南阳蒲化，启千秋仁宦经纶。

【注】① 天禄校书：典指刘向、刘歆父子。② 南阳蒲化：典指刘宽。刘宽迁南阳太守，温仁多恕，吏民有过，但用蒲鞭罚之，示辱而已。

江西上犹社溪江头上村刘氏宗祠堂联

汉室家声远；

彭城世泽长。

【注】① 汉室：汉朝的皇帝姓刘。② 彭城：刘姓郡望有彭城。

万卷珠玑朝汉室；

一天星斗照彭城。

【注】珠玑：每个字都像珍珠一样。比喻说话、文章的词句十分优美。此处指书籍。

蒲鞭示辱承先德；

藜杖耀光昭后贤。

【注】① 蒲鞭：以蒲草为鞭。常用以表示刑罚宽仁。《后汉书·刘宽传》："吏人有过，但用蒲鞭罚之，示辱而已，终不加苦。"② 藜杖：典指西汉著名学者刘向。

本植南安崇义，渊源百代远；

枝繁北直宛平，基业万身长。

【注】① 南安崇义：古南安府指的是现在赣州西部的大余、南康、上犹、崇义四县，府治大余县。② 宛平：中国历史上有一个存在了近千年的行政建制——宛平县。宛平县的最早出现于辽代。宛平二字取自东汉刘熙所撰《释名》："燕，宛也，宛然以平之意。"

禄阁校书，藜焰照十行之简；

玄都种树，桃花赋千植之诗。

【注】玄都种树：典出刘禹锡诗《再游玄都观》："百亩中庭半是苔，桃花净尽菜花开。种桃道士归何处？前度刘郎今又来。"诗作于公元 826 年，是《元和十年自朗州至京戏赠看花诸君子》的续篇。十四年前，刘禹锡因赋玄都观诗开罪于权相武元衡，被远窜岭南。十四年后，刘禹锡复出，重游玄都观，写下《再游玄都观》，表现了他不屈不挠的坚强意志。

江西安远龙镇布白毛斜村刘氏门联

雕甍迎北斗，高照吉星辉栋宇；

绣闼对南山，双标秀筍霭门庭。

【注】雕甍、绣闼：语出唐王勃《滕王阁序》："披绣闼，俯雕甍。"甍，屋脊。闼，门楼上的小屋。形容建筑物的精巧、雄伟。

问安点颔，万古多孙推郭氏；

庆寿勒石，千秋继美耀彭城。

【注】① 勒石：碑刻术语。指将法书钩摹本背面加朱复印到石面上的工序。② 彭城：刘姓的郡望之一。

江西兴国龙口留村刘氏宗祠联

庆洽充闾容驷马；

光承藜阁映三台。

【注】① 洽：谐和。② 充闾：光大门庭。③ 驷马：指显贵者所乘的驾四匹马的高车。表示地位显赫。④ 光承藜阁：刘向燃藜读经的典故。

攀折宫花荣紫门；

崖速回雁飞蓝天。

【注】宫花：科举时代考试中选的士子在皇帝赐宴时所戴的花。用绢类织物制作，戴在头上作为饰物。

阀阅重新，赫赫家声承两汉；

箕裘永绍，绵绵世泽肇双江。

【注】① 阀阅：功勋、功绩和经历。② 箕裘：比喻先辈的事业。

江西瑞金冈面沙排刘氏公祠堂联

门朝碧水，涛焕万兴；

阁照丹山，棠棣竞秀。

【注】棠棣：俗称棣棠，《诗经》作"常棣"。花黄色，春末开。《诗·小雅·常棣》篇，是一首申述兄弟应该互相友爱的诗，后常用以指兄弟亲爱。

彰明前烈献鸿猷，禄阁宗风复振；

德裕后裔垂燕翼，程溪支派繁昌。

【注】① 鸿猷：鸿业，大业。② 禄阁：出自刘向的故事。③ 程溪：瑞金程溪刘氏形成于南宋，来自江西虔州（赣州）水木洞（又称水磨洞），以刘孔贞为开基始祖。族人主要分布在瑞金九堡、云石山、岗面、大柏地、沙洲坝等处。

江西石城横江刘氏宗祠联

象居龙山寅木翠；

狮村凤阁即金香。

——刘继森

【注】寅：行属木。主仁，其性直，其情和，其味酸，其色青。

宝山宝水绪宝地；

珍训诊规育珍才。

——刘继森

【注】绪：开端。

彭城世泽，同江山并举；

汉室功勋，与日月齐辉。

【注】彭城：氏望族居彭城郡（今江苏徐州铜山），源自刘邦当了皇帝唱《大风歌》的故乡沛县。他的后代汉景帝第九子立为中山靖王，刘氏在徐州大发，所以冠彭城堂。

弘扬祖德，彭城千古秀；

克振宗风，燕翼万代昌。

祠临象山，祥物风光凤阁；

庙傍横水，石鱼勇跃龙门。

【注】① 横水：指流经村前的横江水。② 石鱼：穿行于石头间的鱼。

离乡祖训铭，有志儿郎恢先绪；

入宦宗风振，无声匾额励后裔。

——刘继森

【注】先绪：祖先的功业。

刘子刘孙，皆沿刘累兴隆亮姓；

汉族汉语，确系汉朝鼎盛冠名。

——刘继森

【注】刘累：刘姓的另一个起源出于祁姓。帝尧的子孙有一支以祁为姓，被封在刘国（今河北唐县），久而久之，被封在刘国的这些子孙便以居住地命名姓，称作刘氏。传说在夏帝孔甲时，这一支的后裔刘累跟豢龙氏学习养龙的本领。此时孔甲得到四条龙，正在发愁无人饲养，便张榜招贤，刘累被招，孔甲封他为御龙氏，让他养这四条龙。可是刘累并没有把龙养好，没有过多久就死了一条雌龙。刘累担心被人发现，就想了一个法子，他把龙肉做成肉羹，冒充其他野味献给孔甲，孔甲吃得很高兴，还赏赐刘累不少东西。不久，孔甲要看龙表演。本来四条龙两对对舞，有许多花样可以变，可现在只剩三条，刘累就一次让两条龙上场，居然蒙混过了不少日子。后来孔甲起了疑心，刘累看势头不对，就带着家小逃到鲁县（河南鲁山县）隐居起来，刘累的后代称刘氏。

汉帝以来，汉字汉文永为国语；

累公之后，累朝累代大振家声。

——刘继森

【注】① 累公：即刘累。② 累朝累代：累，连续、多次。即历朝历代。

八修前长房，二房三房，房房齐美；

九修后百户，千户万户，户户皆寿。

山泽通，雷风动，气聚形成，坐椅明师频领首；

旌旗奋，鼓角鸣，砂欢水笑，源嗣汉胄尽开颜。

【注】砂：风水术语，穴四周的山。根据上代流传的择祠的故事，按地理角度撰写此联。以先生的坐椅定中心，居象山前端，气流顺畅。前观之，右有烟坊

之旗山，如出寨军旗而壮观，近有螺角山似鼓角吹响助威。左有横江水奔腾欢歌。

栋对

燕翼先人，累功耀姓，鲁山建堂，彭城风范方确立；

诒谋后世，伯礼开基，横水发族，汉胄人文晚辉煌。

【注】① 鲁山：今河南鲁山，先祖刘累在此发族。② 伯礼：横江刘氏的开山祖。

江西石城横江烟坊村刘氏庄园祠联

何以竹名庄，劲节虚心，竞美君子门第；

如斯峰作枕，呈奇列秀，宜钟世代文人。

——孙绪煌

江西吉水刘氏宗祠联

支分朗水状元第；

派衍东城宗伯家。

【注】① 状元第：指明朝正统七年，士子刘俨考中状元。② 宗伯：中国古代官名。西周置，位次三公，为六卿之一，掌邦礼。后世以大宗伯为礼部尚书的别称。礼部侍郎称少宗伯。

江西吉水夏朗村刘氏宗祠科第祠联

朗水蛟腾，甲第势凌霄汉；

华山凤起，人才际会风云。

【注】际会：遇合。比喻有能力的人遇上好机会。

江西吉水刘氏宗祠大夫第祠联

事业峥嵘，千秋显宦辉城北；

人文跄济，万丈鸿光映斗南。

【注】① 跄济：行走安舒而有礼的样子。② 斗南：北斗星以南。犹言中国或海内。

江西吉水枫江江头潭西村刘氏公祠联

同祖功宗德，世世敬颂流芳远；

共子孝孙贤，代代相承世泽长。

江西南康唐江幸屋刘氏宗祠联

> 天禄家声远；
>
> 彭城世泽长。

> 先祖拓荒城难，今日勿忘前日德；
>
> 后辈立家业易，先人祈望后人贤。

> 吞得尽胸中云梦，方可对吾祖叩拜；
>
> 放不开眼底乾坤，何必登斯堂焚香。

> 观天象，察地理，风水当数小埠山；
>
> 相阴阳，占八卦，卜居功归大礼公。

> 天禄接京华，翰苑生辉，珠玑龙虎榜；
>
> 书香传世系，儒门焕彩，锦绣凤凰池。

【注】① 龙虎榜：榜，告示应试录取的名单。指一个时期内的社会知名人士同登一榜。② 凤凰池：唐代宰相称同中书门下平章事，故多以"凤凰池"指宰相职位。《冷庐杂识·进士归班》引宋危稹《妇叹》诗："记得萧郎登第时，谓言即入凤凰池。"

> 洛口源远，德泽后昆，喜今朝枝繁叶茂；
>
> 埠山望重，敬仰前贤，后来日桂馥兰馨。

江西吉安刘氏守谦堂祠联

> 皇恩许住直庐，记万里蓬莱，曾依子舍；
>
> 天语犹荣归路，问百年桑梓，此是根基。

——刘绎

【注】此为状元刘绎之父刘通议公祠联。

刘绎：字瞻岩，江西吉安永丰人，清道光十五年（1835年）江西历史上最后一位状元，乞归故里后，在吉安（吉称庐陵）白鹭洲书院及阳明书院做主讲三十年。

守身为大，念生平日矢战兢，庶几无忝尔祖；

谦尊而光，我先人世传忠厚，尚将垂裕后昆。

——刘绎

【注】此为状元刘绎之父刘通议公祠联。

必孝友乃可传家，兄弟式好无尤，即外侮何由而入；

惟诗书方能裕后，子孙见闻只此，虽中材不致为非。

——刘绎

【注】此为状元刘绎之父刘通议公祠联。

福建武平中山镇刘氏堂联

藜阁家声远；

彭城世泽长。

【注】① 藜阁：典出刘向。② 彭城：刘氏发迹之地，名人辈出，如刘向、刘歆、刘安、刘伶、刘禹锡、刘知己等均籍彭城。

福建武平湘湖刘氏宗祠联

十八世祖孙，同年乡会；

数千里闽蜀，一派源流。

——刘光第

【注】戊戌变法六君子之一刘光第，祖籍武平，曾于清末回祖籍武平寻根谒祖。他先祖迁四川富顺，虽与武平祖籍刘氏宗亲相隔数千里，但却同一本源。光第先祖刘隆于明永乐二年甲申（1404年）登进士第。刘光第是刘隆十八世孙。他与刘隆同干支年乡试中举，又于光绪十年甲申（1884年）登进士第，祖孙巧合同干支年中举、中进士，故有同年乡会之说。

福建长汀刘姓彭城堂通用堂联

为肖子难为孝子；

做良臣勿做忠臣。

【注】福建汀州刘氏家庙中柱联。清光绪戊戌变法六君子之一刘光第作。

福建永定高陂睦邻刘氏大宗祠大门联

汉水源流远；

彭城世泽长。

【注】① 汉水：当指楚河汉界之汉水，汉高祖刘邦据此打败了楚霸王。
② 彭城：彭城是刘氏发迹之地，刘氏名人的摇篮。汉高祖刘邦，经学家、学者刘向、刘歆父子，魏晋竹林七贤之一刘伶，唐文学家刘禹锡，史学家刘知己等，都是彭城人。故刘氏后人均以彭城祖地为荣。

广西南宁武鸣刘氏宗祠堂联

敦本本自踪，须向祖宗绵旧德；

步云云有路，好从诗礼问前程。

——刘叙臣

【注】此为宗祠门联。上联说道德传家，下联说凭诗、礼而步青云。

刘叙臣（1720—1806）：字叙达，号灵溪，广西武缘县（今武鸣县）人。著名诗人、教育家。清乾隆六年贡生，九年中解元，十三年成进士，授官翰林院编修。

广西柳州凉水刘家宗祠门联

凉风和畅花争艳；

水秀兰香蝶竞飞。

【注】此为大门联。联首嵌"凉水"二字，乃地名。主建者刘华琼，是柳江拉堡镇基隆村刘氏始迁祖弼一公后代，故祠堂以琼园为名。

广西柳州柳江基隆刘氏宗祠堂联

缔造艰难，含辛茹苦创基业；

常临祖庙，聆遵诲训继遗谙。

【注】此联劝勉后辈不忘祖训家风。

广西柳州柳城芭芒刘氏宗祠门联

彭城世泽；

汉室家声。

【注】此刘氏宗祠在柳城县沙埔镇沙埔村芭芒屯，建于1914年，后重修，正门上有匾额"刘氏家祠"，此为大门两旁对联。

广西刘氏宗祠汉里堂通用联

汉高故里；

古宋遗风。

【注】此为刘氏"汉里堂"通用联。

谈笑有鸿儒；

往来无白丁。

【注】此以唐代大诗人刘禹锡《陋室铭》名句为祠联。

孔氏弦歌，鲁国新声闻壁内；

汉家箫鼓，祖庭余韵在人间。

【注】上联说经学家刘向发现孔府墙壁内的儒家旧书事；下联典指汉高祖刘邦。

广西钦州刘永福第宅三宣堂联

恩承北阙；

春满南天。

建威第祠联

枝栖古越；

派衍彭城。

【注】刘永福于咸丰二十年帮办台湾军务，抗击日军，后曾署广东碣石镇总兵。刘永福在抗法战争中屡立战功，被越南王封为三宣提督，其故居据此命名。

广西贺州贺街刘氏宗祠门联

宗繁两汉业；

祠开万年基。

【注】联说此支刘姓源远流长，两汉时期宗族繁衍，事业兴盛。

龛联

万卷珠玑朝汉室；

一天星斗照彭城。

【注】上联表明本支系为汉室之后；下联表明系出彭城，即以彭城为堂号。

堂联

> 临江河畔，砚田参架，禄阁族风传天下；
>
> 瑞云丰聚，秦砖汉瓦，耸立宗祠第一家。

【注】汉时著名学者刘向曾入天禄阁，"禄阁族风"即谓此事。

广西贺州芳林刘氏志旺公祠门联

> 家承两汉业；
>
> 祠展万年基。

堂联

> 刘氏姓伊耆先祖，为帝为王，祖业流传汉前后；
>
> 宗盟聚临贺后裔，或农或士，孙枝蕃衍粤东西。

广西贺州芳林刘氏志兴公祠门联

> 禄阁书香远；
>
> 彭城世泽长。

【注】① 禄阁：汉时刘向曾入天禄阁，其后人每以宅第称"天禄阁"或"天禄第"。② 彭城：为刘邦旺出地，其后人尊为堂号。

堂联

> 创业难守成难，世事尤难，尔兄弟切莫畏难，偏向难中立至节；
>
> 耕田乐读书乐，为善最乐，我儿孙须知志乐，就在乐处用精神。

> 祖德流芳，派衍卯金绵世胄；
>
> 书香高美，经传乙火焕文彩。

【注】① 卯金：指"刘"。刘字繁体写作"劉"，俗称"卯金刀"。② 乙火：指汉代大学者刘向的生年"乙巳"（前76年）。"巳"之五行属火。故以"乙火"代称刘向。一说刘向出生于公元前77年，干支为"甲辰"。

广西玉林博白凤山钟屋园刘氏宗祠堂联

> 持家司上策，谨遵勤俭二字，勤者富强，俭者有余；
>
> 处世有良谋，恪守耕读两途，耕则丰盈，读则荣昌。

【注】玉林市博白县凤山镇钟屋园刘氏宗祠建于清初。祠前有一珠形池塘，池中养鱼。族中有一百岁太婆，族人每年岁末捉鱼为其祝寿。族中一支，先徙防城，再迁越南，20 世纪 80 年代中越交恶，又迁美国。与原乡中断联系逾百年。凭借祠前珠形池塘、每年岁末捉鱼为百岁太婆祝寿之故事，于 21 世纪初认祖归宗，传为美谈。

广西博白山滩刘氏通礼公祠门联

> 彭城世泽远；
>
> 禄阁家风长。

> 庙貌煌煌崇典祀；
>
> 家风奕奕继先贤。

堂联

> 祖脉溯陶唐，尧帝后裔封刘国；
>
> 宗支源汉室，靖王贵胄定白州。

【注】上联表明刘氏得姓之由来；下联说明本支系乃汉中山靖王之后。博白县古称"白州"。

> 溯陶唐得姓以来，源远流长，喜今日气萃一堂，左昭右穆，秩然衍彭城之世绩；
>
> 自鹿江崇祀而后，根深实遂，看他年飞腾百代，春祭秋尝，焕乎扩禄阁之家风。

> 何处是洞天福地；
>
> 此间有舜日尧天。

广西柳州柳江木罗刘氏宗祠门联

> 承泽两汉；
>
> 祠享千秋。

龛联

禄阁家声遗韵远；

彭城世泽发源长。

广西柳州柳江基隆刘氏宗祠龛联

彭城绵世泽，望重儒林，百代馨香勿替；

禄阁振家声，名扬史学，千秋俎豆常新。

【注】此刘氏宗祠在柳州市柳江县基隆村。此支刘氏出自邦公"彭城"一系。

广西柳州柳江小乐刘氏宗祠堂联

兴汉全凭三尺剑；

报恩不在一炉香。

【注】此刘氏宗祠在柳州市柳江县基隆村小乐屯，清代建，悬山顶，泥砖木瓦结构，单进五开间。堂号为"彭城"。此为配联，劝勉后辈不忘祖训家风。

广西柳州柳江黄岭刘氏支祠堂联

祖姓本彭城，系出梅州，所幸先人绵世泽；

宗支厚禄阁，基开柳郡，还期后裔振家声。

【注】此刘氏支祠纪念开基祖上德公之子刘文明。以"天禄"为堂号，说柳州此支刘氏来自广东梅州客家。

广西柳州柳江高村刘氏宗祠堂联

世泽本彭城，祖德巍峨垂统绪；

家声传禄阁，宗功浩荡焕谟猷。

【注】联说本支刘氏的世泽和家声。禄阁：指刘氏家族先贤刘向，汉代著名学者，出自彭城刘氏，是刘邦少弟楚元王刘交四世孙。

拔剑兴师成汉业；

燃藜照读显家声。

【注】此为祖宗灵位牌旁刻联。上联指汉高祖刘邦，下联指汉代刘向。

广西柳州柳江上渡刘氏宗祠堂联

东光号旗起原系卯金席；

南华钟鼓息仍旧汉家天。

【注】此联说本支刘氏源流和家声。

栋对

> 邦祖破秦朝，逐项羽兵尘，三秋创西汉伟业；
> 秀公诛王莽，收赤眉昆阳，大捷立光武中兴。

【注】此为上厅栋对。上联说刘邦破秦逐项建伟业，下联说刘秀诛王莽收赤眉中兴。刘姓视西汉高祖刘邦、东汉光武帝刘秀为其家族祖上。

> 迹发梅州，祖德流芳昭百世；
> 基开柳邑，孙枝衍庆懋三房。

【注】刘氏以"天禄"为堂号，此为配联。说开基柳州的刘氏来自广东梅州。

广西柳州柳城大樟村刘氏宗祠门联

> 禄阁家声远；
> 彭城世泽长。

【注】联说本支刘氏的家声和世泽。禄阁：典指刘氏家族先贤刘向。

广西柳州融安凤村刘氏宗祠栋对

> 汉书传天下，溯溯潢潢，渊源绵世泽；
> 禄阁昭日月，跻跻跄跄，累代振诗书。

【注】此为彭城堂配联。联说本支刘氏的世泽和家声。此支刘氏家族先贤为刘向。

广西贺州临贺故城刘氏宗祠栋对

> 刘氏姓伊者，先祖为帝为王，祖业流传汉前后；
> 宗盟聚临贺，后裔或农或士，孙枝繁衍粤东西。

【注】联说此支刘氏源远流长，在临贺兴旺发达。

广西玉林博白城刘氏宗祠门联

> 青田世泽；
> 白水家声。

【注】联说此支刘氏的世泽与家声。

栋对

> 源分白水，瑞启金刀，溯吾宗聚族兹州，始建灵祠崇妥侑；
> 福锡洪畴，恩叨紫诰，念小子备员专阃，敢忘祖德切瞻依。

——刘永福

【注】此联追溯这支刘氏祖先的丰功，不忘祖德。

广西玉林博白东平镇刘氏宗祠栋对

祖泽孔长，佑启后人，远绍台乌事业；

宗功丕振，阴予孙子，克绳殿虎家声。

——刘永福

【注】此联讲述刘氏家族的祖泽、宗功及事业、家声。

广西玉林博白三滩镇良陂塘刘氏宗祠堂联

禄阁传经，汉代诗书昭木本；

白州缵绪，清时孙子溯渊源。

【注】联说此支刘氏家族之先贤为刘向。

宗庙宏开，燕翼贻谋知卜世；

人文蔚起，象贤似续号冠军。

——宋兆文

【注】联说本支刘氏世泽和家声。

藜阁焕文章，百代声灵如故；

陂塘崇祀典，千秋俎豆常新。

——刘敬薰

【注】上联说本支刘氏世泽伟业；下联说本支刘氏居住地。

广西玉林博白凤山钟屋园刘氏宗祠联

栋对

择地以居，迁家葛藤，创业添丁开大族；

乘时而起，置身书院，育才胜己树良模。

【注】① 上联指宁化刘氏开基祖、客家刘氏始祖刘祥，字祖云，官至浙江婺州刺史。唐乾符二年（815年），避黄巢之乱，携子孙至宁化县石壁蔓藤坳（今石壁南田村），繁衍生息，开枝散叶。② 下联的意思是，刘氏家族重视教育，涌现出大批人才。

堂联

身外浮云何足论；

蹊下桃李方为贵。

【注】① 全联指宁化城关人刘映奎。刘映奎，字幼苏，又名聚星，生于清同治三年（1864 年），卒于民国二十四年（1935 年）。② 上联的意思是，光绪丁未年，刘映奎会试中经济科第四名，职授法部主事后，目睹清廷腐败无能，无意就事，告假归里守制。辛亥革命后，刘映奎被选为福建省议会副议长、国会参议员。曹锟贿选总统时不吝重金，竟以五千元收买一张选票。直系军阀知刘映奎在国会颇有声望，特派专人极力拉拢，许以高官厚禄。刘映奎鄙其行而坚决拒绝。③ 下联的意思是，刘映奎无意与军阀共事，便告勇退。后来热心教育事业，先后受聘于北京、朝阳、冯庸各大学任中文系教授，讲授古汉语、散文、诗词等课。由于循循善诱、教诲不倦，深受学生爱戴、敬佩。

湖南炎陵、陕西刘氏宗祠通用堂联

三章早沛秦川雨；

五夜长明书室灯。

【注】据民国七年（1918 年）兴化《彭城堂刘氏宗谱》记载，兴化刘姓郡望为彭城郡。刘氏家族堂名繁多，"彭城堂"刘氏源于西汉皇族，人才济济，名声响亮，故被天下刘姓视为正宗。上联典指西汉开国皇帝刘邦（前 256—前 195），字季，沛县人。曾任泗水亭长。秦末陈胜起义时，他起兵响应，称沛公。初属项梁，后与项羽领导的起义军同为反秦主力。公元前 206 年，率军攻入秦都咸阳，推翻秦朝的统治。废除秦的严刑苛法，约法三章："杀人者死，伤人及盗抵罪。"下联典指西汉经学家、目录学家刘向，字子政，沛县人。曾官谏议大夫、中正，屡次上书劾奏宦官、外戚专权。勤奋著述，有《五经通义》等。

台湾屏东六堆刘姓祠堂门联和堂联

堂号祠联小序：台湾刘氏从粤东徙台。乃用刘氏最有名之两个堂号"彭城"与"禄阁"。可知，台湾一支刘氏为陶唐之后裔，他们不忘先人功业，永为纪念。

卯金启瑞；

乙火腾辉。

校书世第；

正字家声。

家声传禄阁；
世绪耀彭城。

禄阁家声远；
彭城世泽长。

金精常照阁；
铁汉尚名楼。

铁汉家声远；
彭城世泽长。

禄阁家声垂世泽；
彭城门第永流芳。

玉生禄阁传家宝；
祥发彭城积善轩。

自古金精常照阁；
千秋铁汉尚名楼。

道统文经称上秀；
渊源武纬赞中华。

万古金精常照阁；
千秋铁汉尚名楼。

藜光乙火腾辉照；

禄阁清书正字香。

百世书香辉禄阁；

千秋统绪耀彭城。

创业成功忠是本；

立身行道孝为先。

彭地到处田家乐；

城郊遍野稻花香。

绳其祖武惟耕读；

贻厥孙谋在俭勤。

【注】① 刘氏祠堂对联，堂号"彭城""禄阁"被大量地嵌在对联之中。② 禄阁：典出太乙真人用藜杖指点刘向校书的典故。③ 铁汉：指的是刘安世。④ 联语还描述了农家的田园乐趣；很多联语都把"耕读""勤俭""忠孝"的理念嵌入联语之中，借以训勉子孙，期盼后代时刻铭记在心。

台湾高雄美浓镇刘氏宗祠栋对

系本彭城，汉王帝胄，幸此日，济美栋梁，百代家声遗著迹；

支传禄阁，太乙藜光，愿后嗣，克承祖武，千秋世泽永流芳。

【注】下联的"支传禄阁，太乙藜光"典指刘向，曾任光禄大夫，校阅群书。所撰《别录》，为我国目录学之祖。

祖德著彭城，想当年，云台建迹、两汉帝王，由汀州迁蕉岭，启后承先，在著家声阀阅；

宗功居禄阁，念前时，总统扬名、三传丞相，徙淡水住广兴，培兰育桂，迄今奕世簪缨。

【注】总统：指总兵，此指刘开七。刘开七，宋宁宗嘉定年间，官授潮州都统制（总兵），率兵前往兴宁剿匪，卒于兵营。刘开七是兴宁开基始祖，也是广东刘氏始祖。

台湾高雄美浓镇刘姓彭城堂联

祖籍著㭗州，由折田、集嘉应金壁宫，高南竹下传先绪；
宗支迁台岛，自凤邑、溯弥浓广兴地，人字山边展后昆。

【注】此联中的"㭗"为梅的古字，㭗州即广东梅州。"折田"即今广东梅县"扎田"。

守东平王，格言不外为善两字，
遵司马公，家训只在积德一端。

念先人渡海来台，创业开基，著迹彭城延世泽；
惟我辈溯源追本，耕田读史，流芳西势永馨香。

【注】联指刘姓先人由大陆渡海来台湾屏东竹田乡西势村，延续着刘氏彭城堂的血脉，期望后人耕田读史，莫忘祖先的功绩伟业。

台湾屏东六堆长治刘氏宗祠灯对

灯火辉煌财丁旺；
梁材挺秀福满堂。

四川省成都市龙泉驿区洪安镇刘家祠

横额：禄阁长辉

龛联

系出唐尧开一本；
宗传汉代茂千秋。

四川成都龙泉驿十陵镇刘氏宗祠龛联

横额：禄阁流芳

纯吾黎杖家声旧；
绍我青田事业新。

【注】上联指该刘氏根源于古帝尧（唐陶氏）后裔受封以邑得姓。典出汉代著名文学家刘向。下联典指明代青田人的刘基。刘基，字伯温，明代进士，官至太史令，博通经史，尤精象纬之学。

重庆市荣昌县盘龙镇刘氏祠堂门联

汉室家声远；

彭城世泽长。

龛联

横额：汉室家风

金炉不息千年火；

玉盏长明万岁灯。

印尼雅加达刘氏宗祠神龛联

禄阁著流徽，业本中原，万载家声昭祖德；

彭城遗古迹，裔遍南国，千秋俎豆荐馨香。

【注】椰城刘氏彭城堂宗祠系刘国书等客家宗亲创建于1872年。

广东梅州刘氏宗祠通用祠联

彭城宗诸源流远；

天禄徽传日月长。

一脉宗盟宏鄞水；

千秋世德耀彭城。

门前青山多秀色；

右添麟角助家风。

龙嶂青山环绿阁；

马溪绿水绕彭城。

鸣凤堂前藜杖聚；

御龙阶下彩云多。

六世开基，瓜绵椒衍；

三房继绪，桂馥兰馨。

好消息几时来，春月桃花秋月桂；

实功夫何时下，三更灯火五更鸡。

道德仁义，忠孝廉节，乃立身之本；

流水不腐，户枢不蠹，人生在于勤。

士农工商，各习一业，方是家庭肖子；

礼义廉耻，不愧四字，斯为天壤完人。

广东兴宁刘氏宗祠通用堂联

处世有何方，曰忠曰恕；

持家无异策，唯俭唯勤。

士农工商，做理一件，便是家庭肖子；

礼义廉耻，无愧半分，方为宇宙完人。

水绕如环，喜门前百亩田园，有本源泉资灌溉；

山明似镜，望溪外千峰屏障，贵人朝拜列班族。

仰赈金赈粟之高风，谷我士女，万户苍黔资福泽；

登杖国杖朝之上寿，宜尔子孙，一庭斑采竞文章。

广东平远热柘望刘氏梅公（蝉形）堂联

望岭上梅开，卜筑于斯，当年奋历辛勤，不啻春香成茧薮；

揆前人衷曲，继承弗替，今日重光乙火，伫看殿虎振家声。

广东蕉岭刘氏彭城堂栋对

五世启鸿蒙，由程乡以上溯本源，始荷岭，历葵坑，出谷迁乔，基础四移垂统业；

三支分燕翼，卜陈田而宏开栋宇，左鹅峰，右鹚顶，钟灵毓秀，河山万古壮簪缨。

广东梅江三板桥刘氏祠堂联

彭城记谱以来，忠褒虎殿，义肃乌台，不愧名卿遗裔；

宗室分潢以后，诗赋元都，书传禄阁，犹存学士家风。

广东梅江长沙澄坑刘氏祠堂联

毋忘祖宗缔造之艰，想当年基迁水南，图度经营，允矣规模垂远大；

漫说川岳钟灵之厚，期后起读书稽古，徽承禄阁，从兹腾达际风云。

广东大埔湖寮古城刘氏宗祠联

先贤披荆斩棘开福地；

后裔勤俭笃实种心田。

善德无疆，百代规模光祖德；

庆雍有福，千秋俎豆答宗功。

善庆早名，标庙宇庄严辉胜地；

祖祠悠久，史新堂浩气耀彭城。

广东兴宁岗背刘氏总祠联

一曲大风，卫国安邦千载唱；

八行佳句，传家教子万年吟。

藜光焰焰，人文蔚起家声振；

瓜瓞绵绵，祖德长传姓字香。

氏出溯彭城，定国安邦，大汉丰功垂史册；

书香承禄阁，光前裕后，源明孙枝衍环球。

大始祖源明四千载，繁衍裔孙，布满全球百七代；

出帝皇相继八四位，勤政爱民，高功伟绩万年传。

广东兴宁黄陂刘氏总祠联

煌煌汉祚，飞龙宇宙，两朝皇帝，思惠苍生昭日月；

赫赫裔孙，鸣凤朝阳，一代主席，横流沧海转乾坤。

广东大埔大麻刘氏祠堂联

入庙遵诗礼二训，自始祖来，惟是教以学诗，教以学礼，身体力行，预卜家声从此振；

登堂听勉戒两词，为子孙者，当思何事宜勉，何事宜戒，劝善规过，庶几衾影莫怀惭。

广东五华南洞刘氏宗祠联

垂统仰前征，业授一经，名高二守，恩流三郡，将列四臣，诗赋五言，略宏六艺，万载渊源传不朽；

发祥看后裔，成童七岁，宗正八旬，范著九畴，书贤十部，才雄千古，惠召百钱，亿年继起总无疆。

广东平远坝头刘氏宗祠联

数亩是生涯，刻苦耕耘晨早起；

一经为活计，多研书史夜迟眠。

江西赣县田刘氏村明峻堂联

唐杜承家，白鹤朱霞垂世泽；

玉田启宇，南山芑水裕孙谋。

　　明永乐始祖诞辰，承先启后辈辈人财旺；

　　清康熙宗祠创建，继往开来家家福禄绵。

江西赣县田村刘氏敦睦堂联

　　敦道流芳，百世人文多俊杰；

　　睦和衍庆，千秋俎豆永馨香。

江西南康唐江镇幸屋村刘氏宗祠联

　　犹江如带，埠山如屏，四面书怀淑气；

　　虎公在上，礼公在斯，千秋无愧宗风。

江西赣县田村刘氏宗祠联

　　富贵无难只在勤俭中寻出；

　　纲常经大当从孝悌内做来。

江西赣县江口优良刘氏宗祠轩儒堂联

　　轩辕龙气，纬地经天，史册彪炳廿四帝；

　　儒雅韬光，撰文奋武，子孙兴旺万千年。

——姚传珍

江西赣县田村刘氏汉地宗祠贫乐堂联

　贫而励志，远经廿世，躬耕沃野戴月披星，宗风永绍；

　乐以引流，长历三朝，孝悌传家居仁由义，瓜瓞绵延。

江西吉水水南店背夏朗村刘氏宗祠联

　　朗水蛟腾甲第势凌霄汉；

　　华山凤起人才际会风云。

江西吉水刘氏宗祠大夫第联

　　事业峥嵘千秋显宦辉城北；

　　人文跄济万丈鸿光映斗南。

福建宁化安乐刘氏刘坊宗祠联

　　世泽长流，莫忘祖宗扬圣德；

　　昌明永盛，宜培兰桂育琼芳。

福建宁化石壁官坑刘氏家庙联

> 彭城迁江南，祖遗世泽，支流繁衍布四海；
>
> 基赣发闽宁，宗望家声，人文蔚起遍九洲。

广西贺州公会镇刘氏兆兴公祠

祖德实堪追溯，先人克俭克勤，燕翼大贻谋，尽有良规垂后世；

落成今已届愿，我辈如见如闻，立祠崇报本，还须励志振前徽。

系溯陶唐，继追汉祚，德泽旧家声，二十四代帝王，名垂辉耀彭城世泽；

支分兴邑，派衍双洋，祥开新祠宇，四千余载祖德，流芳铭承禄阁家声。

台湾六堆刘氏彭城堂栋对

> 值良时而升座，派衍禄阁，美轮美奂；
>
> 择吉日以安居，系出燃黎，肯构肯堂。

> 端正慕前人，念先年凤岭开基，祖德宗功绵世泽；
>
> 醇修遗后裔，思昔日象湖起系，十子九秀振家声。

> 建华堂，思后辈学圃习农，同心克勤克俭，保世以滋大；
>
> 禄阁居，忆前人参神悟道，吾侪是彝是训，锡福而无疆。

> 系谱唐尧，前业辉煌，追昔时蠡斯蛰蛰，远绍彭城标曲册；
>
> 本由铁汉，先人荣耀，迨此日麟章振振，上传禄阁显台疆。

> 祖籍著梅州，由周及商，住擢田石扇村，丕振彭城新世德；
>
> 宗支分台岛，由闽而粤，居浓山人字石，刱承禄阁旧家风。

> 兴沛邑而顺天人，累仁积德，灭楚去秦，读史书，念四帝英灵具在；
>
> 都彭城以垂统业，探本穷源，由唐迄汉，溯族系，千百世昭穆孔明。

台湾六堆刘氏陇西堂栋对

祖德溯前徽，想当年一堂和气，共整规模，宜承世泽光前代；

宗功垂后裔，思今日二姓联芳，同遵懿训，应启家声裕后人。

台湾六堆刘氏彭城堂栋对

祖籍著汀州，胥嘉应，越蕉岭，际此鸿图，承先启后，百世渊源绵德泽；

宗支分台岛，由南部，居广兴，循途阀阅，育桂培兰，两姓同堂穆徽声。

祖籍著汀州，从旗形，迁台岛，在凤邑，建立基，云礽昭衍，瓜绵垂奕世；

宗支居蕉岭，由徐溪，往美浓，徙广兴，创家业，阀阅山辉，川媚启人文。

台湾新竹新埔刘氏宗祠堂联

七业壮家声，率由维旧；

五忠光世第，步武如新。

乙火表家声，渡虎何殊殿虎；

卯金光世第，蓁龙不让雕龙。

赖祖宗积德，累仁以有今日；

愿孙子立名，砥行勿坠先猷。

刘氏沐川祠堂联

姓氏受之唐尧，圣贤仙佛，云礽不替高辛氏；

宗支昌于汉祖，将相王侯，天禄常分太乙光。

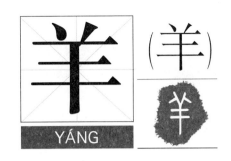

【姓源】《姓解》。

① 商代有羊方国，公族以国为氏。殷墟卜辞有帚（妇）羏，即羊方妇。

②《周礼·夏官》有羊人之后。

③《姓韵》引《广韵》《姓论辩证》《吕氏春秋》：桀臣有羊莘。一作干莘。更姓羊氏。秦乱徙居泰山。

④ 本阳氏。汉宣帝时汉中太守阳厥，后改羊姓（见《太平寰宇记》）。

⑤ 五代后唐留守判官阳嗣，改羊姓。西汉时零陵蛮有羊氏。

⑥ 回族姓。元代云南平章政事赛典赤·赡思丁之孙伯颜察儿后裔，居宛平羊市角头（今属北京丰台区），以羊为氏（见《中国回族姓氏溯源》）。

【分布】羊姓人口不多，但分布很广。北京市，天津市中心城区、武清，江西南昌、九江、吉安，河南等地有此姓。客家羊姓人较少，江西、河南有分布。

【郡望】吴兴郡。

【堂号】吴兴堂。

通用祠联

门联

轻裘缓带；

羸马敝衣。

【注】上联典指西晋大臣羊祜。羊祜，三国时魏大将军司马师的妻弟。魏末任相国从事郎中，掌大将军司马昭机密。晋武帝司马炎代魏立晋，他参与筹划灭

吴。泰始年间，以尚书左仆射都督荆州诸军事，镇守襄阳，开屯田，储军粮，轻裘缓带（谓态度闲适从容），身不披甲，深得百姓拥戴。死后，人们为他立碑纪念，见其碑者莫不流涕，继任杜预称"堕泪碑"。下联典指东汉平阳人羊续。羊续，字举祖，历官庐江、南阳二郡太守，至太常。居官以清廉耿介自持，常穿旧衣，骑瘦马。府丞曾送鱼给他，他悬于庭院，以杜绝送礼者。灵帝时要晋升他为太尉，因当时三公者要向东园（官署名）送礼钱千万，他举着一件以烂麻为絮的袍子说："我的资产，只有这件东西！"便放弃了太尉一职。

过门哭舅；

并服全交。

【注】① 过门哭舅：典指羊昙。羊昙，晋泰山人，谢安之甥，为谢安所器重。安卒后，辍乐弥年，行不由西州路。尝因大醉，不觉至州门。左右白曰："此西州门。"昙悲感不已，以马策叩扉，诵曹子建诗曰："生存华屋处，零落归山丘。"恸哭而去。② 并服全交：典出羊角哀。羊角哀，周朝燕人，与左伯桃为友。两人同行入楚，时值雨雪，粮少衣单。伯桃乃并衣粮与哀，令哀赴楚，自饿死空树中。哀至楚为上大夫，备礼以葬伯桃。

堂联或栋对

颜似笑春，宛登泰岱岘山，往古风流贻未艾；

塘堪漾月，兼透龙门马井，来年髦士应辰生。

羊舌受姓以来，续传儒将流风，尚气节，立勋名，今朝冬祀，溯前徽，炳炳金貂光俎豆；

儋耳开基而后，欣有英贤继美，登龙门，题雁塔，此日至诚，崇礼本，班班玉笋焕堂阶。

【注】① 羊舌：出自祁氏，原为羊舌氏，为春秋时晋国大夫祁盈之后。始封于羊舌（今山西洪洞、沁县一带），其后遂为羊舌氏。后去舌为羊氏。② 登龙门，题雁塔：即考中功名之喻。

【姓源】《风俗通义》。

① 相传出关龙氏之后。

② 周烈夫时函谷关尹喜之后。关尹喜，即老子（李耳）弟子关尹子。

③ 陕西潼关县关姓，据传本姓冯。先祖为民除害，杀死盐霸，逃至潼关，指关为姓。

④ 河南清丰一支关姓，元世祖忽必烈五代孙铁木黎之后。铁木黎，元末御史中丞、河南行省右丞。元亡后携五子逃内黄（今属河南）马家次村，命五子各随母姓，更名董清、李明、马能、关杰、陈俊。关姓后迁居清丰焦夫村（《清丰县志》，1990）。

⑤ 明正德中赐镇江指挥同知乜宣姓关氏。

⑥ 少数民族汉姓，如蒙古族、回族、苗族等。

【分布】关姓为中国第 131 常见姓。人口约 117 万，约占全国人口的 0.094%。约 53% 分布在河南、广东二省（其中河南最多，约占全国关姓人口的 27%）；22% 分布在辽宁、山西、黑龙江、河北、陕西、湖北、北京七省、市（《中国姓氏·三百大姓》）。关姓的客家人较少，主要分布在广东、广西、湖北、河南。

【郡望】陇西郡。

【堂号】忠义堂。

通用祠联

门联

忠昭日月；

义薄云天。

【注】全联典指三国蜀汉大将关羽。关羽，字云长，河东解县人。祖父关审，字问之，号石磐，深谙《易经》《春秋》。关羽的父亲关毅，字道远。关羽作为忠、义、勇、武的代表，受到中国人普遍崇敬，关羽本人也被神化，与孔子共尊为文武二圣。关羽早期跟随刘备辗转各地，于白马坡斩杀袁绍大将颜良，与张飞一同被称为万人敌。赤壁之战后，刘备助东吴周瑜攻打南郡曹仁，别遣关羽绝北道，阻挡曹操援军，曹仁退走后，关羽被封为襄阳太守。刘备入益州，关羽留守荆州。建安二十四年（219 年），关羽围襄阳，曹操派于禁前来增援，关羽擒获于禁，斩杀庞德，威震华夏，曹操曾想迁都以避其锐。后曹操派徐晃前来增援，东吴吕蒙又偷袭荆州，关羽腹背受敌，兵败被杀。

志耽松石；

义结桃园。

【注】① 志耽松石：典指关康。关康，南朝人。性清约，尝独处一室，席松叶枕白石而卧。② 义结桃园：关羽与刘备、张飞结义桃园，誓同生死，成三分基业。

鸿飞诗送归耆旧；

燕子楼怅断姬人。

【注】① 鸿飞诗送归耆旧：指宋关鲁。关鲁年八十致仕，归老钱塘，陈襄送《鸿飞诗》送之。② 燕子楼怅断姬人：指关盼盼。关盼盼为唐时徐州名妓，张建封纳为姬，筑燕子楼居之。建封卒，盼盼居燕子楼十五年不嫁，后不食而死。

栋对

邙北当年郁圣陵，首回伊阙，魂回汉阙；

洛阳此日埋忠骨，地在天中，心在人中。

义扶汉室，诗冠宋时，武纬文经绵世泽；

品重颜君，经传老子，道全德备畅宗风。

【注】上联典指关羽和关汉卿。关汉卿，号已斋叟，安国（今属河北）人，一说大都人。约生于金末，卒于宋亡（1279 年）之后。他是元代戏曲奠基人，伟大的现实主义作家。关汉卿一生所作杂剧 60 余种，现存《窦娥冤》《救风尘》《拜月亭》《望江亭》等 13 种，剧中塑造了窦娥、赵盼儿、王瑞兰、谭记儿等多种妇女典型形象。这些形象流传至今而不朽。下联典指守函谷关的关尹喜。春秋时期老子见周王室衰败，欲离开周地西游，走至函谷关时，遇到负责守函谷关的关尹喜，关尹喜非常景仰老子的学问，再三请求老子著书。老子写成《道德经》，阐述其哲学思想。传说喜将此书传播于世后，也随老子成仙而去。

广西合浦公馆簕竹塘关氏宗祠堂联

陇西世泽；

佐汉家声。

【注】联说本支关氏的世泽和家声。三国时蜀汉大将关羽，东汉末逃奔涿郡，跟随刘备起兵，建安年间被曹操俘获，极受优待，封汉寿亭侯。后仍归刘备，镇守荆州。以重义气著称于史。陇西为郡名，在今甘肃东乡以东及陇西一带。

栋对

由南海迁石城，一脉相承，纯十箕裁隆百世；

居大廉棣合浦，三尺并茂，新俎簋豆享千秋。

【注】上联说本支关氏祖上来自广东佛山市南海区；下联说本支关氏的居住地。

朔功德，所由来，远绍家声起南海；

观音容，宛大廉，恪遵世泽居石城。

【注】说本支关氏的家声和世泽。

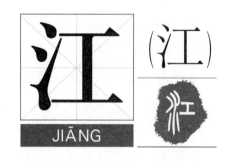

【姓源】《元和姓纂》。

① 西周、春秋时江国，嬴姓，公族以国为氏。江国（金文作邛国、𨛬国），故城在今河南正阳县大林乡涂店村东北与息县接壤处。公元前 623 年灭于楚。

② 南唐时有泉州莆田翁乾度，本闽国礼部郎中。南唐灭闽，为避战乱，翁乾度隐居乡野，将其六子改为六姓。长子处厚改洪姓，次子处恭改江姓，三子处易仍翁姓，四子处朴（樸）改方姓，五子处廉改龚姓，六子处休改汪姓。宋建隆、雍熙间，兄弟六人同列进士，高居显要。时人誉为"六桂腾芳"，因共以"六桂堂"为堂号。

③ 唐僖宗时柱国上将军、领江南节度使萧祯，因其父太子太保同平章事萧遘遭陷害赐死，乃避祸南渡，隐居歙县篁南（今安徽黄山市屯溪区屯光镇南溪南村），易姓江氏，世称萧江氏。子孙分布今安徽歙县、黟县、祁门、休县、泾县，江西婺源，浙江开化及江苏江阴、苏州、宜兴等地。

④ 闽西江姓，唐宣宗时鲁野公之后。鲁野公，授建州刺史，自建昌渡江赴闽，为祈求渡江平安，改江姓。后弃官隐居清流（今属福建），子孙繁衍为闽西大族。

⑤ 少数民族汉姓，如蒙古族、藏族、壮族等。

【分布】江姓南迁开始于唐朝初年，河南固始人陈政、陈元光父子奉命入闽，开辟漳州郡。随行军校有九十一人六十多姓，后在福建落籍。

其中就有河南江氏，这也是江氏族人中最早的入闽者。安史之乱后，又有大批江姓族人南迁。

宋朝初期，南方江姓人口发展壮大，出现了"六桂"堂号。后由于金兵攻占汴京，中原江姓中的一支自汴京迁至仁和。南宋时期，济阳郡江氏率领族人迁入江西省昌都，传到江晔一代时，后人遍布福建、广东和江西等地的客家地区。

江姓为中国第52常见姓。人口约450万，约占全国人口的0.36%。主要分布在广西、安徽、江西、广东四省、自治区，约占全国江姓人口的49%（其中广西最多，约占全国江姓人口的23%）；福建、湖北、贵州、江苏、台湾、湖南六省亦多江姓（《中国姓氏·三百大姓》）。江姓客家人广西、福建、江西较多，广东也不少，湖北、台湾、湖南也有分布。

【郡望】济阳郡、陈留郡、淮阳郡。

【堂号】济阳堂、南阳堂、淮阳堂、六桂堂等。

通用祠联

门联

> 望崖骁骑；
> 文坛骄龙。

> 济阳世泽；
> 柱史家声。

> 文武世第；
> 名宦家声。

【注】① 望崖骁骑：典指南齐骁骑将军江敩。江敩，济阳考城人。齐时任侍中，领骁骑将军，不为权幸降意，时人重其风格。② 文坛骄龙：典指南朝梁文学家江淹。江淹，济阳考城人，以文章著名，时人誉之为文坛骄龙。有《江文通集》。③ 江氏入闽，最初始于西晋及唐朝中期，另一支迁入江西。入江西一支在唐末再迁福建，

裔孙遍居连城、清流、上杭、永定、长汀、宁化等地。江氏江西始祖墉，居江西济阳。其六世昭之三子万里、万载、万顷后迁居福建。八世锜，于元泰定元年迁居澄海龙井，生子三：濯新、孟德、秀德，移居长乐（五华县）泉沙黄竹洋。九世，即江万里之孙肇祖，居汀州连城县，其第七世仕荣，生子二：文通、文质兄弟，又由福建迁居广东长乐开基。文通五世孙汉宗徙兴宁各地。④ 文武、名宦：指江氏历代多能人，文臣武将，英才辈出。如西汉诗经博士江翁，梁代文学家江淹，陈朝文学家、宰相江总，宋代诗人江休复、江万里，清代著名学者江永等，皆为其中佼佼者。

生花世第；

望月家声。

【注】上联典指江淹。江淹，梁城人，字文通，早有文誉，少孤贫好学，宋武帝时起家南州从事，后仕齐，历御史中丞，弹劾不避权贵，梁天监中迁金紫光禄大夫。封醴陵侯。尝宿冶亭，梦一丈夫自称郭璞，曰吾笔在卿处多年，可见还。淹乃探怀中，得五色笔还之。后为文，绝无佳句，时人谓之才尽。卒谥宪，世称江郎。下联典指江泌。江泌，南齐人，字士清，家贫，年少读书时，借月亮的光读书，后做南康王子琳的侍读。

刻炬成诗；

梦笔生花。

【注】① 刻炬成诗：典出江洪。江洪，梁济阳人，为建阳令。与萧文瑛、丘令楷等并以文称，夜集赋诗，刻炬寸而韵成，皆可观览。② 梦笔生花：典指江淹。江淹尝梦人授以五色生花笔，遂文思大进。后官至御史中丞。

徙戎著论；

止水鉴忠。

【注】① 徙戎著论：典出江统。江统，晋陈留人，静默有远志，尝作《徙戎论》，帝不用，未十年而乱，人服其远识。官至散骑射常侍。② 止水鉴忠：宋江万里与子镐，闻元兵攻陷饶州，共投止水自尽。

郑子出游，徒劳解佩；

梅妃失宠，安用明珠。

【注】① 郑子出游：典出江妃。江妃，传说中的古仙女，二女游于江滨，遇郑交甫，遂解佩与之，交甫受佩而去，数十步，怀中无佩，女亦不见（见《列仙传》）。

② 梅妃失宠：典出唐明皇妃江氏。江氏，性嗜梅，号梅妃。失宠后，明皇复赐珠一斛，妃不受，谢以诗。诗有"何必珍珠慰寂寥"之句。

堂联

> 文坛家声远；
>
> 正阳世泽长。

【注】上联指南朝梁文学家江淹；下联指江氏始祖伯益，世居河南正阳。

栋对

> 兄宰相、弟尚书，天下文章双璧；
>
> 父成仁、子取义，世间忠孝一门。

【注】上联典指南宋都昌人江万里、江万顷兄弟。江万里官至宰相，江万顷官至户部尚书。下联典指江万里及其子江镐、江万顷及其子江鉴。元军南侵，江万里父子一同投水而死。江万顷被元军抓获，不屈而死，其子江鉴也遇难。

> 思我祖宗，树立梅龙迎凤客；
>
> 成尔子孙，溉滋江水毓麟儿。

> 栋宇喜重新，登斯堂须念祖德宗功，谟烈长诒恩泽大；
>
> 梁厚依址旧，临此地当知水源木本，频繁时著孝思深。

福建连城庙前江氏家庙祠联

> 祖泽孙谋；
>
> 悫著爱存。

【注】悫：恭谨，朴实。

> 忠孝绳其祖武；
>
> 诗书诒厥孙谋。

【注】诒厥孙谋：语出《诗·大雅·文王有声》："诒厥孙谋，以燕翼子。"祖先为后裔考虑，谋子孙的幸福安定。希望后裔能恪守祖训，光宗耀祖。

> 思本源同瞻祖望；
>
> 数典籍共仰先贤。

【注】此联为福建省原省长江一真之子江上舟所撰。江上舟，连城人，曾任

中国残疾人福利基金会理事长。

谏草家风声望远；

笔花世泽翰墨香。

【注】此联为江一真儿媳吴启迪所撰，启迪曾任教育部副部长，同济大学校长。谏草，向皇帝进谏的奏稿。清陈梦雷《杨淑山先生祠》："当年谏草烈秋霜，国士同声振庙廊。"谏草家风，疑有所指。江姓祖上为国为民，敢于向皇朝进谏。江一真坚持实事求是，反对浮夸共产风，于1959年庐山会议后，被打成右倾反党分子，"文革"又遭迫害。拨乱反正后，历任卫生部长、河北省委书记，大力平反冤假错案。笔花，典指江淹，南朝江淹少有文才，如有神授，以《恨赋》《别赋》驰名。

福建连城庙前江采陜祠联

夙梦兆生花，摘艳薰香多慧业；

成谋资破竹，经文纬武嗣芳徽。

【注】① 江采陜，名耀香，清咸丰三年（1852年）贡入"恩进士"。耀香款爱待物，诚信经商，孝悌传家，诗书继世。其子孙有邑庠生7名。② 夙梦兆生花：典出江淹。③ 成谋资破竹：典出《晋书·杜预传》："今兵威已振，譬如破竹，数节之后，皆迎刃而解，无复着手处也。"形容祖宗善谋略，能节节胜利，毫无阻碍。

福建永定、武平江氏宗祠联

文坛骄龙第；

望崖骠骑家。

【注】上联指文学家江淹。下联指唐名臣、大将江敦，敦骁勇善战，战功赫赫，人称"骠骑虎将"。

台湾屏东六堆江氏宗祠门联

笔花家声远；

谏草世泽长。

【注】① 笔花：典出江淹。② 谏草：指谏官的奏稿。江淹曾任御史中丞，

任内弹劾诸郡二千石并及大县官长，内外肃然。

堂联

四季平安三代福；

百年孝友一家春。

【注】分别以数字四季、三代、百年、一家嵌入联语之中，形成有趣的数字对。

济水流徽绵世第；

阳光普照振家声。

【注】在联语的开头，将江姓人家的堂号"济阳"镶入句首，足见江姓人家对于这个祖先望出的郡望极为看重。

台湾屏东新埤江氏济阳堂栋对

济仰祖宗一脉，梅县台湾绵百世；

阳耀孙枝缵绪，屏新南岸永千秋。

【注】济阳，江姓人家的郡望，也是堂号，联中将其镶入联语的句首。上联写新埤南丰村的江姓人家由大陆广东梅县迁来台岛。子孙来台之后，承继先人留传下来的德泽功业，继续在屏东县新埤乡的"南岸"，也就是"南丰"，支族繁衍。

湖南炎陵江氏宗祠堂联

俎豆幸千秋，谏议当年称孝子；

笔花开五色，文通有后继书香。

【注】上联典说江革。江革，东汉临淄人。少年丧父，侍母极为孝顺。为避战乱，江革背着母亲逃难。列为二十四孝之一"行佣供母"。明帝时举为孝廉，累拜谏议大夫。下联典指江淹。

文藻特新，竟符梦笔之异；

膏油不继，岂辞岁月之勤。

【注】上联说江淹；下联指江泌。

广东梅州城北新田江氏祠堂联

文冠五代，笔生五花，伟人杰士流芳远；

治状三洲，德徽三品，名吏清臣美绩良。

广东蕉岭江氏济阳堂联

福地宽从心地，持敬克恭，看苍山绿水中，藏许多飞鸢跃鱼气象；

家声起自书声，崇儒重道，这黄卷青灯内，数不尽云龙风虎勋名。

广东梅州江氏宗祠堂联

忆祖先创业功绩，恩德永载；

望后裔大展鸿图，世代相传。

福建永定凤城江氏笔花第联

半亩方塘光鉴户；

一枝彩笔梦生花。

福建上杭江氏祠堂联

袍岭拱宗祠，宛悟趁朝书可读；

笔峰环祖庙，常怀入梦颖生花。

CHÍ

【姓源】《风俗通义》。

① 池氏，嬴姓。战国时秦惠王公子池之后。公子池，官司马，生公孙传。传之子宗来以王父字为氏，曰池宗来。

② 池氏，子姓。周穆王时有汤裔孙名民者，因辅穆王有功，食采池邑（今河南渑池），子孙以邑为氏。后徙西河（今山西临汾），子孙繁衍，渐成大族。

③ 少数民族汉姓，如蒙古族、彝族、苗族等。

【分布】池姓为中国第 232 常见姓。人口约 34 万，约占全国人口的 0.027%。约 52% 分布在黑龙江、云南、浙江、广东四省；福建、河北、江苏、陕西、河南、山东亦多此姓（《中国姓氏·三百大姓》）。池姓客家人广东、福建较多，江西、河南、台湾也有分布。

【郡望】西平郡。

【堂号】西河堂、西平堂、陈留堂、同安堂、诒谷堂等。

通用祠联

门联

源自秦国；

望出西河。

承前世德；

光后家声。

西河衍派；

泉石比宗。

【注】承前、光后：即前世业绩辉煌，后世继往开来。历史上的池浴德，明同安人，号明洲，嘉靖进士，知遂昌县，听断明决，累迁右常侍少卿，致仕归。其子池显方，字直夫，工诗文。有《晃岩集》《南参集》。此外，还有池生春，清楚雄人，道光进士，官至国子监司业，动止有仪法，以不欺为本，工书。有《入秦日记》《直庐记》等。池姓名人，不一而足。

秦时宰相；

宋室状元。

【注】① 秦时宰相：秦时池子华为相国。② 宋室状元：典出池梦鲤。池梦鲤，宋时人，为特科状元郎。

通用堂联

城门武侯，伟绩巍巍共仰；

中牟良吏，贤声处处相传。

【注】上联典指三国时期的名人池仲鱼。池仲鱼，是池氏始祖公子池第四十九世之裔孙，北魏孝文帝朝(220—265)城门侯。下联典指汉朝时期的名人池琼，是池氏始祖公子池第五十五世之裔孙。唐高宗朝时封宁海节度使。

福建上杭、武平池氏宗祠堂联

西平旧居远；

垣河流源长。

【注】池姓望出西平（今甘肃西宁一带），垣河即城垣、城池，池氏居于护城河畔，以所居地为姓。《风俗通义》："氏以地者，城、郭、园、池是也。"此联平仄不符律。

台湾池姓宗祠堂联和门联

西河世第源流远；

中牟家声福泽长。

【注】① 西河世第：西河是池姓人家望出和堂号。② 中牟家声：池姓人家

的先人曾任中牟令（汉朝的池瑗曾任中牟令），为纪念先人的功业，池姓后裔撰以此联。

福建宁化治平池氏宗祠联

爕理堂侯此封北魏；
占魁宗室今显中牟。

中牟循吏源流远；
咸淳大魁奕叶长。

魏国名侯绵世泽；
琼林首宴振家声。

广东大埔百侯池氏宗祠堂联

肇始中原，渑池衍派蕃南北；
祯祥福祉，耀祖荣宗世其昌。

【姓源】《潜夫论》。

① 以国为氏。先秦有汤国。

② 南唐相殷崇义入宋，避太祖父赵弘殷名讳，改姓名曰汤悦。

③ 蒙古族汉姓（《隆化县志》，2001）。

④ 回族姓（《辽宁省志·少数民族志》）。

⑤ 苗族汉姓（《丹寨县志》，1999）。

⑥ 彝族汉姓（《屏边苗族自治县志》，1999）

⑦ 明初功臣、信国公汤和之后。其姓本读如字。民谚有"死猪不怕开水烫"，明太祖朱元璋忌"汤"音而改"汤泉"为"温泉"，汤和惧祸乃改其姓音读如"商"。和曾孙迁北直河间（今属河北），子孙迁陕西镇番（今甘肃民勤）、内蒙古鄂托克旗（今乌海）等地。今甘肃民勤、内蒙古乌海等地有此姓。

⑧ 一些少数民族改姓（略）。

【分布】早期，汤姓一族主要活动在河南、山西、河北以及周围一带中原地区。

秦汉时期，汤姓在河北一带繁衍最旺，并形成了汤姓发展史上的两大郡望，中山郡和范阳郡。魏晋南北朝时期，汤姓一族为躲避灾难，大举南迁。

唐末五代时期，由于战乱不断，汤姓一族加快了南迁步伐。足迹遍布到了湖南、福建和广东一带。宋朝时期，东南一带的江西、安徽和湖南等地，已有大量汤姓人口出现。

　　汤姓为中国第 101 常见姓。人口约 200 万，约占全国人口的 0.16%。约 45% 分布在湖南、江苏、福建、湖北四省（其中湖南最多，约占全国汤姓人口的 17%）；约 27% 分布在四川、浙江、安徽、广东、江西五省（《中国姓氏·三百大姓》）。汤姓客家人主要分布在广东、江西、四川三省，福建、广西、湖南、安徽也有分布。

　　【郡望】中山郡、范阳郡等。

　　【堂号】天文堂、中山堂、肇祯堂等。

通用祠联

门联

中山世泽；

信国家声。

　　【注】全联典出明朝时期的汤和。汤和为开国功臣，封信国公。为人谨慎，沉敏多智。元至正十二年（1352 年），参加郭子兴起义军，授千户。后随朱元璋渡长江、占集庆（今南京）。1357 年，镇守常州，多次击败张士诚部。1367 年为征南将军，在浙东击败方国珍部。尔后率部由海道入福州，俘获占据延平（今福建南平）的陈友定。又随徐达率军征今山西、甘肃、宁夏等地。明洪武二十二年（1389 年），告老还乡，赐第凤阳。中山，在今江苏溧水县东。溧水汤氏祖堂在秋湖石滩头古村。

文庙从祀；

孝感动天。

　　【注】上联说清代河南睢州人汤斌。汤斌，字孔伯，号潜庵，顺治进士。历任国史院检讨、潼关道副使、江西岭北道参政，后辞官师从明清之际的著名理学家孙奇逢学习。康熙年间举博学鸿词科，授翰林院侍讲。历任内阁学士兼礼部侍郎、江宁巡抚。任内整顿吏治，打击豪强，蠲免苛赋，建立义仓社学，宣传儒家经典，从而受到康熙帝的宠爱，被尊为理学名臣，官至工部尚书。著有《洛学篇》《睢州志》等，从祀文庙。下联说元代龙兴新建人汤霖。汤霖，字伯雨。传说其幼年丧父，侍母至孝。母亲患热病，需冰块退热。当时正是盛夏季节，哪里有冰块？他整天在池边放声痛哭，连日不止。一天忽听池中有嘎嘎响声，汤霖擦干眼泪一看，

池水结冰了，急忙取来送给母亲。母亲吃过冰块后，热病不久治愈。

> 飞星应兆；
>
> 治圃隐居。

【注】① 飞星应兆：典指汤悦。汤悦，五代时南唐人。博学能文，自幼颖悟。尝见飞星坠盘中，掬吞之，遂文思大进。② 治圃隐居：宋汤岩起为营道令，有清名。后辞官归治小圃，隐居自娱。

堂联

> 瓯王御寇威名远；
>
> 显祖传奇负盛名。

【注】上联典指明代御史大夫汤和。汤和，与朱元璋一同起兵，屡有战功。洪武十九年（1386 年），奉命在沿海筑城设防，抵御倭寇。追封东瓯王。下联典指明代剧作家汤显祖（1550—1616）。

> 星坠盘中，彩笔生辉光祖泽；
>
> 圃治山下，窦峰垂训裕孙谋。

【注】上联典指五代时南唐时期的秋浦人汤悦。汤悦，博学能文。李璟时官左仆射，后主时升左仆射、同平章事（宰相），北宋开宝年间以司空知左右内史事。太宗诏令修撰《江南录》，太祖开馆修《太平御览》，他都参与其事。传说其曾在梦中见飞星坠入盘内，他掬来吞下，于是文思日进。下联典指宋朝时期的贵池人汤岩起。汤岩起，初任营道知县，以廉洁著称，官至徽州通判。后辞官归家治小圃，隐居自乐。著有《论语义》及诗集。

> 花坞春长，烟火千家都入画；
>
> 桃源路近，桑麻十里尽成阴。

福建武平、广西柳州通用门联

> 铭盘世德；
>
> 理学家声。

【注】铭盘：指商汤时的浴盘，刻有铭文。《礼记·大学》："汤之盘铭曰：'苟日新，日日新，又日新。'"汤氏系商汤之后，故以商盘嵌入堂联，以示对祖先的怀念。下联写汤斌，清睢州人，顺治九年（1652 年）进士。官至工部尚书，治程朱理学。任岭北道道台时，以治政清廉著名，说他为政像豆腐汤那样清，给

百姓恩惠又如人参汤，加上他姓汤，古美其名曰"三清道台"。

> 瑞气抱东泉，西峙灵鸡环掬水；
>
> 祥光分北斗，南翔天马耀中山。

【注】此为祠门外楹柱联，汤漾书。

广西柳州柳城螺田官陂汤氏堂联

> 四面荣光归绕座；
>
> 群峰秀气尽朝堂。

【注】联说此处毓秀钟灵。

> 捧日祥云，常近庭阶彰五色；
>
> 环玑列宿，分巡户窗映三台。

【注】联说本支汤氏不忘祖德。

> 启后承先，门内端严昭肃穆；
>
> 由中达外，庭前和暖蔼光辉。

【注】联说本支汤氏光大先人世德。

龛联

> 铭盘圣敬，自昔为昭，溯列祖懿行嘉言，杰德相仍绵百代；
>
> 别驾书香，于兹求艾，愿汤孙恭崇讲让，家声丕振耀千秋。

【注】联说本支汤氏祖泽和家声。

> 拓宗裔于西粤，松为栋，柏为梁，肯构肯堂，丕显丕承，洪此妥安先祖；
>
> 萃子姓于东泉，田可耕，书可读，有为有守，可大可久，也堪垂昭后昆。

【注】联说本支汤氏迁徙与发展。

广东梅州车头坝汤氏宗祠堂联

> 枕丫髻，向黄沙，一览群山皆拥翠；
>
> 傍梅汉，迎泮口，遍观诸水亦归朝。

> 溯宗功由玄鸟，绩著分枝，启后裔书香，光生俎豆；
>
> 衍世泽于吞星，源流德荫，修先人祀典，雍肃冠裳。

广东蕉岭汤氏宗祠栋对

赤岭启堂基，峰高土厚，卜筑落成，自可栽培兰桂；

白水迎庭院，源远流长，波涛涌起，何难奋发蛟龙。

陕西汉阴汤氏宗祠门联

光前裕后中山府；

韫武韬文上谷堂。

陕西汉阴蒲溪汤氏宗祠栋对

世系衍中山，喜凤起蛟腾，累代衣冠绵燕翼；

家声延景亳，愿孙贤子孝，千秋科第庆蝉联。

【姓源】《风俗通义》。

① 商代族氏。殷墟卜辞有帚(妇)安,即安族妇(《商周姓氏制度研究》)。

②《姓韵》引《风俗通》,汉有安成为太守。《汉书·武五子传》载,昌邑王贺过弘农,使大奴以衣车载女子,使者以让相安乐。颜师古以为名,史逸其姓,非也。《傅介子传》有卫司马安乐。《魏书》有淮阳太守安乐,是有三安乐也。

③《后秦录》有将军安乐。其后裔皆为安氏。

④ 少数民族汉姓或融入汉族后改汉姓(略)。

【分布】安姓为中国第110常见姓。人口约170万,约占全国人口的0.14%。约45%分布在河北、安徽、山东、辽宁四省(其中河北最多,约占全国安姓人口的13%);约37%分布在河南、黑龙江、山西、甘肃、陕西、贵州六省(《中国姓氏·三百大姓》)。安姓客家人很少,河南有分布,南方各省较少安姓客家人,仅江西有此姓。

【郡望】武陵郡。

【堂号】武陵堂。

通用祠联

门联

才堪济世;

学足通经。

【注】上联典指北魏辽东人安同。安同,性格端庄谨严,有济世之才,为道

武帝所器重。太武年间被封为高阳公,历任征东大将军,冀州、青州刺史。为官严明,长于校练,一时为人称颂。下联典指北宋初朔州人安德裕。安德裕,字益之,后晋成德军节度使安重荣的儿子。安重荣因不满高祖石敬瑭向契丹自称儿皇帝而反晋,被杀,其属下秦习把安德裕藏匿养大。他幼年时就喜欢笔砚一类文具,读书后,博贯文史,尤其精于《礼记》《左传》《汉书》。北宋开宝初年进士,官至金部郎中,出任睦州知州。著文集四十卷。

> 仙人食枣;
> 乐工剖心。

【注】① 仙人食枣:典指安期生。安期生,秦琅琊人。卖药海上,受学于河上丈人,时人皆言千岁翁。秦始皇东游,召见并与安三日叙,赐金璧皆散。汉李少君言,尝见安期生食巨枣,大如瓜。② 乐工剖心:典出安金藏。安金藏,唐长安人,在太常工籍。唐武后时,有人诬皇嗣谋反。金藏曰:"公既不信金藏之言,请剖心以明皇嗣不反。"即引佩刀自剖其胸,肠出而仆。

> 耻为夷子;
> 洗此胡儿。

【注】① 耻为夷子:典指安重荣。安重荣,东晋朔州人,善骑射,初为振武巡边指挥使。高祖即位,与契丹约为父子,重荣愤然曰:"诎中国,尊夷狄,万世之耻。"② 洗此胡儿:典出安禄山。安禄山,唐营州柳城胡人,玄宗封安为范阳节度兼河北采访使,领平卢军。杨贵妃以安禄山为养子,生日,明皇赐贵妃"洗儿钱"。

堂联

> 博通群史,荣居司马;
> 屡建宏功,耻同禄山。

> 百谷用成,明德馨香修祀典;
> 一阳来复,彤云纠缦见天心。

【姓源】《潜夫论》。

① 先秦古姓。相传黄帝子十二姓，其一祁姓。

② 先秦古姓。本作嬶，后假作祁。相传高辛氏帝喾之子尧为祁姓，陶唐氏。尧妻散宜氏之女曰媓，生监明。监明之子式封于镏（刘），其地今河北唐县，后为镏（刘）氏。裔孙镏（刘）累，事夏帝孔甲，为扰龙之官，后为扰龙氏。镏（刘）累之后至商不绝，武丁灭豕韦氏，以镏（刘）之后代之，又为豕韦氏。商末徙封于唐，其地在今山西翼城县西，为唐氏。周成王灭唐，封其后于杜，其地在今陕西西安东南，又为唐杜氏。杜伯为宣王大夫，无罪被杀，子孙分适诸侯各国，居杜城者为杜氏。杜伯之子隰叔奔晋，初封先邑，为先氏；为晋之士师，又为士氏。晋襄公卒，众子夷皋，发兵拒秦。士会乃亡秦。秦、晋交恶，晋六卿患会之在秦，常为晋乱，乃以计执之归。会之子士明留秦更为刘氏。士会以功封随，以邑为氏，称随会。晋景公七年，随会帅师灭狄，以功封范邑，其后因姓范氏。士氏之别，有祁氏、彘氏、鲂氏、穀氏、郇氏、栎氏、士季氏、士思氏、士尹氏、函舆氏、先穀氏、郇瑕氏、司空氏、司功氏等。尧子丹朱居陶丘，为陶丘氏。其后又有房氏、傅氏。又冀氏、蔷氏、蓟氏，亦出帝尧之后。

③ 春秋晋士氏，祁姓，其后或以姓为氏。

④ 祁氏，姬姓，春秋晋献侯曾孙奚，食采祁邑，因氏，是为祁奚（祁黄羊）。祁，在今山西祁县东南。

⑤ 少数民族汉姓或改汉姓（略）。

【分布】五代十国时期,中原动荡不安,祁姓族人纷纷南迁。两宋之际,今安徽、江西等地已有大量祁姓人口定居。清朝中期,沿海祁姓族人中已有人迁居台湾和海外。

祁姓为中国第 151 常见姓。人口约 86 万,约占全国人口的 0.069%。约 43% 分布在黑龙江、江苏二省,32% 分布在甘肃、河南、河北、陕西、山西五省(《中国姓氏·三百大姓》)。祁姓客家人较少,河南有之,广东、江西、广西有少量分布。

【郡望】太原郡。

【堂号】太原堂。

通用祠联

门联

亲仇并举;

乌兔咸驯。

【注】上联典说春秋时晋国人祁奚。祁奚,字黄羊,晋悼公时为中军尉。当其年老告退时,悼公问:“谁可以接替中军尉一职?”于是,他便举荐了与自己有仇的解狐,但解狐未及上任就死了。悼公再次问他:“谁还可以接替中军尉一职呢?”他回答说:“我的儿子祁午可以。”不久,中军佐羊舌职也死了。当悼公再次征求他的意见时,他推荐羊舌职的儿子。悼公问:“你为何既举荐你的仇人,又推荐与你关系密切的人呢?”祁奚答道:“公问是何人能胜任,并非问及与我的关系呀?”悼公认为有理,便任命祁午为中军尉,羊舌职的儿子羊舌赤为中军佐。结果,祁午、羊舌赤都干得很好。当时人们都很佩服祁奚,说他“外举不避仇,内举不避亲”。下联典说北宋莱州胶水人祁暐。祁暐,字坦之,淳化进士,历任度支员外郎,直集贤院。真宗时,出知潍州。母亲去世,他把母亲安葬在州城南,又在墓侧筑屋守孝,号泣守护,素食六年。有白乌白兔来,盘绕于墓侧。皇帝知道后,赐他衣服、粮食。

著静好集;

留贞白操。

【注】① 著静好集：典出祁彪佳。祁彪佳，明天启进士，累官右佥都御史，其女德渊，工诗，著有《静好集》。② 留贞白操：典出祁彪佳。祁彪佳殉国难，夫人商景兰有悼亡诗曰："存亡虽异路，贞白本相成。"

【姓源】《世本》。

① 许氏，偃姓。上古东夷族首领皋陶（咎繇）之后。皋陶卒，夏封其后于鄩（《史记·夏本纪》假作许），其地是今河南许昌之东。子孙以国为氏。后假作许氏。

② 许氏，姜姓，以国为氏。金文作鄦氏。《姓氏考略》载，姜姓，尧四岳伯夷之后，与齐同宗。周武王封其裔孙文叔于许，子孙以国为氏。史料记载，许姓家族是炎帝的姜姓后裔。另一说尧帝时，有一位辅佐尧帝，被尊为"四岳"的贤士叫伯夷，炎帝后裔姜文叔被封在许，并建立许国，史称许文叔。战国时期，许国被楚所灭，许国王族后裔有人以旧国名"许"为氏。

③ 以先祖字为姓。炎帝的后裔，隐士许由之后。唐尧晚年，尧曾想把帝位传给许由，他坚持不受，并跑到箕山之下，颍水之阳，尧又想让他做九州长官，他又跑到颍水边去洗耳，以示清高。

④ 少数民族汉化以后改姓或赐姓（略）。

【分布】秦汉时期，许姓族人已遍布河南、河北两省，后形成望族——汝南郡望。后又分支出高阳郡、太原郡和会稽郡等许多郡望。三国两晋南北朝时期，许姓一部分族人为避乱南迁到今湖北、福建和广东等地。

宋元时期，许姓族人在南方发展趋势远远大过了北方。清代末年，已有许姓族人迁居台湾及海外各地。

许姓为中国第 28 常见姓。人口约 730 万，约占全国人口的 0.58%，约 40% 分布在广东、江苏、福建、河南、台湾五省，28% 分布在山东、河北、云南、安徽、四川、浙江六省（《中国姓氏·三百大姓》）。许姓客家人主要分布在广东、福建、江西三省，四川、台湾也不少，广西、湖南、河南、湖北也有分布。

【郡望】高阳郡、太原郡、会稽郡等。

【堂号】高阳堂、月旦堂、训诂堂、世德堂、尚仁堂、亲庆堂、吉星堂、世荣堂、六合堂、立夫堂、高风堂、和乐堂、汝南堂、达君堂、众善堂等。

通用祠联

门联

万卷毕览；

五经无双。

【注】① 万卷毕览：典指许善心。许善心，隋人，字务本。少孤，聪明有思理，徐陵称为神童。累迁通议大夫。博学多闻，家藏万卷书，无不遍览。② 五经无双：典出许慎。许慎，东汉经学家、文字学家，字叔重。官至太尉南阁祭酒。性淳笃，少博学经籍。有"五经无双许叔重"之评，著有《说文解字》十四卷等。

评推月旦；

绪衍箕山。

【注】① 评推月旦：典指许劭。许劭，东汉汝南平舆人，字子将，少峻名节，好评论乡党人物，每月更其品题，俗称"月旦评"。② 绪衍箕山：许由，一作许繇。相传尧要把君位让给他，他逃到箕山下，农耕而食。尧又请他做九州长官，他到颍水滨洗耳，表示不愿听到。传说箕山有许由冢。

鲁斋道学；

旌邑仙传。

【注】① 鲁斋道学：典指许衡。许衡，宋元之际学者，字仲平，号鲁斋。好学，以道自任，尝自署斋名"鲁斋"。世称"鲁斋先生"。② 旌邑仙传：典出许逊。许逊，晋汝南人，家南昌，字敬之，学道于吴猛。举孝廉，拜旌阳令，大施利济，寻弃官东归。有仙术，精修成仙，世称"许真君"，亦称"许旌阳"。

高阳世泽；

太岳家声。

【注】① 高阳：据《姓纂》载，许姓始祖文叔，为炎帝裔孙，出自姜姓。周武王时封于许国（今河南许昌），后为楚所灭，子孙以国为氏。战国时，子孙繁衍全国，而以河南高阳县为最，故以"高阳"为堂号。② 太岳：据《百家姓词典》，周武王封文叔于许，以主太岳之祀。

孝宣求剑；

飞琼鼓簧。

【注】① 孝宣求剑：典指许后。许后，汉昌邑人，名平君。《汉书》载，孝宣帝与许后起自微贱，及即位，公卿议立后，帝诏求故剑，大臣因奏立许后。② 飞琼鼓簧：典出许飞琼。许飞琼，古仙女，传为王母侍女。王母常令琼鼓震灵之簧。

训诂传经千古业；

说文解字万世师。

【注】训诂：用通俗的话来解释词义的叫"训"，用当代的话来解释古代词语或用普遍通行的话来解释方言的叫"诂"。全联典出东汉经学家、文字学家许慎。许慎，字叔重，汝南召陵（今河南郾城）人。师事贾逵。曾任太尉、南阁祭酒、洨长等职。博通经籍，为马融所推重，时人有"五经无双许叔重"之评。著有《说文解字》十四卷并叙目共十五卷，共收入汉字9353个，集古文经学训诂之大成，是我国最早、最有权威的一部关于古文字的字典，对后代研究中国古代文字的形音义和文字发展的历史贡献极大，同时也是后代编辑字书最重要的根据。又著有《五经异义》十卷，专注古文经学，已佚。其后裔为他建祠，并命名家族堂号为"训诂堂"，以示对祖先的怀念。

栋对

入颍阳、守睢阳、令旌阳，赫赫神仙之府；

汉太傅、唐右傅、明少傅，堂堂宰相之家。

【注】上联典指许由、许远、许逊；下联典指许靖、许敬宗、许存仁。

江西兴国城郊许氏宗祠门联

红日迎祥书五色；

彩云献瑞是三台。

——谢远涵

【注】三台：风水术语，即三台星六颗，两两排列，从文昌星开始，排列到太微垣。一种观点认为叫天柱，是三公的职位。在人间叫三公，在天上叫三台，掌管开拓德行，宣扬政令。三台象征正直、通洽，意为人品性端正，努力向上。若三台加会左辅、右弼，象征处世明快；三台加会文昌、文曲，象征气度平和。

谢远涵（1875—1950）：字敬虚，江西兴国长冈乡塘石村人。幼随父读书。年二十，中光绪甲午（1894 年）科进士，次年选为翰林，任翰林院编修。光绪二十一年（1895 年），参加康有为联合十八省来京会试举人"公车上书"，并在策试中针对时弊，力主"变通"。宣统元年（1909 年），任四川道监察御史。

江西南康大坪许氏宗祠堂联

大宋尚书第；

皇唐太守家。

事事清平多种福；

家家和睦巧耕田。

阶下芝兰竞挺秀；

堂前紫桂喷清香。

尚书勋猷，愿后裔经纬天地；

仁里风俗，绳祖武宣布寰区。

【注】勋猷：勋，特殊功劳；猷，计谋、打算、谋划。

尚志有贞心，箕山之高风卓著；

仁恩及黔首，旌阳之遗泽孔长。

【注】① 箕山：相传尧帝曾经想请许由为九州长官，许由躲进箕山（今河南

登封嵩山）以农耕为食。② 黔首：中国战国时期和秦代对百姓的称呼。含义与当时常见的民、庶民同。③ 旌阳：许逊（239—374），江西南昌人，道教著名人物，净明道、闾山派尊奉的祖师，晋太康元年（280年）举孝廉，出任旌阳令，人称许旌阳。后为汉族民间信仰的神仙之一。在江南地区留下了斩蛟龙治水的传说，受历代朝廷嘉许和百姓爱戴，誉为"神功妙济真君""忠孝神仙"，又称"许天师""许真君"。

尚志怀前烈，箕水风清，上下四千年，光昭史册；

仁德继先公，泥湖基肇，绵延亿万世，功著旂常。

【注】旂常：旂与常，都是古旗帜名。旂画交龙，常画日月，是王侯的旗帜。语本《周礼·春官·司常》："日月为常，交龙为旂……王建大常，诸侯建旂。"也借指王侯。

亲世泽于高阳，绳其祖武惟耕读；

庆安居乎南埜，贻厥孙谋在俭勤。

【注】高阳：许氏的发源地，在今河南许昌东。春秋战国时期，许国为郑、楚等国所逼，曾多次在今河南及安徽北部一带迁都。许国被楚灭后，除部分迁居今湖北荆山及湖南芷江等地外，多数许姓就地繁衍或北上迁徙。许姓北上最初迁徙之地是冀州高阳（今河北高阳），后有许氏复迁回河南宝丰等地。

圣世共被升平日；

治化同沾盛世春。

亿万斯年，子孙济济绵世泽；

宪章百代，功德巍巍仰前猷。

【注】① 宪章：典章制度。② 前猷：先王的谋划。

泥金扬名，一堂青衿映祖庙；

湖光送锦，四面绿水绕庭阶。

【注】① 泥金：借指泥金帖子。宋张元干《喜迁莺慢》词："姓标红纸，帖报泥金，喜信归来俱捷。"② 青衿：语出《诗·郑风·子衿》："青青子衿，悠悠我心。"该诗描写的是周朝学子的服装，后用青衿代指周朝国子生。此后也为北齐、隋唐两宋学子的制服。这里作为贤士的代称。

圣功贤业，祇为诗书厚垂训；

治国齐家，不外孝悌广推求。

序列一堂，雍雍肃肃家声远；

伦敦千古，绵绵延延德泽长。

【注】① 雍雍肃肃：雍雍，雍容，从容大方。肃肃，严正。意为华贵有威仪，让人生敬。② 伦敦：指人与人之间的关系厚道，诚恳。

立功建业，受天禄者，且喜荣光祖考；

夫唱妇随，成家道者，还欣思及子孙。

世德光天同祝岁；

荣居乐地总宜春。

众位得安，阴灵有感；

善心既发，福报无疆。

众运心香，但愿先灵超上界；

善获福报，惟冀后裔出人群。

世宙喜升平，国恩家庆；

荣光呈瑞彩，海晏河清。

【注】世宙：世界。章炳麟《四惑论》："信神教者以为天公巨灵，特生人类以蕃其种，以润色其世宙。"

统绪既承，冀有光于前烈；

纪纲丕振，斯可启乎后昆。

【注】① 统绪：头绪，系统。南朝梁刘勰《文心雕龙·附会》："若统绪失宗，辞味必乱。"② 前烈：前人的功业。《书·武成》："公刘克笃前烈。"孔颖达疏：

"能厚先人之业也。"

世德作求，昭兹来许绳祖武；
荣华随遇，诗书礼乐翼孙谋。

世代经文作良田，子种孙耕歌乐岁；
荣华富贵承祖德，青衿紫袍庆盛时。

统绪开万古，子孙云礽绳继于勿替；
纪纲振千秋，忠孝凛烈整顿以有常。

世远年湮到于今，农服先畴，士食旧德；
荣宗耀祖寔所赖，天开文运，地辟英灵。

【注】① 湮：湮没。② 寔：确实，实在。

世宙际升平，望观一堂济济乎，同歌乐岁；
荣居开景运，云呈五色昭昭然，共仰新春。

【注】① 五色：指青、黄、赤、白、黑五色，也泛指各种色彩。古代以此五者为正色。② 昭昭：明亮，光明。语出《楚辞·九歌·云中君》："烂昭昭兮未央。"王逸注："昭昭，明也。"

世系出箕山，绪衍百代，至今犹堪推望族；
荣封评月旦，吾承八恺，于兹居然起云礽。

【注】① 评月旦：典指东汉许劭。② 八恺：昔高阳氏有才子八人，世得其利，谓之八恺。

云从龙，风从虎，允文允武，旋看风云际会；
川之湄，山之润，肯构肯堂，还期山川钟灵。

世事若周全，务宜存仁义尚廉耻，是训是行，方为上策；
荣华能悠久，须将说礼乐敦诗书，有典有则，乃作良谋。

江西南康许氏宗祠堂联

吉人蔚蔼联奎壁；

星气光芒射斗牛。

——许受衡

【注】奎壁：二十八宿中奎宿与壁宿的并称。旧谓二宿主文运，故常用以比喻文苑。

吉人蔼蔼光门第；

星斗荧荧映玉堂。

【注】① 蔼蔼：众多的样子。左思《咏史》："峨峨高门内，蔼蔼皆王侯。"② 荧荧：光闪烁的样子。

江西南康大坪螺塘许氏宗祠堂联

六合风光随气转；

一门春景自天来。

【注】六合：指天、地和东、西、南、北四方。泛指天下或宇宙。

六谷咸丰歌大有；

合团萃临卜中孚。

【注】① 六谷：古时指稻、黍、稷、粱、麦、苽六种农作物。② 大有：大丰收，大有之秋。③ 中孚：《中孚》卦象泽上有风，谓风行泽上，无所不周。故又以指恩泽普施。

门外青山山外鸟；

西边红雨雨边花。

月朗星稀光祖庙；

岩峙谷秀起人文。

月白风清，共乐升平世界；

岩花径草，同沾和霭春光。

六事首廉善次廉能，家庭有庆；

合房长克功幼克敬，伦序无乖。

【注】① 伦序：有条理，顺序。② 无乖：不相乖违。《法苑珠林》卷六八："其有帝王贤士、今古明君，咸共遵崇，无乖敬仰。"

亨衢历于敬慎，沐盛世皇恩，吾村有庆；

复明德以仁慈，愿丰年富足，我室皆盈。

【注】亨衢：犹言四通八达的大道。《易·大畜》："何天之衢，亨。"孔颖达疏："乃天之衢亨，无所不通也。"

本吾慈祥，虽未必尽慰深怀，亦可期昌百世；

西华耸峙，纵不能相对抱秀，何妨姣祝三多。

【注】姣：美好。

江西南康大坪东许氏宗祠堂联

螺峰层叠风光美，人文蔚起；

塘水澄清乡土亲，世代昌荣。

高台闪出旌旗影；

风力送来丝竹声。

江西南康大坪许氏宗祠堂联

和顺里中人自泰；

乐安乡里物同春。

和风绿染文章草；

乐日红蒸富贵花。

和鸣紫燕将春报；

乐见仓庚应候飞。

【注】仓庚：亦作"鸧鹒"。黄莺的别名。语出《诗·豳风·东山》："仓庚于飞，

熠熠其羽。"

和扇林间花欲笑；
乐听檐际鸟能言。

和声嫋嫋埙篪协；
乐意融融岁月新。

【注】① 嫋嫋：同"袅袅"。轻盈纤美的样子。和声袅袅，形容声音绵长不绝。② 埙篪：皆古代乐器。二者合奏时声音相应和，因常以埙篪比喻兄弟亲密和睦。

和时共庆离专制；
乐国同居享自由。

和调邹律回元气；
乐际尧年庆太平。

【注】① 邹律：相传战国时齐人邹衍精于音律，吹律能使地暖而禾黍滋生。后比喻带来温暖与生机的事物。② 尧年：古史传说尧时天下太平，因以尧年比喻盛世。

和睦族邻真杰士；
乐居涧谷小神仙。

和族睦邻，持身要道；
乐天安命，处世良谟。

和宗族，睦乡邻，原为处世上策；
乐诗书，行仁义，正是立身良图。

和风敲竹递佳音，好把三多报到；
乐雪催梅昭瑞色，凭将五福输来。

【注】① 三多：指多福、多寿、多子。祝颂之辞。② 五福：源自《书·洪范》，

是古代民间关于幸福观的五条标准，即长寿、富贵、康宁、好德、善终。

> 和丸思柳母，训子成名，百世咸称贤妇；
>
> 乐道慕仲尼，著书立教，千秋共仰圣人。

【注】① 和丸思柳母：典出唐代柳仲郢。柳仲郢，幼嗜学，母亲韩氏用熊胆和制丸子，使柳仲郢夜咀咽以提神醒脑。② 仲尼：即孔子，名丘，字仲尼。春秋末期著名的思想家、教育家、政治家。孔子开创了私人讲学的风气，是儒家学派的创始人。

福建武平中山许姓宗祠堂联

> 总月旦之评；
>
> 称天口之隽。

【注】此联誉东汉高士许劭。许劭，喜品评人物，每月更换品题，故有"月旦评"之称，曾评曹操："治世之能臣，乱世之奸雄。"曹大喜而去。隽，即俊，才智出众之人。此联不符对仗格律。

> 积德培才家声远；
>
> 勤耕爱读世泽长。

【注】上联寓指元集贤殿大学士兼国子祭酒许衡。许衡有教无类，人称"鲁斋先生"。下联指战国思想家，诸子中"农家"代表许行。他一生勤耕苦读，赢得美誉。

湖南炎陵许氏宗祠门联

> 彻钟泰岱；
>
> 绪衍箕山。

【注】全联说的是许由。

广东许氏宗祠通用堂联

> 山水盟心，风月辄思其韵；
>
> 花茵列坐，宾朋咸聚其芳。

> 家传十四篇书，合三苍为一；
>
> 律讽九千字学，通五经无双。

祚启清漳，源自有唐宣武发；

支分南诏，派出大宋尚书来。

裔承太岳，珍相号前山，神通广宇，喜万古流芳辉象岭；

宗启潮沙，祖公传后代，应振宏图，欣千秋溢彩耀高阳。

广东平远仁居大塘肚许氏宗祠堂联

大义扬名家声振；

塘梓联芳世泽长。

溯先祖由梅迁平邑，世代兴隆宏太岳；

看今朝艰苦创大业，儿孙辈出耀高堂。

阮（阮）

RUĂN

【姓源】《元和姓纂》。

① 偃姓，以国名为氏。《姓谱》载，阮国，为殷商时的诸侯小国，其地在今甘肃泾川县东南，子孙以国为氏。后来被邻国周吞并。阮氏家族，经过多年的繁衍，在河南开封陈留成为当地望族。阮氏源自偃姓国，偃姓国则为皋陶之后所建。皋陶，上古时东夷族的首领，曾被舜任为掌管刑法的官。后被禹选为继承人，可惜英年早逝，未能继位。追本溯源，则阮氏乃皋陶之后，其源流可谓悠久漫长。阮国后裔为怀念故国，纷纷以旧国名"阮"为氏。

② 以邑为氏。出自秦朝时期九阮郡，属于以居邑名称为氏。

③ 赐姓。《南史》《姓氏考略》及《路史》载，春秋时卫大夫石碏之后有在东晋时改石为阮者，另南朝会稽余姚人石令嬴因得梁武帝宠爱，被萧衍拜为修容，赐姓阮，其家族或有以阮为氏者。

④ 少数民族改姓（略）。

【分布】南北朝时，避乱江浙等地的阮姓名人辈出，高官不断。此间，阮姓因仕宦、避乱、升迁、谋生等原因又逐渐在安徽、江西、湖北、湖南等地落籍。并有阮姓进入越南，如今仍是越南的大姓。

唐朝初期，阮姓开始入闽。五代时，已有阮姓人定居四川、广东。北宋时，居于闽县的一支阮姓北徙吴县。

阮姓为中国第 162 常见姓。人口约 81 万，约占全国人口的 0.065%。约 50% 分布在浙江、湖北、广东、福建四省（其中浙江最多，约占全国阮姓人口的 15%）；约 26% 分布在河南、黑龙江、陕西、江西、山东、江苏六省（《中国姓氏・三百大姓》）。阮姓客家人口不多，主要分布在广东、福建、江西、湖北四省，台湾、广西、湖南也有分布。

【郡望】陈留郡。

【堂号】陈留堂、常兴堂、安溪堂等。

通用祠联

门联

泾渭世泽；

陈留家声。

【注】上联是说阮氏为皋陶之后，商朝有阮国，地处泾、渭之间。下联是说阮氏人望出陈留。

陈留世泽；

晋代家声。

【注】典出晋朝时期的名士阮籍。阮籍，字嗣宗，陈留尉氏人，阮瑀的儿子。曾任步兵校尉，为竹林七贤之一。

桃源仙骨；

竹径高风。

【注】上联指三国时期曹魏文学家、思想家阮籍。阮籍常以醉酒的方法在复杂的政治斗争中保全自己。下联指阮籍的侄子阮咸。阮咸，字仲容，竹林七贤之一，与阮籍并称大小阮。旷达不拘礼法，通音律，善弹琵琶。官散骑侍郎，出为始平太守。

七贤并列；

八达齐名。

【注】① 七贤并列：典指竹林七贤之一的阮籍。② 八达齐名：典出阮孚。阮孚，晋元帝时为东安参军，终日酣纵。继迁黄门常侍，尝以金貂换酒。与光逸、谢鲲、阮放、毕卓等人相友善，都放达不拘礼法，时称"八达"。

堂联

吹笛宫人，遣归吏部；

持杯仙女，引入天台。

【注】① 吹笛宫人：典出阮孚。晋明帝宫人宋棉，善吹笛，帝疾笃，群臣谏宋棉出宫。帝召见诸卿，问谁欲得之。吏部尚书阮孚以愿得对，帝乃与之。② 持杯仙台：典出阮肇。东汉永平中，阮肇与刘晨入天台山采药，失道行数里，遇二美女，持杯迎人洞，食以胡麻饭，同居半年，后求去，指示原路，至家，子孙已七世。

> 神话离奇，天台巧遇仙女；
>
> 世风险恶，竹林并列贤人。

【注】上联典指东汉名人阮肇。下联典指三国时期曹魏名士阮籍及其从子阮咸，均为竹林七贤之一。

> 举目共思，祖功宗德；
>
> 存心当为，子孝孙慈。

> 官迹粤闽间，基开望重绵瓜瓞；
>
> 部居南北道，蔚起名贤绍竹林。

福建省武平中山上岭阮氏堂联

> 竹林家声远；
>
> 陈留世泽长。

【注】上联指三国时名文学家阮籍和他的侄子阮咸。下联陈留世泽，指阮姓望出陈留郡（今河南开封一带）。

台湾阮氏祠堂门联或堂联

> 竹林高概荣世第；
>
> 蓬岛仙姿耀家风。

【注】上联指的是阮籍的典故。

> 一代祥云辉五色；
>
> 百年景福庆三多。

【注】一代、五色、百年、三多嵌入联中，形成精妙数字对。

> 堂开曙色祥云丽；
>
> 帘转春风玉树高。

【姓源】《世本》。

① 孙氏，姬姓。春秋卫公族。宋本《广韵》云："（孙）姓，周文王子康叔封于卫，至武公子惠孙生耳为卫上卿，因氏焉。"《新唐书·宰相世系表》载："孙氏出自姬姓，卫康叔八世孙武公和生公子惠孙，惠孙生耳为卫上卿，生武仲乙，以王父字为氏。"

② 孙氏，妫姓。春秋陈厉公（陈厉公）之子完奔齐，改陈氏为田氏。陈完五世孙无宇（陈桓子）生开，字子彊，后改孙氏，名书，字子占。卒谥武子，世称孙子。

③ 芈姓支分，楚王蚡冒之后。《通志·以字为氏》云："又有孙氏，楚令尹孙叔敖之后也。"春秋初期楚庄王的令尹孙叔敖的后裔，为纪念先祖，便以祖字"孙"为氏。

④ 妫姓，以赐姓为氏。《古今姓氏书辩证》载，春秋时陈国妫满的后裔陈完因避祸逃到齐国，改姓田，称田完。田完的后裔田桓子因功，被齐桓公封在乐安，并赐姓"孙"，田桓子的后裔以"孙"为氏。

⑤ 郇姓支分，周郇伯之后。《元和姓纂》："荀，周文王第十七子郇侯之后，后去邑为荀。"《郇卿别传》："郇卿，名况，赵人也。盖郇伯之遗苗，郇伯公孙之后，或以为孙氏，故又称孙卿焉。"

⑥ 夏侯婴之后。见《汉书·夏侯婴传》。

孙姓来源，最主要的是姬姓、芈姓和妫姓分支，他们是当今孙氏的主体。而三支孙氏归根到底都属姬姓，都是黄帝的子孙。

【分布】春秋末期，发源于山东的孙氏一支得以蓬勃发展，后因社会动乱，孙氏子孙播迁到了今江苏、浙江和福建一带。

唐朝时，随着陈政、陈元光父子入闽开辟漳州，河南部分孙氏族人迁居到了福建、粤东一带融入当地客家。

孙姓为中国第 12 常见姓。人口 1800 多万，约占全国人口的 1.44%，约 28% 分布在山东、河南二省（其中河南最多，约占全国孙姓人口的 18%）；41% 分布在黑龙江、河北、江苏、辽宁、吉林、安徽六省（《中国姓氏·三百大姓》）。孙姓客家人不是很多，但分布较广。客属地区的河南、广东、广西、福建、湖南、湖北和台湾均有分布。

【郡望】乐安郡、东莞郡、太原郡、吴郡等。

【堂号】平治堂、安定堂、乐安堂、兵法堂、孝友堂等。

通用祠联

门联

> 东吴著绩；
>
> 南粤流芳。

【注】此联典指三国吴王孙权。东吴太祖大皇帝孙权（182—252），字仲谋，吴郡富春（今浙江富阳）人。三国时期吴国的开国皇帝，公元 229—252 年在位，据说是中国兵法家孙武后裔。长沙太守孙坚次子，幼年跟随兄长吴侯孙策平定江东。200 年孙策早逝，孙权继位为江东之主。208 年，孙权与刘备联盟，于赤壁击败曹操，天下三分局面初步形成。219 年孙权自刘备手中夺得荆州，使吴国的领土面积大大增加。222 年孙权称吴王，229 年称帝，正式建立吴国。

> 金声世德；
>
> 雪案家声。

【注】① 金声世德：典指东晋文士孙绰。孙绰（314—?），字兴公，太原中都人，以文称于当世。孙绰作《天台山赋》，佳甚，以示范荣期，曰："此赋掷地，当作金石声也。"② 雪案家声：典出民族志士、明朝大臣孙承忠。孙承忠（1563—1638），字稚绳，高阳人，万历进士，授编修。天启二年（1622 年）擢兵部尚书，兼东阁大学士。时辽东形势危急，他自请以原官督山海关及蓟辽、天津、登莱处

军务。在镇四年主持修筑宁远等大城九座，堡四十五座，练兵十一万，拓地四百里。崇祯二年（1629年）清兵入犯京畿，督守通州，后移镇山海关，收复永平、滦州、遵化等地。及袁崇焕遭间下狱，他安抚祖大寿共御清兵，以功加大傅。后因祖大寿降清，被劾夺官归里，崇祯十一年（1638年）清兵攻高阳，亲率家人登城御敌。城破被俘，自缢而死。

大儒门第；
孝友家风。

【注】全联典出明清之际学者孙奇逢。孙奇逢，直隶容城（今属河北）人。明代万历举人，明亡后，因家乡被圈地，乃与弟子隐居于河南辉县的夏峰，故世称"夏峰先生"。勤于躬耕著书，数次征召而不仕。与黄宗羲、李颙并称三大儒。为学以"慎独为宗，以体认天理为要，以日用伦常为实际"，提倡不拘门户，重深造自得。初宗陆九渊、王守仁，晚倾慕朱熹理学，终于成为两派的调和论者，对清初理学影响很大。著有《理学宗传》《读易大旨》《四书近旨》《夏峰先生集》等。孙奇逢制定的《孝友堂家规家训》指出："《论语》，孝弟为仁之本。"

乐安世德；
兵法名家。

【注】① 乐安：在今山东广饶。据《章峰堡孙氏族谱》载，孙氏始祖田书，字子占，春秋为齐大夫，伐莒有功，齐景公赐姓曰孙，食邑于乐安，后遂以"乐安"为郡号、堂号。② 《新唐书·宰相世系表》："楚令尹孙叔敖之后，以字为氏。"另据《乐安孙氏族谱》载，吴孙武、齐孙膑、东吴孙权，皆子占之后。孙权传十九世孙利，世居河南陈留，唐乾符年间，居虔化（今江西宁都）。五世宣教迁福建宁化石壁，七世建邦迁浙江余姚。明永乐年间(1403—1424)十四世伯传携四子迁广东兴宁东厢章峰堡。

富春世第；
雪案家声。

【注】① 富春：典出孙武王之子孙操。孙操，燕王慕将门之风纳为驸马，威名震于燕邦七国之君臣，士大夫莫不敬畏。孙操食采于富春。② 雪案：典出明朝大臣孙承忠。

映雪世泽；

兵书家声。

【注】① 映雪：典出孙康。孙康，晋国人。性敏，好学，家贫，连点灯读书的油都没有。于是在冬夜里借着自雪映入的亮光来读书，后官至御史大夫。② 兵书：指《孙子兵法》。司马迁《报任安书》："孙子膑脚，兵法修列。"

金声播誉；

良史传名。

【注】上联典出东晋著名玄言诗人孙绰。孙绰，今山西平遥人。博学善文，为当时文人之冠。曾作《天台山赋》，初成，以示友人范荣期，说："卿试掷地，当作金玉声也。"范读后击节称善。下联典出东晋无神论者孙盛。孙盛，字安国，官至秘书监，加给事中，驳斥佛教"神不灭"思想。著有《魏氏春秋》及《晋阳秋》，世称孙盛为良史。

兵家祖；

循吏宗。

【注】① 兵家祖：典指孙武。孙武，春秋时兵家，齐国人，著有《孙子兵法》，为中国最早最杰出的兵书。称为"兵家之祖"。② 循吏宗：典指孙叔敖。孙叔敖，春秋时楚国人，官令尹。掌管军政大权。《循吏列传》首列楚相孙叔敖。循吏，旧谓遵理守法的官吏。

鼓琴长啸；

讲学却征。

【注】① 鼓琴长啸：典指孙登。孙登，晋时人，隐于苏门山，性无常，常大笑，能长啸作凤凰声，又好读《易》，鼓一弦琴。② 讲学却征：典指孙奇逢。孙奇逢，明清之际学者，世称"夏峰先生"。明亡，清前后十一次征其为官，孙隐居而不仕。康熙中卒，年九十有二。

蜀宫才捷；

吴岭仙成。

【注】① 蜀宫才捷：蜀主刘备继娶孙夫人，为孙权之妹，才捷刚猛，有其兄孙权、孙策之风。② 吴岭仙成：传说五代时吴人孙奚之女寒华，师杜锲，受元白之要，往来吴越诸山，修行功成，遂成仙而去。

江东开国；

冀北空群。

【注】① 江东开国：孙坚子孙策，平定江东，据六郡。孙权继其兄业，于黄龙元年（229年）称帝于武昌，国号吴。孙权称吴大帝。② 冀北空群：韩愈《送温处士赴河阳军序》："伯乐一过冀北之野，而马群遂空。"伯乐，即孙阳，春秋时秦穆公之臣，掌天马，善识马。

广东中山南朗石门翠峰谭公祠门联

香场遗泽；

莞水思源。

【注】思源：即饮水思源。比喻不忘本。

推翻帝制，千秋伟业英雄气；

缔造中华，万里山川日月光。

广东中山南朗左埗村孙公祠门联

黄龙世系；

映雪家风。

【注】① 黄龙：此指黄帝。左埗孙氏出自妫姓。春秋时齐景公赐姓孙，乃黄帝后裔。② 世系：指一姓世代相承的系统，也是家族世代相承的系统，由男姓子孙排列而成。③ 映雪：典出晋孙康映雪夜读。

栋对

寻根无别处，须知莞水香山，正统开基，业散四海五洲，难忘孙氏宗祖；

史册有标名，毕竟革命坎坷，伦敦遇险，总理一家数代，同称左埗头人。

孙姓源出妫汭，远宗舜帝，孝感动天，得尧帝妻二女传天下，垂拱而治昌盛世；

书祖食采乐安，乃孙文公，博爱民主，暨武公著兵法行于世，筋派同源两圣人。

龛联

发源妫汭，食采乐安，脉韶江西绵世泽；

避乱南雄，隐居东莞，枝分左埗衍流长。

【注】① 食采乐安：典出《新唐书》，田完的后代，孙武的祖先田书因伐莒有功，景公赐姓孙氏，食采于乐安（今山东惠民）。② 韶：继承。《礼记·乐记》："韶，继也。"郑玄注："韶之言绍也。"

江西孙海顺家庙照壁联

> 凤纪更新，鸿钧转泰；
>
> 龙精戒旦，鸟历司春。

【注】① 凤纪：即凤历，岁历。② 鸿钧：指天或大自然。比喻国柄，朝政。③ 龙精戒旦：《隋书·音乐志下》："龙精戒旦，鸟历司春。"龙精，指日。怕耽误正事，天未亮就起身。④ 鸟历司春：鸟历，古代司春之官。司春，指掌管春令。

福建武平孙氏堂联

> 正色持衡，良史传名于晋室；
>
> 奇才搜藻，金声播誉于天台。

【注】上联典指称孙盛。孙盛，著《魏氏春秋》及《晋阳秋》，被称为"良史"。晋桓温以《晋阳秋》记对桓温不利事，怒谓盛子曰："若此史行，自是关君门户。"强令孙盛删改。孙盛大怒不从。故以"正色持衡"赞孙盛不畏权贵，秉笔直书，确是良史。下联典指东晋孙绰。

台湾孙氏宗祠门联和堂联

> 天台播举家声远；
>
> 晋室名扬世泽长。

> 天台表掷金之赋；
>
> 春秋纪良史盛名。

> 乐业安居千载乐；
>
> 安居乐业四时安。

【注】① 天台播举家声远、天台表掷金之赋：典指东晋孙绰。孙绰，字兴公。博学善属文，少与高阳许询俱有高尚之志。居于会稽，游放山水，十有余年，乃作《遂初赋》以致其意。尝鄙山涛，而谓人曰："山涛吾所不解，吏非吏，隐非隐，若以

元礼门为龙津，则当点额暴鳞矣。"所居斋前种一株松，恒自守护，邻人谓之曰："树子非不楚楚可怜，但恐永无栋梁日耳。"绰答曰："枫柳虽复合抱，亦何所施邪！"绰与询一时名流，或爱询高迈，则鄙于绰，或爱绰才藻，而无取于询。尝作《天台山赋》，辞致甚工，初成，以示友人范荣期，云："卿试掷地，当作金石声也。"荣期曰："恐此金石非中宫商。"然每至佳句，辄云："应是我辈语。"除著作佐郎，袭爵长乐侯。② 春秋纪良史盛名：典指孙武、孙膑。大兵学家孙武帮助吴王阖闾，使得一个小小的吴国，西破强楚，攻入郢都，北上中原，威震齐晋；而其后代孙膑，帮助齐威王求韩、救赵，齐军彻底击溃魏军，孙膑因此而扬名天下，后世亦传扬他的兵法。孙氏在春秋战国时代出了两位大名鼎鼎的兵学家，无怪乎后世子孙将其事典，载于联语之中，引以为家族的荣耀。③ 乐业安居千载乐；安居乐业四时安：上下联的句首与句尾分别以堂号"乐安"嵌入，以纪念孙姓祖先望出之所。将"安居乐业"四字巧妙地镶入联语的上下联之中，其中"千载""四时"，还运用了数字对，饶富趣味。

广东通用堂联或栋对

十三篇用兵如神，有文经必有武备；

千金方活人无算，能治国亦能齐家。

望出太原，正色持衡，良史扬名于晋室；

芳传虞坡，奇才搜藻，金声播誉于天台。

石壁溯渊源，纬武经文，算历朝鹊起蝉联，闽帅前人光俎豆；

珊田承统绪，支分派别，冀来世蛊诜麟振，乡宾后裔荐馨香。

广东平远孙氏祠堂联

关西孔夫子，英雄人物宗风范；

北宋杨家将，文武衣冠祖庙光。

溯昌邑辞金作宦，廉明名臣自昔关西重；

忆程门立雪师事，诚敬理学于今海内宗。

忍人、让人莫去害人，行一片公道增福增寿；

修己、克己安分守己，存半点天理积子积孙。

福建宁化淮土孙氏孙坑家庙联

明人伦，鲁国骂忠乐安克存；

怀祖德，孟侯承诰虚圣陈诗。

国史并春秋直笔，鲁昭东晋；

状元称大小科名，共仰咸平。

将相名儒，一世家声光国史；

艺文金石，千秋穆别仰昭方。

智欲圆，行欲方，入家庙兼宣家训；

爱则存，懿则著，惟孝孙乃有孝忠。

【姓源】《姓觿》引《姓源韵谱》。

① 西周时有阳国，姒姓。阳公族以国为氏（《通志·氏族略》）。阳国，故城在今山东沂南县南之阳都城。春秋时灭于齐。

② 阳氏，姬姓。周景王之孙翁伯封阳樊，春秋末避乱适燕，因邑命氏（《姓源韵谱》）。阳樊，在今河南济源县东南皮城。

③ 春秋鲁季氏家臣阳虎，封于阳关，因氏（《中国姓氏寻根》）。阳关，在今山东泰安南。

④ 阳氏，芈姓。春秋楚穆王生王子扬，扬生王孙尹。尹生勾，字子瑕，以邑为氏，是为阳勾（《古今姓氏书辩证》）。

⑤ 阳氏，姬姓。春秋晋太傅阳处父以邑为氏。阳邑，今山西太谷县东之阳城。战国时属魏。

⑥ 欧阳氏，或改阳姓。

⑦ 少数民族汉姓，如苗族、侗族、瑶族等。

【分布】阳姓为中国第 197 常见姓。人口约 49 万，约占全国人口的 0.039%。约 81% 分布在广西、四川、重庆、湖南四省、市、自治区（其中广西最多，约占全国阳姓人口的 27%）；江西、贵州、湖北、云南亦多此姓（《中国姓氏·三百大姓》）。阳姓客家人广西较多，江西、四川、湖南也不少，湖北、广东也有少量分布。

【郡望】阳都郡、陇西郡。

【堂号】启胤堂。

通用祠联

门联

周封少子；

唐著谏官。

【注】① 周封少子：指周景王封少子于阳樊，后裔因以为氏。② 唐著谏官：典出阳城。阳城，唐时人。官谏议大夫，疏留陆贽，力斥裴延龄，时论重之。

堂联

村号莲花，宋代至今传孝本；

堂名谏议，唐朝而后继阳城。

【注】这是江西上犹县安和乡阳氏宗祠联。该祠坐落在莲花村。上联是写本祠宗贤阳孝本（1039—1122），字行先，少年时勤奋好学，二十九岁游学汴京（开封）上庠（即大学）。因学识渊博，被左丞蒲宗孟聘为西席（教师），但他看不惯统治阶层的骄奢专横，不久便辞职还乡。回家后他将家产分为三份，一份送给乡中师友，一份捐给赣州通天岩的寺庙，一份留给自己日常应急，然后便到通天岩隐居，号称"玉岩居士"。与苏东坡往来甚密。下联缅怀奉为该祠得姓开基祖的阳城（736—805），唐北平人，字亢宗。进士及第后隐于中条山。德宗召拜为谏议大夫，故该祠堂名为谏议堂。因力阻裴延龄为相，著直声，改国子司业，出为道州刺史。治民如治家，税赋不能如额，观察使数皆责让，自署其考曰："抚字心劳，催科政拙，考下下。"因而载妻弃官去。新、旧《唐书》有传。

江西上犹安和乡阳氏宗祠联

日照小逻光社稷；

功弥大宋展经纶。

燕山星火家声远；

城祖云烟福泽长。

麦（麥） MÀI

【姓源】《元和姓纂》引《姓苑》。

① 本麹氏。先世处州松阳（今属浙江）人。西晋时的麹鳟，避五胡乱，合二十四户南徙入粤至始兴（今广东韶关）。裔孙饶丰，号铁杖，隋时以功仕至右屯卫大将军，赐姓"麦"。

② 河南周口及湖北武汉的部分麦姓，本姓貊，因本地方言"麦""貊"同音，故改姓"麦"（《中华姓氏源流大辞典》）。

③《姓氏考略》："齐桓公至麦丘，麦丘老人年八十三，祝桓公寿，公封之麦丘，其后因以为氏。"这位八十三岁的老人，因祝寿而受封，他的后代子孙感沐皇恩，便以麦为姓。《岭表录异》："南海麦氏，皆麦铁杖之后。"据梅县新修《麦氏族谱》载，麦氏得姓始祖铁杖公，今广东始兴人，家名饶丰，字良韬，号铁杖，在隋朝任官，先后授飞骑尉、刺史、太守、大将军重职，屡建奇功，不图名利，隋帝赐姓麦，以后这一支子孙便以麦为姓。

④ 少数民族汉姓等（略）。

【分布】麦姓为中国第 211 常见姓。人口约 42 万，约占全国人口的 0.033%（广东最多，为广东第 8 大姓，约占全国麦姓人口的 70%）；广西、海南、台湾、四川亦多麦姓（《中国姓氏·三百大姓》）。麦姓客家人主要在广东，广西、海南、台湾不多，江西、福建也有分布。

【郡望】始兴郡。

【堂号】九思堂、始兴堂等。

通用祠联

门联

始兴世泽；

宿国家声。

【注】上联"始兴"乃麦氏得姓之地。麦氏发祥于始兴，以始兴为堂号。下联指麦氏得姓始祖麦铁杖，任隋朝大将军，在征讨辽东入侵战斗中为国捐躯，帝封一品光禄大夫、宿国公。

性烈继武；

法严靖盗。

【注】① 性烈继武：典指麦孟才。麦孟才，隋铁杖之子，性刚烈有父风，拜武贲郎将。 ② 法严靖盗：典出麦铁杖。麦铁杖，隋始兴人，骁勇有膂力，日行五百里，开皇中为车骑将军，有功，进柱国。官汝南太守时，明习法令，法严而群盗屏。

堂联

铁杖将军，隋代勋昭武烈，先朝武略垂青史；

玉堂学士，元朝著作文风，继起文章超白眉。

【注】上联典指麦铁杖。为隋朝屡立战功，封官赐姓，追赠正一品光禄大夫、封宿国公、智勇武烈大将军，谥武烈，葬于南雄县百顺大水迳冲天凤山，墓碑铭刻"隋宿国公麦铁杖之墓"字。下联典指元代任中书亭章政事的麦术丁。

广东大埔三河麦氏祠堂联

精忠勤国事；

刚烈绍家声。

此地有良田，美池桑竹之属；

其故家遗俗，流风善政犹存。

序一家世代源流，左昭右穆；

尊万古圣贤礼乐，春祀秋尝。

严（嚴）

YÁN

【姓源】《元和姓纂》。

① 傣族汉姓，傣族兄弟排行老大者，多以严某名之。有取汉名者即以严为姓。

② 改姓。《通志·氏族略》云，楚庄王后，以谥为氏。避汉明帝讳改为严。魏晋之际，有复本姓者，故有严、庄二氏。

③ 其他少数民族改姓（略）。

【分布】明朝时期，严氏族人的足迹遍布安徽、江苏、浙江和福建沿海一带。另外，这一时期的云南和广东等地也出现了少量的严姓人氏。

清康熙年间，严氏族人始从福建、广东等地迁居台湾和海外。

严姓为中国第94常见姓。人口约220万，约占全国人口的0.18%。约56%分布在湖北、江苏、广东、四川、浙江五省（其中湖北最多，约占全国严姓人口的18%）；13%分布在湖南、广西、江西三省、自治区（《中国姓氏·三百大姓》）。严姓的客家人广东较多，其次是江西、广西、湖南，四川、湖北、福建也不少，台湾和港澳地区也有分布。

【郡望】天水郡。

【堂号】冯翊堂、富春堂、客星堂、天水堂等。

通用祠联

门联

富春世泽；

天水家声。

文辩著名；
京兆家声。

富盈华屋；
春满吾庐。

学宗渠阁；
风表钓台。

【注】① 富春世泽：典出严光。严光，号子陵，汉武时人，时有文名，光武帝拟任为相，他拒之曰："光武无寸土，子陵有钓台。"来人谓："岂不闻普天之下，莫非王土。"他说："帝王能有百世乎？"于是，严光耕于富春山，垂钓富春江，因此，富春成了严氏的发祥地。宋范仲淹题严子陵钓台："云山苍苍，江水泱泱，先生之风，山高水长。"② 天水家声：天水为严氏祖居望族地。③ 文辩著名：典出严忌。严忌，西汉辞赋家。原姓庄，后改姓严。吴王刘濞招四方游士，他便仕吴，为门客，以文辩著名，世称"严夫子"。④ 京兆家声：典出严武。严武，字季鹰，唐朝官吏。安史乱，随唐玄宗入蜀，后投唐肃宗，历任兵部、吏部侍郎、京兆尹等职。

钓台世胄；
汉代家声。

【注】上联指东汉严光。严光与汉光武帝刘秀曾同游学，及光武帝即位，乃变姓名，隐身不见，后相遇，光武帝拜其为谏议大夫，不就，耕于富春山，垂钓富春江。后富春江畔建有严子陵钓台。下联指汉代严彭祖。严彭祖，西汉时创立严氏学。宣帝时立为博士，拜河南东郡太守、太子太傅等职，廉洁自守，不事权贵。著作有《天禄集》。

会稽贤守；
藕荡渔人。

【注】① 会稽贤守：典指严助。严助，西汉辞赋家，会稽吴人。郡举贤良对策，擢为中大夫，后迁会稽太守。② 藕荡渔人：典出严绳孙。严绳孙，清无锡人。以诗文擅名，康熙中举鸿博，授检讨，修明史，寻迁中允。归田后，自号"藕荡渔人"。

工书善绘，尤精画凤。

遁居剡曲；

卖卜成都。

【注】① 遁居剡曲：典指严光。严光，东汉会稽人，字子陵。曾与刘秀是同学。刘秀即位，光便隐身不见，避居异乡。访得一男子披羊裘钓剡水中，遂被召至洛阳，任为谏议大夫，不受，仍归隐富春山。② 卖卜成都：典出严君平。严君平，西汉隐士。成帝时，卜筮于成都市，日得百钱则闭肆下帘，攻读《老子》，著书十余万言。著有《道德真经指归》等。

广东梅州严氏宗祠通用堂联

万石严姬，扬名东海；

三休居士，高卧中林。

【注】① 万石严姬：典指严延年。严延年，西汉东海下邳人，字次卿，宣帝时任涿郡太守，后为河南太守，镇压豪强，诛杀甚多。其母从东海来，闻之不入府即还。后延年果败，被诛。兄弟五人皆至大官，东海号其母为"万石严姬"。② 三休居士：典出严参。严参，字少鲁。志气崖岸，屏绝交游，高卧中林，自号"三休居士"。与严羽、严仁齐名，时号"三严"。

系出富春，想当年积德累仁，佑启后人昌而炽；

基开平邑，缅今日文经武纬，仰承先绪发其祥。

通用栋对

黑水映程江，由梅邑而来篁乡，到此地崇山峻岭，创业开基，公道流传垂燕翼；

龙光飞斗牛，自元朝以至民国，迄以今三角六房，继志述事，平心追远绍羊裘。

【注】全联说严氏迁徙至程江梅邑（程江即程乡县，今梅州）。下联羊裘典出汉朝严光。严光（前39—41），字子陵，会稽余姚人，原姓庄，因避东汉明帝刘庄讳而改姓严。东汉著名隐士。少有高名，与东汉光武帝刘秀同学，亦为好友。其后他积极帮助刘秀起兵。公元25年，刘秀即位，多次延聘他，但他隐姓埋名，退居富春山。后卒于家，享年八十岁，葬于富春山。后世人称富春山为"严陵山"，

又称富春江垂钓处为"严陵濑",身穿羊裘垂钓蹲坐之石为"严子陵钓台"。后来北宋政治家范仲淹重修桐庐富春江畔严先生祠堂,并撰写《严先生祠堂记》,内有"云山苍苍,江水泱泱。先生之风,山高水长"的赞语,遂使严光以高风亮节闻名于天下。

江西宁都洛口严氏祠堂联

玉阶胪唱五云天;

鹊立通明第一光。

【注】① 胪唱:科举时,殿试之后,皇帝传旨召见新考中的进士,依次唱名传呼为胪唱,也叫传胪。② 五云:青、白、赤、黑、黄五种云彩。《关尹子·二柱》:"五云之变,可以卜当年之丰歉。"③ 鹊立:如鹊延颈而立,形容盼望等待。

圣主龙荣钦赐酒;

升富齐喜贺真贤。

祖先默佑,房房发福;

丕振宗风,代代俊英。

宴赐琼林,跨骏马,步天街,看遍长安春色;

名登蕊榜,荷龙章,高宅地,大恢金紫家声。

【注】① 宴赐琼林:皇上亲赐的琼林宴,是为殿试后新科进士举行的宴会。② 天街:朱雀门大街的简称,一说是承天门街的简称。承天门街直通封建皇帝居住和处理朝政的太极宫,朱雀门街也是通向帝王皇宫门的大街。③ 蕊榜:传说中道教学道升仙,列名蕊宫。后指科举考试中揭晓名第的榜为蕊榜。④ 荷龙章:荷,承担;龙章,龙旗。⑤ 金紫:指金印紫绶。借指高官显爵。唐宋后指金鱼袋及紫衣,唐宋的官服和佩饰。因亦用以指代贵官。

崇德泽苗裔,瓜瓞绵延,蕃赣郡蔓神州,根深叶茂;

玉峰映重门,人文蔚起,溯桐江来天水,源远流长。

【注】① 苗裔:后代,子孙。② 蕃:繁衍。③ 桐江:钱塘江上游,新安江与兰江汇合后的河段称富春江,下起富阳,上至淳安。其中桐庐县境河段称桐江。

东汉时的严光不肯致仕，躲到富春江去钓鱼隐居。④ 天水：严姓望族居于天水郡。天水郡，即今甘肃天水市及所辖两区五县。

> 天水发渊源，谷浪花波，壮文澜学海之观，绵延世泽；
>
> 春山钟气脉，锦峰秀岭，并层峦叠嶂而至，代毓英灵。

【注】① 钟：凝聚，集中。② 毓：养育。

> 溯天水之渊泽，五侯不事，市井中何必丹楹彤角；
>
> 思春山之世泽，名数有功，宗庙内无妨画凤雕龙。

【注】① 五侯：公、侯、伯、子、男五等诸侯。② 名数：名义，名分。

福建武平民主乡严氏宗祠联

> 富春垂钓；
>
> 天禄谈经。

【注】上联指东汉光武帝的同窗严光；下联指汉代严彭祖。

> 楚辞章句第；
>
> 沧浪诗话家。

【注】上联典指严忌。《楚辞章句》一书，内有汉严忌的《哀时命》，哀屈原秉性忠贞，不遇明主。下联颂南宋邵武人严羽，自号"沧浪逋客"。严羽作《沧浪诗话》，是中国文学批评史上极负盛名的诗论著作。

湖南炎陵严氏宗祠门联

> 大汉千古；
>
> 先生一人。

【注】全联典指严光。

> 公子称博士；
>
> 铁桥谙韵学。

【注】上联典出严彭祖；下联典指严可均。

广东平远仁居严氏宗祠栋对

祖辈垂统是诗书，耕于斯，种于斯，耕耘获于斯，丰歉无忧，美过良田万顷；
子孙承业惟孝悌，仁之实，义之实，礼智信之实，穷达皆善，荣逾文秀千里。

广东紫金鹧鸪塘严氏祠栋对

祖宇创孟元，喜溯先贤，节高汉代，滩傲王侯，道尚富春，六郎天禄，仰瞻荣誉皆新，俎豆衣冠昭日月；

龛炉焕季甲，欣祖重升，声荣七里，脉支闽省，德肇永安，椒衍瓜绵，从滋星火燎庄，鸿图大振炳乾坤。

广东紫金义容塘面严氏祠联

垂钓披裘，先祖当年称帝友；

却金免役，云礽今日沐皇恩。

堂构丕基，天水祠前腾紫气；

箕裘业振，富春山上起祥云。

源流天水，萍著永安，绍千秋翰墨；

脉系春山，枝繁塘面，续七里遗风。

天水钟灵，源启归善，肇扩鸿基，德溥寰宇，人文蔚起昭前烈；

富春毓秀，派衍紫邑，宏开骏业，泽被梓里，瓜瓞绵延裕后昆。

江西南康唐江严氏宗祠堂联

莫谓祖宗已远，起敬起孝，还朝祀事孔明；

幸有旧址可循，肯构肯堂，伫看经营大期。

【姓源】《姓解》引《姓苑》。

① 其先居劳山（崂山），因氏（《姓谱》）。

② 满族姓。其先清代八旗汉军（《八旗满洲氏族通谱》）。

③ 其他少数民族汉姓，如回族、瑶族等。

【分布】 劳姓的 72% 分布在广东和广西，山东亦多此姓。劳姓客家人很少，主要分布在广东、广西（《中国姓氏大辞典》）。

【郡望】 武阳郡。

【堂号】 广野堂、遗经堂等。

通用祠联

士大夫盈门受学；

转运使宽禁恤刑。

【注】① 士大夫盈门受学：典指劳济。劳济，明时人。幼聪颖，长而苦学，通五经，教人以不欺为主，江州士大夫多出其门。**②** 转运使宽襟恤刑：典出劳湮。劳湮，宋任城人。真宗时为京都转运使。莱阳民尝私采银砂，安抚使欲以盗劫论。湮曰："山泽之利，人得有之，所盗者岂民财耶？"贷免甚众。

广西钦州灵山劳氏宗祠联

兰畹留香远；

松江衍派长。

【注】 联说劳氏源远流长。越国先后两次臣属于西汉，成为西汉的"外臣"。第二次归汉后，汉文帝册封赵佗为南越王，并对赵佗之子赵森罕"助父归顺，有

功于国"予以褒奖，封土东海劳山（今山东青岛崂山），赐姓劳氏。赵森罕遂改名为劳定国，从此定居劳山，始开劳姓之早。劳姓除了上述的源头外，还来自少数民族改姓。元末，有一支蒙古人迁到浙江一个叫劳山的地方，指山改姓，成为劳姓的又一支，这支劳姓后来繁衍至湖南、广东、广西等地。武阳郡在今山东、河北两省之间地区。

不衍不忘，绳其祖武；

有典有则，诒厥孙谋。

【注】此联劝勉本支劳氏不忘祖先的功德。

苏（蘇）
SŪ

【姓源】《世本》。

① 商代国族，己姓。相传为颛顼曾孙陆终之子樊之后。苏国，一称有苏，昆吾国之别封。初封今河南辉县市西郊之苏门山。商灭夏，迁今河北沙河市西北；一说迁今河北临漳县西，商末纣王妃妲己，即苏氏女。以封邑名为氏。其后裔有人以封邑名"苏"为氏。

② 汉代越人姓。后融入汉族。

③ 少数民族改姓，皇家赐姓（略）。

【分布】春秋时期，苏姓一族主要活动在湖南和湖北一带。

汉武帝时期时，因苏建讨伐匈奴有功，被封为平陵侯。此后不久，这一支苏姓又派生出扶风苏姓、武功苏姓和蓝田苏姓。汉末时期，苏姓中的一支由河内迁至四川眉山。

唐朝初年，已有部分苏姓人入闽。唐末时期，苏姓人已从福建播迁到了广东、安徽和海南一带。

苏姓为中国第 41 常见姓。人口 580 多万，约占全国人口的 0.46%。约 38% 分布在广东、福建、河南三省（其中广东最多，约占全国苏姓人口的 15%）；25% 分布在广西、山东、河北、四川、台湾五省、自治区（《中国姓氏·三百大姓》）。苏姓客家人主要分布在广东、福建两省，广西、河南、台湾不少，江西、湖南、港澳地区也有分布。

【郡望】扶风郡、武陵郡、武功郡等。

【堂号】武功堂、忠孝堂、眉山堂等。

通用祠联
门联

武功世泽；
蜀国家声。

三苏世泽；
六国家声。

【注】① 武功：《姓纂》："颛顼祝融之后，陆终生昆吾，封苏，邺西苏城是也。苏忿生为周司寇，居河内、扶风、武功。"苏氏后氏多居武功。② 蜀国：苏氏望出河内、武功。到周朝初，官拜大司寇的苏忿生被周天子封于河内，以后子孙逐渐遍布全国各地。四川眉山苏氏，也是从河内迁移而来的。客家苏姓，多从四川迁徙而来，四川古时叫"蜀"，故苏氏堂联有"蜀国家声"之语。③ 三苏：指宋代文坛三杰：苏洵、苏轼、苏辙。他们在文学上造诣甚高，为推动中国文化发展立下了汗马功劳。④ 六国：苏秦，战国洛阳人，字季之，师鬼谷子，习纵横家言，出游数岁，裘敝金尽，憔悴而归，妻不下机，嫂不为炊，父母不子，乃得阴符经读之，欲睡，引锥刺股。揣摩之术成，说秦惠王，不用。于是说燕赵韩魏齐楚，合纵抗秦，以秦为纵约长，并相六国。苏秦既归赵，赵肃侯封之为武安君。乃投纵约书于秦，秦兵不敢窥函谷者十五年。后纵约为张仪所败，苏秦客于齐，齐大夫使人刺杀之。

武功世德；
文经家声。

【注】① 武功世德：一指武功郡为苏氏发祥地；二指纪念南北朝时西魏大臣苏绰的业绩。苏绰少览群书，尤善算术。西魏太统元年（535年）官至大行台度支尚书，兼司农卿，参与朝政机密，曾制定计账、户籍制，设置屯田、乡官，增加赋税收入。② 文经家声：宋代文学家苏洵（1009—1066），号老泉，眉州眉山（今四川眉山）人，应考进士不中，乃发奋读书，通六经百家之说。

三苏望族；
五凤乔年。

【注】① 三苏：宋代四川眉山人苏洵，其长子苏轼、次子苏辙同举进士，父子三人合称"三苏"，皆为著名文学家，并为"唐宋八大家"。② 五凤：指苏易

简。宋太平兴国八年（983 年），苏易简与吕蒙正等五人，均有才名，同官翰林，时人称为"五凤"。

三苏望族；

五凤功臣。

【注】上联典出北宋散文家苏洵。下联典出西汉大臣苏武，杜陵人。武帝时奉命以中郎将持节出使匈奴，被扣。匈奴贵族多方威胁利诱，欲使其投降；后将他迁到北海（今贝加尔湖）边牧羊，扬言要公羊生子始可释放。他历尽艰辛，留居匈奴十九年行节不屈。昭帝时，匈奴与汉和亲，方获释回朝，官至典属国。死后，宣帝（年号五凤）命画其像于麒麟阁，以彰其节操。

引锥刺股；

仗节全忠。

【注】上联典指战国时苏秦；下联典指苏武。

片言息争；

五教传诵。

【注】① 片言息争：典指苏琼。苏琼，南北朝时北齐武强人，字珍之，累迁清河太守。有百姓乙普明兄弟争田，久不决。琼召谕曰："难得者兄弟，易得者田地，何争为？"兄弟感其言，遂息讼。② 五教传诵：典出苏威。苏威，隋人，字无畏。作《五教》，全民诵之。五教，五常之教，即父义、母慈、兄友、弟恭、子孝。

眉山三杰；

沧浪一亭。

【注】上联指宋四川眉山人苏洵、苏轼、苏辙父子。下联指北宋大臣苏舜钦。苏舜钦，北宋诗人，字子美。居苏州，买水石筑沧浪亭，自号"沧浪翁"。

若兰织锦；

小妹工诗。

【注】上联典出苏蕙。苏蕙，前秦武功人，字若兰。其丈夫窦滔，任秦州刺史，因罪迁徙流沙，苏蕙织锦成《璇玑图诗》，表达对丈夫的相思。织锦诗"呈现五彩，纵横八寸，题诗二百余首，纵横反复，都成诗句"。下联典指才女苏轼之妹苏小妹。传说苏小妹与秦少游新婚之夜，以诗考秦，在苏轼暗中帮助下，才得以入洞房。

江西上犹英稍苏氏祠堂联

昆吾赐姓，苏国祖德衍远；

亨公肇基，江南宗支绵长。

【注】① 上犹英稍苏氏祠堂位于上犹县城东面。② 昆吾：相传颛项的后代、夏朝的同监部落封在昆吾国（在今河南许昌东），以封地为姓，称昆吾氏。昆吾氏有子孙封于苏（今河南济源县、温县一带），其子孙又以封地为姓，称苏氏。

秉百世武功，忠厚传家，巍巍仁德与英山俱峻；

弘千秋文誉，诗书接代，熠熠光彩共仙水偕恒。

【注】弘千秋文誉：颂扬苏姓家族文坛多出才子，单是北宋就出了大文学家苏洵、苏轼、苏辙父子。

江西兴国东村苏氏家瑄公祠联

耀祖家祠，继继绳绳绵百代；

庄园瑄置，跄跄济济祀千秋。

【注】① 嵌开基祖"耀庄"名。② 继继绳绳：指前后相承，延续不断。③ 跄跄济济：济济，庄重恭敬；跄跄，举止合乎礼仪，队列整齐庄严。形容步趋有节，多而整齐的样子。

派尊芦山，枝分兴宁承俎豆；

祥开望族，忠孝传家荐馨香。

【注】兴宁：今兴宁市，位于广东东北部兴宁盆地（粤东地区最大盆地）。

福建永定古竹苏氏总祠堂联

三唐政绩，许国家声远；

二宋文章，眉山世泽长。

【注】① 三唐：唐朝分为初、盛、晚期，是谓三唐。② 许国家声远：典指苏瑰。苏瑰（639—710），一名瓌，字昌容，京兆武功人，唐朝宰相，封许国公。③ 二宋：指北宋、南宋。④ 眉山世泽长：指宋代苏洵、苏轼、苏辙，他们家在四川眉山，后裔以此为荣。

福建永定城凤城苏氏宗祠堂联

北海操高，孤臣使节；

眉山望重，两宋文章。

【注】上联典指苏武牧羊；下联典指苏洵、苏轼、苏辙。

福建永定古竹苏氏田心祠堂联

田可耕兮书可读；

心宜敬矣礼宜恭。

【注】耕读传家，心要敬，礼要恭，皆为儒家经典思想。

福建永定古竹苏氏祠堂联

峻柱龙盘，云蒸霞蔚；

厦瓴凤舞，鸟革翚飞。

【注】鸟革翚飞：如同鸟儿张开双翼，野鸡展翅飞翔一般。形容宫室华丽。语出《诗·小雅·斯干》："如鸟斯革，如翚斯飞。"

合六国，抚西戎，功高节亮；

洗二山，迁南宋，源远流长。

【注】① 合六国：指苏秦。② 抚西戎：指苏武。③ 洗二山、迁南宋：指苏氏的源与流。

福建武平中山苏氏堂联

眉山世第；

武陵名家。

【注】眉山：指四川眉山，这是北宋文学家苏洵、苏轼、苏辙的出生地。苏氏望出武陵，武陵名家当指"三苏"，还有苏元老、苏祐等人。一说苏氏望出武功郡。武功在今陕西宝鸡市东。武功郡苏姓名人最著者有唐丞相许国公苏颋、谏议大夫苏世长等人。

持节已立典属之忠；

继美有小许君之笔。

【注】上联典指苏武。汉代名臣苏武，出使匈奴，坚贞不降，为匈奴拘困十九年，杖汉节牧羊。后归汉，官拜典属国。下联小许君指唐武则天朝宰相苏颋，荫封许国公。以文笔隽美显于朝，与燕国公张说并有"燕许大手笔"之誉。

福建彰平土坑村苏氏祠联

化里肇基而后，山川毓秀胜哉，百代衣冠振仁里；

眉山分派以来，弓冶传芳兴矣，万枝兰桂茂岐山。

注：弓冶：指父子世代相传的事业。

广西柳州融水小村苏氏宗祠联

昆吾德功，历代钟灵延世泽；

眉山文彩，增繁毓秀振家声。

【注】此为大门联。说苏氏的世泽和家声。"眉山文彩"指北宋文学家、眉山人苏洵、苏轼、苏辙父子，三人合称"三苏"，都被列入"唐宋八大家"。

融水渊源延万代；

眉山继业永千秋。

【注】苏氏堂号"武功"，此为配联。上联说本支苏氏居住地，下联说苏氏上祖为"三苏"。

广西贺州贺街白沙苏氏宗祠联

眉山世泽家声远；

桂水支分源流长。

【注】此联讲苏氏世泽源远流长，分支兴旺发达。

台湾新竹苏氏宗祠武功堂联

武著千秋源苦竹；

功传万代念芦山。

【注】上联颂平陵侯苏建。苏建后人苏益随王潮、王审知于唐末入闽，建宅"芦山堂"于泉州国安县葫芦山下。为福建"芦山堂"苏氏始祖。清乾隆、嘉庆年间，汀州永定县苦竹乡入台苏氏，多居于新竹县，建武功堂。全联嵌"武功"堂名，寻根问祖，叙述祖先从陕西迁福建又迁汀州的史迹。

广东通用堂联

麟角武功，流芳今古；

眉山文笔，炫耀中华。

瑞雪飞花，映中郎之节；

金莲绚彩，辉学士之文。

祖德溯武城，源远流长，看此日人文蔚起；

宗功承蜀国，根深叶茂，喜今朝景运维新。

广东梅州苏氏宗祠联

功绩颂元戎，瑞日芝兰光甲第；

诗书称名宿，春风棠棣望家声。

【姓源】《姓觿》引《姓谱》。

① 杜氏，祁姓。相传帝尧居于陶（今山东定陶县西北），为陶唐氏。娶散宜氏之女曰媓，生监明。监明之子式封于刘，其地今河北唐县，后为刘氏。裔孙刘累，事夏帝孔甲，为御龙氏。商武丁时子孙徙封豕韦，又为豕韦氏。商末徙封于唐，居尧之故墟，其地今山西翼城县西，为唐氏。周成王八年灭唐，迁封于杜，地为今陕西西安雁塔区杜城。丹朱的裔孙刘累之后于杜城，称为唐杜氏。周宣王时，唐杜的国君桓在朝中任大夫，人称杜伯，因蒙受宣王宠妃女颜的诬陷而被害。杜伯的子孙逃到中原各国，而留在杜城的子孙便以杜为姓。

② 源出于黄帝时的大臣杜康，是发明酿酒技术的人，其后裔以杜为氏。

③ 改姓。秦时避武公荡名讳，尝改"汤"氏为"杜"氏。

④ 南北朝时，鲜卑族独孤浑氏于北魏时改汉姓为杜氏。

【分布】魏晋南北朝时，中原一带狼烟四起，动乱不安。杜姓一族为避战乱而大举南迁，足迹遍布湖北襄阳和四川绵竹、成都及浙江钱塘等地。

明清之际，杜姓已遍布全国各地，并且远播海外，东南亚、欧美都有杜姓后裔足迹。

杜姓为中国第 47 常见姓。人口近 520 万，约占全国人口的 0.41%。约 31.5% 分布在河北、河南、辽宁、湖北四省（其中河北最多，约占全国杜姓人口的 9.4%）；34% 分布在山东、四川、广西、山西、安徽、甘肃、广东七省、自治区（《中国姓氏·三百大姓》）。杜姓客家人主要分布在广西、广东，江西、四川、福建、安徽、湖南、湖北以及港澳也有分布。

【郡望】京兆郡、汉阳郡、南阳郡、河南郡等。

【堂号】京兆堂、汉阳堂、南阳堂、诗圣堂、少陵堂、宝田堂、浣花堂、杜德堂等。

通用祠联

门联

云台世泽；

麟阁风高。

【注】① 云台世泽：典指杜茂。东汉永平三年（60年）将中兴汉室的功臣图其像于云台，世称云台二十八将，杜茂为其中之一。② 麟阁风高：典指杜延年。麒麟阁为萧何所造。东汉宣帝图功臣霍光、张安世、韩增、赵充国、魏相、丙吉、杜延年、刘德、梁丘贺、萧望之、苏武十一人之像于阁上。杜延年，汉代名臣，官御史大夫。

肯堂肯构；

俾寿俾昌。

【注】① 肯堂肯构：以建造房屋的艰难比喻创业维艰。② 俾寿俾昌：语出《诗·鲁颂·閟宫》："俾尔昌而炽，俾尔寿而富。"意为（先祖之德）使本家族繁荣昌盛、长寿富足。

少陵世泽；

杜甫家声。

【注】典出杜甫。杜甫（712—770），字子美，唐代巩县（今河南巩义市）人，曾在四川成都浣花溪畔建一草堂，命名为少陵草堂，并自称少陵野老。杜甫是我国伟大的现实主义诗人，史称"诗圣"。

书成通典；

名列瀛洲。

【注】① 书成通典：典指杜佑。杜佑，唐史学家，历任岭南、淮南节度使，后擢检校司徒同平章事，封岐国公。以三十年时间著《通典》二百篇。② 名列瀛

洲：典出杜如晦。杜如晦，唐初大臣。少英爽，以风流自命，内负大节，临机辄断。列瀛洲十八学士之一。太宗时官至尚书右仆射。

堂联

花折应时，金陵度曲；

兰香初降，玉简留珍。

【注】① 花折应时：典指杜秋娘。杜秋娘，唐时金陵女子，年十五为李锜妾。尝为锜唱词云："有花堪折直须折，莫待无花空折枝。"② 兰香初降：指仙女杜兰香。杜兰香，自称东汉南阳人。降于洞庭包山张硕家，留玉简唾盂等具，授硕以道，硕成仙而去。

广东平远长田杜氏宗祠堂联

治水治山，人歌圣母千秋颂；

忧民忧国，世号诗王万代宗。

广西柳州柳城永安杜氏祠联

浣流锦浪；

花放文章。

【注】此为杜氏浣花堂大门联，"浣花"为堂号。首嵌"浣花"二字。考杜姓源流，唐尧的后裔在周武王初定天下时，仍是一个独立的国家，名为唐杜氏，直至周成王时才被灭，并入周室领域。唐杜氏的后裔从此改封为杜。杜国，位居现在的陕西西安，即汉代的杜陵。后杜国灭，杜姓子孙四外出奔，安居各地。杜氏经过几千年的繁衍，遍布大江南北，尤以京兆（今陕西西安东北）、汉阳（今湖北长江以北）、南阳（今河南南阳）三地的杜氏家族最为繁盛。

溯奋迹于梅州，沐雨栉风，广积丰功绵俎豆；

念开基于柳邑，培兰育桂，芳流奕世荐馨香。

【注】此为"浣花"堂号配联。联说此支杜氏来自广东梅州客家，开基于柳州。

南阳世泽；

莱国家声。

【注】全联典出杜氏的源流和郡望。

创业耀丰功，前归善后永安，立祠好义泮池，工部香灯千古旺；

开基炫伟绩，承京兆绪樊川，宦显瀛洲西蜀，武库芳声世代传。

【注】上联典指杜甫。杜甫，今河南巩义市人，唐代伟大的现实主义诗人，被人称为"诗圣"，诗中常自称少陵野老。其诗显示了唐代由盛转衰的历史过程，被称为"诗史"，以古体、律诗见长，风格多样，以沉郁为主，代表作有《自京赴奉先县咏怀五百字》《北征》《羌村》等，有《杜工部集》传世。下联典指杜牧。杜牧，字牧之，号樊川，杜佑之孙，京兆万年人。唐代著名文学家、诗人，为人刚直有奇节，直指时弊，深忧藩镇、吐蕃的骄纵，后果言中。其诗风骨遒劲，豪迈不羁，文尤纵横奥衍，多切经世之务，在晚唐成就颇高，时人称其为"小杜"，以别于杜甫。和李商隐齐名，并称李杜。著有《樊川集》，代表作品有《阿房宫赋》《泊秦淮》等。

堂联

瀛洲学士之列，公出一头；

宰相金牌之书，乌斜其脚。

【注】上联典指唐代政治家杜如晦。唐太宗时，设文学馆，把杜如晦、房玄龄等十八人列为学士，如晦列第一。清代名画家杜元枝绘有《十八学士登瀛洲图》。下联据说指的是唐代杜鹏举的父亲。杜鹏举曾梦见宰相金牌帖上面列有杜家人姓名，朦朦胧胧似乌脚横斜。后来他儿子鹏举、凤举，孙子鸿渐都当了宰相。

栋对

麟阁著鸿篇以来，良将贤臣，久已联翩继起，晋则名传武库，唐则像绘凌烟，阀阅播芳馨，所望子孙，振奋腾飞，钟鼎旗裳绵旧绪；

龙脉自莲山而降，钟灵毓秀，尽皆接踵趋前，背有文笔峰环，面有蓉江水绕，阴阳真会合，更堪栋宇，辉煌耀日，荣华富贵焕新猷。

巫（巫）
WŪ

【姓源】《风俗通义》。

① 巫咸始作巫，因以为氏。咸，商太戊相；子巫贤，祖乙相。以官名为氏。《姓氏考略》载，黄帝时巫彭作医，为巫氏之始。春秋时有一个叫施的人，以先祖曾当巫马官为荣，便以"巫马"为氏。后来，"巫马"氏简化为"巫"氏。商臣有巫咸、巫贤，其后并以巫为氏，望出平阳。《名贤氏族言行类稿》载，殷有巫咸、巫贤，汉有冀州刺史巫健，又有巫都，著《养性经》也。据考，巫姓是以医学传家的著名家族，上古黄帝时期的名医巫彭，正是其出色的祖先。除巫彭外，上古时还有一位精于医道的巫妨，他是小儿科的创始者。商朝的巫咸，是商王太戊的大臣，相传他发明鼓，是用筮占卜的创造者，又是占星家，其子巫贤，也是一位辅佐殷帝祖乙的历史名相。其父子的后人中也有以巫为姓的。《风俗通义》："氏于事者，巫卜、陶匠是也。"

② 江苏句容等地巫姓，其先巫马氏。

③ 部分少数民族改姓（略）。

【分布】巫氏主要有四个发祥地：第一个是山西平阳郡，巫乾为平阳巫姓一世祖。第二个是福建宁化县，巫罗俊为宁化巫氏一世祖。第三个是福建永定县，巫祈为永定巫氏一世祖。第四个是广东兴宁县，巫禧为兴宁巫氏一世祖。其中后三个均为客家人。

巫姓为中国第 260 常见姓。人口约 26 万，约占全国人口的 0.02%。约 57% 分布在广东、江西、广西三省、自治区（其中广东最多，约占全国巫姓人口的 33%）；巫姓人口比较多的尚有台湾、福建、四川、江苏、浙江、安徽等省（《中国姓氏·三百大姓》）。巫姓客家人广东、广西、江西三省较多，福建、台湾、四川有巫姓客家人，湖南、湖北、安徽和港澳也有少量分布。

【郡望】钜鹿郡、平阳郡、彭城郡。

【堂号】衍庆堂、平阳堂、念思堂、五峰堂、近星堂、思源堂、追远堂、报礼堂、立本堂、勤政堂等。

通用祠联

门联

王家保乂；

边镇良材。

【注】① 王家保乂：典出巫咸。《书·君奭》："巫咸乂王家。"巫咸，商太戊之臣，治王家有成，作《咸乂》。乂，治理，安定。② 边镇良材：典指巫凯。巫凯，明句容人，由庐州积功至都指挥使，充辽东总兵，居镇三十余年，威惠并行，边境安宁。

源自上古；

望出平阳。

【注】此联点出本支巫氏之源和郡望、堂号。

平阳世德；

商相家声。

【注】联指巫咸。尧帝的医生巫咸（发明鼓者）及后裔世居山西平阳府夏县。西晋末年五胡乱华，巫暹随中原士族南渡，迁居福建剑津（今南平县）。巫贤是商朝祖乙的辅弼大臣，其位相当于后来的宰相。

功称息警；

治勤戴星。

【注】上联典指明朝巫凯。巫凯，由百户积功至都指挥使、辽东总兵官，坐镇边疆三十多年威惠并施，边镇康宁，是当时的戍边良将。下联寓指巫马施。巫马施，孔子弟子，字子期，曾宰单父，披星戴月，勤政不辍，单父大治。

光克相职；

经著养生。

【注】上联典指商王祖乙时的贤相巫贤。巫贤，巫咸的儿子，任职期间政绩显著。下联典指汉代人巫都，曾著《养生经》。

通用堂联

鸣琴而治，堪称善政；

创鼓于民，可谓丰功。

【注】上联典指春秋时鲁国人巫子期。巫子期，孔子弟子，忠于儒家学说，实践儒家的义利观，不贪富贵，不取不义之财。他曾对子路说："志士仁人绝不可做见利忘义的事情。"巫子期曾任鲁国单父宰（单父地方行政长官），任职期间，勤于职守，日夜操劳，事必躬亲，不辞辛苦，把单父治理得很好，有"鸣琴而单父治"之誉，得到了孔子的盛赞。下联典指巫咸。巫咸是鼓的发明者，为民做了件大好事。

黄连永镇千秋固；

翠水长流一脉香。

【注】上联黄连（黄连峒）是宁化的古称。下联翠水指翠江，由宁化的主要河道东溪、西溪会合于县城东郊而形成。

承先烈创造规模，肯构肯堂，大序鸿图垂燕翼；

启后人规模事业，爰居爰处，敢忘祖德肇羊裘。

广东兴宁巫氏宗祠门联

孔门弟子；

明代举人。

【注】上联典出春秋时鲁国人巫子期，孔子弟子，曾任鲁国单父宰，有"鸣琴而单父治"之誉。下联指明代泽州人巫马寿。

栋对

开拓黄连，创造宁清明建都邑，立千秋大业；

抚平蛮寇，诏封威武王侯殊勋，享万世荣昌。

【注】全联指宁化巫氏开基始祖巫罗俊。隋末，巫罗俊随父到宁化，筑堡卫

众，开山伐木，泛筏于吴，聚众辟土，引导中原移民入迁宁化，开创宁化新世纪。唐太宗曾先后敕封巫罗俊为黄连镇将、镇国威武侯，赐尚方宝剑，荫袭三代。

福建武平民主乡巫氏宗祠联

> 功称息警；
>
> 治勤戴星。

【注】上联典指称明巫凯。下联典指称春秋时孔门弟子巫子期，曾官单父（春秋时鲁邑），披星戴月，勤政不息，单父大治。

> 一朝贤士；
>
> 二世相殷。

【注】此联颂商大臣、巫医、星相家巫咸、巫贤父子。

四川成都龙泉驿洛带镇巫氏大夫第祠

门庭横额：大夫第

祖堂神龛联

横额：清正忠良

> 保义王家辉祖德；
>
> 克光相职焕宗功。

【注】巫氏以世职为氏（巫卜），子孙遂为巫氏。望出平阳郡，三国魏置，治所平阳，在今山西临汾西。上联意为巫咸是商王太戊之臣，治理王家有功，巫氏子孙以巫咸的祖德为荣。下联意为商代巫贤（巫咸之子），辅佐商王祖乙，贤相之宗功世代相传。

四川成都龙泉洪福村巫氏宗祠大夫第

门厅门额：大夫第

> 万石功名辉世第；
>
> 六龄慧祀霭无疆。

栋对

> 是父是子，贤相两朝，自昔声名昭史册；
>
> 若祖若宗，崇封累世，至今俎豆重乡邦。

广东平远巫氏宗祠联

理学衍荆传，说礼教诗诏我后；

黄连绵世泽，经文武维属吴家。

广东梅州程江浒洲巫氏祠联

平步青云前程远；

阳春白雪品格高。

广东兴宁罗岗朝阳围巫氏祠联

功炳千秋，祖德显王侯将相；

基兴万世，宗支传粤赣川湘。

广东紫金蓝坑巫氏宗祠联

卜祝三根松，云翠千峰，物华天宝，祠宇维新光祖德；

基开蓝坑口，竹报三多，地灵人杰，庐门复建茂孙枝。

义种发新枝，三春景福，门迎吉昌，定卜书香，传奕世；

礼贤繁后裔，四海名扬，户枕鸡冠，当思文彩，耀千秋。

义种本根深，枝繁叶茂，想当年基开柏地，业创蓝坑，善创善承，罗岗分脉家声远；

礼耕培养厚，大有丰年，看今日晋盛三松，迹驻中华，俾昌俾炽、平阳世泽水源长。

福建连城城关巫氏宗祠联

自商及清百千年，功深表扬匪易；

由宁而长数千年，蒸尝护守维艰。

福建宁化翠江小溪巫氏总祠联

承祖泽，继创千秋伟业；

展巫望，齐鼓万世雄风。

怀青史，甸彩荣，巫氏精忠嵌磊落；

念黄连，封威武，平阳诚耿葆光明。

功著唐祚，奉诏封侯，赫赫威名留万古；

德耀尧天，蒸尝祀典，巍巍道统纪千秋。

帝誉传脉，望溯平阳，过兖州，涉剑津，离乡别井关山远；

定生立宗，肇基宁化，衍岭南，出禹甸，跨海渡洋天地间。

福建宁化城南水口巫氏祠宗祠联

诗书翰墨，大振雄才呈麟趾；

祖德宗功，人文辈出济凤毛。

福建宁化曹坊坪巫氏宗祠联

承先贤，尊上祖，肯构祖堂创大业；

继后裔，启人文，齐心壮志报宗声。

缅怀先祖立众厅，饮水思源情切切；

纪念前贤扩建堂，慎终追远意绵绵。

福建宁化济村昆岗巫氏宗祠联

堂势尊严，春祀秋尝，遵万古圣贤礼乐；

孙枝蕃衍，左昭右穆，序一家世代源流。

湖南炎陵巫氏宗祠门联

平阳世泽；

宝文家声。

山西夏县巫氏宗祠堂联

月月月明，八月月明明分外；

山山山秀，巫山山秀秀非常。

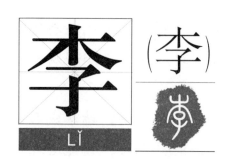

【姓源】《风俗通义》。

① 春秋晋文公时有理官李离，以官为氏。古理、李相通。晋亡，子孙或仕赵、魏。

②《新唐书·宰相世系表》载，颛顼帝的后裔皋陶，为尧帝的理官，皋陶以官名"理"为氏。商朝末年，皋陶的后裔理征，因进谏，被暴君纣王杀害。理征的妻子契和氏听到丈夫被害消息，带着儿子利贞逃难，途中，饿得奄奄一息的利贞用"木子"（野果）充饥救了命。为了表示对"木子"的感激之情，利贞改用与"理"同音的"李"为氏。

③ 隋、唐王朝时期众多皇帝的赐姓。如隋大业十三年（617年）改屯卫大将军丙粲姓李氏。唐高祖时赐徐世勣（后因反唐被武后削）、罗艺、刘季真、杜伏威、高开道、胡道恩、郭子和、邴元等赐李姓。以后还有很多朝代的皇帝赐姓。

④ 匈奴族姓。汉景帝时有遒侯李隆彊，本匈奴王。

⑤ 改姓。在明王朝时期，福建泉州晋江的一支林姓人为避祸改为"李"氏。

⑥ 汉、唐王朝以后少数民族改姓者有几十个（略）。

【分布】西汉时期，已有李氏族人徙居到了今山东和江西。如李耳的裔孙李解，因在胶西做官，留居高密，还有任军师将军的豫章人李淑。东汉末车骑将军李催，向东南迁居到了今江苏。东汉时善风角占候之术的李南，向南则远播到今广东、湖南和湖北。唐朝初期，朝廷派陈政父子任岭南行军总管，率兵入驻闽南镇压"蛮獠啸乱"，不少李姓族人随之进入了福建一带，并留居当地。其子陈元光继任后平定了局势。佐将李伯瑶随陈氏父子入闽开发漳州，功绩卓著，并留居当地，其子孙散处龙溪、漳浦诸县。

两宋期间，迁居江南的李氏族人以寓居浙江和江苏两省为多，其次则迁至今江西、湖北、湖南、福建、广东和广西等地。明朝初年，李姓作为山西洪洞大槐树迁民姓氏之一，一部分被分迁到了福建、广东、广西、四川等地融入客家。到了清朝末期，已有不少人入籍台湾及海外。

李姓为中国第 1 常见姓。人口约 9200 万，约占全国人口的 7.38%。约 32% 分布在河南、山东、四川、河北四省（其中河南最多，约占全国李姓人口的 10.3%）；约 25% 分布在广东、湖南、湖北、云南、安徽五省，10% 分布在辽宁、吉林、黑龙江三省（《中国姓氏·三百大姓》）。李姓客家人广东、湖南、四川、河南居多，湖北、江西、福建、广西、海南不少，港澳台地区也有不少李姓客家人。

【郡望】陇西郡、渤海郡、中山郡、襄城郡、江夏郡、梓潼郡、范阳郡、广汉郡、南阳郡、丹阳郡、广陵郡、汉中郡等。

【堂号】陇西堂、赵郡堂、晋昌堂、睦敬堂、敬睦堂、敦睦堂、敦厚堂、龙乡堂、继述堂、克渊堂、道德堂、龙门堂、务本堂、三友堂、三培堂、三鉴堂、四合堂、五经堂、百忍堂、百德堂、中和堂、孝思堂、宗理堂等。

通用门联

经传道德；

名重谪仙。

【注】上联典出春秋时期的老子。老子，姓李，名耳，字伯阳，谥曰聃，楚国苦县（今鹿邑县）人。约生活于公元前 571—前 471 年，曾做过周朝的守藏史。老子幼年牧牛耕读，聪颖勤快。晚年在故里陈国居住，后出关赴秦讲学，死于扶风。著有《道德经》，被奉为道家经典。下联典自唐朝的李白，贺知章称之为"谪仙人"。李白（701—762），字太白。李白的祖先在隋末迁居西域，李白出生于碎叶

城（今中亚细亚巴尔喀什湖南，属唐王朝所建安西都护府）。五岁时回迁绵州（今四川江油县）。父李客，生平不详。李白青壮年时家境富裕，轻财好施。相传他"五岁观六甲，十岁观百家"（《上安州裴长史书》），接受古代多位思想家影响。20岁时只身出川游历，是中国历史上伟大的浪漫主义诗人。他到处游历，结交朋友，干谒社会名流，从而得到引荐，一举登上高位，去实现政治理想和抱负。可是，十年漫游，却一事无成。他又继续北上，并寓居山东任城（今山东济宁）。这时他已结交了不少名流，创作了大量优秀诗篇，诗名满天下。天宝初年，由道士吴人筠推荐，唐玄宗召他进京，命他供奉翰林。不久，被权贵排挤出京。后依附永王李璘。李璘因反叛肃宗，被消灭。李白受李璘的牵连，被判处流放夜郎（今贵州省境内）。在流放途中，李白遇赦放还，病死于安徽当涂县。

龙门世德；

柱史家声。

【注】① 龙门世德：典指李膺。《后汉书·李膺传》："膺独持风裁，以声名自高，士有被其容接者，名为登龙门。"李膺，字元礼，东汉襄城人。汉桓帝时为司校尉，与太学生首领郭泰等结交，反对宦官专权，人称"天下模楷李元礼"。一说"龙门"喻指李唐皇朝。② 柱史家声：典指李聃，为周室柱下史（官名）。李聃，即老子，我国古代哲学家、道家学派创始人。

犹龙世泽；

旋马家声。

【注】① 犹龙：典指李聃。孔子曾向李聃垂问关于礼的见解，事后孔子向他的弟子说："至于龙，吾不能知其乘风云而上天。吾今日见老子，其犹龙也。"意思是说老子道相如龙，深不可测。② 旋马：指李世民东征北讨练就一身骑马本领，累立战功，并不被太子暗害而往践大位。

登龙世泽；

射虎名家。

【注】射虎名家：典指唐代名将李广。

陇西望族；

北海名流。

【注】全联典指唐朝时期的书法家李邕。李邕，扬州都江人，李善之子。玄宗时官北海太守，人称"李北海"，文名满天下，著有《李北海集》。

卫公勋业；

元礼门墙。

【注】① 卫公勋业：典出唐初军事家李靖，李靖精熟兵法，战功卓绝，太宗时历任兵部尚书，封卫国公。著有《李卫公兵法》。② 元礼门墙：典指李膺。李膺，字元礼，独持风裁，以声名自高，士有登其堂者，皆以为"登龙门"。

家藏邺架；

召赴玉楼。

【注】① 家藏邺架：典指李泌。李泌，唐德宗时宰相，封邺县侯，家中藏书甚富，号为"邺架"。② 召赴玉楼：典出李贺。李贺，唐著名诗人。七岁能诗，宪宗召为协律郎，后见绯衣人持一板，书云："上帝新作白玉楼成，立召君作记也。"遂卒。时年二十七岁。

通用堂联

居士词犹传漱玉；

娘子军莫与争锋。

【注】① 居士词犹传漱玉：典指李清照。李清照，南宋女词人。号易安居士，济南人。早期与夫赵明诚共同致力于书画金石的搜集和整理。其词多悠闲情趣。著有《易安词》《漱玉词》等。② 娘子军莫与争锋：典出唐高祖李渊之女平阳公主。平阳公主，柴绍妻，大业十三年（617年），柴绍往太原随李渊起兵反隋，平阳公主在陕西招募军队响应，发展至七万人，后亲自率军与李世民会师于渭北，时称娘子军。

旋马源流长焕彩；

犹龙俎豆永馨香。

广东梅州李氏通用栋对

松江衍派，周溪卜居，溯祖宗创业艰难，后裔椒蕃绵世泽；

曲水环流，双峰对峙，挹山川灵秀之气，人文蔚起振家声。

【注】上联说本支李氏宗的来源和迁徙；下联说本支李氏多有大家贵胄。

望重儒林，孝友端方之誉，早悉舆论里颂；

吕齐处士，古廉芳躅之旌，并耀理学乡贤。

姓溯东周，惟念祖德宗功，远接陇西之脉；

家居南国，但期孙贤子孝，长荣江北之花。

脉接盛唐，喜玉叶金枝，派衍绥江绵瓜瓞；

源开有宋，幸龙章凤语，多传岭表世簪缨。

源柱史，历宋元明清迄共和，祖德流芳，武纬文经光世泽；

肇陇西，衍江浙闽粤与平远，宗支彪炳，簪缨勿替振家声。

江西万载潭埠李氏德昌宗祠堂联

业少须由勤作补；

家贫且把俭来操。

倚马才华名尚在；

登龙门第望犹新。

【注】① 倚马：典出《世说新语·文学》，晋人袁虎曾任大司马桓温记室，一次奉命草拟布告，倚着战马立时写成。用以比喻文思敏捷，下笔成章。② 登龙：即登龙门，比喻得到有名望、有权势者的援引而身价大增。后亦指科举时代会试得中。

未及积金先积德；

虽无恒产有恒心。

【注】恒产：指家庭比较固定的产业，如土地、田园、房屋等不动产。

庭训有何殊，不外学诗学礼；

家规无所异，当知克俭克勤。

【注】庭训：当庭训诫，泛指家教。

庙貌立潭溪，源远流长，当念宗功浩荡；

祠居联寨顶，根深叶茂，实由祖德巍峨。

【注】宗功：先祖繁衍子孙。

江西王母渡中排李氏宗祠联

中对双龙吟盛世；

排边五虎贺升平。

——李定信

江西王母渡中排李氏宗祠栋对

中朝四会天候寒暑，胸襟宽宏，啖蔗华夏；

排聚八英凤育良和，德才兼备，嗣衍五洲。

——李定信

【注】啖蔗：典出《晋书·顾恺之传》，晋顾恺之每食甘蔗，恒自尾至本。人或怪之，云："渐入佳境。"后因以啖蔗喻先苦后乐，有后福。也比喻境况逐渐好转。

江西上犹李氏宗祠栋对

利贞后裔，帝王将相，龙虎称雄，千秋誉华夏；

陇西传人，圣贤儒士，鲲鹏竞秀，万代耀寰球。

【注】① 利贞：李利贞（前1069—前992），原名理利贞，是李姓的得姓始祖。② 陇西：古代李姓家族中最早建立起名望的家族多住在陇西（今甘肃兰州、巩昌、秦川一带）。

江西上犹李氏宗理堂联

宗人泽水，玉海金山为世业；

理学蔚文，鸾台凤阁振家声。

【注】① 鸾台：宫殿高台的美称。② 凤阁：多指皇宫内的楼阁。

宗功懋则世系绵，乌府流风，历唐宋元明而罔替；

理学优斯家声振，紫阳遗泽，兴周程张吕以俱传。

【注】① 懋：通"茂"。大，盛大。② 乌府：御史府的别称。《汉书·朱博传》载，当时御史府官员的一百多处住所的井水都干涸了，府中有众多的柏树，常常有数千只野乌鸦栖息在上面，晨去暮来称为朝夕乌，乌鸦飞走后几个月没有回来，年长的人对此感到非常奇异。过了两年多之后，朱博任大司空，上奏说："帝王的治国之道不一定要互相承袭，都是根据当时的要务而各有变化。"高皇帝以圣德接受天命，创建王业，设置御史大夫，地位次于丞相，掌管整饬法律制度，按照

职责来参与政事，统辖百官，上下级相互监督，经历二百年时间，天下安定平静。③ 罔：无，没有。④ 紫阳：朱熹的祖籍是徽州婺源（今江西婺源），有一山叫紫阳山，为不忘先祖，朱熹名其新宅为紫阳楼，匾其厅堂为紫阳书堂。紫阳楼是朱熹定居近五十年的旧居，紫阳源于此。

江西上犹李氏宗祠堂联

九州开秀脉，荣贞近远，祖武绳其追东海；

昌景灿长春，苗裔根枝，人文蔚起耀庐江。

祖神聚一堂，祠寿广惠嗣孙，绵绵恩世泽；

后裔居四方，圣地灵源游子，世世展鸿图。

祠环王寿山，想当年建基福堂，肯构千秋铭祖德；

家风贻厚泽，期后人螽斯庆衍，簪缨百代启孙谋。

【注】螽斯：虫名，似蝗虫。《诗·国风·周南》有《螽斯》篇，第一章有"宜其子孙振振兮"，第二章有"宜其子孙绳绳兮"，第三章有"宜其子孙蛰蛰兮"。本谓后妃子孙众多。祠联常用来说明本族子孙众多，后代兴旺。

江西龙南里仁李氏橘瑞堂祠联

世守诗书绵旧德；

门标忠武仰前徽。

【注】① 龙南里仁栗园围始建于弘治辛酉年（1501 年），为明代五品李清公所建，是龙南县最大的客家园围，状为八卦。② 前徽：前人美好德行。

纪绪犹存，累代簪缨昭德泽；

缙绅克绍，满堂冠冕焕文章。

【注】① 纪缙：指李清公的父亲李大纪和其叔叔李大缙。② 簪缨：古代达官贵人的冠饰。后遂借以指高官显宦。③ 缙绅：原意是插笏（古代朝会时官宦所执的手板，有事就写在上面，以备遗忘）于带，旧时官宦的装束，转用为官宦的代称。④ 克绍：能够继承。⑤ 冠冕：古代皇冠或官员的帽子。

堂上丹书迎北阙；

阶前紫气缉东山。

【注】① 丹书：古代帝王赐给功臣世代享受优遇或免罪的凭证。② 北阙：古代宫殿北面的门楼，是臣子等候朝见或上书奏事之处。这里代指朝廷。③ 缉：原指把麻析成缕连接起来，这里有"收集"的意思。

堂构聿新，重建祖祠联一脉；

轮奂旌美，敬修寝庙隆千秋。

【注】① 聿新：聿，文言助词，无义，用于句首或句中。崭新的样子。② 轮奂：形容屋宇高大众多。③ 旌：表扬，旌表。

材期栋隆，树之榛栗；

礼微帛束，贲于丘园。

【注】① 树之榛栗：种植榛、栗。② 贲于丘园：贲，《周易》六十四卦中第二十二卦。是贲卦之家人卦。贲之家人是说要把家园装饰好，所以爻辞说："贲于丘园，束帛戋戋，吝，终吉。"装饰家园，在该少用的地方少用束帛，虽显吝啬，但最终会吉祥。

辛峰鼎峙毓祥光，将见云仍风起；

乾水远临钟秀气，伫看甲第蝉联。

【注】① 云仍：亦作"云礽"。远孙，比喻后继者。② 乾水：风水术语。乾山乾向水流乾，乾上高峰出状元。

箕裘绍世德，学礼学诗，宏拓千年事业；

燕冀贻良谋，博鹏荐鹗，高腾万里风云。

【注】博鹏荐鹗：鹏，传说中最大的鸟，比喻人才。鹗，《汉书·邹阳传》："臣闻鸷鸟累百，不如一鹗。"颜师古注："孟康曰：'鹗，大雕也。'如淳曰：'鸷鸟比诸侯，鹗比天子。'鸷击之鸟，鹰鹗之属也。鹗自大鸟而鸷者耳，非雕也。"后用以比喻出类拔萃的耿直之臣。

园有栗本良材，手植乔林，为栋为梁支大厦；

岁在辛维元祀，躬逢孝治，一昭一穆焕新祠。

【注】元祀：元年。

橘荫蔼庭阶，遗风丕振；

瑞光浮栋宇，骏业重新。

【注】① 丕振：大力振兴。② 骏业：宏伟的事业。

江西龙南里仁大伦李氏宗祠联

瑞蔼橘庭遗泽远；

根蟠天上发祥长。

【注】蟠：屈曲，环绕，盘伏。

堂基早喜如金碗；

阀门终期置瓦筒。

【注】① 金碗：金制之碗。因其贵重，多作比喻。② 阀门：是门第和阀阅的合称，指世代为官的名门望族，又称门第、世族、士族、势族、世家、巨室等。③ 瓦筒：也叫筒瓦，即瓦当。在瓦当上绘画是中国古代绘画形式之一。特指汉代用以装饰美化和蔽护建筑物檐头的建筑附件。瓦当上刻有文字或图案，也有用四方之神的"朱雀""玄武""青龙""白虎"做图案的。瓦当的图案设计优美，字体行云流水，极富变化，有云头纹、几何形纹、饕餮纹、文字纹、动物纹等等，为精致的艺术品。

人文星灿绘休征；

世牒云仍光庙佑。

【注】① 休征：吉祥的征兆。② 世牒：即谱牒。家谱俗称族谱或宗谱，又称家乘、支谱、世谱。皇族的家谱称作玉牒。谱牒是民间之物。

磐石稳鸿基，气合贞元深韫蓄；

经营观盛事，道通家国际文明。

【注】① 韫蓄：韫，同"蕴"。含蕴，蓄积。前蜀杜光庭《醮阆州天目山词》："伏以山镇地心，洞开天目，含藏烟雨，韫蓄风雷。"② 贞元：纯正。语本《易·乾》，高亨注："元，善也。贞，正也。"古代以元亨利贞喻春夏秋冬，故贞元也借指时令的周而复始和天道人事的转换。

江西全南乌桕坝李氏宗祠联

祖宗功德千秋盛；

李氏子孙万代兴。

【注】全南乌桕坝李氏宗祠位于江西省全南县乌桕坝。乌桕坝李氏祖先，于明洪武年间（1368—1398），从广东仁化石塘迁居桃川之源——乌桕坝开基创业。

古祠始建于明代万历年间（1573—1619）。集中西建筑特色于一体，是具有客家风貌的宫廷式建筑特点的历史艺术珍品。古建筑气势宏伟，栋宇辉煌，外观内观极其壮丽。石柱前有一对笑容可掬、呈调皮状的石狮。大门旁分立两只石鼓，象征李氏曾出过高官。门顶上横挂着"李氏宗祠"大匾，匾下悬挂着长方形"西平忠武第"的匾牌。正大门上画有栩栩如生的关公、张飞两将，两个小门也各有两个武将的画像。门庭天花板，不但造型多样、结构严谨、做工精细，而且上面画满了形态各异、十分逼真的人物图像、花鸟虫草、飞龙舞凤，令人惊叹叫绝。特别是几幅母教子、子听母训的图画，更令人击掌称好，看后难忘。

> 静静西平，堂同日月威名远；
>
> 谆谆福盛，祖共河山泽世长。

【注】陇西西平堂（新兴）李氏，是唐朝西平忠武王李晟的后裔。族谱记载有从李晟到新兴李氏始祖福盛公。

> 万象承乾，处处春光颂祖德；
>
> 三阳开泰，年年淑景赞千秋。

【注】① 乾：本是刚健的意思。八卦之一，代表天，旧时也指代男性，常和坤字组词成乾坤，象征天地、阴阳等。② 淑景：美好的时光。也指春光。

> 纲常化理启今贤，礼以利人，谦以和德；
>
> 族约家规承古训，俭则呈用，勤则有功。

【注】化理：教化治理。

> 利贞起伊河，木子为氏，儿孙万亿居首姓；
>
> 福盛肇新兴，桃李逢春，蕃衍千代播九州。

【注】① 利贞：李利贞，原名理利贞，是李姓的得姓始祖。他是老子（李耳）的祖先。上古帝王颛顼之后皋陶后代理征，字德灵，封为中吴伯，在纣王时任理官，因执法如山，忤逆昏君商纣王的旨意，招来杀身之祸。家族面临株连危险。妻契和氏携幼子利贞出逃，到伊侯之墟，饥渴交侵，摘路旁树上李子充饥才得生存，最后到豫东地区的牯县（今河南鹿邑县东）。一感李子活命之恩，二为改姓避难，所以理利贞改姓李利贞，后迁徙定居陇西。从此李氏延续万代，繁衍发达而成中华几个大姓之一。② 新兴：即江西龙南县的原新兴堡，1903 年成立全南县以后，新兴堡归属全南县管辖。新兴堡的范围包括乌桕坝乡和南迳乡、大庄乡、中寨乡

等地方（现在乌桕坝与大吉山镇合并，是大吉山镇镇政府所在地）。新兴李氏族人大部分居住在乌桕坝。

历明代清代以来，绍述伯阳，数典不忘祖事；

揽南岭桃川之胜，昭垂忠武，建祠长耀中州。

【注】① 伯阳：老子，姓李名耳，字聃，一字或曰谥伯阳。② 桃川：即桃江。发源于全南县境饭池嶂东麓，流经大庄、乌桕坝、南迳、金龙、城厢等乡镇，在上江乡的江口汇入黄田江，流入赣江支流贡江。

江西全南黄泥潭李氏宗祠联

黄鹂高歌鸣翠柳；

泥窗依景影澄潭。

【注】宗祠位于龙源乡黄泥潭。李氏从广东始兴县迁此建村，已居八代。

江西石城小松丹溪李氏宗祠栋对

德祖流芳，经天纬地，长明有情香火；

钦孙俊秀，治国齐家，永葆锦绣河山。

【注】石城小松丹溪李氏宗祠为李氏家庙，初建于清乾隆四十三年戊辰岁(1778年)。咸丰七年(1857年)，毁于兵燹。次年重建，砖木结构，总面积800多平方米。

丹山福地，藏龙卧虎，峰峦巍巍崇岱岳；

溪水富源，起凤腾蛟，水波滚滚激鸿流。

江西石城双溪李氏祠联

列祖会斯堂，右穆左昭，咸格在心清志肃；

后裔聚此日，千支一脉，相亲湎爱趣情真。

【注】石城双溪李氏祠位于琴江镇汉坑村。

陇西世族，派衍琴阳，自古传今，佢哉源流接踵；

柱史名家，祠崇汉里，承前启后，永矣奕叶长荣。

【注】① 陇西：古代李姓中最早建立起名望的家族多住在陇西（今甘肃兰州、巩昌、秦川一带）。此为李姓家族的郡望源地，因名陇西堂。② 佢：方言，他（第三人称单数代词）。③ 柱史：又叫柱下史，是中国古代星官名，属三垣之中的紫微垣，因常在殿柱下工作，故名。

江西石城龙岗下迳李氏祠联

居广砥砺操修，龙门风规未远；

宅安优游恬延，平坦道巷犹存。

【注】恬延：安宁舒适，益寿延年。

道德万年基，竟委穷源，共美龙门学海；

文章千古事，含英吐彩，群钦邺架书香。

【注】① 龙门：一般比喻声望卓著的人的府第。② 邺架：唐韩愈《送诸葛觉往随州读书》诗："邺侯家多书，插架三万轴。"邺侯，即李泌。后因以邺架比喻藏书处。

江西石城东李氏紫云堂联

陇西发祥，支派繁衍思祖德；

城东分梓，人文蔚起沐宗恩。

【注】梓：落叶乔木，指故里、梓里、桑梓。

梅水源远，自潭溪东下，聆琴泉雅奏捧日月；

武夷脉长，从赣杭北来，眺石笋干霄拄乾坤。

【注】① 梅水：即梅江，流经石城琴江。② 武夷：指武夷山脉，位于江西、福建两省边境。北接仙霞岭，南接九连山，呈东北—西南走向。③ 石笋干霄：比喻具有丹霞特色的石山如同竹笋一样，高入云霄。

江西石城仙源李氏宗祠联

春露秋霜，蕴藻流芳，蘋蘩正焕彩；

左昭右穆，宗支蕃衍，灵爽凭依风。

【注】① 蕴藻：辞藻。② 灵爽：指精气。

国有国史，以载历朝之兴衰，而留后世参阅；

家兴族谱，以睹一脉之繁衍，而注子孙规荣。

江西宁都李氏祠堂联

立祖庙，妥先灵，一脉源流千古远；

祭公堂，修祀典，四时萍藻万年芳。

【注】萍藻：即浮萍。

江西崇义上堡李氏陇西堂宗祠联

派本陇西，基立上堡，祉祖大展宏图远；

经营水北，市开永兴，禧公诒谋燕翼长。

【注】祉祖：福祖。

江西吉水盘谷李氏宗祠联

文物冠乡邦，职运主铨，辉映后先钦济美；

园林勤稼穑，量晴课雨，欢谐亚旅乐绥丰。

【注】上联典指文园天授堂李氏开基堂祖李次鱼及其后历代官宦；下联说文园李氏族众耕读传家的久远家风。

福建宁化李氏宗祠门联

节炳千秋；

泽被一方。

【注】全联指被人称为檀河先生的宁化才子李世熊。李世熊，字元仲，号寒支、愧庵，明万历三十年（1602年）九月生于宁化县泉上里龙乡（今泉上镇泉上村），曾多次被举荐入仕，他却无意出仕。清顺治三年（1646年）八月清兵攻占福建后，实施一系列强暴政策，如强占民房、强迫汉人剃发等。李世熊因不能忍受清统治者的暴行，隐居阳迟山，"凡守、令、监司、镇将至其门者，罕能一识面"。顺治十年（1653年），广东农民军来到泉上时，放火烧了一些土豪劣绅的房子，眼看大火快烧到李世熊的住宅时，首领刘大魁赶紧派兵扑救，说："奈何毁李公居？"在兵荒马乱的年代，其他乡村都不同程度地遭到破坏，只有李世熊的乡村独自完好。

栋对

家声绵奕世，俎豆冠裳，古庙巍巍崇理学；

世泽著神州，诗书甲第，英才济济沐温泉。

【注】全联指的是东南亚一带李氏大始祖李信甫。李信甫系七十七始祖李侗之次子。李侗是宋代四大著名理学家之一，同时又是朱熹的老师。李信甫为宋进士，仕至监察御史（正四品），出任衢州，擢广东知府，后调任福建汀州任知府。后因特立不容于朝，携全家隐居宁化之东百里温泉团（今宁化县泉上镇）。

福建永定湖坑奥杳楼下李氏宗祠门联

> 登祠思祖德；
>
> 入室念宗功。

【注】这是常用宗祠对联。思念祖德宗功，正是建祠、祭祠之宗旨。

> 西平世第；
>
> 北海名家。

【注】上联典出唐代德宗时大将李晟。李晟平藩镇朱泚叛乱，复京师长安，以功封西平王。下联典出唐北海太守李邕，政绩卓著，工文善书，人尊称"李北海"。

> 左昭右穆追源远；
>
> 春露秋霜奉祀长。

【注】昭穆：我国古代的宗法制度，指宗庙、墓地或神主的辈次排列。古人在室内座次以东向为上，其次才是南向、北向和西向，故以始祖居中。东向为二世、四世、六世位于始祖的左方，朝南，称昭；三世、五世、七世位于右方，朝北，称穆。简而言之，昭穆就是宗庙、坟地和神主的左右位次，左为昭，右为穆，故亦称左昭右穆制。下联指闽西客家人祭祀祖先都是春秋两祭，春祭一般在元宵节前后，秋祭一般在中秋节前后。北方人祭祀多在清明。

福建上杭稔田李氏大宗祠联

> 丞相将军府；
>
> 忠臣孝子门。

【注】此联寓意李氏宗族历代人才辈出，名流众多，丞相将军、忠臣孝子，不胜枚举。

> 万轴邺侯世泽；
>
> 百篇学士家风。

【注】上联指七岁赋诗能文、谈论国家大事的李泌。李泌，博学多才，德宗时，拜中书侍同平章事，以功封邺县侯。韩愈诗有"邺侯家多书，插架三万轴"之句，系藏书大家。下联指唐代大诗人李白。李白，从小聪明超群，才气过人，十多岁就能写出令人叫绝的诗句。人称"诗仙"。其诗文著作颇多。玄宗时，拜翰林学士。杜甫《饮中八仙歌》云："李白一斗诗百篇，长安市上酒家眠。"

福建客家李氏通用堂联

仙史应长庚，采石宫袍带月；

玄楼侔柱下，函关紫气临风。

【注】① 上联写李白，传李白是天上长庚星（俗称太白金星）的化身。传说他曾月夜乘舟，自安徽采石矶至金陵，着宫袍，风流倜傥，旁若无人。② 下联颂李姓先祖李耳。李耳，又名老聃，世称老子，曾任周朝柱下史。玄楼，道家之府。传老子二百岁时，骑青牛，西出函谷关，悟道成仙。《列仙传》云："老子西游，关令尹喜望见有紫气浮关，而老子果乘青牛而过也。"后紫气喻为祥瑞之气。

擒虎识将才，一朝功绩凌烟阁；

吊鳌称仙侣，千古风流采石矶。

【注】上联颂唐开国功臣李靖。李靖曾随其舅父统率隋大军灭南朝陈大将韩擒虎。后与李渊结盟，助李建大唐帝国。唐太宗命画李靖肖像于凌烟阁，列入阁二十四功臣之一。下联颂谪仙人李白。

延平道脉；

忠定官声。

【注】上联指儒学大师李侗。李侗，号延平先生，治理学，结茅乡野，躬践实行，隐居不仕，是朱熹的老师。下联指宋高宗相李纲。李纲，福建邵武人，力主抗金，为世人敬仰，卒谥忠定。

福建闽西李氏祠堂通用祠联

陇西世族；

柱下名家。

【注】李唐王室和西凉皇帝均出自陇西李姓，李姓均以陇西为郡望和堂号。本联以李姓郡望和周柱下史、《道德经》作者李耳为自豪。中华传统堂联，多以本姓郡望、门第、本姓的杰出人才自矜，借以光宗耀祖，勉励后昆。

福建上杭李氏大宗祠联

火炽照乾坤，由宁化而丰朗，派衍三房，万化子孙推望族；

德星昭日月，历宋元而明清，散居寰宇，千秋俎豆荐馨香。

【注】联嵌火德。火德系李氏七十九世祖，任福建宁化县教谕。宋宝庆二年（1226年）由宁化石壁迁居上杭丰朗乡。子孙繁衍，枝繁叶茂，其裔孙衍播闽、粤、赣、

桂、台等地。上述地区李氏宗祠均供有李火德神祖牌位，尊他为南迁入闽一世祖。

广西柳州新房李氏宗祠联

> 文章华国，青莲俎豆永；
>
> 道德传家，紫气源流长。

【注】上联说李白。青莲：指青莲居士李白，唐代诗人。有《李太白集》传世。下联说李耳。道德：即《道德经》。

广西柳州柳江李家寨李氏宗祠联

> 李氏其宗，贤德功高延延远；
>
> 族家后裔，良才礼尚续续长。

【注】联说李氏祖宗贤德高功，后代良才礼尚。

> 道德传家，紫气源流长焕彩；
>
> 文章华国，青莲俎豆永增辉。

【注】上联说老子李耳（《道德经》）；下联说李白（青莲居士）。

广西桂林荔浦新坪李氏宗祠联

> 源远流长绵世泽；
>
> 左昭右穆叙彝伦。

【注】联说李氏世泽源远流长，兴旺发达。

广西桂林荔浦青山大腊李氏宗祠联

> 系出陇西，将相公侯光国史；
>
> 宗开昭南，贤良孝子笃家风。

【注】上联说李氏郡望；下联说本支李氏居住地。

> 老子肇开宗，忆当年身显骑牛，道德五千垂奕世；
>
> 长庚昭永古，缅昔日名彪倚马，文章两字播遐芳。

【注】上联说春秋时思想家老子李耳；下联说唐代诗人李白。

广西贺州临贺故城李氏宗祠联

> 唐时天子第；
>
> 周代圣人师。

【注】上联说本支李氏是唐王朝的后代；下联说周代圣人孔子的老师老子李耳。

陇西祖德源流远；

桂史宗功世泽长。

【注】上联说李氏郡望祖德；下联说世泽宗功。

老李发千枝，根深叶茂繁昌远；

聃公传万代，望重德高显赫长。

【注】此联说春秋时思想家老子李聃。

广西贵港平南大鹏李氏宗祠栋对

局面正堂皇，看仙台左列，阆石右排，居然山岳钟灵，形胜特开千古秀；

家声真远大，溯闽海来源，梅州衍派，可喜祖宗有德，风流涵育万年春。

【注】此联说本支李氏溯源祖上来自福建，衍派于广东梅州。

系本陇西，溯先代，曰道德曰文章曰规矩楷模，世皆留名，穆穆焉千秋如见；

业开龚北，望尔时，为父子为夫妇为伯叔兄弟，各尽其份，雍雍乎一体同亲。

【注】上联说先祖李耳、李白等世代扬名；下联说后辈和睦相亲。

广西玉林博白李氏宗祠联

木本朝东旺；

水源自北长。

【注】联说本支李氏溯本思源。

派自中州，南国发祥推二世；

祠源石井，东厢继嗣有三支。

【注】联说本支李氏源流及迁居。

贫不滥，富不悭，共持大义维宗族；

爱所亲，敬所长，各展私情入祖堂。

【注】联说本支李氏家训家风。

广西李氏宗祠通用联

狂歌痛饮双仙骨；

索句呕心一锦囊。

【注】上联典出李白。李白称诗仙、酒仙，是为双仙。下联典出李贺。李贺每出游，备一锦囊，得句即投其中。其母见之曰："是儿要呕出心乃已耳。"

世系考春秋，御史名官，东鲁圣人曾问礼；

渊源溯唐代，翰林著绩，玄宗皇帝也求诗。

【注】上联典出孔子问礼李聃之事；下联典出唐玄宗李隆基求诗于李白之事。

广西贺州贺街桂粤湘李氏大宗祠门联

唐朝天子第；

周代圣人师。

【注】上联说在唐皇朝李家是天子的府第；下联说在周代李氏祖先老子（李耳）做过孔圣人的老师。

龛联

陇西祖德源流远；

柱史宗功世泽长。

【注】这是李氏宗祠常用联。上联写地旺陇西。李氏地旺较多，但陇西李氏从唐太宗李世民的祖父李虎开始就做大官，所以这一支李氏最旺。下联亦用老子的典故。史传老子曾为周朝柱下史。

堂联

洊水启鸿基，世毓人文光俎豆；

潮州衍令绪，代传诗礼显声灵。

【注】① 洊水：在今肇庆怀集县，大概是说这支李氏的近宗在洊水。② 鸿基：鸿大的基础或基业。③ 俎豆：俎和豆，古代祭祀、宴飨时盛食物用的两种礼器，亦泛指各种礼器。后引申为祭祀祖宗。这里指祖宗。④ 潮州：即广东潮州。⑤ 令绪：前人未竟的美好功业。

饮水思源，百拜深深怀祖德；

茹羹报本，一堂济济念宗功。

由柱史跨纪，时历廿朝，道经诲人，继往开来理冠首；

自陇西发源，分脉三省，宗誉传世，承前启后族魁名。

【注】上联说由西周曾任柱史之职的李聃传下，已历二十个朝代；下联说李氏发源于陇西，分派于粤、桂、湘三地。贺州市贺街李氏宗祠主要由粤、桂、湘

三地李氏后人共建。

栋对

祖宗发陇西，迁吴粤桂湘启鸿基，溯历朝踪迹，仙皇将相辈出名声显赫，房房富贵同天久；

房系分环球，徙亚非欧美闯世界，追时光步履，士学工商传承业绩辉煌，代代荣华与日长。

渭水临贺水，水水同源长流，流传道德五千言，言言堪称博大精深，先祖恩光普四海；

陇山瑞云山，山山共脉永秀，秀蕴文章三百句，句句可赐荣华富贵，后昆成就誉五洲。

【注】① 渭水：即渭河，是黄河的最大支流。发源于今甘肃定西市渭源县鸟鼠山，主要流经今甘肃天水、陕西关中平原的宝鸡、咸阳、西安、渭南等地，至渭南潼关汇入黄河。② 陇山：又名大陇山、六盘山、鹿盘山、鹿攀山等，地处宁夏和甘肃南部、陕西西部，位于西安、银川、兰州三省会城市所形成的三角地带中心。③ 贺水：即贺江，古又称临贺水，因流经广西贺州而得名。为珠江流域干流西江的一级支流，其上游富川江（富江）发源于富川瑶族自治县麦岭乡的茗山，向南流经富川县、钟山县、贺州市以及广东封开县，于封开县江口镇注入西江。④ 云山：指湖南邵阳市武冈市云山。

广西陆川县横山镇稔坡李氏宗祠门联

宗风绵吉水；

祖泽衍灵泉。

【注】① 吉水：指江西吉水县，为吉安市辖县，地处江西省中部。② 灵泉：指江西吉安螺子山南麓一眼泉水，清澈甘冽，可供千人饮用，四季不竭，人称"灵泉"。全联谓稔坡李氏出自江西吉安吉水。

堂联

绍五千言道德；

开二十世文明。

【注】① 五千言道德：指老子《道德经》。② 二十世文明：陆川县横山镇

稳坡村李姓现有 2000 多人，原籍福建，明末清初年间，迁到稳坡。祠中奉入闽始祖李火德公画像。概谓由入闽始祖火德公至明末清初再迁广西陆川稳坡，已传二十世。

台湾李氏宗祠堂联和门联

犹龙世第；
旋马文章。

犹龙世第；
倚马家声。

登龙门第；
旋马家声。

染衣顺柳；
进调吟华。

倚马文章第；
犹龙世泽长。

倚马文章第；
犹龙道德家。

旋马家声远；
犹龙世泽长。

柱史家声远；
龙门世泽长。

犹龙新世第；
旋马旧家声。

犹龙道德家声远；
倚马文章世泽长。

陇上犹龙源祖德；
西土旋马旧家声。

旋马家声传海岛；
犹龙世德接台疆。

犹龙世第传海角；
旋马家声接台疆。

犹龙世第传千古；
倚马文章著万年。

陇上犹龙源祖德；
西土旋马旧家声。

书为天下英雄胆；
善是人间宝贵根。

【注】① 上面诸多的祠堂对联中镶嵌的字词，最多为"陇西""犹龙道德""旋马家声""柱史""倚马文章"等。其中"陇西"，是李姓人家望出之所。犹龙道德：指的是老子，即是李耳。《史记·老庄申韩列传》载，孔子适周，问礼于老子。老子曰："子所言者，其人与骨皆已朽矣，独其言在耳。且君子得其时则驾，不得其时则蓬累而行。吾闻之，良贾深藏若虚，君子盛德，容貌若愚。去子之骄

气与多欲，态色与淫志，是皆无于子之身。吾所以告子，若是而已。"孔子去，谓弟子曰："鸟，吾知其能飞；鱼，吾知其能游；兽，吾知其能走。走者可以为罔，游者可以为纶，飞者可以为矰。至于龙，吾不能知其乘风云而上天。吾今日见老子，其犹龙邪！"老子修道德，其学以自隐无名为务，居周久之，见周之衰，乃遂去，至关，关令尹喜曰："子将隐矣！强为我著书。"于是老子乃著书上下篇，言道德之意五千余言而去，莫知其所终。孔子说老子"犹龙"，李姓子孙因此感到无上光荣，便把老子的典故嵌在对联之中。② 倚马文章：指的是诗歌创作倚马可得的李白。《新唐书·李白传》载，李白少有逸才，志气宏放，飘然有超世之心。父为任城尉，因家焉。少与鲁中诸生孔巢父、韩沔、裴政、张叔明、陶沔等隐于徂徕山，酣歌纵酒，时号"竹溪六逸"。天宝初，与吴筠俱待诏翰林。白既嗜酒，日与饮徒醉于酒肆矣。召入，以水洒面，即令秉笔，顷之成十余章，帝颇嘉之。尝沉醉殿上，引足令高力士脱靴，由是斥去。乃浪迹江湖，终日沉饮。初，贺知章见白，赏之曰："此天上谪仙人也。"禄山之乱，玄宗幸蜀，在途以永王璘为江淮兵马都督、扬州节度大使，白在宣州谒见，遂辟为从事。永王谋乱，兵败，白坐长流夜郎。后遇赦得还，竟以饮酒过度，醉死于宣城。③ 旋马：指李沆，即李文靖公。李沆字太初，洺州肥乡人。他虽贵为宰相，然而其厅堂狭小，只有能容一匹马回转的空间。他认为住宅是当传于子孙的，后世子孙如凭借上代功勋而荫补为官的话，大概只是做一些太祝或奉礼郎之类的官职，那么，这样的空间已经足够了。于是，俭约不奢华的李沆，也成为李姓子孙在对联中歌咏的对象。

台湾屏东竹田李姓宗祠栋对

中原千岁侯，溯上杭及云车，远祖远宗，箕裘克绍追先世；

外海一枝分，由万峦而竹南，爰居爰处，堂构成功裕后昆。

【注】全联典说李氏在中原已绵延千年，先祖可上溯至福建汀州府的上杭县和广东梅州地区的云车乡，虽然祖先离我们遥远，子孙应继承祖先事业，力求成就能及祖先。海外的一支脉，从万峦至竹南，迁居一地就安处一地，继承先业以庇荫后世子孙。

台湾高雄美浓李姓宗祠栋对

祖德溯源流，陇西谱系，礼仪为教，千古文章，自昔家声宜永志；

宗功绵世泽，北海知名，忠贞护国，一堂孝友，于今事业应长垂。

【注】此联点出陇西堂号。此姓于皋陶之后，世为大理（掌管刑法的狱官之长），以官为姓，春秋时道家学说的创始人老子因祖辈为理官，遂以"李"为氏，称李耳。

湖南炎陵李氏宗祠堂联

　　　　木荣花绽展春色；

　　　　子孝孙贤传嘉风。

【注】此联为"李"的析字联。

四川成都龙泉驿黄土镇李氏宗祠

宗祠横额：道德家风

神龛联

　　　　系承五代宗风远；

　　　　派衍三堂世泽长。

四川成都石板滩历史祠堂联

祠堂门匾：溪山聚秀

大门联

　　　　平空不愿风波起；

　　　　岭秀多蒙雨露沾。

四川成都李氏宗祠堂联

　　　　自唐及周，理官柱史遗恩远；

　　　　由粤而蜀，祖德宗功沛泽长。

　　　　系出陇西，将相公侯光国史；

　　　　宗开淮左，忠良孝友笃家风。

【注】上联典出李氏郡望及历史上李氏人才辈出，不乏将相公侯；下联典出本支李氏先祖定居于淮河东岸，以忠良孝友为家风。

　　　　老君道德传千古；

　　　　太白文章第一家。

敬名君名士，遵古训古风，道德传家敦孝悌；

崇列祖列宗，示群英群众，仁和处世效贤良。

印尼雅加达李氏陇西堂宗祠联

睦族亲邻，早树家风昭史册；

慎终追远，缅怀祖德立宗祠。

【注】椰城李氏宗亲会由李亚禄等客家宗亲创立于1912年。1953年购地兴建"李氏宗祠"。

广东梅州李氏宗祠家训楹联

物色也，造化是资。粗茶淡饭，减分毫添分毫福泽，夏葛冬裘，省些须增些须受有。积一善，救一命，立一功，育一生，赒患难之急，济贫困之厄。水宜寻源，木则须知本。记之！记之！

气度者，立身之本。人智我愚，进几分长几分见识。人强我弱，退一步益一步涵养。读好书，行好事，说好话，交好友，待尊长以礼，御卑贱以恩。善宜奋往，过则不惮改。慎哉！慎哉！

——李士淳

李士淳（1585—1665）：字二何，梅县松口人，明朝崇祯进士，授翰林院编修，东宫讲读。著有《古今文范》《三柏轩集》《燕台近言素逸言》《质疑十则》《诗艺》等。

广东梅州雁洋雁下李氏宗祠堂联

堂联

赖先人开疆僻土；

诒后代力种勤耕。

慎终追远，民德规厚；

春秋匪懈，继序不忘。

栋对

治国赖贤才，政举法张，民康物阜；

齐家遵祖训，父慈子孝，兄友弟恭。

东依那山，西迎梅水，水绿山青长生紫气；

南屏马东，北拱石岩，岩巍东峻代育英才。

广东李氏梅州松口宗祠堂联

祖德忠厚留遗久，孙世有庆；

岁时蒸尝祭享在，明德惟馨。

广东李氏梅州祖屋宗祠堂联

唯孝友乃可传家，兄弟休戚相关，则外侮何由而入？

舍诗书无以启后，子孙见闻止此，虽中材不致为非。

——吴品珩

广东五华高车李氏宗祠堂联

六世肇基，先人创业维艰，追远慎终承祖德；

四房派衍，后辈持家克俭，承先启后继宗功。

广东平远超竹李氏宗祠堂联

数十世宗支蕃衍，统闽粤江浙以率祖率亲，大敞朱轮辉甲第；

几百年景远宏开，历宋元明清而肯堂肯构，遥迎紫气炳宸垣。

广东平远泗水龙李氏宗祠堂联

我先人难弟难兄，无愧诒谋燕翼；

尔后裔爰居爰处，当思克副象贤。

广东蕉岭李氏宗祠堂联

石扇诞生，想当年，山岳降临，毓秀钟奇超一世；

湖坵肇造，于今日，苾芬聿祀，报功酬德庆千秋。

广东梅州塘唇李氏宗祠堂联

祖业展宏图，绳绳祖德流徽远；

佳节开新运，奕奕孙枝福泽长。

广东梅州龙头村盘龙围李氏宗祠联

盘谷喜安居，德绍前徽，祠宇维新昭淑世；

龙门持望重，福垂后裔，台龛依旧庆长春。

广东梅州雁洋东洲李氏祥亨公祠联

自杭邑入梅，声名卓著，十三世东洲绍族，传家毋忘宗祖德；

看鳌峰对峙，螺黛回缠，千百年俎豆斑斓，焕彩深望子孙贤。

广东梅州雁洋李氏宗祠堂联

六百年事业宏开，收族敬宗，大敞垣墉光雁里；

廿四世云礽继起，乘时致用，倍增声价接龙门。

庙宇枕兰岗，合远支近亲，欢聚一堂序昭序穆；

祖功流雁水，卜钟灵毓秀，祥开百世俾炽俾昌。

宦迹托梅州，相其阴阳，审其流泉，遂辟此间安乐土；

宗支藩雁里，耕田而食，凿井而饮，敢忘当日创垂功。

广东五华溪口始祖李氏宗祠堂联

吉壤荷天麻，系分雷嶂，带护莲塘，华表峙东山，无数众星拱座；

遗祠留祖荫，水汇琴江，堂开溪畔，文澜漾湖布，却教万派朝宗。

广东五华石华开基祖李氏宗祠堂联

本陶塘发迹，创基业于斯，数百年首泽犹新，赫赫宗功光鹿洞；

得西岭钟灵，开石华旺族，五大户云礽济美，巍巍祠宇耀龙门。

广东五华荷树岗四世祖李氏宗祠堂联

父作于藩公，子述于高公，先祖指挥素娴，承烈显谟，大启鸿图，

二十余弓冶绵延，益信光前兼裕后；

茔迁自揭邑，祠建自乐邑，当年转徙靡定，辟荒冒险，始获鸠处，数千户衣冠鼎盛，须知饮水各思源。

广东紫金瓦溪饭李氏宗祠堂联

五桂联芳，念先人祥征三素，作述兼隆聚族，于斯垂远荫；

二难济类，予后裔和集一堂，诜绳衍庆朝宋，到此溯渊源。

广东紫金九和李氏宗祠堂联

世德绍登龙，由长乐度长林，廿一史胥宇聿来，堂肯宏开昭骏业；

英灵依宝鸭，相神江基神径，亿万年贻谋宛在，箕裘济美振鸿图。

广东紫金瓦溪李氏宗祠堂联

史册著鸿篇，溯周唐道德传经，文章华国，历代衣冠鼎盛，阀阅播芳馨，祖德宗风绵奕禩；

罗塘承燕脉，建祠寝青山龙绕，秀水回环，更堪栋宇辉煌，阴阳真会合，地灵人杰启崇基。

广东深圳龙岗向前村李氏宗祠堂联

系本兴宁，应卜攸宁居世宁；

基开归善，惟其积善大其间。

江西吉安李氏仁亲堂祠联

仁德具于人心，尽孝弟两端，百世传为训典；

亲爱原阕天性，念祖宗一本，千秋报以馨香。

江西李氏九忍堂祠联

九经重在修身，愿名教纲常，尽其孝弟；

思敬必失报本，感秋霜春露，荐以馨香。

江西吉安李思信堂祠联

忠惠旧家声，派行西山，自昔建阳称望族；

信诚存理学，支分鳌水，至今丰邑溯名贤。

江西吉安李氏培善堂祠联

培根基以葆元气，须知忠厚传家，恪守高曾矩矱；
善继述而广孝思，要赖文章华国，长垂孙子箕裘。

培植本根，尊祖敬亲，孝友一堂隆祀典；
善贻孙子，行仁积德，诗书千载振家声。

——张修之

江西吉安李氏敦伦堂祠联

敦厚温柔，为诗教权舆，扢雅扬风，陶情淑性；
伦常秩序，乃身家纲领，天经地义，木本水源。

——张文澜

【注】黄泥田李子胜公祠联。

子肖慕陈情，孝养克全，大振家声为矩矱；
胜迹留函谷，道德不朽，长垂祖训教儿孙。

——李早春

江西吉安李氏姓修纪堂祠联

修省维虔，对越先人之灵爽；
纪纲已立，只期后裔以丕函。

修省对先人，必敬必诚，礼乐一堂隆祀典；
纪纲垂后裔，惟忠惟孝，诗书千载振家声。

修省怀令公，仰唐代谋猷，忠武由来多将种；
纪纲传肖子，继西平事业，支流繁衍振家声。

【注】修纪堂联，乐安邑孝廉李令修作。

江西龙南栗树围李氏纪缙祖祠联

橘霭笼庭阶，遗风应振；
瑞水浮栋宇，骏业重新。

派从文水，分来支流长远；
枝自栗园，崛起根蒂坚深。

纪纲犹存，屡代缨昭德泽；
缙绅克绍，满堂冠冕焕文。

园有栗木良材，承植养林，为栋为梁支大厦；
岁在辛维原始，躬奉孝治，一昭一穆焕新祠。

堂上丹青迎北阙；
阶前紫气揖东山。

想先世林栋之隆栗；
看今朝礼征于邱园。

堂耕聿新，重建祖祠联一脉；
轮奂旌美，修寝家庙隆千秋。

承前德克勤克俭，永绍箕裘，广兴基业；
启后昆希圣希贤，更习诗礼，再振家声。

奎星高照，腹有诗书，步蟾宫连登科甲；
皓月生辉，胸罗锦绣，得天恩赏戴蓝翎。

江西全南乌桕坝李氏宗祠堂联

静静西平切同日月威名远；

谆谆福盛德共河山泽世长。

万象承乾，处处春光颂祖德；

三阳开泰，年年淑景赞千秋。

族约家规承古训，俭则呈用，勤则有功；

纲常化理启的贤，礼以利人，谦以和德。

福建连城莲峰李氏宗祠堂联

庙貌峥嵘辉豸嶽；

家声环瑰灿花砖。

阀阅宠恩纶，武烈宏敷四代；

诗书联甲第，文光直射三台。

仙李根深，分八世而英华盖茂；

猗兰叶盛，亘千秋而馥郁弥长。

观世族于连阳，柱史一宗，实甲豸山文水；

肇馨香于汀郡，云礽千祀，长光秋月冰壶。

庙貌插莲峰，岳峙川流，轮奂一方标胜概；

家声开柱史，龙翔凤翥，子孙千祀衍鸿图。

祖寿际元宵，火树银花，光耀万年昌绪远；

龙门欢盛日，笙歌龠舞，和蒸亿世发祥长。

祖德辟洪基，自宋而元，金紫递传垂奕祀；

宗堂昭世族，由明而清，科名鼎盛庆千秋。

福建明溪李氏宗祠宗祠堂联

祠模比旧添鸿敞；

科第从兹庆蝉联。

龙岗祀祖绍宗风，念先人价重登龙，不愧犹龙氏族；

福布名祠延世泽，期后裔德能致福，自然赐福云仍。

福建宁化泉上西街李氏宗祠堂联

华堂耀目，看文采风流，同德同心光祖德；

瑞气盈门，荫炊烟稠密，为经为纬启明经。

福建宁化泉上下岩李氏宗祠堂联

天子嵊前祠堂，所建映新阳，千秋鼎盛；

始祖根上枝叶，盛发结盛果，万载兴隆。

福建宁化治平下坪李氏家庙堂联

正色立朝端，一代伟人，义胆忠肝，昆耀宗枋绵瓜瓞；

遗书传柱下，千年道德，青云紫气，光昭族乘大门闾。

福建宁化安远东桥李氏家庙堂联

道德五千年，鹿洞遗风今尚在；

牙签三万轴，龙门声价自堪追。

福建宁化淮土罗坑李氏家庙堂联

人文蔚起，历朝金榜科甲第；

光前裕后，世代史评表门庭。

福建连城李氏宗祠堂联

经纶稼圃山中相；

笑傲琴书世外仙。

广西柳江李家寨李氏宗祠堂联

> 宗功显赫辉华夏；
>
> 祖泽绵长荫子孙。

> 木子发千枝，原为一体；
>
> 瓜瓞蕃万代，本出同根。

> 道德五千传家宝；
>
> 文章三百贻后人。

【注】说老子《道德经》五千言为李氏传家之宝。

广西荔浦青山大腊李氏宗祠堂联

> 系出陇西，将相公侯光国史；
>
> 宗开昭南，贤良孝子笃家风。

> 陇西繁衍连理枝，承前启后永昌盛；
>
> 吾祖厚德沾恩果，继往开来更荣兴。

> 紫电腾蛟，武就文成，千年明德，远扬光显陇西一族；
>
> 气连枝茂，相辉竞秀，百载天伦，乐叙畅谈李氏宗风。

广西贺州临贺故城李氏宗祠堂联

> 茹荠报本，一堂济济念宗功；
>
> 饮水思源，百拜深深怀祖德。

> 道可道，非常道，无道也有道，道尊顺逆运转；
>
> 名可名，非常名，有名亦无名，名正无有迂回。

> ——李孝先

> 由柱史跨纪时历，廿朝道经诲人，继往开来理冠首；
>
> 自陇西发源分脉，三省宗誉传世，承前启后族魁名。

广西贺州沙田李氏天槐公祠堂联

勤与俭持家上策；
忍而和处世良图。

祖自紫金来，舌耕辛勤，创业艰苦传后裔；
基开枫木地，祠宇翻新，繁荣昌盛念前人。

旧德积前人，遥溯关骑牛背，望重龙门，当年前人垂燕翼；
亢宗兴后代，近稽椒衍羊城，乔迁众群，还期后代展鸿图。

先祖紫金来，忆昔年，传授史卓育英才，枫木芳声垂统绪；
后人奕叶起，愿众裔，力学勤耕维正义，常棣挺秀著勋猷。

广西博白县城李氏宗祠堂联

敬持己，恕待人，随在优游，顺义命以处世；
读好书，行善事，无穷受用，偕时物而长春。

龛联

才华光宋代，传世至今，谁克象贤绳祖武？
祀典重清时，报功如昔，岂维裕业享孙谋。

台湾屏东万峦乡万和村李氏宗祠联

石壁起渊源，垂州代，历千年，克武克绳，耕读流传光世第；
云车分衍派，移万峦，荣五桂，肯堂肯构，门庭法式旧家声。

台湾屏东竹田竹南李氏宗祠灯对

灯火辉煌招百福；
香灯缥缈纳千祥。

台湾六堆李氏陇西堂联和栋对

柱下仰云霓，祖德宗功，户启枫林绵世泽；
陇西传系脉，左昭右穆，支分蕉岭振家声。

支分台岛，念后裔孝弟当恭，毋忘倚马文章；
系本顺岭，溯先人创业开基，都是犹龙道德。

系本梅州，当年创业开基，已拓宏图垂令绪；
移居台岛，此日耕田读史，惟期努力好加鞭。

石壁起渊源，垂卅代，历千年，克武克绳，耕读流传先世美；
云车分衍派，移万峦，荣五桂，肯堂肯构，门庭法式旧家规。

考镇平肇基，士食汉禄，农服先畴，有德数万年，都沾皇恩祖泽；
迄台南启宇，东枕大山，西环淡水，所望千秋久，均能裕后承前。

先进购鸿基，情因桑梓敬恭，念兹在兹，释兹在兹，尚未暇垣墉朴斫；
后昆修燕寝，照得松竹苞茂，爰居爰处，爰笑爰语，总无忘祖德宗功。

周代著闽汀，开族姓，启人文，芳规芳躅，入圣超凡，道德仙风传万世；
清朝迁海岛，探本源，追第泽，肯构肯堂，敬宗尊祖，馨香俎豆荐千秋。

湖南炎陵李氏宗祠堂联

陇亩督耕绵世泽；
西园课读振家声。

海南儋州南丰陶江坑尾李氏宗祠堂联

陇亩春风霭；
西园翰墨香。

海南儋州那大镇横岭李氏宗祠堂联

李出鲁南遗世胄；
家居儋耳发春华。

陕西柞水营盘陇西堂李氏宗祠堂联

道可兴家德显荣华；

孝有施政文章灿霞。

仁义忠帮诗书大雅，本固枝茂百世昌达；

光前裕后俊杰优嘉，良材国栋克久恒发。

杨（楊）

YÁNG

【姓源】《元和姓纂》。

① 杨氏，姞姓，以国为氏。商、周时杨国，故城在今山西洪洞县城东南十八公里处之范村。晋献公十六年为猃狁所灭（见《中华姓氏谱·杨姓卷》《从"杨姞壶"谈古杨国问题》《试论杨国与杨》）。

② 杨氏，姬姓，以国为氏。杨为猃狁所灭，周宣王封其子涧（长父）于其故地。晋武公时灭于晋。

③ 杨氏，姬姓。晋武公灭杨，封其子伯侨。伯侨之孙突为羊舌大夫，以羊舌为氏。突生职。职五子，其二曰肸，字叔向，为晋太傅。肸子食我，字伯石，食采于杨氏邑。公年前514年晋灭祁氏、羊舌氏，食我有子逃于华山仙谷，居华阴，称杨氏。

④ 赐姓。三国时蜀相诸葛亮平哀牢夷，赐哀牢夷首领姓氏，其一为杨姓。

⑤ 杨氏乃古代大姓。汉末，有杨腾者，率部迁仇池（今甘肃成县境）。其后，魏晋南北朝时相继建前仇池、后仇池、武都、武兴、阴平国。北周以后，这一支杨氏融入汉族，称天水杨氏。

⑥ 少数民族在隋、唐以后改姓、赐姓（略）。

【分布】杨姓起源于山西境内，后向西播迁。首先入陕西冯翊（今陕西大荔），后迁至今山西霍州，尔后繁衍至今河南境内。

春秋战国时期，已有杨姓族人迁至江汉地区（今湖北潜江一带），后因楚国势力不断加强，迫使杨氏族人迁至今江西一带。同时，山西的一支杨姓族人也迁居到了今江苏和安徽等地。秦汉之际，杨姓族人已有人迁居到了四川和重庆一带。魏晋南北朝时期，由于社会动荡不安，不少杨姓族人向江南播迁。同时，不少迁居中原的少数民族开始改为杨姓。宋朝时，杨姓人口的足迹遍布江南广大地区，并以福建为中心不断地向四周播迁。明朝时期，杨姓作为山西洪洞大槐树姓氏迁民之一，一部分被分迁到闽西等地。

杨姓为中国第 6 常见姓。人口约 4000 万，约占全国人口的 3.19%。约 17% 分布在四川、河南二省（其中四川最多，约占全国杨姓人口的 9%）；约 34% 分布在云南、湖南、贵州、山东、湖北、河北六省（《中国姓氏·三百大姓》）。杨姓客家人主要分布在广西、江西、广东，湖南、四川、福建不少，湖北、台湾、港澳、重庆也有分布。

【郡望】弘农郡、天水郡、中山郡、河内郡等。

【堂号】弘农堂、东海堂、河东堂、清白堂、栖霞堂、绍德堂、四知堂、安阳堂、知本堂、务本堂、报本堂、敦本堂、敦睦堂、光裕堂、尚义堂、孝思堂、关西堂等。

广东杨氏祠堂通用门联

四知世德；
三相家声。

四知门第；
弘农世家。

关西世泽；
理学家声。

弘农世泽；
清白家声。

人修骏德；

天赐鸿禧。

家传清白；

世济经纶。

【注】① 四知：指东汉杨款裔孙杨震。杨震，品学兼优，有"关西夫子"之誉。任荆州刺史时，举王密为邑令，密怀金以馈之，曰："暮夜无知者。"震曰："天知，神知，我知，子知，何谓无知者？"密愧而退。杨震风范众仰，族人遂以"四知"为堂号，效法祖先的清廉家风。② 三相：指杨氏的杨溥、杨士奇、杨荣三人，皆为明正统年间（英宗时）内阁大臣，时谓之："士奇有学行，荣有才识，溥有雅操，皆人所不及。"三人死后均赠太师。明废宰相设内阁，阁臣品位尊崇，接近皇帝，裁决机宜，权势相当于宰相。③ 弘农：据《蕉岭乡情录》载，杨氏出于姬姓。杨姓始祖杨突，为晋武公曾孙，做过羊舌的大夫。羊舌原名杨国，在今山西洪洞县东南，后为晋所灭，改名羊舌，子孙以地为姓。后子孙繁衍各地，以河南弘农人数最多，故杨氏以"弘农"为堂号。据《杨姓族谱》载，中唐时，杨承休定居浙江钱塘，其裔孙杨辂在江西吉安做官，随任居庐陵。宋太祖时辂之子杨云岫任广东潮阳太守，子孙移居梅州，为粤东杨氏始祖。④ 理学：典指杨时。据《丰顺杨氏族谱》，杨植公长子杨时，字中立，号龟山，谥文靖，生于仁宗皇祐五年癸巳（1053 年）。杨时载道南归，为闽理学之鼻祖，是著名理学大师朱熹的授业之师。⑤ 绍德：即远绍公创业的功德。粤东梅州杨氏有新杨、老杨之分。新杨原姓林，后改姓杨。清代杨简亭《远绍公家传》载："公姓林。元明之交，兵燹骚然，宁民转徙，公与所善戴姓，结伴携家入粤，抵程之东境，见阴那五指奇峰插天，溯流而上，至蓬棘之浒，缘径而入十余里，为半径村，山环水曲，窈然而深，廓其有客。公指谓戴曰，兹村荒山可爱，宁处无逾于斯。遂定居。时值明初定鼎，徭役繁急，增赋例当加役，公以瞻乌方定，丁口仅存，不能独当一面。而邻居杨姓者，籍旧丁单，苦于应役，乃寄籍于杨，计租均役，欢如骨肉，不知其为异姓也。无何杨殁，无嗣，户籍无所属，公不能自行避任籍输课如旧，为杨经营窀穸，岁时祭扫，必诚必信，迄今四百余年，子孙展祭公茔者，必备物虔祀杨墓，无敢忘其始焉。……当元明之交，流离迁徙，迁徙居于程乡者，不可胜数，而公以一人之身，传世至今十八，现丁数千有奇，

科第蝉联，仕官中外，诗礼之泽可谓长矣。非公之根器深厚，何至于此？或谓公之精青鸟家言，所居之乡，阴阳作祖，神秀特钟，故子孙昌炽繁衍，蔚为著姓。讵之公之迁居，特为避乱计耳。披榛辟莱，草创艰难，亦何暇计及风水阴阳和会之区？不期而获，此殆天有阴相之也。……易姓之由，则为'新杨''老杨'患难与共，欢如骨肉，生死不肯，亲如一者之情所至。而易姓之始，由'传七世而易姓杨'。推测，当在明朝中叶（1500 年前后）。"

关西夫子第；

理学大儒家。

【注】上联典指杨震。杨震孤贫好学，通达博才，人称"关西夫子"。下联典指北宋杨时。杨时，福建将乐人，官至龙图阁直学士。晚年隐居龟山，世称"龟山先生"，是理学大师程颢、程颐的弟子，人奉为"程氏正宗"，朱熹之学与他有师承关系。杨时"程门立雪"的故事，成了中华尊师重教的佳话。

客家杨氏宗祠通用祠联

四知足畏；

三喜同时。

【注】① 四知足畏：典指杨震。② 三喜同时：典出杨敬之。杨敬之，字茂孝，唐元和进士，累官国子祭酒。未几，兼太常少卿。是日，二子戎、戴登科。时号"杨家三喜"。

鳣堂集庆；

雀报呈祥。

【注】① 鳣堂集庆：《后汉书·杨震传》："后有冠雀衔三鳣鱼，飞集讲堂前。都讲取鱼进曰：'蛇鳣者，卿大夫服之象也，数三者，法三台也，先生自此升矣。'"后杨震果列三公。② 雀报呈祥：典指杨宝。杨宝，东汉人，隐居教授。王莽征之，遁去。九岁时，至华阴山北，见一黄雀被鸱枭所搏，坠树下。宝取归置箱中，食黄花百余日，毛羽成，乃飞去。其夜有黄衣童子向宝再拜曰："我为西王母使者，感君仁爱救拯，以白环四枚为谢，令君子孙洁白。位登三事，当如此环。"杨宝子孙后来果然贵显。

摘星见志；

立雪表恭。

【注】① 摘星见志：典指杨亿。杨亿，宋浦城人，字大年。官终工部侍郎，兼史馆修撰。幼时数岁不能言。一日家人抱之登楼，触其首，杨亿忽吟曰："危楼高百尺，手可摘星辰。"大人奇之。② 立雪表恭：典出杨时。杨时，宋将乐人，字中立。熙宁进士，调官不赴。师学于程颢。与师外出祭祀，杨时侍立门外，待师祭毕，外雪深尺许。

痴姨不贪荣利；

贵妃可壮门楣。

【注】① 痴姨不贪荣利：典指符承祖姨杨氏，杨氏家贫，承祖贻以衣服奴隶，皆不受。尝对其姐曰："姐虽有一时之荣，不若妹有无忧之乐。"符家笑为痴姨。后承祖败，诛及亲戚，杨氏以贫独免。② 贵妃可壮门楣：典指杨贵妃。杨贵妃，即杨太真，唐永乐人，小字玉环。晓音律，入宫后得玄宗宠爱，封为贵妃，姊妹皆显贵。时有谣云："生男勿喜女勿悲，生女也可壮门楣"。

广东梅州杨氏云岫公祠栋对

受姓自三封杨国，兆应三鳝，位擢三公，名齐三喜，身去三惑，雪深三尺，编修三史，政革三月，百世渊源千古在；

展猷从四袭诸侯，金畏四知，臣清四世，诗称四杰，量恕四邻，阁著四乡，堂高四老，声传四相，数朝德业万年流。

【注】① 三封杨国：周康王六年戊辰（前1073年）始封杼公杨国；周宣王十九年壬辰（前809年）再封杼公第八代孙涧公为杨侯；周安王五年甲申（前397年）仍封杼公第二十三代孙伯侨公（字文实）为杨国侯爵。② 兆应三鳝：典出杨震。③ 位擢三公：杨震及其子杨秉、孙杨赐、曾孙杨彪，四世官居司徒、太尉、司空之高位，东汉以大尉、司徒、司空为三公，是最高军政长官。④ 名齐三喜：典出杨敬之。⑤ 身去三惑：典出杨秉。杨秉，字叔节，为豫、荆、徐、兖四州刺史，居官清廉。公配早丧不复娶，尝曰："我有三不惑，酒、色、财也。"⑥ 雪深三尺：典出杨时。⑦ 编修三史：典出元末明初杨维祯。杨维祯，字廉夫，号铁崖，元朝泰定进士。父宏，筑楼铁崖山，植梅百株，聚书数万卷，去梯，俾读书五年。泰定在位，署天台尹，狷直忤物，十年不调，会修宋、辽、金三史。⑧ 政革三月：典出杨震。杨震官至太尉，改革政治三月，忠直，不为权贵所容，策免归还本郡。杨震为官一身清廉，不幸被奸臣樊丰、刘安等谮害，罢官归故里，至城西夕阳亭

愤而自尽。时为汉顺帝延光三年甲子(124年)三月初。⑨四袭诸侯：第一代杼公大始祖宠锡杨侯，第二代伯沃公袭爵杨侯，第三代庚公袭祖爵杨侯，第四代文公袭祖爵杨侯。⑩金畏四知：典出杨震的"四知"。杨震为官清正廉明，拒礼拒贿，风范众仰，成为我国古代"君子不欺暗室"的典型。⑪臣清四世：杨震官至太尉，子孙常蔬食步行，故旧令辟产业，震不肯，曰："使后世称为清白吏子孙，以此遗之，不亦厚乎！"杨震以"四知"拒贿赂，清白闻天下。其子杨秉身去酒、色、财三惑，厨无宿肉，器不雕镂，吏送钱百万遗之，闭门不受。孙杨赐操清白行朗，处丰益约。曾孙杨彪为官清廉。故谓"臣清四世"。⑫诗称四杰：典出杨炯。杨炯，唐代著名诗人。幼年聪敏好学，10岁就被选为神童，待制弘文馆。27岁应制举，补校书郎，官至崇文馆学士。与王勃、骆宾王、卢照邻齐名，称"初唐四杰"。⑬量恕四邻：四邻，即四辅臣：前疑、后丞、左辅、右弼。⑭阁著四乡：杨震开阁讲学很著名。四面八方颇受欢迎，人称"关西孔子"。杨秉以《欧阳尚书》《京氏易》诲授四方，学子自远而至，盖逾三千。⑮堂高四老：老，指朝中阁老。明朝时，三杨入阁，杨士奇、杨荣、杨溥辅佐明成祖、仁宗、宣宗、英宗四朝半个世纪，天下升平，国泰民安，朝无失政，可称四朝元老。⑯声传四相：指杨家四相，即三十一世杨敞，汉宣帝官拜丞相；三十六世杨秉，东汉恒帝拜宰相；五十九世杨岩，吴越左丞相；六十世杨郁，吴越右丞相。

江西上犹杨氏宗祠通用堂联

业炳关西，继世簪缨留旧泽；

学源河北，传家诗礼焕新声。

【注】上联典指东汉杨震；下联典指唐杨炯。

溯昌邑辞金，作宦廉明，名臣自昔关西重；

忆程门立雪，师事诚敬，理学于今海内宗。

【注】上联典出东汉杨震的故事；下联典出宋代理学家杨时的故事。

江西兴国城岗杨氏宗祠堂联

门对源流，近溯西江真嫡派；

亲联一脉，远传东汉旧家风。

【注】西江：在谱牒中，一般指称赣江。唐初设置江南道，开元年间分为江南东道和江南西道，今江西地域在江南西道中。因赣江是一条流经全省的江河，

故用地域江南西道称之为西江。另一说法是，赣江位于长江以南、南岭以北。西源章水（也称西江）是出自广东毗连江西赣州南部的大庾岭，东源贡水（东江）是出自江西赣州石城县的赣源崇，在赣州章贡区汇合称赣江。曲折北流，注入鄱阳湖。后来人们就将这条赣江也称作西江了。

江西兴国城岗杨氏宗祠栋对

清风慕四知，励节却金，廉吏贻谋光世胄；

白雪深三尺，亲师重道，名儒德业耀宗功。

【注】① 四知：杨氏家喻户晓的四知堂，出自东汉杨震的故事。杨震到东莱郡上任之后，亲自书写"四知"二字牌匾挂于公堂之上，作为一面明镜，时刻用来对照、鞭策自己，成为历史上的廉吏。这就是杨氏四知堂的由来。后来杨震的子孙世代任公卿，成了东汉的世家望族。② 白雪深三尺：典说杨时程门立雪的故事。

本四知太守之后，溯先人多膺王公侯伯子男爵；

为三朝宰相之家，赖族裔克绍礼乐文章节义传。

【注】① 膺：接受，承当。② 王公侯伯子男爵：古代君主授予贵族和功臣的爵位。

高曾规矩常新，五家派砥砺词章，数典宜宗关西振；

师友渊源有自，二程祠近在咫尺，升堂勉绍道南传。

【注】① 高曾：高祖和曾祖。② 二程祠：指纪念理学家兄弟程颢、程颐的祠宇。

清白旧家风，愿后嗣绪衍口堂，学绍龟山，四世三公恒济美；

轮奂新祠宇，看此地秀汇文澜，灵钟覆笥，千支万派共朝宗。

【注】① 龟山：杨时晚年隐居龟山，世称"龟山先生"，著《龟山集》四十二卷。② 覆笥：覆笥山，位于江西兴国崇贤乡齐分村南3公里，距县城47公里，山势险峻，秀丽挺拔。史称为兴国祖山。相传，覆笥山系仙家藏书宝地。覆者，盖也；笥者，书箱也。

江西瑞金杨氏宗祠门联

世推三相；

家有四知。

【注】三相：明代宣宗宣德、英宗正统二朝（1426—1449）出了三杨辅政。据《明

史·杨士奇传》记载：杨士奇，明江西泰和人，建文（明惠帝）初，以史才荐入翰林，任编纂官，修《太祖实录》。永乐中累官礼部侍郎华盖殿大学士。杨溥，明湖广石首人，建文进士，仁宗时擢翰林院修撰，宣宗时官礼部尚书，英宗进武英殿大学士。杨荣，明福建建安人，建文进士，以多谋善断为成祖器重，多次随行北巡，升到文渊阁大学士。以上三人同时以大学士入阁辅政，名闻朝野，史称"三相""三杨"。

关西世第；

东汉簪缨。

【注】关西：指"关西夫子"杨震。

弘农世泽；

清白家风。

【注】弘农：杨姓主要郡望是弘农郡，西汉元鼎四年置，辖河南黄河以南、宜阳以西的洛、伊、淅川，陕西洛水、社川河上游、丹江流域。

溯发祥于兴国，积厚流光，应推百世不祧之祖；

肇始祀于瑞金，敬宗睦族，无忝一本所生之人。

——杨衍畦

【注】① 不祧之祖：把隔了几代的祖宗的神主迁入远祖的庙。② 肇始：发端，开始。③ 无忝：不辜负，不愧对。忝，谦辞，表示辱没他人，自己有愧。

派分关西，由南昌而赣州，兴国瑞金，一脉流传愈盛；

祭举冬至，自始祖迄高祖，曾祖显祖，千秋陟降攸临。

——杨衍畦

【注】① 祭举冬至：早在周朝，冬至日便有"天子率三公九卿迎岁"以郊祀祭天的记载。《周礼》中规定，在冬至日，要举行"致天神人鬼"的祭祀仪式。② 显祖：旧时对祖先的美称。③ 千秋陟降攸临：陟降，升降；攸临，所到。概说各个时期的祖先率族人迁徙的艰难困苦。

系从伯起，瓜瓞绵绵，竟创千余年基业；

庆衍关西，螽斯序穆，永继七十代家风。

——杨衍畦

【注】① 伯起：杨震(?—124)，字伯起。东汉时期名臣。② 螽斯：或名斯螽，一种直翅目昆虫，常称为蝈蝈。一说斯为语词。《螽斯》是《诗·国风·周南》中第五篇。其中第一段云："螽斯羽，诜诜兮。宜尔子孙，振振兮。"这段意思是：蝈蝈张翅膀，群集低飞翔啊！你的子孙多又多，家族正兴旺啊！这里用螽斯说明本族子孙多多，后代兴旺发达。

> 三相家风，程水有源，福岭树本；
>
> 四世门第，夏坊如砺，上阳开基。

——杨衍畦

【注】① 夏坊：夏坊村位于福建宁化安乐乡的南部，这是一个山清水秀，但交通相对不太便利的山村。② 上阳：在瑞金县城内，今名上阳巷。杨氏之宗祠建在上阳巷的红军学校旧址内。

> 基肇于关西，汉隋唐宋，世推望族；
>
> 溯源于华阴，帝王将相，代有伟人。

【注】华阴：秦汉时期，杨姓子孙主要散居在陕西华阴、扶风和河南弘农以及河北冯翊等地。

> 华阴毓秀长，多士沧沧，启万世以敦一本；
>
> 福岭发源远，人文济济，振三纲而叙五伦。

【注】① 本：草木的根，事物的根源。② 三纲：出自西汉大儒董仲舒。后世所说的"君为臣纲，父为子纲，夫为妻纲"，最早见于《礼纬·含文嘉》。③ 五伦：即古人所谓君臣、父子、兄弟、夫妇、朋友五种人伦关系。忠、孝、悌、忍、善为五伦关系准则。

> 祖庙敞上阳，美奂美轮，百代人文看炳蔚；
>
> 宗功追兴国，序昭序穆，万年俎豆荐馨香。

——杨衍畦

【注】① 美奂美轮：轮，指轮囷，古代的一种高大的圆形谷仓。此处指高大。奂，众多，盛大。古时形容房屋建筑的高大、众多与宏丽。后来用美轮美奂形容新屋高大美观，也形容装饰、布置等美好漂亮。② 炳蔚：形容文采鲜明华美。③ 序昭序穆：古代宗法制度，宗庙或宗庙中神主的排列次序，始祖居中，以下父子(祖、父)递为昭、穆，左为昭，右为穆。

由关西徙赣南，祖德宗功，经之营之，力图瑞邑之基业；

籍程水贯上阳，光前裕后，耕也学也，恢宏清白之家风。

——杨衍畦

百十世宗支蕃衍，统闽赣桂粤，以率祖率亲，大敞朱轮辉甲第；

千余载景运宏开，历汉隋唐宋，而肯堂肯构，遥迎紫气炳长垣。

【注】① 朱轮：古代王侯显贵所乘的车子。因用朱红漆轮，故称。② 长垣：垣，星的区域，古代把众星分为上、中、下三垣。长垣，在此指长天。

江西瑞金杨氏宗祠门联

关西孔夫子，英模人物宗风振；

北宋杨家将，文武衣冠祖庙光。

福建宁化杨氏堂联和栋对

公慎廉正，念祖先轰轰烈烈，累代称忠臣良将；

德爱流芳，期我后纯纯正正，当前尽孝子贤孙。

【注】全联指清代宁化镇守台湾的武官杨秀登俊。杨秀登俊，宁化县石壁镇杨边村人，字千人，号霁林，生于清乾隆五十三年（1788 年），卒于清道光二十六年（1846 年）五月，终年 59 岁。曾任铜山营守备、福建水师提标前营游击、福建厦门提标中军参将、福建金门总镇等职。杨秀登俊为官清正，以身作则，凡在职守，均以弭盗保民、除暴安良为己任。对其部下，训练从严，待遇从宽，赏罚分明，恩威并济，因此兵心悦服，肯为用命，每战必捷。故上得朝廷信任，屡加升赏；下得地方士民爱戴，献匾颂扬（匾额曰："德爱流芳""德普闽中""公慎廉正"等），深得民心。

授姓自三封杨国，瑞兆三鳣，位擢三公，名济三喜，改革三月，编修三史，身去三惑，雪深三尺，百世渊源千古在；

展猷从四袭诸侯，金畏四知，馨傅四相，高堂四老，臣清四世，阁著四香，诗并四杰，量恕四邻，数朝德业万年流。

广西杨氏宗祠联通用联

四家称秀；

三喜同时。

【注】上联典出南宋诗人杨万里。因光宗曾为杨万里书写"诚斋"二字，世称"诚斋先生"，江西吉水人。杨万里的诗与尤袤、范成大、陆游齐名，称"南宋四家"，故云"四家称秀"。下联典出唐代弘农人杨敬之。字茂孝，元和年间进士，官至国子祭酒兼太常少卿。任职这天，他两个儿子杨戎、杨戴同时登科，时称"杨家三喜"。

神童列四杰；

进士第一名。

【注】上联典出唐代诗人杨炯，"唐初四杰"之一。下联典出明代文学家杨慎，正德间试进士第一。

广西贺州杨氏宗祠联

清白家声远；

弘农世泽长。

【注】上联典出杨震。下联以杨氏郡望入联。弘农，古县名，即今陕西华阴县。弘农郡西汉元鼎四年置，辖河南黄河以南、宜阳以西的洛、伊、淅川，陕西渭河下游关中平原南岸以及洛水、社川河上游、丹江流域。弘农杨氏，即华阴杨氏。

三相贤名齐凤阙；

千金诗价重钟山。

【注】此联为周师廉题浙江诸暨金堂村杨氏宗祠联。上联典出明代杨士奇、杨荣、杨溥三宰相。凤阙，汉代宫阙名，后用为皇宫的通称。下联典出明初诸暨人杨廉夫。杨廉夫，能诗，太祖朱元璋曾称赞他的《钟山》诗"值千金，姑且赏赐五百"。

广西柳州柳城大樟村杨氏宗祠联

经纶盖代推三相；

清白传家守四知。

【注】上联说明代杨士奇、杨荣、杨溥三宰相；下联"四知"典指东汉大臣杨震。

广西柳州融水红岭杨氏宗祠堂联

始以湖广源流远；
祖落东阳世泽长。

【注】以"四知"为堂号，此为配联。

台湾屏东六堆杨氏宗祠门联和堂联

堂号小序：迁徙至台湾的杨氏家族，仍奉东汉时著名的"关西夫子"杨震为始祖。台湾杨姓人家也就是"四知堂"的后裔。杨氏家族乃以"四知堂""关西堂"为堂号。

江右相公；
关西夫子。

关西夫子第；
江右相公家。

乡贤世泽长；
理学家声远。

松广家声远；
德田世泽长。

广德家声远；
松树世泽长。

弘谷家声远；
农丰世泽长。

理学家声远；
弘农世泽长。

世泽传三相；
家声凛四知。

经纶光世第；
清白振家声。

江右相公门第；
关西夫子家声。

清白传家风尚在；
经纶盖代永尤新。

辞金开族千秋盛；
立雪传家一脉长。

弘道光明传世泽；
农勤敦睦振家声。

弘谷家声传千载；
农丰世泽万年兴。

理学渊源芳流源宋；
相臣勋业卓著大明。

【注】① 四知：即天知、神知、我知、子知，是东汉人称为"关西夫子"杨震的名言。② 弘农：杨姓的发源地和郡望。③ 清白传家风尚在、关西夫子家声、家声凛四知、清白振家声：指的都是杨震。④ 理学家声远、理学渊源芳流源宋、

立雪传家一脉长：指的是"龟山先生"杨时的典故。⑤ "广德家声远；松树世泽长""松广家声远；德田世泽长"：为麟洛乡田道村中华路二户杨姓人家的对联。"广"是他的字辈；"德"是他父亲的字辈。⑥ 世泽传三相、相臣勋业卓著大明：指的是明朝杨士奇、杨荣、杨溥三人的典故。

台湾高雄美浓杨氏关西第栋对

祖籍溯弘农，呈雀馆，献龙图，恪凛四知，自昔门间广大；

宗支分台境，始从清，除俗日，光复中华，迄今世代兴隆。

【注】此联交代祖籍和著名人物事迹，如东汉学者杨宝救黄雀鸟、北宋龙图阁直学士杨时的"程门立雪"、东汉杨震的"天知、神知、我知、子知"，世代相传，兴盛不衰。

台湾高雄美浓杨氏弘农堂栋对

祖籍起梅州，迁蕉岭建基，思先人恂恂党邑、克忠孝，尚念乡贤世德；

宗分支台岛，住南亩开垦，愿后裔愉愉邻里、勤耕读，毋忘理学家声。

台湾屏东佳冬杨氏关西堂栋对

世泽溯由来，从石壁、徙油坑，毓秀钟灵，甲第群推蕉岭贵；

家声无别业，承三相、凛四知，赞谟丕绪，渊源再向六根传。

【注】此联记录杨姓此派由福建石壁迁向广东蕉岭县新铺镇的油坑，再迁徙至屏东县佳冬乡的六根村。其中也点出杨姓引为骄傲的"三相""四知"典故。

湖南炎陵杨姓宗祠堂联

三公世泽；

四知家声。

【注】三公、四知：指的是东汉杨震等典故。

木兰花馥三春瑞；

易俗移风万户新。

【注】此联是"杨"的析字联。

系出弘农，俎豆馨香绵百世；

家传清白，箕裘继述振千秋。

系出弘农，绵高曾祖考，清白家声罔坠；

支分南楚，历宋元明清，潇湘世泽长流。

陕西汉阴杨氏四知堂宗祠堂联

四知传家永；

三公世泽长。

【注】四知、三公：典出杨震。

四川成都新都马家镇杨氏宗祠

横额：四知家风

堂联

节凛四知宗伯远；

功推三相继文奂。

编者按： 杨慎（1488—1559），字用修，号升庵，四川新都客家人，祖籍江西庐陵（今吉安）。明正德年间试进士第一，授翰林修撰，后充经筵讲官。工诗、文、词，兼及散曲，并重视民间文学。一生著述达四百余种，其中杂著一百余种，后人辑其要为《升庵集》。所编《谢华启秀》与《群书丽句》，纪昀（晓岚）认为两书为"以备作骈体之料"，不确，其实就是当时文人们的对联专辑，算得上中国最早的联书。因我们编纂本书为楹联文献，特附录于此。

【注】① 杨氏宗祠位于四川成都市新都区马家镇南隅升庵村（原普东村）。清初战乱，我国明代文学家、书法家杨升庵的直系裔孙后从县城避乱分支马家场，开基繁衍至道光二十八年（1848年）深秋建成三重堂的杨氏宗祠，人称杨家大院。今尚存主体建筑正堂和四间侧房。杨姓源于以封地"杨"为氏，计有三支，三支杨姓皆出自周武王之后。其中第三支颇为昌盛，即是晋武公之子伯侨的后裔。这支杨氏的后裔经历晋顷公"六卿之难"，余者逃生进入陕西华阴山避难二百多年。战国之后出来做官，逐渐显赫起来。东汉大名鼎鼎的太尉杨震，就出自弘农华阴，其后裔兴旺发达。后世凡言杨氏，多出自弘农郡。四川新都杨廷和，杨升庵父子，其鼻祖即是杨震。杨氏宗祠以汉代弘农郡华阴人杨震为始祖，郡望弘农，堂号"四知堂"，祠堂神主牌位供奉"弘农堂上杨氏门宗历代考妣神位"。祠堂神榜上联"汉代关西夫子后"，意指通晓诸经的杨震时被誉为"关西夫子"；祠堂神榜下联"明史蜀中宰相家"，意为新都杨氏在明代出了一个贵为武宗、世宗两朝宰相的杨廷和，

这个宰相家人才辈出，杨升庵24岁殿试高中状元，子侄孙辈先后中进士者达六人。这个家族一门五世为官，可谓名门望族。杨氏祠堂楹联的上联"节凛四知宗伯远"，典出杨震，历史上有名的清官，官至太尉，在荆州任刺史时，有故旧夜赠金十斤，谓"夜无知者"，杨震拒之："天知，神知，我知，子知，何谓无知？"以"四知"拒贿赂，并以府宅"四知堂"名世。新都杨氏以"四知家风"作为祖训代代相传。

② 杨氏家世：杨氏原籍江西庐陵，元末战乱避乱过籍湖北麻城孝感乡，明初再迁四川新都，杨世贤为迁新都开基祖。至四世祖杨春子孙繁衍众多，杨春六个儿子中仅长子杨廷和的孙辈便达十六人，其中杨升庵为长孙长子。杨升庵原配王氏无子早逝，继室黄娥不育。他长期被流放云南，侧室曹氏仅生一子名宁仁，宁仁长子金吾、次子宗吾。金吾长子开乐，号九韶，袭阴任粤东邑令，告老未获回蜀，后裔多在广东、台湾；次子开学，号九成，留居新都状元府。清初张献忠入川战乱时迁至马家乡普利寺乌木沱隐居，从此杨氏一支在马家乡（今马家镇）繁衍至今，于普东村开基创业繁衍，人口日众，道光二十八年（1848年）深秋建成杨氏宗祠，至今已传至13—16世，人口近千。距杨氏宗祠不远的"杨家巷"是杨氏聚族而居之地。康熙五十七年（1718年）升庵第六世族孙杨特萃邀集族人携妻室儿女，从广东长乐县到新都龙门山落籍创业，其裔孙主要分居在新都镇、新繁镇和龙桥镇等地。③ 四知家风、清白传家是杨氏的宗族家风，代代相传。杨氏宗祠正堂神位上书"景清堂"的横额，是明代著名书法家董其昌书写的堂名。杨升庵对清白廉洁的老祖宗杨震非常敬仰，作《校书堂》诗：

碧玉岩前是故乡，路旁遥指校书堂。

今来带剑骑征马，羞向关中道姓杨。

升庵策励自己为政要清廉自重。杨氏家族以"清白传家"作为祖训传世，有言有行。如杨升庵金榜题名，成为明代蜀中的首名状元，蜀中官员争相送贺银，地方当局拟为杨氏建石牌坊、石华表，以垂后世。升庵祖父杨春婉辞曰："与其只宠一个新科举子，何不移银修建城墙，可保一方平安。"时值知县张宽急需筑城墙工程款，移银建城墙果真用在刀刃上。杨氏家族有一条不成文的爱乡族规，凡入朝或在外为官，均不能忘记乡梓父老乡亲，每次回乡必捐资为故里做一件事。如新都城南护城河上的清源桥是升庵祖父杨春捐资建于明初（清代重建）；升庵之父杨廷和捐资赈济灾民，捐资建饮马河上的古堰学门堰；杨廷和父子为宝光寺捐款，等等。杨氏宗祠现珍藏的宗族文物中，有石碑一通，碑文记载祀会祀祖、族规等规定条款。

④ 状元街升庵故居联、弟子书馆、状元坊。清乾隆中叶，查礼宦蜀期间"僦宅于成都"，适居升庵故宅，先后计二十余年。查礼极为敬重杨升庵，是杨升庵思想文化的研究者、学习者和传播者。

附：杨氏老祠杨家庵

马家镇的澄清村还有一座老祠杨家庵，又名澄清寺，从前杨慎（升庵）及其先祖的神位供奉于此。"澄清"之名，源于杨廷和、杨慎父子在明代嘉靖初发生的一场激烈的政治斗争"大礼议"，当时忠心而一身正气的杨廷和、杨慎遭迫害，杨廷和被罢相回乡，杨慎遭廷杖酷刑后，终身远谪到云南三十余年而客死异乡。直至嘉靖皇帝死后，"大礼议"的真相大白于天下，杨氏父子的蒙冤得以澄清，杨氏老祠被命名为"澄清寺"，故村名"澄清村"。这是杨氏家族史的历史见证。

杨升庵家族宗祠景清堂

龛联

汉代关西夫子后；

明史蜀中宰相家。

【注】上联典指杨震；下联典指杨廷和。

升庵书联

尘世英雄易老；

浮生踪迹难同。

【注】杨升庵的这副感慨人生、感慨英雄非同寻常轨迹的书联，是查礼初到成都公务之余，有幸在文物市场购得。"肆樱桃斜街，见新都杨文宪公（杨升庵谥号）书联，喜购以归。"查礼（1714—1781），字恂权，号俭堂，清宛平（今北京）人。累擢川北道，官至布政使、湖南巡抚。嗜古印章及金石书画，收藏甚富，工书画，著有《铜鼓书堂遗稿》等。

状元街升庵故宅升庵弟子书馆

《华阳县志·古迹·杨升庵》："杨升庵宅，在治城南状元街护国寺侧。盖升庵归成都，尝隅于此，故街以状元题名。清乾隆中，查礼宦蜀，僦宅于成都，适居于此。"

【注】① 记载了杨升庵成都故宅与状元街的由来。成都府治城南状元街（今人民南路红照壁十字口以东，与指挥街和西丁字街相通），街上有一座护国寺，

寺侧有杨升庵故居，升庵归成都常寓此。因杨升庵是明代四川籍的首位状元，故街名为状元街。② 记载了查礼宦蜀期间，在成都精心选租住宅，初租屋乃得升庵此宅。《华阳县志》载，查礼"宅邻护国寺，因从寺僧借地筑层一橼，即榜'升庵，为弟子读书处'，且张以十二字壁上，益杂植梅、竹、棠梨，辟馆宇，送别分题，看花饮酒，故其《铜鼓书堂集》所载，与金匮顾光旭、丹阳陆赤南等诸人唱酬，及行役在外，不忘升庵者眷眷有之"。③ 建状元牌坊。乾隆四十四年（1799年），任布政使的查礼即将调离四川。为了纪念远谪云南的英杰先贤杨升庵，命儿子查淳选良材在状元街建了一座状元坊。查礼赋诗记其事："念兹宿昔缘，慨然感英杰，遗迹更须培，以仰先贤节。呼儿选良材，柱石资表褐。感文宪之远谪，且补蜀志之所阙。"查礼的义举载入史册。

家传清白，系本关西，祖有德，宗有功，龙蟠虎踞，惟烈惟光，永葆缨裳联后裔；

发迹南疆，创基北岭，左为昭，右为穆，文经武纬，以享以祀，长承俎豆振前徽。

四知规模远，堂势巍峨，忠厚流芳垂万纪，勤勉督教，代代先人珍藏典籍培后辈；

三相绍述长，孙枝鼎盛，簪缨绶彩誉千秋，尊祖敬宗，年年春节整肃仪容祀前贤。

【注】联说本支杨氏源流和世泽。此处杨氏迁自湖广。

印尼雅加达杨氏宗祠弘农堂神龛联

昭穆序一堂，追远慎终，俎豆馨香思祖德；
箕裘垂百世，光前裕后，良模蔚起振家声。

【注】雅加达杨氏宗亲总会，成立于1943年。新会所于1952年建成，两层共500平方米。

广东大埔百侯通议杨氏大夫第堂联

天朝书宦迹；
家庙荐蘋香。

泰山北斗寰中望；

霁月光风座上春。

奕奕簪缨，共庆三鳣衍派；

巍巍轮奂，缅怀七叶扬芳。

——杨缵绪

杨缵绪（1697—1771）：字式光，号紫川，广东大埔百侯侯南人。幼承庭训，康熙辛丑（1721年）中进士，选庶吉士，改吏部员外郎，迁监察御使。曾因焦弘勋案被革职回籍。乾隆元年召回，任甘肃庆阳，后又任松江、桂林知府。除弊政，平冤狱，多有建树，官至陕西按察使，恩命为中宪大夫。

毋持强而争胜，以孝悌忠信立身；

毋逞志而营私，以勤俭退让持家。

广东大埔百侯杨氏太史第堂联

太史龙门，使星东曜；

高岗虎发，灵气西来。

——何寿朋

何寿朋：字士果，广东大埔湖寮双坑人。何如璋之子，清光绪进士。

容膝易安，且喜藏书万卷；

力田有获，何如教子一经。

绍祖宗一脉渊源克恭克孝；

开子孙两条正路曰读曰耕。

——杨演时

杨演时（1711—1774）：字式显，号半崖，广东大埔百侯侯南人，之徐第七子。少与兄缵绪、黼时相切磋。乾隆三年（1738年）举人，十年成进士，选庶吉士，授翰林院编修。旋告归，闭门讲学。曾主讲龙湖书院及广西秀峰书院、福建鳌峰书院等。

　　流沂姬易，肇基弘农，关西出衍，毋忘震公四知成祖训；

　　传系龟山，继延石壁，粤东入庙，铭记宁叟五常振家风。

——杨黼时

杨黼时（1708—1795）：字式衮，广东大埔百侯侯南人，之徐第六子。清雍正十三年（1735年）举人，乾隆元年（1736年）进士，选庶吉士，授编修。乾隆八年大考，改授湖北黄梅县知县。清白自矢，政清刑简，境内肃然。后以疾归，居家四十余年，足迹不履公庭。布衣蔬食，萧然自得。

广东大埔百侯镇杨氏堂联

　　积先祖厚德，文礼流芳百世；

　　庆后裔高志，业绩举创千秋。

广东大埔百侯镇杨氏支祠联

　　如鸟斯革，如翚斯飞，卜基垂百世之祖；

　　立爱自亲，立敬自长，入庙本一人之身。

——杨之徐

杨之徐（1659—1731）：字沛若，号慎斋，广东大埔百侯侯南人。幼聪慧，十四岁赴县府道试皆第一。康熙十四年（1675年）十七岁中举人，二十七年（1688年）成进士。任河南光山知县。任内，礼士惠民。上宪爱其才，欲罗而致之门下，遭拒绝，被罢官回里，闭门课子，以诗文自娱。子缵绪、黼时、演时，俱登进士榜，选庶吉士，授翰林院编修。"一腹三翰院"传为佳话。著作有《企南轩诗文集》。

广东梅州西门杨氏宗祠堂联

　　绍熙箕裘，念先人创业艰难，理当成壮举；

　　德荫兰桂，嘱后裔衣冠济美，应惜继韶华。

广东梅州元城路杨氏宗祠堂联

溯昔日，群推期文伟望，雁题萼秀，柳染袍青，世业缥缃，继我祖复兴甲第；

登斯堂，须念兵燹重经，子力荷薪，妻肩负土，手披荆棘，愿后人共体辛勤。

广东平远东石麻塘杨氏宗祠堂联

　　嫡派初从三相起；

　　渊源本是四知来。

湖广忠精昭世泽；

朱朝上将振家声。

精于演易，善在占舆，名贯三江南北；

善在救贫，精于除难，誉扬五岭东西。

广东兴宁大坪坪光村杨氏祠联

前迎天岘，后枕石山，虽非大邑通郡，却有奇观堪纵目；

左顾虎样，右盼牛形，况兼长河孔道，许多春色足抒怀。

广东兴宁杨氏关西堂祠联

系逆溯四知，想前人清白传家，炳炳芳名昭汉北；

源流分三相，愿后裔文章华国，煌煌伟业继关西。

广东兴宁新圩双头杨氏祠联

一却千金惟月夜；

四知三相是吾家。

广东兴宁刁坊杨窝里杨氏宗祠堂联

三相阶前生玉树；

四知庭里育兰孙。

广东兴宁刁坊杨氏宗祠堂联

关水宗年程祖德；

西流书史振家声。

广东兴宁甘村杨氏宗祠堂联

马嶂文峰怀雀第；

三春旭气霭春堂。

广东兴宁罗英寨杨氏宗祠堂联

忠厚传家安且吉；

公平处世炽而昌。

积德积金，先祖黄堂声未艾；
为龙为凤，后人青史墨留香。

清白廉风，四知世德，千秋文治；
武功盖报，杨门家将，万世武传。

广东兴宁合水杨氏宗祠堂联

世德溯当年，齐家治国，万载经纶思汉北；
功勋宜事续，继志述事，两房孙子逆关西。

广东兴宁岑河永兴围杨氏宗祠堂联

祖有德，宗有功，丕显丕承，先世黄堂声未艾；
左为昭，右为穆，曰文曰武，后人青史墨留香。

广东兴宁福兴围杨氏宗祠堂联

福地显文明，礼乐诗书，化育文人光射斗；
兴朝昭武略，熊黑虎豹，陶成武士气凌云。

世德溯关西，凛四知，除三惑，清白家风传百代；
勋名昭汉北，居佐相，任中丞，经纶事业著千秋。

广东兴宁新趣头杨氏宗祠堂联

溯由来由杭浙，及高及雷，几历山川，肇基潭江吉地；
念自出自省斋，而茂而英，多阅世代，展振关西家声。

广东兴宁大坪布路杨氏宗祠堂联

平阳迁闽粤，喜居洋塘绵瓜瓞；
毛嶂蟠龙虎，德庇七省衍后昆。

广东兴宁坪洋坪光杨氏永耀堂联

永誉仰前徽，三相名扬，旌旗著望，武纬文经光史乘；
耀宗期后裔，四知德泽，寰宇同钦，蜚英腾茂振家风。

系溯平阳，由闽迁粤，念先祖斩棘披荆创伟业；

册授镇国，赐侯封相，喜后裔修文司武振家声。

广东兴宁坪洋杨氏宗祠堂联

德旺溯关西，想当年四知律己，三相荣宗，俎豆馨香绵百世；

勋名思汉北，冀此后源远流长，根深叶茂，箕裘济美衍千秋。

广东大埔百侯杨氏延庆堂堂联

枕碧流，瞻翠献，族聚于斯，同启宗，支蕃衍；

峙东廓，拱四屏，堂开兹胜，式昭德，隐灵光。

继别作堂基，前能守，后能开，瓜瓞绵绵垂世泽；

穆昭联子姓，爱则存，悫则著，蘋蘩采采怿先灵。

簪缨世泽绍关西，凤羽联翩骥足齐，广种科名窗有草，高登云路户留梯；

文章政事儒林仰，印绶声华翰墨题，子又生孙孙又子，孙孙子子叠金泥。

广东大埔杨氏孝祀堂堂联

同榜题名十秀七魁三进士；

阖门著节一廉二孝两忠臣。

谓龟山后裔，我不敢知，陈俎豆而荐德馨，道脉遥通陟降；

徙宁化始迁，今犹可考，笃本支以昭世守，宗功共瞩几筵。

冠门宗代，历风雨以告虔，于此乎，于彼乎，爱敬岂在见闻以外；

庙踞侯乡，律霜露为崇报，求阳也，求阴也，气谊端归存著之间。

广东丰顺杨氏尚义堂堂联

义让恭行容涵日月；

方韬远略运转乾坤。

尚文崇武，志存高远，秉四知世泽，龙度凤仪千古鉴；

义方祖训，德统纲常，开百代家风，慈行谦让万年隆。

广东丰顺丰良杨氏敬睦堂堂联

天外一青峰，列岫四环，俨若群孙朝太祖；

溪头双水碧，波澜壮阔，须知异派本同源。

广东丰顺金瓯寨杨氏堂联

祠枕黎峰环万笏；

门盘汤鉴汇双溪。

节届仲冬，展孝思于宗祖；

欢联族姓，期庆洽乎门庭。

庙貌聿新，大发山川秀气；

人文蔚起，长延祖宗芳声。

保国有诗书，始足光前裕后；

传家惟孝悌，方成孝子贤孙。

夏礿秋尝，遵万古圣贤礼乐；

左昭右穆，序一家世代源流。

缅一室克谐慈孝，风高万古；

溯二难济美友恭，庆衍千秋。

传清白之家声，看此日群钦坊表；

诒诗书于后裔，庆他年世列簪缨。

派衍有虞，念祖宗修德行仁，百倍艰难绵世泽；

祠兴福祉，愿孙子敦伦守分，一团和气振家声。

广东紫金青溪杨氏宗祠堂联

系溯弘农，乔迁溪地，窃冀栋宇粗成，龙德长垂，世世庆蕃昌，志大量洪绳祖武；

后依片月，前朝流水，还瞻局度平宏，天山缭绕，重重资庇荫，钟灵毓秀蔚人文。

广东紫金中坝良庄杨氏宗祠堂联

祖德实高涤，索称崔馆旗祥，鳣堂集瑞，文擢三相，武著边疆，勇略良才，远绍弘农绵奕世；

宗功诚伟大，溯自系出梅州，基开永邑，枝蕃忠坝，祠建乐平，承先启后，长垂清白播千秋。

广东紫金柏埔杨氏宗祠堂联

清白溯家，传绍伊洛，以启南方，五六朝来，犹是祖先绵世泽；

经论称相，业阐图书，而光东壁，千百业候，还期我辈继宗绳。

江西吉水黄桥泮塘杨氏联忠节总祠堂联

自唐宋发祥，金马玉堂千百载；

与欧文姊烈，青原白鹭两三家。

天地正气光世泽；

五谥侯第振家声。

家传清白耀先祖；

世济经纶启后昆。

守四知风范，浩然正气贯长虹；

遵辂公祖训，忠孝廉节照千秋。

泮起宏图，发祥庐陵，派分江南，瓜瓞绵衍遍中外；
塘泽基地，代挺俊杰，贤哲辈出，文韬武略铄古今。

天柱峰钟灵锦绣，祥瑞盈祠宇；
南溪水清泉长流，泽沛裕栋梁。

福建连城芷溪杨氏宗祠堂联

勋名竹帛垂千古；
文武衣冠萃一堂。

顾祖当思三尺雪；
光宗还凛四知金。

雀馆家声追汉代；
书香一脉继镛州。

昌邑却金，留得廉名播宇内；
程门立雪，好将正道布南闽。

源出华阴，奕世辉煌推望族；
基开镛州，嗣孙鼎盛播环球。

学道溯南闽，百代心源存学界；
簪缨传东汉，千秋柱石重经纶。

顾前烈，金畏四知，清德千秋绵雀馆；
念先人，雪深三尺，斯文一脉绍龙池。

畏四知而却金，绩著当时，清白传家绵万代；

飞三鳣以启瑞，名垂后世，文章报国振千秋。

福建宁化泉上延祥杨氏应泰宗祠堂联

刿论战三鼓，胜于孙子兵法；

参治国一筹，英奠汉室江山。

福建宁化石壁杨氏杨边家庙堂联

功炳乾坤，宗支派衍，万代子孙推望族；

德昭日月，环宇散居，千秋俎豆荐馨香。

相门出相，看古往今来，启后承先光祖德；

将门出将，望孙贤子肖，发奋图强裕宗功。

台湾屏东佳冬乡杨氏宗祠堂联

本溯梅州昭祖德；

支藩瀛岛荐馨香。

孝莫辞劳，转眼便为人父母；

善休望报，回头但看你儿孙。

基创自梅州，族大支繁，蕃衍八闽两粤；

派分来海岛，源长流远，会同百祖一宗。

海南儋州和庆杨氏宗祠堂联

自阳江以渡琼州，源远流长，望族蝉联开甲第；

由临高而居麦万，根深叶茂，华堂鸿业颂儒林。

海南儋州和庆岭仔脚杨氏宗祠堂联

溯积德之先人，系出阳江，既庆箕裘长济美；

视象贤于后裔，族蕃琼岛，犹期簪笏永流芳。

印尼雅加达杨氏大宗祠联

北国千年柏；

椰林万盏灯。

祠宇满堂春，个个皆称兄弟叔侄；

天涯同赤子，人人哪管北调南腔。

【姓源】《万姓统谱》。

① 连氏，姬姓。春秋大夫连称之后。

② 楚官有连尹，居是官者子孙以连为氏。连尹，射官，言射相连属也。

③ 鲜卑族是连氏，北魏太和十九年改连姓（《魏书·官氏志》），西魏大统十五年复旧姓（《北史·西魏文帝纪》）。隋唐时是连氏无闻，盖融入汉族复改连氏矣。

④ 武功堂连姓，其先本姓苏。先祖元时因战乱避于莲池得救，子孙改莲姓，后改连姓。

⑤ 少数民族汉姓，如蒙古族、满族、朝鲜族等。

【分布】连姓为中国第 190 常见姓。人口约 54 万，约占全国人口的 0.043%。约 55% 分布在河南、福建、广东、台湾四省（其中河南最多，约占全国连姓人口的 19%）；26% 分布在山西、重庆、河北、浙江、辽宁五省、市（《中国姓氏·三百大姓》）。连姓客家人主要分布在福建闽西和广东、台湾、河南，江西也有分布。

【郡望】上党郡。

【堂号】瞻依堂、上党堂等。

通用祠联

门联

羽衣得道；

丽赋著名。

【注】上联典指宋代人连久道。连久道，字可久。年十二岁能诗。不求仕进，得道，往来西山。羽衣，道士的别称。下联典指唐代闽县人连总。连总，字会川，咸通年间进士，善于作赋，以赋笔典丽为文学家温庭筠所称。

> 戍守葵丘；
>
> 上党衍源。

【注】上联寓指连称。连称，齐国大夫，齐襄公曾命连称和管至父戍守葵丘。后连称为连姓之始祖。下联指连姓发祥之地上党，亦为连氏郡望。

> 连陂存爱；
>
> 赋笔见称。

【注】上联典指称连希觉，他曾官英州知府，任上筑陂引水灌田，民感其惠，称此陂为"连陂"。下联典指称唐朝连总，闽县人，唐懿宗咸通年间进士，善作赋，为文学名家温庭筠钦仰，因而文名大著。

广东大埔连氏宗祠通用堂联

> 德绍箕裘，延迁百世；
>
> 馨彰祖嘱，如意万年。

> 遥对群山，青嶂排来双阀晓；
>
> 近邻平廓，绿杨分作两家春。

> 祀祖宗一炷清香，必诚必敬；
>
> 教儿孙两条正路，曰读曰耕。

> 派分上党，籍著江都，延延绵绵信哉，我家先世流光远；
>
> 系出漳平，绪开长泰，承承继继久矣，此际后昆衍庆长。

【姓源】《元和姓纂》。

① 吴氏，姬姓，周太王古公亶父之子仲雍九世孙季札之后。江苏苏州翁巷吴氏始祖，季札之孙婪之后。婪避祸改姓濮，隐居太湖洞庭东山。南宋绍兴中，裔孙百生请以朝，始复姓吴（清乾隆《洞庭吴氏家谱》）。

② 《中华姓氏流源大辞典》载，吴氏，姚姓。有虞氏之后。虞、吴，上古时音同，赵灵王纳吴广女孟姚，后立为后，即惠后娃嬴。

③ 以国名为氏。《通志·氏族略》载："泰伯封于吴，子孙以国为姓。"泰伯是周太王古公亶父的长子，太王共有三子，次子仲雍，三子季历，季历颇有才干，其子姬昌又自幼聪明过人，因此，古公亶父拟让季历当继承人，以便将来传位给姬昌，泰伯和仲雍明白父意，就自动让贤，一起跑到东南沿海，并文身断发，表示让位给季历的决心。泰伯的义气感动了许多人，有1000多户随着他来到江苏一带建立了吴国。泰伯、仲雍相继为君。传至十九世孙寿梦，生了四个儿子，老四季札不肯越过兄长继位的故事，早为国人所知。春秋后期，吴国逐渐强大，吴国君王阖闾任用伍子胥为相，孙武为将，一度攻破楚国。他的儿子夫差打破越国，后因夫差不听劝谏，20年后被越王勾践所灭。夫差的子孙流散四方，以国为姓，称吴氏。

④ 汉代越族姓。西汉时有南越人吴阳，公元前110年与东越大臣谋，杀越王余善，以功封北石侯。

⑤ 江苏沭阳颜集镇虞家沟吴姓，相传其先姓虞，秦末西楚霸王项羽

妾虞姬之族。项羽兵败自刎，虞姬族人惧祸改吴姓。虞、吴古音同也。

⑥一些少数民族改姓吴（略）。

【分布】 春秋末期，吴国为越国所灭，其王室成员大批被发配到了边远之地，如夫差的新太子吴鸿被流放到了江西婺源，成为今日江西吴氏中最古老的一支。汉高祖统一天下建立汉朝后，吴芮被封为长沙王，建都临湘。吴姓宗族中的吴芮一支也从江西迁到了湖南。隋唐时期，吴姓人一部分迁至今江西的兴国，福建的上杭、莆田、福州、漳州、泉州、汀州，广东的潮州、嘉应州、南雄和广西的梧州、南思等地。

宋元之际，中原一带的部分吴姓人口又陆续迁居到了今四川、云南和贵州等地。明朝初年，吴姓作为山西洪洞大槐树迁民姓氏之一，一部分被分迁到了闽西和粤东等地。明清以来，福建和广东沿海一带的吴氏迁居台湾、海外者逐渐增多。

吴姓为中国第10常见姓。人口2400多万，约占全国人口的1.93%。约34%分布在广东、福建、广西、贵州、江苏五省（其中广东最多，约占全国吴姓人口的8.5%）；41%分布在安徽、浙江、湖南、四川、湖北、山东、江西、河南八省（《中国姓氏·三百大姓》）。吴姓客家人较多。主要分布在广东、福建两省，广西、江西、湖南、四川、湖南不少，台湾、港澳地区、湖北、河南、海南也有分布。

【郡望】 濮阳郡、延陵郡、陈留郡、汝南郡等。

【堂号】 濮阳堂、让德堂、汝南堂、延凌堂、吴郡堂、至德堂、渤海堂、种德堂、思让堂、永言堂等。

通用门联

世家第一；

至德让三。

【注】 全联典自春秋吴泰伯。吴泰伯为周太王（古公亶父）之长子，让位于弟季历及季历子昌（文王）。孔子称其有至德。

延陵世泽;

渤海家声。

【注】① 延陵:夫差的祖父寿梦生有四子,长子诸樊(夫差之父),次子余祭,三子余昧,四子季札。寿梦宠爱季札,欲传位给他,他的三个兄长也都认可。但寿梦去世后,季札不肯为君,认为长子继位是国家的制度。吴国的人坚决要他为君,他只好弃家出走,躲到乡间以种田为生。诸樊只好即位为君,封季札于延陵,人称"延陵季子"。诸樊去世后,余祭继位。余祭去世后,余昧即位。余昧临终前申明,由季札继位。季札不肯,又躲了起来。于是余昧的儿子僚即位为君。季札让国,成为千古佳话。② 渤海:《史记·周本纪》载,古公亶父生泰伯、仲雍、季历三子。泰伯、仲雍出奔东南沿海,在江苏无锡东南建立勾吴。因其国滨海,故以代称。

延陵世泽;

至德家声。

【注】至德:据《史记·吴太伯世家》载,吴泰伯、泰伯弟制雍,皆周太王之子,季子之兄也。季子贤,而有圣子昌,太王(古公亶)欲立季以及昌,于是泰伯、仲雍两人乃奔荆蛮,文身断发,示不可用,以避季子。季子果立,是为王季,而昌为文王(周文王)。泰伯之奔荆蛮,自号勾吴,荆蛮义之,从而归之千余家。太史公司马迁曰:"孔子言'泰伯可谓至德矣。'""至德"及"让德""种德"皆出于此。

延陵世泽;

梅里家风。

【注】梅里:据《吴姓源流考略》载,吴氏受姓,始于周初泰伯至德公。泰伯让位,居荆蛮(今江苏无锡梅里),荆蛮慕其高风,立为勾吴长。其后周章封吴,孙以国为氏。吴之后,实始于此。泰伯一支徙至福建永定汤湖永地杭籍族盛于明,又分传派广东程乡(今梅县)、丰顺,后分派兴宁、江西等地。七十七世吴三,明洪武三年(1370年),由福建汀州上杭迁居广东潮州府程乡县,其后有迁丰顺县。

治平称最;

让德流芳。

【注】① 治平称最:治平,语出《礼记·大学》:"国治而天下平。"后因称政治修明、社会安定为治平。典指吴公。吴公,汉时上蔡人,文帝时为河南太守。

治平为天下第一，征为廷尉。② 让德流芳：泰伯，即周太王长子。让国与弟，后封为吴伯，以国为姓。

清操绝俗；

画圣留名。

【注】① 清操绝俗：典指晋人吴隐之。吴隐之，鄄城人，博涉文史，有清操，尝为谢石主簿，将嫁女，石知其贫，使人送厨帐助之，使者至，只见其婢牵犬卖之。② 画圣留名：典指吴道子。吴道子，唐代画家。少时孤贫，穷丹青之妙，时称"画圣"。

鹰扬虎视；

剑气玉光。

【注】① 鹰扬虎视：典指吴质。吴质，字季重，兖州济阴郡人，汉末三国时代著名文学家。在魏文帝曹丕被立为太子的过程中，吴质出谋划策，立下大功。曹植作《与吴质书》曰："足下鹰扬其体，凤观虎视。"鹰扬，威武貌。虎视，形容威武如虎之雄视。② 剑气玉光：典出吴伯琮。吴伯琮，明金溪人。为洪武开科状元。人称其为"玉光剑气，殆不可掩"。

通用祠联

孙子能教宫女；

文箫幸遇仙姝。

【注】① 孙子能教宫女：孙武子曾以《兵法》十三篇见吴王阖闾，选宫女为队长，教之战阵。② 文箫幸遇仙姝：唐进士文箫客钟陵，遇仙女吴彩凤，后结为夫妇，同成仙而去。

三让两家天下；

一剑万世春秋。

【注】三让：周太公古公亶父生三子：长子泰伯、次子仲雍、三子季历。季历之子姬昌即周文王。传说姬昌出世时，有圣瑞出，祥云兆吉，太王说："我世当有兴者，其在昌乎？"所以对这个孙子宠爱有加，视为圣孙，有意要将周家的天下传给他。但姬昌并非长子所生长孙，根据当时的规定，没有继位的资格。泰伯和仲雍明白父亲的意图，便向父亲表示无意做继承人。这是一让。太王又不愿违背周氏族的规矩，终日郁郁寡欢，愁出病来。泰伯、仲雍又以上衡山给父亲采药

治病为名外出避让。二人逃到与周族邻近的游牧狩猎民族之地（在今陕西陇县的吴山，又作衡山，叫作西吴），意在提供机会将季历立为太子，姬昌为太孙。兄弟俩一去不复返了，这样，周太王不得不将季历立为太子，昌为太孙。这是二让。泰伯、仲雍逃到西吴后，被当地人推为吴族的酋长，建立起氏族国家，号称"勾吴"。不久，太王病逝。临终前留下遗嘱，要季历让位给泰伯。泰伯、仲雍回国奔丧极尽孝义之道。这时，季历遵照父亲遗嘱将王位让给泰伯，泰伯再三推让，坚辞不受。再次同弟弟仲雍逃出。为了表示绝无反顾之心，泰伯、仲雍带着族人从陕西的西吴辗转到更远的东吴地区，即江苏无锡地区。二人易服随俗，文身断发，发誓不再回去。这是三让。

> 深山养望；
> 塘草生春。

> 深山藏虎豹；
> 塘水养蛟龙。

吴氏宗祠通用栋对

渤海延陵分两郡，系本同源，上溯三让传家，实二千余年来共称鼻祖；
闽派琼支聚一堂，欢联异域，最喜四方观礼，在数万几里外大振家风。

【注】① 据《吴氏族谱》载，七十一世宣公，于晋高祖天福元年（936年）合家渡江南徙，居今江西抚州府临川之石井，后又迁江西建昌府南丰县竹家山金斗巢，在此立籍，为长江以南吴氏开基祖。七十三世宥，原居江西南丰，后迁居竹家山，再迁居福建汀州府宁化县石壁村，为南宋入闽开基祖。七十四世坤二郎之后，分迁广东、福建各地。有的迁入梅州大埔县。七十五世分派兴宁、江西等地。七十七世吴三，明洪武三年（1370年），由福建汀州、上杭迁居广东潮州府程乡县，其后有迁丰顺县。② 渤海：据邓迅之《客家姓氏源流研究》，称渤海者（因勾吴地属渤海郡），则为季札之兄，诸樊、余祭、余昧三人之后。另据系谱云，吴氏世居渤海，散处中州，其后有随王潮入闽，而入于粤之潮、嘉等处。

> 永孝义之创垂，六代先人，长享千秋俎豆；
> 敦友恭而式廓，七传后裔，永谐百世埙篪。

【注】① 俎豆：俎，置肉的几；豆，盛干肉一类食物的器皿。都是古代宴客、

朝聘、祭祀用的礼器。本联中的俎豆泛指祭祀活动。② 埙篪：古代两种乐器，声音相应。《诗·小雅·何人斯》："伯氏吹埙，仲氏吹篪。"后世遂以埙篪喻兄弟和睦。

广东中山神湾吴公宗祠联

> 源宗渤海；
>
> 脉接葫峰。

【注】葫峰：山名，位于粤东陆丰县。

堂联

> 百行立百禄，崇百龄上寿；
>
> 五事修五福，备五代同堂。

注：① 百行：泛指各种品行、德行。② 百禄：意即多福。③ 上寿：谓最高的年寿。④ 五事：古人指修身的五件事：貌、言、视、听、思。⑤ 五福：语出《书·洪范》。五福分别为长寿、富贵、康宁、好德、善终。⑥ 五代：此指吴智达（上颖）年九十三，五代同堂。

龛联

> 祖宗千年烈；
>
> 子孙万代昌。

江西南康横增坑吴氏宗祠联

> 敬爱门第，德仁齐备耀宗室；
>
> 延陵世家，忠孝惟馨佑儿孙。

　　　　　　　　　　　　——吴垂非

【注】延陵：邑名，本为春秋吴邑，季札所居之封邑。延陵郡为"吴"姓的郡望。

> 爱宗万古继家风，派衍梅里。
>
> 敬祖千秋永让德，世泽延陵；

　　　　　　　　　　　　——吴祖衍

【注】梅里：商末周初吴国之都。梅里所在地，《吴越春秋》《越绝书》及《皇览》等以为在吴县（今苏州）北；《括地志》《吴地记》等认为当在无锡县界梅里村，该地有泰伯冢等遗迹。

宗祖基辟沙堤，光前裕后扬玉德；

嗣孙志在神州，继往开来谱华章。

【注】玉德：古谓玉有五德，后常以喻素质之美。

福建上杭、武平吴氏宗祠通用联

渤海家风千古盛；

延陵世泽万年兴。

【注】吴王寿梦封四子季札于延陵（今江苏武进），号为延陵季子，子孙繁衍，因以延陵为郡望。又勾吴地属渤海郡，故吴姓郡望渤海。

福建连城培田吴氏宗祠门联、堂联

本源可溯；

诚敬乃通。

【注】① 溯：逆流而上。引申为追求根源。② 诚：真心实意。③ 敬：戒慎，敬肃，不怠慢。此联录自白庵公祠。

祖训书墙牖；

家声继蕙兰。

【注】① 牖：窗。② 蕙兰：香草名。喻读书人、君子。此联录自久公祠。

虎视凤观世第；

玉光剑气家风。

【注】① 虎视凤观：典指吴质。虎视，如虎之视，形容威武如虎之雄视。凤观，如凤之观，形容神采之美如凤之观。② 世第：第，宅。指封建社会世代做大官的人家。此联录自八四郎公祠。

西周孝让家声远；

东汉循良世泽长。

【注】循良：谓守成法而有很好的业绩。吴家先祖吴汉，是东汉王朝的开国元勋。吴汉极忠孝，带兵过宛时，上奏回家扫墓，以尽孝心。东汉一朝，在整个吴姓中，以这一支最显贵。此联录自郭隆公祠。

天高地远开怀抱；

水秀山明入画图。

【注】① 天高地远：言天地之大。② 水秀山明：言景色之美。此联录自南邨公祠。

笔峰秀自云霄耸；

剑气光从渤海腾。

【注】① 剑气：谓剑之杀气也。② 上联喻文，下联喻武，文武全才之谓也。此联录自济美堂。

户外有山堪架笔；

庭中无处不堆书。

【注】有山堪架笔：比喻文笔有力、文章有气魄。引申为主人有满腹经纶。此联录自继志堂。

笔峰高写云霄月；

凤字凭题绮里门。

【注】① 凤字：繁体"凤"字，凡鸟之隐语。《世说新语·简傲》载，嵇康与吕安善每一相思，千里命驾。安后来，值康不在，康兄喜出户延之，安不入，题门上作"凤"字而去。喜不觉，犹以为欣。故作"凤"字，凡鸟也。② 凭：任凭。此联录自致祥堂。

霁色当空惟明月；

银辉满眼是清风。

【注】霁：雨后或雪后转晴。天朗气清，明月当空，清辉满地。写的是祖屋的美丽景色，借景喻人，实际上也是赞颂高洁如清风明月那样光明正大的人品、节操。

善居室惟怀完美；

好读书立志修齐。

【注】修齐：指修身、齐家、治国、平天下。是儒家对读书人提出的要求。此联录自双灼堂。

欲高门第须行善；

要好儿孙必读书。

【注】要让家族显达就要行善；要让后代过得好就要读书。此联录自务本堂。

悦目时风来花舞；

会心处鱼跃镜开。

【注】镜：在本联中形容水像镜一样澄澈、明净、无波。此联录自务本堂。

宗歆叶吉，永奠基业；

祠尝载燕，晋享馨香。

【注】① 歆：飨也，谓祭祀时神灵先享其气。② 叶：通"协"，意为和谐、协调。③ 祠尝：指春秋祭礼。④ 燕：通"宴"，安闲，休息。⑤ 晋：进。此联录自文贵公祠。

至德衍休声，不愧千秋禴祀；

治平光令绪，应绵百代簪缨。

【注】① 至德：旧指最高的德行。《论语·泰伯》："泰伯，其可谓至德也已矣。"这句话是孔子称赞吴氏先人泰伯的话。泰伯，也称太伯。② 休：吉庆，美善，福禄。③ 禴祀：古代宗庙夏季的祭祀。④ 治平：意为治国平天下的业绩。⑤ 令绪：令，善、美。绪，前人未竟的功业。⑥ 绵：延续。⑦ 簪缨：簪和缨是古代达官贵人的冠饰，旧用以为做官者之称。此联录自锦江公祠。

乐与人善，即只字片言，皆为良药；

悯困济穷，虽分文升合，亦是福田。

【注】① 悯：怜悯，同情。② 分文升合：指一分一文的钱，一升一合的米，意指少量的赠予、施舍。③ 福田：释氏以敬三宝之德为敬田，报君父之恩为恩田，怜贫者为悲田，此三种谓之福田。此联录自济美堂。

观前无限，岂惟彝鼎图书，当思恪守；

顾后多端，即此竹头木屑，亦勿轻丢。

【注】① 彝：古代青铜器中礼器的通称。② 竹头木屑：典出《晋书·陶侃传》："时造船，木屑及竹头，悉令举掌之，咸不解所以。后正会积雪始晴，厅事前余雪犹湿，于是以屑布地。及桓温伐蜀，又以侃所贮竹头作丁（钉）装船。"后以竹头木屑比喻可以利用的废物。此联录自文轩公祠，勉励子孙瞻前顾后，恪守和发扬祖先的文德武功，从细微处做起，勤俭创业。

希贤希圣希天，此等地位，岂肯让他人做去；

立言立功立德，这般事业，还须自平日修来。

【注】① 希贤希圣希天：语出《通书·志学》："士希贤，贤希圣，圣希天。"② 立言立功立德：语出《左传·襄公二十四年》："太上有立德，其次有立功，其次有立言，虽久不废。此之谓不朽。"孔颖达疏曰，立德，谓创制垂法，博施济众，如伏羲、神农、黄帝、尧、舜。立功谓拯危除难，功济于时，如禹、稷。立言谓言得其要，理足可传，如老庄、荀、孟、管、晏、杨、墨、屈、宋、马、班，制作子书、撰集史传文章皆是。此联录自继述堂。

> 继先祖一脉真传，克勤克俭；
>
> 教子孙两行正路，惟读惟耕。

【注】① 一脉真传：指一个血统世代相续流传。② 克：能够，胜任。此联录自继述堂。

福建永定高陂平在吴氏忠和第联

> 忠正修身，力读勤耕毓子弟；
>
> 和平处世，敦仁讲义睦乡邻。

【注】联冠"忠和"第名。讲的是修身处世的儒家古训。

福建永定高陂平在吴氏荣和堂联

> 荣辱不关怀，孝友间良多乐境；
>
> 和平惟适性，家庭内自有真机。

【注】冠"荣和"堂名。此联与客家对联中积极进取的儒家入世情怀不同，它宣示荣辱不惊、和平适性、唯求家族快乐和融的道家理念，别出一格。

福建永定高陂吴氏德馨堂联

> 德化中天多雨露；
>
> 馨香室内有芝兰。

【注】联冠堂名。上联言修德必得天佑（也含朝廷恩庇）；下联言子孙读书上进，人才辈出。

福建永定高陂和兴吴氏遗馨堂联

> 遗训本诗书，子孝父慈，醇美一堂存古道；
>
> 馨香飘兰桂，弟恭兄友，德承三让振家风。

【注】此为吴姓宅第联。三让：典指泰伯三让王位。

福建永定高陂南山吴氏祠堂联

传家周礼承先德；

让国高风裕后昆。

【注】吴姓世系原出黄帝轩辕姬姓，姬姓支分周文王、武王一脉传至周太王古公亶父，古公亶父生三子：长子泰伯、次子仲雍、三子季历。泰伯因知其父欲传位给小弟季历，为让位，即携二弟以采药为名出走荆蛮，择居江苏无锡梅里村，渤海之地，于是以国吴为姓，以渤海为郡望。繁衍至十八世，寿梦在今苏州称王，生四子：诸樊、余祭、余昧、季札。四子季札最贤，父欲立札，季札不受，逃至延陵，长兄诸樊将延陵封赐给季札作采邑，人称"延陵季子"。故吴姓又以延陵为郡望。联中"传家周礼"，指吴姓本源周公；"让国高风"，即指泰伯和季札不争王位之孝友高风。吴姓堂联有"渤海家声、吴山世泽"，"延陵世第、渤海家风"等，均源此典故。

福建连城宣和培田八四郎祠联

治平天下最；

孝义古今稀。

【注】治平：治国平天下之意。《汉书·贾谊传》："文帝初立，闻河南守吴公治平为天下第一。"这里的治平，指吴公治理河南的政绩。宣和吴姓为吴公后裔，故有此联赞颂先祖的功绩。

敦睦一堂，须追孝让高风，永光国史；

本支百世，宜效治平伟绩，复振家声。

【注】① 孝让：指吴氏祖先吴泰伯遵照周太公意，三让王位高风。② 本支：草木之根曰本。喻指宗子、庶子。《诗·大雅·文王》："文王孙子，本支百世。"此联意指宗族蕃衍，支繁叶茂。

渤海名门，瓜瓞绵延绳祖武；

吴山望族，桂兰芬郁绍箕裘。

【注】① 瓞：瓜之小者。② 绳祖武：语出《诗·大雅·下武》："绳其祖武。"朱熹集传："绳，继。武，迹也。"意为继承先祖的德行、勋业。③ 箕裘：语出《礼记·学记》："良冶之子，必学为裘；良弓之子，必学为箕。"意为儿子往往能继承父业。④ 桂兰芬郁：意指人才济济。⑤ 渤海、吴山：指吴氏郡望和祖居地。

八景壮雄图，欣看庙镇天波，堂朝云笔；

四维昭古训，窃幸家传周礼，世诵清芬。

【注】① 八景：指培田村八处景观。分新老八景。老八景有：云霄风月、苦竹烟霞、松冈琴韵、新福钟声、崇墉秋眺、总道宵评、曹溪耕牧、魏野渔樵。② 天波：宋杨家将为朝廷立了大功，宋帝赐建"天波楼"以旌其绩。③ 四维：礼义廉耻，古人认为这是治国的四纲。《管子·牧民》："何谓四维？一曰礼、二曰义、三曰廉、四曰耻。"上联赞颂八四郎公祠所处的优越地理位置。下联赞颂吴氏家族系书香门第，代有才人。

福建连城培田吴氏文贵公祠联

祖德光前开生面；

宗功裕后写新篇。

【注】① 开生面：杜甫《丹青引》诗："凌烟功臣少颜色，将军下笔开生面。"生面，新面貌。开生面，即开创新格局。② 裕后：导引、润泽后昆。全联勉励后辈能继承祖德宗功，开创新局面，新功业。

福建连城培田吴氏郭隆公祠联

百世裔冠长济美；

千年山水永朝宗。

【注】郭隆公祠，祭祀吴姓名郭隆的祠堂。吴郭隆是培田村吴氏开基祖八四郎公第六世裔孙，喜仗义行事，曾得朝廷褒奖。① 裔：后代。② 济美：《左传·文公十八年》："世济其美，不陨其名。"杜预注："济，成也。"孔颖达疏："世济其美，后世承前世之美。"③ 朝宗：《周礼·春官·大宗伯》："春见曰朝，夏见曰宗。"谓百川归海，犹如各路诸侯朝见天子。赞子孙世代冠缨，为朝廷重臣。

出门思祖德；

入户念宗英。

【注】宗英：宗族中的英才。本联"出门"与"入户"，互文见义。意指出入祠堂均应思念祖德，继承祖宗的辉业。

福建连城培田吴氏宗祠联

立修齐志；

读圣贤书。

【注】修齐志：即儒家修身、齐家、治国、平天下之志向。

福建连城培田吴氏容庵公祠联

三让遗徽，挹三台而毓秀；

六支衍脉，傍六世以承先。

【注】容庵名纯熙，培田吴氏十四世祖，善理财，工心计，经营纸业、竹木而获利。为人忠厚，强于教化，其后裔占培田村人口五分之四，能人竞出。其中富丽民居大多为容庵及其后裔所建。① 三让：指吴姓先祖泰伯三让王位之故事。② 遗徽：祖宗留下的美好事迹。③ 三台：一说天子有三台：灵台观天文，时台观四时施化，囿台观鸟兽虫鱼。一说是指汉官：尚书为中台，御史为宪台，谒者为外台。三台毓秀，指国泰民安，人才辈出。④ 六支：指容庵公六个儿子，他们都能继承先德，富贵荣华，光宗耀祖。

福建连城培田吴氏乐庵公祠联

云笔双峰胪甲乙；

蒸尝奕世荐春秋。

【注】吴在敬，号乐庵，生于明嘉靖九年（1530年），逝于万历四十三年（1615年）。精通风水，擅长翰墨，多才多艺。上联指云笔两山峰钟灵毓秀，培育了杰出人才。下联谓希望裔孙不忘追念祖德，一年四季祭祀不间断。

福建连城培田吴氏南邨公祠联

宗风绵渤海；

祖德衍培田。

【注】① 宗风：祖宗的优秀习俗风气。② 渤海：吴姓郡望。此联述培田吴姓来自渤海，继承了吴姓先祖的宗风美德。

福建连城培田吴氏济美堂联

飨亲钜典经遵礼；

格祖清音雅叶诗。

【注】① 飨亲：祭祀祖先。飨，祭献。② 格祖：指祭祀时与祖先心灵上的感通。全联意为：祭祀大典要遵照礼制，不得怠慢；祭祀用乐，要用清正无邪的古诗。

彤光祥霭连松栋；

风范端凝重草庐。

【注】① 松栋：松木为屋。② 草庐：结草为庐。本联赞颂吴氏先人隐居修德的风范。

福建连城培因吴氏继志堂联

继前徽，钦承三让；

志于道，慎守九思。

【注】① 三让：言吴泰伯的让国美德。② 九思：《论语·季氏》："君子有九思：视思明，听思聪，色思温，貌思恭，言思忠，事思敬，疑思问，忿思难（将发怒了，考虑有什么后患），见得思义（看见可得的，考虑我是否应该得，不取不义之财）。"本联意在训示后人要继承先人的孝让美德，不忘祖先的荣誉，牢记孔子的教诲。

云锦天机织诗句；

纶巾鹤氅试春风。

【注】① 纶巾：用丝带做的头巾。② 鹤氅：鸟羽毛织就的衣服。继志堂主人以天空中的云彩织成诗句，以纶巾、鹤氅作为装束，极力表现他们不慕功名，淡泊明志的儒雅情怀。

冷暑往来无俗客；

寒斋谈笑有鸿儒。

【注】"冷暑"与"寒斋"对，写继志堂主人生活的贫寒寥落，但结交的朋友非俗客，而是博览古今的大儒。

圣贤书子孙可读；

仁义事永远当行。

【注】对联用三四句式。主题是对子孙后代的训勉，永远读圣贤书，干仁义事。

大哉居乎，虎踞龙蟠，福地多年留有待；

勃然兴也，蛟腾凤举，吉人奕世庆无疆。

【注】① 虎踞龙蟠：形容地势险要雄壮。② 福地：天下名山胜境，为神仙所居者。③ 蛟腾、凤举：比喻人才如蛟如凤、英雄辈出。对联是对家族兴旺发达、人才辈出的祝福和期冀。

福建连城培田吴氏致祥堂联

> 棠棣争辉，光腾玉宇；
>
> 奂轮济美，彩焕灵台。

【注】上联赞主人兄弟的功业；下联写主人居所的堂皇。

福建连城培田吴拔祯都阃府联

> 秉义飞声闽峤；
>
> 教忠翼卫神京。

【注】都阃府：清武官职衔中设游击、都司等职，都阃即指四品武官。四品武官府第名都阃府。吴拔祯，培田村人，武举、武进士。钦点三甲蓝翎侍卫，并先后授任山东青州、登州守备。光绪三十一年（1905 年）因父逝世返原籍，皇上念其忠心报国，特许回乡后建都阃府，并赐跨街"恩荣"牌坊。对联即赞颂吴拔祯蜚声八闽，忠心报国、护卫皇上和京城的功绩。

福建连城培田吴氏久公祠联

> 敬祖敦三礼；
>
> 承先溯一支。

【注】① 敦：勉力。② 三礼：古代三部礼书《周礼》《仪礼》《礼记》的总称，三礼或指祭天、祭地、祭宗庙三种礼节。下联"溯一支"，意指宗族由一本而来，源远流长，勉励子孙后代追念祖德，不忘水源木本。

> 临门环水绿；
>
> 排闼笔峰青。

【注】闼：小门。本联从宋王安石《书湖阴先生壁》诗"一水护田将绿绕，两山排闼送青来"化出。

福建连城培田吴氏愈扬公祠联

> 述旧思草庐大业；
>
> 仪先拓潜谷鸿文。

【注】① 述旧：继承先德。② 草庐：疑指吴姓先人吴澄，他是元朝大学者，《元史·吴澄传》称他为"草庐先生"。③ 仪先：以先祖为榜样。仪，法度，准则。④ 拓：承托，继承。⑤ 潜谷：明邓元锡之号，儒学大师，有《五经释》《三礼编

译》《明书》等著述。

> 殷荐春秋凭敬信；
>
> 增光俎豆在文章。

【注】殷荐：奏盛大乐歌，祭祀天地鬼神祖宗。殷，盛大。上联意为春秋祭祀宜敬宜信。下联意为尊奉先祖不在于祭品的丰盛，而在于子弟能继承先祖德业，出类拔萃，为家族增光。

福建连城培田吴文轩公祠联

> 祖德世传书一卷；
>
> 圣恩日赐酒三瓶。

【注】书一卷：指《论语》。《论语·泰伯》："泰伯，其可谓至德也已矣"。上联意为吴氏先祖的德行有《论语》一书传扬下来。下联意指吴氏先祖因功得到皇朝的恩典。其典故待考。

福建连城培田吴氏馥轩公祠联

> 积德润身如积玉；
>
> 遗书教子胜遗金。

【注】上联典出《礼记·大学》："富润屋，德润身。"郑玄注："言有实于内，则显见于外。"德足以润泽其身。玉洁白无瑕，戴玉能润身，此处以积德如积玉，强调修德的重要性。下联提倡以诗书教子，重视子女的文化素质教育，而不主张用金钱溺爱子孙。

福建连城培田吴氏继述堂联

> 水如环带山如笔；
>
> 家有藏书陇有田。

【注】家居水绕山环，钟灵毓秀；有田可耕，有书可读，这是令人惬意的可居之地。陇：通"垄"，此指高地。此联抒发了淡泊处世、超尘脱俗的隐士情怀。

> 草庐传正学；
>
> 绮里著清声。

【注】明学者方孝孺以明王道致太平为己任，其书庐名曰"正学"。绮里：指汉初"商山四皓"之一东园公绮里季，汉高祖召，不应。后高祖欲废太子，吕

后用张良计，使辅太子。一日四皓侍太子见高祖。高祖曰："羽翼成矣。"遂辍废太子之议。事见《史记·留侯世家》。此联赞颂方孝孺、绮里季的德行，勉励子孙精研正学，淡泊处世。

> 创业维艰，祖宗备尝辛苦；
>
> 守成不易，子孙宜戒奢华。

【注】守成：保持前人的功业。唐太宗有"帝王之业，草创与守成孰难"的疑问，见《贞观政要》。此联勉励子孙要戒奢华。唯戒奢华，才能不辜负祖宗的艰辛付出，保持家族长盛不衰。

> 饥能壮志，寒能壮气，志气不凡定多安泰；
>
> 耕可养身，读可养心，身心无恙自获康宁。

【注】上联勉励子孙要立志，接受饥寒的考验；下联要子孙既耕且读，做到身心俱健。恙：疾病，忧愁。

> 象耀奎垣，门阁喜肇文明瑞；
>
> 燕安室处，堂构欣增美奂观。

【注】① 象：形于外者为象，如星象、气象。② 奎：星名，二十八宿之一。奎主文昌，象征文运。③ 垣：矮墙。上联赞门阁文星高照，预兆能出文才。下联赞居室处于吉利平安之处，子承父业，建构比前更加堂皇。

福建连城培田吴氏双灼堂联

> 鱼跃鸢飞皆妙道；
>
> 水流花放尽文章。

【注】《诗·周南·桃夭》："桃之夭夭，灼灼其华。"灼：鲜明貌。堂名取"灼灼其华"之意。鸢：老鹰。鱼跃鸢飞：典出《诗·大雅·旱麓》："鸢飞戾天，鱼跃于渊。"戾：至，到达。孔颖达疏："其上则鸢鸟得飞至于天以游翔，其下则鱼皆跳跃于渊中而喜乐，是道被飞潜，万物得所，化之明察故也。"鱼跃鸢飞，水流花放，描述的是大自然的无拘无束，自由放任。本联表达了文人对独立思想、自由精神的向往。自由与独立正是建构思想、写好文章的良好氛围。

> 乐以忘忧，满眼风光饶兴趣；
>
> 施于有政，一堂孝友验施为。

【注】此联为宣统皇帝师状元江春霖题。施：推行。典出《论语·为政》："或谓孔子曰：'子奚不为政？'子曰：'《书》云孝乎惟孝，友于兄弟。施于有政。'是亦为政，奚其为为政？"大意是：有人问孔子为何不去做官，孔子回答说：《尚书》不是说了吗，孝于父母，友爱兄弟，以此推而广之去治家治政，也不就是与从政做官一样吗？为什么定要做官才算参与政治呢？

瑞日芝兰光旧岁；

春风棠棣振家声。

【注】芝兰喻指族中优秀子弟，棠棣喻指兄弟友于。上下联互文见义。子弟在瑞日春风中成长，他们出类拔萃，尊长爱幼，兄弟和睦，既承继先祖的光荣，也振兴了家族的声誉。

福建连城培田村吴氏宗祠堂联

庭来竹友心胸阔；

门对松冈眼界宽。

【注】松竹梅为岁寒三友。竹喻虚怀有节；松居高临下，不畏严寒，正直刚强。此联是对高洁人品的向往和礼赞。

福建永定高陂平在吴氏宗祠堂联

文祠在昔齐三杰；

清节由来冠十贤。

【注】① 三杰：应指汉代三杰张良、韩信、萧何。② 十贤：指孔子门下最优秀的十位学生（子渊、子骞、伯牛、仲弓、子有、子贡、子路、子我、子游、子夏）。联句讲吴氏祖先的文臣谋略与清节品德，与汉代三杰齐名，更胜孔门十贤。

福建永定高陂平在吴氏宗祠堂联

水源木本贻万代；

祖德宗功颂千秋。

【注】水源木本喻祖先源头。

福建永定高陂桐树下吴氏宗祠联

留德存仁，恪遵祖训；

耕礼种义，克绍先传。

【注】联首嵌"留耕"。

福建永定县城吴宗祠堂联

> 门腾渤海三层浪；
>
> 恩泽吴山第一家。

【注】渤海是吴氏郡望，吴山是吴姓发迹地。

广西柳州柳南门头吴氏宗祠门联

> 延陵世泽；
>
> 渤海家声。

【注】此吴氏宗祠，又名至德堂，位于柳南区门头村。据吴氏族谱记载，300多年前，因为发生战乱，广东一家姓吴的三兄弟逃难到这里住下。"至德堂"古屋包括主房、书房、厨房、轿房、仓库等各式用房。保存完好的主房分三进六厢，共70间。本支吴氏源于延陵季子。即吴王寿梦的第四子季札，因不愿继承王位受封于延陵。延陵郡治所在今江苏丹阳市之西。

广西柳州柳南长龙吴氏宗祠联

> 远承渤海，居梅里，迄延陵，由江南而入兴宁所属；
>
> 近自乌池，移叶南，迁西粤，抵柳郡爰基马邑之都。

【注】此吴氏祠堂在柳南区西鹅长龙村长龙屯，始建于清代，为悬山顶泥砖木瓦结构，近年维修。堂号为"至德"。祠联撰者佚名。此联十分简略地记录了该支吴氏得姓之由来及迁徙历史。上联说吴氏郡望，本支吴氏源于延陵季子。即吴王寿梦的第四子季札，因不愿继承王位受封于延陵。下联说本支吴氏变迁。

广西柳州柳南水车吴氏宗祠联

> 遥承渤海迄延陵，由江南而入程乡所属；
>
> 近自乌池迁西粤，抵柳郡爰基马邑之都。

【注】此吴氏宗祠在柳南区门头村水车屯，三进两井三开间，泥砖木瓦结构，悬山顶。以"至德"为堂号。祠联撰者佚名。上联说吴氏郡望，下联说本支吴氏之变迁。细品柳州市柳南区吴氏三祠，概同出一系。

广西贺州黄姚古镇吴氏宗祠堂联

> 宗开渤海；
>
> 祠镇珠江。

【注】此为宗祠大门联。上联说本支吴氏开宗于渤海，下联说现居住之处。

台湾吴氏宗祠门联和堂联

堂号小序：从《吴氏大族谱·序言》可知，吴姓的得姓和堂号与大陆无异，如"渤海堂""延陵堂""至德堂"等。门联和堂联基本上是鹤顶格（亦名藏头格）的嵌字联，将郡望或堂号嵌入联中首字。台湾地区的祠堂栋对，大都写下本族祖籍原地，沿袭了客家人不忘祖德的习俗和美德。

延陵世第；

渤海家风。

【注】渤海、延陵：皆属吴氏郡望。吴王寿梦曾派季札北守渤海，被封为渤海王，吴氏在渤海繁衍成望族。季札回避王位，从王室出走，逃至延陵，长兄诸樊遂将延陵一带赐给季札作为采邑，时人称他为"延陵季子"。延陵又成为后世吴姓的著名郡望。

渤海家声远；

吴山世泽长。

【注】吴山：典指仲雍。泰伯弟弟仲雍去世后，葬在江苏常熟西北的虞山上，至今庐墓仍在。墓前石牌坊两侧的石柱上刻有楹联："一时逊国难为弟，千载名山还属虞。"吴山是虞山之误。不过，古代"吴""虞"相通。

至德家声远；

永言世泽长。

至德称三让；

治平第一家。

延陵招世第；

渤海振家声。

渤水波中龙献瑞；

海堂花上凤呈祥。

平安即是家门福；

孝友可为弟子风。

渤海家声传岛外；

吴山世泽接台疆。

至德先声传渤海；

延陵世泽衍东瀛。

至诚让国标千古；

德懋传家范万年。

至喜华堂长庚照；

德业安居定启明。

凤山远接嵩山祖；

台海遥迎渤海宗。

【注】① 吴姓人家的门对、厅对，喜用堂号"渤海""延陵""至德""永言"等词汇嵌入联语之中。吴姓人家对于先祖吴泰伯、延陵季子等人再三让国的事典，感到无上光荣，而将其事典融入对联，永远缅怀。② 治平第一家：指的是肇基福建汀州宁化县承顺公分支世系的第三世祖吉甫公的典故。吉甫公，宋朝人，广东惠州人。赐进士，为博罗县知县，任内颇有政绩，子孙引以为荣。

台湾高雄美浓吴姓渤海堂栋对

祖籍本广东，居于蕉岭县，开科甲第，东海而来绵阀阅；

宗支分台岛，住在铜锣乡，育桂培兰，南隆开垦拓家声。

【注】从此联可知本支吴姓祖籍在广东蕉岭，渡海来台后先居住在北部苗栗

铜锣，后南迁至美浓南隆。

台湾屏东万峦吴姓宗祠堂联

至德称三让，溯泰伯、遗吉补，治平博罗家声远；

延陵昭族姓，自渤海、分嵩山，衍派五沟世泽长。

【注】此联的上联点出堂号"至德"，下联点出堂号"渤海""延陵"。此姓源于古公亶父传位三子季历，长子泰伯、次子仲雍借采药之名出奔江南，居今江苏无锡一带，号称勾吴，后世建立吴国。

广东兴宁吴氏总祠堂联

让德无双，想当年派衍延陵，克绍箕裘恢令绪；

治功第一，念此日徽流渤海，宏开庙宇焕新猷。

广东梅州葵岭吴氏宗祠堂联

远宗渤海，近绍葵岭，忆功德于先灵，献黍荐馐宜勿懈；

后枕黄金，前朝鹅腰，得山川之神秀，文经武纬更无垠。

广东梅州畲江吴氏宗祠堂联

至诚让天下，千秋炳耀，桂馥兰馨，中外年年崇祭祀；

德望肇伯雍，万古流芳，枝荣叶茂，寰宇处处振纲常。

江西南康横市增坑吴氏宗祠联

绍述箕裘永湛，吉祥于我；

溪流昼夜岂虚，源本在中。

里回增享，愿增福增寿增男子；

堂名积轩，期积德积善积书香。

千万后裔，尽忠尽孝，礼乐家声远；

绍溪子孙，唯耕唯读，诗书世泽长。

——吴至才

福建宁化安远丰坪茶垣吴氏宗祠联

> 先祖有灵，赐福降福，荫福长期荫福；
>
> 后昆咸赖，沐恩惠恩，沾恩永远沾恩。

福建宁化安远丰坪大湾吴氏宗祠联

> 依胜地，气成龟，克协群谋崇庙祀；
>
> 修厥德，求多福，永承天佑启人文。

> 考世系以索渊，学统学基，尚记两篇心法；
>
> 笃宗盟而荏事，必恭必敬，无忘三让家风。

福建宁化淮土吴陂吴氏宗祠堂联

> 自唐末肇基以来，远昭近承，百世人文济美；
>
> 从无锡发祥于此，宗和睦族，千秋禴祀维新。

福建宁化曹坊三黄吴氏宗祠联

> 派衍黄田馆，勤勤恳恳绍基业；
>
> 分支蛟湖塘，继继承承振家声。

福建宁化淮土竹园吴氏家庙联

> 根原梅里，泰祖造吴，仲雍传宋，万世人文济美；
>
> 发衍竹园，丙公开基，家庙重建，千秋祖祀维新。

福建宁化石壁官坑吴氏家庙联

> 先祖太伯谦让发家，孔圣赞至德，千秋鼎盛；
>
> 后嗣季札逊位事农，国敕封延陵，万世流芳。

陕西汉阴吴氏宗祠堂联

> 先朝至德称三让；
>
> 史记延陵第一家。

菲律宾宿务吴氏宗祠堂联

> 让迪前人，习礼观乐根至性；
>
> 德垂后裔，勤碑标史发幽光。

让洽华夷，采药何殊高咏薇；
德徽衰盛，过都犹及偏观风。

三让节弥高，先德精诚光九有；
一廛基已奠，画堂轮奂永千秋。

至德永垂勋，赢海琼楼天作幕；
宏规长荫后，延陵逸轨日增辉。

【姓源】《风俗通义》。

① 岑氏，姬姓。以国为氏。岑国，子爵，周文王异母弟辉之子渠始封。故城在今陕西韩城县南之岑亭。

② 南宋高宗宰相秦桧，因反对抗金，主张投降议和，陷害岳飞，为民所痛恨，子孙一支因愧姓秦氏，改岑姓。清广西巡抚岑煊怀是也。

③ 少数民族汉姓或改汉姓（略）。

【分布】岑姓为中国第235常见姓。人口约33万，约占全国人口的0.027%；约78%分布在广西、广东、安徽、河南四省、自治区；贵州、湖北、海南、重庆四省、市亦多此姓（《中国姓氏·三百大姓》）。岑姓客家人广西最多，广东次之，海南、湖北、河南亦有分布。

【郡望】南阳郡。

【堂号】南阳堂。

通用祠联

门联

文昌右相；

望重南阳。

【注】① 文昌右相：典指岑长倩。岑长倩，唐永淳中官兵部侍郎，同中书门下平章事，后拜文昌右相，封邓国公。② 望重南阳：典出岑晊。岑晊，东汉棘阳人，为南阳太守成瑨请为功曹，不避豪势。时语曰："南阳太守岑公孝，弘农成瑨但坐啸。"意思是成瑨把公务都交给岑晊办了，岑晊似乎成了南阳太守。岑氏郡望为南阳郡。

舞阴列爵；

魏郡化民。

【注】① 舞阴列爵：典指岑彭。岑彭，东汉棘阳人，字君然。光武即位，拜廷尉，行大将军事，以功封舞阴侯。② 魏郡化民：典出岑熙。岑熙，为岑彭五世孙。少为侍中，迁魏郡太守。招聘隐逸，与参论政事，无为而化，视事二年，有治绩，民歌之。

食黄精以登仙界；

赋莲花而雪父冤。

【注】① 食黄精：典指岑道愿。岑道愿，隋江陵人。隋初避难，后隐居万州江南山岩下修炼，食黄精，百余岁退迹而去。② 赋莲花：唐岑文本之父坐狱，文本作《莲花赋》，合众称赏，父冤遂直。

广西贺州临贺故城岑氏宗祠门联

勋崇东汉；

望重南阳。

【注】此为大门联。上联说东汉初南阳棘阳人岑彭，随刘秀转战南北，刘秀建东汉，任他为廷尉，行大将军事，封舞阴侯。下联说东汉棘阳人岑旺。

利（利）

LÌ

【姓源】《风俗通义》。

① 殷商族氏。殷墟卜辞有帚（妇）利，即利氏妇。

② 利氏，芈姓，以邑名为氏。春秋时期，楚国有位公子受封于利邑，其后裔有人以先祖封邑名"利"为氏。

③ 姬姓，以邑名为氏。春秋时期，晋国有位大夫受封于利邑，其后裔有人以先祖封邑名"利"为氏。

④ 少数民族改姓（略）。

【分布】利姓为中国第 299 常见姓。人口约 15 万，约占全国人口的 0.012%。主要分布在广西、广东、内蒙古、台湾等省、自治区，其中广西最多，占全国利姓人口的一半（《中国姓氏·三百大姓》）。利姓客家人主要分布在广西、广东，江西、福建、湖南、湖北及台湾、香港也有分布。

【郡望】河南郡。

【堂号】河南堂、广陵堂等。

通用祠联

门联

源自利邑；
望出河南。

中山贤相；
东海真人。

【注】上联典指汉代人利乾，任中山国相，有贤名。下联典指汉代人利真源，隐居于东海，后得道为真人（道家称"修真得道"或"成仙"的人）。

堂联或栋对

> 阴德远从宗祖种；
>
> 心田留与子孙耕。

> 武冠三军，韬钤素裕；
>
> 文齐众士，科甲高登。

【注】上联指汉代项羽部将利几；下联指指宋代进士利溉。

台湾利姓宗祠堂联和门联

> 忠臣新世第；
>
> 贤相旧家声。

> 贤相家声传万古；
>
> 忠臣世泽著千秋。

【注】据蕉岭县河南堂利氏族谱载，利姓系河南郡楚国之后，故利氏祖堂上书河南堂。联中的"忠臣"指晋朝的利辂、唐朝的利溉、宋朝的利申等。"贤相"指汉朝的中山靖王利乾。

广东紫金临江澄岭利氏利宣祠联

> 宋代兴高贤，籍贯广东，创业紫金，所看前人招世泽；
>
> 中山丞大相，安居临江，建业澄岭，还祈后裔振家声。

台湾屏东六堆利氏宗祠栋对

> 祖有德宗有功，惟列惟光，永保衣冠联后裔；
>
> 左为昭右为穆，以享以祀，长承俎豆振前徽。

台湾屏东内哺义亭利氏宗祠灯对

> 灯焰光辉盈室庆；
>
> 梁腾瑞气满堂春。

何（何）

HÉ

【姓源】《元和姓纂》。

① 商代方国，公族以国为氏。何方，见殷墟卜辞。《潜夫论·志氏姓》归姓有何国，或即此。商有五族，其一曰何（见《殷虚卜辞综述》）。

② 战国韩釐王次子韩瑊之后。东汉何颙《浈阳水木记》载，韩亡与妻姜氏流寓庐江，瑊操舟为业。秦始皇在博浪沙间为人所击，大索不得，疑系六国公子所为，乃下令潜访六国后裔，欲尽屠诛之。秦吏循令遣胥登瑊舟问姓，瑊未知秦胥，适天寒，因戏水以应曰："此为吾姓。"意以水寒喻韩也。韩寒同音，实非有所隐也。胥不悟曰："是河姓耶？"瑊漫应之："氏必从人，岂从水耶？"胥乃籍何而去。瑊后知秦令，大骇而叹曰："岂非天启吾家幸免于刀斧者？"乃拜何字之赐，遂以何姓定籍庐江。

③ 姬姓，韩氏分支。《广韵》载，周成王弟叔虞封于韩。韩为秦所灭，子孙分散江淮间，韩音为何，字随音变，遂为何氏。又，《古今姓氏书辩证》载，何，出自姬姓。唐叔十一世孙万，食采韩原，遂为韩氏，后为秦所灭，子孙散居陈、楚、江、淮间，以韩与何近，随声变为何氏。

④ 少数民族改姓（略）。

【分布】两汉时期，何姓由江淮迁入山东、河南、山西、陕西和四川等地，从而形成以中国北方为主要繁衍地的局面。魏晋南北朝时期，由于"永嘉之乱"，何姓开始南迁到今河南、安徽、山东、江西、四川、广东、湖北和湖南等地。宋朝时期，何姓主要分布在今四川、河南和陕西等地。

何姓为中国第 18 常见姓。人口 1300 多万，约占全国人口的 1.06%。约 40% 分布在四川、广东、湖南三省（其中四川最多，约占全国何姓人口的 18%）；26% 分布在河南、贵州、广西、安徽、湖北五省、自治区（《中国姓氏·三百大姓》）。何姓客家人广东较多，湖南、广西、四川、江西不少，福建、河南、湖北、港澳台地区也有分布。

【郡望】庐江郡、东海郡等。

【堂号】汉阳堂、庐江堂、五福堂、慎德堂、德馨堂等。

通用门联

庐江世泽；

东海家声。

【注】战国末年秦灭六国，韩王之后韩瑊，避乱匿迹庐江，其后裔繁衍于安徽庐江及江苏东海成为大族。

家传三桂；

学贯六经。

【注】① 三桂：典指宋何造子。何造子，封绛侯。和他的孙子何修辅、曾孙何格非三代中进士登第，家中建有三桂堂。旧时以折桂比喻科举及第。② 六经：典指东汉何休。何休，字邵公，任城樊地人，太傅陈蕃征他参政。陈蕃与外戚窦武谋划杀宦官，事泄而入狱被害，何休也因此遭党锢之祸。后历官司徒、议郎、谏议大夫。钻研今文诸经，历十七年撰成《春秋公羊解诂》，另撰有《公羊墨守》。制定"义例"，系统阐发《春秋》的"微言大义"，成为今文经学家议政的主要依据。

貌同傅粉；

禄惟养亲。

【注】① 貌同傅粉：典指何晏。何晏，三国魏玄学家，字平叔，南阳宛县人。性自喜，动静粉白不离手，行步顾影。明帝疑其傅粉，夏日与热汤饼，即啖，大汗遂出。以衣自拭，色转皎然。美姿仪，面至白，人称"傅粉何郎"。尚（娶）魏公主，累官侍中尚书。② 禄惟养亲：典出何子平。何子平，南朝人，少有至行，事母至孝。文帝时为吴郡海虞令，得禄唯以供母，不及妻孥，母丧去官。

稽山豹隐；

水部梅清。

【注】①　稽山豹隐：典指何胤。何胤，梁人，字子季。自幼好学不倦。齐武帝时为建安太守，政有恩信，人不忍欺。慕会稽之胜，弃家往隐，屡征不起。②　水部梅清：典出何逊。何逊，南朝梁诗人。任安成王参军事，兼尚书水部郎。逊在扬州时，廨宇有梅盛开，常在梅下吟咏。后居洛阳，思梅而不得，故请求再返扬州。既至，适梅花盛开季节，逊大开东阁宴士，笑谈终日。

三高世泽；

四部家声。

【注】①　三高：三高是指何求、何点、何胤三兄弟，南北朝时期庐江人。老大何求，字子有，号东山；老二何点，字子晳，号大山；老三何胤，字子季，号小山。三人的学问就像三座高山引人注目，他们虽然博学多才，最后皆谢绝仕宦，过着隐居生活，成为一代高士。②　四部：典出东汉何休。何休，闭门十七年，精研六经，成书四部，世传何氏文学。

中丞山峻；

水部梅清。

【注】①　中丞：典指北宋何栗。何栗，字文缜，政和年间状元，历官秘书省校书郎、起居舍人、中书舍人兼侍讲、御史中丞，曾上书论王黼（北宋"六贼"之一）奸邪专横十五条罪状。钦宗时，官翰林学士、尚书右丞、中书侍郎，曾弹劾宰相周必大，反对与金兵议和。靖康初年，金兵围攻京城，他受命起草降表，后与徽宗、钦宗同被虏往金兵营中。到金国以后，何栗绝食而死。②　水部梅清：典指梁朝何逊。

学海家声远；

庐江世泽长。

【注】①　学海：典出何休。据《百家姓词典》，汉东海大学者何休，历代备受敬仰。何休对于六经的造诣，当时的学者无人能及。他的著作有《春秋公羊解诂》《公羊墨守》《谷梁废疾》等。他晚年辞官，在北新城兴盖大批讲舍，聚生徒数百人，朝夕勤讲，教化大行。②　庐江：直隶庐江郡。故何氏后裔均以庐江为郡望、堂号。

> 木叔妻原为贤妇；
>
> 永州女得号仙姑。

【注】① 木叔妻原为贤妇：永嘉王木叔之妻何氏，屡劝其夫分财资给弟妹，故时人称其为贤妇。② 永州女得号仙姑：典出何仙姑。何仙姑，名琼，宋永州道姑，幼遇异人，与桃食之，遂不饥。能逆知祸福。乡人神之，为构楼以居。景龙中仙去，世谓之何仙姑。俗传为八仙之一。

> 庐陵曲水千年盛；
>
> 江海长波万世兴。

【注】全联指何姓的郡望和堂号。

广东梅州何氏通用堂联

> 世倡文明，雅重庐山之韵；
>
> 家传将略，克收石岭之功。

【注】① 世倡文明：典出何敬叔与子何思澄。何敬叔，南齐东海郯人，为余杭令。性廉，不受礼仪，夏节至，忽榜门受饷，数日得米二千余斛，悉以代贫输税。何思澄，字元静，父敬叔。思澄少勤学，工文辞。起家为南康王侍郎，累迁安成王左常侍，兼太学博士、平南安成王行参军，兼记室。② 家传将略：典出何继筠与子何承矩。何继筠（921—971），字化龙，河南人。父福进，历事后唐至后周，累官忠武、成德、天平三节度。后晋时以荫补殿直。从郭威平叛，改供奉官。广顺元年（951年），福进镇真定，署为衙内都校，以功领钦州刺史。随父入朝。授内殿直都知。开宝元年（968年），从李继勋征太原，为先锋部署，以功拜建武军节度，判棣州。何承矩，字正则。幼为棣州衙内指挥使，从何继筠讨刘崇，擒其将胡澄以献。开宝四年（971年），授闲厩副使。太平兴国三年（978年），漳、泉陈洪进纳士，诏何承矩乘传监泉州兵。会仙游、莆田、百丈寇贼啸聚，承矩与乔维岳、王文宝讨平之，以功就迁闲厩使。疏为政之害民者数十事上之，悉被容纳。五年（980年），知河南府。时调丁男百十辈转送上供纲，承矩以为横役，奏罢其事。端拱元年（988年），领潘州刺史，命护河阳屯兵。

> 庐山树千枝，看看还是一木；
>
> 江河水万脉，想想终归同源。

万载光史，人杰地灵誉东海。

千秋怀宗，祖贤孙达爱庐江。

【注】韩国世族为避战祸，散居于江南东海（今安徽）一带，在避患答问间，韩、何音近，讹韩为何，后遂以何为姓。

江西上犹营前象牙湾何氏宗祠堂联

北堂获画昭萱茂；

东序芹滋映柏苍。

【注】① 北堂：古指士大夫家主妇居室，后以代称母亲。② 获画：典出欧阳修。欧阳修母郑氏，修四岁而寡，守节教修。家贫，常画荻教子。后用以称赞母亲教子有方。③ 萱：本义指萱草。古称母亲居室为萱堂，后因以萱为母亲或母亲居处的代称。④ 东序：相传为夏代的大学。⑤ 芹滋：指入学培养。

江西宁都青塘何孟仪祠联

孟晋以求，立励精图志频三迁，声扬虎势；

仪威是肃，树耿直端方堂一表，貌冠龙章。

【注】① 孟晋：勉力进取。② 端方：庄重正直。③ 龙章：形容极有风采。

江西宁都青塘何氏家庙联

何氏源远流长，始祖逢塘则居，肇基于清溪；

此庙威严耸立，杨公赐点阳基，创建吾宗祠。

【注】① 家庙：即家族为祖先立的庙。庙中供奉神位等，依时祭祀。也称祖庙，宗祠。古时有官爵者才能建家庙，作为祭祀祖先的场所。上古叫宗庙，唐朝始创私庙。孙中山《民族主义》第六讲："前几天我到乡下进了一所祠堂，走到最后进的一间厅堂去休息，看见右边有一个孝字，左边一无所有，我想从前一定有个忠字，像这些景象，我看见了的不止一次，有许多祠堂或家庙，都是一样的。"何氏家庙的何载仁是清乾隆年间的举人。② 清溪：即今江西宁都青塘镇所在地青塘圩，位于宁都县西南部。镇区距宁都县城25公里。何循辙于唐天夏年间从广东兴宁迁居兴国衣锦乡何家墩徙此建村。乡境古木阴翳，清溪荡漾。原名清溪，后辟建为圩场。因四面环山，中洼如塘，蔚然青秀，改称青塘圩。③ 杨公：即杨筠松，俗名杨救贫，名益，字叔茂，号筠松，唐代窦州人，著名风水宗师。④ 阳基：阳宅风水，指住宅的选址。

我不敬祖，我不敬宗，忘却木本水源，哪得彝伦千秋盛；

你也有子，你也有孙，务要慎终追远，做出模样万人看。

【注】① 彝伦：常理，常道。② 慎终追远：终，人死；远，指祖先。旧指慎重地办理父母丧事，虔诚地祭祀远代祖先。后也指谨慎从事，追念前贤。

江西吉安何氏慎德堂祠联

慎言为有道权舆，先训非遥，恪守箴规绵祖泽；

德性是人生种子，后来多秀，全凭阴阳养心苗。

——张文澜

【注】何楚卿先生慎德堂联。

江西吉安何氏德馨堂祠联

德进行修溯一派，典型宗祖，贻谋培处厚；

馨兰馥桂香满庭，生意乾坤，清气得来多。

——张文澜

【注】何永麟先生德馨堂联。

福建武平何氏庐江堂联

东海家声远；

庐江世泽长。

【注】此联写出何姓的两大郡望。上联写东海郡（今属山东郯城）。何氏在该地有三大家族：一是何承天家族。何承天，曾任南朝宋御史中丞，著名天文学家；其曾孙何逊是著名文学家。二是何敬叔家族。何敬叔在南朝齐时做过长城县令，为官清廉。他和儿子何思澄均是当时著名文学家，与何逊并称东海三何。三是何慧炬家族。何慧炬曾任南朝齐尚书郎，其子何远，字义方，南梁时曾任武昌太守、武康令、始兴内史、东阳太守等职，《南史》记其"清公实为天下第一"。下联写庐江郡。战国末年，秦灭六国，韩王之后韩瑊，因避秦乱匿迹庐江，发展成望族，何氏以庐江为堂号。

广西柳州柳江古洲何氏宗祠联

庐江世泽龙城沛；

东海家声马邑扬。

【注】联说何氏的世泽和家声。晋时期的庐江郡，辖今东起安徽芜湖，西至

宿松、湖北黄梅，北至寿县，南至江西九江的广大地区。在当时全国范围内也是一个大郡。魏晋南朝时期的庐江何氏，人丁兴旺，政治显赫，文事繁荣，经济十分发达。东晋幽州刺史、廷尉何桢是史籍中出现的庐江何氏最早的祖先。而自何桢以下至南朝宋、齐、梁的 300 年间，庐江何氏一门见于文献记载者有整整 10 代 52 人之多，他们有的为朝中高官，把持机要，手握权柄如东晋何充、南朝何尚之等。更多的还是雄居一方集军政大权于一身的地方大员。据不完全统计，在 52 人之中，做过州刺史、郡太守的地方官有 15 人之多。何氏三高（何点、何求、何胤）、通五经章句的何炯都是他们的代表。

> 系在庐江，祖有德宗有功，源流马邑；
>
> 分支东海，左为昭右为穆，世泽龙城。

【注】何氏以庐江为堂号，此为配联。联说本支何氏祖上源流及分支。

广西柳州柳城靖西何氏宗祠联

> 积厚庐江远；
>
> 流光柳水长。

——朱苐

【注】此为原祠堂大门联，为木刻阳文擘窠行书大字，署"柳邑朱苐字子垣书"。上联说何氏郡望，下联说本支何氏居住地。

> 槛外拥长江，一派源流通巷口；
>
> 堂前环古木，十分蓊翳荫村头。

——何庆亨

【注】此为上厅中墙外面竖脊联。联说祠堂周围环境。

台湾高雄美浓何氏庐江堂栋对

> 祖德溯源流，居汀州狮仔口，继继绳绳，庐江宏开阀阅；
>
> 宗支垂世泽，徙台岛柚仔林，雍雍穆穆，东海丕振家声。

【注】此联点出何姓堂号庐江。

湖南炎陵何氏宗祠堂联

> 世擅文明，雅重庐山之韵；
>
> 家传将略，克收石岭之功。

【注】上联典出何敬叔父子；下联典指何继筠父子。

广东梅州何氏通用栋对

祠环王寿山，想当年建基福堂，肯构千秋铭祖德；

家风贻厚泽，期后人蠡斯庆衍，簪缨百代启孙谋。

创业维艰，凡劳心劳力，乃作室家以蔽此风风雨雨；

守成岂易，惟克勤克俭，无忘食粥庶遗之子子孙孙。

缔造果然难，历十五年掌握筹持，差幸科岁偕来，免傍他人门户；

守成也不易，愿千百世灵钟育秀，喜见英才蔚起，共扶一族纲常。

江西宁都青塘镇何氏家庙联

崇尚清洁，整齐件件，好观增辉又增色；

礼从简单，朴素事事，为省力而更生财。

陕西商洛商州夜村镇何氏庐江堂联

肇迹源庐江以来，派远流长，都是渊源一脉；

宗祠在狮岛之上，敦宗睦族，还看继述千秋。

印尼雅加达何氏宗祠庐江堂祠联

基开庐江，遍布异国他乡同系脉；

追思木本，聚居印尼椰城共恳亲。

【注】雅加达何氏宗祠于 1971 年创建。

长江渊，传渊江，长江昭万世；

桂竹围，住围竹，桂竹祝千秋。

【姓源】《姓氏急就篇》引《姓苑》。

① 本佘丘氏，后省为佘氏。晋明帝时诏改佘氏。

② 蒙古族汉姓，本姓锡巴高沁氏（《中国少数民族姓氏》）。

③ 回族姓（《回族姓氏初探》）。

④ 少数民族汉姓，如白马藏族、满族、瑶族等。

【分布】佘姓为中国第 242 常见姓。人口约 31 万，约占全国人口的 0.025%。约 72% 分布在广东、安徽、四川、重庆、湖北、湖南六省、市。其中广东最多，约占全国佘姓人口的 24%，为广东第 3 大姓（《中国姓氏·三百大姓》）。佘姓的客家人主要分布在广东，四川、湖南次之，安徽、江西、湖北也有一些。

【郡望】新安郡。

【堂号】下邳堂、吴兴堂。

通用祠联

门联

阖门聚义；

父子擅画。

【注】上联典说宋代池州铜陵人佘起。佘起一门义聚一千三百余人，子孙皆以科第显名。下联典指清代江苏扬州人佘熙璋。佘熙璋寄居直隶宛平，善画，为王原祥弟子，供奉启祥宫。其子佘国观，字容若，号竺西，又号石癫、石颠，善篆刻，尤工兰竹兼铁笔。

阖门聚义；

博士成名。

【注】① 阖门聚义：典指佘起。佘起，宋铜陵人。一门义聚千三百余口，子孙皆以科第显。② 博士成名：指唐佘钦为太学博士，有文名。

【姓源】《风俗通义》。

① 西周国族。《通志·氏族略》引《国语》："潞、洛、泉、余、满皆赤狄，隗姓。"

② 秦穆公大夫由余之后。由余，一作繇余。相传为晋哀侯之子，以祖字为氏。《通志·氏族略》："秦由余之后，世居歙州，为新安大族。"春秋时的由余，本是晋国人，因不满晋国朝政，离开晋国到了秦国，被秦穆公重用。《风俗通义》与《姓苑》记载，原佘、余两姓系同出一源，其得姓始祖是由余。由余本是春秋时的晋国人，后到秦国，被秦穆公任为上卿，协助穆公称霸西戎。当时秦国的领土有今陕西和甘肃两省，因而得姓于由余的余姓，最初的发祥地当是我国北方的陕西、甘肃一带，唐代以后余氏南迁。迁至南方的余姓，转为佘姓。现在我国北方的佘姓，也是从南方迁移去的。余、佘两姓后来在安徽和江苏成为大姓。

③ 唐开元中有太学博士、集贤院学士佘钦，南昌（江西）人，后改余姓（《姓氏急就篇》）。《姓氏寻源》亦谓余后改佘姓。

④ 少数民族改姓（略）。

【分布】魏晋南北朝时期，余姓在新安郡一带发展成为望族后，赶上北方战火连绵，社会动荡不安。余姓一族为躲避战乱大举南迁。足迹遍布今江苏、浙江、四川和云南一带。再迁徙至福建、江西南部和广东东北部。

余姓为中国第 40 常见姓。人口约 580 万，约占全国人口的 0.47%。

约 54% 分布在河南、江西、湖北、四川、广东五省（其中河南最多，约占全国余姓人口的 13%）；32% 分布在安徽、浙江、重庆、湖南、云南、福建六省、市（《中国姓氏·三百大姓》）。余姓客家人江西、广东最多，四川、福建、湖南、河南、湖北不少，台湾及港澳地区也有分布。

【郡望】下邳郡、高阳郡、新安郡。

【堂号】风采堂、敦厚堂、忠惠堂、八贤堂、四谏堂、清严堂、新安堂等。

通用祠联

门联

名高四谏；

道就单车。

【注】上联典指北宋韶州曲江人余靖。余靖，天圣初年进士，仁宗景祐年间，范仲淹被贬，谏官御史都不敢说话，他上书反对，也被贬逐，从此知名，与欧阳修、王素、蔡襄并称四谏。因作蕃语诗被贬官。后官桂州知州加集贤院学士，官至尚书左丞。下联典指南宋安溪人余克济。余克济，字叔济，庆元年间进士，由尉侯官升任梅州知州。当时境内有盗，有人劝他慢行缓去。他说："乘他们还没有集而优势，正可以及时灭掉。"于是单车上路，盗也退去。

秦卿世德；

宋谏家声。

名高三谏；

望重四贤。

风采世第；

谏议家声。

【注】① 宋谏家声：典出余靖。北宋名臣余靖（1000—1064），字安道，号武溪，广东韶州曲江人。他 25 岁登进士，初授江西赣县尉，以书判拔萃，提为新建知县，再升秘书丞，后任集贤院校理。宋仁宗锐意兴革，增谏官使论得失，任余靖为右正言。余靖建议严赏罚，节开支，反对多给西夏岁币，其后三次使辽，通晓契丹语。

皇祐年间知桂州牧，亦多建树。后知集贤院学士，官至工部尚书。余靖为人最大特色是刚正不阿，遇事敢言。他博学多才，在政治、文化、经济、科学等方面都留下了宝贵的遗产。他是岭南历史上著名的政治家、外交家，又是颇有成就的学者、诗人。明弘治十年（1497 年），韶州知府钱镛在韶州府市内建有风采楼一座，以纪念余靖，此楼至今尚存。② 名高三谏：亦源出于余靖的功绩。③ 望重四贤：指唐代集贤院大学士、古文字学家余钦；宋宰相余天锡（封奉化郡公）；宋代名将、资政殿大学士余玠和余靖。

<blockquote>

灵鼋负阁；

钓鱼列屯。

</blockquote>

【注】① 灵鼋负阁：典出余端礼。余端礼，宋龙游人。幼时遇大水，与里人共处一阁。阁将沉，有物如鼋来负此阁，众赖以全。端礼终为相。② 钓鱼列屯：典指余玠。余玠，宋蕲州人，任四川安抚使时，筑合州钓鱼等城，以城屯兵，因山为垒，增强防务，敌不敢犯，蜀赖以安。

<blockquote>

四谏家声远；

三台世泽长。

</blockquote>

【注】① 四谏：指北宋余靖。广州有八贤堂，余靖为八贤之一。② 三台：泛指余氏先世的显达。汉代时，尚书、御史、谒者总称三台，后称三公。余氏在宋代任三台、三公要职者颇多。

<blockquote>

三使契丹寒敌胆；

七平西夏建奇功。

——宋仁宗

</blockquote>

【注】此联是宋仁宗赐余靖联。典出余靖三次出使契丹。

堂联或栋对

<blockquote>

念先人创业辛，维艰维难，尚冀诗书绵世泽；

愿后裔恪守诚，克勤克俭，还期兰桂起腾芳。

祖有德，宗有功，继继绳绳，一脉相承传懿行；

左为昭，右为穆，睦睦肃肃，千秋俎豆荐馨香。

</blockquote>

【注】① 继继绳绳：谓遵循，继承。② 睦睦肃肃：恭敬之意。

琴操七弦，流水高山，自有知音良友；

疏宗十渐，忠言谠论，克倾纳谏明君。

【注】上联典指周王朝时期俞伯牙。伯牙善鼓琴，与钟子期善。子期死，伯牙不复鼓琴，痛世无知音也。下联典指明朝时期的御史余珊。余珊，字备辉，桐城人。居官有威惠，士民德之。

江西上犹平富上寨余氏敦厚堂联

敦德崇文，恪遵先训；

厚生利用，垂裕后昆。

【注】垂裕：为后人留下业绩或名声。

台湾余姓门联和堂联

新安世第；

岭南家声。

【注】上联直接将余姓人家的堂号"新安"镶入联语之中，作为余姓子孙纪念先人望出之所的标识。下联的岭南家声，为宋朝余靖的典故。唐初，陈元光入闽开漳，并辗转入粤，其后族人繁衍，极为旺盛。唐末，余渊海因避黄巢之乱，自福建同安北迁邵武，再转入韶州曲江（在今广东）。宋仁宗时，余靖为谏官，有风采第一之誉，其子孙遂以风采为堂号，今海外余氏华侨，仍以风采、武溪（余靖号武溪）为堂号。清代，余氏族人渡海来台者，多属余靖派下，散布台湾北部。

湖南炎陵余氏宗祠门联

器征台辅；

胆落豪踪。

【注】上联典出余尧弼；下联典指余端礼。

三台世业；

四谏家声。

【注】上联典说余象幸；下联典指余靖。

广东梅州程江浒州余氏祠联

黄冈迁徙，八世开基，代近二十传，事事无非蒙祖德；

程水经营，重新创业，名留千万载，般般不独为孙谋。

广东平远坝头余氏祠联

风采生辉，东来紫气，兰桂腾芳临燕诒；

新安增秀，辈出簪缨，春风得意到长安。

广东紫金乌石龙湖余氏祠联

三谏著家声，祥流东海，自汀州、漳州至惠州，本本源源，既向闽中昭燕翼；

八贤传世系，瑞启山西，从乐邑、兴邑迁永邑，绳绳继继，还以乌石振鸿图。

广东紫金九和余氏祠联

系原秦国，由闽省汀州，迹发神光，来三社以开基，奕叶蕃昌，俎豆维新承泽；

座镇炉形，立坤山艮向，星分井宿，缠六度而启宇，华堂焕彩，衣冠济美冀贤。

福建宁化湖村下埠余氏祠联

才凝谏官，经术昭明光帝阙；

书尊办孟，声名丕振曜新安。

卜吉叶终藏，历宋元明清，日尘朴忠萧敏；

贻谋因聚族，传祖孙父子，凤追正直赞襄。

明德荐馨香，缵承谟烈，乃克奉蒸尝，子子孙孙，勿愧八贤堂中人物；

新宫隆孝享，妥侑先灵，尤思型祖武，绳绳继继，敢忘十渐疏内忠诚。

锡氏族而递本源，芳流台谏，望重纶扉，当年丕显家声，奕奕人文光后嗣；

萃子姓而勒诏述，学著于林，里传孝行，当日作求世德，绵绵名业接前徽。

【姓源】《元和姓纂》。

① 狄氏，姬姓。周成王封母弟孝伯于狄城，因氏。狄城，在今山西吉县。

② 春秋时赤狄人以狄为氏。

③ 春秋时狄国，子爵，公族以国为氏。狄国，在今山东高青东。

④ 南北朝时羌族姓，为西州豪族。

⑤ 魏、晋、南北朝时高车部敕勒族大族，世居康居（西域国名，在今哈萨克斯坦巴尔喀什湖与咸海之间），后徙至中山（今河北定州）。

⑥ 北魏以后少数民族改姓（略）。

【分布】狄姓人口约占全国人口的 0.0072%。四川、山西、江苏、河南、河北、甘肃六省多此姓，约占全国狄姓人口的 62%（《中国姓氏大辞典》）。狄姓客家人很少，主要分布在四川、河南，江西、广东有少数狄姓客家人。

【郡望】天水郡。

【堂号】天水堂。

通用祠联

门联

斗南树望；

台正饬纲。

【注】① 斗南树望：典出狄仁杰。狄仁杰，唐太原人，举明经，充江南巡抚使，居官忠义，时号"斗南一人"。② 台正饬纲：典出狄兼谟。狄兼谟为狄仁杰孙，及进士第，辟襄阳府使，刚正有祖风。迁御史中丞，帝曰："御史是朝廷纪纲，

一台正则朝廷治"。

天水世泽；

尚书家声。

【注】全联典指狄姓的源流和郡望。

堂联

黍稷馨香，嘉荐既飨；

文章德业，洪祚载辉。

功夺昆仑，只用上元三鼓；

珠明沧海，洵称南斗一人。

【注】上联典指北宋大将军狄青。狄青（1008—1057），字汉臣，汾州西河（今山西）人，面有刺字，善骑射，人称"面涅将军"。他出身贫寒，宋仁宗宝元元年（1038年）为延州指挥使，勇而善谋，在宋夏战争中，他每战披头散发，戴铜面具，冲锋陷阵，立下卓越战功。朝廷中尹洙、韩琦、范仲淹等重臣都与他关系不俗。范仲淹授以《左氏春秋》，狄青因此折节读书，精通兵法。以功升枢密副使。平生前后25战，以皇祐五年（1053年）正月十五夜袭昆仑关最著名。狄青生前备受朝廷猜忌，最后抑郁而终。死后，却受到了礼遇和推崇，追赠中书令，谥号武襄。下联典指唐代大臣狄仁杰。狄仁杰早年考中明经科，历任汴州判佐、并州都督府法曹、大理丞、侍御史、度支郎中、宁州刺史、冬官侍郎、文昌右丞、豫州刺史、复州刺史、洛州司马，以不畏权贵著称。天授二年（691年）九月，狄仁杰担任同凤阁鸾台平章事，成为宰相。但不久就被来俊臣诬陷下狱，平反后贬为彭泽县令，契丹之乱时被起复。神功元年（697年），狄仁杰再次拜相，任鸾台侍郎、同凤阁鸾台平章事、纳言、右肃政台御史大夫。他犯颜直谏，力劝武则天立庐陵王李显为太子，使得唐朝社稷得以延续。

【姓源】《世本》。

① 邹氏，子姓。西周宋湣公之子公子何（弗父何）之后。何生公孙周（宋父周），周生世父胜，胜生正考父。考父之子孔父嘉，为宋殇公大司马。公孙督（华父督）路遇孔父妻，见其艳，遂杀孔父而夺其妻。孔父之子木金父奔鲁，生睪夷父。夷父生防叔，防叔生伯夏，伯夏生叔梁纥。叔梁为鄹大夫，生孟皮、仲尼丘。孟皮以鄹为氏，后世假作邹氏；次子丘以孔为氏，是为孔丘。鄹，一作郰，即今山东邹城。

② 邹氏，曹姓。战国时邾穆公改国号为邹，楚灭邹，子孙以国为氏。驺与邹字通，邹氏一作驺氏。

③ 以邑名为氏。《元和姓纂》载，宋愍公之后，正考父食采于邹，生叔梁纥，遂为邹氏。同时代的宋国，也有一支邹氏子孙。春秋时代，宋愍公的后代正考父食采于邹（今河南商丘一带），传至叔梁纥，子孙就以封邑名为姓。

④ 三国以后一些少数民族逐渐融入汉族后改姓（见《中国古代少数民族姓氏研究》）。

【分布】三国两晋南北朝时期，邹姓族人的足迹已遍布湖南、江西、浙江和安徽等地。

隋唐之际，由于中原战乱不断，邹姓族人大举南迁到江苏、闽西和粤东等地。

邹姓为中国第 70 常见姓。人口约 360 万，约占全国人口的 0.29%。

约 38% 分布在江西、湖北、湖南三省（其中江西最多，约占全国邹姓人口的 14%）；37% 分布在四川、广东、福建、江苏、重庆、吉林、贵州七省、市（《中国姓氏·三百大姓》）。邹姓客家人江西、湖南、广东、福建较多，广西、四川、重庆次之，港澳台地区也有少数客家人。

【郡望】范阳郡、南阳郡、渤海郡等。

【堂号】三古堂、范阳堂、讽谏堂、东鲁堂等。

通用祠联

门联

桂陵政绩；

宋相家声。

源承朱娄；

望出范阳。

【注】① 桂陵政绩：典指战国时齐国大臣邹忌。齐威王立志改革，求贤心切。邹忌鼓舞自荐，乘机进说，三月而受相印。任相期间劝齐王进贤纳谏，整饬军容政纪，厉行法治。一年后受封于下邳（今江苏邳县西南），号曰成侯。邹忌还献计围魏救赵，大捷于桂陵（今河南长垣西北）。② 宋相家声：指宋代副宰相邹应龙，授端明殿大学士。③ 望出范阳：秦汉时期，邹氏人有一支从今山东境内迁至范阳（在今河北省境内），人丁兴旺，人才辈出，发展成为范阳望族，出自范阳的邹氏人家为不忘其所出，遂以范阳为堂号。

士称德逸；

里号宾贤。

【注】① 士称德逸：典指邹礼。邹礼，宋高安人，字用和。才识明敏，后为掾史，执法平允。三十四岁归隐。时人称"德逸处士"。② 里号宾贤：典出邹异。邹异，宋长乐人，字士奇。元祐中举经明行修，有司因改其里曰"宾贤"。

梁园昭雪；

黍谷回春。

【注】① 梁园昭雪：典指邹阳。邹阳，西汉文学家。初从吴王，后从梁孝王

游，被羊胜等所谮下狱，有《狱中上梁王书》，申述冤屈，出狱后为梁孝王上客。
② 黍谷回春：周时邹衍善吹律，燕有寒谷，不生黍稷，衍吹律嘘气，黍稷复生，
号曰"暖律回春"。

鲁郡为钟灵地；

邹屠乃迁善乡。

【注】① 鲁郡：孔子为鲁人，时人视鲁为人才集散之地。② 邹屠：邹屠氏
之女为帝喾妃。黄帝除去蚩尤之凶，迁其民于邹屠之地。

通用堂联

道气禀江山之灵秀，

诗章夺月露之高华。

上疏直言，真大臣风度；

遗书曲谕，洵良友箴规。

【注】上联指明代进士邹智。邹智，年十二能文。上疏极言时事，诬谪广东
石城卒。天启初道谥忠介，有《立斋遗文》。下联指汉代丞相公孙弘的好友邹长倩
资助朋友典故。

元勋世德；

太尉家声。

范阳门第；

南谷家声。

【注】① 范阳：据《邹氏族谱》载，周定王之时，鲁国昌平，有位姓孔名叔
梁纥的大夫，受封于邹（今山东泗水），配妻施氏，生一男，名孟皮。孟皮自幼残疾，
纥便另立一同宗之子为嗣，取名曼文，以邑地邹为姓，后裔奉曼文为鼻祖。初期
繁衍于原居地鲁国，至汉、晋，其宗支由山东分派至河北、河南等地。后因战乱，
又迁江苏、浙江、江西、福建等地。始祖曼文之第三十世裔孙全哲，于唐高祖武
德三年（620年），官拜幽州统制，食邑范阳。故邹氏郡望为范阳。邹氏鼻祖曼文
之第六十一世裔孙应龙居福建泰宁，后迁广东。为入粤邹氏始祖。应龙第三子贤，

居福建长汀四堡（今梅江区三角镇）蛇子垅定居。应龙之孙德笼，于宋恭宗德祐二年（1276年），率弟德俊、德宏、德彰等，自长汀迁居广东大埔蕉垅（即邹坑）。后德俊迁居兴宁等地。德笼弟五子三五郎迁居丰顺，第八子三八郎迁居大埔堂坪。三八郎第四子文质，其裔迁居蕉岭。三八郎次子开宝，其裔迁兴宁、梅州等地。② 元勋、太尉：清邹瑞，丰顺横杭社人，明季武生，清顺治十年（1653年）间，同饶镇吴六奇恢复潮郡，保金程乡、大埔、镇平、平远等县有功。十二年，授饶镇为中军游击。康熙三年（1664年），广东福建两省总檄大埔木窖有功，六年封授骁骑将军，九年拔湖广德安府副将。③ 南谷：六十一世祖应龙，字景初，号仲恭，创居福建泰安县永南。宋宁宗庆元二年（1196年）登进士，廷试第一，状元及第，累官起居舍人，以直龙图阁，因与奸相不睦而出知赣州，有惠政，擢中书舍人，历礼部尚书，以刚直闻。理宗嘉熙元年（1237年），拜殿大学士。至仕期满后，归隐原居。晚年好道，得游憩之所，宋理宗在其泰宁水南居地亲书"南谷"二字赐之，以追真德。粤东邹姓由闽西徙入，故此联与其他各地邹姓通用。

广西贺州临贺故城邹氏宗祠

堂联

> 泗水流传光祖德；
> 范阳衍庆发孙枝。

【注】联说邹氏的源流和郡望。邹氏的发祥地为山东邹县。邹被楚灭后，邹氏开始向河北一带迁衍，后逐渐称盛于范阳一带。郡望为范阳郡（今河北涿州乃及北京昌平、房山一带）。

门联

> 尊亲家声；
> 仁厚世泽。

【注】此联指的是宋愍公裔孙正考父，谓其仁慈敦厚孝敬父母，故取名考父，有载其为邹氏始祖。

广西贺州贺街邹氏宗祠门联

> 东鲁世泽；
> 南谷家风。

【注】邹氏应龙系之通用联。上联典出邹应龙获南宋理宗题赐"南谷"事。

邹应龙，又作应隆，字景初，泰宁城关水南街人，南宋状元，官至尚书、参知政事。宋理宗亲书"南谷"二字赐之，并封他为太子少保、开国公。邹氏后人乃以"南谷"为堂号。东鲁，为邹氏望出地之一。《邹氏族谱·邹氏初开继世祖序》载："商朝纣王无道，纣兄微子偕弟微仲同迁商邱避纣暴虐。周武王伐灭之后而即帝位，乃封微子于宋，微子卒，微仲嗣兄爵位，世为宋公。数传至正考父，食采邹国，以邹为氏，赐姓为邹，永为邹氏，以南阳为郡。又数传至宣公，封东鲁王，复以东鲁为郡。再数传至荣祖哲言公仕范阳县正令，敕封太子太保，后以范阳为郡。"范阳公后裔多迁华南，故江南数省皆其后裔；而与范阳公同时代后裔仍留华北者属东鲁公后嗣，仍称东鲁郡。

龛联

应祖忠良千秋颂；

龙公正直万载扬。

【注】上下联首字"应""龙"，合谓南宋邹应龙事。又，明朝有一名邹应龙者，乃陕西长安人，嘉靖进士。万历年间因得罪东厂太监冯保被罢免，后病死。

殿试状元，历四十一年宦途，在朝在野，忠心为国；

敕封公爵，居二十四任官职，或降或升，廉正爱民。

【注】全联概括邹应龙仕途政绩。邹应龙，字景初。生于宋孝宗乾道八年（1172年），宋宁宗庆元二年（1196年）二十四岁中丙辰科状元，由此开始仕途生涯。嘉熙元年（1237年），邹应龙以年老引退辞职，仕途生涯长达四十一年。其间有升有降，然不改其刚正秉性，为朝野称颂。理宗亲书"南谷"两字赐之，并封他为太子少保，开国公。

一度使节三阁士，六旬拜端阳，三施良策，定河山满腔热血；

两朝元勋四尚书，八次任太守，九立丰功，昭日月一片丹心。

【注】全联综述邹氏应龙一系历史上涌现的众多杰出人物与激扬的爱国精神，展现邹氏后人的自信与自豪感。

信步官场，骇浪登仙显灵，华夏敕封圣王，威震人寰；

航行宦海，脊梁告老归隐，林园御赐南谷，名扬天下。

【注】上联典出邹应龙死后显灵退蒙古军故事。在邹应龙逝世后的第14年，即宋宝祐六年（1258年），蒙古军大举侵宋。在两军激战之时，暮云中隐约出现

邹应龙的令旗。宋军大受鼓舞，英勇杀敌，最终战胜蒙古军。京湖制置使马光祖等上表将邹应龙显圣退敌之事奏报朝廷。景定元年（1260年）七月二十八日，宋理宗特追授邹应龙为"昭仁显烈威济护国广佑圣王"。下联指理宗赐邹应龙"南谷"事。

台湾邹氏宗祠祠联

寒谷春回吹气暖；

上书直谏尽忠良。

【注】屏东六堆地区邹姓由粤东迁徙去台。沿袭大陆先祖"范阳"的堂号。① 寒谷春回吹气暖：典出邹衍。邹衍是战国时代的阴阳家、学者，齐国人，为燕昭王师，曾居齐稷下，号谈天衍。据传燕有一处山谷，整年长不出五谷，邹衍吹律管而暖气生，从此变成一块五谷丰收的田地。② 上书直谏尽忠良：典出邹浩。邹浩，字志完，常州晋陵人。科第进士，调扬州、颍昌府教授。史载，邹浩曾痛斥章惇之误国，以气节自负。

湖南炎陵邹氏宗祠堂联

鼓琴自荐受相印；

究学成功观阴阳。

【注】上联典说邹忌；下联典指邹衍。

广东五华邹氏贤公祠联

祖脉本出龙身，从鸦髻飞来，狮吞江水，鸭泳天池，知此间铁柱维舟，局势胜阳春佳景；

门楣尤升凤座，恰双峰竞秀，鼓震北流，旗开南岭，卜异日珂乡衣锦，人才萃华夏斯文。

二千年家阀遥传，衍谈天奭博辨，阳尤擅美词章，至唐代则将军殿撰，宋世则刺史谏官，遂开王封南谷，相业东林，谱牒灿人文，崇拜英雄思旧德；

九万里宗支约数，鲁发迹齐继兴，吴亦屡登甲第，若江右之吉水宜黄，闽省之长汀邵武，以及凤祖三湘，龙公两粤，源流关血统，感怀子姓勖新猷。

——邹家骥

邹家骥（1874—1929）：字如特，华阳镇华南村人，廪生。历任两广盐运使公署秘书、平南盐务局局长、潮梅游击第三支队秘书。遗著《存诚轩文集》。

广东五华中心坝邹氏宗祠龛联

中心着点；

西水朝宗。

远宗由考父诒谋，粤稽鼎铭三命，明德争推，奕冀产忠贤，遂有齐廷讽谏，梁邸上书，宋初诤废立，明季摘权奸，落落炳丹青，奚独南谷东林，先正典型留廿世；

南派自孟津发迹，从兹根据四迁，官阶迭继，宦游兼择处，乃至邵府卜居，汀州胥宇，惠郡衍支流，梅江绵统系，恢恢增式廓，益念三山双井，故家模范表千秋。

——邹家骥

广东河源龙川佗城邹氏宗祠门联

门庭开景运；

礼义则前修。

堂联

千年俎豆崇先德；

奕代诗书启后贤。

源远流长，派别支分，寻到源头从吉水；

地灵人杰，竹苞松茂，溯来地脉接鳌峰。

本帝胄以开基，立德立功，俎豆千秋不愧；

环雷江而崇报，肯堂肯构，簪缨奕世长新。

【姓源】《元和姓纂》。

① 本泠氏。后假为冷氏，音仍读泠，汉魏以后变读如字。

② 少数民族汉姓，如回族、蒙古族，本姓辉特氏（见《蒙古姓氏》《中国古今姓氏大辞典》）。

【分布】冷姓为中国第246常见姓。人口约30万，占全国总人口的0.024%；其中74%分布在湖南、山东、辽宁、四川、贵州、江苏和河南七省。冷姓客家人较少，主要分布在湖南、四川、河南、广东。

【郡望】京兆郡。

【堂号】京兆堂、化民堂等。

堂联

光禄世德；
京兆家声。

京兆世泽；
御史家声。

光禄卿智多于发；
侍御史面冷如冰。

【注】① 光禄世德：指冷廷叟为光禄大夫。② 京兆世泽；御史家声：宋代殿中侍御史冷世光，铁面无私，人称冷面御史；又有明代御史冷曦，刚正不阿，不讲情面人称冷铁面，故有堂联为"面冷如冰"。

【姓源】《世本》。

① 商、周时有辛国，公族以国为氏。辛国，见于殷墟卜辞（《殷墟甲骨刻辞词类研究》）。西周中期青铜器辛中姬皇母鼎即辛国器。其铭见《三代吉金文存》。

② 商末纣臣辛甲，入周为大史，封于长子（今属山西），其后为辛氏。

③ 辛氏，姬姓。春秋越国大夫计然，葵丘濮上人，姓辛氏，名文子，其先晋亡公子。

④ 春秋鲁有辛氏。

⑤ 北周赐项亶辛氏，生偃武；偃武生义同。其族显于唐，为天水辛氏。

⑥ 少数民族汉姓，如女真族、蒙古族、回族等。

【分布】辛姓为中国第145常见姓。人口约90万，约占全国人口的0.072%。约53%分布在吉林、山东、辽宁、黑龙江四省，23%分布在河北、陕西、河南、山西四省（《中国姓氏·三百大姓》）。辛氏客家人较少，江西、广西、广东有少数辛姓客家人。

【郡望】陇西郡。

【堂号】瑞鹤堂。

通用祠联

门联

宗开莘国；

秀毓陇西。

【注】全联典指辛姓的源流和郡望。

兄弟得五龙誉；

父子有二虎名。

兄弟得五龙之誉；

父子有二虎之名。

【注】① 兄弟得五龙之誉：典出辛樊兄弟。唐时辛樊兄弟五人，并有才识，时人语曰："一门五龙，金枝玉昆。"② 父子有二虎之名：典出辛武贤。辛武贤，汉狄道人。宣帝时为酒泉太守，以勇武显闻。其子庆忌，拜左将军，父子皆称虎臣。

美备钱田，稼轩列宠；

义全子弟，晋史流芳。

【注】① 美备钱田：典指辛弃疾。辛弃疾，宋历城人，号稼轩。仕至龙图阁待制。有二妾，一曰"钱钱"，一曰"田田"，皆工尺牍。② 义全子弟：典出辛宪英。辛宪英，三国时魏羊耽妻，聪明有才鉴。弟敞与子瑗保身全义，皆宪英所教。

攻战奇方，不让关张独步；

慷慨大节，宁输武穆居先。

【注】上联指唐代大将军辛京杲。辛京杲英勇善战，肃宗召问："黥彭关张之流乎？"下联典指南宋词人辛弃疾。辛弃疾（1140—1207），字幼安，号稼轩，齐州历城（今山东济南）人，南宋爱国词人。曾参加耿京领导的抗金武装，后南下归宋。最高职任过枢密都承旨，仕途不如意，壮志难酬。他一生主张坚决抗金，现存的六百多首词中，多抒发恢复统一祖国山河的壮烈感情。词风继承苏轼豪放风格，二人并称"苏辛"，但更纵放自如，冲破音律限制。著有《稼轩长短句》。

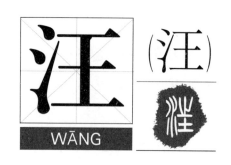

【姓源】《姓解》引《姓苑》。

① 春秋秦宁公封其侄于今陕西大荔县境。国曰汪，伯爵，其后裔公族以国为氏。西周早期青铜器泩（汪）白卣，即汪国器。其铭见《三代吉金文存》。

② 汪氏，姬姓。春秋鲁公子之后。公子汪，鲁成公次子，生公孙挺。挺子诵始以汪为氏（见《关于汪氏起源》）。春秋鲁哀公时有汪踦，即诵之后。公元前484年春鲁、齐之战战死（《左传·哀公十一年》）。以父字为氏。鲁国传至公子汪时，其子以父字"汪"为氏。

③ 五代十国时有翁乾度，本闽国补阙郎中，南唐灭闽，为避战乱，隐居莆田村竹啸庄，将其六子改为六姓。长子处厚改洪姓，次子改江姓，三子仍翁姓，四子为方姓，五子龚姓，六子处休改为汪姓。宋建隆、雍熙年间，兄弟六人同列进士，时人誉为"六桂联芳"，故六兄弟以"六桂堂"为堂号（见《六桂堂丛刊》），传至后裔。

④ 少数民族改姓（略）。

【分布】唐初，有汪姓随陈政、陈元光父子入闽开漳，并落籍当地。盛唐时期，歙县的汪姓一族又繁荣昌盛起来，当时当地有"十姓九汪"之说。

唐朝后期，江西、福建、广东和广西等地均有汪姓人口入籍。两宋时期，汪姓已成为全国大姓之一，尤其称盛于黟、歙、婺源等地。

明朝初年，汪姓作为山西洪洞大槐树的迁民姓氏之一，一部分被分迁到了湖北、湖南等地。

　　自清康熙年间开始，福建和广东等地的汪姓一族中陆续有人迁居台湾。此后，又有人迁居海外。

　　沈姓为中国第 49 常见姓。人口 470 多万，约占全国人口的 0.38%。约 36% 分布在江苏、浙江二省（其中江苏最多，约占全国沈姓人口的 20%）；37% 分布在上海、安徽、河南、广东、湖北、贵州、山东七省、市（《中国姓氏·三百大姓》）。汪姓客家人江西、湖南、广东较多，广西、福建、四川、台湾也有分布。

　　【郡望】 平阳郡、新安郡。

　　【堂号】 敦本堂、平阳堂、越国堂、六桂堂等。

通用祠联

门联

平阳衍绪；

越国流芳。

　　【注】 全联典指唐朝的汪华。汪华，绩溪人，唐时因功封越国公。少以勇侠闻，隋朝末年，割据称王，保境安民，武德间为王雄诞所败，遂降。授总管六州军事和歙州刺史，封越国公。

平阳世德；

越国家声。

　　【注】 ① 平阳：三国魏正始八年（247 年）置平阳县（治所在今山西临汾市西南金殿），北魏移治于白马城（今临汾市）。汪姓发源于此，后世遂以平阳为堂号。② 越国：上古有汪芒国，在封禺之山（封山、禺山在今浙江德清），后来迁至湖州一带的山里，称为汪芒氏。湖州属古越地。另，汪氏中有一杰出人物汪华，少以勇侠闻，隋末据有宣、杭、睦、婺、饶五州，建号“吴王”，郡内赖以平安者十余年。后封歙州刺史、越国公。

执戈卫国；

酝酒筵宾。

　　【注】 ① 执戈卫国：典出汪踦，春秋时鲁国人。哀公时与齐战于郎而死。鲁人欲弗殇，仲尼曰：“能执干戈以卫社稷，可无殇也。”② 酝酒筵宾：典指汪伦，

唐代泾县人，李白游泾县桃花潭，伦常酿美酒以待，李白有《赠汪伦》诗曰："桃花潭水深千尺，不及汪伦送我情。"

状元甘雨；

童子春风。

【注】① 状元甘雨：典出汪应辰，宋玉山人，绍兴进士第一，累吏部尚书。十八时，状元及第，尝祷雨得霖，谓之"状元雨"。② 童子春风：汪洙，宋鄞人，九岁善赋诗，称神童。上官召见之，洙衣短褐。问洙曰："神童衫何短？"洙曰："神童衫子短，袖大惹春风。"累官观文殿大学士。

通用堂联

在璞草堂，尝留吟稿；

雅安书屋，亦辑诗篇。

【注】① 在璞草堂：典出汪新，清仁和人，乾隆进士。继室方芷斋，著有《在璞草堂集》。② 雅安书屋：典指汪莹，清歙县才女，字雅安。著有《雅安书屋诗集》。

唐封越国三千户；

宋赐江南第一家。

集著浮溪，大展词林学问；

名魁金榜，遍洒状元甘霖。

【注】上联指宋朝时期的诗人汪藻。汪藻，幼颖异，入太学。宋徽宗崇宁五年进士，擢给事中，迁兵部侍郎，拜翰林学士，诏令多出其手。宋绍兴八年，以显谟阁学士知徽州，徙宣州。后以事夺职，居永州。工于诗，受苏轼影响，以描写自然景物见长，语言明快，格调清新。存词四首，风格近柳永。著有《浮溪集》六十卷。下联指宋朝时期的吏部尚书汪应辰，十八岁中状元。出知平江府等职。好贤乐善，精于义理，世称"玉山先生"。有《文定集》。

江西会昌麻州观音排汪氏宗祠栋对

派绍婺源，源远流长，代衍文章光世泽；

基宏湘水，水环山拱，势凌奎壁映名区。

【注】① 婺源：位于江西省东北部（赣浙皖三省交界处），徽州六县之一。

② 湘水：发源于寻乌县剑溪天湖下，经会昌的筠门岭、周田、右水、麻州、湘江镇，于县城东北与绵水汇合。③ 奎壁：二十八宿中奎宿与壁宿的并称。旧谓二宿主文运，故常用以比喻文苑。

福建武平中山镇汪氏堂联

> 歙邑源流远；
>
> 平阳世派长。

【注】歙邑即今安徽歙县，平阳在今山西临汾西南。此联述其郡望和祖先居住地。

广东大埔湖寮莒村汪氏宗祠堂联

> 祖德宗功，庆衍千秋俎豆；
>
> 文谟武烈，昌期百世衣冠。

广东大埔湖寮莒村汪氏宗祠栋对

> 两仪由太极生来，祖有德，宗有功，俎豆馨香绵百代；
>
> 立庙思慎终追远，文为经，武为纬，冠裳礼乐炳千秋。

陕西商洛柞水凤凰镇汪氏祠联

> 汉代人口三千户；
>
> 唐风越国第一家。

SHĀ

【姓源】《潜夫论》。

① 沙氏，子姓，春秋时宋公族，以邑为氏。沙邑，今河南宁陵县西北。

② 沙，春秋卫邑，在今河北大名县东南。卫大夫以邑为氏。

③ 公沙氏之省。

④ 古济国八姓有沙氏，其有入华者，子孙为中国人。

⑤ 江苏南通一支沙氏，其部将为蒙古人，与朱元璋战败投降，遣通州屯垦，子孙融入汉族，为沙姓。

⑥ 少数民族改姓（略）。

【分布】沙姓为中国第 216 常见姓。人口约 40 万，约占全国人口的 0.032%。67% 分布在山东、黑龙江、辽宁、江苏四省。沙姓人口比较多的还有广东、河南、上海、宁夏、天津等省、市、自治区（《中国姓氏·三百大姓》）。沙姓客家人不多，主要分布在广东和河南，广西、江西、福建有少数沙姓客家人。

【郡望】汝南郡。

【堂号】百寿堂、廉慎堂、汝南堂等。

通用祠联

门联

循州世德；

节度家声。

汝南望族；

东莞华宗。

【注】① 循州世德：元至正二十年（1360 年）阿里沙从今江苏江宁县调任广东循州（今惠州、龙川、兴宁一带）任刺史，沙氏以此为誉。② 节度家声：宋代勇将沙世坚，在云州（今山西大同市）任节度使。③ 汝南望族：明代沙良佐，武进人，洪武初任江西新城县知县，廉洁爱民，办事慎重，兴办学校，教化黎民。仅用四五年时间，县内百姓丰衣足食，庭无讼者，安居乐业，深受百姓爱戴。其后人为了纪念这位祖先，遂命名家族堂号为"廉慎堂"。也有以沙姓郡望作堂号者，称"汝南堂"。

宜邑使君，素称骁勇；

云州节度，独著战功。

【注】① 宜邑使君：典指沙世坚。沙世坚，宋时人，素称武勇，守宜州，平剧贼，一路赖之。② 云州节度：指唐朝沙彦珣，为云州节度使，有战功。

堂联

子之子，孙之孙，自求多福；

士而士，农而农，各省尔身。

广东兴宁沙氏宗祠堂联和栋对

贤声光豸巘，祠宇鼎新，仁见五房礽五马；

宦绩著螺州，裔孙嗣续，还看千代历千秋。

敷政本家乡，为国爱民，书院蒸尝同配祀；

专城当革创，营丰辟镐，经拜宣尉重甘棠。

尊祖敬宗，岂专在黍稷馨香，最贵心斋明，而躬节俭；

光前裕后，诚惟是簪缨炳赫，自当家礼乐，而户诗书。

德可庇民，抚嘉树如坐棠阴，矧吾宗余荫远垂，轻言剪伐；

功堪勒石，步崇岩犹登岘首，况我祖仪容俨在，勿切瞻依。

治绩著襄阳，来此地挂冠终隐，缓带轻裘，不减岘山羊叔子；
家声绵浙水，想当年柱国酬勋，祖功宗德，永垂沈氏石门湖。

官侍郎于汴宋，终隐逸于丰巅，祖泽长存，溯追源流分两派；
宰令尹于襄阳，始乔迁于莲巇，孙枝蕃衍，开祠聚族颂三斯。

宦绩著于连，当日兮，民心歌之咏之，起而尸祝之，南国不忘君子泽；
祠基开自宋，斯时也，族姓瞻焉依焉，因而堂构焉，东山复见哲人风。

SHĚN

【姓源】《风俗通义》。

① 夏、商、周国族。沈，相传为黄帝之子玄嚣裔孙台骀封国。在今山西汾水流域。春秋时灭于晋。

② 姬姓，以国名为氏。西周时期，周文王第十子聃季食采于沈，因氏焉。今汝南、平舆、沈亭，即沈子国也。据考，沈本是上古国名，大致在今河南汝南东南以及安徽阜阳西北一带地方，最早是夏禹子孙的封国。周成王时封叔叔季载于沈国。沈灭之后，沈君的后人称沈氏。

③ 子姓，以封地名为氏。西周时期，楚庄王封孙叔敖之子于沈，封其子公子贞于沈鹿，沈与沈鹿两地的后裔有人以先祖封地名"沈"为氏。

④ 春秋时楚有沈尹氏，后省称为沈氏。

⑤ 五代闽国亡，王审知子孙一支避祸改沈姓。

⑥ 元代正中广西行省右丞沈温，也儿可温人。

⑦ 四川金堂一支沈氏，明湖广零陵人李洪之后（清同治《沈氏族谱》）。

⑧ 唐朝以后一些少数民族改沈姓（略）。

【分布】三国两晋南北朝时期，由于北方连年战乱，各种割据势力互相攻伐，加上"永嘉之乱"，使得不少中原士族大都南迁。至唐朝以前，足迹已遍布今江西、湖北、湖南和四川等地，是为客家人。

唐初，中原有沈氏将佐随从陈政、陈元光父子入闽开辟漳州。后在福建安家落户，其子孙散居龙溪、漳浦、南靖、长泰和诏安等地。唐朝末年，王潮和王审知兄弟入闽，因与审同音，当地沈姓人变沈字为尤字，即为尤氏，故沈、尤一家。南宋初年，有吴兴人沈启承官至汀州府知府，其子沈廷随父入闽，后迁居福建建阳一带，其后世子孙又迁居到宁化、龙岩、长汀、清流、延平、连城、上杭和广东大埔、梅州等地。清朝时期，上述沈氏中又有不少族人迁往台湾，进而移居海外。

　　沈姓为中国第 49 常见姓。人口约 470 多万，约占全国人口的 0.38%。约 36% 分布在江苏、浙江二省（其中江苏最多，约占全国沈姓人口的 20%）；37% 分布在上海、安徽、河南、广东、湖北、贵州、山东七省、市（《中国姓氏·三百大姓》）。沈姓客家人广东较多，河南、湖北、江西、福建、广西、四川、海南都有，台湾和港澳地区也有分布。

　　【郡望】吴兴郡、汝南郡等。

　　【堂号】吴兴堂、汝南堂、梦溪堂、三善堂、六礼堂等。

通用祠联

三善名士；
四韵家声。

四声世第；
三善家声。

四声作谱；
三善名堂。

尚书门第；
宰辅家声。

　　【注】① 三善：典指宋朝时期的沈度。沈度，宋绍兴年间为余干令，为政清廉，父老为之筑三善堂（三善指田无废土、市无遗民、狱无宿系）。② 四声、四韵：典指南朝宋国的沈约。沈约（441—513），字休文，南朝文学家、史学家，吴兴武康（今浙江德清西）人。他历仕宋、齐、梁三朝，因博通群籍，文才斐然，

成为当时文坛领袖。他是诗歌中讲究声律的永明体的创始人之一，提出了比较完整的声律理论。其诗文数量极多，著有《晋书》等多种史书著作。

修文彦士；

匡正名贤。

【注】上联指南朝梁时的五经博士沈重；下联指明代大臣兵部尚书沈潜和礼部尚书沈鲤。

石灯留待；

云巢成编。

【注】① 石灯留待：典指沈彬。沈彬，南唐高安人，字子文，读书能诗，隐云阳山。官至吏部郎。临终指葬地以示家人。开穴见有铜碑，上镌诗云："石灯犹未点，留待沈彬来"。② 云巢成编：典出沈辽。沈辽，宋人，工诗善书，著有《云巢编》传世。

永明创体；

叔度同流。

【注】① 永明创体：典指沈约。沈约工诗文，重声律，时号"永明体"。② 叔度同流：典出沈麟士。沈麟士，南齐武康人，博通经史，何尚之叹为"黄叔度之流"。

堂联

定情诗成于博士；

守宫论高出女官。

【注】① 定情诗成于博士：典指沈真真。沈真真，唐时柳将军家妓，容色妖艳，好文辞。太常博士郑还古将调西都，柳将军设宴为博士饯行，让真真讴歌。博士窥真真有眷恋意，赋诗定情。② 守宫论高出女官：典出沈琼莲。沈琼莲，乌程女子，字莹中，入宫给事禁中，奉旨作《守宫论》，孝宗擢第一，称女学士，吴兴人传为女阁老。

寻一脉之宗支，上井出泉由石壁；

探二房之统绪，吴兴派衍自松江。

诗家俎豆不祧，我亦熟休文四声、佺期五字；

胜国衣冠如昨，人当慕青原仪节、石田孝忠。

【注】上联典出南北朝宋国的沈约、唐朝时期的诗人沈佺期事。五字：指沈佺期长于五言诗。下联典指清朝时期的沈永年、明朝时期的沈周事。

福建省武平平川沈氏宗祠堂联

刻喜休文，八友称俊；

仁看父老，三善名堂。

【注】上联颂南朝梁大臣、文学家沈约，尝与诸文士交游，创"永明体""四声八病"之说，著《宋书》《四声谱》等。文学史上为"竟陵八友"之一。下联颂沈度。

台湾屏东六堆沈氏宗祠堂联

吴国开基新世第；

兴家立业旧家声。

【注】门联以鹤顶格写出沈姓人家的郡望或堂号，是一般客家人撰联的常用技法。

湖南炎陵沈氏宗祠堂联

存中仗义争一统；

确士潜心选四诗。

【注】上联典说沈括；下联典指沈德潜。

广东通用堂联

涉四声文明进化；

探三善道德崇隆。

匡正名贤，克驾修文之彦；

人伦师表，岂惟良史之才。

大德索周家，自唐而宋，韵撰四声称宗祖；

兴仁原汉祚，由古迄今，堂名三善励儿孙。

广东韶关翁源江尾南塘沈氏宗祠联

四声家学；

三善宗风。

此间形胜，父老侈谈建设，属何人冥冥中，原有主宰；

历代书香，祖宗余荫显扬，其后裔蒸蒸上，无限光荣。

广东韶关翁源江尾南塘沈氏祠联

五百年前留胜地；

二十世后辟新基。

广东韶关翁源江尾南塘祠堂联

祖德流源远；

仁川世泽长。

修德修心修文，有意定会修就；

本心本性本色，立志必能本成。

广东韶关翁源江尾南塘湖心坝十三家祠联

燕贺花开万古锦；

莺啼春暖十三家。

岁序又翻身，唯我士农工商，力求进化；

家风当守旧，修其孝悌忠信，方得成人。

祠祀十三家，想当年兄友弟恭，转眼便收良善果；

人增千百口，望及时礼耕义种，回头又放吉祥花。

【注】翁源县江尾镇南塘村湖心坝客家民居群，类似祠堂，为广东省文物保护单位。湖心坝村沈姓人家有明清时期的民居群楼59座。

广东梅州松东上井沈氏宗祠堂联

思肇姓于西周，距今一百卅传，一脉本源，千秋可溯；

缅迁居于上井，历世二十余代，二房支派，万古流芳。

广东梅州桃尧深教村福庆公沈氏祠堂联

溯吴兴而授姓，聃季授民，叶公免胄，暨我温侯，勋隆夹日垂万古；

忆宗动于家乘，浦水流膏，扶桑遗爱，及尔闽粤，功收搭苗永千秋。

印尼雅加达沈氏吴兴堂宗祠堂联

祠宇建雅京，勿忘南岭家乡，吴兴福地；

宗情联海国，须知姬周肇姓，聃季分礼。

忠武炳千秋，麟阁褒功，三善流芳光祖德；

人文昭百代，凤池染翰，四音世泽振家声。

宗祊开南国，建祠异域，继传香火，英灵钟胜地；

谱牒绍吴兴，汝水源流，玉渚分华，风烈表当年。

【姓源】《世本》。

① 以国为氏。宋，商代方国，伯爵。在今河南商丘。

② 周灭宋，周公旦平息商纣王之子武庚的叛乱之后，周成王改封殷纣王庶兄微子启于宋国故地。宋公族或以国为氏。

③ 宋为南北朝时西羌姓（《魏书》）。

④ 五代辰州蛮姓（《新五代史》）。辰州蛮，土家族先民。

⑤ 宋亡，宋宗室一支改宋姓，迁奉贤(今属上海市。见《上海百家姓》)。

⑥ 西夏姓（《西夏文化》）。本汉人。

⑦ 南北朝后一些少数民族改姓（略）。

【分布】早期，宋姓一族主要活动在河南商丘。秦汉之际，宋姓族人已迁湖北等地。唐安史之乱之后，宋氏开始入闽。五代时期，有辰州蛮国南邺入籍宋氏。

宋姓为中国第 23 常见姓。人口 900 多万，约占全国人口的 0.72%。约 43% 分布在山东、河南、河北、黑龙江四省（其中山东最多，约占全国宋姓人口的 14%）；34% 分布在辽宁、四川、湖北、江苏、江西、吉林、湖南、安徽八省（《中国姓氏·三百大姓》）。宋姓客家人主要分布在江西、广东、湖南和海南、四川，河南、湖北、安徽、台湾也有宋姓客家人。

【郡望】京兆郡、广平郡、河内郡、扶风郡、西河郡、敦煌郡。

【堂号】赋梅堂、京兆堂、广平堂、商丘堂、双元堂、西河堂、双元堂等。

通用祠联

门联

明廷圭璧；

文苑英华。

【注】上联典指唐代尚书右丞相宋璟。宋璟，南和人，耿介有大节，工文辞，善守文持正，为唐代贤相。尝作《梅花赋》，诗人皮日休甚为叹服。下联典指宋代吏部尚书宋白。宋白，字太素，大名人。建隆进士。乾德初试拔萃高等，授著作佐郎。太宗时擢为左拾遗。雍熙中，召与李昉等纂《文苑英华》一千卷。仕终吏部尚书，谥文安。

广平守法；

皇嗣延师。

【注】① 广平守法：典出宋璟。宋璟，武后时为凤阁舍人，迁左台御史中丞，后封广平郡公，进尚书右丞相。善守法以持正，应变以成务。② 皇嗣延师：典指宋濂。宋濂，明初文学家，字景濂，太祖召为郡学五经师，后授皇太子经，迁翰林学士，知制诰，追谥文宪。

辞工九辩；

制列八条。

【注】① 辞工九辩：典指宋玉。宋玉，战国时楚国人，屈原弟子，为大夫。屈原被放逐，宋玉作《九辩》，述其悲愤之志。② 制列八条：典指宋世良。宋世良，后魏广平人，拜清河太守。郡东南有曲隄，为盗贼集聚地。世良施八条之制，盗不留踪。民谣曰："曲隄虽险贼何益，但有宋公自屏迹。"

文苑门第；

御史家声。

梅花世第；

竹渡家声。

赋梅国相；

宰相家声。

【注】① 文苑门第：典出宋白。宋白（936—1012），宋代建隆进士，初授著作佐郎，后擢左拾遗、中书舍人、翰林学士。学问宏博，曾主编《文苑英华》千卷，家有藏书数万卷，书画亦多奇古。② 御史家声：唐代著名宰相宋璟（663—737），武则天时官监察御史、凤阁舍人，以刚正闻名，崇尚法治。③ 梅花世第：典指唐代尚书右丞相宋璟，尝作《梅花赋》。④ 竹渡家声：典出北宋的宋郊、宋祁兄弟。兄弟俩刻苦读书，在赴考途中编竹救蚁，后同举进士。

通用堂联

文苑英华家声振；
明廷圭璧世泽长。

世守铭盘怀圣敬；
家承益地任耕渔。

父子同馆；
兄弟联科。

【注】① 上联说北宋赵州平棘人宋绶。宋绶，字公垂。父亲宋皋，官至尚书度支员外郎、直集贤院。父子同在集贤院，每赐书必得二本，世以为荣。宋绶博通经史百家，曾四次入翰林，参与编修《真宗实录》及国史，又历任参知政事、河南知府、兵部尚书、知枢密院事。先后就削弱朋党势力、对付西夏进犯等事上书，多被仁宗采纳。② 下联典指宋庠、宋祁。北宋开封雍丘人宋庠、宋祁兄弟，天圣年间同科中进士，皆为朝廷重臣，且都善诗文。宋庠，字公序，历任三司户部判官、知制诰、翰林学士，能明辨是非，敢直言诤谏，后两任参知政事、两任宰相。卒谥元宪。著有《宋元宪集》。宋祁，字子京，累迁同知礼仪院、尚书工部员外郎，知制诰。又改龙图学士、使馆修撰，与欧阳修合著《新唐书》，官至工部尚书、翰林学士承旨。其诗词多写优游闲适生活，语言工丽，描写生动。卒谥景文。清人辑有《宋景文集》。

江西赣州蛤湖横江宋氏宗祠堂联

族姓萃积，横江看堂小；
规模新构，庙宇知祁大。

【注】① 萃积：聚集委积。② 构：构筑。③ 祁大：盛大。

江西会昌西江莲石宋氏宗祠堂联

脉发帽山，千秋济美；

族开沿水，万代荣昌。

——宋国璜

【注】① 帽山：指位于会昌东北部与瑞金接壤的山脉，因这一带均为石头山，山石嶙峋，峰形似旧时的帽子，当地人称作大帽嶂。② 济美：在前人的基础上发扬光大。③ 沿水：又称沿溪，即澄江，贡江支流。由瑞金九堡入于都贡江的二级支流。当地人把瑞金云石山至会昌西江莲石村及红星村这一段河流域，称之为沿水或沿溪。沿河附近的村落，明代成化年间宋氏开拓居住，称沿坝村。

宋国璜（1742—1803）：会昌人，乾隆四十二年（1777年）拔贡，历任四库馆誊录，河南阌乡县知县等职。

江西宁都赖村宋氏宗祠堂联

象祠踞石马，叠山川毓秀；

麟阁哺骏族，焕人文鼎新。

【注】石马：指赖村的大马石村，位于赖村东2.5公里的马形石山下。宋氏于清嘉庆年间从近村洋江坝迁此。

江西吉水文登宋村九顶埠宋氏总祠

横批：有宋存焉

家住海右昆山左；

徙出江西吉水县。

【注】文登宋氏总祠，为吉水人宋信徙居及殁葬地，后人为尊其开基而建。宋信，吉水县芝麻岭人，元朝明宗天顺元年（1329年）致仕，尝官至胶东行省丞相，官居"从一品"，因失事谪为般阳路总管。

栋对

武略著从龙，棣萼勋名，万里侯封谁与比；

文章堪起凤，梅花格调，一朝相业迥非常。

【注】上联典指明初凤阳定远人宋晟。宋晟，字景阳，封西宁侯。下联典指唐代大臣宋璟。

台湾宋氏宗祠门联和堂联

祠联小序： 宋氏台湾堂号仍沿用大陆"京兆堂"。宋氏南迁广东长乐下洋的开基一世祖是宋新恩。宋新恩是宋朝东公的三子。尔后，历至五世祖宋震一复迁梅州，开基梅县白渡，是白渡开基之祖。乾隆年间，其派下的宋来高等人相继来台开垦拓荒，开基在凤山县、下淡水东西里等处，子孙开枝散叶，日渐繁衍。目前南部有新恩公堂，春秋享祀。

尚书新世第；
宰相旧家声。

编竹芳徽光世泽；
赋梅令绪振家声。

京华仰望尚书府；
兆膺昌明宰相家。

铁石梅花贤宰相；
山川香草大文章。

【注】① 宋姓人家历代居官任朝廷要职的名人不少。尚书，指的是宋均、宋祁（红杏尚书）等。宰相，指的是宋璟、宋申锡、宋郊等人。② 编竹芳徽：典出宋郊、宋祁兄弟两人。北宋的宋郊（宋庠）是编竹救蚁的状元、宰相，宋祁是红杏尚书，兄弟两人并享盛名。③ 铁石梅花贤宰相：典出唐代的宋璟。宋璟为人正直，为官清正，遵法不用武以持天下。宋璟作《梅花赋》，洪迈《容斋诗话·卷六》评："宋广平作《梅花赋》，皮日休以为铁心石肠人，而亦风流艳冶如此。"④ 山川香草大文章：典出楚襄王的大夫宋玉。

台湾屏东麟洛宋氏宗祠栋对

由围下以渡台湾，航海梯山，当念我先人缔造艰难，不愧尚书门第；
始内埔而移麟洛，迁乔出谷，远期尔后辈守成勿替，无忝宰相家风。

【注】此栋联中的"尚书门第""宰相家风"与堂联呼应。

台湾屏东内埔宋氏宗祠栋对

　　遐溯商丘故土，步武修文，祖德恢宏，在昔勋名著京兆；

　　追思蕉岭迁居，耕田读史，家声远振，而今事业启台湾。

　　【注】此联点出京兆堂号。此姓之源流地在周公平定武康叛乱之后，商纣王的庶兄微子启受封于宋国，建都商丘（今河南），宋国被灭后，其子孙以原国名为氏。

广东梅州宋氏宗祠栋对

　　学山神静，晚发圣经贤传之精，好秀才程蓝，终古赓同调；

　　宦海气豪，早酬父德君恩之大，真进士吴越，至今骇异闻。

　　殷祥长发，祖汤孙孔，世德愈积愈彰，天品三代帝王之裔；

　　宋祚方兴，兄效弟祁，文风日臻日上，人聚五星奎壁之垣。

广东梅州畬江双螺宋氏宗祠栋对

　　溯恩公入粤，择敬祖开基，继往开来，重教怜才滋化雨；

　　自白渡分支，来双螺创业，光前裕后，赈灾解困播春风。

广东丰顺宋氏宗祠栋对

沛国溯渊源，忆前人注书鹿洞，请剑龙廷，武纬文经，祖德流芳昭万代；

吴郡开望族，期后裔和集蟲斯，善与鳞趾，家祯国庆，孙枝蔚起耀千秋。

广东五华宋氏宗祠堂联

　　　　铁石梅花，太平宰相；

　　　　山川香草，柳艳文章。

——宋湘

　　宋湘（1756—1826）：字焕襄，号芷湾，清嘉应白渡（今属梅县）人。出身贫寒，从小勤奋读书，年轻时诗联崭露头角，被御称"岭南第一才子"。《清史稿》中称"粤诗惟湘为巨"。清中叶著名诗人，书法家，政声廉明。嘉庆四年（1799年）进士，改翰林院庶吉士；翌年起主讲惠州丰湖书院；嘉庆十年起授翰林院编修、丁卯四川乡试正考官；戊辰贵州乡试正考官、文渊阁校理、咸安宫总裁、国史馆总纂、文颖馆总纂、教习庶吉士等；嘉庆十八年起出任云南曲靖府、广南府、永昌府、大理府、莫南府等太守，领迤西、迤南篆事；道光五年迁升湖北督粮道。

有《红杏山房诗钞》。

江西赣州蛤湖横江宋氏祠联

> 启英杰于庙庆，元老节颂画堂，群钦总美；
>
> 佑孙曾以科第，后昆胪唱崇门，共美联辉。

江西宁都赖村宋氏祠联

> 圆石奇冠，盛世千秋赐大地；
>
> 塔尖秀笔，鹏程万里写蓝天。

CHÍ

【姓源】《风俗通义》。

① 相传出商盘庚时贤史迟任之后。

② 西周晚期（或春秋时期）青铜器有"遟子簕壶"。遟子簕，封于遟，因氏（《金文人名汇编》）。遟，古迟字。

③ 尉迟氏，或改迟姓（《通志》）。

④ 少数民族汉姓，如蒙古族、满族、回族等。

【分布】迟姓为中国第238常见姓。人口约33万，约占全国人口的0.026%。约75%分布在山东、黑龙江、辽宁、内蒙古四省、自治区（其中山东最多，约占全国迟姓人口的19%）；吉林、河北、湖北、北京亦多此姓（《中国姓氏·三百大姓》）。迟姓客家人很少，仅江西有一些。

【郡望】太原郡。

【堂号】太原堂。

门联

传求旧善；

政播维新。

【注】① 传求旧善：继承祖先用人唯贤的遗训，交朋结友要了解其性格和为人，源于迟任格言。② 政播维新：出自南北朝时淮东太守迟昭，在任时锐意维新，颇有善政。

【姓源】《潜夫论》。

① 中国星辰名称多与地上之国地域相对应，古代称之为"分野"。南方朱雀七宿有张宿，分野在三河。是古有张国，公族以国为氏。

② 赐姓为氏。传说黄帝之子少昊青阳氏第五子名挥，为弓正，始制弓矢，子孙赐姓"张"氏。

③ 张氏，姬姓。本解氏。春秋时晋景公之臣解长，字长侯。长侯之子长老以父字"长"为氏。汉朝初年，长氏始假作"张"氏。

④ 改姓。韩国贵族姬良，因刺杀秦始皇未成被通缉，为避祸，遂改姓"张"氏，是为张良。《风俗通》云，张、王、李、赵，黄帝赐姓。《新唐书·宰相世系表》载，张氏出自姬姓。黄帝的儿子少昊青阳氏第五子挥为"弓正"，始制弓矢，子孙赐姓张。《元和姓纂》《姓氏急就篇》等俱称，张氏出自姬姓，黄帝之子少昊青阳氏第五子挥为弓正，始造弓矢，实张网罗，主祀弧星，世掌其职，赐姓张氏。但也有史籍认为张氏是以字为氏。《通志·氏族略》载，晋有解张，字张侯，其后代子孙以王父字为氏，自此晋国始有张姓。此外，还有是赐姓或改姓为张的。《方舆纪要》云汉诸葛亮赐龙佑那为张氏；《魏志》云魏张辽由聂姓改张姓。

⑤ 战国时秦相张仪，魏人。《吕氏春秋》谓魏氏余子也。高诱注："大夫庶子为余子，受氏为张。"

⑥ 少数民族改姓（略）。

【分布】两汉之际，已有大量张氏家族从中原大地和关中地区迁居到各地，足迹遍布今福建和广东一带。

魏晋南北朝时期，大批张姓族人背井离乡南迁到今四川和云南等地。

两宋之际，由于金兵入侵中原，大量张姓族人从中原迁居到今重庆、四川、湖南和安徽等地。

明朝初年，张姓作为山西洪洞大槐树迁民姓氏之一，一部分被分迁到河南和福建等地。

张姓为中国第 3 常见姓。人口约 8500 万，约占全国人口的 6.79%。约 27.5% 分布在河南、山东、河北三省（其中河南最多，约占全国张姓人口的 10.1%）；8.5% 分布在江苏、四川、安徽、辽宁、黑龙江、湖北六省（《中国姓氏·三百大姓》）。张姓客家人最多的是江西、广东、广西、福建，四川、湖北、河南、台湾、安徽都不少，香港、澳门及海外也有分布。

【郡望】清河郡、河东郡、梁国郡、沛国郡、南阳郡、安定郡、敦煌郡、孝文郡、武威郡等。

【堂号】清河堂、百忍堂、金鉴堂、德馨堂、敦本堂、追远堂、敬贤堂、弘光堂、思孝堂、敦睦堂、敦伦堂、克绳堂、尽诚堂、致爱堂、思源堂、武义堂、仁率堂、继志堂、继述堂、永茂堂、惠时堂、华阳堂、崇俊堂、孝友堂、沛国堂、梁国堂、高平堂、金镒堂、万选堂等。

通用祠联

门联

清河世泽；
唐相家声。

青钱世泽；
金鉴家声。

九龄世泽；
百忍家声。

留侯世第；

唐相家声。

清河世泽；

万选家声。

两铭世泽；

百忍家声。

九居世泽；

百忍家声。

【注】上面这些张氏宗祠门联，大同小异，全国客属地区基本通用。① 清河：张氏主要郡望。② 留侯：即刘邦谋士张良，字子房。汉时曾被封为留侯。③ 唐相：唐代开元年间宰相张九龄，字长寿，韶州府（即曲江）人。④ 百忍、九居：唐代张公艺，九世同居。官民垂询其持家睦族之道，他书写百多个"忍"字，唐高宗受感动，族人遂以"百忍"为堂号。⑤ 金鉴：唐代群臣多献宝物给唐玄宗祝寿。独张九龄送评述古今兴废之《千秋金鉴录》五卷，皇帝赐以书柬褒奖。族人遂以"金鉴"为堂号。⑥ 青钱：指张鷟，字文成，唐代青钱学士。

西都十策；

金鉴千秋。

【注】上联典指北宋初曹州冤句人张齐贤。张齐贤，字师亮，少年时孤贫而勤学，官至兵部尚书、同中书门下平章事（宰相）。下联典指唐代大臣、诗人张九龄。

图传百忍；

鉴著千秋。

【注】上联典指唐朝张公艺；下联典指唐朝宰相张九龄著《千秋金鉴录》。

齐家公艺；

治国子房。

【注】上联典指唐代张公艺；下联典指汉初大臣张良。

轮奂善颂；

孝友传芳。

【注】① 轮奂善颂：《礼记·檀弓下》："晋献文子成室，晋大夫发焉。张老曰：'美哉轮焉！美哉奂焉！'"轮奂，形容房屋高大众多。② 孝友传芳：典指张仲。张仲，周代贤臣。性孝，与尹吉甫为友，流芳百世。

烟波徒钓；

横渠理学。

【注】① 烟波徒钓：典指张志和。张志和，唐金华人。年十六擢明经第，命待诏翰林。后坐事贬南浦尉，赦还居江湖，自称"烟波钓徒"。② 横渠理学：典出张载。张载，北宋哲学家。字子厚，凤翔郿县（今陕西眉县）横渠镇人，世称"横渠先生"。精研理学，著有《经学理窟》《横渠易说》等。

紫光烛剑；

黄石授书。

【注】① 紫光烛剑：典指张华。张华，西晋大臣、文学家，字茂先，范阳方城人。晋初任官至中书令、散骑常侍。张华尝见斗间有紫气，密召雷焕观之。焕曰："宝剑之精，当在丰城。"乃使焕求之，果得宝剑。② 黄石授书：典指张良。张良，汉初大臣，字子房。相传张良逃亡下邳，遇黄石公，得《太公兵法》，佐汉开国，封留侯。

簪缨七叶；

金鉴千秋。

【注】① 簪缨七叶：《汉书》载，张安世父子封侯，子孙七世为侍中。簪缨，古时达官贵人的冠饰。因为做官者之称。叶，世。② 金鉴千秋：典出张九龄。

通用堂联

玉燕投怀，姓生燕国；

出尘慧眼，相赏风尘。

【注】① 玉燕投怀：典出张说。唐时张说之母梦玉燕入怀，乃生张说。后官授校书郎，又中书令，封燕国公。② 出尘慧眼：典出张出尘。隋大臣杨素之侍女张出尘，有殊色。曾执红拂侍座。见李靖，悦之，夜奔靖旅舍，后与虬髯客张仲结为兄妹，号"风尘三侠"。

张氏宗祠金鉴堂通用门联

金鉴家声远；

世德源流长。

【注】金鉴：典出唐朝著名宰相张九龄。张九龄，字子寿，韶州曲江（今广东韶关市）人。唐玄宗为求治国安邦之策、长治久安之计，谕张九龄总结列代治国之经验。张九龄洞察秋毫，明断事理，以犀利之笔综述列朝兴衰存亡之理，成书五卷，玄宗御览，甚为赏识，赐名为《千秋金鉴》，作为治国铭言珍藏。金鉴堂亦本于此。

广东兴宁张氏宗祠门联

齐家公艺；

治国子房。

【注】上联典出唐代名人张公艺治家的故事；下联典出汉代名臣张良。

广东梅州程江旋螺湖张氏祠联

自黄帝而迨国朝、相开岭峤、兴汉室、佐唐王、辅弼主宰朝纲，宋理学唐文章之厚德；

由南闽而至程邑、筑室扶乡、枕袍山、慈后世、裔孙瓜瓞繁昌，璇湖水肇万年之础基。　.

【注】① 兴汉室：指张良辅佐刘邦开国建立汉朝。② 佐唐王：指张九龄辅佐唐王，使国家兴盛。③ 宋理学：指宋朝时的张载所著《东铭》《西铭》两部中国早期的哲学著作。④ 唐文章：指张九龄给皇帝有关统一治理国家的五篇奏章，后为经典著作。第一章兴邦建业章，第二章选文备武章，第三章报国兴复章，第四章尽命报国章，第五章去古朴进新美章。⑤ 袍山：现梅县人民广场的梅花山，以前曾名庐陵岈紫袍山。

由闽入粤，须看烈祖尊黄石；

卜地肇基，治厥子孙赞青钱。

【注】上联说，由福建迁广东，要后裔记住先人张良尊黄石公。下联说，来这里开基后，子孙要以先祖万选青钱史迹为榜样，勤读诗书，以光宗耀祖。

报国以文章，说礼敦诗书，溯先人兢兢业业；

起家须勤俭，务农训职业，愿后裔继继绳绳。

【注】联说先人知书识礼，认真负责，青史留名。后裔要农勤耕种，知书达理，光宗耀宗。

广东平远张氏宗祠堂联

书传一卷仙风远；

鉴照千秋相业崇。

作事遵金鉴，霁月光风何用镜；

读书绍青钱，镕经铸史不须铜。

通用栋对

清河始青阳，流长源远，昭穆功勋垂万代；

张姓由弓正，别派分支，孙曾冠冕仰千秋。

永源清河，祖德流徽，狮石肇基，奋发图强承先志；

兴承黄石，汉唐遗泽，光前裕后，学文习武树后人。

为创业守成人，都须处处关心吾辈，可禀斯言，方可期荣宗耀祖；

理读书耕稼事，总要时时立志尔曹，能遵此意，便堪称肖子贤孙。

【注】① 清河：今河北清河县至山东临清县一带地区，汉代置清河郡，为张氏最早的发源地。② 金鉴：指张九龄给唐玄宗做寿唯敬进《千秋金鉴录》。

广东五华棉洋竹坑张氏宗祠堂联

黄竹开基，痛患前人思八世；

紫衣馈药，恩垂后代报千秋。

【注】全联典指张天佑。竹坑村的开基祖是八世祖张天佑。他出生前父亲便因病而死。年幼的天佑又不幸患上了痛疾，疼痛难忍。母亲带着他四处求医，病情不但不见好转，反而一天天加重，危及生命。相传三个身穿紫衣的菩萨化作乞丐用草药治好小天佑的病。三位恩人轻描淡写说了句"在你家祠堂里安放一个牌

位足矣"，就飘走了。天佑长大成人后在竹坑开基，生育了六个孩子，他们分别在棉洋镇竹坑村、安流镇半田村、安流镇白凤下建造三座祠堂纪念父亲的救命恩人。竹坑村的祠堂于1948年重修，当时村里的教书先生张进高拟写了这副对联。每年农历十一月初二，天佑公的裔孙以隆重的方式纪念三位恩人，表示感恩。

广东南雄珠玑巷张氏宗祠堂联

嘉孝义而赐条环，七世同居，艳先辈思承北阙；

谈求仁可溯濂洛，一源默接，顾后人学绍西铭。

【注】上联典出张兴；下联典指张载。

百忍图是我家传，斗粟尺布之谣，何堪先世知道；

千秋鉴即相人法，口蜜腹剑之辈，宁容此地往来。

【注】上联典出张公艺；下联典指张九龄。

名推燕国；

系出雄州。

帝嘉孝义；

史赞文章。

【注】上联典指张兴；下联典说张说、张九龄。

谋参帷幄；

恩赐珠环。

【注】上联典出张良；下联典指张兴。

江西上犹五指峰张氏宗祠联

得姓由轩辕，大儒一人，铭垂二篇，扶汉三杰，功高四相，敕封五虎，博物六史，貂冠七叶，悉是清河族派；

宗功昭世德，位列八仙，鼎甲九成，平兴十策，书字百忍，金鉴千秋，青钱万选，道陵亿尊，依然文献宗支。

【注】这副特殊的长联，巧妙地嵌入一至十和其他数字，表述了张氏的历代前辈祖先的业绩和在历史上的特殊地位。①得姓由轩辕：张姓祖先出自黄帝之后，黄帝轩辕氏，其子少昊青阳氏的第五子挥，官为弓正，负责制弓、箭之责。他夜观弧星，受启发制成弓箭，轩辕黄帝赐其子孙姓张，张姓开宗立姓始祖为张挥公也。

张本义为弓上弦，引申为开弓、弓长、与官名弓正、大星名弧相关。② 大儒一人：典指周宣王卿士张仲。张仲，字忠嗣，他与尹吉甫等共同辅佐周宣王，重振国势，征伐戎狄，功勋彪炳，史称"宣王中兴"。他曾被敕封为文神武圣，元延祐年间封为文昌帝君。他以孝敬父母、友善兄弟著称。传说张仲父亲早逝，其事母亲至孝。有兄早逝，母亲悲痛，他以次子继兄后，以慰母心；母亲和祖父同时逝世，他不但为母亲守孝，还以孙代子为祖父守孝三年。从此，张姓人家以张仲的孝友德行为自豪，祠堂对联中常称孝友传家或孝友家风，孝友堂即是以张仲为始祖族群的堂号。《诗·小雅·六月》："吉甫燕喜，既多受祉。来归自镐，我行永久。饮御诸友，炰鳖脍鲤。侯谁在矣？张仲孝友。"是说将军尹吉甫率军讨伐戎狄，设宴招待长途跋涉胜利归来的将士和朋友，美味佳肴有蒸鳖炖鱼，这些朋友中就有享有孝友美誉的张仲。张仲成为历史上第一个记入史册的张氏族人。③ 铭垂二篇：典出张载。张载（1020—1077），祖籍大梁（今开封），徙家凤翔郿县（今宝鸡眉县）横渠镇，人称横渠先生。北宋哲学家，理学创始人之一，后封为先贤在孔庙祀之。一生著作颇丰，其中有《西铭》《东铭》两篇。④ 扶汉三杰：典指张良。张良（约前250—前186），字子房，西汉杰出的军事家。其祖开地公，其父平公皆为韩国相。秦灭韩后，投奔刘邦，辅佐刘邦开创汉朝，与萧何、韩信同被称为汉初三杰，被封留侯，谥文成侯。⑤ 功高四相：典指张说。张说（667—730），字道济，洛阳人，唐代政治家、军事家、文学家。在睿宗、玄宗朝中三次拜相。执掌文坛三十年，可谓文治武功兼得。是推动开元之治的一位重要人物。逝后，追赠太师，谥号文贞。功高四相是说他与当时的三个副相（苏颋、宋璟、陆象先）共为四相，四相中，张说功劳最高。⑥ 敕封五虎：典出张飞。张飞（？—221），字益德（翼德），幽州涿郡（今河北涿州市）人，三国蜀汉名将，史上被评价为万人敌，屡立战功，官至车骑将军、领司隶校尉，封西乡侯等。在小说《三国演义》中，他与关羽、赵云、马超、黄忠被先帝刘备封为五虎将军。⑦ 博物六史：典出张华。张华（232—300），字茂先，范阳方城（今河北固安县）人。自幼勤奋好学，博览群书，知多识广。魏末，任中书省编纂国史的佐著作郎、中书郎等职。编撰《博物志》十卷，分类记载山川地理、飞禽走兽、异境奇物、古代琐闻杂事及神仙方术等，其中保存了不少古代神话材料。《博物志》前六卷记载的是博物内容，所以有博物六史之说。⑧ 貂冠七叶：典出张汤。貂冠是古代侍中、常侍所戴之冠，因以名贵的貂尾为饰物而得名。西汉时皇帝常对列侯、将军、卿大夫、将、都尉、尚书以至郎中，加侍中名，即可入侍宫禁，亲近皇帝。故佩戴貂冠是尊贵的象征。张汤（？—前115），西汉杜陵（今陕西西安东南）人。幼时喜法律，曾任长安吏、内史掾和茂陵尉。后补侍御史。中国古代著名的酷吏，又以廉洁著称。其次子张安世（？—前62），字子孺，汉武帝时官为尚书令，迁光禄大夫。汉昭帝时，拜右将军，封富平侯。汉宣帝时，拜为大司马、车骑将军领尚书事，成为当朝宰相，掌握军政枢机七年，人称谨慎周密。长子延寿在汉宣帝时，封为中郎将侍中，父死后，嗣富平侯爵。此后，延寿子勃，勃子临，临子放，均承嗣侯位。放子纯嗣侯，恭俭自修，明习汉家制度故事，有敬侯遗风。王莽时不失爵，建武中历位至大司空，更封富平之别乡为武始侯。从张汤开始，七代公侯，故称貂冠七叶。⑨ 悉是清河族派：清河是张氏郡望。全联所举十四个典故中的张氏及家族都是轩辕帝之孙挥的后代。张挥以尹城国的青阳为居住地。古青与清同，清河之北谓清阳。张挥的后代世居清河，因此清河成为张姓主要聚居地，成为张氏的郡望之一。⑩ 位列八仙：典出张果老。张果老的真名张果（？—735），唐朝著名炼丹家，邢州广宗（今河北广宗张固寨村）人，隐于襄阳条山，常往来于邢洺间。唐武则天时已逾百岁，多次被武后、唐玄宗召见，还被唐玄宗授以银青光禄大夫，赐号通玄先生。著有《玉洞大神丹砂真要诀》《神仙得道灵药经》《气诀》等。后以年老多病为由，又回到仙翁山（今张果老山），仙逝于此。后世将其神化，列为八仙，道教尊称他为冲妙真人。八仙中其他七仙是吕洞宾、铁拐李、曹国舅、韩湘子、何仙姑、汉钟离、蓝采和。⑪ 鼎甲九成：典指张九成。张九成（1092—1159），字子韶，其先开封人，徙居钱塘（今海宁盐官）。绍兴二年（1132年），朝廷策试进士，他慷慨陈词，直言不讳，痛陈宋金形势，认为"去谗节欲，远佞防奸"为中兴之道。因得考官赏识，选为廷试第一，被宋高宗亲选为状元。科举殿试一甲取三名：状元、榜眼、探花，如一鼎之三足，故称鼎甲。⑫ 平兴十策：典出张浚。张浚（1097—1164），字德远，汉州绵竹（今属四川）人，南宋宰相，抗金派领袖、民族英雄。宋徽宗政和八年（1118年）进士，他出将入相，历事高宗、孝宗两朝近四十年。并在学术上也有所获，是程颐、苏轼的再传弟子。隆兴元年（1163年）封为魏国公。死后葬宁乡，赠太保，后加赠太师，谥忠献。著有《紫岩易传》《中兴备览》等。《中兴备览》中提出修明政治、充实国力、抵御外侮等十项策略。⑬ 书字百忍：典出张公艺。张公艺（578—676），郓州寿张（今濮阳市台前县）人，历北齐、北周、隋、唐四代，寿九十九岁。唐麟德二年（665年），高宗与武则天去泰山封禅，路过寿张，听说张氏九代同堂，历朝都有旌表，因而慕名来访。高宗问张公艺何能九代同堂？他答道："老夫自幼接受家训，慈爱宽仁，无殊能，仅诚意待人，一'忍'字而已。"特拿出纸笔，书写了一百个"忍"字进献皇帝。高宗连连称赞，赠绢百匹，加以表彰。张公艺长子仲仁中状元，次子仲义中榜眼，后代繁衍茂盛，其家族以"百忍堂"为堂号。⑭金鉴千秋：典出张九龄。张九龄（678—740），字子寿，谥文献。韶州曲江（今广东省韶关市）人。他是一位有胆识、有远见的政治家、文学家、诗人、名相。他忠耿尽职，秉公守则，直言敢谏，选贤任能，不徇私枉法，不趋炎附势，敢与恶势力做斗争，为"开元之治"做出了积极贡献。开元二十四年（736年）八月五日千秋节（玄宗生日）百僚上寿，多献珍异，唯张九龄进《千秋金鉴录》五卷，言前古兴废之道，劝皇帝励精图治，上赏异之。张九龄后代繁衍茂盛，其家族以金鉴堂为堂号。⑮青钱万选：典出张鷟。张鷟（约660—740)，字文成，自号浮休子，深州陆泽（今河北深州市）人，唐代小说家。他于高宗调露年登进士第，当时著名文人骞味道读了他的试卷，叹为"天下无双"，被任为岐王府参军。后调为长安县尉，又升为鸿胪丞。武后时，擢任御史。其间参加四次书判考选，所拟的判辞都被评为第一名。当时有名的文章高手、水部员外郎员半千称他文章犹如成色最好的青铜钱，万选万中，他因此赢得了"青钱学士"的雅称。⑯道陵亿尊：典指张道陵。张道陵(34—156或178)，原名陵，字辅汉，东汉沛国丰邑(今江苏丰县)人。是五斗米道的创始人。道教徒称他为张天师、祖天师、正一真人。他七岁时即能诵《道德经》，生性好学，成年后博览群书，成为当地一代名士，跟随受教者不计其数。永寿二年（156年）张道陵在青城山建立道教教团组织，尊老子为教祖，奉《道德经》为最高经典，并亲自撰写了《老子想尔注》。张道陵被历代皇帝所推崇，谥封为三天扶教辅元大法师、正一静应显佑真君等。张天师是世袭制，如今已传到第六十四代。⑰依然文献宗支：典出张九龄。唐张九龄开元二十八年（740年）春，请求回乡拜扫先人之墓，因为遇到疾病而去世，终年68岁。张九龄是广东第一个进入朝廷中枢、位居宰辅的政治家。玄宗皇帝感念他的功绩，追封他为荆州大都督，谥号文献。

张氏通用堂联

千秋鉴、百忍箴，常留古训；

万选钱、两京赋，当读遗书。

忠厚近鲁愚，毕竟传家在是；

勤俭似艰苦，须知奋进由斯。

正色立朝，声重千秋金鉴；

懿文华国，名高万选青钱。

江西会昌周田半岗张氏祠联

懋种心田传后裔；

衍长世泽继先人。

——毛伯温

【注】① 此联为明嘉靖年间刑部尚书、吉水人毛伯温题撰。据载，明代周田人张镇从事木材生意，利用水运往返于贡江和赣江下游等地。一次，张镇在吉安泊岸后，一少年到其木排上剥杉皮，张镇见其聪明伶俐，经盘问知少年叫毛伯温，父亲早年亡故，与母亲相依为命。张镇遂同见其母，拿出纹银百两，供毛伯温读书。于是毛伯温与张镇结为异姓兄弟。毛伯温出仕后，应张镇之邀为张氏宗祠题联。② 懋，古同"茂"，盛大。③ 衍：本义为水广布或长流，引申为展延。

毛伯温（1482—1545）：字汝厉，号东塘，江西吉水人，明朝大臣。嘉靖年间曾任兵部尚书，征讨安南，毛伯温不费一刀一箭平定了安南，做到了靖边安民，创造了明朝有史以来兵不血刃的伟大战绩，成为杰出的军事家。班师回朝时，皇帝亲自为他解战袍，封太子太保。

江西吉水白沙南湖张氏宗祠门联

衣冠礼乐之地；

忠孝节义之家。

【注】白沙南湖张氏宗祠称光裕堂，追其本源为百忍堂分支，大约清朝初年至此开基。全联典指唐朝张公艺九世同居，高宗时封禅泰山，还过其宅，问本末，公艺书"忍"字百余以进。

江西会昌周田张氏宗祠联

芳声自昔传京兆；

世泽于今重曲江。

【注】① 京兆：地名，指古都长安（西安）及其附近地区。② 曲江：在广东韶关，唐代名相张九龄的故乡。

　　派衍曲江，万年统系乾坤老；

　　世启湘水，千古继承日月长。

——徐皓

　　曲江发迹，派别支分，岂忘金鉴风度；

　　湘水开基，积厚流远，犹绍青钱令名。

——赖泽霖

【注】① 金鉴：典指张九龄。唐玄宗生日时，张九龄为其进《千秋金鉴录》。② 湘水：贡江的主要支流，发源于寻乌县罗珊乡五村，从筠门岭至会昌河段，当地人称湘水。③ 绍：连续，继承。④ 青钱：典指张鷟。⑤ 令名：好的名声。

赖泽霖（1756—1828）：江西会昌县人。清朝嘉庆年间进士，幼失双亲，孤苦伶仃，但志愿远大。嘉庆三年（1798年）中戊午乡举，嘉庆七年（1802年），高中壬戌进士。嘉庆十七年（1812年）铨选广东三水县令。

　　祝告孝嘏告慈，诚意文通，静觉幽明两格；

　　弟念恭兄念友，恩谊亘布，恍见和好一团。

——萧万昌

【注】① 嘏：古代祭祀时，执事人（祝）为受祭者（尸）致福于主人。《礼记·礼运》："祝以孝告，嘏以慈告。"② 亘布：亘，空间和时间上延续不断。布，散开，传播。广泛而延续不断地传播。

　　溯始祖之缔造，半冈美居，惟期世泽绵湘水；

　　历五代而再迁，河坊胥宇，更望家声继曲江。

【注】胥宇：察看可筑房屋的地基和方向。犹相宅。

　　颂诗读书兼执礼，恪承先谟，学绍青钱启湘水；

　　入孝出悌且行慈，率由旧矩，名垂金鉴嗣曲江。

——刘廷珍

【注】先谟：先人的计谋、策略。

刘廷珍：江西会昌人，清代进士。

江西会昌周田张氏镇公祠联

> 绍家学渊源，士君子力为文章，还期青钱中万选；
>
> 仰前贤政绩，大丈夫出宰民社，胥令黄麦秀双岐。

——廖占鳌

【注】① 出宰：由京官外出任县官。② 民社：指人民和社稷。

廖占鳌： 江西会昌人，清朝进士。

江西会昌周田张氏铉公祠联

> 丹铅百忍图，绘传家玉宝；
>
> 崖兀千秋鉴，昭治国宗风。

——张义生

【注】百忍图：典出张公艺。

张义生： 字浩如，江西会昌人，民国初留学日本，回国后曾任广州（孙中山）总统府秘书。1950 年去世。

> 迎牲乐，三阙举斯行，须要顾名思义；
>
> 燔萧礼，一周执厥事，便当缘文伸情。

——吴湘皋

【注】① 三阙：指汉何休评论《左传》《公羊》《穀梁》三书得失的著作。晋王嘉《拾遗记·前汉下》：“（何休）作《左氏膏肓》《公羊废疾》《穀梁墨守》，谓之‘三阙’。”② 燔：焚烧。

> 修齐效百忍，讲让型仁，宁敢忘先世家法？
>
> 理学宗两铭，敦诗说礼，斯不愧大儒裔风。

——钟俨祖

【注】两铭：指张载所作《西铭》《东铭》。张载，又称张子，北宋哲学家，理学创始人之一。

钟俨祖： 江西会昌人，清朝贡生。

> 少长群萃，必要知底识高，方不失祖宗家教；
>
> 愚哲咸临，果能守常安份，才无愧贤肖名声。

——张培初

【注】愚哲：愚，愚笨的人。哲，哲人，有智慧的人。

张培初：江西会昌人，清朝举人。

江西会昌周田张元登公祠联

元首明，股肱良，明良一德；

登仁山，观智水，山水双清。

——刘孔昭

【注】① 元首：这里指君主制的皇帝。② 股肱：大腿和胳膊。这里比喻左右辅佐之臣。③ 明良：即《明良论》。明良，原意是明君、良臣，语出《书·益稷》："元首明哉，股肱良哉。"这里代指君臣。

刘孔昭：民国时期人，生卒年代不详。

江西石城珠坑塘台张氏祠联

巍巍新宇贻元勋，羡世德相承，槐缘千栋栖凤侣；

荡荡宗门彰令美，卜人文丕振，钱青万选添鸾坡。

【注】① 珠坑塘台张氏文茂公祠：位于石城县珠坑乡塘台村，门额上书"张氏宗祠"。该祠建于清乾隆十六年。② 钱青万选：典指张鷟。③ 鸾坡：翰林院的别称。元朝张昱《奉天门早朝次韵》："握兰凤阁舍人贵，视草鸾坡学士闲。"明朝陈汝元《金莲记·构衅》："管教他早离鹤禁鸾坡上，永绝云龙风虎交。"

江西南康大坪田西张氏祠联

田之荆，窦之桂，郑之兰，王之槐，簇簇自新，群芳呈妍前国；

西方金，北方水，东方木，南方火，生生不已，四行环护中央。

【注】① 田之荆：典出荆树堂。古有田真、田庆、田广兄弟三人同居，妇欲分异，共议将堂前粗大繁茂的紫荆树破而为三。一日清晨，忽见荆树叶垂憔悴，众皆惊诧。田真谓弟说："木本同株，若分析则憔悴，况人？兄弟而可离，是人不如树也。"兄弟三人深为感动，紫荆树旁，抱头痛哭，决定不再分家。从此居家和睦，荆树复荣。田氏家祠取名"荆树堂"，意在使子孙后世不忘先祖史实，向心合力，礼让躬亲。② 窦之桂：五代时燕山的窦禹钧生五个儿子，相继成材。大臣冯道赠诗曰："燕山窦十郎，教子有义方，灵椿一枝老，丹桂五枝芳。"《三字经》也录有"窦燕山，有义方，教五子，名俱扬"。③ 郑之兰：典出郑穆公。春秋时郑穆公因兰而生，因兰而死。赏兰，爱兰，品行如兰。④ 王之槐：典出王祐。王祐赴襄州任前在其宅院内手植

槐树三棵，曰："吾子孙必有为三公者。"⑤ 西方金：我国古典哲学认为"五行"即宇宙中的五种基本元素，代表很广泛，代表方位：东方木；南方火；西方金；北方水；中央土。

> 田氏和，张氏忍，齐兴家道；
>
> 西方金，北方水，聚会精英。

【注】① 田氏和：指田氏分荆之典。② 张氏忍：典出张公艺。

江西南康大坪田西张氏感恩堂联

> 鼎甲不难，难我三男三鼎甲；
>
> 翰林非易，易吾八婿八翰林。

【注】鼎甲：指殿试一甲三名：状元、榜眼、探花，如一鼎之三足，故称鼎甲。状元居鼎甲之首，因而别称鼎元。

> 蒙皇上洪恩，父子两宰相，公孙三总都，拣选著二十四员，巡抚布政按察；
>
> 承祖宗厚泽，叔侄九尚书，兄弟八词林，曾点过二十六名，状元榜眼探花。

> ——朱耀明

江西隆木张氏崇本堂联

> 千秋鉴，百忍箴：
>
> 万选钱，两京赋。

> 有心修孝道，立志破旧光前代；
>
> 义务培人才，盛世维新启后昆。

> 十策西都，赖高曾祖考克昌厥后；
>
> 千秋金鉴，历唐宋元明以迄于今。

【注】① 千秋鉴：典指张九龄。② 百忍箴：典出张公艺。③ 万选钱：典指张鷟。④ 两京赋：典指张衡。⑤ 西都：典指北宋初曹州冤句人张齐贤。张齐贤，字师亮，少年时孤贫而勤学，有远大志向。宋太祖赵匡胤到西都，他以布衣身份上十策。赵匡胤看后道："我幸西都，唯得一张齐贤尔。我不欲爵之以官，异时可使辅汝为相也。"⑥ 祖考：已故的祖父。⑦ 克：能够。⑧ 昌：兴盛，昌盛。

⑨ 厥：代词。其，他的。

　　　崇文尚武，爱国爱家，五章奏献千秋有佳话；

　　　本忠兼孝，治山治水，百忍图节万年无异评。

【注】百忍图节：典出张公艺。张公艺，字千禄，是张氏第一百一十一世祖。公艺为人急公好义，乐以助人，修身养性，胸襟坦荡，待人处世宽宏大量，深知小不忍则乱大谋的哲理。因而告谕后裔当忍则忍，忍者有益。张公艺提倡之忍，并非不讲是非原则，明言不当忍则忍，忍者有害。公艺家教有方，道德高尚，故而能九世同堂，唐高宗旌为义门。

　　　元勋开两汉之先，一卷书传，黄石尚留仙迹；

　　　相业冠三唐而后，千秋鉴照，曲江犹仰宗功。

【注】上联典指汉初大臣张良。张良，字子房，祖与父曾在战国末任韩国五世之相。秦灭韩后，他图谋恢复，结交刺客，在博浪沙椎击秦始皇未中，传说逃至下邳，遇黄公石，被授予《太公兵法》。楚汉战争中归刘邦，为重要谋士，汉朝建立，封留侯。下联典指唐朝大臣张九龄。

　　　堂寝焕新模，仰高曾祖考，陟降在兹，赫赫声灵永显烁；

　　　庭除恢旧迹，看子孙云礽，享祀不忒，喤喤钟鼓藉衣冠。

【注】① 堂寝：泛指房舍居室。② 陟降：升降，上下。③ 庭除：庭阶，庭院。④ 不忒：没有变更，没有差错。⑤ 喤喤：形容钟鼓声大而和谐。

　　　国家原一理，聚族姓而讲让型仁，肃肃雍雍，宏家规斯宏图；

　　　无人岂异情，历堂阶以存诚立敬，严严翼翼，格人鬼自天神。

【注】① 讲让型仁：讲劝礼让，语出《礼记·礼运》："刑仁讲让，示民有常。"孔颖达疏："讲让者，民有争夺者，用礼与民讲说之，使推让也。"清沈德潜《太学石鼓赋》："问道者型仁而讲让，砥行者守己而物躬。"② 肃肃雍雍：意思是客人和悦心情舒畅，严肃恭敬地来到庙堂。诸侯公卿来助祭，天子仪容很是端庄。《诗·周颂·雍》："有来雍雍，至止肃肃，诏阙孙谋，以燕翼子。"③ 严严翼翼：严严，庄重的样子；翼翼，整饬的样子。形容庄重整齐。宋欧阳修《吉州学论》："严严翼翼，壮伟雄耀。"④ 格：推究。

江西上犹张氏宗祠堂联

百忍图闻传美誉；

千秋金鉴衍琼枝。

【注】① 百忍：典出张公艺。② 金鉴：典出张九龄。

骄忍，辱亦忍，一忍百忍循祖训；

地让，边更让，寸让尺让仰英贤。

【注】上联典出张公艺。下联典出清康熙时文华殿大学士兼礼部尚书张英（张廷玉之父）。张英，安徽桐城人，邻居侵占他的宅边地，家人驰书京城。张英回诗曰："一纸书来只为墙，让他三尺又何妨。长城万里今犹在，不见当年秦始皇。"家人得诗，主动退让三尺，邻居也仿张家退让三尺，两家之间成为六尺巷道，一时传为佳话。

福建永定高陂北山张氏宗祠堂联

孝友传家，承百忍之风规，居同九世；

诗书裕后，诵十章之鉴录，宝重千秋。

【注】① 百忍、九世：典出张公艺。② 裕后：勉励自己，做成事业，以造福后代。③ 十章之鉴录：典出唐开元时名相张九龄。

堂构在经纶，友弟恭兄，看此日珠联璧合；

箕裘惟树德，诒孙翼子，卜将来凤起蛟腾。

【注】① 经纶：理出丝绪曰经，编丝成绳曰纶。引申为筹划治理国家大事。② 上下联首句，意为建房犹如治国，要有雄图大志，继承先祖德业。③ 上联"友""恭"，下联"诒（通诒）""翼"，均为动词。意为兄弟友爱和睦，确保子孙平安。④ 诒孙翼子：语见《诗·大雅·文王有声》："诒厥孙谋，以燕翼子。"为子孙的将来着想，使子孙安定有作为。⑤ 上下联末句，"珠联璧合"是对建筑此楼的兄弟的赞颂，"凤起蛟腾"是对主人的子孙未来的祝福。

留意俭勤，创业守成，天下皆无难事；

一心孝友，型仁讲让，堂中自有太和。

【注】① 联嵌"留一"堂号。② 型仁讲让：型仁，以仁规范自己；讲，讲习，讲究；让，谦让。③ 下联意为：以孝友为人生守则，以仁为规范，以谦让为处世之道，

家族必然能平安吉祥。

> 留余阴，留清芳，燕翼百年，祖泽留裔仍未艾；
>
> 一顷田，一方砚，鲤庭重过，父书一读愈难忘。

【注】① 联冠"留一"堂号。此为怀父之联。② 裔：即裔孙，后昆。③ 未艾：未尽。④ 鲤庭：典见《论语·季氏》："（孔子）尝独立，鲤趋而过庭。曰：'学诗乎？'对曰：'未也。''不学诗，无以言。'鲤退而学诗。"鲤，孔子之子，后遂称子承父训为鲤庭。

福建永定高陂北山张氏树德堂联

> 树大在根深，都是培源两字；
>
> 德高由量广，无非为善一端。

【注】根深才能树大，量广才能德高，进一步探究下去，凡成大事者，须从源头抓起，这源头就是要有善心，要积德行善。

福建永定高陂北山张氏庆诒堂联

> 庆泽积无忧，但守俭和为世德；
>
> 诒谋思有榖，当知孝友是家风。

【注】① 联嵌堂名。诒谋，为子孙谋划。有榖，"榖"在此不简作"谷"，吉利、善良之义，与"无忧"对。② 上联回顾祖宗的恩德，下联总结出俭和、孝友的庭训，作为后昆立身发奋的根本，颇有哲理性。

福建永定高陂北山村张氏资政第堂联

> 门环碧水观龙变；
>
> 户对青山听凤鸣。

【注】龙变：与"龙兴"同义，指出贤才。由住居环境的美好，期待子弟高中科第，贤才辈出。以所处环境的优美，借以表达对子孙贤俊的希冀。

福建永定高陂平在张氏儒林第堂联

> 有功文字留心领；
>
> 无税书田用力耕。

【注】读书有用，所以要留心领会；书田无税，更应用力。上下联反复说明要努力读书上进，这是客家人特别推崇的人文精神。

> 百忍堂，齐家上策；
>
> 千秋鉴，治国良笺。

【注】① 百忍堂：张姓堂号。张姓先祖张公艺九世同居，唐高宗麟德元年封泰山，回京路经开封，曾幸其宅，问睦族之道，公艺书百个"忍"字以进。② 千秋鉴：唐名相张九龄《千秋金鉴录》之简称，该书是张九龄奉献给唐玄宗五十寿诞的礼物。

福建永定高陂平在张氏薰来第堂联

> 金鉴垂千秋，所爱忠臣孝子；
>
> 瑶阶书百忍，自能敦让兴仁。

【注】张姓厅堂联多涉及张九龄《千秋金鉴录》与张公艺百忍堂之典故，宣扬了张姓先祖的处世良方与治国方略。称颂先祖的业绩和德望是客家各姓厅堂联的一般模式，其宗旨是教训子孙继承祖宗德业，铸造家族的新辉煌。

福建永定高陂平在张氏世德楼堂联

> 世诵诗书，齐家治国耀先祖；
>
> 德传孝悌，温席让梨福后昆。

——张启荣

【注】① 温席：典出《东观汉记·黄香传》，记述黄香夏为父扇凉床枕，冬以身温席的孝行。又晋干宝《搜神记》卷十一，记东汉罗威事母至孝，"天大寒，常以身自温席"。上两人均被后人奉为孝子的楷模。② 让梨：指东汉末孔融与诸兄吃梨，他自选小梨，大人问其故，他说："我小儿，法当取小者。"

福建永定高陂平在张氏福荣楼堂联

> 福第朝阳南岭，玉海金涛，纵观千里，览江山秀美；
>
> 荣居卧穴北山，青松翠竹，横视长空，收日月精华。

【注】此联出句与对句互文见义。意为福荣楼坐北朝南，纵观横视，既览江山秀美，也收日月精华。其中"玉海金涛"，既指远距千里的大海波涛，亦指阳光照耀下的青松翠竹。全联气势磅礴，有一定感染力。

福建永定高陂北山张氏大宗祠堂联

> 基开八百年，紫绶遗徽，德厚功深诒世泽；
>
> 嗣裔廿八代，金章谏掌，文经武续振家声。

【注】① 张氏始祖张挥是黄帝之子，一说黄帝之孙，出自姬姓，为弓正，始制弓矢，善张网罗，世袭其职，因赐姓张。如以此计算，则张姓开基岂止"八百年""廿八代"。这是专指北山张氏一派而言。② 紫绶遗徽：紫绶，紫色丝带，作印组或服饰，金印紫绶是上相国、丞相的代称，指张氏历代功臣名相如张良、张说、张九龄等先祖的功勋。③ 金章谏掌：疑指张九龄著《千秋金鉴录》，受玄宗嘉奖。此联对仗工整，历述家族派衍与祖上文武功德，雍容典雅，功力深厚。

祖德重书香，望尔曹，做天下第一流人物；

宗公多仕宦，让谁氏，荷世间亿万众民生。

【注】传此联为康熙朝武举人张天一所作。作者希望家族读书做官人能关爱世间亿万众百姓冷暖，做天下第一流人物，抒发了以天下为己任的家国情怀。境界高远，与一般宗祠对联期冀族中子弟承前启后、财丁两旺、光宗耀祖迥异。

福建永定高陂平在张氏宗祠堂联

文章自昔传燕国；

丰度于今美曲江。

【注】① 燕国：指唐睿宗、玄宗两朝正丞相张说(667—730)，字道济，洛阳人。唐玄宗时，任中书令，封燕国公。他擅文辞，朝廷文书多出其手，与开元副相苏颋（封许国公）并称"燕许大手笔"。② 曲江：指玄宗名臣、诗人张九龄，字子寿，广东韶州曲江人。此联以先祖的文章道德激励后昆，以继宗功。

万选青钱新世泽；

千秋金鉴旧家风。

【注】① 万选青钱：典指张鷟。张鷟字文成，唐文学家。文辞华丽，撰传奇《游仙窟》，时人以才子目之，称鷟文辞"犹青铜钱，万选万中"，因号"青钱学士"。② 千秋金鉴：典指唐大臣张九龄著《千秋金鉴录》。

福建永定培丰文溪张氏致和堂联

致和礼乐诗书，满室荣华光世德；

和顺父母兄弟，一堂济美蔼阳春。

【注】① 嵌"致和"堂名。② 蔼阳春：（一家人）像三春那么和谐、温暖、友爱。

福建宁化下祠张氏追远堂联

> 百忍家风，谦和礼让友孝立身传世；
>
> 千秋金鉴，廉明刚正信义辅国安邦。

【注】① 百忍：典指张公艺。② 千秋金鉴：出自唐开元贤相张九龄。

> 江左清才高八斗，韬略帷幄千里策；
>
> 两铭理学富五车，惠政渔阳万选钱。

【注】上联前句指晋吴人张翰。张翰，性至孝，有清才，善属文，时人号为"江东步兵"。上联后句指张良。张良，汉刘邦谋臣，刘邦称他"运筹帷幄之中，决胜千里之外"。下联前句指宋代张载。张载，与程颐、程颢相切磋，系著名理学家，世号"横渠先生"。著有《东铭》《西铭》，故称"两铭"。后句指唐文学家张鷟，文才超众，如青铜钱，万选万中，故称"青钱学士"。对联引张姓四位杰出人物，借以显示张姓家族人才济济，堪以自豪。

福建永定清河堂、百忍堂联

> 百忍图，千秋鉴，万选钱，家传至宝；
>
> 汉韬略，唐忠贞，宋道学，代出名贤。

【注】上联"百忍图"，指唐张公艺九世同居，唐高宗幸其宅，垂询持家睦族之道，公艺但书百"忍"字奉之，后张姓以"百忍堂"为堂号。"千秋鉴"，指唐相张九龄（广东韶州曲江人）为唐玄宗祝寿时，献《千秋金鉴录》，评述古今兴替，帝嘉许之。"万选钱"，指唐才子张鷟，字文成，文才出众，每试每第，人称其文犹青铜钱，万选万中。下联"汉韬略"，指汉留侯张良，张良曾狙击秦始皇未中，逃亡至江苏下邳，遇圯上老人黄石公，得《太公兵法》，后以谋略助刘邦灭秦兴汉。"唐忠贞"，系指开元进士张巡（709—757），安史之乱时，守睢阳，抵抗安史乱军。在内无粮草、后无援军的情况下，与太守许远一起，英勇抗敌，坚守数月，城陷被杀。"宋道学"，指宋道学家张载，著《正蒙》和《东铭》《西铭》，世称"通儒学士"。上下二联援引张姓历代先贤事迹，以为张氏子孙传家之宝。张姓运用如上典故，撰写的祠堂联还有：

> 祠对青山，人文蔚起千载盛；
>
> 堂临绿水，富贵绵延万代昌。

【注】全联刻画了张氏状元祠堂的外貌，并对后代寄以祈望。该祠坐落于宁化县石壁镇陂下村新墟里。

悬金鉴以永千秋，世德相承，具见宗功昭日月；

守鸿规如思百忍，家声丕振，还期后裔照渊源。

始为秩宗左，再迁司成声；

光日煊赫眷，望垂圣睿情。

【注】全联指明朝特赐状元张显宗。张显宗，福建宁化人，明洪武二十四年中进士第二名。明太祖朱元璋召殿对策，因其"文辞详赡，答回意足，有议论，有断制"，故特赐状元。

一代文章韩吏部；

哀词原自吊欧阳。

【注】全联指清代宁化才子张腾蛟。张腾蛟，字孟词，号戒南。该联源自纪昀的《吊孟词诗》，意思是腾蛟的才华可与韩愈、欧阳修相媲美。

福建永定高陂北山昌裔堂张氏宗祠堂联

明伦宗圣教；

达变济时艰。

【注】冠首嵌"明达"。科举废除后，张氏宗祠改为新式教育明达学校。

福建永定高陂北山张氏大宗祠堂联

里号鸣珂传旧德；

禄呈金鉴荷新篇。

【注】① 里号鸣珂：即鸣珂里，典出《新唐书·张嘉祐传》："嘉祐，嘉贞弟，有干略。方嘉贞为相时，任右金吾卫将军。昆弟每上朝，轩盖驺导盈间巷，时号所居坊曰'鸣珂里'。"后用指贵人的居处。② 金鉴：指张九龄《千秋金鉴录》。

回天有力唐元素；

治狱无宽汉释之。

【注】上联指张元素医术高明，常常能起死回生。下联指张释之，字季，汉族，堵阳（今河南方城）人，西汉法学家，法官。严于执法，当皇帝的诏令与法律发

生抵触时，仍能执意守法，以执法公正不阿闻名。

> 杜门不厌蓬蒿径；
>
> 旷世犹传孝友声。

【注】① 蓬蒿径：典出《赠张五諲归濠州别业》："一去蓬蒿径，羡君闲有余。"张五諲，名张諲，因排行老五，故又称张五，唐代才子，曾和大诗人王维隐居少室山下十年，闭门读书，不问世事，工诗，善草隶，兼画山水。② 孝友：指事父母孝顺、对兄弟友爱。典出《诗·小雅·六月》："侯谁在矣，张仲孝友。"

福建永定高陂镇平在郑排张氏祠联

> 迹兆金砂绵世泽；
>
> 堂临铜鼓振家声。

【注】① 金砂：指永定金砂乡，郑排张氏发迹于此，后迁高陂郑排。② 铜鼓：指铜鼓山，即石锣岐。

> 绕户砂为案；
>
> 依山树作屏。

【注】联写宗祠地理位置、景物。

> 座倚青山分祖脉；
>
> 堂环绿水护宗祊。

> 泉塘水暖迎春至；
>
> 鲤寨峰高拥翠来。

> 地卜泉塘，滚滚长绵世泽；
>
> 峰朝铜鼓，巍巍共仰宗风。

【注】以上三联点明祠堂地理位置。山环水抱是客家宗祠在风水学上的普遍讲究。

> 清河衍派承先绪；
>
> 黄石传书启后人。

【注】清河是张氏郡望，黄石传书指张良得圯上老人传授兵书一事。

福建永定高陂平在老虎坑张氏祠联

清河派衍承先泽；

黄石传书启后贤。

祠依北极，青岫为屏，十里松冈，藏龙卧虎；

宇向南离，碧莲乃案，千秋翰墨，翼子贻孙。

【注】联写宗祠坐北朝南，屏与案均十分理想，风水很佳。

正色立朝，声重千秋金鉴；

懿文华国，名高万选青钱。

【注】① 千秋金鉴：典指张九龄。② 万选青钱：典指张鷟。

历石壁，徙杭川，支分老富，同树连枝，悉本清河一脉；

敦孝儒，匡社稷，百忍义门，经文纬武，永绳祖业千秋。

【注】指老虎坑张氏经历了宁化石壁至上杭老虎坑的迁徙路线，源头还是清河郡。

龛联

土厚物华茂；

地灵文运昌。

神灵培地脉；

福德饮春和；

广西张氏宗祠通用联

九居世泽；

百忍家声。

【注】全联典指唐代张公艺，九世同居。高宗封禅泰山，过其宅，问本末，公艺书"忍"字百余以进。高宗御书"百忍堂"三字赠之。

兵书三卷桥边授；

忍字百篇家内藏。

【注】上联典指西汉张良事；下联典指唐代张公艺事。

> 雄猛让一人，武善提戈文握管；
>
> 精英传万世，唐曾显姓宋留名。

【注】此联采用张飞庙联。上联"文握管"指张飞善书法。下联"唐曾显姓"，谓唐张巡与张飞同姓。"宋留名"，指岳飞与张飞同名。

广西浦北六罗张氏新建宗祠联

> 清河张姓开基业；
>
> 罗水裔孙展宏图。

【注】浦北六罗张氏宗祠最早建于1947年，原只两座。1993年增修一座。2015年复建新祠。清河：指河北清河县，为张氏地望之一。

广西桂林临桂南边山镇张氏家庙龛联

> 清河世泽千秋盛；
>
> 梅岭家居百代昌。

【注】梅岭：意指梅州。桂林市临桂县南边山镇张氏明清时期由梅州迁徙桂林，定居临桂南边山镇木枧村。

广西柳州融安里居张氏宗祠堂联

> 英德家风传百忍；
>
> 曲江金鉴耀千秋。

栋对

> 点烛祭宗祖，当思先辈有遗言，忠孝俭勤，自任数端光世泽；
>
> 梦香缅前人，宜教后裔行正道，士农工贾，各专一业振家声。

【注】张氏宗祠在融安县大良镇古兰村里居屯，青砖木瓦结构，硬山顶。两进一井三开间布局。新制神龛内今书堂号"金鉴"。百忍：典出唐代张公艺。

广西玉林博白张氏宗祠门联

> 清河世泽；
>
> 高岭家声。

【注】该联说本支张氏的世泽和家声。唐高宗时期宰相张文瓘（605—677），字稚圭，于隋炀帝大业元年（605年），出生于清河东武城（今河北清河

县境东北部）张氏的名门望族。张姓族原为西汉留侯张良之后裔。三国曹魏时期大司农、泰山太守张岱由河内（今河南武陟西南）迁居此地。十六国时，张幸任南燕东牟（今山东牟平）太守，后归北魏，赐爵平陆侯，官至青州刺史，其曾孙张彝历任北魏秦州（今甘肃甘谷东）刺史、侍中等职。张彝的曾孙张虔威，秉性聪敏，博览群书。隋炀帝时官至谒者大夫。张虔威的弟弟张虔雄曾任隋朝秦州法曹参军。张虔雄的长子名叫文禧，次子名叫文琮，文瓘是虔雄三子。文瓘公自幼就受到良好的教育，饱读经书，深明礼义。文瓘公孝敬母亲，尊敬兄长，以孝友闻名乡里。唐太宗李世民登位之后的贞观初年，文瓘通过明经科考试，被补作并州参军，步入仕途。累迁至水部员外郎。后又被调任云阳县令。为官清正廉明，深受百姓称赞。

堂联与栋对

琼宰家声，自宋宏基开博地；

庐陵世泽，于明大业振丰门。

【注】此联说这支张氏的世泽、家声，自宋代在此开基，明代时已兴旺发达。

百忍遗宏图，公艺芳规期自读；

二铭重耿训，横渠懿范望流传。

【注】上联说唐代张公艺之事。下联说张载的二铭：《东铭》原叫《贬愚》，《西铭》原叫《订顽》，是张载的思想纲领，早年曾书写在他讲学的门扇两边，用于训诫弟子。张载去世后，二程怕引起事端，随将《贬愚》改为《东铭》，《订顽》改为《西铭》。后人将它编入《正蒙》最后一篇，或放在《张子全书》卷首，备受后世学者推崇，甚至与《论语》《孟子》等经典相提并论。

祠依双角报双亲，百代子孙同祭典；

堂对九岐追九族，千秋俎豆重明恩。

【注】联劝勉本支张氏不要忘记祖先。

祠对青山，人文蔚起千载盛；

堂临绿水，富贵绵延万代昌。

【注】全联刻画了张氏状元祠堂的外貌，并对后代寄以祈望。该祠坐落于宁化县石壁镇陂下村新墟里。

台湾张氏宗祠门联和堂联

祠联小序：据《清河百忍族谱》所述张氏的得姓与堂号的来由，台湾张氏系谱，乃出于清河郡系，祖脉皆在清河。

千枝归一本；
万代总同源。

万选青钱辉北斗；
千秋金鉴耀南天。

金鉴家声传海岛；
青钱世泽万年长。

金鉴家声源流远；
青钱世第福泽长。

清向贵山长不改；
河湾绿水永如新。

金鉴千秋名宰相；
青钱万选大文章。

清白贻谋垂燕翼；
河山环拱壮鸿图。

青钱世第规模壮；
金鉴家声福泽长。

【注】台湾张氏人家，乃出于清河郡支系，从粤东或闽西迁徙来台。台湾张姓祠堂门联和堂联，大部分以鹤顶格（一名藏头格）题撰。联语首字用堂号"清河"作为对联的起句用字，"青钱""金鉴"分别典指唐朝名士张鷟和曾任唐朝宰相的

张九龄。

台湾高雄美浓张氏清河堂栋对

石壁溯宗房，三百载，燕翼蕉阳，缉缉绳绳，远绍青钱标史册；

神岗承祖德，十八世，仍迁海岛，绵绵蛰蛰，上传金鉴耀台澎。

【注】此联点明张姓宗族的祖籍地是宁化石壁、神岗。

台湾屏东竹田张氏清河堂栋对

万派本一源，爱敬常怀，当知九世同居，和气全凭乎忍字；

三元参八卦，阴阳燮理，犹似百年乔木，隆基正卜于高迁。

【注】此联出于竹田的张万山祖祠，标榜祖先"忍"的精神。

台湾高雄美浓张氏清河堂栋对

祖籍本广东，自惠州、居陆丰、开基吉康，宏振宏图，瓜瓞绵长光甲第；

宗支移台岛，由新竹、徙美浓、堂构清水，克勤克俭，人文风起耀门风。

【注】此联点出张姓由大陆而台湾新竹，再由北部至美浓。

原籍住梅州，系出清河，世居石扇村中白水寨；

乔迁来凤岛，脉传金鉴，移徙美浓庄外南隆乡。

【注】上联的梅州、清河、石扇村、白水寨全是大陆地名，下联的凤岛是地名，金鉴是家族之事迹，美浓庄、南隆乡是台湾地区地名。

由梅县移渡台，阳念前贤，棠棣联芳，贻厥孙谋昭百代；

卜壬山向临丙，位思后裔，箕裘克绍，毋忘世德焕千秋。

溯系始金天雨京，赋万选青钱，永作遗书，学业昭然传世泽；

分支来泗水百忍，箴千秋金监，常流名训，箕裘绍起振家声。

湖南炎陵张氏宗祠堂联

南轩负公辅之望；

西铭为理学之家。

【注】上联典说张栻；下联典指张载。

四川成都龙泉驿十陵张氏广东入川始祖大梁公祠

横额：绵长泽世

龛联

> 继世祥和百忍高德；
> 传家孝友千秋泽后。

横额：百忍家风

堂联

> 百忍家传绵祖德；
> 两面世守表宗功。

四川成都龙泉驿十陵张氏入川始祖二房大柱公祠

横额：九世遗风

龛联

> 百忍宝图先祖法；
> 千秋金鉴后人师。

【注】张氏出自姬姓，黄帝子少昊青阳氏第五子挥为弓正，始制弓矢，子孙赐姓张，其后为张氏。春秋时世代仕晋，三家分晋后，其族人仕韩国，为公族大夫，后渐成望族。秦汉时张姓向四周发展和繁衍，不断向西、向南、向东迁徙，张姓有清河、百忍、金鉴、孝友、亲睦等诸多堂号。

四川南充仪陇张氏祠堂联

> 承前祖德勤和俭；
> 启后孙谋读与耕。

【注】四川仪陇县是当今蜀中的第二大客家聚居区。客家文化中的"耕读传家""勤""俭""忠""孝"都是中华优秀传统文化的精髓。客家重视对后人的培养，不仅耕读兴学育人，而且重视对下一代道德品质的培养。

广东梅州张氏留余堂联

> 孝友传家诗书礼乐；
> 文章报国秋实春华。

结庐老梅树下；

读书深柳堂中。

灯火夜深书有味；

墨花晨润字生香。

广东梅州张氏宗祠堂联

燕翼仰先型，肯构肯堂，启万年无疆基绪；

鸿图垂后裔，克勤克俭，归百世有耀冠裳。

祖有德，宗有功，念开创规模，敢忘水源木本；

左为昭，右为穆，奉馨香俎豆，咸凛春露秋霜。

广东梅州张氏十世祖堂联

十世溯开基，胥宇结庐，占得山川成虎踞；

三房分衍派，经文纬武，从今姓氏振龙乡。

广东大埔三河汇东张氏敬睦堂联

要好儿孙，须从敬祖睦宗起；

欲光门第，还是读书积善来。

广东大埔西河张弼士光禄第堂联

不忮不求安素位；

无骄无守滔儒风。

品格直超梅以上；

交游只在菊之间。

广东五华大田张氏始祖屋联

龙自石马来，飞越七目，跨三井，跃鹤寨，过高峰，蜿蜒入塅，客村结真穴；

水从正坑出，奔泻双罗，过青岗，穿黄田，下印湖，带绕落洋，祖屋著蜚声。

广东五华安流梅仔坪张氏公祠联

> 将军门第；
> 烈士家风。

> 基开六世源流远；
> 统继千秋派系长。

> 基肇安流，创建市廛宏骏业；
> 系分棉水，迁移梅岭展鸿图。

> 基业创梅坪，父子将军，两代忠贞垂史册；
> 精兵屯跃马，平倭荡寇，三千勇士破西山。

广东梅州张家围张氏宗祠堂联

> 燕翼有贻谋，好向梅州绵世泽；
> 凤毛其后起，须从桂岭溯源流。

> 攀桂开基，历经四百春秋源流远；
> 先祖创业，蕃衍万千子孙沐恩长。

广东梅州虹桥头张氏祠堂联

> 唐代文章，曾著青钱万选；
> 曲江风度，永垂金鉴千秋。

广东梅州大坪树张氏宗祠堂联

读书乐，耕田乐，为善最乐，思乃祖风范犹乐，所行无非乐事；
创业难，守成难，中兴更难，愿尔曹精神振作，欲做勿谓难题。

广东梅州南口林塘张氏祠堂联

文章追百世之遥，录陈金鉴，书读兵符，学习仰汉唐，两朝人物空前古；
草木献一时之秀，松号大夫，竹称君子，英奇萃南北，半壁河山具大观。

广东大埔大东溪口张氏宗祠堂联

祖宗创业，原有义方性勤兴俭；
孙子成家，岂无大道非读则耕。

行其礼，奏其乐，数代冠裳昭祖德；
爱所亲，敬所尊，一堂俎豆报宗功。

一室太和真富贵；
满门春色是荣华。

设衣冠光照祖德；
陈俎豆敬报宗功。

敦立宗祠念先祖，克勤克俭创大业；
德垂枝叶嘱孙支，亦耕亦读育英才。

敦念先贤，行三才善道，恩感黄河清三日；
德道后裔，学九世良规，光昭金鉴芳万年。

敦厚崇礼，念祖宗兢兢业业，积善百年；
德修于身，愿子孙继继绳绳，承家万世。

广东丰顺丰良双螺口张氏宗祠堂联

狮象会朝，俨然虎踞双螺口；
龙鲤活跃，妙在珠生二水中。

广东丰顺建桥围张氏宗祠堂联

为创业守成人，都须处处关心，吾辈克凛斯言，方可期荣宗耀祖；
理读书耕稼事，总要时时立志，尔曹能遵此意，便堪称肖子贤孙。

广东蕉岭张氏宗祠堂联

宗图出自化孙，想当年迁粤由闽，思孝思忠恢先绪；

祖脉分于廷贵，愿嗣裔寻源溯本，宜耕宜读裕后模。

广东韶关翁源张九龄祠堂门联

当年唐室无双士；

自古南天第一人。

——余汉谋（此联撰于 1940 年）

广东韶关翁源江尾蕙茅岭张文公祠门联

千秋事业承京兆；

十策家声继曲江。

堂联

春露既濡，宁无怵惕如将见；
大恩难报，昌胜低徊不忍忘。

家号书香，葆此令闻而不坠；
俗橘古处，留兹居道以常新。

世派蕃昌，亲此堂还归一本；
馨香岁荐，登斯地渐数千人。

千年德泽流徽远；
百代衣冠济美长。

盈庭瑞气添新景；
绕砌祥光霭晓春。

陈俎豆跄跄济济；
慎威仪肃肃雍雍。

地显灵符，叠嶂层峦催秀气；

天开景运，回溪曲沼注祥光。

记事恭严，诚敬必随时冈斁；

先人未远，著荤常有翼其归。

广东饶平上饶马坑张氏宗祠联

祖德流芳思木本；

宗功浩大忆水源。

江西上犹五指峰张氏宗祠联

复古风忍为第一；

兴前烈孝最居先。

江西吉水白沙桥张氏进士第祠联

翼翼牌坊，远吞华岳声气；

巍巍寝庙，蔚起清河人文。

乃祖乃父，孝友振家声，不外同昭百忍；

若子若孙，文章绵世泽，远须上绍两铭。

福建永定高陂北山张氏大宗祠堂联

祖德重书香，望吾曹，做天下第一流人物；

宗功多仕宦，让谁氏，荷世间亿万众民生。

福建连城新泉张氏宗祠堂联

派出曲江长，千秋俎豆联闽粤；

书留黄石古，百代衣冠衍汉唐。

旺气翰林开，绕带文溪三水会；

宗风绍珥远，峨冠金嶙一峰尊。

　　　　锡姓自轩辕，黄石青钱，异样文章光世谱；

　　　　肇基来南宋，金钩玉海，永凭奕叶启家风。

福建宁化方田张氏宗祠堂联

　　　　百忍实堪师，济济后昆遵孝顺；

　　　　二京能作赋，翩翩雅度起人文。

　　　　自禾寨再衍派枝，本本源源思水木；

　　　　我芳溪新开堂构，绳绳继继荐蘋蘩。

福建宁化石壁邓坊张氏宗祠堂联

　　　　缅怀祖先创建光辉业绩；

　　　　展望裔孙开拓锦绣前程。

　　　　希贤希圣，作天下一流人物；

　　　　全忠全孝，扶世间亿万纲常。

福建宁化方田头张氏宗祠堂联

　　　　探本溯源，寒谷遗徽敦古道；

　　　　承先启后，村头派衍振家声。

福建宁化淮土田背张氏宗祠堂联

　　　　商溯降生，周溯初生，所以敦孝；

　　　　春有祀享，秋有尝享，感不尽诚。

福建宁化淮土仕边张氏宗祠堂联

　　　　显遂重忠良，不侈谈五房之相；

　　　　功名垂竹帛，应共仰金鉴玉珂。

　　　　前人能自得，师黄石赤松旨示我；

　　　　先哲克施有，政桑枝麦穗竞呈祥。

家声溯汉唐，初帝王之师昭史册；

明德兼黍稷，荐馨香而祀享春秋。

因弧矢赐姓以来，有燕公魏公，国封唐宋；

自玉屏迁乔于此，譬皇涧过涧，主顾邵卻。

福建宁化方田禾寨张氏宗祠堂联

春露秋霜，正蕴藻流芳蘋蘩焕彩；

左昭右穆，喜宗枝蕃衍灵爽凭依。

福建宁化石壁江口张氏宗祠堂联

孝友重周邦，家法昭昭施子孙；

忠烈遍唐代，前光炳炳仰祗常。

修谱牒，记丁男，济济衣冠称望族；

承先人，启后嗣，振振公姓绍箕裘。

福建宁化安乐张河坑张氏宗祠堂联

祖德兆清河，笾豆芬香，奕奕冠裳辉玉简；

地灵钟秀岳，几筵藻色，翩翩裔胄艳金书。

福建宁化治平泥坑张氏宗祠堂联

宗功规模远，儿孙昭述长；

祖德垂世泽，后裔衍家声。

由石壁再衍派枝，水源木本；

我泥坑而敦睦族，世荐蘋蘩。

福建宁化曹坊坪上张氏宗祠堂联

春祀秋尝，遵万古圣贤礼乘；

左昭右穆，序一家世代源流。

德业并山河，俎豆馨香同四海；

勋功昭日月，蒸尝伦祀及千秋。

福建宁化曹坊南坑张氏宗祠堂联

日色射云时弄影；

桂枝含露自生香。

龙池柳色千宵露；

凤诏书成五色云。

钟鼎一堂联雁序；

图书千载焕龙文。

砌下芝兰香满径；

尊前花月浩无边。

福建宁化曹坊小南坑张氏宗祠堂联

继生辈创业传承，惟耕惟读；

教后裔立功处世，以德以仁。

福建宁化河龙仁尚张氏宗祠堂联

名骥振玉珂，相位威权流百业；

国公大手笔，朝廷旌表耀千秋。

祖德流芳，念先人燕翼贻谋绵世泽；

宗支挺秀，愿后裔箕裘克绍振家声。

福建宁化方田南城村里张氏宗祠堂联

明有自以生生，征一气流形实远；

仰常垂之烈烈，见三纲凛义为尊。

清溪派衍接清河，源远流长，可任龙蟠传奕世；

绿树荫浓环绿野，竹苞松茂，尤堪豹隐肇千秋。

福建宁化淮土梨树张氏宗祠堂联

姑苏发祥以来，远绍近承，百代衣冠济美；

玉屏分支于此，宗和族睦，千秋俎豆维馨。

福建宁化淮土寒谷张氏宗祠堂联

宫殿显巍峨，见榱桷几筵穆乎，缅祖功宗德；

庙堂崇祭祀，肃冠裳俎豆居然，欣子孝孙慈。

福建宁化城郊雷陌张氏宗祠堂联

洪塘缵绪家声远；

翠水分支世泽长。

霄汉鹏程腾九万；

锦堂鹤翅展三千。

福建宁化石壁江头张氏家庙堂联

派衍枝分，继往开来新气象；

源长水远，承前启后美宗风。

栋宇维新，垂起前人经纬业，看代代豪贤光史册；

治桑励志，激腾后裔枞横图，欣朝朝俊杰耀宗风。

福建宁化石壁陂下张氏家庙堂联

宗留家声，后裔蝉联，要继往开来；

祖遗世泽，先哲燕翼，期发扬光大。

迁江右系本姑苏，远昭近承，百代衣冠济美；

基大丞散居各里，宗和睦族，千秋俎豆维新。

福建宁化石壁溪背张氏家庙堂联

弘扬先祖，德高望重位居三杰；

光被子孙，博学知深声播八方。

源青阳，迁江南，遗世泽，支脉繁衍布四海；

基翠水，发闽赣，宗苗家，人文蔚起遍九州。

台湾新竹新埔张氏家庙宗祠堂联

清白表千秋，共仰家风依旧；

河山昭万古，欣瞻阃第重新。

清名直洁仁民，且兼以爱物；

河内轵人相位，更列夫儒宗。

迁来枢密之官，大政曾叅宋室；

画到凌烟之阁，奇功屡建唐家。

台湾屏东竹田张氏万三宗祠栋对

溯系始金天，肇枧清河，思先人自汉唐以迄宋明，公侯将相，神仙国史，辉煌奕世，簪缨留旧德；

分支移台岛，卜居屏邑，愿后裔由土农而至商贾，孝文忠良，道学箕裘，绍起重光，门第焕新犹。

陕西汉阴张氏宗祠堂联

贤声众望雁门郡；

德政齐名清河堂。

耕读传家承先泽；

俭勤作风启后人。

印尼雅加达张氏宗祠清河堂祠联

祖堂中嘏锡壬林，喜右穆左昭，宗庙崇高，本是青钱世泽；

万里外族联子姓，看秋祀春尝，衣冠整肃，然犹金鉴家声。

印尼雅加达张氏宗祠创建七十五周年联

数千年历史文明，郡誉著清河，木本水源，瞻拜前修惭步武；

七五载崇祠纪念，名传呈博望，宗功祖德，长留奕荫祝开基。

龛联

忍让持躬，恪从黄石教；

和平处世，克绍曲江风。

【注】曲江风：指唐朝宰相张九龄籍贯广东韶关曲江。印尼椰城张氏宗祠，系由清末著名客家华侨实业家、慈善家张弼士先贤创建于清朝光绪十九年（1893年）。

【姓源】《姓觿》引《姓苑》。

① 陆浑，西周时戎族之国，允姓。故城在今河南嵩县东北伏流城北约十五公里处。周景王二十年（前525年）灭于晋，子孙以陆为氏。

② 周幽王封其弟于陆乡，为陆侯，其后因氏。

③ 春秋楚有隐者陆通，号接舆，《论语》之楚狂接舆是也。

④ 陆氏，妫姓。战国时齐宣王少子田通，封于平原般县陆乡，称陆侯，后因氏。般县，在今山东平原县东北。

⑤ 汉景帝中元三年（前147年），匈奴陆强降，封乃侯。子孙融入汉族。

⑥ 少数民族汉姓或改汉姓（略）。

【分布】陆姓为中国第60常见姓。人口近420万，约占全国人口的0.33%。主要分布在江苏、广西，人口约占全国陆姓人口的44%；其次是广东、上海、浙江、贵州、安徽五省、市，人口约占全国陆姓人口的33%。江苏最多，约占全国陆姓人口的23%（《中国姓氏·三百大姓》）。陆姓客家人广西、广东较多，江西、福建也有分布。

【郡望】河南郡。

【堂号】平原堂、忠烈堂、怀忠堂、怀橘堂等。

通用祠联

门联

> 剑南万卷；
>
> 云间二龙。

【注】上联说南宋越州山阴人陆游。陆游，字务观，号放翁，绍兴中应礼部试，为秦桧所黜。孝宗即位，赐进士出身，后官至宝章阁待制。在政治上，主张坚决抗金，一直受到投降集团的压制。晚年退居家乡，但收复中原的信念始终不渝。陆游创作力旺盛，是我国古代作品最多的诗人，仅在他的诗集《剑南诗稿》中保存至今的就有九千三百多首，所以他自言"六十年间万首诗"。他的诗内容极为丰富，风格雄浑豪放。下联说西晋吴郡人陆机。陆机，字士衡，其《文赋》为古代重要文学论文。其弟陆云，字士龙，文才与兄齐名，时称"二陆"，亦称"二龙"。《晋书·陆云传》载，太康十年（289年），陆机、陆云到洛阳拜访太常张华，碰上了京师名士荀隐（字鸣鹤），云与荀隐素未相识，尝会（张）华坐，华曰："今日相遇，可勿为常谈。"云抗手曰："云间陆士龙。"隐曰："日下荀鸣鹤。"这是正史中记载的人名对。《易·乾》有"风从虎，云从龙"之语，所以陆士龙自称云间人士。

赠梅世泽；

怀橘家声。

【注】上联典出三国时吴国吴郡人陆凯。陆凯，字敬风，历任永兴、诸暨长，多政绩；继任建武尉，虽统领军队，仍手不释卷。官至左丞相。陆凯与范晔交谊甚笃，然而两人一处江南，一居长安，山川隔阻，常怀思念。一次，陆凯正在田野里赏梅，恰逢有驿使经过，陆凯便折下一朵梅花，托驿使捎给友人，并赋诗一首："折梅逢驿使，寄与陇头人。江南无所有，聊赠一枝春。"后来人们便以驿寄梅花比喻向远方友人表达怀念之情。下联典出三国时吴国吴郡人陆绩。陆绩，字公纪，自幼聪慧过人，六岁时随父亲到袁术家做客。袁术拿出橘子招待他。他悄悄把两个橘子揣到怀里，拜别的时候，橘子从怀里滚了出来，掉在地上。袁术问他为什么悄悄地揣了两个橘子。陆绩回答说："我母亲一向很喜欢吃橘子，我想把它拿回去让母亲尝尝。"袁术听罢大为惊讶，感叹道："陆郎有这样至高品德，将来必然是国家栋梁之材！"陆绩长大后，果然学识渊博，通天文，精历算，为吴主孙权所重用，官至郁林太守，加偏将军。

河北三虎；

洛下双龙。

【注】① 河北三虎：典指晋代陆晔、陆机、陆景兄弟三人，俱有才品，文章

冠世，雅望超群，皆居官，时称"三虎"。② 洛下双龙：晋陆机与弟云并有才名，后为成都王颖所害。东海王越讨颖，闻有"穴碎双龙"之语，即指"二陆"。

唐推内相；

清著循声。

【注】① 唐推内相：典指陆贽。陆贽，唐嘉兴人。年十八登进士第，德宗时为翰林学士，甚见亲任，虽外有宰相主大议，贽常居中参裁可否，时号"内相"。② 清著循声：典出陆陇其。陆陇其，清平湖人，字稼书，康熙进士，历官嘉定、灵寿知县，以清廉闻，时称"循吏"。

鹅湖学派；

莲社高风。

【注】① 鹅湖学派：典指宋陆九龄。陆九龄，乾道进士，为全州教授。尝与弟九渊讲学鹅湖，学者称"复斋先生"，与九渊相为师友，时称"二陆"。② 莲社高风：典出陆修静。陆修静，南朝宋人。曾与陶潜、惠远结白莲社。

通用堂联

怀橘归遗，奇童知孝；

梦莲应兆，才女工诗。

【注】① 奇童知孝：典指三国时吴人陆绩。② 才女工诗：指清陆观莲为布衣叟丹生妻。其母梦大士授以莲花而生，故名观莲。莲与夫偕隐，著有《蒋湖寓园草》。

剑南诗派传百代；

江左文宗著千秋。

通用栋对

粤海陈兵，只手终难扶弱宋；

崖山坠水，孤怀犹可对强元。

【注】 全联指陆秀夫。陆秀夫（1236—1279），南宋末抗元大臣，字君实，宋楚州盐城人。宋理宗宝庆四年，与文天祥同科中进士。宋恭帝德祐元年（1275年），元兵沿江东下，陆调往临安任礼部侍郎。太皇太后率宋恭帝投降后，他和将领苏刘义等退至温州。不久，与陈宜中、张世杰等在福州立益王为帝，重建宋廷，任端明殿学士、签书枢密院事。元兵入福建，宋君臣乘海船南走广东。次年，广州

降元。景炎三年（1278年）初，赵昰死，群臣多欲散去，陆秀夫勉励群臣，再立八岁的卫王赵昺为帝。迁居崖山（今广东新会南海中）。陆秀夫任左丞相，与张世杰同执朝政。元张弘范攻崖山，宋军大败。陆秀夫毅然负帝跳海牺牲。

节持越岭，气壮崖门，先哲肇渊源，尚冀书香绳祖武；

近接狮洋，远连羊石，禺山钟灵秀，留兹庙貌慰孙曾。

广西南宁武鸣陆氏宗祠堂联

宁将齐公迎官长；

武以全群为我民。

【姓源】《世本》。

① 陈氏，姚姓，以国为氏。陈国，本作敶国。相传帝舜之子箕伯裔孙虞遂居虞乡（现山西永济），商灭夏，一子封敶（陈），建都于宛丘（今河南淮阳），商末，为周所灭。

② 陈氏，妫姓，以国为氏。西周、春秋时期陈国，金文作敶国。陈，敶之假也。武王克商，舜子商均（义均）三十二代孙遏父为陶正，生满，武王妻以元女大姬，封诸商敶国故地，赐姓妫，谥曰胡，是为胡公满。敶，公元前476年为楚国所灭。

③ 胡公满十二代孙，敶厉公（陈厉公）之子公子完奔齐，改敶氏为墬氏。完九代孙墬和（史称田和）篡齐，后灭于秦。齐亡，齐王建第三子轸相于楚，封颍川侯，因徙颍川，复姓陈氏。

④ 汉代古代巴人姓氏（见《蛮书》），即暲氏。

⑤ 东汉及三国时期山越族姓（《中国古代少数民族姓氏研究》）。晋朝时始渐融入汉族。

⑥ 十六国时前赵御史大夫、仪同三司陈元达，本为匈奴乔氏，以生辰年月妨父，更姓陈。

⑦ 南北朝时匈奴族之一屠各人姓。

⑧ 北魏太和十九年改鲜卑侯莫陈氏为陈姓，西魏大统十五年复称旧姓。唐、五代时候莫陈氏犹有之，宋之后无闻，或复改陈姓矣。

⑨ 宋以后少数民族改姓陈很多。唐时万年陈氏，隋北陈郡公陈永贵

的后裔。本姓白氏，原西域龟兹胡，亦改陈氏。四川金堂崇德堂陈氏，本姓黄氏。明初福建龙岩人黄浩衡，徙四川东门外玉虹桥，改姓陈（《陈氏族谱》，1914）。台湾彰化溪州乡瓦厝村陈姓，本姓蔡。始祖蔡桓行清代移台。子孙生者姓陈，死者归蔡氏。《生死异姓：潮汕姓氏中的奇特现象》载，广东揭东一支陈姓，本姓林，祖籍河南洛阳。因战乱南徙揭阳，得丰政都潘田陈氏相助，日渐发达，显名闾里。为报陈氏恩，生时改姓陈，死后复姓林。子孙后迁盘溪都周公山（今属揭东新亨），分居秋江、楼下二村。至今已有300多年。台湾嘉义中埔乡瑞丰村陈姓，本姓蔡。始祖蔡毓彩，清代移台。后因族内争斗，改姓陈。至今子孙生者陈，死归蔡（《蔡陈氏族谱》，1983）。广东汕头一支陈姓，乃宋末抗元名臣左宰相陆秀夫之后。其子陆繇居海阳辟望（今属汕头澄海），其后迁揭阳东岭（现揭阳炮台）。繇六代孙惠迪于元末分居潮阳奉恩西胪（现汕头朝阳区西胪镇）。民国初，西胪陈氏家族势大，陆姓人少势弱，陈氏家族以陆氏先祖陆通乃春秋时乃陈完之后为由，胁诱陆氏改陈，立约死后方可改陆。子孙至今不变。陈氏姓源，十分复杂。客家陈氏姓源，大概以上述几种为主。

⑩少数民族汉姓或融入汉族后改汉姓（略）。

【分布】唐高宗时期，朝廷任河南固始人陈政（胡公满的六十八世孙）为南行军总管，镇压福建南部的少数民族动乱。陈姓族人随陈政和其子陈元光平定了福建局势后，设立了漳州郡。北宋末年，金兵南下，社会动荡不安，中原士族纷纷南迁。北方陈氏后裔陈魁率族中九十三人迁居福建宁化、上杭。后来，其曾孙再迁至广东，最后散居于大埔、兴宁、长乐和龙川、饶平、丰顺、潮州等县。

一支著名的江州义门陈氏，是南朝陈宣帝第十五子宜都王陈叔明五世孙陈旺，唐开元十九年，迁至江西浔阳县太平乡常乐里永清村（今江西德安县车轿镇义门陈村），建大宅第，十九代合族同居，是为江州义门陈氏。至宋嘉祐七年的二百三十年间，合家三千七百余口，有田庄三百多处。嘉祐七年七月，奉旨分析，按十二行派分析为大小二百九十一庄，遍布今赣、鄂、苏、浙、湘、豫、皖、粤、川、陕、晋、桂、琼、沪、津等省、市、自治区。后赣、鄂、湘、豫、皖、粤、川、陕、桂、琼的陈氏，大都融入当地客家。

　　明末清初至 1949 年的三百多年间，陈姓族人迁台人数很多，其中仅武荣诗山霞宅陈氏一支就有二百二十余人，成为台湾的首姓大族，与林姓共享"陈林半天下"之称誉。当年，福建同安人陈永华随郑成功到台后，官至东宁总制使。他在台湾建立屯田制度，设立学校，被尊为陈氏入台始祖。此后，广东、福建等沿海地区的陈氏族人开始迁居海外，足迹遍布到菲律宾、印度尼西亚和美、英、法、加拿大和澳大利亚等地。

　　陈姓为中国第 5 常见姓。人口约 5800 万，约占全国人口的 4.63%。约 40% 分布在广东、四川、福建、江苏、浙江五省（其中广东最多，约占全国陈姓人口的 13%）；38% 分布在河南、湖南、安徽、湖北、台湾、山东、广西、贵州、江西九省、自治区（《中国姓氏·三百大姓》）。陈姓客家人广东最多，福建、江西、广西、河南、湖南、台湾、海南、湖北也不少，香港、澳门及海外也很多陈姓客家人。

　　【郡望】颍川郡、广陵郡、东海郡、河南郡、下邳郡等。

　　【堂号】颍川堂、汝南堂、广陵堂、绳武堂、德聚堂、东海堂、庐江堂、河南堂、冯翊堂、武当堂、京兆堂、光裕堂、新安堂、建业堂、映山堂、忠节堂、延庆堂、余庆堂、报本堂、星聚堂、三义堂、树本堂、燕贻堂、官梅堂、笃庆堂、崇义堂、崇本堂、衍庆堂、敦睦堂、叙伦堂、地心堂、重华堂、仁耻堂、毓庆堂、世德堂、敦厚堂、奉先堂、聚原堂、传义堂、三和堂、培德堂、三相堂、义门堂、道荣堂、惇庸堂、双桂堂、徽五堂、绍德堂、怀忠堂、星聚堂、福星堂、福岭堂、追报堂等。

通用祠联

颍川世泽；
太史家声。

颍川世泽；
妫水家声。

名高七彦；
才坛六奇。

东山世德；
颍水家声。

汝南世德；
妫水家声。

汝南世德；
御史家声。

柳溪世泽；
御史家声。

颍川世德；
岐国家声。

柳溪世德；
循铎家声。

义门世德；
岐国家声。

柳溪源远；
循铎声宏。

颖川世泽；

太傅家声。

妫水源流远；

太邱世泽长。

【注】以上都是各地客属地区的陈氏宗祠大门楹联。联语除了个别字、词不同以外，其他大同小异，根据各种姓氏文献和楹联联语追溯，可以看出，客家族群大都是上述姓源中提到的，属于胡公满之后裔，出自颖川派。颖川派开基者是陈寔公（七十六世），其父翔公（七十五世），汉侍御史，又拜御史中丞，移取颖川，其子寔公始开颖川鸿基，陈氏颖川堂之堂号与郡望肇于此。颖川，位于今河南省东南部，秦时始设郡。陈寔，东汉颖川许县人。汉时当太丘长，在乡里平心率物，乡人或有争讼，辄求判正。后追封康乐侯，太建之年封颖川侯。卒谥文范先生。永嘉之乱以后，陈氏始渡江南迁。唐末，一支陈旺迁于江州德安，为江州义门始祖。南宋末年至元代初年，陈魁率从移居福建宁化、上杭等地，陈魁曾孙孟二郎、孟三郎由闽迁粤之程乡县（梅县）。至正年间，陈德兴（进士，诰授中顺大夫）迁迁嘉应州，为梅县陈氏开基祖，其后裔散居梅县、梅江区。后裔分迁于闽赣粤各地，宋末及元末辗转流入兴宁。另据梅县《陈氏族谱》载，陈德兴三世孙天房派下八世孙惠庆迁蕉岭顺岭村开基；地房派下十二世孙毓林、登兰迁蕉岭县各地。天房派下八世孙彦贵迁大埔，彦美迁五华；九世文良迁平远。三世地房派下十一世孙典迁兴宁。始祖德兴公九世孙文详为梅县洋门始祖。三世人房之九世孙辰迁五华县琴口。各派后裔分迁梅州各地。

元龙豪气；

华岳希夷。

【注】① 元龙豪气：典指陈登。陈登，三国下邳人，字元龙。举孝廉，建安中为广陵太守，有威名。曾慢待许汜，后许汜，与刘备共论人物，汜曰："元龙湖海之士，豪气未除。" ② 华岳希夷：典出陈抟。陈抟，五代宋初道士，字图南。中进士不第，隐居华山。宋太宗赐号"希夷先生"。

名高七彦；

计出六奇。

【注】① 名高七彦：典指陈琳。陈琳，汉末文学家，字孔璋，广陵人。为建安七才子之一。 ② 计出六奇：典出陈平。陈平，汉初阳武人。后为刘邦护军都尉，善用反间之计。《汉书·陈平传》载，陈平佐汉室，六出奇计。

投辖留客；

悬榻待贤。

【注】① 投辖留客：典指陈遵。陈遵，西汉杜陵人，字孟公。好待客，每会饮，取客人车辖（古代车上的零件）投井中，使客不得急返。② 悬榻待贤：典出陈蕃。陈蕃，东汉大臣，字仲举。任豫章太守，不接待宾客，唯徐稚至，特设一榻，稚去则榻悬起。

昌期五世；

望重三君。

【注】① 昌期五世：谓子孙昌盛。《左传·庄公二十五年》："懿氏卜妻敬仲，其妻占之，曰：'吉，是谓凤凰于飞，和鸣锵锵……五世其昌，并于正卿。'" ② 望重三君：典指陈寔。陈寔，东汉人，字仲弓，初为县吏，后任太丘长。有志好学，修德清静，与其子陈纪、陈谌并著高名，时号"三君"。

妫水源流远；

颍川世泽长。

【注】陈氏太始祖满，为舜帝后裔。周武王灭商后，追封前代圣王后人，并把女儿元姬嫁给妫满，封为陈侯（陈在今河南淮阳），子孙以国为氏。刘汉两代，世居颍川，后世遂以"颍川"为堂号。妫水，传尧帝将两个女儿娥皇、女英嫁给舜，让他们在妫汭河居住，他们的子孙即以妫为姓。

颍水波涵日月；

德星辉映山河。

矜射严慈杖下；

嫁姑懿范堂前。

【注】上联典出宋陈尧咨；下联指陈安节之妻王氏以厚赀嫁小姑。

> 尧咨母训子以仁，声随杖下；
>
> 安节妻分财不吝，时号堂前。

【注】① 尧咨母训子以仁：典指陈尧咨。陈尧咨，字嘉谟，宋咸平中进士第一。咨以气度自任，工书善射。出守荆南时，其母冯氏问以政，尧咨自矜善射。母怒曰："汝不行仁政，乃徒夸一夫之技。"因以杖击咨。② 安节妻分财不吝：典出陈安节。陈安节娶王氏，甚贤淑，岁余夫卒。有遗孤甫月，小姑年幼。王氏抚养有方，小姑长待嫁，王氏以厚礼嫁之。小姑不悦求分家财，王氏又慷慨与小姑。乡人甚敬，呼王氏为"陈堂前"。

栋对

> 义门传家，和聚三千口，世间第一；
>
> 文风遗范，同居五百年，天下无双。

【注】全联典出陈旺。陈旺，宋朝江州德安义门始祖，以孝悌治家，聚众三千余人，同居五百余载，历十九世。

> 淑气积名乡，山连泽，玉蕴珠藏，德门瑞踞金杯地；
>
> 徽声崇望族，春及秋，实贲花灼，福岭长成锦洞天。
>
> ——陈鄂荐

【注】上联典出东汉陈琳；下联典出汉陈平。

广东梅州程江扶贵陈氏宗祠门联

> 近阳春暖；
>
> 林苑花开。

栋对

> 肇始胡公，业树近林，惟孝惟友，祖德绵延垂后代；
>
> 源流闽省，奠基梅州，克勤克俭，孙谋丕振耀先人。

【注】陈氏始祖陈胡公的后裔近林公等继承先祖遗训，孝敬长辈，和睦友邻，祖宗恩德，福荫世代。先祖由福建迁到广东后定居梅州，在这里开基创业。世代裔孙发扬祖先勤劳俭朴之家风，诗礼垂训，希望后代大振家声，光宗耀祖。陈氏祠堂从近林公六世祖开基至今历经三百余个春秋。大门对联以近林公的名字嵌入联中，意为祖居风水宝地，世代枝繁叶茂，开花结果，兴旺昌盛。

广东梅州程江扶贵村漕碓溪陈氏宗祠联

漕溪毓秀；

孝友流芳。

漕溪琪花铺大地；

西山玉树擎高天。

漕拥扶贵揽日月；

溪枕西山卧虎龙。

登其门入孝出悌；

由斯路折矩周规。

孝友遗芳，此日声灵犹赫濯；

蘋蘩馨荐，他年富贵定联绵。

溯有德之大夫，德重光朝，百代诗书绵世泽；

念奇功於彝叟，功垂后裔，万年子孙仰鸿麻。

先大夫宦游东粤，驻节程乡，骏业宏开，看不尽兰芽桂蕊；

我祖考派衍西山，卜居扶贵，鸿图大展，培许多玉树琪花。

龛联

溯肯构于当年，支分宁化，派衍西山，绵绵延延，百世芳名传孝友；

绍箕裘于此日，农服先畴，士食旧德，绳绳继继，千秋钟毓盛漕溪。

广东梅州程江西山陈氏宗祠

门联

玉堂声价；

铜绶勋名。

【注】① 玉堂：汉殿名，金马玉堂，翰林院宇。② 铜绶：即铜制的印章。绶是丝带，系印纽上作为装饰。

传家诗礼流芳远；

继世簪缨积庆多。

【注】① 诗礼：《诗经》和《礼记》。这里泛指儒家经典学说。② 积庆：积善之家，必有余庆。

升此阶昭穆须知；

登斯堂祖宗宛在。

【注】① 昭穆：古代宗法制度，宗庙或宗庙中神主的排列次序，始祖居中，以下父子（祖、父）递为昭穆，左为昭，右为穆。② 斯：这的意思。

百代馨香锦祖德；

一堂俎豆庆宗功。

【注】① 馨香：烧香时的清香味。② 俎豆：原指祭祀时盛贡品的器具，泛指祭祀时的贡品。

孝心在即声容在；

明德馨斯稷黍馨。

【注】① 声容：声音和容貌。② 稷黍：指五谷制品。

尽诚敬之祖焉宗焉，洋洋呼如在其上；

序昭穆地子矣孙矣，济济者有闻其声。

龛联

昔先公之创造，开大业鼓鸿图，卜室卜年，休哉光增南海；

今后裔之盘踞，服先畴食旧德，俾昌俾炽，以延嗣振西山。

【注】① 卜：占卜。② 休：吉利。③ 南海：秦汉时期设郡县制，广东为南海郡。始祖德兴公登元朝进士，官南海郡。④ 服：服役，指劳动耕作。⑤ 食：传承之义。

⑥ 旧德：传统的美德。

广东梅州程江陈氏济济楼堂联

缔造几艰难，喜今朝堂构观成，燕翼贻谋绵世泽；

创垂之继述，愿后裔箕裘克绍，鸿图大展振家声。

【注】① 燕翼贻谋：祖宗及长辈善为儿孙谋虑。② 箕裘克绍：能够继承祖业。

广东中山南朗石门陈氏宗祠门联

祥山桂岭；

秀毓松墩。

【注】① 祥山："山"字疑误，应为"钟"字。② 松墩：长满松树的山丘。此借代石门村。

江西吉水八都下白沙陈氏祠联

源发颍川，派衍卅世，甲第郎官彰四海；

本开岳王，义居千载，乡贤名贾著八方。

【注】① 下白沙陈氏堂号称叙伦堂，宋朝元祐三年（1088 年）由九江迁徙至此开基，出自义门陈氏。② 岳王：指岳王镇位于太仓市中部，距市区 12 公里。至明成化年间，始建杨林新市，形成集镇，其形如鹤，故名鹤市、鹤王市，后改名为岳王镇。

江西修水陈氏宗祠联

聚星征太史之后，明德动天文，继述千秋思祖武；

表宅著义门之望，嘉祥熙帝载，本支百世播清芬。

——陈宝箴

【注】① 祖武：谓先人的遗迹、事业。② 义门：义门陈氏，亦称江右陈氏、江州陈氏。发源于江西德安县车桥镇。《中国姓氏通书》誉为"义门陈氏天下奇，百犬同槽奇中奇"。1996 年被世界吉尼斯纪录所确认。唐宋时期江州义门陈氏家族，创造了 3900 余口、历 15 代、330 余年聚族而居、同炊共食、和谐共处的世界家族史奇观，是中国古代社会中人口最多、文化最盛、合居最长、团结最紧密的和谐大家族，成为古代社会的家族典范，名动朝野。③ 熙：光明。古同"禧"，福，吉祥。④ 帝载：帝王的事业。

陈宝箴（1831—1900）： 谱名陈观善，字相真，号右铭，晚年自号四觉老人，义宁（今江西九江修水县）客家人。1852年乡试中举人出仕，文才、韬略和办事能力深为两湖总督曾国藩所赏识。后任浙江、湖北按察使，直隶布政使，兵部侍郎，湖南巡抚，时与许仙屏号为"江西二雄"。1895年在湖南巡抚任内与按察使黄遵宪、学政江标等办新政，开时务学堂，设矿务、轮船、电报及制造公司，刊《湘学报》。被光绪帝称为"新政重臣"，系清末著名维新派骨干，地方督抚中唯一倾向维新变法的实权派风云人物。后受到湖南守旧派王先谦、叶德辉的攻讦。

江西修水陈氏宗祠堂联

颍水溯真源，二千年积善累基，文范至今光史籍；

江州缅遗迹，百八庄同宗别派，义门终古衍家传。

——陈三立

【注】① 颍水：陈姓望族居颍川郡（今河南长葛）。② 百八庄：宋仁宗在文彦博等重臣上疏建议下，将义门陈人分迁全国72个州郡，分析大小291庄（另加43官庄）。从此，一门繁衍成万户，万户皆为新义门。③ 终古：久远。

陈三立（1859—1937）： 字伯严，号散原，义宁（今江西九江修水县义宁镇）人，近代同光体诗派重要代表人物。晚清维新派名臣陈宝箴之子，与谭嗣同、徐仁铸、陶菊存并称"维新四公子"，国学大师、历史学家陈寅恪之父，另一子陈衡恪为画家。陈三立被誉为中国最后一位传统诗人。

江西修水义门陈氏宗祠联

三千余口文章第；

五百年来孝义家。

——宋神宗

【注】这副楹联为宋神宗钦赐给义门陈氏的楹联。陈氏著名家族为义门陈氏，出自南朝陈宣帝第五子宜都王陈叔明五世孙陈旺之后。陈旺，唐开元十九年（731年）迁徙至江州浔阳县太平乡常乐里永清村（今江西德安县车轿镇义门陈村），建大宅第，十九代合族同居，是为江州义门陈氏。至宋嘉祐七年（1062年），二百三十年间，合家三千七百余口，有田庄三百多处。嘉祐七年七月，奉旨分析，按十二行派分析为大小二百九十一庄，遍布今赣、鄂、浙、苏、豫、皖、粤、川、闽、陕、晋、桂、琼、沪、津等十六省、市之一百二十五县、市（《中华姓氏源流大辞典》）。

宋神宗：赵顼（原名仲针），宋朝第六位皇帝，英宗和宣仁圣烈高皇后长子。

江西赣县白鹭吉塘陈氏宗祠联

昔年韦衣来章贡；

今日紫袍登颍川。

——文天祥

苜蓿不嫌风味淡；

游扬最喜道情真。

——文天祥

【注】① 这二祠联为文天祥撰。相传文天祥在少年时曾到赣县白鹭吉塘寻找父亲，并在此地就读三年，受到当地客家父老乡亲的热情照顾。后来，文天祥一举考上状元，不忘此恩，专程到吉塘看望乡亲。乡亲们兴高采烈，纷纷设宴相迎。适逢当地陈氏宗祠新近落成，大家就请他为该祠堂题联，文天祥欣然命笔，撰写楹联二副（今被赣县博物馆收藏）。② 韦衣：皮制的上衣。古时多为山野之民所服。以韦衣借指贫寒之士、平民。③ 章贡：章水和贡水的并称。亦泛指赣江及其流域。联中指赣县。④ 紫袍：古代公服。⑤ 苜蓿：一年生或多年生草本植物，可作饲料或肥料。马嗜苜蓿，故亦用作马的代称。明夏完淳《大哀赋》："嘶风则苜蓿千群。"⑥ 不妩：不漂亮。⑦ 游扬：宣扬，传扬。《史记·季布栾布列传》："仆游扬足下之名于天下。"

文天祥（1236—1283）：初名云孙，字宋瑞，一字履善。自号文山、浮休道人。江西吉州庐陵（今江西吉安市青原区富田镇）人，宋末政治家、文学家，爱国诗人，抗元名臣，民族英雄，与陆秀夫、张世杰并称为"宋末三杰"。宝祐四年（1256 年）状元及第，官至右丞相，封信国公。于五坡岭兵败被俘，宁死不降。至元十九年（1282 年）十二月初九，在柴市从容就义。著有《文山诗集》《指南录》《指南后录》《正气歌》等。

江西赣县阳埠黄沙陈家祠联

益本乎谦，妫汭家风传孝友；

恭而有礼，江州门第贵雍和。

【注】① 妫汭：古水名。相传舜当天子之前，帝尧把两个女儿嫁给他，让他

们在妫汭河边居住，他们的子孙留在妫汭河边一带的，就是妫姓。周武王灭商后，追封前代圣王的后人，找到了舜帝的后裔妫满。周武王把大女儿太姬嫁给了妫满，封他为陈（在河南淮阳）侯，让他奉守舜帝的宗祀。妫满死后，谥号陈满公，这就是陈姓的血缘世祖。② 雍和：融洽，和睦。

江西上犹营前陈氏宗祠联

文范传芳，世世名绩载青史；

世德垂徽，代代鸿志谱春秋。

【注】上犹县营前镇陈氏宗祠始建于元末明初，距今六百余年。

江西兴国潋江陈家祠门联

三朝将相勋臣第；

九世和同义士家。

【注】① 三朝将相：陈氏祖先陈洪进历唐、五代、宋三朝，皆为将相，宋太祖赵光义赐其谥号"忠顺王"。② 九世和同：陈氏高祖霸先公，受后梁禅位，立陈国为武皇帝，此后九世子孙皆为王侯。和同，即和睦同心。③ 义士家：陈洪进治家严谨，据说有一年旱灾，一盗贼夜入其家，蜷伏在梁上打算偷点财物，陈洪进察觉后，召集全族子孙训话，教大家要读书习艺，否则将来会落得跟这位梁上君子一样的境地。盗贼闻言，慌忙跃下拜伏请罪。陈洪进没有将盗贼治罪，反而资助其谋生，后人称其为义士之家。

附记：竹坝村位于兴国县城潋江东岸，翠竹青青，古树参天。陈氏从宋朝开封迁此建村。村口是一个宽大雄伟的青砖祠堂，名叫德星堂。祠堂以纪念陈氏祖先陈洪进而得名。坝南陈氏南宋末年从河南迁居于此，明初永乐年间建祠，请三僚风水名师廖均卿择址定位。背后祖山为兴国名山方石岭（又名统制山），前朝平川，右侧文峰有朱华塔，后有东河，左侧青龙北河合江，形似玉带缠腰。

传家有二难，兄友弟恭，德里义门承燕翼；

衍派弥三邑，孙贤子肖，秋霜春露效凫趋。

——陈奇涵

【注】① 二难：颍川陈寔的两个儿子陈元方和陈季方因为品行高洁，朝廷皆授以高官。后来两个孙子争谁的父亲更好，让祖父陈寔评说。陈寔说："元方难为兄，季方难为弟，他俩的功德都很高，难以分出上下啊！"后"难兄难弟"，谓兄弟皆佳，

难分高低。② 恭：谦逊有礼。③ 肖：孝。④ 秋霜春露：比喻恩泽与威严。也用于怀念先人。⑤ 凫：野鸭。

江西石城屏山陈坊陈氏宗祠联

> 一科三赴宴；
>
> 两榜四登贤。

附记： 屏山镇位于石城县西南部，屏山圩距县城17公里。东连珠坑乡，南与横江镇、龙岗乡、大由乡相接，西邻宁都县固村乡，北靠琴江镇。琴江河自北向南贯穿境内。屏山陈坊陈氏宗祠，坐落于约6平方公里的小盆地西侧，坐西朝东，四周山峦宛若莲花形状。宗祠富丽堂皇，别具一格。厅堂两厅五井式，十分大气。其开族祖为福建宁化县令陈彦升，族人称为"二八公"。

> 三台秀毓良溪，俎豆馨香奕祀；
>
> 一脉源流颍水，箕裘事业千秋。

【注】三台：星官名，亦称"三能"。共六星，属太微垣。三台象征正直、通洽。

> 同姓同井同乡，仁让孝慈，无忝颍川世胄；
>
> 时陈时设时荐，整齐严肃，恰遵文惠宗规。

【注】无忝：不玷辱，不羞愧。

> 栋接干霄乔木，叶茂根深，矗矗华亭芝阁；
>
> 门临如带清溪，流长源远，迢迢妫水颍川。

【注】妫水：唐虞时代的舜帝，是陈氏的血缘亲祖。相传舜当天子之前，帝尧把两个女儿嫁给了他，让他们在妫河边居住。他们的子孙留在妫河边一带。

> 衍鸿绪于琴阳，轶后超前，德业巍巍光牒谱；
>
> 绥思成于令序，陈彝列鼎，骏奔济济耀宗祊。

【注】① 鸿绪：大统，王业。② 轶后超前：形容独一无二，无与伦比。③ 令序：犹佳节。④ 陈彝列鼎：彝、鼎，古代盛酒的器具，亦泛指宗庙祭器。陈彝列鼎，谓陈列置有盛馔的祭器。

> 作宰仰贤能，名宦贻谋，五百年清白子孙，甘棠留荫；
>
> 并屯兼转运，良家美誉，数十世勤劳军国，卜凤延祥。

——黄颖

【注】① 作宰：原来指作宰相（辅佐皇帝的近臣），泛指为官的人。② 甘棠：《诗经·国风》中的一首古诗。全诗由睹物到思人，由思人到爱物，人、物交融为一。《甘棠》一诗的主旨，均认为是怀念召伯的诗作。许多民间传说和地方志资料也都足以证明召公听讼甘棠树下的故事流播广远。召伯南巡，所到之处不占用民房，只在甘棠树下停车驻马、听讼决狱、搭棚过夜，这种体恤百姓疾苦、为民众排忧释纷的人，永远活在人民心中。③ 卜凤：春秋齐国懿仲想把女儿嫁给陈敬仲，占卜时得到"凤皇于飞，和鸣锵锵"等吉语。后因以卜凤为择婿的典故。

黄颖（1769—1843）：江西石城人，名永颖，字遂才。清代嘉庆十六年（1811年）进士，任湖北应城县知县。

> 启后本诗书，出有循吏，入有醇儒，在昔人文高颍水；
> 承先首忠孝，外则尊王，内则敬祖，于今望族重良溪。
>
> ——陈国香

【注】① 循吏：奉公守法的官吏。② 醇儒：学识精粹纯正的儒者。

陈国香：清代拔贡，石城琴江镇人。曾任浙江嵊县、钱塘县、石门县知县。

> 德业从妫水发祥，铭彝鼎，建旗常，翁仲千年濡雨露；
> 人文自锦屏致彦，袭龙章，传玉带，孙枝奕叶荐苹蘩。

【注】① 旗常：王侯的旗帜。② 翁仲：原本指的是匈奴的祭天神像，大约在秦汉时被汉人引入关内，当作宫殿的装饰物。初为铜制，号曰金人、铜人、金狄、长狄、遐狄，后来专指陵墓前面及神道两侧的文武官员石像，成为中国两千年来上层社会墓葬及祭祀活动重要的代表物件。除了人像外，还有动物及瑞兽造型的石像。③ 龙章：喻不凡的文采、风采。

> 明道首明伦，愿长幼尊卑，各尽友恭孝慈，庶颍水宗风不远；
> 正家先正始，期富贵贫贱，咸敦礼让廉耻，斯义门里俗犹存。

【注】明伦：明了伦理道德的条理。

> 自三恪作宾以来，有名宦、有理学、有神仙，仰前贤更期接踵；
> 由五世卜昌而后，为封侯、为状元、为宰相，溯列祖尤冀追踪。
>
> ——陈梦祥

【注】① 三恪：周朝新立，封前代三王朝的子孙，给以王侯名号，称"三恪"，以示敬重。周封三朝说法有二。一说封虞、夏、商之后于陈、杞、宋；一说封黄

帝、尧、舜之后于蓟、祝、陈。后世帝王亦多承三恪之制。② 五世卜昌：五世之后，子孙昌盛。旧时用以祝人新婚。

陈梦祥：文士，清代阳都人。

纠宗绥族，爱有斯堂，太史氏振笔特书，笃伦欤孝友睦姻任恤；

附凤攀龙，务修厥具，传宣官插花香宴，梯云者诗书礼易春秋。

　　　　　　　　　　　　　　　　　　——陈露

【注】① 太史氏：官名。西周、春秋时太史掌记载史事、编写史书、起草文书，兼管国家典籍和天文历法等。② 任恤：谓诚信并给人以帮助同情。③ 传宣官：传达号令的官吏。④ 梯云者：不假于物，踏云为梯，称能登天的人物，比喻取得功名者。

陈露：明朝贡士。

光旧业再造斯堂，溯祖宗功德孔和，历水火劫兵，愈壮良溪物望；

拓宏规善继乃志，期子姓忠孝相勉，绍衣冠盛族，无忘义里家声。

【注】孔和：孔，深远，大。和，无字义，仅为衬字。孔和，即巨大。

衍支派一脉源流，昭玉帛笙簧，我先人世德作求，仰继述堂中，幸承祖荫；

肃春秋千年俎豆，焕衣冠文物，予小子菲才滥厕，冀凤凰池上，咸沐君恩。

　　　　　　　　　　　　　　　　　　——陈同威

【注】① 玉帛：指带有玉室标记饕餮纹的玉器和像藏族哈达那样的白色丝巾，在古代是"诸侯亲如兄弟、大家共尊天子"的标示物，用作诸侯国之间、诸侯与天子之间见面时互赠的礼物。② 笙簧：这里泛指乐器。③ 菲才：浅薄的才能。多用作自谦之词。④ 滥厕：谓混充其间。⑤ 凤凰池：禁苑中池沼。魏晋南北朝时设中书省于禁苑，掌管机要，接近皇帝，故称中书省为凤凰池。

陈同威：江西石城丰山乡大琴村人，清代进士，江南宿松县知县。

德崇道广，树芳标，阅汉史简既盈编，瞻庙貌巍峨，宜先代科名鹊起；

武纬文经，推望族，际清时筹堪历数，看才峰簇发，知后贤甲第蝉联。

　　　　　　　　　　　　　　　　　　——何岳

【注】① 简既盈编：简，竹简，这里指文章。文章已经可以满满地编成册了。② 筹堪历数：筹，也称算筹，古代一种计算用具。堪，能，可以，足以。历数，指帝王继承的次序。用算筹计算，能够推算出朝代的更替时间。

何岳：江西广昌盱江镇人，曾任广昌县知县。

弹咏琴堂成雅化，盛德攸崇，斯庙宫墙峥嵘，数十世后，赫赫仰翠华贤令；

匡襄王事运漕粮，懋功必奖，春秋露霜享祀，三百年余，绵绵笃颍水曾孙。

——伊名世

【注】① 攸：用在动词之前，构成名词性词组，相当于"所"。② 匡襄：辅佐，帮助。③ 王事：王命差遣的公事。④ 漕粮：我国封建时代通过河运和海运由东南地区漕运至京师的税粮。⑤ 懋功：大功。

伊名世：邑廪生，明代江西宁都人。

由良村肇迁以来，子姓聚族云蒸，缅想金桃入梦，翙凤傅天，几许秀髦耆英，雅雅鱼鱼，岂止光昭八世；

自始封发祥而后，甲第联标霞起，重教芝阁摛华，墨梅挼藻，无数声名文物，洋洋洒洒，遥知佑启千秋。

——雷铉

【注】① 良村：陈坊古名良村。② 傅天：靠近，迫近天空。③ 秀髦耆英：秀髦，优异杰出之士。耆英，对高年硕德者之称。④ 雅雅鱼鱼：形容车驾前行威仪整肃的样子。⑤ 摛华：即摛藻，铺陈辞藻。意谓施展文才。⑥ 挼藻：铺张辞藻。

雷铉：文士，清代福建宁化人。

木本蒂自元明，几许秀髦耆英，占符翙凤，梦叶金桃，数里沙堤联甲第；

支派分由赣石，无数声名文物，藻挼墨梅，华摛芝阁，累朝彝鼎焕龙章。

——赖起祚

【注】① 占符翙凤：翙，翙翙，鸟飞的声音。凤凰飞翔，是祥瑞的征兆。② 赣石：江西石城。

赖起祚：清代布衣文士，福建宁化人，生平无可考。

溯妫水肇祀芳型，自昔锦屏致彦、家世平章，翙翙锵锵，久美和鸾威凤；

谒翠华解组名宦，至今甘棠有荫、士庶碑铭，赫赫濯濯，欣看紫绶霞章。

【注】① 平章：平正彰明。② 翙翙锵锵：《诗·大雅·卷阿》："凤凰于飞，翙翙其羽。"字面指凤和凰相偕而飞。后用以比喻夫妻合欢恩爱。常用以祝新人幸福美满和鸣。③ 赫赫濯濯：赫赫，显著盛大的样子。濯濯，光明。④ 紫绶：紫色丝带。古代高级官员用作印纽，或作服饰。⑤ 霞章：文采斐然。

江西吉水八都下白沙陈氏叙伦堂匾配联

崇祖克勤克俭守真传；

教子唯读唯耕开新天。

恪守孝悌，忠信承祖训；

谨记礼义，廉耻延家风。

叙宗情，一派兴荣传万代；

伦次序，满堂上下共千秋。

福建宁化石壁陈氏宗祠堂联

焕政事文章，盐铁使光颍郡；

秉仁风德品，节操誉重麟台。

【注】① 全联指宁化城郊、石壁陈氏开基始祖陈晚秀。② 盐铁使：唐代后期主管盐、铁、茶专卖及征税的使职，至后唐明宗长兴元年，盐铁使与度支、户部二使合为三司使。③ 颍郡：即颍川郡。④ 麟台：唐朝的官署名，武则天天授年间曾改秘书省为麟台，神龙元年（705 年）复原名。⑤ 全联的意思是，晚秀任盐铁使期间，行事果断、才华超群、公正廉洁，不仅在麟台享有声誉，而且光耀了颍川郡陈氏家族的门庭。

福建永定高陂上洋陈氏宗祠堂联

筑室畲子孙之耕，忠孝吾宝，经史吾田，世泽流颍川一派；

登堂序兄弟之乐，道德为师，金玉为友，家声继妫水千秋。

【注】① 上联的"畲"原联写成上"入"下"田"合一字，《汉语大字典》收录此字，但音义不详。从上下文意推测，当作"畲"字，音余，有刀耕火种之意。陶渊明《和刘柴桑》诗："茅茨已就治，新畴复应畲。"② 颍川：东汉名流陈寔，字仲弓，汉和平元年（150 年）为太丘长，徙居颍水边，死后封文范先生，追封颍川侯，其裔孙即以颍川为陈姓郡望。③ 妫水：舜帝是陈姓的远始祖，舜建都于蒲坂（今山西永济虞乡），蒲坂附近有历山、妫水。借用妫水，说明陈姓是舜帝之苗裔，源远流长。

和家由厚德；

鸣世著元音。

和气满阶前，弟恭兄友；

鸣泉歌槛外，玉响金声。

【注】第一联指因有厚德，家庭才能和睦，因有善音（做善事），才能名于当世。《易·乾》："元者，善之长也。"后因称善良的人为元，如元良，大善之人。第二联"槛外"是栏杆外，与"阶前"对。两联都表达了对平和吉瑞的祝福和祈望。

欣庆和平，门迎紫气；

睦敦仁让，堂霭清辉。

【注】本联嵌"欣睦"堂名。

插天桥梓植雍宫，竹苞松茂，群羡王朝桢干；

瑞世凤鸾巢上苑，鸟革翚飞，旋看云路羽仪。

【注】① 桥梓：典见《尚书大传·梓材》："南山之阳有木名桥，南山之阴有木名梓。……桥木高而仰，梓木晋而俯。""桥者，父道也；梓者，子道也。"后称父子为桥梓。② 竹苞松茂：源出《诗·小雅·斯干》："如竹苞矣，如松茂矣。"比喻兄弟相好。③ 鸟革翚飞：典自《诗·小雅·斯干》："如鸟斯革，如翚斯飞。"鸟革，指鸟翅，指栋宇的宏壮像鸟类举翅。翚（huī）飞，指栋宇的檐阿有华彩，形势轩张，像雉鸟比飞。

德如良玉，看水媚山辉，允矣圭璋闻望；

学治丹田，喜礼耕义种，庶几华实春秋。

【注】① 德如良玉：像珍视良玉一样珍惜德行。② 允矣：正应该如此。③ 圭璋闻望：圭璋是美玉，喻人才；闻望，同"闻达"，受称誉之意。④ 华实春秋：即春华秋实。用心治学，用礼义耕心田，就必定能开花结果，永垂世业。

怡自读耕，三槐叠庆；

和由勤俭，万象更新。

【注】联冠楼名。怡和是一种欢乐心态，它来自于学业的精进和持家的勤俭。三槐：周代宫廷种有三槐树，朝见天子时，三公面向槐树而立，后以三槐比三公一类高官。宋王旦之父祐在庭院中手植槐树三棵云："吾之后世，必有为三公者。"

果然其子王旦成为宋代名相，时称三槐王氏。三公，辅助国君掌管军政大权的最高官员，周以太师、太傅、太保为三公，西汉以大司马、大司徒、大司空为三公。

> 德积兰台，希贤诗礼勤耕读；
>
> 星辉北斗，乐善子孙庆绵延。

【注】① 兰台：本为汉代宫廷藏书处，唐人诗文中以掌管朝廷文书的秘书省为兰台。② 希贤：以贤人为榜样。③ 全联嵌"德星"堂名，由堂名引出修身进德，希贤乐善，以期光宗耀祖的主旨。对仗工整，蕴涵厚重。

> 五亩地，万卷书，宜耕也，宜读也；
>
> 四围山，一溪水，或樵夫，或渔夫。

【注】与其他堂联比，此联散发出淡泊名利的悠闲清新之气韵。全联用散文笔法，天然去雕饰，很有特色。上联"耕"与"地"应，"读"与"书"对应。下联"樵"与"山"对应，"渔"与"水"对应。

> 乐循天道；
>
> 善与人同。

【注】嵌"乐善"堂号。乐循天道：按照自然规律，天人合一，就能快乐闲适，这是道家所提倡的。本联字简而意深，值得玩味。

福建永定高陂陈氏大夫第祠联

> 门前挺秀峰为案；
>
> 楼后环青树作屏。

【注】楼处于青山绿树之中，主人以峰当案，以树为屏，增加几分浪漫，颇有几分诗情画意。

福建永定高陂睦邻陈氏祠联

> 仁孝溯家传，无怠无荒，蔼蔼敦伦皆迪吉；
>
> 本源叨祖荫，有典有则，兢兢作德并承休。

【注】兢兢：小心谨慎，认真负责。作德：注重道德修养。承休：承受祖宗带来的美善与吉利。联冠堂名，雍容典雅。

福建永定高陂上洋陈氏大宗祠联

> 颍水源流远；
>
> 虞山世泽长。

【注】① 上联陈述颍川郡望的由来。公元前1100年，周武王灭商，大封帝王之后，封舜帝三十四代嫡孙妫满（胡公满）于陈丰氏故地——陈（今河南开封东、安徽亳州北），并把长女大姬许配给他，建诸侯国陈，都城宛丘（今河南淮阳县），妫满裔孙以陈为姓。陈经600年沧桑，亡于楚。公满本支繁衍的齐国第二十五世孙田建的第三子田轸为楚国丞相，封为颍川侯，并迁至河南颍川，复改姓陈，故陈姓以颍川为郡望。② 下联的"虞山"，或指陈姓远始祖虞舜帝，舜帝之子商封于虞，虞山在今山西运城。此为陈姓祖祠通用之联，赞颂陈氏家族之源远流长。

福建永定高陂黄田陈氏院溪祠联

> 下榻之庭，高士再瞻仲举；
>
> 聚星之野，贤人已卜太丘。

【注】① 下榻之庭：典指东汉陈蕃。陈蕃，字仲举。为太守时在郡府不接待俗客，却特为南阳高士徐稚（字孺子）设一榻（坐椅），待之如上宾，徐稚离去时，就把榻悬挂起来。② 太丘：指代陈寔。陈寔，字仲弓，生于汉和帝永元十六年（104年），汉桓帝和平元年（150年）为太丘长，徙居颍水边。在乡间平心率物，凡有争讼，辄为调解，劝导为善。人称"宁为刑罚所加，毋为陈君所短"。

福建永定高陂上洋陈氏大宗祠堂联

> 大邑传来淑气多，妫水洋洋，长衍南寨北门之泽；
>
> 芳墩聚处贤声茂，德星灿灿，倍增西台东壁之光。

> ——陈敬亭

【注】① 妫水：指北京延庆的永定河支流。② 南寨：指延庆南寨坡。③ 北门：指北京八达岭长城，有"北门锁钥"之称。④ 西台：御史台的通称。⑤ 东壁：指皇宫藏书之所，古有"东壁图书府，西园翰墨林"之谓。

> 孙谋自南寨贻来，二代迁杭，科甲芳声传世族；
>
> 祖籍从西门分下，五房属永，本支和气奉春秋。

> ——陈中谠

【注】① 南寨：指长汀城郊南寨。② 西门：指长汀西门白云铺，著名的汀州八景之一龙山白云即此。

> 庙枕东山，一屏拱秀；
>
> 门朝北阙，两水钟灵。

【注】上联指宗祠背靠永定高陂上洋山，这扇屏风十分秀丽。下联指宗祠大门朝北，迎面有两条溪流，风水极好。

派溯颍川，自汉以下，历前后六七朝，欣逢谱牒成编，忆祖德绵延，当共守二难家法；

居依慈水，由浙而来，计东南四千里，幸值金沙赞治，愿宗贤蔚起，永无忘三恪神明。

——陈景墀

自汉时文范起家，声闻遍寰区，历晋而隋而唐，稽简册之辉煌，艺苑儒林，咸仰祖功宗德；

迄宋代义门分族，子姓满天下，由汀而杭而永，睹衣冠之肃穆，秋霜春露，当思异派同源。

——陈邦瑞

【注】全联叙述陈氏获赐"义门"及义门分族的来龙去脉。胡满公第四十三世有东汉名流陈寔，字仲弓，徙居颍水边。陈寔与长子元芳（纪）、四子季芳（谌）时称"三君"。有次时逢灾荒，盗贼爬至他家梁上，被陈寔发现了，他呼喊儿子起来，并说："人不可不自勉，不善之人未必本恶，习以性成，遂至于此。"盗贼听了，伏地认罪，陈寔也就放了他，成语"梁上君子"本此。陈寔死后，谥文范先生，建德星亭，追封颍川侯。其后裔即以陈寔为颍川郡一派始祖。唐玄宗开元十九年（731年），陈旺任江州德安县知事，将家迁至德安县常乐里永清村（今江西九江德安县东桥乡），耕读传家，孝义相处。唐昭宗大顺二年（891年）诏赐"义门"。宋仁宗天圣四年（1026年），义门陈氏达3700余口，13代未分家，同居共炊，这是人间罕有奇迹。宋仁宗嘉祐七年（1062年），大臣文彦博、包拯上书云"（义门）朝野太盛"，恐危及朝廷。仁宗下旨"分庄"，翌年依房支拈阄分迁全国291庄。陈旺第九代裔孙陈魁，因官汀州，诏令在宁化石壁立庄。陈魁三子嵩、五子峰之后裔迁入上杭。这是一对长联，叙述祖宗蕃衍来历，主旨在"仰祖功宗德"，"思异派同源"。

福建上杭下都象栏陈常公祠联

常怀孝义，报本效忠，一腔正气承先德；

公正廉洁，浩气长存，赤胆诚心启后人。

【注】此联颂陈姓下都开基祖常公的德行，联嵌"常公"二字。

广西陈氏宗祠联通用联

太丘德望；

颍水渊源。

【注】① 太丘：指东汉陈寔。寔曾为太丘长，修德清静，百姓以安。世称"太丘长"。② 颍水：地名，在河南，指陈姓望出颍水之地。

鼎甲绵绵接武；

春魁世世光宗。

【注】上联典出宋代陈文忠、陈文肃兄弟，先后中状元。下联典指明代状元陈安、陈循、陈谨等。

卧元龙之楼，耿耿济时伟略；

读孔璋之檄，岩岩经国文章。

【注】上联典出三国陈登。元龙，陈登字。下联典出三国陈琳。孔璋，陈琳字。

广西北海璋嘉村陈氏宗祠门联

家声传颍水；

庙貌壮廉湖。

【注】廉湖：即北海璋嘉村不远之湖，现归广东湛江市管辖。

堂联

地毓鸿才，允宜髦士奉璋，嘉德无违隆享祀；

天垂象巍，还冀史官载笔，贤人复聚证祥符。

【注】上联说这里地灵人杰，出才人、享高寿，教导后人不要忘记隆重地祭奠祖宗。联嵌"璋嘉"二字。下联用三国史学家陈寿之典说明这里的陈氏是陈寿的后人，期望上天复聚祯祥，以出这样伟大的人才。

广西柳州柳城大穴岭陈氏宗祠堂联

祖脉梅州千载盛；

孙居柳邑万年兴。

【注】陈氏宗祠在柳州柳城县沙埔镇沙埔村大穴岭屯，建于清光绪三十二年（1906年）。以"颍川"为堂号。

广西柳州柳城长塘陈氏宗祠联

渭水家声远；

颍川世泽长。

【注】此为两旁木刻联。说陈氏的家声和世泽。下联说舜之后妫满，周初封于陈，春秋陈国，建于颍川（今河南淮阳）。

广西柳州融安西村陈氏宗祠联

世系出姚圩，历虞夏商周，姓氏至胡公而始著；

支流分三水，溯高曾祖考，渊源自簪子以从来。

【注】此为厅门木刻联。说本支陈氏的世系和分支，来自广东三水。据其族谱记载，陈氏族人明末清初从广东三水迁来，至今已历14代。

宗功至大，祖德无边，果能不忝所生，即算是酬恩报德；

国难方殷，人民有责，岂止仅承祀典，便喊做肖子贤孙。

——陈宗平

【注】这副堂联训勉后人酬恩报德，做肖子贤孙。

陈宗平（1893—1941）：广西融安人，广西省立桂山高中毕业。曾在广西南丹、柳城等县中学任教。

儿孙济济满堂，溯本追源，出处莫忘三水县；

宗祖皇皇在上，前班后辈，回看还是一家人。

——陈宗道

【注】此为宗祠香框联，告诫后辈不忘祖德。

陈宗道（1900—1960）：广西融安人，高中文化，曾任教师。1944—1945年被群众推选为大良乡抗日自卫队队长。

广西桂林阳朔金宝乡陈氏宗祠联

遵循孝义恢先绪；

大振家声诲后人。

【注】此为门联，训勉后人遵循孝义，大振家声，做肖子贤孙。

溯族训之眈眈，日读日耕非强所难，后人如何不自勉；

念家声之濯濯，肯堂肯构有基务怀，致懿当戒苟偷安。

——陈宏谋

【注】联说本支陈氏族训家风。肯堂肯构：典出自《书·大浩》："若考作室，既底法，厥子乃弗肯堂，矧肯构？"肯，愿意。堂，奠立堂基。构，架屋。比喻儿子能继承父业。

陈宏谋（1696—1771）：字汝咨，号榕门，广西桂临桂人，祖籍广东和平县林寨，清代雍正、乾隆时期重臣，历官四十八年，官至东阁大学士，位及一品。

高祖当朝一品；

玄孙及第三元。

——陈继昌

【注】上联说陈宏谋；下联说陈继昌本人。

陈继昌（1791—1849）：字哲臣，号莲史，广西桂林临桂人，清代名臣陈宏谋的曾孙。历任翰林院编修，云南主考学政，翰林院侍读，江西巡抚和直隶、甘肃、江宁布政使以及江苏巡抚等职。

广西贺州临贺故城陈氏宗祠联

奉先思孝；

聚族于斯。

【注】此联告诫后辈不忘祖德。奉先思孝，典出《书·太甲中》："奉先思孝，接下思恭。"侍奉先祖，思虑孝顺，奉劝人要孝敬祖辈。

广西贺州桂岭竹园陈氏宗祠联

汉廷丞相；

唐室诸生。

【注】上联说汉代陈平。陈平，秦末先投项羽，为都尉；后归刘邦，任护军中尉，相传曾为刘邦六出奇计。汉朝建立，被封曲逆侯。惠帝、吕后、文帝时任丞相。

相才自古推三杰；

史学而今重四明。

【注】联说陈氏的相才及史学名家。

分氏族于西周，尊祖敬宗，赖有榕门恢相业；

念家山于东粤，经商作客，欣从桂岭订同盟。

【注】榕门相业：指桂林陈宏谋。陈宏谋，字汝咨，号榕门，清代雍正、乾隆时期重臣，历官四十八年，官至东阁大学士，位及一品。

颍川之统绪犹存，常怀才坛六奇，名高七彦；

粤峤之声灵罔替，曾记规遗五种，第及三元。

【注】第及三元：指桂林陈继昌。陈继昌，从嘉庆十八年到二十五年，他先后参加乡试、会试和殿试，均获第一。

系自大邱来，贻厥孙谋，继继绳绳，百代徽音昭燕翼；

祠依临贺建，亨于祖考，绵绵蛰蛰，千秋伟业绍元龙。

【注】上联说本支陈氏郡望；下联说本支陈氏在临贺安居。

广西贺州钟山英家陈氏宗祠联

卿云歌圣祖；

德曜聚新祠。

【注】联说本支陈氏不忘祖德。

满祠春气梅花馥；

万派渊源颍水长。

【注】联说本支陈氏世泽源远流长。

广西北海合浦曲樟陈氏宗祠联

圣世兴贤，知德庇圭璋，嘉言罔伏；

宗祠崇祀，睹香升俎豆，式礼莫愆。

【注】联说这支陈氏不忘祖德。

广西博白柑子园陈氏宗祠联

祠宗妫水；

堂聚德星。

【注】上联说陈氏源流。妫水，舜为帝之前，居妫汭河。西周武王封舜帝的后裔胡公妫满于陈国，陈国被灭后，其后人遂以陈为姓氏。下联说本支陈氏堂号为德星堂。

> 由宋代迄区朝，历六七百年，翼翼绵绵，功德如今昭日月；
>
> 自天台来博邑，传二三十代，绳绳继继，蒸尝此后受乾坤。

【注】上联说本支陈氏从宋代至今历经数百年。下联说本支陈氏由天台迁来博白，已几十代安居乐业。

广西博白松旺陈氏宗祠联

> 币捐中贵，衣引直臣，想前人炳炳粼粼，光昭史册；
>
> 榻下高贤，辖投上客，愿后裔绳绳继继，丕振家声。

——陈铭枢

【注】上联说光大祖业；下联说振兴家声。

陈铭枢：广西合浦人，民国陆军上将，曾任广东省国民政府主席、代理国民党政府行政院长。中华人民共和国成立后，任全国人大常委、全国政协常委。

广西博白松旺璜球陈氏宗祠联

> 三百年共本分支，木有根，水有源，继继绳绳，弓冶箕裘传博邑；
>
> 十四代一堂合食，左为昭，在为穆，雍雍肃肃，牺牲玉帛荐璜球。

【注】联说这支陈氏来到博白已有三百多年历史，璜球村有十四代，枝繁叶茂。

广西博白亚山民富陈氏宗祠联

> 历山降秀，数不尽虞舜孝忠，文范慈怀，弘谋仁政，且看继昌三元及第，辈出精英，宗功祖德弘扬，云蒸霞蔚流芳远；
>
> 妫汭毓祥，欣赏些清湖美景，绿含彩凤，蓝靛飞泉，漫滋薰炽双角横岚，衍绵巨族，福禄人文蔚起，子孝贤孙继世长。

【注】这支陈氏与桂林临桂陈宏谋家族是一家，联中弘谋仁政、继昌三元及第均为该族文事。

台湾屏东陈氏宗祠门联和堂联

祠联小序：台湾陈姓人家大都从广东梅州蕉岭塘福岭、新铺等地迁徙去台。为纪念陈氏来台开基祖陈芳兰、陈芳炳兄弟，故除用先祖"颍川""德星"等堂号外，又新创立"福岭"等堂号，以示纪念，永怀祖德。

越国家声远；
颍川世泽长。

福岭家声远；
颍川世泽长。

武星光秀气；
福岭启文峰。

福岭家声远；
大邱世泽长。

鸿鉴世第远；
奕代宫袍长。

颍水家声远；
川流世泽长。

累朝高榻笏；
奕代美宫袍。

星光辉北阙；
聚族振南天。

颍水昭前烈；
川流启后贤。

颍水家声远；
莲塘世泽长。

颍水家声远；
大邱世泽长。

勤俭传家法；
谦和处世情。

颍川流令绪；
福岭表芳踪。

颍水波涵日月；
德星辉映山河。

颍水波涵日月；
庚星辉映山河。

颍水波流涵日月；
川流势涌接乾坤。

棘阁校士流芳远；
太史占星世泽长。

朱衣捧日新世第；
太史占星旧家声。

星光影照平安宇;
聚入华堂天下明。

颍水风徽传世德;
川流济美献华堂。

石自颍川谱盛远;
城跨大邱脉秀长。

颍水堂前龙绕室;
大邱岭上凤栖梧。

颍福文笔展倚昌;
川达宇开秀意隆。

颍水渊源垂统绪;
大邱德望振家声。

星光普照千秋祀;
聚族子孙万年兴。

百年燕翼惟修德;
万里鹏程在读书。

福岭移来新世第;
大邱遥接旧家风。

颍川金璧流芳远；

大地云霞世泽长。

颍水移来新世第；

大邱远接旧家声。

颍水流传兴百世；

经山奕业肇千年。

颍水家声新世第；

川流福地永万年。

颍水风徽传世德；

川流济美献华堂。

星光辉映山河久；

聚集贤英日月长。

颍水波中金龙南献；

压山岭上飞凤朝阳。

颍高极世规钦崇祀典；

川宗义经训笃念伦常。

祖宗功德，荫庇后代恒远大；

孙贤会孝，书香继述永绵长。

【注】以上台湾陈氏宗祠门联显示，台湾陈姓人家大部分是从广东梅州市蕉

岭（原叫镇平县，旧属福建）迁徙去台的。祠堂联将"颍川""颍水""福岭""大邱""星聚"等堂号嵌入联首和联中，述说他们怀念先祖，并告诫后人不忘家族先贤美德。以祖先的光辉典范来激励后裔，充分体了客家人厚重的儒家文化思想。联语中"福岭""莲塘"等都是陈姓人大陆的故乡蕉岭地名。麟洛田心村的陈姓人家，是由蕉岭县金丰乡塘福岭迁徙来台的。因此，"福岭"指的是"塘福岭"（即新铺，旧辖属广东镇平县）。陈姓后裔，为纪念来台开基祖的功绩，便将先人原乡"福岭"嵌入联语之中，永矢弗谖。"莲塘"，则有莲塘头（现亦属蕉岭）、莲塘背（现属蕉岭白马乡）、莲塘里（现辖属蕉岭金沙乡）。另外，竹田乡竹南村的陈姓乃迁自尖坑，即今天的蕉岭县同福乡，是屏东六堆地区陈姓人来台开基祖的大陆原乡。

台湾屏东万峦陈姓星聚堂栋对

> 朝金殿、驾金鞍，金沙渊源，镇邑迁移台岛处；
> 基大塘、建大业，大邱世泽，四沟远接颍川流。

【注】此联说明家族自广东蕉岭县金沙乡的金鞍、金沙、大塘，迁来台湾屏东万峦乡的四沟水。

> 气象喜重新，凰彩龙雕，扩大塘礼乐，家声寓冀，箕裘承继美；
> 规模仍依旧，山明水秀，启四沟诗书，世泽总期，兰桂尽腾芳。

> 繇福岭数千里而来，跨山越海，辟地开基，念前人创业艰难，食畤服旧延世泽；
> 启田心亿万传之盛，古制犹存，新猷厥焕，愿后裔持身谦让，横经愤读大门闾。

【注】据麟洛田心村陈氏宗祠《十八世田心开基始祖陈芳兰派下系统图表·序言》，麟洛田心村的陈姓人家，是由广东蕉岭县新铺墟、塘福岭两地迁来台岛的，来台始祖是陈芳兰、陈芳炳兄弟。上联嵌入来台前"福岭"地名，提醒后代子孙勿忘先人胼手胝足的艰辛。下联嵌入来台后，祖先创业开基的地名"田心"，期勉子孙承续良好的家风。

湖南炎陵陈氏宗祠门联

> 昌奇五世；
> 望重三君。

【注】上联典说陈宪父子；下联典指陈寔。

陕西商州三岔河义门宗谱陈氏祠联

> 异地谊高，太守荣旌其里；
> 同居义重，天子特表伊门。

——宋仁宗

> 杏坛从师求教，妙人传道；
> 棘围校士首荐，名世英才。

> 义门子孙，鞠躬尽瘁；
> 良家之辈，金石为开。

【注】本支始祖文敏公居广东惠州府长乐县清化都横皮约(今梅州市五华县)，至六世祖奇珍公随奉祖妣金骸转徙湖广经江西宁州上武，再迁陕西商州三岔河义门陈家。第一联典指陈氏家族谊高德厚义重，得到乡里称颂，皇上表彰。第二联讲本族人得到名师教诲，通过考试，取得功名，成为国家有用人才。棘围：指科举时代的考场。用荆棘围成的场地，防止作弊。第三联讲本族之人要尽心尽力做事，正直之人，再大的困难也能解决。

陕西陈氏宗祠颍川堂祠联

> 义门旌表家声远；
> 妫水传承世泽长。

【注】据《陈氏家谱》载，陈氏受姓始自胡公妫满，满乃帝舜之后，原为妫姓。周武王伐纣，求舜之后妫满，妻以元女太姬，封于陈，领地太皋之墟(今河南陈州)，其后以国为姓，传递而下。乾隆朝初，陈氏迁陕始祖"佐"字派兄弟二人，由广东韶州向内地迁移，终定居于陕西兴安府。兄在石泉河池落业，弟在汉阴东路蒲溪铺定居。上联是指此陈氏一支发源地，且声名远扬；下联指陈姓始祖传承有序，源远荫布。

陕西桑植陈氏颍川堂祠联

> 同堂五百载，天下第一；
>
> 聚居三千口，举世无双。

【注】陈氏先世居江西江州（今九江）德安县太平乡，以忠义孝道治家，创19代同堂，3700余口同居共炊之壮举，享誉内外。至宋嘉祐七年，析为291庄，桑植陈氏为义门"果石庄"支裔。支派始祖陈仕成，原籍湖南桑植县县城西门外三丘田。清乾隆二十年，后人永东、永西两房相携迁徙陕西兴安府平利县南部巴山山区。在平利县繁衍了十代人，至今大多保留着浓重的湖南口音。在当地陈氏后裔住宅的神龛两边，大多张贴着这副对联。

广东大埔陈氏祖祠堂联

> 光前祖德，溯三恪流徽，二难竞美，宗支一脉千秋盛；
>
> 裕后孙谋，开百年禋祀，九世无分，族派两房万代昌。

广东大埔桃花陈氏宗祠堂联

> 由六世而来，至于今百有余年，地果英灵当毓后；
>
> 合二房以报，定其期春之吉日，仪修祠宇肇明禋。

广东大埔三河陈氏宗祠堂联

> 六百上弓冶相承，为循吏，为名儒，族望著严江，两字传心惟孝友；
>
> 三十世云礽递衍，或读书，或力穑，家风追颍水，千秋垂荫及儿孙。

广东大埔茶阳陈氏宗祠堂联

> 开一邑之人文，代衍衣冠，先夺茶阳甲第；
>
> 焕千秋之崇祀，世钦功德，光昭家庙烝尝。

广东大埔湖寮大学陈氏公祠堂联

> 门对帽山，旁列髻山，云簇双山成宝盖；
>
> 东来湖水，西流莒水，风回两水起文澜。

广东大埔桃源石壁头陈氏宗祠德济堂联

> 德仰先公，桃洞开基隆万代；
>
> 济延后裔，云孙报本庆千秋。

广东大埔茶阳梅林陈氏宗祠衍华堂联

继七代缘传，绵绵延延，成积水源木本；

奉千年孝享，跄跄济济，只遵春祀秋尝。

广东大埔银江银村陈氏宗祠燕贻堂联

颍川宗派源流远；

银水开基世泽长。

广东大埔高陂桃花陈氏宗祠德星堂联

德高昭万代；

星灿耀千秋。

广东大埔银江松柏坑陈氏宗祠德星堂联

颍水源流远；

德星世泽长。

广东大埔光德九社陈氏宗祠韶美堂祠联

韶景长临光祖德；

美轮永巩奠宗祊。

广东梅州陈氏岭南长美堂通用祠联

长材好济家国用；

美德当知孝悌修。

长帘一桁清风足；

美竹千竿俗气无。

长日琴韵，永夜书声，尽是尔家遗俗；

美酒一壶，名花数朵，都为豪士幽情。

长松修竹护新居，爱清影罩窗，浓荫匝地；

美景良辰开盛宴，喜座客常满，樽酒不空。

长俭朴以治室家，节衣缩食，堪为保民表率；
美奂轮以蕃国族，人杰地灵，定卜奕世簪缨。

长于礼、长于诗，学问淹通，好把一经传奕骥；
美哉轮、美哉奂，规模宏敞，足容驷马入吾门。

广东丰顺小胜丹竹村陈氏光裕堂联

门联

光叨祖德；
裕启孙谋。

堂联与栋对

积善培根绵世泽；
传经教子焕人文。

堂构聿新光祖德；
冠裳荟萃绍宗功。

读圣贤书，孝悌克全为实学；
任宇宙事，经权适当是完人。

灵爽匪遥，左为昭，右为穆，既溯渊源有序；
奉承勿替，义率祖，仁率亲，当思报本无疆。

广东丰顺陈氏大宗祠联

族聚亿万，世间第一；
居同千秋，天下无双。

大地回春，祖功垂祖泽；
长孙蕃衍，宗德振宗风。

泽被甘棠，刺史风声今未寂；
望重庙宇，司空德业世犹新。

塔笔朝来，五马堂前呈瑞气；
狮峰拱对，八座门外映祥光。

祖训是承，越数百年于兹犹然，耳提面命；
家声能振，历几十世永为而后，孝子慈孙。

自莆田而发迹，源远流长，入庙须无忘祖德；
卜鳌里以肇基，地灵人杰，登堂更当念宗功。

广东丰顺陈氏惟亮公祠肇业堂祠联

木本水源孝思费匮；
竹苞松茂庙貌常新。

龙运长荫，五德星辉光庙貌；
祖灵永庇，三元瑞启蔚人文。

肇草创以丕振，承先启后，箕裘克绍绳祖武；
业大成而功远，惟耕惟读，俎豆馨香报千秋。

二百年族聚蕃昌，木本水源，始启鸿图绳祖武；
千余里众星环拱，珠联璧合，宏开牛斗焕文光。

派衍颖川，由漳州历漳浦，当年继继绳绳，已具规模，祥开世代；
支分凤郡，来丰都发产溪，此日跻跻跄跄，永宜有诚，敬溯源流。

广东丰顺元明陈氏公祠堂联

克守二难，竞爽家风开百代；
昌期五世，绵延奕叶系同根。

广东平远陈氏宗祠堂联

宋月落迁驻宁化石壁，耕读是训，瘦地栽松柏；

元统坠走避梅州义化，克勤为约，贫家教子书。

溯闽宁迁居平阳越八代，人吉于斯，族姓晋衍绵世泽；

经明清迄至民国历三朝，诗书启后，人文蔚起振家声。

仁德仰前人，忆我祖忠厚留遗，创垂裕后，看今朝，兰桂联芳，祖德长垂真不愧；

功勋凭后起，喜吾辈和睦同心，栋宇重修，望他年，飞黄腾达，昆光耀祖显门楣。

广东平远超竹陈氏九世开基祖祠堂联

妫汭溯渊源，派别支分，流出双溪以外；

湘江移佳植，根深叶茂，蕃衍超竹之中。

箕裘丕振，看螽斯麟趾呈祥，裔孙以期福；

栋宇辉煌，美象首狮朝林立，冠裳足叨灵。

广东紫金城继谟祠陈氏宗祠堂联

祖系本重华，溯乎三千年来，或为帝，或为侯，或为将相，炳炳麟麟，历代著名推我祖；

宗潢源颍水，稽之百余世下，止于汀，止于平，止于安邑，绳绳蛰蛰，光前裕后仰吾宗。

广东紫金蓝塘芙蓉坝陈氏宗祠联

斯文处世，安乐居家，须知勤俭持家长富贵；

攀武健身，顺心创业，谨记辛劳置业永昌荣。

福建而分支，坚心筑室业，展自蓝塘，肯构肯堂，且喜祥凝瑞霭，系接聚星承祖德；

明初而基奠，勤俭持家安，居于吉宅，宜耕宜读，竚看凤舞蛟腾，远传颍水继宗风。

广东紫金蓝塘柏子坝陈氏宗祠堂联

道德育嗣孙，福建漳州源颍水，瓜瓞绵绵，百子分支昌百世；

衷心孝先祖，粤东长乐耀聚星，藤蔓茂茂，千年繁衍旺千秋。

广东紫金蓝塘博雅陈氏宗祠堂联

颍水源远出中原，根深叶茂春常在；

川流长运入学薮，花繁果硕福满门。

根植颍川，官绩留西汉，帝业著南朝，英才辈出，继往开来，于今追本溯源，功德昭彰垂百世；

枝分长乐，莺迁历莞城，鸿图展学薮，人杰共济，承前启后，从此创业维系，子孙蕃衍庆千秋。

广东紫金凤安下石陈氏宗祠堂联

绍畎亩之遗，曰富曰贵曰飨襟，率由旧章，半蓑烟雨千秋业；

缵颍川之绪，难兄难弟难父子，谨守家法，万里风云一部书。

广东紫金柏埔东升陈氏宗祠堂联

溯一派以迄千年，一门称义，一力安刘，当时丕振芳声，勋业长留丞相迹；

自八闽而入百粤，八世开基，八房鼎盛，此日频添佳器，传家远照太丘风。

广东饶平饶洋陈氏宗祠致远堂联

致念前人承祖武；

远垂后裔绍箕裘。

广东韶关太子太保陈氏宗祠堂联

辟土开疆，功盖古今人第一；

出将入相，才兼文武世无双。

江西上犹营前陈氏宗祠联

修先人祀典，序昭序穆；

启后代书香，报德报功。

江西吉水八都镇下白沙陈氏宗祠堂联

堂势尊严，昭奕叶祖功宗德；

孙支蕃衍，承万年春祀秋尝。

福建宁化城郊茶湖岗陈氏宗祠堂联

追溯先祖，世德悠长，千秋享祀；

重建祖祠，子嗣云集，万代昌隆。

福建宁化石壁陈氏宗祠堂联

舜帝生祖泽黎庶施仁政流千秋；

霸先后裔创国立陈朝业芳万载。

唐代义门旺公治一家，同居合灶；

宋纪良臣文武辖两淮，与民同乐。

颍川系江州，乃义门世第，玉牒圆满，亦炽亦昌，永代千秋盛；

陈氏登闽省，属宁邑翠华，嗣孙繁衍，发富发贵，传居四处兴。

广西钟山英家陈氏宗祠堂联

颍水启新祠，春祀秋尝，昭穆先灵如在上；

德星辉阖族，云蒸霞蔚，孙曾后福永无疆。

重华耀德，八世征祥，缅吾先谟烈昭垂，继继绳绳，荔水泽绵妫水远；

二邑合祠，千秋共派，盼自后精诚团结，融融翕翕，松林风暖竹林春。

何必三大牲，只要你后生家，不浪荡，不奢华，振启门楣，淡酒我都含笑饮；

须言久长福，莫学那坏种子，又好吃，又懒做，颓唐身世，风光能有几时荣。

广西贺州桂岭竹园陈氏宗祠堂联

> 鸠工已幸告竣，不琢不雕将毋笑我；
>
> 燕翼当思永守，是彝是训赖有传人。

台湾屏东六堆长治德成陈氏宗祠灯对

> 灯火辉煌，从此门楣期显耀；
>
> 梁材俊秀，他时兰桂望腾芳。

陕西汉阴粤籍陈氏客家公祠堂联

> 帝祚衍千龄，文德武功，声誉从来华上国；
>
> 义门传万冀，唐旌宋敕，支分到处羡名家。

> ——宋神宗

海南儋州南丰武教陈氏宗祠堂联

> 派衍化州，大启宏图光梓里；
>
> 基开武教，远垂骏业耀枫村。

印尼雅加达陈氏宗祠颍川堂门联

> 颍川世泽；
>
> 德里家声。

堂联

> 颍水趋南垣，庆航洋一帆风顺；
>
> 川山绕北斗，欣载福百代荣华。

> 祖德传荣名，流芳千载垂宇宙；
>
> 宗功崇孝道，发达百代祀春秋。

> 颍水悠长，环粤广，闯往南洋谋事业；
>
> 川山峻逸，聚客闽，光耀祖宗创根基。

> 颍水钟灵，九州梓裔，弘扬祖德传千里；
>
> 川山毓秀，四海宗亲，云集贤达庆一堂。

忆当年，粤广梓叔勤俭持家，协力同舟建祖宇；
看今朝，乡里宗亲奋发励志，齐谋共策修祠堂。

世泽荣昌近乎八代，孙枝永茂，祠宇重修弘祖德；
家声显赫百五春秋，祖德流徽，裔孙再聚耀宗功。

祠宇添辉，百余年孝友传家，煌煌祖德彪史册；
椰城焕彩，万千户诗书继世，赫赫宗功肇鸿图。

根系九州，念祖思宗，春祀秋尝，遵万古圣贤礼乐；
卜居千岛，敦亲睦族，左昭右穆，序一家世代源流。

【注】雅加达陈氏宗祠，创建于 1861 年 9 月。

马来西亚吉隆坡陈氏宗祠堂联

数典未应忘祖德；
克绳端要赖孙贤。

祖有德，宗有功，惟烈惟先，永保衣冠联后裔；
左为昭，右为穆，以享以祀，长承俎豆振前徽。

座中书是湖海英豪，殿柱名题，光大恕传之后；
此地远接山川毓秀，庙堂轮奂，欢联域外之宗。

WǓ

【姓源】《世本》。

① 武氏，子姓，商王武丁之后。东汉建和元年《敦煌长史武斑碑》云："昔殷王武丁克伐鬼方，元功章炳，勋藏王府。官族分析，因以为氏焉。"

② 武氏，子姓，春秋宋武公之后，氏于谥（《风俗通义》）。

③《北史·高构传》谓冯翊武乡有女子，哑而聋，尝樵于野，为人所犯，有孕，生一子，莫知某姓。构判曰："此女生在武乡，可以武为姓。"

④ 武则天赐润州刺史李思文、鸾台侍郎傅游艺、纳言史务滋、检校内史宗秦客、义丰王李光顺、左玉钤卫大将军李楷固、契苾何力之子契苾明之妻等并姓武氏。

⑤ 少数民族汉姓，如蒙古族、回族等（《中华姓氏源流大辞典》）。

【分布】武姓为中国第 91 常见姓。人口约 220 万，约占全国人口的 0.18%。约 37% 分布在河南、河北二省（其中河南最多，约占全国武姓人口的 19.7%）；19% 分布在辽宁、山西二省（《中国姓氏·三百大姓》）。武姓客家人河南较多，江西、广西、福建、广东也有一些。

【郡望】太原郡。

【堂号】沛国堂。

通用祠联

门联

平章卓识；

补阙高风。

【注】上联典指唐代大臣武元衡。武元衡，进士出身。德宗对他很器重，任为御史中丞，并对群臣说："武元衡是真宰相器。"宪宗时，历官户部侍郎、门下侍郎同中书门下平章事（宰相）。当时，因四川不太稳定，他就任剑南西川节度使，为政廉明，生活节俭，尽力抚慰少数民族，政绩卓著。后入朝为中书知政事，极力主张平定武元济叛乱。下联典指武元衡的堂弟武儒衡。武儒衡，字廷硕，宪宗时官至户部尚书，兼知制诰。刚直而有气节，又官补阙（对皇帝规谏并举荐人员的官），将大用时，因疾恶太分明而不得重用。

嵩山高隐；

练湖著名。

【注】① 嵩山高隐：典指武攸绪。武攸绪，唐时人。恬淡寡欲，武后秉政，攸绪求弃官隐于嵩山之阳。武后疑其诈许之，以观其为。攸绪优游岩壑，后所赐服器，皆置不用。买田耕种，与民无异。后武后连祸，攸绪独不及。② 练湖著名：典出武允蹈。武允蹈，宋高安人，自号练湖居士。多览群书，刻意苦吟。著有《练湖诗集》，脍炙人口。

武班尚留遗墓；

皇后竟号则天。

【注】① 武班尚留遗墓：武宅山有汉从事武氏墓，列代不知其名。清黄易访得之，知为武班墓，重加修葺。② 皇后竟号则天：唐高宗后，名望，高宗崩，改称周，卒谥则天皇后。

朝廷虽已称周，史犹书三百年，唐家世系；

帝业漫云易主，今尚留一小块，武氏江山。

【注】全联指唐朝武则天称帝事。

平民办学，千秋美德传华夏；

巾帼称皇，万国衣冠拜冕旒。

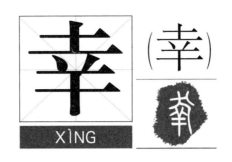

【姓源】《姓解》。

① 汉族姓。

② 满族姓。其先清代高丽旗人（《满族姓氏寻根》《满族百家姓》）。

③ 高山族、白族等少数民族姓。

④ 四川南部县幸家坝"幸"姓音与音"恨"谐同（《南部怪姓"幸"读"恨"》）。

⑤《姓氏考略》记载："其先得姓于君，因以为姓。如宠氏、赏氏之类。"根据清代著名的姓氏学者张澍考证，幸之为姓，是因为其祖先曾受到过国君的宠幸，子孙就以幸作为自己家族的姓氏。幸姓的起源时代已无从考证，但有关幸氏子孙的记载自晋朝开始，可见，幸氏至少有 1600 年的得姓历史。

【分布】幸姓人口少，分布很广，几乎全国各地都有。幸姓客家人广东兴宁、梅州、中山、佛山、从化、紫金等地都有，江西赣州几个县、修水等地有，湖南、广西也有分布，但人口都很少。

【郡望】雁门郡。

【堂号】雁门堂、渤海堂。

通用祠联

廷弹蠹相；

庙祀龙王。

【注】① 廷弹蠹相：典出幸元龙。幸元龙，宋高安人。庆元进士，通判郓州，

上书弹劾史弥远，言甚痛切。② 庙祀龙王：典出幸南容。幸南容，唐高安人。有文学，贞元进士，仕至国子监祭酒，兼领渤海郡。后有神异，百姓呼为龙王南容，立庙祀之。

源流渤海；

派衍沧州。

【注】全联指幸姓的郡望和堂号。

赐姓自周朝，衍渤海衍沧州，本本源源，万派千枝同一脉；

发迹由唐代，若名臣若理学，彬彬秩秩，五常百行位三才。

【注】本联为清顺治进士幸嗣昌所作。上联概括了幸氏的由来、繁衍脉络。西周亲王姬偃镇守雁门关立功，周成王赐姓幸。下联概括了幸氏裔孙文理、仕宦传承。五常指仁、义、礼、智、信，三才指天、地、人。

龛联

贯珠编贝南容序，

翠柏苍松震甫风。

【注】广东兴宁径南双溪村老祖屋，上厅神龛两边刻着这副楹联。上联典指幸南容。幸南容，江西高安人。与柳宗元同榜进士，官至国子监祭酒。柳宗元曾为其作《归序》，盛赞他"为官雄才大略、恪尽职守；词赋艳丽如贯珠编贝"。下联典指幸元龙。幸元龙，字震甫，宋嘉泰壬戌科进士。官至郢州通判。主张"事亲以孝，事君以忠，奉尊长以敬，处邻里以和"，家风如苍松翠柏长青。

广东兴宁幸氏宗祠堂联

高楣共仰雁门郡；

名族相承渤海堂。

【注】全联指幸姓的郡望和堂号。幸氏始祖偃，得幸于周成王，因赐姓为幸。封于河北沧州，镇守朔北，居于雁门郡（今山西代县一带）。后世以"雁门"为堂号。武则天通天元年（696年），幸茂宏迁于江西高安之幕山，为幸氏江南之始祖。南宋末，幸郎酆为避元胡之乱由南康迁福建宁化石壁。明洪武二十三年（1390年）幸郎酆曾孙幸宗远兄弟四人因避周三之乱而入粤，安籍兴宁径心章峰堡，长兄成风居南厢水口，后裔分迁兴宁各地。

广东兴宁径南双溪幸氏宗祠堂联

> 入斯门，岂仅仪容外著；
>
> 由是路，须知爱敬中存。

【注】兴宁径南双溪村老祖屋，进大门为前厅（下厅），有一扇屏风，屏风两边柱子上刻着这副楹联。楹联是教育子孙，进入祖堂，不但要整洁端庄，更重要的是心里要敬爱祖宗。

广东梅州南口下潭头幸氏宗祠堂联

> 派衍天堂念前宗，继吾先祖亿万脉，仍旧松垣世德；
>
> 基开潭地瞻后人，承其子孙千百代，依然渤海家声。

【注】上联谓下潭头幸氏来源。"天堂"指兴宁径心望天堂。下联谓迁居至下潭头村（潭江村）开基。幸元龙江西高安人，宋庆元进士，官至郢州通判，著有《松垣集》，编入《四库全书》。幸氏始祖幸偃公自西周分封渤海郡沧州。

江西南康唐江幸屋幸氏宗祠联

> 作忠作孝门庭乐；
>
> 为友为恭世业兴。

——赖相栋

> 平远山临，两阶蕴藉人多少；
>
> 潆洄水抱，一族中和气往来。

——赖相栋

【注】① 蕴藉：含而不露。② 潆洄：水流回旋。③ 中和：中正平和。

堂联或栋对

> 谁非一父之子，别派分支，当毋忘水源木本；
>
> 将缵千年之绪，瞻云就日，宁惟是春雨秋霜。

——赖相栋

【注】缵绪：继承世业。特指君主继位。《旧唐书·李德裕传》："其年秋登朝，至明年正月，穆宗缵绪，召入禁苑。"

江西南康唐江镇幸屋村幸氏宗祠联

烝尝隆百代，黍稷非馨，道在绳其祖武；

宗派衍千秋，簪缨丕显，兹乃振厥家声。

——谢启昆

称产介以垂芳，御史提刑，本自青池传盛事；

表祀贤而特美，知州祭酒，还从渤海继模猷。

——李日仟

【注】① 祭酒：典指幸南容。幸南容，唐朝文士，对文学、史学、哲学都爱好，很有研究，德宗贞元年间金榜举为进士，被朝廷任命为官员，官至国子监祭酒。② 渤海：指幸氏的郡望。渤海郡，西汉置，在今天河北、辽宁的渤海湾沿岸一带。③ 模猷：模，法式，规范，标准。猷，计划，谋划。

何以报祖功宗德，麟有趾，凤有毛，倾心爱护；

信道是子孝孙慈，谢之兰，燕之桂，着意栽培。

——卢元伟

【注】谢之兰，燕之桂：即谢兰燕桂，比喻能光耀门庭的子侄辈。谢兰，系"谢庭兰玉"之省称；燕桂，《宋史·窦仪传》载："仪学问优博，风度峻整。弟俨、侃、偁、僖，皆相继登科。冯道与禹钧（窦仪父）有旧，尝赠诗，有'灵椿一株老，丹桂五枝芳'之句，缙绅多讽诵之。"时称窦氏兄弟为燕山五龙。

松垣世泽；

渤海家声。

【注】① 松垣：幸元龙，字震甫，宋高安人，庆元进士，通鄞州，言行正直，颇有气节。著有《松垣集》一书传于世。② 渤海：古地名，在河北浮阳县，即今河北沧州，为幸氏祖先望族居地。

堂联

宋时行军司马；

唐代太子校书。

【注】上联典旨宋代夔州云安（一说成都）人幸寅逊。幸寅逊，初事孟昶为茂州录事参军，预修《前蜀书》，拜翰林学士，加工部侍郎，领简州刺史。归宋，

授右庶子，上疏谏阻打猎，受到太祖嘉赏。开宝年间为镇国军行军司马。下联典指唐代洪州高安人幸轼。幸轼，博学强记，咸通进士，中和间为太子校书郎。

疗疾名医，共赖灵公救济；

英气劲节，咸钦震甫风声。

【注】上联典指晋代豫章建昌人幸灵。幸灵，性格内向，少言寡语，被人欺负后而不愤怒，乡里人说其迂腐。精通医学，有龚仲儒女卧病数年，气息微弱，他让其含水，不久治愈。又有吕猗母皇氏得痿痹病，近十年没有医好，幸灵为其治疗，一治而愈。从此名声大振，百姓奔聚，水陆辐辏，从之如云。幸灵所救病人颇多，然从不取报酬。下联典指南宋筠州高安人幸元龙。幸元龙，字震甫，号松垣，庆元进士，任郢州通判，忤史弥远，被劾致仕。绍定年间，自家上书，论史弥远罪行，愿戮其首、籍其家，以谢天下，然后断己首。卒赠谥号清节。

广东兴宁城内幸氏祠堂

门联

松垣世德；

渤海家声。

龛联

龙德千年旺；

神恩万古隆。

广东兴宁径心望天堂幸氏宗祠

龛联

明堂敬慎衣冠肃；

清庙雍容俎豆香。

栋对

由宁化而开基，本儒学而受恩荣，艺苑之芳声宛在；

自豫章而胥宇，采藻芹而探桂杏，兴朝之伟绩聿新。

堂联

堂上椿萱辉旭日；

阶前兰桂长春风。

节著松垣，共仰词臣令绪；
名传铁面，犹留御史遗徽。

雁郡受崇封，镇守一方屏藩家国；
龙王膺简命，升腾四海际会风云。

读松垣集奏议，千言念祖聿修厥德；
缅乡贤祠馨香，百世存仁垂裕后昆。

恩泽绍先人，食德服畴，奕世云祁宜念祖；
诗书垂后裔，察伦明物，同堂子姓务存仁。

广东兴宁径心光辉堂幸氏宗祠门联

松垣绵世德；
渤海振家声。

水源流渤海；
木本植松垣。

广东梅州南口下潭头幸氏宗祠
龛联

松垣文藻家声远；
艺苑名流世泽长。

广东兴宁径心章峰幸氏石莲围宗祠
门联

石岭桐栖凤；
莲池鲤化龙。

石田生宝玉；

莲枝发祥光。

龛联

贯珠编贝流光远；

翠柏苍松奕叶荣。

栋对

雁郡肇崇封，索先民簪笏荣华，伯爵列侯昭欢迹；

龙王膺宠命，启后人风云际会，为霖作雨重天佳。

广东兴宁径南幸屋中心祖屋

堂联

堂上早栽如意草；

阶前先种吉祥花。

传家诗礼声名远；

累世簪缨德泽长。

龛联

君之安，以享以祀；

僾乎见，在上在旁。

栋对

栋宇卜官田，门捍日月座镇鼓旗，山岳钟灵长毓秀；

渊源承渤海，迹著尚书名传御史，簪缨继起绍前徽。

【姓源】《潜夫论》。

① 范氏，祁姓，本士氏。春秋晋景公七年，晋大夫士会率师灭狄，以功封为范邑，因姓范氏，是为范会。范，晋邑，在今山西屯留境内（《中国地名大辞典》）；一说本卫邑，在今河南范县东南。尝为狄所侵，晋灭狄，属晋。传到他的曾孙士会时，士会做了晋国的上卿，食采于范（今河南范县），于是，士会的儿子燮以范为氏，称为范叔，子孙皆姓范，以士会为始祖。

② 范，战国时齐邑。在今山东梁山县赵堌乡后范城。齐大夫以邑为氏。

③ 春秋左康王、灵王时大夫申无宇，一称范无宇，盖食采范邑，以邑为氏。《左传·文公十年》有范巫矞似。范巫，范邑巫也。

④ 少数民族融入汉族后改姓（略）。

【分布】秦汉时期，范姓族人已遍布今四川、安徽、浙江和江西等地。

西晋时期，大部分范姓族人南迁到了今江苏、浙江和福建一带。

唐宋之际，福建范姓族人逐渐播迁到了广东潮阳、嘉应州、大埔、长乐、陆丰和饶平等地。

范姓为中国第51常见姓。人口近460万，约占全国人口0.37%。约33%分布在河南、安徽、山东三省（其中河南最多，约占全国范姓人口的17%）；29%分布在河北、江苏、四川、辽宁、黑龙江、山西六省（《中国姓氏·三百大姓》）。范姓客家人不多，主要分布在广东、福建、广西、河南，江西、湖南、台湾、安徽也有分布。

【郡望】高平郡、南阳郡。

【堂号】高平堂、鸡黍堂、后乐堂、文正堂、先忧堂、忠恕堂、南阳堂、善士堂等。

通用祠联

门联

金玉世德；
将相家声。

文武世第；
名宦家声。

高平世泽；
良相家声。

汉臣世德；
唐相家声。

晋卿著绩；
宋相流徽。

龙图学士；
文正家声。

源自尧裔；
望出高平。

【注】以上范氏门联，均以范氏先人业绩和典故题撰。① 高平：据《大埔范姓族谱》载，此支范姓自唐虞以上为陶唐氏，迨隰叔仕晋为士师。遽传士会，称

武子，辅君以主盟中夏，食采于范，封高平侯，即以范为姓，以高平为郡望，厥后子孙繁衍散居各省州县。② 金玉：典出范增。范增，秦相，足智多谋，辅佐项羽称霸诸侯，号称亚父。楚汉相争，范增劝项羽设鸿门宴于垓上，欲借机杀掉刘邦，除掉与楚王争霸天下的主要对手。项羽中了刘邦的反间计，不听范增的"金玉良言"，以致铸成身灭楚亡的大错。③ 将相、文武：泛指范蠡、范雎、范增等，范氏历朝多人为将军和宰相。④ 名宦、龙图、文正：典出范仲淹。范仲淹，字希文，宋朝人，以龙图阁直学士副夏竦经略陕西，守边数年，号令严明，爱抚士卒，羌人呼为龙图老子。胸中自有数万甲兵，夏人亦相戒不敢犯。死后赐官兵部尚书，谥文正。范仲淹外和内刚，为秀才时，以天下为己任，曾有"先天下之忧而忧，后天下之乐而乐"的名言，抒发自己的远大抱负。⑤ 良相：指范蠡。范蠡，字少伯，春秋越国人，与文种同事勾践，苦身勠力，致使越王报亡国之耻，拜为上将军。后辞官到齐国居住，苦心经营，积资成大富。齐人闻其贤，以为相。后把自己所积零的资财散尽。良相，也指范雎。范雎，字叔，战国秦人，事魏国中大夫贾须；后入秦，易姓张禄，说服昭王以远交近攻之策，拜为客卿，后又任命他为宰相。⑥ 唐相：指范履冰。范履冰，唐朝人。武后组织一批大臣专门负责撰写皇宫文稿，范履冰是其中一人。

龙图世第；
文正家声。

高平世泽；
文正家风。

【注】① 龙图、文正：指北宋大臣、文学家范仲淹。② 高平：范氏郡望、发祥地。

尘甑养晦；
揽辔待清。

【注】① 尘甑养晦：典指范丹。范丹，东汉人，字史云。通五经。桓帝时命他为莱芜长，丹不从，后隐居。生活极贫，有时绝粮。闾里歌之曰："甑中生尘范史云，釜中生鱼范莱芜。"② 揽辔待清：典出东汉范滂。范滂，字孟博。曾为清诏使，按察冀州，登车揽辔，慨然有澄清天下之志。辔，马的缰绳。

沼吴归隐；

述汉成书。

【注】① 沼吴归隐：典指范蠡。范蠡，春秋末政治家，字少伯，越国大夫。助越王勾践刻苦图强，灭亡吴国。后归隐五湖。② 述汉成书：典出范晔。范晔，南朝宋史学家，字蔚宗，曾任尚书吏部郎。著《后汉书》，成纪、传八十卷。

通用堂联

生平惟存忠恕；

胸中广具甲兵。

【注】① 生平惟存忠恕：典出范纯仁。北宋范仲淹之子纯仁，自布衣至宰相，常诫子弟曰："吾生平所学，得之'忠恕'二字。"② 胸中广具甲兵：典出范仲淹。范仲淹，北宋政治家、文学家，字希文。少贫力学，大中祥符进士，出仕后有敢言之名。宝元三年（1040年），西夏攻延州，他与韩琦任陕西经略副使。夏人相诫曰："小范老子，胸中自有数万甲兵。"

杖策定入关计；

却虏作长啸声。

【注】① 杖策定入关计：典指范文程。范文程，明清之际沈阳人，字宪斗。明代生员，后投努尔哈赤，参与军国机密。曾谒太祖，策定清军入关之计。入关后建议举乡试、会试，为摄政王多尔衮所采纳。历太祖、太宗、世祖、圣祖四朝。官至大学士、太傅兼太子太师。② 却虏作长啸声：典出宋代范镇。范镇，少时作《长啸却胡虏赋》，后奉使契丹。胡中瞩目曰："此长啸公也。"

党祸株连，子宁割爱；

邓公应梦，母为留名。

【注】① 党祸株连：典指东汉人范滂。范滂，以党狱遭株连，母与诀别。滂告母曰："愿母割不忍之恩，勿增感戚。"母曰："汝与李杜齐名，死亦何恨？"② 邓公应梦：典出宋范祖禹。范祖禹生时，母梦金甲神入寝曰："吾汉将邓禹也。"遂生子，因名祖禹。

博大开君，经筵反复陈说；

清廉律己，莱芜歌颂相闻。

【注】上联典出宋范纯仁，字尧夫，吴县人，范仲淹次子。以博大开上意，

忠笃革士风，有惠政和文集。官至观文殿大学士，以目疾乞归，卒谥忠宣。下联典出东汉名士范丹，一作范冉，字云史，外黄人。桓帝以为莱芜长，遭母忧不到官。后卖卜于梁沛之间。结草屋而居，有时绝粮。闾里歌曰："甑中生尘范云史，釜中生鱼范莱芜。"三府累辟不就，卒谥贞节先生。

通用栋对

> 地号杉坑，念前辈着意栽培，灿灿金枝承紫露；
>
> 乡号超竹，愿后裔留心灌溉，尖尖玉笋插青霄。

【注】联说范氏迁徙至广东平远定居，繁衍后裔，不忘祖德。

福建永定仙师兰岗范氏宗祠联

> 建庙卜蓝岗，水聚天心钟秀气；
>
> 传家贻墨帐，门罗将相振家风。

【注】上联"蓝岗"即兰岗，范氏宗祠所在地。下联"墨帐"指千古名相范仲淹的儿子范纯仁，亦官至宰相，自幼好学，夏夜蚊虫叮咬，乃置灯帐中啃读，蚊帐被油烟熏成墨色，及考取仕途，夫人收其帐，名曰"墨帐"，以此教育子孙勤奋读书。

福建永定仙师兰岗范氏宗祠联

> 墨帐家风绵百代；
>
> 麦舟世泽继千秋。

【注】① 墨帐：典指范纯仁。② 麦舟：典出范纯仁。据说仲淹遣纯仁至姑苏运麦，舟至丹阳，遇无资葬亲的石延年，纯仁倾以麦舟相助。范氏后裔以"麦舟堂"作助人为乐之典，此亦正合范仲淹"先天下之忧而忧"的思想。

广西北海合浦范氏宗祠联

> 兵甲罗胸，将相功名隆远祖；
>
> 义田助麦，先忧后乐启后人。

【注】① 兵甲罗胸、先忧后乐：典出范仲淹。② 义田助麦：典出范纯仁。

台湾范姓宗祠门联和堂联

> 高平家声远；
>
> 文正世泽长。

高平新世第；

文正旧家声。

【注】以上两副范氏祠联均以堂号"高平"嵌入对联句首。联语"文正世泽长""文正旧家声"，指的是北宋范仲淹的典故。范仲淹，字希文，唐宰相履冰之后。少有志操，大中祥符举进士第。元昊反，召为天章阁待制、知永兴军，改陕西都转运使。会夏竦为陕西经略安抚、招讨使，进仲淹龙图阁直学士以副之。守边数年，羌人目为"龙图老子"。仲淹为将，号令明白，爱抚士卒，诸羌来者，推心接之不疑，故贼亦不敢辄犯其境。后以疾请邓州，进给事中。寻徙杭州，再迁户部侍郎，徙青州。会病甚，请颍州，未至而卒，年六十四。赠兵部尚书，谥文正。帝亲书其碑曰"褒贤之碑"。《岳阳楼记》中的"先天下之忧而忧，后天下之乐而乐"，正是他一生的写照。范仲淹无论在人品、文章、气度各方面，均受到后世范姓人家的推崇。

湖南炎陵范氏宗祠堂联

责君碎斗显忠爱；

后乐先忧法圣贤。

【注】上联典说范增；下联典指范仲淹。

四川成都成华龙潭清水范氏宗祠联

横额：职在明伦

晋国大夫第；

宋朝宰相家。

【注】上联指春秋时晋国大夫范昭，下联则是北宋宰相范仲淹，他们都是范氏的远祖，范氏裔孙以这样清廉明伦的祖德为荣。"后乐堂"堂号典出北宋宰相范仲淹。范仲淹年轻时就提出"先天下之忧而忧，后天下之乐而乐"的忧乐观，影响很大，不仅是宋代仕子的处世规范，更是范氏裔孙宗亲治家处世的祖训。

晋卿隋会传文子；

宋相忠宣绍魏公。

【注】全联典指范士会。

四川成都龙泉驿范氏祠堂联

相国忠勤思后乐；

治家孝谊秉先民。

【注】上联典出宰相范仲淹的"后天下之乐而乐"，下联则是希望裔孙秉照"后乐"祖训治家。

福建宁化曹坊坪上范氏宗祠堂联

开范邑，建鸿基，五代传徽，丕振大坊垂奕翠；

绍龙图，绵世泽，九房继美，克承助表蔚大义。

台湾六堆范氏高平堂栋对

世第号高平，立志宜高，立心宜平，方不负高平世泽；

家声宗文正，以学博文，以身守正，庶无失文正家风。

【姓源】《世本》。

①茅氏，姬姓，以国为氏。茅国，公爵，周公旦第三子茅叔封国。在今山东金乡县西北。后灭于邾。

②《中华姓氏源流大辞典》载，茅氏，曹姓。以邑为氏。茅，邾邑。在今山东金乡县西北；一说在山东鱼台县境独山湖北岸一带。

③少数民族改姓（略）。

【分布】茅姓分布较广，人口约占全国人口的 0.01%。约 94% 分布在安徽、江苏、浙江、上海四省、市（《中国姓氏大辞典》）。茅姓客家人极少，仅广东乐昌、紫金及四川有一些，江西、福建很少。

【郡望】东海郡。

【堂号】东海堂。

门联

华山乐道；

南亩供亲。

注：上联指战国时秦人茅蒙师鬼谷子，受长生之术，遂入华山修炼，道成，乘龙白日升天。下联指东汉茅容，年四十余，耕于野。一日郭泰宿其家，第二天杀鸡供母，自以蔬菜与客共饭，郭泰拜之曰："卿贤乎哉！"因劝令学，卒以成德。

堂联

经史俱擅称博士；

文武双全号奇才。

【注】上联指明代博士茅镛，字庭韶，仙游人。性嗜学，通经史。正德、嘉靖间，纂修孝宗、武宗实录，镛皆被征与修。书成，授博士。下联指明代博士茅坤，归安人。善古文，又好谈兵。累官广西兵备佥事。后迁大名副使。尝提兵戍倒马关，总督杨博视其营垒，叹为奇才。有《白华楼藏稿》等。

聚子孙于一堂，序昭序穆；

祀祖宗于百代，报德报功。

【注】全联说茅氏子孙应报答祖先功德。

◉

陈平　主编

（下）

商务印书馆
The Commercial Press

2017年·北京

图书在版编目(CIP)数据

中国客家姓氏祠堂楹联:全两册/陈平主编.—北京:
商务印书馆,2017
ISBN 978-7-100-12883-4

Ⅰ.①中…　Ⅱ.①陈…　Ⅲ.①对联—作品集—中国
Ⅳ.①I269

中国版本图书馆 CIP 数据核字(2017)第 007350 号

中国客家姓氏祠堂楹联
(全两册)
陈 平 主编

商 务 印 书 馆 出 版
(北京王府井大街36号　邮政编码100710)
商 务 印 书 馆 发 行
北 京 通 州 皇 家 印 刷 厂 印 刷
ISBN 978-7-100-12883-4

2017年3月第1版　　　　开本787×1092　1/16
2017年3月北京第1次印刷　印张83
定价:588.00元

LÍN

【姓源】《风俗通义》。

① 以国为氏。林，商代方国，见殷墟卜辞（《殷虚卜辞综述》）。

② 周平王庶子林开之后。林开生林英，林英生林茂、林庆。

③ 公林氏，春秋鲁季孙氏之族。其后为林氏。《左传·定公八年》："桓子咋谓林楚曰：'而先，皆季氏之良也。'"

④ 春秋莒有林邑，在今山东境内，莒公氏以邑为氏。

⑤ 春秋时有荀林父，支孙以林为氏。韩、赵、魏三家分晋，林氏仕赵，故赵有林氏。

⑥ 北魏以后，匈奴丘林氏改姓（《魏书·官氏志》）。

⑦ 赐姓。商朝时的比干因向纣王直谏，被纣王处死。比干夫人陈氏娠三月，逃于长林石室之间，已而生下男孩。周武王灭商后，赐比干的儿子姓林名坚。从此，始有林氏。

⑧ 少数民族在北魏以后融入汉族改姓（略）。

【分布】林姓发祥于今河南省境内。战国时期，赵国宰相林皋生有儿子，分别为文、成、宣、化、德、修、明、勉和昭。林氏父子均十分贤德，被称之为"九龙之父""十德之门"。后来，因赵王欲加陷害，林氏族人被迫迁至今西河一带避难。

汉朝时期，林姓子孙历任少府、太子太傅等官职，并在济南地区成为名门望族。西晋末年，中原林姓开始迁居到福建一带。

明清之际，福建和广东等沿海地区的林姓开始移居台湾和海外。

林姓为中国第 17 常见姓。人口约 1300 万，约占全国人口的 1.07%。主要分布在福建、广东、台湾三省，约占全国林姓人口的 57%（其中福建最多，约占全国林姓人口的 23%）；其次是浙江、广西、山东三省、自治区（《中国姓氏·三百大姓》）。林姓客家人广东最多，其次为福建、台湾、广西，江西、湖南、海南、湖北、四川、海南、港澳也有分布。

【郡望】 西河郡、下邳郡。

【堂号】 西河堂、南安堂、九龙堂、九牧堂、积善堂、问孔堂、双桂堂、忠孝堂、济南堂、敬业堂等。

通用门联

> 九龙世德；
>
> 双桂家声。

【注】 ① 九龙世德：据《林氏族谱》载，赵国大臣林皋，居九门（今河北）。他有九个儿子，皆有文才，且有德行，都为州官，人称"九牧"。时人赞曰："九龙之父，十德之门。"后赵王妒才，父子隐于西河之山。② 双桂家声：林皋之子林藻事父母至孝。一说林冈父子相继登第，福建莆田为之建立"双桂坊"，故有"双桂遗风""双桂飘香"等联语。

> 九龙衍派；
>
> 梅鹤风标。

【注】 衍派：衍，繁衍；派，世系。

> 九龙跃浪；
>
> 双桂飘香。

> 九龙衍派；
>
> 双桂遗风。

【注】 以上林姓通用门联，用词各异，但联语中的"九龙"典指战国时赵相林皋生九子，皆称贤。时称林皋为"九龙之父"。

> 九龙衍派；
>
> 双鹤入云。

【注】① 九龙衍派：典指战国时赵相林皋。② 双鹤入云：宋林大年为侍御史，尝蓄双鹤，纵之入云端，归则复入樊中。

金门羽客；
和靖高风。

【注】① 金门羽客：典指林灵素。林灵素，宋永嘉人，少从浮屠学，苦其师答骂，去为道士。善妖幻，以方术得幸徽宗，赐号"玄妙先生"，又号"金门羽客"。② 和靖高风：典出林逋。林逋，北宋诗人，少孤力学，恬淡好古，结庐西湖孤山，赏梅养鹤，终身不仕，亦不婚娶，时称其"梅妻鹤子"，卒谥和靖先生。

通用堂联

九龙衍派家声远；
双桂遗风世泽长。

【注】上联"九龙"寓指战国时赵相林皋，生九子皆称贤。下联"双桂"寓指林披九子登科及第，其中林蕴、林藻兄弟同科登进士。

忠孝有声天地老；
古今无数子孙贤。

【注】据光绪二十年甲午泉州生员林维青撰族谱序载，宋仁宗时，敏公为御史中丞，告假，仁宗诏阅族谱，因获题诗："长林派出下邳先，移入闽邦远更延。忠孝有声天地老，古今无数子孙贤。故家乔木蟠根大，深谷猗兰奕叶鲜。上下相承同记载，二千年后万千年。"此联即从诗中两句取来。

赍志禁烟，御夷留恨；
血书求救，为夫解围。

【注】① 赍志禁烟：典指林则徐。林则徐，清末政治家，字少穆。嘉庆进士，道光时官两广总督，禁止鸦片，卓有成效，为禁烟派代表人物。积极抗英，因受诬革职，后谪戍伊犁。② 血书求救：典指林则徐之女林普晴。晴嫁于沈葆桢。桢守广信，寇适至，晴作血书，乞援父门发兵，广信遂得解围。

粤东林氏总祠西河堂通用联

九龙新世第；
十德旧名家。

泽自九龙远；

门从十德高。

【注】林姓始祖坚，生于河南淇水牧野，地处黄河之西。故世称"西河"，并以之为郡望和堂号。春秋时，十二世孙（林）放居鲁，是孔子"七十二贤"之一，唐追封林放为"西河伯"。九龙寓指战国时赵相林皋，生九子皆贤，故有"九龙"之誉。林皋以古代君子十种美德"仁、智、义、礼、乐、忠、信、天、地、德"为立身之本，故时人赞林皋"九龙之父，十德之门"。林氏后人以九龙、十德自励自勉。

双桂争荣，远绍称仁世泽；

九龙竞秀，遥承问礼家风。

【注】① 双桂：典出九牧林氏。林披九子登科及第。其中林蕴、林藻兄弟同科登进士第，时人以"双桂"誉之。② 九龙：典出战国赵相林皋。

西山瑞满，三仁著绩；

河水祥垂，双桂流芳。

【注】全联嵌林氏"西河"堂名。三仁，指商末三贤：微子、箕子、比干。

励志禁烟，御夷留恨；

血书求救，为夫解围。

【注】上联典指林则徐。林则徐力主抵抗外侵，虎门销烟，为国人所称道。但却遭贬斥，留恨绵绵，此恨是林则徐之恨，也是国人之恨。下联典指林普晴。林则徐女儿林普晴，嫁两江总督沈葆桢为妻。咸丰时，沈葆桢守广信城，为太平军围困，则徐女亲率妇女劳军，并写血书求救于玉山镇总兵饶廷选。饶接信后连夜派兵增援，血战七日夜，乃解广信之围。此联颂则徐父女英烈之故事。

福建永定林氏大宗祠通用门联

礼传东鲁；

派衍西河。

【注】① 东鲁：原指春秋鲁国，后指鲁地（相当今山东省）。因孔子是春秋鲁国人，所以这里又代指孔子。上联包含一个典故，即"林放问礼"。相传孔

子弟子三千，贤者七十二人，这"七十二人"之中，就有林氏得姓始祖林坚的第十三世孙林放。《论语·八佾》："林放问礼之本。子曰：'大哉问！礼，与其奢也，宁俭；丧，与其易也，宁戚。'"意思是：林放询问礼的根本精神是什么。孔子说："你问的这个问题太重要了！礼仪形式，如果不是发自本心一味追求奢华，不如俭朴一些；办丧事，如果只是为了追求形式完美，还不如只求体现出内心的悲伤之情。"古时礼有五种，即吉、凶、军、宾、嘉。吉礼是祭祀，凶礼是丧事。古人将祭祀看作"国之大事"，列位于五礼之首。孔子以林放问礼而答，列举对吉礼和凶礼的态度，阐明了"礼"的实质不是追求形式上的"奢"，而着重于内心的"戚"。② 西河：指林氏祖先最早繁衍生息的地方——古西河地域，即今安阳（古朝歌）一带。林氏宗祖比干，林氏得姓始祖林坚，均诞生、成长、从政、封爵、殉难、安葬在西河一带。林氏族人为怀念祖先早期的"繁衍生息"之地，并显示林氏族人同根同源，多将本族分支称为"西河林氏"，家谱、堂号、社团组织等均冠以"西河"之名。

福建永定高陂西陂林氏宗祠通用堂联

十德家声远；

九龙世泽长。

【注】全联典出战国时赵相林皋。

福建永定高陂西陂林氏宗祠门联

派衍长林，谊同一体；

支分闽海，望重三山。

【注】① 派衍长林：指林泉，字长恩，殷少师比干之子。周武王伐纣后，旌表忠烈，封比干墓，征其后嗣，得泉。因泉生于长林石室，故赐姓林，改名坚。坚公为受姓始祖。② 闽海：指福建沿海，代指闽域。③ 三山：福州别名。因城内于山、乌石山、屏山三山鼎立，故称。

福建永定高陂林氏绍卓堂联

乾八卦，坤八卦，卦卦乾坤已定；

鸾九声，凤九声，声声鸾凤和鸣。

【注】此联疑是举办婚礼时悬挂之联，对仗工整，运用反复修辞法。

福建永定高陂林氏玉铉堂联

玉溪碧水绕门，蓝作带；

铉举青山当户，翠为屏。

【注】门绕碧水，户对青山，此联颇有诗情画意。楼名"玉铉"。铉，原为举鼎之具，鼎为至高禄位三公之象，"铉举"含加官进禄之意。

福建永定高陂林氏裕德堂联

清白诒谋，画栋拂云联旧垒；

山川卜胜，玉兰绕砌缀新枝。

【注】上联言继承祖先传统，下联期子孙发达。诒谋：典出《诗·大雅·文王有声》："诒厥孙谋，以燕翼子。"诒，传，遗留。燕，通"晏"，安也。翼，敬也。

裕储何恃，处世居家，当效郑公张忍；

德大有由，待人应物，宜思柳恕娄谦。

【注】这是一副家训联。"公"与"忍"，"恕"与"谦"是教育族人处世待人应追求的品德和必备的修养。"郑、张、柳、娄"他们是族人应效法的榜样。"郑"疑指郑氏"义门"，郑氏先祖如南宋郑绮、元郑文嗣等他们九世、十世同居共灶，"家长专以致公无私为本，不得徇偏"（见《郑氏家范》）。"张忍"典指隋唐之际的张公艺，享寿158岁。他治家有方，举家3000多口，合住九栋一围的千多间房，大门额刻"百忍庐"三字。传他编有《百忍全书》《百忍歌》，提倡"忍"的人生哲学，告诫族人积善行德，忍气吞声，对人谦让。柳待考。"娄谦"典指唐丞相娄师德。《新唐书·娄师德传》："其弟守代州，辞之官，教之耐事。弟曰：'人有唾面，絜（洁）之乃已。'师德曰：'未也，絜之，是违其怒，正使自干耳。'"后有"唾面自干"成语，比喻逆来顺受，受侮辱也不加反抗。

福建永定高陂林氏集庆堂联

集福迪前光，子孝父慈，序五伦之乐事；

庆恩延后嗣，蛟腾凤起，绵十德之家声。

【注】上下联首字嵌堂名"集庆"。十德：儒家提倡的君子十种美德，即仁、知（智）、义、礼、乐、忠、信、天、地、德。五伦：指君臣、父子、兄弟、夫妇、朋友之间五种关系。此联是一种祈祷，也是对子孙的一种期望。

福建永定高陂林氏玉文堂联

我先祖历尽艰难，崇俭黜华，创业丕基绵世泽；

尔后生正非容易，勤耕苦读，守成恢绪振家声。

【注】此联对仗工稳，内容上仍是勉励后昆，承先启后，光扬祖德。

福建永定高陂林氏西溪堂联

西水东山珠玉蕴；

溪边池畔凤龙飞。

【注】联嵌"西溪"堂名。上下联对仗工稳，出句和对句中"西水东山"与"溪边池畔"又两两自对。"珠玉"和"凤龙"暗含人才辈出。

福建永定高陂林氏福东堂联

春风随福至，渡岭惊梅，花飞白玉风光好；

紫气自东来，入门报柳，汁染蓝袍气象新。

【注】传说老子将过函谷关，关令尹喜登楼，见紫气从东而来，知道有圣人经过，果然老子前来。后人因以"紫气东来"表示祥瑞。联中的"花"指梅花，"汁"指柳汁。"花飞白玉"，"汁染蓝袍"，盖指福禄临门。此联情景相生，诗意盎然，充满新春的欢乐气息。

福建永定高陂林氏贻翼堂联

贻孙只望绳其祖；

翼子还期裕后昆。

【注】① 贻孙：语出《诗·大雅·文王有声》："诒厥孙谋，以燕翼子。"② 绳其祖：以先祖为准绳。

福建永定高陂林氏培荆堂联

培桂香飘五；

荆居善举三。

【注】上联化用"五桂"的典故：五代时窦禹钧的五个儿子相继登高第，冯道赠诗曰："燕山窦十郎，教子有义方。灵椿一株老，丹桂五枝芳。"下联用"举一反三"典，语出《论语·述而》："举一隅，不以三隅反，则不复也。"举一事即可类推其他事物，闻一而知十。"荆居"指居处简陋，是谦词。

云松天下事；

烟雨丛中楼。

【注】以诗句入联。渲染了一种烟雨蒙蒙的气氛。

福建永定高陂林氏道三堂联

道义无遗逢盛世；

三纲不惑庆长春。

【注】三纲：古指君臣、父子、夫妇之道，即君为臣纲、父为子纲、夫为妻纲。

福建永定高陂林氏耕心堂联

耕以礼，种以义，有毂固基业；

心能存，性能养，安居贻子孙。

【注】上联的"毂"，是吉的意思，如毂旦，即吉日，毂在此不简化作稻谷的"谷"。字面上看讲的是农业，耕种，其实，联作者本意是只有遵行礼义，才能平安吉利，巩固原来的基业。下联强调子孙后代继承儒家的存心养性学说。

福建永定高陂林氏双寿堂联

双桂培仁里；

寿山拱德门。

怡情双寿室；

和气一家春。

【注】双寿堂现存四副嵌字联，此两联对仗严谨，颇有深意。

福建永定高陂林氏居安堂联

近智近仁近勇武；

能忠能孝能文章。

【注】上下联用三"近"、三"能"要求子孙，写法上很有特色，平仄也基本合律。唯下联末"能文章"，三平调，这是律诗和对联的大忌。

福建永定高陂林氏存德堂联

存心不外和而忍；

德业无违读与耕。

【注】平和忍让，耕读传家，这是客家一贯遵循的古训。

> 存但欲其余，善而存，自古书田生不息；
>
> 德为仁之本，修乃德，由来心地发无疆。

【注】所谓存，就是欲望不能太多，只要它剩余部分，那就是存善，要善于存。要存善就必须读书，读好书，就能生生不息，传之久远。这副嵌字联内容不外积德行善之意，但阐理深刻，对仗工整，颇有功力。

福建永定高陂林氏德兴堂联

> 德海人添寿；
>
> 兴家世炽昌。

【注】联嵌楼名"德兴"。

福建永定高陂林氏三宜堂联

> 恪守有前型，世泽流芳，须计门高十德；
>
> 贻谋无后令，诸贤蔚起，勿忘堂号三宜。

【注】① 十德：仁、智、义、礼、乐、忠、信、天、地、德。② 三宜：待考。疑指宜室、宜家、宜兄弟。③ 前型：指先祖的典范、榜样。

> 三阳泰启逢新运；
>
> 宜室笙歌醉太平。

【注】三阳：冬至后阴气减而阳气生，古称冬至一阳生，十二月二阳生，正月三阳开泰。

福建永定高陂林氏慎德堂联

> 慎守三缄，金人古训；
>
> 德传九牧，铁券家声。

【注】① 三缄：语出汉刘向《说苑·敬慎》："孔子之周，观于太庙，右阶之前有金人焉，三缄其口，而铭其背曰：'古之慎言人也，戒之哉，戒之哉！无多言，多言多败。'"② 金人：即铁铸成的人像。③ 九牧：唐莆田人林披，官太子詹事，曾任汀州曹掾。他生九子，均先后登科，并选为两广、湖南各州刺史，其后裔称为"九牧林家"。④ 铁券：又称铁券丹书，是帝王颁赐功臣、授以世代享受某种特权的铁契，用铁制成，书以红漆字，便于久存。

福建永定高陂林氏敦睦堂联

> 敦孝悌，序天伦，都是持家善法；
>
> 睦宗亲，明人道，莫非处世良规。

【注】联嵌"敦睦"堂号。孝：敬父母。悌：友兄弟。序：是动词使动用法，使天伦有序。

福建永定高陂林氏活泼堂联

> 活水长流绵世泽；
>
> 泼霖时降庆丰年。

【注】联嵌"活泼"堂号，堂名颇别致，横批"文澜活泼"，点明了旨意。泼霖：指瓢泼雨水。全联寄以家族永葆世泽，长盛不衰的期望。

> 步期至善；
>
> 高在读书。

【注】联嵌活泼堂先祖升峻公的字——步高。此联字简而意深。看似顺手拈来，实则费尽心思。

> 负拔俗雄姿，梅鹤钟情，想见孤山风韵；
>
> 建干云华厦，芝兰绕砌，犹传十德家声。

【注】此联专为林升峻活泼堂而撰。梅鹤：指的是北宋诗人林逋（字和靖），无妻无子，以种梅养鹤自娱，人称"梅妻鹤子"。孤山：在杭州西湖。十德：古代君子的十种美德：仁、智、义、礼、乐、忠、信、天、地、德。此联为清才子王见川所撰，由厅堂的高上云霄的雄姿，联想到林姓先人超尘脱凡的高格和子孙的才德，很有意蕴。

福建永定高陂林氏崇礼堂联

> 崇德报功，明忠示信，便是古今肖子；
>
> 礼耕义种，知耻守廉，方为天地完人。

【注】上下联首句，"崇德"与"报功"自对，"礼耕"与"义种"自对。全联句斟字酌，选词恰切，颇有功力。

福建永定高陂林氏垂裕堂联

> 积德胜遗金，处世当遵司马训；
>
> 惟善以为宝，持身宜省楚书言。

【注】司马训：司马光有《训俭示康》一文，是写给其儿子司马康的，文中以许多实例论述俭之利，奢之害。楚书言：典见《国语·楚语》下篇，记述楚大夫王孙圉出使晋国，与晋大夫赵简子谈论什么是宝。赵简子以个人装饰品美玉为宝，王孙圉却以为国出力的人才和山川物产为宝。此联以积德行善为主旨，上下联首句引用积德行善的古训。

福建永定高陂林氏凤池楼联

凤立丹山鸣晓日；

池翻绿水涌清波。

【注】联嵌楼名"凤池"。字面看只是一般写景，其深意是希望家族能出龙出凤，报效朝廷，光宗耀祖。这也是此楼命名立意之所在。

恪守箴规，承先人崇仁尚义，允为仪式；

力行孝悌，愿后嗣爱国兴家，毋忝休光。

【注】允为仪式：应该成为榜样。毋忝休光：不要辜负过去的荣耀。劝勉子孙勿丢崇仁尚义的传统，兴家爱国，为社会做出贡献。此联除了兴家外，还提出爱国，境界高出一筹。

福建永定高陂林氏明峻堂联

明伦教稼，本皇朝熙洽所基，永垂世业；

峻岭崇山，得此地英灵相贶，式启家祥。

【注】明伦：语出《孟子·滕文公上》："学则三代共之，皆所以明人伦也。"人伦：即指三纲五常，封建社会中规定的人与人相处的关系。熙洽：时世清明和乐。贶：恩赐。式：动词前语助词，无实义。上联写人文，劝勉子孙耕读明伦，永垂世代基业。下联写地理，地处崇山峻岭，祈祷山灵护佑，使家族祥瑞发达。全联文字典雅，内涵深厚。

明经守典谟，承先人淑世淑身，孙子允为仪式；

峻德思恭让，启后嗣宜兄宜弟，室家毋忝休光。

【注】明经守典谟：意为读好经书，遵守圣人教导的常规守则。典谟，过去留下的常规、准则。淑世淑身：即一生注重道德修养，使自己更加完善美好。孙子：指子孙后代。峻德：语出《书·尧典》："克明峻德，以亲九族。"以德严格要求自己。本联内容上仍是勉励子孙继承和发扬先祖功德，并无新意，但对仗严谨，用词典雅，

构思精美，不愧是堂联上乘之作。

福建永定高陂林氏承悦堂联

> 承箕裘克绍；
>
> 悦兄弟孔怀。

【注】箕裘克绍：典出《礼记·学记》："良冶之子，必学为裘；良弓之子，必学为箕。"意为继承父兄之事业。克绍：克，能；绍，继承。兄弟孔怀：语出《诗·小雅·棠棣》："死丧之威，兄弟孔怀。"死丧之事很恐怖，唯兄弟之亲能相思念、慰勉。此联冠"承悦"堂号，引经据典，雍容典雅，很有文化蕴涵。

> 承志无忘先父嘱；
>
> 悦怀端赖后人贤。

【注】上联继往，下联开来，结构严密，对仗工整。

福建永定高陂林氏新肃堂联

> 春暖观龙变；
>
> 秋高听鹿鸣。

【注】上下联互文见义，即无论春暖、秋高，一年四季都观龙变，也听鹿鸣。龙变：龙是能兴云雨利万物的神异动物，龙变即鱼龙变化。鹿鸣：《诗经·小雅》篇名，宴会宾客所奏乐曲，科举中试有鹿鸣宴。"龙变""鹿鸣"皆为读书中举、仕途得意的吉兆。此联看似对悠闲景物的描绘，实则对人杰地灵的希冀。

福建永定高陂西陂、洪坑、广西博白林氏宗祠堂联

> 忠孝有声天地老。
>
> 古今无数子孙贤；

【注】上联典出林悦。宋仁宗时，晋安（今福建福州）林姓始祖林禄的二十四代孙林悦，任侍御史，以忠孝见称。一日，他向宋仁宗请求回家扫墓，宋仁宗便让他呈上家谱观看，最后有感于比干为国尽忠，林悦为死去的双亲尽孝，一门之中忠孝两全，于是在家谱上提写了"忠孝"二字，交回林悦手中。后来，这支林姓人以此为荣，自称"忠孝堂"。

> 状元榜眼探花，一代强如一代；
>
> 尚书都督总制，后人无愧前人。

——王十朋

王十朋：浙江乐清人，南宋状元，曾任泉州知府，颇有政声。

福建永定高陂西陂林氏大宗祠堂联

> 唐宋元明，千余进士三及第；
>
> 高曾祖考，十八拜相五封侯。

—— 李光地

> 唐宋元明，千余进士三及第；
>
> 高曾祖考，十八宰相九功臣。

—— 李光地

【注】高曾祖考：指高祖父、曾祖父、祖父、父亲。

李光地：福建安溪人，清代康熙朝名相。

福建永定高陂西陂亚林氏宗祠门联

横披：百世支本

> 西山钟灵秀；
>
> 峰水涌文澜。

【注】西山、峰水：点明宗祠地理位置。

福建永定高陂西陂亚林氏宗祠联

> 绳其祖武；
>
> 贻厥孙谋。

【注】各姓氏通用联。上联出自《诗·大雅·下武》："昭兹来许，绳其祖武。"绳，继续；武，足迹。踏着祖先的足迹继续前进。比喻继承祖业。下联出自《书·五子之歌》："明明我祖，万邦之君，有典有则，贻厥子孙。"贻，遗留；厥，其，他的；谋，计谋，打算。为子孙的将来做好安排。

福建永定高陂林氏世德堂分祠门联

> 世承先代九龙泽；
>
> 德载后传双桂风。

【注】① 九龙：典出战国时赵相林皋。② 双桂：指林氏入闽二世祖林景，三世祖林缓，均有战功，相继封为桂阳郡（今湖南郴州）南平侯。

福建永定高陂西陂林氏世德堂联

世守有遗经，八代分居开寝庙；

德音毋敢怠，七房同志建时仪。

世历百，代历千，氏谱曾开忠孝；

德传十，牧传九，明禋用享春秋。

【注】联嵌"世德"堂名。① 德传十：指林氏十德家声。战国时赵相林皋，生九子皆贤，赵王曾惊叹曰："贤哉林皋父子也。"后人称林皋九子为"九龙"。林皋以古代君子"仁、智、义、礼、乐、忠、信、天、地、德"品格为立身之本，故时人号皋为"九龙之父，十德之门"。② 牧传九：典出唐代林披。林披，福建莆田人，官太子詹事，后被贬为汀州曹掾。贞元间，其九子先后登科，并选为两广、湖南各州刺史，故后人称其为"九牧林家"。③ 禋：升烟以祭天，今泛指祭祀神明。

福建永定湖洪坑林氏家庙堂联

道山纪闻，世承旧学；

西湖遗迹，远播高风。

【注】① 道山纪闻：北宋理学巨擘林之奇（1112—1176）之著作。林之奇，字少颖，号拙斋，福建闽侯人。除《道山纪闻》外，还有《尚书集解》《春秋周礼讲义》《论语注》《孟子讲义》《扬子讲义》等。② 西湖遗迹：指林逋"梅妻鹤子"之事典。

福建永定湖坑洪坑林氏家庙联

问礼崇千秋俎豆；

读经衍百代书香。

【注】① 问礼：典出林放。② 百代书香：指林氏历史名人众多。稍举一二：比干、林坚（比干之子，林氏得姓之始祖）、林放（孔子七十二贤弟子之一）、林悦、林禄（把林姓从北方带到南方的第一人、南方林姓中影响最大的闽林始祖）、林默娘（妈祖）、林之奇（理学大家）、林逋（成语"梅妻鹤子"的主人公）、林则徐；近现代名人如：林语堂、林觉民、林徽因、林风眠，等等。

福建永定林氏宗祠栋对

庭余嘉荫，室有藏书，天下事随处可安，即使是雕梁画栋；

卜得芳邻，居成美境，田舍翁问心已足，慢言应列鼎鸣钟。

【注】全联抒发了随遇而安、知足常乐的人生理想：不求高官厚禄，荣华富贵，只要室有藏书，家有芳邻，一二知己，畅怀悠游即可。中国知识分子追求崇高纯洁的人生境界，于此联可见一斑，可谓别调独弹。

广西林氏宗祠通用联

九龙世泽；

十德家声。

【注】上联典指林姓名人、林氏始祖林坚三十四代孙林皋事典。皋为比干子孙，战国时任赵国宰相，权倾一时，德高望重。他有九子：林仁、林年、林升、林昶、林文、林曜、林岳、林佐、林卫，受家风影响，各有才能，德才兼备，被时人称为"九龙"，林皋则被称为"九龙之父"，他们家族也被称为"九龙门"。加上林皋，父子十人同以德才见称，其家族也因此被称为"十德"（以玉的十种特质，比喻君子的十种美德：仁、智、义、礼、乐、忠、信、天、地、德）之门。为后来林氏堂号"十德堂"之始。

西河世泽；

务本家声。

【注】① 西河：林氏始祖旺地。林氏得姓始祖林坚公，是殷商之臣比干之子。比干被暴君纣王剖心杀死。比干正妃夫人妫氏方孕三月逃往牧野（今河南淇县）生男名泉。周武王灭殷商建周，以泉乃殷商忠直之臣比干之子，赐名林坚。林氏始祖林坚食邑博陵（今河北安平），考河南淇水，地处古黄河之西，世称西河，故林氏郡望总堂号为"西河堂"。② 务本：典指春秋时林放。林放是孔子学生，尝问礼之本。孔子以为时人正舍本逐末，而放独能有志于本，故以"大哉"称之。

草舍百篇集清气；

虎门一炬振国威。

【注】上联典指明代贡生林时跃。时跃起于草野，科举高中，授大理评事不就。晚与徐霜皋等共撰《正气集》。著有《朋鹤草堂集》《明史大事记》等。下联典指清代大臣林则徐。道光十七年（1837年）初，林则徐任湖广总督，严禁鸦片，

卓有成效。道光十九年四月二十二日起，在虎门将收缴的 237 万多斤鸦片当众付之一炬，全部销毁。

> 梅妻鹤子和靖士；
>
> 竹笔译文冷红尘。

【注】上联典指宋代大诗人林逋。林逋，字和靖。无意世俗，终生不娶，在杭州西湖小孤山上种梅养鹤，人称"梅妻鹤子"。下联典指近代古文家、翻译家林纾。林纾（1852—1924），字琴南，号畏庐，闽县人。光绪举人，曾任教于京都大学堂。翻译英美等国小说 170 余种，影响颇大。

> 唐宋元明，五百进士三顶甲；
>
> 高曾祖考，十八宰相九封侯。

【注】上联说林氏历代人才济济，唐宋元明四朝便出了 500 个进士 3 个状元。查林氏历史，其状元远远不止这个数，自唐至明，文状元就有林慎思（宏词科 870 年）、林石（特奏 1226 年）、林壮行（神童科 1231 年）、林济孙（1340 年）、林亨（1343 年）、林环（1406 年）、林震（1430 年）、林大钦（1532 年）8 人。下联说历代以来林氏家族出了 18 位宰相，有 9 个封了侯王。

广西贵港市平南县平田村林氏宗祠联

赐姓出长林，适周历唐，姑博陵以入闽邦，族著莆田，追怀九牧承先烈；

分支流两粤，自东且西，由连滩而移龚水，堂开司马，庆衍五房启昌盛。

【注】此联叙述林氏从得姓开始，历朝历代迁居的历史：上联从沛国之长林再到福建；下联从福建分流到两广，先由福建到广东连滩，再由连滩到龚水。上联缅怀先祖功烈绩；下联祈祷后人荣昌。

台湾林氏宗祠门联和堂联

祠联小序： 台湾林氏大都从广东蕉岭峰口、南山下、峡里迁徙而来，其姓源、堂号基本与广东梅州蕉岭一致。

> 九龙世第；
>
> 十德家声。

> 忠贞世第；
>
> 孝友家传。

九龙勋业源流远；
十德芳徽世泽长。

肆龙世第千秋仰；
十德家声万古传。

九龙名望家声远；
十德传芳世泽长。

富贵花开双桂第；
平安竹报九龙家。

十德家声辉献瑞；
九龙世泽耀祯祥。

九龙世第规模壮；
十德家声福泽长。

十德堂前燕雀贺；
九龙阶下凤凰仪。

创业成功忠是本；
立身地道孝为先。

忠孝一声天地老；
古今无数子孙贤。

双桂堂前燕雀贺；

九龙阶下凤凰仪。

西东轨道子孙荣盛；

河海循环天地同庆。

【注】① 九龙：指的是林皋所生的九个贤子，加上人称"九龙之父"的林皋自己，一家十人，即是"十德之门"。所有林姓人家的堂联、门联，都是以"九龙""十德""双桂""西河""忠孝"为主要的意涵，或是当作对联的起首字来题撰。区域上并没有显著的差异，大体而言，新埤地区林姓人家喜用"十德堂前燕雀贺，九龙阶下凤凰仪"；佳冬地区则是"九龙世第规模壮，十德家声福泽长"；长治、高树、内埔则用"十德家声远，九龙世泽长"。② "忠孝一声天地老，古今无数子孙贤"这副对联，是许多林姓人家阿公婆牌（即神龛）联。

台湾高雄美浓林氏西河堂栋对

祖籍本梅州、始松源、继吧璋，惟孝惟忠，诗礼兰台芳百世；

宗支移大学、迁凤邑、徙美浓，克勤克俭，书田润渥续千秋。

【注】联说林氏自梅州、松源、吧璋迁徙来台，繁衍后裔，不忘祖德。

台湾六堆地区林氏宗祠栋对

祖籍溯长林，三仁脉贯继继绳绳，自昔九龙宏甲第；

宗支分竹南，四世忠旌兢兢业业，于今十德振家声。

【注】此联点出长林、竹南地名，又点出九龙、十德名人。

台湾高雄美浓林氏西河堂栋对

唐宋元明清，十八状元三宰相；

高曾祖考妣，三千进士九封侯。

【注】此联出于美浓镇弥浓里的林家祠堂，堂号为西河堂。

台湾屏东内埔林氏西河堂栋对

发祥广东蕉岭，念乃祖功德，贻谋九龙，赐声奕世栋梁林府；

迁幸台湾兴南，愿后胤勤耕，修业十善，丰庆宜传忠孝持家。

【注】联说林氏发祥自广东蕉岭，迁台定居，繁衍子孙。

台湾屏东万峦林氏西河堂栋对

派衍西河，念兹源远流传，本是回龙昭祖德；

支分南土，重修改造雕墙，毋忘双桂老家声。

【注】通用栋联的内容未述及特定家族之相关人文典故，只是一般慎终追远的高度概括，以溯源、崇祖、勤勉为旨趣，在不同姓氏间都可以使用。

想当年创业开基，只此茅阶映雪，土茨连云，凰岭昭阳，恪守九龙新世第；

于今日雕墙峻守，无非农服先畴，士食旧德，水源木本，莫忘双桂老家声。

守先代之遗风，犂云戴月，锄雨披星，惟是克勤克俭，祖父当年，旧接九龙世第；

为后人创建业，书东朝天，周梁影日，漫云涂暨涂丹，裔孙永祀，须承十德家声。

湖南炎陵林氏宗祠堂联

草堂百篇集清气；

虎门一炮震国威。

【注】上联典说林时跃；下联典指林则徐。

通用堂联

九龙衍派家声远；

十德传芳世泽长。

十德堂中深树德；

九龙门内再腾龙。

派衍九龙光祖德；

泽流双桂继前徽。

世德毋忘，忠孝留题昭御卷；

先灵俱在，诗书接续大家声。

唐宋旧衣冠，未算会魁十八解；

元明新及第，休言学士九尚书。

西河渊周室，九龙世泽绵千载；

南岭推望族，十德家声传万年。

广东兴宁林氏宗祠堂联

派衍西河，基镇东城，修宇溯三江而下；

居图南土，拱居北极，有伉歌十德之门。

广东梅州金山巷林氏宗祠堂联

胜地接金山，仁看甲第蝉联，派衍九龙绵世泽；

芳邻依铁汉，从此人文蔚起，徽流十德重家声。

十三龄寄迹梅江，敦厚之音容犹传心目，假非矢志生前，曷克肇居此地；

六七岁立营宗旨，坚忍之操守凛若冰渊，惟愿慎修于后，庶几永建乃家。

广东梅州白宫阁公岭林氏宗祠堂联

溯胥宇于当年，创业循俭朴之训，冀期蕃昌百世；

诏承谟于继世，筑室依南山之秀，箕裘远绍千秋。

台湾屏东万峦鹿寮林氏宗祠灯对

光前共庆光前德；

裕后咸隆裕后功。

海南儋州南丰镇海雅村林氏济南堂联

济世潭敷功德厚；

南天普照寿星光。

马来西亚槟城林氏九龙堂联

万代流芳，忠孝有声天地老；

千秋树德，古今无数子孙贤。

【姓源】《续通志》引《姓苑》。

① 汉族、回族姓。

② 壮族姓（《柳江县志》，1991）

③ 仫佬族姓、傈僳族汉姓等。

【分布】卖姓主要是回族汉姓等少数民族姓氏，人口很少，分布地广。北京中心城区、大兴等地有卖姓。卖姓客家人主要分布在广西及广东佛山。

【郡望】河南郡。

【堂号】河南堂。

广西柳州柳城卖村卖氏宗祠联

> 世居安柳北；
>
> 来路自河南。

【注】此为卖氏宗祠门联。说这支卖氏始祖福寿公自河南迁至今卖村，安居柳州之北。卖氏源于姬姓，出自西周时期官吏儥人，属于以官职称谓为氏。儥人，西周初期设置的官吏，负责掌管和调剂市场。在儥人的后裔子孙中，有以先祖官职称谓为姓氏者，称儥氏，后省作卖氏。

【姓源】《元和姓纂》。

① 越为楚所灭,更封越王无疆次子蹄于乌程（今浙江湖州南之故菰城）欧余山（今升山）之阳，为欧阳亭侯，其后有欧氏。

② 欧阳氏之省。

③ 少数民族汉姓，如本姓努图格沁的蒙古族汉姓，苗族、彝族汉姓等。

【分布】欧姓为中国第 134 常见姓。人口 113 万多，约占全国人口的 0.09%。主要分布在广东、湖南、四川三省，约占全国欧姓人口的 60%；其次为贵州、重庆、广西、福建、台湾、海南、云南七省、市、自治区，约占全国欧姓人口的 29%。广东最多，约占全国欧姓人口的 32%(《中国姓氏·三百大姓》)。欧姓客家人广东最多，广西、福建、四川、湖南、台湾也不少，海南有此姓。

【郡望】平阳郡。

【堂号】八剑堂。

通用祠联

门联

> 才传长乐；
> 廉表永春。

> 才高吴下；
> 惠枝泉溪。

孝格禽兽；

光佩芙蓉。

【注】① 孝格禽兽：典指欧宝。欧宝，汉平都人。性至孝，父丧庐墓。里人格虎，虎投其庐中，宝以衣覆之，虎得脱，渡江而去。其后虎致鹿以助宝祭。人以为孝能格（感化）猛兽。② 光佩芙蓉：典出欧冶子。欧冶子，春秋时人。善铸剑，越王聘之作五剑。其一曰"纯钩"，以示薛烛曰："扬其华（光彩耀人），淬如芙蓉始出。"

堂联

崇宗显赫平阳郡；

本祖巍峨八剑堂。

【注】八剑堂：典指春秋时治工欧冶子。相传越王勾践请他铸五剑，称湛卢、巨阙、胜邪、鱼肠、纯钩。吴王阖闾得到鱼肠剑，专用于刺杀吴王僚。又传与干将为楚昭王铸三剑，称龙渊、泰阿、工布。欧冶子铸八大名剑，在欧姓历史上被传为佳话。其后人引以为荣，遂命名家族堂号为"八剑堂"，以示对祖先的怀念。

广西柳州柳城荡坪欧氏宗祠联

祀祖宗深恩永记；

佑后代家业常兴。

【注】此为碑上的配联。上联说永记祖宗恩德，下联说振兴家声。

【姓源】《元和姓纂》。

① 越为楚所灭，更封越王无疆次子蹄以乌程（今浙江湖州南之故菰城）欧余山（今升山）之阳，为欧阳亭侯，遂以为氏。后有为涿州太守者，子孙或居渤海（治今河北南皮东北），或居千乘（治今山东高青东北）。蹄的后裔有人以先祖称号"欧阳"为氏。

② 回族姓（《回族姓氏初探》《中国回族大辞典》）。

③ 其他少数民族改姓（略）。

【分布】欧阳氏为中国第 149 常见姓，复姓第 1 常见姓。人口约 88 万，约占全国人口的 0.07%。主要分布在湖南、广东、江西三省，约占全国欧阳氏人口的 80%；河南、陕西、四川、湖北四省欧阳氏人口亦较多。湖南最多，约占全国欧阳氏人口的 43%（《中国姓氏·三百大姓》）。欧阳姓客家人湖南、江西、广东较多，四川、湖北、河南不少，陕西、台湾及港澳也有分布。

【郡望】渤海郡、庐陵郡、欧阳郡。

【堂号】渤海堂、千乘堂、庐陵堂、丰宝堂、画荻堂、六一堂、不二堂等。

通用祠联

门联

> 庐陵世泽；
>
> 渤海家声。

【注】渤海、庐陵：均为欧阳氏的郡望、堂号。据《新唐书·宰相世系表》载：

"（欧阳氏）出自姬姓，夏少康庶子封于会稽，至越王无疆为楚所灭。无疆子蹄，更封乌程欧余山之阳，为欧阳亭侯，遂以为氏。"另据《梅县欧阳氏族谱》及欧阳氏《嘉应州派谱》载，蹄的六世孙摇，时交秦二世之乱，摇佐诸侯灭秦兴汉有功。传至睦、举时分两支，举居冀州（今河北）渤海郡为渤海派，嘉应欧阳氏属渤海派这一支。故梅州欧阳氏堂号为"渤海"。渤海派在晋渡江时，随晋南奔到湖南长沙。欧阳琮因宦由长沙移吉州（庐陵郡），为庐陵欧阳氏始祖。欧阳修十九世孙德祖居蜀江（今江西泰和县），为蜀江始祖。德祖十世孙宗泰迁居广东兴宁县，宗和迁居广东长乐（今五华）。德祖十一世孙广溇于明朝正统十三年（1448年）授广东程乡县（今梅县）学训导，由蜀江迁居程乡。广溇生有八子，第八子统志随广溇妻钟氏、翁氏定居程乡，先筑屋于城东苎坑，后迁城南扶贵（今程江）。广溇为梅县欧阳氏始祖。

> 文章政事；
> 独步庐陵。

【注】全联典指宋朝时期的欧阳修。欧阳修，庐陵人，中进士甲科，与韩琦同居相位，以文章冠天下，有《新五代史》《毛诗本义》《新唐书》等行世。

> 庐陵世德；
> 渤海家声。

【注】渤海郡是欧阳家族的发祥地。

> 石渠博士；
> 渤海名流。

【注】① 石渠博士：典指欧阳生。欧阳生，汉千乘人，从伏生受《尚书》，授倪宽，宽授欧阳生子，世世相传，传至八世，皆为博士，讲论石渠。② 渤海名流：指晋欧阳建，世为冀州右族，字坚石，雅有理想，才藻美赡，擅名北州，历官尚书郎、冯翊太守，甚得时誉。时人语曰："渤海赫赫，欧阳坚石。"

> 母教留芳，泷冈作表；
> 夫尸收葬，燕市衔哀。

【注】① 母教留芳：欧阳修母郑氏，修四岁而寡，守节教修。家贫，修常以荻画地学书。既参政，作《泷冈阡表》，显扬亲德，述其事甚详。② 夫尸收葬：文天祥为宋相，被执，遇害于燕市。妻欧阳氏收葬夫尸，面色如生。

台山世泽；

洪湖家声。

江西兴国鼎龙杨村欧阳氏宗祠

功名事业三朝相；

道德文章百世师。

——赵顼（宋神宗）

【注】① 鼎龙杨村欧阳氏宗祠位于兴国县城东北。杨村，原名欧阳村，全村皆为欧阳氏。兴国杨村欧阳氏属庐陵派系分支，从永丰沙溪迁兴国山阳寨，再迁居兴国杨村已有900多年历史，系宋代欧阳修后代的一个重要居住地。杨村欧阳氏宗祠，以欧阳修晚年自号"六一居士"而命名为"六一世第"。欧阳修晚年自诩："藏书一万卷，集录三代以来金石遗文一千卷，有琴一张，有棋一局，常置酒一壶……以吾一翁，老于此五物之间，是岂不为六一乎？"六一世第修建于清光绪丁酉年（1897年），占地面积约400多平方米，是江南典型的"十字厅"造型，虽历经沧桑，但主体建筑风貌至今依然如故。② 三朝相：欧阳修辅佐宋太祖、高祖和神宗三代皇帝，故名"三朝相"。欧阳修（1007—1072），字永叔，号醉翁、六一居士，吉州永丰（今江西省吉安市永丰县）人。北宋政治家、文学家，负有盛名。吉州原属庐陵郡，因以"庐陵欧阳修"自居。官至翰林学士、枢密副使、参知政事，谥号文忠，世称欧阳文忠公。后人又将其与韩愈、柳宗元和苏轼合称"千古文章四大家"。与韩愈、柳宗元、苏轼、苏洵、苏辙、王安石、曾巩被世人称为"唐宋散文八大家"。欧阳修还创修史修谱的格式，后人称之为"欧体"。此联为宋神宗题撰。宋神宗，名赵顼，宋朝第六位皇帝，英宗和宣仁圣烈高皇后长子。

天下欧阳无二氏；

翰林文学第一家。

——苏轼

【注】翰林：欧阳修曾任翰林学士。此联为苏轼所撰。苏轼，字子瞻，一字和仲，号东坡居士，眉州眉山（今四川眉山市）人，中国北宋文豪，"唐宋八大家"之一。其诗、词、赋、散文均成就极高，且善书法和绘画，是中国文学艺术史上罕见的全才，也是中国数千年历史上公认的文学艺术造诣最杰出的大家之一。

江西吉安欧阳氏宗祠惇叙堂联

景色清幽，鸟语莺啼娇舌啭；

祥光映耀，桃红柳绿笑颜开。

源分渤海，受姓余山，欧阳子孙遍天下；

唐朝宰相，大宋贤臣，历代豪杰耀神州。

【注】① 余山：欧阳的得姓之地。欧阳氏的得姓，大约有2000年的历史。据《路史》载，越王无疆的次子，被封于乌程欧余山的南边，后代中有欧氏、欧阳氏。② 唐朝宰相：指欧阳通。欧阳通（？—691），唐代大臣、书法家。字通师，潭州临湘（今湖南长沙）人。欧阳询子。早孤，母徐教以父书。初拜兰台郎，仪凤中累迁中书舍人，封渤海公，天授初转司礼卿判纳言事，二年为宰相，因反武承嗣为太子被害。工于楷，书得父法而险峻过之，父子齐名，号"大小欧阳"。传世作品有《道因法师碑》《泉男生墓志》等。

江西吉安永丰欧阳氏祠联

奉亲克孝，表遗川岳，光华文章理学；

事君致忠，生赋乾坤，正气柱国名臣。

——聂豹

【注】唐宋八大家之一的欧阳文忠公祠联，在欧阳修的家乡江西吉安永丰县城。

聂豹（1486—1563）：字文蔚，号双江，吉安永丰（今江西永丰）人，为王守仁心学正统传人。正德十二年（1517年）进士，授华亭县令，升御史，历官苏州、平阳知府。擢陕西副使。嘉靖二十九年（1550年）进兵部右侍郎，改左侍郎。嘉靖三十一年任兵部尚书，上疏议防秋事宜，又请筑京师外城，均被采纳，加太子少保，是明代有名的廉吏之一。名垂青史。嘉靖三十二年十月，京师外城完工，进太子少保。嘉靖三十四年二月，上疏反对增设巡视福建大臣和开放沿海互市，世宗大怒，于二月二十九日勒其罢官闲住。嘉靖四十二年逝世，年七十七。隆庆元年（1567年）赠少保，谥贞襄。聂豹推崇王阳明的"致良知"学说，以阳明为师，但他认为良知不是现成的，要通过"动静无心，内外两忘"的涵养功夫才能达到。有《困辨录》《双江集》等。

奉亲克孝，表遗川岳，光华文章理学；

事国名臣，君致忠生，赋乾坤正气柱。

江西吉水季立公祠欧阳氏门联

稽天世泽，佑季立名后；

古道家风，耀龙门望房。

【注】稽天：至于天际。

江西吉水文园天授堂欧阳氏堂联

长留元气还天地；

永葆赤心对祖宗。

【注】元气：指人的精神，精气。

千秋理窟谷平学；

百代名称吏部文。

【注】理窟：义理的渊薮。谓富于才学。

喜见人龙生羽翼；

行看天马焕文章。

【注】① 人龙：比喻人中俊杰。② 天马：战神，有多位，表现了汉民族的尚武精神。其中最重要的马神为锋星，是汉武帝刘彻的化身。天马拥有不畏强敌、不怕牺牲、拼搏进取的无量勇气，是军人崇拜的偶像，也是汉民族最重要的图腾之一。

江西南康大坪上洛欧阳氏祠堂联

理合民情，五经科甲无双品；

三凤八龙，三世宪台第一家。

【注】① 五经：即《诗》《书》《易》《礼》《春秋》，这五部书是我国保存至今的最古的文献，也是我国古代儒家的主要经典。② 科甲：因汉唐时举士考试分甲、乙、丙等科，后通称科举为科甲。也指科举出身的人。③ 三凤：本指唐代河东薛收、薛德音、薛元敬。三人都以才华闻名于世。这里指欧阳氏中才华闻名的人。④ 八龙：称誉才学出众之士。沈佺期《夏日梁王席送张岐州诗》："家传七豹贵，人擅八龙奇。"⑤ 宪台：官署名。汉称御史所居官署为宪台。唐龙朔二

年（662 年），改御史台为宪台，咸亨元年（670 年）冬复旧称。御史官职的通称。后亦用为地方官吏对知府以上长官的尊称。

> 火树银花，赏去不知春几许；
>
> 晨钟玉笛，闻来休问夜如何。

广东欧阳氏通用栋对

> 受尚书于伏生，渊源相绍；
>
> 承文教于安定，衣钵有传。

> 派出蜀江，支分凫水，际兹春水萦回，日暖鱼龙争变化；
>
> 基开鳌岭，脉接烟山，睹此云山绚丽，风和鹏鹉任翱翔。

江西吉安欧阳氏祠堂联

> 文章卓尔翰林第；
>
> 忠节依然宰相家。

江西吉水慕泉欧阳氏门联

> 谷物熙盛，四册拱秀吉庆第；
>
> 池源洪延，三水胜芳和蔼堂。

江西吉水大池左房欧阳氏祖祠门联

> 宜遵祖训，敦朴守汉规传家，惟承前启后序长幼；
>
> 佐理宗恩，高曾祖考己子孙，玄继往开来绵世昌。

江西吉水株山欧阳氏祠门联

> 大池焕文章，钟灵毓秀，古祠呈新貌；
>
> 春风育园丁，人文蔚起，今堂展宏图。

江西吉水兰桂堂欧阳氏门联

> 鱼塘浪平明似镜；
>
> 鹿峰秀拱画作屏。

江西吉水崇德堂欧阳氏门联

> 西平传家，兄弟休戚相关，纵外侮何由而入；
>
> 邦英启后，子孙见闻只此，虽中才不致为非。

卓（卓）

ZHUÓ

【姓源】《姓氏寻源》。

① 卓滑，芈姓，战国时期楚国大夫。楚大夫卓滑之后，蜀汉有卓膺，吴有卓恕。

②《通志·氏族略》载，蜀郡卓氏，本赵人，以冶铁致富，徙临邛。后汉太傅卓茂，南阳宛人。望出南阳、西河。据考，战国时的大商人卓氏，其祖先是赵国人，秦始皇统一天下，攻破赵国，将卓氏迁到蜀。居于临邛（今四川邛崃），卓氏即冶铁成为巨富。有人认为，汉朝时临邛巨富卓王孙就是冶铁致富的卓氏后裔。

【分布】卓姓人口少，但分布广。卓姓客家人较少，主要分布在广东、广西、湖南，江西也有分布。

【郡望】西河郡。

【堂号】西河堂、褒德堂、忠孝堂等。

通用祠联

门联

侯封褒德；

绩著西溪。

【注】① 侯封褒德：典指卓茂。卓茂，东汉初大臣，南阳宛（今河南南阳市）人，字子康。习《诗》《礼》及历算，人称通儒。初辟丞相府史，后以通儒术举为侍郎、给事黄门。刘秀称帝，授太傅，封褒德侯。② 绩著西溪：典出卓立，字志道，著作有《西溪文集》八十卷。

名高东汉；

绩著西溪。

【注】上联寓意东汉卓茂；下联典指宋朝卓立。

临邛巨富；

褒德晋封。

【注】① 临邛巨富：典指卓王孙。卓王孙，汉临邛人。家甚富，有家僮八百人，其女为文君。② 褒德晋封：典出卓茂。

良夜歌声，传来钓叟；

远山眉黛，解逗琴心。

【注】① 良夜歌声：典出卓彦恭。宋卓彦恭过洞庭，月下遇一老翁，鼓枻作歌，歌云："世间多少乘除事，良夜月明收钓筒。"② 远山眉黛：典出卓文君。卓文君，眉色如远山，脸常若芙蓉，年十七而寡。司马相如过饮于卓氏，以琴心挑之，文君夜奔相如，与驰归成都。

诗词雅工，文士高宋代；

车衣宠锡，武将列云台。

【注】上联指宋代绍兴间文士卓田。卓田，字稼翁，号西山，建阳(今属福建)人。未第时铭座右云："吾家三世，业儒而贫。小子勉之，以酒解醒。"开禧元年进士及第，改秩而卒。下联指汉朝卓茂，元帝时求学于长安，号称通儒。初被辟为丞相府史，又以儒术举为侍郎、给事黄门。迁官密县令，礼法并施，史称教化大行，道不拾遗。王莽摄政，解职归乡。更始时曾任侍中祭酒。光武帝时征拜太傅，封褒德侯。年七十余卒。

封侯世第；

宰辅家声。

各守尔典，率乃祖考；

相观而善，达乎朝廷。

广西柳城大樟村卓氏宗祠门联

西水家声远；

东溪世泽长。

【注】横额"东溪第"，此为大门联。说卓氏的世泽和家风。卓姓出自芈姓，是春秋时期楚国王族的后裔。楚威王有个儿子名叫公子卓，其后代以祖字为姓，称为卓氏。根据考证，卓氏是发源于 2800 多年前的楚国。卓氏望出西河。古代的西河，即今山西省阳城，全国卓姓人的老家都出自这里。西河又叫西水。

由东粤启东泉，作述重光绵世泽；

派西河衍西土，后先济美起人文。

【注】卓氏以"西河"为堂号，此为配联。西河郡在今山西、陕西两省黄河沿岸一带。

湖南炎陵卓氏宗祠堂联

宋代文章芳百世；

云台武烈焕千秋。

【注】上联典说卓田；下联典指卓茂。

系出西河，千载家声当共接；

脉分东汉，万年俎豆应相承。

广东平远仁居卓氏宗富公祖堂联

居五世以辟鸿基，座上金炉，感德馨香永荐；

历元公而育孙枝，阶前玉树，倍来奕叶长荣。

广东平远仁居卓氏祖堂联

成绩探宗纲，由连迁平，历六节胎息，孕育之精，祥毓本根绵奕叶；

文功昭祖德，惟以创业，垂统阅千载，芳徽永着，长承先泽富贵田。

广东平远仁居木溪卓氏祖堂联

东汉著功勋，拜爵封侯，自昔云台留雅范；

西溪垂典册，宏裁巨制，于今石室溯流风。

褒德第内，先祖茂公立东汉，功高家声远；

惟江堂中，后辈裔孙承西溪，文范永继传。

广东平远超竹卓氏高塘祖堂联

褒扬原有自，念先人为忠为孝，直接西河垂令绪；

德盛亦堪希，望后裔克勤克俭，共承东汉振家声。

广东平远超竹卓氏祖堂联

思前人之厚积，祖德宗功，启佐孙曾绵世泽；

庇后裔之昌炽，文章事业，恢弘光绪振家声。

东汉振家声，自唐宋元明清，以迄今朝，代有名贤光统绪；

西河绵世泽，纵士农工贾商，惟祁奕骥，时生后杰绍箕裘。

广东平远卓氏宗祠堂联

报本念宗功，西河世泽绵千载；

追源思祖德，东汉家声振万年。

名高东汉，文著西溪，叨先祖一脉相传，秉承克勤克俭；

堂寝宏开，簪缨继美，冀后人两行正路，致力惟读惟耕。

广西柳城大樟村卓氏宗祠堂联

枉使钱当忆困苦时，讨借分文未得；

不读书须记临场日，搜寻只字无来。

【姓源】《姓解》引《姓苑》。

① 尚氏，姜姓。相传为周初太师吕望（尚父）之后。

② 鲜卑族姓，宇文氏之后。

③ 蒙古族汉姓（《蒙郭勒津姓氏及村名考》）。

④ 回族姓（《辽宁省志·少数民族志》）。

⑤ 朝鲜族。近代自朝鲜半岛迁来中国，世称木川尚氏。

【分布】尚姓为中国第 137 常见姓。人口约 102 万，约占全国人口的 0.082%。约 44% 分布在河南、河北、陕西三省（其中河南最多，约占全国尚姓人口的 18%）；36% 分布在内蒙古、甘肃、山西、山东、黑龙江、辽宁、青海、贵州八省、自治区（《中国姓氏·三百大姓》）。尚姓客家人较少，河南较多，广东、广西、江西有少数尚姓客家人。

【郡望】上党郡。

【堂号】上党堂。

门联

> 兰陵世泽；
>
> 西晋家声。

【注】全联指尚姓的郡望和堂号。

堂联或栋对

> 十代支分，叶累绳承，丕振簪缨世胄；
>
> 八闽派远，齐芳竞秀，永垂缙笏家声。

宗祖籍于斯，越明季而清朝，流泽孔长，历史荣昌咸有庆；

祠堂营此处，坐西方向东道，后山特振，子孙万代永无穷。

【姓源】《姓觿》引《姓苑》。

① 本百里氏，秦穆公将百里视之后。视，字孟明，其孙以明为氏（《古今姓氏书辩证》）。

② 鲜卑族壹斗眷氏，北魏太和十九年改明姓（《魏书·官氏志》），西魏大统十五年复称壹斗眷氏（《北史·西魏文帝纪》）。隋、唐时壹斗眷氏无闻，盖融入汉族复称明氏矣。

③ 元末夏明帝明玉珍，本姓旻，因信奉明教，改明姓（明黄标《平夏录》）。丞相万胜亦改明姓，称明二、明三（或明三奴）。

④ 少数民族汉姓（略）。

【分布】明姓为中国第282常见姓。人口约19万人，约占全国人口的0.015%。约70%分布在湖北、安徽、四川、湖南、吉林、辽宁、贵州、河南八省。其中湖北最多，约占全国明姓人口的17%（《中国姓氏·三百大姓》）。明姓客家人较少，只有江西、湖北、湖南、四川、河南有一些。

【郡望】河南郡。

【堂号】集庆堂等。

通用祠联

清边却贼；

立学聚徒。

【注】① 清边却贼：明镐，宋安丘人，第进士。知同州，得健卒三百人，教以强弩，号清边军。敌不敢犯。② 立学聚徒：明僧绍，南北朝时齐人。明经博学，

屡辟不就。隐长广郡崂山，聚徒立学。

江西南康隆木明氏宗祠堂联

由唐朝而绩显；

自水国以昭灵。

【注】① 明氏宗祠集庆堂坐落在南康区隆木乡民丰村，各地分建九大房祠。总祠始建年代未详，重建于清康熙年间，同治十二年重修。② 昭灵：光明神奇。

两支生九子，绵先泽于悠远；

千室共一堂，序大伦以光昭。

【注】① 大伦：指封建社会的基本伦理道德。② 光昭：彰明显扬，发扬光大。

【姓源】《姓解》引《姓苑》。

① 商代族氏。见殷墟卜辞（《甲骨文所见氏族及其制度》）。

② 易氏，姜姓。春秋齐公族。齐顷公之子公子胜（子夏）居雍门，其后有雍氏。裔孙雍巫，字易牙，其后为易氏。

③ 少数民族汉姓，如回族、苗族、壮族等。

【分布】易姓为中国第 106 常见姓。人口 170 多万，约占全国人口的 0.14%。约 82% 分布在湖南、四川、湖北、重庆、江西五省、市（其中湖南最多，约占全国易姓人口的 24%）；河南、广西、贵州等省、自治区亦多易姓（《中国姓氏·三百大姓》）。易姓客家人主要分布在湖南、四川和广西，广东极少。

【郡望】太原郡。

【堂号】济阳堂、纯孝堂等。

通用门联

通经处士；

释褐状元。

【注】上联说宋代分宜人易充。易充，宋分宜人。幼聪敏拔群，年十六七，博通《易》《诗》《书》，号称"三经处士"。教授乡间，远近从学者甚众。著有《中州文集》。下联说南宋宁乡人易祓。易祓，字彦章，号山斋，淳熙年间状元，官至礼部尚书。著有《周礼总义》《周易总义》《山斋集》等。释褐：脱去百姓的布衣换上官服。

忠孝著国；

诗礼传家。

【注】① 忠孝著国：据《管子·小称》载，易牙烹其子以献桓公。② 诗礼传家：指明代诗人易安和清代经学家易正言。易正言也是一个著名孝子。

宗开易牙；

望出济阳。

【注】宗开易牙：源自周朝姜子牙的后裔易牙。姜子牙有子孙受封于易（今河北易县），故字称为易牙，其后以祖字为姓，遂成易氏，尊易牙为肇姓始祖。

产芝庐墓；

攀桂仙才。

【注】① 产芝庐墓：典出北宋筠州上高人易延庆。易延庆，宋上高人。事亲至孝，以父丧庐墓，墓侧产芝，时谓孝感所至。② 攀桂仙才：典出易重。易重，字鼎臣，延庆祖父。会昌问榜第一，登翰林，再试得第一，官至大理评事。时有诗云："故里仙才若相问，一年攀折两重枝。"

客家易氏太原堂通用堂联

一点丹心，当年鄂渚成忠鬼；

千秋浩气，今日宜阳作正神。

【注】全联典指易雄。晋朝易雄，任郡主簿，后被举为孝廉，迁升别驾。不久，朝廷诏用为春陵县令（今湖南宁远）。晋永昌元年，大都督王敦举兵反朝廷，易雄除书写檄文列出王敦罪行以外，又招募兵士千人，支援湘州，并身先士卒，抗击敌人，与敌人展开巷战，伤亡惨重，易雄被俘，押解至武昌。王敦亮出易雄所写的檄文，怒目相视。易雄泰然自若地说："此文是我所写，我恨自己地位低，力量弱，不能救国安民，朝廷如果被推翻，我活着也没有用，宁可做一个尽忠的鬼魂。"王敦见易雄大义凛然，内心恐惧又惭愧，当即将易雄释放，不久，又将他杀害，死时六十五岁。元世祖忽必烈赠其侯爵，谥忠愍。明洪武年间，明太祖朱元璋赠宜阳别驾之神，祀乡贤祠，在巨湖山下建立易雄祠。

德行称产芝孝子；

诗词为释褐状元。

俯仰此堂中，宜念光前裕后；
周旋斯室内，当思尊祖敬宗。

释褐本先声，遐溯名元理学；
产芝垂世德，勿忘孝子忠臣。

【姓源】《世本》《通志·氏族略》。

① 罗国，商代方国，芈姓，公族以国为氏。罗国，周初在今湖北房县境内，后迁今湖北宜城之西罗川城，又迁今湖北枝江市东北。楚文王时迁今湖南汨罗市西北后灭于楚（《楚灭国研究》）。

② 商朝末年，罗国人随周武王伐纣。罗姓是颛顼帝之四世孙祝融的后裔，在春秋时代受封于罗地，后被楚国灭亡，其子孙以封地为姓。据考，祝融之后分为八姓。吴回生陆终，陆终之后（芈）季连一支，荆楚熊姓与罗姓皆由此衍生而来。

③《中华姓氏通书·罗姓》云：早在原始先民社会，便出现了以编织罗网捕鸟为生的部落，称之为罗部落。这就是罗部落先民。罗部落相传是夏商时代芈部落穴熊的一个分支，与荆楚同祖。到了周武王灭商时，罗（首领）被封为子爵（罗部落），正式成为周的属国之一"罗子国"。"罗子国"在春秋初期为楚武王所灭，其遗民被迫迁枝江又迁湖南汨罗，子孙以国为氏。

④ 北魏以后历朝少数民族改姓（略）。

【分布】罗姓发源于湖北宜城。后往南迁，先由湖北襄阳迁至枝江，再迁至长沙，最后于汉景帝时在江西南昌繁衍成当地望族。

南北朝时期，江西罗氏子孙已散居各地。从历史上看，罗氏在秦汉之际已开始崭露头角。三国鼎立时期，罗氏已播迁至蜀汉之地的四川。隋唐时期，罗姓族人开始自两湖和江西大举向全国各地繁衍。

　　唐朝时期，罗姓入闽，宋末元初由闽入粤。明朝初年，罗姓作为山西洪洞大槐树迁民姓氏之一，一部分被分迁到了河南、广东等地。到明清时期，罗姓已成为中国一大姓氏。

　　罗姓为中国第22常见姓。人口1000多万，约占全国人口的0.81%。主要分布在四川、广东、湖南三省，约占全国罗姓人口的41%；其次为江西、云南、贵州、湖北、广西、重庆，约占全国罗姓人口的38%。四川最多，罗姓人口约占全国罗姓人口的17%，为四川省第9大姓（《中国姓氏·三百大姓》）。罗姓客家人广东最多，其次是湖南、江西、广西、四川，福建、台湾、海南、港澳也有分布。

　　【郡望】豫章郡、长沙郡。

　　【堂号】豫章堂、思文堂、火龙堂、耕读堂、长沙堂、双懋堂、隆富堂、椒松堂等。

通用祠联

门联

豫章世德；

湘水家声。

豫章世德；

理学家声。

豫章世德；

墨池家声。

　　【注】① 豫章：罗氏郡望。豫章郡，汉置（今江西省南昌县）。史载：周慎靓王元年，楚迁枝江，凌甫公孙守陇公，率其家属徙居长沙。其后有珠公者，汉惠帝时为粟内史，赋税宽平，国用饶给。以直道不容于朝，出守九江，督众兴役，补筑城垣，城成而迁家于此。亲植豫章于庭，罗氏以豫章为郡望，盖始于此。珠公子孙，至隋唐之世，日以贵显。五代时，有元杰公者。至南宋时，有洪德公者，

以景定进士，为咸宁县令，升抚州太守。后裔昌炽，散居东南各省。自元杰以后，传至十八世罗绥，生二子，曰企生、遵生。长子企生的后裔，多分布于赣江中上游之吉水、泰和庐陵等地。次子遵生后裔，分布更广。梅州罗氏徙迁情况如下：五代时，罗昌儒，为循州刺史（今惠州，兴宁属循州）。家居兴宁，为豫章罗氏最早迁居兴宁者。此外还有珠系四十七世小九、罗世之后裔迁居兴宁的。珠系四十七世小六，迁入梅县松口溪南，后裔迁入畲坑。珠公之后亦有迁入梅县白渡的。珠系四十九世世守，由福建上杭迁于五华七都立业。珠系四十九世均亲，迁丰顺县汤坑开基。珠系四十七世大九，由福建宁化石壁迁于大埔县安乐渡立业，其后又迁梅县小乡村。珠系四十八世天龙，迁于蕉岭县招福开基。珠系六十七世德达，由福建连城迁于广东平远县铁坑开基。还有珠系其他后裔迁居平远的。② 理学：清康熙时，兴宁罗庆辉庭演历法得第一，著罗家通书，谓之理学。③ 墨池：典出罗孟郊。罗孟郊（1092—1153），字耕甫，号休休，兴宁宁新文星村长坡岭人。早年丧父，幼聪颖，勤奋攻读，精通经史。宣和五年（1123 年）中举，次年中探花，在朝任大学博士。墨池，为罗孟郊的洗砚池，兴宁有"墨池书院"。

循州著绩；

墨沼流徽。

【注】全联典指罗孟郊。罗孟郊，宋宣和五年（1123 年）中举，次年中进士，列三甲第一名，为探花。在朝任大学博士职。传说幼年时在神光山读书，留下墨池古迹。

龟山受学；

鸟梦征奇。

【注】① 龟山受学：典指罗从彦。罗从彦，宋时人，号龟山先生。受学于杨时，潜思力行，卒为延平大儒。② 鸟梦征奇：典出罗舍。罗舍，晋耒阳人，字君章。尝梦吞五色鸟，藻思日进。号湘中琳琅，致仕长沙相。

诗耽郑女；

曲感赵王。

【注】① 诗耽郑女：典指罗隐。罗隐，唐文学家，字昭谏，本名横，以十举进士不第，乃改名。能诗，宰相郑畋之女，甚爱读其诗。② 曲感赵王：典出罗敷。罗敷，战国时赵国邯郸女子，姓秦，赵王家令王仁妻。尝出采桑陌上，赵王登台

见而悦之，欲夺，罗敷不从，遂弹筝作《陌上桑》诗以自明，诗中有"使君自有妇，罗敷自有夫"之句，赵王乃止。

清推忠节；

明著文庄。

【注】① 清推忠节：典指罗泽南。罗泽南，清湘乡人，字仲岳。少笃志正学，好性理书，洪杨兵起，犯湖南，泽南率乡勇与战，死于战，谥忠节。② 明著文庄：典出罗洪先。罗洪先，明时人，字达夫。好王守仁学，举嘉靖进士第一，授修撰，即请告归，事亲孝。甘淡泊，炼寒暑，跃马挽强。考图观史，靡学不窥。谥文庄。

江左之秀；

湖海散人。

【注】上联典指晋代州主簿罗含，擅文章，桓温极重其才，誉之为"江左之秀"。下联典指元末明初小说家罗贯中。罗贯中，名本，号湖海散人，太原人。一说钱塘（今浙江杭州）或庐陵（今江西吉安）人。相传为施耐庵之学生。撰有长篇小说《三国志通俗演义》《隋唐志传》《三遂平妖记》等。《三国志通俗演义》即《三国演义》，国人家喻户晓。相传《水浒传》乃施耐庵作，罗贯中编（见高儒《百川书志》）。

循州世德；

理学家声。

探花世德；

理学家声。

文武世第；

榜首家声。

广东丰顺汤南龙上罗氏宗祠联

豫章世泽，科甲蝉联声闻远；

沙水家风，簪缨奕叶源流长。

【注】① 豫章世泽：罗姓之郡望、堂号都曰豫章。罗珠为罗姓鼻祖，罗姓自

罗珠始，罗珠是西汉功臣和忠臣。罗珠在年轻时督运汉军粮饷，灭秦伐楚有功，官拜大司农，能做到赋税宽平，国用优给，从灌婴定豫章，有功德于民，驻守九江，筑豫章城。② 沙水家风：丰顺汤南先祖罗安任南雄府沙水镇巡检。

萃蓝田英灵，门第高华昭日月；

集龙山俊杰，人文蔚起寿河山。

【注】蓝田：原属揭阳县，现丰顺汤南上洋罗称龙山。

系莆田，裔蓝田，簪缨济美星斗灿；

官沙水，居丰水，科甲流徽日月光。

【注】丰顺汤南上洋罗氏始祖潮逸，系珠系四十六世的洪启公，原籍福建莆田，罗安任沙水镇巡检，居住丰水。南宋末年由闽入粤，到潮汕揭阳蓝田上洋龙上拓荒开基创业。

祖庙倚冈陵，两水回环钟秀气；

祠门迎笔架，四山拱护毓人文。

【注】全联描写罗氏宗祠的地理环境。罗氏祖祠背倚蜈蚣岭，左右两水夹流至东门前汇为潭，祠门前面有释迦山三峰端峙，中峰高耸，形如笔架，前后左右环山拱护。

开基宋代，世系莆田裔蓝田，蓝田种玉叨祖庇；

创业上洋，官于沙水居丰水，丰水流徽耀云仍。

【注】汤南罗氏始祖罗安于宋代从福建莆田到揭阳蓝田都上洋开基创业。

祖官节度，俎豆告虔，历代相承宜勿替；

文举元才，立秋致祭，两房食报永如斯。

【注】汤南豫章罗氏自罗安开基创业，历经宋、元、明、清几百年，龙上祖祠曾经出过文科进士罗万杰、罗龙光，武科进士罗佳雄和九位文举人、十位武举人。"一门三进士，两协一天官"的美誉一直流传至今。

广东陆河水唇黄塘罗氏宗祠门联

通侯世泽；

理学家声。

【注】此祠建于1803年，是罗姓祖先罗珠的祠堂。① 通侯：指爵位。其祖

先罗珠在汉惠帝刘盈时，任相国大司农。他做了不少有利于社稷，有益于百姓的事情，是当时有名的忠臣和功臣。特别是对设置豫章郡（今江西南昌）立下了不朽功绩，罗姓堂号"豫章堂"也由此得名。② 理学：指儒家文化，宋代理学家罗从彦为朝廷进士，本可入朝为官，但他推崇理学，隐居民间授学，据传大儒朱熹便是他的得意门生。

江西赣县湖江芫坪罗氏宗祠联

承先启后，辈辈荣宗耀祖；

继往开来，代代伟绩勋功。

【注】此联为赣县湖江芫坪村罗氏宗祠双懋堂堂联。

先贤渊智博学，源远流长撒甘露；

嗣孙德才兼备，起凤腾蛟显祖芳。

江西上犹寺下乡新华罗屋祠堂联

北林发乔枝，全凭才学魁奇，一堂子弟高四姓；

西江延的派，最好书香清贵，千古文章大五家。

【注】的派：水的支流，引申为一个系统的分支。

砥砺在天伦，上报圣主下报仁亲，忠孝一门双国望；

文章关世道，处为醇儒出为民相，理学累代振家声。

【注】醇儒：学识精粹纯正的儒者。

高节表万年，将相公侯，谱藏凤阁无双派；

英才兴百辈，诗书礼乐，迹发鸿都第一家。

由秀川徙罗洞，才迁茶坛，世孙渊源推望族；

始曰浪至兴大，建迓祥甫，子孙繁盛庆名裔。

江西瑞金九堡密溪罗氏祠联

源由白石宗支远；

流到密溪世泽长。

【注】① 白石：在兴国城岗乡，离县城北部 40 公里。② 宗支：同宗族的支

派。③　密溪：也称密水，坐落在离瑞金市区43公里的九堡镇凤凰山下，是江西省第一批省级历史文化名村。罗氏先民以当地有密村和密水之故，命村名为密溪。

密水源流通梅水；

凤山秀水接连山。

【注】①　梅水：流经密溪的水名。②　凤山：位于密溪村北，海拔605米。③　连山：位于密溪村境内。

派衍豫章，自宋元以迄今，老幼尊卑，千年继世乾坤久；

嗣分密水，饷祖宗而致孝，牺牲粢盛，万古明空日月长。

【注】①　豫章：罗姓望族居豫章（今江西南昌）、长沙、襄阳等地。②　饷：同"飨"，用酒食招待客人，泛指请人受用。这里有祭祀的意思。③　牺牲：古指供祭祀用的纯色全体牲畜。④　粢盛：古代盛在祭器内以供祭祀的谷物。

江西密溪罗氏应文公祠联

文魁大用，翰林钦赐闻江左；

名儒台山，理佛兼融贯京华。

【注】①　大用：罗大用，密溪人。道光年间举子，后被钦赐翰林院检讨职。②　江左：一般指江东，这里指长江下游江南地区。③　台山：罗有高（1733—1779），字台山，密溪人。清乾隆三十年（1765年）举人，虽两次京试未中，但因文章出众，流传全国，影响后世。他几乎是个全才，能拳勇，善击剑；又工古文辞，潜心理学，终身以钻研儒道、佛学为业，造诣极深。罗大用、罗台山俱为应文公后裔。应文公于明洪武年间任浙江嘉兴县丞，成绩卓著。④　京华：京城之美称。因京城是文物、人才汇集之地，故称。

江西密溪罗氏应宗祠联

翼翼小心，想先祖积德累仁，贻谋善久；

堂堂大寝，愿后嗣敦伦务本，培养深长。

【注】①　贻谋：语出《诗·大雅·文王有声》："诒厥孙谋，以燕翼子。"后以"贻谋"指先祖对子孙的训诲。②　大寝：即路寝。天子诸侯处理政事的宫室。③　敦伦："敦"意谓勉励；"伦"谓伦常。谓敦睦人伦。④　务本：致力于根本，孝敬父母、顺从兄长，这是仁道的根本。

江西密溪罗氏金瑶公祠联

金山植玉树，历几百载沧桑，椿萱至茂千秋盛；

瑶圃育丹花，经千万遍风雨，兰桂腾芳岁月长。

【注】椿萱：椿是一种多年生落叶乔木，传说大椿长寿，古人因以椿比喻父亲，盼望父亲像大椿一样长生不老。后来为一切男性长辈祝寿，都尊称为"椿寿"。萱草，一种草本植物，传说可以使人忘忧。古称母亲居室为萱堂，后因以萱为母亲或母亲居处的代称。"椿""萱"合称，代指父母，父母健在称为"椿萱并茂"。

江西密溪罗氏隆富堂

龛联

隆祀典以报祖功，一堂跪拜衣冠肃；

富文章而承家学，四壁图书翰墨香。

【注】① 祀典：祭祀的仪礼。② 衣冠：古代士以上戴冠，因以指士以上的服装。

堂联

族推西江四大姓，根本长沙，豫章耸翠琅轩绿；

谱宗南宋一宣机，源由白石，密水萦回翰墨香。

【注】① 琅轩：指竹。杜甫《郑驸马宅宴洞中》诗："留客夏簟青琅轩。"② 白石：在兴国县城岗乡境内。

密溪罗氏，东西同体，习武修文，古村文明扬四海；

豫章世家，南北播迁，承前启后，珠祖子孙满天下。

【注】珠祖：罗姓的先祖珠公。

溯汉晋之家声，豫章勋著，临汝义明，亿万世子孙，宜同励咏德诵芬之志；

述宋元之先业，洞晓儒林，长原文苑，千百年学问，庶常贻接光并烈之谋。

【注】① 本联于嘉庆乙丑（1830年）密溪罗氏四修族谱庆典时，瑞金知县阳湖恽子居题。② 洞晓：指深刻知道，透彻了解，精通。③ 庶：几乎，将近，差不多。

江西密溪罗氏宗祠堂联

应众仰先灵，嘉兴德政传子孙，弘扬天地正气；

文行启后代，亮节高风垂后世，效法古今完人。

【注】此联运用鹤顶格，首嵌"应文"二字。应文公于明洪武年间任浙江嘉兴县丞，成绩卓著。

应众仰先灵，验我祖理垂修，八百年来称阀阅；

宗风振后代，勉励仍由卓立，二十四史继簪缨。

【注】卓立：独立，自立。

善者常怀来者，无私即善；

行人不是路人，携伴同行。

江西宁都洛口镇罗氏祠堂联

豫章世泽；

虔城家声。

【注】① 豫章：《江西罗氏大成谱》载，罗族出豫章西山（今江西南昌）祖。② 虔城：即宁都，古称虔化县。

江西宁都东山坝大布罗氏宗祠联

礼学名家第；

忠臣孝子门。

【注】东山坝大布村位于宁都东山坝乡北部，地势平坦，故名。罗氏大宗祠建于村中。

荣宗于富溪，千派分流，流分流源远流长；

仕祖开柞树，百干发枝，枝分枝本固枝繁。

【注】① 富溪：据《豫章富溪前门罗氏族谱》，罗权于北宋熙宁年间从江西永丰水东徙宁都丰溪，即今宁都东山坝大布。② 柞树：村名，离大布村不远。

承列祖鸿恩懋德，罗门钦赐理学名家第；

蒙诸公丰功伟绩，吾氏御封忠臣孝子门。

【注】理学名家：在中国历史上，罗姓出了好几位理学家。宋代有罗从彦（1072—1135年），字仲素，号豫章先生，生于南沙剑州。早年，他师从吴仪，以穷经为学。崇宁初曾与宋代理学奠基人程颢、程颐的首传弟子杨时讲《易》。明代有罗洪先（1504—1564），字达夫，号念庵，江西吉安府吉水黄橙溪（今吉水县谷村）人，明代理学家、杰出的地理制图学家。著有《念庵集》二十二卷、《冬

游记》一卷。清代有罗泽南（1807—1856），字仲岳，号罗山，湖南省双峰县人。咸丰元年（1851 年）由附生举孝廉方正。笃志正学，曾与曾国藩标榜程朱理学。

> 守列宗典章，里尚贤良，行礼义廉节事；
>
> 遵鼻祖古训，嗣崇正直，存忠孝仁爱心。

江西吉安罗张二姓聚秀堂祠联

> 万古苍崖老；
>
> 一峰翰墨香。

【注】聚秀堂在永丰张家洲，祀罗一峰（即罗伦状元）及张苍崖二人之祠。祠联为邹御史（元标）作。罗伦：号一峰，吉安永丰人。明代理学家，状元。邹元标：吉安吉水人，明代东林党党首，御史。

江西吉安罗氏启明堂祠联

> 启仁承先需哲嗣，愿我祖忠厚传家，秩序常谆五典；
>
> 明礼达用见真才，望诸兄文章华国，渊源不外六经。
>
> ——张修之

江西吉安罗氏修敬堂祠联

> 修身在齐家之先，千载睢麟开雅化；
>
> 敬长由爱亲而及，一堂孝友乐天伦。
>
> ——蔡匹松

福建宁化石壁罗氏宗祠门联

> 枝江衍派；
>
> 湘水流徽。

【注】① 枝江：指今湖北省枝江市，罗国曾在此建都，今尚有罗国城故址。② 湘水：在今湖南省境。罗氏祖先曾被迫迁湖南长沙、汨罗繁衍，称"长沙国"。

堂联

> 开县封功，显赫英名昭万世；
>
> 拓疆辟土，辉煌伟绩著千秋。

【注】全联指宁化垦荒拓地、升镇开县之功臣罗令纪。他于隋开皇年间从沙县徙居黄连峒（今宁化县城）。此后，协同巫罗俊开发黄连，并于唐开元十三年（725

年）奏准黄连镇升格设制为黄连县。

栋对

遵综匡正，近溯豫章缅祖泽，汪洋上下四千年，永纪本源一脉；

先兆宜城，后延吴越喜宗支，繁衍纵横数万里，母分遵企二堂。

【注】上联匡正是指罗氏得姓始祖匡正。豫章是指罗从彦，宋朝经学家、诗人，豫章学派创始人，有著作《中庸说》《豫章文集》。

广西柳州柳江布远罗氏宗祠联

兴宁绵世泽；

柳水振家声。

【注】此为祠大门联。说本支罗氏的世泽和家风。据谱载，罗姓始祖居于江西吉安府吉安县，为官于福建安溪县。其后裔于明代徒至广东兴宁县落业。后迁至柳州府马平县一都布远村。

携四子西迁，芳名垂万古；

入八桂落业，祠典享千秋。

【注】此为中堂柱联。说携子入桂安居乐业。

世绍宜城，燕翼贻谋绵世泽；

家传学士，鸿图继志振家声。

【注】此为正堂神龛配联。上联典说宜城世德，下联典说学士家风。

广西柳州柳江古洲罗氏宗祠门联

祝融世泽千秋显；

匡正家声万载存。

【注】联说罗氏的世泽和家风。罗氏源自火神祝融氏，祝融氏名黎，是颛顼帝的儿子。祝融的后裔，到了周朝的时候，被封于宜城，称为罗国，当时的宜城，即今湖北省的襄阳，汉代曾置为宜城郡。后该地为楚国所有，祝融氏的子孙逐渐向南迁移，最初迁居于枝江（今湖北省枝江市），至周末定居于湖南长沙，最后还繁衍到现今江西的南昌一带，成为长沙和南昌两地的望族。

广西柳州柳江波涛罗氏宗祠联

系接祝融，宜城世德千秋显；

支分元杰，学仕家声万载承。

【注】罗氏以"豫章"为堂号,此为配联。说罗氏的世泽和家风。祝融:源出《管子·五行》:"昔者黄帝……得祝融而辩于南方。"《左传·昭公二九年》:"木正曰句芒,火正曰祝融。"相传祝融死后为火神。《吕氏春秋·四月》:"其帝炎帝,其神祝融。"注:"祝融,颛顼氏后,老童之子吴回也,为高辛氏火正,死为火官之神。"

广西柳州柳江教坡罗氏宗祠联

远绍祝融新德业;

近宗唐主旧艺冠。

【注】堂号"豫章",此为配联。说罗氏的世泽和家风。

广西融安木樟罗氏宗祠堂联

广东三水分支,人才兴旺振家族;

大巷木樟永远,财宝昌隆建祖祠。

广西贺州市贺街罗氏宗祠门联

姓缘罗国;

郡定豫章。

【注】上联"姓缘罗国",指本支罗姓来源国名。源于妘姓,出自颛顼帝之孙祝融氏后裔的封地罗国,地在今湖南汩罗地区。下联"郡定豫章",指本支罗氏之郡望,系以豫章为堂号。清人廖绍朱在《罗氏族谱序》中云:"罗氏之先系出周之罗国,厥后子孙以国为姓。汉大农令怀汉公(即珠公)肇迁豫章,世为豫章罗氏。"民国学者罗元鲲考证,罗珠"实为罗氏鼻祖,分布天下者皆其后也",故豫章为罗氏郡望。豫章堂号源此。

广西贺州临贺故城罗氏宗祠联

全心默念前人德;

俯首沉思上祖恩。

【注】此联告诫族人不忘祖德,永远怀念祖宗的恩情。

广西贺州贺街罗氏宗祠联

姓缘罗国;

郡定豫章。

【注】上联说原罗国人以罗为氏；下联说以豫章为郡望。

一巨著，二将军，三诗杰，四将帅，五鹿宴，展祝融族望；

六委员，七代表，八怪星，九州誉，十恩威，扬匡正宗风。

【注】此联说罗氏的杰出人物及族望和家风。

台湾地区客家罗氏宗祠

小序：为纪念豫章始祖罗珠，后世罗氏子孙，开枝散叶于各地，迁台罗氏仍不忘以"豫章"名其堂号。

堂联

龟山衣钵家声远；

湘水琳理润泽长。

【注】龟山衣钵家声远：指的是宋朝罗从彦的事典。他尝慕人称龟山先生的杨时得河南程氏之学，而徒步往学。南宋集理学之大成的朱熹极为推崇罗从彦。虽说杨时倡道于东南，游学于其门下的人极多，然而，真能得其真传者，只有罗从彦一人而已。

湖南炎陵罗氏宗祠堂联

惠播五县德政；

寿高双轮花甲。

【注】上联典出罗适；下联典说罗结。

鸟迹征奇，藻思发琳琅之笔；

钱江互瑞，倡言成吴越之功。

【注】上联典出罗舍；下联典说罗隐。

陕西安康罗家湾罗氏宗祠堂联

湘水风华归枝藻；

龟山懿范在敦行。

【注】罗家湾客家人的祖籍在中原河洛地区，从东周末年到明朝初年，罗家湾客家先人向两湖、江西、福建一路南迁，并在江西使用"豫章堂"作为堂号。罗氏四十五世孙罗尚立及其子孙，于明朝洪武初年从福建宁化石壁转迁上杭、广东梅县、兴宁、长乐（今五华县），湖南浏阳以及陕西安康，于清朝乾隆三十年

（1765年），背着父亲罗世旺的遗骨，辗转几千里，终于来到这秦岭深山——商州黑龙口镇罗家湾，修建了"豫章堂"罗氏宗祠。商州黑龙口镇是我国最北方客家人聚居地，这里把客家人称"下户人"。湖南移民罗氏族人就在这里生产生活，其堂联沿用豫章堂联。联文讲罗族人的历史渊源，尊祖训、敬祖先、重视传统伦理道德的家风。

广东丰顺罗氏大夫第联

> 黍稷馨香，荐贻明德；
>
> 阳春烟景，假以文章。

> 承先人弓冶箕裘，宅尔宅田，尔田燕翼，贻谋垂永世；
>
> 趁佳节银花火树，行其礼奏，其乐骏奔，执事肃登堂。

广东梅州罗氏通用栋对

> 乌梦征奇，藻思发琳琅之笔；
>
> 鸥汀互瑞，倡言成吴越之功。

> 星曜易名其先，吉梦呈祥，文光射斗牛万丈；
>
> 云亭应运当日，秋闱同试，佳话说公孙九人。

> 朱明万历白石再迁，合两房堂构相承，云裔铣震蒙祖德；
>
> 莲峰叠屏芦鞭三袅，又数曲溪流环抱，山川钟毓起人文。

广东大埔行修堂罗氏宗祠堂联

> 行于善，修于德，善德有庆，喜见人间存阴骘；
>
> 罗也正，范也直，正直无私，可对西天念弥陀。

广东丰顺祥安围罗氏宗祠堂联

> 宽以绳人，严以律己；
>
> 勤能补拙，俭能助廉。

　　　　谨之又谨，莫为已甚；

　　　　慎之又慎，未取即安。

广东紫金乌石罗匡德罗氏宗祠堂联

万世仰前徽，为朝政戍边关，立名著靖匪氛，赫赫宗功，尝志家邦人物史；

千秋传后起，发豫章荣顺德，来永邑衍秋江，泱泱嗣裔，卜堪社稷栋梁才。

广东紫金乌石榕林罗氏宗祠堂联

河山肯把唤回，五湖上俎豆开宗，胜景编宜，说甚洪泽烟波，洞庭云水；

乾坤尽经留住，万岭中馨香墩子，名家可述，连带江门金榜，湘内琳琅。

广东紫金蓝塘石城罗氏宗祠堂联

　　立本宜到万年，就草泽千亩纵横，莲石诵先分，半龛风月清笾豆；

　　深根并经百里，自枫林一枝分脉，荣光开胜状，古渡山河拥画屏。

广东紫金蓝塘石城云汉罗宗祠堂联

古渡看江流，有千年湘上才名，声价重琳琅，瑶草琪花渠成，水到衍源旧；

好山同岳立，高一切寰中伟器，功勋留史册，琼枝玉树岭表，峰回俎豆新。

福建连城文亨罗氏宗祠堂联

　　　　学术精研，愿后昆益宏理学；

　　　　农耕笃治，思先祖肇始司农。

　　　　豫章旧郡，溯祖百代祝融氏；

　　　　文亨新基，开宗千载太郎公。

福建宁化方田朱王罗氏家庙堂联

　　　　追本溯豫章，祖德巍峨承祖武；

　　　　发源由湘水，宗功浩荡振家风。

　　　　由赣地播闽疆，发源湘水绵世泽；

　　　　从沙阳来宁邑，派衍朱坊振宏图。

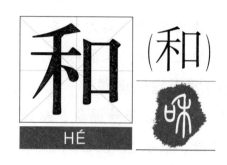

【姓源】《元和姓纂》。

① 春秋晋有龢邑（《国语·晋语》），晋大夫以邑为氏，后假为和氏。

② 鲜卑素和氏，北魏太和十九年改和氏，西魏大统十五年复称素和氏。唐代又改和姓，后融入汉族。

③ 少数民族唐代以后改姓（略）。

【分布】和姓为中国第 293 常见姓。人口约 16 万，约占全国人口的 0.013%。约 25% 分布在山东省；河南、河北、云南、北京四省、市亦多此姓（《中国姓氏·三百大姓》）。和姓客家人较少，仅河南、江西有少量分布。

【郡望】汝南郡。

【堂号】汝南堂等。

通用祠联

门联

衣钵相传；

碌砢多节。

【注】① 衣钵相传：五代时和凝与宋时范质皆登十三名进士，封鲁国公。有诗云："登庸衣钵亦相传"。② 碌砢多节：典指和峤。和峤，晋时人，少有盛名，起家太子舍人。庾信见而叹曰："和峤森森如千丈松，虽碌砢多节，施之大厦，有栋梁之用。"后迁中书令。

源自唐尧；

望出汝南。

【注】全联指和姓的源流和郡望。

挺秀干霄，隐具栋梁大用；

开门撤棘，毫无关节潜通。

【注】上联典指晋代中书令和峤。下联指后周太子太傅和凝。和凝（898—955），五代时文学家、法医学家，字成绩。郓州须昌（今山东东平）人。幼时颖敏好学，十七岁举明经，梁贞明二年（916年）十九岁登进士第。好文学，长于短歌艳曲。后唐时官至中书舍人，工部侍郎。后晋天福五年（940年）拜中书侍郎同中书门下平章事。入后汉，封鲁国公。后周时，赠侍中。尝取古今史传所讼断狱、辨雪冤枉等事，著为《疑狱集》两卷。子和㠓又增订两卷，合成四卷。撤棘：亦作"彻棘"。科举时代，考试时为示严密，于试院围墙上遍插棘枝，至放榜后始撤去，因称考试结束为撤棘。《旧五代史·和凝传》："贡院旧例，放榜之日，设棘于门及闭院门，以防下第不逞者。凝令彻棘启门，是日寂无喧者，所收多才名之士，时议以为得人。"

能全孝友，便是实学，

不负经史，可称象贤。

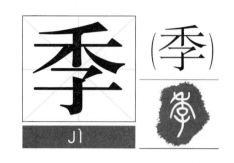

【姓源】《世本》。

① 季氏，姬姓。春秋鲁桓公子季友生仲无佚（公孙无佚），无佚之子行父为季孙氏，是为季孙行父。行父生武子宿；宿生悼子纥；纥生平子意如；意如生桓子斯；斯生康子肥；肥曾孙昭子彊，其后为季氏。

② 季瓜氏（季騧氏）、季老氏、季融氏、季随氏、季寤氏、季嬰氏、季似氏、子季氏、士季氏等，后皆无闻，或省为季氏。

③ 伯、仲、叔、季，行第也，或有以为氏。春秋战国齐、楚、魏、随等国皆有季氏。

④ 唐时南蛮别种夷子渠帅有季氏。

⑤ 明初赐蒙古人百家奴姓季名安祖（《弇山堂别集》）。

⑥ 少数民族汉姓，如蒙古族、壮族等。

【分布】季姓为中国第 142 常见姓。人口 96 万多，约占全国人口的 0.077%。主要分布在江苏、浙江二省，约占季姓的 54%；其次是四川、内蒙古、上海、辽宁四省、市、自治区，约占 21%；江苏最多，约占季姓人的 44%（《中国姓氏·三百大姓》）。季姓客家人很少，四川稍多，广东也有一些。

【郡望】渤海郡。

【堂号】三朝堂、三思堂等。

通用祠联

门联

> 信全一诺；
>
> 事必三思。

【注】① 信全一诺：典指季布。季布，汉楚人，任侠有名。孝文时召为御史大夫，以诺闻关中。楚人谚曰："有黄金百斤，不如得季布一诺。"② 事必三思：语出《论语·公冶长》："季文子三思而后行。"三思，再三考虑。

堂联

一诺千金传佳话；

满门全孝树淳风。

【注】① 三朝堂典出季布。季布以任侠而著名，重信义，遵诺言，承诺别人之事一定做到，有"一诺千金"之誉。楚汉战争时，季布为项羽部将，在战争中数次逼得刘邦走投无路，弄得刘邦死里逃生。汉朝建立后，刘邦积怨难消，下诏书悬赏千金购买季布的首级，如有窝藏者，灭其三族。季布有幸得朱家通过夏侯婴向刘邦进言，劝说刘邦以人才为重，刘邦才赦免季布，并封为郎中，历任中郎将，河东太守。季布深受感动，告诉家人受恩必报，劝其弟季心及其母一心一意协助刘邦治国，巩固汉室江山。因季布一家三人在朝廷，其后人遂命名家族堂号为"三朝堂"。② 三思堂典出春秋时鲁国大夫季文子。季文子，字行父，季友之孙，相继任鲁宣公、成公、襄公三世相，生活节俭，聪明好学，不耻下问，遇到不懂的问题便向人请教，即使学问不如自己的人，也不觉丢面子，所以集学甚富。他办事谨慎，总是再三考虑成熟后才去做。季氏后人遂用"三思而后行"这一名言作为家族堂号，称"三思堂"。

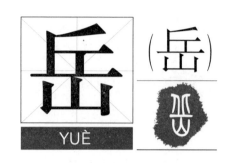

【姓源】《元和姓纂》。

① 商代族氏。见殷墟卜辞（《甲骨文所见氏族及其制度》）。

② 蒙古族汉姓。本姓萨日特氏、萨热木德氏、希日木德氏。

③ 藏族汉姓，本姓散氏。

④ 其他少数民族汉姓（略）。

【分布】岳姓为中国第 127 常见姓。人口约 135 万，约占全国人口的 0.11%。约 61% 分布在四川、河南、山东、河北、山西五省。其中四川最多，约占全国岳姓人口的 27%。岳姓人口比较多的还有广西、湖南、江苏、北京、陕西等省、市、自治区（《中国姓氏·三百大姓》）。岳姓客家人不多，主要分布在广西、四川和湖南，广东也有一些。

【郡望】山阳郡。

【堂号】忠贻堂、精忠堂、忠义堂等。

通用祠联

门联

黄龙饮恨；

青海荡平。

【注】上联典指宋朝岳飞被秦桧莫须有罪名杀害，"扫平胡虏，痛饮黄龙"之志难申。下联典指清朝四川提督岳钟琪，先任文职官，后因战功晋升，清康熙、雍正、乾隆三朝镇守边关，定乱有功，清高宗称之为"三朝武臣巨擘"。

三字冤沉，黄龙饮恨；

四川督众，青海荡平。

【注】① 三字冤沉：指宋岳飞破金兵至朱仙镇，与诸将期至黄龙府痛饮，秦桧忌之，矫诏召岳飞归，诬以罪，死于狱。韩世忠问飞罪状，桧以"莫须有"答之。世忠曰："莫须有三字，何以服天下。"② 四川督众：清岳钟琪为四川提督，率五千兵征青海，斩敌八万有余，至桑洛海，红榴蔽天，目望无极，乃班师。

天章褒臣节，想当年竭力致身，忠孝皆全，万古精诚光日月；

祖训衍家传，愿奕叶承先启后，蒸尝勿替，千秋俎豆炳湖山。

【注】上联典指岳飞。替：废弃。勿替即不废弃。

【姓源】《风俗通义》。

① 周代即有此姓。《战国策·东周策》有金投，东周慎靓王时人。《史记》有秦相金受。

② 汉武帝时侍中金日䃅，本匈奴休屠王太子，武帝时降汉。因休屠人以金人祭天，因赐姓金。日䃅，昭帝时以功封秺侯；其弟金伦，以日䃅同降汉，授黄门郎。其后子孙融入汉族，其中一支更姓金氏。

③《姓纂》载，黄帝之子少昊继位后，称为金天氏，其子孙便以金为姓。少昊是黄帝和嫘祖所生的儿子，传承王位时有金凤鸟飞来，于是他的部落就以金凤鸟为图腾，旗上画金凤，以示吉祥。少昊死后被尊为西方大帝。按照古人的五行学说，西方属金，因此少昊又称为金天氏。后来他的子孙就以金为姓，史称此为正宗。这支金氏来自山东曲阜，以后逐渐向南发展。其子孙也是金姓的一支。又，西汉楚霸王项羽的叔叔项伯，身在楚营心在汉，后来汉高祖赐他姓刘。五代时他的子孙避吴越王钱镠的名讳（刘与镠同音），于是改姓金。他的后代是金姓的又一支。此外，清代爱新觉罗子孙中亦有改为金氏的。

④ 东汉以后一些少数民族融入汉姓，或改汉姓（略）。

【分布】宋元之际，北方金氏族人为躲避兵祸纷纷南迁，足迹遍布今云南、四川、贵州和广西一带。

明朝时期，金姓作为山西洪洞大槐树移民姓氏之一，一部分被分迁到了安徽、河南和湖北等地。清朝时期入闽、粤的金氏族人陆续迁居台湾和海外。

金姓为中国第 64 常见姓。人口约 380 万，约占全国人口的 0.3%。主要分布在浙江、河南二省，约占全国金姓人口的 31%；其次为安徽、江苏、湖北、辽宁、上海五省、市，约占全国金姓人口的 33%。浙江最多，约占全国金姓人口的 20%（《中国姓氏·三百大姓》）。金姓客家人较少，仅湖北、安徽较多，江西、广西也有分布。

【郡望】彭城郡。

【堂号】彭城堂、怀德堂、鸿文堂、丽泽堂等。

通用祠联

门联

源自少昊；

望出彭城。

【注】全联指金姓的源流和郡望。

勋名翁叔；

理学仁山。

【注】上联指西汉金日磾。任车骑将军，他为武帝铸造金人祭天，后来与霍光、桑弘羊等一起受遗诏辅政。下联指元代理学家金履祥。金履祥（1232—1303），字吉甫，浙江兰溪人。宋末召入史馆，未及用而宋亡。入元不仕，专事著述。曾搜集旧说，折中己意，著有《尚书表注》《论语集注考证》《仁山文集》等书。住仁山下，人称"仁山先生"。

秺侯世爵；

仁山隐居。

【注】① 秺侯世爵：典指金日磾。金日磾，西汉大臣，字翁叔，封为秺侯。子赏袭爵。② 仁山隐居：典指金履祥。

醉乡作记；

庐墓生光。

【注】① 醉乡作记：典指金极。金极，宋乐平人，字克中。绍圣进士。以市隐自号，庐名醉乡。② 庐墓生光：典出金景文。金景文，宋兰溪人，字唐佐。事亲孝，

亲殁庐墓，夜见天光下烛，五色烂然射墓上，人以为孝感所致。

通用堂联

> 王母曾称金母；
>
> 女仙亦号金仙。

【注】① 金母：神话中的女神，即"西王母"。掌握所有女仙名籍，凡女仙都要去朝见她。② 金仙：唐睿宗二女出家，一封为金仙公主，一封玉真公主。佛家称外道仙人修行坚固者，亦曰金仙。

> 怪誉扬州，无愧寿门多国宝；
>
> 声蜚吴县，果然若彩有才名。

【注】上联指扬州八怪金农；下联指清初才子金圣叹。

> 玉册载勋，武毅功名为列；
>
> 银章受卷，文靖温裕有容。

金氏宗祠通用栋对

支分雷水，宅卜松山，三十年谱牒重新，切勿忘祖德宗功，缔造一番基础；
姓赐彭城，声传江夏，六七页规章依旧，须辨别左昭右穆，发明万代渊源。

周（周）
ZHŌU

【姓源】《元和姓纂》。

①姬姓，后稷之裔。其族居于今山西中南部（《殷虚卜辞综述》），后迁邠（今陕西彬县）。商末，西迁岐山周原（今陕西岐山西北），建周方国。纣王无道，周伯昌（西伯昌）伐之。卒，子发继之，后克商建王朝曰周，建都于镐（今西安市长安区西北）。其族留周原者，曰周氏。

②周伯昌（周文王）之子周公旦之后，世为周之卿士，曰周公，其后为周氏。

③周平王少子烈别封汝南，人谓之周家，子孙因氏。

④琱氏，妘姓。一作周氏。

⑤另据《姓氏考略》载，黄帝有一位大将叫周昌，商代有一位太史叫周任，这两个人的后代都以周为姓。《通志·氏族略·以国为氏》："赧王为秦所灭，黜为庶人，百姓号曰周家，因为氏焉。"此外，亦有多支改为姓周的。

⑥北魏以后一些少数民族汉姓或改汉姓，皇家赐姓（略）。

【分布】魏晋南北朝时期，因北方中原地区长年战乱，社会动荡不安，出现了中国历史上的第一次民族大迁徙，周氏族人也随从中原的各士族南迁到了今江苏和福建等地。

隋唐之际，河南和山东一带的中原周氏大量南迁到了今浙江和广东等地。唐朝初年，因陈政、陈元光父子入闽开辟漳州，周姓族人随之迁居到了福建。唐昭宗乾宁四年，因六镇藩镇叛乱，河南汝宁府光州固始县县令周德琰的次子周枢，与游、刘、翁和范等姓氏族人迁徙到了福建，并定居在建瓯县。北宋年间，周枢后裔周枯，又迁居福建崇安县的仙店，成为了仙店周氏支派的世祖。北宋末年，因金兵攻陷汴京，河南固始县周氏随宋高宗南渡到今福建宁化等地。宋元之际，由河南迁入福建宁化县的周氏又播迁到了广东梅县。清康熙、乾隆年间，福建和广东周姓族人中陆续有人移居台湾，后有不少人移居海外。到了清朝末年，今广东、湖南、湖北、江西和福建等省的客家地区，已成为了周姓人口主要聚居地。

周姓为中国第 9 常见姓。人口约 2500 万，约占全国人口的 2.02%。约 34% 分布在湖南、四川、江苏、湖北四省（其中湖南最多，约占全国周姓人口的 10%）；约 42% 分布在河南、浙江、贵州、广东、江西、安徽、重庆、广西、山东九省、市、自治区（《中国姓氏·三百大姓》）。周姓客家人主要分布在广东、江西、湖南、四川、广西五省、自治区，其次是湖北、重庆、安徽和台湾，港澳地区也有分布。

【郡望】汝南郡、沛国郡、陈留郡等。

【堂号】汝南堂、沛国堂、陈留堂、庐江堂、爱莲堂、绍廉堂、景廉堂、汝南堂、敬胜堂等。

通用祠联
门联

濂溪世泽；
细柳家声。

爱莲门第；
笃佑家声。

爱莲世泽；
细柳家声。

功高细柳；

泽普爱莲。

【注】① 汝南：指周氏的郡望、堂号。据《元和姓纂》载，帝喾生后稷，至太王，邑于周，文王以国为氏。另据《姓氏考略》载，黄帝一大将名曰周昌，商代有一名太史叫周任。这两个人的后代都以周为姓，分散在汝南、庐江等地。所以，周氏以汝南为郡望、堂号。② 濂溪：典指周敦颐。周敦颐（1017—1073），北宋哲学家，湖南道县人。筑室于庐山莲花峰下的小溪上，以"濂溪"名之，故世称"濂溪先生"。他继承《易传》和部分道家及道教思想，提出宇宙构成论。他的学说对以后理学发展有很大影响。③ 细柳：典指周亚夫。周亚夫（?—143），西汉名将，江苏沛县人。文帝时，任他为将军，防守细柳（今陕西咸阳西南），军令严整。景帝时，平定吴楚七国之乱，并任丞相。④ 爱莲：典指周敦颐的《爱莲说》。周敦颐，字茂叔，初为分宁主簿，调南安军司理参军，移桂阳令，治绩甚著，又徙知南昌。熙宁初知郴州。后以疾求知南康军，因家庐山莲花峰下，胸怀磊落，如光风霁月。著《太极图说》及《通书》，为宋理学开山祖，二程皆其弟子。曾作《爱莲说》。

军推细柳；

品合爱莲。

【注】① 军推细柳：典指周亚夫。周亚夫，西汉名将，周勃之子。初封绛侯。匈奴进攻，因防守细柳有功，文帝劳之，称为"真将军"。② 品合爱莲：典指周敦颐。周敦颐，北宋哲学家，湖南道县人。因筑室庐山莲花峰下小溪上，时称为"濂溪先生"。

岐阳启姓；

绛邑分封。

【注】① 岐阳启姓：古公亶父为古代周族领袖，后迁岐，建城郭家室，设官吏，使周族兴盛，后建国为周，遂以周为姓。② 绛邑分封：汉初大臣周勃，秦末从刘邦起义，以军功为将军，封绛侯。

奋身除害；

决策破曹。

【注】① 奋身除害：典指周处。周处，西晋义兴阳羡（江苏宜兴南）人。少时横行乡里，素为民害，人后把他与蛟、虎合称"三害"。后周处奋然改过，斩

蛟射虎，卒为善士。② 决策破曹：典指周瑜。曹操领兵下江东，吴人议迎之。周瑜独不可，与吴主权决策拒曹，大破曹操于赤壁。

素贞节孝；
太任思齐。

【注】① 素贞节孝：典指周素贞。鲍昆琳妻周素贞以节孝闻，矢志抚孤，亲授诗书。著有《传经阁遗稿》。② 太任思齐：语出《诗·大雅·思齐》："思齐大任，文王之母。"太任，即大任。太任为周文王之母，性诚端庄，有德行。有娠，目不视恶色，耳不听淫声，口不出敖言。思，语助。思齐，因太任之德引申为赞美母教之词。

堂联

岐山支迹源流远；
鲁国封侯世泽长。

学绍濂溪垂令绪；
潘风鲁国著鸿基。

濂溪世泽；
理学家声。

东山世德；
云树家声。

广东五华水寨玉茶榕树周氏祠联

珠光濂水；
瑾色岐山。

【注】周氏八世祖"珠瑾公祠"，原系五世友铭公建住宅，后友铭公裔孙大部已外迁，余下八世珠瑾宝三兄弟裔，清代第一次修建取名"珠瑾宝祠"；清代第二次重修宝公裔已移居走马，更名"珠瑾公祠"。此联出自清代联家之手，名讳失传。上下联首字"珠瑾"指文珠、文瑾。上联"濂水"典出周敦颐。宋代理学鼻祖周敦颐是历史名人，后隐居于濂溪边，人称"濂溪先生"。周姓人无论是

否其直系，都喜欢冠名"濂溪"以颂。周敦颐的《爱莲说》，因写出了莲花出污泥不染的清纯，名震朝野。因此，周氏子孙又以"爱莲"作为对周敦颐的颂辞。下联"岐山"是周姓的发源地，典出凤鸣岐山。此联虽短短八字，隐含周姓的源流，联意深长。

> 族聚东乡，派衍刚侯，续世三百余，勿忘祖德；
> 系出西岐，基开扶贵，历年六百载，宜缅宗功。

> 室依丫髻而居，地僻林深，正喜兹水奏琴音，峰排笔阵；
> 族溯汝南之盛，文经武纬，须念此爱莲理学，细柳军威。

江西上犹寺下乡周姓宗祠联

> 哺后裔，读耕传家久；
> 育英才，理学经世长。

【注】理学经世长：典指周敦颐，字茂叔，号濂溪，湖南道县人，著名哲学家，是学术界公认的宋明理学开山鼻祖。

> 旌赐素丝谏议，名高锁苑；
> 凤高细柳将军，声继蓝田。

【注】① 上联第一分句典指东汉周举。周举，字宣光，汝阳人，博学多闻，为儒者所尊崇。顺帝时，历官并州刺史、谏议大夫、侍中、河内太守，为官清直，劾奏贪官，举荐清臣。要任他为大鸿胪时，却病死，朝中下诏书曰："赐钱十万，用以旌表素丝(比喻正直廉洁的官吏)高节。"② 上联第二分句典指西汉周昌。周昌，大臣，沛县人。秦时官泗水卒吏，秦末农民战争中归附刘邦，入关破秦有功，官中尉，后任御史大夫，封汾阴侯。刚直敢言，刘邦曾想废太子，他上谏阻止；后任赵王如意相。锁宛，指朝廷。③ 下联前分句典指西汉周亚夫。周亚夫，屯兵细柳营，军纪严明，防守细柳，文帝称其为"真将军"。④ 下联后分句典指三国吴周鲂，字子鱼，吴国阳羡人。黄武年间官鄱阳太守，平息彭绮叛乱，又用密计打败魏国曹休的军队。蓝田，地名，以产玉著称。

> 祖德宗功，千秋鼎盛繁兰桂；
> 先贤后裔，万代荣昌衍腾芬。

汝水先河，源远流长垂裕后；

南天后裔，熏世馥桂善承先。

【注】周姓源流一说是周平王儿子姬烈，封于汝南（今属河南），当地人称之为周家，后来演化成周氏。

铭鸿思，承先启后，励精图治；

跃骏马，与时俱进，兴国安邦。

江西上犹周氏汝南堂联

汝水源长，惟读惟耕绳祖武；

南疆裔盛，克勤克俭贻孙谋。

——周良根

江西大余新城周氏祠堂联

稼穑教万民，泽与山河并寿；

宫礼维百世，功同日月争光。

章水重环，支派万年流泽远；

巽峰高耸，人文百代磊英多。

【注】① 据周氏族谱记载，新城周氏祠堂的对联为康熙年间所书。② 巽：八卦之一。代表风，东南方。如：巽方（东南方）、巽地（东南方位）、巽风（东南风，又称"清明风""景风"）、巽隅（东南角）。③ 磊英：众多英才。

本姓天善全兄弟，尚文修德光前业；

成家国财布长幼，琢玉追金显俊民。

【注】① 琢玉追金：这里指追求财富。② 俊民：贤人，才智杰出的人。语出《书·多士》："乃命尔先祖成汤革夏，俊民甸四方。"

东吴统军机，筹计运谋，赤壁神功高千古；

北宋登理学，开来继往，碧莲道脉衍万年。

【注】① 东吴统军机：典指周瑜。东汉末年东吴名将周瑜，与孙策总角之好，情如兄弟。建安五年（200年），孙策遇刺身亡，周瑜将兵赴丧，后以中护军身份与长史张昭共掌朝事，辅佐孙权。建安十三年，曹操率军百万南下，江东群臣失

色，皆主降曹，周瑜力排众议，说服孙权与曹操决一死战，初与曹军战于赤壁，后破曹于乌林，史称赤壁之战。赤壁之战是周瑜人生的至高点，青史垂名。② 北宋登理学：典指周敦颐。周敦颐，原名敦实，因避宋英宗旧讳改名敦颐，字茂叔，号濂溪。北宋五子之一，北宋道州营道楼田堡（今湖南道县）人。北宋思想家、理学家、哲学家、文学家，学界公认的理学鼻祖。③ 碧莲道脉：《爱莲说》是北宋理学家周敦颐创作的一篇散文。这篇文章通过对莲的形象和品质的描写，歌颂了莲花坚贞的品格，表现了作者洁身自爱的高洁人格和洒落的胸襟。

源流宗姬水，支派远大，愿儿孙永绍箕裘；

基业辟峰山，式廓恢宏，感霜露敬陈俎豆。

【注】① 姬水：周姓源于姬姓，是黄帝的后裔。② 式廓：规模，范围。《诗·大雅·皇矣》："上帝耆之，憎其式廓。"

岭南分符作宰，仁慈爱民，四境黔黎歌父母；

粤西仗节元戎，忠勇报国，千秋史籍记干城。

【注】① 分符：犹剖符。谓帝王封官授爵，分与符节的一半作为信物。唐孟浩然《送韩使君除洪州都曹》诗："述职抚荆衡，分符袭宠荣。"② 作宰：做县令。语出王勃《滕王阁序》："家君作宰，路出名区；童子何知，躬逢胜饯。""家君作宰"的意思是家父在交趾做县令。③ 仗节：手执符节。古代大臣出使或大将出师，皇帝授予符节，作为凭证及权力的象征。④ 元戎：主将。

遵前哲艰难彝训，火耨水耕，田畴致力增温饱；

被昔贤光霁休风，夏弦春诵，仕版扬名邀宠荣。

【注】① 彝训：日常的训诫。《书·酒诰》："聪听祖考之彝训。"孔传："言子孙皆聪听父祖之常教。"② 火耨：犹火耕。北魏郦道元《水经注·温水》："九真太守任延始教耕犁，俗化交土，风行象林。知耕以来，六百余年，火耨耕艺，法与华同。"③ 休风：美好的风格、风气。《三国志·蜀书·杨戏传》："遂乃并述休风，动于后听。"④ 仕版：旧指记载官吏名籍的簿册。亦借指仕途、官场。明文徵明《题庐山图》诗："名通仕版偶服吏，癖在泉石终难医。"

江西吉水枫江南岭周氏堂联

求贤协梦古来有；

佩印还乡天下奇。

【注】正明堂为南岭周氏孝友堂分支，孝友堂为吉水泥田周氏追远堂分支，追远堂尊三国吴大都督周瑜为一世祖。上联写周文王，平生功德两大件：一是在渭水河边求贤得吕公望（姜太公），二是被商纣王扣押期间著写《周易》，其中"周公解梦"广为流传。下联写南岭周氏正明堂开基祖周源为官正直，结果被奸臣所陷，皇帝知其被陷，仍免了他的职务，但准许他"佩印还乡，仍理浙江政务"。

广西柳州融水东良周氏宗祠

门联

> 濂溪世第；
>
> 细柳名家。

【注】这副门联是周氏宗祠通用门联。与前面一通用联仅一字之差，这在姓氏祠堂联中很常见。上联指北宋著名理学家周敦颐。周敦颐，晚年著书立说，居室前有濂溪，名其室为"濂溪书堂"，人称"濂溪先生"。下联指西汉名将周亚夫。周亚夫，以河内守为将军，驻军细柳。汉文帝以其治军严谨，倍加赞赏，誉为"真将军"。

> 将军世第；
>
> 谏议名高。

【注】上联指周勃、周亚夫父子，皆是西汉初名将。周勃，随刘邦起义反秦，以军功为将军，封绛侯。下联指西汉大臣周昌。周昌，随刘邦入关破秦。后任御史大夫，封汾阴侯。刘邦欲废太子，他直言相谏，为世人称道。

栋对

> 得姓于机，溯子烈分半，瓜瓞绵延情戴脉；
>
> 收族为敬，合宗方势响，云山苍翠乐同依。

【注】此为上厅前檐柱联。联说周姓源远流长，敬宗睦族。周姓的最初发源地在今陕西渭河平原一带。秦汉时期，周姓主要以河南、陕西为中心地带繁衍生息，后逐渐成为当地的名门望族。秦时，有河南临汝的周姓人迁往江苏沛县。西汉时，有河南叶县周姓人迁往河南平舆县。汉末，此支中又有迁往安徽庐江的，河南周燕在汉时迁往山东任太守。可见，这一时期，周姓已活动于陕西、河南、山东、安徽等省，且以河南为主要支流。周姓有声望的世家大族居汝南郡（今河南省汝南县东南 30 公里）。

湖南炎陵周氏宗祠门联

> 三军佐祖安刘室；
>
> 一炬东风逞将才。

【注】上联典说周勃；下联典指周瑜。

四川成都新都石板滩周氏宗祠

神龛联

> 岐山西发家声远；
>
> 汝水南来世泽长。

【注】上联意指周氏鼻祖出自岐山，即今陕西渭河之滨的岐山一带；下联意指周氏宗族迁徙汝河流域后又向南迁徙。

广东梅州东乡周氏宗祠联

> 系出西岐，派衍西汉，历唐宋元明，将相王侯光世谱；
>
> 支分东粤，族聚东乡，继高曾祖考，诗书孝悌振家声。

广东五华水寨坝尾周氏宗祠联

> 遗七世承先祖，创建家业，岁月翻新腾宇宙；
>
> 生八子奔神州，聪颖拔萃，后裔盛耀转乾坤。

广东惠东仁德周氏宗祠堂联

> 庙貌鼎陶埔，千秋拱北，我祖其长乐哉；
>
> 水源活福海，六脉朝宗，诸孙尽归善矣。

广东饶平鸿程乡周氏宗祠联

> 士而士农而农，各省尔身；
>
> 子之子孙之孙，自求多福。

广东河源紫金柏埔周氏祠联

> 汝水南来，碧浪清波流大海；
>
> 岐山西发，奇峰秀翠耸中天。

广东紫金龙窝茶松寨周氏祠联

> 溯先人德泽流长，武著将军，诗书勿替，百代芳声延世绪；
>
> 念前贤宗功不朽，诲训渊源，谏议高名，一堂俊秀衍孙枝。

祖德仰前徽，想先人，昔日岐阳著姓，堂开濂溪，源远流长，学冠琼林，济济英才传世绪；

宗功垂后荫，樾后裔，当年水寨发脉，莺迁紫邑，根深叶茂，显赫芳名，堂堂杰士绍家风。

广东紫金瓦溪围澳南周氏宗祠联

茅土朔芳村，宋理学，显柳营，继序不忘，籍籍推高西伯后；

塯籭宜合奏，效翚飞，师鸟革，贻谋勿替，蒸蒸还仗子孙贤。

世系本岐山，想先人宋朝宰相，汉代将军，修于家者献于廷，自无忝濂溪令范；

渊源宗汝水，念后裔祠卜高车，案承连泰，竹之苞而松之茂，须勿愧细柳芳声。

广东紫金蓝塘下圩周氏宗祠联

尚兴骏业，新猷基开塔光，徽流汝水，应知源远流长，叶茂根深，细柳家声宏四海；

秀集鸿图，喜庆瑞霭丁堂，祥凝子舍，尤愿人杰地灵，蛟腾凤起，濂溪世泽旺千秋。

广东紫金柏埔围弘韬周氏宗祠联

坪地筑华堂，勋业永徽储大器；

围墙凝画阁，韬宫长笃濯巨龙。

源流汝水，绪衍濂溪，沾先人福泽，鼻祖分枝闽州百粤，桂馥兰馨，崇文尚武垂家训；

脉系岐山，勋铭细柳，启后裔昌隆，耳孙移籍长乐永安，竹苞松茂，博爱施仁振国风。

江西吉水黄桥老居周氏宗祠联

　　　　　黄冈俊秀，百世享天伦；

　　　　　桥头福祉，合族乐太平。

　　　　　正人正己积功累仁，克绳祖武；

　　　　　以真以诚厚德载物，丕振家声。

江西宁化湖村龙头周氏宗祠联

　　　　　源流固始，枝繁叶茂千秋旺；

　　　　　支祖德郎，子孝孙贤万代兴。

陕西安康派行周氏宗祠联

　　　　　敬绍成勋，林田自云可乐；

　　　　　广启善道，本宗永得其昌。

【姓源】《元和姓纂》。

①庞，商武丁时代晋南小国，公族以国为氏。殷墟卜辞有帚（妇）庞，即庞氏妇（《殷虚卜辞综述》）。

②庞氏，姬姓。周文王姬昌的儿子毕公高之后，周武王时封于庞地，因氏。

③庞，战国时秦邑，在今陕西韩城市东南黄河边。秦大夫以邑为氏。

④西汉以后少数民族改姓（略）。

【分布】庞姓为中国第117常见姓。人口约140万，约占全国人口的0.11%。约53%分布在河南、广西、四川、河北、广东五省、自治区（其中河南最多，约占全国庞姓人口的13%）；19%分布在山东、山西、陕西、黑龙江四省（《中国姓氏·三百大姓》）。庞姓客家人不多，主要分布在广西、广东、河南和四川，江西也有分布。

【郡望】始平郡。

【堂号】遗安堂、仁济堂、凤雏堂等。

通用祠联

门联

源自周代；

望出始平。

【注】全联典出庞姓的源流和郡望。

鹗荐鹿门；

凤鸽骥族。

【注】① 鹗荐：推荐贤才。典出《汉书·邹阳传》：“臣闻鸷鸟累百，不如一鹗。”② 鹿门：三国时魏国名将庞德归隐鹿门山。③ 凤鸧骥族：庞统与诸葛亮并称“卧龙凤雏”。

南州冠冕；

宰相田园。

【注】① 南州冠冕：典指庞统。庞统，三国时刘备的谋士，字士元。司马徽称为南州士之冠冕。② 宰相田园：典出庞籍。庞籍，宋武城人，字醇之，举进士，累官同平章事，观文殿大学士，仁宗时为相，后封颍国公。晚年作诗云：“田园贫宰相，图史旧书生。”

孝妇感天，曾闻鲤跃；

德公避世，偕隐鹿门。

【注】① 孝妇感天：典出汉姜诗妻庞氏，随夫奉姑，孝顺尤笃。其母嗜鱼，舍前忽涌泉，每日有双鲤跃出。② 德公避世：典指庞德公。庞德公，东汉襄阳人，躬耕于岘山南。刘表在荆州，延请入仕不屈。德公耕陇上，妻耘于前，相敬如宾。与诸葛亮、司马徽、徐庶等友善，屡征不仕，建安中携妻子隐鹿门山，采药不返。

通用堂联

敬恭明神，则笃其庆；

昭格列祖，载锡之光。

广西玉林陆川庞氏宗祠堂联

栋宇长承新雨露；

江山不改旧家风。

【注】此为祠堂大门联。说庞氏的世泽和家风。商朝末年，周文王的第十五子高，随周武王兴师伐纣立下赫赫战功。后被周武王封于毕国，爵位为公，世称毕公高。武王驾崩后，他为顾命大臣之一，与周、召二公等一起辅政，使周王朝的经济文化有了较大的发展。毕公高支庶有封于庞乡者，后世子孙以封邑为氏，称庞姓。因毕公高名声显赫，尊为得姓始祖。郡望为始平郡（在今陕西咸阳、户县一带）。

广东梅州庞氏宗祠堂联

> 孝行无双传百代；
> 贤良第一著千秋。

> 溯贤良以衍庆，木本水源，须念宗功祖德；
> 望孝行而徽传，瓜绵葛蕌，毋忘子肖孙贤。

广东平远庞氏祠堂联

> 支分鹗荐开先绪；
> 派衍骥才启后人。

【姓源】《潜夫论》。

① 郑氏，子姓。以国为氏。郑国，即奠国，侯爵，商王武丁之子封国。初都商都城附近之北郑，今河南濮阳西南古帝丘之地；后迁商西疆之南郑，即今陕西华县之东。公元前1046年为周所灭，郑人迁渭水上游，即今陕西宝鸡附近（《西周铜器铭文中的人名及其对断代的意义》）。

② 郑氏，姜姓，以国为氏（或称奠井氏，即郑井氏）。周封吕尚少子井叔于奠（郑），史称西郑。其地在今陕西凤翔南。西周穆王时失国（《西周铜器铭文中的人名及其对断代的意义》）。

③ 郑氏，姬姓，以国名为氏。《新唐书·宰相世系表》记载，周宣王封母弟友于郑，及韩灭郑，子孙播迁陈、宋之间，以国为氏。据考，郑姓出自周公族，其得姓始祖是春秋时郑国的郑桓公。周朝时，周宣王封其弟友食采于郑（今河南郑州一带），建立郑国后，称郑桓公。桓公之子郑武公曾跟随晋文侯辅佐周平王东迁到洛阳，建立东周，郑国也东迁至郐（今河南新密）与东虢（今河南荥阳东北）之间，后郐与东虢被武公用武力吞并，郑国不断扩大，成为春秋时期的强国。战国时，郑国被韩所灭，郑人怀念故国，便以原国名"郑"为姓。

④ 郑氏，子姓，春秋宋公族。宋大夫华郑之后。

⑤ 春秋晋有郑氏，盖以邑为氏。晋卿中行穆子荀吴，亦称郑甥（《中国上古史新探》）。

⑥ 春秋齐有郑氏，大夫郑周父是也。

⑦ 春秋宋亦有郑氏，少司马华貙家臣郑翩是也。

⑧ 西周、春秋时有巴国，为楚人所败，巴人入川，其一支疍族留居清江中、上游，有巴、樊、郑等五部落。

⑨ 大批少数民族改郑姓（略）。

【分布】郑国灭亡后，出现了四支郑氏。南郑一支的郑武公东迁后，留在原址的一些郑国宗室人员南迁到了今汉中地区，建立了"南郑"政权。"南郑"被秦吞并后，子孙散居到今四川和陕西等地。东汉末年至魏晋南北朝时期，不少中原郑氏人随着迁徙大军入居到今江苏和福建一带。唐朝初年，随着陈政、陈元光父子奉命入闽，河南部分郑氏族人也随同迁居到了福建，后又播迁到广东等地。到了唐末，又有河南固始郑氏随王潮和王审知入闽。明朝初年，郑姓作为山西洪洞大槐树迁民姓氏之一，一部分被分迁到福建、广东、四川等地的客家地区，融入当地客家人。

郑姓为中国第21常见姓。人口约1100万，约占全国人口的0.90%。约32%分布在广东、浙江、福建三省（其中广东最多，约占全国郑姓人口的12%）；40%分布在湖北、河南、四川、山东、河北、安徽、江西、台湾八省（《中国姓氏·三百大姓》）。郑姓客家人主要分布在广东、福建、江西、台湾四省，其次是四川、河南、湖北、湖南，海南和港澳也有分布。

【郡望】荥阳郡。

【堂号】荥阳堂、展思堂、博经堂、通德堂。

通用祠联

门联

> 荥阳世德；
> 诗礼家声。

> 荥阳世德；
> 尚书家声。

荣阳世泽；

诗礼家声。

文章华国；

诗礼传家。

荣阳世泽；

忠孝家声。

荣阳世泽；

通德家声。

【注】① 荣阳：指郑氏的发祥、发迹之地。荣阳城建于战国，三国时置荣阳郡。② 通德：典指东汉郑玄。郑玄，为孔融所敬重，为其在高密县特立一乡，曰"郑公乡"。广开门衢，曰"通德门"。③ 诗礼：典指郑玄。郑玄曾注《诗经》、三礼等古文经。④ 文章华国：是说郑氏在历代文人辈出，汉代的郑崇、郑玄及唐代的郑余庆等都是文章魁首。

艺工三绝；

文成一家。

【注】① 艺工三绝：典指郑虔。郑虔，唐画家。与李白、杜甫为诗酒交，擅书画。时有"郑虔三绝（诗书画）"之誉。② 文成一家：典指郑厚。郑厚，宋莆田人。博学多文词，自成一家。学者称为溪东先生。著有《湘乡文集》。

古之遗爱；

号为司农。

【注】① 古之遗爱：郑子产卒，孔子闻之泣曰："古之遗爱也。"② 号为司农：典指郑众。郑众，东汉经学家，开封人，曾任大司农，世称"郑司农"，以别于东汉另一宦官郑众。

贤传欧母；

巧乞采娘。

【注】① 贤传欧母：宋欧阳修母郑氏，画荻传书，时称贤母。② 巧乞采娘：郑侃之母采娘，七夕乞巧，梦织女授以针，转世为男子。

尚书世禄；

通德名门。

【注】① 尚书世禄：典指郑均。汉时郑均，操守廉洁，累辟不起，章帝赐尚书，禄终其身。时号"白衣尚书"。② 通德名门：典指郑玄。郑玄，字康成，东汉经学家，世称"后郑"，以别于郑兴、郑众父子。

广东梅州石扇郑氏祖祠联

南湖世泽；

东里家声。

【注】① 南湖：东汉的大儒郑玄曾在南湖一带开课，很多有识之士慕名而来，他的学生有成就者上千人，学校很简陋，像草堂一样。当地有个太守叫孔融，识其才学很高，就把这里叫"郑公乡"，做一个门楼，叫"通德门"，开了大路，让学生来此读书能方便出入。② 东里：典指郑国贤人子产。

溯远祖之徽音，文学武功，光昭史册；

念近宗之业绩，名书奇画，誉著寰区。

溯宗公肇开基，和邻睦族，瓜蕃椒衍绵世泽；

诒后裔同缵绪，说礼敦诗，鸿图丕展振家声。

【注】以上两联用郑成功和郑板桥两位先人的业绩来作联。郑成功收复台湾，为当时清朝做出巨大贡献，他的业绩长留史册。郑板桥是扬州八怪之一。诗、书、画被时人称为三绝，他的作品多次再版重印，深得读者喜爱。七世惟政由梅南迁古塘坪住下来，传至十一世宗仁，选择了这块风水宝地建祠堂，定居下来，子孙众多。希望后代子孙要努力读书，力求上进，大展宏图，光宗耀祖，继承诗礼家声的好门风。

广东梅州梅南郑氏祠联

居士处龙文，诗书垂训，族睦邻和，冀远绍公卿世业；

克家肇滂约，昭穆序亲，伦敦纪饬，宜上稀忠孝风徽。

【注】六世祖文受公号清溪居士。他选择了龙文堡这个地方，要求子孙读书上进，和邻睦族。希望后代仕途再起，以光祖德。十二世祖南泉号克家。他选择了滂溪约建祖祠，教育后代要严守礼法，严守忠孝风徽，为人厚道，读书上进。宋朝的郑据是忠孝状元，有忠孝家声之说。

> 润色遗徽，在昔圣言称赞；
>
> 履声懿范，历今奕语褒崇。

广东梅州石扇郑氏祖祠联

> 木本水原，教十余代祖德宗功，长流世泽；
>
> 瓜蕃椒衍，为千万年孙贤子肖，永振家声。

【注】① 木本水原：即一本同源，意思是说我们都是同一个祖宗传下来的。石扇郑氏的祖训说："凡遇同姓人，须冠桓公血脉之宗支，毋以贵害贱，毋以贱避贵，亦毋以宗支既远而忽之也。"祖宗的功劳、恩德代代长存，永世长存。② 瓜蕃椒衍：形容子孙很多，繁荣昌盛。希望后裔当肖子贤孙，把郑氏好家声、好门风发扬光大。

> 功载千秋，威慑四方收宝岛；
>
> 艺精之绝，名跻八怪誉扬州。

【注】上联典指郑成功；下联典指清初书画家郑板桥。

广东梅州黄塘郑氏祠联

> 读书不负三代，远期代代读书；
>
> 积德何须百年，惟是年年积德。

【注】此联的主旨在于教育后代要读书求上进，积德行善。

> 姓氏砺荥阳，派分程水，数千载繁衍叶茂枝荣光祖德；
>
> 黄塘迁江左，商贾熊湘，几十年创业勤劳俭朴好家风。

【注】石扇郑氏一支是从荥阳分支迁到梅州石扇来的，又分迁到黄塘白屋，再分迁到大河背郑屋，人口众多。祖辈在湖南经商，一帆风顺，回来以后在这里开基创业，保持勤劳俭朴，和邻睦族的好传统，盼后裔读书上进，继承诗礼家声好门风。

> 培育贤才，忠贞务本，仁爱谦恭铭祖训；
>
> 德荫后裔，孝义传家，诗书礼乐世昌隆。

【注】这里用堂号"培德"两字教育后代要务本谦恭，重孝义，尚读书，为族争光。

由秀才而封王，主持半壁旧江山，为天下读书人，顿增颜色；

驱外夷以出境，自辟千秋新事业，愿今日有志者，再鼓雄风。

【注】全联典指明朝郑成功。郑成功，福建南安市石井镇人。其父郑芝龙，祖籍河南固始县汪棚乡邓大庙村。弘光时监生，隆武帝赐姓朱，并封忠孝伯，俗称"国姓爷"。清兵入闽，其父郑芝龙迎降，他哭谏不听，起兵抗清。后与张煌言联师北伐，震动东南。康熙元年（1662年）率将士数万人，自厦门出发，于台湾禾寮港登陆，击败荷兰殖民者，收复台湾。郑成功于1662年末病逝，在世38年。

忠孝家声远；

荥阳世泽长。

出通德之门，辉联阀阅；

听尚书之履，声响蓬莱。

江西宁都会同鹧鸪村郑氏祠堂联

日静公蔚起开万代；

荥阳郡开基布九州。

【注】① 鹧鸪村郑氏祠堂坐落于鹧鸪村中，位于会同乡偏西4公里的山排上。这里树林茂密，多有鹧鸪鸟栖息。郑氏祠堂于宋朝时出状元郑解。② 日静公：郑氏的一位先祖。③ 荥阳郡：郑姓有声望的世家大族居荥阳。

福建永定培丰文溪郑氏家庙联

桓武遗风今尚在；

荥阳世泽古犹存。

【注】郑氏出自姬姓，周厉王少子友封于郑，是为桓公。后桓公子武公乘护送平王东迁之机，以武力在河南新郑一带建立郑国。桓公、武公遂成郑氏一、二始祖。荥阳堂为郡望总堂号。河南荥阳郡是郑氏发祥地，名人辈出。北魏时范阳卢氏、清河崔氏、荥阳郑氏、太原王氏同为皇朝明令规定的四个大姓。

诗礼家声远；

荥阳世泽长。

【注】诗礼家声：指东汉经学家郑玄。郑玄（127—200），高密（今山东高密）人，博通群经，年四十聚徒讲学，弟子众多。党锢之祸起，他与同郡孙嵩等十四人俱被禁锢。此后遂隐修经业，潜心著述，谢门不出。他以古文经说为主，遍注群经，成为汉代经学之集大成者，世称"郑学"。平生著述达百余万字，所注群经以《毛诗笺》《三礼注》影响最大。

广西柳州柳江木罗郑氏宗祠联

> 荥阳门第；
>
> 清正家风。

【注】此为大门联。典说郑颢。郑颢出身荥阳郑氏，迁居于河清（今河南孟州市），其祖父郑絪进士出身，唐宪宗时官至宰相。此人出身世家，家学渊源深厚，更兼聪慧勤奋，于唐武宗会昌三年（843年）高中状元，任校书郎、右拾遗内供奉，以风度俊朗、渊博儒雅著称。

> 世系溯荥阳，祖降恢弘光万古；
>
> 家声传书带，宗功衍庆祝千秋。

【注】郑氏堂号为"荥阳"，此为配联。上联说郡望，下联说家声。

福建宁化安远永跃郑氏宗祠联

> 虎踞莲花山，看金晖涌来，牙梳三峰腾紫气；
>
> 龙蟠宁溪水，喜瑞霭览尽，沃野十里呈祥光。

【注】上联牙梳是指牙梳山。牙梳山自然保护区位于福建西部武夷山脉中段东麓、宁化县北部的安远乡境内，是省级自然保护区。全联的意思是永跃村郑坊居住环境得天独厚，风景怡人，气候温暖，土地肥沃。

堂联或栋对

> 窜孤忠于南唐，神归故里，馨香百世；
>
> 诩景运在蜀秦，望重纶扉，垂圣恩情。

【注】全联指宁化县水茜乡庙前村郑家坊人郑文宝。郑文宝系宋左千牛卫大将军郑彦华之子。在南唐时，文宝荫授奉礼郎，迁校书郎。入宋，补为广文馆生。太平兴国八年（983年）登进士第，历任主簿、转运副使、刑部员外郎等职。蜀，今指四川。秦，今指陕西。纶扉，犹内阁，明清时称宰辅所在之处为纶扉。上联的意思是，文宝奉命到四川、陕西清理税收期间，听到广武卒变乱，巧施妙计平息，

名噪一时,得到朝廷提任。下联的意思是,文宝由南唐入宋,有志于南唐国史的编纂,收集了丰富的史料,并写成《江表志》三卷、《南唐近事》一卷。死后归葬宁化故里,其才、其情、其节气光耀史乘。

台湾郑姓宗祠门联和堂联

> 鹧鸪风润家声远;
> 带草书香世泽长。

> 草色常留通德第;
> 履声应识尚书家。

> 东里家声远;
> 南湖世泽长。

> 荥阳家声远;
> 延平世泽长。

> 荥光昭百世;
> 阳气集千祥。

【注】① 鹧鸪风润:典指郑谷。郑谷,唐朝宜春人,字守愚。幼聪悟,司空图见而奇之,曰:"当为一代风骚主。"尝为《鹧鸪》诗,传诵于时,因称郑鹧鸪。乾宁中,仕至都官郎中,因又称郑都官。② 草色常留通德第、带草书香世泽长:指东汉郑玄的事典。带草:书带草,即沿阶草,叶坚韧,相传郑玄门下取以束书,因又称为康成书带。见《后汉书·郑玄传》。③ 履声应识尚书家:指的是郑履,也就是郑崇的脚步声。见《汉书·郑崇传》。相传郑崇在任职尚书仆射的时候,常曳革履求见皇帝诤谏,汉哀帝曾说:"我识郑尚书履声。"后世因以"郑履"指立朝敢言的大臣。④ 东里家声远:指的是郑国贤人子产的事典。《列子·仲尼》:"郑之圃泽多贤,东里多才。"这句话的意思是:郑国的圃泽多贤者,东里多才士。郑子产,居于东里,又称东里子产,博洽多闻,长于政治。孔子以为郑国制定的

外交辞令，由裨谌起草稿，世叔讨论审议，行人之官子羽修饰辞句，然后由东里子产在辞藻上加以润色。当有人问子产是怎样的人，孔子说，子产是个宽厚慈爱的人。由此可知，孔子曾经盛赞子产的为人。郑子产宽厚慈爱的仁德，使得郑国虽然处晋楚两大强国的夹缝之中，依然能够屹立不摇，这全都是子产的功劳。因而，"东里"这个郑国的地名，随着郑子产的仁德与政治长才，而传扬飘香于后世。

⑤　延平世泽长：指的是家喻户晓、人称"国姓爷"的"延平郡王"——郑成功。郑成功，初名森，字大木，福建南安人。因收复台湾有功，由明桂王封为"延平公"。光绪初年，沈葆桢疏请德宗立祠台湾，永享台湾人民的祭祀与感念。

台湾高雄美浓镇郑姓荥阳堂联

祖德耀汀州，缅昔石壁千支，秀毓长潭，东里家声，朝晓夕昏须念祖；
宗功光镇邑，思今滩头一脉，灵钟弥水，南湖世泽，年湮代远勿忘宗。

【注】此联的上联所指东里是郑氏远祖发祥地，南湖则是指福建省莆田县南山的湖山书堂。滩头指祖籍广东嘉应州镇平县白马乡滩头村。

宰辅勋崇南北朝，令子直臣，纶音宠锡簪缨第；
通儒学绍东西汉，执经授业，教泽宏敷带草堂。

陕西华县郑氏宗祠荥阳堂门联

家传诗教；
声响蓬莱。

【注】郡望出于河南荥阳，祖先姬姓，公元前806年，周宣王封小弟姬友于郑（今陕西华县东），封国号郑，史称郑桓公，子孙为姓，世属中州。秦时十九世孙郑袭迁河南洛阳，二十七世孙郑其举族迁回荥阳。秦以后，郑姓向周边地区播迁，有"天下郑氏出荥阳，荥阳郑氏遍天下"之说。堂联以崇尚学问、道德修身为族训。

广东蕉岭马会岗郑氏祠联

享祖宗荐俎豆，在上在旁，悉属周王卿士派；
佑子孙俾炽昌，或昭或穆，依然汉代尚书家。

广东五华周江蓝坑法清郑宗祠堂联

周朝卿士第；
宋代相臣家。

广东五华葵岭郑氏宗祠堂联

溯先公系传东里，誉著雍宫，当时光裕垂芳，虽百世犹瞻祖德；
兹后裔室筑西山，宏开统绪，际此人文蔚起，于万年永振家声。

江西上犹水岩横岭郑氏宗祠堂联

心水久名家，庆斯立也肇昌泰；
东山长世族，幸际清之佐盛朝。

广东紫金蓝塘圩郑氏宗祠堂联

源由荥水，流接汀江，美哉祖德遗徽，泽荫庭阶书草秀；
创自前人，修凭我辈，时也梅花吐艳，香飘俎豆瑞兰馨。

凤岗后耸，雁塔前标，左右列奇峰，气象万千，锦绣名山环祖宅；
青涧北流，蓝塘东汇，西南潴巨泽，文澜层叠，清华秀水荫宗支。

广东紫金敬梓扬眉郑氏宗祠堂联

景先世流徽，道接尼山，勋昭宋代，炳蔚徽猷，佑启鸿图燕翼；
冀后人缵绪，门蕃通德，书衍草堂，恢宏绪业，行看豹变龙腾。

骏绪仰前遗，佐周邦，弼宗室，阐圣言，赫赫声名，堪拟梁材胜大任；
鸿勋期后振，绍革履，继德门，作人瑞，绵绵瓜瓞，惟同祠宇焕新猷。

广东韶关翁源坝仔礼岭郑氏祠联

裕后光前怀祖德；
远山近水溯渊源。

报德报功馨香有庆；
至诚至敬礼教无怼。

紫气呈祥，风光随处好；
金山焕新，春色自天来。

绳其祖武，扶轮济世千秋重；

昭厥孙谋，布德施仁万代昌。

台湾屏东竹田乡西势村郑氏达顺居联

念先人本籍嘉应，分居台岛，忠厚存心绵世泽。

期后裔诗书执礼，孝弟力田，勤俭立志振家声。

台湾屏东六堆郑氏颍川堂联

颍川为本系，数十代统续，如棋千秋，不改仍宗姓；

梅州始台基，百余载接传，散在万服，须知纪水源。

【姓源】《世本》。

① 单氏，姬姓，以国为氏。单国，伯爵，周成王少子臻封国。故城在今河南孟津东南。

② 金代女真族徒单氏，汉姓为单（《金史拾补五种·女真汉姓考》）。后融入汉族。

③ 其他少数民族融入汉族后改姓（略）。

【分布】单姓为中国第 177 常见姓。人口约 68 万人，约占全国人口的 0.054%。约 59% 分布在江苏、山东、安徽、吉林、黑龙江五省（其中江苏最多，约占全国单姓人口的 13%）（《中国姓氏·三百大姓》）。单姓客家人较少，主要分布在安徽、江西、广东、广西。

【郡望】南安郡。

【堂号】南安堂等。

通用祠联

门联

源自周代；

望居河南。

【注】全联指单姓的郡望和堂号。

勇雄飞将；

艺号花师。

【注】① 勇雄飞将：典指单雄信。单雄信，隋济阴人，李密将。能马上用枪，

善舞槊，军中号"飞将"。后降王世充，为大将。② 艺号花师：指宋单父，善种牡丹，艺甚高，所种牡丹能变易千种，人呼为"花师"。

> 矢志匡扶，直言击饮非君事；
>
> 刻意经史，留存顾问在朝端。

【注】上联指宋代殿中侍御史单时，乾道中，上疏谏击毬，为孝宗喜纳，除有谏议大夫。下联指明代学者单佑的事典。

客家单氏宗祠通用栋对

> 念前人创业为艰，毋怠毋荒，共展孝恩光令绪；
>
> 在今日贻谋亦易，克勤克俭，好绳祖武振家声。

【姓源】《世本》。

① 宗氏，姜姓。《周礼·春官》有宗伯，佐天子掌宗室之事。四岳之后，在周为宗伯，其后人以官为氏（东汉《司空宗俱碑》）。

② 春秋时有宗国，偃姓，公族以国为氏。宗国，"群舒"之一，故城在今安徽舒城县东南。

③ 春秋晋大夫伯宗死厉公之难，子伯州犁奔楚，州犁少子伯连避祸南阳，改姓宗氏。

④ 宗氏，妫姓。春秋齐陈宣子来之后。

⑤ 明亡，皇室遗族避祸改姓，其一改宗姓。

⑥ 宗政氏，或省为宗氏。

⑦ 少数民族改姓（略）。

【分布】宗姓为中国第 268 常见姓。人口约 22 万，约占全国人口的 0.018%。河北最多，约占全国宗姓人口的 13%。约 55% 分布在安徽、江西、江苏、浙江、河南、山东六省（《中国姓氏·三百大姓》）。宗姓客家人很少，仅江西、河南有少量分布。

【郡望】京兆郡。

【堂号】京兆堂。

通用祠联

> 志乘风浪；
>
> 泪洒英雄。

【注】① 志乘风浪：典指南朝时宗悫。宗悫，少时叔父宗炳问其志，悫答曰："愿乘长风破万里浪。"及长，官至武将军，累迁豫州刺史，封洮阴侯。② 泪洒英雄：典出宗泽。宗泽，宋名将，字汝霖。元祐进士，有文武才，初仕州郡，所至有声绩。为东京留守，屡破金兵，多次疏请高宗还汴京，俱被奸人所抑，忧愤而死。自咏杜诗云："出师未捷身先死，长使英雄泪满襟。"

> 厚奁嫁女；
> 骂贼殉夫。

【注】① 厚奁嫁女：典指宗连。宗连，隋长安人。家累千金，有季女慧而有色，欲求贤婿。时赵元淑疏宕有才，宗连以女妻之，与奴婢二十口、马十余匹及缣帛金宝珍玩。元淑转贫为富，后以功封葛公。② 骂贼殉夫：晋贾浑妻宗氏，为刘聪将乔嘬所虏，不屈，骂贼殉节。

堂联

> 孙枝蕃衍河东郡；
> 族势尊严忠简堂。

【注】全联指宗姓的郡望和堂号。

> 明德为馨，实受其福；
> 执事有格，式礼莫愆。

> 新筑比奚斯，正当明月全河，横塘一曲；
> 宗支沿宋代，长愿瓜绵百代，俎豆千秋。

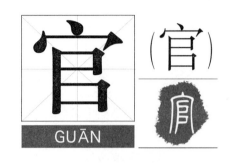

【姓源】《古今姓氏书辩证》引《姓苑》。

① 上官氏、官师氏之省。

② 《中华姓氏源流大辞典》载，广东、福建、台湾等地官姓，唐解良（今山西运城）人关膺之后。膺，在黄巢起义时为避战乱南迁，居今福建宁化石壁，改姓"官"。元至元间，遭祸乱，膺四代孙分迁广东大埔、海丰及福建诏安。后子孙又迁广东、福建各地及台湾、东南亚地区（见台东《官氏族谱》，1976）。

③ 官师氏，姬姓。周顷王姬壬臣之子封于镏，号镏康公；镏康公之子镏夏为天子官师，其后裔以"官师"为氏，省作"官"氏。广东大埔官姓，原是"上官"姓所改。大埔漳北《官氏族谱》载，唐僖宗年间，黄巢之扰，挈祖母朱氏，避乱福建宁化石壁乡，遂官为姓焉。对为何改姓，有人指出："亦已避地数千里，何至亟亟乎改氏？"谱中亦取怀疑态度。以上记载，虽不能说明改姓原因，但可说明其改姓时间是远在距今一千一百多年前的唐僖宗时期。福建永定陈东及大埔西河漳北"官氏祖祠"的堂联是："天水家声远，上官世泽长。"从其族谱记载及祖祠堂联来看，大埔官氏是上官氏所改无疑。《姓氏考略》："楚庄王少子兰为上官大夫，后以为氏。望出天水"。又《中国姓氏寻根》上官氏起源则云："战国时，楚国公族子弟勒尚任上官大夫，他的后代就称为上官氏。"春秋时的楚国，是上古祝融氏吴回第六个孙子季连的芈姓后裔，而吴回乃颛顼帝高阳氏之孙，高阳氏则是黄帝的嫡孙。如此推溯，则上官氏是黄帝子孙。

④ 少数民族改姓（略）。

【分布】官姓为中国第 255 常见姓。人口约 28 万，约占全国人口的 0.022%。约 72% 分布在广东、福建、四川、江西、云南、广西六省、自治区（其中广东最多，约占全国官姓人口的 24%）；山东、湖南、黑龙江、台湾四省亦多此姓（《中国姓氏·三百大姓》）。官姓客家人主要分布在广东、福建、江西、广西，湖南、台湾、四川也有分布。

【郡望】天水郡。

【堂号】天水堂、东阳堂等。

通用祠联

门联

赍金兴学；

勘田辨诬。

【注】① 赍金兴学：指宋时官鉴赍金币，割公田，以佐书院之役。赍，赠送，赏赐。② 勘田辨诬：典出官廉。官廉，明平度人。由进士官户部郎中，性刚介。景州等处民田万顷，界接东宫庄田，为内侍冒占，廉往勘之。内侍语廉曰："田如归我，请官可得。"廉曰："以万人命易一官，吾弗为也。"尽归所占田于民。

天水世第；

御史家声。

天水家声远；

孝友世泽长。

天水家声远；

上官世泽长。

【注】① 天水：指官姓郡望天水郡。西汉元鼎三年（前 114 年）置，治所在平襄（今通渭西北）。② 御史：指上官均。上官均，宋熙宁三年（1070 年）进士，官至光禄寺丞、监察御史、龙图阁待制。上官氏代有名人：上官桀，汉代丞相，

封安阳侯；上官安，汉代车骑将军，封桑乐侯；上官仪，唐代弘文馆直学士，著名诗人，其女上官婉儿为中宗昭容，著名才女。③ 孝友：典指上官怡。宋代上官怡，其母身患疟疾，侍母至孝，扶育孤儿，爱兼笃，时人赞曰："既孝于亲，又友于兄弟。"④ 上官：即上官氏。春秋楚大夫靳尚食采上官，以地为氏。上官氏，或者为上姓、官姓。

通用堂联

远水函濡庭桂茂；

春风拂动砌兰馨。

志欲光前，总要诗书教子；

心存裕后，莫如勤俭持家。

继往开来，数百年犹如一日；

修前编后，几十世宛若同时。

FÁNG

【姓源】《广韵》。

① 房氏，祁姓。相传帝舜封帝尧之子丹朱于房，其地在今河南遂平县灈阳西南之小文城村。其子房陵，以邑为氏。

②《中华姓氏源流大辞典》：晋初有清河房乾，出使高车，还国不得，留居北地，更姓屋引氏。屋引，敕勒语房也。其后人融入鲜卑族。北魏时，屋引氏南迁，复为房氏。

③ 少数民族融入汉族后改姓，如蒙古族、朝鲜族等。

【分布】房姓为中国第 183 常见姓。人口约 60 万，约占全国人口的 0.048%。约 37% 分布在山东、江苏二省（其中山东最多，约占全国房姓人口的 26%）；约 33% 分布河南、广东、河北、陕西、安徽五省（《中国姓氏·三百大姓》）。房姓客家人主要分布在广东和河南，江西、广西、福建也有分布。

【郡望】清河郡。

【堂号】中书堂、国器堂、清河堂、瀛洲堂、文惠堂等。

通用祠联

门联

瀛洲世德；

烟阁家声。

五经之库；

三辅之诗。

【注】中书堂和国器堂均典出唐代大臣房玄龄。房玄龄，幼年警敏好学，博综经史，善属文，书擅草隶，年十八举进士，授羽骑尉，协助李世民筹谋统一取得帝位。拜中书令、尚书左仆射（宰相），为相十五年，夙夜勤强。他善于用人，一时能臣济济，把国家治理得富强康乐，政治清明，文化发达，疆土广阔，使大唐出现"贞观之治"。朝廷命画师阎立本将房玄龄与其他二十三位开国功臣画像挂于凌烟阁，其后人为缅怀这位贤达的名臣，遂以其职位作为家族堂号，称"中书堂"，也有人家用"国器堂"。瀛洲，指文学馆。唐太宗李世民为网罗天下人才而设置，时谓被选入文学馆为"登瀛洲"。

清河衍派；

唐相流徽。

【注】上联指房姓郡望。梁武帝时，景伯封清河郡太守，在此繁衍为望族。下联指唐朝开国元勋房玄龄，曾任贞观宰相。

天下规矩；

学士谋猷。

【注】① 天下规矩：典指房植。房植，东汉甘陵人，字伯武，桓帝时为河南尹，有名当朝。时人有语曰："天下规矩房伯武。"② 学士谋猷：典出房玄龄。房玄龄，文学馆十八学士之一，居相十五年，善谋朝政，为贞观之治做出了贡献。

五代三丞相；

小祠太尉家。

【注】① 三丞相：指房玄龄为唐贞观宰相、房融为周武后宰相、房琯为唐肃宗宰相。② 小祠：是广东大埔银江"国器堂"谦称。③ 太尉：房玄龄卒后御赐"太尉"。

博及群收，道选瀛洲学士；

精通三略，荣拜思恩武侯。

【注】上联典指房玄龄，临淄人。下联典指明代名将房宽，洪武中，以济宁左卫指挥练兵北平，移守大宁，殊域情伪，莫不毕知，以功封思恩侯。

江西赣县韩坊大屋村房氏祠联

积善奉公，振兴门第；

显德立业，荫裕子孙。

【注】韩坊乡位于江西省赣州市赣县南部，大屋村在韩坊圩东北。积显房祠文惠堂建于村内，建筑宏伟壮观，工艺精美，具有民族古色风味。

广东大埔房氏树德堂栋对

规模依旧栋宇翻新，穀旦列祖归来，庙貌与山河并永；

堂开树德基创盐埠，斯时人文蔚起，恩泽偕日月同光。

广东大埔银江房氏宗祠堂联

万水觅源头，维桑与梓，远念根基通粤蜀；

千秋垂统绪，世德作裘，深怀仁孝报邦家。

MÈNG

【姓源】《潜夫论》。

① 孟氏，姬姓。春秋鲁公族。鲁桓公次子庆父，为长庶，古谓长庶为孟，故称孟氏。庆父生穆伯公孙敖，敖生文伯毂、惠叔难，毂生献子蔑，始为仲孙氏。其后复称孟氏。

②《华阳国志》载，晋时南中夷人大姓有孟、爨、量、朴、夕五姓。南中夷，即巴郡蛮，土家族之先民。

③《魏书》有孟表，济北蛇丘人，自云本属北地，号索里诸孟。

④ 金代女真族抹撚氏，汉姓曰孟（《南村辍耕录》）。

⑤ 元、明之际有古文大家孟昉，其先唐兀人，子孙融入回族。

⑥ 少数民族汉姓，如蒙古族、回族等。

【分布】孟姓为中国第 73 常见姓。人口 330 多万，约占全国人口的 0.27%。约 46% 分布山东、河南、河北三省（其中山东最多，约占全国孟姓人口的 21%）；28% 分布在江苏、辽宁、山西、黑龙江四省（《中国姓氏·三百大姓》）。孟姓客家人较少，主要分布在广东、河南、湖南。

【郡望】平陵郡。

【堂号】平陵堂、武威堂、亚圣堂、三迁堂等。

通用祠联

门联

还珠世德；

孝诚家声。

【注】① 还珠世德：典出孟尝。东汉时孟尝，举孝廉授徐县令，州郡表其能，迁合浦太守。合浦海出珠宝，前任太守责民弃农求之，与交趾换取粮食，官吏从中贪污刻剥百姓，贫者饿死于道。孟尝革除前弊，令民归农，未满一年，去珠复还，成语"合浦珠还"即出于此。② 孝诚家声：典出孟宗。三国时江夏人孟宗，事母至孝，民间流传有孟宗哭竹生笋的故事。

孔门亚圣；
墨家巨子。

【注】上联典指孟轲，即孟子。下联典说战国初墨子的贤弟子孟胜。

龙山逸兴；
鹿门隐居。

【注】上联典说东晋江夏人孟嘉。孟嘉，字万年，太尉庾亮领江州时，任他为从事，后为征西大将军桓温的参军，深受桓温器重。他学识渊博，才思敏捷，沉着豁达，行不苟合。桓温在龙山大宴宾客，风吹落了孟嘉的帽子，他还不知道。桓温让参军孙盛作文章嘲讽他，孟嘉即席以文作答，挥毫立就，文辞优美，四座嗟叹。后历任从事中郎、长史。下联典指唐代襄州襄阳人孟浩然。孟浩然早年隐居鹿门山。四十岁时到长安，考进士不中，后为荆州从事。曾游历东南各地，所至有诗。其诗与王维齐名，称为"王孟"。他的诗长于写景，多反映隐逸生活。著有《孟浩然集》。

孝著恭武；
道传孟轲。

【注】上联典指三国时吴国江夏人孟宗。孟宗，字恭武，曾任吴监池司马，豫章太守，官至司空。孟宗是个大孝子。传说有一年冬天，他的母亲得了重病，想喝用鲜竹笋做的汤。适值严冬，没有鲜笋，孟宗心里非常难过，独自一人跑到竹林里，扶竹哭泣。少顷，他忽然听到地裂声，只见地上长出几棵嫩笋。孟宗大喜，采回做汤，母亲喝后果然病愈。下联说战国时邹人孟轲。孟轲，字子舆，先世为鲁国公族，受业于孔子的孙子子思的学生，历游齐、宋、滕、魏等国，曾任齐襄王的客卿。因主张不被采用，晚年与弟子著书立说，把孔子"仁"的观念发展为"仁政"学说。他的理论对后世儒家影响很大，被认为是孔子学说的继承者，世称"亚圣"。著有《孟子》，为儒家经典之一。

> 珠还合浦；
>
> 节镇荆襄。

【注】① 珠还合浦：典出东汉孟尝。② 节镇荆襄：宋孟洪镇守荆襄二十年，官民赖之。

堂联

> 教子无如仉氏；
>
> 敬夫共仰孟光。

【注】① 上联典出仉氏。仉氏，孟子母，三迁其居以教孟子，孟子废学，母又断织以儆之，孟子终为大儒。② 下联典指孟光。孟光，汉梁鸿妻。姿貌甚丑，而德行甚修。与鸿避逃霸陵山中，耕耘织作，以供衣食。每进食，举案齐眉，所在敬而慕之。

栋对

> 舍伯夷之清，伊尹之任，柳惠之和，愿学孔子；
>
> 能富贵不淫，贫贱不移，威武不屈，此谓丈夫。

【注】上联指战国时期思想家孟轲。孟轲，字子舆，今山东邹县人。受业于子思之门人，在儒学分化中，被称为思孟学派，代表孔门嫡系正传。著《孟子》，被称为"亚圣"。

> 神之格思，不可度思，矧可射思；
>
> 兄及弟矣，式相好矣，无相尤矣。

【注】这是一副家训联。上联三个"思"，三个层次，是对祖宗的尊敬。下联指兄弟要和好，不要互相埋怨。

广东通用堂联

> 采卿之绪，孝诚生笋；
>
> 亚圣之裔，兼德还珠。

广东平远孟氏宗祠堂联

> 邹峄雄风，塞两间正气；
>
> 兄弟美质，获双珠令名。

练 （練）

LIÀN

【姓源】《广韵》引《姓苑》。

① 战国时即有东氏。

② 唐有练何，河内（今河南沁阳）人，本姓东，贞观中从李勣伐高句丽有功，以精练军戎赐姓练，封岐山侯。

③ 以邑名为氏。福建练姓的先祖五代时仕闽，食邑建安练乡，其后裔有人便以先祖的食邑名"练"为氏。建安，即今建瓯。

④ 白族等少数民族汉姓。

【分布】练姓为中国第 251 常见姓。人口约 29 万，约占全国人口的 0.023%。约 78% 分布在广东、广西（其中广东最多，约占全国练姓人口的 40%）。四川、浙江、贵州、福建、江西、河南等省多有此姓（《中国姓氏·三百大姓》）。练姓客家人多分布在广东、广西，其次是江西、福建、四川和河南，湖南、湖北也有练姓客家人。

【郡望】河内郡。

【堂号】河内堂、建安堂等。

通用祠联

门联

> 封侯世德；
>
> 御史家声。

【注】① 封侯世德：典出东何。唐太宗赐匾表彰东何功德，并赐姓练。②

御史家声：典指练君豫。明万历年间练君豫进士及第，初授沛县知事，天启三年（1623年）擢御史，屡忤魏忠贤，被削籍。至崇祯年间复官，以右佥都御史巡抚陕西，大破流寇。南明福王时召为户部左侍郎，后晋兵部尚书。

河内家声远；

岐山世泽长。

【注】河内：据《练氏族谱》载，练氏，自大昊嗣兴，帝号伏羲，以木德王其姓风氏，为有姓之始。其裔羲仲，帝尧命掌东方青阳之令，易风姓为东方氏，曾以济阳为郡。东方氏三传至东不訾者，即改其复姓东方为姓东。此后，历传六十四代嗣东何，世居河南省河内县（今河南省沁阳县）。以精练军戎，封为岐山侯，赐姓练。何为练氏得姓之鼻祖。因练氏世居河内，故以之为郡望。练何，字子俊，其三世子聪由河内迁居福建省建宁县。传至练何二十三世诒嘉，字子善，元时，由闽建宁迁居江西临江新淦县。传至练何二十八世渊文，字豪任，由江西迁至福建武平象洞，明初，鼻祖何之三十二世孙元龙，由福建武平又迁至广东梅县瑶上，后又迁至兴宁等地。

青丘集表忠传世；

金川院立祀妥灵。

【注】① 青丘集表忠传世：典指练定。练定，宋嘉祐进士。调乌江尉，官至朝清大夫，著有《青丘集》三十卷行于世。② 金川院立祀妥灵：典出练子宁。练子宁，明洪武进士第二，授修撰，累官吏部侍郎，迁左副都御史。燕王即位，被磔死，族其家。弘治中王佐刻其遗文曰《金川玉屑集》。李梦阳立金川书院以祀之。

堂联或栋对

受姓自贞观，佐大唐一统江山，精军简练，总握兵戎，功著奇勋昭百代；
派分源淦水，撑建明半边日月，劲节深知，光昭史册，名垂忠烈耀千秋。

【注】全联典指练氏始祖东何，智勇超常，唐贞观时，为总管府录事参军，征伐高句丽有功，唐太宗以"精练军戎"封公为岐山侯，赐姓练氏，故易"东"为"练"。

广西柳州下龙汶练氏宗祠门联

岐山世泽；

河内家声。

【注】此为"河内"堂号配联。上联说练氏得姓为东何。东何，字子俊，世居河南河内县，才思敏捷，智勇超常。在征高丽战事中，东何因"精练军戎"有素，献火攻策有功，被唐太宗赐姓为"练"，封岐山侯。下联说这支练氏来自河内郡。河内郡，楚汉之际置。治所在怀县（今武陟西南）。辖境相当今河南黄河以北、京汉铁路以西地区。

建业河南，沐贞观洪恩，封祖岐山绵世泽；

迁居西粤，值乾隆盛代，承宗柳郡振家声。

【注】此为正堂前部左右两侧联。上联说练氏郡望，下联说本支练氏在柳州的家声。

广西柳州柳江塘头练氏支祠门联

岐山世泽；

淦水家声。

【注】此为正门联。上联说练氏始祖东何，下联说练司宁。练司宁，又作练子宁，名安，明代江西新淦人，进士出身，官至御史大夫，执法公正。因练子宁是江西新淦人，新淦因淦水得名，故称"淦水家声"。

堂联

系溯岐山，姓赐唐朝崇武略；

泽承河内，支分柳水接梅州。

【注】练氏以"河内"为堂号，此为配联。说练氏始祖东何，此分支来自广东梅州。武略：军事谋略。

广西柳州柳江木罗练氏宗祠联

姓自岐山建业，祖德宗功，克笃箕裘新世泽；

氏来河内渊源，前谋后燕，丕承礼乐振家声。

【注】全联典出练氏的得姓始祖及世居地。据文献记载，练氏始祖姓东名何，世居河南省河内县（今沁阳）。东何智勇超群，唐贞观年间，任总管府录事参军，奉诏协助大将军李勣出征高句丽。征战中，东何献火攻计，大破南苏罗城。贞观十九年（645年），唐太宗以"精练军戎"封东何为岐山侯，赐姓练氏。东何由此改名练何。

广东兴宁练氏入粤始祖元龙公祠堂联

念祖先原属八闽，际元胡乱促，得寻龙洞桃园天甲第，卜旗山，九族早发祥，华胄清芬追远祖；

思治地转迁百粤，经化日舒长，犹咏平川瓜瓞灿香烛，番椒衍，明堂频焕彩，宁江遗迹纪先公。

广东平远大柘练氏宗祠堂联

赐姓自贞观，想当年祖德宗功，万古英灵如在；

肇基由闽汀，迄于今寻源溯本，千秋俎豆常新。

广东紫金城练氏总祠堂联

凤翥岐山标紫邑；

龙腾淦水汪神江。

大人岭拱庭前，堂构增辉，族衍家祥，丕振云礽光淦水；

状元峰围室后，兰桂竞秀，文经武纬，宏开统绪绍岐山。

聚千秋昭穆于一堂，为虞舜友，为岐山侯，从得姓受氏以还，瓜绵椒衍，时蔚起，南宫英俊，西部名臣，亿万年继继绳绳，早启文明昌后嗣；

联两粤宗盟而复祚，是清白遗，是忠贞裔，有肖子贤孙之责，木本水源，问伊谁，节并孝儒，直方左鼎，廿四史轰轰烈烈，应追功义迪前光。

广东紫金瓦溪高布练氏宗祠堂联

赐姓本贞观，迹著岐山，自闽汀至兴宁，乃武乃文，一脉渊源皆茂盛；

肇基来永邑，功垂淦水，由南芬越高布，寝炽寝昌，标香玉桂正荣华。

广东紫金乌石车洞练氏宗祠堂联

七友早流芳，越唐代，勋参李勣，功辅世民，锡土姓而赐岐山，赫濯衣冠垂奕祀；

三洲分远派，忆明时，节并孝孺，直方佐鼎，合忠良以光史乘，馨香俎豆祝千秋。

封 (封)

FĒNG

【姓源】《元和姓纂》。

① 封氏，姜姓。夏、商时有封父国，在今河南丘县境，周初失国，其后有封氏，子孙居渤海蓨县（今河北景县）。

② 汉时西南夷（越嶲夷）姓（《后汉书》）。

③ 东晋、南北朝以后少数民族改姓（略）。

【分布】封姓为中国第 257 常见姓。人口约 27 万，约占全国人口的 0.022%。约 80% 分布在陕西、山东、重庆、江苏、广西、湖北、湖南、广东八省、市、自治区（其中陕西最多，约占全国封姓人口的 18%）。贵州、四川亦多此姓（《中国姓氏·三百大姓》）。封姓客家人不少，主要分布在广西、湖南、广东，湖北、江西也有分布。

【郡望】渤海郡。

【堂号】渤海堂。

通用祠联

门联

> 得大臣体；
>
> 有高士风。

【注】① 得大臣体：典指封孚。封孚，渤海人，初仕慕容宝，后入南燕，外总机事，内参密谋，谦虚博约，有大臣之体，晚节尤为伉直。② 有高士风：典出封延伯。封延伯，南齐东海人，有学行，三世同行，官梁郡太守，有高士风，为北州所宗附。

> 望居渤海；
>
> 源自封丘。

【注】全联指封姓的郡望和堂号。

> 风神未肯留情，美人谁护；
>
> 封郎终居此座，从女可婚。

【注】上联典指传说中的风神封姨。唐代天宝年间，崔玄微月夜遇美人杨氏、李氏、陶氏和绯衣少女石醋醋及封家十八姨一起饮酒。醋醋得罪了封姨，封姨发怒离去。第二天晚上，几个女子又来，说她们家居苑中，常遭恶风凌虐，求崔玄微在苑东立一杆红色大旗，用来躲避风灾。立旗那天，果然起了大风，折树飞沙，而苑中的鲜花却没受一点损害。崔玄微这才明白，那几个女子是花精，封姨是风神。下联典指唐初大臣封德彝。封德彝，名伦，观州人。隋代开皇末年，跟从杨素为行军记室，以机智为杨素赏识，杨素曾拍着自己的床说："封郎终居此座（意思是做官要达到他的职位）。"还把侄女嫁给了他。后来，他跟从宇文化及战败归附唐朝，初任内史舍人、内史侍郎，随李世民灭王世充有功，封平原县公。武德末年，封密国公，官中书令。太宗时，官尚书右仆射（宰相）。

福建宁化安远黄塘封氏祠联

> 回顾濂溪，源远流长，合百川而会海；
>
> 前瞻秀梅，枝蕃叶茂，固一本以参天。

> 自元舆传世端，是中原各地，封氏派衍万代；
>
> 至广盛而起宇，滋闽赣诸省，渤海宗接千秋。

【姓源】《潜夫论》。

① 赵氏，本作肖氏，嬴姓。以封邑名为氏。

② 《姓纂》载："帝颛顼伯益，嬴姓之后。益十三代孙造父善御，事周穆王，受封赵城，因以为氏。"造父是周穆王的大夫，因驯马和驾车技术高明，成了周穆王驾车的贴身亲信。周穆王封他为诸侯，领地赵（今山西省洪洞县的赵城）。从此，以国名为姓，造父乃赵姓人的祖先。赵姓排在《百家姓》第一位，非其人口数量第一，是因《百家姓》编于宋朝，当时是赵家的天下，为表示对皇帝的尊敬，就以"赵"作为中国众姓之首。

③ 汉代越族姓。公元前207年，赵佗建南越国，历五世九十三年国亡，赵氏子孙融入越族。

④ 少数民族改姓、赐姓（略）。

【分布】秦王朝时，真定人赵佗任南海郡龙川县令，后为南海尉。秦朝末年，赵佗吞并了桂林、南海和象三郡，建立了南越国。此后，赵佗的子孙繁衍于今天的广东、广西。

五代，刘龑在广州建立了南汉政权。洛阳人赵光裔、赵光逢和赵光胤三兄弟随军迁居南海安家。自从赵匡胤建立了大宋王朝后，便不停地大封宗室为郡国王公。为此，赵姓一族得以更迅速地广布开来，足迹遍布福建一带。公元1126年的"靖康之乱"后，金兵攻入北宋京都汴京，俘虏了赵姓宗室两千多人，将宋徽宗和宋钦宗及其宗室囚在五国城（今黑龙江松花江下游）。赵氏宗室中未被金兵俘虏者都在"靖康之乱"后纷纷逃出汴京，分布全国各地。其中一支在临安建立了南宋王朝，成为赵氏家族在中国江南地区繁衍的主要支脉。

南宋灭亡后，宗室赵姓一族逃散到今澎湖和广东潮阳等地，后在福建和广东一带繁衍发展。康王赵构有一脉迁徙到今江西赣州、福建建瓯一带。魏王赵迁美一脉迁徙到今河南开封和洛阳、福建汀州、江西鄱阳、湖南衡州、四川成都和青城等地。

明朝初年，赵姓作为山西洪洞迁民姓氏之一，一部分被分迁到福建、广东和四川等地。

清朝康熙年间，福建和广东一带已有赵姓人口陆续迁居台湾及海外。

赵姓为中国第 8 常见姓。人口约 2600 万，约占全国人口的 2.06%。约 36% 分布在山东、河南、河北三省，38% 分布在黑龙江、江苏、云南、四川、陕西、山西、河北七省（《中国姓氏·三百大姓》）。赵姓客家人不多，主要分布在江西、湖南、湖北，广东、广西也有少量分布。

【郡望】天水郡、南阳郡、下邳郡、平原郡等。

【堂号】天水堂、半部堂、南阳堂、下邳堂等。

通用祠联

门联

冀州世泽；

天水家声。

天潢世德；

御史家声。

【注】① 冀州世泽；天水家声：以赵姓郡望作为家族堂号。一说，"天水堂"出自春秋时代赵键的故事。赵键母亲分娩之日，天降倾盆大雨，雨大水涌，屋内漫水一尺余，因雨天得子，子乃天水送至，其家族遂取堂号为"天水堂"。② 天潢世德：典指赵匡胤。古时称皇室为"天潢"。宋朝开国皇帝赵匡胤（927—976），涿州人，性孝友，有勇略。后周显德七年（960 年），位高权重的赵匡胤乘"主少国疑"之

机，发动兵变，黄袍加身，建立了宋朝。③ 御史家声：指北宋大臣赵沔，景祐进士，为殿中侍御史，弹劾不避权贵，京师号称"铁面御史"。

汴京世系；

天水名家。

【注】① 汴京：今河南开封市，宋太祖赵匡胤曾定都于此。② 天水：赵姓发祥地，赵姓郡望。

玉尺家声远；

京城世泽长。

【注】上联指宋代赵伯泳。宋词人王迈《贺新郎·送赵伯泳侍郎守温陵》有"玉尺量才廊庙"句。下联指宋太祖四子秦王赵德芳（世称"八贤王"）之后裔赵孟頫家族。孟頫兄弟累官皆为翰林学士承旨，诗文书画闻名京都。

日联冬夏；

雪梦罗浮。

【注】① 日联冬夏：《左传·文公七年》："赵衰，冬日之日也。赵盾，夏日之日也。"赵衰，春秋时晋国大臣，待人和蔼可亲，温柔慈善，如冬日之日可爱。赵盾，衰之子，晋国执政，对人严酷，故如夏日之日可畏。② 雪梦罗浮：典指赵师雄。赵师雄，隋时睢阳人。相传他过罗浮山（今广东增城）时，天寒日暮，见林间有酒肆，旁边有茅舍，见一浓妆美人出迎，雄遂与美人扣门共饮。此时残雪未消，雄醉而卧，待醒，二人同卧于罗浮山梅树下。

风高琴鹤；

图绘麒麟。

【注】① 风高琴鹤：典指宋赵抃。赵抃，西安人，第进士，加龙图阁学士知成都，为政简易，以一琴一鹤自随。神宗时，擢参知政事。② 图绘麒麟：典指赵充国。汉宣帝时，赵充国袭匈奴有功，与霍光等功臣绘像于未央宫中之麒麟阁，以彰其功绩。

箕骑天上；

丝绣平原。

【注】① 箕骑天上：典指南宋大臣赵鼎。赵鼎，崇宁进士，南渡后曾任宰相。与秦桧论和议不和，罢谪岭南，移吉阳军，遂自题铭旌（竖在柩前以表识死者姓

名的旗幡）云："身骑箕尾归天上，气壮山河壮本朝。"以彰行操，遂不食而卒。
② 丝绣平原：典指赵胜。赵胜，战国时惠文王之弟，封于东武城，号平原君。任赵相，有食客三千。唐李贺有诗句云："买丝绣作平原君。"

持楫请命，发为棹唱；

绣帛成图，时推针绝。

【注】① 持楫请命，发为棹唱：典指赵鞅。赵鞅，即春秋时晋国的赵简子，为卿。赵伐楚，汉泮吏因醉卧犯死刑。其女持楫哀请，愿代父死，父得免。父使女操棹于中流，发激棹之歌，赵简子大悦，召为夫人。② 绣帛成图，时推针绝：典指孙夫人赵氏。三国吴主孙权夫人赵氏，尝刺绣于方帛上，列五岳、河海、城邑之形，时称"针绝"。

广东通用堂联

乃祖曾将半部论语治天下；

后人当以千秋俎豆祭堂前。

祠溯南迁，踵世爵八传，有农部高文，太常恩敕；

门开东向，俯平原三面，见榜山叠翠，剑海回澜。

江西南康内潮赵氏永政公祠联

大启人文光祖德；

富开甲第耀始宗。

陕西安康赵氏宗祠堂联

匡德惟从世令子；

伯师希与孟由宜。

——赵匡胤

陕西商洛赵氏柞水小岭镇琴鹤堂联

陛锡铜符，京兆之风载凤振；

门迎珠履，平原之声誉昭宣。

广东紫金上义郊田围赵氏宗祠联

观音对顶银潢地；

桐峰朝迎铁面家。

新加坡赵氏总会联

定天下，致太平，除非汉祖唐宗，谁堪伯仲？

说本来，论当世，好似巨川大日，各自东西。

郝（郝）

HĂO

【姓源】《元和姓纂》。

① 相传商帝乙之子王子期封郝乡，子孙以郝为氏。郝乡，在今山西太原。

② 乌桓族姓。出汉时乌丸大人郝旦之后（《北朝胡姓考》）。

③ 匈奴族姓。出自十六国时期胡夏（大夏）武烈帝赫连勃勃。匈奴族郝氏出自匈奴铁弗部。

④ 唐时筰都夷有郝姓，见《新唐书·南蛮传》。筰都夷，白马氏之遗种。

⑤ 西夏人有郝姓，本汉人（《西夏文化》）。

⑥ 少数民族汉姓，如蒙古族、回族等。

【分布】隋唐之际，郝姓在陕西京兆一带快速发展，并形成郝姓历史上的第二大郡望——京兆郡。同时有郝姓族人迁居到了湖北和四川等地。唐宋之际，南方的一些地方也出现了较多的郝姓族人。北宋灭亡后，郝姓族人纷纷南迁。足迹已到了福建和广东一带。

郝姓为中国第 82 常见姓。人口 270 多万，约占全国人口的 0.22%。约 73% 分布在山西、山东、河北三省；14% 分布在陕西、湖南二省（《中国姓氏·三百大姓》）。郝姓客家人较少，主要在湖南，江西、广东、广西、福建也有分布。

【郡望】太原郡。

【堂号】晒书堂、丰文堂。

通用祠联

门联

丰文尚节；

引义传经。

【注】上联典指元朝翰林侍读学士郝经。郝经，金亡后入忽必烈（元世祖）王府，因谈论治国安民之道，深得信任。跟从忽必烈攻鄂州，得到宪宗死的消息后，力劝忽必烈北还争帝位，与南宋宰相贾似道约和退兵。中统初年，以翰林侍读学士出使南宋，被贾似道扣留在真州达十六年，至元年间才被释还。文章丰蔚豪放，撰有《续后汉书》《陵川集》。诗多奇崛。下联典指唐朝时期的大将郝处俊。郝处俊，贞观年间进士。累迁吏部侍郎，跟随大将李勣征讨高句丽有功，授同东西台三品（同中书门下三品，宰相），参与朝政，上元初年官中书令。为人正直，操履无玷。在朝中，他主张法令应刚柔相济，凡所规讽，深得大体，得高宗赞许。

夫人家法；

宰相襟期。

【注】① 夫人家法：《世说新语》载，王浑妻钟氏与弟妻郝氏皆有德行，钟虽门高，与郝相亲重。时称钟夫人之礼，郝夫人之法。② 宰相襟期：典指唐郝处俊。郝处俊，少好学，嗜汉书。尝言志曰："大丈夫惟无仕，仕必至宰相乃可。"后仕至中书令。

储书晒腹；

饮水投钱。

【注】① 储书晒腹：典指郝隆。② 饮水投钱：典指郝廉。汉郝廉远行道中，饮水于井，辄投钱。

堂联

人曝笼内物；

我晒腹中书。

【注】全联典出东晋郝隆。郝隆，性机敏，善于应对。当地有一个习俗，每年七月初七（一作六月初六），家家都要晒衣物，以防发霉或虫蛀。郝隆生性放荡，有时言行滑稽令人可笑，常以自己满腹经纶而傲视只会敛财的富家子弟。每年"曝晒节"，他总是袒胸露腹躺在院中晒肚皮，有人问他，他答道："晒吾腹中书耳！"

奇韵豪文，才推元朝；

危言高论，名重汉时。

【注】上联指元朝时期的翰林侍读学士郝经。下联指东汉朝时期的名士郝洁。郝洁，太原人。好危言高论，名重当时。

茅砌百年承俎豆；

土阶奕祀绍箕裘。

【姓源】《风俗通义》。

① 荆氏，芈姓。荆，楚之别称，楚公族或以荆为氏。

② 战国时燕义士荆轲，本齐之庆氏。徙于卫，卫人谓之庆卿；至燕，燕人谓之荆卿。

③ 蒙古族汉姓（《中华姓氏大辞典》）。

④ 满族姓（《满族百家姓》）。

⑤ 锡伯族汉姓，本姓荆佳氏（《锡伯族姓氏改汉姓对照》）。

【分布】荆姓为中国第 266 常见姓。人口约 23 万，约占全国人口的 0.019%。主要分布于内蒙古、山西、河南、黑龙江、河北、吉林六省、自治区，约占全国荆姓人口的 79%（《中国姓氏·三百大姓》）。荆姓客家人很少，仅河南、江西有一些。

【郡望】广陵郡、河东郡。

【堂号】广陵堂、广平堂。

通用祠联

门联

髫年摄相；

累战立功。

【注】① 髫年摄相：典指荆公。周时荆公十五岁摄相，孔子闻之，使人往观其为政，返报曰："其朝清净而少事。"髫年，幼年。② 累战立功：典出荆嗣。荆嗣，宋时人。乾德初以应募累立战功，太宗时从攻太原及幽州，皆率先临阵，累迁都

指挥使，经百五十战。

宗开荆国；

秀毓广陵。

【注】全联指荆姓的郡望和堂号。

为友复仇，革囊盛首；

奉使诀别，壮士悲歌。

【注】① 革囊盛首：典指荆娘。唐荆十三娘嫁于赵中行，赵有友李正北，有爱妓，妓之父母夺之与诸葛殷。荆娘愿为李复仇，令李正北固山相待，至期果以囊盛妓及其父母首归李。② 壮士悲歌：典出荆轲。荆轲为战国末年刺客，卫国人，奉燕太子丹命，往刺秦王，宾客送至易水诀别。歌曰："风萧萧兮易水寒，壮士一去兮不复还。"

荆柳才优，出为上党郡守；

次非义重，入刺秦国暴君。

【注】上联典指周代上党郡守荆伯柳。荆伯柳，有才名。下联典指战国时齐国名人荆轲。荆轲，字次非。好读书，善于击剑，为人任侠仗义，受燕太子丹之使，献地图刺杀秦王，图穷匕见，事败被杀。

【姓源】《世本》。

① 荀氏，姬姓，以国名为氏。西周、春秋时有荀国，侯爵。故城在今山西新绛县西。春秋时灭于晋。

② 荀氏，姬姓。晋曲沃武公灭荀以赐大夫原氏黯，是为荀叔（《左传·僖公九年》）。黯，字息，《左传·僖公二年》之荀息是也。

③ 荀氏，姬姓。荀息死里克之难，惠公、文公时夺绝，更赐公族逝敖，其后以邑为氏。

④ 唐代荀曾，出使吐蕃，以吐蕃讳狗，奏改为荀。使还，遂姓荀，不归旧姓（《封氏见闻录》）。

⑤ 少数民族改姓（略）。

【分布】荀姓人口少，但分布很广。全国包括北京、天津、上海在内的上百个地方都有。荀姓客家人广东、广西、湖南、江西及台湾都有，但人口不多。

【郡望】河内郡。

【堂号】河内堂。

通用祠联

门联

八龙并骏；

二玉齐芳。

【注】上联典指东汉颍川颍阴人荀淑。荀淑，字季和，官朗陵侯相，办事明

理，人称为"神君"。有八个儿子并有才名，当时人称"八龙"。下联典指西晋颍川颍阴人荀崧的两个儿子荀蕤、荀羡。荀蕤，字令远，历官秘书郎、尚书左丞、建威将军、吴国内史，深为文帝倚重。荀羡，字令则，少年时有杀贼之志，后娶了公主，官驸马都尉。后任徐州刺史，监徐、兖诸军事。当时人称他兄弟二人为"二玉"。

八龙垂誉；

四友会文。

【注】① 八龙垂誉：典指荀淑。荀淑，汉颍阴人。少有高行，博学而不好辞章。出补朗陵侯相，莅事明理，称曰"神君"，其八子俭、绲、靖、焘、汪、爽、肃、敷，并有才名，时称"八龙"。② 四友会文：汉荀雍有四友，尝以文章赏会。

堂联

熨体徒劳，神伤奉倩；

突围求救，功共女郎。

【注】① 熨体徒劳：典指荀粲。荀粲，三国时魏人，字奉倩。独好道，博儒术。曹洪女有美色，嫁粲。妇病热，粲出庭中取冰熨其身，无益乃卒。粲不哭而神伤，未几亦卒，时年二十九。② 突围求救：典指晋荀崧。荀崧，志操清纯，雅好文学。元帝拜尚书仆射。尝为襄城太守，为杜会所围。其女灌，幼有奋节，率勇士数十人突围，乞师请援，平南将军石览至，方解襄城之围。

香蔼三朝，文若丰姿独异；

义全一郡，巨伯德望尤彰。

【注】上联典指三国时曹操谋士荀彧。荀彧，字文若，颍阴人。官至尚书令，参与军国大事。曹操将他比作汉代张良。曹操的功业，大多出自荀彧的谋略。下联指汉代名士荀巨伯的事典。荀巨伯远看友人疾，值胡贼攻郡，友人语巨伯曰："吾今死矣，子可去。"巨伯曰："远来相视，子令吾去，败义以求生，岂荀巨伯所行邪？"贼既至，谓巨伯曰："大军至，一郡尽空，汝何男子，而敢独止？"巨伯曰："友人有疾，不忍委之，宁以我身代友人命。"贼相谓曰："我辈无义之人，而入有义之国。"遂班军而还，一郡并获全。

祖庙维新，志念千秋陈俎豆；

谱书彩焕，流传万世序人伦。

【姓源】《世本》。

① 胡氏，归姓（媿姓），以国为氏。胡国（金文作馘国），商代侯国，周时降为子爵。故城在今安徽阜阳附近。公元前495年灭于楚。春秋鲁昭公母齐归即胡国女。

② 胡氏，姬姓，以国为氏。西周、春秋时有胡子国，故城在今河南漯河市郾城区一带。春秋初灭于郑。春秋齐景公妾胡姬及楚共王妾胡姬即胡国女。

③ 胡氏，妫姓。周武王克殷，封舜裔孙虞满于陈，是为胡公满。其后有胡非氏、胡母氏，后省作胡氏。

④《穆天子传》云："天子至于瓜纑之山，三周若城，阏氏、胡氏之所保。"

⑤ 东汉末有太傅胡广，华容人，本姓黄。生而为父所弃，胡公见而举之，遂以胡为姓（《楚国先贤传》）。

⑥ 少数民族汉姓（略）。

【分布】胡姓为中国第15常见姓。人口近1400万，约占全国人口的1.14%。约41%分布在湖北、湖南、四川、浙江、安徽五省（其中湖北最多，约占全国胡姓人口的10.4%）；35%分布在贵州、云南、江西、江苏、河南、重庆、山东七省、市（《中国姓氏·三百大姓》）。胡姓客家人主要分布在湖南、四川、湖北和江西，广西、福建、广东也不少，台湾及港澳也有分布。

【郡望】济阳郡、安定郡。

【堂号】安定堂、五峰堂、澹安堂、慎怡堂等。

通用祠联

门联

苏湖世德；

安定家声。

【注】全联典指胡瑗。胡姓历代文化名人不少，故胡姓称为文化名人之姓。北宋著名学者、教育家胡瑗（993—1059），世居陕西路安定堡（今属陕西子长县），世称安定先生，为安定学派创始人。景祐初，授为秘书省校书郎。范仲淹经略陕西，辟丹州推官。旋以保宁节度推官教授湖州。宝祐中，任国子监直讲，迁大理寺丞。嘉祐初，擢太子中允、天章阁侍讲，仍治太学。其著作有《论语说》《春秋叹》《周易口义》《洪范口义》《皇祐新乐图记》等。

寿齐九老；

名列四真。

【注】上联典指唐代胡杲。胡杲，会昌年间官至怀州司马，后与白居易等人在洛阳组织香山九老会。下联典指北宋初学者、教育学家胡瑗。胡瑗，字翼之，泰州海陵人，当时人称富弼为真宰相，包拯为真御史，欧阳修为真学士，胡瑗为真先生。

理学宗功远；

春秋心曲长。

【注】上联典指宋代"开理学之先声"的大学者胡瑗。其理学论著当时被誉为"理学宗功"。下联典指宋代经学家胡安国。胡安国，官中书舍人兼侍讲，宝文阁直学士。著有《春秋传》三十卷，以《春秋》治心修身，借《春秋》议论政治，被誉为"春秋心曲"。后宗法程（颐）、朱（熹），以安国之学私淑程颐，因定此书为科举取士的教科书。

经资羽翼；

祠表贤良。

【注】① 经资羽翼：典指胡宁。胡宁，宋时人，以荫补官，召试馆职。著《春秋通旨》，以羽翼而书，学者称茅堂先生。② 祠表贤良：典出胡林翼。胡林翼，

清益阳人。道光进士，累擢湖北巡抚。讨寇累战皆克，卒于武昌抚署，入祀贤良祠。

春秋心曲；

理学宗功。

堂联

安国成名，本由吴母；

稚威有妹，不亚刘家。

【注】① 安国成名：典指胡安国。胡安国，宋时人，绍圣进士，擢太学博士，其母吴氏，为吴羡门女。羡门以六经教授生徒，安国父渊从学，得娶羡门女，生安国，成为大儒。② 稚威有妹：典出清胡天游。胡天游，字稚威，工骈文，诗雄健有奇气，性耿介。其妹石兰、景素、卧云俱能诗，比之刘家三妹。

栋对

宗风自衡麓以外，若五峰，若双湖，类能为道学功臣，昭兹来许；

世变当海水群飞，或割地，或纳币，问谁斥和戎宰相，绍我先人。

【注】上联典指明代学者胡居仁。胡居仁，字叔心，号敬斋。一生以讲学为业，曾主持白鹿洞书院，为明代程朱学派主要代表人物之一。下联典指南宋胡寅。胡寅，主张抗金，曾斥责"和戎宰相"秦桧，被秦桧以"讥讪朝政"罪名贬官，秦桧死后才得以复官原职。

福建永定下洋中川胡氏宗祠联

地据蛟潭胜；

家传麟史风。

【注】上联指该祠的地理位置。下联典指胡安国。孔子作《春秋》至"西狩获麟"止，故《春秋》被称为"麟经"。南宋胡安国著《春秋传》，成为后世科举士人必读的教科书。

淮海家声远；

苏湖世泽长。

【注】① 淮海家声：出自胡姓安定堂始祖胡质、胡威事迹。胡质，三国魏寿春人，少知名。曹操召为顿丘令，官至荆州刺史，加振威将军，赐爵关内侯，都督青、徐诸军事。每建军功赏赐，皆散于众，无入家者，家无余财，唯赐衣、书箧而已。

胡威，质子，官至徐州刺史，父子清慎，名誉著闻当世。入朝，武帝（曹操）问："卿孰与父清？"威曰："臣不如也。臣父清恐人知，臣清恐人不知。"帝称善，累迁前将军，以功封平春侯。胡质、胡威原籍淮海寿春县，故胡姓门楣有题"淮海家声"者。胡质、胡威父子为国镇守边关，均卒于安定（今甘肃省泾川县等六个县、宁县四个县），子孙留居安定，胡姓堂名"安定堂"源此。② 苏湖世泽：出自胡瑗事迹。胡瑗，宋代著名的教育家，被奉为宋代理学先驱。史传载，胡瑗"以经术教授吴中，范仲淹荐之，以白衣对崇政殿，授校书郎，以保宁节度推官教授湖州，弟子数百人，礼部所得士，瑗弟子十居四五。以太常博士致仕归"。胡瑗从教较之宋代另一著名教育家、理学家朱熹还早一百三十多年。胡氏后裔为纪念胡瑗毕生从教，玄歌不辍、桃李芬芳之盛况及其卓著的业绩，于正大门上方题"苏湖世泽""苏湖世第"或"苏湖流芳"。

上承八代光前烈；

下衍三房裕后谟。

【注】① 上承八代：肇基中川的铁缘是下洋始祖七郎公的第九世孙。② 下衍三房：铁缘三个儿子，长景玉，次余广，三明清。赞颂中川开基祖铁缘承前启后的功德。

开辟自前明，五百年岳秀山灵，文武衣冠光上国；

沿流及后嗣，二十世椒延瓜衍，春秋俎豆祀中川。

【注】① 上国，春秋时称中原各诸侯国为上国，与吴楚诸国相对而言。② 开基始祖铁缘公自下洋迁至中川，胡氏家族已繁衍了二十世嗣。二十世代，五百春秋，胡氏家庙的祖先自中原河南、安徽一带，迁徙至江西赣南，再迁徙至福建宁化，又迁徙至闽西长汀，之后才迁徙至永定下洋。

源流自鄞江而来，祖德宗功绵世泽；

庙貌据下洋之胜，山灵川秀育人文。

【注】全联点明下洋中川胡氏从汀州搬迁而来。

广西柳州融水洞口胡氏宗祠联

安定启基惟积德；

苏湖遗泽在传经。

【注】胡氏以"安定"为堂号，此为配联。联说胡氏的郡望、家声。

吹嫖赌饮随沾一门，任他伶俐聪明，不算为佳子弟；

士农工商各安其份，从未荣华富贵，何尝有忝祖宗。

【注】此为正堂联。此联意在劝族人固守做人本道。

先人岂为捕鱼，洞上问津留别墅；

后裔谁同马司，桥头题柱壮高车。

【注】此为堂联。联说胡氏世泽。

广东胡氏通用堂联

宛丘得姓以来，自周迄清，列祖列宗恢领绪；

安定建堂而后，由豫迁粤，群昭群穆裕众谟。

广东紫金西门总祠胡氏堂联

本宗思颍水发源，缅洛阳著绩，皇纪遗勋，奕世辉煌，依诚信而兴旺；

立祠由福庐分筑，迁紫邑西门，宏开泰启，历代鼎盛，凭积德以炽昌。

江西上犹油石乡胡氏宗祠联

钟梅峰之灵，欣绩流芳世传，宦谱第一；

毓犹川之秀，奇杰挺生允称，南国无忧。

四川自贡胡氏慎怡堂祠联

庐陵春到溪山艋；

安定经移水竹香。

柯（柯）

Kē

【姓源】《广韵》引《姓苑》。

① 柯氏，姬姓。春秋吴公子柯卢之后。

② 柯氏，姜姓，春秋齐公族，以邑为氏。柯，在今山东阳谷阿城镇。

③ 三国时西羌姓。

④ 鲜卑族柯拔氏，北魏太和十九年改柯姓（《魏书·官氏志》），西魏大统十五年复改旧姓（《北史·西魏文帝纪》）。隋初复改柯姓，后渐融入汉族。

⑤ 少数民族汉姓，如蒙古族、回族等。

【分布】柯姓为中国第 165 常见姓。人口约 80 万，约占全国人口的 0.064%。主要分布在浙江、广东、福建、安徽、台湾五省，约占全国柯姓人口的 27%；其次为湖北、江西、重庆、四川四省、市，约占全国人口的 11%。浙江最多，约占全国柯姓人口的 20%（《中国姓氏·三百大姓》）。柯姓客家人主要分布在广东、福建、台湾三省，其次是江西、安徽、四川、湖北，广西、重庆也有分布。

【郡望】济阳郡。

【堂号】济阳堂、瑞鹊堂。

通用祠联

门联

> 济阳世德；
>
> 蒲海家声。

【注】① 济阳：《百家姓词典》载："（柯姓）济阳郡，系出姬姓，吴王柯卢之后。"《广韵》："吴公子柯卢之后。"客家地区柯姓，源出吴公子柯卢之后。济阳郡，西晋惠帝分陈留置郡，治所在济阳（今河南省兰考县东北固镇），唐天宝元年（742年）改济州置，治所在卢县（今山东茌平县西南）。南方柯姓后裔，主要繁衍于济阳。② 蒲海：指柯维骐，明代人，史学家，福建莆田人，嘉靖进士，专心读书，先后有门人四百余。著有《宋史新编》《史记考要》《续蒲阳文献志》及诗文集等传世。

高僧指宝；

贤母辞官。

【注】上联指宋朝时期的柯萼，遇一僧指示，在古松下掘得石篆。下联指宋朝时期的柯应烈，其母为之辞官。

榜登五老；

狱无一囚。

【注】上联典指唐代进士柯崇。柯崇以卓越的才华，被朝廷任命为太子校书。当他金榜题名时，与曹松等五人都已年逾古稀。下联指宋代梅州知州柯宋英。柯宋英，勤政廉洁，治地治安良好，狱中没有一个囚犯。

奇僧指宝；

贤母辞官。

【注】① 奇僧指宝：典指柯萼。柯萼，宋南安人，举进士，累官员外郎。太平兴国间，遇一僧往万岁山，指古松下掘之，得石篆，乃宝公记国祚绵远之文。② 贤母辞官：宋柯应烈有孝行，龚吏部欲强以官。其母曰："吾家代以文发身，何旁曲为？"竟不就。

堂联

乔木旧风声，前人深培根本；

梓材新物色，后裔续点丹青。

正直仰前徽，翰苑扬名，当年共慕柯亭柏；

宽仁垂后裔，漳州著绩，此日犹留异鹊诗。

【注】下联指宋朝柯述。柯述，字仲常，宋嘉祐元年（1056 年）登进士，先后任怀州太守、福建提刑、湖南运使，两度任福州太守，又被封龙图阁直学士。宋熙宁七年（1075 年）柯述奉命到漳州赈灾，救活饥民无数，两只喜鹊栖于柯述居住的传舍。柯述离漳时，许多百姓恋恋不舍，送行数十里，那两只喜鹊也飞翔相随不忍离去，人人称异，传为佳话。

四川江津柯氏宗祠堂联

画栋托龙门，看后起人文，鱼跃当春，三十六鳞变神化；
崇祠撑鹤岭，迪前光祖武，鸡口承祀，一百六十到清明。

——钟云舫

圣德涵濡一百年，排碧干，巩青柯，孙承祖荫，祖庇孙枝，蔚矣椒蕃瓜衍；
岷江逶迤七千里，尾南闽，首西蜀，地以人灵，人因地杰，壮哉源远流长。

——钟云舫

为先代楼神所乎，清溪栋宇，已遂陵谷迁移，乃依然钟鼓笙镛，寝庙有成，孰事有恪；

此儿时读书地也，阿舅英灵，尚睹衣冠配享，却未识琼琨玉佩，发身何时，报德何年。

——钟云舫

【注】① 柯氏祠堂位于江津名镇龙门场斜对岸的风水宝地。柯氏先祖是闽西汀州府武平县人，清雍正年间西徙上川，落业于津邑。该祠是县内柯氏家族最大最有名的祠堂，因位于清水溪的另一支柯氏祠堂年久损坏，故在油溪古家沱缠丝坝扩建祠宇，移主其中。钟云舫题撰的以上三副楹联，时间是在其舅父柯务生逝世后、柯氏祠堂扩建祠宇完成之后。据江津学者庞国翔研究，对儿时钟云舫影响最大的，莫过于母亲柯氏和舅父柯务生。勤劳至诚的母亲身教言传，爱抚有加。舅父柯务生考取廪生，又在名武馆习练拳击刀剑，可谓文武双全，继而在江津油溪古家沱缠丝坝的柯家祠堂内开塾馆授徒，名声颇大。诸多俊秀少年拜其门下。② 钟云舫10岁起即随舅父攻读。重情好义、和善好施的柯务生既是舅父，又是恩师，

对其一生影响颇大。柯务生教导弟子的方法，为人处事的风范，高尚的道德品行，"为文不好短篇""词多奥的文风"，对后来的钟云舫无不产生影响。不料，柯务生在51岁时即辞世，钟云舫痛心疾首。舅父逝世后，其开设的塾馆归柯氏祠堂所有。

广东丰顺柯氏学勉公祠堂联

> 辛盘献瑞延新祉；
>
> 已釜成文读左音。

广东丰顺汤坑柯氏宗祠堂联

> 瑞赋苏公，奇称蔡子，政绩文章夸一世；
>
> 功开棘院，铭勒乌山，乡闹民社著春秋。

广东丰顺金汤柯氏宗祠堂联

> 奎照中外，乔木茂茂思源远；
>
> 章立宇内，硕果累累庆流长。

> 谨念先贤，增荣宗族，庐舍生辉，连年吉庆；
>
> 敬蒙祖德，福荫云礽，门庭焕彩，奕世兴隆。

> 源发济阳，流分澄海，仿良禽，迁乔木，兴庠序，习文章，大振家声，育桂培兰，千秋衍庆；
>
> 脉联揭邑，创建金汤，承先志，启后贤，乘洋帆，作商贾，荣归梓里，光宗耀祖，万世其昌。

广东丰顺柯氏祖庙堂联

> 衡多士，启元戎，文武传芳标奕翼，
>
> 祀乡贤，崇名官，孙曾济美迪前功。

> 父子祖孙联登科甲，一代簪缨开累代；
>
> 叔兄弟侄列祀乡贤，霞城徂严按桐城。

绍贤圣之薪传，论仁辨孟，同宜学垂千古；
宏生徒以雨化，讲易敦诗，无愧寝号一经。

固始衍绵瓜，自是而蒲而泉，而漳而龙，别脉分支，犹幸不忘祖德；
硕仁崇翼庙，依然以祀以祃，以尝以蒸，承先启后，咸恩恪守宗祊。

【姓源】《元和姓纂》。

① 柳氏，姬姓，以封邑名为氏。《唐书·宰相世系表》记载："出自姬姓，鲁孝公子夷伯展，展孙无骇生禽，字季，为鲁士师，食采柳下，遂姓柳氏。"柳姓的始祖是被孟子赞誉为"圣之和"的圣贤君子柳下惠。柳下惠是鲁国的大夫，原姓展，名获，字季或禽，食邑在柳下，后改姓柳下，史书上称他为柳下季。他曾是鲁国掌管刑狱的官，为人正直，传说女人坐在他怀中，他也不乱性，所以有"柳下惠坐怀不乱"的典故和"坐怀不乱"的成语。因他生前以讲究贵族礼节而著称，死后谥号为惠，人称柳下惠。柳下惠的子孙以柳为姓。

② 芈姓，以都城名为氏。春秋时期，楚怀王的孙子心，在秦末大起义时被推为首领，号称义帝，建都于柳。义帝的后裔有人以都城名"柳"为氏。

③ 少数民族汉姓或改汉姓（略）。

【分布】唐朝时期，四川、广西和福建等地已有柳姓人口入籍。现今，柳姓客家人尤以四川、湖北和湖南最多。

柳姓为中国第 133 常见姓。人口约 114 万，约占全国人口的 0.091%。约 49% 分布在山东、湖南、湖北、安徽、辽宁五省（其中山东最多，约占全国柳姓人口的 17%）；29% 分布在重庆、河北、浙江、河南、四川、福建、甘肃、江西八省、市（《中国姓氏·三百大姓》）。柳姓客家人湖南、福建、湖北较多，江西也有分布。

【郡望】河东郡。

【堂号】河东堂、仰峰堂等。

通用祠联

门联

河东世德；

刺史家声。

【注】① 河东世德：典指唐代著名文学家、哲学家、诗人柳宗元。柳宗元（773—819），字子厚，与韩愈同倡古文运动，同列"唐宋八大家"。哲学上著有《天说》《天对》《非国语》《封建论》，为我国古代朴素的唯物主义思想家。文学著作结集为《河东先生集》。河东，郡名，秦置。治所在安邑（今山西夏县西北）。② 刺史家声：典出南北朝南梁文士柳恽。柳恽（465—517），历任广州刺史、吴兴太守，学识广博。王夫之誉其代表作《江南曲》为千古风流之祖。

二龙腾跃；

五马参差。

【注】① 二龙腾跃：典出南朝梁时柳悦，郓阳守，才艺兼美，弟柳琰亦有名。王俭曰："柳氏二龙，一日千里。"② 五马参差：典出南齐柳元伯，五子，皆领州，五马参差于庭。

熊丸教子；

龙女谐姻。

【注】① 熊丸教子：典指唐代柳仲郢之母，善教子。曾粉以苦参、黄连、熊胆和成丸，使郢夜咀嚼以助勤读。至郢长，累官校书郎，迁谏议大夫，终擢刑部尚书。② 龙女谐姻：典出唐代柳毅，仪凤中儒生。落第还，湖滨见有妇人牧羊于道畔，自称龙君女，托寄书至洞庭。毅至洞庭，果遇龙君，辞别得赠甚厚。后于广陵娶卢氏，因话昔事，即洞庭君之女。

堂联

子厚文才卓绝；

公权笔谏怀忠。

【注】① 子厚文才卓绝：典指唐代柳宗元。② 公权笔谏怀忠：典出柳公权。

柳公权，唐代书法家。元和进士，官至太子少师。工书，正楷尤知名。穆宗尝问公权执笔法。对曰："心正刚笔正。"帝改容，后悟，此乃以笔谏也。

五马参差，河东众称友于；

二龙腾跃，山南人谓难兄。

【注】上联前句指南齐柳元伯五子领州；后句指唐朝柳宗元。下联前句指唐朝柳悦兄弟；后句指唐朝柳公权及公绰兄弟。难兄，难兄难弟的缩语，意谓兄弟的才能都好，难分高下。

和丸世泽馨香久；

正笔家声蕃衍长。

酈（酈）

Lì

【姓源】《元和姓纂》。

商代有郦国，偃姓，公族以国为氏。郦国，侯爵，今河南内乡赵店乡郦城村。

【分布】郦姓人口不多，但分布很广，全国包括北京中心城区、上海等几十个地区均有。郦姓客家人主要分布在广东惠州和江西，福建、台湾的郦姓是否客家人，未考。

【郡望】新蔡郡。

【堂号】新蔡堂。

通用祠联

门联

望出新蔡；

源自郦国。

【注】全联指郦姓的郡望和堂号。

著水经注；

封曲周侯。

【注】① 著水经注：典指郦道元。郦道元，后魏人。太和中为荆州刺史，威猛为治，后为河南尹、安南将军、御史中尉。道元好学，历览奇书，撰《水经注》四十卷、《本志》十三篇。② 封曲周侯：典指郦商。汉时郦商，佐高祖击项羽，又从击黥布，以功迁右丞相，封曲周侯。

善礼以清简为治；

仲隐则懿行可风。

【注】① 善礼以清简为治：典指郦道约。郦道约，字善礼，后魏人，质朴迟钝，颇爱琴书，性多造请，历鲁阳太守，政简刑清，吏民安之。② 仲隐则懿行可风：典指郦仲隐。宋女郦仲隐，嫁至宋家，姻族皆称其懿行。懿，妇女的美德。

服儒者衣冠，洵是汉家三俊；

兴鲁阳学校，尝注水经一书。

【注】上联指汉代谋士郦食其事典。郦食其，陈留县高阳乡人。少年家境贫寒，好读书。秦二世元年（前 209 年）秋，陈胜、项梁起义，食其隐匿不出，静观时局发展。刘邦兵临陈留，访求当地豪杰，食其乃跟随刘邦，用计攻克陈留，得到大批军粮。刘邦封食其为广野君，出使各国诸侯。食其以其弟郦商为将，进攻秦朝。秋，兵临武关，食其劝秦将归降，不战而下武关，刘邦攻入咸阳，秦朝灭亡。郦食其以其三寸之舌游说列国，为刘邦的"统一战线"做出了重大贡献。汉家三俊，指汉朝的郦食其、田横、韩信。下联典指北魏地理学家郦道元。郦道元，字善长，涿县人。汉代人桑钦著《水经》，记中国河流水道 137 条，郦道元作注，增至 1250 余条。《水经注》增十倍于原书，成为中国古代地理名著之一。

致孝思高曾以上；

重祀典宗庙为先。

【姓源】《世本》。

① 春秋楚乐官有鐘师，古鐘、鍾字通，其后有钟氏。

② 本楚之伯氏。伯州犁为楚之太宰，食采钟离（今安徽凤阳东北）。伯州犁生伯嚭，嚭子嚭簠改钟离氏，簠六代孙钟离昧，为秦末西楚王项羽将。昧，与楚将韩信素善，羽亡，投信；次子长社令钟离接改钟氏，居颍川长社（今河南长葛东），为颍川钟始祖。

③ 战国时宋亡，宋辟公子公子烈避祸于许（今河南许昌），改钟姓。

④ 钟期氏、钟丘氏、钟巫氏、钟吾氏，后皆无闻，或省为钟氏。

⑤ 古代羌人姓。南北朝时有之。北魏高祖时，有羌族人钟岂内附（《两汉迄五代人居中国之蕃人民族研究（两汉至五代蕃姓录）》）。吐谷浑部羌族亦有钟氏，见《魏书·吐谷浑列传》。

⑥ 少数民族改姓、赐姓（略）。

【分布】早期，钟姓一族主要活动在今湖北和湖南一带。后逐渐迁居到颍川长社。从汉代开始，颍川长社一直是钟姓的发展繁衍中心。西晋时，颍川著名隐士钟皓之七世孙钟雅随晋室渡江，居于建康。钟姓入闽始于晋代，亦有迁居浙江者。东晋亡于刘宋后，有钟圣等人移居上元，钟善迁居会稽，钟贤迁居虔州，贤子钟朝，因督兵入闽，落籍福建宁化石壁村。在此期间，还有钟姓一脉南迁竟陵，以后散居湘、鄂各地。

唐初，有将佐钟德兴随陈政、陈元光父子入闽开漳，并落籍福建。之后，钟姓族人还分布到了今山西、四川、广东和安徽等地。五代到宋元时期，因为北方兵乱，钟姓族人除部分散居全国各地外，大部分聚居到了福建的泉州、漳州和广东梅州、潮州、兴宁等地。

钟姓为中国第 54 常见姓。人口 440 余万，约占全国人口的 0.35%。约 65% 分布在广东、江西、四川、广西四省、自治区（其中广东最多，约占全国钟姓人口的 26%）；19% 分布在湖南、福建、重庆、浙江四省、市（《中国姓氏·三百大姓》）。钟姓客家人主要分布在广东、江西、广西三省，福建、湖南、四川次之，台湾、河南、湖北及港澳也有分布。

【郡望】颍川郡、竟陵郡。

【堂号】颍川堂、秩祐堂、景福堂、世昌堂、毓祯堂、致敬堂、焕文堂、书箴堂、诚义堂、荷恩堂、知音堂、宝溪堂、敦睦堂、光裕堂、承喜堂、良茂堂等。

通用祠联
门联

颍川世泽；
太傅家声。

晋阳世泽；
长史家声。

师恩世泽；
德义家声。

钟山世泽；
颍水家声。

存仁世泽；
好义家声。

金陵世泽；

越国家声。

高山门第；

流水家声。

高山流水；

舞鹤飞鸿。

　　【注】① 颍川、金陵、越国：《名贤氏族言行类稿》载："钟姓，宋微子之后，桓公曾孙伯宗仕晋，生州黎，仕楚，食采钟离，因氏焉。子孙或单姓钟氏，楚有钟义、钟健、钟子期与伯牙为友，项羽将钟离昧，昧子接，亦单姓钟氏，始居颍川长社。"钟姓堂名"颍川"，秦代郡名，在今河南省中部。据《客家姓氏渊源》载，钟氏到晋代，二十八世钟先之长孙钟宝携三子善、圣、贤避难南迁，钟贤迁江苏金陵，后又迁江西虔州孝义坊，再迁兴国蓝田里。三十二世钟朝（钟贤之子）任福建宁化都督府，居石壁村。北宋仁宗时，九十二世孙钟理移居广东兴宁，钟中、钟庄移居蕉岭，钟强移居梅县。钟友文孙钟密之子钟秀（九十六世）移居武平乌石栋，子孙遍布武平和蕉岭。据《兴宁文史》14 辑载，隋朝末年钟西由颍川迁金陵（钟山在金陵），唐睿宗时其子绍京功封越国公，卜居江西南康。绍京子钟贤为福建都督大将军，定居于汀州鄞江白虎村。北宋哲宗元符元年（1098 年），钟提龄乔迁广东长乐（五华）铁炉坝开基，为兴、华两县钟氏始祖。② 太傅：钟繇（151—230），三国时魏颍川人，字元常，累官太傅。③ 晋阳：春秋时，宋桓公的儿子公子敖在晋国晋阳（今山西太原西南）任职，敖的孙子伯宗为晋大夫，伯宗的儿子州黎逃到楚国，任太宰，得到钟离为封邑，其后人称为钟氏。④ 师恩：钟皓，东汉人，字季明，少有笃行，隐密山，以诗律教授，门徒千余人，请他出山当官，不就，李膺叹曰："钟君至德可师。"后世称其为"一代人师"。⑤ 德义：钟夫人，魏太傅繇曾孙，王浑妻，字琰，聪慧弘雅，美容止，善啸咏，礼仪法度为中表所则。生济，浑尝共坐，济趋庭而过，浑曰："生子如此，足慰人心。"浑弟湛妻郝氏，亦有德行，琰虽贵门，与郝雅相亲重，郝不以贱下琰，琰不以贵凌郝，

时称"钟夫人之礼，郝夫人之法"。⑥ 知音、高山、流水：钟子期，春秋楚人，伯牙鼓琴，志在高山流水，子期听而知之。子期死，伯牙摔琴绝弦，谓世无赏音者。⑦ 存仁：典出钟仪。钟仪，春秋楚国人。后来到了晋国，景公盘问他籍贯、身世，他都不忘根本；让他弹琴，弹的是自己故乡的乐曲；问他如何对待自己的君王，他直陈自己忠君的本分；范文子称赞他为"仁、信、忠、敏"。⑧ 好义：钟离春，战国齐人，奇丑无比，四十岁了，仍不能嫁出。她便亲自去见齐宣王，向宣王建议，使宣王毅然"拆渐台，罢女乐，退谄谀，进直言，选兵马，实府库"。宣王纳为皇后。

金陵世德；

越国流徽。

【注】上联"金陵"即应天府南京。商纣王无道，微子奔周，后武王封微子启于宋（其地即南京），是为宋桓公。宋桓公就是伯宗的曾祖父。下联指唐中宗时越国公钟绍京。绍京，江西南康人。其子钟贤为福建都督大将军。钟贤之子钟朝，初为黄门侍郎，后因平乱有功，升任福建宁化都督府。

荥阳世德；

长史家声。

【注】此联说本支钟氏的世泽和家声。至宋桓公时，宋桓公的儿子敖在晋国任职，敖的孙子伯宗为晋国大夫因勇于直言遭人嫉恨而被害。他的儿子伯州犁逃到楚国，任楚太宰，食采钟离，他的后人于是以地名为氏或单称钟氏，代代相传。

书成舞鹤；

孝足感乌。

【注】① 书成舞鹤：典出钟繇。钟繇，三国魏大臣，书法家。汉末举孝廉，累迁侍中、尚书仆射，封东武亭侯。魏受禅，进太傅，封定陵侯。善书，师刘德升，博取众长，兼善各体。其书"若飞鸿戏海，舞鹤游天"。② 孝足感乌：典出钟仙。钟仙，宋龙南人，元丰进士，官至广西转运使，以平蛮功，进龙图阁学士。性至孝，父丧尽哀，有群乌鸣墓前，人名其墓曰"感乌堂"。

诗书悦性；

山水知音。

【注】① 诗书悦性：钟皓，东汉长社人，少有笃行，隐密山，以诗律教授，门徒千余人，征为林虑长，不就，有贤名。诸儒颂曰："林虑长德，非礼不处，悦

此诗书,弹琴乐古。"② 山水知音:钟子期,春秋时楚国人。伯牙善鼓琴,子期听之,意在高山,曰"巍巍乎若高山";志在流水,曰"荡荡乎若流水"。

广东梅州钟姓宗祠通用堂联

四牧守受成李母;

两夫人媲美王门。

【注】① 四牧守:典指钟瑾的四个儿子。汉钟瑾娶李膺妹,生四子:亮、叔、训、秀,号四龙,安帝时并为牧守。② 两夫人:指晋时王浑妻钟氏和弟妻郝氏。二夫人皆有德行,钟虽门高,不自傲,仍与郝相亲;郝虽门低,不自卑,仍与钟相敬重。时称"钟夫人之礼,郝夫人之法"。

高山流水贤人第;

舞鹤飞鸿太傅家。

颍川支派家声远;

越国源流世泽长。

【注】① 高山流水:典出钟子期。相传春秋时晋国大夫俞伯牙乘船由襄河行驶到汉阳山麓,因雨靠岸停歇,伯牙弹琴,志在高山。时楚国隐士钟子期在旁听之,曰:"善哉!峨峨兮若泰山。"伯牙再弹一曲,志在流水,子期听之,又曰:"善哉!洋洋兮若江河。"从此,伯牙视子期为知音,并相约来年中秋再会。殊不知子期病逝,伯牙知悉后十分悲痛,将琴摔碎,发誓终生不再弹琴。后人把这事概称为"高山流水"。② 颍川:郡名,因颍水得名。钟离昧之子钟离接始居颍川长社。钟氏有颍川堂,源自微子。微子为黄帝三十五世孙,汤王之后,帝乙之庶长子启,是殷纣王的长兄,食邑于微地,故曰微子。商纣王无道,微子奔周,周武王封微子启于宋(其地即是后来的应天府南京),是为宋恒公。宋恒公就是伯宗的曾祖父。③ 越国:唐睿宗时钟绍京功封越国公,卜居江西赣州,入闽始祖钟贤为福建都督大将军,钟贤之子钟朝,初为黄门侍郎,后因平乱有功,升任福建宁化都督府。

墨沛毫端,擅飞鸿舞鹤之势;

琴鸣指下,赏高山流水之音。

【注】上联典指三国魏大臣、书法家钟繇。明帝时受太傅衔,故世称"钟太傅"。其书学曹喜、蔡邕、刘德升等人。能书隶、草、真、行诸体,尤以真书绝世。

唐张怀瑾《书断》称他："真书绝妙，乃过于师，刚柔备焉。点画之间，多有异趣，可谓幽深无际，古雅有余，秦汉以来，一人而已。"存世墨迹，最著名的有以王羲之临本翻刻的《宣示表》《荐季直表》等。《荐季直表》："纸墨奇古，笔法深沉。"《三希堂法帖》以此冠首。下联指春秋时楚人钟子期。钟子期，善辨琴，与俞伯牙琴师结为知交。

> 记室儒臣，掌文章以光上国；
>
> 金陵才士，中科甲而隐南山。

【注】上联典指南朝齐梁间文学批评家钟嵘（469—518）。钟嵘，字仲伟，颍川长社人。齐梁间任安国令、西中郎、晋安王记室等职。所撰《诗品》，评论汉魏以来一百多位诗人的作品，为五言古诗做了总结。下联指宋代隐士钟辐中科甲后隐居不仕的典故。

广东平远钟氏宗祠堂联

> 颍川郡枝繁叶茂；
>
> 四德堂子孝孙贤。

【注】① 颍川：钟姓繁盛之地。② 四德堂：钟姓堂名，源出春秋时楚国大夫钟仪的故事。春秋时，楚、郑两国交战，楚国钟仪被郑国俘虏，献给了晋国。晋景公在军府见到了他，问："那个戴着楚国帽子的囚犯是谁？"回答说："楚国的俘虏。"景公又问："你姓什么？"钟仪说："我父亲是楚国的大臣，做乐官。"景公命令手下的人为他松绑。晋公又问："你能奏乐吗？"钟仪回答："我家祖辈都以音乐为业，岂有不会之理？"晋公命人给他一张琴叫他弹，他弹了一首楚国的乐曲。景公又问："楚王是个怎样的人？"钟仪说："楚王做太子时，有太师教导他，太监伺候他。早晨起来以后，像小孩一样玩弄，晚上睡觉，其他我不知道。"近臣范文子对景公说："这个俘虏是个了不起的君子呀！他有仁、信、忠、敬（一作敏）四德，他不说姓名而说他父亲，这是不忘本；弹琴只弹楚乐，这是不忘祖国；问他君王的情况，他只说楚王小时候的事，这是忠；只说父亲是楚臣，这是表示对楚王的尊重。不忘本，仁也；不忘旧，信也；无私，忠也；尊君，敬（敏）也。他有这四德，必能完成大任务。"于是，晋景公遂将钟仪按外国使臣的礼遇招待他，并请他回楚国去进行和谈。钟仪的"四德"征服了晋王，使得楚国避免了一场残酷的战争，在一定程度上挽救了一次楚国的命运。钟仪的后裔遂命名家族堂号为"四

德堂"。

一曲琴音留太古；

八分书法冠群伦。

【注】① 一曲琴音：出自春秋时俞伯牙弹琴知音（钟子期）的故事。② 八分书法：三国魏大臣、书法家钟繇擅长八分书法。对此书法有多种解释，其一是"若八字分散，名之曰八分"。

流水高山怀古调；

秋霜春蔼触孺思。

广东紫金城钟氏总祠堂联和栋对

南朝都督；

北宋相臣。

四方殷报本；

千里切寻源。

东西溪毓秀；

遐迩派朝宗。

追思大傅文谟显；

远溯将军武烈光。

高山流水昭日月；

舞鹤飞鸿耀乾坤。

栋宇聿新，此际霞蔚云蒸，瑞气南来丞相岭；

衣冠渐启，他时珠联璧合，祚光北拱状元峰。

联子姓以报宗功，肯构肯堂，妥先人于风雨；

绍颍川而恢基绪，序昭序穆，焕百世之蒸尝。

骏烈启家声，当年爱国忠君，一片英灵扶宋室；

鸿规光祖德，此日敬宗睦族，千秋俎豆肃神江。

五百年先代鹊巢，几经错节盘根，天道好还归颍水；

数千里同宗鸠集，会见揆文奋武，人才蔚起作干城。

源发颍川，支分岭峤，念先人世德衍祥，甲第长绵鼎鼐；

远朝石笏，近枕紫金，看后裔名区卜胜，家声益振箕裘。

家传道学遗风，想行为士表，德可人师，自昔清芬昭谱牒；

地萃山川毓秀，看藻淡笔峰，澜翻秋水，从今运会际风云。

【注】紫金钟氏宗祠：位于紫金县城儒林街七号，始建于清代中期，为纪念先人朝公、友武公而建。钟朝，字会正，大始祖烈公二十五世孙，生于南北朝，居福建石壁村，为闽粤始祖，袭封闽中都督，后入蜀任都督。钟友武，大始祖烈公四十六世孙，公元1040年生于福建武平，北宋熙宁三年庚戌科进士，官至中丞升侍郎。卒于1106年。生三子：刚、理、齐。紫金钟姓8万多人，分布在全县18个镇，为紫金第二大姓。钟姓发源地在颍川长社，今河南长葛，堂号"颍川堂"。1984年10月，成立世界钟姓宗亲会，2002年3月，成立中华钟氏宗亲总会。钟天柱，大始祖烈公四十九世孙，南宋嘉泰四年生于江西兴国竹坝村，乙未科进士，广州刺史、镇蛮大将军。宗祠于清咸丰年庚申岁建在广东永安（今紫金）县龙窝镇礼坑村。1248年，后裔五龄：壁（提龄）、毡（退龄）、坦（祯遐）、基（祥龄）、堂（瑞龄），从福建汀州迁入广东，成为广东开基始祖。退龄迁长乐南岭（今紫金）。后裔今播迁到五华、兴宁、东莞、惠州、港澳台及海外。

江西赣州卫府里钟氏宗祠联

章贡水环流，祠建古城潆洄，秀抱鸡心岭；

崆峒峰耸翠，堂开卫湖则列，云垂马祖崖。

【注】①　卫府里钟氏宗祠：卫府里，从明代开始有名。明代时，赣州卫署设于此，故名卫府里。卫署，乃明朝军事机构。当时，军队实行卫所制度，即在军事重镇设立卫，卫之辖区内重要关隘设所。钟氏宗祠建在早已废圮的卫署上。②　章贡：章水和贡水的并称。亦泛指赣江及其流域。③　潆洄：水流回旋的样子。④　鸡心岭：此岭位于章江畔的水西乡境内，恰好与水东的马祖崖相对而峙。⑤　崆峒：又名峰山，古名崆峒山，呈西南—东北走向，绵延40余公里，跨赣县、章贡区、南康市。它横亘于赣州城的南面，成为赣州城的向山、望山。⑥　马祖崖：马祖岩位于江西赣州贡水东岸，因唐代高僧马祖道一曾驻锡于此而得名。宋代，马祖岩就已成为赣州著名的游览胜地了。苏轼、文天祥都云游过此处并赋有诗赞。现马祖岩已被开辟为森林公园，园内林木郁郁葱葱，鸟语花香，气候宜人，是一个游览的好去处。

江西赣县白鹭钟崇俌家庙堂联

秩叙昭宣，弥纶广大；

文章挥霍，倾吐宏深。

——成亲王

【注】①　赣县白鹭钟崇俌家庙，即益友堂（恢烈公祠）。白鹭位于赣县边陲，与兴国和吉安的万安接壤，距赣县县城70公里，是白鹭乡的中心所在。白鹭古村建有祠堂等数十栋，古风浓郁，气势恢宏，雕梁画栋，镂金溢彩。钟崇俌（1728—1764），字雨田，父愈昌，鹭溪钟氏二十二世，少年聪慧，18岁补选国子监生员。由于表现"优行"参加廷试，考毕，授正蓝旗官教习，期满后，经引荐，外派江西临江府清江县（今樟树所辖）任教育训导。此联系清皇室成亲王为白鹭钟崇俌所题联，现由钟显洪收藏。②　秩叙：谓依班次受禄。③　弥纶：统摄，笼盖。《朱子语类》："弥纶天地，概括古今。"④　挥霍：奔放，洒脱。

成亲王：名永瑆。是清高宗乾隆帝的第十一子，嘉庆皇帝的哥哥，自幼聪明过人，读书用功。成亲王以楷书、行书著称于世，是清代著名的书法家，他与翁方纲、刘墉、铁保并称乾隆四家。

江西赣县白鹭钟氏景福堂祠联

孝悌乃传家根本；

勤俭是经世文章。

【注】经世：即"经世致用"。"经世"有时写作"经济"，即"经国济世"，意义相同。"经世"是儒家关心社会、参与政治，以祈求达到天下治平的一种观念。

景秀长存，政通人和，华堂荣越国；

福缘善庆，家强民富，画栋艳龙岗。

【注】① 善庆：谓善行多福。② 龙岗：村中地名。

棠棣昔同心，念先人克俭克勤，清白燕谋贻祖德；

内外今接踵，勖后嗣惟忠惟孝，箕裘世业绍家风。

——刘彬士

【注】① 棠棣：花名。花黄色，春末开。《诗·小雅·常棣》篇，是一首申述兄弟应该互相友爱的诗。"常棣"也作"棠棣"。后常用以指兄弟。② 勖：勉励。

福星高照栋宇；

礼乐幸来紫阁。

同祖同宗，尚其同心同德；

一本一脉，当知一姓一家。

惜衣惜食，非为惜财缘惜福；

求名求利，但须求己莫求人。

江西赣县白鹭钟氏世昌堂祠联

世代相承，一脉绳绳垂万古；

昌期际会，六房鼎鼎亘千秋。

【注】① 绳绳：形容接连不断。② 昌期：兴隆昌盛时期。③ 际会：自然遇合。比喻有能力的人遇上好机会。④ 鼎鼎：盛大。⑤ 亘：空间和时间上延续不断。

世安谱华章，德满乾坤夸独秀；

昌盛居仁里，恩沾雨露欣同荣。

【注】仁里：仁者居住的地方。语本《论语·里仁》："里仁为美。"何晏集解引郑玄曰："里者，民之所居，居于仁者之里，是为美。"后泛称风俗淳美的

乡里。

江西赣县白鹭钟氏毓祯堂联

迪子孙，孝为先勤是本，贤能辈出永昌盛；

祯后裔，诚乃存志弥坚，宏扬祖训定兴隆。

【注】① 迪：开导。② 祯：吉祥。

毓秀效前贤，祖宗积德扬善，造就千秋基业；

祯祥垂后裔，子孙出忠入孝，恢宏万载雄风。

——李思竹

【注】毓秀：培育优秀的人才。

江西赣县白鹭钟氏致敬堂祠联

养性复初，常以保善为怀，勤致友益；

培根立本，推及中和知礼，只在思诚。

【注】中和：中庸之道的主要内涵。

致远安宁同一族，振兴启后，六房豪气弥霄汉；

敬庄守正合千家，开拓向前，万丈荣光灿斗牛。

【注】敬庄：恭敬庄严。

江西赣县白鹭钟氏焕文堂祠联

华藻金章，素质玉洁；

文澜秋水，峰辞夏云。

——李思竹

【注】① 华藻金章：华丽的藻饰。金章，金质的官印。一说，铜印。因以指代官宦仕途。② 文澜秋水：文章的波澜如同秋水一样，明静清澈，富有文采。③ 峰辞夏云：文辞像夏天的云峰一样，奇特俊秀。

江西赣县白鹭钟氏书箴堂祠联

书可读田可耕，二事均宜着意；

箴有词训有铭，两端俱要留心。

【注】箴：劝告，劝诫，也为古代一种文体。

江西上犹营前镇合河陶岗子钟氏堂联

六合国春色；

吉星照门庭。

【注】六合：指天、地和东、西、南、北。

江西龙南象塘钟氏荷恩堂祠联

荷宠承庥，仗祖宗在天之福；

恩明谊美，卜孙子奕世其昌。

【注】① 象塘荷恩堂：荷恩堂建于明朝正德辛未年（1511年），位于龙南县渡江镇象塘腹心地带，坐北朝南，占地2000余平方米，流光溢彩。四栋左右两侧为主墙体，高15米有余。青砖从墙脚到顶，墙体坚固。飞檐上有32对青龙、凤凰、孔雀、白鹤、天鹅等装饰物，栩栩如生，似腾空欲飞，可谓巧夺天工。荷恩堂门前有一口约600平方米的长方形池塘。塘中种有莲荷，称为荷塘。每当夏天，清风送爽，莲荷花开，芬芳扑鼻，沁人心脾。石柱上的两副对联概括了当年建堂缘由：钟万禄（1468—1511），一生好行善积德，收养一外地贫困家庭之子钟康进，供其读书。钟康进学业有成，中得举人，登上仕途，步步高升，前程锦绣。钟康进为官清廉，知恩以涌泉相报，特此建造此堂，以晓谕和教诫后人。② 荷宠承庥：荷，承担。宠，宠爱。庥，庇荫，保护。这句话的意思是说家族得到了皇上的恩宠与庇荫。③ 卜孙子奕世其昌：卜，古人迷信，用火灼龟甲，以为看了那灼开的裂纹就可以推测出行事的吉凶。奕世，累世，代代。昌，兴旺，兴盛。

象水本源清，四派分流，喜我公开其先路；

龙图家学旧，一经垂训，愿同族绍厥前徽。

【注】① 象水：流经象塘，是桃江的一段。② 四派分流：钟姓在龙南有四大派系，分居在象水一带生息繁衍。③ 龙图：钟氏先祖钟琦之五世孙钟由，字少游，谥号公绪，生于宋朝嘉祐丙申（1056年），26岁考取进士，后进直龙图阁学士兼西经略安抚使。④ 绍：连续，继承。

江西龙南新大水围钟氏宗祠堂联

肯构肯堂，愿后人宗成世业；

惟忠惟孝，留旧德永久家声。

【注】肯构肯堂：堂，立堂基；构，盖屋。原意是儿子连房屋的地基都不肯做，

哪里还谈得上肯盖房子。后反其意而用之，比喻儿子能继承父亲的事业。

江西龙南莲塘钟氏宗祠堂联

秀气巍峨，继起簪缨，后裔至今怀祖德；

清贫宗奉，重新栋宇，先祠终古享莲塘。

【注】① 宗奉：宗仰敬奉。② 终古：久远。

卜宅系明朝，仙桥东峙，桂榜西环对双峰；

溯源由鲁国，云盖分支，上杭别派守百世。

【注】① 卜宅：选择住地。② 桂榜：乡试中举叫乙榜，又叫乙科。放榜之时，正值桂花飘香，故又称桂榜。放榜后，由巡抚主持鹿鸣宴。席间唱《鹿鸣》诗，跳魁星舞。③ 上杭：上杭县，福建龙岩市辖县。

江西龙南关西新围祠联

碧水环绕泽长流，福延千载；

清风徐来春不老，田赋四时。

【注】田赋：按田亩征收的赋税。联中的"赋"作动词用，交田赋的意思。

承前德，克勤克俭，永绍箕裘，广兴基业；

启后昆，希圣希贤，更习诗礼，再振家声。

【注】希圣希贤：谓仰慕效法贤者和圣人，愿与之齐等。

奎星高照，腹有诗书步蟾宫，连登科甲；

皓月生辉，胸罗锦绣得天恩，赏戴蓝翎。

【注】① 奎星：最初在汉代《孝经援神契》纬书中有"奎主文章"之说，东汉宋均注："奎星屈曲相钩，似文字之划。"后世把"奎星"演化成天上文官之首，为主宰文运与文章兴衰之神。历代封建帝王把孔子比作"奎星"。② 蟾宫：即广寒宫，是神话景观，也称作月宫，蟾宫常与折桂联系一起，是说攀折月宫桂花。科举时代比喻应考得中。③ 蓝翎：清代礼冠上的饰物。插在冠后，用鹖羽制成，蓝色，故称。初用以赏赐官阶低的功臣，后很滥，可出钱捐得。

江西龙南杨太围钟氏承喜堂联

辛盘献瑞，喜吾家老安少怀，咸增福禄；

未岳梅开，欣我辈耕丰读显，各自峥嵘。

【注】① 龙南杨太围承喜堂位于龙南城 50 公里的九连山下，围屋建于清乾隆、嘉庆年间，建筑风格独特，规模宏伟壮观。② 辛盘：旧俗农历正月初一，用葱韭等五种味道辛辣的菜蔬置盘中供食，取迎新之意。

> 承荷春日之融和，万紫千红，满眼韶光呈锦绣；
>
> 禧应华堂之景福，云蒸霞蔚，盈庭老幼庆安怀。

【注】① 禧：幸福，吉祥。② 安怀：即安老怀少。尊重老人，使其安逸；关怀年轻人，使其信服。指为人处世的美德。

> 荆树有花兄弟乐；
>
> 书田无税子孙耕。

【注】① 汉代田真、田庆、田广三兄弟分家，决定把院中的紫荆树也分三段，各家一份。第二天砍树时，紫荆已枯死。田真见此情景，对两个弟弟说，树听说分为三段，自己枯死，我们真不如树呵，说完悲不自胜。三人决定不再分家，而紫荆树居然又复活了。后人以"紫荆"比喻兄弟骨肉同气相连。"荆树有花兄弟乐"就是说兄弟和睦，家业才兴旺。② 书田无税子孙耕：书田，也称砚田，笔耕书田，比喻从事脑力劳动，以读写为业。联句的意思是，勉励子孙要读书明理，勤奋治学。

> 祖述君臣，敦孝友而和弟兄；
>
> 宪彰司马，积功德以贻子孙。

【注】① 宪：法令。② 彰：表明，显扬。③ 司马：官名。相传少昊始置。周时为六卿之一，曰夏官大司马。掌军旅之事。后世用作兵部尚书的别称，侍郎则称少司马。

> 希圣希贤，做天下第一流人物；
>
> 惟忠惟孝，付世间亿万载纲常。

【注】纲常：即"三纲五常"的简称。封建时代以君为臣纲、父为子纲、夫为妻纲为"三纲"，仁、义、礼、智、信为"五常"。

> 继祖宗一脉真传，克勤克俭；
>
> 示儿孙两条正路，唯读唯耕。

江西先祖忆斋祠联

> 闲临淳化羲之帖；
>
> 醉读开元杜甫诗。

【注】① 淳化羲之帖：《王羲之淳化阁帖》是历代珍藏碑帖精选系列之一。为晋朝王羲之书。王羲之少时学卫夫人书，后于其父处见前代名家法帖，又渡江北游名山，见李斯小篆、曹喜悬针篆；至许昌，见钟繇、梁鹄书作；又至洛阳，见蔡邕"石经"三体；又在堂弟王洽处见张昶《华岳碑》，于是改变初学，采择众长，备精诸体。草书学张芝，正书学钟繇，又习蔡邕、张昶等人。② 开元杜甫诗：开元（713—741 年）为唐朝皇帝唐玄宗李隆基的年号，共计 29 年。杜甫的《望岳》写于所谓"开元盛世"，其时诗人才二十四五岁，诗中热情地赞美了泰山高大雄伟的气势和神奇秀丽的景色，也透露了诗人早年的远大抱负，历来被誉为歌咏泰山的名篇。

> 经世之才须百炼；
>
> 读书无字不千金。

【注】经世之才：治国安民的才能。

江西安远长沙筼簹钟氏宗祠堂联

> 斋中藏海岳；
>
> 架上溯长源。

【注】斋：舍，常指书房、学舍。

> 邑从章贡分濂水；
>
> 家住筼簹带石湖。

【注】① 上述二联为木雕草书对联，原存于钟元弦先生石湖草堂内。清代庐陵赵嶷题，钟元弦书。② 濂水：即濂江河，为县内主干河流，属赣江水系贡水一支流。

> 承前科甲，文经武纬光越国；
>
> 启后蝉联，才渊学博耀筼簹。

【注】越国世家宗祠：位于安远县长沙乡筼簹村，始建明成化丁亥年（1467年），明万历，清康熙、乾隆、宣统和民国年间曾六次修整和增建，宗祠由门楼和三幢厅组成，门楼为硬山顶单昂建筑。三幢厅由前、中、后三幢厅堂组成。前幢厅内有木匾二块：一是清道光三十年立的"圣旨"匾，二是清代诗人钟元弦手书"画获遗辉"匾。2004 年 4 月公布为县文物保护单位。

江西安远镇岗老围东生围钟氏宗祠门联

东日一轮开景运；

生花万朵发春荣。

【注】① 东生围：江西重点文物保护单位，位于江西安远县镇岗乡老围村境内，该围屋建于清道光二十二年（1842 年），由当地"二品武功将"陈朗庭所建，围屋坐东朝西，长 94 米，宽 93 米，占地面积 10391 平方米。围内共有房屋 229 间，有 9 个天井，18 个厅堂，是中国最大的方形围屋、赣南最大的客家围屋之一。东生围不仅规模巨大，在客家建筑艺术上也是别具一格，门楼四根柱子之间的楼牌式结构，上面题着"光景常新"四字，不仅气派，还蕴含了客家人的美好愿望。② 景运：好时运。

江西安远镇岗老围屋东生围大门联

光照清淑景；

常浇物华新。

【注】物华：自然景物。

江西兴国西街钟氏越国公祠联

功业焕皇唐，拜相封公，江右推吾先祖始；

贤声昭越国，建祠肇祀，平川辟尔后人基。

【注】① 越国公祠：位于江西兴国县城西街，为祀邑人钟绍京而建。钟绍京，字可大，唐朝兴国清德乡人。中国古代著名书法家。中宗景龙年间，任宫苑总监，时韦后毒死中宗，结党篡政，临淄王李隆基与绍京密谋靖乱，绍京率宫中丁匠 200余人至太和殿共除韦后，一举平定韦氏乱。睿宗拜绍京为中书侍郎，参知政务。次日又加封中书令、越国公。景云元年（710 年），改为户部尚书。外任彭州刺史。玄宗即位，复召拜户部尚书。年逾八十而卒。② 江右：即江西，因唐玄宗开元二十一年（733 年）设江南西道而得省名。③ 平川：由濊水（东河）、潋水（北河）在兴国县城东南汇合成平固江，又称平川。④ 辟：开发建设。

昔为中书令，自唐迄清，千百年继续簪缨，都说濊江望族；

古之平固原，由枝溯本，数十叶绵延瓜瓞，无忘越国遗规。

【注】① 平固：即流经兴国县城的平固江。② 溯：逆着水流的方向走，逆水而行。引申为追求根源或回想，也比喻回首往事，探寻渊源。③ 瓜瓞：喻子孙

繁衍，相继不绝。

远大规模，惟愿光昭前烈；

绍承功德，尤期默佑后人。

【注】前烈：前人的功业。

报国在忠贞，绳武愿有名世者；

传家重诗礼，立祠乐近圣人居。

【注】绳武：《诗·大雅·下武》："昭兹来许，绳其祖武。"朱熹集传："绳，继；武，迹。言武王之道，昭明如此，来世能继其迹。"后因称继承祖先业绩为"绳武"。

分族遍吴楚之间，探本皆由越国；

食德迄宋元而后，寻源总自平川。

【注】食德：谓享受先人的德泽。

平乱定唐宫，千载奇谋彪史册，著乡贤世衍江南，礼乐衣冠期勿替；

论功封越国，一朝文武钦德爵，仰声名祠修岭北，蒸尝俎豆庆常新。

【注】① 岭北："五岭第一岭"的大庾岭，位于江西省西南边陲的大余县和广东省南雄县的交界处，是赣粤两省的天然屏障。以此为界，南边地域称作岭南，北边地域称作岭北。位于江西的兴国属岭北。② 蒸尝：本指秋冬二祭。后泛指祭祀。③ 俎豆：俎和豆，古代祭祀、宴飨时盛食物用的两种礼器，亦泛指各种礼器。后引申为祭祀、奉祀。

溯越国公徽遗迹，懋前朝光；

史册绵颍川世族，荫余后裔。

【注】懋：古同"茂"，盛大。

远祖近宗，俱禾附会公祀事；

绍闻衣德，当学步元辅芳踪。

【注】绍闻衣德：绍，继承；闻，名望；衣，动词。意谓明相位，立德业，以传承家族的名望。语出《书·康诰》："今民将在只遹乃文考，绍闻衣德言。"孔传："今治民将在敬循汝文德之父，继其所闻，服行其德言，以为政教。"后以"绍衣"为典故，谓承继旧闻善事，奉行先人之德化教言。

由颍川迁平川，衍派如川方至；

先兴国封越国，亢宗兴国咸麻。

【注】① 颍川：《名贤氏族言行类稿》记载："项羽将钟离昧，字子接，单姓钟氏，始居颍川长社。"钟接为钟氏一世，颍川长社（今河南长葛）是钟姓的主要聚住地。② 亢：副词，极，达到最高的境界。

江西南康唐江唐南钟氏宗祠堂联

华胄唐江之南，由宗迄今，声并田门称叠起；

族姓颍川之绪，建宇妥灵，誉继振公永流传。

【注】妥灵：安置亡灵。清刘大櫆《程氏宗祠碑记》："若先人妥灵之室，一任风摧雨剥，其何以自比于人。"

江西南康东山街窑边钟氏宗祠堂联

诚信传家三百年，愧小子有福，学成敢云光前裕后；

义方垂训二十世，欣嗣孙得幸，毕业无非耀祖荣宗。

——钟炳文

【注】义方：行事应该遵守的规范和道理。《逸周书·官人》："省其居处，观其义方。"

炳公万载推三杰；

文章千古迎百家。

——钟炳文

引导儿童养成读书气质；

端庄孺子习惯写字态姿。

——钟肇尧

江西大余黄龙大合河坛钟氏宗祠堂联

祖德传万代；

守功奕千秋。

【注】此联为清同治年间所书刻。

江西定南历市太阳村钟氏祠堂联

颍水流芳远；

川渔润泽长。

祖德宏深承祀远；

宗支繁衍总荣昌。

【注】承祀：主持祭祀。

懿德本家修，不坠颍川风韵；

忠臣原世笃，得从御史直声。

【注】① 懿德：美德。② 直声：正直之言。

越国芬芳名，将兴莲塘并承；

颍川培世泽，愿同仙岭齐高。

【注】① 莲塘：指龙南莲塘村，村中居住的也是钟姓宗亲。② 世泽：祖先的遗泽。主要指地位、权势、财产等。

宗祠饬新，鸟革翚飞，千秋耀世；

栋宇续缀，庄严肃穆，万年壮观。

【注】饬：整顿，使整齐。

元气贯长虹，势延万年，人才兴旺；

茂繁基毓秀，荫庇千浪，科甲永昌。

【注】① 元气：泛指宇宙自然之气。② 毓秀：培育的优秀人才。

广西贺州临贺故城钟氏祠联

高山流水第；

舞鹤飞鸿家。

【注】① 高山流水：典指春秋楚钟子期。② 舞鹤飞鸿：典指三国魏钟繇。

广西柳州柳城西安钟氏宗祠堂联

系出钟山，祖德宗功追百代；

支分颍水，时供岁祀继千秋。

【注】此为神龛配联。上联说本支钟氏世系，下联说分支来自颍水。

继东海一派渊源，溯惠州迁乐邑，丕振箕裘开后裔；

肇西土千秋事业，依柳郡住旺村，还期燕翼超前人。

【注】此为上厅侧壁联。联说本支钟氏派系源流。

广西柳州柳江木罗钟氏宗祠联

师名一代；

德炳千秋。

【注】其正门额"颍川门第"，此为大门联。说本支钟氏的德泽。

发祥来自汀州，衍百世祖宗功德；

初建基于柳邑，翠千秋右穆左昭。

【注】内书堂号"颍川"，此为配联。上联说本支钟氏祖上来自福建汀州，下联说开基于柳州。

广西柳州柳江槎山钟氏宗祠堂联

脉派羊城分马邑；

渊源柳郡溯梅州。

【注】联说本支钟氏的脉派和渊源。羊城：即广州。马邑：即马平县，今柳州市。

广西柳州柳城洲村钟氏宗祠联

嘉乐千载盛；

塘湖万年兴。

【注】此为门楼联。说本支钟氏安居乐业。

木本水源，派出颍川追祖德；

秋霜春露，系传嘉乐启孙枝。

【注】此为配联。说本支钟氏祖德孙枝。

广西桂林荔浦双江高涧钟氏宗祠联

支分荔水；

本源应州。

【注】此联说本支钟氏源头。应州在安徽。

弹琴乐道家声远；

流水知音世泽长。

【注】此联说春秋时楚国人钟子期。

高大创规模，想当年，迁从嵩堡，居择蒙山，我先公几竭力经营，方获效硕人在涧；

钟烈传姓氏，递中叶，派衍颍川，名扬汉室，尔后嗣须留心继述，庶无渐令子克家。

【注】此联说本支钟氏源远流长，兴旺发达。

台湾钟氏宗祠门联和堂联

堂号小序：台湾地区钟姓祠堂的堂号除了大部分沿用大陆祖先的"颍川堂"外，另立了"鸿树第"和"光裕庐"。"鸿树第"是内埔乡上树村一户钟姓人家的祠堂名，"鸿树"是建立祠堂的十七世先人钟鸿树的名字。"光裕庐"是新埤乡建功村钟姓人家的祠堂，依据前新埤乡建功村村长钟展雄先生的说法，"光裕"是期许后人"光前裕后"，光耀门楣，而非人名。

钟山启绪；
颍水流徽。

光前德业；
裕后诗书。

高山流水琴心乐；
无鹤飞鸿翰墨香。

高山流水琴心古；
舞鹤飞鸿翰墨香。

天赐平安福禄寿；
地生金玉富贵春。

高山流水新世第；
舞鹤飞鸿旧家声。

鸿雁南宾风过顺；
树山北峙地钟灵。

春色满堂风送入；
好音盈座岛传来。

颍水流徽生瑞气；
堂规恒新启人文。

鹤鸿体冠同文代；
山水音清处士乡。

颍族异乡传粤城；
川宏鼎足望昌隆。

徽流颍水家声远；
绩发台疆世泽长。

名世文章传子弟；
蓬壶风月著神仙。

颍水箕山春顿永；
川回经转福传临。

钟姓源日徽，启祖本江南，源溯颍川，望重可师延世泽；
高山耸永绪，迁居来台岛，派传信水，德高传大振家声。

【注】钟氏祠堂门联和堂联，除使用先祖世代遗传下来的"颍川世泽；太傅家声""高山流水；舞鹤飞鸿""荆树有花兄弟乐；书田无税子孙耕"等门联和堂联以外，还大量用"颍水""颍川"等祖先发祥或堂号之名嵌入对联之中。另外，用得最多的还是钟子期与钟繇的典故。"高山流水"指的是钟子期的典故；"舞鹤飞鸿"则是钟繇的典故。关于钟子期的事典，《吕氏春秋·本味》提到，伯牙鼓琴，钟子期听之，方鼓琴而志在太山，钟子期曰："善哉乎鼓琴，巍巍乎若太山。"少选之间，而志在流水，钟子期曰："善哉乎鼓琴，汤汤乎若流水。"钟子期死，伯牙破琴绝弦，终身不复鼓琴，以为世无足复为鼓琴者。《列子·汤问》载，伯牙善鼓琴，钟子期善听。伯牙鼓琴，志在登高山。钟子期曰："善哉！峨峨兮若泰山"！《三国志·魏书·钟繇传》载，钟繇，汉末颍川人，钟皓曾孙，字元常，汉末举孝廉，累迁侍中书仆射，封东武亭侯，大和年间卒，谥成。关于钟繇的书法，《宋元人书学论著·钟繇》是这样说的：钟繇善书法，师事曹喜、刘德升。南朝梁武帝萧衍曾经评钟繇的书法："若云鹄游天，群鸿戏海。"钟姓后裔子孙，取钟子期之琴与钟繇之书，为对联创作的重要精神与意涵。

台湾高雄美浓镇钟姓颍川堂栋对

政绩炳梅州，以官为家，抵蕉岭，衔溪开基，昭穆源流，堪溯旗形谱系；
侨迁来凤邑，他乡久客，居武洛，弥浓建业，后先继述，从兹奕叶簪缨。

【注】此联是纯粹迁徙的地点记录，上联交代在大陆迁徙路线；下联记录在台湾迁徙的情形。

台湾屏东内埔钟姓宗祠堂联

永定溯宗功，挥毫笔阵纵横，如舞鹤如飞鸿，瀚墨芳徽绵世泽，
札滩追祖德，合拍弦声嘹亮，在高山在流水，琴书乐趣振家风。

颍川为本系，数十代统续，如綦千秋，不改仍钟姓，
梅州始台基，百余载接传，散在万服，须知记水源。

【注】祠堂位于内埔乡上树村树山路84号。祠堂是十七世鸿树建造的，所以叫"鸿树第"。屋主钟先生说，来台祖是十一世的日凤、十二世瑞、十三世兴禄、十四世昌英、十五世桂光、十六世鼎盛、十七世鸿树……从对联内容可以看出是由永定札滩迁台的。

台湾钟姓干郎住屋落成栋对

缔造本艰难，数十年，祖垂父创，迄今堂宇苟完，还期善继善述；

守成原不易，历百世，子绍孙绳，伫看门庐光大，仍须无怠无荒。

【注】下联虽未点出台湾地名，但由上下行文可知为来台所作，其推崇祖先、永怀祖德之情，溢于言表。

台湾台北钟氏颍川堂宗祠堂联

颍地发祥，山水知音，系本镇平兴事业；

川源瑞气，鹤鸿书法，支分台岛振家声。

【注】① 颍川郡，系秦王政十七年（前262年）置郡，以颍水得名，治所在今河南禹县，相当于今河南登封、宝封以东，尉氏以西，新密以南，叶县、武县以北的地区。② 山水知音：典出春秋时期楚国人钟子期。钟子期，精音律。被伯牙引为知音，传下了"高山流水识知音"的佳话。今武汉市汉阳东湖有"古琴台"遗址。③ 系本镇平：指台湾钟姓人皆于晚清时期自广东镇平县（今梅州市蕉岭县）迁徙定居繁衍。④ 鹤鸿书法：系三国时期魏国大臣钟繇，颍川长社人，大书法家。与大书法家胡昭并称"胡肥钟瘦"，与晋朝大书法家王羲之并称"钟王"。

湖南炎陵钟氏宗祠门联和堂联

飞鸿鹤舞；

流水高山。

【注】上联典出钟繇；下联典指钟子期。

金生丽水千年秀；

重如泰山万古存。

【注】此联为"鍾"字拆字联。

陕西仪陇县钟氏颍川堂祠联

高山流水家声远；

舞鹤飞鸿世泽长。

【注】上联典指钟子期；下联典指钟繇。

形势城南胜；

恩光阙北来。

俎豆依文庙；

弦歌接武城。

几水一源通地脉；

文峰三塔拱明堂。

碧峰千屋绵鹤岭；

清波一脉接龙门。

【注】① 几水：指江津水名。② 俎豆：俎和豆都是古代祭祀器具。③ 弦歌：指做官。《论语·阳货》："子之武城，闻弦歌之声。"后以"弦歌"比喻做官。

四川江津钟氏宗祠堂联

编者按：钟云舫，清末同治、光绪年间人。名祖棻，以字行。四川江津县人。廪生，清代著名楹联家。是客家钟氏移民江津的第七代"祖"字辈裔孙。

钟云舫长期从教，工诗文词。他的楹联作品达四千余副，收入《振振堂》专辑的"仅得其半"。其中有数百副楹联生动地反映了闽籍移民入川祖先长途迁徙、开基创业的艰辛，及其后裔的社会经济和文化诸方面状况；姓氏祠堂、生辰、婚丧习俗的血缘文化；会馆地缘的乡情文化、海神妈祖的信仰文化，以及对原乡的无限眷恋和对四川江津富饶新乡的深爱。

这些闽籍客家移民社会和文化的生动写照，是全方位的"湖广填四川"移民文化中的一笔不可多得的历史财富，弥足珍贵。钟云舫是晚清年间的楹联名家，还是一位杰出的布衣文人，被今人誉为中国联坛上的"长联圣手"。光绪二十九年，钟云舫因揭露官吏贪赃枉法，被诬入狱，狱中三年写了不少联语。其中，题成都崇丽阁联212字，常被后世联家选录。其拟题江津县临江城楼联，长达1612字，为迄今传世联语最长者。前有自序云："飞来冤祸，理所不解，偶一触念，痛欬心肝……"

在清代前期的"湖广填四川"大移民潮中，闽西汀州府武平县的客家人钟氏、马氏、柯氏和阙氏等相继西迁到四川，落业于江津县。聚族而居，世代繁衍，这些客家移民及其后裔在江津耕读传家，或亦农亦商、农商并举，在经济文化等诸多方面做出很大贡献。

根据本书的编辑要求，主要选取作者题撰的钟氏祠联，钟云舫为其至亲柯氏宗祠、阙氏宗祠所撰楹联，也一并附录于此。

四川江津钟氏光复祠堂联

巴江闽海，隔八千里焉，天胜人，人更胜天，始得俾炽昌如此，念昔日巴山西上，棘水东来，露宿风餐，予先世亦良苦耳；

祖德宗功，历二百年矣，子生孙，孙又生子，居然聚国族于斯，喜今朝燕寝凝祥，鹤峰敛秀，支燕霞蔚，我后裔其必兴乎。

——钟云舫

【注】钟氏老祠堂址在江津县笋里仙池坝，小地名燕子坪手爬岩，因战乱被毁。在钟云舫的努力下，光绪八年（1882年），邀会置产300余金，在老祠堂遗基处筹建新祠堂，并为曾祖母和祖母建"崇节堂"，为生母建"报勤堂"。新祠堂名曰"光复祠"，建成竣工后，钟云舫精心题撰了一副歌颂祖德的祠联——题光复祠联。① 上联书写了四川巴江与闽省汀州相距八千里之遥，上川的钟氏先世始祖露宿风餐，不畏艰险，以人定胜天的意志始得西进，定居津邑，开基炽昌。② 下联意即钟氏子子孙孙，瓜瓞连绵，聚族繁衍历二百余年；祖德宗功，阖族吉祥昌盛。

钟云舫为其母建报勤堂祠联

寒棉暑葛，晓火宵灯，以两女三子而折天年，噫嘻！儿曹罪过；

饱喜饥瞋，干啼湿哭，历万哭千辛而有今日，呜呼！母氏功劳。

——钟云舫

【注】① 钟云舫生母柯孺人去世时年仅36岁，云舫父痛失爱妻，挽联曰："青年短命心难死；黄土长埋目未眠。"道出了全家人的刻骨悲痛。② 钟云舫的弟子郑勋点评：恩师为太师母题撰的《报勤堂联》："一片真诚，句句是泪，字字是血，仁人孝子……"

【附录一】关于钟云舫家族的宗祠子嗣文化

钟云舫房族这一支，在高祖、曾祖两辈是族内继报子嗣。直到钟毓桥娶柯氏，于清道光二十七年（1847年）八月初九嫡生了长子钟云舫，真正能够血脉相承、香火相延，金贵之至。不料在钟云舫六岁时得了一场大病，全身冰凉、僵硬，父亲为他打好小棺材，母亲为他缝好殁衣。祖母把他抱在怀中不放手，不断呼唤着他的乳名，经过三个时辰，奇迹出现了，小生命终于摆脱死亡而复生。在家人的精心呵护下，小生命健康成长。母亲又生了两个弟弟。钟云舫自幼好学聪慧，博览群书，同治六年（1867年）入庠，二十岁考取秀才第一，后补廪生。补廪后，迁居县城，在城南阙氏祠设馆授徒，历二十余年。

位于江津小十字西侧的"天上宫"，馆宇恢弘，是全县闽裔的活动中心。约在光绪十年（1884年）至光绪二十年间，钟云舫被闽籍会众推举为"天上宫"首事。这不仅是因为他的廪生秀才的资历、闻名县邑的楹联高手，而且还因为他办事公允，助人笔墨打抱不平的品德。这十年间正值钟云舫年富力强，他在县城"天上宫"首事的岗位上，举办祭祀妈祖和年节庆典，传播"妈祖"文化，并且深入到县内十余个乡镇的"天上宫"，题写了大量楹联。

钟云舫的父母健在时，四代同堂。上有钟云舫的曾祖母、祖母，下有钟云舫几兄妹，老弱病居多。作为长孙长子，钟云舫早早就挑起了家庭的生活重担，不去追求仕途功名，在县城设塾馆授徒，以微薄而相对稳定的收入，解决生计问题。在四世同堂的家庭中，钟云舫自小从曾祖母、祖母那里受到了双倍的爱抚，从母亲那里受到孝悌的深厚影响，忠孝仁爱的好家风代代相传。

钟云舫在中年时，举会集资300余金为钟氏宗祠重建"光复祠"，为曾祖母、祖母建"节孝堂"，为生母建"报勤堂"。晚年之际，钟云舫十分关注钟氏大家族的和睦团结，钟氏上川祖于雍正年间创业开基，祖业在江津仙池坝高牙场的青草碚。钟氏分支十九房，因族内分家，加上家族房份之间的一些矛盾，到了"毓"字辈、"祖"字辈产生了一些过节，有的反目成仇或同室操戈。为此，他专门题撰了两副对联，勉励族人、家人团结和睦。

（一）

入川二百年来，只此根基，纵有争端也须念先人血食；

分支十九房外，足称繁衍，但知和气即留得后嗣心田。

（二）

创业维艰，愿子孙毋启争端，鼠牙雀角相推让；

光荣有道，为祖父多培善脉，麒趾螽斯化吉祥。

【注】① 鼠牙雀角：比喻争讼。出自《诗·召南·行露》："谁谓雀无角，

何以穿我屋？"　"谁谓鼠无牙，何以穿我墉？"② 麒趾螽斯：麒趾，喻子孙多贤；螽斯，喻子孙之众。

【附录二】钟云舫成都望江楼崇丽阁楹联

几层楼独撑东面峰，统近水遥山，供张画谱；聚葱岭雪，操白河烟，烘丹景霞，染青衣露。时而诗人吊古，时而猛士筹边。最可怜花蕊飘零，早埋了春闺宝镜；枇杷寂寞，空留着绿野香坟。对此茫茫，百端交集，笑憨蝴蝶，总贪迷醉梦乡中。试从绝顶高呼，问问问，这半江月属谁家物？

千年事屡换西川局，尽鸿篇巨制，装演英雄；跃冈上龙，殒坡前凤，卧关下虎，鸣井底蛙。忽然铁马金戈，忽然银笙玉笛。倒不若长歌短赋，批撒些闲恨闲愁；曲槛回廊，消受得好风好雨，嗟予蹙蹙，四海无归，跳死猢狲，终落在乾坤套里。且向危梯俯首，看看看，哪一块云是我的天！

【注】这副长联共212字，超过了昆明大观楼长联的180字。① 葱岭：指川北江油、平武之间的龙门山。② 白河：即白水江，源出四川松潘，至广元西南汇入嘉陵江。③ 丹景：山名，在川西。 ④ 青衣：青衣江，源出四川宝兴，至乐山入大渡河。⑤ 诗人：指李白、杜甫、陈子昂等。⑥ 猛士：指唐李德裕，曾建筹边楼。⑦ 花蕊：后蜀孟昶妃费氏，人称花蕊夫人。⑧ 枇杷：指薛涛故居。 ⑨ 香坟：指薛涛墓。 ⑩ 冈上龙：指诸葛亮。⑪ 坡前凤：指庞统。⑫ 关下虎：指北魏李崇。⑬ 井底蛙：指公孙述。⑭ 乾坤套：传说中仙人的宝袋，此指阴谋圈套。

四川江津保家楼钟氏宗祠堂联

地形撑五福之场，五岭来迁，溯祖宗五百年前，根本一家，谊笃五伦昭祀典；
天池漾七星之汤，七房竞爽，汇长江七千里外，纹澜四起，光分七曲耀人文。

——钟云舫

广东兴宁钟氏宗祠堂联

先正格言，为善最乐；
古人明训，和气致祥。

旭日照中庭，万丈光华，霁雨宏开仁寿域；
春风披满座，一团和气，芳馨浓醉桂兰阶。

左连北斗祥光，还马岭递龙岗，学士桥边驰驿到；
右引南天福曜，下燕山蹒羊寨，王彦嶂里探花归。

怀今切先世创垂，当年雁序联飞，惟冀鸿图承统张；
德和留后人食饮，此日蜗卢聚处，须知燕冀费贻谋。

广东廉江秋风江钟氏大宗祠联

秋风催念祖；
江水会朝宗。

广东兴宁罗岗钟氏总祠联

山川钟间气；
天地发真机。

龛联

祖德源流远；
宗功衍庆长。

俎豆馨香绵百世；
箕裘继述振千秋。
莲花现瑞，喜奏珠还，共庆扶摇兴骏业；
金盏呈祥，欣传璧返，同安振翮殿鸿图。

罗带绕三溪，碧水腾文，水水龙游昭颍水；
岗陵环四面，青山敏秀，山山凤起肇钟山。

广东兴宁岗背钟氏宗祠堂联

颍地发祥水山趣；
川流辉映鹤鸿飞。

琴明山水承先绪；

书擅鹤鸿启后人。

琴辨心声，流水高山凭遣兴；

书存手泽，飞鸿舞鹤尚传神。

钟史永流芳，千里相逢皆叔侄；

姓名期远大，万年欢会是宗亲。

龛联

发祥兆自汀州，衍百世祖功宗德；

建祠基于兴邑，萃千秋右穆流芳。

栋对

共戴天源远流长，不忘报功崇德，千年俎豆念先祖；

同手足薪火相传，定当光前裕后，百代宗枝出平湖。

广东兴宁罗岗钟氏总祠堂联

羡吾先齿德传芳，欲绵世泽，好把诗书垂后统；

思我父勤劳创业，望振家声，莫将耗费负前勋。

广东梅州南门钟氏宗祠堂联

鹤鸿体冠同文代；

山水音清处士乡。

——钟孟鸿

钟孟鸿：字遇宾，广东蕉岭县新铺镇霭岭村人，清咸丰六年（1856）丙辰科进士，官刑部福建司主事，后奉调监察御史，以直谏著称，时人称"铁笔御史"。善文词，喜作联，书法师承李北海，为"京华三枝笔"之一。与宋湘、黄基并称岭南三大学者。著有《柳风馆存稿》。

广东梅州中心坝钟氏英创公祠堂联

基肇三迁，红梅点水为今卜；

派宗四长，白虎名山是昔游。

广东梅州大坜口钟氏寿山公宗祠堂联

溯振铎于梅州，厥后衣冠渐启，一经垂训，共守诗书之泽；

思肇基于莆里，际兹堂构继新，百世不迁，长留俎豆之光。

广东梅州十甲尾钟氏宗祠堂联

渊源溯殷室，人物萃颍川，何日渡南来，由赣而闽而粤；

春色涓锦江，奇峰抱铜鼓，此间据西胜，结庐不市不乡。

广东兴宁罗岗钟氏宗祠堂联

发裔自河南，想前人雁塔题名，已见箕裘济美；

迁居由新会，看后代锦堂集庆，还期孝友流芳。

广东兴宁钟氏宗祠堂联

周有子朝，汉有秀明，魏有元常，念先人风徽宛在；

忠维彦胄，孝维绍京，文维仲伟，愿后嗣继述宜殷。

广东梅州白渡嵩山钟氏宗祠堂联

诗祖肇鸿基，入而读，出而耕，我先人，惟明敬宗睦族；

文公谋燕翼，光于前，裕于后，予季裔，还期桂馥兰芳。

广东梅州白渡江南钟氏宗祠堂联

由颍川而迁梅州，堂构垦开，祖若考夙夜经营，爰辟江南基础；

卜寅山以兼艮位，宗房合建，子及孙春秋妥祀，如瞻太傅衣冠。

广东梅州白宫直坑村钟氏宗祠堂联

颍水源流远，由汀州来程邑，二居西水，九肇直乡，虎踞龙蟠开万世；

孙枝奕叶长，采芹藻登贤书，司录参军，名署豸史，幽光潜德庆千秋。

广东高州下伙茂坡钟氏宗祠栋对

祖有德，宗有功，敬祖敬宗，数十世渊源可溯；

左为昭，右为穆，序昭序穆，亿万年各攸严。

江西赣州南康坪市钟氏宗祠堂联

立业拓基，由荆楚来相州，越国贻谋久远；

本只绵燕，自大唐至今日，指挥似绩悠长。

江西崇义西城角钟氏宗祠堂联

颍川政绩存刘汉；

越国勋名著李唐。

江西上犹营前钟氏宗祠堂联

祖德无疆，永保衣冠联后裔；

宗功有庆，长承俎豆振前徽。

立身处世，不外纲常全大节；

继志传家，毋忘忠孝保初心。

颍水渊源长，四海奔流，鱼跃龙腾承祖德；

罗岗基业远，五湖分布，鸾翔凤翥衍孙枝。

江西赣县白鹭盈源钟氏宗祠堂联

自古颍川称世第；

于今越国美名家。

江西上犹营前合河钟氏宗祠堂联

孝友渊源传作家政；

诗书根底蔚为国华。

宝玉宝珠，何以宝德；

善言善行，归于善身。

世事让三分，天宽地阔；

心田存一点，子种孙耕。

福建长汀钟氏宗祠堂联和栋对

百代馨香追汀郡；

千秋祠宇傍龙山。

祖脉龙山，文分闽粤江吴，到处钟灵毓秀；

源宗颍水，派衍晋唐汉魏，屡朝世族名家。

支分遍闽赣粤湘之间，士读农耕，四省儿孙承祖德；

胥宇自清明元宋而上，流长源远，千秋俎豆报宗功。

世稽微子，迁赣迁闽迁粤，瓜瓞绵绵，开二千年基业；

系出烈接，盛汉盛晋盛唐，螽斯振振，历四五代中书。

胥宇自唐时，当年建祠作室，割棘披荆，气接龙山绵瓜瓞；

分支传宋代，从此越赣逾湘，由闽播粤，朝宗颍水溯源流。

广西荔浦双江高涧钟氏宗祠堂联

高曾垂世泽，当思食旧德，报前恩，尽礼尽情，庶无愧为钟氏子；

涧水鲜朝宗，便可挹清流，涤祭器，以孝以享，咸展敬于颍川堂。

高祖有何求，惟祈智守拙，贤守愚，康乐和亲，勿蹈危机而跳涧；

钟情虽各异，但愿农苦耕，士苦读，忧勤惕励，咸相就业以齐家。

台湾屏东内埔振丰村钟氏宗祠灯对

灯火辉煌财丁两旺；

梁材伟大文武双全。

台湾屏东内埔内田钟氏宗祠堂联

本崇文立图书，望后人鹏举鹰扬，勋业大名垂宇宙；

由尊祖合宗族，看来日骏奔燕飨，春秋佳节话桑麻。

三格旧分封，晋太傅唐中书，印骏相承，至今遗胄绵延，遵梅滨而覆；

八闽看对峙，北鸡笼而鹿耳，河山大好，犹幸华宗藩衍，聚国族于斯。

台湾六堆钟氏宗祠堂联

创业难，守成更难，须就难中先克己；

读书乐，耕田亦乐，宜从乐处早修身。

台岛经商，丰田建址，中书世第，至今遗胄绵延，高山流水识琴音；

颍川肇姓，江南开基，大传家声，自昔人文蔚起，舞鹤飞鸿传翰墨。

姓氏肇商周，仰前贤至德堪师，直言著谏，镇西将略，大传家声，朝野遝名流，文武衣冠常赫耀；

系源由皖楚，考旧迹发祥颍水，继徙闽封，江南开基，台阳绍绪，宗支皆贵胄，春秋黍稷永馨香。

海南儋州南丰松门高台钟氏宗祠堂联

颍水朝宗绵俎豆；

川流毓秀振箕裘。

海南儋州南丰田寮钟氏宗祠堂联

颍谷乐弹琴，流水高山，百代贤名昭史册；

川灵毓秀气，英文懿德，千秋士表振家声。

田家乐事春常在；

寮舍春光万年兴。

香港屯门钟屋村钟氏宗祠堂联

钟族广田围，始居福地，接绿水青山，长延世泽；

屋村义达祖，耘拓屯乡，欣和邻睦里，共展宏图。

香港新界荃湾圆墩村钟氏祠堂联

颍川世泽；

凤卜家声。

百世衣冠长振彩；

千年山水永朝宗。

香港西贡南约黄竹山钟氏宗祠联

离山世泽；

颍水家声。

祖德源流远；

宗功世泽长。

离山世泽千年盛；

颍水家声万载兴。

印尼雅加达钟氏颍川堂宗祠堂联

颍水长流，东西南北皆一脉；

川山永在，春夏秋冬亦常青。

颍川传世泽，枝荣叶茂，敦睦宗亲立互助；

太傅振家声，光前裕后，慎终追远表诚心。

颍川传世泽，祖德流芳，看叶茂枝荣，团结宗亲立互助；

太傅振家声，箕裘克绍，念水源木本，慎终追远表虔诚。

【注】椰城钟氏宗祠创建于 1953 年 4 月，由钟文轩、钟清荣等客家宗亲集资兴建。

泰国曼谷钟氏颍川堂宗祠龛联

> 春祀夏尝，敬祖期报本；
>
> 冬烝秋禘，宗亲众藩绵。

段（段）
DUÀN

【姓源】《世本》。

① 西周中期前段青铜器有段金歸簋、段金歸尊。其铭见《三代吉金文存》。

② 段氏，姬姓。春秋郑公族。武公少子共叔段，其孙以王父名为氏（《元和姓纂》）。

③ 春秋段干木之子隐如去干为段氏（《三辅决录》）。

④《唐书·宰相世系表》载，郑武公少子共叔段，其子孙以王父之名为姓。春秋初年，郑武公有两个儿子，长子叫寤生，次子叫叔段。武公之妻生寤生时难产，因此不喜欢这个长子，而喜欢次子。后武公之妻姜氏多次要求武公废长立幼，均被武公拒绝。寤生后来继位为郑庄公，封其弟叔段于京城，时人称叔段为京城大叔。叔段为夺取君位，到京城不久便开始招兵买马，不断扩张势力，并与其母姜氏内外勾结，准备起兵袭击庄公。庄公获悉，便先发制人，起兵攻破京城，叔段只好逃到郑国以外的共国（今河南辉县）。叔段后代子孙便以他的名字段为姓，称为段氏。另一支段氏也源于春秋时期。当时有个贵族叫李宗，他是写《道德经》的老子李聃的孙子。李宗在鲁国时，被国君封到段邑做首领，后来他的子孙就以其封地"段"为姓。此外，西晋时期，鲜卑族首领段务目尘被封为辽西公，他的子孙以其名字中的"段"为姓，亦称段氏。

⑤ 少数民族改姓（略）。

【分布】段姓为中国第81常见姓。人口270多万，约占全国人口的

0.22%。约 33% 分布在四川、云南、河南三省（其中四川最多，约占全国段姓人口的 12%）；30% 分布在山西、湖北、河北、河南四省（《中国姓氏·三百大姓》）。段姓客家人不是很多，主要分布在四川、河南、湖北，江西、广东、广西也有分布。

【郡望】京兆郡。

【堂号】京兆堂、祚云堂、君轼堂、武威堂、锦绸堂等。

通用祠联

门联

忠留丹笏；

学博酉阳。

【注】上联典指唐代泾原郑颍节度使段秀实。段秀实，字成公，为节度使数年间吐蕃兵不敢侵犯边塞，建中年间官司农卿。原卢龙节度使朱泚在京城哗变，被推为皇帝，请素有威望的段秀实为辅佐。段秀实表面与朱泚合作，一天，乘议事的机会，夺象牙笏出击朱泚，被杀害。下联典指唐代文学家段成式。段成式，官至太常少卿。著有《酉阳杂俎》。又能诗，后人辑有《段成式诗》。

学博酉阳；

节度家声。

封地启姓；

拒官驰名。

【注】① 学博酉阳：典指段成式。唐末文学家段成式（？—863），穆宗时宰相段文君之子，以父荫官秘书省校书郎，后累官尚书郎、太常少卿。所作《酉阳杂俎》传于世，其诗与李商隐、温庭筠齐名。② 节度家声：典指段秀实。唐代官吏段秀实，玄宗时举明经，后从军安西，官泾州刺史，兼泾原郑颍节度使。③ 拒官驰名：典出战国时期魏国的名贤段干木。段干木原是晋国人，后来到魏国住在祖先李宗的封邑——魏国城邑段木，故人称段干木。段干木曾求学于孔子的弟子子夏，很有才能，但不愿做官。魏王魏文侯慕其才，曾经登门去拜访他，想授给他官爵，他却越墙躲起来，不与相见。从此，魏文侯更加敬重他，每次乘车从他家门前过时，一定站起来，手扶着车前的横木走过去，以示对他的尊敬。

逾垣避主；

击笏除奸。

【注】① 逾垣避主：典指段干木。段干木，战国时魏国人。少贫且贱。屡征不仕，魏文侯造其门，段干木逾墙避之。② 击笏除奸：典出段秀实。段秀实，唐汧阳人，举明经，弃去从军，积功至泾原郑颍节度使，数年吐蕃不敢犯塞。建中初召为司农卿。朱泚反，一日与泚计事，秀实突夺象笏击泚额，唾其面大骂之。遂遇害。

平羌锡士；

梦凤呈祥。

【注】① 平羌锡士：典指段颎。段颎，东汉姑臧人。少习弓马，尚游侠，长乃折节好古，桓帝朝为护羌校尉。因破羌寇有功，建宁中拜侍中，进太尉。② 梦凤呈祥：典出段少连。段少连，宋开封人。生时其母梦有凤集于庭，后官至龙图阁直学士。

堂联

独存一夫，坚守学道；

尚有二人，拥为君王。

【注】上联典指战国时魏国人段干木。段干木，与田子方、李克、翟璜、吴起俱为魏国才士，诸人都当了将军，只有他潜学守道，不事诸侯，为天下所重。下联典指段姓的两位称帝者，即十六国时西燕内乱，众推大将段随为王，改元昌平，旋被杀；十六国时，西安人段业，被匈奴人拥立为北京国君，在位三年被杀。

九经陶铸资群彦；

一字源流奠万哗。

【注】典指清代段玉裁。段玉裁（1735—1815），金坛人，字若膺，号茂堂。乾隆二十五年（1761年）举人。师事经学大师戴震，学通经史，精于音韵训诂，积数十年之力，专研《说文解字》，撰成《说文解字注》三十卷，成一家之学。此外，还有《六书音韵表》《经韵楼集》等。

栋对

籍撰酉阳，博闻强记声名著；

忠留册笏，嫉恶仇奸伟烈扬。

侯（侯）

HÓU

【姓源】《潜夫论》。

① 侯氏，姒姓。杞公族以邑为氏。

② 侯氏，姬姓。春秋晋侯缗被曲沃武公所灭，后裔适他国，以"侯"为氏。

③ 赐姓。侯氏，姬姓。春秋共仲赐氏曰侯。周宣王封弟弟姬友于南郑，世称郑桓公。到了郑庄公时期，郑庄公的弟弟郑叔段企图谋反，被郑庄公打败后逃到共邑，世称共叔段。共叔段死后，郑庄公赐共叔段的儿子共仲为"侯"氏。

④ 高车护骨氏，北魏太和中改侯氏。北魏景明四年《显祖嫔侯氏墓志》："夫人本姓侯骨，孝文皇帝赐为侯氏。"侯骨氏，即高车护骨氏。

⑤ 北魏以后少数民族改姓（略）。

【分布】西晋至南北朝时期，侯氏一族已有人迁居到今贵州、内蒙古、四川、广东、辽宁等地。如西晋的侯馥为群柯（今贵州凯里县西北）人，南朝的梁侯弘远为西充（今属四川）人、梁侯景为内蒙古人，北魏的侯深为尖山（在今辽宁省境）人。

宋明时期，今湖南、广西、湖北、江苏、江西、浙江、北京、上海等地已有侯氏族人入籍。

清朝时期，福建、广东侯氏家族中陆续有人迁至港澳台地区。

侯姓为中国第 77 常见姓。人口 300 多万，约占全国人口的 0.24%。31% 分布在河南、河北、山西三省（其中河南最多，约占全国侯姓人口的 12%）；约 36% 分布在辽宁、安徽、湖南、广东、四川、山东、黑龙江七省（《中国姓氏·三百大姓》）。侯姓客家人主要分布在广东、湖南、四川，江西、福建、安徽也有分布。

【郡望】上谷郡、河南郡、丹徒郡。

【堂号】丹徒堂、救赵堂、上谷堂、丹阳堂、平阳堂、松林堂、清忠堂、却币堂、敦本堂等。

通用祠联

门联

上谷门第；

巧智家声。

【注】上联表明郡望。下联典指北魏朝时期的侯文和，滑稽多智，以巧闻世。上谷：郡名，战国时设。秦代治所在沮阳（今怀来东南）。

乡贤世泽；

上谷家声。

虬龙节度；

松鹤仙郎。

窃符救赵；

奏制封侯。

【注】① 乡贤：指梅州侯氏开基一世祖侯安国。侯安国本籍福建宁化，登南宋淳祐间乡贡进士，来梅州任教授，南宋末年国难频仍时，以《春秋》大义教育门徒，培养出了著名爱国志士、诗人蔡蒙吉等，被誉为对梅州"开文教之风"做出重要贡献的先贤，清顺治年间崇祀为梅州乡贤。侯安国的裔孙落籍梅州，深以祖先文教功德为荣，亦代出名人，故以为"乡贤世泽"。② 上谷：上谷堂源自河北上谷侯嬴、侯霸等侯氏名人。楚汉相争时有上谷名士侯公；西汉时又有上谷名士侯芮；东汉初有大臣侯霸，河南密县人，为上谷侯氏分支，曾师事九江太守房元。其裔孙于南朝陈时徙居丹徒县（今属江苏），后发展成为上谷郡望又一分支望出之地。

至北朝时有大将侯景。唐代有出将入相的侯君集，因功图像绘于凌烟阁。又有淮阳郡王侯希逸。上谷人侯行果，为唐玄宗时十八学士之一，精通《易经》，后任国子司业，为太子师，图像绘于含像亭。上谷侯氏的诸多分支名贤辈出，数典而不忘其祖，大都以"上谷堂"为其家族的总堂号。③ 窃符救赵：典出战国时魏国隐士侯嬴献计信陵君窃符胜秦的故事。

霓龙节度；

钜鹿经生。

【注】① 霓龙节度：指唐侯弘实。实少时，梦为虹饮于河，有僧相之曰："此霓龙也。"后为节度使。② 钜鹿经生：典出侯芭。侯芭，汉钜鹿人。少肆力于学，扬雄弟子，受《太玄》《法言》。

桐叶题诗，缘谐名士；

桃花薄命，血溅香君。

【注】① 桐叶题诗：典出侯继图。蜀侯继图游大慈寺，得桐叶，上有诗七联，乃藏之，后得任氏妇，方知出自妇手。② 桃花薄命：典出侯方域。明侯方域恋名妓李香君，相与定情，权贵田仰羡香君色艺，欲劫之。香君坚拒，血溅扇面。杨文聪因血画成桃花，后人因作《桃花扇》传奇行世。

广东梅州三角湾下侯氏梅江公祠门联

梅花孕秀；

江水朝宗。

【注】梅江公，名侯金，字伯良，号梅江，有文才，曾主修《侯氏族谱》，教子有方，其子侯继芳是明嘉靖癸巳年（1533 年）贡元，曾任广西兴业县知县。此联是鹤顶格，首嵌"梅江"二字，以"梅花"对"江水"，文雅清秀，并以"孕秀"寓裔孙俊秀杰出，以"朝宗"寓子孙枝繁叶茂、济济一堂，可谓蕴涵丰富深厚。

广东梅州三角湾下侯氏孝裕公祠门联

孝亲敬长；

裕后光前。

【注】此联采用鹤顶格，首嵌"孝裕"二字，融入了客家宗亲崇祖思亲、尊老爱幼、光宗耀祖、开创未来的优良传统，质朴厚重，可谓佳对。

台湾侯姓门联和堂联

堂号小序：根据侯姓姓源，客家侯姓人是晋侯缗的后代，汉末侯氏人家迁徙至上谷，并望出于上谷。因此，六堆地区侯姓人家的堂号"上谷"，亦是祖先望出之所。

乡贤新世第；
理学旧家声。

凌云阁上功臣著；
谷象亭中学士传。

【注】① 乡贤：为地方上所推重的贤德之士，亦即地方上的贤士。② 理学：指宋、明时期的儒学，又称道学、性理学、新儒学。系吸收佛家、道家思想而形成，以探究天人性命之理为主。③ 凌云阁上功臣著：指的是唐太宗在贞观十七年（643年），诏图画司徒、赵国公无忌等勋臣二十四人于凌烟阁一事。

广东梅州湾下侯氏世芳祠门联

世泽永健；
芳绪长流。

广东梅州侯氏通用堂联

上谷源流远；
丹徒世泽长。

祖德炳麟经，百代宫墙光俎豆；
宗功垂燕翼，千秋寝室荐馨香。

乡贤世泽，男女老少安适，尊老爱幼共循礼，合屋和谐文明添光彩；
上谷人家，叔侄兄弟友恭，创业光前齐励志，众裔勤奋茂盛喜欣荣。

广东梅州湾下侯氏宗祠栋对

池临黄竹，门对长岗，庙貌极尘寰之秀；
基开南畔，系接东阳，箕裘乐奕叶之光。

广东梅州湾下侯氏祠堂联

祖德宗功，为乡贤、为学校，允矣，流芳百世；

水源木本，思勤创、思诒谋，宜乎，享受千秋。

广东梅州湾下侯氏世纶祠联

本诏约以开基，直冀堂迎紫诏；

凭云岗而筑室，还期人步青云。

广东梅州湾下侯氏继芳祠堂联

祖祠迎紫气，栋宇高宏，虎踞龙蟠今胜昔；

宗裔乘东风，规模壮丽，四时享祭仰先型。

广东梅州东郊周溪侯氏祠堂联

东粤衍乡贤，想当年教设梅州，俎豆馨香隆百世；

南京传国史，看此日声驰杏苑，文经武纬振千秋。

广东梅州月梅茶侯氏祠堂联

俎豆绵延，报本莫忘先祖德；

箕裘宏远，守成唯赖后人贤。

广东梅州湾下侯氏十五世祖祠联

仰祖德重光，借助西湖添秀色；

叙天伦乐事，频传捷报庆升平。

广东梅州东书坑侯氏祠堂联

父慈子孝，兄友弟恭，建万古纲常之重；

春礿秋尝，冬蒸夏祀，敦一本爱敬之诚。

奠一室于襄时，俎豆尝新，日耕日读垂千古；

荫八房于此日，冠裳永祀，俾炽俾昌续万年。

广东梅州城东书坑侯氏祠堂联

誉著乡贤，启后人，科第联登绳祖武；

名昭勤创，知先哲，田庐丕美贻孙谋。

广东梅州十甲尾侯屋堂联

> 施教遍梅州，史授经传，邑乘流徽真永播；
> 肇基从宋室，根深叶茂，孙枝受福自无疆。

广东梅州梅塘侯氏祠堂联

> 走马近南郊，一水回环，犹是西湖留秀色；
> 卧龙绾北约，五峰列筠，恰当东日送明晖。

> 梅岭之外复有梅塘，接胜景于南粤，千里分来香韵远；
> 乡贤之中更传乡饮，绍箕裘而始代，万年共仰祖恩深。

> 大始祖曰乡贤，开基祖曰乡饮，幼子童孙，承先宜思旧德；
> 传文风于梅邑，振家风于梅塘，秋霜春露，追远犹应前徽。

广东梅州程江浒岭侯敦本堂堂联

> 由待诏而迁居，支分上谷，系接乡贤，礼乐诗书绵世泽；
> 择浒岭以作室，叶衍七珠，堂开五代，农工商学振家声。

广东梅州西门蓝屋巷侯氏宗祠堂联

> 养性可修身，忍让齐家宗祖德；
> 读书方饱学，经纶济世踵前贤。

广东梅州十甲尾侯氏宗祠堂联

> 溯十五世遗徽，乡饮传家，与乡贤并垂奕祀；
> 开千余年创业，梅城享誉，于梅邑丕振宏猷。

广东梅州南波侯氏宗祠堂联

> 程江弁冕，开百世之箕裘，瓜瓞绵绵，千载蒸尝同日月；
> 宋代簪缨，历五朝之景运，寝庙奕奕，万年俎豆报春秋。

【姓源】《姓氏考略》。

① 以祖字为氏。腧跗是黄帝时期的名医。腧、俞是通假字，指穴位。腧跗的后裔为纪念先祖，便以祖字"腧"为氏，后来假作"俞"。

② 以国名为氏。西周、东周时有餘国，公族以国名"餘"为氏，后来假作"俞"。

【分布】唐朝武则天执政时期，荆州江陵人俞文俊斗胆进言，称新丰之地无端冒出一座山来，是因武则天"女主居阳位"之故。此言激怒了武则天，于是便把他流放到当时尚属荒僻之地的岭南地区。俞氏族人也就由此到达了中国南方的广东和广西一带。

俞姓为中国第 119 常见姓。人口约 140 万，约占全国人口的 0.11%。约 72% 分布在浙江、安徽、江西、江苏四省（其中浙江最多，约占全国俞姓人口的 30%）；俞姓人口比较多的还有江苏、山西、陕西、吉林等省（《中国姓氏·三百大姓》）。俞姓客家人江西较多，广东、广西、安徽、四川也有分布。

【郡望】河间郡。

【堂号】河间堂、玉林堂等。

通用门联

星溪世泽；

河间家声。

【注】① 星溪世泽：指明初开国大将俞通海的功绩，因功被朱元璋追封为虢

国公。② 河间：郡、国名。汉高祖置郡，文帝改国。其后或为郡，或为国。治所在乐城（今献县东南）。

星溪十友；

父子四公。

【注】① 星溪十友：典出俞靖。宋代婺源人俞靖，晚号"西郊老人"。积学砥行，与朱松等人称"星溪十友"。② 父子四公：典出俞廷玉。俞廷玉，从明太祖征战阵亡，因功追封为"河间郡公"，生子通海、通源、通渊三兄弟。通海官至中书省平章政事，封虢国公；通源封南侯；通渊，官都督佥事，封越巂侯。父子四人皆高官，世称"四公"。

志在山水；

意放林泉。

【注】① 志在山水：典指俞伯牙。俞伯牙，相传生于春秋时代，善弹琴，钟子期听之，知其志在高山流水，结为知音。子期死，伯牙不复鼓琴。② 意放林泉：典出俞澄。俞澄，宋吴兴人，字子清。光宗时任大理少卿。以清介自持，为吏有治声。放意山水，饮酒赋诗。筑室与浮玉山对。

渔家寄傲；

云谷藏书。

【注】① 渔家寄傲：典指俞澹。俞澹，宋时人，字清老，与兄紫芝皆不娶，滑稽谐谑。澹晓音律，能歌，晚年作《渔家傲》等词。② 云谷藏书：典出俞丰。俞丰，宋建宁人，字应南，乾道进士。官中书舍人。尝言命令不可不谨，守令不可不择。寻以文华阁待制奉祠，筑云谷书院以自娱，号"云谷老人"。

堂联或栋对

星溪门第三春景；

河间堂开一品红。

——俞万英

明道创奇勋，想当年，威震东夷，声姓赫赫，木本更期，奕世簪缨垂后裔；

今朝承令绪，思此日，建基高墩，祖德绵绵，枝茂叶荣，满堂济美接前谟。

【注】上联指明朝抗倭英雄俞大猷。俞大猷（1503—1579），字志辅，又字

逊尧，号虚江，晋江（今福建泉州）人。明代抗倭名将，军事家、武术家、诗人、民族英雄。俞大猷一生几乎都在与倭寇作战，战功显赫，他所率领的"俞家军"甚至能将敌人吓退，与戚继光并称为"俞龙戚虎"，扫平了为患多年的倭寇。俞大猷虽然战功累累，却常被弹劾而遭到免官，多次被他人冒领军功，但从不计较，仍旧全力抗倭。俞大猷创立兵车营，设计创造了用兵车对付骑兵的战术。官授平蛮将军，死后被追谥为武襄。著有《兵法发微》《剑经》《洗海近事》《续武经总要》等军事、武术作品。后人将俞大猷生平所作诗词等编汇成《正气堂集》。

广东梅州俞氏通用堂联

　　　　奉牲奉盛，礼乐衣冠，悉见竭诚厥事；
　　　　序昭序穆，慈恭孝友，咸归敦笃其伦。

广东平远仁居俞氏宗祠堂联

　　　　垂创念当年，斩棘披荆，六世先宏开燕诒；
　　　　箕裘绵此日，勤畴立德，三房后共庆麟祥。

福建宁化俞坊俞氏宗祠堂联

　　发祥自东国以来，忠旌豸服，义释麟经，奕代谟献光简策；
　　明荐在西溪之右，屏列雉城，峰标雁塔，千秋享祀肃冠裳。

　　汉东起源头，溯先世古调独弹，调调朱统，衍万年无疆嫡绪；
　　江右分苗裔，愿后人徽音再嗣，洋洋流韵，萃百代如在冠裳。

饶 (饒)
RÁO

【姓源】《潜夫论》。

① 饶氏，嬛姓，以国为氏。

② 饶氏，嬴姓。饶，战国时齐邑，在今河北饶阳东北。赵孝成王四年拔其邑以封其弟长安君，后以邑为氏。

③ 满族姓（《满族百家姓》）。

④ 少数民族汉姓，如回族、苗族、土家族。

【分布】饶姓为中国第 172 常见姓。人口约 72 万，约占全国人口的 0.057%。约 76% 分布在江西、湖北、四川、湖南、广东、云南六省。江西饶姓主要分布在以抚州为中心的地区，约占全国饶姓人口的 20%（《中国姓氏·三百大姓》）。饶姓客家人江西、广东较多，湖南、湖北及四川不少，广西也有分布。

【郡望】临川郡、平阳郡。

【堂号】临川堂、平阳堂、介寿堂、朋来堂、孝行堂、惠风堂、吉庆堂、联衍堂、德成堂等。

通用祠联

门联

临川绍美；

邵武传经。

【注】上联典指南宋抚州临川人饶节。饶节，曾跟三司使曾布做事，因变法中与曾布意见不合，剃发为僧，更名如璧。先在灵隐寺，后主持襄阳天宁寺，曾

作偈语："间携经卷倚松立，试问客从何处来？"便号"倚松道人"。著有《倚松集》。陆游称他为"当时诗僧第一"。下联典指南宋邵武人饶干。饶干，字廷老，淳熙年间进士，官长沙知县，恰巧朱熹在长沙任太守，他便抓紧办理公事，有时间就去听朱熹讲学。后知怀安军。

> 双峰不仕，性谨学专；
> 九岁能诗，明经修行。

【注】① 双峰不仕：典指饶鲁。饶鲁，宋时人。性行端谨，学术专精，累荐不起，号双峰，门人谥为文元先生。② 九岁能诗：典指宋饶子仪。饶子仪，九岁能诗，崇宁中以明经修行闻于朝，著有《编年史要》等。

> 春农四野；
> 学绍双峰。

【注】① 春农四野：饶氏肇自宋末，分居长源，因贼乱焚掠乡村，举族奔走逃生，故宗器遭毁。子年弱冠，适当其时，幸遇明太祖高皇帝，继天立极，新命一颁，群凶敛迹，举族始思回籍安处。此处指饶氏繁衍人口众多，散居各地。② 学绍双峰：指宋代文学家饶鲁，其所居石洞书院有前后两峰，因自号双峰。品端学粹，赴试不中，无意仕进，潜心圣学，以致知力行为本，四方聘讲者踊跃相接。著有《五经讲义》《语孟纪闻》《春秋传书》等。

> 饶邑启姓；
> 平阳阀阅。

> 临川绍美开先代；
> 邵武传经启后人。

> 学术专精，美双峰之衣钵；
> 诗才俊逸，美德操之吟哦。

堂联

> 平阳世泽；
> 江右宗风。

【注】上联典指饶氏起源于黄河以北的平阳。平阳为尧都。饶姓以"平阳"为堂号。下联"江右"指江西以南地方，说明大埔饶氏是江西派系。

明经修年史；

石洞号双峰。

【注】上联指的是饶子仪，著有《编年史要》等。下联指的是饶鲁，曾创办石洞书院，院前有山峰两座，因号"双峰先生"，有《五经讲义》等著作传世。

江西会昌周田中桂饶家祠联

昆仑钟毓多佳士；

华岳资生悉俊英。

【注】① 下河饶家民居：位于会昌县城区南，该村保存有数座石柱牌坊式门楼，均系清代建筑。该民居为饶光璧创建。饶光璧系清道光乙酉年（1825年）科拔贡，字昆华，号蔺庄。历任万载县、瑞金县教谕。饶姓在清代为周田一带的望族。本联为嵌字联，上下联首字嵌入"昆华"二字。② 华岳：即华山，古称"西岳"，为中国著名的五岳之一。位于陕西渭南华阴市，在西安市以东120公里处。③ 资生：赖以生长，赖以为生。

江西会昌周田中桂下河曲水祠联

水作玉虹游砚亩；

山将金带圍松烟。

【注】① 砚亩：砚台。文人恃文墨为生，故谓砚为"砚田"，意谓后辈将砚台当田耕，历代皆出读书人。② 金带：金饰的腰带。古代帝王、后妃、文武百官所服腰带。③ 圍：围绕。④ 松烟：古人研墨多以此物为材料。

江西会昌周田中桂下河饶氏古祠联

凤翥鸾翔，允矣人文蔚起；

山清水秀，美哉甲第宏开。

【注】翥：鸟向上飞。

湖南炎陵饶氏宗祠门联

临川绍美；

邵武传经。

【注】上联指饶节；下联说饶干。

堂联

奏表节义名御史；

为文俊洁号先生。

【注】上联指饶天民；下联说饶碹。

云梦钟灵，信文德烈武功，志仕一门记述；

宗祠有耀，焕日星辉俎豆，凤毛千古光华。

广东大埔茶阳饶氏宗祠堂联

一嫡相承，百世不迁宗法定；

四亲持重，十伦有序礼其成。

广东丰顺龙岗马图饶氏宗祠栋对

积德方可降祥，念先达急公好义，兴学敬宗，志切爱乡邦，事事垂子孙福荫；

守成几如创业，愿后辈读书耕田，作工服贾，人各勉勤俭，时时保祖父家风。

广东梅州东厢饶氏宗祠堂联

由吴兴以演天潢，念先人创业维艰，恒继家声思祖德；

卜程乡而开世族，愿后裔克勤克俭，永绵俎豆报宗功。

广东梅州松口铜琶村饶氏宗祠栋对

承上世而开基，源远流长，继自今椒衍瓜绵，均叨祖德；

合同堂以敬祀，爱存悫著，我后裔蛟腾凤起，丕振家声。

源自宁都，迁居上杭，复迁斯地，溯以往山高水长，均叨先辈昭世德；

祖由元亮，至念二郎，继至当代，到如今枝繁叶茂，还期后裔振家声。

福建上杭饶氏宗祠堂联

溯纤冈二十代，一脉而来，合江广福会族汀杭，俾知分派同源，分支同本；

自宋季七百年，四分之后，历元明清联祠民国，足见宗亲如旧，宗祀如新。

印尼雅加达饶氏宗祠平阳堂栋对

春祀秋尝，慎终追远，尊圣贤礼乐；

左昭右穆，裕后光前，扬元亮家声。

【注】雅加达饶氏宗祠，兴建于 1950 年。由印尼侨贤饶博基倡议集资兴建。

施（施）

SHĪ

【姓源】《潜夫论》。

① 以国为氏，僖姓。施国，一作有施，夏时诸侯国，在今山东蒙阴南。夏桀之妃妺喜，即有施氏女。周成王赐鲁公殷民七族，其一施氏。

② 施氏，姬姓。春秋鲁惠公子尾，字施父，子施伯以王父字为氏。

③ 《姓氏考略》载："夏诸侯有施氏，国亡，以国为氏。一云，鲁惠公之子尾，字施父，后以为氏。"早在4000多年前的夏朝，就有一个以施为国名的诸侯国，后来施国国亡，子孙就以国为氏，统统姓了施。不过这一支施氏后来的活动情况缺乏资料考查。而目前人们公认的施姓发源地，则是3000多年前的鲁国。据云，鲁惠公的儿子名叫尾，字施父，是鲁国的大夫。施父生施伯，伯的孙子倾叔生孝叔，已是惠公的五世孙，于是以父字为氏而姓了施。

④ 少数民族改姓（略）。

【分布】宋元之际，由于蒙古南下，为躲避战乱，施姓族人再次南迁，足迹遍布广东、云南、广西、湖南、湖北、江西和四川等地。

明初洪武年间，施姓作为山西洪洞大槐树迁民姓氏之一，一部分被分迁至河南。

明清之际，已有闽、粤东沿海地区的施姓族人迁居台湾和海外。

施姓为中国第97常见姓。人口210多万，约占全国人口的0.17%。约51%分布在江苏、福建、浙江三省，28%分布在上海、湖北、安徽、台湾、云南、广西六省、市、自治区（《中国姓氏·三百大姓》）。施姓客家人主要分布在福建、广西和湖北、台湾，广东、江西也有分布。

【郡望】吴兴郡。

【堂号】吴兴堂、钱江堂、工易堂等。

通用祠联

门联

学宗洙泗；

经讲石渠。

【注】上联指施之常，春秋时鲁国人，孔子弟子。下联指西汉时期的施雠，汉甘露中参与石渠阁五经同异之议。

素闻博雅；

修持天宝。

【注】全联典指唐代著名道士、诗人施肩吾。施肩吾，号东斋，唐宪宗时进士，以仕途险恶，隐居于洪州西山修道，世称"华阳真人"。著有诗集《西山集》，另有道教著作《西山群仙会真记》《太白经》《黄帝阴符经解》《钟吕传道集》等。

宠优文带；

望重石渠。

【注】① 宠优文带：语出《宋史》："施钜与宋璞同赐文带。"② 望重石渠：典出施雠。施雠，西汉今文《易》学"施氏学"的开创者。尝与同儒杂论五经同异于石渠阁，诏拜雠为博士。

通用堂联

表其坊曰尊道；

踵于门者执经。

【注】① 表其坊曰尊道：宋代施霆亨事常师赵章泉，以道学教乡人，表其坊曰"尊道"。② 踵于门者执经：施士匄，唐吴人。以二经教授，韩愈铭其墓曰："先生明《毛诗》，通《春秋左氏传》，朝士大夫，执经问难者踵于门。"

邻妇效颦，反增丑态；

明珠射体，乃孕美人。

【注】① 邻妇效颦：西施有姿容，曾病心而颦其里。其里之丑人见而美之，

归亦捧心而效其颦，反而更丑。颦，皱眉。② 明珠射体：《翰府名谈》载，西施之母浣帛于溪，有明珠射其体，感而孕西施。

> 追先灵祖庙，千秋俎豆勿替；
>
> 萃本族宗祠，百代馨香常新。

> 论异同于石渠，五经淹治；
>
> 求道学于东鲁，一贯精通：

【注】上联典指汉朝学者施雠，字长卿，沛人。博学。汉甘露年间中期与诸儒杂论五经同异于石渠阁，诏拜雠博士。下联典指周朝孔子弟子施之常，字子恒。

堂联

> 讲易石渠，素闻博雅；
>
> 修持天宝，夙具仙风。

【注】上联典说唐代睦州分水人施肩吾，字希圣，号东斋，元和进士。心慕洪州西山为古十二真仙羽化之地，遂于天宝洞筑室隐居，潜心修道炼丹，世称"华阳真人"。工诗，与白居易相友善。晚年，率族人渡海避乱，至澎湖列岛定居。著有《西山集》《西山群仙会真记》《太白经》等。下联指西汉沛人施雠，字长卿，童年从田王孙学《易》，后迁居长陵。宣帝时为博士。甘露年间与诸儒在石渠阁讨论五经异同。为当时今文《易》学"施氏学"的开创者。其徒弟鲁伯为会稽太守，张禹为丞相，戴崇为九卿，彭宣为大司空，鲁伯弟子毛莫如为常山太守，皆为官清廉，政绩卓著。

广东蕉岭施氏宗祠堂联

> 树立本根，根深方知道山叶茂；
>
> 德涌渊源，源远乃见浔海流长。

闻（聞）

WÉN

【姓源】《姓解》引《姓苑》。

① 闻人氏之省（《通志·氏族略》《姓氏急就篇》）。

② 蒙古族汉姓（《杜尔伯特蒙古族自治县志》，1996）。

③ 其他少数民族汉姓，如回族、苗族等。

【分布】闻姓为中国第 286 常见姓。人口约 17 万，约占全国人口的 0.014%。江苏最多，约占全国闻姓人口的 20%。辽宁、黑龙江、云南、安徽、浙江、天津、湖北等省、市亦多闻姓（《中国姓氏·三百大姓》）。闻姓客家人很少，主要分布在湖北、湖南。

【郡望】吴兴郡。

【堂号】吴兴堂。

门联

> 源自闻人；
>
> 望出吴兴。

【注】全联指闻姓的郡望和堂号。吴兴：郡名，三国时设。治所在乌程（今浙江吴兴南，晋时移今吴兴）。

> 华国文章，姓字标题雁塔；
>
> 问政得失，直亮殿奏龙墀。

【注】上联指宋代名士闻见昌事典；下联指代名宦闻克新事典。

> 诵其诗读其书，谨守前人令绪；
>
> 入则孝出则悌，敬尊先圣为规。

JIĀNG

【姓源】《世本》。

① 先秦古姓。相传出上古炎帝之后。炎帝，魁隗氏，上古部族联盟首领。其父少典氏部落首领，风姓。母任巳（任姒），巳（姒）姓有蟜氏女。魁隗氏长于常羊山（在今陕西宝鸡市境内），以姜为姓。

② 以图腾为姓。炎帝，魁隗氏，远古部落首领，羌人。姜字，从羊、从女。羌人以羊为图腾，其女子头饰羊角以为美。炎帝部落以图腾会意字"姜"为姓。

③ 周武王姬发灭商后，封功臣姜尚于齐国，后齐国为田氏所灭。齐国灭亡后，王族后裔有人因怀念故国，便以"姜"为氏。

④ 改姓。唐王朝时的桓庭昌，准制改桓氏为"姜"氏。

【分布】魏晋南北朝时期，由于军阀纷争，夷族入侵，中原一带战乱频繁。汝南郡的姜姓族人便南迁到了今安徽一带。隋唐之际，汝南姜氏族人险遭灭顶之灾，被迫迁居到了今四川、湖北、安徽、江苏和浙江等地。

唐朝时期，姜姓人口遍布今河北、河南、浙江、江西、安徽、山东和广东等地。

明朝初期，姜姓作为山西洪洞大槐树迁民姓氏之一，一部分被分迁到了河南、四川和云南等地。

清朝时期，姜姓人口主要分布在今山西、陕西、贵州、湖南、福建和湖北等地。

姜姓为中国第 50 常见姓。人口 460 多万，约占全国人口的 0.37%。主要分布在山东、河南、辽宁、内蒙古、黑龙江、吉林六省、自治区，约占全国姜姓人口的 57%；其次为江苏、安徽、湖南、河北、浙江五省，约占全国姜姓人口的 22%。山东最多，约占全国姜姓人口的 11%（《中国姓氏·三百大姓》）。姜姓客家人不多，主要分布在湖南，广东、江西、四川、广西也有一些姜姓客家人。

【郡望】天水郡。

【堂号】天水堂、龙泰堂等。

通用祠联

门联

天水世泽；

尚父家声。

【注】全联典指吕尚（姜子牙），周武王尊吕尚为"师尚父"。

蜀将门第；

大孝家声。

【注】上联典说三国天水人姜维。姜维（202—264），本是魏国将领，后投奔诸葛亮，受到重用，任征西将军。诸葛亮死后，多次出兵攻魏，以图恢复蜀汉，可惜都无功而还。后魏军攻蜀，他死守剑阁。蜀主刘禅投魏，他被迫假降，一直准备反魏复蜀，因事败被杀，功败垂成。下联典说东汉广汉人姜诗。姜诗，侍奉母亲极为孝顺。母亲喜欢饮长江水，他便按期去长江汲水。母亲爱吃鱼，据说有一天，房前忽然涌出泉水，每日清晨从中跃出一对鲤鱼供母亲食用。举孝廉，拜郎中，不久任江阳县令。

平江保障；

白石清歌。

【注】上联典说南宋开封人姜浩。姜浩，字浩然，南渡后家于四明。以承信郎监平江税务，有清操。建炎年间，金兵攻平江，他率军民极力抵御，官至马步军副总管。下联典说南宋饶州鄱阳人姜夔。姜夔，字尧章，人称"白石道人"。终身布衣，往来于鄂、赣、皖、苏、浙间，与诗人、词家杨万里、范成大、辛弃

疾等交游。姜夔多才多艺，擅长书法，精通音律。工诗，词尤有名，有"词中之圣"之称，与辛弃疾、吴文英分鼎南宋词坛。他的诗初学江西诗派，后承晚唐而自出机杼，笔墨浑朴，章法开阖顿宕。著有《白石道人诗集》《白石道人歌曲》等。

孝征跃鲤；

迹溷牧羊。

【注】① 孝征跃鲤：典出东汉人姜诗，事母至孝。其母喜食江水嗜鱼脍，舍前忽涌泉似河，每旦辄出双鲤。② 迹溷牧羊：典出姜宇。姜宇，前秦冀北人，字子居。少孤贫，为人牧羊，终夜勤读，达旦而止。仕苻坚，累官京兆尹御史中丞。

通用堂联

出郊祀禖，帝妃履武；

永巷待罪，周后称贤。

【注】① 出郊祀禖，帝妃履武：典出姜嫄。姜嫄，周族始祖后稷之母，有邰氏之女，帝喾之元妃。出郊祀禖，在郊野踏到巨人脚迹而有娠，遂生稷。禖，古人求子之祀。武，足迹。② 永巷待罪，周后称贤：典出王后姜氏。周宣王曾安闲享乐，不理朝政。王后姜氏脱簪珥待罪于永巷，自此，宣王勤政，早朝晏退。

蜀汉门第；

元将家声。

【注】① 蜀汉门第：指三国蜀汉名将姜维。② 元将家声：指南宋爱国志士、扬州守将姜才。

冠世文章，健美登瀛学士；

超群智勇，荣拜征西将军。

【注】上联指南宋时期的文学家姜文达；下联指三国蜀将姜维有智有勇事典。

孤忠天植，缵茂绩于伏龙；

大孝神侔，幻奇灵于跃鲤。

联友爱以敦伦，谊同卦被；

擢本州纾偿绩，荣夺锦衣。

洪 (洪)

HÓNG

【姓源】《元和姓纂》。

① 相传本姓共氏，因避仇敌改姓洪氏。

② 东汉及三国时山越族姓（《中国古代少数民族姓氏研究》）。三国以后逐渐融入汉族。

③ 唐时避高宗太子李弘名讳，改弘姓为洪姓。

④ 南唐时有泉州莆田翁乾度，本蛮国礼部郎中。南唐灭闽，为避战乱，隐居乡野，将其六子改为六姓。长子处厚改洪姓。宋建隆、雍熙间，兄弟六人，同列进士，高居显要。时人誉为"六桂腾芳"，以"六桂堂"为堂号。

⑤ 宋时避宣祖（宋太祖赵匡胤之祖）赵弘殷名讳，改弘姓、宏姓为洪姓。

⑥ 唐时南诏国有洪姓。赞普钟元十四年（761年）大理《南诏德化碑》碑阴题名有洪罗栋（《金石萃编》）。

⑦ 南宋嘉定中有麟州都领、高丽人洪大宣，1216年与反蒙契丹贵族余部入高丽，夺江城东据之。1218年，蒙古军追讨入高丽，大宣与子福源迎降，后驻西京（今朝鲜平壤）。1233年高丽抗蒙军破西京，大宣被俘，福源领所招之众徙辽阳、沈阳间。次年任管领归高丽军民长官。子孙仕元，世居辽阳等地。

⑧ 元明以后少数民族改汉姓（略）。

【分布】三国时期，洪姓氏族已有徙居安徽者。隋唐时期，洪氏族人主要称盛于安徽和浙江一带。

唐高宗总章年间，洪姓中的一支随陈政、陈元光父子入闽开漳，其中便有洪氏落籍福建，成为洪氏最早入闽者。唐玄宗时，豫章宏姓为避讳改姓洪，洪姓族人更为繁盛。

北宋初期，江西乐平的一支洪氏族人迁入福建宁化。后又派分出两支，一支迁到广东嘉应州；一支迁到丰顺布心。后来，另有迁到梅县石坑玉坪的洪姓族人。清朝时期，南方各省、台湾省、北方各省含甘肃、新疆等地皆有洪氏族人居住。

洪姓为中国第 99 常见姓。人口 200 多万，约占全国人口的 0.16%。约 49% 分布在广东、台湾、福建、浙江四省（其中广东最多，约占全国洪姓人口的 14%）；27% 分布在安徽、江西、江苏、重庆四省、市（《中国姓氏·三百大姓》）。洪姓客家人广东最多，其次是台湾、福建和江西，广西、湖南、四川、海南、湖北、港澳也有分布。

【郡望】敦煌郡。

【堂号】敦煌堂、宣城堂、六桂堂、义居堂、三瑞堂、双忠堂等。

通用祠联

门联

太师门第；

柱国家声。

双忠显族；

三瑞名堂。

【注】① 太师门第：《客家史料汇编·洪氏》载，十世祖彦暹公，字季深，官至通直郎，太中大夫，累赠太师、秦国公。② 柱国家声：柱国，古代武官名。《客家史料汇编·洪氏》载，一世祖玉公，字世宝，唐昭宗时以输粟授官将作监主簿，号曰监公。至曾孙师畅，三代皆官柱国，追封鄱阳开国新安郡公。③ 双忠显族；三瑞名堂：典出宋朝洪皓。洪浩，鄱阳人，北宋政和进士，南宋高宗建炎

间，奉命出使金朝，被扣15年，拒绝金人所授的官职，人们把他比作西汉的苏武。被释放回南宋，授徽猷阁直学士。屡向权相建言不可苟安于钱塘，为秦桧所忌。他有三个儿子：长子洪适，南宋金石学家，孝宗时，任司农少卿、同中书门下平章事（宰相）；次子洪遵，任政学士；三子洪迈，南宋学者、文学家、绍兴进士、端明殿学生，曾出使金国，金人强迫他以诸侯国大夫地位朝见天子，他坚决拒绝，也因不屈从而被扣留，时称"父子双忠"。其后人遂命名"双忠堂"作为家族堂号。

④ 三瑞：据传洪氏八世可荣公，当年与朋友傅氏、赖氏出游至泗水石角，见此风景优美，三人便肇基一堂，名曰三瑞第，洪、傅、赖子孙皆此衍派。

> 鸾坡世第；
> 凤阁名家。

【注】此联指南宋洪皓父子。洪皓和他儿子洪适、洪遵、洪迈，都中进士，先后选入翰林院，为著名的文学家、金石学家、钱币学家。其父子四人中有三人官至宰相。"鸾坡"是翰林院的别称。"凤阁"乃宰相办公之地。

> 宠隆一轴；
> 名列三奇。

【注】上联指典指洪文抚。洪文抚，六世同居，宋太宗御书"义居人"三字以赐。下联指宋代洪觉范奇于书、邹元佐奇于命、彭渊材奇于乐，人称"新昌三奇"。

> 才称四子；
> 书列三奇。

【注】① 才称四子：宋洪师民有四子，俱负才名，人称"四洪"。② 书列三奇：典出洪觉范，"新昌三奇"之一。

> 三洪名远；
> 六桂望高。

> 桃实竹枝，瑞成连理；
> 机声灯影，图绘慈恩。

【注】① 桃实竹枝：指宋洪皓，举进士，初为宁海主簿，摄令事，蠲税恤民，县中荷花桃实竹干，皆成连理，号三瑞堂。② 机声灯影：清洪亮吉，少孤，资馆谷以养母。举乾隆进士，授编修。尝绘《机声灯影图》，以记母教。

宋代忠臣世系；

剑州少府名宗。

宗山拱秀隆基业；

星斗长明映画堂。

广东梅州洪氏通用堂联

系有嘉应家声远；

基创花峰世泽长。

祖系敦煌，凤阁兰坡，此日祠宇维新呈异彩；

宗居梅岭，开来继往，今朝祖堂依旧放光辉。

广东花都洪氏祖祠堂联

由嘉应居石坑，尊祖敬宗，长念馨香俎豆；

迁花峰住官禄，光前裕后，宏开礼乐冠裳。

由嘉应徙杨梅，祖德宗功，经之营之，力图官禄之基础；

籍花峰贯花邑，光前裕后，耕也学也，恢宏敦煌之遗风。

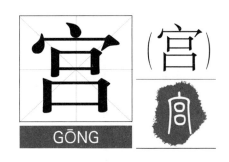

【姓源】《元和姓纂》。

① 宫氏，姬姓，以国为氏。西周、春秋时有宫国，后灭于虞（《姓觽》）。

② 周官掌宫门者以官为氏（《古今姓氏书辩证》）。

③ 孔子弟子南宫括之后（《新纂氏族笺释》）。

④ 少数民族汉姓、改姓（略）。

【分布】宫姓为中国第 208 常见姓。人口约 44 万，约占全国人口的 0.035%。约 60% 分布在吉林、辽宁、山东三省（其中吉林最多，约占全国宫姓人口的 25%）；22% 分布在河北、青海、黑龙江三省（《中国姓氏·三百大姓》）。宫姓客家人较少，主要分布在湖南、江西两省。

【郡望】太原郡。

【堂号】太原堂。

通用祠联

门联

悲残虞腊；

进献神书。

【注】① 悲残虞腊：典指宫之奇。宫之奇，春秋时虞国大夫。《左传·僖公五年》载，晋假道于虞，伐虢，宫之奇谏，虞公不听。晋灭虢，虞亦被袭灭。腊，践踏。② 进献神书：典出宫崇。宫崇，东汉琅琊人，顺帝时上神书一百七十卷。

源承周代；

望出太原。

【注】全联意寓宫姓的郡望和堂号。太原：战国时设郡，治所在晋阳（今太原市西南）。

庸愚奋勉，奋勉贤智，贤智怠惰，怠惰庸愚，十室内忠信原多，只在人心向往；

富贵骄奢，骄奢贫穷，贫穷勤俭，勤俭富贵，百年中盛衰历变，非关天理循环。

姚 (姚)
YÁO

【姓源】《元和姓纂》。

① 以姓为氏。春秋时郑国、战国时赵国并有姚氏。

② 其先田氏。汉初，战国齐王室遗族田横拥兵东海之岛，拒不降汉，部分遗族惧受牵连，易姓王。……恢五代孙敷，又立为姚氏，居武康（今浙江德清境内）。

③《元和姓纂》载："虞舜生于姚墟，因以为姓。"姚氏源自四五千年前的圣君虞舜。舜出生在姚墟（即今河南省濮阳市南），舜名重华，以其贤德，被四岳推举为尧帝的继承人，舜继位为部落联盟首领后，舜的后代就以其出生地为姓，称姚姓。另，妫姓也是舜的后代，后来不少改为姚姓。又，晋时有羌族首领弋仲，本是汉代西羌烧当氏的后人，他自称祖先是帝舜的后代，因此也改姓姚氏。

④ 春秋时期有姚国，姚国灭亡后，其后裔有人因怀念故国，便以旧国名"姚"为氏。

⑤ 少数民族汉姓或改汉姓（略）。

【分布】姚姓是中国最古老的姓氏之一。东汉时期，姚姓族人已分布到今河南、山西、广西、四川和浙江等地。宋朝末年，姚姓人口已在今河南、四川、江西、福建、广东等地发展成为当地的望族。

姚姓为中国第 62 常见姓。人口约 410 万，约占全国人口的 0.33%。约 25% 分布在安徽、广东、江苏三省（其中安徽最多，约占全国姚姓人口的 8.6%）；33% 分布在浙江、河南、四川、河北、湖北、湖南六省（《中国姓氏·三百大姓》）。姚姓客家人主要分布在广东，四川、湖南、河南、江西、湖北次之，安徽也有姚姓客家人。

【郡望】吴兴郡。

【堂号】吴兴堂、南安堂、德成堂、仁圣堂等。

通用祠联

门联

文启道德；

明达谦恭。

江东世德；

史学家声。

文明世第；

浚哲家声。

吴兴世第；

洪瑞家声。

乡贤世德；

忠宪家声。

文通中外；

明达古今。

【注】① 江东世德：指元代文学家姚燧的业绩。姚燧（1238—1313），河南洛阳人（原籍柳城），字端甫，号牧庵。初为秦王府文馆学士，累官翰林学士承旨、集贤大学士。元贞元年（1295 年）奉诏修《世祖实录》，其后历任江东廉访使、江西行省参加政事。著有《牧庵集》《国统离合表》。② 史学家声：指唐代史学

家姚思廉的业绩。姚思廉（557—637），京兆万年（今西安）人，祖籍吴兴武康（今浙江德清西），字简之。唐初累官为秦王府文馆学士。贞观初任著作郎，为太宗"十八学士"之一。其父姚察在陈时曾撰梁、陈史，未成而卒，思廉遵命续修，撰成《梁书》五十六卷、《陈书》三十六卷，均入"二十四史"。③　文明世第；浚哲家声：指舜帝选贤能禅位于禹（尧帝是岳让婿），首开文明、选浚哲之道。浚哲：深沉而智慧。④　忠宪家声：指姚寿泰的功德。姚寿泰，字以静，明代诰封忠宪大夫。丁巳岁大饥，公赈捐济民，事母至孝，办事公直，赐邑乡贤。

弘文学士；

庐墓家传。

【注】①　弘文学士：典指唐姚思廉。姚思廉寡嗜欲，唯于学。太宗时累官弘文馆学士，与魏征同撰《梁书》《陈书》，拜散骑常侍。②　庐墓家传：典出宋姚栖云。姚栖云与其子岳、孙君儒、曾孙师正，四世孝亲，庐墓终丧。

爵封梁国；

派衍桐城。

【注】①　爵封梁国：典出姚崇。姚崇，唐大臣。字元之，少倜傥尚气节，长好学。玄宗时朝宰相，封梁国公。②　派衍桐城：典指姚鼐。姚鼐，清代散文家，字姬传，安徽桐城人。乾隆进士，官刑部郎中。治学以经为主，兼及子史、诗文，为"桐城派"主要作家。

通用堂联

寨主子终谐贵妇；

刺史女得偶相公。

【注】①　寨主子：典出宋姚雄。姚雄勇笃有谋，累官检校司空。尝以女字寨主子，寨主死，妻子皆流落，雄为边帅，访得之，迎其母子，归镇成礼。②　刺史女：典出唐时陈州刺史为女择婿。袁天罡谓："姚崇必贵，可嫁之。"后姚崇果为相。

书撰梁陈第；

誉称崇景家。

【注】①　上联指唐代姚思廉。姚思廉，太宗时官至弘文馆学士，与魏征同撰《梁书》和《陈书》。②　下联指唐代姚崇与姚景。姚崇，玄宗时任宰相五年，史称其主政期间为"开元之始"；姚景，曾任清淮军节度使，为官清廉，声誉卓著。

> 天开美景风云静；
>
> 春到人间气象新。

【注】此联为明朝通判姚琛撰书春联。姚琛，字弦璧，潮阳人。由抚州通判迁顺天治中之官，三日，即疏乞归养，以孝闻。乡人多所感化。

> 锣峰回环，龙光入觐；
>
> 猫头虎伏，虎榜连登。

江西赣县王母渡横溪姚家祠联

> 德性生辉，万代昭明声誉久；
>
> 成功裕远，九族繁盛世泽长。

【注】此为王母渡横溪姚屋姚家祠德成堂联。

广西柳州柳江白沙姚氏宗祠联

> 祖考无亲疏，想当年伯叔，分支原归一本；
>
> 宗祠序昭穆，幸此日子孙，会食犹得同堂。

【注】此为祠内砖柱联。联说本支姚氏的祖考和宗祠。

广西玉林博白白沙松旺姚氏宗祠联

> 姚墟开世系；
>
> 氏族肇重华。

【注】此联说本支姚氏在姚墟开世系，重振本氏家声。相传舜因生在姚墟，他的后裔子孙便以地为氏，称为姚氏，南宋郑樵的《通志·氏族略》记载："姚姓，虞之姓也，虞帝生于姚墟，故因生以为姓。"姚墟的位置，一种说法是位于今河南范县南，另一种说法是位于今山东菏泽东北一带。

广东平远大柘梅东姚氏虹瑞堂联

> 本分为人，自有生存造化；
>
> 凭天作事，何须巧用机谋。

广东平远大柘田心姚氏宗祠堂联

> 裕富和贫，广行方便多如意；
>
> 德义家存，子孙瓜瓞增吉祥。

继承祖宗一脉相传，克勤克俭；

告示儿孙两条正道，唯耕唯读。

广东平远丰光敬涟姚氏公祠堂联

镜台高悬，立庙堂，宗气节，应无愧先贤遗训；

漪波微漾，居桑梓，睦里仁，须留待来者追思。

广东平远大柘姚氏正南公宗祠堂联

正大光明，慈善为怀，架桥修路阴功大；

南通北达，口碑载道，睦族和邻品德高。

贺（賀）

HÈ

【姓源】《潜夫论》。

① 本姓庆。汉有侍中庆纯，避安帝父清河王刘庆名讳，改姓贺。其后子孙便以贺为姓。

② 匈奴族贺兰（贺赖）氏，北魏太和中改贺氏，西魏大统十五年称贺兰氏。贺兰氏，唐代融入汉族，后多改贺姓。

③ 稽胡姓，北魏时有之。又，《魏书·官氏志》载，贺兰氏、贺赖氏、贺敦氏，后俱改为贺氏。

【分布】贺姓为中国第 93 常见姓。人口 220 多万，约占全国人口的 0.18%。约 41% 分布在湖南、内蒙古、四川三省、自治区（其中湖南最多，约占全国贺姓人口的 23%）；22% 分布在陕西、河南、山西三省（《中国姓氏·三百大姓》）。贺姓客家人不多，主要分布在湖南、四川。南方几省很少，江西有少量贺姓客家人。

【郡望】广平郡。

【堂号】广平堂、四明堂等。

门联

四明狂客；

一代儒宗。

【注】全联指唐朝诗人贺知章。贺知章（659—744），字季真，晚年自号四明狂客，越州永兴（今浙江萧山）人，唐代著名诗人、书法家。少时就以诗文知名。武则天证圣元年（695 年）中乙未科状元，授国子四门博士，迁太常博士。后

历任礼部侍郎、秘书监、太子宾客等职。为人旷达不羁，有"清谈风流"之誉。86岁告老还乡，旋逝。与张若虚、张旭、包融并称"吴中四士"。诗大多散佚，现仅存二十首。四明：浙江旧宁波府的别称。以境内有四明山（传说山上有方石，四面如窗，中通日、月、星宿之光，故称四明山）得名。

儒宗门第；
学士家声。

智勇双全，开国元勋威望重；
诗书并誉，集贤学士姓名香。

太行左转，山川清淑之气钟焉，其族世所谓甲乙；
明德代兴，祖宗诗书之教远矣，乃今大发为文章。

【注】上联典指唐代诗人贺知章。下联典指后晋贺循。贺循，字彦先，浙江绍兴府山阴人。初任阳羡武康令，转侍御史。晋元帝时任太常、左光禄大夫等职。当朝典礼皆贺循所定，朝廷赐为当代儒宗。

广东梅州贺氏宗祠堂联

孝行绝伦湘邑；
诗坛名重鉴湖。

源承姬姓；
望出广平。

河南世泽；
学士家声。

祠座中心，龙墩作枕，虎嶂为屏，我先祖式凭于斯，因共安乎灵爽；
门迎三水，笔架列眉，状元献顶，予后人炽昌藉此，无不沐其休光。

广东紫金乌石荷光贺氏宗祠堂联

祠宇镇香江，水绕山环绵世泽；

堂基开秦岭，灵钟秀毓蔚人文。

源衍广平递会稽，历丹阳至大埔定永安，卜鸿基而兴寝庙，坐为离，拱为坎，水秀山明妥先人乎，宏开新世第；

支流遗谱绍前徽，纪故绪晋儒宗唐学士，登凤阁则壮雄图，姓以显，名以扬，宗功祖德贻后裔矣，丕振旧家风。

骆（駱）

LUÒ

【姓源】《潜夫论》。

① 古有骆国，滕姓，公族以国为氏。骆国，见《国语·晋语》。

② 鲜卑族他骆拔氏，北魏太和十九年改骆姓（《魏书·官氏志》），西魏大通十五年复旧姓（《北史·西魏文帝纪》）。其后无闻，盖隋、唐又改姓骆，后融入汉姓。

③ 唐镇国军节度使、校检尚书左仆射骆元光，其先安息国人，本姓安。宦者骆奉先养为子，故姓骆氏。

④ 北魏以后少数民族改姓（略）。

【分布】骆姓为中国第 130 常见姓。人口约 118 万，约占全国人口的 0.095%。约 52% 分布在北京、广东、贵州三省、市，20% 分布在浙江、湖北、云南、湖南四省（《中国姓氏·三百大姓》）。骆姓客家人主要分布在广东，湖南、江西也有分布。

【郡望】内黄郡。

【堂号】会稽堂等。

通用祠联

门联

四杰门第；

节度家声。

【注】全联指唐朝文学家骆宾王，为初唐四杰之一。

名高四杰，

勇冠三军。

【注】① 名高四杰：典出唐骆宾王。骆宾王，七岁能赋，与王勃、杨炯、卢照邻以文章齐名，时号"四杰"。历武功、长安主簿。② 勇冠三军：典出南朝陈骆牙。骆牙，字旗门，临安人。文帝任太守时，征他为将帅。从文帝平杜龛、张彪，勇冠三军，被封为临安县侯，官至散骑常侍。

堂联与栋对

散粟施贤姊之仁；

传檄惊武后之魄。

【注】① 散粟施贤姊之仁：典指三国时骆统。骆统，吴国人。有文武才，尝值岁饥，因之减食，其姊助以粟，一日散尽。年二十，试为乌程相，有惠政。孙权召为功曹，出为建忠郎将。② 传檄惊武后之魄：典出唐骆宾王。骆宾王为徐敬业草檄，讨武后。武后览之，惊曰："有如此才而使流落不偶，宰相之过也。"

十载忝清班，蜚声翰苑，出使两湖，鲁豫蜀黔滇，回首半生如梦幻；

廿年膺外任，参赞戎机，剿平诸逆，萧蓝胡李石，丹心一片报君恩。

【注】全联指清朝大臣骆秉章。骆秉章（1793—1867），原名俊，字吁门，又字文石，号儒斋，37 岁时改名秉章，广东花县炭步镇华岭村人，清后期重要封疆大吏。是清朝咸（丰）同（治）年间重臣，历任湖南巡抚、湖北巡抚、四川总督，因支持曾国藩对抗太平军、大渡河边擒杀石达开而被称为咸同中兴名臣，并被加官为太子太保。清班：旧时以文学侍从之臣清高华贵，因称其官班为"清班"。

海南儋州那大洛基坡尾骆氏宗祠堂联

坡老文章光上国；

尾星瑞气霭高堂。

内经训子家声振；

黄卷传孙世泽长。

【姓源】《元和姓纂》。

① 秦氏，嬴姓。殷墟卜辞有秦（地名）。秦，在今山东境内。

② 周孝王封非子于秦，其地在今甘肃清水一带。秦公族或以国为氏。

③ 以邑为氏。秦，春秋鲁邑，《左传·庄公三十一年》"筑台于秦"即此。在今河南范县城关镇南约一公里处。

④ 秦子婴降汉，子孙以秦为氏。

⑤ 少数民族汉姓，如蒙古族、苗族、藏族等。

【分布】秦姓为中国第 74 常见姓。人口 320 多万，约占全国人口的 0.26%。约 47% 分布在河南、广西、河北、四川、山西五省、自治区，22% 分布在重庆、江苏、湖北、安徽四省、市。河南最多，约占全国秦姓人口的 15%（《中国姓氏·三百大姓》）。秦姓客家人主要分布在江西、广西，河南、四川、广东也有分布。

【郡望】天水郡。

【堂号】太原堂、三贤堂、淮海堂、乐善堂等。

通用祠联

门联

三贤世胄；

万石家声。

【注】全联指秦姓的秦冉、秦非、秦祖、秦商以及秦姓的郡望和堂号。

圣徒乐善；

蜀吏辩才。

【注】① 圣徒乐善：典指秦非。秦非，春秋时鲁国人，字子之。孔子的弟子，乐善慕道。② 蜀吏辩才：典出秦宓。秦宓，三国时蜀人，少有才学。建兴年间诸葛亮领益州牧，宓为别驾中郎。吴使张温来聘，百官往饯。张温闻宓博学，欲以辩穷之。宓问答如流，温大敬服，时号"辩才"。后迁大司农。

凌烟列像；

穴石结庐。

【注】① 凌烟列像：典指秦琼。秦琼，唐历城人，字叔宝。从李世民征战有功，进封翼国公，累拜左武卫大将军。卒赠徐州都督，陪葬昭陵，后改封胡国公，图像凌烟阁。② 穴石结庐：典出秦系。秦系，唐会稽人，字公绪。天宝末避乱剡溪，后结庐于泉州南安九日山，穴石为砚，号南安居士。

女休行曾传乐府；

男子装屡立战功。

【注】① 女休行曾传乐府：三国魏人左延年，曾作《秦女休行》，传为乐府，略言秦氏女休为燕王妇，为宗族报仇，杀仇人于都市，虽遭囚，终得赦免。② 男子装屡立战功：典指秦良玉。秦良玉，明忠州人。石砫宣抚使马千乘妻。饶有胆识，善骑射，兼通词翰，常着男子装。夫卒，良玉带领其众，屡立战功，充总兵官。

桂林支派远；

临贺世居长。

【注】说此支秦氏从桂林分支迁来，在临贺安居乐业。秦姓源于嬴姓，出自周孝王给伯益后裔非子的封地秦国，属于以国名为氏。

广西玉林博白东平莲塘秦氏宗祠联

华阳世泽；

天水家声。

【注】联说本支秦氏的世泽和家声。汉置华阳县，在今陕西华阴县东；又南朝宋时置华阳郡，在今陕西勉县西北。天水郡，在今甘肃天水、陇西以东地区。

栋对

相位尚书，功高麟阁；

孙成进士，庆衍龙书。

辛勤有此庐，抽身归矣，喜鸟啼花笑，三径常开，好领取竹簟清风，茅檐暖日；

清闲无个事，闭户恬然，对茶热香温，一编独抱，最难忘别来旧雨，经过名山。

【注】全联描述宋代著名诗人秦观（字少游、太虚，号淮海居士）性情豁达，乐耽山水，工于诗赋。

【姓源】《风俗通义》。

① 斑氏，芈姓，春秋楚公族。楚成王时令尹子文（斗縠於菟）之子斗斑之后。秦灭楚，斑子孙避地晋、代间，别为斑氏。斑、班古通，故斑或作班姓。

② 少数民族汉姓，如回族、藏族、苗族等。

【分布】班姓为中国第269常见姓。人口约27万。班姓分布较广，广西、安徽、河北、山东四省、自治区较多。班姓客家人较少，主要分布在广东、广西。

【郡望】扶风郡。

【堂号】扶风堂。

通用祠联

门联

史追左马；

功大博张。

【注】全联写班彪家族典故。东汉著名史学家班彪与子班固、女班昭以《汉书》传世。班固（32—92），字孟坚，扶风安陵人，其父班彪曾撰《汉书》，有志未竟。明帝时班固奉诏续成其父书，历时二十余年。和帝永元元年（89年），窦宪出征匈奴，班固为中护军，行中郎将事。班固的弟弟班超，从明帝永平十六年（73年）到西域，至永元十四年（102年）奉召回到洛阳，在西域三十年，为巩固东汉西部疆域，促进多民族国家的发展，做出了卓越的贡献。

秘书续史；

投笔封侯。

【注】① 秘书续史：典指班固。班固为典校秘书，替已故的父亲班彪续写《汉书》，完成父志。② 投笔封侯：班固弟超，为人有志，不修细节。尝投笔叹曰："大丈夫无他志略，犹当效傅介子、张骞立功异域，以取封侯，安能久事笔砚间乎？"明、章两帝时出征西域，历官军司马，将军长史，西域都护，封定远侯。

惠姬守节抚孤；

婕妤同辇辞宠。

【注】① 惠姬：即班昭，东汉班彪女，字惠姬。嫁曹世叔，夫亡守节终身，教子曹谷成人。和帝召入宫，以为女师，号曰"大家"。② 婕妤：汉时班况之女，贤才通辩，成帝选入后宫，帝游后庭，欲与同辇，婕妤辞之。后为赵飞燕所谮。

广东平远班氏祠堂联

中追左马；

功大博张。

仙舟循吏；

虎穴通侯。

万古斯文存正脉；

千秋心法启忠贤。

仙舟循吏家声远；

虎穴通侯世泽长。

才高续汉书，绝妙两都夸作赋；

丰功标异域，荣膺万里觅封侯。

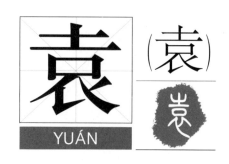

【姓源】《潜夫论》。

① 袁氏，妫姓。春秋陈公族。舜之裔胡公满十三代孙陈诸，字伯爰，其孙涛塗以王父字为氏。是为爰涛塗。爰、辕古字通用，故《左传》爰涛塗作辕涛塗。涛塗曾孙袁侨，始去车为袁氏。又涛塗生选，选生声子突，突生惠子雅，雅生颇，奔郑，裔孙辕告秦末避难河、洛之间，少子政亦以袁为姓。

② 汉时巴族姓（《华阳国志》）。

③ 明初有杨昭，避难改姓袁。子孙现居重庆等地。

④ 少数民族汉姓、改姓（略）。

【分布】宋朝时期，袁姓族人成为南方一大望族，其中以浙江、江苏最多。

明清之际，袁姓族人已分布到大江南北，足迹遍布四川、云南、贵州和广西等地。

袁姓为中国第 37 常见姓。人口近 620 万，约占全国人口的 0.49%。约 37% 分布在河南、四川、湖南、湖北四省（其中河南最多，约占全国袁姓人口的 10.6%）；约 29% 分布在江苏、江西、贵州、广东、安徽五省(《中国姓氏·三百大姓》)。袁姓客家人湖南、江西、广东、广西较多，四川、湖北不少，福建、安徽、港澳地区也有分布。

【郡望】汝南郡、彭城郡。

【堂号】汝南堂、陈留堂、光裕堂、守正堂、卧雪堂、忠孝堂等。

通用祠联

门联

登龙望重；

倚马才高。

【注】上联指南朝梁袁昂，雅有人鉴，入其室者称"登龙门"。下联指晋朝袁宏，于军中作书，倚马立就。

昂驹世德；

倚马家声。

汝南世德；

惠政家声。

名贤世德；

才子家声。

【注】① 汝南：据《姓氏考略》载，袁姓，"望出陈郡、汝南、彭城"。《明方九灵序四明姓氏谱图》云："袁盖舜之后也。周封其裔孙胡公满于陈，满之十一世孙陈诸字伯爰，子孙以为氏。望出陈郡、汝南、彭城。"爰与袁古相通，袁姓出自陈姓始祖胡满公之十一世孙伯爰。袁氏始祖志君，字泽民，由江西信下堡出任广东布政使，留居东莞温圹茶园，立产创业，是为入粤始祖。四世孙宗甫妣刘、黎氏，生子孟忠、仲忠、季忠、闰忠、秉忠。仲忠裔居罗岗（兴宁）圩下，季忠住罗岗蕉坑村，闰忠住罗岗四德村。据《兴宁文史》14期载，兴宁龙田袁氏始祖原籍安徽凤阳府凤台县七贤村，五世贵荣迁居兴宁县龙田等地。② 惠政：袁安，字邵公，东汉汝阳人，明帝时，任楚郡太守河南尹，以政令严明著称。③ 名贤：袁盎，汉初楚国人，文帝时为中郎，淮南王迁蜀，盎谏不听。王死，盎请立其三子皆为王，由此名重朝廷。以数直谏，调为陇西都尉，为吴相，吴王厚遇之。④ 才子：袁枚，字子才，清代诗人，少负才名。为乾嘉年间代表诗人之一，与赵翼、蒋士铨合称"乾隆三大家"。著有《小仓山房文集》《随园诗话》等。

仁风世德；

瑞雪家声。

【注】上联典出东晋文学家、史学家袁宏。袁宏，字彦伯，曾任桓温大司马府记室。因不满当时已出的几种《后汉书》，著《后汉记》三十卷，并著有《竹林名士传》三卷及《东征赋》《三国名臣颂》等。《幼学故事琼林·器用类》载："扇有仁风便面之号。"袁宏为东阳守，谢安授以扇，赠行。宏曰："辄当奉扬仁风，慰彼黎庶。"下联寓指东汉政治家袁安。袁安未做官时有一次到洛阳客居，时值大雪，洛阳令来拜访他，发现他闭户僵卧雪中。袁安说："大雪人皆饿，不宜干（求）人。"洛阳令以他品德高尚，便举荐他做了官。后果政号严明。

远古启姓；

汝南流芳。

扬风惠政；

卧雪清操。

扬风仁政；

卧雪清操。

【注】① 汝南流芳：典指东汉大臣袁安，出身汝南望族。② 扬风仁政：典指袁宏。③ 卧雪清操：典出袁安。

忠臣孝子；

四世三公。

【注】① 忠臣孝子：南朝宋袁粲官左仆射，出镇石头城，为刘僧敬所害。其子以身卫父。粲曰："我不失为忠臣，汝不失为孝子。"遂俱死。② 四世三公：东汉袁安、子敞、孙汤、曾孙逢为"四世三公"。

通用堂联与栋对

隋主宫人，司花美眷；

随园女弟，小草楼居。

【注】① 隋主宫人：典指隋炀帝侍女袁宝儿，有姿色，炀帝命为司花女。②

随园女弟：典指清袁枚。袁枚，字子才，乾隆时翰林。弃官筑随园以自娱。女弟静宜工诗，著有《楼居小草》。女弟，妹妹。

> 卧雪清操传百代；
>
> 扬风惠政著千秋。

> 叱逆怀忠谁出其右；
>
> 负图卫主义重予生。

【注】① 卧雪清操：典指袁安。② 扬风惠政：典指袁宏。③ 叱逆怀忠联：典出南朝宋大臣袁粲。袁粲历任尚书吏部郎、太子右卫率、侍中、吏部尚书。泰豫元年，以尚书令受明帝遗命，与褚渊、刘勔、萧道成同辅苍梧王（后废帝），共掌机密。后废帝二年，桂阳王刘休范起兵进攻京城建康，叛兵已攻至南掖门，形势紧急，朝中诸将准备逃命。这时，袁粲慷慨激昂地对将帅们表示："寇贼已进逼在家门口了，而诸将却离心离德，我受先帝嘱托，辅佐幼主，本当以死报答先帝知遇之恩，今日正是我为国家而死的日子。"他令左右备马，神情悲壮。此时，诸将见久病而瘦弱的袁粲要去送命，便奋起率兵出征，终于平定了叛乱，朝廷转危为安。

> 敬其所尊，爱其所亲，迩之为人仁孝子；
>
> 顺移于长，孝移于居，远之则义士忠臣。

> 其身世系中夏兴亡，千秋享庙，死重泰山，当时乃蒙大难；
>
> 闻鼙鼓思东辽将帅，一夫当关，隐若敌国，何处更得先生。

【注】全联典指明朝袁崇焕。袁崇焕，万历进士，自请守卫辽东。并筑宁远城（今辽宁兴城），以御清兵。因获宁远大捷，清太祖努尔哈赤受伤死，官至辽东巡抚。次年获宁锦大捷，清太宗皇太极又大败而去，崇祯时为兵部尚书兼右副都御史，督师蓟辽。崇祯二年（1629 年）后金军绕道自古北口入长城，进围北京，袁崇焕闻警星夜入援京师，但崇祯中后金的反间计，以为他与后金有密约，故被崇祯帝处死。

> 昆山出玉，熠熠生辉，卧雪家风千载盛；
>
> 鳞溪毓秀，欣欣向荣，汝南世泽万代昌。

个个耕者耕，读者读，万物自各所得；

人人亲其亲，长其长，天下无有不平。

江西南康隆木邹家袁氏祠堂联

溯前贤，四世三公，旌典辉煌光史册；

缅先哲，两朝一爵，褒封烜耀显门间。

【注】① 旌典：表彰贞烈的匾额。明冯梦龙《智囊补·语智·善言》："丹徒靳文僖之继夫人，年未三十而寡，有司为之奏请旌典。" ② 褒封：褒奖封赏。明杨柔胜《玉环记·韦皋得真》："喜别来已得身荣显，勋名震动功不浅，候圣旨褒封衣锦旋。"

江西南康横寨乡袁氏祠联

尧舜之道，孝悌而已矣；

宗庙之礼，玉帛云乎哉。

【注】玉帛：指带有玉室标记"饕餮纹"的玉器和像藏族哈达那样的白色丝巾，在古代是"诸侯亲如兄弟、大家共尊天子"的标示物，用作诸侯国之间、诸侯与天子之间见面时互赠的礼物。在古代与"干戈"相对，是和平共处的象征。

广东兴宁罗岗蕉坑袁氏善述围联

流水不腐，户枢不蠹，民生在勤；

礼泉无源，艺草无根，人贵自立。

世界大英雄，是从孝悌忠信中出；

家庭长事业，必须耕读勤俭外求。

广东紫金上濑袁氏宗祠堂联

脉由兴宁罗岗，计卅传，为创为守，学业兴隆，祖有德宗有功，大启三公绵世泽；

基开紫金上濑，传廿世，克勤克俭，箕裘济美，父言慈子言孝，永昭五柳旧家风。

广东紫金南岭袁氏宗祠堂联

系出汝南，想前贤，深卧雪、扬仁风，守己治人，万古功勋昭史册；

祠建坐东，相士第，武嶂朝、文峰枕，耕丰读显，满门富贵炳尘寰。

【姓源】《元和姓纂》。

① 耿氏，子姓。以邑名为氏。商王朝时期的君王祖乙，曾把国都从相迁到耿邑。后来，商王盘庚又把国都南迁到亳邑。仍然居住在耿邑的公族有人以邑名"耿"为氏。

② 耿氏，姬姓。以国名为氏。周王朝灭耿国后，封族人于耿，重建耿国，公族以国名"耿"为氏。

③ 晋灭耿置邑以赐大夫赵夙，其后以邑为氏。

④ 少数民族汉姓、改姓（略）。

【分布】耿姓为中国第 139 常见姓。人口约 99 万，约占全国人口的 0.079%。约 62%分布在河北、河南、江苏、山东、安徽五省（其中河北最多，约占全国耿姓人口的 24%）；21%分布在山西、黑龙江、北京、内蒙古、辽宁五省、市、自治区（《中国姓氏·三百大姓》）。耿姓客家人较少，主要分布在河南、安徽。

【郡望】高阳郡。

【堂号】扶风堂。

通用祠联

门联

<blockquote>
宗开耿国；

望出高阳。
</blockquote>

【注】全联指耿姓的郡望和堂号。

设仓平粜；

拜井出泉。

【注】① 设仓平粜：典指耿寿昌。汉耿寿昌为大司农中丞，奏设常平仓，增价而籴，减价而粜，百姓便之。② 拜井出泉：典出耿恭。耿恭，东汉人。性慷慨，多大略，有帅将才。永平中为戊己校尉，攻匈奴，引兵据疏勒城，匈奴拥断涧水。恭于城中穿井十五丈，不得水，乃整衣向井再拜，顷而泉水奔出。恭扬水以示虏，虏以为神明，遂引去。

荣封六子；

名列十才。

【注】① 荣封六子：典指耿况。耿况，东汉茂陵人，以明经为郎。归光武，封隃糜侯，后又封牟平侯。其子弇等六人，皆衣青紫。况病，六子环侍医药，时人荣之。后皆封侯。② 名列十才：典出耿讳。耿讳，唐河东人，字洪源。宝应进士，官右拾遗，工诗，与钱起、卢纶诸人齐名，号大历十才子。

堂联

险易为图，经纶独妙；

前知善卜，刻漏称奇。

【注】上联典指汉朝耿况。满腹经纶，王莽拜为郎，学于安丘先生。下联典指东汉耿询。耿询，字敦信，隋天文学家。刻漏，古代计时器，即漏刻、铜壶滴漏。

必有丰年，人耕禹甸；

贻尔多福，家戴尧天。

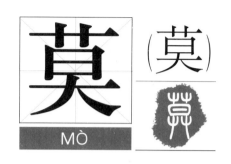

【姓源】《元和姓纂》。

① 莫氏，芈姓。莫嚣氏之省。

② 鲜卑族莫那娄（末那娄、莫耐娄）氏，北魏太和十九年改莫姓，西魏大统十五年凡北魏时改汉姓者，皆诏复改莫姓，后渐融入汉族。

③ 颛顼帝曾经建造了鄚阳城。居住在鄚阳城的颛顼帝的后裔有人以邑名"鄚"为氏，后来，"鄚"氏简化为"莫"氏。

④ 以官名为氏。春秋时期，楚国有官职称为莫敖。出任莫敖官职的人的后裔有人便以"莫敖"的"莫"为氏。

⑤ 少数民族改姓（略）。

【分布】莫姓为中国第105常见姓。人口约105万，约占全国人口的0.15%。约71%分布在贵州、广东、广西三省、自治区。莫姓客家人主要分布在广西、广东，江西、福建、湖南有少量分布。

【郡望】钜鹿郡。

【堂号】河南堂、安定堂等。

通用祠联

门联

状元世泽；

刺史家声。

【注】全联典出唐朝莫宣卿。莫宣卿，广东省封开人。12岁时即参加科举考

试并中秀才，被乡人称誉为"神童"。17岁的莫宣卿赴京城参加廷试，考中状元，从而成为广东历史上科举考试中的第一个状元，被任为翰林院修撰。因母亲不愿随其北上定居，莫宣卿遂上书朝廷请求在南方任职，以奉养母亲。唐文宗改委他任浙江台州别驾（刺史的副职）。可惜病逝途中。

庆衍金缕；

荣分丹紫。

【注】① 庆衍金缕：典出莫宣卿，唐代台州别驾，家居金缕村，世代荣昌。② 荣分丹紫：典出后魏大将莫云，封安定公。

庆衍金缕；

铸出炉神。

【注】① 庆衍金缕：典指莫宣卿。莫宣卿，唐封川人，字仲节。举进士第一，授台州别驾。其家居金缕村，有莫状元读书室。诏赐其乡名锦衣。② 铸出炉神：典出莫邪。《吴地记》载，春秋时阖闾使干将铸剑，铁汁不下。其妻莫邪曰："铁汁不下，有何计？"干将曰："先师欧冶铸剑不销，以女人聘炉神，当得之。"莫邪闻语，窜入炉中，铁汁出，遂成二剑，雄号干将，雌号莫邪。

瑞梅志异；

猛虎敛踪。

【注】① 瑞梅志异：典指宋莫伯虚。莫伯虚，守温州，后知常州，曾见瑞梅、甘露、秀麦、嘉禾之祥瑞。为官清廉，有政声。晚年退居学佛，屏绝世故。② 猛虎敛踪：典出莫若晦。莫若晦，知宜春，后守严州。州有虎患，因若晦施惠政，示恩信于民，虎竟远去。

堂联

宝国清标传雅量；

昆陵惠政起文风。

俎豆历千秋，问甚箕裘，只诗书礼乐，文物衣冠，由来道寻常世泽；

科名传奕世，敢侈阀阅，但祖孙父子，叔侄兄弟，即此是绵远家风。

广西柳州融安低村莫氏宗祠联

五百年后，五百年前，支派别湘融，脉衍东崖斯聚族；

二千石禄，二千石秩，循良跻况赵，型垂西粤又钟祥。

【注】此为柱上木刻联。说莫氏的源流及支派。莫姓源于姬氏的周宣王次子裔。得姓之原因，乃姬振杨建迹陕西咸阳，功封执戟郎，食采于钜鹿，赐姓莫。而钜鹿之莫州乃上古圣君颛顼造莫阳城的地方，故姬振杨以地名为姓。

广西柳州融安北山莫氏宗祠联

先祖有贻谋，不赌、不盗、不贪、不侈、不骄、不好逸恶劳，缔造根基励百世；

后人遵规训，为工、为农、为学、为商、为师、为荣军廉政，发扬传统衍千秋。

——莫开良

【注】本支莫氏以"钜鹿"为堂号。联劝勉莫氏后人不忘祖训，遵守家规，发扬家风。钜鹿郡，在今河北平乡至晋县一带。

广西柳州融安培村莫氏宗祠联

历风雨几朝，一脉宗亲仍鼎盛；

经沧桑数代，四方兰桂永腾芳。

【注】此为配联。说本支莫氏历经风雨沧桑，宗亲和睦开创新局面。

广西来宾忻城莫氏土司宗祠联

本支百世；

列国一同。

【注】联说本支莫氏源远流长。

绩著三朝，泽延百世；

礼隆四序，荣冠七司。

——孙渠田

【注】联说本支莫氏世泽及家声。

念先人沐雨栉风，贻下八百年燕翼；

期尔辈云梯取月，拨开九万里鹏程。

【注】此联怀念先人，激励后辈。沐雨栉风：典出《庄子·天下》："（禹）沐甚雨，栉疾风。"栉，梳理头发；沐：洗头。用风来梳发，用雨来洗头，形容

不避风雨，奔波劳苦。

> 数典无忘，入庙仰先型，永念三朝勋业；
>
> 受恩罔替，绾符承世泽，常留百里山河。

—鲍源深

【注】此联告诫本支莫氏不忘先祖恩德。

广西来宾忻城梅岭西莫氏卜佑支祠联

> 六房虽系六支，彻底算来，远近依然同个祖；
>
> 一旅即如一树，从根观去，亲疏都是自家人。

—莫萱延

【注】此联说本支莫氏同祖同宗，是自家人。

> 先人是苏省发源，由龙江至练江，百里封侯，几历元明清三代；
>
> 后裔乃芝州分派，自鹤岭到梅岭，一支宗族，重开孟仲季六房。

【注】联说本支莫氏的发源和分派。

广西贺州贺街莫氏宗祠联

> 莫州受姓；
>
> 钜鹿开基。

【注】上联典出该支莫氏源于汉朝时期河北鄚州。鄚氏出周宣王姬静，将其次子姬望封赐于鄚州（今河北平乡、任县、晋州一带），其后裔子孙因以地为姓氏，称鄚氏。姬望的后裔传至第二十一世孙鄚振杨（姬振杨），因功在汉室，于汉高祖刘邦七年（前200年）授其为执戈郎，汉高祖还特赐改其姓为莫，此后称莫振杨，成为该支莫氏始祖。下联典出该支系的望出地为钜鹿（今河北平乡县），或作巨鹿。

堂联

> 溯本追源，忆念文昭征祖德；
>
> 攻书苦学，传承仲节好家风。

【注】下联典出广东省第一个状元莫宣卿。宣卿字仲节，号片玉。幼年时生父病逝，遂与母亲随继父生活。唐大中五年（851年），17岁的莫宣卿赴京城参加廷试获中制科状元，成为广东历史上科举考试的第一个状元，并是自隋唐科举取士以来年龄最小的状元。

先德犹存，瞻堂上声欬如闻，五百年前，遥溯莫州世系；

明礼共展，喜阶下冠裳相接，十八里内，同敦瑞岭宗祖。

——刘宗标（翰林）

福建上杭莫氏宗祠堂联

文武兼资，沐殊恩者七代；

甲科继美，绵世泽于百年。

夏（夏）
XIÀ

【姓源】《潜夫论》。

① 夏氏，姒姓。周封夏后氏之裔东楼公于杞，其不得封者以夏为氏（《通志·氏族略》）。

② 夏氏，妫姓。春秋陈宣公庶子少西，字子夏，子公孙己师（公孙御叔）以夏为氏（《元和姓纂》）。

③ 唐武宗时有夏侯显者，以直谏去官，隐于九江，遂去侯为夏氏。今湖南安化等地有其后裔。又湖南华容、甘肃庆城等地夏姓，其先亦为夏侯氏。

④ 浙江缙云夏村部分夏姓人，其先本姓屠。先祖自东阳迁入，为当地"客姓"。旧时宗族势力强大，"客姓"受歧视，上山砍柴须向当地夏姓纳税，屠姓人不堪负担，乃改姓夏以避税。

⑤ 少数民族汉姓或改汉姓（略）。

【分布】夏姓为中国第 66 常见姓。人口约 370 万，约占全国人口的 0.3%。约 35% 分布在江苏、江西、安徽、浙江四省（其中江苏最多，约占全国夏姓人口的 11.4%）；25% 分布在四川、湖南、河南、湖北四省（《中国姓氏·三百大姓》）。夏姓客家人江西较多，四川、湖南、河南、湖北次之，广东、广西极少。

【郡望】会稽郡。

【堂号】平水堂、正德堂等。

通用祠联
门联

会稽世德；

清溪家声。

【注】全联指夏姓的郡望和堂号。会稽：郡名，秦时于原吴、越地置。治所在吴县（今江苏苏州）。

真宰相器；

有大臣风。

【注】① 真宰相器：典指夏竦。夏竦，宋德安人，贤良方正，有才识，时人叹为真宰相器。累官枢密使，封英国公。文章典雅藻丽，多识古文，为官有治绩。② 有大臣风：典指夏原吉。明夏原吉，洪武时以乡荐入太学，累官户部尚书。为官能识大体，有古大臣风。

涂山启瑞；

梁国授徒。

【注】① 涂山启瑞：典指夏禹。相传禹娶涂山氏，嗣受舜禅，国号夏，后裔遂以夏为氏。② 梁国授徒：典指夏恭。汉时夏恭为蒙人，字敬公，习《韩诗》，以《易》学教授生徒千余人。光武帝召拜郎中，迁泰山都尉。

堂联

一脉相承，夏氏子孙承一脉；

千秋长祀，祖堂香火祀千秋。

瑞霭门庭，五色云霞高映；

灵钟河岳，千秋俎豆常新。

广西柳州融安泰山夏氏宗祠联

粤韶乳县家声远；

桂融泰山世泽长。

【注】此为"会稽堂"的配联。说夏氏的家声和世泽。夏姓源流：禹治理了水患，指导百姓兴修沟渠，发展农业，还领兵平定了三苗之乱，使人民得以安居乐业。

为了表彰他的丰功伟绩，舜封他于夏（今河南登封县东），后来还把帝位传给了他。夏禹死后，其子启继位，建立了中国历史上第一个奴隶制国家——夏朝。后因夏帝桀暴虐无道而被商汤推翻，夏王族便以国为氏，称为夏氏。此支夏氏来自广东韶关乳源县。

赋传平水；

源溯涂山。

【注】全联为大禹典故。大禹娶涂山氏，居于蚌埠涂山。

会稽世德；

清溪家声。

【注】① 会稽世德：典指夏原吉。明代大臣夏原吉受命赴浙西（今浙江会稽）治水有功，著有《夏忠靖公集》。② 清溪家声：清溪为夏氏在福建的祖居地。

广东梅州扶贵乡夏氏宗祠堂联

循高曾祖考之仪型，为冀克勤克俭；

读虞夏商周之谟诰，无非教孝教忠。

福建宁化安乐夏坊夏氏宗祠堂联

庆冬立祖，应阶增彩源流远；

贺裔光宗，堂构重辉俎豆新。

谱牒修明，祖德宗功垂万世；

人文蔚起，孙贤子肖著千秋。

福建宁化曹坊双石夏氏宗祠堂联

史略详陈，多士尊崇足式；

礼仪缕述，生朝褒美堪型。

侍晏登舟，恩沐九重光旧绪；

分冠更发，谊明一体耀前徽。

堂构立丕基，沐雨栉风新栋宇；

诗书启后人，贤哲绍光旧家声。

福建宁化中沙石门夏氏宗祠堂联

修饰前人遗址，须知守成不易；

保持历史文化，当念创业维艰。

祖德恢弘，治水息洪，万代有赖；

王纲足式，创州兴夏，百姓沾恩。

起会稽，达闽赣，披荆斩棘兴宁化；

渡春秋，历汉唐，沐雨栉风振中华。

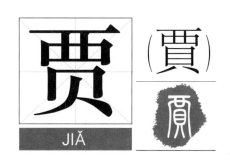

【姓源】《潜夫论》。

① 贾氏，姬姓，以国为氏。贾国，伯爵，周武王弟唐叔虞少子公明封国。故城于今山西临汾贾乡。春秋时灭于晋。

② 春秋时期，晋文公重耳灭贾国之后，晋襄公把贾地赏给狐偃之子射。射字季佗，故又称贾季、贾佗。晋襄公去世后，贾季因政治原因逃亡，贾季后裔为避祸，便以"贾"为氏。

③ 少数民族汉姓，如河北永清贾姓，女真族（《金史拾补五种·女真汉姓考》），蒙古族、回族汉姓等。

【分布】贾姓为中国第 69 常见姓。人口近 370 万，约占全国人口的 0.29%。主要分布在河北、河南、山西三省，约占全国贾姓人口的 45%；其次为山东、甘肃、黑龙江、四川、陕西五省，约占全国贾姓人口的 25%。河北最多，约占全国贾姓人口的 18%（《中国姓氏·三百大姓》）。贾姓客家人较少，河南、四川较多，广西、江西、广东也有分布。

【郡望】武威郡。

【堂号】武威堂、至言堂、治安堂等。

通用祠联

门联

> 经传世德；
>
> 颍水腾华。

射雉如皋；

立碑洛州。

唐推武威第；

汉著鸿儒家。

【注】① 经传世德：东汉经学家贾逵，一生所著经传义诂及论难达百余万言，后世称为"通儒"。② 颍水腾华：东汉名士贾彪，颍川人，举孝廉补新息长。时百姓贫困，多不养子，他严加禁止，令下数年后，人养子数千，皆曰"贾父所长"。

三虎拔萃；

五鹿怀惭。

【注】① 三虎拔萃：典指贾彪。贾彪，东汉定陵人，字伟节。兄弟三人，并有高名，彪最优，时称贾氏三虎。② 五鹿怀惭：典出贾捐之。贾捐之，汉贾谊曾孙，字君房。元帝时上疏极陈得失，长安令杨兴曰："君房言语妙天下。"使为尚书，胜五鹿充宗远甚。

篇陈训诂；

策上治安。

【注】① 篇陈训诂：典指贾逵。贾逵，东汉人，弱冠能诵《左传》及五经本文。以大夏侯尚书教授，性恺悌，多智思，倜傥有大节。永平中献《左氏传解诂》三十篇、《国语》解诂二十一篇，明帝重其书。② 策上治安：典出贾谊。贾谊，汉洛阳人，年十八以能诵诗属文称于郡中，文帝召为博士。后拜梁王太傅，上《治安策》，论者以为通达国体。梁王堕马死，谊哭泣岁余亦死，年三十三，世称贾太傅。

善射博美妻之笑；

封发表贞妇之心。

【注】① 善射博美妻之笑：典出贾大夫。《左传》载，贾大夫娶妻而美，三年不言不笑，御以如皋，射雉获之，其妻始笑而言。② 封发表贞妇之心：典出贾直言。贾直言，唐河朔人，流配岭南，与妻董氏诀别。董引绳束发封以帛曰："非君手不解。"

湖南炎陵贾氏宗祠门联和堂联

洛阳推隽；

颍水腾华。

【注】上联说贾至；下联指贾彪。

上策治安，　美洛阳才识；

诗饶风韵，　美僧舍推敲。

【注】上联指贾谊；下联说贾岛。何光远《鉴戒录》载，贾岛在驴上吟得"鸟宿池边树，僧敲月下门"，用"推"、用"敲"久思不决。后遇韩愈，愈说："作敲字佳矣！"

栋对

载誉千秋，大夫策论成佳作；

流芳百世，主簿推敲化美谈。

当年有痛哭流涕文章，问西京对策孰优，惟董江都后来居上；

今日是长治久安天下，幸南楚故庐无恙，与屈大夫终古相依。

【注】全联典指西汉时期的政论家、文学家贾谊，时称贾生。少年时就有博学能文之誉，文帝初年召为博士，不久升太中大夫，因好议论国家大事，受大臣周勃、灌婴等人排挤。政论《陈政事疏》《过秦论》等，为西汉鸿文。

【姓源】《元和姓纂》。

① 顾氏，己姓，即雇氏。史多作扈，即有扈氏。扈、雇、顾，古音可相通。

② 越王勾践七世孙闽君摇，汉初被封为东海王。不久，闽君摇封其子期视为顾余侯。顾余侯的后裔有人以先祖封号中的"顾"为氏。

③ 以雇氏代顾氏。颛顼的后裔中有一个部落名为雇氏族，雇氏族以雇氏为国号。因古代雇、顾通用，有人便以"顾"代"雇"为氏。

④ 少数民族汉姓，如蒙古族、苗族等。

【分布】顾姓为中国第 89 常见姓。人口 230 多万，约占全国人口的 0.19%。约 70% 分布在江苏、浙江、上海三省、市（其中江苏最多，约占全国顾姓人口的 47%）；10% 分布在河南、河北、山东、黑龙江四省（《中国姓氏·三百大姓》）。顾姓客家人较少，河南较多，湖南、广西也有分布。

【郡望】武陵郡。

【堂号】怀远堂、三绝堂、武陵堂等。

通用祠联

门联

武陵世泽；

文献家声。

【注】上联典出顾氏，源出己姓，望出武陵。下联指明朝时期的顾大猷，搜集国家掌故，条陈时政，著书数千卷。

名兼三绝；

学阐五经。

侯爵启姓；

武陵留芳。

【注】① 名兼三绝：典出东晋画家顾恺之。顾恺之，善画人物，一反汉魏古拙作风，尤重点睛传神，有"点睛便语"之说，当世称才绝、画绝、痴绝。② 学阐五经：典出南朝梁陈时训诂学家顾野王。顾野王，遍读经史，天文地理、蓍龟占候、虫篆奇字，无所不通。陈文帝天嘉年间主修《梁史》，著作甚丰。③ 武陵留芳：典出五代时吴越顾全武的传说。顾全武，浙江余姚人，为钱镠武勇都知兵马使。董昌作乱，苏州告急，全武先取越，后复姑苏，遂引兵攻打董昌兵，俘获董昌，告捷。然后航海至嘉兴，又攻破淮南十八营。因顾全武是武陵（今湖南溆浦、常德一带）郡望后人，故时人称之"武陵好手"，其后人遂命名家族堂号为"武陵堂"。

传经耆硕；

工画横波。

【注】① 传经耆硕：典出清顾栋高。顾栋高，曾任内阁中书，经明行修，仁宗书"传经耆硕"赐顾。耆硕，久负盛德盛望的人。② 工画横波：典指顾横波。顾横波，清上元人，龚鼎孳之妾，字眉生，庄妍靓雅，通文史，善画兰，独出己意，不袭前人法。

姿推三绝；

扇藉一挥。

【注】① 姿推三绝：典指晋顾恺之。顾恺之，博学有才气，善丹青。尝为虎头将军。② 扇藉一挥：典出顾荣。顾荣，晋吴县人。为丹阳内史，讨陈敏反，以白羽扇挥之，敏军皆退。杨修诗云："羽扇一挥风偃草，策勋多藉顾丹阳。"

虞部修文；

东林讲学。

【注】① 虞部修文：典出唐顾云。顾云，官虞部员外郎，修《三朝实录》。② 东林讲学：明代顾宪成尝讲学于东林书院，为东林党之首，遭逆阉魏忠贤深嫉。后追谥文端。

堂联

人品高华，史分金箭；

天姿秀异，家号麒麟。

【注】上联指晋朝尚书仆射顾众的事典。顾众，字长始，吴人。下联指晋朝尚书令顾和的事典。顾和，字君孝，吴人。幼有清操。晋咸康中拜御史中丞，曾劾奏左丞贪污百万，付法议罪，百僚惮之。

开郡属武陵，十百传，毓秀钟灵，名区几遍；

受封始伯夏，千万载，服畴食德，世泽长绵。

【注】服畴食德：耕作着祖先遗下的田地，还要继承祖先的优良传统。

【姓源】《风俗通义》。

① 本泉氏。《周礼·地官》有泉府之官，掌收购市场滞销物资及借贷利息等。泉氏之先为泉府上士，因以官为氏。泉、钱古音相通，泉氏后改钱氏。

② 姬姓，以官名为氏。据《通志·氏族略》载，钱姓源于彭祖。彭祖的后裔彭孚，在周王朝时出任钱府上士（官名），彭孚便以官名"钱"为氏。一说，姬姓，以祖字为氏。彭祖名篯铿，后裔有人把先祖的"篯"去"竹"为"钱"氏。

③ 改姓。广东怀集永固镇钱姓，本姓冼（《怀集县志》）。

④ 少数民族改姓等（略）。

【分布】南北朝时，钱氏族人开始以传统的几个聚居地为中心向外播迁。随着钱氏一族的日渐活跃，江南钱氏也不再单居吴兴，开始向南方的其他地区播迁，足迹渐遍于今湖南和广东等地。

唐朝中期，钱姓一族不断壮大，许多中原钱姓族人都迁居到了福建，并落户生根，成为福建钱氏的先祖。该支后世子孙又逐渐大量播迁到广东一带。

元朝期间，钱姓氏族涌现出了许多新的家族支系，如江西吉水的钱好德等。清朝康熙年间，为进一步发展当地经济、巩固海防，清廷采取措施鼓励大陆百姓入台垦荒，由此掀起了福建和广东沿海一带地区的移民浪潮。部分沿海地区的钱姓人迁居到了台湾和海外。民国末期，随着国民党政权的败退，钱姓一族中再次有人迁居台湾。在迁往台湾省的同时，钱氏宗族中有不少人迈出国门漂洋过海，走向世界各地。

钱姓为中国第 96 常见姓。人口约 220 万，约占全国人口的 0.18%。约 52% 分布在江苏、浙江、安徽三省（其中江苏最多，约占全国钱姓人口的 24%）；20% 分布在广东、上海、云南三省（《中国姓氏·三百大姓》）。钱姓客家人广东较多，湖南、湖北、江西、广西也有分布。

【郡望】彭城郡。

【堂号】下邳堂、彭城堂、吴越堂、万选堂等。

通用祠联

门联

银麋瑞角；

锦树仙枝。

【注】全联指五代吴越国王钱镠。钱镠，字具美，小字婆留，杭州临安人。少年时曾为私盐贩，后投军，成为当地军阀董昌部将。唐光启三年（887 年），董昌为越州观察使（今浙江绍兴），自杭州移镇浙东；唐以钱为杭州刺史，从此独据一方。景福二年（893 年）钱镠升任镇海军节度使，驻杭州。乾宁三年（896 年）钱镠灭董昌，得越州。唐以钱镠为镇海、镇东两军节度使，治杭州。天复二年（902 年），唐封他为越王。后梁又封他为吴越王。钱晚年敬礼文士，吴越境内的文化有所发展。他在位期间，筑捍海石塘，置龙山、浙江两闸，以遏潮水内灌。在太湖流域兴修水利，境内河浦，都造有堰闸，以时蓄泄，不畏旱涝。他开拓杭州城郭，大兴土木，悉起台榭，有"地上天宫"之称。传说开平初年，钱镠应后梁太祖朱温之请到了汴京，被封为吴越王。钱镠回到杭州时，沿街树上挂满楹联，其中一联即为"银麋瑞角；锦树仙枝"。

彭城阀阅；

兰水衣冠。

【注】上联指钱姓郡望。钱氏最早聚居于江苏徐州附近，徐州古称彭城。下联典出福建长乐女子钱四娘。兰水指福建莆田木兰溪。相传在北宋英宗治平元年（1064 年），钱四娘经过莆田时，适逢木兰溪洪水泛滥，田园淹没。四娘目睹莆

田民众水患之苦，即携巨资来莆，在木兰溪将军岩下筑陂拦水，历尽三年筑成。但因选址不当，陂坝不久便被洪水冲毁。钱四娘悲愤至极，投入溪洪以身殉陂。因四娘有功德于百姓，宋朝廷敕封其为"夫人"，又加封其为"妃"。四娘也被莆田人民称为"治水女神"。

十才名门；
节度家声。

【注】上联典指唐朝诗人钱起。钱起，字仲文，浙江吴兴人。天宝进士。历校书郎、考功郎中、翰林学士等。为"大历十才子"之一。下联典指五代十国时吴越国国王钱元瓘。钱元瓘，字明宝，其子少质于杨行密部属宣州节度田君，从镠攻战，颇建勋绩，任靖海军节度使。

还乡衣锦；
聚宦添花。

【注】① 还乡衣锦：典指钱镠。钱镠，五代时越王，号所居城为衣锦城，曾置酒高会宾客。故老执爵上寿。歌曰："三节还乡挂衣锦，吴越一王驷马归。" ② 聚宦添花：典指钱惟演。钱惟演，北宋诗人，为越王钱俶之子、钱镠之孙。皆为名宦。时称"德星群聚，花添一锦"。

射潮靖海；
庐墓旌闾。

【注】① 射潮靖海：典指钱镠。钱塘人民筑堤捍潮，屡被冲坏。越王钱镠命人强弩数万射之，潮退堤成。② 庐墓旌闾：典指钱尧卿。《宋史》载，钱尧卿童年丧父，终日守灵，终制庐墓敛之。后举钱为孝廉，以表彰其孝义。人多赞之。

崔恭人浣青留草；
陈贤母夜纺授经。

【注】① 崔恭人浣青留草：典指钱维城。钱维城，清武进人，乾隆时进士，官刑部侍郎。其女孟钿，多文思，为巡道崔龙见之妻，著有《浣青诗草》。② 陈贤母夜纺授经：典指清代钱陈群。钱陈群，嘉兴人，幼时家贫，其母善书画，教子成名，授以六法，课读于纺车旁，以纺织、卖画为生。陈群终为进士，官刑部佐侍郎，尝进献《夜纺授经图》。

堂联

陌上花开，铁券王孙君独秀；

梁间燕语，乌衣子弟我重来。

【注】上联典指五代时吴越王钱镠。钱镠，唐昭宗任他为镇海节度使，赐给铁券（即铁契，古代皇帝颁赐给功臣授以世代享受某种特权的凭证。汉代用丹砂书写誓词，从中剖开，朝廷和受赐者各保存一半；唐以后则嵌金，刻有免死等特权的文字），到明代，他的后人还保存着。一年春天夫人未归，春色将暮，陌（道路）上已是桃红柳绿，百花争艳。钱镠写信给王妃说："陌上花开，可缓缓归矣。"夫人接书后不觉恻然，道："王爷迈，既有信来，命我归去，安可有违？"遂传谕即日登程，速返杭州。下联的"乌衣子弟"，指豪门望族的后代。乌衣，指乌衣巷，在今南京市秦淮河以南，三国时吴国曾在此驻兵，因士兵穿乌（黑）衣而得名。东晋时，因王、谢等大族住在这里，从此闻名。

启匣尚存归国诏；

解弢时拂射潮弓。

【注】全联典出五代时政治家、吴越王钱镠。弢，弓袋。

倪（倪）

NÍ

【姓源】《元和姓纂》。

① 本兒姓，汉代始假作倪。

② 上海青浦倪姓，本姓葛。始祖葛允元，明代人。裔孙倪承显，明代迁青浦（《倪葛一家谱》，1943）。

③ 少数民族汉姓，如蒙古族、回族等。

【分布】倪姓为中国第116常见姓。人口140多万，约占全国人口的0.11%。约49%分布在江苏、浙江、安徽三省（其中江苏最多，约占全国倪姓人口的27%）；21%分布在上海、湖北、广东、四川四省、市（《中国姓氏·三百大姓》）。倪姓客家人主要居住在广东、湖北，四川和安徽也有少量分布。

【郡望】千乘郡。

【堂号】千乘堂等。

通用祠联

门联

宋朝遗逸；

汉吏循良。

【注】① 宋朝遗逸：典指倪文一。倪文一，宋时人，历任县尉，远近悦服。宋亡，隐居山林，不受元征。② 汉吏循良：典指倪宽。汉倪宽为左内史，吏民信爱，入《史记·循良传》。

衣冠全节；

馈粥阴功。

【注】① 衣冠全节：典指倪元璐。明倪元璐，居官清正，闻兵京师，衣冠拜阙，自死。② 馈粥阴功：典指倪闪。宋倪闪好施与，屡试不第。后大饥，煮粥济人。邻人梦旗署里门，书曰"馈粥之功"。是年，倪闪果大魁天下。

世承鲁绪；

系衍邾封。

【注】倪氏源出曹安后裔，封为邾侯，故以此作为堂联。

劝农缓刑，政令孚于黎庶；

修学训士，教化洽乎儒林。

【注】上联典出汉朝时期的名人倪宽。下联典指唐朝时期的右丞倪若水。倪若水，字子泉，蒿城人。进士出身，出任汴州刺史时，政尚清静，风化大行。唐玄宗派人捕珍禽异兽于南方，倪若水谏止之。后拜右丞卒。

徐（徐）

XÚ

途

【姓源】《世本》。

① 徐氏，嬴姓，以国为氏。本作郐氏。上古东夷族首领伯益之后。伯益生若木，若木五代孙费昌，为汤御，及汤得天下，封昌庶子于徐地（今山东临沂一带）以奉伯益之祀，复命为伯，国曰徐方，其族因谓之徐夷，或曰徐戎。徐为商之盟国，尝与之共同抗周。周武王灭商，封纣王子庚于邶。三监之乱，徐方、淮夷等国从武庚联合反周。及伯禽封鲁，徐方、淮夷等又联合反鲁。周公东征，徐方、淮夷兵败，徐人被迫南迁鲁东南，成王以所俘之徐氏等六族赐赏鲁公。周穆王西巡，徐驹王（徐偃王）率三十六国联军攻镐京，穆王闻之，命造父驾御，长驱而归，与楚连谋伐徐。公元前 512 年吴灭徐，从此徐亡，遗族散居徐、扬、浙等地。

② 《通志·氏族略·以国为氏》载："皋陶氏之后也。皋陶生伯益，伯益佐禹有功，封其子若木于徐。自若木至偃王三十二世，为周所灭，复封其子宗为徐子。宗十一世孙章禹，昭三十年为吴所灭，子孙以国为氏。"徐姓的得姓始祖，根据考证，是 4000 多年前的贤士伯益。伯益是上古时代东夷部落的首领皋陶的后代，再向上追溯，则其为颛顼帝的嬴姓后裔，颛顼乃黄帝裔孙，则徐氏是黄帝的嫡系后代。

③ 少数民族汉姓，改姓（略）。

【分布】秦汉时期，徐姓人以今山东地区最为众多，西晋末年，由于匈奴贵族刘渊、刘聪父子掀起了"永嘉之乱"，北方人民纷纷南迁，以躲避战乱。这次迁徙持续时间长，迁徙规模大，范围广。徐姓人开始入籍安徽、广东、四川和云南等地。

隋唐五代时期，特别是唐初高宗总章二年，朝廷派河南固始人陈政任岭南行军总管，率兵镇压福建南部的"蛮獠啸乱"，因寡不敌众，退守九龙山。于是朝廷又派陈政的哥哥陈繁、陈敷率领五十八姓军校前往增援。后在陈政之子陈元光的领导下平定了叛乱，随陈氏父子入闽的中原将士两次共六十四姓、七千余人，他们全落籍于福建，这六十四姓中便有徐姓。

宋、元、明、清更替的战乱时期，徐姓人又从江浙一带继续南迁至福建、广东、广西和台湾等地。

徐姓为中国第 11 常见姓。人口近 1900 万，约占全国人口的 1.51%。约 34% 分布在江苏、山东、浙江、安徽四省（其中江苏最多，约占全国徐姓人口的 11.3%，为江苏第四大姓）；26.5% 分布在河南、江西、四川、湖北四省（《中国姓氏·三百大姓》）。徐姓客家人不是很多，江西、河南、湖北、广东较多，广西、福建、台湾、湖南及港澳地区也有分布。

【郡望】东海郡。

【堂号】东海堂、琅琊堂、八龙堂等。

通用祠联

门联

南州世德；

东海家声。

【注】上联典指东汉时期的徐稚。徐稚，人称"南州高士"。下联典指秦时的方士徐福。徐福为避秦暴，于公元前 219 年假称为秦始皇求长生不死的仙药东渡日本，一去不返。徐福的弟弟徐该则远避南州隐居。后来他的裔孙有许多步入仕途，做了大官，如东汉时徐稚有"南州高士"之誉。

梦征五凤；

家号八龙。

【注】① 梦征五凤：典指徐洎。东汉时徐洎，居浙江龙游县，生有五子，均登科及第，分别任太守或刺史，时人称为五子登科，又称为"五凤"。他们为官各地，

裔孙遍及大江南北。② 家号八龙：五代时宋初的徐伟，生了八个儿子：长子徐玄，官至散骑常侍；次子徐锴，进士；三子徐错十岁便擅长词赋，授笔成文，称为神童；四子徐京，为名画家；五子徐宁，官拜大将军；六子徐宪，进士；七子徐绎，状元及第；八子徐绩，为孝廉，时称"徐氏八龙"。

人中骐骥；

天上麒麟。

【注】① 人中骐骥：典指徐勉。徐勉，梁时人，字修仁。孤贫好学，早励清节。多闻颖异，至孝，时称为"人中骐骥，必致千里"。官至吏部尚书，迁中书令。② 天上麒麟：典出徐陵。徐陵，南朝时陈人，八岁能文，十三通《庄子》。僧宝志摸徐陵头顶，曰："此天上石麒麟也。"后仕梁为通直散骑常侍。陈受禅，加散骑常侍。

南州高士；

中山首功。

【注】① 南州高士：典指徐稚。徐稚，东汉南昌人，字孺子，家贫，躬耕而食，不应征辟。太守陈蕃不接宾客，唯稚来特设一榻，去则悬之，时称"南州高士"。② 中山首功：典出徐达。徐达，明时人，少有大志，初为郭子兴部将，后归朱元璋，佐太祖定天下有功，官中书右丞相，封魏国公，卒后追谥中山王。

梦应五凤；

家庆八龙。

【注】① 梦应五凤：相传徐陵母臧氏，尝作一梦，见五色云化凤，遂生陵。一说典指东汉徐洎。② 家庆八龙：典出宋徐伟。宋徐伟，举孝廉，事母至孝，隐居龙潭山中教授，依以居者三百余家，有子八人，后皆知名，时称"徐氏八龙"。

东海家声远；

南州世泽长。

【注】上联"东海"是徐氏发祥地，徐氏之郡望。下联典指徐该。徐福之弟徐该为避秦祸潜居江西南昌，其后代人才辈出，裔孙昌盛。

堂联

幼慧作小山名著；

夜绩借东壁余光。

【注】① 小山名著：典指唐徐坚女。徐坚之女，幼聪慧，八岁能属文，父命作《小山篇》，为太宗所闻，召为才人，后进为妃。② 东壁余光：典出徐吾。徐吾，战国时齐国东海贫妇，常与邻妇会烛夜绩，邻妇欲不与，徐吾曰："何爱东壁之余光，不使贫妾得蒙见哀之恩？"邻妇乃无言。

台湾徐姓宗祠门联和堂联

> 东方高照天降福；
> 海上浪映吉兆星。

> 东南誉美源流远；
> 海岱清高世泽长。

> 东皇雨露新敷泽；
> 海国文章旧有声。

> 东南誉重承先烈；
> 海国名高启后昆。

> 东成西就，八龙事业；
> 海潮山贡，五凤家声。

【注】① 东海：指的是徐姓人家的堂号。徐姓人家的门联、堂联，习惯以鹤顶格将"东海"两字作为祠联语句首字。② 八龙：典指徐伟。宋徐伟，有子八人，后皆有名，时称"徐氏八龙"。③ 五凤：典指徐泊。东汉徐泊，生有五子，皆登科及第，时称"五凤"。一说指徐陵母臧氏，尝梦五色云化凤，遂生陵。

台湾屏东县麟洛乡徐姓东海堂联

> 衍脉在黄田，长发其祥，应共愿子贤孙杰；
> 卜居来赤崁，永锡尔类，当无忘祖德宗功。

【注】以此联为引，便可知徐姓一脉曾发展到广东蕉岭的蕉城镇的黄田。赤崁，是明清时期对台湾的通称。上联的"长发其祥"、下联的"永锡尔类"皆出自《诗

经》，撰联者能将《诗经》中不同篇章的佳句巧妙地嵌入，显露客家栋对的文学造诣。

湖南炎陵徐姓宗祠堂联

天上龙凤，孝穆英姿迥异；

人中麒麟，修仁德器非常。

【注】上联典说徐陵；下联典指徐勉。

广东梅州徐氏通用堂联

临石窟清流，龙蟠吉地；

揽蕉阳胜景，凤舞宗基。

千秋将相，厚德仁怀，精诚充宇宙；

百代王侯，雄才博学，正气贯长虹。

广东大埔三河徐氏嘉荫堂联

嘉会聚群英，念名登艺苑，行列儒林，绩纪军曹，徽流圣泽，当年勤劳擘划，乡国蜚声，崛起美多贤，经济文章留百世；

荫繁征气运，看汀水东来，梅江西抱，天梯高耸，笔架前横，今朝丹碧交辉，光华四照，兴隆欣有象，馨香俎豆报千秋。

广东丰顺徐氏宗祠堂联

雅好吟哦，下拜东坡改易；

不惮弹劾，进陈似道权奸。

援笔成文，惠妃敏才可羡；

终身避石，仲车至孝堪风。

台湾屏东麟洛麟顶徐氏宗祠灯对

先祖传家惟忠惟孝；

后裔缵绪克俭克勤。

【姓源】《世本》。

① 殷氏，子姓。殷为周所灭，遗族分散，或以殷为氏。

② 明洪武六年柴天福、天寿、天德兄弟率军入黔平叛，后留居贵州安顺地区天寿一枝改殷姓（《安顺市志》，1995）。

③ 少数民族汉姓，如回族、苗族等。

【分布】隋唐时期，殷氏族人分布很广，西北至今陕西、山西、甘肃和宁夏，西南至今四川、云贵和广西，南至今湖北、湖南和广东，东南至今江西和福建，几乎遍及全国各地。

殷姓为中国第111常见姓。人口近170万，约占全国人口的0.14%。约44%分布在云南、江苏二省（其中云南最多，约占全国殷姓人口的31%）；20%分布在安徽、山东、湖北、河北四省（《中国姓氏·三百大姓》）。殷姓客家人较少，主要分布在湖北、湖南、安徽、江西。

【郡望】汝南郡。

【堂号】汝南堂。

通用祠联

门联

汝南世泽；

汉国家声。

【注】全联指殷姓的郡望和堂号。汝南：郡名，汉时置。治所在上蔡（今河南上蔡西南）。

荥阳垂誉;

洪乔投书。

【注】① 荥阳垂誉:典指殷哀。殷哀,晋时人,为荥阳令。兴学教民,民知礼让。歌曰:"荥阳令,有异政,立学校,人性易,令吾子孙耻争讼。"② 洪乔投书:典出殷羡。殷羡,晋长平人,字洪乔。性介立,为豫章太守。都中人托寄书百余函,行至石头城下,俱投诸水中。曰:"沉者自沉,浮者自浮,殷洪乔不能为人作致书邮。"

丧母时闻泣血;

孝妇赖以雪冤。

【注】① 丧母时闻泣血:典指殷不佞。殷不佞,字季卿,少立名节。居父丧,以至孝称。母卒,因道路隔绝不能奔丧,四年昼夜号泣,居处饮食,常为居丧之礼。及迎丧归葬,自负坟土,手植松柏。累迁尚书左丞。② 孝妇赖以雪冤:典出殷丹。殷丹,东汉人,为会稽太守。郡有孝妇,以诬见杀,连旱三年。丹到任,查凶者,令其为妇墓祭祀。妇冤得雪,甘雨遂降。

羸疾身躯,咸安闭阁卧治;

清远识度,合仰冠世才名。

【注】上联典指殷钧。殷钧,字季和,长平人。南朝梁临川内史。好学有思理,善隶书,为当时楷法。后官至国子监祭酒。卒谥贞。下联指晋代建武将军殷浩。殷浩,字深源,陈郡长平(今河南省西华)人,东晋名臣。识度清远,好《老》《易》,为风流谈论者所宗。晋建元初征为建武将军,后都督扬、豫、徐、兖、青五州军事。因北征失败,免为庶人。竟日书空,作"咄咄怪事"四字。

谈论系一时之望;

典章推三世之荣。

【姓源】《元和姓纂》。

① 翁氏，姬姓。周昭王庶子封于翁山，因氏（《姓源韵谱》）。

② 少数民族改姓，如蒙古族、满族、壮族、土家族等。

【分布】翁姓为中国第 159 常见姓。人口约 82 万，约占全国人口的 0.066%。约 58% 分布在广东、福建、浙江、台湾四省（其中广东最多，约占全国翁姓人口的 17%）；约 30% 分布在江苏、四川、重庆、青海、湖北、江西、安徽七省、市（《中国姓氏·三百大姓》）。翁姓客家人主要分布在广东，福建、台湾、江西次之，四川、湖北、湖南、重庆及港澳也有分布。

【郡望】钱塘郡、临川郡。

【堂号】钱塘堂、六桂堂、盐官堂等。

通用祠联

门联

源自夏代；

望出钱塘。

【注】全联指翁姓的郡望和堂号。钱塘：旧县名，秦置钱唐县。治所在今杭州市西灵隐山麓，隋移今杭州市。唐代以"唐"为国号，始加"土"为钱塘。

祖著世泽；

六桂家声。

百梅名重；

六桂望高。

千叟预宴；

六桂联芳。

【注】① 百梅：典出翁承赞。翁承赞，唐乾宁进士，有诗作《咏百梅》，名重朝野。② 千叟预宴：典指翁方纲。翁方纲，清大兴人，乾隆进士，官至内阁学士，精心汲古，金石谱录、书画词章皆能摘择精审，书法冠绝一时。官鸿胪寺卿，预千叟宴。卒年八十有六。③ 六桂联芳：典出宋翁处恭兄弟同朝，时号"六桂联芳"。

传穀梁学；

诵梅花诗。

【注】① 传穀梁学：汉翁君传《穀梁春秋》之学。② 诵梅花诗：典出翁承赞。翁承赞，唐乾宁进士，在中书时，咏有梅花诗云："忆得当年随计吏，马蹄终日为君忙。"后拜相。

堂联

六桂枝分香自远；

百梅花放色常新。

【注】六桂：宋初翁乾度生有六子，分别姓翁、洪、江、方、龚、汪，他们都在建隆年间同登进士，高居显要，这六个姓氏都以"六桂"为堂号。

广东大埔茶阳翁氏宗祠堂联

六桂家声远；

百梅世泽长。

【注】上联典指北宋崇安人翁仲通。翁仲通及其儿子翁彦约、翁彦深、翁彦国，孙子翁挺，曾孙翁蒙之皆为高官，当时人称"六桂联芳"。翁仲通，字济可，进士，历任武平、黄岩知县，自费买地建学校，又率民众兴修水利；翁彦约，字行简，政和进士，历任龙兴尉、太常博士、高邮知军；翁彦深，字养源，绍圣进士，历任右司员外郎、国子祭酒、秘书监、太常少卿；翁彦国，字端朝，绍圣进士，历任御史中丞、江淮荆浙制置转运使、江南西路经制使；翁挺，字士特，翁彦约的儿子，

博学而善写文章，政和年间任少府监丞，官至尚书考功员外郎；翁蒙之，字子功，翁彦深的孙子，南宋绍兴年间任常山尉，后因得罪郡守被罢官，孝宗时为司农丞。另一说是宋时翁乾度的六个儿子，同在朝廷居官，一时传为美谈，而获得"六桂齐芳"的雅誉。下联典指唐乾宁进士翁承赞。

吟诗宜赏雨；

持卷爱听莺。

【注】上联典指清代江苏华亭人翁春。翁春，字曙鸠，一字辨堂，号澹生，别号石瓠。家庭贫苦，自学成才，诗宗元人，书好孙过庭。著有《赏雨茆屋诗》《钓诗》。下联典指清代江苏吴江人翁广平。翁广平，字海琛，一字梅村，博学嗜古，善画山水。有《听莺居文钞》《松陵文献》等。

通用栋对

祖则无私，无为善长；

宗能秉公，师作明神。

思到渊源，朝宗于海，溯我祖堂开画锦花探上林，南诏耀旌旗，藩镇咸钦裴相国；

德昭今古，望重如山，仰前贤诚可返风威能伏虎，北门资锁钥，契丹常畏寇莱公。

福建闽西翁氏宗祠通用联

永嘉四灵第；

野逸五七风。

【注】上联典出翁卷。宋代诗人翁卷，永嘉（今温州）人，终身布衣，其诗"诗风清瘦，标榜野逸"，人称"野逸先生"。他与徐照、徐玑、赵师秀合称"永嘉四灵"。五七：指五言、七言诗。

六桂望重第；

百梅名高风。

【姓源】《元和姓纂》。

① 本作淩氏，以水为氏。淩水，在今江苏宿迁东南，后世假作凌氏。

② 少数民族汉姓，如蒙古族、回族、苗族等；或少数民族与汉族通婚后改姓。

【分布】凌姓为中国第 174 常见姓。人口近 74 万人，约占全国人口的 0.056%。主要分布在广东、广西和江苏三省、自治区，约占全国凌姓的 41%；湖南、内蒙古、江西、安徽也有分布。凌姓客家主要居住在广东、广西，其次是湖南和江西，安徽和台湾地区也有少量分布（《台闽地区姓氏统计》）。

【郡望】河间郡。

【堂号】河间堂、树正堂等。

通用祠联

门联

剑南雅望；

江表虎臣。

【注】上联典出北宋凌策。凌策，字子奇，雍熙年间进士。据传初登第时，梦中见有人送他六颗印章和一把剑，后来果然六次到剑南任职。为官精审，所到之处均有政绩。官至工部侍郎。下联典出三国时吴国凌统。凌统，二十五岁任别部司马，征讨江夏时为前锋，曾随周瑜在乌林击败曹操，后任校尉、偏将军。曾在合肥魏兵重围中救出孙权，封赠虎臣将军。礼贤下士，轻财重义，有国士之风。

河间世泽；

日奎家声。

【注】河间：据《凌氏族谱》载，凌氏上古始祖是周文王幼子康，管水政。周文王得天下，以官为姓。周朝宫廷中专管收藏冰块的官员叫"凌人"。其后，凌颢于魏晋南北朝东晋帝时受封为"河间王"，故凌氏后世以"河间"为堂号。

双旌世德；

六印家声。

【注】① 双旌世德：双旌，指三国孙吴名将凌操、凌统父子的功绩。东汉建安初年，孙策下江东，拜凌操承烈都尉，征合肥大胜，后封虎贲将军。凌操之子凌统，字公绩，袭父爵为都尉，屡立战功，封赠虎臣将军。② 六印家声：指唐代翰林学士、经学家凌淮的业绩。凌淮（生卒年不详），曾六任剑南益州知州。印，指官印。

吴中佛子；

江表虎臣。

【注】① 吴中佛子：典指凌哲。凌哲，宋吴县人。宣和进士，高宗时擢御史，数日迁右正言。有直声，官终吏部侍郎。哲端重简默，德量深沉，人目为凌佛子。② 江表虎臣：典出凌统。

广东梅州凌氏通用栋对

作福在先人，愿两房创业，经营绳其祖武；

云祥兆后世，望一脉守成，罔解贻厥孙谋。

【注】此为凌氏栋对。劝勉本支凌氏后人继往开来，创新世业。

广西柳州柳江槎山凌氏宗祠联

江表虎臣，赫赫勋名垂武略；

河间骏望，绵绵厚德著馨香。

【注】堂号为"留余"，此为配联。上联说三国吴"江表虎臣"凌统。下联说凌氏郡望"河间郡"，在今河北河间县一带。

七祖居兴宁，广传一脉，十四男儿遍天下；

杰公至柳邑，育展三友，二八嗣孙满中华。

【注】凌氏宗祠在柳州市柳江县进德镇槎山村山前屯，坐西朝东，两井五开间，

堂号"留余"。"河间"是凌氏郡望。

湖南炎陵凌氏宗祠堂联

云翰关山雪霁；

玄房拍案惊奇。

【注】上联写凌云翰；下联说凌蒙初。

广东梅州凌氏通用栋对

考民系于含山，祖德巍峨，远接河间一脉；

溯渊源于渭水，宗功浩荡，还看江表双旌。

谱系溯河间，嘉应乔迁，永安卜筑，第户庆殷繁，俎豆馨香绵百世；

祖基开光耀，一脉衍流，四枝会蔚，家门敦孝友，箕裘继述振千秋。

广东平远凌氏双旌第联

学识迈寻常，道积厥恭，创始经营开俊烈；

子孙能继述，相乃祖孝，重新缔造赞鸿猷。

广东平远长田凌氏宗祠堂联

系河间而成大业，想当年祖德宗功，堪继益州世泽；

迁石角以展宏图，看此日孙贤子孝，允推江表家声。

广东平远大柘松柏凌氏宗祠堂联

堂寝宅开，赖祖德宗功，自足绵延衍世泽；

三峰并峙，叨山川秀气，仁看崛起聚英贤。

广东平远石正观泉公凌氏宗祠堂联

祖德莫忘，姓氏一门传冰上；

宗功须记，渊源可溯在河间。

观风问俗，国政攸关，当年绩著虔乡，为国为民作贡献；

泉远流长，渊源可溯，尔日创居马山，历朝历代发光华。

广东平远石正鹤湖墩凌氏宗祠堂联

祠宇建鹤湖，毓秀三多成鼎族；

谱系始河间，钟灵双岭壮名门。

广东紫金临江光凹凌氏宗祠堂联

河间绵世德；

汉佐振家声。

祥征六印家声远；

节表双旌世泽长。

含山事业流芳远；

江表经纶积庆长。

堂构庆维新，能创能承光祖德；

奂轮欣济美，有为有守耀宗功。

广东紫金瓦溪凌氏宗祠堂联

祭如在，先祖是皇；

俨若思，孝孙有庆。

绵双旌之世德，聚族于斯，左东河右东流，水绕堂前承祖泽；

传六印之家声，朝宗到此，坐南离向北阙，山环栋宇荫孙谋。

谋猷传百世，业创罗塘，基开墩背，念今日竹斯苞松斯茂，奂乎堂构重辉；

谟烈赞千秋，系由兴邑，派分永安，想当年祖有德宗有功，美矣箕裘克绍。

【姓源】《世本》。

① 商代族氏。商代晚期青铜器高父癸彝、高父乙觯即高氏器。其铭见《三代吉金文存》。

② 高氏，姜姓。齐太公七世孙齐文公，生公子高。高孙傒为齐之上卿，以王父名为氏，是为高傒。

③ 高氏，姜姓。春秋时齐惠公之子公子祈之后。祈，字子高，生公孙虿。虿子彊，以王父字为氏，是为高彊。

④ 春秋郑有高氏，大夫高渠弥是也。

⑤ 春秋宋有高氏，萧封人高哀是也。

⑥ 匈奴族姓。汉时匈奴句王、宜冠侯高不识之后（《北朝胡姓考》）。

⑦ 少数民族改姓（略）。

【分布】高姓为中国第 19 常见姓。人口约 1200 万，约占全国人口的 0.98%。约 31.7% 分布在山东、河北、河南三省（其中山东最多，约占全国高姓人口的 14.4%）；24% 分布在江苏、黑龙江、安徽、山西、辽宁、湖北六省（《中国姓氏·三百大姓》）。

【郡望】渤海郡。

【堂号】渤海堂、辽东堂、守愚堂、厚德堂等。

通用祠联

门联

户部世泽；

渤海家声。

【注】上联典指金国高德基。高德基(1119—1172)，大定中官户部尚书，字元履，辽阳渤海人。皇统二年登进士第。六年，为尚书省令史。海陵为相，专愎自用，人莫敢拂其意，德基每与之详辩。及篡位，命左司郎中贾昌祚谕旨曰："卿公直果敢，今委卿南京行省勾当。"未行，会海陵欲都燕京，命德基摄燕京行台省都事。改摄右司员外郎，除户部员外郎，改中都路都转运副使，迁户部郎中，转刑部尚书，改户部尚书。下联典指高姓望族渤海郡。

供侯世德；

渤海家声。

勋隆渤海；

绩著供侯。

厚从配地；

德足动天。

【注】① 供侯世德：典指高柴。据《高氏族谱》载，高氏十一世高柴，为孔子弟子，曾任鲁成宰，唐代追赠为共伯；宋代封供城侯，后人奉为先圣，入祀孔庙。② 渤海家声：典指高季兴。五代十国时高季兴为南平（或称荆南）开国之主。梁太祖时官拜荆南节度使，后封渤海王。唐庄宗时受封南平王。后唐伐蜀，乘机据归、峡二州，为十国中最弱小的一个国，对周围强国皆奉表称臣。高氏有声望的大家也族居渤海郡。

三年泣血；

八战铭功。

【注】① 三年泣血：典指高柴。高柴，春秋时卫国人，孔子弟子，性仁孝，亲丧，泣血三年，未曾见齿。尝为卫政。② 八战铭功：典出高崇文。高崇文，唐幽州人。治军有声，吐蕃寇宁州，崇文率兵往救，大破之，封渤海郡王。刘辟反，诏为左神策行营节度使，统兵讨辟，战于鹿头山，八战皆捷，刻石纪功，进封南平郡王。

女中尧舜；

学本程朱。

【注】① 女中尧舜：典指高皇后。宋英宗高皇后，临政九年，朝政清明，人称为女中尧舜。② 学本程朱：典指高攀龙。高攀龙，明无锡人，少时有志程朱之学，累官左都御史。后与顾宪成修复东林书院，讲学其中。

堂联

卢氏女独称学士；

高睿妻愿殉忠躯。

【注】① 卢氏女：南唐高越妻卢氏，美而慧，有文才，称女学士。② 高睿妻：唐高睿与妻秦氏，同陷房中，虏以官爵饵之，睿顾其妻曰："报国酬恩，正有今日。"遂同为虏害。

渤海家声远；

禹州世泽长。

【注】上联"渤海"乃高氏发祥之地，如北魏名臣、学者高允，东魏大臣高欢，隋朝大臣高颖，唐代爱国诗人高适、大将高崇文等，均出自渤海。高氏郡望曰渤海。下联指齐国公子高居河南禹州。公子高是受姓始祖傒的祖父。是为纪念祖先所来自的地方。

栋对

玉振金铿，烽火诗中吟紫塞；

珠联璧合，石头记后续红楼。

【注】上联典指明朝诗人高启；下联典指高鹗续《红楼梦》。

骏烈树南邦，袭清澜、升同知，继世即以传家，香歆千百载；

鸿恩怀北阙，命祀祠、晋使挥，光宗便是绳祖，庆衍亿万年。

台湾高雄美浓高氏渤海堂栋对

梅县肇原宗、启人文、序昭穆，族大丁多，石扇西迁龙肚住；

台湾传世系、追祖德、建祠堂，民稠地窄，竹门南徙福安居。

【注】此联将大陆祖地梅县、石扇，来台之龙肚、竹门、福安等嵌入。据悉，清乾隆二年（1737 年），十四世祖高国祥自广东嘉应州蕉岭入垦龙肚，光复后，高家第二十世祖移居现址，并兴建祠堂。

广东平远高氏宗祠堂联

> 东南圭璧，隐豹变之雾；
> 湘汉琳琅，表鸿渐之仪。

【姓源】《风俗通义》。

① 商代郭国，伯爵，公族以国为氏。郭国故城在今山东平阴县东河镇一带。春秋时灭于曹。

② 商武丁时今山西平陆一带亦有郭国，公族以国为氏。郭国，见于殷墟卜辞（《殷虚卜辞综述》）。

③ 郭氏，本姓虢氏。《元和姓纂》载："周文王季弟虢叔封于虢，或曰郭公，因以为氏。"周王朝时期，周文王的弟弟虢叔被封在西虢。西虢灭亡后，虢国的后裔有人因怀念故国，便以旧国名"虢"为氏。古代"虢"与"郭"相通，故"虢"氏又改为"郭"氏。

④ 以居处为氏。郭，在古代指城外，居住在城外的人有人以居处"郭"为氏。

⑤ 唐光禄少卿郭仁勋，本姓党氏。

⑥ 少数民族汉姓，如突厥族、鞑靼族等。少数民族融入汉族后改姓。

【分布】秦汉时，郭氏中的一部分人徙居江南，并有一部分移居内蒙古、甘肃、四川、安徽。

汉代及其以后的较长时期内，山西太原仍一直是郭氏的发展繁衍中心。唐代，河南郭氏曾两次向福建迁徙。一次是唐高宗至武则天年间，河南固始县人郭淑翁随陈政、陈元光父子入闽开辟漳州，在龙溪郭埭乡安家落户，又有将佐郭益随陈氏父子入闽，定居于此。

另外，在唐懿宗咸通年间，郭子仪之孙郭嵩与其叔带着先祖郭子仪的牌位，自光州固始随节度使王审知避战乱入闽，定居长乐新宁。

五代十国时期，郭子仪后裔大批南迁。福建、台湾、广东、香港的郭姓，多为郭子仪的后代。今新加坡、泰国、马来西亚、菲律宾、缅甸等国的郭姓，很多也是郭子仪的后裔。南宋时期，一部分郭姓人开始进入广东。明末清初，福建郭嵩的一支族人又从长乐分迁至闽东、闽中、闽南及闽西等地，后东渡台湾，散居于彰化、嘉义、高雄等地，发展为台湾十大姓之一。并有部分人远徙欧美及东南亚，这些都是客家人。

郭姓为中国第 16 常见姓。人口约 1400 万，约占全国人口的 1.13%。约 36% 分布在河南、河北、山西、山东四省；24% 分布在广东、四川、湖北、新疆、安徽五省、自治区（《中国姓氏·三百大姓》）。郭姓客家人广东最多，江西、四川、广西、湖南、台湾和港澳也有分布。

【郡望】汾阳郡、河内郡、太原郡。

【堂号】汾阳堂、太原堂、等贤堂、冯翊堂、华阴堂等。

通用祠联

门联

> 汾阳世泽；
>
> 将相家声。

> 汾阳世泽；
>
> 虢国家声。

【注】以上两联指郭姓的郡望和堂号。汾阳：古邑名，春秋晋地。在今山西静乐西。

> 北宫史表；
>
> 东国人伦。

【注】上联典指战国时燕国大臣郭隗；下联典指东汉学者郭泰。

> 金台师事；
>
> 竹马欢迎。

【注】① 金台师事：典指郭隗。郭隗，战国时燕国人，燕昭王欲报齐仇，拟招徕人才，向他问计。隗曰："大王欲招贤，先从隗始，贤于隗者，岂远千里哉。"于是昭王为隗筑黄金台师事之，乐毅、邹衍等闻风而至。② 竹马欢迎：典出东汉郭伋。郭伋，为并州太守，有德政，民乐年丰，户籍大增。及再至任并州牧时，儿童数百，骑竹马迎拜道次。

织女赐词，汾阳寿考；

郡主好礼，真定芳徽。

【注】① 汾阳寿考：典指郭子仪。郭子仪，唐大将，以武举累迁朔方节度使，平安史之乱功属第一，封汾阳王。相传子仪遇织女下凡，对仪曰："大富贵亦寿考。"子仪官至太尉中书令，卒谥忠武，享年八十五岁。② 真定芳徽：典出郭昌。郭昌，汉云中人，娶真定恭王女，号郭主，好礼节俭，绰有"母仪"。

祖汾阳、派富阳、族螺阳，三阳开泰；

原晋水、分法水、聚奇水，万水朝宗。

【注】此联为福建省惠安县百崎回族乡郭氏宗祠联。百崎回民的开基祖郭仲远于明洪武九年（1376年）从泉州法石（今石头街），带着妻儿迁到后渚港畔的惠南海滨，在这个风景秀丽的奇山之下安居乐业，生息繁衍，至今600多年。大门上面匾额题字"汾阳衍派"，"汾阳"是汉族郭姓的堂号，源于他们的始祖郭子仪曾经被封为"汾阳王"。百崎郭氏既然是回族，为什么自称是汉人郭子仪的后裔呢？原来，元朝时发生了一起"反色目"的排外风波，郭氏回民为求得生存与发展的空间，只好寄托在汾阳郭氏望族的名分下。其实，百崎回民的先人是由"海上丝绸之路"来华经商的阿拉伯穆斯林，最初定居在杭州府富阳县的郭家村，历经数代繁衍至郭德广，他的阿拉伯名译音为伊本·库斯·德广贡。"库斯"与"郭氏"谐音，这就是回族人汉族姓的由来。

见虏单骑，远祖忠贞昭日月；

旌间双阙，先人孝德动乾坤。

江西吉水水田郭氏宗祠堂联

堂奠兑方震位，西映岚光，东迎紫气；

门环屏岫琴塘，春看鱼变，秋听鹿鸣。

【注】郭氏宗祠忠武堂，远尊唐朝名将郭子仪，南宋时期开基。

江西赣州城内姚衙前郭氏宗祠联

水性亦朝宗，看章贡环流汾水，英贤征荟萃；

山灵知顾祖，得崆峒辅势西山，俎豆庆绵延。

——郭传荩

【注】① 郭氏宗祠在赣州老城区姚衙前。清光绪三十二年（1906 年）八月动工，宣统三年（1911 年）落成。② 朝宗：原指古代诸侯天子，借指百川入海。比喻人心所向。③ 汾水：在山西境内，这里代指郭姓的发源地。④ 俎豆：俎和豆，古代祭祀、宴飨时盛食物用的两种礼器，亦泛指各种礼器。后引申为祭祀、崇奉。

唐室溯宗功，辅一人定国中兴，社稷乾坤欣再造；

景山营祖庙，联八派同堂肇祀，衣冠文物耀双江。

——郭廷辉

【注】① 唐室溯宗功，辅一人定国中兴：这里赞颂唐代政治家、军事家郭子仪。郭子仪（697—781），华州郑县（今陕西华县）人，祖籍山西太原。安史之乱爆发后，郭子仪任朔方节度使，率军勤王，收复河北、河东，拜兵部尚书、同中书门下平章事。757 年，郭子仪与广平王李俶收复西京长安、东都洛阳，以功加司徒，封代国公。763 年，仆固怀恩勾结吐蕃、回纥入侵，长安失陷。郭子仪被再度启用，任关内副元帅，再次收复长安。765 年，吐蕃、回纥再度联兵内侵，郭子仪在泾阳单骑说退回纥，并击溃吐蕃，稳住关中。780 年，郭子仪被尊为"尚父"，进位太尉、中书令。次年，郭子仪去世，赐谥忠武，追赠太师。② 营：建设，营造。③ 双江：即环绕赣州城的贡水、章江。

遐想当年，为将相封侯王，安靖两京，万代勋名昭日月；

福临此地，向崆峒环章贡，谊联十属，千秋俎豆荐馨香。

——郭以文

【注】① 安靖：平定，使秩序安定。② 两京：汉唐以来，称长安、洛阳为两京（即东京和西京）。③ 勋名：功名。④ 十属：概数，多个同姓的家族。⑤荐馨香：荐，进献；馨香，指用作祭品的黍稷。

祖迹发山西，想当年八男显爵，七婿官高，半壁宫花，直极人间真富贵；

祠基建城北，看此地五岭峰回，双江水汇，千秋享祀，从此世绪延箕裘。

——郭传华

【注】① 爵：君主国家贵族封号，爵位、爵号，是古代皇帝对贵戚功臣的封赐。旧说周代有公、侯、伯、子、男五种爵位，后代爵称和爵位制度往往因时而异。② 宫花：科举时代考试中选的士子在皇帝赐宴时所戴的金花。多为绢类织物制成，戴在头上作饰物，宫廷里常作为赏赐品。③ 五岭：大庾岭、骑田岭、都庞岭、萌渚岭、越城岭，或称南岭，横亘在江西、湖南、两广之间。④ 世绪：世上的功业。⑤ 箕裘：比喻祖先的事业。

祖德不须夸我，先公勋冠皇唐，久炳烺乎史册，但愿合族中人人法祖，无愧忠武家声，便为孝子；

宗功宜必报予，总祠合营赣郡，隆祭祀于春秋，惟欲同姓内个个敬宗，常念汾阳世泽，即是慈孙。

——郭维藩

【注】① 炳烺：光亮鲜明。② 予：我。③ 赣郡：指赣州。④ 汾阳：汾阳堂为郭姓的一个堂号。

大富贵亦寿考；

多子孙宜侯王。

【注】寿考：年高，长寿。

江西上犹东山镇石坑虎形郭氏宗祠联

立圣贤功，半壁金花荣甲第；

存忠良志，满床牙笏振家声。

【注】牙笏：象牙手板。亦指朝笏。也称牙简。原为大臣朝见皇帝时所执用。

江西东山石坑大片郭氏宗祠联

续祖父大振乾坤，门第尽容驷马；

待儿孙荣登科甲，文光直射斗牛。

【注】驷马：指显贵者所乘的驾四匹马的高车。表示地位显赫。

江西安远鹤仔阳佳郭姓宗祠汾阳堂联

彦士报宗功，齐家治国恢先绪；

英豪先祖德，忠恕兴仁启后贤。

【注】① 鹤仔镇阳佳郭姓宗祠汾阳堂：鹤仔镇位于安远县西南部。郭氏汾阳

堂在阳佳村内，简朴大气，雄浑厚重。此堂始建于1388年，1989年冬第七次修理成现状。② 彦士：有才学的人，才士。③ 先绪：祖先的功业。

广西柳州鹿寨料旺郭氏宗祠联

公侯门第；

将相家声。

【注】此为祠门联。联说本支郭氏的门第家声，为唐代杰出的将相郭子仪家族。郭子仪在安禄山叛乱时为朔方节度使，任关内河东大元帅，平安史之乱，功属第一，封汾阳王。官至太尉中书令。河内郡在今河南黄河北岸一带。

堂联与栋对

汾阳事业留余典；

虢叔箕裘守故风。

台湾郭姓宗祠门联和堂联

小序：台湾屏东高树的郭氏人家，大都由大陆迁徙而去，故郭家堂号乃为大陆祖先的"太原堂"，其余地区的均为"汾阳堂"。

有道家声；

汾阳世第。

有道家声远；

汾阳世泽长。

汾姻儿孙松柏喜；

阳明众祖湖千秋。

誉满金台光世泽；

王封唐室振家声。

旭日东升福耀地；

春满乾坤福满堂。

【注】① 有道家声：典出郭泰。郭泰，字林宗，太原介休（今属山西）人，

东汉末年为太学生首领，不就官府征召，后归乡里。司徒黄琼辟、太常赵典曾推举他为有道，故人称其为"郭有道"。光禄勋主事范滂称郭泰隐不违亲，贞不绝俗。郭泰死后，蔡邕作碑文，曰："吾为碑铭多矣，皆有惭德，唯郭有道无愧色耳。"郭姓子孙将这一位在人品、气节上无可挑剔的郭有道，标举于自家的祠堂对联之上，永远纪念，传承后裔。② 誉满金台：典指郭子仪。

湖南炎陵郭氏宗祠堂联

北周史表；
东国人伦。

【注】上联典指郭隗；下联典说郭泰。

道学千古；
纲目一人。

【注】上联典说郭忠孝；下联典说郭子仪。

四川乐山沙湾郭氏宗祠堂联

子孙贤族乃大；
兄弟睦家之肥。

【注】联为远祖玉楼公书先哲祖训。

广东大埔大麻小留郭氏宗祠堂联

人才今有道；
功业古汾阳。

——丘逢甲

丘逢甲（1864—1912）：名秉渊，又名仓海，字仙根。近代伟大的爱国志士，教育家，诗人。祖籍广东镇平，生于台湾苗栗县铜锣湾。14岁童子试获全台第一名，25岁考取举人，26岁考取三甲进士。中日甲午战起，筹建义军抗日保台，事败挥泪内渡蕉岭文福淡定村，兴教育才，被孙中山任命为中华民国教育长，著有《岭云海日诗抄》。此联为丘逢甲赠题联。

广东梅州郭氏宗祠木斯堂联

世出汾阳，一迁邠二迁岐三迁丰镐，瓜瓞绵绵，垂裕八百余年基业；
系从虢叔，初盛唐再盛宋大盛元明，螽斯蛰蛰，相继二十四校中书。

——林大钦

　　林大钦（1511—1545）：明嘉靖壬辰科状元。字敬夫，号东莆。潮州府海阳县东莆都仙都村人（今潮州市潮安区金石镇仙都村）。幼家贫，聪颖嗜学。1532年中状元。授翰林院修撰。以母老乞归，结讲堂于桑浦华岩山，与乡子弟讲贯六经，究性命之旨。1540年母逝，哀伤过度而大病。1545年葬母于桑浦山之麓，在归途中病卒。林大钦是潮汕本土培养出来的唯一一位科举文状元，其学术思想主要是当时盛行的王阳明学说。后人集其生前作品成《东莆先生文集》，潮州学者黄挺补充整理为《林大钦集》。林大钦与翁万达、陈北科并称"潮汕三杰"。此联为郭家请林大钦为其宗祠题撰堂联。

广东梅州郭氏宗祠通用栋对

> 虢叔溯渊源，由邠岐丰镐，垂统八百余年基业；
>
> 汾阳追世胄，历唐宋元明，相传二十四校中书。

祖德炳千秋，念汾水，拜相封王，伟绩丰功，厚德光辉绵石寨；
宗功昭万代，贻马山，枝繁叶茂，族盛藩衍，诗书继世接闽杭。

福建宁化曹坊根竹徐氏家庙联

> 原溯南州，奕叶簪缨宏祖泽；
>
> 枝分白鹭，千秋俎豆报宗功。

广西昭平黄姚古镇郭氏宗祠堂联

> 系谱接汾阳，维佐聚芝乾志瑞；
>
> 当春群发达，肇兴家运萃祯祥。

【姓源】《世本》。

① 唐氏，祁姓。帝尧之后。帝尧居于陶，在今山东定陶县西北，为陶唐氏。后继帝挚而为部族联盟首领，号有唐氏。初都于刘（今河北唐县、望都一带）。后西徙今太原（古称晋阳）。其后，自夏至商，受封唐国（殷墟卜辞作易国），公族以国为氏。唐，商末徙封今山西翼城县西唐城村，周成王八年为周所灭（《中华姓氏源流大辞典》）。

② 东汉末年，西北部少数民族中，也有以唐为姓的，后来他们的生活汉化，与汉族唐姓也不区分。据《姓氏考略》载，武王子叔虞封于唐，后为氏。望出晋昌、北海、鲁国。或曰：唐氏有二，尧之后为唐以封晋，此晋之唐也。伊祁姓燮父之后封于唐，为楚所灭，此楚之唐也。由此可知，天下唐氏，一支是圣君帝尧的后代，一支则是周文王的姬姓子孙。不过，再进一步推溯，则两支唐氏都是源自黄帝轩辕氏，并且都出现于3000多年前的西周时期。

③ 姬姓，以邑名为氏。周王朝灭唐后，封周成王姬诵的弟弟唐叔虞于唐邑。唐叔虞的后裔有人以先祖封邑名"唐"为氏。

④ 少数民族汉姓或改姓（略）。

【分布】秦汉时期，唐姓族人主要分布在江苏、江西、四川、广东、安徽、浙江、陕西、河南和湖北等地。隋唐时期，唐姓族人迁居到了福建一带。

唐姓为中国第25常见姓。人口约780万，约占全国人口的0.62%。约35%分布在湖南、四川二省（其中湖南最多，约占全国唐姓人口的

18%）；34% 分布在安徽、重庆、广西、江苏、贵州、云南六省、市、自治区（《中国姓氏·三百大姓》）。唐姓客家人湖南、广西、四川较多，广东、重庆、江西、台湾也有分布。

【郡望】晋阳郡、晋昌郡。

【堂号】晋阳堂、忠恕堂、禅让堂、桐圭堂、移风堂等。

通用祠联

门联

荆州著美；

晋水流徽。

【注】全联指唐姓的郡望和堂号。

晋阳世泽；

江右宗风。

【注】上联指唐氏有声望的世家大族居晋阳，唐氏以晋阳为堂号。下联指唐氏裔孙南渡后，繁衍于江西之宁都，大埔唐氏乃江西分脉。

放勋世德；

叔虞家声。

【注】① 放勋世德：《史记·五帝本纪》载："帝喾娶陈锋氏女，生放勋。"放勋即为尧。喾去世后，由挚继位，因荒淫无度被诸侯废掉，共举十八岁的放勋继位，即为尧帝，在位七十年。② 叔虞家声：周成王的弟弟，封于唐，并赐予怀姓九宗，职官五正。

仙霞立祀；

云壑留名。

【注】① 仙霞立祀：典指唐元章。唐元章，宋兰溪人，字子焕，为文思院官。起兵抗元，进兵扼守严州，相持二年，粮援不继，战死于龙游白云寺前。时人修唐将军庙祀之。② 云壑留名：宋唐容举进士，宰丰城，有政声，后隐居建昌，号云壑老人。

帝尧启绪；

唐叔振封。

【注】① 帝尧启绪：陶唐氏部落领袖为尧，后因以唐为姓。② 唐叔振封：周武王子叔虞封唐，以国为氏。

商山隐士；

宋室直臣。

【注】① 商山隐士：典指唐秉。唐秉，汉时人，字宣明，号东园公，为商山四皓之一。② 宋室直臣：典出唐介。唐介，宋江陵人，字子方。历迁殿中侍御史，屡劾当道，被贬荆州别驾，直声动天下。

大节全由母教；

侍儿幸配文魁。

【注】① 大节全由母教：典指唐璘。唐璘，宋古田人，字伯玉。嘉定进士，擢御史，居官能极言，居官大节，多由母教，史称为古之遗直。及母丧，哀毁不食而卒。② 侍儿幸配文魁：典出唐寅。唐寅，明吴县人，字伯虎，号六如居士。有逸才，不修边幅，佯狂嗜酒。甚爱华学士家侍儿桂华，遂鬻（卖）身为华宅佣人，始得谐偶。婚夕乃实告为唐解元。

堂联或栋对

谋略功勋，图绘凌烟长享誉；

丹青翰墨，名垂竹帛远流香。

【注】上联典指唐代天策府长史唐俭。唐俭，少与太宗游，见隋政乱，因说以建大计，后佐太宗定天下，为天策府长史，封莒国公，图形凌烟阁。下联典指明代唐皋、唐汝楫、唐文献三人，先后均举进士第一。

铜圭锡庆；

禾册基祥。

世德孝思绳祖武；

遗风勤俭启陶唐。

定鼎功高，形绘凌烟阁上；

奇魁文妙，席首琼林宴中。

江西会昌西江河背唐氏宗祠联

五豸门第观龙变；

八骏家声听凤鸣。

【注】① 河背唐氏宗祠：河背村位于西江镇东北部。据唐氏族谱载，此联撰于明代永乐年间，作者不详。② 豸：指獬豸，古代传说中的神兽，代指人中俊杰。据唐氏族谱载，唐百全（731—？）唐代进士，历任太子太傅。唐百全父子、孙辈皆封官爵。唐氏后裔以五豸代指唐百全系下的五个显贵的孙子：长孙唐云章，任宣宗朝承务；次孙唐湘，任广州通判；三孙唐滨，进士出身，任礼部侍郎；四孙唐滚，任二品国师；五孙唐汴，戊辰进士。③ 龙变：比喻朝廷更替与历史变迁。④ 八骏：传说中周穆王驾车用的八匹骏马，能日行万里。后比喻人才众多。

广西唐氏宗祠通用祠联

江南风流才子；

西蜀思想名家。

【注】上联典指明代画家唐寅。唐寅少年时向周臣学画，后结交沈周、文徵明、祝允明等人，一起切磋文艺。二十九岁时中乡试第一，会试时因牵涉科场舞弊案而被除名。后游名山大川，以卖画为生，性格疏朗放逸，曾刻有"江南第一风流才子"印章。下联典指清初思想家唐甄。唐甄，字铸万，号圃亭，达州人，曾任山西长子县知县。抨击封建君主专制制度，批判封建道德，在经济上主张"富民"。著作有《衡书》（后改名为《潜书》）、《圃亭集》等。

广西玉林兴业葵阳唐氏德荐祠门联

桐封世泽；

郁郡家声。

【注】① 桐封：桐叶之封的缩语。《史记·晋世家》："成王与叔虞戏，削桐叶为珪以与叔虞，曰：'以此封若。'史佚因请择日立叔虞。成王曰：'吾与之戏尔。'史佚曰：'天子无戏言。言则史书之，礼成之，乐歌之。'于是遂封叔虞于唐。"后因以"桐叶之封"指帝王封拜。唐在黄河、汾河的东边，方圆一百里，所以叫唐叔虞，姓姬，字子于。史称"桐叶封弟"。② 郁郡：古代设有郁君，治所在湖南、贵州、广西交界处。疑玉林唐氏由此而来。

堂联

> 支派衍千秋，灌水源同，庆会家修廷献；
>
> 箕裘承百代，福绵日远，请征人杰地灵。

【注】此处说玉林唐氏由灌水（灌阳）而来。箕裘：比喻祖先的事业。古人有"良冶之子，必学为裘；良弓之子，必学为箕"之语。

广西玉林兴业葵阳唐氏福绵崇善祠门联

> 晋阳流世泽；
>
> 崇善绍宗风。

【注】① 晋阳：唐氏郡望之一。古邑名，春秋时为晋邑。古县名，秦置，治所在晋阳城。秦汉为太原郡治所，东汉后又为并州治所。② 崇善：亦为唐氏堂号之一，出处待考。

堂联

> 绍周室家风，蕃衍盈升，父言慈、子言孝，兄友弟恭，咸懔祖宗业绩；
>
> 叙郁阳支派，瓜绵延蔓，进以礼、退以义，伦敦纪动，克循少长仪文。

【注】① 此上联用"桐叶封弟"典故。② 郁阳：古县名，即玉林唐氏所在县。③ 仪文：礼仪形式。

陕西紫阳县绕溪河唐氏宗祠联

> 蟋蟀溯遗风，谋诒佛说维勤俭；
>
> 芝兰涵旧泽，绪衍桐封尚读耕。

【注】唐氏，肇姓始自叔虞。周成王封弟叔虞为唐侯，其子燮改国为晋。周安王（前376年）三家分晋，废靖公为庶人，靖公遂奔居东都（今洛阳），复姓唐氏，故唐姓以靖公为鼻祖。唐氏经世代繁衍，成为中华大族，支派繁多。其一支先迁徙江西，后迁湖南，再迁川东秦巴山区。乾隆五十三年（1788年），唐永之携子良鹤由四川迁入陕西南定居在紫阳县绕溪河及高桥镇龙潭乡学堂村至今嗣延十余代。紫阳县绕溪河及高桥镇龙潭乡学堂村，矗立着远近闻名的唐氏祠堂，匾额"洪祚载辉"，两边刻挂祠堂联。联语雅致工稳，含蓄蕴藉，咀嚼味浓。"蟋蟀"是《诗经·唐风》第一篇，有感时伤怀，悯国忧君之旨，体现陶唐氏后人忧深思远的性格特征。《孔子家语·在厄》有"芝兰生于深林，不以无人而不芳"之句。上联讲唐氏子

孙要具忧国忧民的情怀，精勤精简。下联讲勤读古贤万卷书，修习成优良德品。

陕西安康唐氏晋阳祠堂联

> 桐叶封宗家声远；
>
> 平阳遗荫世泽长。

【注】在中原汉人南迁潮流中，唐氏一族辗转迁徙，始迁钱塘，再迁江陵，又迁江西，分别定居南昌和吉安府泰和县。从资料看，其分支安化唐氏经湖北取道白河、旬阳、平利进入安康月河盆地，逐渐播迁于安康南北二山以及旬阳、平利、南皋，乃至商洛镇安等地，不断繁衍发展成为安康的大家族。上联典出唐叔虞，下联讲祖上德高福荫长。

台湾唐姓宗祠门联或堂联

> 晋代家声远；
>
> 阳州世泽长。

【注】对联直接用唐姓人家的堂号"晋阳"，以鹤顶之联格，嵌入上下联之句首。这是客家人撰写祠堂门联和堂联常用的形式，也是台湾屏东六堆地区常见的形式。

【姓源】《通志·氏族略》。

① 以水为氏。《说文解字》："（涂）水出益州牧靡南山，西北入渑。"又《水经注》："涂水出阳邑东北大嶅山。"汉王朝时期居住在涂水流域的人，以居住地的水名"涂"为氏。《通志·氏族略》："南昌洪州有涂氏，因水为姓。"位于今江西省境的涂河，古代叫作涂水，涂氏家族的祖先，因居于涂水之旁，而"以水为氏"姓了涂，并且很快在江西南昌一带繁衍壮大。

② 塗姓，自宋朝起分别为塗、涂二姓。

③ 夏王朝时期有复姓塗山氏，其族人后简化为塗氏。《史记》载，夏禹娶塗山氏之女为妻。禹生子启，继位为夏王。塗山氏一直在其初起之地发展繁衍，并由部落演变为方国，再由方国发展为诸侯，其名称进而衍化为姓氏，即塗姓。晋朝开国功臣塗钦，改"塗"为"涂"，自称涂钦。涂钦的后裔有人便以"涂"为氏。

④ 少数民族融入汉族后改姓，如瑶族、土家族、哈尼族等。

【分布】涂姓为中国第153常见姓。人口约85万，约占全国人口的0.068%。约61%分布在湖北、江西、广东三省（其中湖北最多，约占全国涂姓人口的31%）；24%分布在四川、湖南、安徽、贵州、云南五省（《中国姓氏·三百大姓》）。涂姓客家人主要居住在广东、江西、湖南和湖北，台湾、四川和安徽有少量涂姓客家人。

【郡望】豫章郡。

【堂号】豫章堂、五桂堂等。

通用祠联

门联

> 乡贤世第；
>
> 御史家声。

【注】指明代名人辈出，涂一榛为通政史；涂文辅为司礼秉笔太监；涂宗浚为兵部尚书。

> 涂山启源；
>
> 涂水流芳。

【注】指涂姓的郡望和堂号。

> 十州世第；
>
> 五桂家声。

【注】上联典出宋代涂偾。涂偾，官朝列大夫，生九子一女，九子皆官至知州，一女适饶州知州，故时有"九子十知州"之誉。下联典出宋代涂济。涂济，生五子：大任、大琳、大经、大明、大节，俱登进士。为官显赫，人称"五桂"，故涂氏堂号又称"五桂堂"。

> 翰林三妙品；
>
> 奕叶四奇才。

【注】上联典出明代涂瑞。涂瑞，少颖悟不凡，仪表丰伟，弱冠以文学著称，性豪放不羁，善书法。登成化进士，授翰林院编修。时称翰林三妙，所谓三妙，即才学、书法、仪表。卒年四十六。下联典出明代涂观。涂观，正直平易，笃于孝友，兄谦及二子异、旦皆以才名称世。

堂联

> 十一世创业开基，鸿图大启，燕翼诒谋，派衍青溪昌厥后；
>
> 亿万年孔明祀事，豹变南山，鲲腾北海，英豪奋迹绍徽前。

台湾涂氏宗祠门联和堂联

堂号小序：台湾涂姓是宜黄大一公之后。有俊公由宜黄迁丰城甘棠，为甘棠始祖，保公之后。有亮公迁会昌涂坊，为涂坊始祖。人杰公迁南昌大湾，为大湾始祖，六郎公由赣县迁福建长汀，为长汀始祖。十八郎公由长汀迁广东大埔，为大埔始祖。四十七郎公又名仁弘公，由长汀转大埔，再迁镇平（今改蕉岭），为蕉岭始祖。故堂号仍用"五桂堂""豫章堂"。

> 五桂家声远；
> 四奇世泽长。

> 五士连科光甲第；
> 桂馥芬芳振家声。

> 五桂望隆思旧德；
> 四奇学邃重儒林。

> 五桂芳徽传海岛；
> 四奇令绪衍台疆。

> 五桂家声传粤省；
> 四奇世泽衍台疆。

> 豫祖庇祐家先吉；
> 章宗显耀子孙贤。

> 祖德恢宏，翰林三妙；
> 祠堂瑞霭，奕叶四奇。

【注】① 五桂、五桂望隆、五桂芳徽、五桂家声、五士连科光甲第：说的都是涂济的五子，也就是涂大任、涂大琳、涂大经、涂大明、涂大节科甲联辉的典故。② 四奇：为明朝涂观的典故。相传涂观与其兄涂谦，二子涂异与涂旦，四人皆为进士出身，时人称之"奕叶四奇"。③ 祖德恢宏，翰林三妙：是明朝涂瑞的典故。

涂瑞，成化丁未的进士。他有文学长才，仪表堂堂，又擅长书法，时人称之为"翰林三妙"。联撰"翰林三妙""奕叶四奇""五桂""十州"，可见涂氏一家科甲文风之荣盛，子孙将其先人之故典嵌于门、堂联内，提醒后人勿忘先人史迹，弘扬光大。

台湾屏东内埔涂姓宗祠栋对

五桂号无双，福乡扬名，当思祖德宗功，瓜瓞绵绵长世泽；

豫章推第一，沙坝阀阅，惟爱子贤孙肖，螽斯蛰蛰振家声。

【注】此联点出五桂堂、豫章堂号。豫章：郡名，楚汉之际置，治所在南昌。

广东梅州涂氏宗祠堂联

系始涂山，在昔汉唐宋世，五桂十州绵世德；

支分晋代，迄今江闽粤间，四奇三妙振家声。

广东大埔英雅坑尾梅树冈涂氏祠堂联

祠宇建梅岗，枕那岭，拱帽峰，赫赫规模，守成当思创业；

云礽宜树德，和乡邻，睦宗族，煌煌圣训，敬祖即是尊王。

广东大埔英雅寨子涂氏宗祠堂联

德厚自流芳，溯当年香飘五桂，衍派涂山，经武纬文光百世；

庆余由积善，期吾辈勤读力耕，承先裕后，云蒸霞蔚耀千秋。

广东平远石正涂氏宗祠堂联

英气快当年，挡天撼地；

雄风披变世，扶社除氛。

派出长汀，想当年祖德功宗，五桂家声思赫濯；

基开平邑，缅今日昭左穆右，十州谱业庆荣昌。

广东蕉岭涂氏宗祠堂联

揽黄沙胜景，有诰山飘红，旗峰叠翠，燕山高卧白云浩；

登骊坊新祠，正羊绸献瑞，宝殿生辉，石窟长流丹桂香。

福建长汀涂氏宗祠堂联

夏禹娶涂山，姻联王室；

永嘉移江左，绩著帝廷。

福建宁化曹坊罗溪涂氏宗祠堂联

五桂振家风，山高水长，百代声灵犹赫濯；

十世昭丹系，瓜绵椒衍，千秋俎豆亦馨香。

台湾屏东内埔涂姓宗祠栋对

晋侯宋士，想当年姓著千家，昭考穆考，盛代冠裳犹在，

五甲十州，思世上瑞超人文，宗子支子，至今德泽长存。

台湾六堆涂氏五桂堂联

由广东以迁台地，承前人克勤直耐，惟冀于为子为孙；

至上树而建屋宇，继后裔箕裘济美，当思乎乃祖乃宗。

台湾屏东内埔上树村涂姓宗祠灯对

灯火辉煌财丁两旺；

梁材伟大文武双全。

台湾屏东内埔振丰村涂氏宗祠堂联

传学仰前贤，谈祸福，撰志书，惟烈惟谟，德业勋名昭百世；

发祥看后裔，重伦常，明礼教，勤耕勤读，箕裘继述振千秋。

【姓源】《元和姓纂》。

①《穆天子传》古有容氏国，容氏以国为氏。

②孔子弟子南宫适，字子容，其后有容氏。

③广东容氏出慕容氏之后。

④少数民族汉姓或改汉姓，如回族、壮族、黎族等。

【分布】容姓人口少，但分布很广。北京市，河北石家庄，福建长汀、三明、宁德，江西铜鼓、吉安、广昌、永丰、大余，湖北武汉，湖南益阳、娄阳、娄底，广东广州、增城、佛山、中山、珠海、韶关，海南白沙，重庆市大足，四川大竹、仪陇、宜宾（县），陕西西安，台湾地区，均有分布。容姓客家人福建、江西、广东、湖南都有，但人口很少。

【郡望】敦煌郡。

【堂号】敦煌堂。

通用祠联

门联

> 黄山世德；
>
> 历法家声。

【注】上联指唐姓的郡望和堂号。下联典指相传黄帝为史官的容成，是历法的最初制定者。

> 名臣造律；
>
> 孝行流芳。

【注】① 名臣造律：典出容成。容成，上古黄帝之臣，始造律历。② 孝行流芳：典出容悌舆。容悌舆，明香山人。性纯厚，学博行修，事母至孝，母病风瘫，悌舆恭侍汤药，十三年无懈，乡人称孝行先生。

堂联

教孝教忠开世德，

且耕且读振家声。

栋对

龙脉乘五指飘来，看嶂叠峦层，往就基图夸胜境；

鸿业喜一朝创建，羡翚飞鸟革，祥开富窟振前徽。

【注】此联典出《诗·小雅·斯干》："如鸟斯革，如翚斯飞。"今称雕梁画栋。

诸（諸）

ZHŪ

【姓源】《风俗通义》。

① 诸，商代方国，公族以国为氏。诸方，在今山东诸城市西南（《国语·郑语》）。

② 春秋鲁邑，《左传·庄公二十九年》"城诸及防"是也。在今山东诸城市西南。鲁大夫以邑为氏。

③ 本诸葛氏。北周诸葛十朋，入宋易姓诸，隐于会稽山，终身不复出。后世诸葛氏亦或省作诸姓。

④ 浙江余姚氏之一支，其先本姓朱。始祖朱彦明，元深泽教谕。濠州（今安徽凤阳县临淮镇）人（清道光余姚《诸氏家谱》）。

⑤ 少数民族汉姓，如蒙古族、苗族等。

【分布】诸姓人口较少，主要分布在北京市中心城区、昌平，天津中心城区、武清，河北柏乡、鸡泽、香河、永清、任丘、封丘，山西太原，内蒙古突泉、赤峰，上海中心城区、嘉定等地。诸姓客家人较少，主要分布在广东河源、佛山等地，广西桂林也有少量分布。

【郡望】琅琊郡。

【堂号】琅琊堂。

通用祠联

数语行成，吴终为沼；

片言悟主，楚罢层台。

【注】上联典出春秋时越国大夫诸稽郢。诸稽郢善言辞。吴王夫差伐越，越

王勾践起兵在江上迎战。大夫文种就献计说吴国正强，不能与战，必先骄慢其志，罢疲其民，然后再设法对付它。于是勾践便派诸稽郢到吴国去求和。郢见吴王称他为天王，称越国就是吴国的纳贡献物的封地，极尽卑言之能事。吴王非常高兴，下令撤兵。越国得以喘息，最终消灭吴国。下联典出春秋时楚国人诸御己。楚庄王筑层台，垒土千重，大臣因谏止而被杀头的已有七十二人。御己听说后，放弃耕田，到京师拜见庄王，他说：土负水者平，木负绳者正，君受谏者圣，并列举桀、纣以来凡帝王不能尊贤用士者皆身死国亡的事实。楚王终于解层台而罢民役。楚人歌之曰："薪乎莱乎？无诸御己讫无人乎！"

诸葛 (諸葛)
ZHŪGĚ

【姓源】《世本》。

① 本琅琊诸县（今山东诸城城西南）葛氏。西汉昭、宣帝时徙阳都（今山东沂南），时人以葛氏迁之于诸，谓之诸葛氏，后即以为氏。

② 少数民族汉姓，如朝鲜族、土家族等。

【分布】诸葛姓人口少，主要分布在北京、天津的中心城区，北京的昌平、天津的武清。客家人姓诸葛者主要分布在湖南邵阳，广东的河源、佛山、增城和广西的桂林，但人口都不多。

【郡望】琅琊郡。

【堂号】琅琊堂。

通用祠联

门联

武乡望族；

文定名家。

【注】全联典指三国时期蜀国的诸葛亮。诸葛亮辅后主刘禅，以丞相封武乡侯，兼领益州牧。卒谥忠武。

司马乃吴中信士；

卧龙本天下奇才。

【注】① 吴中信士：指诸葛亮之兄诸葛瑾。瑾初为孙权长史，转中司马。每使蜀，与弟亮俱公会相见，退无私面，吴主孙权深信之。② 天下奇才：典出蜀汉诸葛亮。诸葛亮，字孔明，躬耕南阳，徐庶称为卧龙。刘备三顾其庐，亮乃出

辅弼刘备成就蜀汉大业，司马懿叹为"天下奇才"。

溯汉室以来，祀文庙、祀乡贤、祀名宦、祀忠孝义烈，不少传人，自有史书标姓氏；

迁浙江而后，历绍兴、历寿昌、历常村、历南塘水阁，于兹启宇，可从谱牒证渊源。

【注】全联典出诸葛姓的史迹和迁徙路线。

读出师两表，大义贯古今，莫认宗功专在汉；

遵谱系一丝，声华联岳读，须知祖德遍于川。

【姓源】《风俗通义》。

① 陶氏，氏于事也（《风俗通义》）。周成王封唐叔殷民七族，其一陶氏，盖以作陶为业之氏族也。

② 以官名为氏。周王朝时期，虞舜的后裔虞思官至陶正，虞思的儿子虞阏承袭父职。虞阏的后裔有人以先祖官名"陶"为氏。

③ 陶叔氏、陶丘氏，或省为陶氏。

④ 古代溪族姓（《中国古代少数民族姓氏研究》），即寻阳陶氏。

⑤ 宋初大臣陶穀，本姓唐，后晋时避石敬瑭名讳改陶姓。盖以陶、唐同源也。陶穀，五代、宋初邠州新平（今陕西彬县）人（《中华姓氏源流大辞典》）。

【分布】宋朝时期，陶姓在北方发展迅速。陕西、河南、山东、山西、河北等地出现了大量陶姓人口。南宋末年，江南一带狼烟突起，为躲避战乱，陶姓族人纷纷迁至湖南、湖北、福建、广东和广西等地。

明朝时期，陶姓作为山西洪洞大槐树迁民姓氏之一，一部分被分迁到了安徽、河南。两湖的陶姓则随湖广填四川的移民浪潮，入居四川，进而播迁于云贵高原地区。

陶姓为中国第102常见姓。人口约200万，约占全国人口的0.16%。约40%分布在安徽、江苏、湖北、湖南四省（其中安徽最多，约占全国陶姓人口的13%）；30%分布在浙江、江西、重庆、云南、四川、河南六省、市（《中国姓氏·三百大姓》）。陶姓客家人主要分布在江西、四川、河南和重庆，广东、广西也有分布。

　　【郡望】济阳郡。

　　【堂号】浔阳堂等。

通用祠联

门联

山中宰相；

耐久道人。

　　【注】① 山中宰相：典指陶弘景。陶弘景，南朝齐梁时期道教思想家、医学家。字通明，自号"华阳隐居"。入梁后隐居句曲山。武帝时，礼聘不出，但有朝廷大事必去咨询，故时有"山中宰相"之称。② 耐久道人：典出陶凯。陶凯，明临海人，字中立。博学善属文，尤工诗，尝自号"耐久道人"。

百梅咏就；

五柳名高。

　　【注】① 百梅咏就：典指陶复亨。陶复亨，元代新昌人，字仁叔。宋咸淳中试补国学，元初充兴国军教授，以文行名。有《梅花百咏》。② 五柳名高：典出陶渊明。陶渊明，东晋诗人，一名潜，字元亮。少有高趣，博学善属文，尝著《五柳先生传》以自况，曾任江州祭酒、镇军参军、彭泽令等职，后归隐。

截发易酒；

运甓习劳。

　　【注】① 截发易酒：典指陶侃母。陶侃母，晋新淦人，姓湛氏，有贤名。范逵过宿其家，时大雪，仓促无以待，侃母切所卧草以饲马，又密以截发易酒肴以待客。逵闻之，叹曰："非此母不生此子。"② 运甓习劳：典出陶侃。陶侃，东晋庐江浔阳人，早孤贫，为县吏，官至侍中太尉，封长沙郡公，后拜大将军。侃任广州刺史，在州无事，便朝运百甓于斋外，暮运于斋内。人问其故。侃曰："吾方致力中原，不堪优游，故自劳尔。"甓，砖。

堂联

鹄寡兴悲，自甘独宿；

鸾胶待续，聊写相思。

【注】① 鹄寡兴悲：典指陶婴。陶婴，周鲁陶门之女，少寡，养幼孤，纺绩为生。鲁人闻其义，向婴求婚。婴闻之，恐不得免，乃作《黄鹄歌》曰："悲夫黄鹄之早寡兮，七年不双。宛颈独宿兮，不与众同"。② 鸾胶待续：陶穀曾赠妓秦弱兰词云："别神仙，琵琶拨尽相思调，知音少，待得鸾胶续断弦。"比喻男子续娶。

撰出一篇文，配享此山，当日功成，应推桃源渔父；

耻为五斗米，臣事异姓，先生晚节，合谥禾黍顽民。

【注】全联典指晋朝陶渊明，他辞官而去，不为五斗米折腰。其名文《桃花源记》享誉古今。

八州良牧；

一代儒臣。

不忘先祖之风，门栽五柳；

应勉后昆以学，诗咏百梅。

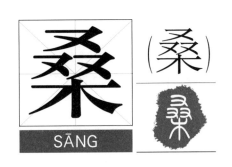

SĀNG

【姓源】《姓解》引《姓苑》。

① 商、周时有桑国，公族以国为氏。桑国，见殷墟卜辞（《殷墟甲骨刻辞词类研究》）。故地在今河南灵宝西。秦昭王二年（前305年），灭于秦。

② 桑氏，嬴姓，以祖字为氏。秦王朝时的公孙枝，字子桑。子桑的后裔有人以祖字"桑"为氏。

③ 桑丘氏，去丘为桑姓。

④ 少数民族汉姓，如蒙古族、回族等。

【分布】桑姓为中国第259常见姓。人口26万左右，约占全国总人口的0.021%。主要分布在陕西、山东、河北、河南、湖北、江苏等省。桑姓客家人主要分布在河南、湖北，广东、广西及江西、福建有少量分布。

【郡望】黎阳郡。

【堂号】黎阳堂。

通用祠联

门联

法行平准；

赋著扶桑。

【注】上联典出西汉时期的大臣桑弘羊。桑弘羊，洛阳人，出身商人家庭。汉武帝时，官治粟都尉，领大司农，制定、推行盐铁酒类的官营专卖，设立平准、均输机构控制全国商品，从富商大贾手中夺回盐铁和贸易的控制权，增加了政府

的收入。下联典出五代桑维翰。桑维翰，因相貌丑陋，又姓桑（古与"丧"同音），考进士时几次被主考官刷下，他作《日出扶桑赋》以表心志。后唐同光年间终于中了进士，任石敬瑭的掌书记，帮石敬瑭称帝。后晋时，官集贤殿大学士、枢密使等职。

> 矢志磨穿铁砚；
>
> 同居雍穆闺门。

【注】① 矢志磨穿铁砚：典指桑维翰。桑维翰，后晋河南人。屡试不第，或劝其改业，维翰铸铁砚示人曰："砚穿则改业。"后果第进士，累官中书令兼枢密使。② 同居雍穆闺门：典出桑虞。桑虞，晋时人。诸兄仕于石勒，咸登显位。五世同居，闺门雍穆，人皆重之。

> 平反昭雪，扬声广誉；
>
> 爱军恤民，有口皆碑。

【注】上联典出清代刑部尚书桑春荣。桑春荣，道光进士。掌刑部十八年，平反大狱，务持情法之平，享誉朝野。下联典出明代海南尉桑昭。桑昭，在海南历官十年，爱军恤民，创建三所城池，百姓称之。

> 敬祖敬宗，孝孙有庆；
>
> 敦诗说礼，明德惟馨。

【姓源】《元和姓纂》。

① 黄氏，姬姓，以国为氏。夏、商、周有黄国，相传为黄帝孙玄嚣裔孙台骀之后。春秋时灭于晋。

② 黄氏，嬴姓，以国为氏。夏商周时有黄国，上古东夷族伯益之后有一支黄夷人之后。故城在今河南黄川县城关镇西北之隆古乡隆古村。夏时为黄，为夏所灭。商族兴起，黄人助商灭夏。入商，黄人复国，为商之与国，即卜辞之潢（方国）。周灭商，封子爵，公元前648年灭于楚（《楚灭国考》）。

③《通志·氏族略》载，嬴姓，陆终之后，受封于黄，子孙以国为氏。据考，黄氏之源可上溯至黄帝颛顼帝高阳氏，传至陆终，生子惠连。周武王时受封于黄国，今河南光州定城西十二里，犹有黄国故城。黄既为楚所灭，子孙散居四方，以国为氏。

④ 另据《宋学士集》记载，黄姓亦有一支是源自少昊氏台骀。台骀佐太昊受封于汾州（今山西汾阳附近），他的后代子孙曾被封于沈、姒、蓐、黄四国，后来黄为晋国所灭，子孙亦以国为姓。

⑤ 伯益之后。伯益是古代嬴姓各族的祖先。相传伯益善于畜牧和狩猎，被舜任为虞。他为禹所重用，助禹治水有功，名重一时。周代有黄国（今河南潢川县西），是伯益后裔的封国。公元前648年被楚国灭掉，其子孙以国为姓，称黄氏。

⑥ 少数民族汉姓或融入汉族后改姓，如蒙古族、回族、苗族等。

【分布】秦汉时期，大批黄姓族人迁移到湖北地区，并逐渐形成江陵和江夏两个著名望族，并以此为基地向江南播迁。足迹遍布今陕西、四川、湖南和江西一带。

东晋时期，中原林、黄、陈、郑四大姓率先迁徙到福建一带。

宋朝时期，黄姓人口约120万，排在王、李、张、赵、刘、陈、杨和吴之后。当时的江西为黄姓的第一大省，其黄姓人口约占全国黄姓总人口的27.5%。这一时期，全国形成了以赣浙、闽粤、四川和河南为中心的四大黄姓聚集地。

明朝时期，黄姓作为山西大槐树迁民姓氏之一，一部分被分迁到了广东、广西、湖南、安徽和福建等地。

黄姓为中国第7常见姓。人口约3100万，约占全国人口的2.48%。约32%分布在广东、广西二省、自治区（其中广东最多，约占全国黄姓人口的17%）；31%分布在四川、湖南、江西、福建、湖北五省（《中国姓氏·三百大姓》）。黄姓客家人主要分布在广东，广西、江西和福建也很多，湖南、湖北也不少，台湾地区也有黄姓客家人。

【郡望】江夏郡、濮阳郡、华阳郡、南安郡等。

【堂号】江夏堂、濮阳堂、华阳堂、汉东堂、敦睦堂、上谷堂、孝友堂、炽昌堂、千顷堂、东夏堂等。

通用祠联

门联

颍川政绩；
江夏家声。

春申世第；
江夏家声。

千顷门第；
江夏家声。

教化第一；

孝友无双。

【注】① 颍川政绩：典出西汉黄霸。黄霸，为汉室中兴名相，官至右丞相，封关内侯。汉宣帝时官授颍川太守。② 江夏家声：典出黄香。江夏郡是黄氏最初发祥地。东汉时黄香，有"天下无双，江夏黄童"的雅誉。黄香，字文强，江夏安陆（今属湖北）人，幼年失恃，事孝父，夏扇枕席，冬则以身温被，及长博学能文，明帝时官至尚书令。"教化第一，孝友无双"一联也源出于此。③ 春申世第：典出黄歇。战国时黄歇，为楚相，因功封为春申君。他与齐国孟尝君、赵国平原君及魏国信陵君齐名，为战国时四大贤君。④ 千顷门第：典出黄宪。黄宪，字叔度，汉安帝时举孝廉，一代名士。郭泰曾赞曰："叔度汪汪若千顷波，澄之不清，淆之不浊，不可量也。"

轩辕氏系；

江夏世家。

【注】上联点明黄氏血缘出自轩辕黄帝。下联说明惠连公受封于黄，黄氏得姓。商朝黄飞虎，战国春申君黄歇，汉代将帅黄霸、黄贵姑，东汉名臣黄香等，均住湖北江夏郡。世代相袭，名传华夏，江夏成为黄姓郡望。

前溪世泽；

江夏家声。

汝南世德；

江夏家声。

颍川世德；

江夏家声。

五经世第；

千顷家声。

无双世德；
第一家声。

江夏家声远；
炽昌世泽长。

【注】① 江夏：为今湖北江夏；汝南：今河南汝南。据《黄氏族谱》载，黄姓之源，始于颛顼高阳氏曾孙陆终之后。有南陆公兄弟三人，公居其二，食邑于黄，遂因地而赐姓焉。黄地在河南汝南郡汝宁府光州十二里。至二十三世渊公，迁居江夏之城西，即今湖北江夏县。黄氏传至一百一十九世峭山公，生于天福元年（936年）。宋初登进士第，授江夏太守。后裔震公登宋进士，官至焕章阁左司马尚书。黄氏一百二十六世祖潜善公，称九子公，登宋进士，其九子散居广东各地，其后有迁居梅州者众。故黄氏迁居梅州当从一百二十七世始。黄氏一百二十七世迁居梅州者众多：久茂第五子黄迁创居南安，分支有的迁到梅州长乐（五华）；久盛居福建汀州宁化，其五世孙黄十九从宁化迁居梅州大埔枫郎开基，其分支有的迁丰顺；久养居宁化县，其子黄僚创居梅州，分居蕉岭、平远、兴宁、五华等县；久安居汀州，其后分支梅县、丰顺；久康创居连州，其后裔迁居长乐、兴宁、梅县等地。② 无双、第一：典出黄香。东汉江夏安陆（今湖北）人，九岁失母，事父亲至孝。汉肃宗时，御赐曰："江夏黄香，忠孝两全，天下无双。"③ 春申：五十世歇公（始祖高公）字肃夫，生于周赧王丁未岁。游学博文，仕晋怀帝为大夫。遇韩、赵、魏三家作乱，公行移湖广。楚考烈王赖以安，因以宰相封为春申君。门下有三千食客，七万雄兵，七国为城首，声振诸侯。④ 炽昌：典出峭公。黄氏传至一百一十九世峭公，宋初登进士第，授江夏太守，官至侍制直学士兼刑部尚书。三妻二十一子，子孙二百余人。公以生齿繁盛，留三妻位下各一位长子侍养故里，其余皆命择胜地而分居各州县乡里。公于六十六岁时辛丑年（1001年）正月初二，命子吟八句诗而别。诗云："骏马登程往异方，任从胜地主纲常。年深处境犹吾境，日久他乡即故乡。旦夕莫忘余命语，晨昏须荐祖宗香。惟愿苍天垂保佑，三七男儿总炽昌。"其子分散江浙、豫章（江西南昌）、岭南诸郡。⑤ 前溪：黄氏由闽入粤，其中一支至澄海前溪，后迁至梅州。⑥ 颍川：典出黄霸。据《黄氏族谱》载，

黄氏八十一世黄霸，官至右丞相，封关内侯。汉宣帝时，官授颍川太守。⑦ 千顷：典指黄宪。黄宪，东汉慎阳人，字叔度。

> 汪洋叔度；
>
> 孝友庭坚。

【注】① 汪洋叔度：典出黄宪。黄宪，东汉人，字叔度。郭泰称叔度"汪洋若千顷波，澄之不清，淆之不浊"。② 孝友庭坚：黄庭坚，字鲁直，北宋时诗人、书法家。幼警悟，有才行。苏轼谓其有"瑰奇之文，绝妙当世；孝友之行，追配古人"。

> 颍川课最；
>
> 江夏无双。

【注】① 颍川课最：典出汉黄霸，少学律令，擢颍川太守，官至丞相，汉世言治民吏，以霸为首。课最，考绩最优。② 江夏无双：典出黄香，东汉安陆人，字文强。事父至孝，夏月扇枕席，冬则以身温被。稍长，博通经典，能文章，京师号曰："天下无双，江夏黄香。"官至尚书令。

通用堂联

> 江夏家声远；
>
> 颍川世泽长。

【注】上联江夏是黄姓郡望；下联典指西汉颍川太守黄霸。

> 勇冠三军名标虎将；
>
> 志魁多士身占鳌头。

【注】上联指三国时蜀国名将黄忠，英勇善战，有"黄忠出阵，以一顶千"之美誉。下联典指黄裳。黄峭山之孙黄裳，北宋大臣。元丰迁试第一，官礼部尚书，著有《演山先生文集》六十卷。

> 巫家妇居然大贵；
>
> 女参军愿作男儿。

【注】① 巫家妇居然大贵：黄霸贫贱时，与善相者出游，见巫家妇，相者曰："此妇当大贵。"霸乃娶之，与共终身。② 女参军愿作男儿：前蜀临邛女子黄崇嘏，有文才，易男服为蜀参军，政事明敏，蜀相周庠爱其才，欲妻以女。崇嘏献诗云："幕府若容为坦腹，愿天速变作男儿。"庠大惊，问之，乃黄使军之女。后归临邛。

江夏黄童无双郡；

楚国春申第一家。

【注】上联指东汉黄香，九岁丧母，事父至孝，世称"天下无双，江夏黄香"。下联典出楚相黄歇。

九龄孝道传江夏；

三略忠勋绍圯桥。

【注】上联写黄香之孝道。下联说黄石公，在圯桥将兵书《三略》授张良，使张得以辅助刘邦定天下。

书诗画三绝，名列扬州八怪；

儒医易全通，术超魏晋二朝。

【注】上联典出黄慎。黄慎，工诗，善行草书，精绘画，为扬州八怪之一。下联典出黄元御，发奋学医，医学水平在晋以来的医家之上，又精研《易》学，著有《周易悬象》。

内翰谏臣，忧用小人喜得进士；

江西诗祖，文妙当世行配古人。

【注】上联典出黄促昭。黄促昭，明代宗翰林，为翰林四谏之一。下联典指黄庭坚。黄庭坚（1045—1105），北宋著名文学家、书法家，"江西诗派"第一人。

始黄国盛江夏，春申衍派，瓜瓞绵延传四海；

承邵武肇梅州，峭公众裔，孙枝繁播遍五洲。

【注】瓜瓞：大者曰瓜，小者曰瓞，瓜一代接一代生长，比喻子孙繁盛。祠联中常"瓜瓞绵绵"并称。

道学渊源，得紫阳一生著作；

襟怀阔大，信汝南千顷汪洋。

军城中庸能诵古芬渊源江夏；

金墩黄府勉承先绩衣被颍川。

湘水绍家声，肯构肯堂，位叶乾坤钟地脉；

颍川传世泽，善继善述，序分昭穆振人文。

【注】上联指三国黄盖，下联则指西汉黄霸。

广东韶关南雄黄氏宗祠联

江夏世泽；

淮阳名家。

【注】全联典指东汉大臣黄香，江夏人，以孝闻名。

江夏源北国；

万石肇南雄。

【注】此联为广东南雄县梅岭山珠玑巷黄氏宗祠联。

江西赣县南塘黄屋清远堂宗祠联

清白振宗风，克孝克忠光阀阅；

远谟宏世泽，允文允武焕门楣。

——黄升溥

【注】① 阀阅：指有功勋的世家、巨室。② 远谟：深远的谋略。③ 允文允武：允，文言语首助词。形容既能文又能武。语出《诗·鲁颂·泮水》："允文允武，昭假烈祖。"

清德耀千秋，颍川治绩称第一；

远源追百代，江夏宗风著无双。

——萧履云

【注】① 颍川：典出黄霸。西汉黄霸，擢颍川太守，治绩最优。② 江夏：以黄氏郡望为江夏郡为题，叙述江夏堂后裔的兴旺发达。战国时楚国贵族春申君黄歇，顷襄王时任左徒，考烈王时任令尹，受封淮北，又改封于吴。门下有食客三千，为战国四公子之一。曾派兵攻秦救赵，后灭鲁国。考烈王死后，他在内乱中被杀。因曾住江夏黄鹤乡仁义村，战国以后，江夏一直是黄氏发展繁衍的中心。

景仰宗风，肃纪肃伦，济济英贤光百代；

清传祖德，克忠克孝，绵绵世泽冠双江。

——黄庆余

清廉明干，宦绩驰声，文武衣冠光俎豆；

远近亲疏，人言不闻，圣贤礼仪笃伦常。

——黄升垻

清雅建宏图，祠宇巍昂，飘飘有凌云气象；

远谟贻燕翼，宗支繁衍，汪汪如千顷波涛。

——黄才陵

【注】① 飘飘有凌云气象：典出黄伯思。黄伯思，字长睿，别字霄宾，自号云林子，元符年间进士，官秘书郎。遍览册府（帝王藏书的地方）藏书，以至废寝忘食。性好古文奇字，彝器上的款识，他都悉能辨正。自六经到子、史、百家，无不精通。善画，工诗文。篆、隶、正、行、草、飞白，都极绝妙。著有《翼骚》《东观余论》等。因身体瘦弱，人称"风韵洒落，飘飘有凌云之意"。② 汪汪如千顷波涛：典出黄宪。黄宪，字叔度，博学，善言谈，被当时名士荀淑誉为颜回。郭泰少游汝南，称叔度："汪汪若千顷波，澄之不清，淆之不浊。"曾举孝廉，有人劝他做官，他也不拒绝，但到京城后，马上又回来了，什么官也不做。

清德修岿山，思孝奉先，继述千秋承祖训；

远谟宏江夏，燕天昌后，诒谋百世振雄风。

——陈任中

【注】岿山：指唐末工部侍郎黄岿山。黄岿山，唐末五代人，年少即威猛仗义，曾组织乡民御寇，屡建奇功，官至刑部尚书，奎章阁学士，封千户侯，太子少保。卸任返乡之后创办书院，培养学子，代出英才。

清传江夏遗规，入则孝出则悌，谨守先人矩矱；

远绍岿公德泽，敬所尊爱所亲，宏开后世箕裘。

——黄升恺

【注】矩矱：规矩法度，语出《楚辞·离骚》："勉升降以上下兮，求矩矱之所同。"

清廉作吏，孝友传家，忆先人创立谋猷，纲常永笃；

远大为怀，和平处世，愿吾辈克光谟烈，俎豆惟馨。

——黄升章

【注】① 谋猷：计谋，谋略。② 永笃：坚定不移。③ 谟烈：谋略与功业。

清风亮节，代有闻人，最难忘扇枕承欢著书待访；

远水遥山，灵钟望族，尽收取双江瑞霭五岭祥云。

——谢远涵

【注】扇枕承欢：典出黄香。黄香夏天用扇子为父扇凉枕头和席子，冬天以自身体温为父温暖被褥。其孝行被后人列入《二十四孝》。

谢远涵（1875—1950）：字敬虚，江西兴国长冈乡塘石村人。幼随父读书。年二十，中光绪甲午（1894 年）科进士，次年选为翰林，任翰林院编修。光绪二十一年（1895 年），在北京参加康有为联合十八省来京会试举人"公车上书"，并在策试中针对时弊，力主"变通"。宣统元年（1909 年），任四川道监察御史。

清劭隽望，世代相承，愿继踪博览东观修文进德；

远祖近宗，古今垂烈，期后秀蕃昌南国绳武诒谋。

——黄升林

【注】① 清劭：清高美好。② 隽望：指美誉。宋曾巩《太平州与本路转运状》："隽望倾乎天下，壮猷蔼于朝端。"③ 东观：黄香不仅孝顺，且少年聪颖，博通经典，以文章闻名京师。后入仕，初任郎中，汉章帝召见，让他入东观（国家图书馆）读尽皇家藏书，官拜尚书郎，升为左丞相，黄香被尊为江夏黄氏大始祖。④ 修文：采取措施加强文治，主要指修治典章制度，提倡礼乐教化等。⑤ 进德：犹言增进道德。⑥ 蕃昌：繁衍昌盛。

清传亿万代家规，治称霸孝推香，江夏声名垂玉牒；

远绍千百年祖德，始居雩后迁赣，黄溪基址巩金瓯。

——黄才陵

【注】① 治称霸孝推香：治政为人，当称黄霸，行孝当推黄香。② 玉牒：中国历代皇族族谱称为玉牒。③ 金瓯：比喻疆土之完固。亦用以指国土。

清传祖泽，自大明迄民国世代相承，炳炳粼粼光赣水；

远绍宗风，由江夏而梅州彝伦攸叙，绳绳继继衍黄溪。

【注】① 炳炳粼粼：光彩照耀，清澈明净。② 彝伦：常理，常道。③ 绳绳继继：前后相承，延续不断。

清操溯颍川，纲常弥笃，教化循良，后裔至今怀祖泽；

远谋宏江夏，桃杏成林，蒸尝永祀，先祠亘古傍魁峰。

——黄升础

【注】① 教化：指儒家所提倡的政教风化，教育感化。② 循良：谓官吏奉公守法。

清廉光祖泽，积德累仁千百年，兰桂腾芳，绵绵瓜瓞乾坤永；

远大展雄图，宏今铄古亿万代，人文蔚起，世世簪缨日月长。

——黄升章

【注】宏今铄古：宏，广博，宏大；铄：光亮的样子。震动古代，显耀当世。形容事业或功绩非常伟大。

黄炎开大统，五千载分支别脉，伯益承封，递嬗峭山扬姓氏；

宗派衍华邦，三七郎共蒂同根，城公垂裕，卜居赣水立家祠。

——黄升林

【注】① 伯益：帝舜时代，东夷部落的首领叫伯益，是帝颛顼之苗裔，因帮助大禹治水有功，被帝舜赐姓嬴氏。传说伯益的后裔有十四支，合称嬴姓十四氏。其中的黄氏大约于商末周初在今河南潢川建立黄国，因被周朝封为子爵，又称黄子国。春秋时期，楚国称霸，只有黄国和随国敢于抗衡。公元前648年，黄被楚灭。亡国后的黄国子孙，以国名为氏，就是黄氏。② 递嬗：顺次更替，逐步演变。③ 城公：指黄傲。谱牒记载，他是湖北江夏黄香的后裔，于唐末五代时任通判驻守虔州（赣州）。④ 垂裕：谓为后人留下业绩或名声。⑤ 卜居：择地居住。

江西赣县南塘黄屋村直扶堂宗祠联

直扶宗祠焕彩，千支众旺千秋盛；

显鹏祖宇重修，万代人兴万载传。

直承春申遗风，忠心义胆，绵绵世泽誉青史；

扶匡江夏垂德，孝子贤孙，赫赫宇声继汉唐。

【注】春申：指黄歇。黄国贵族后代黄歇，在楚国任宰相，被封为春申君，是战国四公子之一。春申君的封地一开始在原来的黄国的地方，后来改到了江苏苏州一带，黄姓也因此而在东吴地区得到极大发展。

黄国开源，显祖荣宗，直正立天下，遍传子孙族群广；

溪水流长，鹏翼巨翅，扶摇上九霄，笑瞰后代家业兴。

——黄立洵

江西上犹平富向前黄屋大门框联

传家孝友敦三物；

华国文章本六经。

【注】① 三物：犹三事。指六德、六行、六艺。② 六经：《诗》《书》《礼》《易》《乐》《春秋》的合称。

三略家声，礼乐诗书传万代；

九龄世泽，衣冠文物启千秋。

【注】① 三略：颂扬黄石公在圯桥投兵书给张良，使其得以佐汉高祖刘邦定天下。② 九龄：彪炳黄香孝道。

忠孝承先训；

诗书裕后昆。

文明昌景运；

栋宇绕彤云。

甲第宏开，箕裘克绍光前志；

鸿图丕振，统绪昭垂裕后昆。

江西上犹营前下湾黄氏九厅十八井门联

爽垲凝祥，月映浮湖千顷碧；

氤氲结秀，峰回举岭万年春。

【注】① 爽垲：高爽干燥。② 氤氲：形容烟或云气浓郁。

江西营前镇黄氏江夏堂祖屋联

> 大启春申之堂，绳绳垫垫，珠履三千耀百世；
>
> 褒振平章之阁，续续融融，骏马八句想当年。

【注】① 春申：指春申君黄歇，战国时期楚国公室大臣，著名的政治家、军事家。② 珠履三千：典出春申君。春申君养门客三千余人，脚上都穿着缀以明珠的鞋子。《史记·春申君列传》："赵使欲夸楚，为玳瑁簪，刀剑室以珠玉饰之，请命春申君客。春申君客三千余人，其上客皆蹑珠履以见赵使，赵使大惭。"③ 骏马八句：典出黄峭山。黄峭山曾作一遣子八句诗，告诫分居各地的子孙，虽然日久总要落地生根，但绝不能忘掉祖先的恩泽。

江西上犹水岩乡黄氏兆德堂正厅联

> 兆吉膺征祥，济济人文新事业；
>
> 德馨能致庆，绵绵瓜瓞绍箕裘。

【注】① 膺：接受，承当。② 征祥：征兆。亦特指祥兆。

> 继祖宗一脉真传，曰忠曰孝；
>
> 教子孙两行正路，惟读惟耕。

江西石城北关黄氏志坚公祠联

> 露凝玉树开新叶；
>
> 阶秀兰芽发异香。

宗祠附记：北关黄姓源于福建邵武，北宋迁入，系北宋邵武黄峭山公第十八子黄诚公一脉。该祠位于老县城北面，距老城北门不过 10 米。始建于宋。历经火焚、水毁、兵燹，三次全圮，三次复建。该祠为群祠（三座七栋）总合祠，外加围墙门楼，为石城百姓宗祠中第一宏祠。

> 无双世泽传江夏；
>
> 第一家声表颍川。

【注】① 江夏：黄姓有声望的世家大族居住在江夏郡（今湖北云梦县东南）。② 颍川：指黄氏发源地颍川郡，也指西汉黄霸，擢颍川太守。

> 瑞霭东山来紫气；
>
> 恩承北关沛金泥。

【注】金泥：以水银和金粉为泥，用以封印玉牒、玉检、诏书等，多在封禅时用。封禅，帝王为报天之功，举行典礼祭天。

祖德绍汝南，俎豆樽彝，百世精神联一气；

家风传邵武，衣冠礼乐，四朝弓冶启千秋。

【注】① 汝南：汝南县位于河南省驻马店市东部，为驻马店下辖县，古属豫州，豫州为九州之中，汝南又居豫州之中，故有天中之称。② 樽彝：古代祭礼用的酒器。《国语·周语中》："出其樽彝，陈其鼎俎。"③ 邵武：福建西北部城市。地处武夷山南麓、富屯溪畔，史称南武夷。黄氏迁居始于晋永嘉之乱，黄裳由河南迁江南，后入福建邵武定居。据《石城县志》载，黄姓是唐至五代南迁石城的15个开基大姓之一。④ 弓冶：《礼记·学记》："良冶之子必学为裘，良弓之子必学为箕。"后引以比喻父子世传的事业。

荡胸看峻岭，后嶂如屏，秀毓华山钟地脉；

豁目涌波澜，前江似带，派流琴水共源绵。

【注】琴水：琴江。

汪汪千顷澄波，叔度名高，弓冶宜思世德；

蔼蔼九苞瑞羽，次公迹著，云礽勿替宗风。

【注】① 汪汪千顷澄波：典指黄宪。② 蔼蔼：众多的样子。③ 九苞：凤的九种特征。后为凤的代称。④ 次公：即汉代丞相黄霸。黄霸，字次公，淮阳阳夏人，少时学律令。武帝时补侍郎谒者，历河南太守丞。时吏尚严酷，而黄霸独用宽和为名。后世将他和龚遂作为封建循吏的代表，并称"龚黄"。⑤ 云礽：远孙。比喻后继者。

颍川世迹流长，立德立功，亿万载先型弗替；

江夏风规丕焕，言慈言孝，百千年明德维馨。

【注】① 丕焕：大业光明。② 明德维馨：完美的德性才是芳香清醇的。

令誉仰孝童，裕垂南国英华，一本一支，庆余瓜瓞；

贤声推义士，佑启北关裔绪，阅年阅世，颂美箕裘。

【注】① 孝童：典指黄香。黄香，东汉时期官员、孝子，是二十四孝中扇枕温衾故事的主角。② 阅年阅世：经历年岁和世事。

栋宇枕西华，翠峰千寻，祖德宗功，崔巍宛尔；

阶庭环琴水，银涛万叠，祚蕃支衍，流派如斯。

【注】① 西华：西华山，位于石城县城西北处。② 宛尔：明显的样子，真切的样子。③ 祚：福运。

积累裕贻谋，祖德宗功，仰当年汝凤九苞，澄波千顷；

箕裘看继起，克家绳武，由后嗣青灯五夜，缥帙百城。

【注】① 九苞：凤的九种特征。后为凤的代称。② 缥帙：淡青色的书衣，亦指书卷。缥，青白色，淡青。

宗庙永钟灵，枕华顶，面仙峰，霞蔚云蒸，灿灿麟游凤举；

明禋隆报本，溯汝南，追邵武，露濡霜肃，煌煌礼序乐和。

【注】① 明禋：洁敬。指明洁诚敬的献享。② 礼序：本谓礼仪的次序得以实现，泛指礼仪制度。

琴水漾波流，叔度宗风，清涵千顷，廿一枝分布中邦，邵武宗风振天下；

仙峰凭仰止，次公世迹，瑞集九苞，十八叶肇开河麓，琴江文翰甲吾家。

【注】廿一枝：典出黄峭山。五代后周广顺元年（951 年）一月二日，80 高龄的邵武和平黄氏大族祖黄峭山，将二十一房子孙召集齐全，然后当众宣布了一个重大决定：将黄家自春申君以后数千年所积累的祖产铜钱八十万贯、金银八百余称，一并均分为二十一份，合令三妻位下共二十一房子孙，各领祖传家产一份，随即离开家乡，另立基业，自谋发展。由于当时三位夫人啼泣请求，黄峭山便对原来的决定稍作改动，重新宣布：除官、吴、郑三位夫人名下各留长子一房奉养老母以尽温情之义以外，其余十八房子孙，不许恋此一方故土，须各自信步天下，择木而栖，相地而居。接着，黄峭山卜占离家吉日，并于这一天将新修的《黄氏家谱》二十一套分授二十一子，各领一套，嘱令他们随身携带，妥善珍藏，不忘所出。

江西石城北关黄氏宗祠堂联

俨若思，羹墙犹见，百代怀恩三陌纸；

祭如在，黍稷惟馨，千秋祭祀一炉香。

——源御

【注】① 俨若思：《礼记》上有"毋不敬，俨若思，安定辞"的语句。俨是恭敬、庄重的意思。容貌恭敬庄严，举止沉静安详就是容止若思。容指人的容貌仪表，若思是若有所思，人的仪容举止要安详，要从容不迫，不能毛毛草草。② 羹墙：《后汉书·李固传》："昔尧殂之后，舜仰慕三年。坐则见尧于墙，食则睹尧于羹。"

后以羹墙为追念前辈或仰慕圣贤的意思。

江西屏山亨田黄氏文忠公祠联

源流在昔由河麓；

苗衍于今朝禾坪。

【注】① 河麓：据《宁都江夏黄氏族谱》载，黄日辉于北宋宣和七年（1125年）从石城河麓徙长胜山贯，复迁田头璜山。② 禾坪：南方地区农村的一种类似广场的空地，或大或小，有自家的，也有公用的，平时主要用于休闲。夏天村民们可以在禾坪上乘凉，农忙时节可用于晒稻谷等。

愿尔曹敦诗议礼；

勉吾族由义居仁。

【注】尔曹：你们。

嫡派接庭坚，祖武克绳，诗派西江第一；

渊源嗣冕仲，孙枝喷秀，词源北阙无双。

【注】① 庭坚：指黄庭坚。黄庭坚（1045—1105），字鲁直，自号山谷道人，晚号涪翁，洪州分宁（今江西修水）人。英宗治平进士。曾任地方官和国史编修官。在党争中，以修《神宗实录》不实罪名被贬。最后死于西南贬所。黄庭坚以诗文受知于苏轼，为苏门四学士之一，其诗宗法杜甫，并有"夺胎换骨""点石成金""无一字无来处"之论。风格奇硬拗涩。他开创了江西诗派，在两宋诗坛影响很大。② 冕仲：指黄裳。黄裳（1044—1130），字冕仲，延平（今福建南平）人。元丰五年（1082年）进士第一，累官至端明殿学士、礼部尚书。卒赠少傅。著有《演山先生文集》《演山词》。其词语言明艳，如春水碧玉，让人心醉。

思先哲文武绩著，丹青玉帛，正气昭昭晖日月；

瞰后生俊英膺怀，白笔金戈，雄心勃勃爱家邦。

【注】① 玉帛：指带有玉室标记"饕餮纹"的玉器和像藏族哈达那样的白色丝巾，在古代是"诸侯亲如兄弟、大家共尊天子"的标示物，用作诸侯国之间、诸侯与天子之间见面时互赠的礼物。在古代与"干戈"相对，是和平共处的标志。② 膺怀：胸怀。③ 白笔：古时官吏随身所带记事用的笔，也是古代官员的一种冠饰。战国秦汉官吏奏事，必须用毛笔将所奏之事写在笏上，写完之后，即将笔杆插入发际。至魏晋以后，成为一种制度，凡文官上朝，皆得插笔于帽侧，笔尖不

蘸墨汁，纯作装饰。称簪白笔。宋代文武官员兼簪。明代官员朝服冠梁顶部一般插有一支弯曲的竹木笔杆，上端间有丝绒做成的笔毫，名立笔，作用与白笔相仿，乃秦汉簪笔之遗制。④ 金戈：即金戈铁马。戈，古代的一种曲头兵器，横刃，用青铜或铁制成，装有长柄。

建祠念先人，斩棘披荆，栋俊基隆，擎宇功勋宏世德；

兴学为后辈，培桃育李，根深叶茂，顶天事业赖英才。

爱国爱民，光绍颍川，廉德博爱精神，泛爱而友天下善；

敬宗敬祖，发祥江夏，孝风恭敬礼貌，笃敬以尊宇中贤。

慨原野玄黄，不朽事功，独著之玉帛丹青，夫亦尧舜孝悌而已矣；

溯名宗建白，无穷心力，多输于金戈铁马，岂惟圣贤钟鼓玄乎哉。

【注】① 玄黄：指天地的颜色。玄为天色，黄为地色。② 建白：提出建议或陈述主张。

溯源自邵武而来，五经博士，千顷澄波，从此永抱青芬，美誉流徽标史册；

聚族于琴江以后，翰苑名臣，元戎辅政，喜从重新谱牒，衣冠显赫振宗风。

——陈逸荪

【注】五经博士：学官名。博士源于战国。秦及汉初，博士的职务主要是掌管图书，通古今以备顾问。汉武帝设五经博士，教授弟子，从此博士成为专门传授儒家经学的学官。联中五经博士指黄宗羲。黄宗羲（1610—1695），明末清初经学家、史学家、思想家、地理学家、天文历算学家、教育家，东林七君子黄尊素长子。浙江绍兴府余姚县人。字太冲，一字德冰，号南雷，别号梨洲老人等，学者称梨洲先生。黄宗羲学问极博，思想深邃，著作宏富，与顾炎武、王夫之并称明末清初三大思想家；与弟黄宗炎、黄宗会号称浙东三黄；与顾炎武、方以智、王夫之、朱舜水并称为明末清初五大家，亦有"中国思想启蒙之父"之誉。与陕西周至李颙、直隶容城孙奇逢并称海内三大鸿儒。

江西宁都会同黄屋祠堂联

江夏垂德源流远；

三七造芳世泽长。

【注】三七：典指黄峭山。

江西宁都赖村浮竹黄氏家庙联

清溪鼓浪观鱼游；

红日腾辉听凤鸣。

【注】浮竹村在赖村乡南面5公里的山脚下，翠竹丛生的河岸边。远眺竹林似浮于水面，故名。《雩阳东溪东黄氏十修族谱》载，黄松隐于北宋开禧年间从田头璜山迁此建村，并建有黄氏家庙。此处历史上曾出元朝刑部主事黄仲贤。

江西吉安黄氏爱敬堂祠联

爱众亲仁，修其孝弟；

敬宗尊祖，报以馨香。

福建永定高陂平在黄氏宗祠联

淳任仁人志；

和融德性家。

【注】联冠"淳和"堂名。任、融均是动词。任，在此有听凭、放纵之意，如任性、任气。任仁人志，使仁人之志能够舒展。

影入云霄兴世第；

溪通湖海壮汪波。

【注】联冠"影溪"堂名。影是大楼倒影。映入溪中的大楼倒影与天空映入溪中的倒影交融在一起，"山光云影共徘徊"，这也许是一种吉象，所以有"兴世第"（兴旺发家）的期冀。

福建永定高陂平在厦黄黄氏宗祠联

敦礼让，恪守无双孝友；

睦宗亲，仅存廿一纲常。

【注】① 上联典出黄香。黄氏八十八世孙黄香，为江夏黄氏大始祖，任东汉宰相，其子黄琼、曾孙黄琬，均为当朝宰相，以孝友持家，时人赞誉"江夏黄氏，天下无双"。② 下联典出黄峭山。黄氏一百一十八世黄锡，迁居福建邵武，共生5子，长子峭山生21子，子孙蕃衍成了大家族"邵武黄氏"。峭山80岁时，将祖产分为21份，分给21房子孙，令各房子孙各领家谱一套，各奔前程，另立基业。

福建上杭黄氏宗祠通用联

江夏源流远；

颍川世泽长。

【注】① 江夏：指黄姓郡望。黄姓在汉魏之世，世居江夏安陆，代为冠族。
② 颍川：颂汉宣帝时官授颍川太守的黄霸。后黄霸累迁右丞相，封建成侯。他外宽内明，后世把他与龚遂作为"循吏"（贤良不残暴的官吏）的代表，并称"龚黄"。黄香、黄霸是黄氏引以荣耀之先祖。

山谷家声远；

勉斋世泽长。

【注】① 山谷：指北宋诗文大家黄庭坚，字鲁直，号山谷道人，为苏门四学士之一。② 下联颂南宋朱熹之婿黄干，是朱子之学的传人。朱熹临终与诀曰："吾道之托在此，吾无憾矣！"黄干，字直卿，号勉斋。宁宗时授迪功郎，累迁知安庆府。

一父三母廿一儿，家声初起江夏；

三状六会十二解，世泽永传寰峰。

【注】黄氏传至一百一十九世黄峭山，宋初登进士第，授江夏太守，官至待制直学士兼刑部尚书，三妻二十一子，子孙二百余人。公以生齿繁盛，留三妻房下各一长子侍养于故里，其余皆命择地分居各州县。其后裔中有三状元、六会元、十二解元，英才辈出，黄氏以此为荣耀。

福建汀州黄氏宗祠门联

飘飘意气；

汪汪澄波。

【注】上联颂北宋邵武人黄伯思，元符间进士。经、史、子、百家，无不精通，又善画工诗书，著有《东观余论》《翼骚》等书，人称其"风韵洒落，飘飘有凌云之意"。下联指东汉慎阳人黄宪，字叔度。贫穷却有才，有节，显君子之风度。为荀淑、陈蕃、周举、郭泰诸名士盛赞，郭泰赞叔度："汪汪（气度宽广）如千顷波，澄之不清，淆之不浊，不可量也。"

江夏黄童无双郡；

楚国春申第一家。

【注】上联颂"孝友无双"的黄香。下联颂战国楚令尹春申君黄歇。他门下

食客三千，为"战国四公子"之一。

> 九龄孝道传天下；
>
> 三略忠勋绍圯桥。

【注】上联赞黄香九岁孝父事。下联赞黄石公在圯桥以《三略》兵书授张良，使张良得以佐汉高祖刘邦定天下。

> 看花临水心无事；
>
> 啸志歌怀意自如。

【注】此联为清代画家黄慎自题联。

> 名流惊世诗书士；
>
> 技艺超人纺织娘。

【注】上联典指北宋文学家、书法家黄庭坚。下联典指元初女纺织家黄道婆。黄道婆，松江乌泥泾镇（今上海市华泾镇）人。宋末元初著名的棉纺织家、技术改革家。

> 江夏衍箕裘，左国右史，启后承先，期勿替诗书事业；
>
> 汀南馨俎豆，崇德报功，敬宗睦族，愿毋忘孝友家风。

【注】全联回顾黄香、黄霸等历代黄氏先贤，期愿后昆能传承祖德、永继家风。

福建永定高陂平在厦黄敦睦堂祠联

> 江夏源流远；
>
> 敦睦世泽长。

> 敦伦谊笃箕裘衍；
>
> 睦族心深葛荔萦。

> 庆安敦先灵得所；
>
> 尚和睦后嗣克昌。

> 敦宗可绵千世泽；
>
> 睦族浑如一家春。

敦厚谦和，世世崇尚；

睦邻友好，代代相传。

修庙堂，崇祖德，纯朴敦厚；

构华宇，寄乡谊，友好睦邻。

【注】这几联强调敦亲睦族，均嵌"敦睦"二字。

福建永定高陂平在厦黄氏祠联

笔架莲花，宗祊壮采；

军营铜鼓，江夏扬威。

【注】联语写黄氏宗祠地理位置。笔架是永定北部笔架山，莲花是永定高陂莲花山，军营指军营排，铜鼓指现在俗称石锣岐的铜鼓山，江夏是黄氏郡望。

世以五经名邵武；

家原三凤比河东。

【注】上联典指黄膺。黄膺，邵武黄氏始迁祖，讳宝，号惟淡。生于唐僖宗光启元年（885 年），授左仆射，官至银青光禄大夫，与胞弟敦公同居河南汝宁府光州固始县。黄膺随王审知入闽，遂卜居邵武城北之故县。今登谱首，特尊为始祖。黄膺以五经课子，俱登科，世号五经先生。下联指黄五经裔孙黄仅、黄侑、黄伸齐名，时比"河东三凤"。

登贤自昔荣青琐；

怀玉于今重紫微。

【注】① 登贤：指举用有道德、有才干的人。② 青琐：指装饰皇宫门窗的青色连环花纹，借指宫廷。③ 怀玉：指握瑾怀瑜，又作握金怀玉，指身上怀有美玉一样的品德。④ 紫微：汉族传统命理学中的一种。认为人出生时的星相决定人的一生，即人的命运。

广西南宁宾阳黄氏宗祠联

发迹自黄都，祖父贻谋，克绍颍川第一；

聚族斯南国，子孙积庆，足绳江夏无双。

【注】上联说东汉黄霸；下联说东汉黄香。

> 春来古木森森，万叶千枝，终归黄都一脉；
>
> 分出长江淼淼，细流巨海，总和邵武同源。

【注】上联说本支黄氏为战国时期黄歇的世泽；下联说本支黄氏为黄峭山的派系。

广西柳州柳江教坡黄氏宗祠联

> 春申门下，三千珠履家声远；
>
> 文烈堂前，廿一贤良世泽长。

【注】上联说黄歇；下联说黄峭山。

广西柳州柳江羊占黄氏宗祠联

> 系绍春申，三千珠履家声远；
>
> 派由文烈，廿一贤良世德新。

【注】此为正堂神龛联，配"江夏堂"横批。上联说本支黄氏为战国时期黄歇的世泽，下联说本支黄氏为黄峭山的派系。"廿一贤良"指黄峭山的二十一个儿子。

广西柳州柳城雷塘黄氏宗祠门联

> 春申世泽；
>
> 叔度家风。

【注】此为正门配木刻联。说本支黄氏的世泽和家风。春申，典出黄歇；叔度，典出黄宪。

> 世溯春申，荐酒奉牲隆祀典；
>
> 堂开江夏，灵鸡骏马护洞庭。

【注】此联追溯到黄氏祖先、楚国宰相春申君黄歇，告诫后裔不忘祖德。

广西黄氏宗祠通用联

> 徽流江夏；
>
> 景焕阳春。

【注】全联典指黄氏郡望为江夏郡。战国时楚国贵族春申君黄歇，顷襄王时任左徒，考烈王时任令尹，受封淮北，又改封于吴。门下有食客三千，为战国四公子之一。曾派兵攻秦救赵，后灭鲁国。因他曾住江夏黄鹤乡仁义村，战国以后，

江夏一直是黄氏发展繁衍的中心。徽：标志。阳春：借指春申君。

名流惊世诗书士；

技艺超人纺织娘。

【注】上联典出北宋文学家黄庭坚；下联指元初女纺织家黄道婆。

绵绵世泽留孙子；

赫赫家声继汉唐。

【注】此联为"黄氏源流"歌之联句。"黄氏源流歌"，即"内八句"。全文是："梅江江上旧华堂，阀阅相传江夏黄。百里华封留政绩，千年翰院擅文章。绵绵世泽留孙子，赫赫家声继汉唐。如见普谱应起敬，今人远仰昔高阳。"诗中梅江，指广东嘉应（现为梅州市）。高阳，即颛顼氏。

广西藤县太平大楼黄氏宗祠门联

江夏源流远；

陆终世泽长。

【注】"源流远""世泽长"为祠堂香火联最为常见者。陆终：黄姓始祖之一。

自关徂东至西，数千载孝友传家，江夏遗徽犹宛在；

立庙向南坐北，亿万年科名接踵，陆终世泽庆绵长。

【注】上联说黄氏，从江夏春申君以来数千年孝友传家。下联说立此庙向，陆终世泽定能泽被后代，造就亿万科甲名人。

广西贺街黄氏太始祖南陆公纪念公祠门联

潢川德泽昭敦睦；

江夏贤声传孝忠。

【注】① 潢川：位于河南东南部，信阳市中部。因潢河（淮河支流）穿城而过而得名，古称光州，民国二年（1913年）改名潢川。② 江夏：为黄氏堂号之一，俗称"江夏黄"，地在湖北。

龛联

高祖宗功光万古；

陆公恩惠炳千秋。

【注】贺州市贺街黄氏宗祠（黄氏太始祖南陆公纪念公祠），供奉黄氏始祖

南陆公。传说南陆公为陆终公之子，受封于黄，以国为姓。兴于夏商周，望于江夏，鼎盛于唐宋。

堂联

受姓伊始，绵绵世泽，奕叶流芳，宗史辉煌四千载；

继往开来，赫赫家声，宏基伟业，裔孙遍布五大洲。

广西柳州柳江羊占黄氏宗祠栋对

诵江夏清芬，纯良报国，魏兮能文彝训煌煌，百代衣冠留燕翼；

处粤西胜境，孝友传家，狄公旧武元精耿耿，一堂承继焕山河。

【注】黄氏宗祠在柳州市柳城县东泉镇永安村雷塘屯，系村内及附近黄姓客家人联合建造的宗祠。为两进一井三开间布局，青砖木瓦结构，硬山顶。正门上有新制"黄氏宗祠"镀金字匾。本支黄氏系出春申，堂号江夏。

广西柳州柳城门提黄氏支祠堂联

先祖本江夏，当此明媚春光，喜见门提山水秀；

传家于汪波，从兹绵长世系，还期洲村桂兰馨。

【注】黄氏支祠在柳州市柳城县东泉镇洲村门提屯，1967 年在旧址上重建，此为墙联。

广西柳州柳城屏村黄氏宗祠联

政美颍川，文推江夏，事著在当年，携谱牒探本溯源休忘祖德；

基开柳邑，祠创屏村，统垂宜今日，愿后人勤耕苦读毋负家声。

【注】上联典出东汉黄霸、黄香，下联说本支黄氏在柳州开基。

广西柳州柳城黄氏宗祠联

祖德溯汪波，颍川第一，江夏无双，奕奕威声昭万古；

勋名垂宇宙，峻肃黄堂，风流白面，巍巍治绩炳千秋。

【注】此联赞颂了黄氏名人黄宪、黄霸、黄香的声威和治绩。

世溯春申念祖德，洁蒸当鹰酒奉牲隆祀典；

派传江夏会宗支，宏栋宇灵鸡骏马拱祠堂。

【注】此联追溯到黄氏祖先楚国宰相春申君黄歇，不忘祖德昭示后人。

序昭穆于一堂，礼乐诗书，江夏风声犹作；

振云仍于百代，箕弓裘冶，颍川教化以新。

【注】上联典出东汉黄香；下联典出西汉黄霸。

申公一脉昭前烈；

峭祖三妻启后人。

【注】上联说黄氏祖先是楚国宰相春申君黄歇；下联说本支黄氏为黄峭山分支。

浩瀚汪洋思叔度；

瑰琦孝友仰庭坚。

【注】上联赞东汉黄宪。郭泰称叔度："汪洋若千顷波，澄之不清，淆之不浊。"下联赞宋代黄庭坚。苏轼谓其有"瑰伟之文，妙妙当世，孝友之行，追配古人"。

三略书存，莫与他人桥上授；

九龄扇在，还须我辈枕边摇。

【注】上联称赞黄石公，后代流传有兵书《黄石公三略》。下联称赞黄香，说他扇枕温席，孝敬父母的事迹。

念先人忠孝，诒谋圯桥书秘，夏枕风清，不徒瓜瓞葛藟称燕翼；

望后代贤良，继志颍水勋隆，汝南波澜，尤贵箕弓裘冶展宏图。

【注】此联训勉黄氏后人永念祖先美德，激励家族不断进取。

广西柳州融水黄氏宗祠联

奕叶祭徽音，诗书礼乐；

连枝崇报本，吁嗣蒸尝。

【注】该联劝勉本支黄氏后人弘扬祖先丰功伟业。

广西来宾武宣东甘村黄氏祠联

江山簇锦千年秀；

夏屋藏书万里香。

【注】此联以鹤顶格嵌江夏堂名，标明当地黄氏发源于江夏郡。

广西桂林永福黄氏宗祠联

世泽浚源长，孝友无双，千秋俎豆昭前烈；

家声遗韵远，文章第一，百代衣冠推后贤。

【注】此联讲述黄氏源远流长和兴旺繁荣，突出了东汉黄香开创的孝友家风和文章勋业。

广西梧州藤县黄氏宗祠堂联

庸祀厥先萃，潭津南北廿一派；

免为其后溯，轩辕上下五千年。

【注】此联说黄氏世族源远流长。

姓氏始陆终，一派渊源，溯歇浦，汇潭津，烟祀特隆，永妥先灵崇根本；

家祠建藤邑，两江襟带，瞰鸳州，枕鹤岭，云伺蔚起，克将明德荐馨香。

【注】上联说黄氏得姓始于陆终；下联说本支黄氏居于藤县。

广西梧州蒙山黄桥老祖堂联

祖由江夏，有德有功，本宗淑度家声远；

支发永安，亦耕亦读，原绍春申世泽长。

【注】上联典出东汉黄宪；下联典出战国时楚国宰相黄歇。

广西贺州临贺故城黄氏宗祠联

潢川德泽绍敦睦；

江夏贤声传孝忠。

【注】上联说西汉黄霸的业绩；下联说东汉黄香的孝道。

高祖宗功光万古；

陆公恩惠炳千秋。

【注】此联说黄氏祖先陆终的恩惠和宗功。

广西贺州昭平黄氏宗祠联

陆终绵世泽；

江夏振家声。

【注】此联说黄氏祖先陆终，受郡于江夏。

广西北海合浦黄氏宗祠联

濂阳绳祖武；

江夏振家声。

【注】此联说本支黄氏继承世德，振兴家风。

广西防城港黄氏宗祠门联

功高东汉；

威震南夷。

【注】联说黄香。此支黄氏为东汉大臣黄香之族所在。汉高祖置郡，治所在安陆（今湖北云梦）。

寻根溯本，江夏千秋承祖德；

缅古崇基，黄门世代振家声。

【注】上联说江夏祖德；下联说振兴黄氏家风。

广西玉林容县黄氏宗祠门联

颍川世泽；

江夏家风。

【注】上联典出西汉黄霸；下联典出东汉黄香。

广西玉林博白亚山盘古岭黄峭山公祠联

春申门下三千客；

文烈堂前廿一贤。

【注】上联典出黄氏祖先楚国宰相春申君黄歇；下联说本支黄氏为黄峭山分支。

峭祖开基邵武，源远流长，千顷碧波通海；

山孙创业白州，竹苍松茂，万山绿浪达江。

【注】联说黄峭山世系源远流长，分支如万山绿浪、兴旺发达。

江夏旧家声，瓜瓞绵长，人旺财兴兴百代；

白州新祖宇，螽斯衍庆，枝繁叶茂茂千秋。

【注】上联说黄氏家声，财旺人兴；下联说安居本地的族人枝繁叶茂。

台湾黄氏宗祠门联和堂联

堂号小序： 台湾地区的客家黄姓，均是由粤东、闽西迁徙去台的。所以，这些黄氏后裔未另立堂号，仍沿用"江夏堂"堂号，代代相传，以示不忘祖先。

甲科鼎阀；

部院陞陛。

五经世第；
千顷家风。

江夏家声远；
春申世泽长。

五经新世第；
千顷旧家风。

江回锦浪波千顷；
夏绕薰风扇一枝。

五福临门光世第；
经书开卷振家风。

江春美景盛玉树；
夏绕高风翰墨香。

五经门第家声远；
千顷名扬世泽长。

江风暖送千丛绿；
夏日光生万户春。

江夏家声传海岛；
宝山世德接台疆。

江面夕阳风景好；

夏天晓月稻花香。

江中波浪龙卷榜；

夏气春申凤鸣风。

江山毓秀多福寿；

夏水生草富贵春。

【注】黄氏宗祠的对联多以"江夏""五经""千顷""春申"等字词嵌于对联之中。对联内容多描写大陆原乡美景或台湾自家祠堂附近美好的山水风光。"江回锦浪波千顷；夏绕薰风扇一枝"，是黄姓人家著名的一副对联。

台湾高雄美浓镇黄氏宗祠栋对

祖居蕉岭县，移台岛、到弥浓，善择地形，龙肚开基成大业；

裔渡南美洲，进根廷、侨异国，克勤人事，天涯发迹展鸿图。

【注】此联特别标举出了二十三世的黄锦龙移居阿根廷、黄锦明旅居美国的事迹。像这副描述原乡迁至台湾再至海外谋发展的对联，颇为特殊。

台湾屏东内埔、新埤黄氏宗祠栋对

江夏号无双，千顷扬名，当思祖德宗功，瓜瓞绵绵长世泽；

颍川推第一，五经遗训，惟爱子贤孙肖，螽斯蛰蛰振家声。

【注】此联将江夏、颍川堂号嵌入联中。"江夏号无双"，典出孝子黄香。"颍川推第一，五经遗训"典出黄霸。

自杭邑以系统，宝坑庆衍，龙乡百世，渊源追峭祖；

由梅州而徽流，嵩土支分，台省千秋，伟绩成纲公。

【注】此联叙述祖先由福建上坑迁到广东龙牙，再迁至嵩乡宝山；下联提出祖先由广东梅县嵩口堡迁至台湾新埤（打铁村）。以上时间、地点都追溯至远古、祖地等，也点出峭山祖、成纲公（十五世祖，来台开基祖）。

启户溯麻坑，由蕉岭，渡台湾，登第玉成，世泽绵延营福；

开基来海岛，自老东，分上树，兴居松盛，人文起凤育郎。

【注】此联叙述家族由广东蕉岭县白马乡的麻坑，迁到台湾屏东内埔乡的东宁村（老东），再迁到内埔上树村的现住所。

台湾屏东六堆上树黄氏宗祠灯对

要好儿孙，须从尊祖敬宗起；

欲光门第，还是读书积善来。

湖南炎陵黄氏宗祠堂联

咏诗句春归何处；

题菊花秋艳几时。

【注】上联典出诗人黄庭坚；下联指农民起义军领袖黄巢。

广东河源龙川佗城黄氏大宗祠祠联

潢川世德；

江夏家声。

江水长流千里远；

夏荫庇护满庭香。

堂联或栋对

春申垂德，孝忠无双源流远；

峭岳遗韵，教化第一世泽长。

祖德高风，遐裔铭佩，代代传承千秋盛；

宗功润泽，后昆沐恩，时时惠佑万载兴。

溯源惠连，楚相汉侯，拓土开疆，江夏蜚声昭史册；

仰祠黄氏，古风洋派，钟灵毓秀，雷乡气象蔚人文。

广东河源黄氏始祖海龙将军祠联

以义制利；
仁爱孝悌。

颍川传治绩；
东岭秀人文。

名宦乡贤家庙；
忠臣孝子祠门。

千秋东岭推高士；
万载南天仰大贤。

堂联与栋对

祖庙重修，正本清源将军府；
家风大衍，开来继往爱国人。

作忠孝，振文明，代代英贤先启后；
履廉节，兴骏业，世世楷模子传孙。

此间为山水灵枢，前朝云嶂，后倚锦屏，左环笏石，右绕琴江，溯先人，肯构肯堂，奠鸿基于七百余载；

吾族本声华著姓，才储东观，治炳西京，第接南宫，恩承北阁，念累代，是行是训，诒燕翼于亿万斯年。

海晏河清，仰吾祖，报国安民，勋标宋室，誉满列朝，仁智信义，炳炳麟麟，大衍郓州汪洋派；

龙腾虎跃，溯先贤，兴族传家，名存史册，枝繁全球，礼乐诗书，绳绳蛰蛰，长开江夏富贵花。

龛联

　　爱国忠君，一片丹心扶宋室；

　　敬宗睦族，千秋道义肃琴江。

堂联

　　江汉朝宗，神州地百川入海；

　　夏弦春诵，将军裔九天腾龙。

　　圣谕贤铭，忠孝第一家声远；

　　文揆武奋，书剑三千世泽长。

　　是训是行，报国文章忠与孝；

　　有典有则，传家经史诗兼礼。

　　尊祖敬宗，尚九州文明礼乐；

　　忠绳祖武，峭龙一脉垂统绪。

　　希圣希贤，践履懿行尽人道；

　　全忠全孝，本著志节作良图。

栋对

　　百战功臣，饮马琴江，山水犹存英雄志；

　　一朝义士，丰碑中正，日月长照将军灵。

广东梅州西阳黄坊村黄氏宗祠栋对

隆寝庙而开基，前迎梅水，后拱明山，亿万年长此馨香芬肝胏；

立纲常以垂范，文仰文公，武承汉将，千百世启予经纬卜联镳。

广东梅州黄氏宗祠堂联

　　高大门庭，正洲对百花，挹斯秀气；

　　光华日月，喜堂开千顷，妥我先灵。

左圣域而右文场，尊祖敬宗，子姓于斯古凤起；

依金山而环锦水，钟灵毓秀，甲科从此看蝉联。

开谱系于春申，三千人附诩鸣猷，藉堪声祢耀千古；

衍源流于学士，廿一子丕承燕翼，分来支派遍东南。

阅千百年而敬溯宗功，出为名宦，处为纯儒，须知忠孝贞廉，前代之家声聿著；

联十三属而重新祖庙，远在邻疆，近在州治，所愿伯叔兄弟，程乡之岁祀无忘。

广东大埔湖寮龙岗黄氏宗祠堂联

思先人积累数百年，一点一滴留下些小福泽，岂可酌水忘源，负上苍默默相成至意；

念尔父勤俭几十载，废寝废餐传来尺寸功劳，尤宜尝甘识苦，怜当年咿唔待旦初心。

广东蕉岭黄氏宗祠堂联

卜杨梅而肇造，辟草披荆数十传，葛藟瓜绵，蕃衍五羊门第；

溯江夏之渊源，服田汲井廿一公，支分派别，汪洋千顷波澜。

汉代衣冠族，宋朝道学家，经我祖一脉流传，遂偏山陬海筮；

松口螃蟹形，著村醉翁墓，于斯祠三方鼎峙，伫看岳降嵩山。

广东紫金县城黄氏宗祠堂联

系由黄帝发祥，仰思治颍川，循良第一，兴江夏，孝友无双，传世德于千年，赫赫皇皇昭祖武；

祠坐紫金卜吉，翘望大人岭，高耸屏藩，状元峰，尊居领袖，毓地灵于亿万，森森蔚蔚挺孙枝。

广东紫金敬梓金积黄氏宗祠堂联

金星位极五行，喜此间，鼎定庚申，岁逢甲子，应气运旺三元，卜世卜年长富贵；

积德祥系方寸，溯乃祖，家传孝友，姓著郓州，愿渊源绵六籍，俾昌俾炽庆荣华。

广东紫金乌石璜坑黄氏宗祠堂联

光先业，罗坊祠，此日雕梁靡侈，画栋非奢，踵事增华，庶式廓鸿图，大振文明新气象；

仰前徽，江夏源，当年孝友无双，治平第一，宏谟述训，知谋诏燕翼，长昭烈祖旧家声。

江西宁都黄石田溪黄氏宗祠联

秀挹南山，派分江夏；

芳流东观，瑞霭田溪。

【注】黄石乡田溪黄氏宗祠位于黄石乡田溪，黄氏陆昌于唐元和年间从福建邵武迁此。

甲第宏开，遥接南山瑞霭；

门闾轩敞，长依北阙恩光。

江西石城屏山亨田黄氏祠联

入雅堂毋忘爱敬；

出此户宜笃友恭。

江西赣县南塘筠轩堂黄氏宗祠堂联

筠节焕门楣，想当年祖德宗功，大启规模贻燕翼；

轩昂新祠宇，看此日慈孙孝子，垂兴世泽振鸿图。

江西赣县南塘黄氏宗祠堂联

直承春申遗风，忠心义胆，绵绵世泽誉青史；

扶匡江夏垂德，孝子贤孙，赫赫家声继汉唐。

江西石城屏山亨田黄氏宗祠堂联

文学溯渊源，主宰郎官，政迹芳声腾上海；

忠心为家国，克绳祖武，人才济美砥中流。

福建晋江青阳霞浯黄氏宗祠堂联

骏绩西京颍川第一；

彪文东观江夏无双。

福建连城芷溪黄氏宗祠堂联

东壁灿图书，世泽文章占瑞象；

南郊隆饮膳，家风孝友接芳仪。

居傍廉泉，溯千顷汪波，当追雅度；

室崇仁里，缅一龛石洞，好步前徽。

地脉接桃源，虎踞龙蟠，瑞应文奎开甲第；

家风承莒尾，蛟腾凤起，泽流芷水启壬林。

福建宁化济村古背祖黄氏宗祠堂联

忠孝振纲常，党籍编名，气节宛如东汉，

文章垂宇宙，诗家派衍，门庭别起西江。

福建宁化曹坊黄坊巷黄氏宗祠堂联

本宗由田口发根，记颍川禾应嘉祥，当黍稷惟馨，佳种稽涣欣奕叶；

支祖自青溪衍派，思汝水波宏雅量，循涧滨以采，渊源不改沛澄泉。

福建宁化淮土桥头黄氏宗祠堂联

日之余，月之初，语征绳祖；

澄不清，淆不浊，德乃服人。

台湾六堆黄氏江夏堂栋对

汪度仰前贤，千顷扬波，派发蕉阳承度量；

达人称博士，五经遗训，渊传台岛兆人文。

祖脉纪汀杭，系衍宝坑，派别龙乡绵百世；

宗源传粤谱，衍流嵩土，支分台省贻千秋。

台湾六堆黄氏紫云堂栋对

南亩建宗祠，育桂培兰，荐食动思为祖念；

西廊居后裔，苍松翠竹，修身慎行振家声。

台湾高雄美浓永平黄氏宗祠堂联

江夏无双德望；

春申第一门风。

朝夕莫忘亲命语；

晨昏须荐祖宗香。

泰国曼谷吞府荷田黄氏宗祠堂联

系出荷田，喜派衍支蕃，长绵世泽；

堂开湄浦，看云蒸霞蔚，丕振家声。

——黄乃达

【姓源】《世本》。

① 相传帝少昊之子娶帝颛顼女女修生大业（皋陶）。大业娶少典氏女女华生伯益（大费）。伯益"佐舜调驯鸟兽，鸟兽多驯服"，舜赐嬴姓（大费）。伯益娶舜女，生大廉。大廉曾孙孟戏（一作孟亏）作土于萧，姓萧氏。

② 萧氏，子姓，以国为氏。商代有萧国，在今安徽萧县境内，后灭于周。成王赐鲁殷民六族，其一萧氏。

③ 周灭萧，为宋邑，宋大夫以邑为氏。春秋齐顷公母萧同叔子，盖出其族。

④ 萧氏，子姓，以国为氏。春秋宋戴公子衎，字乐父，其孙乐须以乐为氏。须六代孙乐大心封萧，为宋之附庸，其地即商之萧国地。萧，公元前597年为楚所灭，遗族以萧为氏。萧大心裔孙萧不疑，战国时是春申君门客。子孙居丰、沛间。

⑤ 此外，萧氏尚有一支是契丹族的后裔。契丹族人建辽国，辽国许多将相是萧姓契丹族人。又，《姓氏寻源》载，辽有萧翰，本无姓，以慕萧何，因为氏。

⑥ 少数民族改姓，如辽代契丹、蒙古族、回族等汉姓。

【分布】先秦时期，萧姓一族主要活动在河南、湖北和安徽等地。秦汉以后，萧姓很快播迁到今山东、江西、浙江、湖南和四川等地。宋朝时期，江西为萧姓族人聚居的第一大省。到了宋朝末期，全国形成了以赣、皖为中心的萧姓聚集区。明朝时期，萧姓人口主要分布在江西、福建和广东三省。

萧姓为中国第 30 常见姓。全国萧姓（含肖姓）人口近 730 万人，约占全国人口的 0.58%。约 53% 分布在湖南、四川、湖北、江西四省。萧姓客家人大都分布在江西、湖南、广东、福建、广西、河南六省，其他各省客属均在少数。

【郡望】兰陵郡、河南郡等。

【堂号】兰陵堂、定汉堂、八叶堂、三瑞堂、广陵堂、河南堂、芳远堂、师俭堂等。

通用祠联

门联

兰陵世泽；

相国家声。

【注】① 兰陵：萧姓的郡望和堂号。② 相国：指汉萧何，官居相国。

乡贤世泽；

师俭家声。

【注】① 乡贤：典指王璔。王璔，字坦卿，程乡县城东攀桂坊人，少聪颖，登崇祯癸酉进士，贤书事亲，以孝悌获众赞。康熙二十年（1681 年）祀乡贤。② 师俭：萧何，沛人，西汉开国贤相。萧何对子孙说："后世贤，思师吾俭；不贤，毋为势家所夺！"由此，萧氏家族以"师俭"为堂号。

收图兴汉；

辅政匡君。

【注】上联典出汉初萧何，辅佐刘邦入咸阳，收取秦廷律令图书，掌握山川险要、郡县户口及社会情况。下联典指西汉大臣萧望之，甘露年间主持石渠阁会议，元帝即位后，对时政多有匡正。

勋隆西汉；

文选南朝。

【注】上联典指西汉大臣萧何。萧何，沛县人（今江苏地），初为沛县吏，辅佐汉高祖刘邦统一天下，功勋卓著，为西汉开国贤相。故萧氏堂联有"勋隆西汉"

"相国家声"之句。下联典指南梁开国皇帝萧渊的长子萧统。萧统，字德施，兰陵人，南梁著名文学家。天监元年（502 年）立为皇太子。五岁便通读五经。当时宫中藏书三万卷，萧统广招贤士，共相切磋，所编纂《文选》三十卷，后世称为《昭明文选》。

江西衍派；

侯北开基。

【注】此联是广东大埔百侯侯北祖祠的对联，指出大埔百侯侯北的肇基祖萧淳，由江西衍派而来。萧淳，以进士为漳州刺史、潮州路总管，宋亡不仕，落籍于百侯。

兰陵世德；

师俭家声。

【注】师俭家声：典出萧何勤俭治家。《汉书·萧何传》："令后世贤，师吾俭；不贤，毋为势家所夺。"萧家官居相国，位极人臣，然并不恃宠自傲。凡购置田宅，一定要在穷乡僻壤，自己所住的府第也是土墙素屋，不作任何华丽的装饰。他告诫家人这样做的目的是：我的后代有出息，就会学习我勤俭治家的榜样；如果我的后代没有出息，势家大族也不会来抢夺这些茅茨土屋。这就是师俭堂、师俭家声的来由。

乡贤世泽；

相国家声。

兰陵世泽；

文选家声。

【注】全联典指南朝梁萧统。萧统，梁朝皇太子。谥昭明，世称昭明太子。兰陵（今江苏常州）人，编纂《文选》三十卷。

凤箫引侣；

虎穴卫亲。

【注】① 凤箫引侣：典出秦弄玉。秦弄玉为秦穆公之女，许字萧史，他教弄玉吹箫，能作凤鸣，后携弄玉成仙而去。② 虎穴卫亲：典出清萧启。启奉母避乱，堕虎穴中，虎视之，启以身蔽母，泣告曰："宁啖我，勿伤母。"虎乃去。

三瑞御史；

八叶相公。

【注】① 三瑞御史：典出宋萧定基。萧定基为御史，极为仁宗所称。仁宗尝称彭齐文章、杨佺清操、定基政事为三瑞。② 八叶相公：典指唐萧瑀后，凡八世宰相。

广东梅州肖氏宗祠堂联

高帝以廉治国；

名臣惟俭传家。

【注】上联典指南朝齐开国皇帝萧道成（427—482）。以清俭自奉，卒谥高帝。下联典指汉初大臣萧何，晚年不置垣屋，尝曰："令后世贤，师吾俭。"

广东梅州东郊贤萧公祠堂联

一生受君父，深恩无从报答；

万事看儿孙，分上不必苛求。

——萧墱

萧墱（1605—1668）：字坦卿，号善从，谥肫穆，生于明万历三十三年（1606年），卒于康熙七年。梅城东郊人。明崇祯癸酉科举人，清康熙敕赠儒林郎，崇祀乡贤。

木本水源，宜先型之远溯；

枝荣叶茂，皆祖泽所栽成。

兰陵本西汉世家，史册论功勋，宰相深谋居第一；

梅水接南朝望族，继承图创造，乡贤遗训语无双。

当唐代有文章，重振秘书门第；

昔汉京为宰辅，永承师俭家风。

——萧墱

江西于都寒信峡肖寿六公祠堂联

龙蟠寒信，千祥云集；

瑞霭宗祠，百福临门。

【注】① 寒信峡：位于江西于都县城东北30公里处。峡成北南走向，峭壁

悬崖，形成峡谷，贡水泻出其中，"每于岁暮，峡中先寒"，因以为名。② 肖寿六公祠：肖姓太祖寿六公于明朝洪武初年，由赣州信江营至寒信峡，见此地山水灵秀，大气磅礴，遂建宅地于贡水之滨，耕读自立。公百年之后，于信宅正厅恭立神位奉祀。康熙十九年（1680年）改建，三进二井，雕梁画栋，气象雄伟，为秉承先人敦亲睦族之遗训，取名"敦睦堂"。③ 龙蟠：蟠，屈曲、环绕、盘伏。按照中国古代的四象说和风水说，东为青龙、西为白虎。如南京的东郊是紫金山，形似龙蟠；西郊是石头城，形似虎踞。

> 春礿秋尝，怀德感恩行古礼；
>
> 左昭右穆，慎终追远尽孝谌。

【注】① 左昭右穆：我国古代的宗法制度指宗庙、墓地或神主的辈次排列。古人在室内座次以东向为上，其次才是南向、北向和西向。故以始祖居中，东向；二世、四世、六世位于始祖的左方，朝南，称昭；三世、五世、七世位于右方，朝北，称穆。左为昭，右为穆，故亦称左昭右穆制。② 慎终追远：终，人死；远，指祖先。旧指慎重地办理父母丧事，虔诚地祭祀远代祖先。③ 孝谌：孝，孝顺；谌，信、诚。

> 克勤克俭，唯读唯耕光世业；
>
> 守信守诚，作忠作孝衍家声。

【注】衍，通"延"，绵延。

> 寿翁祠前，峡水滔滔声声笑；
>
> 六公堂后，山庵苍苍步步春。

> 祠枕庵山，大气磅礴，三祥会聚鸿基固；
>
> 门迎峡水，巨流瀚漫，万派同源世泽长。

【注】庵山：即庵背山，在寒信峡东面，与西边的车头嶂夹峙两边。

江西赣县王母渡东埠头萧氏宗祠联

> 聚祖德流芳，房房鼎盛；
>
> 魁宗功衍庆，世世文明。

【注】魁：为首的，居第一位的。

> 聚义厅中，俊杰倍增昌百代；
>
> 魁星堂上，英才辈出盛千秋。

【注】魁星：中国古代星宿名称，神话中主宰文章兴衰的神。在儒士学子心目中，魁星具有至高无上的地位。中国很多地方都建有祭祀魁星的魁星楼、魁星堂，香火鼎盛。

聚族话公堂，耕读渔樵为乐业；

魁材成大厦，祥光瑞霭绕安居。

【注】公堂：旧时家族的祠堂、共同的房屋等。

江西会昌城萧氏宗祠联

佐沛公，封酂侯，名世挺生追汉代；

官太傅，升大将，人才辈出溯兰陵。

【注】① 沛公：汉太祖高皇帝刘邦，沛丰邑中阳里人，汉朝开国皇帝。早年是沛县泗水亭长，后尊称沛公、汉王。② 酂侯：汉萧何的爵号。何在楚汉相争中，辅佐高祖，守关中，转漕给军，兵不乏食，因以致胜。高祖即位，论功行赏，评为第一，封酂侯。③ 挺生：挺拔生长。亦谓杰出。④ 太傅：萧何的六世孙萧望之（约前114—前47年），汉宣帝时曾任太子太傅。东海兰陵（今山东省兰陵县兰陵镇）人，徙杜陵（今陕西西安东南）。

制律功高能固汉；

选文心瘁继传经。

【注】上联指萧何帮刘邦制定《汉律》。下联指萧统编《昭明文选》，为中国最早的文章总集。

扶大厦之将倾，此处地灵生人杰，安邦柱国，鞠躬尽瘁，万民额手赞臣相；

挽狂澜于既倒，斯郡天宝蕴物华，济困解危，兴政扶农，千载丰功颂兰陵。

春祀日祠，秋祭日社，典礼著毛诗，是训是行，休夸晨钟暮鼓；

忠诚在汉，孝子在梁，芳徽垂国史，如闻如见，毋忘祖德宗功。

【注】毛诗：即今本《诗经》，相传为汉初学者毛亨和毛苌所传。

自微子承礼以来，汉有相，明有将，赫赫鸿勋垂万古；

从大心受姓而后，齐为帝，梁为君，巍巍功德播千秋。

【注】① 微子：宋国始祖。② 大心：萧氏得姓始祖。

江西吉水水南义富萧氏宗祠联

缵承溯祖考，将相公侯，八叶渊源归一本；

绪业贻子孙，友恭慈孝，五伦纲纪著千秋。

【注】义富：原名倚富。义富萧氏宗祠称缵绪堂，尊远祖为汉相萧何，属定汉堂分支。

江西上犹萧氏宗祠联

力挽国危，扶立恒公赢赞誉；

计谋军阵，追杀仇敌树丰碑。

【注】此联颂萧氏得姓始祖大心。大心，萧邑大夫。春秋时宋国发生叛乱，宋潜公被南宫万杀害，诸公子逃到萧邑避乱，大心与诸公子组成一支军队，在曹国帮助下，打败叛军，并立新君宋恒公。由于大心功勋卓著，受封于萧，建立萧国，人称萧叔。

江西崇义龙勾合坪萧氏宗祠联

立诚昭祖德；

叙本衍宗支。

——于右任

【注】该联是1941年龙勾萧姓人氏通过保定军校第一期毕业生萧霖的关系请于右任为笃本堂所撰之联，萧氏宗祠笃本堂堂名也是于右任所写。据传于撰好后，空运而至，午夜而立。

于右任（1879—1964）：陕西三原人，祖籍泾阳，是中国近现代政治家、教育家、书法家。原名伯循，字诱人，尔后以"诱人"谐音"右任"为名，别署"骚心""髯翁"，晚年自号"太平老人"。于右任早年系同盟会成员，长年在国民政府担任高级官员，同时也是中国近代书法家，复旦大学、上海大学、国立西北农林专科学校（今西北农林科技大学）等中国近现代著名高校的创办人之一。

江西崇义龙勾牛轭萧氏祠堂联

人中义命千锤铁；

天地规模一部书。

——戴第元

【注】人中：人间。清乾隆五十二年（1787年）南安府教谕进士戴第元手书。

戴第元（1728—1789）：字正宇，号簠圃，又号省翁，大庾县（今江西大余县）人。主持山西、湖北等省乡试，视学安徽。官光禄寺少卿、太常寺少卿、太仆寺少卿等，乾隆五十一年以病致仕。多才博学，名重海内。入翰林院后，词章更是"倾倒一时"。编有《唐宋诗本》80卷行世。

广西贺州黄田镇萧氏宗祠联

相传八叶；

文著六朝。

【注】此为祠内"师俭第"配联。上联指唐初大臣萧瑀。萧瑀由隋降唐后于武德初年任内史令，深受高祖信赖。太宗时官至尚书左仆射（宰相），封宋国公。其后家中八代出任宰相。下联指南朝梁文学家萧统。萧统为梁武帝的长子，天监初被立为太子，未及即位就去世了。统能文，曾招揽文学之士，编《文选》三十卷。

广西贺州黄田镇萧氏宗祠门联

河南世泽；

汉相功高。

【注】萧氏的望出地有兰陵、广陵、河南（郡）等，上联典出其中之一。河南郡，秦朝时期名三川郡，西汉高帝二年（前205年）改为河南郡，治所在洛阳。下联典出萧何。萧何襄助刘邦建立汉朝后出任宰相，知人善任。后因功被封为酂侯。

堂联

师俭堂中，儒宗望重；

麒麟阁上，相汉功高。

【注】① 师俭堂：典出汉相萧何。萧何曾告诫子孙云："令后世贤，师吾俭；不贤，毋为势家所夺。"要子孙节俭持家，以免家道败落。② 儒宗望重：指南朝梁著名的文学家萧统。梁武帝之子，即昭明太子。少时遍读儒家经典，善词赋，辑《文选》三十卷，为我国现存最早的文章总集，对后世儒学传播及文学创作影响颇大。③ 麒麟阁：汉武帝建于未央宫中，因汉武帝元狩年间打猎获得麒麟而命名。主要用于收藏历代文献资料和秘密文件。甘露三年（前51年），汉宣帝因匈奴归降，回忆往昔辅佐有功之臣，乃令人画十一名功臣图像于麒麟阁以示纪念和表扬，后世往往将他们和东汉云台二十八将、唐代凌烟阁二十四功臣并提，有"功成画麟阁""谁家麟阁上""画图麒麟阁"等诗句流传，以为人臣荣耀之最。查麒麟阁十一位功臣，入选萧氏唯御史大夫、太子太傅萧望之，元帝时，获赐爵关内侯。

或谓其曾及相位。

广西柳州鹿寨古木萧氏宗祠门联

> 恩承唐汉；
>
> 派衍齐梁。

【注】萧氏宗祠在柳州市鹿寨县寨沙镇古木村古木屯，红砖木瓦结构，单进三开间布局，此为祠门楼外联。此联典指萧氏史上相关名人。唐萧指萧瑀等；汉萧指萧何；齐梁间萧氏有萧统等人。

台湾萧姓门联

> 相辅家声远；
>
> 兰陵世泽长。

【注】全联指的是帮助刘邦建立汉朝的萧何。台湾萧氏祠联仍沿用大陆先祖堂号，以示永怀祖德宗功，昭示后人。

台湾高雄美浓萧姓师俭堂栋对

> 开族自酂侯，世远源湮，派别九州，将相公卿难缕述；
>
> 乔迁来凤邑，居乡择里，各安一所，士农工贾尽成材。

【注】此联中的酂侯指萧何，汉初沛人，佐高祖定天下，论功第一而封酂侯。汉初律令多出其手。

台湾高雄美浓萧氏宗祠栋对

> 祖籍著河南，由酂县至粤东九州，详履述开基延世泽；
>
> 宗支分台岛，由凤邑迁美浓龙肚，竹凹里驻足振家声。

【注】此联的上联点出河南堂号。萧姓溯其源流为：宋国微子之后代被封于萧（在今安徽），子孙以国为姓。

广东梅州肖氏宗祠栋对

> 室傍梅峰，喜万树梅花，储蓄盐梅用度；
>
> 群居孝里，愿一堂孝悌，继承忠孝遗风。

> 栋宇巍峨，经整饬气象维新，虽源远流长，钦赞侯道貌，保尔等开科发甲；
>
> 祖祠则崒，即编修规模仍旧，即枝分派别，敬宗老徽音，佑你们治国齐家。

广东梅州官井头萧氏宗祠堂联

> 施教遍梅州，史授经传，邑乘流徽真永播；
> 肇基从宋室，根深叶茂，孙枝受福自无疆。

> 创业难，守成难，作述济美，百事鸿图，丕振家声光祖耀；
> 读书乐，耕田乐，勤俭传家，一门鹊喜，汝曹随地拓楼台。

> 世泽仰乡贤，祖德恢宏，诗书垂训，人文蔚起，代代绳祖武；
> 堂基开南畔，家声丕振，启后承先，事业光前，世世庆荣华。

> 祖庙座南篱，黄竹为池，长岗作案，岳毓川中，早肇千秋世泽；
> 宗祠叨北阙，梧州著绩，台郡书勋，文经武纬，宏开奕叶家声。

广东大埔百侯侯北萧氏大宗椒远堂联

> 继兰陵，溯九江，椒实蕃衍垂百世；
> 承望之，仰八叶，源远流长延千秋。

广东深圳坪地四方埔村萧氏露襄堂联

> 说迁徙路线；
> 颂祖先伟业。

> 由宁化至梅州，在昔松源继接千秋世泽；
> 自揭阳迁归邑，于今坪地更开百代宗枝。

台湾六堆萧氏师俭堂联

萧县肇传宗，朝宰相，爵公侯，腾芳兰桂，北徙松源，缵绪流徽扬八叶；
台湾承绍谱，耀门楣，荣氏族，盛事裔孙，南迁龙肚，绵延继统绪三祥。

【姓源】《广韵》。

① 商代有梅国，子姓，公族以国为氏。梅国，伯爵。在今安徽亳州东南。梅伯为纣王所醢，武王克商，封其玄孙于黄梅（今属湖北），号曰忠侯，世居郑、楚间。

② 汉长沙王梅鋗，于越（今江西余干境）人。先世为越王子孙。楚灭越，避祸于丹阳，更姓梅氏。周末居沅湘，秦时徙南海台岭。六代孙喜始居汝南。

③ 三国时南蛮姓（《三国志·魏书》）。

④ 唐代以后少数民族汉姓、改姓（略）。

【分布】魏晋南北朝时，梅姓在汝南郡发展极为繁荣，可谓族大人众，枝繁叶茂，形成梅姓历史上最重要的郡望——汝南郡。

隋唐时期，梅姓已广布到了今湖南、湖北、江苏、江西、安徽和浙江等地。隋朝末年，由于战乱，中原一带十室九空，汝南梅姓一族大举南迁，足迹遍布今江苏和福建一带，其中部分融入当地客家。

梅姓为中国第 157 常见姓。人口约 83 万，约占全国人口的 0.066%。约 65% 分布在浙江、云南、湖北、河南、江苏、安徽六省（其中浙江最多，约占全国梅姓人口的 13%）；11% 分布在湖南、广东、重庆三省、市（《中国姓氏·三百大姓》）。梅姓客家人广东、湖南、湖北较多，安徽也有少量分布。

【郡望】汝南郡。

【堂号】花萼堂。

通用祠联

门联

仙隐吴市；

诗咏都官。

【注】① 仙隐吴市：典指梅福。梅福，汉寿春人。少学长安，明《尚书》《春秋》，为郡文学、补南昌尉。后辞官弃家，不知所适，以为仙。后有人于会稽遇梅福，变姓名为吴市门卒。② 诗咏都官：典出梅尧臣。梅尧臣，北宋诗人，其诗以深远古淡为意，欧阳修与为诗友，自以为不及。中年后第进士，官至尚书都官员外郎。

浓香满袖；

绩学参微。

【注】① 浓香满袖：典指梅询。梅询，宋宣城人，少好学有词辨，进士及第，官侍读学士。询性卞急好进而侈于奉养。喜焚香，晨起必焚香两炉，以公服罩之，满袖以出，坐定拔开，满室浓香，人谓之梅香。② 绩学参微：典出梅文鼎。梅文鼎，清代天文学家、数学家。宣城人，字定九。笃志嗜古，尤精历算之学，著天算之书八十余种，皆发前人所未发。清圣祖尝以“绩学参微”四字赐之。

中侯苗裔；

汝南望族。

【注】全联指梅姓的郡望和堂号。

堂势尊严，昭奕代祖功宗德；

孙枝蕃衍，承万年春祀秋尝。

祖有遗编，昌言文集、圣俞诗稿；

家无长物，诞生字汇、定九丛书。

【注】圣俞诗稿：典出梅圣俞。梅圣俞，字尧臣，仕途上不甚得意。以荫补为吏，赐进士出身，北宋文学家。为国子监直讲，累迁尚书都官员外郎，世称梅都官。后身为试官，拔苏轼，以诗显名，其诗平淡朴素，含蓄深刻，多反映现实生活和民生疾苦，以矫宋初空洞靡丽之诗风。因与苏舜钦齐名，人称“苏梅”。北宋时第五世尧臣、禹臣、辅臣各为一宗之祖，称“三望”。

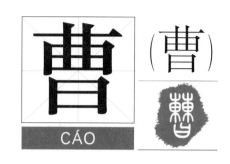

曹（曹）
CÁO

【姓源】《潜夫论》。

① 先秦古姓。本作嬒，假作曹。相传黄帝生昌意，昌意生颛顼，颛顼生倄，倄生老童，老童生祝融吴回，吴回生陆终。陆终娶鬼方氏女，曰老嬇，产六子，幼子安（晏安），辅舜帝以功赐曰嬒（通作曹）。安，初封今河南灵宝市东之曹阳。裔孙夏代迁今河南滑县南之古曹城。又迁今山东定陶西北。曹姓封国，有曹、莒、牟、根牟等国，公族以国为氏。

②《中华姓氏源流大辞典》引《世本》，以国为氏。夏商时为曹国，相传为上古高阳氏帝颛顼玄孙陆终之安（晏安）始封。初，在今灵宝东之曹阳，夏时东迁今河南滑县东，商时迁今山东定陶西北。武王克商，封安（晏安）二十五代孙挟于邾（故城在今山东曲阜东南、泗水西南），称邾氏。楚灭邾，封其君为钜侯，其后有一支复为曹氏，汉时居谯郡，东汉时为望族。

③ 西周、春秋时国族，姬姓。武王克商，封其弟振铎于商代曹国故地，公元前487年灭于宋。

④ 三国魏武帝曹操之父曹嵩，本姓夏侯，因养于宦官曹腾，遂改姓曹。

⑤ 东汉建安二十年，丞相曹操改秦真姓曹氏。

⑥ 少数民族汉姓、改姓（略）。

【分布】秦汉时期，曹姓族人已广布北方及安徽等地，其中源于姬姓曹氏多居于谯郡，汉朝宰相曹参即属此支。

魏晋南北朝时期，因北方连年战乱，曹氏族人开始大举南迁。唐朝初期又迁漳州，后逐渐播迁到福建的同安、南安、安溪和芹山等地。

　　唐高宗时期，部分曹氏族人迁入福建闽西。唐末黄巢起义时，河南固始曹氏又有一批人迁徙到福建。

　　明朝初期，曹姓作为山西洪洞大槐树迁民姓氏之一，一部分被分迁到了河南、安徽等地。

　　曹姓为中国第 27 常见姓。人口约 730 万，约占全国人口的 0.59%。约 30% 分布在河南、河北、四川三省，31% 分布在江苏、安徽、山东、湖北、湖南五省（《中国姓氏·三百大姓》）。曹姓客家人分布最多的是河南、湖南、湖北和四川，广东、广西及江西、福建仅有少数曹姓客家人。

　　【郡望】谯国郡、高平郡、巨野郡等。

　　【堂号】谯国堂、彭城堂、清靖堂、武惠堂、振铎堂、余庆堂、无为堂等。

通用祠联

门联

平阳世第；

相国家声。

　　【注】全联典指汉初曹参。曹参，西汉名将、大臣。字敬伯。江苏沛县人，秦末随刘邦起兵反秦，汉朝建立后，被封为平阳侯，曾任宰相九年。协助高祖平定陈豨、英布等异姓诸侯王的叛乱。

文昭世胄；

武惠元勋。

　　【注】上联典指曹植。曹植（192—232），字子建，沛国谯（今安徽亳州市）人，曹操第三子，生前曾为陈王，去世后谥思，又称陈思王，三国时期著名文学家，建安文学的代表人物。后人因其文学上的造诣而将他与曹操、曹丕合称为"三曹"。南朝宋谢灵运有"天下才有一石，曹子建独占八斗"的评价。王士禛尝论，汉魏以来二千年间诗家堪称仙才者，曹植、李白、苏轼三人耳。下联典指曹彬。曹彬（931—999），宋朝初年大将，严于治军，尤重军纪，以不滥杀著称，以功擢枢密使，死后谥号武惠。

将台三上；

籍列八仙。

【注】上联典指宋朝大将曹彬。曹彬（931—999）三子皆为将才，曹弼题曹彬庙有"教子三登上将台"之句。下联指宋曹国舅隐迹山林入仙班之事。

南阳世第；

谯国家声。

【注】① 南阳：西汉曹参与萧何佐汉高祖起兵于沛，天下定，曹参被封为平阳侯，统辖万地。平阳本是春秋邦地，战国时为齐南阳。② 谯国：曹法录，由宁化迁到嘉应州之西门，立业西坑，为嘉应州开基祖。曹氏后裔曹参、曹操系汉沛郡谯人，故曹氏以"谯国"为堂号。

书仓世第；

绣虎家声。

【注】① 书仓：东汉曹平藏书万卷，及世乱，家家以书焚炉，曹平虑先文湮没，以积石为仓藏书。② 绣虎：三国时，曹植曾封东阿王，后改陈思王。他才思敏捷，世人称为绣虎。

三章世第；

七步家声。

【注】① 三章：曹参辅佐汉高祖刘邦定天下，有约法三章。曹操带兵，亦有约法三章。曹氏后人赞祖而用。② 七步：典出曹植。曹操三子曹植，字子建，幼小聪颖，才思敏捷，下笔成章，甚受曹操宠爱，欲立为太子，未果。曹丕即位后，企图设法处死曹植，有一天，迫曹植七步成诗，如曹埴七步诗作不成，恐有杀身之祸。曹植即七步成诗："煮豆持作羹，漉菽以为汁；萁在釜下燃，豆在釜中泣。本自同根生，相煎何太急！"曹丕面对曹植的才华，深有惭色，遂封曹植为陈留王，远离京都。

南阳世德；

谯国家声。

人称绣虎；

自庆接鸾。

【注】① 人称绣虎：典指曹植。绣，谓其词华隽美；虎，谓其才气雄杰。②
自庆接鸾：语出唐曹业《登第诗》："自拟孤飞鸟，得接鸾凤翅。"

将台三上；

列籍八仙。

【注】① 将台三上：北宋大将曹彬三子璨、琮、玮皆为将才。陶弼观曹彬庙
题诗云"教子三登上将台"。② 列籍八仙：典出曹国舅。曹国舅，传说中的八仙之一，
宋曹太后之弟，隐迹山林，精思慕道。遇钟离汉、吕洞宾，引入仙班。

堂联或栋对

仁被江南，良将功推第一；

约成塞外，使臣才美无双。

【注】上联典指宋朝大将曹彬，堪称良将第一。下联典指曹利用（？—
1029），宋朝宰相，代表宋朝签订澶渊之盟。

绣虎家声远；

书仓世泽长。

【注】上联指曹植，时人称"绣虎"。下联指后汉曹平积石为仓以藏书。

系出孔门高弟，训垂六经，上蔡渊源传自昔；

支蕃汉代功臣，邑食万户，平阳伟绩炳于今。

【注】上联典指曹恤。曹恤（前501—？），字子循，春秋末年蔡国人，孔
门七十二贤之一，史称乐道明义，唐代追封为曹伯，宋代追封为上蔡侯。下联典
指曹参（？—前190），字敬伯，西汉开国功臣，是继萧何后的汉代第二位相国。
公元前209年，跟随刘邦在沛县起兵反秦，身经百战，屡建战功。刘邦称帝后，
论功行赏，曹参功居第二，赐爵平阳侯。汉惠帝时官至丞相，一遵萧何约束，有"萧
规曹随"之称。

汉拜相，宋封王，三千年皇猷黼黻；

居江左，卜京右，亿万世国器珪璋。

【注】上联典指汉初曹参，后继萧何为丞相。下联典指宋朝大将军曹彬。曹
彬，字国华，真定灵寿（今属河北省）人，北宋大将，历任右骁卫上将军、侍中、
武宁军节度使、都监。

> 法守三章，平阳侯忠诚厚朴；
>
> 才高七步，陈思王藻丽英华。

【注】上联典指汉初大臣曹参；下联典指曹操之三子曹植。

福建宁化曹氏宗祠堂联

> 龙正脉真，谯国源流昭焕彩；
>
> 水秀山清，八甲俎豆永光辉。

【注】上联指宁化县曹坊镇曹氏的源流；下联"八甲"指谯国郡曹氏远生公家族八甲祠。下联的意思是，曹坊镇山清水秀，曹氏人丁兴盛，人才辈出。

> 追思远祖，德政惠安百姓；
>
> 溯忆彬统，丹心功勋为国。

【注】全联典指北宋名将曹彬。曹彬的第六代裔孙曹远生系宁化曹氏家庙开基始祖。

广西柳州三江寨开曹氏宗祠联

> 俨若思，孝孙有庆；
>
> 祭如在，明德惟馨。

【注】此为祖龛上配联。曹氏出自姬姓，周文王第六子曹叔振铎，受封于曹（今山东定陶县西南一带），建立曹国，后为宋国所灭，子孙便以国为氏。一支出自中亚昭武九姓的曹国（今乌兹别克撒马尔罕东北一带）。一般认为，其中出自姬姓的曹氏是最重要的来源，曹叔振铎亦被认为是曹姓始祖。

广东紫金敬梓万一曹氏总祠宗祠堂联

宗派衍谯国之传，想绩懋三章，才储八斗，声名卓著，千秋忠厚有留贻，大辟鸿图绵世世；

祠宇羡梓乡之盛，看谷峰后枕，武岭前朝，形势独跨，四面经营臻美善，长垂燕翼自年年。

气象焕新模，自山东以至广东，系溯云礽，源远流长随地发；

基业承旧壤，由惠邑而偕紫邑，祥开祖宇，蛟腾凤起蔚人文。

福建彰平香寮村曹氏宗祠堂联

> 朔吾祖开创香山，历宋元明清，百世英灵不昧；
>
> 俾我辈荣登仕籍，会子孙曾玄，历代支派流芳。

福建宁化曹坊街面曹氏宗祠堂联

> 宗枝蕃衍，承永古衣冠俎豆；
>
> 神主庄严，昭世代祖宗功德。

> 谯国光辉，人文蔚起千秋盛；
>
> 榆林焕彩，兰桂腾芳万代兴。

【姓源】《元和姓纂》。

① 商有戉氏，后世假为戚氏。

② 戚氏，姬姓，春秋卫公族。卫大夫孙林父（孙文子）食采于戚，支子因氏。戚，在今河南濮阳市北戚城。

③ 明初赐蒙古人北斗名曰戚斌（《弇山堂别集》）。

④ 少数民族汉姓，如蒙古族、回族、白族等。

【分布】戚姓为中国第227常见姓。人口约36万，约占全国人口的0.029%。约83%分布在江苏、浙江、安徽三省。其中江苏最多，约占全国戚姓人口的16%。江西、河南等省也有分布（《中国姓氏·三百大姓》）。戚姓客家人主要分布在江西和河南，安徽有一些，南方客属各省很少。

【郡望】东海郡。

【堂号】东海堂、聚顺堂、追远堂、善庆堂、三礼堂、平倭堂、纪效堂等。

通用祠联

门联

东海世泽；

武毅家声。

【注】上联典出戚氏居东海郡。东海：郡名，秦始置。楚汉之际也称郯郡。治所在郯（今山东郯城北）。下联指明朝抗倭英雄戚继光，卒谥武毅。

名扬坚素；

惠及困穷。

【注】上联典指戚同文。戚同文，宋楚丘人。幼孤，以孝闻。值五代乱，绝意仕禄。性好施与，尚信义，未尝言人短，喜读书，藏书甚富，好为诗。卒后，谥号坚素先生。下联典指戚舜吕。戚舜吕，宋楚丘人，字世佐。知抚州，惠困穷，扶善类，毁淫祠（滥建的祠庙）。后补虞部郎中。

> 练兵纪效；
>
> 妙舞折腰。

【注】上联典指戚继光。戚继光，明抗倭名将、军事家。字元敬，号南塘。山东蓬莱人。家贫，好读书，通经史大义。为抗倭总兵官，纪律严明，时称戚家军，平倭有功。著有《纪效新书》《练兵实纪》等。下联典指戚夫人。戚夫人，汉高祖妃，善鼓瑟击筑，好为《折腰舞》。

> 荣封七代；
>
> 礼义十篇。

【注】① 荣封七代：典指戚勰。戚勰，汉人，封侯绵传七代。② 礼义十篇：典出戚寿。戚寿，晋人，著有《杂礼义问》十卷。

> 家藏三礼；
>
> 国裨一心。

【注】三礼堂典出南朝梁戚衮。三礼，即《周礼》《仪礼》《礼记》。传说戚衮受三礼于国子助教刘文绍。十九岁时，武帝策《周礼》《礼记》义，衮对高第，擢扬州祭酒从事。简公在东宫，召衮及诸儒讲论，诸儒不解，衮讲论精彩自若，口若悬河，对答如流，简公加重赏。敬帝即位，拜为江州刺史。著有《礼记义》。其后人遂命家族堂号为"三礼堂"。

> 南塘防海盛名远；
>
> 明代抗倭功德高。

> 大功在备倭，城郭依然，公去沧茫谁嗣者；
>
> 圣明使防海，风波未已，吾来宏济愧前贤。

【注】以上两联典指明朝抗倭英雄戚继光。戚继光（1528—1588），字元敬，号南塘，卒谥武毅。山东蓬莱人。明朝抗倭名将，杰出的军事家、书法家、诗人、民族英雄。戚继光在东南沿海抗击倭寇十余年，扫平了多年为虐沿海的倭患，确

保了沿海人民的生命财产安全；后又在北方抗击蒙古部族内犯十余年，保卫了北部疆域的安全，为明朝立下汗马功劳。著《纪效新书》《练兵实纪》等兵书，另有《止止堂集》。

奕叶七侯，簪缨临辕之盛；

雄风百胜，韬钤定远以精。

【注】上联典指西汉戚鳃，封临辕侯。下联典指明朝抗倭名将戚继光。戚继光于嘉靖三十四年调浙江任参将，抗击倭寇。四十年台州大捷，次年援闽，捣破倭寇于横屿的老巢。四十二年再援福建，升总兵官。二年后与俞大猷剿平广东倭寇，解除东南倭患。韬钤，古代兵书有《六韬》及《玉钤》，后因以泛指兵书。亦称用兵谋略。

江西湖江夏浒戚氏宗祠堂联

东海祥开，侯封七叶；

西江派衍，秀发五枝。

【注】① 此为追远堂联。追远堂为夏府戚氏家族之宗祠，位于赣县湖江乡夏府村头，坐南朝北，仿宋建筑，雕梁画栋，飞檐斗拱，风格古朴，气势雄伟。据祠内石碑和戚氏族谱记载，初建于宋景定年间（1260 年），后经明万历己亥年（1599 年）、清康熙壬子年（1672 年）、乾隆庚子年（1780 年）、光绪丙午年（1906 年）等九次重修。夏府的"府"字原为"浒"字。戚氏宗祠保留有许多名人题词题联，如朱熹题的"忠孝廉节"等。夏府保存比较完整的戚氏宗祠与建筑精美的谢氏宗祠，素有"江南第一祠"的美称。② 七叶：七世，七代。

太保新书，捍卫家国；

西江问鼎，光耀中华。

【注】① 太保：指戚继光的官职。朝廷封戚继光为太子太保，又进封少保。明朝杰出的军事家、抗倭名将、书法家、诗人、民族英雄。据考证，戚继光的祖籍在赣州市赣县湖江乡夏府村。② 新书：指戚继光撰写的军事著作《纪效新书》。

聚族明伦，融和上下；

顺天安命，感召祯祥。

【注】① 明伦：明人伦的简写。② 祯祥：吉祥，幸福。

世系出临辕，昔自苏州分派；

堂基开宋代，频看赣水发祥。

【注】① 临辕：西汉将军戚鳃，从刘邦定天下有功，高祖十一年（前196年），封临辕侯，置临辕侯国。② 苏州分派：指在宋代由苏州迁来夏府的客家。

联血族、崇尚武，精神实纪新书，勿忘祖烈；

承先志、辅佑文，治理儒行经籍，蔚为国光。

【注】此联为清代人撰写的楹联，佚名。① 崇尚武：戚家自古具有尚武精神，历来出武官。戚继光是该祠的后裔。② 实纪新书：指戚继光的军事著作《练兵实纪》和《纪效新书》。③ 祖烈：祖宗的功业。④ 儒行：即《儒行》，是《礼记》中的第四十一篇。《儒行》通过孔子与鲁哀公的对话，从各个方面描述了一个真正儒者应该具备的行为品性。

支从吴国而分，赖有子孝孙贤，博得炽昌至此；

族自浒江乃大，若非宗功祖德，焉能繁衍如斯。

【注】此联为宋景定年间撰的祠联。① 支从吴国而分：三国时期苏州属吴国领地，夏府戚家是从吴国迁来的客家。② 炽昌：繁荣昌盛。炽，势盛；昌，繁荣。③ 浒江：即今之湖江，湖江镇位于赣州市赣县北部。

世系承汉代侯封，凡为政治，为教育，为实业，克宏先绪；

祠宇据赣江形胜，统曰鳌口，曰天柱，曰努机，环聚大观。

——刘景熙

【注】① "形胜"乃中国文化中特有的概念，泛言之，相当于所谓"风景胜地"一类；严格讲，则为风水术形势宗专用术语。② 鳌口：鳌口与后面的天柱、努机都是本地象形的三处地名。鳌口，形状像鳌的嘴巴；天柱，山形像耸入云天的柱子；努机，地形像古代的一种青铜器物。

刘景熙（1858—1917）：字敬居，号皓盦。咸丰八年出生于江西省赣县王母渡浓口村。光绪三年（1877年），19岁作为县优廪生赴省会南昌，入经训书院读书三年，因刻苦好学，博学多识，又写得一手好文章而名盛一时。

锡姓自卫，江之西粤之东，远祖近宗，两地渊源同一脉；

发祥及清，明其礼备其乐，揆文奋武，满堂簪笏炳千秋。

——韩江

【注】① 锡姓：锡，通"赐"。谓天子据某人祖先所生之地或其功绩而赐予姓氏。② 揆文奋武：施行文教，振奋武事。语出《书·禹贡》："五百里绥服；三百里揆文教；二百里奋武卫。"孔传："揆，度也。度王者文教而行之。"③ 簪笏：冠簪和手板。古代仕宦所用。比喻官员或官职。

粤东政毕，虔南开基，当年燕翼贻谋，孙系子孳昌族姓；

堂寝奎联，门揣壁映，尔日鸠工告集，春霜秋露荐馨香。

——刘儒芹

【注】① 虔南：赣南。② 孙系子孳：孙系，即系孙，远世子孙。子孳，指子孙繁殖，生息。③ 尔日：当天。④ 鸠工：聚集工匠。唐黄滔《泉州开元寺佛殿碑记》："乃割俸三千缗，鸠工度木。"

由粤解组而归，道经十八滩，祇因择地开基分得章江秀气；

自宋安居之后，丁逾千万趾，叠出台儒良吏足称贡水世家。

——钟谷

【注】① 解组：解下印绶，谓辞去官职。② 十八滩：章江和贡江在赣州合流后，汇成了江西的母亲河——赣江。顺流而下，忽然"水石惊天变"，名闻遐迩的十八滩就在这段航道中。十八滩由储滩、鳖滩、横弦滩、天柱滩、小湖滩、铜盆滩、阴滩、阳滩、会神滩（以上在赣县境内）、良口滩、昆仑滩、晓滩、武术滩、小蓼滩、大蓼滩、棉津滩、漂神滩和惶恐滩（以上在万安县境内）组成。其中惶恐滩水恶滩险。现在，赣江十八滩早已被淹没，无旧迹可寻。矗立在惶恐滩上的重点建设工程——万安水电站已成为千里赣江的一颗璀璨明珠。③ 祇："只"的异体字。④ 趾：本义为站着的脚，这里代指人。千万趾，指后裔众多。

钟谷（1843—1919）：字声和，号子善，钟崇俨之子，赣县白鹭人。光绪九年（1883年）任湖北黄梅知县，后因治水政绩显著荣升员外郎，加三品衔。光绪二十三年（1897年）晋升一品封典，诰授荣禄大夫。酷爱戏曲音律，是赣南东河戏的奠基人。

仍沫土之世家，仕称循吏，学为经师，永绍愿云礽，一脉渊源永章贡；

得浒江而建势，水抱中和，山绕蕴藉，钟灵恃磅礴，九重纶綍焕门楣。

——孔绍尧

【注】① 沫：即"沫邑"，殷王武丁始都之，朝歌故城。② 循吏："循吏"之

名最早见于《史记》的《循吏列传》，后为《汉书》《后汉书》直至《清史稿》所承袭，成为正史中记述那些重农宣教、清正廉洁、所居民富、所去见思的州县级地方官的固定体例。除正史中有"循吏""良吏"的概念外，到元杂剧中又有了"清官"乃至民间的"青天大老爷"的称谓。③ 经师：旧时指讲授经书的讲师。④ 云礽：远孙，比喻后继者。⑤ 中和：中庸之道的主要内涵。⑥ 纶綍：《礼记·缁衣》："王言如丝，其出如纶；王言如纶，其出如綍。"郑玄注："言言出弥大也。"孔颖达疏："'王言如纶，其出如綍'者，亦言渐大，出如綍也。綍又大于纶。"后因称皇帝的诏令为"纶綍"。

孔绍尧（1876—1940）：原名孔庆全，号性安，出生于江西赣州城。民国八年(1919年)9月，孔绍尧重教兴学，捐资创办赣县第一所私立中学——赣南中学。

先人从宦海归来，历十八滩险阻风涛，胥宇属天成，叠见名门生异彩；
此地有章江回抱，荐千万代馨香俎豆，开基由仕籍，顿教饮水共思源。

——罗毓麒

【注】① 宦海：比喻仕途，官场。官吏们钩心斗角的场所。据族谱记载，戚家始祖，在粤州当刺史，三年任满，回京候缺，途径十八滩遇到风险，在夏府落基定居，从此就有了夏府戚氏家族的来历。② 胥宇：察看可筑房屋的地基和方向。犹相宅。③ 仕籍：旧指记载官吏名籍的簿册。

祖籍是岭峤官阶，费许多善后规模，公理公法公心，默留忠爱精神注兹江右；
世界值沧桑浩劫，愿呼醒族中子弟，战艺战商战学，先定家庭教育强我亚东。

——罗毓麒

【注】① 岭峤：五岭的别称，指越城、都庞、萌渚、骑田、大庾等五岭。② 江右：历史上江右即江西。地理上称东为左，以西为右，因此江右不是行政上的概念，而是地理和文化上的概念。

江西湖江夏府戚氏宗祠堂联

蔚和平景象，振国是风声，发扬章贡英灵崆峒秀气；
恢家族规模，建民治基础，光大楚丘宏业阀阅宗功。

——孙中山

【注】① 蔚：茂盛，荟聚，盛大。② 楚丘：古地名。夏末商初，季连（楚人先祖）部落的一支迁到地处中原的北楚丘（河南滑县东）、南楚丘（山东曹县东南）。这些地方到处生长着称为"荆""楚"的灌木。这些荆木与古人生产生活息息相关，居住在这里的原始居民便以荆、楚为本族的名称。大约从这时起，季连部落不再称芈氏部族，而以所居之地楚丘，改称荆楚部族了。戚氏先祖有不少是楚丘人。宋代虞部郎中戚舜吕，字世佐，楚丘人，知抚州，有"官知抚境，善政三条"之说。宋代诗人戚同文，楚丘人，幼孤，以孝闻，性好施与，尚信义，好为诗，有《孟诸集》。③ 阀阅：功勋、功绩和经历。阀也作伐，指功劳，阅指经历。夏府村戚翌，号坦天，是个名绅。他参加过同盟会，曾与孙中山并肩战斗，两人交往甚密。在中华民国九年（1920年）夏府戚氏整修聚顺堂时，戚翌到广东面请孙中山为之题联纪念，以增光辉。孙中山欣然同意，遂挥笔作书这副名联。

孙中山（1866—1925）：名文，字德明，号日新，又号逸仙，化名中山樵，常以中山为名。广东香山（今中山市）翠亨村人。中国近代革命先行者，民主革命家。中华民国和中国国民党缔造者，三民主义的倡导者。他首举彻底反封建的旗帜，"起共和而终两千年封建帝制"。著作有《孙中山全集》等。

人杰地灵，龙盘虎踞；

物华天宝，凤起蛟腾。

【注】① 物华天宝：指各种珍美的宝物。物华，万物的精华；天宝，天然的宝物。② 凤起蛟腾：宛如凤凰起舞、蛟龙腾跃。形容人才众多，各显其能。

江西田村戚氏善庆堂联

源系吴邑善庆子女，开天辟地创宏业；

支属府江迫远儿孙，承先启后立功勋。

【注】① 吴邑：即吴地。三国时期苏州属吴国领地，戚氏是从苏州迁来。② 府江：即湖江。

【姓源】《元和姓纂》。

① 本作龔氏，汉以后始假作龚氏。

② 古代賨人（板楯蛮）姓氏。《后汉书·南蛮西南夷列传》载，巴蛮七族有龚氏。

③ 南唐时有福建泉州莆田翁乾度，本闽国礼部郎中。南唐灭闽，为避战乱，隐居乡野，将其六子改为六姓。长子处厚改洪姓，次子处恭改江姓，三子处易仍翁姓，四子处朴改方姓，五子处廉改龚姓，六子处休改汪姓。宋朝建隆、雍熙间，兄弟六人同列进士，高居显要。时人誉为"六桂联芳"，因共以"六桂堂"为堂号。

④ 偄姓，以国名为氏。共国，是商王朝时期的诸侯国，后被周所灭。共国的后裔有人因怀念故国，便以旧国名"共"为氏。又因共国以龙为氏族图腾，"共"氏又加上"龙"字，变成"龚"氏。

⑤ 少数民族汉姓或改姓（略）。

【分布】龚姓为中国第 100 常见姓。人口约 200 万，约占全国人口的 0.16%。约 43% 分布在湖南、江苏、湖北、四川四省（其中湖南最多，约占全国龚姓人口的 13%）；26% 分布在河南、江西、贵州、重庆、上海五省、市（《中国姓氏·三百大姓》）。龚姓客家人为数不多，主要分布在广西、广东和湖南、湖北，四川和福建有少数客家人。

【郡望】武陵郡。

【堂号】武陵堂、中隐堂、六桂堂、渤海堂等。

通用祠联

门联

武陵世泽；

渤海家声。

【注】① 武陵：据《万姓统谱》载，龚氏之先为共氏，避难加龙为龚，望出武陵（今湖南常德）。② 渤海家声：典指龚遂。据《幼学琼林》载，汉时，渤海郡岁饥盗起，宣帝封龚遂为太守，往抚缉之。龚遂至郡界，传令勿捕盗，盗喜，竟佩剑带刀来迎，遂劝其卖刀买牛，力农务本，改过迁善。

荆楚仙范；

渤海清风。

【注】① 荆楚仙范：典指龚祁。龚祁，南朝宋汉寿人。风姿端雅，容止可观。中书郎范述见之，叹曰："此荆楚之仙人也。"少及长，征辟一无所就。② 渤海清风：典出龚遂。龚遂，汉南平阳人，以明经仕为昌邑王郎中令，后任渤海太守，刚毅有大节。劝民卖刀买牛，从事农业。

抚循异迹；

行谊纯修。

堂联

大汉遗民，甘心绝粒；

横波侍史，雅擅画兰。

【注】① 大汉遗民：典出龚胜。龚胜，汉彭城人。哀帝时为谏议大夫，后迁光禄大夫。王莽篡汉秉政，归隐彭城，莽遣使征之，龚誓不事二姓，绝食十四日而死。② 横波侍史：典出龚鼎孳。龚鼎孳，清合肥人。多学博闻，官至礼部尚书，其侍妾顾横波多艺，善画墨兰，独出心裁，不拘前人之法。

龙当头，我姓龙神传世；

共作底，吾族共工奠基。

广西柳州融水东良龚氏宗祠联

世泽溯自武陵，本而固，源则深，数百年瓜瓞流芳，南楚来融徇久远；

家声振于渤海，功可建，捷可记，亿万代螽斯衍庆，东良聚族愈绵长。

【注】龚氏以"武陵"为堂号，此为配联。联说龚氏的世泽与家声。渤海：典指西汉山阳南平阳人龚遂。龚遂，字少卿，以明经为昌邑王刘贺的郎中令，勇于谏诤。宣帝时，渤海和附近各郡饥荒，他任渤海太守，开仓借粮，奖励农桑，使农民归田，狱讼减少。后官至衡都尉。后世将他与黄霸作为循吏的代表。

广西田村龚氏积善堂联

积聚先贤，祖德流芳，祠宇重修世传万代；
善能后裕，宗风光耀，人文蔚起永垂千秋。

积之厚者流之久，天宝开基，光前裕后新祠宇；
善兴人分福又兴，共和复业，尊祖敬宗荫子孙。

【注】天宝：唐玄宗李隆基的年号。

积德高风，富贵骈臻，儒子嗣孙继承祖业流芳远；
善良得福，人文蔚起，英豪俊杰史册名留世代长。

【注】骈臻：一并到来。骈，并；臻，至，到。

广东紫金柏埔开茂龚氏宗祠堂联

渤海著鸿勋，幸先人，忠报国，孝传家，世德相承，荫到孙枝绵亦叶；
神光恢骏业，愿后裔，守礼门，由义路，书香勿替，克成祖武壮亚洲。

广东紫金九和热水墩龚氏宗祠堂联

溯世系由闽汀，肇基东土，源远流长，庆衍三房开骏业；
念乔迁于永邑，支派西江，前承后启，统期两粤振鸿猷。

广东紫金九和热水久兴龚氏宗祠堂联

垂统仰前徽，想前贤，绩著金楼，功宣画载，卖刀剑，买牛犊，易荆棘，课桑麻，有烈有光，应高千秋俎豆；
发祥期后裔，愿后哲，谋宏燕翼，业振鸿图，根性分，为勋猷，本诗书，成经济，克绳克继，永流万载冠裳。

【姓源】《姓解》引《姓苑》。

① 盛世，姬姓，召伯支庶。以国为氏。盛国，伯爵，故城在今山东东平县境内。春秋时灭于齐。《穆天子传》有盛姬，盛国女也。

② 本奭氏，汉时避元帝刘奭名讳改盛姓。

③ 唐时南诏国有此姓。见《南诏德化碑》铭（《金石萃编》）。

④ 元学者，奎章阁书史盛熙明，畏兀儿人。先世居曲先(今新疆库车)，后徙豫章（今江西南昌），晚年居浙东，子孙融入汉族。

⑤ 少数民族汉姓、改姓（略）。

【分布】盛姓为中国第 175 常见性。人口 70 多万，约占全国人口的 0.056%。约 52% 分布在湖南、浙江、安徽、江苏四省（其中湖南最多，约占全国盛姓人口的 15%）。26% 分布在上海、山东、河南、湖北、陕西、吉林六省、市(《中国姓氏·三百大姓》)。盛姓客家人主要在湖南和湖北，其他省份很少。

【郡望】汝南郡。

【堂号】谯国堂。

通用祠联

门联

阁藏万卷；

恩溥廿年。

【注】上联典指宋盛子充。盛子充，亲丧庐墓三年，乡里称其孝。家藏书甚富，

有阁曰"万卷"。尝与王黼同舍，及黼登相位，子充一无所求，官终朝奉郎。下联典指东汉会稽人盛吉。盛吉，字君达，任廷尉。每至冬节，罪囚当断，妻夜执烛，吉持册笔，夫妻相向垂泣而后决罪。视事二十年，天下称有恩无怨。

　　　　一时名士；
　　　　六帖广传。

【注】① 一时名士：典指盛宪。盛宪，三国时吴国会稽人，器量雅伟。与弟宏仲俱为一时名士。举孝廉，补尚书郎，迁吴郡太守。后为孙权所害。② 六帖广传：典出盛均。盛均，宋永春人，大中祥符进士，博闻强记。尝病白氏六帖疏略，广为盛家十二帖，颇为时人所称。

堂联

　　　　世事让三分，天宽地阔；
　　　　心田存一点，子种孙耕。

　　　　上书荐大猷，只怨才人多薄命；
　　　　赐牡成佳话，由来恩宠锡功臣。

【姓源】《元和姓纂》。

① 姬姓，以邑名为氏。周王朝时期，周武王姬发之弟卫康叔支孙食采于常邑，其后裔有人以邑名"常"为氏。

② 改姓。宋王朝时期，避宋真宗赵恒名讳，有恒姓者，改"恒"氏为"常"氏。

【分布】宋朝时期，因避真宗名讳，恒姓被迫改为常姓，成为常姓的重要支族。这一时期，常姓人口的足迹遍及江苏、浙江、福建、广东等地。

常姓为中国第 87 常见姓。人口 240 多万，约占全国人口的 0.19%。约 39% 分布在河南、新疆二省、自治区，34% 分布在河北、山西、安徽、黑龙江、陕西、云南六省（《中国姓氏·三百大姓》）。常姓客家人较少，主要分布在河南、安徽。

【郡望】平原郡。

【堂号】贵和堂。

通用祠联

门联

节齐苏武；

名擅儒林。

【注】上联典指西汉太原人常惠。常惠，武帝时随苏武出使匈奴，被扣十余年。昭帝时官光禄大夫，本始年间为校尉，持节护乌孙兵打击匈奴，回朝后封长罗侯。后代苏武任典属国，甘露年间官右将军。下联典指南北朝时温县人常爽。常爽，

字仕明，少小聪敏，研读遍及五经、百家。太武帝西征时，他任宣威将军。曾在家乡温水旁置学馆，授徒达七百余人，执教严厉有方，当时人称儒林先生。著有《六经略注》。

安民不为妻损节；

开平独佐主兴邦。

【注】① 安民：即常安民，宋临邛人，字希古。熙宁进士，选成都教授，秩满寓京师。其妻孙氏，为蔡确之妹。确为相，安民绝不相闻，人服其高节。累迁御史。② 开平：即常遇春，佐明太祖中兴，封开平王。累官至中书右丞相。

开国将军，平定天下；

创兴学校，领袖闽中。

【注】上联典指明初名将常遇春。下联典指唐代门下侍郎常衮。常衮，以清俭自贤。后贬潮州刺史。建中初为福建观察使。始闽人未知学，衮为设乡校教导之。

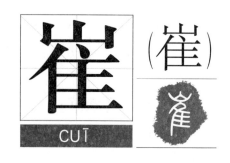

【姓源】《世本》。

① 崔氏，姜姓。齐太公（吕尚）子丁公伋之后。伋嫡子季子让国于弟叔乙，食采于崔，为崔氏。崔，在今山东章丘市西北三十公里之崔氏城。

② 河南永城县古城村崔姓，本姓金氏。始祖金明，明洪武三年由山西洪洞迁来，四子分别改崔、谢、张、陈四姓。

③ 明洪武中，山西洪洞大槐树移民，有柴氏三弟兄至周口，老大姓柴，老二从姑家姓崔，老三从舅家姓丘。

④ 明初广东儋州知州崔帖木，北庭（今新疆吉木萨尔县）人。

【分布】崔姓为中国第 58 常见姓。人口 420 多万，约占全国人口的 0.34%。约 42% 分布在山东、河北、河南三省，32% 分布在辽宁、山西、黑龙江、江苏、陕西、吉林六省（《中国姓氏·三百大姓》）。崔姓的客家人较少，南方各省均有少数客家人。

【郡望】博陵郡。

【堂号】噤李堂。

通用祠联

门联

一门孝友；

三礼义宗。

【注】① 一门孝友：典指崔邠。唐崔邠三世同居，宣宗称为一门孝友，题其斋居曰"德星堂"。② 三礼义宗：指梁时崔灵恩，清河东武城人。少笃学，遍习五经，

尤精三礼。仕魏为太常博士，归梁，迁步兵校尉，兼国子博士。著有《三礼义宗》
《周礼集注》等。

五原贤守；

四皓齐名。

【注】① 五原贤守：典指崔寔。崔寔，东汉人。少沉静好典籍，后拜议郎，
著作东观，出为五原太守。教民织绩，励士马，严峰埃，虏不敢犯，召拜尚书。
② 四皓齐名：典指汉崔广。崔广，字少通，号夏黄公，为商山四皓之一。

覆瓯待相；

却璧鸣廉。

【注】① 覆瓯待相：指唐崔琳，明政事，为中书令，玄宗先尝书其名，覆以
金瓯。② 却璧鸣廉：典指崔挺。崔挺，后魏人，字双根。少好学，举秀才射策高
第。孝文帝时为光州刺史，风化大行，后为北海王详司马。居官廉慎，有献美璧者，
挺却之，曰："昔无杨震之金，今岂有崔挺之璧？"

世推三虎；

人美五龙。

【注】上联典指唐代中书舍人崔琳及其弟子詹事崔珪、光禄卿崔瑶三弟兄。

唐夫人善事姑嫜；

苏少娣能和妯娌。

【注】① 唐夫人：唐崔远祖母唐夫人，事姑孝，姑年高无齿，夫人每旦必拜
于阶下，即升堂以乳之。姑嫜，此指丈夫的母亲。② 苏少娣：苏少娣姓崔氏，有
妯娌四人。听女奴说，常有纠纷。少娣入门，事妯娌甚恭。女奴有蜚语，少娣即笞之，
妯娌感悟，遂相和睦。

世泽绵长，金瓯再覆；

家声丕振，玉树重歌。

千百载祖德宗功，培根固本，忆先世文臣学士，武将王侯，岂第名
覆金瓯，独高唐代；

三万里川源河岳，毓秀钟灵，愿后人黼黻簪缨，垂绅缙笏，依旧门
排棨戟，大振潜阳。

【注】① 黼黻：古代礼服上所绣的花纹，这里指官服。② 簪缨：簪和缨，古代达官贵人的冠饰，用来把冠固着在头上。因以为做官者显贵之称。③ 垂绅:《礼记·玉藻》："凡侍于君，垂绅。"后指对皇帝恭敬肃立貌，又泛指朝廷重臣。④ 缙笏：缙，本作"搢"。插笏于腰带，代称官宦。

湖南炎陵崔氏宗祠门联

三戟崔家；

八行先生。

【注】上联典说唐代崔琳三兄弟；下联典指崔贡。八行，八种良好品行。崔贡具有八行，人称"八行先生"。

【姓源】《姓解》引《姓苑》。

① 符氏，姬姓。春秋鲁顷公孙乸，仕秦为符玺郎，因氏。

② 唐、五代、宋时梅山蛮姓。出魏晋南北朝时賨人（板楯蛮）扶氏之后。宋时分布在今益阳、宁乡一带，后迁今福建龙阳、永定等地，已融入汉族（见《中华姓氏大辞典》）。

③ 南北朝时期，前秦氏族人苻洪改蒲氏为苻氏，其孙苻坚称帝，淝水战败后，苻氏后人有的因避祸而改符姓。

④ 其他少数民族汉姓、改姓等（略）。

【分布】符姓为中国第 144 常见姓。人口 94 万多，约占全国人口的 0.075%。约 72% 分布在海南、广东、湖南三省；15% 分布在四川、河南、广西、江西四省、自治区（《中国姓氏·三百大姓》）；为海南第三大姓。符姓客家人主要分布在广东、湖南、江西、海南、广西，四川、河南也有一部分。

【郡望】琅琊郡。

【堂号】显承堂、瑯邪堂等。

通用祠联

门联

幅巾高议；

秘录修真。

【注】上联典说东汉浚仪人符融。符融，字伟明，曾游学太学，拜名士李膺

为师。李膺每见到他，都谢绝别的宾客，专门听他的高论。他往往晃动着头上的幅巾，挥舞着袖子，侃侃而谈，因受到李膺的赞赏而出名。下联典指东汉人符乾仁，著有《修真秘录》一卷。

> 龙骧世德；
>
> 审案家声。

【注】① 龙骧世德：典出符洪。十六国时氏族首领符洪，为部众拥为豪帅，先归前赵刘曜，反投后赵石虎，为龙骧将军。② 审案家声：典指符融。十六国前秦大臣，苻坚少弟，有文才武略，精于骑射，尤善审案断狱，封阳平公，拜侍中都督中外诸军事、车骑大将军。

堂联

> 贤姊妹联成国母；
>
> 良刺史感泣州民。

【注】① 贤姊妹联成国母：典指北宋符彦卿。符彦卿，仕周为太傅，入宋加守太师。彦卿有二女，长女为周世宗后，次女为宋太宗后。② 良刺史感泣州民：典出符令谦。符令谦，南唐人，有勇力，善骑射，官至赵州刺史，有善政。卒于州，州人号泣送葬者数千人，时号为良刺史。

> 千古家风，掌符玺于一世；
>
> 十龄孝子，闻誉彰于万年。

【注】上联典指符姓的得姓始祖公雅。顷公的孙子公雅任秦国的符玺令，他的子孙便以祖之官名符为姓。下联典指晋代人符表。符表，齐郡太守，符季真之孙，以孝著名。

> 春露秋霜，本支衍百业；
>
> 苹馨藻洁，俎豆祝千秋。

> 龙门受业，蔚然大学之英；
>
> 虎翼沉机，卓尔登坛之将。

新加坡符氏大厦祖殿栋对

迹发自西秦，受姓因官，历汉唐圣世累朝，丕振宗风照令德；

侨居同南岛，追远报本，联工商实业群季，光大社宇妥先灵。

【姓源】《元和姓纂》。

① 康氏，姬姓。周文王第九子、武王同母弟叔封，初封于康（今河南禹州西北），称康侯。后封卫，建都朝歌（今河南淇县），称卫康叔；其子王孙牟谥康伯，牟支子以康为氏。

② 西域的康国和康居国人进入中原后，便以其原国名"康"作为姓氏，子孙沿袭。

③ 改姓。宋王朝时期，因避宋太祖赵匡胤名讳，有匡姓者改"匡"氏为"康"氏。

④ 少数民族汉姓，如蒙古族、苗族、壮族等。

【分布】康姓为中国第 92 常见姓。人口 220 多万，约占全国人口的 0.18%。主要分布在四川、陕西、安徽、甘肃四省，约占全国康姓人口的 40%；其次为河南、河北、山西、湖南、内蒙古、湖北、北京七省、市、自治区，约占全国康姓人口的 37%。康姓客家人主要分布四川和陕西，南方各省很少。

【郡望】京兆郡。

【堂号】京兆堂。

通用祠联

门联

明经登第；

驰射受封。

【注】上联典指唐代人康希诜。康希诜，字南金，十四岁时以明经登第，初为秘书省校书郎，转左金吾卫录事参军，拜洛州河清令，历任海、濮、饶、房、睦、台六州刺史。下联典指唐代灵州人康志睦。康志睦，字得众，善于骑射，为大将军，因讨伐张韶有功，升平卢节度使。平定李同捷反叛后，加检校尚书左仆射，封会稽郡公。

华山懋绩；

东海名流。

【注】上联典说南朝梁华山蓝田人康绚。康绚，字长明，少年时就有大志。仕齐为华山太守，入梁以功封南安县男，历任竟陵太守、太子右卫率、员外散骑常侍、卫尉卿。下联典指唐代越州会稽人康子元。康子元，中宗朝任献陵令。开元初年，朝中让举荐能治《易》《老子》《庄子》的学者，集贤直学士侯行果把他推荐给中书令张说，擢秘书少监。曾与张说一起商讨玄宗去泰山封禅的仪式。后官至宗正少卿。

广东蕉岭康氏通用堂联

莲蕊峰头传名远；

景贤书院播惠长。

【注】上联典指清代画家康涛。康涛，字石舟，钱塘人。工山水花卉，善书。号天笃山人，又号莲蕊峰头不朽人。下联典指元代康里国王族后代康里脱脱。康里脱脱，世祖时入宿卫，大德中大破叛王海都，自同知枢密院事累拜中书右丞相。仁宗时，改江西行省左丞相，后解职家居，延师训子，乡人化之，皆向学。御赐额曰"景贤书院"。

驰誉明经，少小荣登科第；

有声乐府，文词待诏金门。

陕西柞水凤凰镇康氏宗祠堂联

京兆世泽，奠忘祖宗功烈远；

蕲阳家风，当思儿孙教育长。

【姓源】《元和姓纂》。

① 任姓,以居处名为氏。远古时期,黄帝给儿子赐姓,其中一个为任姓。任姓有一支居住在章地,其后裔有人以居处地名"章"为氏。

② 商王朝时期的属国郭国,在春秋时期被齐国所灭。郭国的后裔有人因怀念故国,便以旧国名"郭"为氏,后来,"郭"氏又简化为"章"氏。

③ 章氏,任姓,以国为氏。商代有章国,故城在今山东东平接山乡樟城镇。

④ 章氏,姜姓。齐太公支孙封于郭,其地商章国地,为纪附庸之国。齐灭郭,子孙去邑为章氏。

⑤ 广东揭阳市榕城区梅云镇潮东村一支章姓。先祖元末人章玉潭,本姓许。因其师章荣什无子,奉父命为章氏裔以承章姓。嗣父遗嘱于孙生时姓章,死后复姓许,至今不变(《生死异姓:潮汕姓氏中的奇特现象》)。

⑥ 少数民族汉姓、改姓(略)。

【分布】隋唐时期,章姓人口遍布今江苏、浙江、江西和安徽等地。五代十国时期,已有章氏族人落籍福建。

明朝初期,章姓作为山西洪洞大槐树迁民姓氏之一,一部分被分迁于湖南、湖北等地。明清之际,章氏族人分布更广,已有沿海章姓族人迁居台湾、海外。

章姓为中国第114常见姓。人口近150万,约占全国人口的0.12%。

约57%分布在浙江、安徽、湖北三省（其中浙江最多，约占全国章姓人口的25%）；29%分布在江西、江苏、陕西、湖南、福建五省（《中国姓氏·三百大姓》）。

【郡望】河间郡。

【堂号】虚受堂、枫山堂、复生堂、渤海堂、河间堂等。

通用祠联

门联

琅琊世泽；

渤海家声。

【注】全联说章姓的发祥之地。

营丘遗绪；

渭水流芳。

谏言献策；

枫山流芳。

营丘疏采；

渭绪文流。

【注】① 营丘遗绪；渭水流芳：典指姜尚。相传姜尚未仕时于渭水之滨垂钓，遇周文王后辅佐武王灭纣。周朝建立后封于齐，齐国的都城建在营丘（今山东临淄北部）。② 枫山流芳：典出明代章懋。章懋，明成化进士，官任编修。曾上书对外用兵，通商裕民，官终礼部尚书，家居枫山，人称枫山先生。

诗成归燕；

佩赐银鱼。

【注】① 诗成归燕：典指章孝标。章孝标，唐桐庐人，元和进士，太和中试大理评事。工诗。有《归燕诗》。② 佩赐银鱼：典出章毂。章毂，宋余干人，字仲弓。庆历进士，政尚恺悌。入为著作郎，赐绯衣银鱼。

望孚辽海；

节凛秋霜。

【注】① 望孚辽海：典指章樵。章樵，宋昌化人，字升道，嘉定进士。知辽海军，遇贼大至，郡县官多遭祸。独樵率诸生盛服在堂下讲诵，贼至，敛刃而退。② 节凛秋霜：典出章颖。章颖，宋临江人，字茂献。官太常博士，光宗朝为左司谏。颖践履端直，风规峻整，生平风节，不为穷达所移，犹如秋霜烈日之不可犯。

西溪世第；

东汉家声。

侯封褒德；

绩著云台。

通用堂联

释将活建州之民命；

梦象兆郇国之祥征。

【注】① 释将活建州之民命：典指章仔钧。章仔钧，五代浦城人，深沉有大度。为建州刺史。一日因故欲斩二将，其妻练氏出为救免。后二将事南唐，改建州，闻练氏寡居城中，遂不屠城。② 梦象兆郇国之祥征：典出章得象。章得象，为仔钧玄孙，字希言，得象母梦中神授以玉象而生子，因名得象。为人庄重好学，宋咸平进士，累拜同中书门下平章事。封郇国公。谥文简。

风格如夏日秋霜，洵矣中兴良佐；

标持以孤松劲柏，允矣开国名臣。

【注】上联分别指南宋朝时期的章颖、明朝时期的章纶。下联分别指北宋朝时期的章得象和明朝时期的章溢。

生佛立万家香火；

玉象兆一代鼎弦。

风格如秋霜烈日；

标尺似劲柏孤松。

湖南炎陵章氏宗祠堂联

父子一门精书画；

兄弟两窑号龙泉。

【注】上联典出章谷；下联典指章生一。

台湾章姓堂联或门联

相业流芳传世泽；

枢权擅美振家声。

【注】① 枢权：指主要的权炳。② 擅美：专美，独有美名。这里指任职机要职位的章姓先人。

台湾屏东章氏宗祠河间堂栋对

溯渊源由梅县，龙芽而基，祖德流徽光世泽；

河间传系统继，续开南岸，孙枝茂发贻千秋。

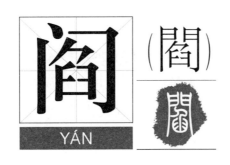

【姓源】《姓觿》引《姓谱》。

① 春秋楚大夫食采阎邑，因氏（《姓谱》）。

② 春秋齐有阎氏。

③ 阎氏，姬姓。春秋晋成公之子懿以邑为氏。阎邑，在今山西运城市东北。

④ 春秋晋有阎县，在今陕西大荔县境。晋大夫以地为氏。

⑤ 少数民族汉姓，如蒙古族、回族、满族等。

【分布】阎姓为中国第 75 常见姓。人口约 310 万，约占全国人口的 0.25%。约 55% 分布在河南、山东、河北、山西四省（其中河南最多，约占全国阎姓人口的 16%）；27% 分布在安徽、黑龙江、甘肃、陕西、辽宁五省（《中国姓氏·三百大姓》）。阎姓客家人主要分布在河南、陕西、安徽，南方各省客属地区人数较少。

【郡望】太原郡。

【堂号】天水堂、丹青堂、右相堂等。

通用祠联

门联

源自周代；

望出太原。

【注】全联指阎姓的郡望和堂号。

> 抚士得死力；
>
> 谏役慰民心。

【注】① 抚士得死力：典指阎庆。阎庆，北周河阴人。善抚士卒，能得其死力。初仕西魏，后归周，屡著勋劳。② 谏役慰民心：典出阎曾。阎曾，晋武陵人。避地凉州，州牧张茂伯筑钓台，人苦其役，曾夜叩门谏之，遂罢役，凉人大悦。

堂联

> 洪都启戟遥临；
>
> 右相驰誉丹青。

【注】全联典出唐代书画家、右相阎立本。阎立本，万年（今陕西西安）人，父、兄都是驰名于隋、唐间的画家。曾任将作大臣、工部尚书，官至右相，后改中书令（宰相）。工书法，擅绘画，尤精肖像，善于刻画人物性格。画太宗像及《秦府十八学士》《凌烟阁功臣二十四图》等称誉当时。

广东阎氏宗祠通用祠联

> 勋劳屡获；
>
> 筑台抗谏。

> 清平裁士；
>
> 礼让化民。

堂联与栋对

> 驰誉丹青，功臣图绘凌烟阁；
>
> 流芳竹帛，烈士名垂典史祠。

> 河南郡，太原郡，天水郡，诸支挺秀；
>
> 三让堂，右相堂，日月堂，各族争芳。

> 祖先溯渊源，念我祖积德累功，百世衣冠长济美；
>
> 宗瑶隆报礼，冀后裔春尝秋祭，四时俎豆永馨香。

【姓源】《潜夫论》。

① 嬴姓，以国为氏。其先与秦同祖。非子曾孙秦仲伐西戎有功，周平王东迁，封其少子康于夏阳梁山（今陕西韩城南），是为梁康伯。传五世至哀伯，为秦穆公所灭，诸子分散以国为氏。

② 梁氏，姬姓。周平王子唐封南梁，其地在今甘肃陇西东之渭水北，子孙为梁氏。安定梁氏，即出此族。

③ 春秋齐有梁氏，出梁其氏之后。

④ 春秋鲁有梁氏，出梁丘氏之后。庄公雯讲于梁氏是也。

⑤ 梁由氏、梁余氏、梁垣氏、梁成氏，后皆无闻，其后或改梁氏。

⑥ 广东怀集诗洞镇梁姓，本姓白（《怀集县志》，1993）

⑦ 北魏以后，很多少数民族融入汉姓、改汉姓，如鲜卑族、蒙古族等。

【分布】梁姓起源于春秋初期的陕西和河南一带，很快散布到了山西、河北、山东、江苏等地。

东晋时期，梁姓族人渡长江进入江南地区，晋朝末，梁姓已经移民福建、广东。唐宋时期，梁姓主要分布在山东、河南和陕西地区。经东晋、隋唐时期的北方战乱后，梁姓人遭受到了重大损失，随后背井离乡，向南方和东南方迁移。明清时期，梁姓在粤、桂、湘、赣等地繁衍很快，最终形成了今天典型的南方大姓。

梁姓为中国第 20 常见姓。人口 1100 多万，占全国人口的 0.93%。主要分布在广西、广东两省、自治区，约占全国梁姓人口的 53%，为广东第 4、广西第5大姓；其次是河南、四川、河北、山东四省，约占全国梁姓人口的17%。广西梁姓人口最多，约占全国梁姓人口的28%(《中国姓氏·三百大姓》)。梁姓客家人主要分布在广西、广东，江西、湖北和台湾也有分布。

【郡望】安定郡。

【堂号】安定堂、集贤堂、谨厚堂、仪国堂等。

通用祠联

门联

安定家声；

东平世泽。

【注】上联指梁姓世家大族居安定郡，堂号为安定堂。下联"东平"，古称郓州，今山东东平县，是梁氏发祥地之一。

夏阳衍绪；

安定流徽。

老成登第开先绪；

举案齐眉启后人。

【注】① 夏阳衍绪；安定流徽：夏阳梁山为梁氏发祥地；安定郡为梁氏望出地，出了不少名人，如梁商、梁冀父子都是东汉名将；唐代文学家梁肃；宋代著名女抗金名将梁红玉，封安国夫人。② 举案齐眉：源出汉代梁鸿配孟光之贤，夫妻互敬互爱的意思。

夏阳源流远；

梁丘世泽长。

【注】此联指梁姓始祖康伯封于夏阳梁山，即今陕西韩城附近，以后子孙发祥于梁丘，即现在山东成武县东北。

三清居士；

七序名言。

【注】① 三清居士：典指清梁诗正。梁诗正，雍正进士，授编修，乾隆间官至东阁大学士，兼吏部尚书，位皆清要，《四库全书》总纂王际华称其为"三清居士"。

② 七序名言：典出梁竦。梁竦，东汉人，少习孟氏《易》，以经籍自娱，著书数篇，名曰"七序"。班固谓"竦作《七序》而窃位者惭"。

眉齐鸿案；

老踞龙头。

【注】① 眉齐鸿案：典出东汉人梁鸿。梁鸿家贫尚节介，娶同县女孟光为妻。孟光貌丑而贤，共入霸陵山中，以耕织为业，以咏诗弹琴为娱。官征不仕，隐居齐鲁间。每归，妻为具食，举案齐眉。② 老踞龙头：典说梁颢。梁颢，宋须城人，累官翰林学士。世传八十二岁中状元。有谢恩诗云："也知年少登科好，争奈龙头属老成。"

桴鼓助夫，争传红玉；

坠楼殉主，不愧绿珠。

【注】① 桴鼓助夫：指梁红玉，宋代韩世忠之妻。偕夫与金兀术战于黄天荡，梁红玉亲执桴鼓（用鼓槌击鼓）助战，金兵终不得渡。② 坠楼殉主：典出晋梁绿珠。梁绿珠，为石崇侍妾，美而艳。孙秀指名索要，石崇不允，后石崇被孙秀所杀，绿珠坠楼自尽。

地号雷冈，震出雷声惊万里；

族居梁氏，琢成梁干奠千秋。

建阙修宫，周翰献五凤楼赋；

为官作宰，清慎勤三字符方。

【注】上联指宋代翰林学士梁周翰。梁周翰，字元褒，管城人。以辞学为流辈所许，有文集及《续因话录》。下联指明代良吏梁寅。梁寅，字孟敬，家贫，靠自学博通百家。太祖时，征召天下名儒修述《礼》《乐》，成书后，要授官职时，梁寅以年老有病为由推辞回乡，在石门山中结庐，学者称梁五经、石门先生。著有《礼书演易》《周礼考注》《春秋考义》《周易参义》《诗演义》《石门集》等。

广西南宁中尧梁氏宗祠联

系传东鲁；

派衍南疆。

【注】此为祠大门联。联说本支梁氏祖系来自山东，迁来广西安居。

广西南宁梁氏普甘祖堂联

普泽林孙，荣华富贵千秋旺；

甘滋苗裔，秀茂江山万代兴。

【注】此联首嵌"普甘"二字，为祖堂名。

祖德巍峨，远饴孙枝万福；

宗功浩瀚，遥开世绪千祥。

【注】此联说本支梁氏的宗功祖德。

广西南宁邕宁吴圩那马尚所梁氏始祖堂联

祖德源流远，光前裕后千秋发；

宗支奕叶长，报本溯根万代荣。

【注】联说本支梁氏的祖德宗功。光前裕后，典出宋代王应麟《三字经》："扬名声，显父母，光于前，裕于后。"光前，给前人增光。裕后，为后人造福。形容业绩伟大。

广西柳州融水东良梁氏宗祠联

夏阳一脉绵融水；

安定行年识故家。

【注】此为祖龛配联。联说梁氏的源流和郡望。梁姓出自嬴姓，伯益之后，秦仲有功，周平王封其少子康于夏阴阳，是为梁伯，后为秦所灭，子孙以国为氏。梁王嬴康就是梁氏始祖。安定郡：西汉元鼎三年设置，相当于今天的甘肃景泰、靖远、会宁、平凉、泾川、镇原及宁夏中宁、中卫、同心、固原等地。东汉移至临泾（今甘肃省镇原东南），东晋又移治安定（今甘肃省泾川北一带）。这支梁氏，其开基始祖是春秋时晋国大夫梁益。

始祖逢公，长途跋涉，湘粤来融会手足奠乡邦，广开天地瓜瓞连绵，展望宏图尤灿烂；

后贤族裔，众志回流，工农应世承本木思水源，重建宗祠英才屡起，相期兰桂更腾芳。

【注】此为祠内长联。联说本支梁氏源流和迁移。

广西柳州三江斗江梁氏上宗祠联

霸陵世泽；

安定家声。

【注】此为大门联。说本支梁氏的世泽和家声。霸陵：古县名，本芷阳县，汉文帝九年（前171年）于此筑霸陵，并改县名。治所在今陕西西安市东北。安定：梁姓人在得姓后，东汉时居住在安定（今甘肃平凉西北），在东汉的几十年是梁姓最风光的时候，因此就形成了郡望及堂号。

夏阳缵绪家声远；

安定源流世泽长。

【注】梁堂号"安定"，此为配联。联说梁氏的源流和郡望。

广西柳州三江寨贡梁氏宗祠联

恩承禹甸；

泽衍怀阳。

【注】此为门联。说祖上的恩泽。禹甸：指中国。怀阳：今三江县古称。

广西桂林临桂两江梁氏宗祠联

先祖香功勋，能出将入相，艰苦创业欣孚象；

历朝有贤杰，皆精忠报国，勤劳节俭发乃兴。

——梁志昆

【注】此联说梁氏历代名人功勋及本姓优良家风。

广西梧州岑溪梁氏宗祠联

祖德流芳，芳流百世；

宗功衍庆，庆衍千秋。

【注】此联说本支梁氏的祖德及家风。

广西贺州昭平梁氏宗祠联

德庆闻枝远发迹；

昭平启业振家声。

【注】上联说本支梁氏发迹于德庆；下联说本支梁氏在昭平安居乐业。

广西贺州钟山梁氏宗祠联

京都御史源流远；

梧郡大夫世泽长。

【注】上联说本支梁氏来自京都御史家族；下联说本支梁氏是梧州郡大夫世家。

忠孝乡贤，将军九代；

科名甲第，文武两朝。

【注】此联说本支梁氏家族发达，人才济济，赫赫有名。

广西玉林兴业梁氏宗祠联

圣门后裔源流远；

汉室贤侯世泽长。

【注】此联说本支梁氏家族出自圣门后代，汉室贤侯之家。

广西玉林北流梁氏宗祠联

按察家声远；

乡贤世泽长。

【注】联说本支梁氏的世泽和家声。

广西玉林博白梁恩祠联

两元济美；

百世流芳。

【注】联说本支梁氏的世泽和家声。

世德溯前贤，唐代衣冠称盛；

克家有肖子，白州俎豆常新。

【注】联说本支梁氏的世德和在本地的家声。

广西玉林博白梁斗南祠联

斗焕星辉宗祖显；

南和北合子孙昌。

【注】此联首嵌"斗南"二字，为祠堂名。

斗宿九霄，灿烂璀严，耀辉两粤，羽孙前程似锦；

南疆一族，继芳发越，酢敬千秋，先祖盛德如山。

【注】此联首嵌"斗南"二字，为祠堂名。

广西玉林博白梁北斗祠联

双桂家声远；

霸陵世泽长。

【注】联说本支梁氏的世泽和家声。

广西贵港平南梁氏宗祠联

祠后松山常献秀；

堂前石水永朝宗。

【注】联说本支梁氏祠堂的周围环境风光。

广西贵港梁氏宗祠堂联

安定宗功垂万载；

夏阳世系衍千秋。

【注】联说梁氏的源流和郡望。

广西钦州灵山梁氏宗祠联

六峰物华天宝，彩凤来仪，衍庆宗支，谨籍先贤开福泽；

文笔人杰地灵，苍龙盛沃，世胄唯贤，英才后继振家声。

【注】联说本支梁氏的世泽和家声。

广西梁氏宗祠联通用联

夏阳缵绪；

沂谓源流。

【注】全联典出梁姓的源流。

昆曲传来红线女；

文坛回响卓如诗。

【注】上联典指明代戏曲作家梁辰鱼，字伯龙，昆山人。作有昆曲《红线女》等。下联典指近代资产阶级改良主义者、学者梁启超，字卓如，和其师康有为一起，倡导变法维新，人称"康梁"。

集贤堂、仪国堂、梅镜堂，堂堂播誉；

安定郡、扶风郡、下邳郡，郡郡传名。

【注】全联以梁姓的郡望和堂号相对，别具一格。

台湾梁氏宗祠门联和堂联

祠联小序： 这两副对联是台湾高树乡东振村民权路梁氏宗祠祠联，《高树安定堂梁氏来台祖华友公派下系统表》提到，十五世梁石生迁居广东省嘉应州梅县松口白渡，十六世梁华友为来台开基主。

元魁接踵；

台阁珠联。

【注】① 元魁接踵：典出宋高宗时代的状元（元魁）梁克家。由于梁克家子孙后来迁居汀州、梅县等地，而且科考及第者众，故广东有"无梁不开榜"之说，元魁接踵意为状元辈出。② 台阁珠联：典出北宋翰林学士梁周翰。梁周翰，字元褒，管城（今河南郑州市）人，以辞学为时辈所推。宋真宗为泰山封禅、祭天祀神建造楼阙时，梁周翰为此献《五凤楼赋》，甚得天子赏识，故有"台阁珠联"典故。

安居沂水天然树；

定室阳山地气长。

台湾屏东高树梁氏宗祠栋对

创业难守成更难，须就难中先克己；

读书乐耕田亦乐，宜从乐处再修身。

【注】据《高树安定堂梁氏来台祖华友公派下系统表》载，十五世梁石生迁居广东嘉应州梅县松口白渡泉，十六世梁华友为来台开基主。

广东梅州三角草坪梁氏宗祠堂联

安定溯源流，由闽迁粤，宅居梅邑庙食坪乡，有干有源，诚见宗功祖德；

东平稽世系，自宋迄今，经纬文武家传忠孝，是彝是训，庶几子孝孙贤。

广东梅州三角梁氏宗祠堂联

锦水绕梅江，源远流长，世代兴隆承祖泽；

台门对署笔，光腾紫气，灵钟岱岳起宏图。

广东梅州长巷梁氏宗祠堂联

> 宏绪启万年，惟愿象贤光祖德；
>
> 遗风继千乘，吾侪努力赴前程。

广西玉林市名山村梁维城祠联

> 源通吉水；
>
> 派衍名山。

广西玉林市坡头村梁氏宗祠联

> 宗联岭表；
>
> 祠起坡头。

广西贵港市梁氏宗祠联

> 宗功昭日月；
>
> 祠宇祀千秋。

广西昭平黄姚古镇梁氏宗祠堂联

> 安定岁祥，忠谦厚和绵世泽；
>
> 新兴济美，俭勤仁让绍家声。

马来西亚槟城梁氏宗祠堂联

> 安邦纯德泽，绵延奕世源流远；
>
> 定国以高风，渭水传来派衍长。

> 梁系肇东周，奕奕堂基荣祖泽；
>
> 氏支蕃北马，绵绵瓜瓞仰宗风。

> 梅岭占春魁，睦族敦伦流芳远；
>
> 镜堂光祖德，承先启后世代昌。

KÒU

【姓源】《风俗通义》。

① 司寇氏之省。

② 鲜卑族有古口引氏，北魏太和十九年改寇姓，西魏大统十五年复称旧姓，至隋初又改寇姓。以后渐融入汉族。

③ 少数民族汉姓，如蒙古族、回族等。

【分布】寇姓为中国第272常见姓。人口约21万，占全国总人口0.017%。主要分布在河南、陕西、吉林、四川等省。寇姓属客家人罕见姓，除河南外，江西、广西也有少量客家人。

【郡望】上党郡。

【堂号】上党堂。

通用祠联

门联

颍川留抚；

莱国孤忠。

【注】① 颍川留抚：典指东汉初上谷昌平人寇恂。寇恂，世代为地方豪强。初为郡公曹，佐光武帝中兴，拜颍川太守，讨平盗贼，拜汝南太守。后颍川盗起，恂从帝出征，贼平，百姓遮道曰："愿从陛下复借寇君一年。"乃留镇抚之。② 莱国孤忠：典指北宋政治家寇准。寇准，宋下邽人，字平仲。太宗朝举进士，累擢枢密院直学士，后任宰相，辽侵，力排众议，请帝亲征。受排挤罢相，晚年再起为相，封莱国公。

茜桃献诗，惜缣有意；

白门工曲，落溷谁怜。

【注】① 茜桃献诗：寇准尝召集诸妓，每人给一缣，其妾茜桃献诗云：“一曲清歌一束绫，美人犹自意嫌轻。不知织女萤窗下，几度抛梭织得成。”寇为之默然。② 白门工曲：指明末寇白门。寇白门，南院名妓，能度曲，颇知诗。初为保国公朱国弼所娶，明亡，籍没勋卫，辗转南归，终流落乐籍中，以至于死。溷，厕所，此指逆境。

识量非凡，布兴学劝农善政；

文武俱备，长牧民御众高材。

【注】上联典指北周骠骑大将军开府仪同三司寇俊。寇俊，累官梁州刺史，入关拜秘书监。兴学劝农，有惠政。下联典指东汉雍奴侯寇恂。寇恂，初为郡功曹，后拜偏将军，先后历河内、颍川、汝南太守。明经修行，人称长者。卒谥威，图形云台。

崇德象贤，扬家声光前裕后；

流长源远，考世系继往开来。

【姓源】《姓氏寻源》。

① 颇氏，汉族姓。

② 满族姓。其先清代八旗满洲颇佳氏（《满族姓氏寻源》《满族百家姓》）。

【分布】颇姓人口少，主要分布在河北宣化、阜城，山西代县，辽宁沈阳，浙江上虞等地。颇姓客家人很少，主要分布在广西柳州、柳江。

【郡望】河间郡。

【堂号】河间堂。

广西柳州柳江槎山颇氏宗祠联

祖德流芳千载盛；

宗功德驻万年长。

【注】堂号"成德"，此为配联。联说颇氏的祖德宗功。春秋时吴国之后有颇氏。《姓氏导源》云："河间阜城多颇姓。"河间阜城，相当于今河北省中部河间县一带。

PÉNG

【姓源】《世本》。

① 先秦古姓。相传帝颛顼生偁，偁生老童，老童生重黎、吴回。吴回为高辛氏帝喾火正，号祝融，生陆终。陆终娶鬼方氏女，女嬗生六子，第三子籛铿彭姓。彭姓之国有彭（大彭）、豕韦、诸稽氏、暨，其后有彭氏、大彭氏、豕韦氏、韦氏、诸稽氏、暨氏。彭姓又别为秃姓，其后有舟人氏。

② 彭方，商代方国，彭姓，公族以国为氏。彭方，殷墟卜辞作彭国，在今江苏铜山县西北。

③ 彭方，商代方国，公族以国为氏。彭方，初在今甘肃庆城境，后迁今湖北房县西南。春秋时彭人活动于今川东南地区，后迁往湘鄂黔边区，融合巴人、冉氏等，土家族的主要来源之一。

④ 东汉以后少数民族融入汉族改姓（略）。

【分布】商末周初，"大彭氏国"被周武王灭后，彭氏族人散居到今河南南阳和湖北一带。春秋时期，彭氏族人开始向西南迁徙。魏晋南北朝时期，由于北方战乱不断，陇阿彭氏族人大举南迁，足迹遍布今江西、四川和福建等地。

唐朝时期，为避安史之乱，彭景直之子彭构云迁居到了袁州宜春，并很快在当地发展成为望族。彭构云五世孙彭轩因做官而落籍在庐陵吉水的山口村，其子孙又播迁到了今吉安市、吉安县、永丰县、吉水县、安福县、永新县和泰和县。宋朝时期，江西部分彭氏族人因官职调遣而迁至福建、广东和湖南等地，并在当地发展成为望族。

彭姓为中国第 35 常见姓。人口约 640 万，约占全国人口的 0.51%。约 44% 分布在湖南、四川、湖北三省（其中湖南最多，约占全国彭姓人口的 21%）；30% 分布在广东、江西、云南、贵州、河南五省（见《中国姓氏·三百大姓》）。彭姓客家人主要分布在湖南、广东、江西三省，湖北、四川、广西也有一些。

【郡望】陇西郡、汝南郡。

【堂号】陇西堂、宜春堂、长寿堂、百岁堂等。

通用祠联

门联

疏陈十策；

名列三奇。

【注】上联典指北宋饶州鄱阳人彭汝砺。彭汝砺，字器资，治平初年状元，官监察御史里行，首次上书，便陈述"正己、任人、守令、理财、养民、赈救、兴事、变法、青苗、盐事"十件事，指陈利害，多是当时朝中大臣所不便说的。后历官中书舍人、吏部侍郎、吏部尚书，因被人弹劾，降为江州知府。他为官处世，言行必合于大义；与人结交，则尽诚尽敬，当时人称他有古人风。著有《易义》《鄱阳集》。下联典指宋代宜丰人彭渊材。彭渊材，喜爱游历，通晓大乐，曾向朝中献乐书，官协律郎。当时，洪觉范奇于诗，邹元佐奇于命（五行阴阳），彭渊材奇于乐，号称"新昌三奇"。

陇西世泽；

江右宗风。

【注】上联指彭氏望族发祥地。下联指唐宋时期有几个知名人物是江西庐陵（今江西吉安）人，如彭景直、彭构云、彭延年等；亦说明大埔彭氏为江西衍派。

商贤世德；

宋史家声。

【注】这副门联，广东、广西很多彭氏宗祠均通用。此联说彭氏的世泽和家声。彭姓起源：颛顼帝有玄孙陆终，陆终第三子姓篯名铿，受封于彭地（今江苏徐州），建立大彭国，称为彭祖，其子孙以国为姓，称为彭氏。宋史：指本支来自江西的

彭俞一支。北宋宜春人彭俞，字济川，曾隐居在集云峰研究《周易》，自号连山子。绍圣年间进士，官至朝散郎。

作柱下史；

封长平侯。

【注】① 作柱下史：典指上古时彭祖。彭祖，传说人物，姓篯名铿，帝颛顼玄孙，自尧时举用，作柱下史，历夏至殷末，年至八百岁。因善调雉羹以事帝尧，为尧所赞，封之于彭城，故称彭祖。② 封长平侯：典出彭宣。彭宣，汉阳夏人，字子佩。有威重，可任政事。哀帝时官至大司空。封长平侯。

疏谏十策第；

名藻三奇家。

【注】上联典指宋朝彭汝砺，官监察御史，他首陈十事，指谪利害，言人不敢言之事。下联典指宋朝彭渊材。

通用堂联

采女乘軿问道；

小姑得偶嫁郎。

【注】① 采女乘軿问道：彭祖善治生术，曾有采女乘车问其术道。軿：古代贵族妇女所乘有帷幕的车。② 小姑得偶嫁郎：江西彭泽县北有小孤山，在江水中，江侧有彭浪矶。后人戏称小孤为"小姑"，彭浪为"彭郎"，姑郎两相婚配。

悬竹志春晖之瑞；

画梅留刚直之型。

【注】① 悬竹志春晖之瑞：典指彭启丰。彭启丰，清人，年老归养。辟园亭，园中多植花竹。朝廷赐题额曰："悬竹春晖"。② 画梅留刚直之型：典出彭玉麟。彭玉麟，清末湘军将领，字雪琴。光绪时任兵部尚书。屡战有功，卒谥刚直。善为诗，下笔立就，尤擅长画梅，流传海内。

汉司空德业、宋御史勋猷，溯从前忠孝传家，渊源有自；

六百年宗功、廿余代族姓，欣此日馨香根本，典型维新。

【注】上联典出汉代大司空彭宣。彭宣，字子佩，阳夏人。事禹受《易经》，禹受《易》于施雠，由是施家有张彭之学。哀帝时官至大司空，封长平侯。

政治清明，卓尔循良龟鉴；

学识正大，粹然性理鸿儒。

广东梅州程江扶贵彭氏祠联

想先公浚井，筑堤治绩，昭垂共仰潮州名宦；

造少祖伦元，夺解书香，继起允称海邑大家。

【注】先公：典出彭延年。彭延年（1009—1095），字舜章，号震峰，江西庐陵（今吉安）人，进士，是大文学家欧阳修的远房表弟。历任福州推官。大理寺评事。大理寺、副卿、知潮州军事。任大理寺正卿30年。北宋熙宁元年二月至翌年七月，神宗帝命直秘寺丞，会修《英宗实录》。因与王安石政见相左，故被贬来潮州府。在潮为官8年，颇有政绩。他减赋税，修筑韩江堤。治水救灾，击流寇、海寇，身先士卒，断指而不顾，与民生息，救民于水火，城内挖井36口，解困汲绝，泽及潮民，有功于斯。民颂曰："解结理絮，惟我彭公；复我生我，有我彭公。"

江西吉安彭氏陇西郡祠联

依然白鹭波澄，百千年余韵流风，江山如故；

值此红羊劫换，数十族联枝附萼，堂构重新。

【注】吉安彭氏大宗祠联。清孝廉彭美作。

江西王母渡阳埠彭氏宗祠一本堂联

居福藏祥，祖德流芳千代远；

泰来吉至，宗功衍庆万年长。

聚宇寰灵气，铸吾彭氏千秋鼎盛；

集日月祥光，激我裔孙大展鸿图。

江西赣县江口旱塘均富垌彭家祠陇西堂联

彭城彭国，开千秋基业；

友富友湖，兴万代传人。

——彭士璜

【注】① 彭城：即今江苏徐州，是黄帝最初的都城。② 尧帝封篯铿于彭城

建立的大彭氏国，彭氏因此得姓。

> 堂势威严昭奕代，宗功祖德；
>
> 孙枝蕃衍续千年，春祀秋尝。

【注】① 奕代：累世。② 蕃衍：繁盛众多。

> 教好儿孙，须从尊祖孝宗起；
>
> 光耀门第，还是读书积善来。

江西吉水白沙木口彭氏宗祠门联

> 椒衍瓜绵叙世代，悉属征君孙子；
>
> 径横未负溯典型，毋忘柱史家声。

【注】上联说彭氏宗祠繁衍。下联典说彭祖。彭祖在商朝曾任守藏史，周朝又任过柱下史，彭氏后裔堂联简称为"柱史"。

广西北海市彭氏祠堂联

> 纯则从今也；
>
> 愚当效古之。

——张百揆

【注】联说本支彭氏的家训家风。彭氏郡望为陇西郡。秦置陇西郡，治所狄道（今甘肃临洮南），曹魏移治襄武（今甘肃陇西南）。隋唐置渭州陇西郡。

湖南炎陵彭氏宗祠堂联

> 吴中三老；
>
> 武原二仲。

【注】上联典说彭行先；下联典指彭孙贻。

> 一室名师，专治易书义理；
>
> 四朝元老，博通今古精微。

【注】上联典出彭宣；下联典说彭时。

广东陆河彭氏商贤家庙门联

> 商周著绩；
>
> 书史传芳。

【注】商贤家庙建于清代雍正初年，距今近三百年历史，是彭姓得姓始祖之

家庙。彭祖原名篯铿，是黄帝第七世陆终公第三子，历夏至殷末，年高八百余岁，娶四十九妻，生五十四子，后分十八姓，官封诸侯，帝王将彭城（今江苏徐州）封给他，其便以国为姓，遂为彭氏，后世称其为彭姓始祖。彭祖不仅学问渊博，人格高尚，为世人钦仰，被孔子誉称为商贤大夫。彭祖注重修身，善于养生，有延年益寿之道，成为古今中外传颂的老寿星。上联歌颂彭祖在商、周两个朝代都立过卓著功绩；下联是说彭祖流芳百世，史籍永远记载和流传他的美誉。

广东梅州程江桥彭氏崇本堂联

崇拜仰先贤，看程江一水前横，想见当年营宅意；

本支又奕冀，占杏里三春早信，好储今日应时才。

广东丰顺龙岗金鹅彭氏百顺堂联

流绪肇金鹅，喜此日祠貌重新，满座珠玑光史誉；

家声传洗马，看他年人文蔚起，一堂科甲耀荣宗。

广东梅州石扇大围墩彭氏宗祠堂联

统绪绍商贤，探木本，溯水源，当思祖德宗功，千秋不朽；

宇基开石扇，扩鸿图，贻燕翼，惟愿子贤孙肖，百世其昌。

广东梅州梅南轩坑彭氏宗祠堂联

缅商贤，迄宋史，袍笏遗徽，肯构肯堂，共仰经营绵世德；

迁梅郡，宅洞乡，箕裘济美，序昭序穆，还期克绍振家声。

广东揭阳浦口彭氏宗祠堂联

族姓著荣光，自庐陵衍派而来，吉兆浮邱，看诸水潆洄，卜宅竞推名胜地；

家山怀旧德，溯有宋肇基以后，迹详府志，历数朝与替，登堂咸动本原思。

广东揭阳彭氏一世祖宗祠堂联

当年皇路驰驱，筑长堤，浚义井，歼倭寇，赈饥民，卓然潮州名宦；

今日后人继述，学古训，服先畴，拓鸿基，锦燕翼，伟哉刺史家声。

贤大夫允作圣人师，稽昔日系分帝胄，绩著三朝，八百度遐龄，柱下遗风绵奕叶；

廉刺史叠承天子命，溯当年誉震廷臣，荣披一品，九重加厚赉，元卿伟业耀千秋。

广东陆川良田彭屋村彭氏宗祠堂联

世泽继商贤，忆当年闽粤迁来，创两县宏图，祖德宗功肇基业；

家声传宋史，知今日陆梁荐新，统三房后裔，文经武纬缵前徽。

【姓源】《风俗通义》。

① 葛氏，嬴姓，以国为氏。夏时有葛国，伯爵，为汤所灭（《尚书·胤征》）。都邑在今河南漯河市郾城镇北约十五公里处。

② 葛氏，嬴姓，以国为氏。葛，春秋时鲁之附庸。故城在今河南宁陵县东北石桥乡葛伯屯村。

③ 丹阳葛氏，其先本姓洪氏。洪曩祖之子浦庐起兵助光武，以功封下邳僮县侯，让弟不就，南渡江，家于句容，改姓葛氏，后为丹阳大族。

④ 少数民族汉姓或改汉姓（略）。

【分布】历经几个时代的播迁和繁衍，到了魏晋南北朝时期，葛姓人口已分布到了今安徽、江西、湖南、湖北、福建和广东等省的客家地区。

葛姓为中国第 126 常见姓。人口近 140 万，约占全国人口的 0.11%。约 49% 分布在江苏、安徽、河南、河北四省（其中江苏最多，约占全国葛姓人口的 18%）；31% 分布在浙江、山东、黑龙江、辽宁、吉林、山西、内蒙古七省、自治区（《中国姓氏·三百大姓》）。除河南以外，葛姓客家人较少，广东、广西及江西有零星客家人。

【郡望】顿丘郡。

【堂号】梁国堂、顿邱堂等。

通用祠联

门联

> 仙班列位；
>
> 罗浮炼丹。

【注】上联典指葛邲。葛邲，字楚辅，吴兴（今属浙江省）人，宋代名臣。祖籍丹阳，进士及第，官刑部尚书。绍熙年间任左丞相，论疏皆切中时弊。身居相位，能遵守法度，推荐人才。下联典指三国吴人葛玄。葛玄，丹阳（今属江苏省）人，三国吴道士，曾从左慈学道，并入深山修道。道教尊为葛仙翁，又称太极仙翁。

稚川传治；
楚辅忠贞。

【注】上联典指西晋思想家葛洪。葛洪，字稚川，自号抱朴子，江苏句容人。初任咨议参军。少好儒学兼及神仙导养之术，晚年辞官谢客，于罗浮山精研炼丹，以蕲长寿。著有《抱朴子》一书，主张人有病应治以药石。另撰《肘后备急方》，对急性传染病的诊治颇有己见。下联典指南宋大臣葛邲。

市无喧鹊；
饭可成蜂。

【注】① 市无喧鹊：典指葛邲。葛邲，字用光，宋青阳人。乾道初知本县事，有循绩。市无喧鹊之警，野有驯雉之异。② 饭可成蜂：典出葛玄。葛玄，慕长生不死之道，入天台赤城，上罗浮，遇苏元朗，授以金丹之旨。或云，从东汉末方士左慈受九丹金液仙经。尝于东峰坐卧云庵修炼，后得仙，号葛仙公。尝与客对食，吐饭成蜂。

绥山得道；
定海成仁。

【注】① 绥山得道：典指葛由。葛由，周时羌人。成王时好刻木羊出卖。一日骑羊入蜀中，王侯贵人追之上绥山。绥山在峨眉山西南，高无极，随者不复还，皆得仙道。② 定海成仁：典出葛云飞。葛云飞，清人，官定海镇总兵。道光时，英人侵占定海，葛力战，后阵亡，谥壮节。

清节著誉；
文纪知名。

【注】① 清节著誉：典指宋葛密。宋葛密，字子发，举进士。善决狱，仕至太常博士，性情恬淡。节名甚著。年五十即退隐，号草堂逸老。② 文纪知名：典出葛龚。葛龚，字元甫，汉宁陵人。和帝时以善文纪知名，永初中举孝廉，为太官丞。

通用堂联

抱朴炼丹，妻亦寿世；

妙真茹素，母果延年。

【注】① 抱朴炼丹：典指葛洪。葛洪，自号抱朴子。师事南海太守鲍玄，玄妻以女。著《抱朴子》，年八十一，尸解成仙。后唐崔玮游南海，遇妪给以艾，谓可灸赘疣。妪者，即葛洪之妻。② 妙真茹素：典指葛妙真。元时葛妙真，宣城民家女。九岁时听术士告母，年五十当死。女誓终身吃素，以延母年。母果以寿终。

绩境二梅殊可贵；

绥山一桃亦足豪。

【注】上联典指明朝孝子葛泰。下联典指西周葛由。葛由飞升成仙，飞仙桥因此得名。《搜神记·葛由乘木羊》："前周葛由，蜀羌人也。周成王时，好刻木作羊卖之。一旦，乘木羊入蜀中，蜀中王侯贵人追之，上绥山。绥山多桃，在峨眉山西南，高无极也。随之者不复还，皆得仙道。故里谚曰：得绥山一桃，虽不能仙，亦足以豪。山下立祠数十处。"

溯显赫簪缨，今日相连一气；

缅辉煌勋业，蒸尝允答千秋。

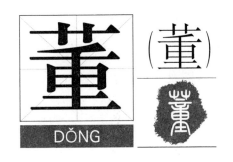

【姓源】《潜夫论》。

① 董氏，己姓，以国为氏。董，夏、商时侯国，在今山西闻喜东北。西周时灭于晋。

② 周太史辛有二子仕晋为太史，董督晋典，因姓董氏。其邑在今山西万荣县西。

③ 西汉时僚人大姓之一。见《后汉书·南蛮西南夷列传》。僚人，即賨人。今土家族董姓，盖賨人董氏之后。

④ 汉武帝时有散侯董金吾，以匈奴都尉降。是时匈奴无董氏，必汉人陷匈奴而归者。

【分布】董姓为中国第 39 常见姓。人口约 590 万，约占全国人口的 0.48%。约 38% 分布在河南、河北、山东、辽宁四省（其中河南最多，约占全国董姓人口的 12%）；约 39% 分布在云南、黑龙江、浙江、安徽、山西、四川、湖北、江苏、甘肃九省。董姓客家人较少，主要分布在江西、广西、广东，湖北、福建也有一些。

【郡望】陇西郡。

【堂号】三策堂、直笔堂、良史堂等。

通用祠联

门联

> 千秋良史；
>
> 一代儒宗。

【注】① 千秋良史：典指董狐。董狐，春秋时晋国史官。晋灵公欲杀赵盾，盾出奔，未越晋境，其族弟赵穿攻杀灵公于桃园。当时董狐任职太史，认为赵盾身为正卿，"亡不出境，返不诛国乱"，罪责难逃，乃直书"赵盾弑其君灵公"，以正视听。孔子以其"书法不隐"，赞为"古之良史"。② 一代儒宗：典指董仲舒。董仲舒，西汉思想家，广川人。少治《春秋》，潜心钻研孔子学说，景帝时为博士，被举为贤良。汉武帝时被举为贤良文学之士。尝言："仁人正其谊不谋其利，明其道不计其功。"朝廷常向他问儒之道。后免官归家，专事修学著书，著有《春秋繁露》《举贤良对策》等。

陇西世德；

良史家声。

千秋良史；

百代儒臣。

【注】① 陇西世德：董氏先祖原居陇西（今甘肃西部一带地区），出了不少有名望的人物，如汉代儒学大师董仲舒，汉末军阀董卓，唐代琴家董庭兰。② 良史家声：春秋晋国史官董狐，秉笔直书"赵盾弑君"的故事，被传为千古美谈，孔子曾赞其为"古之良史"。③ 百代儒臣：指汉代儒学大师董仲舒。

双成笙韵；

小宛香奁。

【注】① 双成笙韵：典出董双成。董双成相传为王母娘娘侍女，炼丹宅中，丹成得道。王母命云和之笙，双成遂驾鹤成仙。② 小宛香奁：典出董小宛。董小宛，明末秦淮名妓，才色超群，后为冒辟疆妾，居艳月楼，集古今闺帏韵事为一书，名《奁艳》。

织缣偿债；

种杏成林。

【注】① 织缣偿债：典出神话故事《天仙配》中的董永。董永相传为东汉人，性至孝，父殁不能葬，卖身为奴，后与天上织女结为夫妇。织女织锦百匹，永得以偿债赎身。② 种杏成林：典指董奉。董奉，三国时吴人，居庐山为人治病，不取钱，愈者使种杏，数年得十万株，蔚然成林。后常用杏林称颂医家。

堂联与栋对

三策仰前徽，道阐纯儒，学业渊源须念祖；

千秋留直笔，书传良史，风规整肃永贻孙。

【注】下联指春秋时晋国史官董狐。

仕宦历三朝，辉煌史册；

诗文光四壁，景仰宗风。

江西南康凤岗董氏宗祠联

堂势尊严，昭奕代祖功宗德；

宗支蕃衍，喜联科秋解春元。

【注】① 蕃衍：繁盛众多。《诗·唐风·椒聊》："椒聊之实，蕃衍盈升。"② 秋解春元：明清科举考试分为乡试、会试和殿试。乡试为省一级考试，考试合格者为举人，第一名为解元。由各地州、府主持考试本地人，一般在八月举行，故又称"秋闱"。会试是举人在京城参加的全国统一考试，考试合格者为贡士，第一名为会元。应考时间在春天，故名春闱或春试。

祖德留芳，桂月辰阳光紫府；

江都重望，青云有路步蟾宫。

【注】① 紫府：为仙人居住的宫殿。② 蟾宫：神话传说月宫中有蟾蜍和桂花树。蟾宫指月宫。蟾宫折桂，科举时代比喻应考得中。

克知稼穑之艰难，所其无逸；

聪听祖考之彝训，思免厥愆。

【注】① 所其无逸：此语出自《尚书》。周公曰："呜呼！君子所其无逸！先知稼穑之艰难乃逸，则知小人之依。"这句话的意思是说：啊！做君主的自始就不该贪图安逸啊！如果他先知道了耕种和收获的艰难之后再去享受安逸的生活，那就可以明白小民们的疾苦。② 思免厥愆：《书·冏命》："怵惕惟厉，中夜以兴，思免厥愆。"孔传："言常悚惧惟危，夜半以起，思所以免其过悔。"理解成白话就是：我心里的忧虑危惧，到了极其危险的地步，半夜起来，也要想法子避免过失。

望族重江都，三策兴天人之奥；

良图建南埜，一门联奎壁之光。

【注】三策兴天人之奥：典指董仲舒。汉武帝举贤良文学之士，董仲舒对以"天人三策"，提出"罢黜百家，独尊儒术"的建议，为汉武帝采纳，开此后两千余年封建社会以儒学为正统的先声。

万卷课儿孙，青云有路舒鹤翮；
寸心存孝弟，玉树满堂起凤毛。

——赖相栋

直气亘千秋，念厥先史开班马；
儒声夸独步，裕乃后策对天人。

——赖相栋

【注】班马：汉代史学家司马迁与班固的并称。此处是说董氏的先人任史官要比班马二人还要早。春秋时，周朝大夫辛有，两个儿子在晋国任太史，董督（考察并收藏之意）晋国的典籍史册，他的子孙世袭晋国史官，以官为氏，称董氏。

直笔著三河，法守他年追良史；
鸿文超两汉，渊源此日继醇儒。

——卢洪朐

【注】① 直笔：董氏堂号有"直笔堂""良史堂"。春秋时候，董狐是晋国的史官，他写史求实存真，不怕权势。晋灵公被弑，董狐在史书上写道："赵盾弑其君。"孔子夸奖他是"良史"。② 醇儒：典指董仲舒。他要求汉武帝"罢黜百家，独尊儒术"，为武帝采纳，开拓了此后二千余年以儒学为正统的局面。著有《春秋繁露》《举贤良对策》《董子文集》等。

何必鸟革翚飞，古有云惟邻是卜；
倘教凤毛麟趾，今伊始容膝易安。

【注】① 惟邻是卜：指选择邻居。《左传·昭公三年》："非宅是卜，唯邻是卜。"② 容膝易安："容膝"是说自己住的房间很小，只能容下膝盖。看着小得只能容下我膝盖的房间，我依然很安逸。

垂后裔以诗书，昔曾闻墨邀宸翰；
绍前人之干略，今须记衣锡彤庭。

——李崇礼

【注】① 宸翰：帝王的墨迹。宸，北极星所在，后借指帝王所居，又引申为王位、帝王的代称。翰，长而坚硬的羽毛，借指毛笔和文字、书信等。② 干略：指治事的才能与谋略。《三国志·吴书·诸葛恪等传评》："诸葛恪才气干略，邦人所称。"《隋书·李密传》："父宽，骁勇善战，干略过人。"③ 彤庭：汉代宫廷。因以朱漆涂饰，故称。汉班固《西都赋》："于是玄墀扣砌，玉阶彤庭。"也泛指皇宫。

> 珥直笔于晋廷，良史风规高百代；
>
> 著鸿文于汉策，醇儒品德播千秋。

——王元浑

【注】珥：插戴。珥笔，古代史官、谏官入朝插笔于冠侧，以便随时记录、写作。作者王元浑是清乾隆癸酉科解元。

> 规模鼎峙，迎日月光辉，即见云龙凤起；
>
> 堂势尊严，竞山川秀丽，将乃甲第蝉联。

【注】① 云龙：云和龙。喻豪杰。唐白居易《与元九书》："大丈夫所守者道，所待者时，时之来也，为云龙，为风鹏，勃然突然，陈力以出。"② 凤起：凤凰起飞。喻贤德之人兴起。

> 分荐陈四季，序事序齿，共负真诚敬祀典；
>
> 子姓聚一堂，兴让兴仁，聿修阙德振家声。

【注】① 序事序齿：序事，谓安排事项，使有条理。《周礼·春官·乐师》："凡乐，掌其序事，治其乐政。"序齿，以齿（表年龄）为序。按年龄大小定宴会席次或饮酒次序。② 子姓：泛指子孙、后辈。③ 聿修阙德：《诗·大雅·文王》："无念尔祖，聿修厥德。"意思是说：你能不追念你祖父文王的德行？如要追念你祖父文王的德行，你就得先修持你自己的德行，来继续他的德行。

> 贤良方正，江都允号醇儒，以此系宗，其谁非父慈子孝，兄友弟恭之裔；
>
> 磅礴蜿蜒，南埜自多胜渠，于焉聚族，即斯是仁乡义里，廉泉让水之区。

——朱进

【注】① 贤良方正：贤良，才能、德行好；方正，正直。指德才兼备的好人品。汉武帝时设贤良方正科，为举荐官吏后备人员的制度，唐宋沿用。② 廉泉让水：比喻为官廉洁，也比喻风土习俗淳美。楹联作者朱进是清代乾隆甲子科举人，

奉新县教谕。

广西柳州董家祠堂联

> 宗祧远承粤海；
>
> 祠堂永著龙城。

【注】此为祠堂大门联。堂号"陇西"。说本支董氏源流。粤海：泛指广东省或广州。龙城：为柳州别称。董姓的由来，相传黄帝的己姓子孙中有个叫叔安的，被封于飂（又作蓼，在今河南唐河县），称为飂叔安。飂叔安的儿子董父，为帝舜驯养龙，被舜赐姓为董，任为豢龙氏，封之于鬷川（今山东定陶县），他的后代便以董为姓。

江西南康凤岗董氏宗祠堂联

> 帷方幕户，满室兰芽秀彩迎春日；
>
> 目不窥园，一林桂萼异香待秋风。

> 敦一脉之宗支，敢忘水源木本；
>
> 崇百代之祀典，毋忽春露秋霜。

> 积善留余庆，为箕为裘，庶克绳其祖武；
>
> 树德在务滋，肯堂肯构，无忘贻厥孙谋。

陕西汉阴董氏宗祠堂联

> 先德家声陇西郡；
>
> 祖功世泽汝南堂。

【姓源】《元和姓纂》。

姬姓，以国名为氏。周朝初年，周公的第三个儿子伯龄受封于蒋国（在今河南固始县西北的蒋乡），人称蒋伯。春秋时蒋国被楚所灭，蒋伯的子孙以蒋为姓，称蒋氏。在历代史籍中，尚未发现蒋姓被外族人冒用的记录，因此可以认为天下蒋姓都具有相同的血统，都是3000年前周公的后代。

【分布】蒋姓为中国第45常见姓。人口近540万，约占全国人口的0.43%。主要分布在四川、湖南、江苏三省，约占全国蒋姓人口的42%。其中四川最多，约占全国蒋姓人口的17%（《中国姓氏·三百大姓》）。蒋姓客家人不多，主要分布广西和四川，广东、江西很少。

【郡望】乐安郡。

【堂号】乐安堂、三贤堂等。

通用祠联

门联

> 九侯世泽；
>
> 三径家声。

【注】全联典指汉蒋诩。蒋诩，隐居故里。庭中辟三径，闭门谢客，唯与高逸之士求仲、羊仲来往。

> 蜀汉门第；
>
> 唐相家声。

【注】上联典出三国蜀大臣蒋琬。蒋琬，字公琰，湖南湘乡人。初以州书佐随刘备入蜀，授官广都长。刘备为汉中王，他入为尚书郎。诸葛亮开丞相府，辟为东曹掾，擢升为长史。亮死，代亮执政，领益州刺史，迁大将军，录尚书事，封安阳亭侯。复加为大司马。下联典指蒋伸。蒋伸，为唐朝宰相。

铜符鼎峙；

玉笋联斑。

【注】上联典出蒋满；下联典出蒋凝。

为社稷器；

具文武才。

【注】① 为社稷器：典指蒋琬。蒋琬，字公琰，三国湘乡人。初随刘备入蜀，后为诸葛亮所重，任丞相长史。诸葛亮尝称蒋琬为"社稷器，非百里才"。② 具文武才：典出蒋济。蒋济，字子通，三国平阿人。明帝时为中护军，后迁太尉，有文武之才。

钟山留祀；

竹径宴宾。

【注】① 钟山留祀：典指蒋子文。蒋子文，后汉人，为秣陵尉。逐盗钟山下，伤额而死。尝自谓骨贵，死当为神。孙权都建业，或见子文乘白马执白羽扇而出，遂立庙于钟山，封蒋侯。② 竹径宴宾：《三辅决录》卷一载，汉时蒋诩归乡里，荆棘塞门，舍中有三径，不出，唯求仲、羊仲从之游。

赋秋河而得丽女；

过清溪又访小姑。

【注】① 秋河：诗名，《秋河赋》，作者蒋防，唐义兴人。年十八，父蒋澄令作此赋，防援笔即成，中多警句。于简见之，以女许之。② 清溪：《古乐府》有《清溪小姑曲》。小姑，即蒋子文第三妹。

花色遍四封之丽；

竹阴留三径之清。

【注】上联指西汉末年的蒋诩。蒋诩，以廉直著名，王莽居摄，不肯委身事贼，于是以病免官归乡里，曾在舍前的竹下开三径，平时闭门谢客，只有老朋友求仲和羊仲，他才接纳，表现了既忠义又高逸的气节。下联典指唐代蒋涚，兄弟四人

俱为才吏。

堂联与栋对

渊源溯汉代侯封，纵盛名马服交推，蒋径清风传自远；

祠宇法文公家礼，况宸翰龙章宠锡，孟河乔木仰弥高。

广西桂林荔浦蒋氏宗祠联

士农工商，任尔子孙为，切莫游手好闲，全无事业；

功名富贵，光吾宗祖绪，还须同心和气，永著时雍。

【注】此联告诫子孙珍惜家族声望，努力进取，不要辱没了列祖列宗。

告列祖列宗，抗战五六年，废旧约，焕新猷，大地回春，普天同庆；

愿诸兄诸弟，好凭亿万众，矢赤心，拼热血，驱彼丑虏，宏我汉京。

——蒋澄香

【注】联说本支蒋氏的家训家风。

台湾蒋氏宗祠堂联

乐得门墙尊古学；

安居家世重儒风。

【注】对联以堂号"乐安"作为上下联的句首字，是台湾客家人撰联以鹤顶格常见的技法，表示蒋家后裔仍标举先人望出之所，并期许后人不忘前人的荣光。

广东紫金龙窝连塘樟洞蒋氏宗祠堂联

祖宇喜重新，惟愿旺丁旺贵，樟洞今从永久盛；

祠堂原迹旧，还期兴富兴荣，时光后裔更蕃昌。

脉来纸鹞凸锋，气象庄严，虎踞龙蟠，龙荫人才期永盛；

形似鲢鲤吐舌，精灵秀毓，蛟腾凤起，凤祥苗裔更长春。

兴邑而迁来，塑祖宗，巨岭分脉，樟洞族开，椒实瓜绵，世泽流芳荆渚第；

莲塘之胜地，看祠宇，石锋前朝，大人拱照，珠连璧合，家风济美乐安堂。

广东紫金乌石蒋氏宗祠堂联

上坐祖宗，下排孙裔，女孝男忠，俎豆维新传世上；
前朝官嶂，后枕笔峰，山环水绕，人文毓秀映堂前。

文立鸿基，念先祖艰辛，脉发五华，迁紫经兴，功德流芳荆渚第；
圣开骏业，祈后孙腾达，门朝官嶂，升旗擂鼓，簪缨济美乐安堂。

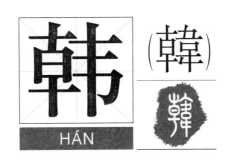

【姓源】《潜夫论》。

① 韩氏，姬姓，以国为氏。韩国，侯爵，周武王之子封国。《左传》云："邘、晋、应、韩，武之穆。"是也。故城在今山西河津市东北。西周、春秋间为晋所灭。

② 韩氏，姬姓。周穆王子封韩侯，其后亦有韩氏。其国近燕，故城在今河北固安东南。

③ 韩氏，姬姓。春秋晋曲沃武公（曲沃桓叔）之子万封韩原（今陕西韩城）。后因以氏。韩、赵、魏三家分晋，公元前424年建立韩国，为战国七雄之一。

④ 春秋时巴子国有韩氏。

⑤ 汉武帝以后有少数民族融入汉族，如朝鲜族、鲜卑族、回族等。

【分布】韩姓一族最早出现在陕西和山西一带，商末周初时期，韩姓进入河南、河北地区。魏晋南北朝、隋唐时期，由于北方战乱不断，韩姓族人开始大举南迁。唐朝后期，韩姓族人已迁居到了粤东和闽西一带。明清以后，迁至赣南、粤东、闽西的就更多了。

韩姓为中国第26常见姓。人口约760万，约占全国人口的0.61%。约35.6%分布在河南、山东、河北三省（其中河南最多，约占全国韩姓人口的14%）；32%分布在江苏、辽宁、安徽、山西、黑龙江、陕西六省（《中国姓氏·三百大姓》）。韩氏客家人主要分布在河南、广东、广西，江西和福建也有分布。

【郡望】南阳郡。

【堂号】南阳堂、荣归堂、昌黎堂、昼锦堂、泣杖堂等。

通用祠联

门联

名高三杰；

文冠八家。

【注】① 名高三杰：典出韩信。韩信与萧何、张良并称为汉初三杰。楚汉战争中，刘邦用韩信的计策，攻占关中。又与刘邦会合，在垓下击灭项羽。汉朝建立，被封为楚王，后被告在长安谋反，为吕后所杀。② 文冠八家：典出韩愈。唐宋两代八个散文大家：唐代韩愈、柳宗元和宋代的欧阳修、苏洵、苏轼、苏辙、王安石、曾巩。韩愈，贞元年间进士，官监察御史、刑部侍郎等，参与平定淮西的战役。韩愈又是当时古文运动的倡导者，反对六朝以来文章崇尚骈俪的写作风气，主张恢复经史百家的文风。苏轼称赞他"文起八代之衰"。韩愈卒谥文，世称韩文公。

南阳望族；

北斗高名。

【注】上联指韩姓郡望。西汉末年，为避王莽之乱，韩氏族人移居河南南阳，繁衍成为当地望族。下联典指唐代杰出的文学家韩愈。韩愈，字退之，官至吏部侍郎。卒谥文，世称韩文公，与柳宗元同为古文运动的倡导者。诗文均佳。

堂开昼锦；

集著香奁。

【注】① 堂开昼锦：典出北宋大臣韩琦。韩琦，字稚圭，相州安阳（今属河南）人，天圣进士。官右司谏，曾上书弹劾宰相王随、陈尧佐，参知政事韩亿、石中立等人同日革职。宝元年间，出任陕西抚使，与范仲淹共同防御西夏，时称"韩范"。边民说："军中有一韩，西贼闻之心胆寒。"后历任定州、并州知州，在并州时，收回契丹冒占的土地，立石为界，并加以防御。嘉祐年间入朝，晋枢密使、宰相，经英宗至神宗，执政三朝，后出知相州、大名。王安石变法，他屡次上疏反对，与司马光、富弼等同为保守派首脑。封魏国公，著有《安阳集》，其长子韩忠彦亦官至宰相。韩琦以武康军节度使知故乡相州，别墅名曰"昼锦堂"，北宋文学家、史学家欧阳修曾为之作《昼锦堂记》。② 集著香奁：典出韩偓。韩偓，唐末诗人，

字致尧，自号玉山樵人。官翰林学士、中书舍人。工诗，多写艳情，辞藻华丽，有"香奁体"之称。著有《香奁集》。

南阳世德；

刺史家声。

将军门第；

宰相家声。

文驱潮鳄；

武策湖驴。

【注】① 南阳世德：南阳为韩氏发祥地。历代出了不少名贤，如：韩非，战国时法家代表；韩信，汉代开国功臣、著名军事家；韩愈，唐代著名文学家；韩琦（封魏国公），宋代名相，著名军事家；韩世忠，南宋爱国将领。② 刺史家声：典指韩愈之功德。韩愈，唐贞元进士，初任监察御史、国子博士，刑部侍郎等职。后因谏宪宗迎佛骨，被贬为潮州刺史。

勇推擒虎；

兵罢骑驴。

【注】① 勇推擒虎：典指韩擒虎。韩擒虎，隋人，字子通。少慷慨，以胆略见称，容貌魁岸，性好书。以军功累迁和州刺史，屡挫陈师。后拜庐州总管，为伐陈先锋，开皇九年（589年）以精骑五百直取金陵，擒陈主归。进位上柱国。② 兵罢骑驴：典出韩世忠。韩世忠，南宋名将，字良臣，忠勇绝人。累立战功，为秦桧所忌，授枢密使，罢其兵权。自此，韩世忠闭门谢客，经常骑驴携酒，纵游西湖以为乐，自号清凉居士。

通用堂联

红叶题诗，喜逢良友；

碧舆却坐，务绝奢华。

【注】① 红叶题诗：为唐僖宗时于祐良缘巧合的故事。于祐在御沟拾得红叶，题诗于上。宫女韩采萍拾得藏于箱中。后韩女出宫，嫁于祐。乃取红叶，上题："今日

结成鸾凤友，方知红叶是良媒。"②　碧舆却坐：唐柳公绰妻韩氏，治家俭约，每归，不坐金碧舆，着素衣，屏绝奢华。

原道著鸿篇，八代文章推吏部；
用兵曾虎奋，九州人物仰蕲王。

南阳望族，对至今留，自有传家云叶；
北斗高名，制不可草，岂徒争艳香奁。

世德宣述，缅将相扬徽，长庆簪缨承昼锦；
家修当继，愿桂兰况秀，永期经学绍昌黎。

从太原而来，聚族于斯，长其长，亲其亲，彝伦攸叙；
自桓叔以降，垂宪乃后，田尔田，宅尔宅，永世无穷。

从宋时奠厥攸居，及大明兮阀阅宏开，历大清兮簪缨迭出，乌呼盛矣！地之灵者人多杰；
由相邑聿来胥宇，一分支而柘里启宗，再分派而山头聚族，懿欤休哉！德之厚者流必光。

韩元勋故居纪念祠联

柏台宏世泽；
乌府振家声。

承天朝之服俸，我先公官居一品；
逢腊月之禋祀，予小子孝享千秋。

甲第开平邑之先，临浙抚闽，垂著当年大业；
云礽崇家堂之祀，牵牲荐币，谨修终岁明禋。

缅祖德于当年，非止望重柏台，威声直震琉球岛；

竭孙诚于此日，惟冀格歆盥荐，英灵常昭乌府庭。

【注】韩元勋（1608—1650），明末进士，出使琉球后历任浙江道监督御史、福建巡抚等职。崇祯皇帝封韩元勋为蕲阳王，晋阶光禄大夫，给一品服俸。乌府，指御史衙门。

江西赣县古田东坑韩氏宗祠联

门对青山迎百福；

户朝绿水集千祥。

——韩振腾

脉衍南阳，理学名臣传世泽；

基开东里，泰山北斗振家声。

——韩振腾

【注】① 南阳：唐代韩姓有声望的世家大族居南阳郡。② 理学名臣：典指韩愈。唐朝文学家，唐宋八大家之首，首开宋明理学之先河。③ 东里：指古田东坑。④ 泰山北斗：指韩愈，博通经史百家，为文笔力雄健，气势磅礴，为后世古文家所崇，仰之如泰山北斗。

广西柳州柳江古洲韩氏宗祠联

北斗七星光祖德；

祥云五色荫孙枝。

【注】联说韩氏祖德和孙枝。

广西柳州柳城永安韩氏宗祠联

五云绵世泽；

八代振家声。

【注】此为木刻门联。说本支韩氏的世泽和家声。五云：指青、白、赤、黑、黄五色之云。亦作五色的瑞云。八代：指汉、魏、晋、宋、齐、梁、陈、隋。宋苏轼《经进东坡文集事略》卷五五《韩文公庙碑》："文起八代之衰，道济天下之溺，忠犯人主之怒，而勇夺三军之帅，此岂非参天地、关盛衰，浩然而独存者乎！"

广东平远仁居黄畲韩氏宗祠门联

龙门迎淑景；

仙掌霭春晖。

广东梅江韩氏宗祠堂联

常棣行中排宰相；

梧桐名工识韩家。

广东平远峰口韩氏宗祠堂联

守端义崇实学，望重达尊，值九世而兼创承当年，已著积累业；

叨缙绅籍金门，名高乌府，由三公之绍孙子今日，难逢深厚恩。

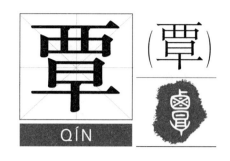

覃（覃）

QÍN

【姓源】《希姓录》引《姓谱》。

① 本谭氏，后省为覃氏。

② 广东怀集诗洞覃姓，本姓谭（《怀集县志》）。

【分布】覃姓人口少，但分布广，北京中心城区、怀柔等上百个地方都有分布。客家人仅广西柳州有此姓。

【郡望】南海郡。

【堂号】河内堂、崇善堂。

通用祠联

幼本岐嶷，直御史无愧监察；

艺工骑射，猛将军果著彝常。

【注】① 幼本岐嶷：指唐覃光佃髫年岐嶷，号为神童，后举进士，授监察御史，正论侃侃，京师呼为"直御史"。岐嶷，形容幼年聪慧。② 艺工骑射：指南朝覃元先初见梁高祖，高祖曰："公当立勋业，书彝常，奈何无名。"其后果战功，拜云麾将军。

广西柳州覃家祠堂联

祖自衡山分一脉；

家居柳郡发千支。

【注】上联讲述本支覃氏祖宗源流，下联说宗族在柳兴旺发达。覃姓的始祖是有竹氏的伯益，生活在虞舜时期协助大禹治水。当时，温地竹林茂密，生活在此的族群，有一支以竹为图腾称有竹氏，首领是伯益，住在今北平皋处。当大禹治水来到这里后，伯益开始协助他治理济河、沁河和黄河。其后，伯益携族人

向东，随大禹往东至兖州地治水，今河南浚县有覃氏数千人，是伯益族人留居下来的，他们以祖地"覃"为姓氏。伯益族人一直随大禹治水迁徙，最后到了江南的会稽（今浙江绍兴），其族人散居到各地。但是，他们不忘自己的祖地，均以地名为氏。

广西柳州下龙汶覃氏宗祠联

祖在衡山分一脉；

孙依凤岭发千支。

【注】以"三义"为堂号，此为配联。上联讲述祖宗源流，下联说本支覃氏在凤岭发达兴旺。

柳州柳江塘头覃氏宗祠联

祖居拉寨分支脉，开基为后裔造福；

原始湘潭搬凤山，举目思奉宗德功。

【注】联说此支覃姓族人迁自柳江县成团镇拉寨屯。堂号为"崇善"，此为配联。

柳州融安良村覃氏宗祠联

初倚崇峰，地势钟灵，兆财源广进；

堂朝峻岭，天然毓秀，迎瑞气长来。

【注】此为上厅前檐柱联。说此处地灵人杰，钟灵毓秀。

承先祖积德前程大；

勉子孙存仁后院宽。

【注】此为上厅外金柱联。上联说先祖恩德，下联勉励子孙。

祖祠建良村，美奂美轮，百代人文标炳蔚；

宗德追东鲁，序昭序穆，万年俎豆荐馨香。

【注】此为内金柱联。上联说在此地建祖祠，下联说宗族先人来自山东。

先祖由东鲁迁来，流长源远；

后昆在桂北立业，世代兴隆。

【注】此为神龛外廊联。上联说本支覃氏源远流长，下联说本支覃氏在此地兴旺发达。

广西柳州三江板江覃氏宗祠联

怀阳聚族；

白下传宗。

【注】此联说本支覃氏在此地聚族传宗。怀阳，三江县古称。

金陵上溯源流远；

粤海中分脉络长。

【注】联说本支覃氏世泽源远流长。

【**姓源**】《通志·氏族略》。

① 棐氏，一作斐。春秋晋棐豹，《左传》作斐豹。盖字本作棐，后假作斐也。今云南通海有此姓。《续通志》引《姓苑》，本棐氏，后假作斐，讹读上声。

② 壮族姓（《广西壮族社会历史调查》四）。

【**分布**】斐姓人口少，但分布很广，北京、上海、南京、石家庄等几十个地方都有此姓。斐姓客家人主要分布在广东梅县。四川、台湾、湖南也有此姓，但是否为客家人未考证。

【**郡望**】河东郡。

【**堂号**】美秀堂、立雪堂。

堂联

> 史学门第；
> 尚书家声。

【注】① 史学门第：南北朝时齐、梁间史学家斐子野（469—530），河东闻喜人，经范缜举荐历任著作郎、中书通事舍人、中书侍郎等职。曾撰《宋略》二十卷，以编年体记述刘宋一代史事。② 尚书家声：唐代名将斐行俭（619—682），著名书法家，官礼部尚书。

> 堂开绿野；
> 绩著桂林。

【注】上联出自斐度；下联出自斐怀古。

程 (程)
CHÉNG

【姓源】《潜夫论》。

① 帝颛顼（高阳氏）生偁，偁生老童，老童生黎。裔孙商时封于程，后有程氏。程，在今陕西咸阳市东。

② 程氏，姬姓，本荀氏。晋大夫逝敖曾孙荀骓，食邑于程，因氏，是为程骓。

③ 宋初西南番七姓番（龙番、方番、张番、石番、罗番、程番、韦番）与明时八番（大龙番、小龙番、卧龙番、程番、洪番、方番、石番、卢番）皆有程番。明、清时有贵州定番州程番长官司（治今贵州惠水县城南程番）与小程番长官司（治今贵州惠水县东北小程苑）程氏长官。子孙现称汉族。

④ 太平天国兵败，天京城破，天王洪秀全一妃携王子逃出，至安徽定远程家湾，为一程姓老者收留，后嫁农民程风彩。王子改从继父姓程，名文起。子孙今居安徽淮南段湾乡安合村（张壮年、张颖震《中国历史秘闻轶事》）。

【分布】秦汉时期，程姓人口迁往浙江乌程和江西南昌一带。三国时期，程姓人口已分布于江苏南京、安徽歙县等地。

南宋绍兴年间，广西桂林和贵州等地已有大量程姓人，并开始迁入福建、江西和广东三省。

程姓为中国第33常见姓。人口660多万，约占全国人口的0.53%。约41%分布在安徽、河南、湖北三省（其中安徽最多，约占全国程姓人口的17%）；19%分布在四川、山东、新疆三省、自治区。程姓客家人主要分布在河南、湖北、安徽，广东、广西、江西和四川也有分布。

【郡望】安定郡。

【堂号】广平堂、安定堂等。

通用祠联

门联

存孤全义；

倾盖论交。

【注】上联典指春秋时晋国人程婴。程婴，与晋卿赵盾的儿子赵朔是好朋友。晋灵公的宠臣司寇屠岸贾要为晋灵公报仇，就鼓动武将们说："赵盾犯有弑君大罪，如今他的儿子还是朝中重臣，这怎能允许！"并带着军队围攻赵朔居住的下宫，杀死了赵朔和他的一族。赵朔的夫人因为是晋成公的姐姐庄姬，得以幸免。庄姬正怀着孕，避居于晋景公宫中。不久，生下一个男婴，屠岸贾便守住宫门索要男婴。庄姬将男婴藏在胯下，得以脱身。赵朔有个门客叫公孙杵臼，问程婴说："抚育这孤儿成人与死，两者哪件更难？"程婴回答说："死容易，抚育孤儿成人难。"公孙杵臼就说："那请您承担难的那件事，我去承担容易的，让我先死去吧。"公孙杵臼就带着自己的婴儿躲进山里，然后让程婴假装向屠岸贾告密，谎称赵氏孤儿躲在山中。屠岸贾大喜，立即派兵随程婴进山，杀死了公孙杵臼和他的儿子。这样，赵氏孤儿就被保全了下来。程婴抱着孤儿躲进山中，给他取名为赵武。这就是著名的"托孤、搜孤"的故事。下联典出春秋时晋国人程本。程本学识渊博，善于持论，聚徒著书，名闻诸侯。当时赵简子执政，请他出来做官，他退让不就。赵简子大怒，准备派人胁迫他到朝廷上。程本听说后，便逃到了齐国，设馆于晏氏，更称子华子。曾经在路上和孔子相遇，两人倾盖交谈一整天，孔子并让子路取出简帛相赠，称赞他是天下贤士。

衡阳主簿；

河洛渊源。

【注】① 衡阳主簿：典指程洵。程洵，宋婺源人，淳祐进士，授衡阳主簿。从朱熹游，尝以尊德性名其斋，与熹往复论为学之要及克己之功。② 河洛渊源：典出程王向。程王向，宋洛阳人。其子颢、颐受学于周敦颐，以道学名世，世称洛学。

乡贤世德；

义化家声。

【注】全联典指早期来定居梅州的乡贤程旼。

吴太傅闺房进训；

侯夫人仁恕兼全。

【注】① 吴太傅：典出三国时吴人程秉。程秉，字德枢，博通五经，官至太子太傅。吴太子登聘周瑜女，程秉告登曰："婚姻人伦之始，愿太子尊礼孝于闺房，存《周南》之所咏。"② 侯夫人：典指宋程颐之母侯氏，侯夫人仁恕宽厚，治家有法。

百代文章两夫子；

千秋宗脉一河南。

【注】上联说程颢、程颐；下联指河南为程姓郡望。

贤仰南齐，千载蒸尝处士节；

姓传古县，万年礼乐圣贤风。

宗派自河南，念先人立德立功，万世衣冠绵后裔；

渊源由义化，喜儿孙以享以祀，千秋俎豆振前徽。

程氏宗祠栋对

后尼山千五百年，笃生两先生，辟邪说辩异端，道统天开，正所以下启紫阳，上承邹峄；

环苏台数十万户，过此一瞻拜，黜浮华崇实学，士风日起，庶不愧言游故里，泰伯遗封。

【注】全联典指北宋洛阳人二程。程颢，学者称明道先生，哲学家、教育家。嘉祐年间进士，与弟程颐随周敦颐学习，同为北宋理学的奠基者。程颐，学者称伊川先生，哲学家、教育家，曾任秘书省校书郎，官至崇政殿说书，每进宫中讲学，神色都非常庄严。二程的学说后来为朱熹所继承和发展，世称"程朱学派"。二人的著作收入《二程全书》。

广东平远仁居东湖程李二公祠联

东土江流名士影；

湖光春系旅人心。

【注】程氏源自河南。客家鼻祖程旼是一千五百多年前从中原南迁到平远县坝头官窝里开基的客家先贤。程旼德高望重，善于教化，后人久而思慕，名其都曰义化，乡曰程乡，源曰程源，江曰程江，南齐时置程乡县（含今之梅县、平远、蕉岭、丰顺大部分）。

霁月光风，家绍真儒襟度广；

祥云丽日，才夸人杰姓名芳。

广东平远程处士纪念祠联

一水天生镜；

千山地肺郭。

——李允懋

风清无虎啸；

春暖有莺呼。

——李允懋

烟流颓宅在；

草宿故茔香。

——李允懋

李允懋：号三浦，福建莆田人，举人出身。明万历四十三年至泰昌元年（1615—1620）任平远知县。在为官生涯中，他深知读书兴教，乃提高百姓素质、安定一方的重要举措。于是在他重视关心教育的行动鼓励下，全县崇尚读书蔚然成风，莘莘学子刻苦读书，踊跃参加科举考试。他曾对幕僚说："旧令尹之政，必以告新令尹。"这句话说的是：作为地方行政长官，离任时要把在任时的施政情况告诉新接任的地方长官，以示对国家也是对接任者的支持。

陕西商洛柞水四箴堂程氏祠联

洛水分源流归善；

潮梅发叶荫三多。

系出河南书香一脉；
祠临海岸俎豆千秋。

玉色金声祥云瑞日；
重黎聪哲休父疏支。

【姓源】《潜夫论》。

① 商代即有。商武丁相傅说是也。

② 傅氏，狸姓。帝尧之子丹朱之后。裔孙大繇（大由）居傅，因氏。

③ 傅，在今山东枣庄市南。以封邑名为氏。《史路》载："丹朱后狸氏裔子文繇，夏后氏封于傅，为傅氏。"舜帝封丹朱为房邑侯，别为狸姓。夏王朝时期，夏王把丹朱的后裔狸大由封于傅。楚灵王灭赖，赖人奔罗，改罗氏。罗亡，又改傅姓。

④ 西汉末僚人大姓有傅氏（《后汉书·南蛮西南夷列传》）。

⑤ 汉时西羌姓。见《汉书》。

⑥《唐宰相表》曰："出姬姓，黄帝裔孙大由封于傅邑，因以为氏。"（《古今姓氏书辩证》）

⑦ 清代著名姓氏学者张澍《姓韵》云："汉晋之世，北地灵州傅姓最盛，西羌有傅姓，王莽时之傅幡是也。牂牁大姓亦有傅氏。"少数民族汉化后，有部分亦改姓傅。

【分布】宋朝时期，全国形成了南方赣闽、北部鲁冀豫两大傅氏聚集地区。

明朝时期，傅姓作为山西洪洞大槐树迁民姓氏之一，一部分被分迁到了河南、广东和福建等地。

傅姓为中国第 53 常见姓。全国傅姓（含付姓）人口约 450 万，约占全国人口的 0.36%。约 35% 分布在湖南、安徽、四川、河南四省（其中湖南最多，约占全国傅姓人口的 9%）；28% 分布在河北、江西、浙江、湖北、山东五省（《中国姓氏·三百大姓》）。傅姓客家人主要分布在四川、湖南和江西，广东、广西较少，台湾和湖北也有傅姓客家人。

【郡望】清河郡。

【堂号】清河堂、梁国堂、版筑堂、兴商堂等。

通用祠联

门联

河南世泽；

贤隐家声。

【注】全联典指商代的傅说。傅说，贤而隐，武丁举以为相，国大治。

商岩世德；

宋洛家声。

【注】① 商岩世德：商岩为傅说隐居处，今山西平陆县东仍有隐贤村。② 宋洛家声：指南宋名臣中书侍郎傅尧俞。傅尧俞论事君前，略无回隐，被誉为金玉君子。

尊儒尚学；

崇俭抑奢。

【注】① 尊儒尚学：指西晋哲学家、文学家傅玄，著有《傅子》《傅玄集》。② 崇俭抑奢：指西晋尚书左丞傅咸（傅玄之子），他多次上疏晋武帝裁并官府，唯农是务，谓“奢侈之费，甚于一灾”。后人将其言行概括为“崇俭抑奢”，以事彰扬。

二邑称圣；

三德兼优。

【注】上联典指南齐傅琰。傅琰，曾任武康县令、山阴县令，均卓有政绩，二县均称之为“傅圣”。下联典指宋代傅尧俞。傅尧俞，字钦之，未冠及第，官监察御史、中书侍郎。当朝司马光说：“清、直、勇三德，人所难兼，吾于钦之畏焉。”

兰台名宰；

版筑肖形。

【注】① 兰台名宰：东汉傅毅，博学能文，章帝任其为兰台令史，拜郎中。

以文雅显于朝廷。② 版筑肖形：傅说，商王武丁的大臣。相传原为傅岩地方从事版筑的奴隶。商时高宗梦得圣人，名曰"说"，"乃审厥像，俾以形旁，求于天下，说筑傅岩之野惟肖"（见《尚书》）。得说，果圣人。号曰傅说，举以为相，国大治，遂命以傅为氏。

> 紫光绘像；
>
> 玉尺谐姻。

【注】① 紫光绘像：清人傅恒，乾隆时定两金川、征缅甸，功官至大学士，封一等忠勇公，图形紫光阁。② 玉尺谐姻：傅自得，宋时人，字安道。历知兴化军、漳州太守，所至有声。童时，赋《玉界尺》诗，李邴叹为奇才，以女妻之。

堂联

> 筑墙世祖远；
>
> 清河道脉长。

【注】上联典指傅说，他由一个筑墙的平民至商王武丁大臣，成为傅姓始祖。下联指傅姓郡望清河。

> 尊儒尚学第；
>
> 崇俭抑奢家。

【注】上联典指西晋文学家、哲学家傅玄；下联典指傅玄之子傅咸。

通用栋对

> 溯祖宗渊源，商朝相，汉朝将，宋代侍郎，自昔家声丕振；
>
> 追孙支蕃衍，始迁闽，继迁粤，分居江右，如今世泽流芳。

【注】上联先后叙述了傅家历朝人才辈出；下联先后叙述了傅家迁移过程和分布。

> 积累溯前徽，博学能文，早树兰台品望；
>
> 绳承期后裔，敦诗说礼，无惭玉尺风流。

四川简阳西乡傅氏宗祠堂联

横匾：版筑家风

神龛联

> 祖德为霖商宰相；
>
> 宗功有谱汉将军。

【注】上联典出傅说；下联典指傅毅。

台湾傅氏宗祠门联和堂联

堂联小序： 傅氏后裔衍至觌公，由上杭徙迁松江开基创业，以是为第一世祖。又至第六世贞善公，又由梅县松口迁移于长隆，故曰长隆开基祖。及后，财丁济美，又分居各省或外洋。台湾傅氏自第十二世祖登兴公由长隆赴台以来，业有十代，越几百年矣。

> 版筑家声远；
> 云台世泽长。

> 勋镂汉鼎家声远；
> 楫济巨川世泽长。

【注】① 版筑家声远：指的是傅说。② 云台世泽长：指的是东汉的傅俊。傅俊因为投效光武帝，襄城的官员便逮捕他的亲属、宗人，全部杀掉。然而，傅俊誓死效忠。显宗（汉明帝）即位，有心要励精图治，于是画下开国大臣的画像，纪念他们的功勋，傅俊即名列其中。因此，"云台世泽长"，指的正是东汉傅俊被封为云台二十八将之一的典故。③ 勋镂汉鼎家声远；楫济巨川世泽长：指的是汉高祖的开国功臣傅宽。汉高祖得天下曾定元勋十八人，傅宽就是其中一位，封为阳陵侯。

台湾高雄美浓傅氏宗祠栋对

> 世系本清河，始闽汀、徙镇平，百代簪缨，肖子勿忘宗祖德；
> 支分传台岛，由广兴、居四下，一堂雍穆，承先惟赖后人材。

【注】上联说明傅家祖先从福建的汀州迁居于广东的镇平县（现在的蕉岭县）。下联指出由大陆迁台湾后，傅家先祖居住于美浓的广兴里四下。

> 祖籍是清河，云台将烈，继述毋忘，想当年燕翼诒谋，百代本源可溯；
> 宗功始岩野，版筑经纶，支分派远，幸此日先绪恢宏，千秋世泽永垂。

【注】此联指出清河堂号。此姓源有二：一是黄帝裔孙大由，受封于傅邑（今河北清河县）。二为商朝贤相傅说，版筑于傅岩，后代以地为姓。

> 溯宗祖渊源，商朝相，汉朝将，宋代侍郎，自昔家声丕振，
> 迨孙支蕃衍，始迁闽，继迁粤，分居台地，于今世泽流芳。

【注】① 商朝相：指的是傅说。② 汉朝将：典指傅俊。③ 宋代侍郎：典指傅尧俞。④ 迨孙支蕃衍，始迁闽，继迁粤：说的是傅姓后代子孙的迁徙。

福建连城城关傅氏宗祠堂联

业著商朝，派衍清河，想当年，作霖雨盐梅，伟绩煌煌光谱牒；

功崇汉代，徽流梓里，到今日，看旂楣刻角，簪缨奕奕焕宗堂。

【姓源】《姓苑》。

① 鲁氏，姞姓。以国为氏。商代有鲁国，故地在今山东曲阜。周初国灭，更封周公长子伯禽。

② 鲁氏，姬姓。春秋为楚所灭，鲁顷迁下邑（今安徽砀山县东），子孙以鲁为氏。汉哀、平年间，鲁氏徙扶风平陵。晋永嘉乱，徙新蔡。

③ 卤氏，假作鲁氏。《史记》卤公孺，《汉书》作鲁翁孺。

④ 东晋、南北朝以后少数民族改姓（略）。

【分布】宋元之际，因避战火，江苏、江西、安徽和浙江一带的鲁姓族人开始南迁到福建和广东一带。

鲁姓为中国第 115 常见姓。人口近 150 万，约占全国人口的 0.12%。主要分布在安徽、山东、湖北、云南、江西、河南六省，约占全国鲁姓人口的 57%（其中安徽最多，约占全国鲁姓人口的 13%）；其次为湖南、陕西、四川三省，约占全国鲁姓人口的 17%（见《中国姓氏·三百大姓》）。鲁姓客家人主要分布在江西、湖北，湖南、四川有一些，广东、广西较少。

【郡望】扶风郡。

【堂号】双凤堂、鄹鲁堂。

通用祠联

门联

　　　　　　义姑存侄；

　　　　　　妙典游仙。

【注】① 义姑存侄：《列女传》载，齐攻鲁，见一妇人携一儿而行，及军至，弃其所抱，抱其所携。齐将问之。对曰："抱者妾兄之子，弃者妾之子也。"齐将嘉其义，按兵而退。鲁君闻之，赐以锦帛，号曰"义姑"。② 妙典游仙：宋鲁妙典为女道士，入九嶷山成仙而去。

> 地封曲阜；
>
> 政异中牟。

【注】① 地封曲阜：周公子伯禽，封于鲁曲阜县，以国为氏。② 政异中牟：典指东汉鲁恭。鲁恭，字仲康。康帝时宰中牟（地名），以德化为理。因而使他掌管的境内出现三种奇异的事物。《后汉书·鲁恭传》："虫不犯境，此一异也；化及鸟兽，此二异也；童子有仁心，此三异也。"

> 鱼头参政；
>
> 笑坞老人。

【注】① 鱼头参政：典指鲁宗道。鲁宗道，宋谯人，字贯之。参知政事，务抑权幸，刚直不阿，为贵戚所严惮，目为鱼头参政（因其姓，兼言其骨鲠如鱼头）。② 笑坞老人：典出鲁浣。鲁浣，宋清江人，字子明，力学强记，精于《易》，喜吟咏。浣有园林二十亩，坞内有含笑花数十株，自号"笑坞老人"。

> 指囷济急；
>
> 论钱惩贪。

【注】① 指囷济急：典指鲁肃。鲁肃，三国吴人，字子敬。家富于财，好施与，得乡邑欢心。周瑜求资粮，肃有米两囷，屯粮三千斗。乃指一囷与之。瑜遂将肃荐于孙权。囷，圆形的谷仓。② 论钱惩贪：典出鲁褒。鲁褒，晋南阳人，字元道。好学多闻，以贫素自甘。元康之后，纲纪大坏，褒伤时贪鄙，乃隐姓名而著《钱神论》以刺之，世共传其文。

> 源自曲阜；
>
> 望出扶风。

【注】全联指鲁姓的郡望和堂号。

通用堂联

> 挥戈足以返日；
>
> 解纷岂在受金。

【注】① 挥戈足以返日：典指鲁阳公。鲁阳公，战国时人。与韩构难，战酣方暮，援戈而麾之，日为之返三舍。② 解纷岂在受金：典出鲁仲连。鲁仲连，战国时齐人。高韬不仕，喜为人排难解纷。义不帝秦，拒秦存赵，平原君以千金为仲连贺寿，仲曰："为人排难解纷，义无所取也。"不受金而去。

中牟贤令有三异；
关左名儒通五经。

【注】上联典指东汉司徒鲁恭。鲁恭，字仲康，平陵人。章帝时宰中牟，专以德化为理，时螟蝗伤稼，独不入中牟。恭行阡陌，有雉过童子旁，掾曰："何不捕之？"童子曰："雉将雏，不可害之。"掾归，称为"三异"。下联指东汉中郎将鲁丕。鲁丕，字叔陵，陵平人。好学，兼通五经。以《鲁诗》《尚书》教授，为当时名儒。关东号之曰"五经复兴鲁叔陵"。

江西赣县韩坊大屋村宗祠堂联

鄹地毓人杰；
鲁壁藏书经。

【注】① 鄹：中国周代诸侯国名，即邹。在今山东曲阜东南，是孔子的家乡。② 毓：养育。③ 鲁壁：孔子故宅井东侧一段孑然独立的红色墙壁，是为纪念孔子第九代孙孔鲋藏书而建的。孔鲋时期正值秦始皇焚书坑儒的时候，孔鲋将《尚书》《礼》《论语》《孝经》等儒家经典书籍藏于孔子故宅墙壁内，自己就到嵩山隐居去了，到死也没回来。汉景帝三年（前154年），鲁恭王在扩建王宫拆除孔子故宅时，发现了这些经书。儒家经典方才留传于世。人们称之为孔壁古文，所以后人在此建鲁壁，以纪念孔鲋藏书。

继述序人伦，礼循昭穆；
馨香酬祖德，祭用蒸尝。

祖厅多盛誉，佑贤辅德，书田繁荣祥瑞地；
宗堂又春风，立异标新，人文蔚起福音天。

——刘洪玮

【注】福音：指有益于众人的好消息。

湖南浏阳大围山鲁氏宗祠

桂馥兰馨，乡间颂仰；

光前裕后，国府赞扬。

童（童）
TÓNG

【姓源】《姓解》引《姓苑》。

① 本鄭氏，后去邑为童氏。

② 清世祖努尔哈赤六世祖，明建州左指挥使孟特穆（猛哥帖木儿），明永乐元年赐姓童。孟特穆，夹温氏，即夹谷氏。金代女真夹谷氏，汉姓曰同。童、同音同，故孟特穆赐童姓。至努尔哈赤，又以同音改佟姓，称佟努尔哈赤。

③ 其他少数民族改姓（略）。

【分布】童姓为中国第 158 常见姓。人口约 83 万，约占全国人口的 0.066%。约 44% 分布在浙江、云南、湖南三省（其中浙江最多，约占全国童姓人口的 15%）；37% 分布在安徽、江苏、湖北、福建、四川、江西六省（《中国姓氏·三百大姓》）。童姓客家人主要分布在江西、湖北、福建，广西、广东较少。

满族童姓，主要分布在河北承德、辽宁大连、四川成都等地。

【郡望】雁门郡。

【堂号】渤海堂、雁门堂等。

通用祠联

门联

> 望出渤海；
>
> 名播山阴。

【注】全联典指明代进士童朝仪。童朝仪，字令侯，山阴人。历官后军都督。

工书画，善诗词。天性孝友，文采风流，一时推重。初为大同副总兵，名震遐迩，总制杨嗣昌出控三边，称有古名将才，崇祯间以疾归。

> 歌传循吏；
>
> 荐美逸民。

【注】上联典指童恢。童恢，字汉宗，东汉人。迁丹阳太守，执法廉平，一境清静，入《循吏传》。下联典出宋代童察。童察，博通经学。蜀守蒋堂、张方平、赵扑，咸以逸民荐，命为州助教，不就。嘉祐中赐号冲退处士。

> 隐君淳朴；
>
> 善政廉平。

【注】① 隐君淳朴：指宋代经学家童伯羽，具体事迹未详。② 善政廉平：指东汉官吏童恢的政绩。童恢，字汉宗，琅琊姑幕（今山东诸城西北）人。少时为州郡吏。司徒杨赐闻其执法廉平，辟入府中。后出任不其令，在任赏罚严明，凡耕织收种，皆有章条，民乐其业，外邑入迁者二万余户。后迁丹阳太守。

> 敕赐寿考；
>
> 民立生碑。

【注】① 敕赐寿考：典指童参。童参，宋瓯宁人。性淳朴，隐于耕。仁宗初年百有二岁，赐敕"慰劳"，授承务郎。② 民立生碑：典出东汉童翊。童翊，居官有异政，吏民为立生碑（为活着的人立的碑），后举茂才。

> 上古肇姓；
>
> 雁门发支。

> 雁门世德；
>
> 敬义家声。

堂联

> 名言留誉雁门郡；
>
> 德政传声启后人。

【注】雁门：郡名，战国时置。秦、汉治所在善元（今山西右玉南）。三国移治广武（今代县西）。隋初废。后又改代州为雁门郡。

博通仰冲退居士；

沉默称敬义先生。

【注】上联典指童察。下联典指宋代师事大儒朱熹的著名学者童伯羽。童伯羽不仕，隐居著书立说，被学者称为敬义先生。

十亩闲闲，年高备邵膺承务；

七龄小小，才奇学业博魏科。

【注】上联典指宋代隐士童参；下联指宋代童姓"神童"童梓的事典。

祀典重千年，岁时报本；

绵延昌百世，忠孝传家。

广东平远童氏宗祠堂联

念先代卜吉溪山，居开此宇，有矢尊宗敬祖，右穆左昭绵世泽；

希后裔图强意志，踵接前程，更望兰馨桂馥，鹏抟鲲化大家声。

福建宁化曹坊双石童氏宗祠堂联

著述仰南城，博学通经，任盖世文章，不外本本原原，阐明永乐；

循良重西汉，设城伏虎，纵惊天政事，何加亲亲长长，推暨治平。

【姓源】《世本》。

① 曾，商代方国，公族以国为氏。曾方，殷墟卜辞作𦉋、𦉈、曾（《甲骨文所见氏族及其制度》）。

② 曾氏，姒姓。本鄫氏，鄫为莒所灭，鄫太子巫仕鲁去邑为曾氏。

③ 西周、春秋时有曾国，姬姓，公族以国为氏。曾国，侯爵，周穆王之后。初封方城姒姓鄫国故地。周幽王末年，曾、申与犬戎杀幽王而立平王，国势日盛。春秋初，迁今河南罗山西南曾家店阳，后为楚之附庸。战国初，楚灭随，南迁湖北随州境。后为楚所并。

④ 少数民族汉姓和改姓（略）。

【分布】西汉末年，由于避乱、仕官等原因，曾姓族人逐渐迁往今山东、河北、湖南、陕西、江西和广东等省。明朝初年，曾姓作为山西洪洞大槐树迁民姓氏之一，一部分被分迁到广东和福建等地。

曾姓为中国第 32 常见姓。人口近 680 万，约占全国人口的 0.54%。约 58% 分布在湖南、广东、江西、四川四省（其中湖南最多，约占全国曾姓人口的 16.6%）；29% 分布在福建、湖北、重庆、广西、台湾、贵州六省、市、自治区（《中国姓氏·三百大姓》）。曾姓为福建第 8 大姓。曾姓客家人主要分布在广东、湖南、江西、福建四省，广西和四川、湖北、台湾也有不少曾姓客家人。

【郡望】天水郡、鲁国郡、庐陵郡、武城郡。

【堂号】追远堂、天水堂、鲁国堂、三省堂、武城堂、忠恕堂、庐陵堂、燕翼堂等。

通用祠联
门联

武城世第；
鲁国家声。

三省世泽；
一贯家声。

南丰世第；
东鲁家声。

道传东鲁；
学绍南丰。

省身世德；
养志家声。

沂水函濡庭桂茂；
春风拂动砌之馨。

圣绍尼山，道德文章齐日月；
徽传鲁国，春秋俎豆永乾坤。

【注】① 武城：曾参居武城（今山东嘉祥县南武山村），他是孔子最杰出的弟子之一，被后奉为"宗圣"。② 三省：典出《论语·学而》："曾子曰：'吾日三省吾身：为人谋而不忠乎？与朋友交而不信乎？传不习乎？'"③ 南丰：典指曾巩。曾巩，唐宋八大家之一，江西南丰人，人称"南丰先生"。④ 一贯：出

自《论语·里仁》："子曰：'参乎！吾道一以贯之。'"

十章传学；
三省诚身。

【注】全联典指孔子的弟子曾子。十章，指《曾子》十篇。《大戴礼记》记有《曾子》篇名：《曾子立事》《曾子本孝》《曾子立孝》《曾子大孝》《曾子事父母》《曾子疾病》《曾子天圆》《曾子制言》（上、中、下）。

堂联

东鲁家声远；
南丰世泽长。

【注】"东鲁""南丰"都是曾氏繁衍中心，曾氏在此贤能辈出。如东鲁有曾点、曾参（即曾子）父子；南丰有中书舍人、著名文学家曾巩等。

南丰撰史；
西府迎亲。

【注】① 南丰撰史：典指曾巩。曾巩，宋南丰人。少警敏，援笔成文，登嘉祐进士，官史馆修撰，擢中书舍人，世称南丰先生。② 西府迎亲：典出曾公亮。曾公亮，宋人，字明仲。举进士，累官端明殿学士。知郑州，为政有能声，封鲁国公。迎父至西府孝养，世以为荣。

酒肉养志；
童冠咏歌。

【注】① 酒肉养志：典指曾参。曾参，春秋时鲁人。孔子弟子，事亲至孝，每养父，必有酒肉，将彻，必请所与，孟子称参为养志。② 童冠咏歌：典出曾点。曾点，曾参之父，孔子弟子，尝言志曰："冠者五六人，童子六七人，浴乎沂，风乎舞雩，咏而归。"

投杼逾墙，误疑贤母；
跃舟赴水，饮恨贞妃。

【注】① 投杼逾墙：语本《战国策·秦策》，费人有与曾参同名者杀人，误告曾母，曾母不信，织自若，至再三告之，母惧，投杼逾墙而走。② 跃舟赴水：指明末唐王朱聿键被掳，妃曾氏从舟中跃出，赴水而死。

道德崇三省；

文章著八家。

【注】上联指曾参。曾参，字子舆，春秋末，鲁国武城人，孔子的学生。每日三省其身，领悟了一贯之道，述《大学》，作《孝经》，以其学传授子思，子思传给孟子，后世尊他为"宗圣"。下联典指曾巩。

天下斯文宗一贯；

古今贤哲第三家。

【注】全联典指曾参。他认为忠恕是孔子一以贯之的思想，被后世儒家称为"宗圣"。古有四大贤人：孔、颜、曾、孟，曾子排行第三，于是便有古今道学第三家之说。

孔门学业宗三省；

宋代文章冠八家。

【注】上联指孔子的学生曾参日三省其身；下联指唐宋八大家之一曾巩。

道统绍一贯之传，师孔友颜，来者直开思孟；

文章擅八家之誉，接韩步柳，同时并驾欧苏。

【注】上联指孔子的弟子曾参。曾参，世称曾子。十六岁拜孔子为师。尽传孔子之道。提出"吾日三省吾身"（《论语·学而》）的修养方法，认为忠恕是孔子一以贯之的思想，提出"慎终"（慎重地办理父母的丧事）、"追远"（虔诚地追念先祖）、"民德归厚，犯而不校（计较）"的主张。《大戴礼记》对其言行记载甚详。相传《大学》一书是他所著，后世尊为"宗圣"。目前曾姓均以宗圣公曾参作为自己的开派祖先。下联典指宋朝文学家曾巩。曾巩，字子固，北宋文学家。嘉祐进士，尝奉诏编校史官书籍，官至中书舍人，曾为王安石所推许。散文平易舒缓，长于叙事说理，讲究章法结构，为唐宋八大家之一。有些文章对当时在位者的因循守旧表示不满，主张在"合乎先王之意"的前提下对"法制度数"进行一些改易更革。有《元丰类稿》传世。

三班判押，才遇天麟地凤；

两浙屏藩，志在沂水春风。

宗传大道，开拓创新承祖德；

圣授孝经，图强奋发振家声。

福建永定下洋太平曾氏宗祠联

三省家风，德昭万代；

四书巨著，文教高风。

【注】① 三省家风：指曾子"吾日三省吾身"典故。② 四书巨著：指曾子所著《大学》被朱熹列为四书（《大学》《中庸》《论语》《孟子》）之首。

湖南曾文公祠堂联

风雪记横江，别时握手悲号，三日流连抵千古；

功名真盖世，天末一尘瞻拜，中心诚服复何人？

——丁日昌

【注】丁日昌为纪念其恩师曾国藩（文正公），特于其私家林园（絜园）内建曾文正公祠，亲撰一联并附一序："庚午冬，日昌扶侍先慈灵輀南归，路过江宁，公冒雪刺小舟迎至下关，握手痛哭，悲不能已，深谈三日夜，始解缆告别。讵意别甫一年，而公遽归道山，永无见面期也。园中构一尘奉公栗主于其中，公生平虽足迹未至岭南，然子瞻所谓神在天下，犹水之在地中，公庶几来格来享，真不负日昌瓣香之诚矣乎。"栗主，用栗木做的神主。

丁日昌（1823—1882）：字禹生，又作雨生，号持静，清广东丰顺人。贡生，入曾国藩幕，官福建巡抚，主福州船政局，光绪五年（1879年）会办南洋海防，兼总理各国事务大臣。有《丁中丞政书》。

湖南长沙浏阳张坊曾氏安福堂堂联

三省身修遵祖训；

一贯心传佩圣言。

——曾国藩

曾国藩（1811—1872）：初名子城，字伯涵，号涤生，宗圣曾子七十世孙。政治家、战略家、理学家、文学家，湘军的创立者和统帅。与胡林翼并称曾胡，与李鸿章、左宗棠、张之洞并称"晚清四大名臣"。官至两江总督、直隶总督、武英殿大学士，封一等毅勇侯，谥曰文正。

广东蕉岭曾氏宗祠堂联

丹嶂枕西山，溯当年八世肇基，凤舞龙飞开甲第；

贤徽绍东鲁，阅今日两房分派，螽斯瓜瓞盛丁男。

广东蕉岭新铺南山曾氏宗祠堂联

敦孝悌而规后裔，讲义兴仁，斯为传家至宝；

勤诗书以绍先贤，谨言慎行，乃称继世嘉道。

广东兴宁曾氏宗祠堂联

道德春秋，学继一宗圣；

文章唐宋，名扬八大家。

【注】上联典指曾子；下联典指曾巩。

龙世绕鸿基，远照青山铁嶂，鹅峰生秀色；

兴围环胜地，当迎紫气仙岩，鸡水霭华门。

广东梅州曾龙岇曾氏敬宇堂联

洙水绍渊源，克箕继裘，卜吉龙乡千载业；

临川衍世系，服畴食德，毋忘祖辈万年恩。

广东梅州松口梅教曾氏绳武楼联

廿年从异国经商，辛苦艰难，犹幸于茅乘此屋；

三省是吾家遗训，忠信传习，还期奕叶守前型。

广东紫金上义卷蓬曾氏宗祠堂联

由乐邑而族启椒乡，遥知蒂固根深，百世箕裘垂不朽；

自明朝而建斯祠宇，定卜枝繁叶茂，五房曲裔衍无疆。

广东紫金古竹平渡乌泥塘曾氏宗祠堂联

系封郓邑，接东鲁绍南丰，渊源一贯数十里，嗣续分枝，继往开来宏统续；

堂建埔头，供粤山朝渡水，流念千秋三百年，重修栋宇，光前裕后蔚人文。

广东深圳坪山曾氏大万世居围屋联

名山秀萃孝经第；

晓日祥临大学堂。

广东深圳沙井曾氏宗祠堂联

天下斯文忠一贯；

古今乔木第三家。

江西上犹双溪水头曾氏祠联

脉自东鲁，礼乐文章绵百世；

庆衍西江，春秋祀典忆万年。

【注】东鲁：姒姓鄫子国灭后，太子曾巫逃奔鲁国，其子为鲁国季氏宰。

柱彩接天衢，文呈沂水联花萼；

门阑依沼沚，庆衍春风起凤毛。

【注】① 天衢：天空广阔，任意通行，如世之广衢，故称天衢。② 沂水、春风：沂水，河水名，在山东曲阜境内，孔子出生地。春风，春天和暖的风，比喻良好的熏陶和教育。来自沂水的春风，比喻深受孔学的教育与熏陶。③ 沼沚：《诗·召南·采蘩》："于以采蘩，于沼于沚。"沼，池。沚，水中陆地。

江西曾昭卿作堂永吉堂联

脉承东鲁，三省风徽传道统；

吉光西献，千秋俎豆享馨香。

——余仲才

【注】西献：即白环西献，西方的部落来献白环。相传虞舜时西王母来献白环。楛矢东来，东方的部落来献矢。相传周武王时，东北方的肃慎氏部落来献矢石（制箭头的硬石）。形容皇帝盛明，天下安乐。

江西寻乌罗珊上津曾氏总祠联

祠前有松山，虎踞腾紫气；

堂后得莲寨，龙蟠起祥光。

顺适日月精华，文经武略千秋盛；

震乾山川毓秀，人旺财盛万代昌。

【注】① 顺适：顺从，迎合。② 震乾：震，八卦之一，卦形是☳，代表雷。又为六十四卦之一，震下震上。《易·震》："象曰：'洊雷，震。'"洊，重复。谓连续打雷，乃为威震。乾，它的本义就在卦象卦名里，是健进的意思。乾，本身是八卦之一，代表天。

江西兴国三僚曾氏杨公祠联

学究天人，泽被九州士庶；

功参造化，名倾万国衣冠。

——欧阳元

【注】① 学究天人：点明了风水理论源自于古人"天人合一"的哲学思想。② 功参造化：功，天工之巧。造化，意为创造化育；也指天地、自然界。又指运气、福分。全联表达了风水术派生于《易经》的人间万物相互转化的观念。

江西上犹油石曾氏宗祠门联

传家忠恕绵先德；

华国文章启后贤。

尊祖敬宗联族茂；

分支别派引流水。

樟爷神力，驱邪扶正保如意；

福主灵感，惩恶扬善降吉祥。

东水抱为襟，鹊起家声大振文章礼乐；

南城高作案，蝉绵世泽永隆甲第冠裳。

基肇城南，承吴鲁千百年之绪而不坠；

派弘犹邑，演明清六十世之嗣以无疆。

【注】犹邑：上犹县。

福建宁化济村湖上曾氏宗祠堂联

东鲁祖宗绵延，千载文人列俎豆；

南丰学道流芳，万年民士拜衣冠。

福建宁化方田南城坑尾曾氏宗祠堂联

鲁国世泽，绵胝千载名人列俎豆；

南丰学道，流芳万隽派衍振家声。

福建宁化方田朱王曾氏宗祠堂联

祖德溯东鲁，源远流长人文蔚起；

宗功传黄竹，延绵千秋景衮维新。

东鲁旧家风，封公封侯，父子俱为圣门高第；

南丰新世第，乃文乃武，祖孙皆掇宋代大魁。

福建永定下洋太平曾氏宗祠联

溯源东鲁，发迹西闽，人杰地灵贻万代；

克绍箕裘，怀萦霜露，馨香俎豆祀千秋。

【注】① 东鲁：点明曾氏起源于山东，发迹于闽西。② 箕裘：《礼记·学记》有"良冶之子，必学为裘；良弓之子，必学为箕"句，后以"箕裘"比喻祖上的事业。③ 霜露：《礼记·祭义》有"霜露既降，君子履之，必有凄怆之心，非其寒之谓也"句，郑玄注："非其寒之谓，谓凄怆及怵惕，皆为感时念亲也。"后因以"霜露之感"指对父母或祖先的怀念。

广西曾氏宗祠通用联

鲁国家声远；

武城世泽长。

【注】曾氏一族以春秋时的曾参为一世祖，曾参为鲁国武城人，故云。因曾参名气太大，所以曾氏宗祠联几乎都用到此典。

南北真传唯一贯；

古今道学第三家。

【注】全联典指曾参（尊称曾子）故事。曾参，字子舆，孔子的弟子，提出"吾日三省吾身"的修养方法，认为"忠恕"是孔子"一以贯之"的思想。儒家古有四大贤人：孔子、颜回、曾子、孟子，曾子排行第三，于是有"古今道学第三家"之说。

> 一部孝经贻世业；
>
> 八家文蕴绍宗风。

【注】上联典指曾参。曾子曾撰《孝经》，故云。下联典指宋代曾巩。曾巩为唐宋散文八大家之一，故云。

广西柳州桥头曾氏家祠联

> 南丰世泽；
>
> 东鲁家声。

【注】此祠名为"毓德公祠"，为纪念曾氏开基祖而建。此为正门联。讲本支曾氏的世泽和家声。南丰：指北宋文学家曾巩，嘉祐年间进士，曾奉诏编校史馆书籍，官至中书舍人。东鲁：指曾参，字子舆，孔子的弟子，提出"吾日三省吾身"的修养方法，以孝著称。

> 祖德流长，先前沂水家风如旧；
>
> 宗功高厚，在后帽山居住维新。

【注】此为神龛处配联。联说曾氏的祖德宗功。

广西柳州水浪曾氏宗祠联

> 祖系东鲁，家声流播远；
>
> 宗支南丰，世泽发源长。

【注】此为堂联。讲曾姓祖系为春秋时的曾参，宗支为宋代曾巩，家声世泽源远流长。

广西柳州柳江土垢曾氏宗祠联

> 一贯忠恕，儿孙繁衍，承世代朝廷赠；
>
> 三省流芳，人才辈出，都辅阁尽忠良。

【注】此为武城门第联。联说曾参，他认为忠恕是孔子一以贯之的思想，提出"吾日三省吾身"的修养方法。

> 宗绪布源流，支派三团，沂水贻谋恢燕翼；
>
> 圣功绵世泽，道容一贯，武城垂荫裕龙文。

【注】联说本支曾氏的世泽和家声。龙文：骏马名。后因用以比喻才华出众的子弟。

　　黄河东流，涿鹿定居，东鲁发祥，我祖渊源支派远；

　　庐陵南迁，兴宁落业，马平繁衍，吾宗分布发脉长。

【注】上联说曾氏始祖源远流长；下联说本支曾氏南迁经过。

广西柳州柳江星光曾氏宗祠联

祖德流光，相接前辉后影；

宗功远耀，合继东吉西昌。

【注】曾氏以"宗圣"为堂号，此为配联。联说曾氏的祖德宗功。

广西柳州柳城大樟村曾氏宗祠联

贯通一言炳今继古；

省身之训裕后光前。

【注】曾氏以"宗圣"为堂号，此为配联。此联典出曾参。

广西柳州柳城潭坞曾氏宗祠联

潭源水暖；

坞岭风和。

【注】此为大门联。横额"武功第"。水暖、风和：寓曾氏和睦相处，温馨之家族。

台湾屏东曾氏宗祠门联和堂联

东鲁传经府；
南丰修史家。

东鲁传三省；
南丰重八家。

武城新世第；
鲁国旧家风。

武城新世第；
鲁国旧家声。

道恢东鲁远；
文振南丰长。

诚身学业终三省；
经世文间冠八家。

父慈子孝全家福；
兄友弟恭满堂春。

东鲁功勋垂奕世；
南丰事业永传家。

沂水渊源流海国；
武城宗派衍台疆。

东鲁渊源流海国；
南丰宗派衍台疆。

南岸南山新世第；
东都东鲁旧家声。

鲁国大贤传圣道；
武城名教振家声。

尼山道范扬海国；
泗水源渊接台疆。

尼山道范承三省；

沂水渊源接九州。

武城世第承三省；

沂水渊源接九州。

大学十章能治国；

孝经一部可传家。

【注】① 台湾曾氏宗祠的对联内容，亦将"鲁国""三省""武城"这些堂号以鹤顶格的撰联技法嵌在联语之首。何为"涂山启绪""沂水流徽""尼山道范""泗水源渊"？据《史记·夏本纪》载，禹曰："予辛壬娶涂山。癸甲，生启。予不子，以故能成水土功。"夏禹娶涂山氏的女儿，在辛壬日结婚，新婚第四天为癸甲日，就开始出门治理洪水，后来，即使是生了病，夏禹也没有能够返家照顾，因而公而忘私，三过家门而不入，才完成治水大功。涂山氏的女儿代表曾氏远祖的母系娘家。② "沂水流徽"之"沂水"乃曾子的父亲曾点与孔子暮春同游之地。由于这一原因，曾氏后裔以"沂水"象征曾氏家族悠久而令人钦羡的文化传承。③ 从屏东的宗圣公祠中的廊柱联"祖脉涂山道，脉尼山山山竞秀；家传沂水薪，传泗水水水流徽"一窥堂奥。这句话的意思是认祖归宗，并且怀念原乡美景。曾姓人家十分引以为自豪的人物是曾子、曾子的父亲曾点以及远祖夏禹。同时，曾姓人家亦以能传承儒家的道统为荣。④ "南丰宗派""南丰冠八家""南丰修史家"中的"南丰"，指人称"南丰先生"的曾巩。⑤ "南岸南山新世第"之"南岸"指的是屏东县新埤乡南丰村。

台湾高雄美浓镇曾氏宗祠栋对

东鲁绍来源，先人忠恕遗风，蕉岭流徽唯一家；

南丰传奕叶，后裔勤俭之业，台疆统系贻千秋。

姓肇武城，溯明新绵远、经义流芳，由古至今，锡爵封贤昭阀阅；

基开宁县，念石壁生支、嘉应衍族，邑迁台疆，浓山沂水顾燕尝。

【注】此联点出堂号武城，曾姓以巫公为始祖，从巫公、夭公、阜公、点公传至曾参，曾参居鲁武城。这是曾姓的源流。

栋宇喜翻新，但愿不希不雕，巩固垣墉，永垂南山世第；

箕裘期继美，从此爱居爱处，腾芳兰桂，宏开东鲁家声。

台湾屏东麟洛田心村曾氏宗祠灯对

灯火辉煌，映照财丁两旺；

梁材桢干，廕庇富贵双全。

【姓源】《潜夫论》。

① 温氏,己姓,以国为氏。温,帝颛顼玄孙陆终长子樊之后封国。在今河南温县招贤乡古城村一带。

② 温氏,己姓。周武王封司寇苏忿于温,以为苏之国邑。温,在今河南济源市西南。公元前650年,北狄灭苏,苏子亡卫,称温子,子孙以温为氏。

③ 以封地名为氏。

④ 温氏,姬姓。晋大夫孤溱受封于温,以邑为氏。

⑤ 少数民族汉姓或融入汉族后改姓,如鲜卑族、女真族、壮族等。

【分布】魏晋南北朝期间,由于社会动荡不安,温姓族人开始南迁。唐末五代时期,温姓人为躲避战乱,纷纷南迁入闽、粤、赣地区。

温姓为中国第104常见姓。人口约190万,约占全国人口的0.16%。约39%分布在广东、江西二省(其中广东最多,约占全国温姓人口的25%);34%分布在四川、福建、山西、河北、河南、浙江、山东七省(《中国姓氏·三百大姓》)。温姓客家人主要分布在广东、江西两省,福建、台湾、四川、广西、河南也有温姓客家人。

【郡望】平原郡、太原郡、清河郡等。

【堂号】平原堂、太原堂、清河堂、惇裕堂、三公堂、梅香堂、三彦堂、雅儒堂等。

通用祠联
门联

六龙世泽；

三彦家声。

【注】这副温氏门联，是广东、江西、福建通用门联。上联典指晋代温恭家族子孙两代六人，并知名于世，号"六龙"。一龙温羡，字长卿，吏部尚书；二龙温憺，字少卿，河东太守；三龙温峤（288—329），字泰真，持节都督平南将军，镇武昌，卒赠侍中大将军，谥曰忠武；四龙温祇，字敬齐，晋太傅西曹禄；五龙温充，字敬咸，晋太子舍人，随温峤任从军参事；六龙温裕，字敬嗣，晋左光禄大夫。下联典指唐初并州祁人温氏三兄弟。礼部尚书温彦宏（572—629）、宰相温彦博（574—639）、中书侍郎温彦将。三兄弟同时登科，封御史大夫，唐高祖信任有功，特御赐加封三彦，名扬天下，当时传为"一门三公"。

太原世泽；

山右宗支。

【注】这副也是温氏通用门联。上联指山西太原，温氏在此发展成望族。下联指这一支温氏是山西太行山之右衍派而来。

才谐三子；

诗美八叉。

【注】① 才谐三子：指唐温大雅与弟大有、大临俱有才名，薛道衡见之曰："三人皆卿相才。"② 诗美八叉：指唐温庭筠。温庭筠，少敏悟，工词章，与李商隐齐名。文思神速，作赋八叉手而八韵成，遂号"温八叉"。

玉镜台老奴得偶；

枢密院学士有声。

【注】① 老奴得偶：典指温峤。温峤，晋时人，相传丰仪秀整，其姑令之觅婿，峤报姑曰："已得婿矣，门第人才，不减于峤。"既行婚礼毕，女却扇笑曰："我固疑是老奴。"② 学士有声：典出温仲舒。温仲舒，宋河南人。太平兴国进士，后拜枢密直学士，累迁同知枢密院事，与寇准并进，并有才名，人称"温寇"。

堂联

八叉称艳调；

三子相卿才。

【注】上联典指唐代诗人温庭筠。温庭筠，作赋八叉手而成八韵，当时号称"温八叉"。其诗辞藻华丽，词多写闺情，风格称艳，现存词六十多首，收入《花间集》。下联典指唐初并州温彦宏、温彦博、温彦将三兄弟，隋代诗人薛道衡见到他们，说"三人皆卿相才"。

世泽起六龙，源远流长，瓜瓞喜绵延，文武雄才真旷代；

家声传三彦，日新月异，螽斯欣衍庆，鲲鹏壮志欲扶天。

【注】上联"世泽起六龙"指晋代温恭家族子孙两代六人并知名于世，"瓜瓞"喻子孙繁衍，相继不绝。下联"家声传三彦"指唐初并州祁人温彦宏、温彦博、温彦将三兄弟同时登科，一门三公，名扬天下。"螽斯"喻家族后代兴旺。

系承同室，派衍太原，喜寻根源远流长，氏族繁衍，兰茁瓜绵叨祖荫；

胜处金盘，门迎锦水，看奕世钟灵毓秀，勋名显赫，鹏飞凤舞绍家声。

广东五华龙村镇温氏五世祖志聪公玉磨祠门联

温润如玉；

姓氏不磨。

栋对

温氏本叔虞之后，汉居侯爵，晋号将军，唐登御史，宋建义学，元封都督，明授侍郎，祖德庆流传，庶此后芳承三彦，美媲六龙，奕叶人文光式玉；

祠宇自江右分枝，磊镇长乐，延蔓永安，散处揭阳，蕃衍陆邑，乔迁惠州，鼎立鹤山，孙谋冀远大，愿诸人掌握权利，同治教化，万派荣名永不磨。

——温训

【注】① 叔虞：周朝周武王之三子，姓姬，字子于。叔虞成年后，武王逝，受封于唐，其后，于公族封于河内温邑，产生了温姓，成为温氏。② 三彦：指唐时康封公姚薛氏，生三子，兄弟三人，同时登科，官封御史大夫，唐太宗信任有加，

特御赐加封为三彦，以彰温氏之德誉。③ 六龙：指晋爵公姚阮二氏生六子，兄弟六人，才学超晋，同为晋明帝之功臣，晋帝赐之为六龙。④ 江右分枝：指山西太原西南郊的晋祠，也就是唐叔虞祠，唐叔虞祠就是温氏分支的太原堂。

广东梅州程江镇扶贵村温屋祠堂联

念祖宗创业之功基，开扶贵业建古塘，裕后光前，且看云仍炳耀；

偓孙子赞成之绪士，课诗书农勤耕凿，饮和食德，却望奕叶番昌。

【注】怀念祖宗先辈创业的公德，开基在扶贵，建业在古塘，他们的功勋，为后人造福，给前辈增光。他们建立的功绩，如同日月充满光辉。勉励子孙后代，不忘祖宗开业的公德，读书做官的，做工经商的，务农耕种的，都应该饮水思源，弘扬美德，世世代代，兴旺昌盛。据温氏族谱记载，六世南庆公，原籍广东潮州府程乡县，后改嘉应州西门古塘坪马子巷祖居落业。本祠堂系十一世逢源公在雍正年间开基至今。

江西上犹油石梅岭温氏祠堂门联

德门衍庆无疆福；

大地阳回有脚春。

——温德懋

江西石城高田温氏宗祠雅儒堂联

望重乡贤，荐享泮宫钟鼓；

教行义学，仰瞻山斗文章。

——张尚瑗

【注】① 雅儒堂：位于石城县高田镇堂下村，为温姓廷斌公祠，建于宋代宝元二年（1039 年），系为祭祀客家私人办学第一人温革而建。后历经修缮。温革（1006—1076），字廷斌，系同保公第六代裔孙，他于 1039 年捐家资，建书楼青楼馆，办义学柏林讲学堂，广招赣闽粤客家子弟读书，培养了大量要才而名震朝野，当进皇帝宋仁宗亲赐为"进士"。当朝太学说书李觏为其撰写《书楼记》，唐宋八大家之一的曾巩为其题字"雅儒堂"。② 泮宫：古代的国家高等学校。③ 山斗：语本《新唐书·韩愈传》："自愈之殁，其言大行，学者仰之如泰山北斗云。"谓文章为人所宗仰。

张尚瑗（约 1701 年前后）：字宏蘧，一字损持，吴江人。才情藻逸，性尤嗜佳山水。康熙二十七年（1688 年）进士，膺馆选，即假沐归里，终岁作汗漫游。久之，以庶常外调，终江西兴国令。尚瑗工诗，多纪游之作，有《石里诗钞》。初从朱鹤龄游，讲《春秋》之学，著《三传折诸》四十四卷。

> 照槅有嫦娥，齐问天香消息；
> 登楼无俗客，共谈花样文章。

——李觏

【注】俗客：指不高雅的客人。

李觏（1009—1059）：字泰伯，号盱江先生，建昌军南城（今江西抚州资溪县高阜镇）人。是北宋时期一位重要的哲学家、思想家、教育家、改革家，他生当北宋中期"积贫积弱"之世，虽出身寒微，但能刻苦自励、奋发向学、勤于著述，以求康国济民。他俊辩能文，举茂才异等不中，讲学自给，来学者常数十百人。李觏博学通识，尤长于《礼》。他不拘泥于汉、唐诸儒的旧说，敢于抒发己见，推理经义，成为"一时儒宗"。今存《直讲李先生文集》三十七卷，另有《外集》三卷附后。为纪念李觏，资溪县建有泰伯公园，塑有李觏雕像。

> 于学尽能通义馆，书楼万卷，缥缃开后进；
> 为善无不报秋霜，秋露千年，俎豆答先灵。

——任管杞

【注】① 缥缃：缥，淡青色；缃，浅黄色。古时常用淡青、浅黄色的丝帛做书囊书衣，因以指代书卷。② 俎豆：俎和豆，古代祭祀、宴飨时盛食物用的两种礼器，亦泛指各种礼器。后引申为祭祀、崇奉。作者为清代琴江教谕。

> 唐宦肇名宗，梅水琴江，璋珪玉金无二本；
> 太原推望族，云南岭北，科甲人文第一家。

——应崇

【注】① 梅水琴江：琴江发源于金华山，自北向南至大由出境，入宁都与梅江汇合。② 璋珪：玉制的礼器。古代用于朝聘、祭祀，比喻杰出的人才。③ 太原：温姓先祖温何始居太原成为望族，后裔遂以太原为郡号。

> 国学购遗书，惠我无疆，奕叶流君子之泽；
> 乡贤分秩祀，自他有耀，瓣香近圣人之居。

——丁犹骏

【注】奕叶：累世，代代。清代琴江司训赠题。

柏井启人文，堂构维新，允称此日衣冠第；

泮宫崇祀典，流风未艾，如见当年乐育兴。

——黄凤雯

【注】① 柏井：温革在汴京倾囊购书，开办了柏林讲学堂（今石城岩岭堂下村）。② 堂构：房舍。③ 未艾：艾，停止，完结。未艾，事物正在发展，还没有停止。多形容新生事物正在蓬勃发展。

宋代著贤声，阅世阅年，馨香俎豆隆黉序；

雅儒绵庆泽，实蕃实大，瑰玮人文焕庙堂。

——黄鹤雯

【注】① 阅世阅年：经历世事。对现实社会的了解，对世界的认识，经历许多事情。② 馨香：散布很远的芳香、香气，指用作祭品的黍稷。③ 黉序：古代的学校。④ 实蕃：实，实在；蕃，茂盛。⑤ 瑰玮：瑰宝，赞颂卓越超人的思想和行为。

崇德报功，义馆书楼，家声依然不坠；

经久纬武，芬兰馥桂，世泽自是常绵。

【注】义馆书楼：温革开学馆，兴办义学，建起了藏书楼，取名青钱馆。

溯有宋来祖泽宗风开义馆，创书楼，熔史铸经，几处诗文光志乘；

冀自今后孙慈子孝履秋霜，沾春露，筐蘋筶藻，千年俎豆荐馨香。

【注】筐蘋筶藻：筐，方形的竹器；蘋，一种蕨类植物；筶，洒扫庭除用的工具。指族人虔诚地祭祀祖先。

升堂聿光哉，榱桷煌然，赫厥声，濯厥灵，式穀贻谋，佑启后贤绵奕翼；

拜下告虔也，趋跄俨若，入则孝，出则悌，经文纬武，追崇先哲扩鸿猷。

【注】① 聿光：指追述先人德业。② 榱桷。椽子。比喻担负重任的人物。③ 式穀：谓以善道教子，使之为善。④ 告虔：告以诚敬。⑤ 趋跄：形容步趋中节。古时朝拜晋谒须依一定的节奏和规则行步。亦指朝拜，进谒。⑥ 俨若：恭敬，庄重。

江西石城温氏元秋祖祠联

双水为流垂世泽；

蛟湖作对起文人。

【注】① 元秋：同保公三子，后从石城迁福建宁化县登龙乡温泉塘，乌村石

下开基。② 蛟湖：又名龙王潭，在宁化城东 32 公里的湖村张家湾，因传说古时有僧人见白龙横卧湖面而得名。

古祠苍岩，天阔图书周遭景；

远宗近祖，庙荐平蘩亦代香。

【注】蘩：水草名。

雅儒发祥，祖功宗德流芳远；

乌府洞肇，子孝孙贤世泽长。

【注】乌府：御史府的别称。

江西石城石田温氏本昌公祠联

终慕动当途，三举宾筵，相见先人模范；

清贫昭劲节，十行家训，允为后世典型。

【注】① 终慕：终，永久，终久；慕，向往，敬仰。② 当途：当，掌管，主持。途，道路，路途。

石上壮奇观，二虎二狮，朝阳双凤安祖庙；

田中多锦绣，右鼓左钟，冲天两宾启华堂。

清净本风高，心地光明，不许尘埃染半点；

轩昂若霞举，气宇恢宏，直欲扶摇上九天。

【注】① 轩昂若霞举：轩昂，高高的样子。像云霞高高飘举，形容人俊美潇洒。② 扶摇：暴风由下向上升腾，喻仕途得志。

读兵书惧战，读律书惧刑，读圣贤书战刑何惧；

耕尧田忧水，耕汤田忧旱，耕心田地水旱无忧。

【注】尧田：尧，传说中上古帝王名。与汤皆是古代的君主。汤，即商汤（？—约前 1588 年），子姓，名履，庙号太祖，河南商丘人。商朝的开国君主。尧田、汤田皆说是祖先留下的田地。

江西石城温氏汝翁公祠联

耸起云风天可掌；

冈鸣梧凤国堪夸。

鸟革翚飞仍旧址，七星辉北斗；

竹苞松茂壮新图，五子馥燕山。

【注】① 鸟革翚飞：革，鸟张翅；翚，羽毛五彩的野鸡。如同鸟儿张开双翼，野鸡展翅飞翔一般。旧时形容宫室华丽。② 竹苞松茂：松竹繁茂。比喻家门兴盛。也用于祝人新屋落成。③ 五子：五子登科本为中国民间谚语，最初来源于民间故事，话说五代后周时期，燕山府有个叫窦禹钧的人，他的五个儿子都品学兼优，先后登科及第，故称"五子登科"。《三字经》有"窦燕山，有义方，教五子，名俱扬"的句子，歌颂他教子有方。

晋室骠骑郎，独立奇勋绵世泽；

琴阳观察第，长流伟绩振家声。

【注】① 晋室：温姓先祖唐叔虞传子燮公继位后，因唐国境内有晋水，便改唐国为晋国，人称燮晋侯，后来发展为春秋时代称霸诸侯的晋国。② 骠骑郎：古代将军的名号。③ 琴阳：石城境内有琴江，以此代指石城。④ 观察第：指土木建筑史上罕见的、建筑风格独特典雅的客家围龙屋建筑。一般东西对称，背山面田，前低后高，主次分明，坐落有序，布局规整，集中体现了围屋与天然地形的协调统一，符合"天人合一"的哲学道理，充分显示了客家人勇于开拓创新的精神。

寝庙重新，孝孙在庆，笋冈威凤立；

规模仍旧，明德维馨，盖竹化龙多。

【注】① 明德维馨：完美的德性才是芳香清醇的。② 化龙：传统寓意纹样。鱼化为龙，古喻金榜题名。

溯前人伟绩丰功，难做今日贤孙肖子；

期后世继志述事，成为将来馥桂馨兰。

【注】肖子：在志趣等方面与其父一样的儿子。

椅枕东华，传来宝殿龙楼岳秀钟甲第；

门临北极，拱照紫微星辉云灿焕人文。

【注】东华：东华山原名白水顶，又名龙华峰，亦名西华山，位于江西石城县城关以东约 36 公里的闽赣交界处，属武夷山脉中偏南段，主峰白水顶海拔 1148.9 米。

从东岑降来，数百里花鸟烟云，都归眼底；

自南唐分派，几千年金枝玉叶，尽在个中。

【注】金枝玉叶：原形容花木枝叶美好。后多指皇族子孙。

祖有德宗有功，不显不丕，历代簪缨济美；

左为昭右为穆，以妥以侑，千秋俎豆馨香。

【注】以妥以侑：妥，稳妥适当。侑，在筵席旁助兴，劝人吃喝。以妥以侑，是使客人安坐而劝酒。

枝自柏林分，数不尽奕叶敷荣，蒂固根深硕果多；

派从双井衍，计不清红丁鳞集，瓜瓞绵延福泽长。

【注】① 敷荣：开花。② 红丁：即男丁，泛指男性。③ 鳞集：像鱼鳞一样稠密地聚集。

凡事要知难，祖祠肇建，按巨灵地脉，三迁奠基此处；

存心惟在正，宗规示范，论报本追远，千秋祀典宜遵。

【注】巨灵：即巨灵神，乃天将之一，担任守卫天宫天门的重任，力大无穷，可举动高山，劈开大石。

盖竹地钟灵，为御史，为监司，祖庙重新，仍不减黄堂乌府；

柏林枝竞秀，有乡贤，有孝子，宗风丕振，岂徒跨紫诰丹封。

【注】① 黄堂：古代太守衙门中的正堂。② 紫诰：指诏书。古时诏书盛以锦囊，以紫泥封口，上面盖印，故称。

漫争美玉鼎金钟，孝于奉亲，忠于事君，要打熬精神，担当宇宙；

须参透圣关贤域，静以修身，俭以养德，宜磨砻器识，陶洗古今。

【注】磨砻器识：磨砻，磨练，切磋；器识，器量与见识。

循礼度义，敦厚家风，王槐叠植积功德，以善贻谋，先绪大恢虔化令；

博古通今，声驰中外，科第连登位台衡，面官司道，芳徽远耀始安公。

【注】① 王槐（1099—1196）：字植三。历翰林学士、大理寺卿，致仕归里后，修筑蜀墅塘，可灌农田三万余亩，水渠过处，沿途十余里农田均受其益。泽被后人，奉为塘神。② 台衡：喻宰辅大臣。台，三台星；衡，玉衡，北斗七星中的第三星。皆位于紫微宫帝座前。

江西石城温氏崇先公祠联

光宗敬祖孝为首；

裕荫后裔教当先。

——正良、恒录

溯祖宗功德，敦亲睦族，福泽绵长，名垂青史；

扬崇先纪纲，文经武纬，禄利延祥，业绩新章。

——恒东

【注】纪纲：网罟的纲绳。引申为纲领。

江西石城温氏宗祠仁钦公堂联

分支由琴水，文人蔚起树欧亚；

发祥自太原，族纲维新家国史。

【注】太原：西汉功臣温疥封惸侯，温疥孙温何始居太原成为望族，后裔遂以太原为郡号。

江西石城温家山温氏祖堂联

教子读书，纵不超媲亦脱俗；

课农耕稼，虽无余积省求人。

【注】超媲：匹敌，比得上。

酬应俗世外，宜念光前裕后；

周旋斯室内，当思尊祖敬宗。

建书楼，兴义馆，远近同称，于今勿替；

置腴田，捐卷价，生童并须，裕后光前。

【注】① 腴田：肥沃的田地。② 卷价：卷，书卷，书册；价，价钱。③ 生童：生员和童生。④ 并须：并，一起；须，必要，应当。同样应当。

创业未为奇快，裕后光前，但愿儿孙绳祖武；

作仁成雅化果，尊贤重士，得感上谕惠翰林。

【注】上谕：帝王的指示、命令。

江西石城温氏宗祠堂联

祖德绵长，发谱呈祥崇祀典；

宗功永耀，英贤蔚起振冠裳。

【注】冠裳：指官宦士绅。

春暖花开，玉牒新章联九族；

枝繁叶茂，黄炎世胄本一家。

——昌石

【注】玉牒：中国历代皇族族谱称为玉牒，唐代已有，宋代每十年一修，沿及明清。

祖德流芳侔天地，贯人间，无边恩荣，万载景仰；

宗功垂远辉古今，昭日月，盖世殊勋，九族钦崇。

【注】侔：相等，齐等。

同夫德，同夫心，愿今后一视同仁，永协同宗情好；

保余子，保余孙，仰先灵千秋保佑，咸歌保裔繁昌。

——永麟

【注】该联上下联连嵌四次"同""保"二字，既突出了对同保公的崇敬，通过回环往复的气势，也加深了对祖先的缅怀和对同宗同族的期望。

温姓自姬周唐叔虞而兴，绵延梅水，繁衍琴江，祖宗德泽永著；

族源始山西太原郡由来，发展石邑，生息堂下，人文昌炽悠长。

【注】① 唐叔虞：姬姓，名虞，字子于，周武王之子，周成王同母弟，母王后邑姜，周朝诸侯国晋国的始祖。周武王死后，周成王年幼，由周武王的弟弟周公摄政。周公灭亡唐国（今山西翼城西部）后，把唐地封给叔虞，所以又称唐叔虞。后来他的儿子燮父迁都于晋水之旁，改名为晋。他的后代又迁都新田（今山西侯马市西）等地，但国名依旧称晋不改。② 石邑：即石城。③ 堂下：高田镇堂下村。④ 昌炽：兴旺，昌盛。

同源析九派，匡社稷，衍宗枝，弘教化，泽被四海，宏开太原门第；

保本发千枝，绣江山，担宇宙，展鸿猷，业彰八极，丕振雅儒家风。

【注】九派：长江到湖北、江西、九江一带有九条支流，因以九派称这一带

的长江，后也泛指长江。

台湾温姓门联和堂联

祠联小序：台湾温姓人大都从粤东迁徙去台，在台建祠祭祀先祖，亦不忘温氏先人的光辉业绩。乃沿用大陆原乡"太原堂"堂号，以示不忘祖德，代代相传。

> 三彦家声远；
> 六龙世泽长。

> 三彦家声基白渡；
> 六龙门第派台疆。

> 三彦家声荣万载；
> 六龙世德耀千秋。

> 三彦英才家声远；
> 九龙武功世泽长。

> 脉派台岛丕振家声；
> 系出太原流芳世泽。

> 系出太原芳传台岛；
> 支分白渡系衍六龙。

【注】① 三彦：指唐朝的温大雅、温大临、温大有三兄弟。② 六龙：典指温羡兄弟六人才学超晋，晋帝赐之为"六龙"。后世引以为赞美杰出之士，比喻其为人中之龙。

台湾高雄美浓温氏宗祠栋对

> 太原为本系，数十代统续如綦，千秋不改仍温姓；
> 梅州始台基，百余载接传散在，万服须知纪水源。

系谱溯梅州、基白渡、展仍云，北徙南迁，月节居家昌奕世；

侨支移海岛、占龙村、托祖座，朝虔夕惕，柳塘筑室报宗功。

【注】从此联中的梅州、白渡、月节、龙村、柳塘等，可以窥见温姓祖先历次迁居的足迹。

台湾高雄美浓温氏宗祠栋对

堂肇太原，溯先祖丰功伟业、贻厥孙谋，百代本源须报德；

基分石岛，愿后嗣统绪恢宏、源图业展，千秋俎豆要虔诚。

【注】此姓源于春秋时代，周朝宗室唐叔虞裔孙"却至"，受封于温（今河南温县），堂号有太原等。

台湾高雄美浓温氏宗祠栋对

祖德源流、文藻谱系，承先人矢志言行，自昔恩荣绍汉节；

宗功世泽、忠孝传家，想后裔专心继述，于今勋绩著神州。

【注】此栋联中的"文藻""忠孝"反映温姓堂联"文藻世第，忠孝家声"的前二字。

越南庯宪市华裔温氏祖厝联

荟得华裔中出来，孔孟真传，轩歧妙谈；

况当财界上理会，管商旧学，欧美新闻。

【注】此联典出温姓华人家族在西力东渐后，华人在生存方式上的积极应对。

福建上杭温氏宗祠堂联

唐开祖脉之传，折水琴冈，庙享千秋崇祀典；

闽衍孙枝之绪，西江东粤，族联三省荐馨香。

犹是一脉宗亲，通吴粤聚闽杭，且喜馨香共荐；

敢忘三朝祖德，相宋明镇云贵，还期纶綍重颁。

最名三折杭州，看东流入海，西派吴江，一堂应喜追源远；

所重千年寝庙，随时食兴思，秋尝尽志，八月偕来报本原。

福建宁化曹坊温坊温氏宗祠堂联

> 肇姓自周畿，念昔先人，阀阅蜚声绵世泽；
>
> 开基由宋代，丕承中叶，春秋祀事报宗功。

福建宁化湖村田墈背温氏宗祠堂联

> 麟趾发祥，千山敛豹变；
>
> 龙珠衍庆，双井起蛟腾。

广东梅州丙村温氏仁厚公祠宗祠堂联

晋室显忠贞，溯先人胗常纪姓，史册留名，烈烈轰轰，丕振宗风垂百世；

老堂开孝友，冀后起礼乐传家，文章报国，绳绳继继，永名令绪著千秋。

广东梅州丙村奠廷温氏公祠宗祠堂联

> 祖德仁厚，誉满锦江，喜鸿图大展，承先启后吾侪任；
>
> 祠堂宏伟，气接金盘，愿人杰地灵，开来继往召家声。

广东梅州南口小乍朱紫墩温氏宗祠堂联

肇始于虞唐，温邑为姓，从山西迁江左，经赣闽粤，继继生辉，承六龙世泽；

流源自颛顼，太原号望，由石城徙宁化，历汀杭梅，绳绳放彩，扬三彦家声。

广东紫金龙窝合水温恭温氏宗祠堂联

> 如意德天麻，思我祖，官基都督统军，光三彦，耀六龙，才能作越纷呈，武略文韬，世代堪称王府地；
>
> 圣贤祈福荫，喜斯间，祠结艄公晒网，耸独峰，汇双水，气势恢弘定卜，地灵人杰，渊源足润各孙枝。

广东紫金龙显温氏宗祠堂联

> 溯太原堂之旧泽，宋封都督，元晋侍郎，从国朝定鼎，武伟文经，百世衣冠长济美；
>
> 向寺前凸而来朝，右烈蓬山，左环琴水，自官庙告成，报功崇德，千秋俎豆永馨香。

海南儋州南丰镇鹿雅村温氏宗祠堂联

> 鹿门堪隐逸；
>
> 雅室尽安居。

【姓源】《潜夫论》。

① 游氏，姬姓，春秋郑公族。郑穆公子偃，字子游，生公子虿；虿子贩，太叔，以王父字为氏。游贩，字子明，生游良；太叔佚其名。子游吉，字子宽。又虿弟公孙楚，字子南，亦为游氏，称游楚。

② 姬姓。春秋晋公族。《左传·庄公二十四年》："晋士苪又与群公子谋，使杀游氏之二子。"杜注："游氏二子亦桓、庄之族。"

③ 五代闽国亡，王审知子孙一支避祸改游姓。

④ 台湾新北市中和乡游氏，其先黄氏。始祖黄念九，后裔改姓游氏（《游氏族谱》，1985）。

⑤ 少数民族汉姓或改汉族姓（略）。

【分布】游姓为中国第 161 常见姓。人口约 81 万，约占全国人口的 0.065%。约 51% 分布在福建、台湾、湖北三省（其中福建最多，约占全国游姓人口的 18%）；38% 分布在四川、江西、贵州、广东、湖南、重庆六省、市（《中国姓氏·三百大姓》）。游氏客家人主要分布在福建、江西、台湾、四川，广东、湖南也有一些游姓客家人。

【郡望】广平郡。

【堂号】广平堂、叙伦堂等。

通用祠联

门联

尚书世第；

鸿胪名高。

【注】全联典指南北朝时北魏广平人游明根。游明根，博学经史，北魏孝文帝时，任仪部尚书、大鸿胪卿，封新泰侯。做官五十余年，以仁和处世，以礼让接物。

广平世德；

汝水家声。

【注】① 广平世德：典指子游。据《游氏族谱》载，子游为广平府尹，子孙繁衍于黄河中下游，为游氏发祥地。② 汝水家声：典指游吉。游吉（？—前507），春秋时郑国正卿，支持子产改革，后继子产执政。长于外交辞令，多次出使晋、楚大国，为政先宽后猛。

立雪程门；

恭敬求教。

【注】立雪程门：典出北宋游酢。游酢，字定夫，世称广平先生，元丰进士，累官太学博士，擢监察御史，历知和州、汉阳军、濠州等地。师事大儒程颢、程颐，与杨时、谢良佐、吕大临并称"程门四先生"。在洛阳时，一年冬天，游酢与杨时同去请教程颐老师问题，恰逢大雪降临，见程颐老师正坐在屋内闭目养神，二人不愿惊动老师，便立在门外，待老师醒来，门外积雪已有一尺深。老师请他们进屋，他们说："天晚了，明天再来。"这便是"程门立雪"典故的由来。

堂联

广平源流远；

程门世泽长。

【注】上联"广平"乃游氏发祥地，游氏郡望。下联典出游酢。著《论语·孟子杂解》《易说》等书，受学者推崇。

大鸿胪仁和有礼；

贤大夫美秀而文。

【注】① 大鸿胪：官名。游明根仕北魏，累官仪曹尚书，迁大鸿胪卿。② 贤大夫：指游吉，周时郑大夫，美秀而文，号子太叔。

绍定夫之征，读圣贤书，方不愧建阳门第；

继太叔之美，行忠孝事，乃克振郑国家声。

【注】上联典指北宋哲学家游酢；下联典指春秋时郑国正卿游吉。

九言教晋卿，郑相声名周代震；

三尺尊程子，易山著作宋朝芳。

台湾游氏宗祠门联

广平新世第；

淡水旧家声。

【注】游氏的祠联，以游氏的堂号"广平"嵌入联语之中，以纪念本姓先人望之所出。上联写的是游氏之堂号，下联的"淡水"则是游氏为了纪念先人迁渡台湾高屏地区（高屏地区乃名"下淡水"），别有新意。

广东平远游氏宗祠堂联

独步六朝之伯始；

并肩三辟于高闶。

广东紫金上庄官坑游氏宗祠堂联

重建旧规模，前对髻峯拱照，后裔王殿来龙，山川毓秀，定卜人文蔚起，奠鸿基于千百余载；

复更新气象，左有公寨文峰，右侧罗山水锁，地利钟灵，可知英雄咸集，创骏业于亿万斯年。

【姓源】《世本》。

① 商代、西周时有谢国，任姓，公族以国为氏。谢国，故城在今河南南阳市宛城区瓦店镇谢营村。周宣王时国灭。

② 谢氏，姜姓。周宣王灭谢，置谢邑，更封其舅申伯，其后以邑为氏。谢邑，初在今河南南阳谢营村，后迁今河南唐河县苍台镇谢庄村。

③ 东汉及三国时期山越族姓（《中国古代少数民族姓氏研究》）。三国以后渐融入汉族。

④ 晋、南北朝、隋、唐以后很多少数民族融入汉族后改姓（略）。

【分布】汉朝时期，谢氏人口主要分布在会稽、江西九江、章陵等地。其中，当属会稽郡的谢氏人丁兴旺。

魏晋南北朝时期，部分谢姓人口迁居到了今云南和四川一带。唐朝时期，河南固始谢氏进入福建泉州。

20 世纪 40 年代，已有谢姓人口迁居台湾和海外。

谢姓为中国第 24 常见姓。人口约 900 万，约占全国人口的 0.72%。约 36% 分布在广东、江西、湖南三省（其中广东最多，约占全国谢姓人口的 13.2%）；37% 分布在河南、四川、福建、安徽、湖北、广西、台湾七省、自治区（《中国姓氏·三百大姓》）。谢姓客家人主要分布在广东、江西和湖南三省，广东最多，福建、广西、湖北、台湾也有不少谢姓人，河南、四川和安徽有一小部分。

【郡望】陈留郡、会稽郡。

【堂号】陈留堂、东山堂、宝树堂、乌衣堂等。

通用祠联

祠联

系承申伯；
源出洛邑。

东山世德；
南国家声。

陈留世德；
西晋家声。

东山世德；
宝树家声。

【注】① 东山世德：谢氏太始祖申伯，居河南陈留郡（今河南开封市东南陈留城）谢邑。传至三十六世谢衡，西晋太康七年（286年）任国子祭酒。东晋八王之乱，继五胡乱华之初，谢衡从阳夏（今河南大康县）迁居于浙江绍兴始宁东山，为会稽派始祖，东山为谢氏发祥地。② 南国家声：《诗·大雅·崧高》："亹亹申伯，王缵之事。于邑于谢，南国是式。"汝南谢城正在洛邑之南。南国，当是申伯之望。③ 宝树：唐王勃《滕王阁序》："非谢家之宝树，接孟氏之芳邻。"淝水之战，晋与前秦符坚大战，谢安、谢石、谢琰率兵大败前秦符坚百万大军，使晋室转危为安，晋穆帝赐"宝树增辉"匾，以光门第。

陈留世德；
东晋名家。

【注】此联中的陈留是谢姓郡望，谢姓发迹于河南开封。下联典出谢安。东晋时，谢安一门称贵，显赫当朝，谢姓家族成为当地世族领袖。

乌衣望族；
宝树家声。

【注】① 乌衣：即乌衣巷。指东晋时谢氏在南京城的居住地。② 宝树：乃东晋之后谢氏之堂号。在唐代，宝树，又指贵族子弟。王勃《滕王阁序》有"谢家之宝树"句。东晋时王、谢乃名门望族，名声显赫，并代有人才，又称"王谢弟子"。

宝树家声远；

东山世泽长。

【注】此联指的是谢安，曾高卧东山，即今浙江上虞境，后为东晋名相。相传谢安门前有一棵大树，树上挂满灯笼，晋穆帝称之曰"其宝树也"，后赐"宝树增辉"匾。其后裔便又以"东山""宝树"为堂号。

庭生玉树；

世济凤毛。

【注】① 庭生玉树：典指谢玄。谢玄，东晋名将，字幼度。谢安侄，安为宰相，任他为广陵相，后授会稽内史。少颖悟，及长，有经国才略。玄曾答安曰："譬如芝兰玉树，使之生于庭阶耳。"② 世济凤毛：南朝宋谢凤，施惠政。其子谢超宗少随父徙岭南，少学有文辞，盛得名誉。补新安王国常侍。王母殷淑仪卒，超宗作诔（古代用以诔表彰死者德行并致哀悼的文辞）奏之，帝大嗟赏。谓谢庄曰："超宗殊有凤毛，灵运复出矣！"

绝粒元都，忠义两尽；

悬旌唐县，节孝双奇。

【注】① 绝粒元都：典指谢枋得。谢枋得，南宋诗人，字君直。宝祐四年（1256年）与文天祥同科中进士。以忠义自奋，宋末知信州，率兵抗元。城陷后，流亡建阳，以卖卜教书度日。后元朝迫其出仕，强送之入大都（今北京），乃绝食而死。② 悬旌唐县：典出谢万程。谢万程，清河南唐县人。家贫不能葬父，妻李氏甚贤，自卖身于邻村之金以葬翁。后李氏完节归，郡丞感其孝，而旌于程门曰："节孝双奇"。好事者演为传奇。

施障解围，曾传才女；

托慵诛盗，群仰勇娥。

【注】① 施障解围：典指谢道韫。谢道韫，东晋女诗人。谢安侄女，王凝之之妻，聪慧有才辩。凝之弟献之，尝与宾客谈议，词理将屈。道韫欲为小叔解围，乃以青绫步障自蔽，申献之前议，客不能屈。② 托慵诛盗：典出谢小娥。谢小娥，

唐豫章人。段居贞妻。夫与父同贾江湖，为盗申兰、申春所杀。小娥诡服为男子，托俯申家二年，手刃申兰，擒申春鸣官，报杀父夫之仇，为尼而终。

诗思神奇，忽梦西塘青草；

志趣高尚，醉卧东山白云。

【注】谢氏在东汉以后，成为望族，世称"崔卢王谢"，为"四海大姓"之一。尤其到了东晋，家世更为显赫，宰相谢安、都督谢石、名将谢玄均出自一门。谢石是谢安三弟，谢玄是谢安侄子。谢家三杰在中国军事史上，导演了一出以少胜多威武雄壮的大戏——淝水之战。至晋朝，谢氏开始进入浙江、江苏、安徽、江西、福建等地。这些地方的谢氏，有的直接从祖根地迁入，有的则是间接而来，他们植根于江南，不断发展壮大。谢缵、谢衡、谢衷、谢鲲、谢尚、谢安、谢万、谢玄、谢晦、谢灵运、谢惠连、谢朓、谢景仁、谢贞等都是陈留郡阳夏人。当地谢氏家族集中在会稽山阴（今浙江绍兴），有谢夷吾、谢昪、谢承、谢渊、谢崇、谢勖、谢敷、谢斐等。上联指晋谢灵运梦中得"池塘生春草"佳句。下联指晋宰相谢安"寓居会稽，放情丘壑"事。

广东东莞谢氏任天公祠门联

珠盘挹秀；

玉树增华。

堂联

三春柏叶行三爵；

五脑芙蓉发五枝。

【注】谢任天：又名鸣凤、喈甫，为谢氏十四世祖。其父谢琏，又名泽沛，为十二世祖谢功点（古狂）之孙。卒后墓葬于樟木头，地名五脑芙蓉。任天生有五子：爱天、晋轩、翠菴、如川、通若，后人常说"五脑芙蓉"是一块风水宝地，至今每年春秋二祭子孙都去拜祭。

广东东莞谢氏念庵公祠门联

千秋享祀；

四派同源。

【注】谢氏十四世祖谢念庵，生有四子，长子谢明佳，次子谢锐佳，三次子谢运佳，四子谢永佳，故谓之四派，都是念庵一脉同源。

堂联

人杰地灵，芝兰庭外门如市；

池环源聚，榕树墩前水到堂。

广东东莞谢氏简斋公祠门联

陈留望族；

宝树流芳。

【注】① 陈留：陈留郡是谢姓代名词，西汉时置陈留郡，今河南开封东南陈留镇。陈留郡遂为谢姓先前发祥地，亦为名望大族。② 宝树：也是谢姓代名词，宝树堂是谢姓堂号。那么谢家宝树从何而来？东晋孝武帝，炎天乘舆路过安宅，停舆憩荫树下，凉爽可爱，百倍精神。帝问左右："此树是谁家所种？"左右答曰："谢家所种。"帝赞曰："谢家之宝树也！朕若得之，可卜长生。"

堂联

宝树堂前凤毛济美；

陈留郡内兰桂腾芳。

广东东莞樵谷公祠门联

东西衍绪；

科甲联芳。

【注】樵谷公祠为纪念谢氏八世祖谢樵谷所建，谢樵谷，号伯宽，又号竤，生于明朝景泰二年辛未岁（1451 年），卒于明朝弘历七年甲寅岁（1494 年），享年 44 岁。谢樵谷本来有三个儿子，即东园、西圃、南庄，而南庄继嗣谢云峰，之后只有东园祖、西圃祖两支派繁衍。

堂联

高大门闾，鸟革翚之飞，形势巍巍悬斗宿；

绵延庆泽，凤毛麟者趾，子孙奕奕振缨裳。

广东东莞谢氏云蟠公祠门联

家传玉树；

门接乌衣。

【注】"玉树""乌衣"都是谢姓之代名词，潜藏着谢氏的故事。《世说新语》载，

谢太傅问诸子侄："子弟亦何预人事，而正欲使其佳？"诸人莫有言者。车骑（谢玄）答曰："譬如芝兰玉树，欲使其生于庭阶耳。""乌衣"亦有出处。《宋书·谢弘微列传》曰："（谢混）风格高峻，少所交纳，唯与族子灵运、瞻、曜、弘微并以文义赏会。尝共宴处，居在乌衣巷，故谓之乌衣之游，混五言诗所云'昔为乌衣游，戚戚皆亲侄'者也。"

堂联

乌衣子弟，历代名声远；

银杏碧桃，麟趾庆呈祥。

广东东莞谢氏东园公祠门联

三房衍派；

四沼朝宗。

【注】① 三房衍派：谢氏九世祖谢东园，有三个儿子，即谢社田、谢纳泉、谢少恒。② 四沼朝宗：指此房皆由第四派谢氏六世祖谢云林（谢辉）支系所出。

堂联

轮奂庆崇陞，坟前恰近祠前侧；

箕裘绵奕世，新宅还居旧宅边。

广东东莞谢氏晚节公祠门联

传统七世；

派衍千枝。

堂联

沧桑八百载，堪赞团结，和谐坚强如馨石；

繁衍千枝派，广植根深，蒂固挺立若青松。

江西赣县田村谢氏轨公祠联

唐代翰林第；

虔州别驾家。

【注】① 翰林：皇帝身边的文学侍从官，唐朝开始设立，始为艺能人士供职的机构。自唐玄宗后演变成了专门起草机密诏制的重要机构，院里任职的人称为翰林学士。明、清改从进士中选拔。② 虔州：即赣州。赣州城始建于秦汉时期，

南北朝曾称南康郡，南宋之前叫虔州。③ 别驾：官名。全称为别驾从事史，亦称别驾从事。汉置，为州刺史的佐吏。因刺史出巡辖境时，别乘驿车随行，故名。魏、晋、南北朝，诸州置别驾如汉制，职权甚重。隋初废郡存州，改别驾为长史。唐初改郡丞为别驾，高宗又改别驾为长史，另以皇族为别驾，后废置不常。宋改置诸州通判，职守相同，因亦称通判为别驾。

堂联

山头日出天磨镜；

水面风开鱼化龙。

【注】① 天磨镜：形容天空如同磨好的镜子一样明亮。② 鱼化龙：鱼变化为龙。语本《辛氏三秦记》："河津一名龙门，禹凿山开门，阔一里余，黄河自中流下，而岸不通车马。每暮春之际，有黄鲤鱼逆流而上，得过者便化为龙。"后以喻举业成功或地位高升。

广东平远差干谢氏宗祠堂联

陈郡耀殊勋，光复山河，神州伟绩金欧国；

留芳垂祖德，开族谢氏，南风是式业泽长。

【注】全联典指明朝名将谢柱。谢柱，福建宁化人，从太祖渡江讨陈友谅，继奉旨从宣德侯取云南诸路，屡见功绩，授武略将军。洪武二十二年（1389 年）除青州右护卫指挥佥事，累迁福州都指挥使，明洪武二十七年（1394 年）赐名玉柱，嘉其忠勇。其次子赐，授福宁卫中所副千户。季子希彦护驾散骑舍人。

显亲务要读书，勉儿孙熟玩圣经贤传；

昌后须宜积善，劝族众常存天理人心。

东山高卧，调丝竹、观棋局，威震华夏；

玉田隐居，乐林泉、重农事，誉满虔州。

【注】① 东山高卧：典出东晋大臣谢安。谢安，字安石。初为佐著作郎，以疾辞官，隐居会稽之东山。中丞高崧戏言谢安："卿累违朝旨，高卧东山，诸人每相与言，安石不肯出，将如苍生何？苍生今亦将如卿何！"谢安感此言，乃复出。孝武帝时位至宰相。当时前秦势力强盛，相继攻破梁、益、樊、邓等地，他派弟弟谢石、侄子谢玄为将领，加强防御。太元年间，前秦大军南下，江东震惊，他

又派谢石、谢玄前去抵御，取得淝水之战的胜利。② 玉田隐居：指在虔州为官的先祖轨公，后来隐居在玉田。

> 轨公官虔州，泽沛玉田，源远流长知有本；
> 端庄徙兴邑，甘滋梅口，支分派别尽朝宗。

【注】兴邑：即兴国。

> 淝水丰功挽狂澜，开战绩以少胜多，鹤唳风声，百万秦符惊破胆；
> 东山伟业措天下，盘石树典范长存，口碑载道，千秋青史颂殊勋。

【注】全联指东晋著名政治家谢安。

> 显达仰前贤，思列祖，行义行仁为纲为纪；
> 昌荣冀后裔，愿族人，至尊至贵如圭如璋。

【注】如圭如璋：圭、璋，古代非常贵重的玉制礼器。像圭和璋一样。比喻人的气质高雅或仪表轩昂。

江西赣县田村谢氏德新堂祠联

> 德教遗风远；
> 新谟世泽长。

【注】谟：议谋。

> 祖德永流芳，溯本寻源功留西晋；
> 鼎新创伟业，承前启后名振东山。

【注】西晋末年，黄河流域战乱频繁，中原人大量迁往江南，阳夏人谢衡因避战乱迁往会稽始宁东山，在此繁衍，成为谢氏最重要的一支。谢衡及其后代在东晋至南朝时期多数都很著名。

> 德业继宗风，谱牒重修，房房鸿盛同富贵；
> 新庭兴仁孝，宏图再振，代代兴隆共荣昌。

> 立德立言立功勋，念先祖力，挽山河名垂宇宙；
> 明新明民明正善，冀后裔气，冲霄汉光射斗牛。

【注】斗牛：也作牛斗。二十八宿中的斗宿和牛宿。有"月出于东山之上，徘徊于斗牛之间"之谓。

德祠以谋垂燕翼，追先祖英豪俊杰，赫赫功名绵世泽；

新堂而运转鸿钧，期我辈孺子嗣孙，悠悠事业起人文。

【注】① 鸿钧：本作"鸿均"，最早出现于西汉王褒《四子讲德论》："夫鸿均之世，何物不乐？"指天下太平，大道之世。② 孺子：指小孩子。

江西赣县田村社大谢氏海天公祠联

伯步弟兄，美起凤毛承淝水；

亨通磅礴，世垂燕翼振雷冈。

——谢懋勋

【注】凤毛：南朝齐阳夏人谢超宗，南朝宋诗人谢灵运的孙子，好学而有文辞，宋时任新安王国常侍。新安王的母亲死后，他写了诔文，当时皇帝见了，大加赞赏，对谢庄（谢安弟弟谢万的玄孙）说："超宗殊有凤毛，灵运复出矣！"

海内溯名家，总不外望重东山、功高淝水；

天涯称巨族，无非是风流西晋、世式南邦。

广东平远兰芬谢氏承恩堂联

承其世泽，咏春草采石华，西晋风流绵奕祀；

恩逮苍生，奋鹰扬挥尘尾，东山伟绩播千秋。

——谢逸奇

【注】① 咏春草：南朝宋诗人谢灵运，谢玄的孙子，东晋时袭封康乐公，故称谢康乐。入宋，历官永嘉太守、侍中、临川内史等。其诗大都描写会稽、永嘉、庐山等地的山水名胜，善于刻画自然景物，开创了文学史上山水诗一派。曾在西堂构思诗句，忽然梦见弟弟谢惠连，得"池塘生春草"一句。② 奕祀：祀，亦作"禩"。世代，代代。③ 逮：到，及。④ 鹰扬：如鹰之飞扬，比喻大展雄才。

服先畴、食先德，克俭克勤，家庭中五伦攸叙；

建伟业、立伟功，有才有量，宇宙内一视同仁。

——谢传绎

【注】① 先畴：先人所遗的田地。② 攸叙：攸，所；叙，次序，引申为规定，制定。应遵守的规则与约束。

继承渭水遗风，鼻宗申伯勋著周朝、受封谢邑，经神州而吴越；

恩宠东山相业，高祖安公佐治晋代、化雨南京，由章贡衍㴉江。

【注】① 渭水遗风：关于姓谢的起源，有一种意见认为谢姓为炎帝之后。宋代郑樵《通志·氏族略》："谢氏，姜姓，炎帝之裔。"这里的"渭水"，是说姜太公姜子牙（吕尚）在渭水边钓鱼的故事。② 安公：谢安（320—385），字安石。陈郡阳夏（今河南太康）人。东晋著名政治家。③ 㴉江：流进兴国县境的一条河流。

广东平远兰芬谢氏寿春堂祠联

门迎南斗天光焕；

学绍西堂地脉灵。

——闵世勋

【注】① 南斗：星名。古代神话和天文学结合的产物。即斗宿，有星六颗。在北斗星以南，形似斗，故称。② 西堂：谢灵运曾在西堂思诗不就，忽梦见族弟惠连得"池塘生春草"句，大以为工。

寿世著奇勋，缅东山相业淝水成功，更有芝兰光奕叶；

春天饶美景，得康乐咏歌惠连俊秀，当今桃李尽名家。

——谢远涵

【注】① 寿世：谓造福世人。② 成功：战功。③ 奕叶：累世，代代。④ 惠连：谢灵运族弟。

谢远涵（1875—1950）：字敬虚，江西兴国长冈乡塘石村人。谢远涵幼随父读书。年二十，中光绪甲午（1894年）科进士，次年选为翰林，任翰林院编修。光绪二十一年（1895年），谢在北京参加康有为联合十八省来京会试举人"公车上书"，并在策试中针对时弊，力主"变通"。宣统元年（1909年），任四川道监察御史。

江西赣县湖江夏府谢氏宗祠联

世泽衍东山，门楣生色；

恩纶承北阙，阀阅宗功。

【注】① 此为宋代联。谢家是在宋庆元末前后由南京乌衣巷迁入夏浒。②

恩纶：犹恩诏。③ 北阙：古代宫殿北面的门楼。是臣子等候朝见或上书奏事之处。用为宫禁或朝廷的别称。

国际战争，国内战争，大舞台中竞武力；

教孝宗旨，教忠宗旨，惟民族上笃淳风。

——何新华

说明：此联撰于宣统元年。

崆峒对峙，章贡汇流，灵秀毓钟兴，从可卷门闾光大；

北府旗旌，东山丝竹，英雄造时事，尚无忘堂构继承。

——杨士京

【注】堂构：房舍。语出《书·大诰》："若考作室，既底法，厥子乃弗肯堂，矧肯构？"

东山高卧，丝竹自娱，想当年抱膝长吟，已隐具苍生霖雨；

西力渐侵，瓜分可欋，愿同族热心教育，共挽回黄种颓风。

——郭升铭

【注】欋：（木根）盘错。

粼粼淝水撼靖洪涛，溯先代伟人强汉挫胡，草林尝寒戍虏胆；

冽冽浒江族蕃腾地，看后来烈士佑文尚武，风云一震国民魂。

——陈持

【注】① 粼粼：形容水流清澈、闪亮的样子。② 胡：中国古代称北边的或西域的民族。③ 冽冽：寒冷貌。④ 蕃腾：翻腾。

伟一代儒宗，除矜励学，望益游扬，溯过去名世诞生，弗弦林驰，辉耀休明历史；

凭三寸舌战，却聘成书，光争文陆，祝将来英雄继起，不挠不掘，保存忠烈家风。

——万安知县宣统元年己酉箴孟冬月撰联

【注】① 除矜励学：除，去除；矜，自尊，自大，自夸；励学，砥砺品德，发奋学习。② 文陆：宋末文天祥与陆秀夫的合称。两人皆坚决抗元，不屈而死。

江西赣县夏府谢氏宗祠敦五堂联

先人有燕翼诒谋，无论为文德为武功，承绍允推贤子弟；

地势得象山灵秀，从此产英雄产豪杰，勋名彪炳泰东西。

——蔡元培

【注】① 承绍：继承。② 象山：祠堂对面有一座山峰，如同一头大象，人称象山。③ 彪炳：文采焕发。④ 泰东西：旧时用以指东西方国家。

蔡元培：字鹤卿，又字仲申、民友、孑民，乳名阿培，并曾化名蔡振、周子余，浙江绍兴山阴县（今浙江绍兴）人，原籍浙江诸暨。革命家、教育家、政治家。民主进步人士，国民党中央执委、国民政府委员兼监察院院长。中华民国首任教育总长，1916 年至 1927 年任北京大学校长。

附记：清朝光绪年间，赣县夏府举人谢雄文在参加江（苏）浙（江）教育考察团时，认识了蔡元培先生。宣统元年，谢屋建造敦五堂，谢雄文写信给蔡元培先生，要他题一副对联。同年冬天，蔡元培先生寄来了一副对联，当时，谢屋请了最好的石匠，把这副对联刻在敦伍堂的大石柱上。

祠堂附记：敦五堂的"风火墙"形似一条龙。始建年代不详，现存祠为宣统年间重建，具有中西文化相融的风格。根据《谢氏族谱》记载，谢家是在宋代由南京乌衣巷迁来的，为东山堂后裔。

江西上犹水岩太乙谢屋祠堂联

庆洽南陔，雍穆家声传孝友；

誉隆东晋，芝兰玉树编庭阶。

——邓如梅

【注】庆洽南陔：《诗经》里有"南陔篇"，说的就是孝道。南陔在这里代指孝。

江西宁都黄陂镇杨依谢氏家庙联

东山宰相，初日芙蓉，恪守陈郡嫡义；

淝水将军，清风柳絮，流传江左文章。

【注】① 东山宰相：典指谢安。谢安（320—385），字安石，东晋名士、宰相，陈郡阳夏（今河南太康）人。他性情闲雅温和，处事公允明断，不专权树私，不居功自傲，有宰相气度、儒将风范。据《晋书·谢安传》记载，西晋南迁后谢氏家族郁郁不得志，年轻的谢安隐居到浙江会稽的东山。41 岁那年，谢安离开会

稽东山又来南京（当时叫建邺）做了官。他在今南京城东三十里的一个土山（即今江宁区政府后山）上，造了一座别墅，并按会稽东山的名字把此山也称东山。人们因此称谢安为谢东山。② 陈郡嫡义：陈郡谢氏远祖可追述至曹魏时期的典农中郎将谢缵与其子谢衡。东晋和南北朝时期的士族，出自陈郡阳夏（今河南太康县）。继琅琊王氏、高平郗氏、颍川庾氏及谯郡桓氏之后成为东晋的最后一个"当轴士族"。由宋至梁，一直为士族领袖，与琅琊王氏并称"王谢"。③ 淝水将军：公元 383 年 8 月，淝水河畔，东晋与前秦交战。符融率 25 万先锋军队，符坚率步兵 60 万、骑兵 27 万，共 112 万大军。东晋以谢安之侄谢玄为先锋，率领经过七年训练、有较强战斗力的"北府兵"八万沿淮河西上，迎击秦军主力。东晋面对大军压境，下达诏令，任命尚书仆射谢石为征虏将军、征讨大都督，任命徐、充二州刺史谢玄为前锋都督，与辅国将军谢琰西中郎将桓伊等人，统帅八万兵众抵抗前秦。并让龙骧将军胡彬带领五千水军援助寿阳。共分三路兵马北上迎击前秦军。东晋获胜。前秦战败后符坚被杀。④ 江左文章：谢灵运（385—433），原籍陈郡阳夏（今河南太康），出生在会稽始宁（今浙江省绍兴市上虞区谢塘镇），是陈郡谢氏士族。南北朝时期杰出的诗人、文学家。浙江古称江左。

附记： 杨侬位于黄陂镇东南约三公里处的一个小盆地里，是一个青山绿水环抱的千年古村。始建于明嘉靖乙亥年（1539 年），为联结数十族以祀，明万历己酉年（1609 年）仲秋重建。大祠中堂题"著存堂"匾额，两侧园柱题有此联。

福建永定县高陂镇睦邻村谢氏瑞兴楼联

瑞霭门庭辉宝树；

兴隆宅第接东山。

【注】 ① 宝树：晋穆帝升平五年（361 年），曾书赠谢安"宝树增辉"匾，以光其门第。故谢氏又有"陈留郡宝树堂"之郡望、堂号。此联主旨在光宗耀祖，弘扬祖德。② 东山：用东晋谢安高卧东山、东山再起之典。

四川成都成华十陵谢氏祠联

神榜联

堂联横额： 宝树遗风

南国介圭延世泽；

东山宝树振家声。

陈晋祖德千年胜；

宝树子孙万载兴。

【注】谢氏得姓于以国为氏。周宣王分封其舅父申伯于谢国，在今河南唐河县南有谢城，谢国子孙失爵位后，以国名"谢"为氏。谢氏人口分布很广。清代前期从南国广东迁至川西。第一联是写晋代政治家谢安，为远祖。第二联写谢玄。谢玄有经国之才，官至广陵相，曾答谢安曰："譬如芝兰玉树，使生于庭阶耳。"故谢安、谢玄家族以芝兰宝树闻名于世，谢氏后裔以宝树家风世代相传。

四川成都龙泉驿葛兴乡祠联

龛联

横额：宝树流风

福泽于今垂燕翼；

风流自古继乌衣。

【注】联说南朝齐文学家谢灵运。谢超宗南朝齐人，是南朝大文学家谢灵运之孙，世居南京乌衣巷，为望族。谢超宗好学有文辞，官新安王国常侍，齐武帝称超宗"殊有凤毛"。此神榜联意谢灵运、谢超宗祖孙位高望族，福泽于今，谢氏裔孙无上荣光。

广西谢氏宗祠通用联

系承申伯；

源出洛邑。

【注】① 申伯：一般以为谢氏受姓始祖即周朝的申伯公。② 洛邑：周代对洛阳的称号。这是说谢氏的地望在河南。考谢姓起源，一般以为出自姜姓，为炎帝后裔申伯之后。史载炎帝传至商末有后裔孤竹君，孤竹君二子伯夷与叔齐一齐投奔到周。因反对周武王进军讨伐商王朝，武王灭商后，他们又逃避到首阳山，不食周粟而死，但其后裔仍留在周朝，到成王继位后，便封伯夷的后裔为申侯，称申伯，是为申氏之始祖。厉王时娶申伯之女为妃，生子为宣王，宣王继位后，便封母舅申伯于谢国（今河南唐河县南部，一说在今河南南阳）。公元前688年，楚文王发兵攻申，不久灭掉申国。其子孙按照当时的习惯，以新都之邑名为氏，称谢氏，史称谢姓正宗。是为河南谢氏。

程门道学；

江左风流。

【注】上联典指北宋谢良佐，为理学家程颐四大弟子之一。下联典指晋谢安，风流洒脱，人称风流宰相。

西堂自夸夫奇梦；

东山系望于苍生。

【注】上联典指南朝宋谢灵运，尝在西堂思诗不就，忽梦见族弟惠连，得"池塘生春草"句，大以为工。下联典指东晋政治家谢安，字安石，早年隐居东山，人为之语曰："安石不出，如苍生何？"意思是：谢安不出来做官，我们老百姓怎么办啊？

姜水源长，伯祖启航，陈留始发；

东山地沃，安石兴苗，宝树成荫。

【注】上联溯谢氏源流：谢氏之源，出于吕望（姜尚即姜太公）之后。望，姜姓也。为太岳后，太岳又是炎帝后人，炎帝家冀州姜水，遂以姜为姓。至周宣王登极，求后于申，申伯以女应之，称为元舅，封于申，城于谢。陈留：河南开封陈留镇。谢氏得姓于谢国，自七世祖昌后公迁居陈留后，子孙繁衍，人文蔚起，成为陈留郡的显贵世族，为当地所仰望的大姓之一。故陈留为谢氏发祥之地，"陈留堂"号本此。下联用谢安典故。谢安早年做过一下小官便隐居会稽东山，到四十来岁才复出到朝廷做官，谢氏"东山堂"本此。谢安，字安石。宝树成荫：指宝树堂的后人发达。宝树堂是谢氏最负盛名的堂号。淝水之战后，谢安功高震主，有人又从中挑拨，因此谢安受到孝武帝的猜疑。这引起了正直人士的不满，中郎将桓伊就是其中之一。有一天晋孝武帝宴请群臣，命桓伊吹笛。吹毕，桓伊又要求抚筝与人吹笛合奏，帝允。桓伊便抚筝而歌，他唱的是一首《怨歌》："为君既不易，为臣良独难。忠信事不显，乃有见疑患。周旦佐文武，《金縢》功不利。推心辅王政，二叔反流言。"在座的谢安听了，泪下沾襟。孝武帝听了桓伊借古讽谏的《怨歌》，脸上亦露出惭愧的神色。退朝后，孝武帝突然亲临谢安家，谢安焚香恭迎。孝武帝见谢安家堂前瑞柏枝叶繁茂，称赞道："宝树也。"并亲书谢安宅为"宝树堂"（有说书"宝树添辉"四字）。这个故事见于《晋书·桓伊传》和部分宗谱。

广西贺州市贺街谢氏祠堂门联

宗开洛邑；

祠镇临江。

【注】① 洛邑：指洛阳。② 临江：指贺州临江。

南国家声远；

东山世泽长。

【注】① 南国：周宣王五年（前 823 年）六月，卿士尹吉甫和申伯奉王命，领兵平定北方猃狁，申伯受封于谢城，后以谢为姓。谢城在京城洛邑的南方，是周之南国，就是《诗·大雅·崧高》篇里所说的"于邑于谢，南国是式"。意思是申伯公治理的南国成为了周王朝的榜样。② 东山：典指谢安。

栋对

氏族出南阳，由越州而赣州、汀州、潮州、梧州，炽炽衣冠一脉流传愈盛；

宗祠开贺邑，自始祖迄远祖、高祖、曾祖、显祖，绵绵祀典千秋陟降攸临。

【注】上联叙述贺州谢氏的由来；下联祈祷祖宗香火绵绵不绝。

继往仰前徽，运筹决策，智胜秦军，建立伟大功勋，青史留名芳百世；

开来期后秀，尚武崇文，振兴祖国，钻研尖端科技，中华显姓耀千秋。

【注】上联用谢安指挥淝水之战获得伟大胜利事典；下联祈祷子孙发达、文武双全、光耀千秋。

龛联

祀祖宜诚，思本溯源，后裔春秋陈俎豆；

奉宗必敬，慎终追远，云孙世代荐馨香。

【注】此联表达了谢氏裔孙饮水思源、奉宗敬祖的虔诚心情。俎豆：俎和豆，都是古代的祭器。

广西桂林平乐南岸洲谢氏宗祠门联

乌衣堪继世；

宝树自逢春。

堂联

祥光普照乌衣第；

瑞气咸临宝树堂。

【注】乌衣：青色的衣服。为当时王谢家族子弟穿着。语出唐代刘禹锡诗《乌衣巷》："朱雀桥边野草花，乌衣巷口夕阳斜。旧时王谢堂前燕，飞入寻常百姓家。"

> 池塘青草房房梦；
>
> 淝水奇功代代传。

【注】淝水奇功：晋太元八年（383年），前秦符坚率百万大军南下，企图一举消灭东晋王朝。整个朝廷人心惶惶，自认必亡无疑。扭转这危如累卵局面的，正是谢安、谢石、谢玄、谢琰等谢氏兄弟子侄。当时，征讨大都督谢安仅以八万之众，对付符坚的百万大军。特别是前锋都督谢玄，仅以其亲练的八千北府精兵，在淝水大破秦军，乘胜北进，为晋室收复了大量失地，使东晋朝廷得以偏安于江左。淝水一战，举世闻名，谢氏诸将领人人加官晋爵，权倾朝野，谢氏进入最辉煌的历史时期。自东晋至南朝宋、齐、梁、陈三百年间，任你改朝换代，谢氏一直执掌朝政，可以说是无谢不成朝。

广西贺州公会镇谢氏宗祠门联

> 宝井泽百世；
>
> 树森佑万家。

【注】上下联首字典出谢氏著名堂号"宝树"。

龛联

> 昌荣恒久，千秋基业；
>
> 祥光永驻，万世榕荫。

广西柳州城中谢氏宗祠堂联

> 晋崇安石，宋仰叠山，昭代溯源流，嵩山岳降；
>
> 阶茁琼芝，庭森玉树，祥光辉俎豆，秋实春华。

——谢莘农

【注】谢氏祠堂旧址在柳州蚂蜗塘（今城中区映山街东二巷），今无存。此联为谢莘农撰。安石：即东晋谢安石。叠山：即南宋名臣谢枋得。玉树：谢玄曾答谢安云："一门佳子弟，如芝兰玉树，欲其生于庭阶耳。"下联用此意。

谢莘农（1829—1902）：名三聘，晚清举人，曾任岑溪县训导，后改任柳江书院山长及凤山书院、龙城书院山长，以教师为终生事业。

广西柳州柳江塘头谢氏宗祠堂联

晋相风徽传祖德；

宋臣忠孝衍家声。

【注】此谢氏宗祠在塘头村，清代始建，现祠为重建，两进一井三开间，悬山顶。堂号为"宝树"。

祖考无亲疏，想当年，申伯分封原归一本；

宗祠序昭穆，幸此日，子孙会食犹得同堂。

【注】此为下厅屏门上部"兰桂腾芳"的配联，上款"宣统二年季冬月榖旦立"，下款"裔孙等同敬"。

广西柳州柳城东泉谢氏宗祠堂联

黄蕉丹荔岭西多，祀祖敬宗，应念我同姓；

文德武功江左盛，承先启后，毋忝尔所生。

——谢康

【注】谢氏宗祠在柳州市柳城县东泉镇。

谢康（1901—1994）：别号永年，广西柳城人。曾任国立广西大学训导长、文学院长等职。1949年秋任香港珠海学院教授。后定居台湾。集教育家、文学评论家、诗人于一身。

安土话东泉，看市郭江村，却喜稻粱盈廪舍；

龙兴沾世泽，幸宗枝奕叶，共欣兰桂满阶庭。

——谢康

【注】联说本支谢氏在此地枝繁叶茂，乐业安居。

广西柳州柳城对河谢氏宗祠联

崧高维岳；

兰茁其芽。

——谢三聘

【注】此为大门联。上联用《诗·大雅·崧高》篇语，下联取自东晋谢安石的话。

梅水旧渊源，想当年祖德宗功，恳则著爱，则存世胄山东，丕振宏猷光二晋；

柳城新谱系，迄今日孙谋子燕，文以武经，以纬衣冠南国，益蕃瓜瓞秀三株。

【注】此为祖龛旁配联。说此支谢氏来自广东梅州，在广西柳城发达兴旺。

祖德绵长，钓渭遇文王，辅周伐纣治天下；

宗功浩荡，扫犹升太师，承姜赐谢定乾坤。

【注】此为上厅两壁联。联说谢氏始祖申伯所辅佑的等人上钩的姜太公之事。申伯得封于谢邑，别姜为姓，遂有谢氏。其后裔谢衡晋末避乱，始居始宁，为东山始祖，故谢氏有"东山第"的郡望。后谢氏人家几经分迁，进入广东梅州一带者，成为东泉对河谢氏的分支源头。

淝水著殊勋，名闻东晋，旷世奇谋夸凤羽；

宣城留胜迹，衣冠南国，箕裘衍庆兆龙麟。

【注】此为下厅墙上对联。上联说的是公元383年先秦符坚率军与谢玄为统率的东晋军队决战淝水，晋军以少胜多的战例。下联说的是南朝诗人谢朓（464—499）的事迹。他于建武二年（495年）任宣城太守，后迁尚书吏部郎，诗歌创作有很大成就。

驾衣望族；

宝树家声。

【注】此为宗祠门楼联。说谢氏望族和家声。典故来自晋代谢安、谢玄叔侄。《晋书·谢安传》："安尝戒约子侄，因曰：'子弟亦何预人事，而正欲使其佳？'诸人莫有言者。玄（安之侄）答曰：'譬如芝兰玉树，欲使其生于庭阶耳。'"后以芝兰玉树、谢家宝树喻佳子弟也。

广西柳州柳城佛子村谢氏宗祠联

晋祖风规传世德；

宋臣忠孝衍家声。

【注】谢氏以"宝树"为堂号，此为配联。联说谢氏的世德和家声。世德：世代留传的功德。《诗·大雅·下武》："王配于京，世德作求。"

宝树茂千枝，枝繁叶茂，柢固根深，郁郁葱葱，遍布神州大地；

左江分万派，派广渠宽，源长系远，翻翻滚滚，同德四海五湖。

【注】联说谢氏的世德和家声。

南国展鸿图，辅佐宦王，崇封洛邑，宠赐公侯，姓显名扬垂史册；

东山开骏业，匡扶晋主，大振朝纲，荣膺宰相，官高位极载书篇。

【注】联说谢氏的世德和家声。

湖南炎陵谢氏宗祠门联

> 乌衣望族；
>
> 凤羽名流。

【注】上联说谢弘微；下联指谢超宗。

堂联

> 相业古今三大傅；
>
> 家声吴越一东山。

【注】上联说的是谢安、谢迁、谢升；下联指的是谢安。

陕西镇平谢氏宗祠陈留堂祠联

> 东山系望于苍生；
>
> 西堂自夸夫奇梦。

【注】福建武平谢氏实际上与陕西镇平谢氏是一脉相传的同族分支，也是闽、粤移民中的大家族。武平谢氏迁陕始祖谢世显，二世谢有陞，三世谢元恭、谢元敬，四世以后在陕西汉阴、安康等地不断繁衍、发展，成为名门望族。堂联指谢安隐居东山心系百姓典故。

陕西谢氏宗祠长汀堂祠联

> 长岗日暖舒龙须；
>
> 宝树风和起凤毛。

【注】《滕王阁序》："非谢家之宝树，接孟氏之芳邻。"谢玄曾以"芝兰玉树"比喻好子弟。上联是说谢氏所聚居地长汀的自然条件很好。下联是说谢家族人都是天下龙凤，世上英才。

台湾谢氏宗祠门联和堂联

堂号小序：台湾谢姓人大都从粤东迁徙渡台建基创业，通过一代代努力，终于辟出一方天地。谢氏后裔不忘祖德，建祠纪念宗族先贤，垂裕后昆。其仍用先祖"宝树堂""东山堂""陈留堂"几个谢氏著名堂号，以纪念祖先的功德。

> 宝树腾辉传世德；
>
> 凤毛齐美振家声。

宝德风声传后裔；
树荣气象耀前徽。

宝树家声传海岛；
东山世泽接台疆。

宝树家声源流远；
东山世泽福泽长。

西振家声源流远；
东山世第福泽长。

宝树腾辉传世德；
东山奕秀振家声。

宝树精兴垂万世；
树萱赐茂著千秋。

陈恢先绪家声振；
留裕长垂世第新。

东发花开欣兆瑞；
山川毓秀现呈祥。

宝藏恒兴祥征善德；
树荣枝茂庆衍家风。

【注】从徙台的谢姓人家的祠堂对联中可以看出，谢氏人对"宝树、东山、陈留"

这三个堂号的钟爱。因为这三个堂号，说的谢氏很多先贤的典故（如谢安、谢玄、谢灵运等）。堂号放于联首，或镶于对联之中，体现谢姓子孙对这三个意义非凡的堂号的推崇，祈望后代子孙承继先人勤学清廉的显赫家风。

台湾高雄美浓谢氏宝树堂栋对

世系肇周封，想当年相国经邦，长垂事业怀江左，

勋名标晋代，愿此后兰芽桂馥，永旧馨香绕凤山。

【注】① 世系肇周封：指的是周宣王五年，封申伯于谢邑，子孙以邑为氏，而有谢氏。② 想当年相国经邦，长垂事业怀江左：指的谢安。

系本广东梅县嘉应州，星罗棋布，大族分支超岛外；

徙居台湾苗栗芒埔庄，北迁南徙，镇兴建室振间中。

【注】上联指出台湾谢氏人家祖籍为广东嘉应州（今梅州）梅县；下联点出迁徙来台地苗栗市芒埔庄，最后才落脚到美浓镇。

台湾屏东内埔乡美和村谢氏宗祠堂联

绩著东山，六朝门第推巨室；

功垂南宋，百世衣冠仰大儒。

江西赣州谢氏宗祠堂联

溯周室肇封，历晋迄明迄清，世泽绵延思旧德；

忆东山启宇，由浙而闽而粤，家声大振焕新猷。

江西赣县田村轨谢氏宗祠堂联

别派分支，居竹园居，湖塘住墓园，百代源流同一脉；

编图立户，六十八六，十九七十一，两房里甲号三都。

申伯受皇恩，谢邑得姓，子孙万亿遍环宇，伟业垂青史；

轨公肇乌衣，竹园开基，蕃衍千户布赣兴，家声震虔州。

江西宁都竹笮乡新街本乃翁祠联

千古江流，山环香抱，四面风光，奇趣独特；

万重景色，柳暗花明，百里月影，雅观极佳。

江西宁都黄陂杨依谢氏家庙堂联

东山辈出，淝水将军，恪守陈郡嫡义；

初日美谈，清风柳絮，流传江左文章。

福建上杭湖洋谢氏宗祠堂联

自上畲肇迁湖洋，叶别支分，祠德留徽绵百氏；

傍东山报本箕裘，前光后裕，簪缨继美耀千秋。

由国治以奏升平，之远之近，莫限经纶初发轫；

裕殿猷而行大道，有为有守，无边匡济永鸿图。

北阙赐恩光，宫锦新添斑袖舞；

东山崇德望，墅棋群美著书闲。

——纪昀

纪昀（1724—1805）：字晓岚，一字春帆，晚号石云，道号观弈道人，直隶献县（今河北沧州市）人。清代政治家、文学家，乾隆年间官员。历官左都御史，兵部、礼部尚书、协办大学士加太子太保管国子监事致仕，曾任《四库全书》总纂修官。纪昀学宗汉儒，博览群书，工诗及骈文，尤长于考证训诂。任官50余年，年轻时才华横溢、血气方刚，晚年的内心世界却日益封闭，其《阅微草堂笔记》便是这一心境的产物。他的诗文，经后人搜集编为《纪文达公遗集》。嘉庆十年（1805年）二月，纪昀病逝，因其"敏而好学可为文，授之以政无不达"（嘉庆帝御赐碑文），故卒后谥号文达，世称文达公。

广东梅州塘唇双魁第谢氏宗祠堂联

天高地厚，恩益远益深，读可荣身工可富；

祖德宗功，泽愈长愈盛，勤能创业俭能兴。

广东兴宁黄槐仕琛公谢氏宗祠堂联

祖德衍遗徽，想当年忠孝传家，业绍东山垂燕翼；

宗功昭令德，念昔日诗书启后，基开宝树焕鸿图。

广东蕉岭新泉永富谢氏宗祠堂联

溯北棣之遗徽，丕显丕承，只冀流传勿替；

由南邦而肇造，善继善达，还期统绪无疆。

广东东莞茶山南社谢氏宗祠堂联

屏枕春山，望罗浮如视秀岭，而发千枝，枝枝挺劲；

门迎西水，横之海以绕东江，源流万派，派派澄清。

广东平远谢氏乐粤公祠联

南国崇封，渊源百代；

东山肇祀，俎豆千秋。

韵接东山丝竹，行其礼奏其乐；

仪传南国衣冠，敬所尊爱所亲。

江左仰风流，祖德宗功，经济勋猷隆晋代；

东山宏事业，父作子述，衣冠文物显平阳。

嵩岳降灵长，式南土，望东山，祖德宗功，一派渊源传百粤；

陈留继绪远，梦西堂，威北府，经文纬武，千秋事业耀三台。

广东平远差干文丰谢氏祠联

祖德岂忘酬，忆当年创业荣宗，瓜瓞绵绵衍百世；

香烟浮宝鼎，期后裔流长枝派，螽斯奕奕庆千秋。

广东平远石正谢氏宗祠联

淝水溯家声，想当年匡扶晋室，战胜苻秦，民族传英雄，独占光荣第一页；

平阳瞻物望，美此地秀茸麟峰，灵钟凤岭，人文看荟萃，再扬威烈到九重。

——谢竹铭

广东平远上举文裕村谢氏祠联

形势称百粤之雄，看麟峰迭翠，凤岭涵青，应羡地灵人杰；

门第以六朝为胜，溯沘水美名，东山相业，敢忘祖德宗功。

——谢远涵

谢远涵： 清末举人，曾任江西省长。

谦让雅怀，室内祥花呈异彩；

友恭和气，庭前瑞草发奇香。

广东平远谢氏游戎第祖堂联

万里驰驱扬伟绩；

一门孝义著芳型。

功勋树立边陲外；

孝义长存天地间。

广东平远差干湖洋谢氏祖堂联

五伦为立身之本，在此处着实做去，便是真人品真学问；

六经乃原道之书，从这里体味出来，方成大根底大文章。

湖清云映，古柏留香，世泽溯南邦，当年文正高风，刚毅直心昭祖德；

洋静波平，楼台入画，家声扬西晋，异日蝉联鹊起，英明辅政继宗功。

——谢达程

广东平远差干杞溪谢氏五祖堂联

五世开基，创垂有本；

两朝食德，诒后无疆。

将相公侯，吾宗人物；

封胡羯末，江左风流。

高阁镇江流，气接蓬瀛，联袂同登齐奋发；

危楼插天汉，辉腾奎壁，举头从眺见文明。

南土发长流，万派同源，汇成渺渺茫茫，气吐江河兴事业；

东山森宝树，千条共杆，蔚为枝枝叶叶，花开富贵起人文。

广东平远上举文裕村谢氏祖堂联

嘉言遵彝训，追溯祖德宗功，往行前言光俎豆；

举事绍先型，应当父慈子孝，继志述事大门闾。

——谢京球

四维垂训，永固纲常，自应克壮先猷，整顿衣裳光百代；

世泽长存，毋忘纪律，只期联辉后秀，重新俎豆述千秋。

——谢达程

广东平远仁居谢氏藻庭公馆中堂

顷刻莫偷闲，趁此日年富力强，黄卷梦中当励志；

经文须熟读，到那时心融意会，青云路上夺先声。

广东平远谢氏黎坊燕翼堂

数不尽春光，门前绿树，阶前瑶草；

看将来得意，千里晴空，万里青云。

福建宁化石壁南田谢氏宗祠堂联

庙貌彪炳，始祖申伯，承思周宣之赐姓，两千八百年，宏基宏业；

神昭敬祝，袁公裔孙，敕封宝树之灵根，九州五郎号，列祖列宗。

福建宁化翠江小溪谢氏家庙堂联

北海著徽声，韬策妙机，毋忘使命，奂新光先祖；

东山垂令范，勋名学术，窃翼缵承，勿赘启后人。

福建宁化石壁南田谢氏家庙堂联

衣冠南渡，祖传书香门第；

郡留陈留，代衍贤德世家。

文能安邦，以忠孝治，五世吏部，奇才睿知，誉满朝邦，名门谱春秋；

武可卫国，拒杜胡扰，一门四帅，按戎执戈，驰骋疆场，丹心映日月。

广西柳城旧县城凤山谢氏宗祠堂联

南国家声，锡圭作宝；

东山世泽，玉树长春。

——谢三聘

广西贺州临贺故城谢氏宗祠堂联

东山开骏紫，匡扶晋主，大振朝纲，荣膺宰相，官高位极载书篇；

南国展鸿图，辅佐宣王，崇封洛邑，宠赐公侯，姓显名扬垂史册。

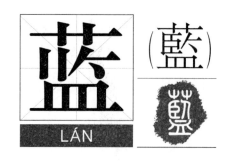

【姓源】《姓觿》。

① 蓝氏，嬴姓。战国时梁惠王三年，秦子向命为蓝国（即蓝田）国君。食采蓝田（今陕西蓝田县境），子孙因氏（《竹书纪年》）。

② 《姓氏考略》载，蓝，即蓝田，子孙以地为氏。其得姓于蓝田，即今陕西渭河平原南缘、秦岭北麓。这片土地，最初是西周时的姬姓诸侯国——魏国的地盘，后被晋所灭，封给晋大夫毕公高的后代毕万。战国初期，成为"战国七雄"之一的魏国的开国之君魏文侯（名斯），是毕万的后代，夺得大梁（今河南开封）等地。魏惠王迁都大梁，因而魏也被称梁。梁（魏）惠王将战败国的贵族分封各地，其中秦国公族的后裔被封于蓝田，子孙后代就以封地名为姓。

③ 赐姓。炎帝的后裔帝榆罔的儿子昌奇出生时，有熊国进贡秀蓝一株，帝榆罔便赐姓"蓝"，名昌奇，及长，分封昌奇于汝南郡，是蓝姓受姓始祖。

④ 少数民族汉姓、改汉姓（略）。

【分布】蓝氏最早出现在战国时期的梁惠王三年，秦子向即蓝姓的始祖。

宋理宗宝庆元年，江南蓝姓的第十五世子孙蓝吉甫，因遭金人之乱而逃离建康，迁奔到福建福清的五福乡，成为蓝氏入闽始祖。

明清时期，福建漳浦的蓝姓族人大多迁往广东潮汕地区。

蓝姓为中国第121常见姓。人口近140万，约占全国人口的0.11%。分布较广，广西、福建、广东、浙江较多，江西、黑龙江、四川、贵州、湖南等省亦多蓝姓（《中国姓氏·三百大姓》）。蓝姓客家人大都分布在广东、广西、福建、台湾和江西，四川和湖南也有一些。

【郡望】汝南郡、中山郡、东莞郡等。

【堂号】种玉堂、中山堂、蓝田堂、汝南堂等。

通用祠联

门联

汝南世德；

节度家声。

【注】上联典指蓝姓开族始祖蓝昌奇。蓝昌奇，受封于汝南，后在汝南发展成望族。下联典指唐朝蓝明德。蓝明德，官至扬州节度使，宦游金陵，居建康（今南京）上元朱紫坊，为蓝姓自豫迁江南之开基始祖。

汝南世第；

藩幕家声。

福州望重；

泉近名高。

【注】① 汝南世第：据《蓝氏族谱》载，蓝氏始祖蓝昌奇，相传是神农氏的第十二代裔孙，临诞时有熊国君贡秀蓝一株，遂赐姓蓝。蓝昌奇后裔分封汝南，后世遂以"汝南"为堂号。② 藩幕家声：指明初开国功臣蓝玉，封凉国公镇守西凉，他以藩幕为房。③ 福州望重；泉近名高：指宋元祐年间蓝奎，宦居福州，子孙繁衍成为旺族。

国公世德；

大夫家声。

福州望重；

即墨名高。

【注】上联典指蓝奎。宋朝时期的程乡（今广东梅州）人蓝奎，字秉文，小时候家贫，借书苦读。中进士后，官博士，曾奉诏在福州点校文章。气节与文章

一并出名，学者称他为"蓝夫子"。下联典指蓝田。山东青岛即墨人蓝田，字玉甫，号北泉，嘉庆年间进士，官至河南道监察御史。当时，大臣张璁迎合世宗旨意讨论大礼，蓝田反复抵制，先后七次上疏，以致受杖刑被打成重伤，仍坚持自己的意见；又弹劾陈洸违法的事，正直的名声震动一时。著有《北泉集》。

衡文望重；
讨贼功高。

【注】① 衡文望重：指宋时蓝奎举进士，官博士。受诏校文于福州，以文章气节名，学者称"蓝夫子"。② 讨贼功高：典出蓝玉。蓝玉，明凤阳人。初隶常遇春帐下，临敌勇敢，所向皆捷，累功官大都督府佥事，以征西番功，封永昌侯，后因功又封凉国公。

濠梁仙侣；
浙派画家。

【注】① 濠梁仙侣：典指蓝采和。蓝采和，传说中八仙之一。为唐末逸士，夏服絮衫，冬卧冰雪，常于长安市携篮而歌，周游天下。后在濠梁酒楼上饮酒，闻空中有笙箫之音，遂乘云鹤而去。② 浙派画家：典出蓝瑛。蓝瑛，明钱塘人。善画，其山水画师法宋元，自成一格，极北宗雄犷之观，人称"浙派殿军"。

汝水源流远；
蓝田世泽长。

【注】汝南、汝水指的是同一地方，典出蓝昌奇。下联寓意秦子向命为蓝国（即蓝田）国君，有"蓝田生玉""蓝田种玉"之谓。

堂联或栋对

汝水源流远；
南山景色新。

玉出蓝田光国史；
种传四海耀家声。

【注】梁惠王三年（前367年），秦子向命为蓝君，即蓝田国君。子孙以地为氏。蓝田今在陕西西安市长安区东南，该处以出产美玉出名，故有"蓝田种玉"之称。

荆璞挥军驱海盗；

秀豪为国保金瓯。

【注】上联典指清代福建水师提督蓝廷珍，字荆璞，漳浦人。从施琅入台湾，平朱一贵，加左都督。下联典指关东革命大都督蓝天蔚，字秀豪。早年以官费留学日本。沙俄入侵我国东北，他发动留日学生组织拒俄义勇队，被推为队长。

吟咏铿锵，骚人望重；

文章气节，夫子名尊。

【注】上联典指宋朝时期的诗人蓝元威。下联典指宋朝时期的进士蓝奎，程乡（今广东梅州）人，中进士后曾奉诏在福州点校文章，文章气节一并出名。

通仙籍于南唐，派衍支分，御史列卿绵令绪；

历官阶于北宋，名尊望重，骚坛文苑擅当时。

广东大埔湖寮古城蓝氏家庙联

大德高风，汝水宗支长垂典范；

兴仁厚泽，湖山衍派永沐深恩。

【注】汝水指蓝氏汝南郡，湖山指湖寮。蓝氏家庙距今约650年。

广东大埔湖寮蓝氏两云公祠联

堂开仁里居中地；

门对湖山第一峰。

【注】古城为湖寮最中心地方。湖寮人做大屋，皆取坐北朝南向，南向第一峰是大帽山。此联作者蓝子斐，民国名士。

广东大埔湖寮新寨蓝氏润坤公祠联

润祖肇基，德义传家，乐善行仁彪青史；

九思明训，谦恭世守，人文蔚起继前贤。

【注】此联是清乾隆举人蓝植所撰，联中"德义传家"是钦赐荣匾之名称，已沿用三百余年。

广东大埔湖寮新寨蓝氏荣封第联

统绪相承，念先世创业维艰，登斯堂毋忘垂裕；

丝纶永耀，愿后昆成名树德，光此第叠锡荣封。

【注】此联是清乾隆举人蓝植，别号竹溪钓叟所撰，联中巧妙地嵌入"垂裕堂"与"荣封第"，已沿用二百余年。

溯润祖，立九思，五栋延徽添五福；

念循公，建垂裕，三堂接宇庆三春。

【注】此联作者民国时期蓝宽慎，联中所叙循公历代上祖，自五栋祠，润祖迁建九思堂，循公手建垂裕堂。

广东大埔湖寮下坜蓝氏其顺堂联

屏负三台，台光长耀甲第；

案排五虎，虎炳永占人文。

【注】① 三台：指山形名，三台揽胜。② 五虎：指五虎山。

其功德，惟祖先缔造光华史册；

顺源流，丕裔孙心田簪缨谱章。

广东大埔湖寮古城蓝氏宗祠联

心远达重霄，二木仙书留钦慕；

地偏可容膝，三阳泰运随春来。

【注】二木仙书：指清代高僧广东林木陈题写门匾字"心远地偏"，典出陶渊明诗《饮酒》。

广西玉林博白径口茶根蓝氏宗祠联

汝南世泽；

汀化家声。

【注】上联典说蓝氏郡望，下联典说本支蓝氏来自汀化之乡。蓝姓起源：得姓始祖子向，战国时秦国人。梁惠王（即魏惠王）三年（前367年），秦子向命为蓝君，蓝即蓝田，即今陕西蓝田县，蓝田位于秦岭之北，蓝水之东，以产美玉而名闻天下。子向之后以地为氏，称蓝姓，并尊子向为其始祖。"汝南"为郡名，在今河南中部偏南及安徽淮河以北地区。

广东平远热柘韩坑蓝姓祖屋堂联

溯汝南系统而分支，念先人踏踏歌词，懿德流徽千古在；

居韩水上游而筑室，愿后裔绵绵瓜瓞，箕裘克绍万年馨。

广东平远下黄地蓝氏祖祠联

　　由大坑而迁小柘，念先人缔造惟艰，远绍武平前代泽；

　　历上黄于宅下村，愿尔辈守成勿替，长延凉国旧家风。

广东大埔湖寮蓝氏九思堂联

　　缵绪业于江西，恩承五世，教授一经，共庆人文鹊起；

　　播勋猷于山右，秩誉三台，宴荣千叟，相延科第蝉联。

　　读圣贤书，励行孝悌相承，发奋图强，方称佳子弟；

　　守润祖训，谨遵德义传家，光前裕后，才是好裔孙。

广东梅州白宫四平村蓝氏宗祠堂联

　　　大坑迁居而来，有谋有猷，谋猷自能绵百世；

　　　西阳创业以来，惟孝惟友，孝友方愿继千秋。

广东平远梅子坝蓝氏祖祠堂联

　　念祖启箕裘，安居闽武，孝友遗风，八世重光昭百代；

　　荆公垂统绪，卜筑梅州，诗书是训，两人济美炳千秋。

　　莫谓锦堂真富贵，男畏耕，女畏织，怠情终须落下品；

　　勿云茅屋无公卿，士劳心，农劳力，殷勤必定出人才。

广东河源蓝氏宗祠堂联

　　　　　高辛赐姓蓝，渊源传芳古；

　　　　　公主配驸马，繁衍永兴隆。

广东紫金青溪蓝氏宗祠堂联

　　汝水溯渊源，祖泽涵濡，代有人文，唐宋仙才登两榜；

　　丫山开土宇，孙枝郁秀，家传举业，福汀支派接双头。

由乐邑临神江自增塘，止米沥之区数百里，迢遽云崖聿来胥宇；

陟鸡冠逾鹿顶超龙甲，择丫山以处十余世，绵延瓜瓞长发其祥。

溯厚德于庐丰，福州校文，泉州讲学，梅州显名，数百载源远流长，家声不坠；

缅徽音于汝水，唐有谏议，宋有列卿，明有御史，几千年瓜绵椒衍，世泽常昭。

江西上犹横坑村蓝屋如春堂堂联

诗书绵世泽；
忠孝振家声。

传家不外耕和读；
处世惟期俭与勤。

江西上犹平富横坑蓝氏宗祠堂联

治事常将勤补拙；
居心弗以刻为能。

从高远处洞观气识；
于闲暇时策励精神。

世上有是非门户，须三缄其口学真人；
人生唯酒色机关，应百炼此身成铁汉。

福建上杭蓝氏宗祠堂联

闽山沃土，乔木千枝，七枝竞茂；
汀水清泉，激流万派，一派扬波。

桑梓本平川，秀挺英钟，近集长杭衣冠于万代；
云宗纳汝水，支分派合，远联江粤昭穆于一堂。

台湾蓝氏宗祠门联或堂联

> 汝汉龙门先及第；
>
> 南京御史早春风。

> 汝水家声扬海国；
>
> 南阳世泽振台疆。

【注】台湾屏东六堆地区蓝姓宗祠用祠联，用堂号"汝南"当作联语的句首字，以鹤顶格的技法题撰。提示蓝姓宗族之望所出，教育子孙应以先祖为榜样。

台湾屏东六堆蓝氏宗祠栋对

> 祖德重光，念先人本籍镇平，分居台岛，创业成家贻世泽，
>
> 宗功发盛，期后裔诗书执礼，孝弟力田，俭勤立志振家声。

陕西柞水红岩寺蓝氏宗祠堂联

> 汝南文理通天下；
>
> 汉北家风异世长。

四川隆昌、泸州、荣昌蓝氏宗祠堂联

> 汝南开基一脉流传功德远；
>
> 奕世承统千枝畅茂地天长。

> 自闽粤开基簪笏铭旗标晋末；
>
> 迄蜀川著第诗书辉板振泸州。

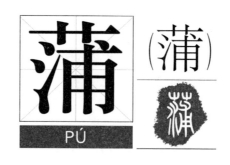

【姓源】《风俗通义》。

① 西周时有蒲国，隗姓，公族以国为氏。蒲国，子爵。本商时甫国，赤狄所建。故城在今山西隰县北。晋灭蒲，为晋地，晋公子重耳奔蒲，即此。

② 以邑为氏。蒲，春秋卫邑。在今河南长垣县境。《左传·桓公三年》齐、卫会盟于蒲是也。

③ 羌族姓。前秦苻氏。《华阳国志·巴志》晋时阆中（今属四川）大姓有蒲姓，今西北地区蒲姓多出羌人之后，现代羌族亦有蒲姓。

④ 少数民族汉姓或改汉族姓（略）。

【分布】蒲姓为中国第186常见姓。人口近55万，约占全国人口的0.044%。约83%分布在四川、重庆、陕西、甘肃、湖南五省、市（其中四川最多，约占全国蒲姓人口的49%）；贵州、广东、海南、湖北、河北五省亦多此姓（《中国姓氏·三百大姓》）。蒲姓客家人不多，主要分布在广东、四川、湖南、海南和湖北，江西也有少量分布。

【郡望】河东郡。

【堂号】河东堂。

通用祠联

堂联

通经源于母教；

幼聪足为帝师。

【注】① 通经源于母教：典指蒲卣。蒲卣，宋阆州人，字君锡。其母任氏达

经知书，里中号曰"任五经"。卣自幼受业于母，得中元丰进士，累官中大夫，有治声。② 幼聪足为帝师：虞舜时有蒲衣子，自幼聪颖博学，十八岁为舜师。

> **汲水贮瓶，证明心事；**
>
> **清风建阁，留戒子孙。**

【注】① 汲水贮瓶：宋蒲寿晟知蒲州，尝汲水二瓶置于左右。时人作诗颂之曰："蒲侯心事一般清。" ② 清风建阁：蒲宗孟，宋新井人。皇祐进士，擢翰林学士，拜尚书右丞。家多藏书，建阁曰"清风"。曾告诫子孙："寒可无衣，饥可无食，书不可一日失。"

> **闲居丛稿，平实显易；**
>
> **聊斋志异，笑骂文章。**

【注】上联指元代国子博士蒲道源。蒲道源，字得之，眉州人。所著《闲居丛稿》，平实显易，有承平之风。下联指清代文学家蒲松龄事典。蒲松龄，字留仙，又字剑臣，别号柳泉居士，清代著名的小说家，著有短篇小说集《聊斋志异》。现山东淄博市蒲家庄人。他在科举场中极不得志，虽满腹实学，乡试屡不中，72岁时被补为贡生。平日除微薄田产外，以教书、幕僚维持生活。《聊斋志异》是蒲松龄的代表作，全书有短篇小说491篇。题材非常广泛，内容极其丰富。多数作品通过谈狐说鬼的手法，对当时社会的腐败、黑暗进行了有力批判，在一定程度上揭露了社会矛盾，表达了人民的愿望。人称嬉笑怒骂，皆成文章。

> **春霜秋露，当思德业由先泽；**
>
> **云蒸霞蔚，留得读书与后人。**

> **居官甘淡泊，不谋口腹；**
>
> **教子务读书，无虚饥寒。**

【注】上联说宋代福州侯官人蒲尧仁。蒲尧仁，字彦性，绍兴进士，乾道年间为泰和知县，为政清廉谨慎，常拿出自己的俸禄接济贫苦人，而自己经常是十几天都吃不上一次肉，曾说："吾不以口腹累人。"下联说北宋阆州新井人蒲宗孟。

【姓源】《世本》。

① 传说高阳氏帝颛顼之后封于蒙双，后以邑为氏。蒙双春秋、战国时为宋邑，在今河南商丘东北。

② 蒙氏，风姓。颛臾氏主蒙山之祀，谓之东蒙主，其后省为蒙氏。

③ 蒙，春秋时为鲁邑。今山东蒙阴西鲁大夫以邑为氏。楚灭鲁，蒙氏为齐人。战国时蒙氏入秦，故秦有蒙。

④ 蒙，春秋楚邑。在今湖北荆门山西之蒙山。楚大夫以邑为氏。

⑤ 少数民族汉姓或改汉姓（略）。

【分布】蒙姓为中国第 200 常见姓。人口约 47 万，占全国人口的 0.038%。约 71% 分布在广西、贵州两省、自治区（广西最多，占全国蒙姓人口的 42%）；19% 分布在广东、海南、陕西、湖南、云南五省（《中国姓氏·三百大姓》）。蒙姓客家人主要分布在广西、广东、海南、湖南，陕西也有少量分布。

【郡望】安定郡。

【堂号】安定堂、长城堂等。

通用祠联

门联

典五官治楚；

筑长城防胡。

【注】上联典出春秋时楚国人蒙谷。蒙谷为楚昭王时大夫。吴人入郢，楚昭

王君臣出奔，人民逃亡，惊慌杂乱。蒙谷由宫塘至郢，潜入王宫，把楚国法律大典《鸡次之典》抢救出来，浮于江而逃入云梦泽之中。楚昭王回郢复国后，五官失法，社会动荡。蒙谷及时献典，五官得法，百姓大治，社会稳定。史称蒙谷之功"多与存国相若"。下联典指秦代将领蒙恬。蒙恬，少时学狱法，后为狱官。秦始皇二十六年破齐有功，任内史。秦统一六国之际，匈奴趁机南下，占据河南地。后受命率军三十万北击匈奴，次年收复河南地，击退匈奴七百余里，屯兵上郡。蒙恬吸取战国时期据险防御的经验，从榆中沿黄河至阴山构筑城寨，链接燕、赵、秦旧长城，并修筑北起九原、南至云阳的直道，构成秦朝北方漫长的防御线。匈奴慑于蒙恬兵威，不敢进犯。

> 隆基西渭；
> 肇祀东蒙。

【注】秦国名将蒙恬率兵三十万北击匈奴，收复失地。后利用地势修缮、增补旧秦、赵、燕长城，使之连接起来，西起临洮，东至鸭绿江，成为延袤万里的长城。

广西贺州昭平县黄姚古镇劳氏宗祠联

> 祖泽宏敷，祚胤千秋远锡；
> 孙犹广著，本支百世联芳。

广东平远蒙氏宗祠堂联

> 望出安定；
> 姓启蒙山。

> 金代赫赫元帅；
> 秦时炳炳将军。

> 渊源派朔东蒙主；
> 奕叶名高西汉朝。

【姓源】《风俗通义》。

① 赖氏，姬姓，以国为氏。西周、春秋时有赖国，子爵，周文王第十九子叔颖始封。故城在今河南息县东北包信镇傅庄村。公元前538年灭于楚。

② 蒙古族汉姓。内蒙古克什克腾旗蒙古族赖姓，本姓阿力雅特（阿拉雅特）氏（《克什克腾旗志》，1998）。

③ 少数民族汉姓（略）。

【分布】魏晋南北朝时期，赖氏族人为躲避战乱，纷纷南迁到今江西、浙江、福建、湖南、江苏和广东等地。明朝初年，赖姓族人加快了南迁步伐，足迹遍布今福建、广东、四川和云南一带。明末清初之际，赖姓一族开始由闽、粤迁往台湾和海外。

赖姓为中国第90常见姓。人口约230万，约占全国人口的0.18%。主要分布在广东、福建、江西、台湾四省，约占全国赖姓人口的79%；其次为四川、重庆、广西、贵州、浙江、湖南六省、市，约占赖姓人口的17%。广东省最多，约占全国赖姓人口的27%（《中国姓氏·三百大姓》）。赖姓客家人广东最多，其次是福建、江西、台湾，广西、四川、湖南及港澳也有不少赖姓客家人。

【郡望】松阳郡、颍川郡。

【堂号】颍川堂、松阳堂、西川堂、秘书堂、忠孝堂等。

通用祠联

门联

秘书世第；

积善家声。

颖川世泽；

松阳家声。

【注】晋、唐、宋时代赖姓家族，有爵秩官衔者不乏其人，皆居于河南颖川一带。"松阳"，今浙江松阳县，亦是赖氏的发祥地。晋安帝时，赖遇公以文学闻名，任江东知府，升任副使，授中宪大夫，兼理屯田，政绩卓著，奏请以所居松阳为郡府，蒙晋帝御书"松阳郡"以赐，故赖氏家族将"松阳"作为家族之堂号。

好古世第；

秘阁流芳。

【注】① 好古：人名。相传赖国灭亡后，有个名高望重的赖好古，常念亡国之耻，号召族人立志匡复赖国。② 秘阁：典指唐代赖棐。赖棐，举进士，拜崇文馆校书郎，不就，隐居乡里。

松阳衍庆；

颖水流徽。

秘书世第；

布衣家风。

颖川世德；

东晋家声。

【注】① 秘书、秘书堂：均典出唐代进士赖棐。赖棐，字忱甫，雩都人。自幼聪明好学，七岁会写文章，二十岁通九经及诸子百家之言，远近闻名。赖棐虽然不在朝廷，而他在乡里的名望仍然很高。人们称他的居处为"秘书里"，其后人遂以"秘书堂"为堂号。② 松阳衍庆：赖氏原居河南。东晋兴宁元年（363年）

二十五世赖忠诚官虔州（今赣州）知府，辞官后举家卜居于松阳（今浙江遂昌），其孙赖硕、赖毅迁南康郡之阳都（今江西宁都）。宋代赖朝美，登进士，迁永定，后裔多迁嘉应州各县，家门昌盛，子孙众多。③ 颍水流徽：颍川郡南有颍门，颍川为赖氏发源地。④ 秘书世第：汉代赖妙通，举孝行，任秘书郎，累官至嘉议大夫，赠太师。

松阳世德；

吴越家声。

【注】① 松阳：指其郡望。② 世德：世代积淀的功德。③ 家声：指家世的名声。何为"吴越家声"？因为松阳郡在今浙江西南部，古代隶属吴越地区，故有"吴越家声"之称。

秘书归里；

御史敢言。

【注】① 秘书归里：典指唐赖棐。② 御史敢言：指明赖璟为御史，刚直敢言，抑恶扬善，尤惬舆情。

子承父志护宝岛；

北战南征降倭寇。

【注】全联典出清道光武略骑尉赖日臣。赖日臣，字泰风，号羽山，宁化县水茜乡沿口村人。日臣幼年聪敏过人，过目成诵，才干超人。其父赖景山，曾任福建省台湾府南路下淡水营千总。日臣幼承庭训，善习武艺，少怀大志，恒以继承父职，保卫疆土为己任。道光丙申年（1836年）七月七日，倭寇排成蚁阵进攻我台南镇，炮火冲天，来势甚猛，赖日臣亲率所部出击，所向披靡，斩获甚众，敌酋授首，残寇匿迹，奏凯而归。从此，寇氛荡平，海疆安定。日臣谢世后，次子赖运海受父荫拔补外司员，后授南路镇淡水营守府，往省候缺。后人云："赖氏三代保卫宝岛，功不可没。"

先人厚重和宗，从明水结庐，望云每忆湖山宅；

小子何能耀祖，自丹墀旋里，登堂犹带御炉香。

【注】此联是位于福建省永安市大湖镇曲尺街的赖氏家庙在清嘉庆年间改建竣工后，壬戌科进士赖华钟回乡探亲祭祖时亲笔所题，文字对仗工整精致，字里行间流露着对联作者寒窗苦读之后高中进士的喜悦之情和对故里、先人的怀念。

本布衣以繁衍，祖德宗功，仁厚家声绵万载；

由秘书而焕发，经文纬武，辉煌事业耀千秋。

江西吉安赖氏修吉堂祠联

修省在人心，必诚必敬；

吉祥承天眷，俾寿俾昌。

——蔡匹松

江西吉安赖氏五美堂祠联

五伦从理学功夫，能身体力行，家声丕振；

美玉由琢磨造就，看含章隐耀，善价而沽。

五福耀门庭，喜人寿年丰，图悬吉庆；

美仁称邻里，看朴耕秀读，俗近敦庞。

——蔡匹松

江西赣州赖氏宗祠堂联

芝兰旧艺秘书里；

玉树新墙好古家。

【注】① 芝兰：香草。芝兰亦是蕙芷的简称，古时常喻为德行。② 秘书里：典指赖棐。③ 玉树：乃古代对槐树的别称。一说用珠宝制成的树，汉宫中物。④ 好古家：典出赖好古。

江西赣县大埠赖氏礼公祠联

礼义兴邦，国泰民安芳盛世；

公为教化，君贤臣悦乐长春。

【注】教化：指儒家所提倡的政教风化。

恩垂后继，富贵英贤传万代；

崇福恒临，儒林俊杰耀家风。

【注】垂：传下去，传留后世。

崇扬五帝，万代昭明家声远；

德裕嗣衍，九族昌盛世泽长。

【注】① 五帝：人物合称。指中国上古杰出的五位帝王。有三说：(1)黄帝、颛顼、帝喾、唐尧、虞舜。(2)太皞（伏羲）、炎帝（神农）、黄帝、少皞、颛顼；(3)少昊（皞）、颛顼、高辛（帝喾）、唐尧、虞舜。② 昭明：显明，显著。

江西安远重石赖氏宗祠堂联

颍川源远流不息；

松阳地广争自强。

【注】① 颍川：据资料载，自春秋时赖国遗民部分被迁河南，赖氏在河南颍川等地繁衍，由于任官和战乱等原因，播迁于江南。② 松阳：据《松阳赖氏重修族谱》载，西晋"永嘉之乱"，赖功行之子、曾于东晋兴宁元年（363年）任虔州（今江西赣州）知府的赖忠诚，从浙江处州（今浙江丽水）迁居江西宁都肖田桴源，是宁都有文字可查的最早南迁的赖氏汉民。赖忠诚是叔颍二十五世孙，其玄孙赖光于桴源任官浙江松阳，赖遇为江东太守，赖姓始以松阳为郡号。

江西吉水水南荷山赖氏宗祠门联

泸水迂回萦九曲；

仁山耸峙列三台。

【注】赖氏宗祠曰光裕堂，明朝成化年间从福建迁来开基。

江西石城屏山长溪赖氏宗祠堂联

大晋东西一大尉；

长汉古今两将军。

颍川瓜瓞衍三江，堂构贻谋，奕代蒸尝会典；

琴水本古同一脉，山川毓秀，千年文物家声。

【注】① 颍川：自春秋战国时赖国遗民部分被迁至河南，赖氏在河南颍川等地繁衍发展，郡号颍川。② 蒸尝：本指秋冬二祭。后泛指祭祀。

祥发秘书光，凤舞鸾翔，长溪族聚蛟龙化；

垣成家庙焕，星宿罗列，洪石柱擎日月高。

——董应誉

【注】秘书：官名。掌秘要文书之官，如三国魏之秘书令、秘书丞。

董应誉：清顺治癸巳赐进士第，文林郎、知石城县事。

> 肇周室分封，源远流长，厥后应寝昌寝炽；
>
> 衍颍川华派，生繁族大，斯堂乃美奂美轮。
>
> ——孙绪煌

【注】① 肇周室分封：据史料记载，周武王姬发有弟姬叔颖，是周文王姬昌的十九个儿子，他在周武王十三年（前1121年）被赐封于赖地（今河南颍川），食邑于此。子爵，后建立了赖国。② 寝昌寝炽：寝，指家室，宗室；昌，兴；炽，烈，盛。此言家道兴旺。

孙绪煌：湖北安陆县人，进士，清乾隆年间曾任石城县知县。

> 怀先祖北播南迁，精遴吉地，创业艰难功卓著；
>
> 启后人东成西就，致力图强，循时奋发绩辉煌。

【注】遴：选择，挑选。

> 源自颍川而来，支分梅水，派衍琴阳，世泽庞鸿推望族；
>
> 地据长溪之胜，脉耸眉峰，屏开石赉，江山奇秀毓英豪。
>
> ——黄炜

【注】① 梅水：古称梅川，发源于肖田乡王陂嶂，自北向南流经十多个乡镇，全长145.2公里，至于都境内龙石嘴处注入贡江。② 石赉：即石赉山。公元841—846年，赖姓由宁都官竹园初迁石赉山龙头坪（今石城县屏山镇长溪莲塘下）。村庄背靠青山，明堂开阔，琴江河水缓缓环村而流。该祠背靠雄浑的旗鼓山，左傍雄伟的洪石山，右临高高的石赉山，前面有琴江河、叶背河、横江河三河汇流，交通便利，地势平坦，田连阡陌。

黄炜：清优廪生。

> 成王分封以还，汉为侯晋拜祖，庙堂瑚琏三千年，嘉猷黼黻；
>
> 安帝赐锦而后，居梅水衍琴阳，皋比虎符亿万世，同器珪璋。

【注】① 瑚琏：瑚、琏皆宗庙礼器。用以比喻治国安邦之才。② 黼黻：古代重要的服饰纹样，是冕服十二章花纹中的两种纹样。黻是左青而右黑的斧行图案，有割断之意。黼也是图案，半黑半白，取其向背而代表背恶向善之意。③ 皋比：虎皮。古人坐虎皮讲学。后因以指讲席。引申指传诵，讲习。④ 虎符：中国古代帝王授予臣属兵权和调发军队的信物。铜制，虎形，分左右两半，有子母口可以相合。

④ 珪璋：珪与璋，乃贵重的玉制礼器。比喻高尚的人品等。

发轫肇鸿基，由宁都而石赉，芟荒莽辟荆棘，光照松阳宅地；

耀宗恩祖法，从学子至将军，拯黎民安家国，功臣华夏河山。

【注】① 发轫：拿开止住车轮的木头，使车前进。比喻新事物或某种局面开始出现。② 芟：本形容草长得乱，乱草丛生。此处当使动用，带有斩去的意思。③ 荒莽：荒，荒芜，荒凉；莽，广阔，旷远。荒凉辽远。

江西石城秋溪赖氏松阳家庙堂联

赖氏自周封食邑，颍川遇公改郡松阳，甲第乙科，济济衣冠辉秘里；

家庙从宋立系州，虔化源重开基秋水，丁男子姓，绵绵瓜瓞耀宗坊。

——赖於贤

【注】① 遇公：即五世祖赖遇，字臣庆，东晋孝武太元十八年（393年）以文学举试，初任郎中，后升江东太守等职。② 松阳：松阳县，东汉建安四年（199年）置，治所在今浙江松阳县西北之古市镇，历史上曾改名长松县、白龙县，今仍名松阳县。东晋隆安二年（398年），宁都赖忠诚玄孙赖遇奏请皇上赐松阳郡为赖氏郡望。③ 虔化：江西宁都县古名曾为虔化。

附记： 赖氏松阳家庙旧址为宋代建筑，明万历四十二年（1614年）扩建，占地面积共400余平方米，祠堂内有四对完石支柱，极为坚固，虽经几次重修，依然完好。

江西石城秋溪赖氏宗祐公祠联

源同一本，二郡宗开，三姓共苗裔，四立朝堂，五福绵延垂奕冀；

音清六律，七届谱成，八方新气象，九亲敦睦，十分济美焕人文。

——赖仲祁

【注】① 苗裔：后代子孙。② 奕冀：伟大的期望。

附记： 赖氏崇恩堂位于石城县横江镇友联村下王屋，始建于明洪武年间，扩建于明万历，曾毁于寇。清康熙十一年（1672年）重建，光绪十八年（1892年）重修。

江西宁都石上镇莲湖赖氏祠联

继承松阳世系，伟绩功名垂万代；

善振琴公族声，文经武纬播千秋。

江西宁都县城赖氏仲方公祠联

> 为布衣子孙，虽簪缨不离本色；
>
> 掌秘书门记，有经籍乃见光华。

【注】为布衣子孙：仲方公因于父相国位辞职，承父志终不仕。

福建永定高陂镇富岭绿竹塘赖氏大宗祠联

> 公太娭太，太太受子孙崇拜；
>
> 子孙女孙，孙孙托公太关心。

【注】春秋时代赖国，是由周武王弟叔颖所建的一个诸侯国，后为楚所灭，其子孙散布于河南颖川地区，以国为氏。故赖氏宗祠厅口联有"自叔颖""从赖国"，缕述赖氏家族渊源。此大厅联写法上与众不同，颇为风趣。在用词上不但上下联单边用字重复，上联与下联用字也重复，也符平仄律。这是一副特殊的宗祠联，颇为清新悦目，可堪雅俗共赏。

福建永定抚市镇社前赖氏家庙门联

> 秘书世第；
>
> 好古家风。

【注】上联指唐代赖棐。下联指汉赖好古。赖好古官任大司马，汉昭帝即位（前87年）后，屡召不仕，愿以布衣上殿奏事，毕则归隐，被敕封为"秉公隐士"。"好古家风"在赖氏家族中世代相传。

> 忠厚溯家风，宇启西川，文物雍容光阀阅；
>
> 诗书绵世泽，祥钟秘里，衣冠跄济耀门间。

【注】西川是赖氏郡望及堂号。

福建永定抚市镇社前赖氏家庙

横披：祖德常照

龛联

> 敦本家声远；
>
> 西川世泽长。

【注】敦本堂、西川堂俱赖氏堂号。

福建永定赖氏松阳大宗祠联

派衍西岐，剖金符而建国，颍川得姓伊始；

支分东晋，荷御笔以成家，松阳锡郡由来。

【注】上下联分别介绍赖氏颍川得姓、松阳郡望的由来。由赐进士、国子监学赖隆撰书。

紫诏叠承君泽重；

丹衷频念祖灵长。

【注】① 紫诏：指皇帝的诏书。② 丹衷：即丹心。

星灿崇文，百代衣冠严对越；

云礽世牒，一堂昭穆序尊卑。

【注】① 对越：指祭祀天地神灵之仪。② 云礽：云指云孙，礽指礽孙。从自身开始算起，第一代本人，第二代为子，第三代为孙，第四代为曾孙，第五代为玄孙，第六代为来孙，第七代为晜孙，第八代为礽孙，第九代为云孙。云礽，泛指后代、后人、子孙。③ 尊卑：指长辈和晚辈。

乔木发千枝，岂非一派；

长江流万水，总是同源。

【注】用乔枝与江水喻宗族的源与流。

继万古世，欲兴之宗祠，松影连云丹凤辇；

启千百年，永赖之鸿基，阳光冲汉碧龙飞。

【注】上下联第二分句语首嵌"松阳"郡望。

镉雨露而思维，勋植四新，觉列祖陟降洋洋，冠裳若接；

溯本源而水木，麦羔时稑，凡嗣孙昭穆秩秩，爱懿斯存。

【注】陟降：指升降、上下。典出《诗·大雅·文王》："文王陟降，在帝左右"。

殷为频繁惟敬信；

增光俎豆籍文章。

【注】俎豆：古代祭祀、宴会时盛肉类等食品的两种器皿，后指奉祀。

湖水前流，溯去源头未远；

马山后峙，看来地步更高。

——赖翰颙

【注】平和县若竹乡翰林赖翰颙，来永定汤湖圳上谢祖，撰此赠联。全联描写汤湖赖氏宗祠的地理位置、溯源与裕后。

福建永定赖氏新修松阳大宗祠联

小序：道光癸卯年一阳月望九日，赐进士出身、翰林院编修兼修撰、原苏松大道、前庶吉士国史、同邑巫宜福、宜禊贺。

开邑三百年，首荣科第；

得郡几千祀，世美馨香。

【注】永定从上杭县析出设县是1478年，到道光癸卯（1843年）是三百多年，1490年赖先殿试中二甲，成为永定设县后的第一位进士，十分荣耀。汀州于唐开元廿一年（733年）置州，客家人是讲究春秋二祭的，这样算下来赖氏宗祠也有几千次祭祀了，赖氏声名一直世美馨香。

福建永定汤湖赖氏家庙堂联

族天颍水源流远；

灵接袍山气象尊。

福建永定赖氏显佑祠堂联

颍水思源本；

湖山毓秀灵。

【注】① 颍水：指赖氏发源地。② 湖山：为永定地名。

绿纶光国典，厥修文行女崇节；

袍笏世家声，符分郡邑铎振乡。

【注】袍笏：古代官员上朝时穿的官服和手拿的笏板，后指官服或品官。

邦二十传，科甲蝉联，云礽济美；

孝数百载，庙祠奕祀，志秉长昭。

【注】邦二十传：指西周至清朝已经有二十个朝代。

福建永定汤湖赖氏家庙堂联

溯祖德，肇西周，由秦汉以迄明清，屈指二十朝，绵绵延延，俎豆馨香今胜昔；

衍宗枝，在南国，从浙赣而藩闽粤，计丁亿万口，振振蛰蛰，衣冠文物后光前。

【注】上联指赖氏祖德历经西周至清代二十个朝代，如今愈加发扬光大。下联指赖氏播迁，人口发展，一代胜一代。

福建永定湖雷瑶贝岭赖氏宗祠联

秘里书馨远；

岐封世泽长。

【注】岐封：指姜子牙在岐分封诸侯。

大德辉煌光四表；

宗功浩荡足千秋。

【注】① 四表：指四方极远之地，泛指天下。② 千秋：犹千年、千载。四表和千秋，一空间，一时间。

福建永定湖雷养龙泉赖氏宗祠联

贤子孙，要念宗功祖德；

孝父母，方知地义天经。

四川成都新都石板滩赖氏宗祠

神榜联

迹发殷川锦百代；

支分蜀郡焕千秋。

【注】上联意指该赖氏发源在殷川，即今河南省殷河之滨（今禹州市一带）。下联则说赖氏分支迁蜀家族焕发。

四川省自贡市荣县赖氏松阳堂联

姓自周朝封赖国；

籍由闽省迁西川。

湖南炎陵赖氏宗祠门联或堂联

志匡王室；

名噪秘书。

【注】上联指赖好古；下联说赖棐。

容有三绝，

笔力遒劲。

礼知三县，

廉介不阿。

容有三绝，　笔力遒劲；

礼知三县，　廉介不阿。

【注】以上三联上联典出赖镜；下联典指赖礼。

台湾赖氏宗祠门联和堂联

堂号小序：台湾的赖氏客家人，是从广东梅州市属的梅县、蕉岭迁徙去的。所以，台湾客家赖姓还是用原大陆祖先传下的堂号。元末时，至广东程乡（梅县），后肇基于广东桂岭陂角。今台湾屏东佳冬乡赖家村（以俸公派下）、万建村，新埤乡建功村内（以轩公派下）的赖姓人家，皆是由贵贤公派下所繁衍。所以，赖姓人家另外一个堂号"积善堂"，是因为贵贤公派下第五世定信公，在其新居落成时，匾其堂号曰"积善堂"而来的。因此，无论是"颍川堂""西川堂""秘书堂""积善堂"都是赖姓人家的子孙。

秘书世第；

积善家风。

积善家声远；

秘书世泽长。

积德相传遗后裔；

善行正路继留承。

善事惟宜修积庆；

居家只有愿求安。

积善堂中臻百福；

秘书室内集千祥。

高山流水琴心古；
舞鹤飞鸿翰墨新。

积德开祥家声远；
善福启瑞世泽长。

百年燕翼惟修德；
万里鹏程在读书。

万卷秘书承好古；
九天颍水润松阳。

文学秘书昭汉烈；
锦衣直殿袭唐铨。

积善家声书香远；
秘书世泽善庆长。

积德修身光前代；
善教守巳启后昌。

积德前程家声远；
善因后果福绵长。

秘书雅训光前代；
积善芳型裕后昆。

【注】① 赖姓人家的祠联，习惯以堂号"积善""颍川""秘书"作为撰联的内容。同时，赖姓人家的对联中，也教育子孙必须积善、积德。② 万卷秘书承好古、文学秘书昭汉烈："秘书"指的是唐朝的秘书郎赖棐。"承好古"与"昭汉烈"，典出汉昭帝时赖好古，相传赖好古屡召不仕，有事则布衣上殿奏事。③ 九天颍水润松阳：指的应该是东晋时，让松阳成为赖姓人家郡望的江东太守赖遇。而汉朝较有名望的赖姓先人，有交趾太守赖先、零陵太守赖文。唐朝较有名望的赖姓先人，除秘书郎赖棐，尚有光禄少卿赖文雅。

台湾屏东佳冬赖氏宗祠栋对

派衍陂角，予先人，沐雨栉风，只念贻谋流海国；

基肇埔头，尔后裔，培兰育桂，当思累叶茂台疆。

【注】上联的陂角是指广东蕉岭县的蕉城镇陂角村，六堆的赖氏后裔多从此地的积善堂所出，屏东县佳冬乡赖家村之先祖即由此一脉相承。下联的埔头全名下埔头，即是赖家村的旧地名。

广东大埔县城赖氏宗祠堂联

人文吉叶秘书绪；

世泽流徽御史风。

　

堂势尊严，焕发西川气象；

孙枝蕃衍，长流颍水渊源。

　

乐奏礼成尊，万古圣贤诰诫；

黍香稷洁报，千秋宗祖恩情。

　

继远可追溯来源，上汇西川一脉；

能馨在德恩报本，祥开积庆满堂。

　

庙貌振湖山，栋宇辉煌，光焕西川世泽；

家声传颍水，簪缨继起，荣照积庆宗枋。

祀祖如事生，瞻祖灵礼宜敬敬恭恭，载歌酌斗；

成孙全在德，多孙辈势必跄跄济济，合咏盈升。

广东蕉岭赖氏宗祠堂联

依天马雄姿，石窟长流，锦绣山河绕世第；

受文峰秀气，樟山永茂，腾芳兰桂庆书香。

室筑号莲塘，忠厚传家，唯有读书兼积善；

支衍分桂岭，礽韵继起，环期纬武并经文。

广东紫金城龙腾街赖氏宗祠堂联

始于周而兴于唐，忆当年富贵相承，文安邦武定国，祖德宗功，瓜瓞绵延垂不朽；

来乎闽则迁乎紫，观此日儿孙蕃衍，父能仁子尽孝，水源木本，箕裘绍美福无边。

广东紫金黄花水尾胤震赖氏宗祠堂联

绍秘书一脉，心传博古通今，上下年间，许多学士儒忠，大才源远；

念布衣全身，道泛理精法力，纵横世代，造作诸侯将相，积德流芳。

广东紫金义容甘棠赖氏宗祠堂联

时当春露秋霜，涧藻溪蘋，尝明事祀；

远溯木本水源，西岐东晋，聿畅宗风。

广东紫金瓦溪新龙赖氏宗祠堂联

念渊源，谱始颍川，发脉福建古田，朝美孙枝择迁紫邑开基，蠡斯蛰蛰兴百世；

忆祖德，族序松阳，初居黄花百树，永昌后裔驻足川龙创业，瓜瓞绵绵茂千秋。

广东紫金瓦溪柏子赖氏宗祠堂联

积德仰前人，功勋汉室，迹著唐朝，赫赫濯濯，丕振经纶于当代；

发祥开后裔，派衍大埔，基开柏地，耕耕读读，永垂世业炳千秋。

广东紫金蓝塘学道振凤赖氏宗祠堂联

业有创，绩有垂，念先人功德浩宏，追根无疆，惟愿千秋隆俎豆；

田可耕，书可读，思后裔源流广大，继承勿替，还期奕世庆衣冠。

广东赖氏蓝塘寺背紫金宗祠堂联

始轩辕，念九代，武封颍川，列诸侯，膺相国，绳其祖武，蕃福建，衍南粤，功高业显，崇礼尚义，祖德流芳昌百世；

兴赖国，溯一脉，晋赐松阳，掌御史，号大夫，贻厥孙谋，播秋江，奠寺背，钟灵毓秀，重教兴族，人文蔚起著千秋。

广东紫金蓝塘自然万寨赖氏宗祠堂联

脉发西岐，周封赖国，衍闽南，万寨奠基，旗师马鞍前后峙，玉印悬堂，地势钟灵流百世；

支分东晋，御赐松阳，蕃紫邑，自然筑祠，茜南蓉水左右抱，金龙锁江，天然毓秀著千秋。

广东紫金蓝塘自然下田赖氏宗祠堂联

辕渊远祖，周封赖国，族衍神州，朝兴福建，天发永安，继往开来螽斯振；
系溯颍水，晋赐松阳，清谕西川，时蕃寺背，廷奠雅田，承先启后瓜瓞绵。

广东紫金上义镇赖氏宗祠联

溯我祖封始汉阳，后西川，移闽汀，数十代，经营上义，衍居始兴，虎踞龙盘，山清水秀，长荫人文以济济；

念乃祠建自明季，历清朝，及民国，肆百载，重光堂构，继美奂仑，翚飞鸟革，竹苞松茂，永垂瓜瓞发绵绵。

广东紫金古竹镇留洞光宿赖氏宗祠堂联

积善仰前徽，承祖德，颂宗功，忠良孝悌，徽传颍水源流远；

存仁垂后祀，启裔系，寄儿孙，勤俭持家，业创留洞世泽长。

广东紫金黄塘镇嶂下赖氏宗祠堂联

颍川溯渊源，闽州发迹，修功积德，金山蕃衍，嶂下相承，继美宏骏业；
明堂光世泽，大埔繁衍，崇文尚学，上坪荣耀，社前声腾，壁绍展鸿图。

广东紫金龙窝高塘胤恒赖氏宗祠堂联

颍郡发前徽，具见祖德宗功，武烈磷磷光国策；

高塘开俊业，惟期枝荣叶盛，文人绰绰振家声。

江西明溪赖氏宗祠堂联

统貔貅出都门，招集英豪建万郭都；

扫胡妖到天涯，聚会俊杰保太平天。

福建连城姑田上堡村赖氏槐青堂联

世事如棋，让一步何尝亏我；

心田似海，纳百川方见如流。

福建宁化曹坊下赖赖氏宗祠堂联

遵先祖，节义纲常从新表演；

启后人，尊卑长幼依旧祥和。

【姓源】《元和姓纂》。

① 雷氏，汉初即有。汉有雷侯国，在东海。或雷氏以地为氏也。

② 东汉时屠山蛮姓（《后汉书·南蛮传》）。屠山蛮，土家先民。

③ 古代氏族姓。汉末下辨（今甘肃成县）有雷氏。后融入汉族。

④ 少数民族汉姓或改姓（略）。

【分布】雷姓在晋朝时形成了今江西省的一大望族，史称"雷姓豫章望"。

唐宋以后，雷姓分布更加广泛，足迹遍布内蒙古、广东、陕西、四川、江西、湖南、广西和山西等地。明初洪武年间，一部分雷姓被分迁到了湖南、河南等地。

雷姓为中国第 78 常见姓。人口 300 余万，约占全国人口的 0.24%。约 40% 分布在四川、湖南、陕西三省；约 30% 分布在湖北、贵州、河南、福建、广西五省、自治区。四川最多，约占全国雷姓人口的 16%（《中国姓氏·三百大姓》）。雷姓的客家人主要分布在湖南、广西、福建、四川，广东、湖北和河南也有分布。

【郡望】冯翊郡。

【堂号】懿谷堂等。

通用祠联

门联

情逾胶漆；

光烛斗牛。

【注】① 情逾胶漆：典指雷义。雷义，东汉人，字仲公，与陈重友善，同拜尚书郎。时语曰："胶漆自谓坚，不如雷与陈。"② 光烛斗牛：即雷焕谈剑事。雷焕，晋豫章人，通纬象。武帝时斗牛间常有紫气。张华问焕："是何祥？"焕曰："宝剑之精，上彻于天耳。"华问在何郡，焕言在豫章丰城县。华遂任焕为丰城令，到县即掘狱屋基，得龙泉、太阿二剑。送龙泉剑与张华，太阿剑自佩。

钟山招隐；

雍丘著名。

【注】① 钟山招隐：典指雷次宗。雷次宗，南朝宋人，字仲伦。少入庐山，笃志好学，隐退不受征辟。元嘉中，征至都下，开馆于鸡笼山，聚徒教授。后又筑室于钟山西岩下，谓之"招隐馆"。② 雍丘著名：典出雷万春。雷万春，唐时人，为张巡偏将。令狐潮围雍丘，万春立城上与潮语。伏弩发，六矢著面，万春不动。

冯翊世泽；

双剑家声。

【注】上联指雷姓的郡望冯翊，今陕西大荔。下联典指晋朝雷焕。雷焕见斗牛间有异气，知丰城有宝剑，乃求为丰城令，果得龙泉、太阿二剑。

帝妃后裔；

石室奇缘。

【注】上联典指方雷氏之女。方雷氏之女为黄帝妃，生玄嚣，因以雷为氏。下联典出徐铉《稽神录》，番禺中有一女饷田，忽失踪，月余，女着盛服归，自言为雷公所娶，成婚于石室中。

堂联或栋对

谏语千言，自信笔墨能悟主；

清风两袖，可知翠庭亦妨人。

【注】① 悟主：指清朝都察院左副都御史雷铉。雷铉，福建省宁化县城关人，生于清康熙三十五年（1698年），雍正元年（1723年）中举，十一年成进士，历任翰林院编修、浙江提督学政等职。针对乾隆年间御史谏官多是阿谀奉承、沽名钓誉的现象，雷铉不仅上书奏对，而且劝乾隆皇帝"要信任忠良有才干的人，除去阿谀奉承的人；不要从事无益的游幸，增加国家负担；不要沉溺于玩乐而妨碍政务"。乾隆表示"雷铉此奏，朕嘉纳之"。② 翠庭：雷铉的号。③ 妨人：意为既能举荐

贤能，又能以廉警世。因雷𫓩在江苏、浙江任学政期间，公正廉洁、任人唯贤，所举拔的都是知名人士。江浙人称赞曰："不动声色，可是弊绝风清，百年来所仅见。"

湖南炎陵雷氏宗祠堂联

> 学精易理；
>
> 忠播睢阳。

【注】上联典说雷德润父子；下联典指雷万春。

> 雨露滋润禾稼壮；
>
> 田畴沃腴稻菽香。

【注】这是一副"雷"的析字联。

> 斗牛光彩，遥知剑气冲霄汉；
>
> 风雪悠扬，何似琴声绕栋梁。

> 宝婺灿瑶，阶星近五云，冯翊风各翻彩蠋；
>
> 高辛荣凤，诏堂开三代，香庭膝绕舞斑衣。

【姓源】《姓觿》引《姓谱》。

①路氏，妘姓。《姓氏急就篇》注："路，国名，妘姓。陆终子求言之后，别封路。"

②路氏，隗姓。即潞氏，赤狄别种，春秋时晋灭之。

③夏、商时国族，姜姓。《世本·氏族篇》："路氏，炎帝之后。黄帝封其支子于路。"路国，春秋时为齐之路邑，《左传·哀公八年》"子姑居于路"即是。

④东汉及三国时期一些少数民族融入汉族或汉姓。

【分布】路姓为中国第 152 常见姓。人口约 85 万，约占全国人口的0.068%。约 24% 分布在河南，27% 分布在河北、山东，22% 分布在内蒙古、山西、安徽、甘肃（《中国姓氏·三百大姓》）。路姓客家人极少，主要分布在河南和安徽。

【郡望】内黄郡。

【堂号】内黄堂。

通用祠联

门联

> 与巢由偶；
>
> 为虞帝师。

【注】上联典指宋代学者路振。路振，字子发，湘潭人。五岁通《孝经》《论语》。进士出身，曾任太常博士。文辞为名辈所称，有《九国志》。下联典指清

代画家路学宏。路学宏，字慕堂，乾隆辛卯孝廉。工设色花卉。

尚德缓刑，书陈尉掾；

通经涉史，望重郎官。

【注】① 尚德缓刑：典指路温舒。路温舒，汉钜鹿人。昭帝时守廷尉史，宣帝即位，温舒上书，宜尚德缓刑。帝善其言，迁广阳私府长，举文学高第，迁右扶风丞。② 通经涉史：典出路泌。路泌，唐阳平人。通五经，端亮寡言，以孝悌闻，博涉史传，官至户部郎中。

近汶上，远内黄，气钟玉女铜峰，从此奠安宏衍绪；

汉将军，唐宰相，书读缓刑尚德，只期忠厚永传家。

【注】上联典指唐宰相路隋。路隋，阳平人，唐代大臣。举明经第。历迁左补阙、侍讲学士、中书舍人、翰林学士。文宗时，以中书侍郎同中书门下平章事（位同宰相），监修国史。后出任镇海军节度使。有《平淮西记》。

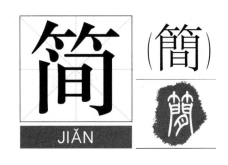

【姓源】《元和姓纂》。

① 《左传·僖公二十四年》周有大夫简师父。

② 简氏，姬姓。本狐氏。春秋晋大夫狐鞫居，谥为简伯，其后便以谥号为姓。

③ 三国时蜀将简雍，本姓耿，幽州人谓耿为简。

④ 明有检明，避思宗朱由检名讳，改为简姓。

⑤ 少数民族汉姓或改汉姓（略）。

【分布】简姓为中国第 188 常见姓。人口近 55 万，约占全国人口的 0.044%。主要分布在台湾、四川、广东、福建四省，约占全国简姓人口的 65%；贵州、湖北、河南、重庆、湖南亦多此姓（《中国姓氏·三百大姓》）。简姓客家人主要分布在广东、福建、台湾三省，湖南、四川、湖北、河南也有少数简姓客家人。

【郡望】范阳郡。

【堂号】范阳堂。

通用祠联

门联

受书裕学；

从事参猷。

【注】① 受书裕学：指汉时简卿，博学多才，受《尚书》于倪宽。② 从事参猷：典出简雍。简雍，蜀汉涿州人。少与刘备友善，从至荆州，为从事中郎。劝先主

取成都，遂定益州，为先主所亲重。

姓启简伯；

望出范阳。

【注】全联指简姓的郡望和堂号。

从倪宽受尚书，渊源克绍；

师南轩讲性理，道学相传。

【注】上联指汉代学者简卿事典。尚书，即指《书经》。下联典指宋代学者简克己。简克己，南海人。少师事张栻（著有《南轩集》），得其传。退归杜门，以真知实践为事功，务启迪后进，人称"简先生"。

范阳世泽；

涿水家声。

【注】上联指简姓世居河北发展成望族，以范阳为堂号。下联典指三国时人简雍。简雍，字宪和，涿郡人。青年时与刘备是好友，后刘备围攻成都，简雍入城劝刘璋归顺，于是被拜为昭德将军。雍为人耿直，坚持是非，勇于直谏，颇受刘备器重。

福建上杭简氏宗祠堂联

基开南宋，八百载箕裘以续；

派衍西江，三十传俎豆还馨。

广东丰顺径门黄豆坪简氏宗祠堂联

自潮福以来凤郡，原本成周，嫡派氏族，千秋垂贵胄；

由饶潘而入龙溪，安居友里，兴宗肇基，十世端奉祠。

广东紫金乌石龙潭村简氏宗祠堂联

文孙有守有为，济美姬周族望；

亦世肯构肯堂，续阳季汉家风。

宗图由福建，分系紫金，念受氏初达王任国，劳礼公勉；

谱牒原范阳，卜居乌石，喜历传后股先畴食，旧德永期。

广东紫金九树礤头简氏宗祠堂联

溯蜀幕遗徽，系宗福建，派衍永归，想当年业创统垂，炳炳麟麟，固是先人昭骏烈；

绍晋庭令绪，地辟朝阳，龙从鹅岭，念此际山清水媚，重重叠叠，应知后裔振鸿猷。

广东紫金蓝塘禾多坑简氏宗祠堂联

绍蜀幕以立居，远承福建，近接神江，惟兹祖德流徽，奕世衣冠光俎豆；

据禾多而作室，地辟田心，源由九树，自此宗枝衍绪，万年兰桂会蒸尝。

詹 (詹)

ZHĀN

【姓源】《元和姓纂》。

① 周宣王一支庶子孙被封詹侯，其后为詹氏。

② 江西都昌詹姓，其一支本姓黄。先祖东汉末加入黄巾军，起义失败后避祸改姓詹。

③ 东汉时蛮族姓（《中国少数民族姓氏研究》），后融入汉族。

④ 东汉以后一些少数民族改汉姓（略）。

【分布】唐末五代时期，詹敦仁从河南光州固始避乱而隐居闽南。明末时期，由于张献忠屠川，致使四川人口大减。后来，湖南、湖北等詹姓族人又陆续迁居四川、重庆等地，即湖广填四川。清朝中期，詹姓族人分布更广，迁徙更远，已有人东渡台湾，扬帆南洋，远徙东南亚，播迁欧美。

詹姓为中国第 147 常见姓。人口近 89 万，约占全国人口的 0.071%。约 58% 分布在广东、台湾、福建、浙江、四川五省（其中广东最多，约占全国詹姓人口的 20%）；20% 分布在安徽、江西、湖北三省（《中国姓氏·三百大姓》）。詹姓客家人主要分布在广东，江西、福建、台湾不少，四川、湖北、安徽也有分布。

【郡望】河间郡。

【堂号】河间堂、怀恩堂等。

通用祠联

门联

廷陈龟鉴；

阁直龙图。

【注】① 廷陈龟鉴：典指詹庠。詹庠，宋崇安人，大中祥符进士，官三门白波辇运判。景祐中进《君臣龟鉴》六十卷，有诏褒美。② 阁直龙图：典出詹度。詹度，宋缙云人，政和初知真州，以课最，加直龙阁图。

神童名里；

烈女全家。

【注】① 神童名里：宋詹会龙五岁能属对，号神童，其里有"神童门"。② 烈女全家：宋有詹氏女，全家被虏，女佯许从贼，请释父兄，贼许之。待父兄去远，女撞石而死。

源自上古；

望出河间。

【注】全联指詹姓的郡望和堂号。

守存诚学；

进龟鉴篇。

【注】河间堂，詹姓是距今2800多年的古老姓氏。《姓苑》记载："詹姓始于周宣王之子，赐姓为詹，封为詹侯，其后有詹父为周大夫。"詹姓起源于渤海，出了不少名贤，发展成为望族。詹姓名人有宋代将领詹世勋，率乡勇抗金；都官屯田郎中、三门白波判官詹庠，曾献《君臣龟鉴》，受到朝廷褒奖；还有龙图阁直学士、中山知府詹度。明代书画家詹景风，著有《书苑补益》和《画苑补益》两书；山海卫人有右佥都御史詹何。清代末年有詹天佑，我国修筑铁路的第一人。

通用堂联

谏宫室鳌山，忠言耿耿；

进君臣龟鉴，至理昭昭。

【注】上联典指明代刑部右郎詹仰庇的事典。詹仰庇，字汝钦，安溪人。下联典指宋代大中祥符进士詹庠。

日注銮坡，演皇明之宝训；

君臣龟臣，树郎庙之鸿谟。

福建彰平市长塔村詹氏祠堂联

绍清隐风声，承先泽，丕振孙谋，礼乐衣冠绵世德；

踵云川道学，看后昆，克绳祖武，簪缨袍笏焕人文。

台湾高雄美浓乡詹氏宗祠栋对

溯先祖之来源，由广东渡台岛，居新竹，燕翼诒谋，百代宗功长赞绪；

惟后人而有志，始龙肚居大顶，迁茅窝，栋梁继起，千秋世泽永流芳。

【注】此联云"栋梁继起，千秋世泽永流芳"，令人体会到"栋梁"宛如一枝"扁担"，借栋联将祖先、后代与文化上通下达地串联而落地生根。因客家敬祖、敬宗，自然也敬重精通文墨的读书人，文士的书写也验证了"士喜读书，多舌耕"之说。

广东饶平饶洋游凤汉詹氏八世宗祠联

千山拱照，涌起高岗鸣凤；

万水朝宗，跃出沧海潜龙。

广东饶平上善镇下善詹氏宗祠联

燕归故里祖德远；

翼展神州宗恩深。

广东饶平上饶茂芝詹氏永思堂联

永记前贤抒壮志；

思源后辈展凌云。

广东饶平三饶詹氏大宗祠永思堂联

一脉衣冠开宋代；

千秋俎豆配饶山。

广东饶平陈坑詹氏宗祠世德堂联

世泽长沾润；

德言远绍闻。

广东饶平九村高泉詹氏光裕堂联

光前增百福；

裕后集千祥。

广东平远詹氏宗祠堂联

一水朝宗，月夜湖光八百；

群山顾祖，云开岳色三千。

广东紫金好义积良村詹氏宗祠堂联

系出梅州祖宅绵绵，河间流芳今如昔；

派潘永邑家声卓卓，高潭世业旧犹新。

福建上杭詹氏宗祠堂联

闽峤衣冠，共推八族；

杭川甲地，开群一人。

灵通本乎聪明，山川并寿；

灵应由于正直，人物增辉。

【姓源】《潜夫论》。

① 鲍氏，姒姓。春秋齐国大夫鲍敬叔，其先为司鞄（鞣革）之官。鞄，一作鲍，《周礼·考工记》所谓"攻皮之工，函、鲍、韗"是也。其后以官为氏（《金文人名汇编》）。

② 敕勒族俟力伐氏，北魏太和十九年改鲍姓，西魏大统十五年复改俟力伐氏（《魏书·官氏志》《北史·西魏文纪》）。隋、唐以后无闻，盖复改鲍姓，融入汉族矣。

③ 少数民族改汉姓（略）。

【分布】唐末至五代期间，由于中原战乱不断，大多鲍姓族人迁到了今江西、湖南和四川等地。元初和元末的动乱导致鲍姓向福建、广东和广西等地迁徙。

鲍姓为中国第 179 常见姓。人口约 67 万，约占全国人口的 0.054%。约 46% 分布浙江、山东、青海、江苏四省（其中浙江最多，约占全国鲍姓人口的 15%）；23% 分布在湖北、安徽、河北、河南四省（《中国姓氏·三百大姓》）。鲍姓客家人很少，主要分布在南方几个客属大省。

【郡望】东海郡、上党郡等。

【堂号】清望堂、上党堂等。

通用祠联

门联

东海世泽；

太守家声。

【注】全联典指晋朝东海太守鲍靓。

参军世泽；

上党家声。

【注】上联典指南朝宋文学家鲍照。鲍照，字明远，山东苍山县人。曾任秣陵令、中书舍人等职。后为刘子顼前军参军。子顼起兵失败，照为乱兵所杀。照长于乐府，尤擅七言歌行，风格俊逸，著有《鲍参军集》。下联典指鲍姓发祥于上党，故鲍姓人以"上党"为堂号。

参军俊逸；

司隶端方。

【注】① 参军俊逸：典指鲍照。杜甫诗有"俊逸鲍参军"句。② 司隶端方：典出鲍宣。鲍宣，汉高城人，字子都。好学明经，哀帝初征为谏大夫，后拜司隶，抗直有名，朝廷肃然，莫不戒慎。

堂联

丰年群歌神父；

友谊莫若叔牙。

【注】① 丰年群歌神父：典指鲍德。鲍德，东汉人，累官南阳太守，时岁多荒旱，唯南阳丰穰，吏民号之为"神父"。② 友谊莫若叔牙：典出鲍叔牙。鲍叔牙，春秋时齐国大夫，与管仲相友善。公子纠死，因荐管仲于桓公。管仲尝曰："生我者父母，知我者鲍子。"故又言，友谊必推管鲍。

少君挽车垂誉；

令晖赋茗见才。

【注】① 少君：即鲍宣之妻桓少君。夫妇尝共挽鹿车归乡里。② 令晖：即鲍照之妹，字令晖。其才思亚于兄，著有《香茗集》。

广东大埔党坪鲍氏宗祠栋对

法正风规汉太尉；

诗才俊逸鲍参军。

圣可学，贤可希，启后代书香，光生俎豆；

祖有功，宗有德，修先人祀典，庆肇衣冠。

先业勒仕版，擢吴川，晋王府，馨香流传百代；
世德派文坛，登黉序，列成均，簪缨绵远千秋。

数百载卜宅开基，歌于斯，哭于斯，聚族耕于斯，看鸾社春秋，犹见福田皆祖种；
十余传累仁积德，父作之，子述之，曾孙世守之，拜枌乡故老，愧无心地授儿耕。

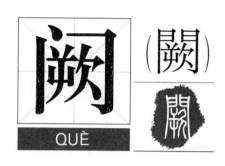

【姓源】《风俗通义》。

① 以地名为氏。阙里，一称阙党。孔子故里，今山东曲阜城内有阙里街。而在古代春秋时称阙党邑。

② 阙门氏之省。

③ 土家族、侗族姓。

【分布】阙姓人口约占全国人口的 0.011%。福建、台湾、浙江三省较多，约占全国阙姓人口的 69%（见《中国姓氏大辞典》）。为台湾省第 120 常见姓（《台闽地区姓氏统计》）。阙姓客家人主要零星分布在福建、台湾和广东、湖南等地。

【郡望】下邳郡。

【堂号】下邳堂、荆州堂、忠义堂等。

通用祠联

门联

才能著誉；

刺史驰声。

【注】上联典指明朝阙津，为龙南令，以才能著称。下联典指汉朝阙翊，为荆州刺史，有政声。

系出下邳；

侯封英尉。

【注】上联指阙氏在下邳发展成望族；下联指汉代阙安承封下邳郡英尉侯。

阙里流徽；

荆州著绩。

【注】上联指阙氏家族出自阙党，即阙里，在今山东曲阜，这是距今 2500 多年前至圣先师孔子所居住的地方。下联指春秋时阙羽三，以官拜荆州刺史而扬名显亲。

才能著誉；

治绩驰声。

有功不自居，人皆称颂；

为政守廉洁，民咸敬尊。

【注】忠义堂典出南宋侍中大夫阙礼。阙礼，淳熙末年提举重华宫。孝宗驾崩，光宗原与孝宗不和，称病不能出面料理丧事。大臣赵汝愚及韩侂胄请求光宗之子嘉王赵扩继位，阙礼入内宫请示慈烈太皇太后同意，遂立赵扩即位，史称宁宗。阙礼历官内侍省都知、中侍大夫，从不居功自傲，平易近人，很有名望，被誉为"南渡后内侍之可称颂者"。

赐姓溯成周，风承阙里；

家学传曲阜，美显昌平。

【注】根据《姓氏考略》一书考证，阙姓来自孔子故乡的阙党。根据《风俗通义》记载，阙姓是阙党的童子的后代，一说传有阙巩之甲，有后代以地为姓氏，望族出于下邳。《汉书·梅福传》颜师古注，阙里，是孔子的旧邻里，阙里就是阙党。因此，阙姓封于阙党邑，所在地应该是山东曲阜一带。

福建永定高陂平在村阙氏拱辰居联

拱月东山书静读；

辰星北海路思明。

【注】① 东山：东晋谢安年少负盛名，曾辞官隐居会稽东山，与王羲之等人放浪山水，诗酒唱和，人称"东山高卧"，后遵父命再度出山，于孝武帝时升任宰相，人称"东山再起"。② 北海：典出《后汉书·孔融传》，孔融为北海相，宾客盈门，常叹曰："坐上客常满，樽中酒不空，吾无忧矣。"拱辰居取名有众星拱月之意。联意含蓄，盖以谢安、孔融为楷模，教训子弟好好读书，以求仕途得意。

四川江津阙氏宗祠门联

形势城南胜；
恩光阙北来。

——钟云舫

俎豆依文庙；
弦歌接武城。

几水一源通地脉；
文峰三塔拱明堂。

——钟云舫

碧嶂千层绵鹤岭；
清波一派接龙门。

——钟云舫

堂联

口诵心维，如六经须讲究；
光前裕后，乃九族宜先知。

——钟云舫

子孙玄曾，考世系知终始；
蒲编竹简，亲师友习礼仪。

——钟云舫

【注】钟云舫于同治六年（1867年）考中秀才后，在故乡江津乡间手爬岩老家祠堂内教塾学，补廪后迁居县城。光绪十年（1884年），在城南阙氏祠堂开塾馆课读，达十余年之久，因教学质量优异，成为江津的名塾。以上两副堂联，为钟云舫亲撰。第一副堂联题撰在塾馆的门庭上。两副楹联皆以《三字经》组成联，被誉为"创格"。《三字经》原文有："自子孙，至玄孙，乃九族，人之伦""经子通，读诸史，考世系，知始终""披蒲编，削竹简""亲师友，习礼仪"。这些内容巧妙

地组成联文，非常适宜于宗祠塾学读史诵经，培养族中子弟亲师友、重九族人伦。

大干擘龙门，桐树凤栖分五采；

远枝承闽省，荆阳隼集到三川。

——钟云舫

【注】① 大干擎龙门：大干，意指大树的主干，即是祖宗；擎，高举；龙门，即高门显位之意。② 桐树凤栖：意指凤凰栖于桐树上。③ 五采：意为繁荣昌盛。④ 远枝承闽省：运枝，意指分房。闽省，即祖宗原籍地福建省。⑤ 荆阳阜集：荆阳，指荆山之阳；隼集，喻指吉祥鸟聚集。⑥ 三川：意指川东的合川、永川和南川。

两地植祠堂，江洲近涌龙门浪；

一庭开学校，城阙遥撑鹤岭峰。

——钟云舫

【注】祠由两所，一在龙门滩下，鹤山其来脉也。"龙门""鹤岭"皆是江津县境内地名。

栋对

创业维艰，愿子孙毋启争端，鼠牙雀角相推让；

光宗有道，为祖父多培善脉，麟趾螽斯化吉祥。

——钟云舫

入川二百年来，只此根基，纵有争端，也须念先人血食；

分支十九房外，足称蕃衍，但知和气，即留得后嗣心田。

——钟云舫

先祖父披星戴月，经营数十年，版筑躬亲，披草茅以立家，一瓦一砖，皆可见前人手迹；

我儿孙食税衣租，丰盈八九口，露霜兴感，读楚茨而思孝，两笾两豆，讵能展后嗣心肠。

——钟云舫

自汀州迢迢走马而来，筑室于兹，有鱼洞东濚，鹤池西注，马骁南顾，虎溪北腾，浩浩汤汤，绕以泮源，是七千里闽海川江的派；

由鼎山隐隐分龙而去，旺气在此，看菱塘夏涨，柳坝春森，莲石秋清，秬坪冬茂，葱葱郁郁，蔚成佳荫，为十九房宗枝祖干深根。

——钟云舫

【注】"祠宇在南安门内，脉由武城来，与文庙对门，外曰泮源，长江绕之。秀才阙采章余姻家也，故余得立馆于此，代为多撰祠联以报之。"这是钟云舫为该祠联写的注释，说明了阙氏祠位于江津南安门内的区位和风水，表述了秀才阙采章与钟云舫的姻亲关系（阙是钟云舫长媳的父亲），钟云舫在阙氏祠得以立馆教学，特撰祠联以报之。

附记：该祠先年因酿讼事，故云"鼠牙雀角"，系指诉讼事。

广东平远阙氏宗祠通用堂联

宋代科名之彦；
汉廷刺史之良。

系出下邳，侯封英尉；
官居刺史，政播荆襄。

福建上杭通贤大地阙氏宗祠堂联

脉接南离，宛若书天玉笔；
门迎北坎，浑如泻地银涛。

践其位，行其礼，毋忘先人旧业；
敬所尊，爱所亲，聊充后裔枯肠。

CHǓ

【姓源】《元和姓纂》。

① 褚师氏之省。

② 《左传·昭公二十六年》："王宿于褚氏。"杜注："洛阳县南有褚氏亭。"盖周有褚地，居者以为氏，亭以氏名。

③ 蒙古族汉姓。本姓楚勒呼德（楚勒胡德、初勒胡德、楚勒古德、绰勒忽惕）氏、楚和日氏（《蒙古族大辞典》《蒙古族姓氏》）。

【分布】褚姓为中国第225常见姓。人口约36万，约占全国人口的0.029%。约59%分布在浙江、辽宁、山东、江苏、河南五省（其中浙江最多，约占全国褚姓人口的18%）；河北、湖北、上海、山西四省亦多此姓（《中国姓氏·三百大姓》）。褚姓客家人很少，仅湖北、广西有一点。

【郡望】河南郡。

【堂号】河南堂。

通用祠联

门联

遂良文史；

季野春秋。

【注】上联典指唐代河南阳翟人褚遂良。褚遂良，字登善，博通文史，精于书法。以善书由魏征推荐给太宗，受到赏识。历任起居郎、谏议大夫，主张维护礼法，定嫡庶之分。累官至中书令，受太宗遗诏辅政。高宗即位，封河南郡公，任尚书右仆射，世称"褚河南"。后因反对高宗立武则天为后，屡遭贬职。书法

继承二王及欧阳询、虞世南，别开生面，对后代书风影响很大。与欧阳询、虞世南、薛稷并称为唐初四大书法家。下联典指东晋河南阳翟人褚裒。褚裒，字季野，少年老成。桓彝曾评价说："季野有皮里春秋。"意思是他凡事都不露声色，从不对事物表态，更不评价人与事的优劣高低，实际上心里对一切都看得清清楚楚，曲直褒贬自己有数。初辟西阳王掾，随郗鉴讨伐苏峻叛乱，事平封都乡侯，累官徐、兖二州刺史，镇守京口。永和年间，后赵石虎死，他率军北伐，进驻彭城，北方士民纷纷归附。赵将李农率骑二万击败裒将王龛，裒退屯广陵，请求贬职，未获批准，命还镇京口。后忧愤而卒，谥号元穆。

春云比润；

秋月齐明。

【注】语出南朝齐王佥《褚渊碑文》："风仪与秋月齐明，音徽与春云等润。"

散骑学士；

海鹤风姿。

【注】① 散骑学士：典指褚亮。褚亮，唐代人，博学通图史，仕唐为弘文馆学士，官至散骑学侍。② 海鹤风姿：典出褚篆。褚篆，清人，为诸生，淬厉古学，屏弃举子业。清康熙帝南巡，书"海鹤风姿"额赐褚篆。

PÉI

【姓源】《世本》。

① 裴氏,嬴姓。秦始祖非子支孙封裴乡,其地在今山西闻喜东,后因氏。六世孙裴陵,周僖王封为解邑君,乃去邑从衣为裴氏。

② 唐时西域疏勒王姓裴氏。

③ 靺鞨族姓。唐时渤海国有之。

④ 明初有真定(今河北正定)人刘灌,洪武中迁河南新密,外分张王李赵裴五门,共为六姓,散居四方,各立居宅茔域。

⑤ 少数民族汉姓(略)。

【分布】裴姓为中国第 156 常见姓。人口约 83 万,占全国人口的 0.067%。约 80% 分布在江西、陕西、山西、广西、广东五省、自治区。江西最多,占全国裴姓人口的 23%(《中国姓氏·三百大姓》)。裴姓客家人主要分布在江西和广西,广东、陕西有少量分布。

【郡望】河内郡。

【堂号】盛德堂等。

通用祠联

门联

玉山照映;

武库纵横。

【注】① 玉山照映:典指裴楷。裴楷,晋人,字叔则。容仪俊爽,如玉山上行,光映照人,时称"玉人"。武帝时拜散骑侍郎。② 武库纵横:典出裴颜。裴

颜，西晋哲学家，博学稽古，周弼曰："颜若武库、五兵纵横，人杰也"。

太平宰相；

典选知人。

【注】① 太平宰相：典指唐裴坦。裴坦，闻喜人，字知进，及进士第，历楚州刺史，累中书侍郎。居太平里，号"太平宰相"。② 典选知人：典出裴行俭。裴行俭，字守约。贞观中举明经，为长安令，后拜礼部尚书，兼检校右卫大将军。善知人，典选有知人之明。

姓启周代；

望出河东。

【注】全联指裴姓的郡望和堂号。

堂联

仙子幸逢，媒谐玉杵；

晋公雅度，女返黄娥。

【注】① 媒谐玉杵：裴航，唐长庆中秀才。尝经蓝桥驿，求浆于老妪，航饮之，乃为玉液。见一女云英，姿容绝世，愿纳礼娶之。妪曰："昨有神仙与药一刀圭，须得玉杵臼捣之。欲娶此女，必以此为聘。"航求获玉杵臼，为捣药百日，乃娶云英而仙去。② 女返黄娥：唐裴晋公度，尝微服出游，遇参军黄娥，言未婚妻被郡牧所夺，献与裴公。裴还第，即查遣所献女送与黄娥，使二人成婚后赴任。

百代启文明，领袖纵横，自古风流推北郡；

千秋绵甲第，午桥绿野，如今嗣续冠东都。

【注】下联指晋国文忠公裴度。裴度，字中立，河东闻喜人。唐代中期杰出的政治家、文学家。为德宗贞元五年（789 年）进士。宪宗时累迁司封员外郎、中书舍人、御史中丞，支持宪宗削藩。宪宗元和时拜相，率兵讨平淮西割据者吴元济，封晋国公。晚年留守东都，筑绿野堂，与白居易、刘禹锡等名士唱酬甚密，成为洛阳文事活动的中心人物，对洛阳文人活动起到凝聚作用。

世代衣冠，一派儒流源有自；

门庭诗礼，千年道学永相承。

江西上犹裴氏祠联

百余将祖荣裴氏；
万载江山炳盛名。

【注】百余将祖：在中国两千年的封建社会里，有一个独一无二的望世家族，这就是河东闻喜裴氏家族。其间，豪杰俊迈，名卿将相，摩肩接踵，辉耀前史，代有伟人，彪炳史册。

祖庙维新流泽远；
先灵永妥孝思长。

一湖菡萏香无迹；
九岭凤凰鸣有声。

【注】菡萏：荷花的别称。

九凤朝阳翔吉地；
千莲叶瑞毓贤臣。

裴氏一门多将相；
江山万载续英才。

千秋礼典源流本；
万古纲常裔脉根。

丰功伟业九州颂；
圣德仁怀四海崇。

文可匡时荣世第；
武能定国卫家邦。

一门忠烈山河证；

万世乾纲日月明。

俊杰继传承祖德；

英才辈出仰宗功。

裴氏族谱碑亭联

勋功彪炳丰碑耸；

懿德流辉后裔尊。

蔡（蔡）

CÀI

【姓源】《潜夫论》。

① 商代蔡国，姞姓，公族以国为氏。蔡国，故城在今河南商丘一带。商亡，迁今湖北武穴一带。

② 周武王弟叔度封蔡。初在今河南长垣东北。蔡叔随武庚作乱，周公伐之而放逐。后改封其子蔡仲，建都上蔡。春秋时迁新蔡（今新蔡古吕镇），后又迁下蔡（今安徽凤台）。公元前447年灭于楚。蔡仲之后以国为氏。

③ 金亡，女真族乌林苔氏有改姓蔡者，后融入汉族。

④ 明初湖广应山（今湖北应城）指挥使完者不花之孙蔡源以蔡为氏。

⑤ 少数民族汉姓或改姓（略）。

【分布】先秦时期，蔡姓族人开始向外迁徙，散居到了今湖北、陕西、河南、山西和山东等地。

唐朝初期，已有蔡姓族人迁居福建和广西等地。安史之乱后，蔡姓族人为了避乱，再次大举南迁，并在当地繁衍生息。宋朝时期，由于外族不断入侵中原，留居北方的蔡氏族人为避杀掠，又一次大规模南迁，进入江浙、皖南、福建和广东等地。明清时期，蔡姓族人有人迁徙至台湾，或远播于海外。

蔡姓为中国第34常见姓。人口近650万，约占全国人口的0.52%。约53%分布在广东、台湾、福建、江苏、浙江、四川六省（其中广东最多，约占全国蔡姓人口的15.2%）；18%分布在四川、湖北、江西、湖南、河南五省（《中国姓氏·三百大姓》）。蔡姓客家人主要分布在广东、福建、台湾三省，江西、四川、湖南、湖北不少，海南、河南和港澳也有分布。

【郡望】济阳郡、洛阳郡、南阳郡、武功郡等。

【堂号】济阳堂、洛阳堂、九峰堂、龙亭堂、承启堂、忠孝堂、慎德堂等。

通用祠联

门联

纸造桂阳；

桥留松荫。

【注】上联典说东汉造纸术发明家蔡伦。蔡伦，字敬仲，桂阳人，曾官中常侍、尚方令等职，元初年间封龙亭侯。发明了用树皮、麻头、破布、旧渔网为原料造纸的方法。元兴初年奏报朝廷后在民间推广，所造的纸人称"蔡侯纸"。下联典出蔡襄。蔡襄，天圣年间进士、书法家，北宋大臣。以龙图阁直学士知开封府、福州知州、泉州知州、杭州知府，官至端明殿学士。在泉州任上时，主持建洛阳桥，长三百六十丈，以利通航，又在桥头种松树七百棵，当时有人刻碑来纪念他。工书法，为"宋四家"之一。

七贤世胄；

三甲名流。

【注】上联典指蔡若霖。蔡若霖，南宋程乡县人。人称神童，未冠中进士，任汀州推官。其子定夫官清海节度通判。孙蒙吉，授从政郎，韶州司户兼司法义兵总督，宋末殉难，文天祥赠以"忠孝廉节"匾。蒙吉生四子，皆有功名，世人称贤，三代有宦声，故谓"七贤"。下联谓若霖一连三代皆进士，宦声显赫，谓之"三甲"。

经重石渠；

孝隆东阁。

【注】① 经重石渠：典指蔡千秋。蔡千秋，汉代沛人，受《穀梁春秋》于鲁荣广，为学最笃，宣帝时擢谏议大夫。尝在石渠阁讲经。② 孝隆东阁：典出蔡顺。蔡顺，东汉安城人，少孤养母，尝出求薪，性孝有德行，能化盗贼，后为东阁祭酒。

龙亭传芳史；

侯纸替简缣。

【注】此联指东汉蔡伦。蔡伦，字敬仲，饱学。和帝时为中常侍，汉安帝封他为龙亭侯。时用竹简和缣书写，或粗重，或昂贵。蔡伦采用树皮、麻头等为原料造纸，被称为"蔡侯纸"。

堂联或栋对

西山先生，三世劬学；

中郎爱女，六岁知音。

【注】① 西山先生：典指宋蔡元定。蔡元定，幼承庭训，长从朱熹游。尝登西山绝顶忍饥读书，学者称"西山先生"。其父蔡发，其子蔡沉，俱以勤学闻世。② 中郎爱女：典出蔡邕。东汉人蔡邕，性至孝，三世同居，少博学，好辞章，喜天文，善鼓琴，历迁中郎将。其女琰，字文姬，六岁知音律。

宾客填门，倒屦迎王粲；

士卒分赐，布衣乏私财。

【注】上联典指东汉文学家蔡邕的事典。蔡邕（133—192），字伯喈。陈留郡圉（今河南开封市圉镇）人。东汉时期著名文学家、书法家，著名才女蔡文姬之父。因官至左中郎将，后人称他为"蔡中郎"。下联典指汉代将领蔡遵。

桂阳纸造，和帝颁诏夸技巧；

泉郡修桥，闽人勒石颂仁风。

【注】上联指东汉宦官蔡伦，桂阳（今湖南郴州）人。他总结西汉以来用麻质纤维造纸的经验，创造用树皮、麻头、敝布、渔网造纸之法。所造之纸时称"蔡侯纸"，献给东汉和帝，受到高度赞扬。下联指北宋时杰出书法家蔡襄，兴化仙游人，工书善画，其楷、行、草书皆具特色，为"宋四家"之一。著有《茶录》《荔枝谱》等。知泉州时，建洛阳桥，植松七百棵，闽人勒碑颂其德。

籍隶程乡，室依坪乡，乡虽异乡，乡乡未远；

祖兴南渡，孙居白渡，渡不同渡，渡渡相承。

【注】此为广东梅县白渡镇沙坪村蔡氏田心祠堂联，切合时地，写出亲情与传承。上联"程乡"是梅县之旧称，"坪乡"即沙坪。下联"南渡"指从北方南下，"白渡"为所在镇名。

广东平远蔡氏宗祠门联

经重石梁；

理学家声。

理学传程朱之脉；

著述授梁卷之书。

【注】① 经重石梁：指北宋蔡襄的功绩。② 理学家声：南宋律学家、理学家蔡元定（1135—1198），建阳（今福建建阳）人。幼好学，及长，从师朱熹，熹扣其学，大惊曰："此吾老友也，不当在弟子列。"遂与对榻讲论。后韩侂设学禁，打击理学党徒，累及元定，被谪春陵，远近来学者益众。著有《律吕新书》，提出了十八律理论。另有《燕乐原辨》《洪范解》《大衍详说》等。

脉由济阳，支分莆阳，派衍青阳，好就三阳开泰运；

裔出周代，肇基唐代，官封宋代，长绵百代振家声。

【注】此联概括了青阳蔡姓的源流和发展。溯本追源，青阳蔡氏根在济阳，后又传衍到福建莆阳，再由莆阳迁居青阳，故称三阳开泰。

特色鲜明，天文经史中郎业；

才能广泛，荔谱茶笺学士风。

江西上犹蔡氏宗祠堂联

宗灵毓秀钟灵秀；

族贯犹川老故家。

——王阳明

王阳明（1472—1529）：名守仁，字伯安，浙江余姚人。世称"阳明先生"，明代杰出哲学家、教育家、文学家，陆王心学之集大成者。在赣南主政期间，积极传播他在哲学和文学上的独创见解，促进了赣南文化的发展。此联为王阳明巡抚南赣期间为上犹营前蔡氏祠堂撰。

江西瑞金冈面上田蔡氏祠联

政能立，事能廉，万世丞堂不坠；

仲吹篪，伯吹埙，一家和顺常闻。

【注】① 蔡氏政仲公祠：冈面上田位于瑞金西北，毗邻宁都县界。公祠在上田村内。② 仲：老大为伯，老二为仲。③ 籥：古时竹管乐器，像笛子，有八孔。④ 埙：古代用陶土烧制的一种吹奏乐器，圆形或椭圆形，有六孔。

江西大余南安蔡氏宗祠门联

居安惜母；

卜吉高勘。

【注】① 此联书于南安镇新建村惜母蔡氏民居群中，为清末时书写，为阴刻官体，红石质。② 卜吉：谓占问选择吉利的婚期或风水好的葬地等。唐李复言《续幽怪录·郑虢州騟夫人》："弘农令女既笄，将适卢氏，卜吉之日，女巫有来者。"③ 勘：实现调查，探测。

广西贺州临贺故城蔡氏宗祠联

勤王封国，自昔规模本由旧；

迁闽播粤，于今堂构一翻新。

【注】上联说蔡氏的来源，周文王子蔡叔度封蔡，以国为氏。下联说这支蔡氏来自福建、广东两地。蔡姓出自姬姓。为周文王姬昌的后裔，以国为氏。武王灭商后，封其五弟叔度于蔡，史称蔡叔度。周成王时，改封蔡叔度之子蔡仲于蔡，新蔡国在河南的上蔡县。楚灭蔡后，国人以国为姓，散居各地。郡望为"济阳郡"，在今河南兰考一带。

台湾蔡氏宗祠门联和堂联

堂号小序： 台湾蔡氏宗祠楹联亦离不开其先祖的"济阳"堂号，以示永怀祖德，垂裕后昆。

济阳新世第；
山东旧家声。

济阳家声远；
东山世泽长。

济水流传兴百世；
阳光奕叶肇千年。

【注】蔡姓宗祠的门联亦和台湾许多祠堂楹联一样，把祖先郡望和堂号"济阳"嵌入联语之中。或将蔡姓人家的堂号"济阳"以鹤顶格的联格作为上下联的句首字，并镶入"百""千"，使得联语形成数字对，以纪念先辈。

广东梅州白渡沙坪蔡氏宗祠联

世代香科第；

钦明永远诚。

凌阁人文起；

云梯捷步登。

甲第附田心之基，马峰左拱，龙舌右围，龙马钟灵欣大造；

燕谋集神侧之胜，狮子前朝，象雄后印，象师回获发长祥。

广东梅州白渡沙坪蔡氏祠联

远接忠贤昭祖德；

迩衍诒燕继宗功。

西山世泽传千古；

南渡家风振万年。

广东梅州试院侧蔡氏宗祠堂联

忠节仰神童，当日大名光志乘；

祠堂依试院，从今后起盛衣冠。

广东梅州松源蔡氏宗祠堂联

唐宋元明，千余进士三及第；

高曾祖考，十八拜相九封侯。

——王利亨

王利亨（1763—1838）：字襟量，号竹航，别号寿山老人，广东松源圆岭村人。自幼聪明好学，20岁中秀才，1789年中举人，乾隆辛酉年（1801年）进士，后入翰林院。为诗、书、画三绝。有《琴籁阁诗钞》传世，其画作《龙图》藏于北京故宫博物院。

广东梅州白渡沙坪蔡氏公祠堂联

四世生九贤，理学传家，百世诗书济美。

一堂登三甲，忠贞报国，千秋史册流芳。

广东梅州白渡沙坪蔡氏宗祠堂联

西山垂令范，羽传翼经，道接朱程绵祖德；

梅水著名臣，成仁取义，学宗孔孟大家声。

广东河源城石下蔡氏宗祠堂联

门拱梧峰翔彩凤；

地环槎水跃金龙。

积著圣经明授受；

家传理学有渊源。

广东紫金九和蔡氏宗祠堂联

考济阳，流衍往昔，忠诚佐国，孝子名家，自汉宋以来，伟器鸿图昭古乘；

溯闽粤，遽迁于斯，学仰西山，贤孙纪德，崇孔孟之教，衣冠拖紫扩先猷。

广东紫金古竹上蔡氏宗祠堂联

家课唐虞事业；

世传忠孝经纶。

祖德厚哉，追昔日，几度鸿图，自东鲁抵南雄，麟趾从兹初发迹；

宗功大矣，念当时，多方燕翼，由下村至上洞，莺迁到此始开基。

【姓源】《潜夫论》。

① 臧氏，姬姓，春秋鲁公族。鲁孝公子驱，字子臧，其子达为鲁之公孙，因为臧孙氏。达玄孙贾、为纥、石始为臧氏。

② 臧氏，子姓。春秋宋公族（《潜夫论·志氏姓》）。

③ 少数民族姓、少数民族汉姓（略）。

【分布】臧姓为中国第 241 常见姓。人口约 31 万，约占全国人口的 0.025%。约 72% 分布在山东、江苏、河北、黑龙江四省（其中山东最多，占全国臧姓人口的 23%）（《中国姓氏·三百大姓》）。臧姓客家人很少，主要分布在广西、湖北、河南。

【郡望】东海郡。

【堂号】东海堂等。

通用祠联

门联

东海世泽；

谏鱼家声。

【注】全联典指春秋时鲁国大夫臧驱，曾谏鲁隐公如棠（今山东鱼台县西北）观鱼。

志士全义；

刺史能军。

【注】① 志士全义：典出臧洪。臧洪，东汉人，字子源，知名太学，年十五

举孝廉。尝领青州刺史，后为东郡太守。有节操，为天下义士。② 刺史能军：典指臧质。臧质，南朝时宋国人，有节干，文帝以为徐、兖二州刺史，御魏兵有功，迁雍州刺史，讨擒元凶劭，封始兴郡公。遂为江州刺史。

徐孝穆生应瑞梦；

鲁义保计脱孤儿。

【注】① 徐孝穆：即徐陵，字孝穆，南朝人。其母臧氏，尝梦五色云化凤而生徐陵。② 鲁义保：典指鲁孝公为保母臧氏，鲁乱时，孝公被谋害，臧氏竟以子代孝公，孝公得免害，号称"义保"。

气干雄宏，擢二州民牧；

学问淹博，修一代史书。

【注】上联典指南朝宋刺史臧质。臧质，文帝以为徐、兖二州刺史。后因功封始兴郡公。下联典指南齐主簿臧荣绪。臧荣绪，莒人。钝笃好学，括东、西晋为一书，纪、录、志、传百一十卷，又著《五经序论》。隐居教授，自号"被褐先生"。

翰苑光前，赫赫声名承俎豆；

甲科裕后，明明作述绍箕裘。

【姓源】《世本》。

① 管氏，姬姓。周文王第三子管叔鲜之后。

②《中华姓氏源流大辞典》载，管氏，姬姓。周穆王之后（《通志》）。以封地为氏。管，在今河南郑州市管城回族区。

③ 苗族汉姓。本姓滚（《广西姓氏源流》）。

④ 少数民族汉姓，如回族、蒙古族、侗族等。

【分布】西汉时期，已有管氏在河南落籍。魏晋南北朝时期，管氏族人为避乱，西迁秦陇，南迁潇湘。唐宋之际，管姓一族已在江南一带繁衍。五代后，管思藏有后裔真郎，携族返徙于江西，其子孙则播衍至福建、广东和江西等地，这些都是后来的客家人。

管姓为中国第 143 常见姓。人口约 95 万，约占全国人口的 0.076%。约 59% 分布在山东、江苏、安徽、江西四省（其中山东最多，约占全国管姓人口的 17%）；20% 分布在浙江、湖北、黑龙江、湖南四省（《中国姓氏·三百大姓》）。管姓客家人较少，主要分布在广东和广西，江西也有少量分布。

【郡望】平原郡、平昌郡。

【堂号】晋阳堂、过一堂、匡世堂、平昌堂等。

通用祠联

门联

竹苞松茂；

官廉民安。

【注】此联为鹤顶格嵌"管"字的析字联。

平昌世泽；
相国家声。

【注】上联"平昌"是指管氏郡望，管氏发祥之地。下联指春秋时政治家管仲。由鲍叔牙举荐给齐桓公为相，桓公尊他为"仲父"，后辅齐桓公成为春秋第一霸主。著有《管子》八十六篇。

仰观星斗；
辅国业成。

【注】上联指三国时魏国术士管辂。管辂，字公明，今山东平原人，官少府丞，精《易》和占卜。《三国志·管辂传》和《三国演义》第六十九回都载有管辂卜筮奇验的传说。下联指管仲。

齐贤世德；
相国家声。

【注】齐贤世德：春秋时齐国著名贤臣管仲，其辅佐齐桓公攘戎狄，九合诸侯，一匡天下，丰功伟绩为世人景仰。

公明神卜；
仲父霸功。

【注】① 公明神卜：典指管辂。管辂，三国时魏平原人。少时喜仰视星辰，及成人，风角占相之道，无不精微，尤善卜易。正元初为少府丞。② 仲父霸功：典出管仲。

幼安高节；
仲姬清才。

【注】① 幼安高节：典指管宁。管宁，三国时魏人，字幼安。与平原华歆同学于异国。尝与歆同席读书，有乘轩过门者，歆废读观之，宁与割席分坐，曰："子非吾友也。"后以高节终。② 仲姬清才：典出管道升。管道升，元吴兴人，字仲姬，赵孟𫖯之妻。封卫国夫人，世称"管夫人"。工书画，墨竹兰梅，笔意清绝，善翰墨词章，风格清雅。

通用堂联

尊王攘夷成霸业；

通易精术积天文。

【注】上联指春秋时期齐国人管仲事典。管仲，姬姓管氏，名夷吾，卒谥敬，亦名敬仲。颍上（今属安徽）人，春秋时齐国著名政治家，乃周穆王之后。管仲原辅佐公子纠，并用箭射杀公子小白，公子小白通过装死才逃过一劫，后公子小白回国即位，即齐桓公。他不计前嫌，重用管仲为相，管仲辅佐齐桓公实施改革，他通过通货积财，尊王攘夷，九合诸侯，一匡天下，使齐桓公成为春秋五霸之首。管叔因叛乱被杀，身败名裂，而管仲声名显赫，德才兼备，又使穆王支庶之管姓扬名天下，故管姓子孙尊管仲为管姓的得姓始祖。下联指三国时魏国学者管公明事典。管辂，字公明，三国时魏国平原（今属山东）人，精通《周易》，善于占卜，相传所占无不灵验。

魏国管宁真名士；

元代道升女画家。

【注】上联典指三国管宁。东汉末，黄巾军起义，他避居辽东，召众讲习《诗》《书》，历三十余年方归故里。魏文帝召为太中大夫，辞不受。明帝征为光禄勋，亦固辞不就。有《姓氏论》，今佚。下联典指元代女画家管道升。

六世溯开基，祖有德宗有功，堂号平昌绵世泽；

两房分衍派，水思源木思本，谱传相国振家声。

广东梅州荷泗管氏宗祠堂联

基肇金声，看势巩金汤，名胪金殿，品南金而辉金简；

谱传管姓，绍相齐管仲，思汉管宁，题湘管以耀管城。

广东紫金青溪蒋洞管氏宗祠堂联

龙溪世泽长；

熊国家声远。

迹著程乡扬世德；

居开蒋径振家风。

龙溪世泽长千古；

熊国家声振万能。

广东紫金九和芫芬管氏宗祠堂联

由永邑此分居，远祖江西近宗嘉应，维期燕羽话谋重百世；

依富坑而作室，前朝鹅嶂后枕鸡冠，所愿大振鸿图意万载。

【姓源】《风俗通义》。

① 飂氏，己姓，或假作廖氏。

② 廖氏，姬姓。周文王伯廖之后。

③ 古代板楯蛮（巴人）姓氏。板楯蛮（巴人），一称寶人，土家族先民。

④ 宋代时抚水州蛮四大姓之一。抚水州蛮，水族、毛南族先民。

⑤ 少数民族汉姓，如蒙古族、回族、苗族等。

【分布】廖姓为中国第 61 常见姓。人口近 420 万，约占全国人口的 0.33%。约 56% 分布在广东、江西、湖南、四川四省（其中广东最多，约占全国廖姓人口的 16%）；25% 分布在广西、台湾、福建、河南四省、自治区。廖姓客家人主要分布在广东和江西两省，其次是广西、福建、台湾，河南、湖南也有少量分布。

【郡望】武威郡、汝南郡、钜鹿郡等。

【堂号】世彩堂、武威堂、紫桂堂、清武堂、汝南堂、大公堂、日三堂等。

通用祠联

门联

三州世德；

万石家声。

【注】上联典指自晋至唐历时数百年廖氏家族之显赫。"三州"是指廖氏先祖廖彦光的六世孙有三兄弟封为郡公：长为廖延邦，封清河郡公；次为廖延龄，封武威郡公；三为廖延春，封太原郡公。这是廖氏首次分为三郡，也就是三州的

由来。下联典故有两说：一说汉时廖扶（即北郭先生）聚谷万石救济百姓灾荒，故而家声远播；另一说是宋时廖刚和四个儿子均年薪二千石，共万石，父子号称十贵，其居舍门额宋皇帝御封为"万石家风"。

宗开廖国；

望出汝南。

汝南世第；

武威家声。

【注】汝南世第：汝南郡为廖氏族旺发祥地，汝南郡，今河南中部和安徽淮河以北地区。

著归田录；

称谪仙人。

【注】① 著归田录：典指廖正古。廖正古，宋将乐人，字明远。治平进士，知西安县，有惠政，屡言青苗法不便，遂乞归，著《归田录》。② 称谪仙人：典出廖执象。廖执象，宋顺昌人。七岁能诗，甫冠入京师，献诗文，太宗览而称善。初陈抟曾见之，谓曰："子谪仙人也，第不能久留尘世耳。"未几，赴省试，果以疾卒。

绿荔名族；

紫桂书堂。

【注】① 绿荔名族：典指廖有衡。廖有衡，宋时人。官朝议大夫，家有绿荔二株，实绿而味甘，号绿荔廖氏，后因以名其族。② 紫桂书堂：典出廖君玉。廖君玉，宋荆州人。元祐中以朝请郎知英州，素好学，建书堂于桂山，名曰"紫桂堂"，吟咏其间。

伤心春尽，嫠妇悲吟；

感念恩深，小姑呕血。

【注】① 嫠妇悲吟：典指廖云锦。廖云锦，清江苏华亭人。嫁马姬木，早寡，著有《织云楼诗稿》。其中有《咏秋燕诗》云："伤心春雨香泥尽，羡尔先归到故乡。"② 小姑呕血：指廖忠臣妻欧阳氏抚养小姑，与亲女同乳哺。小姑长，嫂厚嫁之。小姑常语人曰："嫂，吾母也。"嫂殁，小姑泣至呕血，病岁余。

通用栋对

敦伦饬佩旧家声，当年而埔而丰，由是三州世德；

睦族和乡遗祖训，今日语笑语所，勿忘万石家风。

源出武威汝南，历周汉晋唐，宋元明清，世推望族；

派盛楚豫闽粤，数公侯卿相，台垣督抚，代显伟人。

广东丰顺大胜村廖氏宗祠门联

善修德思应垂后；

继贻谋欲袭胜前。

——陈平

陈平：广东梅州人，作家、画家、楹联家、布衣文人。中国楹联学会理事、梅州市楹联学会会长。曾任中华对联文化研究院华南分院院长。《中国客家对联大典》《中国楹联集成·梅州卷》《中国历代名联辑注》及本书主编。

龛联

善必依贤，应守有度节有礼；

继宜择地，袭尊所闻行所知。

——陈平

广东大埔桃源上墩廖氏宗祠联

维德经天，户诵家弦，吾人盍向圣贤去？

新春掠地，桃红柳绿，我辈须栽富贵来。

广东五华大都旱鸭岗廖氏宗祠门联

三州世泽；

万石家声。

堂联

祖德仰前徽，祖宇重新，鸿基鼎建，蔚起人文承万石；

宗功垂后裔，宗支万代，燕翼诒谋，宏开世胄振三洲。

发脉自鸿图，分双支而入明堂，山山相拱，有如万国衣冠朝陛下；
来龙分三县，过数峡以成吉地，度度恭迎，恰似金戈玉马拜丹墀。

【注】此联的"鸿图""明堂山"等是五华的名山，以说明风水宝地的来龙去脉聚结在的旱鸭岗廖氏宗祠。

香焚宝鼎，百世氤氲昭祖德；
礼盛金盘，千秋俎豆贡宗枋。

祖德流芳，忆昔日离兴邑，迁大都传我辈，数十万儿孙遍布各地；
宗恩永念，喜今朝奉财帛，献蒸仪余祖下，百千个裔苗礼拜满堂。

祖宇喜重辉，近看明媚郁秀，起伏行龙，永作先灵纪念地；
宗祠生好景，远观嶂丽峰美，形名旱鸭，长为后裔报恩场。

有志有谋明祖德；
诚心诚意启裔昌。

【注】此联为鹤顶格嵌"有诚"，五华廖氏开基祖名。

孙支衍庆千年誉；
后裔蕃昌万代荣。

武威溯始居分远；
世彩传裔脉共长。

祠宇焕光辉，映日门庭绳祖武；
峰峦钟秀丽，柱天梁栋蔚人文。

天生形胜物华毕竟歌天宝；
地运藏真人杰仍须问地灵。

【注】以上对联，对仗工整，气势磅礴，点出了廖氏是周文王之后的悠长历史，赞誉祖宗功勋卓著，激励廖氏子孙弘扬世彩家声，昌明祖德，不计个人得失，为国为民做出贡献。

广东五华长布镇栋岭下廖氏开基祖十世峰公祠门联

峰尖毓秀；

公座光华。

【注】此大门联为鹤顶格嵌"峰公"（名为观峰），是五华长布镇廖氏开基祠堂名。赞誉祖先出类拔萃的功勋、品德，孕育优秀的廖氏子孙，弘扬祖德，光宗耀祖。

堂联

开基栋岭下，溯吾祖忠孝廉节，耕读传家，重仁存义，卓越声华传赤县；

发脉洋塘髻，看行龙起伏蜿蜒，嶂峰竞秀，远环近抱，浩然正气贯鲤祠。

【注】此堂联"忠孝廉节"是指"峰公祠"内神龛上面悬挂着的逾米高大字的祖训，强调诗书礼乐，省躬修德，课读谋耕。背座秀美的洋塘髻，面向胡洋髻两尖峰，天地间的浩然正气充满公祠。此联激励廖氏裔孙光耀祖德。

读书好耕田好，识好便好积德更好；

创业难守业难，知难不难忍气尤难。

【注】强调廖氏后裔要勤读谋耕，省躬修德，艰苦创业，特别要宽容忍耐！"忍"最难：因为忍是大人之气量，忍是君子之根本；能忍贫亦乐，能忍寿亦永；能忍小事化了，能忍父慈子孝，能忍兄爱弟敬；能忍朋仁友义，能忍夫和妇顺；贵不忍则倾，富不忍则损。自古如此。

友结考贤嗣，承祖德逢舜日；

凤栖栋岭裔，遍粤港耀金坑。

【注】此堂联为鹤顶格嵌"友凤"，对联上下尾字还嵌"日""坑"两字，是指廖氏十五世的友凤裔孙，不但在栋岭日坑里继承祖德，发扬光大，不少裔孙还外出在珠三角、港澳创造辉煌业绩。

广东中山五桂山廖氏宗祠门联

南国长水千秋盛；

钜鹿渊源世代兴。

堂联

彩堂长命水，根深叶茂添瑰丽；

世祖钜鹿郡，源远流长铸辉煌。

【注】① 长命水：此指长命水村。② 钜鹿：古湖泽名。在今河北巨鹿县北。又称广阿泽。

江西吉安廖氏忠节堂祠联

泉石烟霞供啸傲；

功名富贵任沉浮。

【注】吉水乌江鱼梁忠节祠联。明代廉臣廖庄自作。廖庄，宣德五年（1422年）进士，官至刑部左侍郎，卒赠尚书，其"劲节孤忠，足以震一世"。

江西上犹紫阳源溪廖氏宗祠联

源出池旁，紫阳对照，虹现霞，回归彦宇；

溪流象间，桂子相连，山环水，转绕礼堂。

【注】此联上下联第五字嵌"紫桂"二字，即紫桂堂。宋朝时候，廖君玉以朝清郎兼英州知府，他一生好学，在桂山建了一个书房叫"紫桂堂"，因此廖氏有称"紫桂堂"的。此联的上下联第十四字嵌入宗祠名"彦宇"。

江西吉水金滩东溪廖氏宗祠联

大地春回，满阶绿荫砌石基；

公堂夜静，月明似镜照光辉。

【注】大公堂，为金滩廖氏上边村宗祠堂号，下边村则称德润堂。宋朝时由河南迁徙至此开基，郡望称汝南堂。

江西上犹源溪廖氏宣义公祠联

开基北乡源溪，自唐迄今，阅世已千百余岁；

筮仕中丞御史，有功在昔，传家当忆万斯年。

【注】筮仕：古人将出做官，先占卦卜问吉凶。后称初次为官者为"筮仕"。

序昭穆以明人伦，子孝孙贤，数典岂容忘祖；

修谱牒而考世系，水源木本，报功允合敬宗。

【注】① 数典：历举典故。② 允合：符合。

江西上犹源溪廖氏诚斌公祠联

派衍天横源流远；

郡封武威世泽长。

【注】武威：是指武威郡廖氏。武威廖氏由得姓始祖飂叔安，至春秋时，飂伯高改飂为廖之后，至汉朝便有廖氏祖先因武功而载入史册。

江西上犹、陕西汉阴廖氏宗祠堂联

溯源本于西周，祖德文谟昭百代；

肇冠堂兴南宋，家声世彩振千秋。

——嘉庆皇帝

【注】① 文谟：文章谋略。② 世彩：典指宋廖莹中，建书堂名"世彩堂"。

嘉庆皇帝（1760—1820）：名颙琰，清高宗弘历第十五子，满族。乾隆五十四年（1789年）被封为嘉亲王，乾隆六十年九月初三，乾隆帝宣布翌年正月初一禅位，颙琰于次年登基，改元嘉庆，在位25年。终年61岁。庙号仁宗，谥号"受天兴运敷化绥猷崇文经武光裕孝恭勤俭端敏英哲睿皇帝"。葬于河北易县清西陵之昌陵。子五人。

附记：此联是清朝时翰林学士廖姓回嘉瀛洲拜祖时，嘉庆皇帝封送一副饯别送行对联作为廖姓祠堂联，相传至今。廖姓，字鹿侪。清广东南海人。嘉庆丙子（1816年）举人，丁丑（1817年）进士。授都水司郎中。后任四川夔州知府，查办烟土，先后获烟土千百箱，聚而焚之。起补河南汝宁知府。创社仓法，捐廉为倡，一载积数十万石，储之以赈济凶岁灾民。后以病引归，卒年八十二。上联点出了廖氏是"周文王之后"的悠长历史；下联通过嘉庆皇帝赞誉廖刚德行，激励廖氏子孙弘扬"世彩家声"。

江西上犹紫阳乡漳源村宗祠联

章水江中，声灵赫濯；

源泉浪里，德化昭彰。

【注】① 声灵：声势威灵。② 赫濯：威严显赫貌。③ 德化：旧指以道德感化人。④ 昭彰：显著，彰明。

江西兴国三僚廖氏杨公祠联

竹杖精奇，万里河山归杖下；

青囊元妙，一天星斗隐囊中。

【注】① 三僚廖氏杨公祠：兴国三僚村是中国风水地理文化第一村，位于兴国县梅窖镇。状如太极图形，两座寺庙、七口池塘各具代表意义，大量宋代以来的古墓，是不同时代风水作品的汇集。一代风水师杨筠松曾隐居于此，传道授业。为中国风水祖师杨筠松立祠祭祀，是兴国三僚村特有的文化现象。三僚村世居杨筠松两个弟子曾文、廖瑀的后代，曾廖两姓各为杨筠松建祠一座，廖氏杨公祠位于三僚村盆地的西北部御屏峰下。② 竹杖精奇：廖瑀，相传他曾入山学道，长居虔化（古宁都县）翠微峰金精洞内读书习道，自号"金精山人"，故后世称之为廖金精。廖瑀之父廖三传擅长堪舆之术，后又跟其父研究堪舆。杨筠松在兴国、宁都、于都一带活动时节，廖瑀与他相遇于宁都。起初，他年少气盛，不服杨筠松，屡屡与杨斗法。一次，黄陂廖氏请杨筠松勘定一个门楼位置，廖瑀预先用罗盘定准了方位，并在地下埋了一枚铜钱做标记。第二天，杨筠松来后，却不用罗盘，只是用手里的一根竹竿，随手往地下一插，正插中了铜钱的方孔。廖瑀这才服了，虔诚地拜杨公为师，并从黄陂中坝随师傅迁到兴国三僚村居住，后来得到杨公亲传的青囊秘籍。③ 青囊：风水术的俗称。青囊本为黑袋子，因风水师常以之装书，故民间以青囊代称风水术。④ 元妙：玄妙，奥妙。

天地寓玄机，驱龙趋凤，术传廖氏子子孙孙；

宇宙藏万物，济世救贫，迹遍中华山山水水。

【注】救贫：杨筠松为老百姓选看风水，救困济贫，老百姓又称他为杨救贫。

江西石城小松新坊廖氏宗祠联

从宁都坪田而来，经蜀口扎新坊，人吉于斯，族姓繁衍绵世泽；

自国用将军之后，由德潮到学楠，文经武纬，人才辈出振家声。

【注】① 小松新坊村廖姓宗祠：公祠先世祖必仁公携儿季二郎于北宋哲宗元祐元年（1086年）从宁都平田迁来小松蜀溪（今蜀口），在蜀口定居46年，约明景泰五年（1454年）甲戌，后裔念二公下数第九世孙即世杰公才以父名建"中立公祠"。祠堂坐东北向西南，砖木结构，分后、中、前三栋。康熙年间进行过一

次大规模的修整。② 坪田：在宁都县东山坝乡南 1.3 公里梅江河西岸的田畈中，廖崇一于北宋嘉祐年从肖田淳塘迁入建村。③ 小松：位于石城县城西北部。④ 蜀口：位于小松镇，距镇 7.5 公里。是闻名江南的庐陵八大文化古村之一，坐落在一个面积 12.85 平方公里的洲岛上，四面环水，风光秀丽，古迹众多，明朝时曾被誉为"小南京"。⑤ 新坊：位于屏山镇北部，距屏山 22 公里。

实竹变新坊，孕出乡贤名宦，莫忘念二祖，披荆斩棘开基力；

旧址兴祠宇，资筹后世嗣孙，应顾吾族中，其豆同根骨肉亲。

【注】其豆同根：其，豆茎，与豆子生在一起。比喻兄弟间骨肉相连。

江西兴国三僚万禄廖氏宗祠堂联

地爻换象，堪称一天星斗；

避凶趋吉，真乃万国神仙。

——文天祥

文天祥（1236—1283）：初名云孙，字宋瑞，一字履善。自号文山、浮休道人。江西吉州庐陵（今江西吉安市青原区富田镇）人，宋末政治家、文学家，爱国诗人，抗元名臣，民族英雄，与陆秀夫、张世杰并称为"宋末三杰"。宝祐四年（1256 年）状元及第，官至右丞相，封信国公。于五坡岭兵败被俘，宁死不降。至元十九年（1282 年）十二月初九，在柴市从容就义。著有《文山诗集》《指南录》《指南后录》《正气歌》等。

福建永定高陂和兴廖氏赤岭祠堂联

丹砂源流远；

绿荔世泽长。

【注】宗祠楹联用"源流远，世泽长"来展示家族的辉煌历史已成通例。丹砂：指汉朝时湖南临源县（故址在今湖南武陵县西部）的廖家，有很多长寿的人，据说与饮用故宅中呈赤色的井水有关。掘开井的四周，发现前人埋下的丹砂（也叫朱砂）数十斛（一斛为五斗），离井几尺，丹砂汁随着泉水源源流入井中，故称丹砂廖氏。绿荔：追思廖氏先祖廖有衡。有衡系宋熙宁进士，官至朝议大夫，德高望重，其宅院植荔枝树二株，其果色绿而味甜。文豪黄庭坚与有衡友善，曾品尝此果，后称其家族为"绿荔廖氏"。

福建永定高陂和兴廖氏赤岭祠联

祠宇鼎高冈，虎视中乡，拥千山而拱秀；

武威绵世泽，龙蟠赤岭，挟二水以飞腾。

——吴梁

【注】这副对联是清康熙永定知县吴梁撰。"武威"是廖姓众多后裔最常用的堂号。唐贞观年间有廖崇德任江西虔州令，有贤声，子孙留居宁都，其先辈曾任甘肃武威太守，其后裔几百年间声势显赫，均以武威为堂号。全联写赤岭祠所处的优越地理位置。

福建永定高陂和兴廖氏赤岭祠栋对

十七世省会分支，东依鼓岭，北枕越峰，嗟我先人，此地尚堪寻嫡派；

千余里高陂谒祖，上考宗功，下联族谊，唯予小子，兹行庶不负初心。

——廖毓英

【注】清光绪进士廖毓英撰。福州乃福建省会城市，福州廖氏乃当地四大望族之一，出了不少进士，由田段廖氏第十七世的一支派衍而出，鼓岭、越峰俱为福州名胜，鼓岭即鼓山。下联叙述廖毓英进士从福州回高陂谒祖，路程有千里之遥。

福建永定县城廖氏宗祠栋对

源出武威汝南，历周汉晋唐宋元明清，世推望族；

派衍楚豫闽粤，数公侯卿相台垣督抚，代显伟人。

【注】武威郡、汝南郡均为廖氏郡望，从周到清均为望族；派衍湖北、河南、福建、广东等地，出了许多历史名人。

福建永定高陂和兴廖氏宗祠堂联

日修其孝悌；

三省楚书言。

日暖华堂来紫燕；

三春玉树发青枝。

【注】建楼主人名廖廷葵，号向日，排行第三，故有"日三堂"之堂号。"日三"又暗含孔子弟子曾参"吾日三省吾身"之语，见《论语·述而》。语义双关，

蕴涵深厚。上联"华堂来紫燕"写住居环境之祥瑞，下联"玉树发春枝"写新人之辈出。

福建永定高陂和兴村廖氏宗祠联

> 树谷千仓满；
>
> 滋兰九畹香。

【注】上联写耕，下联写读。此联遵循客家耕读传家主旨。滋兰：即培育人才。九畹：典出屈原《离骚》："余既滋兰之九畹兮，又树蕙之百亩。"畹，古十二亩曰畹。

福建永定高陂悠湾廖氏宗祠堂联

> 孝友为护身铁甲；
>
> 诗书乃换骨金丹。

【注】此联为二一四句式，与一般七字联之四三句式异。其平仄律，上联为：仄仄—平—（平）平仄仄，下联为平平—仄—仄仄平平。此联将"孝友"和"读书"作为人生修身立命的根本，用"护身铁甲""换骨金丹"比喻其重要性，譬喻新颖，令人耳目一新。

福建永定高陂富岭务郎廖氏宗祠联

> 声荣万石家声远；
>
> 泽衍三州世泽长。

【注】万石：指东汉廖扶（北郭先生）博学多才，曾聚谷万石救济百姓灾荒，扶危济困，家声远播，古田会议址"万源祠"大门横披"北郭风清"，即褒扬其先祖廖扶。另一说，宋名臣、福建顺昌廖刚和四个儿子均年薪二千石，共万石，父子号称十贵，宋皇帝御封"万石家风""世彩堂"。三州：指宋代廖玖，历官循州、浔州、新州，清白廉明，所得月供钱，悉缴公帑（国库），以备不虞之用，时人仰佩，"三州世泽"，典出于此。有写作"三洲"者，无出处，应为笔误。此联二次重复"声"与"泽"，强调廖氏家族的声名和祖上留给后代的遗泽。

福建上杭古田廖氏万源祠联

> 万福攸同，祥绵世彩；
>
> 源泉有本，派衍义溪。

【注】廖氏万源祠世彩堂，系南宋福建顺昌进士廖刚的居所，故后世多以世

彩作为堂名。义溪，指顺昌廖氏又一先贤，他名德明，号槎溪先生。少时从学杨时、朱熹，历任莆田知县等职。古田会址之"义溪"，廖氏族人读作槎溪。全联意为：廖氏世代幸福，都是通过世彩堂延续而来；溯本追源，古田廖氏子孙来自顺昌槎溪祖公。

学术仿西欧，开弟子新知识；

文章宗北郭，振先生旧家风。

【注】古田廖氏宗祠 1917 年后改为古田一所新学，名曰和声小学，后改为曙光小学。此是宗祠大门新刻的对联。北郭指廖氏得姓始祖的三十一世孙东汉名士廖扶，他饱读诗书，乐善好施，风骨清奇，品格高尚，时人号称"北郭风清"。全联意为：学术要仿效西欧，开启廖氏子弟新知识；文品应学北郭先生，志洁风高以重振廖氏高尚的宗风。

广西贺州临贺故城廖氏宗祠联

万石家声远；

三州世泽长。

【注】此为大门联。上联说北宋顺昌人廖刚，少年时曾跟从杨时学习，崇宁年间进士。宣和初年官监察御史，当时蔡京专权，他奏论无所回避，后出知兴化军。南宋绍兴年间历官吏部员外郎、御史中丞，对于朝政知无不言，曾建议起用有德望的旧相，因此得罪了秦桧，改任工部尚书。他四个儿子廖迟、廖过、廖遂、廖遽都任将帅，做到太守一级的官，当时人称"万石廖氏"。

祠宇庄严，昭千代宗功祖德；

孙枝蕃衍，继万年春祀秋尝。

【注】此联说本支廖氏祖德宗功及祭祀。

考史问碑铭，细考碑铭先祖事；

寻根追族谱，溯寻族谱始周朝。

【注】此联说本支廖氏源流及世泽。

言语各方音，济济一堂，欢聚话家常，均是同心传世彩；

营生分异地，绵绵万代，繁衍隆世系，皆当合力振家声。

【注】贺州廖氏宗祠，乃湘、桂、粤三省廖氏宗亲所共奉。三省宗亲，语言各异，风习不同，营生亦不相同，但联系密切，亲如一家。此联十分艺术地表现出廖氏

宗祠之下廖氏宗亲的特点，亦表现出祖先崇拜暨宗祠的巨大凝聚力。

尧时著姓，周代分支，念先人志励，雄师树侯封于德庆，疏陈大本，倡忠义于公庭，骏声振播而骏业开早，著千秋族望；

籍逮漓江，宦游贺水，喜此地瑞峰，毓秀绍世彩之明堂，桂井飘香，荐宗功之朝食，燕翼贻谋则蒸毛聚律，成万古家风。

【注】上联说廖氏来历、分支，先人的丰功伟业。下联说本支廖氏不忘祖德，发扬万古家风。

台湾廖氏宗祠门联和堂联

堂联小序：台湾廖姓人是从粤东或闽西迁徙去台的。他们始祖是周文王的儿子伯廖。廖姓人家是周文王的后代。而"武威堂"堂号的来由，则是因为晋朝延龄曾做武威郡王，后来家世显赫，起名堂号为"武威"。廖姓人家撰联常用堂号"武威"作为联句起首字。

武威家声远；
万石世泽长。

武城万石家声远；
威安三省世泽长。

武威世第家声远；
威振源流福泽长。

【注】"三州""三省"，泛指所治理及居住的广大地方；而"万石"，指俸禄很丰厚。"三州""三省""万石"，可能指的是廖家曾在汉、唐、五代、宋、明等朝廷任职高官、领有厚禄的族人。如在唐朝任刺史的廖光景，其兄光禄为汀州节度使；廖文兴为湖广参政，其长兄文广为宰相；廖仲远是统兵三院威大尉公，等等。联语中的"万石"即为宋朝的廖刚，由于廖刚与四子的杰出成就，人称"万石廖氏"。

湖南炎陵廖氏宗祠堂联

武威传相绩；
世彩著家声。

【注】上联典出廖崇德；下联典指廖刚。

武纬文经昭北郭；

威高望重振西岐。

【注】上联典出廖扶；下联典指伯廖。

四川成都华阳廖氏祠堂联

万石家风，光垂宅第；

三州世泽，衍庆门庭。

【注】全联典指"三州"和"万石"。

神榜横额：威武遗风

神龛联

惟建基业艰难险阻，支珠必计；

欲守成规勤俭耕读，半文不奢。

堂联横额：承先启后

先代坚困勤稼穑；

后人承继重读书。

世泽犹存中御史；

宗功不替左将来。

【注】上联是写廖刚（1070—1143），字用中，号高峰，宋顺昌县（今属福建）交溪乡人。36岁时宋徽宗崇宁五年（1106年）进士，赐进士第出身，御史中丞改宋工部尚书，封少师。宣和二年（1120年），岁次辛亥，盗贼入顺昌，公遣其子谕贼，贼知公素守信义，遵命散去，地方得赖安宁，甚为君主倚重，召封为吏部员外郎，请营建康（南京），亲拥六师，以杜金人窥伺，历拜御史中承，知无不言，当时蔡京秦桧专权，亦为之畏惧，任吏部尚书至士卒。下联写子璋世系的始祖廖子璋。廖子璋于晋王朝初期曾任左卫镇国大将军，其子从宪自洛阳迁浙江松阳县。由此可见，早在晋朝之时，廖姓族人就已经播迁了江南。

武纬文经绍北郭；

威高法重振西岐。

【注】上联是写东汉学者廖扶，号北郭先生。廖扶公是古代廖姓家族中的高级知识分子，习诗画，满腹经纶，精通天文、风角推考之术，在当时的学术界享有盛誉。下联是写周文王姬昌儿子伯廖的开基功业。

台湾六堆廖氏武威堂栋对

脉衍自岐山来源远，溯前贤守训遵贵，大启人文荣百代；

支分于宝岛世系长，期后辈修身务本，荐供俎豆报千秋。

印尼雅加达廖氏宗祠世彩堂联

世彩赞名堂，南宫节重，德庆民甦，祖泽绵延庇后裔；

武威诰制郡，性慧六龄，门荣万石，家声丕振仰先贤。

祠建椰京，喜今宗族和睦，团结互助，徽承万石，百代馨香绵祖德；

堂开华夏，难得梓叔热烈，同襄伟续，业绍三州，千秋俎豆贻孙谟。

【注】雅加达廖氏宗祠门联与中国廖氏相同，仍为"三州世泽；万石家声"。宗祠创建于 1969 年 9 月。

广东广州廖氏总祠宗祠堂联

得沧海之波涛，浩瀚汪洋，百谷汇归同一脉；

接禺山之瑞气，绵延广厚，千峰环拱应三台。

广东梅州龙岑围廖氏宗祠堂联

山茶咏句，肇侯封于德庆；

性慧六龄，倡节义于南宫。

授姓溯西岐，丕显丕承，诗书礼乐传自昔；

创基卜大岭，寝昌寝炽，衣冠文物到于今。

广东深圳坪山谷廖氏祠堂联

弓冶箕裘，缵万石之休风，绳其祖武；

诗书礼乐，衔九英之气脉，贻厥孙谋。

广东大埔湖寮长教廖氏双桂堂联

学裕五经应首选，又步元重耀儒林，为本诗书光祖考；

绩昭两省为分符，曾制锦誉扬父老，长留德业大云礽。

广东梅州三乡廖氏宗祠堂联

一笔现尖峰，看山川形势，毓秀钟灵，远溯宏基开六世；

座门环带水，迎日月光辉，承先启后，长陈俎豆纪千秋。

广东梅州东厢月塘面廖氏宗祠堂联

祖德溯三州，源远流长，看此日人文蔚起；

宗功承万石，根深叶茂，喜今朝景运维新。

广东紫金县廖氏总祠堂联

得姓自西岐，想当年，世彩堂开，武威郡著，临阮井流丹，百寿图镌延祖德；

建祠傍东岳，喜此地，金山献瑞，铁水呈祥，状元峰耸翠，一声胪唱蔚人文。

广东紫金敬梓鹅形廖氏宗祠栋对

世系肇西岐，溯吾祖，英雄人物，将相名贤，伟烈丰功，卓越声华扬赤县；

龙飞经水嶂，看行度，起伏蜿蜒，刚柔递济，远环近抱，浩然正气贯鹅祠。

广东紫金水墩群丰廖氏宗祠堂联

世德溯西周，睹斯地，前文峰，后岐寨，层峦耸翠，佳气毓钟，念先人功绩传芳，惟愿一本虔，追献椒馨于奕祀；

肇基来东粤，览此区，左狮岭，右象山，曲水环流，祥云绕聚，喜今朝诗书不替，还期三元会，夺蜚杏苑于千秋。

广东紫金桂山三贤廖氏宗祠堂联

系由敬梓开基，溯我先孝义旌扬，精微相士，真君子遗徽，笃实辉光传百世；

派衍桂围创业，卜斯境南山秀毓，溪水钟灵，大人峰耸翠，挺生贤哲耀三洲。

广东紫金桂山肇衍石楼廖氏宗祠堂联

高见仰前人，想当年，建高楼，登高第，掇高科，事业崇高垂百世；

大家期后裔，愿此日，积大德，立大功，为大善，门闾光大耀千秋。

福建宁化淮土禾坑廖氏家庙堂联

祀祖宗于一堂，序昭序穆；

萃子孙于百代，报功报德。

福建宁化淮土石示廖氏家庙堂联

庙貌维新，春露秋霜瞻拜肃；

先型宛在，水源木本梦怀深。

【姓源】《急就章》。

① 以国为氏。谭国，即郯国。

② 蒙古族汉姓。本姓鞑靼（塔塔儿、塔塔尔）氏、塔尔嘎斯氏（《蒙古姓氏》《中国少数民族姓氏》《翁牛特旗志》，1993）。

③ 其他少数民族汉姓（略）。

【分布】谭姓为中国第67常见姓。人口约370万，约占全国人口的0.3%。约49%分布在湖南、广东、四川三省（其中湖南最多，约占全国谭姓人口的22%）；29%分布在重庆、广西、湖北、山东、辽宁、安徽六省、市、自治区（《中国姓氏·三百大姓》）。谭姓客家人主要分布在广东和广西，江西、湖南、四川、湖北也有分布。

【郡望】济阳郡。

【堂号】弘农堂、端洁堂、双桂堂等。

通用祠联

门联

> 七龄登第；
>
> 三策撼奇。

> 童科门第；
>
> 节度家声。

【注】① 三策撼奇：典出明代文学家、国子监博士谭子发。② 童科门第：

唐代科举设童子科，凡十岁以下，能通一经及《孝经》《论语》每卷诵文，十通者予官，通七者予出身。谭昭宝七岁登第。③ 节度家声：唐末后梁谭全播曾任虔、韶二州节度使。

> 七岁能登上第；
> 三子尽作大夫。

【注】① 七岁能登上第：宋谭昭宝七岁应童子试而登上第。② 三子尽作大夫：宋谭诜举进士，三子亦皆成名，一门三大夫，时论荣之。

> 仙客炼丹得道；
> 烈妇渍血留痕。

【注】① 仙客炼丹得道：典出谭峭。谭峭，南唐泉州人。幼聪敏，好仙术，居嵩山十余年，得辟谷养气之术。入南岳炼丹，丹成入水不濡，入火不灼，后登青城山仙去。② 烈妇渍血留痕：宋谭氏妇赵氏，为元兵所害，血溅殿楹，血渍为妇人抱婴儿状，久而不灭。

> 西岐赐姓，北郭晋名，燕翼贻孙谋，绩著三洲沿手泽；
> 陆邑开基，双房衍绪，鸿图绳祖武，门称万石接心传。

> 祖宗来自江西，慕三闾风景，五指烟霞，钦仰大夫先屈子；
> 嗣孙守成湖北，绵千秋俎豆，万古馨香，堪羡公爵迈邢侯。

广东中山南朗石门翠峰谭公祠门联

> 香场遗泽；
> 莞水思源。

【注】思源：即饮水思源。比喻不忘本。

江西南康坪市古城谭氏开基祖祠门联

> 赣水翰林第；
> 幽州大将家。

【注】谭邦古城在南康坪市乡政府西一公里处，明代古城建筑。明正德六年（1511 年），谭邦村人谭乔彻追随右佥御史南赣巡抚王守仁平定桶冈、横水等地起义民众，协助王守仁建立崇义县治，却不随王回京受赏，情愿回南康谭邦老家

养老。明武宗封谭为"威武大将军"，亲书"威武克振"匾赠谭乔彻，并敕赐建造谭邦城。古城面积约1万平方米，呈巨龟形，龟尾直抵屏风状的网形山，城墙连绵环抱，四门雄视四方，南方为龟首，气势轩昂地目睹着不远处的大路坪圩，谭邦河则玉带状流往东边的古云桥。古城被称为"微缩的明代赣州城"。

堂联

> 孟夏仲秋，绍前贤抡元夺锦宗声振；
>
> 昶情通志，期后辈茹古涵今人文兴。

【注】① 抡元：科举考试中选第一名。《好逑传》第八回："若要少年有此才学，可以抡元夺魁，也还容易。"② 茹古涵今：即博古通今。对古代的事知道得很多，并且通晓现代的事情。形容知识丰富。

> 创业基难，喜旧贤是仍，重整楷模贻后世；
>
> 守成不易，幸丕基大定，莫将质朴议前人。

【注】丕基：巨大的基业。唐张绍《冲佑观》诗："赫赫烈祖，再造丕基。"

江西谭氏秀公宗祠堂联

> 庆衍东国，即止忠贤；
>
> 派反南埜，永怀恩荣。

> 瑞凝三秀，香衬莲华浮甲第；
>
> 祥曜八灵，光联衡岳射斗牛。

【注】八灵：八方之神。《楚辞·刘向〈九叹·远逝〉》："合五岳与八灵兮，讯九魁与六神。"王逸注："八灵，八方之神也。"

广西柳州三江寨贡谭氏宗祠联

> 豫章千里路；
>
> 脉贡一家人。

【注】此为大门联。谭姓起源：周初大封诸侯时，姒姓的一支被封于谭国（今山东章丘西），爵位为子。谭国国势一直不盛，不久就沦为齐国的附庸。到了春秋初期，齐桓公称霸诸侯，于周庄王四年（前683年）吞并了谭国。谭国国君之子逃亡到莒国（今山东莒县）。而留在故国的子孙就以国为氏，称谭氏，史称谭

氏正宗，是为山东谭氏。济阳郡在今河南兰考一带。

广东紫金容新民祖谭氏宗祠堂联

梅花岭上，雪凝春香，祖德清高，几生修到培梭秀；

沥口村前，春垅绿宗，千支流衍，万派朝来氏泽长。

饮水重思源，念先公启宇开基，前临松柏，后倚梅花，历宋元明清以来，聚族以斯，赫赫家声传沥口；

立祠隆报本，喜尔日鼎新革故，瑞霭门阑，祥凝堂寝，自始高曾祖而下，式凭在是，辛辛俎豆焕弘农。

广东紫金谭氏宗祠联

南雄世泽；

监察家声。

前襟池水观鱼跃；

后枕梅岩听鹿鸣。

士茅锡卷家声远；

边塞宣犹世泽长。

念彼清分，庐山栖隐；

贻兹骏烈，南牧守边。

木种花园，玉叶金枝无二本；

水流沥口，千支万派总同源。

【姓源】《世本》。

① 传说之上古氏族。以熊为图腾。相传炎帝末年，黄帝、炎帝联军与以蚩尤为首的三苗、九黎、东夷联军战于涿鹿阪泉之野，黄帝联合熊、罴、貔、貅、貙、虎等部族大败蚩尤联军。

② 熊氏，芈姓。商末周初楚部族方国首领鬻熊之后。鬻熊之子熊丽以熊为氏。丽孙熊绎，周成王封其于楚蛮，称楚子。其后楚国日强，公元前740年熊达始称楚王，为楚武王。其后楚成为大国，战国时为七雄之一，公元前223年灭于秦。

③ 南北朝时溪族姓。世为豫章著姓，今江西熊姓多出溪族之后。

④ 少数民族汉姓，如蒙古族、回族等。

【分布】早期，熊姓一族主要活动在湖北、湖南和安徽等地。秦汉时期，熊姓的足迹北达河南和山东，东到江苏和浙江，西抵陕南和川北，西南直入云南和广西，南至海南。

魏晋南北朝时期，熊氏部分人徙居今江西。清朝时期，熊姓除分布于上述地区外，在广东也有分布。

熊姓为中国第72常见姓。人口约360万，约占全国人口的0.29%。约74%分布在湖北、江西、四川、湖南、贵州五省（其中湖北最多，约占全国熊姓人口的27%）；13%分布在河南、江苏、云南、重庆四省、市。熊姓客家最多的是江西、广东、广西、福建，其次是四川、湖北、湖南。

【郡望】江陵郡。

【堂号】江陵堂、宝善堂、谦益堂、孝友堂、德敬堂等。

通用祠联

门联

江陵世德；

宝善家声。

【注】上联指熊姓发祥于湖北江陵县，熊氏堂号曰"江陵堂"。下联据史载，战国时七国斗宝，唯楚国不示国宝，问其故，楚王答曰："楚人以善为宝也。"故其堂号又称"宝善堂"。

荥阳世德；

御史家声。

【注】① 荥阳世德：荥阳，战国时韩国建都荥阳，秦末楚汉曾相持于此。范增说项梁，立楚后，拥立熊心为楚怀王。项梁战死后，迁都彭城。公元前206年项羽自立为西楚霸王，尊熊心为义帝。② 御史家声：指明代著名大将熊廷弼（1569—1625），江夏人，万历进士，擢御史，治军有方。

江陵世泽；

宝善家声。

【注】上联指熊姓发祥于湖北江陵县，熊氏堂号曰"江陵堂"。下联据史载，战国时七国斗宝，以示强富。六国俱出宝，唯楚国不示国宝，问其故，楚王答曰："楚人以善为宝也。"故其堂号又称"宝善堂"。

义疏三礼；

史擅九朝。

【注】上联指北朝经学家、北学代表人物之一的熊安生。安生，字植之，今山东交河人。通五经，精三礼。北齐时，任国学博士，后入北周，武帝宣政元年（578年），官露门学博士。下联典出南宋著名文学家、史学家熊克，字子厦，福建建阳人。绍兴年间进士，历任主簿、府学教授、知县、秘书郎、起居郎兼直学士等职。博闻强记，熟悉历代典故，有惠政。著有《九朝通略》《中兴小历》《诸子精华》等书。

西山廉士；

东阁直臣。

【注】① 西山廉士：典出宋代熊孝则。熊孝则性至孝，孝宗闻其名，召对赐金帛，孝则固辞，唯受《通鉴》《孝经》等书。孝宗书赐"西山廉洁"四字与孝则。② 东阁直臣：典出熊锡履，清代孝感人，顺治进士，知经筵，进讲弘德殿，拜武英殿大学士，以直声闻天下。

唐旌孝子；

宋仰名臣。

【注】① 唐旌孝子：典出唐代熊衮。熊衮性至孝，父丧不能葬，昼夜号泣，忽空中雨钱数万，乃得毕葬。② 宋仰名臣：典指熊禾。熊禾，宋建阳人，字去非，有志濂洛关闽之学，师学朱熹门下，举咸淳进士，授汀州司户参军，宋亡不仕，入武夷山，筑室讲读其中。

堂联或栋对

积德胜遗金，处世当遵司马训；

惟善以为宝，居家宜守楚言书。

狮岭播椒馨，节生孝孝生忠，岂独簪缨夸世胄；

鹅湖炊稻熟，子承父父承祖，但凭耕读作人家。

江西吉安熊氏务本堂祠联

务实行以垂伦常，不外孝弟忠信礼义廉耻；

本经训而敦模范，端由格致诚正修齐治平。

【注】熊务本堂联。清李锦城作。

福建永定高陂平在熊氏宗祠堂联

鳌峰著述模型远；

乌府声名礼法高。

【注】上联指熊秘于唐末乾符间（875—879）卜居建阳莒口义宁，兴办家塾，以教子弟。宋初，熊秘后裔熊知至，自号"鳌峰先生"，隐居此处，遂名家塾为鳌峰书院，熊氏子孙在此书院攻读而登进士者，先后共有十三人。下联"乌府"典指熊衮（853—922），兵部尚书熊秘之子，曾任御史大夫。

福建永定城北门熊氏宗祠堂联

> 钱雨家声远；
>
> 鳌峰世泽长。

【注】钱雨，指熊衮，江陵世家第五十一代孙，字锡尔，号江洲，南朝陈宣帝太建元年（569年）魏已荐辟授御史大夫，奉公守政，廉政爱民，遵依礼法。时因高欢至玉壁攻城，魏主加公尚书，率令救玉壁，彼围乏粮，以家资尽出济军民。同父军中，时例俸给微，父丧不能葬，昼夜号泣，忽天降雨钱，得计数十万，用余奏纳太仓。公与韦孝赛血战解围，高欢自降，以功奉献告退。葬父后隐居石林泉，唐武德初闻其贤，屡诏不起，高祖旌封"忠孝雨钱公"。蒙学丛书《幼学琼林》卷三《珍宝》记载"熊衮父亡，天及雨钱助葬"。熊氏后裔以"忠孝雨钱"为荣，世代相传。在熊氏宗族中无论建祠或修谱，都在醒目位置冠名"雨钱第""雨钱堂"或称"江陵世家雨钱第"。

广西柳州柳江塘头熊氏宗祠联

> 祖德宗功兴骏烈；
>
> 地灵人杰起龙文。

【注】熊氏堂号为"江陵"，此为配联。联说熊氏祖德宗功。骏烈：语出自晋陆机《文赋》："咏世德之骏烈。"注："言歌咏世有俊德者之盛业。"

广西玉林博白英桥新圩熊氏宗祠联

> 源来东莞；
>
> 系本江陵。

【注】此联说本支熊氏源流及本系。熊氏郡望为江陵郡，原为春秋楚国郢都（今湖北江陵西北纪南城）。汉代设置江陵县，为南郡治所。南朝齐改置江陵郡，在今湖北江陵及川东一带。

广东梅州大坜口熊氏宗祠堂联

> 溯九世开基，肯构肯堂，燕翼贻谋，不愧作求令德；
>
> 合三房聚处，序昭序穆，象贤绳武，方能无忝先人。

【姓源】《正字通》。

① 穆氏，或作缪氏。其音本同，后世变读若"妙"。

② 江苏江阴缪姓，据传其先蒙古人。

③ 少数民族姓，如回族、满族等。

【分布】缪姓为中国第 221 常见姓。人口约 38 万，约占全国人口的 0.03%。约 87% 分布在江苏、浙江、福建、江西四省，安徽、湖南、四川亦多此姓（《中国姓氏·三百大姓》）。缪姓客家人主要分布在江西和福建，广东、广西、湖南、四川也有分布。

【郡望】兰陵郡。

【堂号】叙伦堂、尽忠堂、公辅堂等。

通用祠联

门联

兰陵博士；

东海名儒。

【注】上联典指汉朝时期的缪生。缪生，申公弟子，兰陵人。为博士，官至长沙内史。下联典指三国时期的文学家缪袭。缪袭，字伯熙，东海兰陵人。有才学。官至尚书光禄勋。

崆峒著集；

金谷名流。

【注】① 崆峒著集：典指宋缪瑜。缪瑜，江西人，仕为进贤令，工诗，有《崆

峒集》。② 金谷名流：指晋缪徵，工诗善饮，尝宴请名士于金谷园。

崇文威德兰陵郡；

注礼名家公辅堂。

【注】公辅堂和尽忠堂皆典出晋朝大臣缪播。缪播，字宣则，兰陵人。才思清辩，有义气。惠帝时，官任太弟中庶子。太弟即位，拜给事、黄门侍郎。惠帝认为缪播有公辅之量，无克阎之心，又尽忠于国，故委以重任。晋升中书令（宰相），东海王越对此不满，以兵入宫，将播杀害。其后人为纪念这位祖先，遂名家族堂号为"公辅堂"，也有的支派用"尽忠堂"。

栋对

观古今数百年世家，无非积德；

论天下第一等好事，还是读书。

真龙活泼，腾来马髻雄峰，百世流风同景仰；

碧水湾环，西接马头平寨，万年气势壮山河。

【姓源】《潜夫论》。

① 商代族氏。周灭商,成王赐康叔殷民七族(陶氏、施氏、繁氏、锜氏、樊氏、饥(饑)氏、终葵氏),其一樊氏(《左传·定公四年》)。

② 樊氏,姬姓。周太王之子虞仲支孙仲山父,周宣王时封于樊,为畿内封国,公族以国为氏。樊国,在今陕西西安市长安区东南。后迁今河南济源西南承留乡,史谓之阳樊。晋灭阳樊,樊公族迁畿内建国,后灭于荻(《中国上古史新探》)。

③ 晋文公灭阳樊,置樊邑以滕姓大夫,后亦有樊氏。

④ 西周、春秋时有芈姓樊国,公族以国为氏。樊国,故城在今湖北襄阳市樊城区。公元前 678 年灭于楚。

⑤ 西周有嬴姓樊国,公族以国为氏。樊国,故城在今河南信阳平桥镇。春秋时灭于楚(《中原古国历史与文化》)。

⑥ 少数民族汉姓或融入汉族后改汉姓(略)。

【分布】樊姓为中国第 107 常见姓。人口 170 多万,约占全国人口的 0.14%。约 49% 分布在河南、陕西、山西、安徽四省(其中河南最多,约占全国樊姓人口的 18%);76% 分布在江苏、湖北、河北、江西、甘肃五省(《中国姓氏·三百大姓》)。樊姓客家人不多,仅江西、湖北、广东、河南和安徽有一些。

【郡望】上党郡。

【堂号】上党堂。

通用祠联
门联

下床答拜；

尽室登仙。

【注】① 下床答拜：典指樊英。樊英，东汉鲁阳人，字季齐，习京氏《易》，兼明五经。屡征不起，后拜五官中郎将、光禄大夫。英有疾，妻遣婢拜问，英下床答拜。陈寔怪问之，英曰："妻，齐也，共奉祭祀，礼无不答。"② 尽室登仙：《列仙传》载，刘纲与妻樊夫人，皆善道术，举室仙去。

孝谦文学；

子盖清廉。

【注】① 孝谦文学：典指樊逊。樊逊，北齐人，字孝谦，专心典籍，天宝中诏入秘府刊定书籍。尝代杨惜作书，惜以示魏收，收不能改一字，惜叹曰："文章成就，莫过樊孝谦。"② 子盖清廉：典出樊子盖。樊子盖，隋庐江人，炀帝时为武威太守，以善政闻，人称其清。子盖曰："吾安能清？只小心不纳贿耳。"

钜鹿贤守；

屠狗英雄。

【注】① 钜鹿贤守：典指樊准。樊准，东汉人，字幼陵。少励志行，修儒术，和帝时为尚书郎，再迁御史中丞，还拜钜鹿太守。课督农桑，广施方略，外御羌寇，内抗百姓，郡境以安。② 屠狗英雄：典出樊哙。樊哙，汉沛人，以屠狗为业，后佐汉高祖开国，累迁左丞相，封舞阳侯。

通用堂联

隐乐壶山之迹；

诗歌补衮之章。

薄稼圃而不为，宜善会先贤之意；

敬鬼神以仍远，当恪遵乃祖所闻。

【姓源】《世本》。

① 以国为姓。黎，商周时古国，在今山东郓城县西。春秋时属卫，后为齐邑。

②《中华姓氏源流大辞典》载，春秋齐有黎邑，在今山东郓城县西。齐大夫以邑为氏。

③ 黎氏，子姓，以国为氏。黎，商时方国，即殷墟卜辞之召方；《尚书》"西伯戡黎"是也。在今山西长治市西南。

④ 黎氏，祁姓，以国为氏。周灭黎，以其封帝尧之后。春秋时为潞子国所逼，被迫东迁寄于卫人篱下，先后在今河南范县、浚县立国。

⑤ 以国为氏。祁姓黎国为潞子国所逼东迁，其地属潞。春秋时晋大夫荀林父灭潞，立黎侯。后迁今山西黎城境。

⑥ 黎，战国时赵邑。在今河南浚县东。赵大夫以邑为氏。

⑦ 少数民族汉姓、改姓等（略）。

【分布】黎姓为中国第 103 常见姓。人口近 200 万，约占全国人口的 0.16%。约 46% 分布在广东、广西（其中广东最多，约占全国黎姓人口的 29%）；44% 分布在江西、四川、湖南、安徽、海南、贵州、重庆、湖北（《中国姓氏·三百大姓》）。黎姓客家人主要分布在广东、广西和江西，湖南、四川、湖北、海南也有一些。

【郡望】京兆郡。

【堂号】九真堂、京兆堂、新安堂等。

通用祠联
门联

堂称载酒；

亭号众香。

【注】① 堂称载酒：典指黎子云。黎子云，宋儋州人。贫而好学，所居多林木水竹。苏轼在儋耳，尝造访子云兄弟，执礼甚恭。每与弟载酒过从，请益问奇，轼因题其别墅曰"载酒堂"。② 亭号众香：典出黎简。黎简，清广东顺德人，乾隆拔贡，十岁能诗，由山谷入杜，峻拔清峭，刻意新颖。性好山水，所居曰"百花村"，亭曰"众香"，阁曰"药烟"。

蓉城世德；

京兆家声。

祝融世第；

京兆家声。

天麟世第；

京兆家声。

【注】① 蓉城世德：指黎达在蓉城（今属河北）做官留下的功德。黎达为唐镇国将军，再拜龙骧将军。② 京兆家声：指黎村在宋代封为京兆郡侯，立基福建汀州府上杭县。

通用堂联和栋对

门对旗峰，百代孝慈高仰止；

祠横潢水，千年支派永流长。

溯家学以紫阳白鹿为宗，若论显扬，何必数东汉科中千八百室弟子；

登此堂发春露秋霜之感，是谁瞻拜，独无惭南安迁后二十一传贤孙。

广西贺州临贺故城黎氏宗祠联

> 宗祧虔谒祖；
>
> 祠祎荐瓣香。

【注】联说本支黎氏永记祖宗恩德。黎姓源流：商时有诸侯国——黎国，一个在今山西长治市西南，商末被周文王所灭；另一个在今山东郓城县西。这两个黎国的子孙，后以国为氏，姓黎。

广西贵港君子垌黎氏宗祠门联

> 京兆渊源垂后裔；
>
> 贵阳支派仰前徽。

【注】此为大门联。上联说黎氏郡望京兆郡（今陕西西安以东至华县一带）。下联说本支黎氏为贵阳支派。

湖南炎陵黎氏宗祠堂联

> 气压英雄，丕振状元令誉；
>
> 学通经史，堪称直讲才华。

【注】上联典出黎淳；下联典指黎锦。

> 上苑笑看花，喜称人物杰出；
>
> 高堂题载酒，欢迎长者车来。

【注】上联典指黎治；下联典说黎子云。

海南儋州南丰镇陶江黎屋村黎氏京兆堂联

> 京都祖宗诒谋远；
>
> 兆堂子孙继述长。

广东紫金义容博爱村黎氏宗祠堂联

> 塑自南雄，宗分古竹，瓜瓞绵绵传后业；
>
> 择居博爱，其衍后裔，爰斯鑫鑫展斯猷。

广东紫金蓝塘石城黎氏宗祠堂联

> 积善仰前徽，承祖德，慕宗公，兴仁孝友，徽传京兆源流远；
>
> 由章贡而来，历惠阳，迁古竹，勤俭持家，业建上石世泽长。

惜粟缅思空，自昔悬鱼符雅望；

重农怀刺史，于今卧写溯闽汀。

显示世德宗功，瓜瓞庆长垂，差喜馨香绵百世；

志在报本返始，箕裘欣克绍，窍思俎豆足千秋。

广东乐昌下渊黎氏祠堂联

祖祠维新，人文蔚起辉京兆；

宗功衍庆，世族绵延耀名邦。

下承上后继前，孝弟皆学问；

渊而博远且深，诗礼尽修齐。

何须掀天揭地，堪为不负所学；

能晓尊祖敬宗，但云无忝尔生。

世泽渊源长，千秋俎豆昭前烈；

家声遗韵远，万代衣冠推后贤。

灵泉通古井，源远流长，伫看人文蔚起；

佳木荫龙冈，根深枝茂，永兆科甲联登。

派衍上杭，美当年凤起蛟腾，允推虞城世族；

居卜下渊，看今日兰芳桂馥，不愧乐邑名家。

滕（滕）

TÉNG

【姓源】《潜夫论》。

①滕氏，滕姓，以国为氏。夏商时的滕国，故城在今山东滕州西南滕城。后为周所灭。

②滕氏，姬姓，以国为氏。周灭滕，武王封异母弟错叔锈于滕国故地。公元前 318 年灭于宋。

③古代俚族姓（《太平寰宇记》）。

④明代以后一些少数民族改汉族姓（略）。

【分布】滕姓为中国第 167 常见姓。人口约 78 万，约占全国人口的 0.062%。约 56% 分布在广西、湖南、山东三省、自治区（其中广西最多，约占全国滕姓人口的 35%）；30% 分布在黑龙江、辽宁、四川三省（《中国姓氏·三百大姓》）。滕姓的客家人主要分布在广西和湖南，广东、江西和福建有少数滕姓客家人。

【郡望】南阳郡。

【堂号】南阳堂等。

通用祠联

门联

> 五龄知孝；
>
> 四品还乡。

【注】① 五龄知孝：典指梁时南昌人滕昙恭。滕昙恭，五岁时母杨氏患热病，思食寒瓜。土俗不产，昙恭历访不能得，衔悲哀切。忽遇一僧，曰："我有两瓜，

分一相遗。"昙恭得瓜与母，举室惊异。及父母卒，哀恸几绝。② 四品还乡：唐时滕珦以太子右庶子致仕。四品给券还乡。

楼成四绝；
节著三滕。

【注】上联指北宋湖南人滕宗谅。滕宗谅，字子京，与范仲淹同年进士，历官殿中丞，湖州、泾州知州，庆历年间由范仲淹推荐任天章阁待制。因事被贬守岳州，重修岳阳楼，范仲淹作《岳阳楼记》，苏舜钦书石，邵𫗧以篆书题额，世称"四绝"。下联指北宋临安人滕茂实。滕茂实，字秀颖，政和年间进士，靖康间以工部侍郎与弟弟滕祎、滕承陶一同出使金国，被扣留，安排在代州。钦宗被俘经过代州时，他自写哀词，并篆书"宋工部侍郎滕茂实墓"九个字，抱定一死的决心。当时人们称他们兄弟为"三滕"。

风翰荣居，预卜风流佳婿；
边陲谪镇，洵称忠直名臣。

【注】上联典指宋代名人滕甫为李晋卿婿；下联指宋代名人滕甫的事典。

东邑增绣衣之美；
浔阳拜平寇之功。

【姓源】《通志·氏族略》。

① 陕西出土西周恭王时青铜器九年卫鼎有矩国钜伯下属小奴隶主颜隍（《陕西出土商周青铜器》）。

② 颜氏，姬姓，春秋鲁公族。以邑为氏。

③ 金代女真完颜氏，后改颜氏。

④ 少数民族汉姓，如蒙古族赤峰一支、回族等。

【分布】北宋末期，康王赵构南迁杭州并建立了南宋王朝，时有山东、河南等地颜氏族人播迁到了江南。南宋末期，居于江苏、浙江、福建和江西一带的颜姓族人为避兵祸，南迁到了广西、广东、湖南和湖北等地，融入先期迁入的客家人。

颜姓为中国第 112 常见姓。人口近 170 万，约占全国人口的 0.13%。约 33% 分布在湖南、广西、湖北三省、自治区（其中湖南最多，约占全国颜姓人口的 12%）；48% 分布在山东、福建、四川、江苏、广东、台湾、浙江、江西八省（《中国姓氏·三百大姓》）。颜姓客家人主要分布在湖南、广西、湖北、福建、广东、江西等省、自治区，台湾和四川也有分布。

【郡望】鲁国郡。

【堂号】存礼堂、复圣堂、思复堂等。

通用祠联

门联

> 先贤世泽；
>
> 陋巷家声。

> 东鲁门第；
> 复圣家声。

【注】全联指孔子弟子颜渊。

> 清臣风节；
> 复圣渊源。

【注】上联说颜真卿；下联指颜回。

广东五华横陂颜氏宗祠门联

> 道同禹稷；
> 德干闵冉。

> 圣门好学；
> 王会成图。

【注】① 圣门好学：典指颜回。颜回，春秋时鲁国人，字子渊，孔子弟子。贫而好学，列孔门德行科，于弟子中最贤，三十二岁卒。后世称复圣。② 王会成图：指唐颜师古，少博览，精训诂学，善属文。曾作《王会图》。

> 忠节标兄弟；
> 家训示子孙。

【注】① 忠节标兄弟：典指颜真卿。颜真卿，唐大臣、书法家，累官侍御史。安禄山叛乱，他联络从兄杲卿起兵抵抗，迁吏部尚书、太子太师，封郡公；杲卿拜尉卿，兼御史中丞。后二人皆为国殉难。② 家训示子孙：典出颜之推。颜之推，北齐文学家。博览群学，词情典丽，处事勤敏，有《颜氏家训》传世。

> 叔子不欺暗室；
> 孝妇当作镇神。

【注】① 叔子不欺暗室：典指颜叔子。颜叔子，战国时鲁国人。尝独居一室，邻之寡妇，又独处一室。暴雨至而妇室漏毁，妇人入叔子室，纳之，而使执烛，烛尽而达旦，不二其志。② 孝妇当作镇神：齐孝妇颜文姜所居地，名颜神镇，在今山东博山县。

堂联

> 东鲁雅言，诗书执礼；
> 西京惟顺，孝悌力田。

> 鲁郡清臣，树后世千秋典范；
> 书坛圣手，开盛唐一代雄风。

> 诸贤溯圣门，孝子忠臣，皆从东鲁衍支派；
> 世泽详家训，武功文德，更向西秦继别宗。

> 复圣颜子，发迹曲阜，支派徙闽赣，辗经韩坑迁居于此；
> 孔殿弘道，四配之首，箪瓢陋巷崇，克己复礼垂范千秋。

【注】复圣：颜氏先贤颜回，春秋末年鲁国人，字子渊，亦称颜渊。孔子的得意门生，贫而好学，问一知十，虽贫居陋巷，箪食瓢饮，不改其乐，孔子称其贤。孔子曰："贤哉回也！一箪食，一瓢饮，在陋巷，人不堪其忧，回也不改其乐。"（《论语·雍也》）元延祐元年（1314年）封颜回为兖国复圣公，史称"复圣"。这是"复圣堂""复圣家声"的来由。

广东平远仁居颜氏五福祠栋对

明德迪前光，我先公系传鲁国，派衍闽区，贻阙孙谋，肇此还基绵世泽；
扬微垂后起，尔小子道绍尼山，学宗陋卷，绳其祖武，恢兹令绪振家声。

陕西商洛柞水颜氏宗祠栋对

> 继祖德，寿比南山松不老，三月不违天地德；
> 感圣恩，福如东海水流长，一言克复古今人。

【姓源】《元和姓纂》。

① 商代有潘国，姚姓，公族以国为氏。潘国，子爵，在今陕西兴平北。周灭潘，文王诛其君潘正（《路史·国名纪》）。

② 潘氏，姬姓。周文王第十五子毕公高第四子季孙，食采于潘，因氏。潘，在今河南荥阳市高山镇潘窑村。

③ 春秋楚有潘氏，本作番氏。潘，字之假也。潘氏，本读若婆，后世变读如字。

④ 少数民族汉姓或融入汉族后改姓（略）。

【分布】宋元之际，中原动荡不安，部分潘姓族人迁居到了今粤东。

潘姓为中国第 36 常见姓。人口 620 多万，约占全国人口的 0.50%。主要分布在安徽、广东二省，约占全国潘姓人口的 22%；其次为浙江、广西、贵州、河南、江苏、四川六省、自治区，约占全国潘姓人口的 40%。安徽最多，约占全国潘姓人口的 11%（《中国姓氏·三百大姓》）。潘姓客家人主要分布在广东、广西，其次是江西、四川、安徽和河南。

【郡望】荥阳郡、河南郡、豫章郡。

【堂号】安仁堂、黄门堂、荣杨堂、承志堂、花县堂、春茂堂、如在堂等。

通用祠联

门联

友文佛子；

世长天才。

【注】上联典出南宋金华人潘友文。潘友文，字文叔，一心仰慕善人，并力行善事，陆九渊曾称赞他慈祥而诚恳，有恻隐之心，人称"潘佛子"。嘉定年间官提举福建常平茶盐公事。下联典出西晋汉寿人潘京。潘京，字世长，二十岁时任郡主簿，善于论辩，举秀才后到洛阳，与善谈的尚书令乐广畅谈几天，乐广叹服他的天才，说："你天才过人，只是学习还不够，如果再多学，一定会成为一代谈宗。"于是他又勤奋苦学，后历官巴丘、邵陵、泉陵三县县令，颇有政绩，所到之处，路不拾遗。

功推武惠；
绩著司空。

【注】① 功推武惠：典指潘美。潘美，宋大名人，字仲询。累著战功，封韩国公，卒谥武惠。② 绩著司空：典出明朝潘季驯。潘季驯，湖州府乌程县（今属浙江省湖州市吴兴区）人，嘉靖进士，官御史。四次治河，持续二十七年，功绩最著。河安流而行，居民赖之，累官至宫保大司空。

栽花满县；
画墨成仙。

【注】① 栽花满县：典指潘岳。潘岳，晋中牟人，字安仁。才名冠世，为众所疾，遂栖迟十年，出为河阳令，勤于政绩。县中满种桃李，人以为美谈。李白诗有"河阳花作县"句。② 画墨成仙：典出潘谷。潘谷，宋歙人。造墨精妙。曾饮酒三日醉而投井，人疑已死。下井视之，趺坐井中，手持数珠。苏轼赠诗云："一朝人海寻李白，空看人间画墨仙。"

射穿七札；
力定五溪。

【注】① 射穿七札：典指潘党。潘党，春秋时楚国人。为大夫，善射。鄢陵之役，与养由基蹲甲而射，射穿七札。② 力定五溪：典出潘濬。潘濬，三国吴人，字承明。拜中郎将，迁太常，讨五蛮溪，斩数万，方得宁静。五溪，东汉至宋时，分布在今湘西及黔、川、鄂三省交界地区沅水上游若干少数民族的总称。

堂联或栋对

德传花县；
馨衍荥阳。

【注】此为广东省梅州潘氏宗祠门联和堂联。上联的"花县"指河南河阳县，西晋文学家潘岳，在县中满栽桃李，因而称该县为花县，一时成为美谈。下联的"荥阳"，在河南黄河原设郡的地方。

> 南峙秀文峰，雾合烟云资豹变；
>
> 西流环武水，涛兼雷雨助蛟腾。

> 玉儿尚且拼生，金莲绝武；
>
> 妙圆独甘殉节，玉骨扬灰。

【注】① 金莲绝武：典指潘玉儿。潘玉儿，南齐东昏侯妃。曾凿地为金莲花，步行其上，称步步生莲花。后梁武帝入建康，见妃色美，欲纳之。王茂谏曰："亡齐者此物也，不可留。"将以赐田安启，玉儿不从，自缢而死。② 玉骨扬灰：宋潘妙圆被元兵围于城中，将受辱。潘先焚夫骨，火发，遂跃入烈焰而死。

> 祖德高深开大业；
>
> 网形雄耸育英才。

【注】此联为广东梅州市梅县区南口镇桥乡村潘氏宗祠联。"网形"即该宗祠所在地。

> 桃花留河阳；
>
> 麟经魁江右。

> 荥阳新世第；
>
> 花县旧家声。

> 闽汀传旧德；
>
> 花县发新枝。

> 世家传晋代；
>
> 先德载河阳。

河阳早报三春信；

华县平分一段香。

荥波映旭日，紫岩日丽江山绿；

阳气壮山河，花县春浓祖国红。

桃花留河阳，尤美我祖声名留宇宙；

麟经魁江右，更望尔曹业绩魁乡邦。

溯花县休声，只此桂馥兰馨，祥开燕翼；

承河阳厚泽，惟兹服畴食德，庆衍螽斯。

广东兴宁潘氏宗祠门联

诗称邠老；

赋重安仁。

【注】上联指宋代诗人潘大临，字邠老。著有《柯山集》。下联指西晋文学家潘岳。潘岳，字安仁。

江西寻乌吉潭上车潘氏宗祠联

祖功宗德流芳远；

子孝孙贤世泽长。

【注】寻乌吉潭镇上车村的潘氏宗祠，始建于清代康熙四十六年（1707年），第一次重修在乾隆年间，1993年第二次重修。占地面积1233平方米。祠堂前一泓清澈的月池，既纳风水，又是消防水源。祠堂正中是三开间的砖混建筑，设有廊门和抱鼓石，阶前立有一对红石狮。进入宗祠，前后两进，这是赣南宗祠的常见格局。中间的宽大天井，成为孩子们的嬉乐场所。上厅祖龛中，放置着寻乌潘氏开基祖潘任的牌位。

广西柳州所好潘氏祠联

世系出荥阳，祖德宗功，巍巍峨峨垂后裔；

宏基开柳郡，兰馨桂馥，绳绳继继振前徽。

【注】潘氏堂号"荥阳"，此为配联。上联说此支潘氏世系出自荥阳郡，下联说在广西柳州开发基业。潘姓源流：周毕公高子季孙又被封为河南荥阳侯，季孙以国为姓，食采为潘，故称荥阳潘氏。

贺州临贺故城潘氏宗祠联

名高吴将；

位列楚卿。

【注】上联典出清代将领潘韬。潘韬，吴川人。乾隆中任闽浙督标水师营参将，守护台湾有功，官至南澳镇总兵。下联典出春秋楚成王时太师潘崇。潘崇，助楚穆王继位有功，被穆王封为太师，兼掌上环列之尹。

台湾六堆潘氏荥阳堂栋对

祖训莫遗忘，口而诵，心而维，亦步亦趋，千载家声能勿坠；

己身宜检点，迁则善，过则改，克勤克俭，一生事业自然成。

广东平远上井南圭裔潘氏宗祠堂联

东鲁雅言，诗书执礼；

西经明诏，孝悌力田。

时值阳生，想先人统绪箕裘，昭慈来许；

节逢长至，愿后代馨香俎豆，继序不忘。

广东平远神树下潘氏宗祠堂联

禀先祖之遗规，堂构宏开，都本诒谋燕翼；

勉后人以绳武，门闾集庆，从兹大展鸿图。

仿紫岩以筑居，虽学举案著书，犹是敦诗说礼；

慕河阳以种树，岂但灌园养性，还期桂馥兰香。

广东河源仙塘潘氏宗祠堂联

远系溯荥阳，由闽省而粤东，翁邑开基衍支沛；

近宗择南浦，移顺德至槎城，仙塘蝶岭振家声。

广东紫金蓝塘石城潘氏宗祠堂联

发源自宋，懋重鉴史之征，百世大夫标诏谱；

创业于明，丕著石城之望，千秋簪笏绍书香。

木本发自荥阳，叶茂根深，枝分花县；

水源通乎琴邑，泽长流远，波衍石城。

广东紫金瓦溪墩头罗坑潘氏宗祠堂联

荥阳传世系，瑞启西山，自抚州于至汀州，溯厥本年，既向闽中昭燕翼；

越府著家声，祥流东海，由兴邑而迁永邑，从兹永继，还期凤阁展鸿图。

世本荥阳，呼佛子，号天才，经济于今不朽；

基开上谷，擅诗名，称赋首，文章自惜有彰。

九凤星辉光越府，三洲绩著耀荥阳；

花县流征宏统绪，河阳发绩壮经犹。

广东紫金瓦溪上濑富竹溪潘氏宗祠堂联

荥阳宏世泽，由抚州以至汀州，兰桂腾芳，系出闽中昭燕翼；

花县著家声，自兴邑而迁永邑，箕裘继美，支从溪里展鸿图。

新加坡横山潘氏祖庙大门联

横滨美景秀色千秋远；

山河锦绣壮丽永留长。

横树纵林，嘉木葱茏绕宝殿；

山明水秀，时花美丽悦神居。

大殿堂联

由进士起家，治河功高，加太子少保；
从御史秉笔，弹劾持正，擢工部尚书。

庙宇榷锦山，画时远瞻，俨似三炷香缥缈；
殿基安兴利，夜间远望，居然两边烛辉煌。

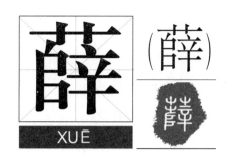

【姓源】《世本》。

① 薛氏，任姓，以国为氏。始祖奚仲，夏之车正，封于薛（今山东滕州市官桥镇南），后迁下邳（今山东微山西北）。十二代孙仲虺，为商汤左相，复迁薛。商末，薛侯成徙于挚（今河南汝南东南），更国名曰挚。其女大任，为周文王母。武王克商复封于薛。战国初期灭于齐。

② 战国齐孟尝君田文封于薛，其孙田陵、田国，汉初更姓薛氏（《中华姓氏源流大辞典》）。

③ 少数民族汉姓或改汉姓，如北魏太和十九年敕勒族叱干氏改薛姓等。

【分布】宋朝时期，薛姓足迹遍布大江南北，人口散布到今江西、四川、河南、福建和山东等地。明朝时期，一部分薛姓族人被分迁到了江西、福建和广东等地。

薛姓为中国第 76 常见姓。人口近 310 万，约占全国人口的 0.25%。约 39% 分布在江苏、陕西、河南三省（其中江苏最多，约占全国薛姓人口的 15%）；27% 分布在山西、河北、山东、安徽四省（《中国姓氏·三百大姓》）。薛姓客家人主要分布在广东和江西，福建、安徽、河南也有一些。

【郡望】河东郡。

【堂号】三凤堂、忠谏堂等。

通用祠联
门联

三凤媲美；

五隽齐名。

【注】上联指唐代汾阴人薛元敬。薛元敬少年时与叔父薛收及族兄薛德音齐名，当时号称"河东三凤"。武德年间官天策府记室参军，秦王李世民为皇太子时，任他为舍人。下联指东晋竹邑人薛兼。薛兼，字令长，清廉朴素，器宇轩昂，少年时与纪瞻、闵鸿、顾荣、贺循齐名，号称"五隽"。入洛阳，任比阳相，后官太子少傅，明帝时，加散骑常侍。

直言进谏；

吟诗书笺。

三凤世德；

忠义家声。

礼学世德；

忠义家声。

【注】① 直言进谏：忠谏堂典出西汉谏议大夫薛广德。薛广德，河南相县人。历官谏议大夫、御史大夫，敢于直言进谏，汉元帝要造楼船供自己玩乐，广德闻之，遂脱帽谏阻，说："造楼船劳民丧财，影响不好，如果陛下不听，我就光着头向陛下的车轮上撞去。"元帝觉得他言之有理，便采纳了他的谏议。② 三凤世德：典出《幼学琼林》："河东伯仲有三凤之美名。"指唐朝薛收与元敬、德音齐名，世称"河东三凤"。③ 忠义家声：指唐代名将薛仁贵，官本卫大将军，封平阳郡公。唐太宗时应募征辽东，持戟呼而驰，所向披靡，敌兵二十万皆奔溃。唐高宗时屡破高丽、契丹、突厥，拔扶余等四十余城。其任铁勒道总管时，回纥部落十多万兵前来挑战，他连发三箭杀三人，虏气慑服。军中歌曰："将军三箭定天山，壮士长歌入汉关。"④礼学世德：薛氏代出名人：如隋代著名文学家薛道衡，唐代宰相薛纳、薛元超，唐代著名女诗人薛涛，宋代宰相薛绍彭，等等。

堂联

魏宫人神针妙技；

蜀秘书制锦成笺。

【注】① 魏宫人：典指薛灵芸。薛灵芸，三国魏文帝宫人，姿色甚艳，帝改名曰"夜来"。薛妙于针工，虽处深帷不用灯烛，裁制活计立成，宫中号为"针神"。② 蜀秘书：典指薛涛。薛涛，唐长安女子，字洪度，随父流落蜀中。入乐籍，善诗律。韦皋镇蜀，召令侍酒赋诗，称为女校书。暮年居浣花溪，著女冠服，好制松花小笺，时号薛涛笺。

生意此时多，正光转绿萍、气催黄鸟；

诗怀何处寄，是人归雁后、思发花前。

【注】全联典指隋代诗人薛道衡。薛道衡，字玄卿。河东汾阳（今山西万荣）人。历仕北齐、北周，入隋官至司隶大夫。后为炀帝所杀。少孤，好学。北齐武平年间即有诗名。和卢思道齐名，在隋诗人中艺术成就最高。其诗虽未摆脱六朝余风，有些作品却刚健清新，如边塞诗《从军行》。代表作《昔昔盐》描写思妇的孤独寂寞，其中"暗牖悬蛛网，空梁落燕泥"一联，最为脍炙人口。小诗《人日思归》含思委婉，也很著名。

立业建功，将军三箭定天下；

能诗善赋，巾帼一笺传世间。

广东紫金好义薛氏宗祠堂联

三凤文范，溢彩神州，祖德留芳，福荫儿孙千秋盛；

五俊武典，光照唐室，嗣业振拓，泽被胄裔万代兴。

河东伟业，功绩名垂，祖辈奋战，大史铸就立祠德；

海阳书香，光前耀后，儿孙合力，继往开来振家声。

【姓源】《元和姓纂》。

① 商代有霍国，公族以国为氏。霍国，侯爵。在今河南汝州市西南。周武王克商，擒霍侯，灭之。

② 霍氏，姬姓，以国为氏。霍，周武王同母弟叔处封国，伯爵。故城在今山西霍州市西南。公元前661年为晋所灭。

③ 霍氏，姬姓。春秋时晋卿先且居食邑于霍，称霍伯，支子以邑为氏。

④ 明初赐翰林，蒙古编修火你赤姓名曰霍丘（《弇山堂别集》）。

⑤ 少数民族汉姓或融入汉族后改姓（略）。

【分布】霍姓为中国第160常见姓。人口约81万，约占全国人口的0.065%。约49%分布在陕西、河北、河南三省，23%分布在山西、广东、山东三省（《中国姓氏·三百大姓》）。霍姓客家人主要分布在广东，其次是河南，江西、福建和广西也有少量分布。

【郡望】太原郡。

【堂号】鲁国堂等。

通用祠联

门联

> 源自霍国；
>
> 望出太原。

【注】全联指霍姓的郡望和堂号。

骠骑建绩；

麟阁冠群。

【注】① 骠骑建绩：典指霍去病。霍去病，汉平阳人。善骑射，六出袭匈奴皆有功，封狼居胥山、冠军侯，加骠骑大将军。② 麟阁冠群：典出霍光。霍光，去病异母弟。后元初为大司马大将军。受诏辅幼主，封博陆侯，政事一决于光。秉政二十余年，未尝有过。光死而宗族竟诛于霍氏之祸。甘露中，帝思肱股之美，图形麒麟阁，光居第一。

堂联

小玉丧生于薄幸，

大礼成议之高贤。

【注】① 小玉丧生：典指霍小玉。霍小玉，唐大功间名妓。本霍王之婢，易姓郑，与陇西李益有盟约。后益负约而不往，小玉积思致疾。一日有黄衫客挟益至，小玉见益，一恸而绝。② 大礼成议：典出霍韬。霍韬，明南海人。正德进士，告归，读书西樵山。世宗诏任职方主事，及大礼议起，毛澄力持考孝宗。韬测知帝意，为大礼议驳之，累官礼部尚书，学博才高，先后多所建白。

出入禁闱，图耀麒麟阁上；

登临瀚海，爵拜骠骑将军。

【注】上联指西汉政治家霍光事典。霍光，字子孟，霍去病的异母弟。武帝时，官奉车都尉。昭帝即位时年幼，他与金日磾等人同受武帝遗诏辅政，任大司马大将军，封博陆侯。昭帝死后，相继迎立昌邑王刘贺、宣帝。前后执政二十年，轻徭薄赋，有利于发展生产。因功，图形被绘于未央宫麒麟阁，名列第一。下联指西汉名将霍去病事典。霍去病，河东平阳人，官至骠骑将军，封冠军侯。元狩年间，两次大败匈奴贵族，控制河西地区，打开了通往西域的道路；又和卫青共同击败匈奴主力。前后六次出击匈奴，解除了匈奴对汉王朝的威胁。

文章有根，独长诗书门第；

黄金无种，偏生积善之家。

【姓源】《潜夫论》。

① 氏以谥，戴、武、宣、穆也（《风俗通义》）。春秋宋戴公之公子文之后以戴为氏。

② 殷氏，或改戴氏。见南宋戴埴《鼠璞》。

③ 蒙古族汉姓。本姓塔塔儿（塔塔尔、达塔尔）氏、查嘎岱氏、达日哈德（达尔哈德）氏、博斯沁氏、代奇古德氏、答尔忽惕（达日胡德、达尔呼惕）氏、泰氏赤兀惕氏、瓜尔佳氏、岱特氏（《蒙古族大辞典》）。

④ 其他少数民族汉姓或融入汉族后改汉姓（略）。

【分布】南北朝时期，戴姓不仅在江浙一带分布广泛，而且已有人开始迁往今安徽和湖北等地。盛唐时期，由于社会稳定，政治清明，居于陕西、山西、湖南和江西等地的戴姓得以发展繁衍。

宋元之际，随着金兵南下和蒙古入侵，原居于江苏、浙江、安徽和江西等省的戴姓开始南迁福建和广东。清朝时期，已有福建戴姓族人迁居台湾和海外。

戴姓为中国第 57 常见姓。戴姓（含代姓）人口近 430 万，约占全国人口的 0.34%。约 34% 分布在安徽、湖北、江苏三省（其中安徽最多，约占全国戴姓人口的 12%）；36% 分布在湖南、四川、广东、重庆、浙江、贵州六省、市（《中国姓氏·三百大姓》）。戴姓客家人主要分布在广东、湖南、台湾、四川，湖北、广西、江西也有一些戴姓客家人。

【郡望】谯国郡。

【堂号】谯国堂、独步堂、注礼堂等。

通用祠联

门联

谈经世德；

注礼家声。

【注】① 谈经世德：东汉著名学者戴凭，十六岁举明经，征为试博士，授郎中，后迁侍中。有一年正旦朝贺，光武帝令群臣能说经者相互诘难，遇有不通，他便夺席讲解，凡夺五十余席。京中曰："解经不穷戴侍中。"② 注礼家声：典出《幼学琼林》："二戴曾删《礼记》，故曰《戴礼》。"二戴，即汉代学者戴德、戴圣。戴德，字延君，为信阳王太傅，与兄子圣同受礼于后苍，世称大戴，传《礼》八十五篇。戴圣，字次君，官九江太守，世称小戴，传《礼》四十九篇。

逸情霞举；

峻节山高。

【注】上联指南朝宋学者戴颙。戴颙，字仲若，有高名，与兄长戴勃一起先后隐居桐庐、吴中。二人都善于作画、鼓琴。后到吴下，当地士人早就听说他的高名，于是集资为他建房。永初、元嘉年间，朝廷多次征召，他都不去。著有《逍遥论》。下联典指东晋学者、画家、雕塑艺术家戴逵。戴逵，精雕塑和绘画，善画山水、人物、走兽，也画宗教画，并雕佛像；曾为稽山阴灵宝寺做木雕无量寿佛及胁侍菩萨，隐于幕后，听取意见，反复修改，三年始成。又为瓦棺寺塑《五经佛》和顾恺之的壁画《维摩诘像》、狮子国（今斯里兰卡）送来的玉佛，在当时并称"三绝"。所画人物、山水，南齐谢赫有"情韵绵密，风趣巧发"的评价。太宰武陵王司马晞闻其善鼓琴，使人召之。逵对使者破琴曰："戴安道不为王门伶人。"

九灵隐士；

五女练裳。

【注】① 九灵隐士：典指戴良。戴良，元诗人，字叔能。通经史百家，屡征不仕，居九灵山下，自号九灵山人。著有《九灵山房集》。② 五女练裳：典出汉代戴良。戴良，字叔鸾，才既高远，举仕不就。有五女并贤，良遣嫁，唯贤是与。以练裳、布被、竹笥、木屐遗之，五女能遵其训，皆有隐者之风。

破琴示节；

学礼删文。

【注】① 破琴示节：典出晋戴逵。戴逵，字安道，少博学，善属文，工书画，能鼓琴。太宰武陵王司马晞闻其善鼓琴，使人召之，逵对使者破琴曰："戴安道不为王门伶人。"后徙居会稽之剡县。② 学礼删文：典说汉戴德与兄子圣同受《礼》学于后苍，删定《礼记》，为信都王太傅。人称德为大戴，圣为小戴。德传《礼记》八十五篇，谓之《大戴礼记》。圣传《礼记》四十九篇，谓之《小戴礼记》。

堂联或栋对

堂构起萍乡，念先人注礼删经，家学宏垂曲则；

山川恢庙貌，愿后裔秋霜春露，德馨永荐烝尝。

【注】注礼删经：典指汉戴德、戴圣。

士求名在勤，农趋利在勤，人生勤则不匮；

子诚心以慎，妇敬戒以慎，家道慎罔不兴。

江西大余戴氏祠堂联

三十年前，县考无名，府考无名，道考也无名，人眼不开天眼见；

八十日里，乡试第一，京试第一，殿试又第一，蓝袍脱下紫袍归。

————戴衢亨

【注】戴衢亨自幼聪慧好学，才华出众，只是七品县令有眼无珠，埋没了他好些年，考到三十方尽，连一个小小的秀才也考不到上，可惜一块白玉埋没尘沙，难得出头。那年又值县考，戴衢亨仍是名落孙山，众童生不服，捐助他买了个秀才，才取得了乡试的资格。八十天中，他凭着满腹才华，从乡试到殿试，过关斩将，连中三元。皇帝召出，钦点头名状元，衣锦还乡。那位埋没扼杀国家栋梁的县太爷自知难当其罪，连夜挂印逃跑了。戴衢亨为了出这口怨气，警告那些玩忽职守的官员，在故乡的祠堂上，亲笔题写了此副对联。

戴衢亨：字莲士，江西大庾人，原籍安徽休宁。父第元，由编修官太仆寺卿。戴衢亨年十七，举于乡。乾隆四十一年（1776年），召试，授内阁中书，充军机章京。四十三年（1778年），成一甲一名进士，授翰林院修撰，典试湖北。叔父均元、兄心亨并居馆职，迭任文衡，称"西江四戴"。累典江南、湖南乡试，督山西、广东学政，历迁侍讲学士。

湖南炎陵戴氏宗祠堂联

席传易学；

业擅礼经。

【注】上联说戴凭；下联指戴德、戴圣。

一经传旧德；

五世振儒风。

【注】上联典出戴凭；下联典指戴元益。

台湾戴氏宗祠堂联和门联

堂联小序：戴氏宗祠在佳冬乡昌隆村是极具规模的，至今已有近八十年的历史。第七十四世祖杏公宋末南渡定居于汀州府宁化县石壁乡杏化村和广东镇平（今广东蕉岭），谯国戴氏祖先玉麟公、荣钟公父子由闽省漳浦县入粤，肇基镇平县招福乡黄泥掘（现为蕉岭县招福乡黄龙湖），为镇平开基始祖，另立一世。戴氏子孙由广东镇平分二路迁台，一路至台淡水上陆，一路经由澎湖至台湾台南上陆。之后，二路子孙在全台繁衍，北部以桃竹苗为中心，新竹县湖口乡建有大夫弟祠堂一所，另外，中坜、湖口、新埔、关西、横山等地各房派祠堂曰谯国堂或二礼堂；由台南至屏东的一支，以今天的屏东昌隆为中心，屏东佳冬乡昌隆村建有注礼堂一所。上述为《谯国堂戴氏族谱》所载。由此可知，戴氏祠堂的"注礼堂"是因戴德与戴圣叔侄注《礼记》而得名。屏东佳乡戴氏最常见的堂号"谯国"，则是因祖先迁居安徽亳州时，望出于"谯国"而得名。谯国的戴姓子孙是晋朝戴逵的后裔。

谯邑风光新世第；

国朝人物振家声。

业以精勤通广大；

家从雍睦是平和。

谯楼声应传胪第；

国士名成注礼家。

居家有训惟存厚；

处世无奇但率真。

传胪世第规模壮；

注礼家声福泽长。

勤绍前人勤能致富；

俭垂后世俭可成家。

注礼溯宗风光增百粤；

传胪思祖列派衍三台。

【注】①"谯邑风光新世第"或"谯楼声应传胪第"中之"谯邑"，是堂号谯国郡，也就是戴姓人家郡望之所在。"国朝人物振家声""国士名成注礼家"，或"注礼家声福泽长"中的"国朝人物""注礼""国士"，指的即是一国之中才智出众、受人推崇的人物。这些联语点出了戴姓人家的祖先由广东蕉岭县招福乡黄龙湖迁台的典故，也写出了戴姓人家对于后代子孙无限的期许与盼望。② 传胪：指明、清时代科举考试二甲、三甲的第一名。戴姓人家在科举考试中，考中功名的人物不胜枚举。

注礼述圣言，三百三千，经由明瞭昭简册，

传胪光祖德，丕承丕显，诗书接续绍其裘。

广东蕉岭戴氏谯国堂、注礼堂祠联

稽吾家谱牒，自公子以迄公孙，作宾王室，分职六卿，姓氏已凭先代显；

探我族源流，由桂岩而迁桂岭，卜筑龙湖，肇基八世，创垂端赖后昆贤。

广东紫金紫城镇永耀戴氏宗祠栋对

积庆仰前徽，想先人创业维艰，我固须报德报功，同振孝思光令绪；

发祥看后裔，在今日统垂可继，吾曹尔克勤克俭，上绳祖武报家声。

广东紫金古竹蓼坑如爵戴氏宗祠栋对

由福建基，盛发五华，沾祖宗德，鸿图永茂，千秋谯国源流远；

自蓼坑立，业衍古竹，礼乐昭垂，伟绩宏开，百代孙支世泽长。

【姓源】《世本》。

① 魏氏，姬姓，周文王第十五子毕公高之后。毕公裔孙毕万仕晋封于魏，其孙犨以邑为氏。魏，在今山西芮城北。犨九代孙魏斯，公元前403年称侯，是为魏文侯。公元前369年，魏、韩、赵三家分晋，文侯孙魏莹称王，是为魏惠王。公元前225年，魏亡于秦。

② 魏氏，嬴姓。《盟会图》有魏骀，即嬴姓魏氏。

③ 氐族姓。后融入汉族，是为固道魏氏。

④ 东汉、三国时叟族姓（《中国少数民族姓氏研究》）。后融入汉族，是为捉马魏氏。叟人，西羌之一支，古代蜀人之后。

⑤ 南宋学者魏了翁，本姓高，养于姑父家，冒姓魏氏。后贵显不返本姓。

⑥ 一部分少数民族汉姓或融入汉族后改汉姓，如蒙古族、回族、壮族、满族等。

【分布】三国两晋南北朝时期，军阀割据，社会动荡，加上西晋末年的"永嘉之乱"，魏姓族人多南迁到了今四川、江西和福建等地。

唐朝末年，中原战乱不断，魏姓族人被迫再次南迁。

清朝年间，魏姓族人已远播于海外，成为我国在海外诸多家族中一个比较大的著名宗族。

魏姓为中国第44常见姓。人口近570万，约占全国人口的0.45%。约28%分布在河南、四川、河北三省（其中河南最多，约占全国魏姓人口的9.6%）；32%分布在湖北、陕西、山东、江苏、甘肃、安徽六省（《中国姓氏·三百大姓》）。魏姓客家人广东、福建较多，四川、河南、江西、广西、湖北、台湾也有分布。

【郡望】钜鹿郡。

【堂号】十思堂、九合堂等。

通用祠联

门联

鹤山世德；

麟阁家声。

十思名鉴；

九合堂典。

士推儒宗；

帝喜臣言。

【注】① 鹤山世德：南宋经学太师、诗人魏了翁（1178—1237），邛州蒲江（今四川蒲江）人，庆元进士，谪居靖州，筑室白鹤山下，因号鹤山，学者称为"鹤山先生"，学宗朱熹，开门授徒，士人争相负笈从之。宋理宗时任礼部尚书，首疏即陈十弊，帝欲引与图治，为奸臣所阻，未得大用，以资政殿学士终。著有《鹤山集》《九经要义》《古今考》《经史杂钞》等。"士推儒宗"亦源出于此。② 麟阁家声：麟阁即麒麟阁，汉宣帝图魏相等十一人像于阁上。③ 十思名鉴：十思堂典出唐初名臣、政治家魏征。魏征，字玄成，钜鹿（今属河北）人，少孤贫，通贯书术，素有大志。唐太宗李世民时升任谏议大夫，旋拜给事中、尚书右丞，后晋为侍中（宰相），封郑国公。唐太宗即位后，曾一度生活奢靡，魏征很以为忧，他敢于犯颜直谏，面折廷诤，前后进谏二百余事，多被采纳。魏征曾提出"兼听则明，偏听则暗"，多次劝太宗以隋亡为鉴，曾上书《谏太宗十思疏》。④ 九合堂：典出春秋时晋国大夫魏绛。魏绛即魏庄子，是魏武子之子，初任中军司马，晋悼公大会诸侯时，其弟杨干扰乱随从仪卫军队的行列，魏绛杀了他的仆人以示惩戒。晋侯发怒，要杀魏绛，魏绛阐明军纪之重要，他说："军师不武，执事不

敬，罪莫大焉。"出了杨干这样的事，说明军纪松弛，自己身为司马，应负责任。在诸侯会盟这种重要场合，如不执行军法，后果不堪设想，自己未能尽职尽责，愿以死谢过。经羊舌赤等人劝谏，晋侯方悟，遂任他为新军副帅，后任新军之佐，旋升为下军主帅，主持国政。少数民族山戎曾向晋请和，魏绛力主与戎族和好，向晋君说，和有五利，被晋公采纳。于是，晋便和附近的少数民族山戎等缔结了友好条约。由于晋国九合诸侯，国力强盛，领地扩展，遂成诸侯霸主。⑤帝喜臣言：指唐太宗鼓励大臣直言极谏，常对唐太宗进言的大臣以魏征最为著名，而且敢犯颜而谏。由于唐太宗兼听纳谏，使政治保持清明。魏征去世后，唐太宗十分难过，曾对大臣说："夫以铜为镜，可正衣冠；以古为镜，可知兴替；以人为镜，可明得失。今魏征逝，一镜亡矣！"

源自姬姓；
望出任城。

【注】全联指魏姓的郡望和堂号。

书屏志画；
图像表功。

【注】① 书屏志画：典指魏征。魏征，唐初政治家。累官谏议大夫、秘书监，后一度任侍中，封郑国公，魏征上《十思疏》，太宗命书之于屏。② 图像表功：典出魏相。魏相，西汉大臣，字弱翁。举贤良，为茂陵令。后迁河南太守。宣帝即位，迁御史大夫，继丞相。卒封高平侯，图像入麒麟阁。

和戎著绩；
救赵全仁。

【注】① 和戎著绩：典指魏绛。魏绛，即魏庄子，春秋时晋国大夫。初任中军司马，后任新军之佐，旋升为下军之将。力主与戎族和好，为晋悼公采纳。② 救赵全仁：典出魏无忌。魏无忌，即信陵君，战国时魏贵族。曾设法窃得兵符，杀晋鄙，夺兵权，救赵胜秦。

鹤山守道；
虎观谈经。

【注】① 鹤山守道：典指魏了翁。魏了翁，南宋学者，字华父，号鹤山。邛州蒲江人。官至端明殿学士，后为史弥远所忌，解官，筑室白鹤山下，闭门著书，

自成一家。② 虎观谈经：典出魏应。魏应，东汉任城人，字君伯，少好学，习《鲁诗》，举明经，永平初为博士，累官光禄大夫，后拜五官中郎将。经明行修，弟子著录数千人，会诸儒于白虎观，讲论五经同异。

誓成宅相；

绰有祖风。

【注】① 誓成宅相：典指魏舒。魏舒，晋樊人，字阳元。少养于外祖母宁氏家。宁氏起宅，相宅者曰："当出贵甥。"舒曰："当为外氏成此宅相。"年四十余，察孝廉后升尚书郎。② 绰有祖风：典出唐魏征五世孙魏谟。魏谟，字申之，擢进士第。宣宗时拜相，议事帝前谠切无所回畏。上谓其有祖风。

公忠体国；

机警能文。

【注】上联典指春秋时晋人魏绛。魏绛，即魏庄子，历官中军司马、新军之佐、下军之将。曾极力主张与戎族和好，被晋悼公采纳，使晋国领地得以扩展。下联典指北齐史学家魏收。魏收，字伯起，小字佛助，下曲阳人。机警能文，十五岁能写文章。北魏时官太学博士、散骑常侍，编修国史；北齐时任中书令兼著作郎，奉诏编撰《魏书》，后官至尚书右仆射，监修国史。为北朝三才子之一。

通用堂联

窃符救赵，战国雄风，莫恋遥遥华胄；

问难谈经，传家儒学，当思穆穆文宗。

【注】上联的"窃符救赵"，是战国时期著名的历史典故。魏安釐王二十年（前257年），秦国围困赵国都城邯郸，赵国求救于魏国，魏国惧怕秦国，不敢出兵救赵。情急之下，信陵君魏无忌听取侯嬴之计，以国家利益为重，置生死度外，借魏王姬妾如姬之手窃得兵符，夺取了兵权，不仅成功击败秦军、救援了赵国，也巩固了魏国在当时的地位。信陵君以国家利益为重、个人生死荣辱为轻的优良品德，自古以来饱受称颂。下联典指东汉任城人魏应。魏应，字君伯，少年时学《鲁诗》，举明经，永平年间，历官博士、光禄大夫，建初年间任五官中郎将。弟子有数千人，很受章帝器重，曾与诸儒在白虎观讲论五经的同异。

虎观谈经，妙析异同之旨；

鹤山授业，共推理学之宗。

【注】上联说东汉任城人魏应。下联典指南宋学者魏了翁。反对佛家、老子的"无欲"说，推崇朱熹理学，著有《鹤山集》等。

福建永定高陂黄田魏氏宗祠堂联

钜野源流远；

鹤山世泽长。

【注】① 钜野：当作钜鹿，为魏氏郡望，在今河北晋县一带。钜鹿太守魏歆，唐礼部尚书、赐赵国公的魏少游，唐监察御史魏传弓，均是钜鹿人。魏姓望出钜鹿，疑与此三名人有关。② 鹤山：指南宋学者魏了翁，庆元进士，曾为嘉定知府，丁父忧（为父吊孝）解官，筑室白鹤山下，开门授徒，士争从之，后又建鹤山书院，学者云集，名满当时，后来官至礼部尚书，有《鹤山集》传世。

唐代屏风垂世泽；

汉庭柱础振家声。

【注】① 屏风：典指唐谏议大夫、郑国公魏征，以敢于直谏闻名于世。魏征《谏太宗十思疏》，唐太宗曾置于屏风，以为警醒。又魏姓祠联中有"三鉴振家声"一语，"三鉴"也指魏征直言敢谏高德。② 汉庭柱础：指的是西汉宣帝时名相魏相，字弱翁，曾以整顿吏治，考核实效闻于世，故有"汉廷柱础"之名声。柱础，支撑屋宇的顶梁柱和柱基石。

福建永定高陂黄田魏氏宗祠堂联
门联

八贤称世第；

三鉴振家声。

【注】① 八贤：指魏征位列唐太宗最为信任的八贤臣（房玄龄、杜如晦、魏征、王珪、李靖、虞世南、李勣、马周）之一。② 三鉴：指魏征直言敢谏，唐太宗叹曰："以铜为镜，可正衣冠；以史为镜，可知兴替；以人为镜，可知得失。今魏征逝，一镜亡矣。"

台湾魏氏宗祠钜鹿堂门联

钜鹿家声远；

云州世泽长。

【注】魏姓人家使用的门对形式，是屏东客家地区祠堂门联。上联的"钜鹿"是魏姓人家祖先望之所出。

栋对

追怀先人，由蕉分居台岛，和乡睦族振家声，

溯回后裔，承家立业今筑，肯堂肯构扬世泽。

广东五华松柏下魏氏宗祠栋对

中原肇始，九域蕃衍，跨黄河，过长江，披荆斩棘，辟地开疆，宗功赫赫昭百代；

贤相功勋，名儒硕望，经盛唐，历大宋，爱国仁民，兴文修武，祖德巍巍耀千秋。

广东五华夏阜曰元魏氏宗祠堂联

溯派衍于文昭，毕肇全村，晋初锡上，自昔大名推必大；

念迁居于夏阜，基仍老屋，祠焕新堂，从今长乐发其祥。

广东五华夏阜敏魏氏宗祠堂联

有功思世德，封于晋，相于唐，学显于宋，今于人，依然衣冠阀阅；

必大振家声，学之燕，官之闽，居分之粤，后之侗，允矣俎豆春秋。

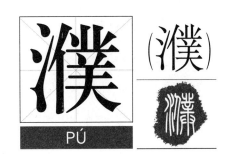

【姓源】《姓苑》。

① 西周、春秋时有濮国，熊姓，公族以国为氏。濮，在今湖北枣阳境内。

② 濮，春秋卫邑，在今河南范县濮城镇。卫大夫以邑为氏。

③ 濮氏，姚姓。舜之子封濮，因氏。濮，在今河南濮河上游濮阳、滑县、延津一带。

④ 濮氏，姬姓。春秋吴公子季札之孙婪避祸改濮，隐居太湖洞庭东山（清乾隆《洞庭吴氏家谱》）。

⑤ 濮阳氏之省。

⑥ 回族姓（《中国少数民族姓氏》）。

【分布】汉族濮姓主要分布在北京中心城区、天津市、河北保定等地。回族濮姓主要分布在江苏南京等地。濮姓客家人较罕见，广西、四川及广东的深圳、东莞有少量分布。

【郡望】鲁国郡。

【堂号】鲁国堂。

通用祠联

门联

名高东海；

志迈雄师。

【注】上联指西汉名人濮仲翁，东海人。尝授诗与宣帝。下联指明代人濮真，征高丽被执，剖心拒降。

高丽殉节；

东海授诗。

【注】① 高丽殉节：指明濮真征高丽，被执，高丽王欲降之。真曰："大丈夫有赤心，肯从汝耶。"即抽刀剖心，示之而死。② 东海授诗：典出濮仲翁。

堂联

祖德高深，积厚流芳昌后裔；

孙枝荣茂，瓜瓞绵衍绍前徽。

六世开基，披荆斩棘，辛勤创业；

裔孙任重，承前启后，大展鸿图。

全国各地客家公祠、名人纪念祠、纪念馆楹联

福建三明宁化石壁客家公祠

祠联序： 石壁，亦称玉屏，是客家人南迁的发祥地、祖籍地，故以此地名为堂号。地处福建西隅，以武夷作屏障，十里平川，百里林涛，万顷荒原。百余姓先祖，挥洒血汗，垦荒拓殖，生息繁衍，儒家风范，薪火相传。客家文化在此发源，客家民系于斯诞生。

> 万里南迁，跋山涉水，经石壁成世界客家祖地；
>
> 千帆东渡，披荆斩棘，拓台湾曰神州华族宗亲。

【注】 ①上联说石壁是全球客家人的总祖地。客家先民历经永嘉之乱、安史兵燹、黄巢烽火、靖康之耻、黄河水患，瓜瓞绵延向南迁徙，最终聚集在以宁化石壁为中心的闽赣连结地区，形成客家民系。②下联说海峡两岸客家人同祖、同源、同根。"靖康之难"后，这一地区农民起义不断，自然灾害频繁，人口饱和，已不再是"避风港""乐土"了，宁化石壁遂成为客家人向外播衍的基点。而今石壁客家公祠神龛祀奉着160多姓客家先祖神位，海内外客家后裔不断来此寻根谒祖。

堂联或栋对

> 爱国爱乡，恭敬桑梓通四海；
>
> 重礼重教，力行孝悌播五洲。

【注】 该联是宁化当地学者刘善群所撰。全联充分体现了客家爱国爱乡、崇文重教之精神。

> 客家源远，五次南迁惟润德；
>
> 石壁根深，千秋播衍固维藩。

【注】 上联说客家先民历经五次大南迁之后，客家民系在以石壁为中心的闽赣连结地区形成。下联说石壁是客家人向外播衍的基点，海内外客家人的根在石壁。

五次南迁：清黄遵宪《己亥杂诗》："筚路桃弧辗转迁，南来远过一千年。方言足

证中原韵,礼俗犹留三代前。"客家学研究的奠基者、开拓者罗香林在《客家源流考》中,对造成客家五次大迁徙的原因归纳为:第一次,五胡乱华;第二次,黄巢起义;第三次,宋高宗南渡;第四次,一是内部人口膨胀,二是满族入主中原;第五次,自同治间,受广东西路事件及太平天国事件的影响。

广东梅州黄遵宪纪念馆人境庐联

大门联

结庐人境;
伐檀河干。

【注】人境庐位于梅州市梅江区东郊周溪畔,黄遵宪参与康梁等变法失败后,被罢官回乡,于1884年春建成。原是黄遵宪别墅,现为黄遵宪纪念馆,是中国客家博物馆的一个部分。这些联语除署名的之外,皆为黄遵宪所撰。① 结庐人境:语出晋陶《饮酒》:"结庐在人境,而无车马喧。"② 伐檀河干:语出《诗·魏风·伐檀》:"坎坎伐檀兮,置之河之干兮。"

黄遵宪(1848—1905):近代著名爱国诗人、学者和维新政治思想家。被列为中国古代百位文化名人之一。

重门及小门联

结庐在人境;
步屧随春风。

【注】集陶潜、杜甫诗句。

余景苍龙腾上气;
天吴紫凤卧游图。

妙境天开,松古石奇原旧馆;
香云风送,山幽房静是清凉。

踏遍九州烟,作倚枕卧游,经过名山,犹不忘法界楼台,米家书画;
梦回五更月,正凭栏远望,竭来今雨,莫浪说齐人野语,海客瀛谈。

【注】上联"法""米"二字借音对,"法"即法兰西,"米"即美(米)利坚。

东门

> 近水楼台先得月；
>
> 向阳花木又逢春。

小门

> 朝来爽气；
>
> 晚节秋容。

堂联

> 药是当归，花宜旋覆；
>
> 虫还无恙，鸟莫奈何。

五步楼联

> 万象函归方丈室；
>
> 四围环列自家山。

玲珑阁联

> 从世外身，望身外天，作天外想；
>
> 留空中影，为影中画，看画中诗。

无壁楼联

> 陆沉欲借舟权住；
>
> 天问翻无壁受呵。
>
> ——丘逢甲

息亭联

> 有三分水、四分竹，添七分明月；
>
> 从五步楼、十步阁，望百步长江。

广东梅州客天下客家祠门联

> 九万里山川踏遍，散叶分枝，长通竹节心中志；
>
> 一千年岁月流来，开花结果，永记梅魂树下根。
>
> ——曾清严

【注】此联为 2009 年客天下征集客家祠一等奖联，镌刻于客家祠大门。

广东潮州韩文公祠联

文字古何灵，试看半夜风霜，公能驱鳄出沧海；

江山今未改，凭吊千秋祠宇，我欲骑麟下太荒。

——丘逢甲

江西赣县客家宗祠联

远祖迁来，辟草诛茅绵世泽；

客家住稳，耕山种水创文明。

宗继千秋，莫计你家他家，心怀中土恢先绪；

祠馨百姓，何分新客老客，会际虔州起壮图。

江西吉水忠节总祠大门联

丹凤朝阳泽万世；

宗祖德业彰千年。

江西吉水文园天授堂联

长留元气还天地；

永葆赤心对祖宗。

广西客家家庙联

金炉不熄千年火；

玉盏常明万载灯。

宝鼎呈祥香结彩；

银台报喜烛生花。

祖德流芳光日月；

宗功浩荡耀春秋。

敬神明常添百福；

祀宗祖永纳千祥。

祖德巍峨常增百福；

宗功浩荡永纳千祥。

广西贺州芳林镇客家宗祠联

弃祖忘前，岂算奉先追远；

敬宗尊老，方为孝子贤孙。

广东韶关翁源张九龄公祠栋联

金鉴箸千秋，经济文章，江上清风留梓里；

丹梯通百尺，山川人物，天涯芳讯领梅花。

广东韶关翁源周陂抗倭名将陈璘太保纪念祠联

辟土开疆，功盖古今人第一；

出将入相，才兼文武世无双。

——万历皇

专征伐以讨倭夷，辽海建奇功，民族英雄名不朽；

闻鼓鼙而思将相，国人崇祀典，大明太保庙长兴。

海外华侨在所在国设立的义祠、会馆楹联

印尼雅加达百氏总义祠联

义原重于首邱，想昔时航海梯山，手泽绵延，八千里外成群庙；

祠皆祖乎黄帝，看今日分支别派，心香瓣祝，五百年前共一家。

【注】椰城百氏总义祠于1823年由嘉应州镇平（今蕉岭）客家人钟应标与同乡钟仕梁、钟科郎以及林丙官、张新郎等十多人创建，每年举行春秋两祭，历史悠久。

印尼万隆百氏祠门联

百宗共敬；

氏族齐荣。

堂联

百氏英灵，且安万山隆水；

祠堂玉宇，遥望广海福田。

百氏创总祠，宏扬祭典规仪，功垂万世；

流芳彰祖德，光大圣贤礼教，范式千秋。

百姓重根源，倡建总祠，昭历代祖功盛德；

氏宗崇正本，安供牌位，享春秋数典馨香。

百姓建总祠，春祀秋尝，遵万古圣贤礼乐；

氏族蕃支派，左昭右穆，序各家世代源流。

百氏托南邦，斩棘披荆，千载宗功昭日月；

总祠朝北国，慎终追远，一龛香火祀春秋。

百千万数祖德宗功，客子旅南洲，尤应慎终追远；

氏族姓分本支世系，裔孙建祠宇，正为启后光前。

【注】印尼万隆渤良安福利基金会系祖籍梅县客家贤达李湘生等65人于1976年创办，旨在联络各姓宗亲会兴建殡仪馆，赈灾助贫，为华族福利事业及社会公益贡献力量。该基金会募款兴建的百氏祠于1986年落成，神龛内有各姓氏供奉之祖宗牌位，每年举行春秋两祭。

神龛联

百系不离宗，兴建渤良安总祠，永昌祀典，

氏亲皆尚本，长供历代祖牌位，克重伦常。

印尼陈、钟、赖、邬、田五姓宗祠

大门联

齐鲁家声远；

颍川世泽长。

堂联

颍川联宗，沛沛浩浩，三江五湖源流远；

一堂共祀，绵绵延延，万紫千红枝叶昌。

印尼三宝垄市三宝圣祠联

滇人明史凤来世；

井水洞山留去思。

【注】①滇人：指郑和（云南昆阳，即今晋宁）。②井水洞山：指庙内三宝井和三宝洞。

新加坡南洋客属总会馆大门联

聚炎黄客家子弟；

会五洲四海乡亲。

会馆大楼联

客为谁、主为谁、主客一堂，总是轩辕真系统；

属有绪、宗有绪、宗属同心，会聚星岛叙亲情。

新加坡客属总会联

　　常感散沙，策群力联成一气；

　　毋忘落日，登斯楼高唱大风。

　　汉季溯源流，宋代播迁，文物声名昭岭表；

　　星洲建基础，大群联合，冠裳剑佩耀炎荒。

　　客为谁，主为谁，客主一堂，总是轩辕真系统；

　　属有绪，宗有绪，属宗百代，念兹星岛溯渊源。

　　此地当欧亚要冲，通商惠工，恒操山海富源，中西利薮；

　　满座尽羲轩华胄，支分衍派，咸仰衡嵩望族，闽粤名宗。

　　有中州来，由宁化来，历千有余年，文献足征，乡音无改；

　　旅暹属者，旅荷领者，计百数万众，大团结合，总会告成。

新加坡丰顺会馆联

　　丰功伟绩溯先贤，肇造粗成，幕启今朝，稍完天职；

　　顺序循规崇旧德，继承罔替，礼隆此日，永洽乡情。

新加坡大埔茶阳会馆联

　　茶阳贤达，百年创业，正气磅礴书史汉；

　　埔裔精英，万载传薪，雄心激励照金秋。

马来西亚雪兰莪瓜拉冷岳客属公会门联

　　客政联亚同建国；

　　属侨盟印共安邦。

日本长崎中华街北门牌楼联

　　北拱众星，富比陶公营海峤；

　　门临五福，岁如钱祖乐天年。

日本长崎中华街西门牌楼联

> 良港寓长崎，客地故乡同福祚；
>
> 名城临左海，青山绿水接芳邻。

日本广东会馆联

> 别开图画五千年，奉将汉寿亭侯，浮居海国；
>
> 载得明珠十万斛，采编秦时书籍，归献天家。

澳大利亚悉尼唐人街牌楼联

> 四海种族同仁，修睦合群为兄弟；
>
> 一家金兰结义，精诚博爱贯澳中。

> 澳陆风光，物阜民康，邦交友善；
>
> 中原气象，德门义路，揖让仁风。

> 德业维新，万国衣冠行大道；
>
> 信诚卓著，中华文化贯全球。

> 继往上国文章，维护自由正义；
>
> 开来大同世界，发扬民主精神。

澳大利亚维省客属崇正会联

> 崇礼睦邻，融和主客；
>
> 正心处世，利益身家。

美国纽约中华中文学校孔子像联

> 祖述尧舜，宪章文武；
>
> 德参天地，道冠古今。

美国纽约祭孔会场联

> 泗水文章昭日月，祖述尧舜，宪章文武：
>
> 杏坛礼乐冠华夷，德参天地，道贯古今。

美国中山纪念馆联

行汤武之事，本尧舜之心，天下惟公彰大道；

以耶孔为师，合科哲为一，念中无我是真人。

泰国百氏祠堂联

义起高溪灭胡族；

兴复明主还旧邦。

彼帿公堂，同心同德祀前辈；

人斯祖宇，如兄如弟启后人。

泰国合艾客属会馆联

集客属于一堂，七洲洋外谈风月；

聚四方而同乐，九老垆边论古今。

何处是吾家，溯源流尽道黄河南北；

有缘来佛国，谋福利应怜劳燕东西。

泰国丰顺会馆联

丰兴新雅馆，杰阁紫榕楼，倚湄水而昭文，恒和履泰，百年树德，广厦流丹，伟业千秋钟福地；

顺吉壮麟台，文章辉大谷，崇汉基再穆武，攸叙彝伦，万众同心，中华焕彩，鸿猷亿载耀侨邦。

客家姓氏祠堂楹联常用词语注释

【一曲大风】即《大风》曲。《史记·高祖本纪》："高祖还归，过沛，留。置酒沛宫，悉召故人父老子弟纵酒，发沛中儿得百二十人，教之歌。酒酣，高祖击筑，自为歌诗曰：'大风起兮云飞扬，威加海内兮归故乡，安得猛士兮守四方！'"后以《大风》曲表示守土安邦的豪情壮志。或以称颂帝王之作。

【一脉相承】由一个血统或一个派系世代继承下去。常用于比喻某种思想学说或行为之间的继承关系。宋钱时《两汉笔记》："是故言必称尧舜，而非尧舜之道则不敢陈于王前，一脉相承。如薪传火，无他道也。"

【人文蔚起】人文，指诗书礼乐等，即人类社会的各种文化现象。蔚起，兴旺地发展起来。社会文化兴旺地发展起来。引申为后代出类拔萃、兴旺发达。

【人杰地灵】人杰，杰出的人物。《史记·高祖本纪》："夫运筹策帷帐之中，决胜于千里之外，吾不如子房；镇国家，抚百姓，给馈饷，不绝粮道，吾不如萧何；连百万之军，战必胜，攻必取，吾不如韩信。此三者，皆人杰也。"地灵，山川灵秀之气。人杰地灵，谓有杰出的人降生或经过，其地也就成了名胜之区，也指杰出人物生于灵秀之地。唐王勃《滕王阁序》："物华天宝，龙光射牛斗之墟；人杰地灵，徐孺下陈蕃之榻。"

【力穑】力，尽力，竭力。穑，收获谷物。引申为农事。竭力耕作。《书·盘庚上》："若农服田力穑，乃亦有秋。"

【三阳开泰】三阳，一阳、二阳、三阳。开泰，承平、安泰。夏历每年十一月冬至那天白昼最短，以后的白昼渐长。古人认为这是阴气渐去，而阳气始生，因此称冬至为一阳生、十二月为二阳生、明年正月为三阳开泰。三阳开泰，谓冬去春来，阴消阳长，万事吉祥亨通。用为新年祝颂之词。明张居正《贺元旦表》："兹者，当三阳开泰之候，正万物出震之时。"

【门楣】门框上的横木。借指门第。《资治通鉴·唐玄宗天宝五年》："杨贵妃方有宠……民间歌之曰：'生男勿喜女勿悲，君今看女作门楣。'"胡三省注："凡人作室，自外至者，见其门楣宏敞，则为壮观，言杨家因生女而宗门崇显也。或曰门以楣而撑拄，言生女能撑拄门户也。"

【飞黄腾达】飞黄，传说中的神马名。亦名"乘黄"。《淮南子·览冥训》："青龙进驾，飞黄伏皁。"高诱注："飞黄，乘黄也，出西方，状如狐，背上有角，寿千岁。"腾达，上升。明刘基《秋怀》诗："阴气方腾达，密雨已弥漫。"引申为发迹，宦途得意。飞黄腾达，比喻骤然得志，官职、地位飙升。亦作"蜚黄腾达""飞黄腾踏"。元陈赓《武善夫桃园图》诗："飞黄腾达有天倪，紫电转盼天山低。"

【天潢】犹天池。古称皇室为"天潢"，谓皇族支分派别，如导源于天池。北周庚信《故周大将军义兴公萧公墓志铭》："派别天潢，支分若木。"福格《听雨丛谈》："凡命名皆随天潢用弘、永、绵、奕、载衍派。"

【天壤】天地。《晋书·张华传》："普天壤而遐观，吾又安知大小之所如！"也比喻相距极远。《抱朴子·论仙》："其为不同，已有天壤之觉，冰炭之乖矣。"觉，通"较"，差别。

【云仍】云孙，从本身算起的第九代孙。《尔雅·释亲》："仍孙之子为云孙。"郭璞注："言轻远如浮云。"仍孙，亦作"礽孙"。古称从本身算起的第八代孙（比云孙高一代）。后用"云仍"泛指远孙。

【云蒸霞蔚】云气上升，彩霞集聚。形容景象灿烂绚丽。明张岱《龙山文帝祠募疏》："爱自云蒸霞蔚，岩壑自有文章。"亦作"云兴霞蔚"。《世说新语·言语》："顾长康从会稽还，人问山川之美，顾云：'千岩竞秀，万壑争流，草木蒙笼其上，若云兴霞蔚。'"

【专阃】阃，门槛，这里指京城的门。谓在京城以外专主军事。后称统兵在外为"专阃"。清吴伟业《赠冯子渊总戎》诗："令公专阃拥旌旄，雕鹗秋风赐锦袍。"

【不谋口腹】不谋，不营求。口腹，指饮食。《礼记·乐记》："先王之制礼乐也，非以极口腹耳目之欲也。"不谋口腹，不营求饮食。比喻不贪图物质享受，甘愿过着淡泊的生活。

【壬林】《诗·小雅·宾之初筵》："百礼即至，有壬有林。"朱熹注："壬，大；林，盛也。"壬林，礼之盛大也。

【长治久安】治，太平，清明。形容国家、社会长期太平，永久安宁。宋苏舜钦《石曼卿诗集序》："由是弛张其务，以足其所思，故能长治久安，弊乱无由而生。"

【公田】①相传古代把土地划为井字形，一井分为九区，中间为公田，由八家共耕。《诗·小雅·大田》："雨我公田，逐及我私。"②公家的土地。《汉书·苏武传》："秩中二千石，赐钱二百万，公田二顷，宅一区。"

【公卿】原指三公九卿，后泛指朝廷中的高级官员。三公，周代有两说：一说司马、司徒、司空为三公，一说太师、太傅、太保为三公。西汉以丞相（大司徒）、太尉（大司马）、御史大夫（大司空）合称三公。东汉以太尉、司徒、司空合称三公，又称三司。为共负军政的最高长官。唐、宋及后虽仍有此称，但已无实际职务。九卿，秦、汉通常以奉常（太常）、郎中令（光禄勋）、卫尉、太仆、延尉、典客（大鸿胪）、宗正、治粟内史（大司农）、少府为九卿，实即中央各行政机关的总称。魏晋以后，设各部尚书，九卿仅专掌一部分事务，职务较轻。明、清有大小九卿之分。《论语·子罕》："出则事公卿。"

【公族】诸侯的子孙。《诗·召南·麟之趾》："麟之角，振振公族。"毛传："公族，公同祖也。"马瑞辰通释："毛传谓公族为公同祖，亦误。公姓、公族皆谓公子。"王引之《经义述闻》："公姓、公族，皆谓子孙也。"

【勿替】替，断绝，废弃。不要断绝或废弃，要永远传承。《诗·小雅·楚茨》："子子孙孙，勿替引之（子子孙孙，世代继承，不要丢弃）。"

【风云际会】际会，遇合。像风云那样遇到机会。比喻有才能之士遭逢时会。也指君臣遇合。唐秦韬玉《仙掌》诗："为余势负天工背，索取风云际会身。"

【丹青】丹和青是中国古代绘画中常用之色。《汉书·苏武传》："竹帛所载，丹青所画。"也泛指绘画艺术。《晋书·顾恺之传》："尤善丹青。"

【凤翥鸾翔】翥，向上飞。鸾，鸾鸟，传说中凤凰一类的鸟。鸾凤高高飞翔。比喻夫妻关系和谐。亦常用于祝人婚姻美满幸福。凤翥鸾翔，意同"凤凰于飞"，源出"卜凤"。《左传·庄公二十二年》载，春秋时代懿仲想把女儿嫁给陈敬仲，占卜时得到"凤凰于飞，和鸣锵锵"等吉语。后用"凤凰于飞"为婚姻美满、夫妻和睦的祝颂之词。

【文经武纬】文章和武功都非常卓著。清龚自珍《皇朝硕辅颂》序："自古平地成天之主，必有文经武纬之臣。"

【文韬武略】韬，指古代兵书《六韬》，内分文韬、武略、龙韬、虎韬、豹韬、犬韬，共六韬。略，指古代兵书《三略》。谓文武两方面谋略。元李文蔚《蒋神灵应》楔子："威镇家邦四海清，文韬武略显英雄。全凭智勇安天下，统领雄师百万兵。"

【方药】即药方。中医根据临床需要，选择适当药物及其用量，指明制法和用途的规范化药方。亦称方剂。

【火树银花】火树，火红的树。银花，银白色的花。比喻节日夜晚灯火辉煌、焰火灿烂的美丽景象。唐苏味道《观灯》诗："火树银花合，星桥铁锁开。"

【玉树】语出"谢庭兰玉"。《艺文类聚》卷八一引晋代裴启《语林》："谢太傅问诸子侄曰：'子弟何预人事，而政欲使其佳？'诸人莫有言者。车骑（谢玄，谢安之侄，任车骑将军）答曰：'譬如芝兰玉树，欲使生于阶庭耳。'"后遂以"谢庭兰玉"称颂能光耀门庭的优秀子弟。

【玉牒】皇族的谱牒。

【世远年湮】亦作"代远年湮"。世远，世代遥远。年湮，时光淹没。年代久远，时光淹没。比喻虽然时光消逝，但血脉依然永远相连，祖德依然永远流传。

【世泽】谓先代给子孙的影响。《孟子·离娄下》："君子之泽，五世而斩；小人之泽，五世而斩。"朱熹注："泽，犹言流风余韵也。"后也以指祖宗遗留给子孙的余荫。清王夫之《耐园家训跋》："废兴凡几而仅延世泽，吾子孙当知其故，醇谨也，勤敏也。"

【世第】世代相传的贵显门第。

【世彩】彩，也作"綵"。世代引以为光荣，而且世代相传的祖先的史迹、功业。

【世绪】世代相传的功业。

【世德】世代相传的优良德行。

【北阙】古代宫殿、祠庙和陵墓前的高建筑物，通常左右各一，台上起楼观。以两阙之间有空缺，故名阙或双阙。古代宫殿北面的门楼，为臣子等候朝见或上书之处。《汉书·高帝纪下》："至长安，萧何治未央宫，立东阙、北阙、前殿、武库、太仓。"颜师古注："未央殿虽南向，而上书、奏事、谒见之徒诣北阙。"亦用为朝廷的别称。孟浩然《岁暮归南山》诗："北阙休上书，南山归敝庐"。

【丕振】丕，大。振，振作，奋起。努力使祖先留下的业绩、德政发扬光大。

【丕基】丕，大。根基牢固。

【龙翔凤翥】翥，向上飞。比喻瀑布飞泻奔腾。清顾炎武《杭州》诗："宋世都临安，江山已失据。犹夸天目山，龙翔而凤翥。"亦用以比喻后代神采飞扬，奋发有为。

【龙腾虎跃】形容矫健有力，生气勃勃。亦借以比喻精神振奋，有所作为。

【令绪】令，美，善。美善的功业。

【卯金】即卯金刀，指刘姓。刘的繁体字"劉"析为三字即卯金刀。《汉书·王莽传中》："夫刘之为字，卯金刀也。"《后汉书·孔融传》："有天下者，何必卯金刀？"《三辅黄图·阁》："刘向于成帝之末，校书天禄阁，专精覃思。夜有老人，著黄衣，植青藜杖，叩阁而进。见向暗处独立诵书，老父乃吹杖端，烟然，因以见向，授《五行洪范》之文。恐词说繁广忘之，乃裂裳及绅以记其言。至曙而去，请问姓名，云：'我乃太乙之精，天帝闻卯金之子有博学者，下而观焉。'""卯金之子"，即刘姓之子。

【立异标新】也作"标新立异""标新创异""标新取异""标新领异"。原指对古书的理解不固袭，有创见，提出新奇的见解和主张，显示与众不同。《世说新语·文学》："支道林在白马寺中，将冯太常共语，因及《逍遥》，支卓然标新理于二家之表，立异义于众贤之外。"谓支道林解释《庄子·逍遥游》，特创新意，立论与"二家（郭象、向秀）"等"众贤"不同。后用以表示敢于打破框框，勇于革新，具有独创精神。清郑燮《潍县署中与舍弟第五书》："侯朝宗古文，标新领异，指画目前，绝不受古人羁绁。"

【兰孙】借指优秀的后代。

【兰桂联芳】兰桂，芝兰和丹桂，旧时用于比喻子侄辈。芝兰和丹桂一同散发芳香。比喻子孙兴旺发达。亦作"兰桂齐芳""兰桂腾芳"。《群音类选·百顺记·王曾祝寿》："与阶前兰桂齐芳，应堂上椿萱同茂。"明程允升《幼学琼林·祖孙父子》："子孙发达，谓之兰桂腾芳。"

【兰馨桂馥】兰花、桂花异香远播，常用于比喻美才盛德或君子贤人。

【礼范】泛指社会规范、道德规范。

【训懔】牢记祖先留存的教导，常怀戒惧之心，莫失祖德祖业。

【永绍箕裘】永绍，永远继承。箕，簸箕。裘，皮裘。箕裘，比喻祖先的事业。子孙永远继承祖先的事业。《礼记·学记》："良冶之子，必学为裘；良弓之子，必学为箕。"

【民康物阜】亦作"民安物阜"。阜，丰富。形容太平盛世的景象。明于谦《汴城八景》诗："民安物阜公事简，目前景物随冥搜。"

【匡襄】帮助治理，使成事。

【式礼莫愆】愆，失误，违背，丧失。《诗·大雅·假乐》："不愆不忘，率如旧章。"使用的格式、举行的仪式，不要犯过错。

【耳孙】①仍孙。②玄孙之子。③玄孙之曾孙。后世用于泛指远孙。

【光前】光耀前人。

【竹帛】古代供书写之用。汉许慎《说文解字序》："著于竹帛谓之书。"唐章碣《焚书坑》诗："竹帛烟销帝业虚，关河空锁祖龙居。坑灰未冷山东乱，刘项原来不读书。"

【竹苞松茂】苞，丛生稠密。竹苞松茂，竹和松稠密茂盛。比喻根基牢固，枝繁叶茂。多用作新屋落成或向人祝寿时的颂词。《诗·小雅·斯干》："如竹苞矣，如松茂矣（像竹林那样丛生，像松树那样长青）。"

【伟绩丰功】也作"丰功伟绩""丰功伟业""丰功伟烈"。伟大的功劳和业绩。宋周行己《上宰相书》："逮事三主，始终一心，丰功伟绩，昭焕今古。"

【休戚相关】休，吉庆，欢乐。戚，忧愁，悲伤。彼此间的忧乐和祸福互相关联。形容彼此关系密切。元石君宝《曲江池》第四折："岂可委之荒野，任凭暴露，全无一点休戚相关之意。"

【华胄】①华夏的后代。②旧谓显贵者的后代。《晋书·石季龙载记上》："雍、秦二州望族，自东徙已来，遂在戍役之例。既衣冠华胄，宜蒙优免。"

【伊耆】即伊耆氏。《中国姓氏源流大辞典》载，炎帝生烈山氏柱。烈山氏柱掌田正，死而尊为神农，号神农氏。在炎帝的后裔祝融与共工氏争霸时，烈山氏（神农氏）柱裔孙临魁乘机登帝位，东迁今河南洛阳建伊国，后又迁今山西高平羊头山北之黎侯一带建立了耆国，因称伊耆氏。

【后昆】后嗣，子孙。晋左思《吴都赋》："虞、魏之昆，顾、陆之裔。"

唐白居易《孙叔通定朝仪赋》："可以发挥我洪德，启迪我后昆。"

【后裔】后代子孙。《书·微子之命》："德垂后裔。"

【名儒】有声誉的学者。

【庆衍】亦作"衍庆"。祝颂之词，常与"螽斯"连用，如"螽斯衍庆"，祝贺子孙众多，四海繁衍。

【亦步亦趋】亦，也。步，慢行。趋，快步。别人慢走，自己也慢走；别人快走，自己也快走。形容事事追随别人，模仿他人。《庄子·田子方》："颜渊问于仲尼曰：'夫子步亦步，夫子趋亦趋，夫子驰亦驰；夫子奔逸绝尘，而回瞠若乎后矣。'"

【农畴】农，农业。畴，田亩，已耕作的田地。指从事农田耕作。

【聿修厥德】聿：语助，无义，用在句首或句中。修，学习，研习。厥，其。德，德行。发扬先人的德业。《诗·大雅·文王》："无念尔祖，聿修厥德。永言配命，自求多福。"

【寻源溯本】寻源，寻找事情的根源。溯，逆流而上，引申为追求事情的本源。寻源溯本，探究事情的本源。亦作"寻源讨本"。唐刘知几《史通·申左》："如二传者，记言载事，失彼菁华，寻源讨本，取诸胸臆。"

【孙枝】①新长出的枝丫。唐白居易《谈氏外孙生三日》诗："梧桐老去长新枝。"②喻指孙儿。宋陆游《三三孙十月九日生日》诗："龟堂欢喜抱孙枝。"

【羽仪】《易·渐》："鸿渐于陆，其羽可用为仪。"孔颖达疏："其羽可用为物之仪表，可贵可法也。"旧时亦以"羽仪"比喻被人尊重，可作为表率。唐韩愈《燕喜亭记》："智以谋之，仁以居之，吾知其去是而羽仪于大朝也不远矣。"

【羽翼】羽、翼，鸟类和昆虫的翅膀。引申为遮护，辅助，辅佐。《管子·霸形》："寡人之有仲父也，犹飞鸿之有羽翼也。"高诱注："羽翼，佐之。"也指辅佐的人。《三国志·魏书·陈思王植传》："丁仪、丁廙、杨修等为之羽翼。"

【远祖】高祖、曾祖以上的祖先。《公羊传·庄公四年》："远祖者，几世乎？九世矣。"

【折槛】源出汉朝朱云的典故。《汉书·朱云传》载，汉成帝时朱云请诛安昌侯张禹，成帝怒，欲斩朱云。朱云攀殿槛，槛折，大呼曰："臣得下从龙逢、比干游于地下，足矣！未知圣朝何如耳？"左将军辛庆忌免冠解印绶，叩头殿下曰："此臣素著狂直于世。使其言是，不可诛；其言非，固当容之。臣敢以死争。"辛庆忌叩头流血。上意解，然后得已，及后修槛时，成帝令保存原样，以表彰朱云的直言。后用为朝臣敢于直言的典故。

【孝子贤孙】孝子，孝顺父母的儿子。贤孙，才能、德行兼优的孙子。泛指一切有孝行的子孙后代。元刘唐卿《降桑椹》："圣人喜的是义夫节妇，爱的是孝子贤孙。"

【孝悌】孝，善事父母。《论语·为政》："孟懿公问孝。子曰：'无违。'"《新书·道术》："子爱利亲谓之孝。"《孝经》："身体发肤，受之父母，不敢毁伤，孝之始也；立身行道，扬名于后世，以显父母，孝之终也。"悌，敬爱兄长，引申为顺从长上。《孟子·滕文公下》："于此有人焉：入则孝，出则悌。"赵岐注："入则事亲孝，出则敬长悌。悌，顺也。"孝悌，即善事父母，顺从长上。

【芳躅】躅，足迹。指前贤的遗迹。《史记·万石张叔列传》司马贞索隐述赞："敏行讷言，俱嗣芳躅。"后亦用于称人的步履、行踪或行为。

【劳燕东西】伯劳鸟和燕子各奔东西飞去。比喻离别。语出古乐府《东飞伯劳歌》："东飞伯劳西飞燕，黄姑织女时相见。"

【克绳】克，能够胜任。绳，继续。能够继承先人业绩。

【克勤克俭】克，能够。既能勤劳，又能节俭。《书·大禹谟》："克勤于邦，克俭于家。"《醒世恒言》："适来这杯酒，乃劝大舅，自今以后，兢兢业业，克勤克俭，以付岳父泉台之望。"

【虬根】虬，古代传说中的一种龙。比喻祖先开基的地方。

【吟哦】歌咏，作诗。《宋史·何基传》："读诗之法，须扫荡胸次净尽，然后吟哦上下，讽咏从容。"

【邑】①古代称国为邑。《左传·桓公十一年》："君次于郊郢，以御四邑。"亦指封地、采邑。《左传·襄公二十七年》："且宁子唯多邑，故死。"②京城。《诗·商颂·殷武》："商邑翼翼，四方之极。"③泛指一般城市。大曰都，小曰邑。④县的别称。柳宗元《封建论》："秦有天下，裂都会而为之郡邑，废侯王而为之守宰。"

【私淑】《孟子·离娄下》："予未得为孔子徒也，予私淑诸人也。"赵岐注："淑，善也。我私善之于贤人耳。盖恨其不得学于大圣人也。"后对自己所敬仰而不得从学的前辈，常自称为"私淑弟子"。

【妥侑】语出《诗·小雅·楚茨》："以妥以侑。"妥：安坐。周代祭祖时，有一活人扮作神，称"尸"。尸入位后，主祭者跪拜，请其安坐，叫"妥"。侑，劝酒。劝尸进饮食叫"侑"。以妥以侑：请如神尸安坐，又劝进饮食。

【豸服】豸，长脊兽。服，供人服用的东西，这里指帽子。豸服，指獬豸冠。《后汉书·舆服志下》："法冠……执法者服之。……或谓之獬豸冠。獬豸：神羊，能别曲直，楚王尝获之，故以为冠。"后亦用以指执法者。元关汉卿《玉镜台》第一折："生前不惧獬豸冠，死来图画麒麟像。"

【龟鉴】龟，龟卜。古人用龟甲占卜，卜时灼龟甲，视其裂纹以判吉凶。鉴，古代器名，青铜制，形似大盆。古时没有镜子，古人常盛水于鉴，用来照影。这种做法，盛行于东周。战国以后大量制作青铜镜用于照影，因此，铜镜也称为鉴。《新唐书·魏征传》："以铜为鉴，可正衣冠。"龟鉴，比喻借鉴。苏轼《乞校正陆贽奏议上进札子》："聚古今之精英，实治乱之龟鉴。"

【鸠安】《禽经》："鸠拙而安。"张华注："鸠，鸤鸠也。《方言》云：'蜀谓之拙鸟，不善营巢，取乌巢居之，虽拙而安处也。'"鸠安本此。

借喻安居。

【沐雨栉风】《庄子·天下》："昔禹湮洪水……沐甚雨栉疾风。"成玄英疏："赖骤雨而洒发，假疾风而梳头，勤苦执劳，形容毁悴。"后以"沐雨栉风"形容饱经风雨，辛勤劳苦。三国魏曹丕《黎阳作》诗："载驰载驱，沐雨栉风。"也作"栉风沐雨"。《三国志·魏书·鲍勋传》："况猎，暴华盖于原野，伤生育之至理，栉风沐雨，不以时隙哉？"

【沧桑】沧海桑田的缩语。《神仙传·麻姑》："麻姑自说，接待以来，已见东海三为桑田。"后以"沧海桑田"比喻世事变迁巨大。明张景《飞丸记·梨园鼓吹》："白衣苍狗多翻覆，沧海桑田几变更。"

【社稷】古代帝王、诸侯所祭的土神和谷神。《白虎通·社稷》："王者所以有社稷何？为天下求福报功。人非土不立，非谷不食。土地广博，不可遍敬也；五谷众多，不可一一敬也。故封土立社示有土尊；稷，五谷之长，故立稷而祭之也。"旧时用作国家的代称。《礼记·檀弓下》："能执干戈以卫社稷。"

【诒谋】诒，遗留，送给，流传。《诗·大雅·文王有声》："诒厥孙谋，以燕翼子。"谋，计策，计谋。《书·大禹谟》："弗询之谋勿庸。"诒谋，留给子孙以计策、计谋。

【纯嘏】纯，大。嘏，福。《诗·鲁颂·閟宫》："天锡尔纯嘏，眉寿保鲁。"郑玄笺："纯，大也；受福曰嘏。"纯嘏，大福。后用来称祝寿为"祝嘏"。

【抻手】客家人对房屋结构的一种俗称。人站着的时候往前平伸两手，叫作抻手。实际上是正屋上堂连接下堂的左右厢房，也叫东厢房、西厢房。这个厢房，门前有一条连接下厅的走廊，前面是天井。天井用于房屋采光，在天井里置花卉盆景，尽显风雅。两边厢房是宗族长辈或文人议事的地方，亦称为书房。

【苗裔】后代子孙。《离骚》："帝高阳之苗裔兮。"朱熹注："苗者，草之茎叶，根所生也；裔者，衣裾之末，衣之余也。故以为远末子孙之称。"

【苞桑】亦作"包桑"。根深柢固的桑树。《易·否》："其亡其亡，系于苞桑。"孔颖达疏："凡物系于桑之苞本，则牢固也。"一说丛生的桑树，比喻根深柢固。宋程颐《易传》："桑之为物，其根深固，苞谓丛生者，其固尤甚。"

【范式】值得学习的楷模、榜样。

【枝繁叶茂】树木的枝叶繁密茂盛。比喻子孙满堂。明孙柚《琴心记·鱼水重谐》："愿人间天上共效绸缪，贺郎君玉润冰清，祝小姐枝繁叶茂。"

【斩棘披荆】亦作"披荆斩棘"。披，拨开。拨开、斩断丛生、多刺的荆棘。比喻开创事业或在前进的道路上扫除障碍，艰苦奋斗。《后汉书·冯异传》："异朝京师。引见，帝谓公卿曰：'是我起兵时主簿也。为吾披荆棘，定关中。'"

【明德】明，光明，美好。美善的德性。《大学》："大学之道，在明明德，在亲民，在止于至善。"

【典则】制度，准则。多用以表示有典有则，即有制度可遵守，有准则可照行。

【物力维艰】物资、财力得来十分艰难不易。清朱用纯《治家格言》："一粥一饭，当思来处不易；半丝半缕，恒念物力维艰。"

【物华天宝】比喻极为珍奇宝贵之物。清魏源《军储篇》："物华天宝，民珍国瑞，无倾熔冶铸之烦，无朽腐赝造之苦。"

【服畴】服田，从事耕作。《书·盘庚上》："若农服田有穑，乃亦有秋。"

【服畴食德】"服先畴食旧德"的缩语。服先畴，耕作祖先留下的美田。食旧德，享受祖先留传的德泽。后用"服畴食德"指继承祖先遗存的业绩，享受祖先留传的恩德。

【垂勋】祖先留存的功绩。

【垂统】指封建帝王把事业传给后代。《孟子·梁惠王下》："君子创业垂统，为可继也。"

【垂裕】垂，流传，留存。为后人留福。《书·仲虺之诰》："垂裕后昆。"

【金戈铁马】亦作"金戈铁骑""铁马金戈"。金戈，我国古代主要的兵器，用金属制成。铁马，配有铁甲的战马。形容威武雄壮的军旅兵马。宋辛弃疾《永遇乐·京口北固亭怀古》："想当年，金戈铁马，气吞万里如虎。"也指战争。《新五代史·李袭吉传》："毒手尊拳，交相于暮夜，金戈铁马，蹂践于明时。"

【宗公】宗庙先公。《诗·大雅·思齐》："惠于宗公，神罔时怨，神罔时恫。"毛传："宗公，宗神也。"一说指大臣。郑玄笺："宗公，大臣也。"

【宗支】也作"宗枝"。宗族的支派。亦指同族关系。唐杜甫《奉赠李八丈判官》诗："宗枝神尧后。"

【宗功】祖先的功劳、功绩。

【宗祊】祊，庙门。即宗庙。《左传·襄公二十四年》："若夫保姓受氏，以守宗祊，世不绝祀，无国无之。"

【宗亲】①同母的兄弟。②同宗的亲属。亦专称同一祖先所出的男系血统。《三国演义》第一回："玄德曰：'我本汉室宗亲，姓刘，名备。'"

【宗祠】同族子孙供奉和祭祀祖先的祠堂。

【宗祧】犹宗庙。后亦用为世系之意。

【庙堂】太庙的明堂。古代帝王祭祀、议事的地方。《楚辞·九叹·逢纷》："始结言于庙堂兮，信中涂（途）而叛之。"王逸注："言人君为政举事，必告于宗庙，议之于明堂也。"也指朝廷。唐苏颋《送朔方大总管张仁亶》诗："老臣帷幄算，元宰庙堂机。"

【姓氏】姓和氏的合称。《左传·隐公八年》："天子建德，因生以赐姓，胙之土而命之氏。"《通志·氏族略序》："三代之前，姓氏分而为二，男子称氏，妇人称姓。氏所以别贵贱，贵者有氏，贱者有名无氏。……姓所以别婚姻，故有同姓、异姓、庶姓之别；氏同姓不同者，婚姻可通，姓同氏不同者，婚姻不可通。三代之后，姓氏合而为一，皆所以别婚姻，而以地望明贵贱。"秦汉之后，姓、氏不别，或言姓，或言氏，或兼言姓氏。

【始祖】最初得姓的祖先。《仪礼·丧服》："诸侯及其大祖、天子及其始祖之所自出。"后以称有世系可查的最早的祖先。

【经天纬地】《国语·周语下》："经之以天，纬之与地，经纬不爽，文之象也。"本指以天地为法度。后以"经天纬地"谓经营天下，治理国政。《周书·静帝纪》："藉祖考之休，凭宰辅之力，经天纬地，四海晏如。"

【经纶】整理丝缕。引申为处理国家大事。《礼记·中庸》："惟天下至诚为能经纶天下之大经。"也泛指处事才能和学问。宋王安石《祭范颍州文》："盖公子之才，犹不尽试。肆其经纶，功孰与计？"

【春祠】春祭。古代宗庙四时祭之一。《诗·小雅·天保》："禴祠烝尝。"毛传："春曰祠，夏曰禴，秋曰尝，冬曰烝。"

【春露秋霜】旧谓子孙在春秋两季有感于时令而祭祀祖先。后用以表示对先人的追思。也比喻恩泽和威严。《礼记·祭义》："是故君子合诸天道，春禘秋尝，霜露既降，君子履之，必有凄怆之心，非其寒之谓也；春，雨露既濡，君子履之，必有怵惕之心，如将见之。"《北史·袁翻传》："威厉秋霜，惠沾春露。"

【革履】皮革制成的鞋。《汉书·郑崇传》："哀帝擢为尚书仆射，数求见谏争，上初纳用之，每见曳革履，上笑曰：'我识郑尚书革履声。'"

【栋对】栋，栋梁，房屋正栋的大梁。对，即对子，又称对联。祠堂大梁两侧张贴的楹联，各省客家地区称谓不一，但大多粤东和台湾客家称为"栋对"。清代乾隆以前楹联还称为对联，以后文人墨客才将对联雅称为楹联。自此，对子、对联、楹帖、联语等统称为楹联。

【显祖】①谓有功业的祖先。后用作对祖先的美称。《书·文侯之命》："汝克绍乃显祖。"②犹言光宗耀祖。汉陈琳《檄吴将校部曲文》："当报汉德，显祖扬名。"

【星罗棋布】像群星那样排列，像棋子那样分布。形容数量众多，散布范围极广。亦作"棋布星罗"。明沈德符《万历野获编·内市日期》："但内府二十四监棋布星罗，所设工匠厨役隶人圈人，以及诸珰僮奴家属，不下数十万人。"

【昭垂】昭，彰明，显扬。垂，流传，留存。彰显祖先的功业，让后裔世代留存。

【昭穆】①古代宗法制度，宗庙次序，始祖庙居中，以下父子（祖、父）递为昭穆，左为昭，右为穆。《周礼·春官·小宗伯》："辨庙祧之昭穆。"郑玄注："父曰昭，子曰穆。"②坟地葬位的左右次序。《周礼·春官·冢人》："先王之葬居中，以昭穆为左右。"③祭祀时，子孙也按这种规定排列行礼。《礼记·祭统》："夫祭有昭穆。昭穆者，所以别父子、远近、长幼、亲疏之序而无乱也。"旧时也泛指一般宗族的辈分。

【胄裔】后裔，后代。《左传·襄公十四年》："吴，周之胄裔也，而弃在海滨，不与姬通。"

【勋功】勋劳，功绩。

【秋尝】古代秋祭名。《礼记·明堂位》："是故夏礿，秋尝，冬烝，春社，秋省，而遂大蜡，天子之祭也。"郑玄注："春田祭社，秋田祀祊。"《诗·小雅·天保》："禴祠烝尝。"孔颖达疏："尝，尝新谷。"

【律律】山势浩大、突兀。《诗·小雅·蓼莪》："南山律律，飘风弗弗。"意为南山高大突兀，旋风吹得呼呼地响。

【俎豆】俎和豆都是古代祭祀用的器具。《史记·孔子世家》："常陈俎豆，设礼容。"引申为祭祀、崇奉。《庄子·庚桑子楚》："今以畏垒之细民而窃窃焉欲俎豆予于贤人之间。"

【亮节高风】坚贞的节操，高尚的品格。亦作"高风亮节"。明茅僧昙《苏园翁》："亲奉了张丞相钧旨，说先生是当今一人，管、乐流亚。又道先生高风亮节，非折简所能招。"

【奕祀】奕，重，累，一代接一代。一代接一代地祭祀。

【阀阅】亦作"伐阅"。①旧指功绩和资历。《史记·高祖功臣侯者年表序》："古者人臣，功有五品：以德立宗庙定社稷者曰勋，以言曰劳，用力曰功，明其等曰伐，积日曰阅。"《汉书·车千秋传》："千秋无他材能术学，又无伐阅功劳。"亦指记功的簿籍。《汉书·朱博传》："贲伐阅诣府。"②古代仕宦人家大门外的左右柱，常用来榜贴功状。《玉篇·门部》："在左曰阀，在右曰阅。"清徐灏《说文解字注笺》："唐、宋以后遂于门外作二柱，谓之乌头阀阅。"因称仕宦门第为"阀阅"。唐皮日休《奉献致政裴秘监》诗："既无阀阅门，常嫌冠冕累。"

【美景良辰】美好的景色，美好的时刻。宋辛弃疾《满江红》词："美景良辰，算只是可人风月。"

【前贤】前代贤人或名人。唐杜甫《戏为六绝句》："今人嗤点流传赋，不觉前贤畏后生。"

【前烈】①前人的功业。《书·武成》："公刘克笃前烈。"孔颖达疏："能厚先人之业也。"②前贤，先辈。唐王维《同卢拾遗过韦给事东山别业》诗："盛德启前烈，大贤终后昆。"

【前徽】徽，美好。前人的美德。南朝宋颜延之《宋文皇帝元皇后哀策文》："钦名皇姑，允迪前徽，孝达宁亲，敬行宗祀。"

【炳蔚】炳，光明，显著。蔚，文采华美。形容文采华美、鲜明。《文心雕龙·原道》："龙凤以藻绘呈瑞，虎豹以炳蔚凝姿。"《文心雕龙·书记》："清美以惠其才，彪蔚以文其响。"

【济美】在前人的基础上发扬光大。《左传·文公十八年》："世济其美，不陨其名。"杜预注："济，成也。"孔颖达疏："世济其美，后世承前世之美。"

【恢宏】①宽阔。苏轼《次韵程正辅游碧落洞》："胸中几云梦，余地多恢宏。"②发扬。《三国志·蜀书·诸葛亮传》："恢宏志士之气。"

【冠裳】古代官吏的服饰，代称官吏。

【祖考】①已故的祖父。②远祖。

【祖德】祖先良好的道德、品行，盛大的恩德。

【神龛】供奉佛像或神像的石室或柜子。也指祠堂内供奉本族祖先神牌的地方。

【祚胤】祚，赐福，传代。胤，后嗣。《诗·大雅·既醉》："君子万年，永锡祚胤。"郑玄笺："天又长予女福祚，至于子孙。"后因沿称子孙为"祚胤"。

【祠联】祠堂里的楹联。有门联、栋对、龛联等。

【统绪】泛指宗族系统，引申为世代相承，连绵不断。

【珠联璧合】珍珠串在一起，美玉合在一处。指华美毕集的天象。《汉书·律历志上》："日月如玉璧，五星如连珠。"后借以比喻人才或美好的事物毕集在一起。北周庾信《周兖州刺史广饶公宇文公神道碑》："发源纂胄，叶派枝分；开国承家，珠联璧合。"

【振铎】振，摇动。铎，有舌大铃。古代鸣铃以教众。《周礼·夏官·大司马》："司马振铎，群吏作旗。"《淮南子·时则训》："振铎以令于兆民。"后用以指从事教职。明章懋《与沈副使仲律》："始知先生继文定胡公之旧职，而振铎于濂溪之乡。"

【耆硕】耆，古称六十岁为耆，泛指老年。硕，本谓头大，引申为凡大之称。因以"耆硕"称年高德劭之人。唐韩愈《为韦相公让官表》："况今俊乂至多，耆硕咸在，苟以登用，皆逾于臣。"

【莽苍】野色迷茫貌。亦指一碧无际的郊野。《庄子·逍遥游》："适莽苍者，三飡（餐）而返，腹犹果然。"成玄英注："莽苍，郊野之色，遥望不甚分明也。"

【茶蓼】茶，苦菜。蓼，辛菜。多谓父母丧亡。语出《诗·小雅·蓼莪》"蓼蓼者莪"小序："民人劳苦，孝子不得终养尔。"《颜氏家训·序致》："年始九岁，便丁茶蓼。"也比喻艰难困苦。

【莼羹】用莼菜制成的羹。《晋书·张翰传》："翰因见秋风起，乃思吴中菰菜、莼羹、鲈鱼脍，曰：'人生贵得适志，何能羁宦数千里以要名爵乎？'遂命驾而归。"后用菰菜、莼羹比喻思乡情怀。

【根深叶茂】根基深厚，树叶茂盛。比喻事物根基牢固，就会蓬勃发展。唐张说《起义堂颂》："若夫修德以降命，奉命以造邦，源浚者流长，根深者叶茂，天人报应，岂相远哉。"

【虔谒】虔诚地拜谒祖先。

【秩秩】①顺序之貌。《诗·小雅·宾之初筵》："宾之初筵，左右秩秩。"②水流貌。《诗·小雅·斯干》："秩秩斯干。"毛传："秩秩，流行也；干，涧也。"③聪明多智貌。《诗·秦风·小戎》："秩秩德音。"毛传："秩秩，有知也。"

【豹变】像豹文那样显著的变化。《易·革》："君子豹变，其文蔚也。"因用以比喻人的行为有很大变化。又指地位上升为显贵。南朝梁刘峻《辩命论》："视彭、韩之豹变，谓鸷猛致人爵。"指彭（彭越）、韩（韩信）汉初被封为王侯。

【衾影】语本北齐刘昼《新论·慎独》："独立不惭影，独寝不愧衾。"谓即使只身自处，仍谨慎不苟。

【高山流水】《吕氏春秋·本味》："伯牙鼓琴，钟子期听之。方鼓琴而志在太山，钟子期曰：'善哉乎鼓琴，巍巍乎若太山。'少选之间，而志在流水。钟子期又曰：'善哉乎鼓琴，汤汤乎若流水。'钟子期死，伯牙破琴绝弦，终身不复鼓琴，以为世无足复为鼓琴者。"后常以"伯牙鼓琴""高山流水"为琴曲高妙而知音难得的典故。宋王安石《次韵和张仲通见寄三绝句》之一："高山流水意无穷，三尺空弦膝上桐。"元金仁杰《追韩信》一折："叹良金美玉何人晓，恨高山流水知音少。"

【浴德】语出《礼记·儒行》："儒有澡身而浴德。"孔颖达疏："澡身，谓能澡洁其身不染浊也；浴德，谓沐浴于德，以德自清也。"《三国志·魏书·管宁传》："日逝月除，时已方过，澡身浴德，将以曷为？"谓砥砺志行，使身心纯洁清白。

【流水不腐，户枢不蠹】流动的水不会发臭，转动的门轴不会被蛀虫蛀蚀。比喻经常运动的事物不易受到外物的侵蚀，可以经久不坏。《云笈七签》："流水不腐，户枢不蠹，以其劳动不息也。"

【流徽】徽，美好的德行和业绩。传承前人留下的美好的德行和业绩。

【家声】家族素有的声誉。《汉书·司马迁传》："李陵既生降，隤其家声。"颜师古注引孟康曰："家世为将，有名声，陵降而隤之也。"

【家庙】祖庙，宗祠。一个家族祭祀祖先的地方。

【祥曜】祥和光耀。

【绣闼】雕花的阁门。唐王勃《滕王阁序》："披绣闼，俯雕甍，山原旷其盈视，川泽盱其骇瞩。"

【继往开来】继承前人的事业，开辟未来的道路。明王守仁《传习录》卷上："先生曰：'文公精神气魄大，是他早年合下便要继往开来。'"

【继述】继承、宣扬前人的业绩。

【继烈】继，承受，继承。烈，功绩，功业。继承前人的功业。

【培兰育桂】培，在植物根株上壅土。比喻教育、培养后代成为栋梁之材。

【菰饭】菰，菰菜，植物名，颖果名"菰米"。用菰米煮出的饭称"菰饭"，可食。

【彬彬】文质兼备貌。《论语·雍也》："质胜文则野，文胜质则史，文质彬彬，然后君子。"文质彬彬，本为孔子提出的做人标准：礼乐是文，仁义是质。两者配合适宜，可谓君子。

【梓茂】梓，植物名，儿子的代称。《尚书大传·周传·梓材》："乔者父道也"，"梓者，子道也"。后因称父子为乔梓。阮元《经义述闻序》："余平日说经之意，与王氏乔梓投合无间。"王氏乔梓，指王念孙、王引之父子。梓，引申为后代。茂，草木茂盛，引申为昌盛。梓茂，即子孙昌盛。

【彪炳】彪：虎身斑纹。引申为有文采貌。炳，光明；显著。形容文采焕发。南朝梁钟嵘《诗品》卷中："晋弘农太守郭璞诗，宪章潘岳，文体相辉，彪炳可玩。"

【冕旒】冕，古代帝王、诸侯、卿大夫所戴的礼帽。旒，古代冕冠前后悬垂的玉串。指古代帝王、诸侯、卿大夫的礼冠。也用作皇帝的代称。唐王维《和贾舍人早朝大明宫》："九天阊阖开宫殿，万国衣冠拜冕旒。"

【堂号】祠堂的名称。

【逶迤】①斜行，曲折前进。《淮南子·泰族训》："河以逶迤故能远。"②道路、山脉、河流等弯弯曲曲、延续不绝的样子。汉王粲《登楼赋》："路逶迤而修迥兮。"

【庶几】差不多，近似。也许，或许。表示希望。

【翊赞】辅助，佐助。《三国志·蜀书·吕凯传》："今诸葛丞相英才挺出，深睹未萌，受遗托孤，翊赞季兴，与众无忌，录功忘瑕。"

【族则】宗族共同遵守的规章、准则。

【望族】有声望的世家大族。宋秦观《王俭论》："王谢二氏，最为望族；江左以来，公卿将相出其门者十七八。"

【鸿猷】鸿，通"洪"，大。猷，猷绩，即功绩。伟大的功业。

【渔樵】捕鱼砍柴，比喻淡泊的平民生活。《三国演义》第一回词曰："白发渔樵江渚上，惯看秋月春风。"

【涵濡】也作"函濡"。滋润。多比喻德泽的优厚。宋欧阳修《仁宗御飞白记》："仁宗之德泽，涵濡于万物者，四十余年。"

【绳继】绳绳继继，亦简作"绳继"。子子孙孙，世世代代，敬戒不怠，勤勤谨谨，将祖德、祖业传承下去。

【绵绵】也作"緜緜"。连绵不断貌。《诗·王风·葛藟》："绵绵葛藟，在河之浒。"毛传："绵绵，长不绝之貌。"

【琳琅】精美的玉石，比喻珍异的物品、文章或人才。

【琼林】宋皇家苑名，在汴京（开封）城西。宋徽宗政和二年以前，于此宴新及第的进士。《宋史·乐志四》："政和二年，赐进士闻喜宴于辟雍，仍用雅乐，罢琼林苑宴。"后多用以指考中进士。清袁枚《琼林曲》："几队霓裳行簇簇，琼林苑春波绿。"

【趋跄】谓行路快慢有节奏。《诗·齐风·猗嗟》："巧趋跄兮。"郑玄笺："跄，巧趋貌。"孔颖达疏："礼有徐趋疾趋，为之有巧有拙，故美其巧趋跄也。"唐白居易《和微之春日投简阳明洞天五十韵》："捧拥罗将绮，趋跄紫与朱。"

【博闻强记】博闻，见识广博。强记，记忆力强。《史记·三王世家》："夫贤主所作，固非浅闻者所能知，非博闻强记君子者所不能究竟其意。"

【联镳】镳，马具。镳与衔合用，衔在口内，镳在口旁。联镳，指并骑前行。唐权德舆《酬崔千牛四郎早秋见寄》诗："联镳长安道，接武承明宫。"亦指事业上并进或相等。清沈德潜《〈古诗源〉例言》："后此越石、景纯，联镳接轸。"

【葛藟】葛藤。《诗·王风·葛藟》："绵绵葛藟，在河之浒。"葛藟，长而不绝，能蔽其本根，比喻能照顾族亲。

【朝宗】诸侯朝见天子。《周礼·春官·大宗伯》："春见曰朝，夏见曰宗。"借指百川入海。《书·禹贡》："江、汉朝宗于海。"谓百川入海，犹诸侯朝见天子。

【椒衍】语出《诗·唐风·椒聊》："椒聊之实，蕃衍盈升。"聊，助词。椒聊，即椒。比喻后裔像椒子实一样，繁衍盈升。

【椒聊】即椒。聊，助词。《诗·唐风·椒聊》："椒聊之实，蕃衍盈升。"椒子实繁衍，后因以"椒聊"比喻子孙众多。《周书·李贤传论》："位高望重，光国荣家，跗萼连晖，椒聊繁衍，冠冕之盛，当时莫比焉。"

【棹歌】棹，摇船的工具，也指船。常用以指渔歌。

【棠棣】《诗》作"常棣"，为《诗·小雅》篇名。《诗序》说："常棣，燕兄弟也，闵管蔡之失道，故作常棣焉。"这是周公平乱之后，感于管蔡失道的教训，劝诫兄弟亲爱的诗。遂用为欢宴兄弟、敦笃友爱的乐歌。后亦以常棣比兄弟。《新唐书·吴兢传》："伏愿陛全常棣之恩，慰罔极之心。"

【景福】大福。《诗·小雅·小明》："介尔景福。"毛传："介、景皆大也。"郑云笺："则将助尔（汝）以大福。"

【遗范】范，榜样。祖先传给子孙的榜样。

【遗徽】祖先留下的享有盛誉的德行和功业。

【黍香稷洁】黍、稷，我国古代两种主要粮食作物，也是古代两种主要粮食祭品。祭品贵重、干净，指子孙祭祖时庄重、虔诚。

【黍稷】黍和稷，我国古代两种主要粮食作物。代指粮食类祭品。

【貂冠】古代侍中以貂尾为冠饰，称貂冠。因侍中是皇帝亲近之臣，因此，佩戴貂冠是尊贵的象征。

【颍水】《水经》："颍水出颍川阳城县西北少室山。"颍川，郡名，秦王政十七年（前250年）置，以颍水得名。治所在阳翟（今禹县）。

【敦训】督促，教诲。

【敦睦】敦厚和睦。《三国志·魏书·明帝纪》："古者诸侯朝聘，所以敦睦宗亲，协和万国也。"

【尊彝】尊和彝均为古酒器名，常连用。泛指祭祀的礼器。《周礼·春官·司尊彝》："司尊彝掌六尊六彝之位。"《国语·周语中》："出其尊彝，陈其俎豆。"

【焜耀】《左传·昭公三年》："焜耀寡人之望。"陆德明释文引服虔曰："焜，明也；耀，照也。"唐储光羲《贻王侍御出台掾丹阳》诗："余辉方焜耀，可以欢邑聚。"

【谟猷】计谋，谋略。唐李白《与韩荆州书》："白谟猷筹画，安能自矜？"

【裕后】遗惠后代。联语中常"光前裕后"连用，意谓光耀前人，遗惠后代。《书·仲虺之诰》："垂裕后昆。"南朝梁徐陵《欧阳頠德政碑》："方其盛也，绰有光前。"元宫天挺《范张鸡黍》第三折："似这般光前裕后，一灵儿可也知不？"亦简作"光裕"。《国语·周语中》："叔父若能光裕大德，更姓改物，以创制天下，自显庸也。"

【遐裔】遐，远。远世的子孙。

【缉熙】缉、熙，光明貌。意为光照，引申为贤达者心胸宽广。《诗·周颂·敬之》："学有缉熙于光明。"郑玄笺："且欲学于有光明之光明者，谓贤中之贤也。"

【瑞凝】吉祥集聚。

【瑞霭】瑞气充盈，祥云密布。

【蒲化】典出刘宽。他对有过的吏人只用蒲鞭处罚，示辱而已。比喻用宽仁之政教育人、感化人。

【蒲鞭】蒲做的鞭子，以示刑罚宽仁。《后汉书·刘宽传》："吏人有过，但用蒲鞭罚之，示辱而已，终不加苦。"唐李白《赠清漳明府侄聿》诗："蒲鞭挂檐枝，示耻无扑挞。"

【楹柱】房屋内厅堂前、中、后部或两侧张贴或镌刻楹联的柱子，有木柱、石柱。

【蒸尝】蒸，通作"烝"。烝和尝都是祭名。《诗·小雅·天保》："禴祠烝尝，于公先王。"毛传："春曰祠，夏曰禴，秋曰尝，冬曰烝。"

【碑铭】碑，石碑。石上镌刻文字，作为纪念物或标记，也用于刻文告。秦代称刻石，汉以后称碑。铭，古代常刻铭于碑版或器物，或以称功德，或以申鉴戒，后成为一种文体。碑铭，指碑文。

【错节盘根】也作"盘根错节"。盘绕的树根，纵横交错的枝节。比喻事情非常复杂，要解决好十分困难。宋陈亮《三部乐·七月二十六日寿王道甫》："从来别真共假，任盘根错节，更饶仓卒。"

【鹏抟鲲化】抟，环绕，盘旋。鹏鸟振翅高飞，鲲鱼化而为鹏鸟。典出《庄子·逍遥游》："北冥有鱼，其名为鲲。鲲之大，不知其几千里也。化而为鸟，其名为鹏。鹏之背，不知其几千里也。怒而飞，其翼若垂天之云。"比喻后代出类拔萃，鹏程远大。

【裔荣】①子孙繁荣昌盛。②先祖光彩的业绩，子孙引为以荣耀。

【源远流长】比喻事物的历史悠久。唐白居易《海州刺史裴君夫人李氏墓志铭》："夫源远者流长，根深者枝茂。"也作"源广流长"。唐陆贽《晋王荆襄江西道兵马都元帅制》："源广流长，庆深祚远。"

【慎终追远】慎，慎重。终，死。追，追念。远，远去的祖先。谨慎、庄重地办理父母丧事，虔诚地祭祀、追念远代祖先。《论语·学而》："慎终追远，民德厚矣。"

【慎独】在独处时也能谨慎不苟。《礼记·中庸》："莫见乎隐，莫显乎微，故君子慎其独也。"郑玄注："慎独者，慎其闲居之所为。"

【寝庙】古代的宗庙有庙和寝两部分，合称"寝庙"。《诗·小雅·巧言》："奕奕寝庙。"《礼记》："寝庙有备。"郑玄注："凡庙，前曰庙，后曰寝。"

【髦士】髦，毛中的长毫。比喻英俊杰出之士。《诗·小雅·甫田》："烝我髦士。"

【赫奕】赫，显耀。奕，高大美盛。显耀盛大貌。三国魏何晏《景福殿赋》："赫奕章灼，若日月之丽天也。"明归有光《送吴纯甫先生会试序》："冠带褒然，舆马赫奕，自喻得意。"

【赫赫】显耀盛大貌。《诗·小雅·节南山》："赫赫师尹，民具尔瞻。"意思是，民众都仰看权势显盛的太师尹氏。《国语·楚语上》："赫赫楚国，而君临之。"韦昭注："赫赫，显盛也。"

【兢兢业业】兢兢，小心谨慎。《诗·小雅·小旻》："战战兢兢，如临深渊，如履薄冰。"毛传："战战，恐也；兢兢，戒也。"业业，畏惧。《三国志·吴书·朱恒传》："诸将业业，各有惧心。"兢兢业业，恐惧。《诗·大雅·云汉》："兢兢业业，如霆如雷。"毛传："兢兢，恐也。业业，危也。"后常用来形容做事谨慎、勤恳。

【蝉联】连续相承。《南史·王筠传》："自开辟以来，未有爵位蝉联，文才相继，如王氏之盛也。"

【箕裘】《礼记·学记》："良冶之子，必学为裘；良弓之子，必学为箕。"孔颖达疏："言善冶之家，其子弟见其父兄世业鎔（陶）铸金铁，使之柔合，以补治破器皆令全好，故此子弟仍能学为袍裘，补续兽皮，片片相合，以至完全也。……善为弓之家，使干角挠屈调和成其弓，故其子弟亦睹其父兄世业，仍学取柳和软挠之成箕也。"良冶、良弓，指善于冶金和造弓的人。箕裘，意思是儿子往往继承父业。《晋书·陈寿传赞》："咸能综缉遗文，垂诸不朽，岂必克传门业，方擅箕裘者哉？"

【鼻祖】始祖。金元好问《济南庙中古桧同叔能赋》："濑里留耳孙，阙里留鼻祖。"

【肇造】肇，开始。开始创建。《书·康诰》："用肇造我区夏，越我一二邦以修我西土。"

【谱牒】谱，按照事物类别或系统编成的表册。牒，也作"谍"，谱录。《史记·三代世表》："余读谍记，黄帝以来皆有年数。"指古代记述氏族世系的书籍。《史记·太史公自序》："维三代尚矣，年纪不可考，并取之谱牒旧闻。"即专记帝王诸侯世系的史籍。魏晋南北朝时特重门第，有司选举必稽谱牒，谱学成为地主官僚保持门阀的工具。晋太元中，贾弼撰《姓氏簿状》，子孙相传，号为贾氏谱学。北魏太和中，诏诸郡中正各立本土姓族，次第为举选，名"方司格"。唐时路敬淳、柳冲、韦述等都讲明谱学。太宗、武后时曾修订《氏族志》。五代以后，谱学渐衰。明清仍多编修族谱。

【髫龄】髫，古时小孩的下垂头发。指童年，幼年。

【蕃衍】茂盛众多。《诗·唐风·椒聊》："椒聊之实，蕃衍盈升。"

【蕴藻】水草。《文选·蜀都赋》："杂以蕴藻，糅以蘋蘩。"李善注："蕴藻、蘋蘩，皆水草也。"借喻洁净的祭品。

【横流沧海】犹沧海横流。沧海，大海。因大海水深呈青苍色，故称"沧海"。海水四处奔流。比喻政局混乱，社会动荡不安。晋范宁《穀梁传序》："孔子睹沧海之横流，乃喟然而叹。"

【黎杖】同"藜杖"。藜茎所作的杖。典出刘向（见"卯金"）。

【潜龙】《易·乾·文言》："初九，曰：'潜龙勿用。'何谓也？子曰：'龙德而隐者也，不易乎世，不成乎名，遁世无闷，不见是而无闷，乐则行之，忧则违之，确乎其不可拔，潜龙也。'"后用来比喻有大德而未为世用的人。汉马融《广成颂》："宗重渊之潜龙。"

【鹤唳风声】亦作"风声鹤唳"。唳，鸟鸣。典出《晋书·谢玄传》：

东晋时，秦主苻坚率众南侵，号称百万，列阵淝水，谢玄等率精兵八千击之。秦兵大败，坚众奔溃，自相蹈藉，投水死者不可胜计，淝水为之不流。余众弃甲宵遁，闻风声鹤唳，皆以为追兵已至。后因以"风声鹤唳"形容极端惊慌疑惧或自相惊扰。宋李曾伯《醉蓬莱·癸丑寿吕马帅》词："见说棋边，风声鹤唳，胆落胡虏。"

【燕贺】《淮南子·说林训》："大厦成而燕雀相贺。"后谓祝贺新居落成。

【燕寝】燕，通"宴"，安闲，休息。古代帝王休息安寝之所。亦指内寝、小寝。孔颖达曰："周礼，王有六寝，是正寝，余五寝在后，通名燕寝。"

【燕翼】①《诗·大雅·文王有声》："武王岂不仕，诒厥孙谋，以燕翼子。"毛传："燕，安；翼，敬也。"陈奂传疏："言武王以安敬之谋遗其孙子也。"引申谓善为子孙计谋。汉蔡邕《郡掾吏张玄祠堂碑铭》："笃垂余庆，贻此燕翼。"②辅佐。《后汉书·郑兴传》："燕翼宣王。"

【蘋蘩】水草。借喻洁净的祭品。

【薪火相传】薪，柴。火，火种。相，相递。传，流传。木柴和火种相互传递。后比喻学问和技艺一代一代地流传下去。

【翰苑】翰林院的别称。《宋史·萧服传》："服文辞劲丽，宜居翰苑。"

【黔黎】黔，黔首，战国及秦代对国民的称谓。黎，黎民。黔首、黎民合称"黔黎"，指百姓。晋潘岳《西征赋》："愿黔黎其谁听，惟请死而获可。"

【徽音】犹德音，常用于妇女。《诗·大雅·思齐》："大姒嗣徽音。"郑玄笺："徽，美也。嗣大任之美音，谓续行其善教令。"大任，大姒之姑。

【雕甍】指华丽的屋宇。

【戴月披星】亦作"披星戴月""披星带月""带月披星"。头顶月亮，身披星光。形容早出晚归，辛勤劳作，或昼夜兼程。《聊斋志异·毛狐》："戴月披星，终非了局。"

【鞠躬尽瘁】恭谨从事，竭尽劳苦。明归有光《封中宪大夫兴化府周公行状》："况若臣病即死，则鞠躬尽瘁，臣之分愿已毕。"

【懋功】懋，盛大。伟大的功绩。

【蹊下桃李】"桃李不言，下自成蹊"之谓。蹊，小路。原指桃树、李树不会讲话，但它们的花朵鲜艳夺目，果实甘美可口，能吸收众人来到树下，久而久之，自然而然会走出一条小路。后比喻只要为人真诚、坦荡，自然会感动别人。《韩诗外传·卷七》："夫春树桃李者，夏得荫其下，秋得其实。"后因以"桃李"比喻所栽培的后学和所举荐的人才。蹊下桃李，比喻崇真务实，不尚虚名，勤勤恳恳地培育出众多的出色门徒。

【繁衍】繁荣昌盛。

【貔貅】古籍中的猛兽名。《礼记·曲礼上》："前有挚兽，则载貔貅。"孔颖达疏："貔貅是一兽。"比喻勇猛的军士。《晋书·熊远传》："命貔貅之士，鸣檝前驱。"

【螽诜】"螽羽诜诜"的缩语。源出《诗·周南·螽斯》："螽斯羽，诜诜兮，宜尔子孙振振兮。"宋严粲《诗缉》："螽蝗生子最多，信宿即群飞。"诜诜，众多螽斯振翅之声。螽羽诜诜，比喻夫妻和睦，子孙众多。

【螽斯】动物名。触角细长，以翅摩擦发音。《诗·周南·螽斯序》："《螽斯》，后妃子孙众多也。"诗中以螽斯之多而成群，比喻子孙众多，后因用为祝颂之词。

【瞻依】《诗·小雅·小弁》："靡瞻匪父，靡依匪母。"郑玄笺："言人无不瞻仰其父取法则者，无不依恃其母以长大者。"后亦泛指所瞻仰依恃之人。

【簪缨】簪和缨，古时候达官贵人的冠饰，用来把冠固着在头上。唐杜甫《八哀诗·赠左仆射郑国公严公武》："空余老宾客，身上愧簪缨。"旧因以为做官者之称。

【藻芹】犹芹藻。比喻贡士或有才学之士。南朝梁江淹《奏记诣南徐州新安王》："淹幼乏乡曲之誉，长匮芹藻之德。"

【攀辕】"辕"亦作"车"。攀辕，牵挽车辕。卧辙，睡在车道上。

攀辕卧辙，旧时用为挽留贤明官吏之辞。《白氏六帖·事类集》："侯霸字君房，临淮太守，被征，百姓攀辕卧辙，不许去。"

【纂牒】纂，编纂。牒，谱籍。编纂谱籍。

【缵绪】缵，继续，继承。绪：前人未竟的功业。继承前人未竟的功业。《诗·鲁颂·閟宫》："缵禹之绪。"即继续大禹的功业。

【馨香】黍稷的代称。《左传·僖公五年》："若晋取虞，而明德以荐馨香，神其吐之乎？"

【禴祠】禴和祠，都是祭名。《诗·小雅·天保》："禴祠烝尝，于公先王。"毛传："春曰祠，夏曰禴，秋曰尝，冬曰烝。"

【懿范】美善的典范。旧多用为称美妇女之辞。

【懿德】美德。《诗·大雅·烝民》："民之秉彝，好是懿德。"秉，执；彝，常；懿，美。朱熹云："是乃民所执之常性，故其情无不好此美德者。"

【麟趾振振】麟，麒麟，吉祥的象征。趾，足。振振，清姚际桓《通论》："起振兴意。"语本《诗·周南·麟之趾》："振振公子，于嗟麟兮！"后用以比喻子孙众多，部族昌盛。

征引文献及参考书目

一、姓氏书类

《世本八种》［汉］宋衷注，［清］秦嘉谟等辑，中华书局，2008年。

《姓解》［宋］邵思，中华书局，1985年新1版。

《姓韵》［清］张澍，三秦出版社，2003年。

《姓觿》［明］陈士元，商务印书馆，1936年。

《姓氏寻源》［清］张澍，岳麓书社，1991年。

《元和姓纂》［唐］林宝，中华书局，1994年。

《潜夫论笺校正》［汉］王符著，［清］汪继培笺，彭铎校正，中华书局，1985年。

《风俗通义校注》（上、下）［汉］应劭，王利器校注，中华书局，2010年第2版。

《中华姓氏源流》（香港）文化传播，2007年。

《古今姓氏书辩证》［宋］邓名世，中华书局，1985年新1版。

《中华姓氏源流大辞典》徐铁生，中华书局，2014年。

《中华古今姓氏大辞典》窦学田，警官教育出版社，1997年。

《通志二十略》（上、下）［宋］郑樵，王树民校点，中华书局，1995年。

《中国姓氏·三百大姓》袁义达、杜若甫编著，华东师范大学出版社，2007年。

《中华姓氏大全集》童辉，外文出版社，2012年。

二、辞书类

《说文解字注》［汉］许慎，［清］段玉裁注，上海古籍出版社，1981年。

《辞海》上海辞书出版社，1979 年。

《诗经全解》公木、赵雨著，长春出版社，2005 年。

《辞源》（全四册）商务印书馆，1979—1983 年。

《诗经今注》高亨注，上海古籍出版社，1980 年。

《古文观止》［清］吴楚材、吴调侯编选，王水照等注，上海古籍出版社，2010 年。

《康熙字典》成都古籍书店，1980 年。

《说文解字》［汉］许慎，中华书局，1963 年。

《汉字古音手册》郭锡良编著，商务印书馆，2010 年。

《古代汉语大词典》（新一版）上海辞书出版社，2011 年。

《古文详订评注》广州华天阁五彩图画书局石印残本。

《中国典故大辞典》汉语大词典出版社，2000 年。

《中华成语辞海》人民日报出版社，2002 年。

三、史书类

《史记》上海古籍出版社、上海书店，1986 年。

《汉书》上海古籍出版社、上海书店，1986 年。

《后汉书》上海古籍出版社、上海书店，1986 年。

《三国志》上海古籍出版社、上海书店，1986 年。

《晋书》上海古籍出版社、上海书店，1986 年。

《宋书》上海古籍出版社、上海书店，1986 年。

《南齐书》上海古籍出版社、上海书店，1986 年。

《梁书》上海古籍出版社、上海书店，1986 年。

《陈书》上海古籍出版社、上海书店，1986 年。

《魏书》上海古籍出版社、上海书店，1986 年。

《北齐书》上海古籍出版社、上海书店，1986 年。

《周书》上海古籍出版社、上海书店，1986 年。

《隋书》 上海古籍出版社、上海书店，1986 年。

《南史》 上海古籍出版社、上海书店，1986 年。

《北史》 上海古籍出版社、上海书店，1986 年。

《旧唐书》 上海古籍出版社、上海书店，1986 年。

《新唐书》 上海古籍出版社、上海书店，1986 年。

《旧五代史》 上海古籍出版社、上海书店，1986 年。

《新五代史》 上海古籍出版社、上海书店，1986 年。

《宋史》 上海古籍出版社、上海书店，1986 年。

《辽史》 上海古籍出版社、上海书店，1986 年。

《金史》 上海古籍出版社、上海书店，1986 年。

《元史》 上海古籍出版社、上海书店，1986 年。

《明史》 上海古籍出版社、上海书店，1986 年。

《清史稿》 上海古籍出版社、上海书店，1986 年。

《太平广记》〔宋〕李昉等编，上海古籍出版社，1990 年。

《中国历史人物生卒年表》吴海林、李延沛编，黑龙江人民出版社，1981 年。

《资治通鉴》〔宋〕司马光撰，中华书局，1987 年。

《续资治通鉴》〔清〕毕沅撰，中华书局，1987 年。

四、楹联类

《中国对联大典》 谷向阳，学苑出版社，1998 年。

《中国客家对联大典》 陈平，广西师范大学出版社，2015 年。

《中国楹联集成·梅州卷》 陈平，中国诗词楹联出版社，2012 年。

《中华对联》 陈君慧，线装书局，2010 年。

《中国对联故事集成》 张翔鹰、张翔麟，线装书局，2005 年。

《中国楹联学概论》 谷向阳，昆仑出版社，2007 年。

《古今思乡名联》 蒙智扉、黄太茂，广西民族出版社，2004 年。

《客家祠堂楹联辑注》谢崇德,梅州市政协文史资料委员会,2006年。

《六堆栋对显影》邱春美,台北丽文文化事业出版,2011年。

《六堆祖堂之栋对研究》邱春美,台北天空数位图书出版,2009年第2版。

《屏东六堆地区客家祠匾联研究》邓佳萍,台北文津出版社,2007年。

《五华古今楹联集》李雄坤,中国诗词楹联出版社,2014年。

《平远楹联集》韩世任,香港天马出版有限公司,2012年。

《大埔古今楹联集》曹展领,中国诗词楹联出版社,2011年。

《大埔县姓氏录》黄志环编,中国文史出版社,2014年。

《紫金历代诗联选》钟连钦,广东人民出版社,2013年。

《紫金诗联》广东岭南诗社紫金分社、紫金县诗词楹联学会,粤紫准字211号2012年。

《临贺故城姓氏宗祠》《八步文史》第四辑,政协广西贺州市八步区文史,2009年准印。

《赣南古民居祠堂寺庙楹联堂匾撷萃》胡来知、欧阳斌,中共党史出版社,2010年。

《赣南客家谱诗祠联选》张宜武,中国诗词楹联出版社,2013年。

《柳州古今楹联大观》蒙智扉、黄太茂等,香港中国图书出版社,2013年。

《梁章钜楹联辑注》黄太茂,中国楹联出版社,2007年。

《伊秉绶法书大观》连新福,海潮摄影艺术出版社,2009年。

《宁化黄慎书画集》连新福,香港伏羲文化出版社,2006年。

《霞浦县古今楹联集萃》王雪森,中国文联出版社,2009年。

《潮州历代对联集成》饶敏主,中华诗词出版社,2009年。

《楹联丛编》刘太品,中华对联文化研究院,诗联文化出版社,2009年。

《宜春对联集成》黎竹芳,中国楹联出版社,2008年。

《寿竹庐楹联》陈展骐，梅县泰丰兴书局承印。

《寿竹庐楹联续集》陈展骐，上海东方印刷公司印行。

《实用对联集萃》冯仲明，陕西人民出版社，2000 年。

《中华春联实用手册》刘太品，中华书局，2010 年。

《对联入门》谷向阳、刘太品，中华书局，2007 年。

《梅联最话》王漱薇，闲存精舍，1939 年。

《历代状元诗联鉴赏》唐子畏，岳麓书社，2008 年。

《楹联名家研究文集》孟繁锦，中国诗词楹联出版社，2013 年。

五、地方史志及客家研究类

《乾隆嘉应州志》杨应已著，程志远等整理，广东省中山图书馆古籍部，1991 年。

《罗香林研究》肖文评，华南理工大学出版社，2008 年。

《客家源流导论》罗香林，广西师范大学出版社，2005 年。

《香港客家》刘义章，广西师范大学出版社，2007 年。

《四川客家》陈世松，广西师范大学出版社，2005 年。

《广东客家》温宪元、邓开颂、丘杉，广西师范大学出版社，2011 年。

《台湾客家》丘昌泰，广西师范大学出版社，2011 年。

《福建客家》谢重光，广西师范大学出版社，2005 年。

《广西客家》钟文典，广西师范大学出版社，2011 年。

《桂林客家》王建周，广西师范大学出版社，2011 年。

《柳州客家》柳州市档案馆，广西师范大学出版社，2011 年。

《北海客家》刘道超、洪小龙、范翔宇，广西师范大学出版社，2011 年。

《陆川客家》俞伟汉、徐一周，广西师范大学出版社，2011 年。

《客家梅州》房学嘉、肖文评、钟晋兰，华南理工出版社，2009 年。

《美国客家》林祥任、罗焕瑜、冯启瑞，广西师范大学出版社，2015 年。

《海南客家》古小彬，广西师范大学出版社，2008 年。

《江西客家》周建新等，广西师范大学出版社，2007 年。

《博白客家》彭会资、陈钊，广西师范大学出版社，2011 年。

《新加坡客家》黄贤强，广西师范大学出版社，2007 年。

《澳大利亚客家》罗可群，广西师范大学出版社，2008 年。

《印度尼西亚客家》罗英祥，广西师范大学出版社，2011 年。

《宁化客家传统文化大观》刘善群、吴来林，中国文化出版社，2012 年。

《宁化客家姓氏》余保云，海风出版社，2010 年。

《宁化祠堂大观》张恩庭，中国文化出版社，2011 年。

《客家文学导读》邱春美，台北文津出版社，2009 年。

《客家名人传略》张恩庭，中国文化出版社，2013 年。

《石壁客家纪事》张恩庭，中国文化出版社，2010 年。

《石壁调查》陈国强、罗华荣等，中国文化出版社，2011 年。

《石壁客家述论》廖开顺、刘善群、蔡登秋等，河南人民出版社，2012 年。

《粤东客家生态与民俗研究》房学嘉，华南理工大学出版社，2008 年。

《紫金文史姓氏篇》紫金县档案局、紫金县政协文史委员会，2004 年。

《大埔文史》邹权祥，大埔县委员会文史资料委员会编。

《炎陵漫步》张观怀，中国戏剧出版社，2012 年。

《炎陵客家》张观怀，西安出版社，2011 年。

《兴宁文史》兴宁县委员会文史资料委员会编。

《世界客家名人谱》广东梅州客家联谊会，花城出版社，1999 年。

《客家论丛精选》杨兴忠主编，福建教育出版社，2014 年。

《宁化史稿》刘善群著，福建教育出版社，2015 年。

《明清川陕大移民》陈良学，中国文联出版社，2009 年。

《宁化黄慎书画集》连新福，香港伏羲文化出版社，2006 年。

《广东历史人物辞典》管林等，广东高教出版社，2001 年。

《宁化客家姓氏》余保云，海风出版社，2010 年。

鸣　谢

供稿单位及个人

供稿单位

河源市诗联学会、惠州市诗联学会、韶关市诗联学会、紫金县诗联学会、中山市诗联学会、汕尾市陆河县文联、潮州市文联、揭西县文联、龙川县史志办公室、赣州市诗联学会、吉安市楹联学会、龙岩市楹联学会、宁化县客家工作办公室、广西壮族自治区楹联学会、柳州市楹联学会

个　人

广东：饶淦中、郑汉宏、朱珠林、陈庆兴、王成昌、郑海云、郑国权、郑方强、郑良永、刘兴华、张晋生、陈国欣、陈国平、温中莽、陈希华、张炮燊、彭焕廉、余达勤、杨江东、危金水、巫湘华、幸　勇、李英芳、李赞槃、萧雨霞、韩世煌、韩学轩、谢永波、黄永积、罗实耿、张双喜、罗汉都、石桐华、曾庆璋、幸辉烈、王建文、潘尚立、吴开元、陈志威、陈焕朋、张谷欣、李　明、曾冠中、周荣添、甘容文、张炼煌、温梅良、廖宏义、蓝巨案、邓仲锦、林　忠、刘毓林、黎名业、沈学文、沈江波、郑新楼、钟连钦、钟岸先、黄荫庭、刘赓贵、黄球梅

台湾：刘焕云、吴炀和、邓佳萍

江西：张宜武、叶善胜、陈修和

福建：陈永坤、危金志、朱建华、黄庆彬、张恩庭

湖南：张观怀、杨宗铮

四川：郭开鑫

广西：谢国荣、罗方贵

陕西：张利宝、赵天成、贾学国

后　记

2013 年 3 月，酝酿、准备了两年多的《中国客家姓氏祠堂楹联》编委会正式成立，本书的编纂工作悄悄地"开工"了。这是梅州市楹联学会成立几年来，继《中国楹联集成·梅州卷》《中国客家对联大典》《梅州历代名联辑注》之后，编辑整理的第四部客家楹联文献。

在这四部楹联文献中，《中国客家姓氏祠堂楹联》尤为重要。入选本书的这些楹联是从近万副客家祠堂楹联中精选出来的，并加以注释，使读者更能理解客家先贤勤劳俭朴、耕读传家、敦睦族谊、仁善积德、崇文重教的美德。

本书虽是一部楹联文献，但其价值，不仅仅限于祠堂楹联专辑，可以说它还是一部客家家训，是一部中华民族垂裕后昆的特种教科书。这是我们编辑出版此书的最大心愿。

启动编辑本书时没有举行任何仪式，来自各省的编委合个影留作纪念，也不要新闻报道。几位志同道合的编委在办公室开了两天会，认真商讨了本书的选题，研究了工作体例，同时推举陈平为本书的主编，全权负责本书的所有事项。

2015 年 3 月底，在《中国客家对联大典》首发式时开了个编委扩大会，来自八个省份的 100 多位楹联作家参加了这次会议，商讨了联稿的增补扩充事宜。当年 10 月，召开审稿会，开始了全书的统稿工作。

本书的注释工作，主要由陈平、郭义山、谢崇德、王贵垣、杨遵贤、黄太茂负责，刘道超、孙晓芬、蒙智扉、刘显族和梅州市楹联学会的几位副会长和会员也做了一些工作，主编陈平审订全稿。张谨洲先生参与了本书的校订工作；饶淦中先生提供了不少海外宗祠会馆联稿；台湾联大和台湾大仁科技大学客家研究所的刘焕荣、吴炀和、邱春美教授，为本书提供了很多台湾联稿。在此一并表示衷心的感谢！

　　本书能顺利出版，得到了广东省文化广电新闻出版局和梅州市委、市政府的高度重视与大力支持。我们在中共梅州市委宣传部、文化广电新闻出版局的直接指导下，在全国各省、市的客属诗联组织、各级文联和诗联同道的努力下完成了本书的编纂，使祖国的优秀楹联文化得以传承。

　　我们是一个没有编制的群众社团，义务做了这些工作。我们在"有限年华"中，完成了这"无边事业"！由于我们的水平所限，资料不足，编辑时间也较匆促，粗疏错讹之处在所难免，敬希方家和读者指正。

《中国客家姓氏祠堂楹联》编委会

2016 年 6 月